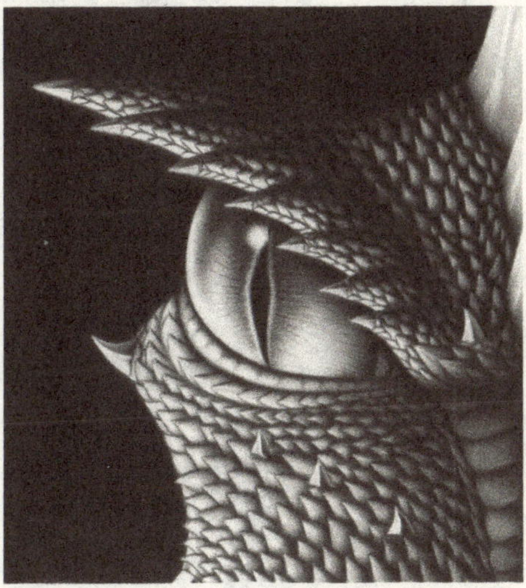

Dorn

Alagaësia
Vroengard
Dorú Areaba
Ceunon
Osilon
Therinsford
Carvahall
Anora
Narda
Der Buckel
Utgard
Yazuac
Ninor
Daret
Isenstar
Fläm
Marna
Gil'ead
Teirm
Haizahn
Bullridge
Toark
Woadark-See
Ramr
Kuasta
Leona-See
Urû'baen
Dras-Leona
Helgrind
Belatona
Furnost
Melian
Jiet
Tüdosten
Feinster
Cithrí
Beirland
Eoam
Nía
Petrøvya
Dauth
Surda
Lithgow
Aroughs
Illium
Uden
Parlim
Aberon
Reavstone
C.P.

Ellesméra
Du Weldenvarden
Nädindel
Röna
Kirtan
Sílthrim
Ardwen
Gaena
Eldor
Hadarac-Wüste
Ceris
Ília Fëon
Edda
Hedarth
Az Ragni
Buragh
Tarnag
FARTHEN DÛR
Orthíad
Bärenzahnfluss
Beor-Gebirge
Dalgon
Galfni

Foto: © Elena Seibert

DER AUTOR

Christopher Paolinis Leidenschaft für Fantasy und Science Fiction inspirierte ihn zu »Eragon – Das Vermächtnis der Drachenreiter«, seinem Debütroman, den er mit fünfzehn Jahren schrieb. Inzwischen wird Paolini weltweit als Bestsellerautor gefeiert und hat vier Bände der Drachenreitersaga geschrieben, die seitdem alle Rekorde bricht, mit »Eragon – Das Erbe der Macht«. Er lebt mit seiner Familie in Montana.

Weitere Informationen zu Autor und Buch unter: www.eragon.de

Von Christopher Paolini sind
im cbj-Taschenbuch erschienen:

ERAGON – Das Vermächtnis der Drachenreiter (40293)
ERAGON – Der Auftrag des Ältesten (40289)
ERAGON – Die Weisheit des Feuers (40087)
ERAGON – Das Erbe der Macht (40253)

Die Gabel, die Hexe und der Wurm – Geschichten aus Alagaësia.
Band 1: Eragon (31394)

Mehr zu unseren Büchern auch auf Instagram

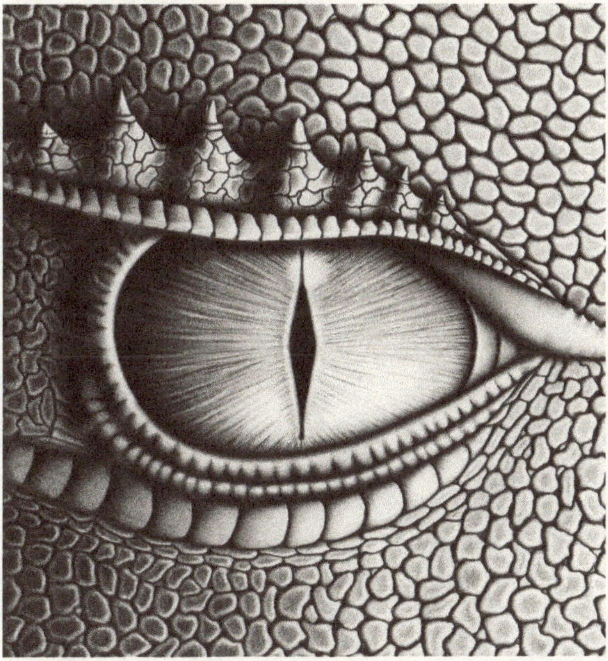

Saphira

Christopher Paolini

ERAGON

Das Erbe der Macht

Aus dem amerikanischen Englisch
von Michaela Link

cbt

Bei diesem Buch wurden die durch das verwendete Material
und die Produktion entstandenen CO_2-Emissionen ausgeglichen,
indem der cbj Verlag ein Projekt zur Aufforstung in Brasilien unterstützt.
Weitere Informationen zu dem Projekt unter:
www.ClimatePartner.com/14044-1912-1001

FSC® www.fsc.org MIX Papier aus verantwortungsvollen Quellen FSC® C014496

Wir produzieren Klimaneutral ClimatePartner.com/14044-1912-1001 Druckprodukt

Penguin Random House Verlagsgruppe
FSC® N001967

11. Auflage
Erstmals als cbj Taschenbuch Dezember 2014
Gesetzt nach den Regeln der Rechtschreibreform

Die amerikanische Originalausgabe erschien 2011 unter dem Titel »Inheritance.
The Vault of Souls« bei Alfred A. Knopf, New York.
Published by arrangement with Random House
Children's Books, a division of Random House, Inc.
Aus dem amerikanischen Englisch von Michaela Link
Lektorat: Luitgard Distel/Katrin Künzel
Umschlagabbildung: © 2011 by John Jude Palencar,
www.johnjudepalencar.com
Illustrationen auf den Seiten 2–3 und 5 © 2002 Christopher Paolini,
Illustrationen auf den Seiten 1 und 9 © 2006 Christopher Paolini,
auf den Seiten 13 und 35 © 2012 Christopher Paolini
Umschlaggestaltung: Basic-Book-Design, Karl Müller-Bussdorf
KK · Herstellung: ReD
Satz: Uhl + Massopust, Aalen
Druck und Bindung: GGP Media GmbH, Pößneck
ISBN: 978-3-570-40253-5
Printed in Germany

www.cbj-verlag.de

Aren

WIE IMMER ist dieses Buch für meine Familie.
Und ebenso für alle Träumer:
für die vielen Künstler, Musiker und Geschichtenerzähler,
die diese Reise möglich gemacht haben.

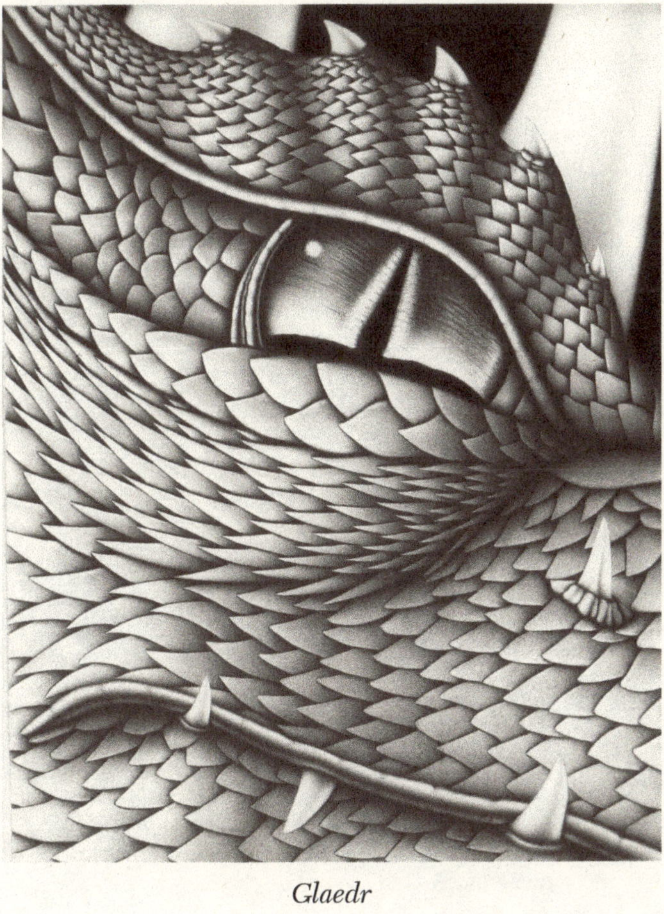

Glaedr

Inhalt

Geleitwort von Christopher Paolini

I

Kvetha Fricäya! – Seid gegrüßt, Freunde!

Endlich ist es geschafft. Ich habe dreizehn Jahre gebraucht, von 1998 bis 2011, um den Eragon-Zyklus zu vollenden – weit länger, als ich erwartet hatte. Tatsächlich habe ich, als ich *Eragon* begann, nicht geglaubt, dass ich die Geschichte über den ersten Band hinaus fortsetzen würde.

Wieso nicht? Ich war mir mit fünfzehn überhaupt nicht sicher, ob ich die etwa fünfhundert Seiten zusammenbekommen würde, die man für ein ausgewachsenes Buch braucht. (Mehr als fünf oder sechs Seiten pro Versuch hatte ich bis dahin noch nicht zustande gebracht.) Ich wusste noch nicht, ob ich von Beruf Schriftsteller werden wollte, ja nicht einmal, dass dies wirklich eine Möglichkeit war, obwohl ich mir immer gern Geschichten ausdachte. Ich hatte keine Ahnung, wo oder womit ich die nächsten Jahre zubringen würde. (Das College war damals die naheliegendste Wahl.) Und ich hatte viel zu viele andere Dinge im Kopf, die ich ausprobieren wollte, als dass ich überhaupt in Erwägung gezogen hätte, mich endlose Jahre lang nur einem einzigen Projekt zu widmen.

Außerdem sollte *Eragon* für mich am Anfang nur eine Übung sein, mit der ich mir das Handwerkszeug aneignete, das ich für ein *richtiges* Buch brauchen würde. Natürlich hatte ich schon vor *Eragon* versucht, Bücher zu schreiben, war aber nie über die schon erwähnten fünf bis sechs Seiten hinausgekommen. Das Problem war immer das gleiche: Ich hatte eine coole Idee, die als Kern einer Geschichte nicht schlecht gewesen wäre, aber eben selbst noch keine Geschichte war, und stürzte mich dann sofort darauf, ohne einen Gedanken an den Aufbau der eigentlichen Geschichte und des Buches zu verschwenden. Folglich hatte ich nach den ersten paar Seiten selbst keine Ahnung, wie ich weitermachen sollte, und damals fehlten mir noch die Mittel, die Grundzüge einer Romanhandlung während des Schreibens zu improvisieren.

Das erste Buch, an dem ich mich versuchte, war die Geschichte eines Pseudosuperhelden; das Ergebnis konnte man einfach vergessen, so erbärmlich war es. Mein zweiter Anlauf galt einer postapokalyptischen Erzählung, die schon erfolgversprechender war. Aber mir fehlte noch das Gefühl für den großen Handlungsbogen und ich gab die Arbeit daran schnell wieder auf.

Etwa zur gleichen Zeit – ich glaube, es war im Jahr 1997 – las ich ein Buch mit dem Titel *Jeremy Thatcher, Dragon Hatcher (Der Drache in der Schultasche)* von Bruce Coville. Es handelt von einem jungen Mann in unserer Welt, der in einen heruntergekommenen Zauberladen geht und dort schließlich einen Stein kauft, der sich als Drachenei entpuppt. Aus dem natürlich ein Drache schlüpft.

Warum auch immer, jedenfalls setzte sich die Idee von einem jungen Mann, der ein Drachenei findet, bei mir fest; ich konnte an nichts anderes mehr denken. Also fing ich an, ein Buch über genau dieses Motiv zu schreiben.

Das war mein erster Versuch zu *Eragon.* Die Geschichte spielte damals in der wirklichen Welt. Ich hatte aber noch keine Seite geschrieben, da erkannte ich, dass es so nicht das Richtige für mich war. Außerdem war ich viel zu nah an Bruce' Roman geblieben.

Mein zweiter Versuch spielte in einer eher traditionellen Fantasy-Welt, und da gab es schon eine Reihe von Elementen, wie ihr sie aus der später veröffentlichten Version des *Eragon* kennt: zum Beispiel, dass Arya das Drachenei in einen Wald befördert, wo Eragon es findet. Es gab aber auch große Unterschiede (der damalige Versuch begann mit einem Kampf in einem Verlies, Eragon hieß Kevin usw.). Obwohl das ein stärkerer, dem Stoff eher angemessener Ansatz war, fehlte mir immer noch das richtige Gefühl für die

Welt des Buches und für seine Figuren, und wieder gab ich nach fünf oder sechs Seiten auf.

Das hat mich damals ganz schön frustriert, und ich begriff, dass ich mehr über das Schreiben lernen musste, wenn ich jemals ein Manuskript für ein Buch mit einem normalen Umfang fertigbekommen wollte.

Also ging ich zunächst einmal auf Abstand zu der Geschichte und verbrachte den größten Teil des Jahres 1998 damit, verschiedene Bücher darüber zu lesen, wie man die großen und kleinen Handlungsstränge eines Romans entwickelt, Welten entwirft und Figuren zeichnet. Und ich bin meinen Eltern ewig dankbar, dass sie mein Interesse erkannten und dafür sorgten, dass ich ihm nachgehen konnte. Ohne sie wäre das alles nicht möglich gewesen.

Während dieser Zeit las ich außerdem eine Reihe extrem schlecht gemachter Begleitbücher zu Videospielen, die mich inspirierten, gerade weil sie so schlecht gemacht waren. Ich konnte mir gut vorstellen, dass ich es besser konnte. Tatsächlich setzte ich mich sogar daran, eins von ihnen ganz neu zu schreiben. Allerdings wurde mir bereits nach wenigen zu Papier gebrachten Worten klar, dass es ziemlich witzlos war, so viel Zeit auf das Werk eines anderen zu verwenden.

Und so entschloss ich mich, alles, was ich in diesem Jahr gelernt hatte, anzuwenden und ernsthaft zu versuchen, ein Buch zu schreiben. Aber ich stürzte mich nicht einfach auf die erstbeste Geschichte, die mir in den Sinn kam. Nein, dieses Mal ging ich systematischer vor. Ich machte mir einen Arbeitsplan, in dem ich Schritt für Schritt festhielt, wie ich – hoffentlich – dorthinkam, wo ich hinwollte.

Zuerst nahm ich mir einen Monat Zeit, um eine fantastische Welt zu erschaffen und mir dann für diese Welt die Handlung eines ausgewachsenen Romans auszudenken (in der zufällig eine halbelfische Prinzessin namens Arya eine Hauptrolle spielte), obwohl ich überhaupt nicht die Absicht hatte, diesen Roman auch wirklich zu schreiben.

Es sollte nur eine *Übung* sein. Eine Übung, um festzustellen, ob ich so etwas überhaupt konnte.

Als ich damit fertig war, schob ich diese Welt und diese Geschichte erst einmal beiseite. Dann sagte ich mir: »Gut, ich weiß jetzt, dass ich die komplette Handlung für ein Buch entwerfen kann. Jetzt will ich sehen, ob ich das auch für eine ganze Trilogie schaffe – denn alle großen Werke der Fantasy sind Trilogien –, und dann schreibe ich den ersten Band, wieder nur als Übung. Und danach werde ich dann ein *richtiges* Buch schreiben.«

Dieser erste Band war nichts anderes als *Eragon: Das Vermächtnis der Drachenreiter*. Und ihn zu schreiben, war aufregender und hat mich mehr geformt als alles andere, was ich bis dahin getan hatte. Und so kam es, dass ich *Eragon* nicht einfach liegen lassen konnte, nachdem ich den ersten Entwurf fertighatte. Ich hatte zu viel Arbeit investiert und – Übung hin oder her – wollte nun sehen, wie gut mir das Buch gelingen würde.

Jeder Band des Drachenreiterzyklus brachte seine besonderen Herausforderungen mit sich: Für *Das Vermächtnis der Drachenreiter* musste ich die grundlegenden Regeln der Grammatik und des Romanschreibens lernen. In *Der Auftrag des Ältesten* hatte ich mir und der Welt zu beweisen, dass der erste Band kein Glückstreffer war. Und ich versuchte mich sprachlich zu verbessern – sowohl was die Erzählsprache als auch was die erfundenen Sprachen des Buches betraf. Außerdem ging es mir darum, die Emotionen der handelnden Personen lebendiger werden zu lassen und verschiedene strukturelle Elemente zu verbessern. Für *Die Weisheit des Feuers* verfeinerte ich mein Handwerkszeug weiter, und ich sah mich unerwartet vor der Notwendigkeit, das Buch in zwei Bände aufzuteilen, damit ich meinen Lesern keinen Wälzer von fast zweitausend Seiten zumutete. Und bei *Das Erbe der Macht* brachten mich die neue Aufgabe, eine Geschichte zum Abschluss zu bringen (das hatte ich auch nach drei bereits erschienen Büchern noch nie gemacht), die schiere Länge des Bandes und eine Schilddrüsenerkrankung, die man lange nicht erkannt hatte und die mich zeitweilig fast bewegungsunfähig machte, an die Grenzen meiner Kraft und Fähigkeiten.

In gewisser Weise passte es gut, dass Eragon und seine Gefährten ihre dunkelsten Stunden durchlebten, als auch ich mich in einer Krise befand. Aus dieser Erfahrung habe ich viel gelernt, vor allem wie wertvoll Beharrlichkeit ist. Oft war ich versucht, die Arbeit an dem Buch liegen zu lassen und mich etwas Leichterem zuzuwenden – beispielsweise, von Hand schwere Felsen zu bewegen. Oder ein Bild der Sixtinischen Kapelle in Originalgröße zu malen, und zwar mit einem Zahnstocher. Aber ich blieb bei meinem Buch, weil ich wusste, dass ich es mir nie verzeihen würde, wenn ich diese Reise nicht zu Ende brachte. Von den empörten Lesern einmal ganz abgesehen.

Obwohl die Arbeit daran manchmal unerträglich schwer war, ist der Drachenreiterzyklus ein Teil meines Lebens gewesen. Durch ihn habe ich einige wunderbare Erlebnisse gehabt und sehr viele interessante Menschen kennengelernt. Und vor allem hat er mir ermöglicht, das zu tun, was ich gern tue, nämlich Geschichten erzählen. Und das erfüllt mich mit tiefer Dankbarkeit.

Trotzdem müsste ich, wenn meine Bücher weiterhin ein Spiegel meines Lebens sein sollen, als Nächstes wohl eine Komödie schreiben.

II

Diese spezielle Ausgabe ist aus mehreren Gründen etwas Besonderes.

Sie enthält einige neue Illustrationen – manche sind von mir, manche von dem Illustrator der Cover, John Jude Palencar – sowie eine Ergänzung, die mir besonders am Herzen liegt: einen Brief von Jeod, der nach den Ereignissen dieses Bandes geschrieben wurde und als Epilog dient. Wer *Das Erbe der Macht* noch nicht gelesen hat, sollte es besser vor diesem Brief lesen, denn sonst verrät der Brief zu viel von der Handlung.

Außer den Illustrationen und dem Brief habe ich auch noch einige Stellen gegenüber vorherigen Auflagen geändert. In einem so umfangreichen Werk gibt es immer ein paar Fehler im Detail, die dem Autor (und dem Lektor, dem Redakteur, den Testlesern usw.) entgehen. Als mir daher mein Verlag, Knopf, die Möglichkeit bot, das Buch noch einmal durchzusehen, habe ich die Gelegenheit gern genutzt.

Was also habe ich geändert?

Einem aufmerksamen Leser war aufgefallen, dass Eragons Schwert im Kapitel »Das Wort eines Reiters« einmal nicht in Flammen aufgeht, wenn er dessen Namen nennt. Ein etwas peinliches Versehen meinerseits. Es ist nun richtiggestellt.

Den Dialog zwischen Eragon und Arya gegen Ende des Kapitels »Eine Frage der Pflicht« habe ich etwas erweitert; es geht um ihr Gespräch über die wahren Namen.

Das Kapitel »Feuer in der Nacht« habe ich um eine Szene ergänzt, in der Eragon den verwundeten Krieger aus *Die Weisheit des Feuers* wiedertrifft – den Krieger, der das Licht sieht, welches alles Fleisch erhellt.

Im Kapitel »Was uns nicht umbringt« habe ich eine kurze Erwähnung von Eragons magischem *Faelnirv* eingefügt und im Kapitel »Wie Spielsteine auf einem Brett« ein paar Zeilen über Jeod und Saphira. Im selben Kapitel habe ich den Abschnitt, der von der Insel Vroengard handelt, etwas verständlicher gemacht und im Schlusskapitel, »Abschied«, schließlich die drei Eldunarí erwähnt, die aus den dort angeführten Gründen in Du Weldenvarden bleiben werden.

Ich habe das Gefühl, dass ich mit diesen Änderungen hauptsächlich einige kleine Versäumnisse meiner Darstellung behoben habe. Denn was geschehen ist in Alagaësia, ist geschehen, auch wenn ich es zuvor vielleicht nicht mit aufgeschrieben hatte.

III

Es ist keine Übertreibung, wenn ich sage, dass der Drachenreiterzyklus – vorerst jedenfalls – mein Lebenswerk ist. Ich hoffe sehr, dass ich ihn eines Tages noch übertreffen werde, aber bisher ist er meine größte Leistung, und selbst wenn ich nie wieder etwas Neues schreibe, kann ich doch auf die Eragon-Bände zeigen und sagen: »Das ist mein Werk!«

Ihr könnt euch denken, dass ich stolz darauf bin.

Doch war es nicht leicht, Eragon und Saphira – und all den anderen Menschen, Drachen, Elfen und Zwergen Lebewohl zu sagen, nachdem ich so viele Jahre in ihrer Gesellschaft verbracht hatte. Wer genauso traurig ist wie ich, sie davonziehen zu sehen, sollte bedenken, dass das Ende dieses Bandes nicht auch das Ende von Alagaësia ist. Diese Welt lebt weiter, ganz gleich ob ich als Chronist ihre weitere Geschichte aufzeichne oder nicht. Schließlich haben Träume ein Eigenleben. Vor allem Träume von Drachen.

Ja, ich habe durchaus die Absicht, irgendwann einmal nach Alagaësia zurückzukehren. (Der eine oder andere hat vielleicht schon die Pforten entdeckt, die ich offen gelassen habe und die in die Handlung eines zukünftigen Buches führen können.) Aber zuerst gibt es andere Geschichten, die ich erzählen will, Geschichten, von denen ich hoffe, dass sie meinen Lesern ebenso viel Freude machen werden wie die Geschichte von den Drachenreitern.

Bis es so weit ist, blättert um und lasst euch erzählen, wie Eragon Schattentöter und Saphira Bjartskular der dunklen Stadt Urû'baen immer näher kommen, der Stadt, in der Galbatorix, der König des Schreckens, sie auf seinem geraubten Thron erwartet …

Atra Esterní ono thelduin.

Christopher Paolini
Oktober 2012

Im Anfang waren die Drachen

Die Geschichte vom Vermächtnis der Drachenreiter,
dem Auftrag des Ältesten und
der Weisheit des Feuers

Im Anfang waren die Drachen: stolz, wild und unabhängig. Ihre Schuppen waren wie Edelsteine und jeder verzweifelte bei ihrem Anblick, denn ihre Schönheit war groß und schrecklich.

Für sehr lange Zeit lebten sie allein im Lande Alagaësia.

Dann schuf der Gott Helzvog aus dem Stein der Wüste Hadarac die starken und unbeugsamen Zwerge.

Und oft herrschte Krieg zwischen den beiden Völkern.

Dann kamen die Elfen über das silberne Meer nach Alagaësia gesegelt. Auch sie führten Krieg mit den Drachen. Aber die Elfen waren stärker als die Zwerge und sie hätten die Drachen zerstört, wie auch die Drachen die Elfen zerstört hätten.

Und so wurde ein Frieden geschlossen und ein Pakt zwischen den Drachen und den Elfen besiegelt. Mit diesem Pakt schufen sie die Drachenreiter, die den Frieden in Alagaësia wahrten wohl über tausend Jahre.

Dann kamen die Menschen über das Meer nach Alagaësia. Und die gehörnten Urgals. Und die Ra'zac, die menschenfressenden Jäger der Dunkelheit.

Und die Menschen traten dem Pakt mit den Drachen bei.

Doch ein junger Drachenreiter, Galbatorix, erhob sich gegen seinesgleichen. Er versklavte den schwarzen Drachen Shruikan und brachte dreizehn der anderen Reiter dazu, sich ihm anzuschließen. Und die dreizehn nannte man die Abtrünnigen.

Und Galbatorix und die Abtrünnigen bezwangen die Reiter, brannten ihre Stadt auf der Insel Vroengard nieder und erschlugen alle

Drachen dort, bis auf drei Eier: ein rotes, ein blaues, ein grünes. Und wo sie konnten, nahmen sie den Drachen ihren Eldunarí – das Herz der Herzen, das die Macht und den Geist eines Drachen enthält, auch fern von seinem Körper.

Und zweiundachtzig Jahre lang regierte Galbatorix uneingeschränkt über die Menschen. Die Abtrünnigen starben, er jedoch lebte, denn seine Macht war die Macht aller Drachen und niemand konnte hoffen, ihn zu stürzen.

Im dreiundachtzigsten Jahr seiner Herrschaft stahl ein Mann das blaue Drachenei aus seiner Burg. Das Ei gelangte in die Obhut derer, die noch immer gegen Galbatorix kämpften und die man die Varden nannte.

Die Elfe Arya brachte das Ei zu den Varden und zu den Elfen, auf der Suche nach einem Menschen oder Elf, für den das Drachenküken schlüpfen möge. So vergingen fünfundzwanzig Jahre.

Dann, als Arya in die Elfenstadt Osilon reiste, wurde sie von einer Schar Urgals angegriffen. Bei den Urgals aber war der Schatten Durza: ein Zauberer, der von einem Dämon besessen war, den er heraufbeschworen hatte, um ihn sich gefügig zu machen. Nach dem Tode der Abtrünnigen war er zu Galbatorix' meistgefürchtetem Diener geworden. Die Urgals erschlugen Aryas Wachen, doch bevor sie und der Schatten die Elfe gefangen nehmen konnten, sandte Arya das Ei mit Magie zu jemandem, von dem sie glaubte, er würde es beschützen können.

Aber ihr Zauber misslang.

Und so geschah es, dass Eragon, ein Waisenjunge von nur fünfzehn Jahren, das Ei in den Bergen des Buckels fand. Er nahm das Ei mit auf den Hof, wo er bei seinem Onkel Garrow und seinem einzigen Cousin Roran lebte. Das Drachenküken in dem Ei schlüpfte für Eragon und er zog es auf. Und er gab dem Drachen den Namen Saphira.

Da sandte Galbatorix zwei Ra'zac aus, das Ei zu finden und ihm zurückzubringen. Sie erschlugen Garrow und brannten Eragons Zuhause nieder. Denn Galbatorix hatte sich die Ra'zac untertan gemacht und es blieben nur wenige von ihnen.

Eragon und Saphira machten sich auf, um Rache zu üben an den

Ra'zac. Begleitet wurden sie von Brom, dem Geschichtenerzähler, der vor dem Sturz der Reiter einst selbst ein Drachenreiter gewesen war. Brom war es auch, dem die Elfe das blaue Ei hatte schicken wollen.

Brom brachte Eragon viel über Schwertkunst und Magie bei, außerdem, was Ehre bedeutete. Und er gab ihm Zar'roc, das Schwert, das einst Morzan geführt hatte, der erste und mächtigste unter den Abtrünnigen. Aber die Ra'zac töteten Brom bei ihrer nächsten Begegnung und Eragon und Saphira entkamen nur mit der Hilfe eines jungen Mannes. Sein Name war Murtagh und er war Morzans Sohn.

Auf ihrer Reise durch Alagaësia nahm Durza, der Schatten, Eragon in der Stadt Gil'ead gefangen. Eragon konnte sich selbst befreien und er befreite auch Arya aus ihrer Zelle. Arya war vergiftet und schwer verletzt, sodass Eragon, Saphira und Murtagh sie mit zu den Varden nahmen, die bei den Zwergen im Beor-Gebirge lebten.

Dort wurde Arya geheilt, und dort segnete Eragon einen Säugling mit dem Namen Elva. Sein Segen sollte das Mädchen vor allem Unglück bewahren. Eragon aber sprach den Segen unwissentlich falsch und er kehrte sich in einen Fluch um. Der Fluch zwang Elva, stattdessen, alle um sie herum vor jedem Unglück zu bewahren.

Bald darauf schickte Galbatorix ein großes Urgal-Heer, die Zwerge und die Varden zu überfallen. Und in der folgenden Schlacht tötete Eragon den Schatten Durza. Aber Durza fügte Eragon eine schwere Wunde am Rücken zu und Eragon litt schreckliche Qualen, trotz aller Heilzauber der Varden.

Und in seinem Schmerz hörte er eine Stimme. Und die Stimme sagte: *Komm zu mir, Eragon. Komm zu mir, denn ich habe Antworten auf all deine Fragen.*

Drei Tage danach lockten Urgals Ajihad, das Oberhaupt der Varden, in einen Hinterhalt und töteten ihn auf Befehl eines Zwillingspaars von Magiern, die die Varden an Galbatorix verraten hatten. Die Zwillinge entführten auch Murtagh und brachten ihn zu Galbatorix. Für Eragon und alle anderen bei den Varden aber sah es so aus, als sei Murtagh umgekommen. Eragon war sehr betrübt.

Und Ajihads Tochter Nasuada wurde Anführerin der Varden.

Aus Tronjheim, dem Hauptsitz der Zwerge, brachen Eragon, Saphira und Arya auf gen Norden, in die Wälder von Du Weldenvarden, wo die Elfen lebten. Mit ihnen reiste der Zwerg Orik, der Neffe des Zwergenkönigs Hrothgar.

In Du Weldenvarden lernten Eragon und Saphira Oromis und Glaedr kennen, den letzten freien Reiter und seinen Drachen. Sie hatten dort das letzte Jahrhundert im Verborgenen gelebt und warteten darauf, die nächste Generation von Drachenreitern auszubilden. Eragon und Saphira trafen dort auch Königin Islanzadi, die Herrscherin der Elfen und Mutter von Arya.

Während Oromis und Glaedr Eragon und Saphira noch ausbildeten, sandte Galbatorix die Ra'zac und einen Trupp Soldaten in Eragons Heimatdorf Carvahall, auf dass sie dort seinen Cousin Roran gefangen nähmen. Aber Roran versteckte sich und seine Häscher hätten ihn nicht gefunden, wenn nicht der Metzger Sloan ihn in seinem Hass verraten hätte. Denn Sloan brachte einen Wachmann aus Carvahall um, um die Ra'zac ins Dorf zu lassen, wo sie Roran überraschten.

Roran kämpfte und entkam, aber die Ra'zac raubten ihm seine geliebte Katrina, Sloans Tochter. Daraufhin überzeugte Roran die Dorfbewohner, ihre Heimat zu verlassen und mit ihm zu kommen. Sie zogen durch die Berge des Buckels bis zur Küste von Alagaësia und weiter mit dem Schiff in das Land Surda tief im Süden, das noch unabhängig von Galbatorix war.

Weiterhin quälte Eragon die Wunde auf seinem Rücken. Aber während der Blutschwur-Zeremonie der Elfen, in der sie allhundertjährlich den Pakt zwischen Reitern und Drachen feierten, wurde seine Wunde vom Urvater aller Drachen geheilt, dem Geist, den die Elfen am Ende des Festes heraufbeschworen. Auch verlieh dieser Geist Eragon die Kraft und die Schnelligkeit, die sonst nur Elfen eigen war.

Dann flogen Eragon und Saphira nach Surda, wo Nasuada die Varden hingeführt hatte, um ihren Angriff auf Galbatorix' Imperium zu beginnen. Dort schlossen sich die Urgals den Varden an, denn sie hatten herausgefunden, dass Galbatorix ihren Geist beeinflusst hatte, und wollten Rache üben. Bei den Varden war auch Elva. Und

Eragon sah, dass sein Zauber sie unnatürlich schnell hatte heranwachsen lassen. Aus dem Säugling war vor der Zeit ein Mädchen von drei oder vier Jahren geworden. Wahrhaft furchtbar war ihr Blick, denn sie kannte die Schmerzen all derer, die um sie waren.

Und unweit der Grenze von Surda, in der Schwärze der Brennenden Steppen, schlugen Eragon, Saphira und die Varden eine blutige Schlacht gegen Galbatorix' Armee.

Inmitten der Schlacht stießen Roran und die Männer aus Carvahall zu den Varden, wie auch die Zwerge, die aus dem Beor-Gebirge zu ihnen gekommen waren.

Aber von Osten erhob sich ein Reiter in glänzender Rüstung. Und er ritt auf einem funkelnden roten Drachen. Und mit einem Zauber tötete er König Hrothgar.

Da kämpften Eragon und Saphira gegen den Reiter und seinen roten Drachen. Und sie erkannten, dass der Reiter Murtagh war, gebunden an Galbatorix durch unlösbare Eide. Und der Drache war Dorn, geschlüpft aus dem zweiten der drei Eier.

Murtagh besiegte Eragon und Saphira mit der Macht der Eldunarí, die Galbatorix ihm gegeben hatte. Doch Murtagh ließ Eragon und Saphira ziehen, denn er trug noch immer Freundschaft zu Eragon im Herzen. Und er offenbarte Eragon, dass sie Brüder seien, beide Söhne von Morzans Lieblingsgefährtin Selena.

Dann entriss Murtagh Eragon das Schwert ihres Vaters, Zar'roc, und Murtagh und Dorn zogen sich von den Brennenden Steppen zurück, und so auch der Rest von Galbatorix' Streitmacht.

Nachdem die Schlacht geschlagen war, flogen Eragon, Saphira und Roran zu dem dunklen Felsenberg Helgrind, der den Ra'zac als Unterschlupf diente. Sie erschlugen einen der Ra'zac – und die widerlichen Eltern der Ra'zac, die Lethrblaka – und retteten Katrina aus dem Helgrind. Und in einer der Zellen entdeckte Eragon Katrinas Vater Sloan, blind und halb tot.

Eragon erwog, Sloan um seines Verrats willen zu töten, aber er verwarf den Gedanken. Stattdessen versetzte er Sloan in einen tiefen Schlaf und erklärte Roran und Katrina, dass er tot sei. Dann bat er Saphira, dass sie Roran und Katrina zu den Varden zurückbringen möge, während er blieb, um den letzten Ra'zac zu jagen.

Allein tötete Eragon den letzten Ra'zac. Dann holte er Sloan aus dem Helgrind. Nach gründlichem Nachdenken fand Eragon Sloans wahren Namen in der alten Sprache, der Sprache der Macht und der Magie. Und Eragon band Sloan mit seinem Namen und er zwang den Metzger, zu schwören, dass er seine Tochter nie wiedersehen würde. Dann schickte Eragon ihn zu den Elfen, dort zu leben. Er sagte dem Metzger jedoch nicht, dass die Elfen ihm sein Augenlicht wiedergeben würden, sobald er den Verrat und den Mord bereute, den er begangen hatte.

Arya kam Eragon auf seinem Rückweg zu den Varden entgegen und zusammen kehrten sie zu Fuß durch Feindesland zurück.

Bei den Varden erfuhr Eragon, dass Königin Islanzadi zwölf Elfen, allesamt Magier, gesandt hatte, angeführt von einem Elf namens Bloëdhgarm, um ihn und Saphira zu beschützen. Eragon machte seinen Fluch an Elva rückgängig, soweit es in seiner Macht stand. Doch sie behielt ihre Fähigkeit, den Schmerz anderer zu empfinden, wenn sie auch nicht mehr gezwungen war, sie vor ihrem Unheil zu bewahren.

Und Roran heiratete Katrina, die schwanger war, und zum ersten Mal seit langer Zeit war Eragon glücklich.

Da griffen Murtagh, Dorn und eine Gruppe von Galbatorix' Männern die Varden an. Mithilfe der Elfenmagier konnten Eragon und Saphira sie aufhalten, aber weder Eragon noch Murtagh konnten den Sieg erringen. Es war eine schwere Schlacht, denn Galbatorix hatte seine Soldaten mit einem Zauber belegt, sodass sie keinen Schmerz empfanden, und die Varden hatten hohe Verluste zu beklagen.

Kurz darauf entsandte Nasuada Eragon als Vertreter der Varden zu den Zwergen, die ihren neuen König wählten. Eragon ging nur sehr ungern, denn Saphira musste bleiben und das Feldlager der Varden beschützen. Doch er ging.

Und Roran diente den Varden und stieg in ihren Rängen auf, indem er sich als guter Krieger und Anführer erwies.

Während Eragon bei den Zwergen weilte, versuchten sieben von ihnen, ihn zu ermorden. Nachforschungen ergaben, dass der Clan der Az Sweldn rak Anhûin hinter dem Anschlag steckte. Die Clan-

Versammlung aber wurde fortgesetzt und Orik wurde zum Nachfolger seines Onkels als König der Zwerge gewählt. Zur Krönung kam auch Saphira. Dabei erfüllte sie ihr Versprechen, den großen Sternsaphir, den Stolz der Zwerge, wiederherzustellen, den Arya während Eragons Kampf mit dem Schatten Durza gesprengt hatte.

Dann flogen Eragon und Saphira nach Du Weldenvarden zurück. Dort enthüllte Oromis Eragon die Wahrheit über seine Herkunft: dass er tatsächlich nicht Morzans Sohn war, sondern der Sohn Broms, auch wenn Selena ihrer beider Mutter war. Oromis und Glaedr erklärten Eragon und Saphira auch, was es mit den Eldunarí auf sich hatte. Ein Drache konnte schon bei Lebzeiten beschließen, sein Herz der Herzen auszuspeien – was aber nur unter größter Vorsicht geschehen durfte. Denn wer immer den Eldunarí besaß, konnte mit ihm den Drachen kontrollieren, dem er gehörte.

Im Elfenwald entschied Eragon, dass er ein Schwert als Ersatz für Zar'roc brauche. Er entsann sich der Worte der Werkatze Solembum, die er auf seiner Reise mit Brom getroffen hatte, und begab sich zum Menoa-Baum in Du Weldenvarden. Er sprach mit dem Baum und der Baum willigte ein, ihm gegen einen ungenannten Preis den Sternenstahl unter seinen Wurzeln zu überlassen.

Dann formte die Elfenschmiedin Rhunön – die die Schwerter aller Reiter geschmiedet hatte – zusammen mit Eragon aus dem Sternenstahl eine neue Klinge. Das Schwert war blau und Eragon nannte es Brisingr – »Feuer«. Und die Klinge des Schwerts ging in Flammen auf, wann immer er ihren Namen sprach.

Dann vertraute Glaedr Eragon und Saphira sein Herz der Herzen an und sie machten sich auf zu den Varden. Glaedr und Oromis dagegen schlossen sich dem Elfenheer an, um das Imperium von Norden her anzugreifen.

Beim Sturm auf Feinster trafen Eragon und Arya auf drei feindliche Magier. Einer von ihnen verwandelte sich in den Schatten Varaug. Mit Eragons Hilfe tötete Arya ihn.

Zur selben Stunde lagen Oromis und Glaedr im Kampf mit Murtagh und Dorn. Und Galbatorix nahm Besitz von Murtaghs Geist und beherrschte ihn. Mit Murtaghs Arm erschlug Galbatorix Oromis und Dorn tötete Glaedrs Körper.

Und wenn die Varden auch in Feinster gesiegt hatten, so hatten Eragon und Saphira doch den Verlust ihres Lehrers Oromis zu beklagen. Die Varden aber marschierten weiter, immer tiefer in das Imperium hinein und auf die Hauptstadt Urû'baen zu, wo Galbatorix residiert, hochmütig, siegessicher und voller Verachtung für seine Feinde, denn sein ist die Macht der Drachen.

ERAGON

Das Erbe der Macht

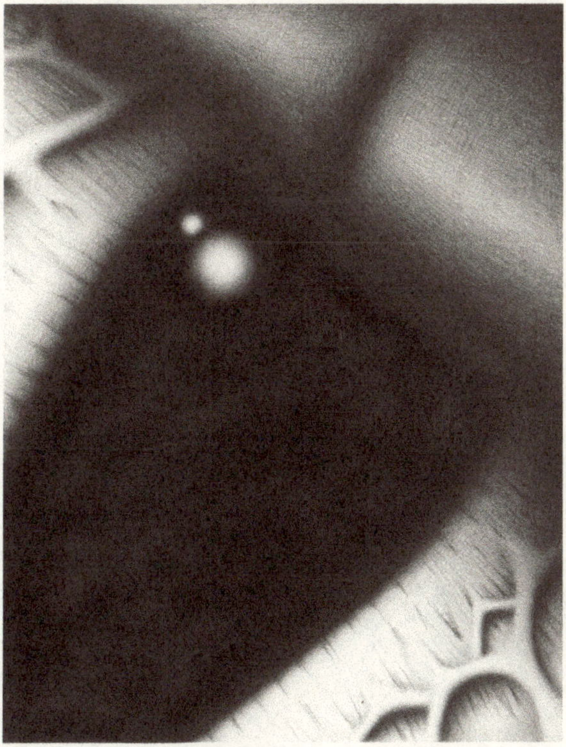

Shruikan

In die Bresche

Saphira brüllte und die Soldaten vor ihr erzitterten.

»Mir nach!«, rief Eragon. Er riss Brisingr hoch, sodass alle es sehen konnten. Hell schillernd strahlte das blaue Schwert vor der Wand aus schwarzen Wolken, die sich im Westen zusammenballten. »Für die Varden!«

Ein Pfeil zischte an ihm vorbei, doch er beachtete ihn nicht.

Die Krieger, die sich vor der eingestürzten Mauer versammelt hatten, auf der Eragon und Saphira standen, brüllten als Antwort aus vollem Halse: »Für die Varden!« Sie schwangen ihre eigenen Waffen, stürmten vorwärts und begannen über die Steinbrocken des Schuttwalls zu klettern.

Eragon wandte seinen Männern den Rücken zu. Auf der anderen Seite des Trümmerhaufens lag ein weiter Burghof. Etwa zweihundert Soldaten des Imperiums drängten sich dort zusammen. Hinter ihnen erhob sich der hohe, düstere Wohnturm der Burg mit schmalen Schlitzen als Fenstern und mehreren rechteckigen Türmchen. Ganz oben im höchsten brannte ein Licht. Irgendwo in dem Gebäude, das wusste Eragon, hielt sich Fürst Bradburn auf, der Gouverneur von Belatona – der Stadt, um deren Einnahme die Varden seit mehreren Stunden kämpften.

Mit einem Aufschrei sprang Eragon von den Trümmern auf die Soldaten zu. Die Männer wichen zurück, richteten aber ihre Speere und Piken weiter auf das gezackte Loch, das Saphira in die Ringmauer der Burg gerissen hatte.

Bei der Landung knickte Eragon mit dem rechten Fuß um. Er fiel aufs Knie und musste sich mit der Schwerthand auf dem Boden abstützen.

Einer der Soldaten nutzte die Gelegenheit, löste sich aus der Formation und stieß mit seiner Lanze nach Eragons ungeschützter Kehle.

Mit einer kleinen Drehung seines Handgelenks parierte Eragon den Stoß. Brisingr schwang so schnell herum, dass weder Mensch noch Elf der Bewegung folgen konnten. Das Gesicht des Soldaten erstarrte vor Angst, als er seinen Fehler erkannte. Er versuchte zu fliehen, aber bevor er sich auch nur eine Handbreit bewegen konnte, stürzte Eragon vor und rammte ihm seine Klinge in die Eingeweide.

Mit einem gewaltigen Satz folgte Saphira Eragon in den Burghof. Blaue und gelbe Flammen strömten ihr aus dem Rachen. Eragon ging in die Hocke und spannte die Beinmuskeln an, als sie hart auf dem gepflasterten Grund landete. Der Aufprall ließ den ganzen Hof erzittern. Viele der Glassteinchen, die in dessen Mitte ein großes buntes Mosaik auf dem Boden bildeten, lösten sich und sprangen hoch wie Münzen, die man auf eine Trommel geworfen hatte. Weiter oben riss es die Läden eines Turmfensters auf, dann knallten sie wieder zu.

Die Elfe Arya begleitete Saphira. Das lange schwarze Haar wehte ihr wild um das schmale Gesicht, als sie von der eingestürzten Mauer heruntersprang. Blutspritzer bedeckten ihre Arme und ihren Hals. Die Klinge ihres Schwerts war mit getrocknetem Blut überzogen. Mit einem sanften Knarzen von Leder landete sie auf den Pflastersteinen.

Ihre Gegenwart machte Eragon Mut. Es gab niemanden, an dessen Seite er und Saphira lieber gekämpft hätten. Sie war, dachte er, die ideale Kampfgefährtin.

Er schenkte ihr ein kurzes Lächeln, das Arya erwiderte. Sie wirkte nun wild und entschlossen. Im Kampf war von der für sie typischen Zurückhaltung nichts mehr zu spüren. An ihre Stelle trat eine Offenheit, die sie sonst nur selten zeigte.

Eragon duckte sich hinter seinen Schild, als eine sich kräuselnde Wand aus blauem Feuer zwischen ihnen erschien. Den Helm tief ins Gesicht gedrückt, beobachtete er, wie Saphira die Soldaten in einem Meer von Flammen badete. Aber das Feuer umloderte die Männer, ohne ihnen den geringsten Schaden zuzufügen.

Die Reihe der Bogenschützen auf den Zinnen der Burg ließ eine Salve von Pfeilen auf Saphira herabregnen. Ihr Feueratem verströmte jedoch eine solche Hitze, dass die meisten Pfeile bereits auf halbem Wege in Flammen aufgingen und zu Asche zerfielen. Die übrigen wurden von dem Schutzzauber abgewehrt, mit dem Eragon Saphira belegt hatte. Einer der abgelenkten Pfeile prallte mit einem dumpfen Schlag von Eragons Schild ab und hinterließ eine Kerbe.

Die Flammenzungen wanden sich jäh um drei der Soldaten und töteten sie so schnell, dass sie nicht einmal mehr einen Schrei von sich geben konnten. Die anderen Soldaten drängten sich in der Mitte des Infernos zusammen, wobei die Klingen ihrer Speere und Piken in dem grellen blauen Licht funkelten.

Sosehr sie sich auch bemühte, Saphira konnte die Überlebenden nicht einmal ansengen. Schließlich gab sie auf und schloss mit einer entschiedenen Geste das Maul. Nach dem unvermittelten Ende des Flammeninfernos herrschte auf dem Innenhof eine beunruhigende Stille.

Wie schon etliche Male zuvor kam Eragon in den Sinn, dass der Schutzzauber dieser Soldaten das Werk eines geschickten und mächtigen Magiers sein musste. *Kann es Murtagh sein?*, fragte er sich. *Wenn ja, warum sind er und Dorn dann nicht hier, um Belatona zu verteidigen? Ist es Galbatorix gleich, ob er die Kontrolle über seine Städte verliert?*

Eragon stürmte los und mit einem einzigen Streich Brisingrs schlug er die Spitzen von einem Dutzend Piken und Hellebarden ab, so mühelos wie er in jüngeren Jahren die Ähren von Gerstenhalmen geköpft hatte. Er schlitzte dem ihm am nächsten stehenden Soldaten die Brust auf und durchdrang dabei seinen Panzer, als sei er aus dünnstem Tuch. Eine Blutfontäne spritzte aus der Wunde. Dann erstach Eragon den nächsten Soldaten in der Reihe und schlug den Soldaten zu seiner Linken so heftig mit seinem Schild, dass der Mann drei seiner Kameraden mit zu Boden riss.

Die Reaktionen der Soldaten wirkten auf Eragon unbeholfen und träge, während er durch ihre Reihen tanzte und sie ungestraft niedermähte. Saphira stürzte sich zu seiner Linken ins Getümmel –

sie schleuderte Soldaten mit gewaltigen Prankenhieben durch die Luft, erschlug sie mit ihrem zackenbewehrten Schwanz oder packte sie mit dem Maul und brach ihnen mit einer schnellen Bewegung ihres Kopfes das Genick. Währenddessen war Arya zu seiner Rechten ein einziger Wirbel schneller Bewegungen, wobei jeder Hieb ihres Schwertes einem weiteren Diener des Imperiums den Tod brachte. Als Eragon sich herumwarf, um zwei Speeren auszuweichen, bemerkte er dicht hinter sich den fellbedeckten Elf Bloëdhgarm – genau wie die elf übrigen Elfen, deren Aufgabe darin bestand, ihn und Saphira zu schützen.

Inzwischen strömten auch die Varden durch das Loch in der Außenmauer in den Burghof, ohne vorerst jedoch in den Kampf einzugreifen. Es war zu gefährlich, sich in Saphiras Nähe zu wagen. Weder der Drache noch Eragon oder die Elfengarde brauchten Hilfe, um mit den Soldaten fertig zu werden.

Im Eifer des Gefechts fanden sich Eragon und Saphira bald an entgegengesetzten Enden des Burghofs wieder. Eragon machte sich deshalb keine Sorgen. Auch ohne Schutzzauber war Saphira in der Lage, zwanzig bis dreißig Soldaten zu besiegen.

Ein Speer krachte gegen Eragons Schild und schrammte an seiner Schulter entlang. Er wirbelte zu dem Werfer herum, einem großen, narbengesichtigen Mann, dem die unteren Schneidezähne fehlten, und stürmte auf ihn zu. Der Mann mühte sich, einen Dolch aus seinem Gürtel zu ziehen. Kurz bevor er ihn erreichte, drehte Eragon sich ein wenig, spannte Arme und Brust an und rammte dem Mann die geprellte Schulter ins Brustbein. Die Wucht des Aufpralls trieb den Soldaten mehrere Schritte zurück; dann fasste er sich an die Brust und brach zusammen.

Plötzlich hagelten wieder schwarz gefiederte Pfeile herab und töteten oder verletzten viele der Soldaten. Eragon wich den Geschossen aus und benutzte seinen Schild als Deckung, obwohl er überzeugt war, dass seine Magie ihn beschützen würde. Aber deshalb durfte er nicht unvorsichtig werden. Jederzeit konnte ein feindlicher Magier einen Pfeil abschießen, der die Schutzzauber möglicherweise durchbrechen konnte.

Ein bitteres Lächeln erschien auf Eragons Lippen. Den Bogenschützen über ihm war klar geworden, dass ihre einzige Hoffnung auf einen Sieg darin bestand, Eragon und die Elfen irgendwie zu töten, ganz gleich wie viele ihrer eigenen Männer sie dafür opfern mussten.

Für euch ist es zu spät, dachte Eragon mit grimmiger Befriedigung. *Ihr hättet euch vom Imperium abwenden sollen, solange ihr noch die Chance dazu hattet.*

Der anhaltende Hagel surrender Pfeile gab ihm die willkommene Gelegenheit, einen Moment durchzuatmen. Der Sturm auf die Stadt hatte bei Tagesanbruch begonnen und er und Saphira hatten die ganze Zeit über an vorderster Front gekämpft.

Sobald kaum mehr Pfeile flogen, wechselte Eragon Brisingr in die linke Hand, hob den Speer eines Soldaten vom Boden auf und schleuderte ihn nach den Bogenschützen vierzig Fuß über ihm. Wie Eragon wusste, war es schwer, ohne viel Übung mit einem Speerwurf sein Ziel zu treffen. Es überraschte ihn daher nicht, dass er den Mann, dem er den Speer zugedacht hatte, nicht traf. Allerdings hatte er nicht damit gerechnet, gleich die gesamte Reihe von Bogenschützen auf den Zinnen zu verfehlen. Der Speer segelte über sie hinweg und prallte weiter oben gegen die Burgmauer. Die Bogenschützen lachten und johlten und schmähten seinen Wurf mit beleidigenden Gesten.

Eine schnelle Bewegung am Rand seines Gesichtsfelds lenkte Eragons Aufmerksamkeit auf Arya. Er bekam gerade noch mit, wie sie ihren eigenen Speer nach den Bogenschützen schleuderte und damit gleich zwei Männer aufspießte, die dicht nebeneinanderstanden. Dann zeigte Arya mit ihrem Schwert auf die Männer und rief: »Brisingr!«, worauf der Speer in smaragdgrünes Feuer ausbrach.

Die Bogenschützen wichen vor den brennenden Körpern zurück und hatten es sehr eilig, die Wehrgänge zu verlassen. Sie drängten sich durch die Türen, die in die oberen Stockwerke der Burg führten.

»Das ist nicht fair«, sagte Eragon. »Ich kann diesen Spruch nicht benutzen, ohne dass mein Schwert in Flammen aufgeht wie ein Leuchtfeuer.«

Auf Aryas Gesicht erschien der Hauch eines Lächelns.

Die Kämpfe währten nur noch wenige Minuten, bis die restlichen Soldaten auf dem Burghof sich entweder ergaben oder zu fliehen versuchten.

Eragon ließ es zu, dass die fünf Männer, die gerade noch vor ihm gestanden hatten, davonliefen, denn er wusste, dass sie nicht weit kommen würden. Nach einem kurzen, prüfenden Blick, um sich davon zu überzeugen, dass die um ihn her niedergestreckten Soldaten tatsächlich tot waren, sah er noch einmal über den Hof zurück. Die Varden hatten das Tor in der äußeren Mauer geöffnet und trugen einen Rammbock über die Straße zur Burg hinauf. Andere hatten sich in loser Formation am Tor des Wohnturms zusammengefunden, bereit, den Turm zu stürmen und sich den Soldaten darin im Kampf zu stellen. Bei ihnen stand Roran, Eragons Cousin, gestikulierte mit seinem allgegenwärtigen Hammer und erteilte dem Zug unter seinem Kommando Befehle.

Am anderen Ende des Burghofs hockte Saphira auf den Leichen derer, die sie getötet hatte, inmitten eines einzigen Schlachtfelds. Blutstropfen klebten auf ihren edelsteingleichen Schuppen und die roten Flecken bildeten einen verblüffenden Kontrast zum Blau ihres Panzers. Sie warf ihren zackenbewehrten Kopf zurück und brüllte ihren Triumph so laut heraus, dass ihr wilder Schrei den Kampfeslärm aus der Stadt übertönte.

Dann hörte Eragon aus dem Innern der Burg das Rasseln von Rädern und Ketten, gefolgt vom Knarzen schwerer Holzbalken, die zurückgezogen wurden. Diese Geräusche lenkten aller Blicke auf das Tor des Turms.

Mit einem mächtigen Schlag schwangen die beiden Torflügel auf. Eine dicke Rauchwolke, die von den Fackeln im Innern herrührte, wogte heraus, sodass die am nächsten stehenden Varden husten und ihre Gesichter bedecken mussten. Von irgendwoher aus der Dunkelheit erklang das Trommeln eisenbeschlagener Hufe auf den Pflastersteinen, dann brach ein Pferd mit einem Reiter aus dem Rauch hervor. Im Inneren des Turms rasselte es erneut, als fiele ein Eisengitter herab.

In der linken Hand hielt der Reiter etwas, was Eragon zuerst für eine gewöhnliche Lanze hielt. Aber er erkannte bald, dass die

Waffe aus einem seltsamen grünen Material gefertigt war und eine in einem fremdartigen Muster geschmiedete, mit einem Widerhaken versehene Klinge besaß. Ein schwaches Leuchten umgab die Spitze der Lanze und das unnatürliche Licht verriet die Gegenwart von Magie.

Der Reiter zerrte an den Zügeln und lenkte sein Ross auf Saphira zu, die sich auf die Hinterbeine erhob, bereit, mit ihrer rechten Pranke einen tödlichen Hieb zu führen.

Furcht erfasste Eragon. Der Reiter war sich seiner Sache allzu sicher, die Lanze war zu ungewöhnlich, zu unheimlich. Obwohl Schutzzauber sie vor Schaden bewahren sollten, war Eragon überzeugt, dass Saphira sich in tödlicher Gefahr befand.

Ich kann sie nicht rechtzeitig erreichen, wurde ihm klar.

Er sandte seinen Geist nach dem Reiter aus, aber der Mann war so von seinem Auftrag erfüllt, dass er Eragons Gegenwart nicht einmal bemerkte, und seine unerschütterliche Konzentration hinderte den Drachenreiter daran, mehr als einen oberflächlichen Zugang zu seinem Bewusstsein zu erlangen.

Eragon zog sich in seinen eigenen Geist zurück, ging ein halbes Dutzend Worte aus der alten Sprache durch und verfasste einen simplen Zauber, damit das galoppierende Schlachtross wie angewurzelt stehen blieb. Es war eine schiere Verzweiflungstat – denn er wusste nicht, ob der Reiter selbst ein Magier war oder welche Vorsichtsmaßnahmen er möglicherweise gegen magische Angriffe getroffen hatte –, aber Eragon würde nicht tatenlos zusehen, wenn Saphiras Leben bedroht war.

Eragon füllte seine Lungen. Er vergegenwärtigte sich die korrekte Aussprache mehrerer schwieriger Laute in der alten Sprache. Dann öffnete er den Mund, um den Zauber auszusprechen.

Doch so schnell er auch war, die Elfen waren schneller. Bevor er auch nur ein einziges Wort herausgebracht hatte, erhob sich hinter ihm ein leiser, berauschender Gesang, dessen Vielstimmigkeit eine misstönende und beunruhigende Melodie erzeugte.

»Mäe…«, brachte er noch heraus, dann zeigte die Magie der Elfen Wirkung.

Das Mosaik vor dem Pferd geriet in Bewegung, die Glassteinchen zerflossen wie Wasser und ein langer Riss tat sich im Boden auf, ein klaffender Spalt von ungewisser Tiefe. Mit einem entsetzten Wiehern stürzte das Pferd in das Loch und brach sich beide Vorderbeine.

Während Pferd und Reiter stürzten, holte der Mann im Sattel aus und schleuderte die leuchtende Lanze nach Saphira.

Saphira konnte nicht weglaufen. Sie konnte nicht ausweichen. Also schlug sie mit einer Pranke nach der Lanze, um sie beiseitezuschleudern. Sie verfehlte ihr Ziel jedoch – um weniger als eine Handbreit – und Eragon verfolgte voll Entsetzen, wie die Lanze sich eine Armlänge oder tiefer in Saphiras Brust bohrte, direkt unter dem Schlüsselbein.

Heißer Zorn verschleierte seinen Blick. Er sammelte den gesamten Vorrat an Energie, der ihm zur Verfügung stand – aus seinem Körper, dem Saphir im Knauf seines Schwerts, den zwölf Diamanten im Gürtel von Beloth dem Weisen und aus Aren, dem Elfenring, den er an der rechten Hand trug –, und schickte sich an, den Reiter zu vernichten, koste es, was es wolle.

Bevor Eragon sich aber rühren konnte, kam Bloëdhgarm bereits hinter Saphiras linkem Vorderbein hervorgesprungen. Der Elf landete auf dem Reiter wie ein Panther, der sich auf ein Reh stürzt, und schlug den Mann zur Seite. Mit einer wilden Drehung seines Kopfes riss Bloëdhgarm dem Mann mit seinen langen weißen Reißzähnen die Kehle auf.

Ein Kreischen alles verzehrender Verzweiflung erklang von einem Fenster hoch über dem offenen Tor zum Wohnturm der Burg, gefolgt von einer gewaltigen Explosion, die Teile des Mauerwerks aus dem Gebäude sprengte. Die großen Brocken krachten mitten unter die versammelten Varden und zermalmten Glieder und Leiber wie überreife Äpfel.

Eragon ignorierte den Steinhagel und rannte zu Saphira hinüber. Er nahm kaum wahr, dass Arya und seine Wachen ihn begleiteten. Die übrigen Elfen, die sich in der Nähe aufgehalten hatten, scharten sich bereits um die Drachendame und untersuchten die Lanze, die ihr aus der Brust ragte.

»Wie schlimm … Ist sie …?«, fragte Eragon, zu bestürzt, um seine

Sätze zu Ende zu bringen. Er sehnte sich danach, seinen Geist zu Saphira auszuschicken und mit ihr zu sprechen, aber weil feindliche Magier auf dem Gelände sein konnten, wagte er es nicht, ihr sein Bewusstsein zu öffnen – aus Furcht, dass seine Widersacher seine Gedanken erkunden oder Gewalt über seinen Körper gewinnen könnten.

Nach einer scheinbar endlosen Zeit meinte Wyrden, einer der männlichen Elfen: »Ihr könnt dem Schicksal danken, Schattentöter; die Lanze hat die Hauptvene und die Hauptarterie in ihrem Hals verfehlt. Sie hat nur Muskeln getroffen und Muskeln können wir heilen.«

»Könnt Ihr die Lanze entfernen? Ist sie mit irgendwelchen Zaubern belegt, die verhindern …«

»Wir werden uns darum kümmern, Schattentöter.«

So ernst wie vor einem Altar versammelte Priester legten alle Elfen bis auf Bloëdhgarm Saphira die Hände auf die Brust, und wie ein Wispern des Windes, der durch die Weiden raunt, sangen sie. Von Wärme und Wachstum sangen sie, von Muskeln und Sehnen und pulsierendem Blut und von anderen, geheimnisvolleren Dingen. Es schien Saphira enorme Willenskraft zu kosten, während der Beschwörung bewegungslos zu verharren, obwohl alle paar Sekunden ein krampfartiges Beben ihren Körper schüttelte. Blut rann ihr in einer dünnen Linie über die Schuppen, wo der Schaft aus ihrer Brust ragte.

Als Bloëdhgarm neben ihn trat, warf Eragon ihm einen Blick zu. Geronnenes Blut klebte im Fell am Kinn und Hals des Wolfkatzenelfs und verdunkelte es von Mitternachtsblau zu einem matten Schwarz.

»Was war das?«, fragte Eragon und deutete auf die Flammen, die noch immer in der geborstenen Fensteröffnung hoch über dem Innenhof tanzten.

Bloëdhgarm leckte sich über die Lippen und entblößte seine katzenähnlichen Reißzähne, bevor er antwortete. »Im Augenblick seines Todes konnte ich in den Geist des Soldaten eindringen und durch ihn in den Geist des Magiers, der ihm geholfen hat.«

»Du hast den Magier getötet?«

»In gewisser Weise. Ich habe ihn gezwungen, sich selbst zu töten. Ich neige für gewöhnlich nicht zu solch übertrieben theatralischen Auftritten, aber ich war … verstimmt.«

Eragon wollte gerade zu ihr gehen, hielt jedoch inne, als Saphira ein lang gezogenes, leises Stöhnen ausstieß, während die Lanze, ohne dass irgendjemand sie berührte, langsam aus ihrer Brust glitt. Saphiras Lider flatterten und sie atmete schnell und flach, während die letzten sechs Zoll der Lanze sich aus ihrem Körper schoben. Die mit einem Widerhaken versehene Spitze mit ihrem schwachen Schein smaragdfarbenen Lichts fiel auf die Pflastersteine – aber sie klirrte nicht wie Metall, sondern eher wie Tongeschirr.

Als die Elfen ihren Gesang beendet und ihre Hände von Saphira genommen hatten, eilte Eragon an ihre Seite und berührte sie am Hals. Er wollte sie trösten, wollte ihr sagen, welche Angst er gehabt hatte, wollte sein Bewusstsein mit ihrem vereinen. Stattdessen begnügte er sich damit, in eins ihrer strahlend blauen Augen zu blicken und zu fragen: »Geht es dir gut?« Die Worte erschienen ihm armselig im Vergleich zur Tiefe seiner Gefühle.

Saphira antwortete mit einem Blinzeln, dann senkte sie den Kopf und liebkoste sein Gesicht mit einem sanften Schwall warmer Luft aus ihren Nüstern.

Eragon lächelte. Dann wandte er sich zu den Elfen um und dankte ihnen in der alten Sprache für ihre Hilfe: *»Eka elrun ono, Älfya, wiol förn Thornessa.«*

Die Elfen, die bei der Heilung mitgewirkt hatten, darunter auch Arya, verneigten sich und drehten die rechte Hand vor der Brust – eine Geste des Respekts, die für ihr Volk bezeichnend war.

Eragon bemerkte, dass mehr als die Hälfte der Elfen, die den Auftrag hatten, ihn und Saphira zu beschützen, bleich, schwach und unsicher auf den Beinen waren.

»Zieht Euch zurück und ruht Euch aus«, wies er sie an. »Ihr bringt Euch noch selbst um, wenn Ihr bleibt. Geht, das ist ein Befehl!«

Obwohl Eragon sicher war, dass sie ihn nur sehr ungern verließen, antworteten die Elfen: »Wie Ihr wünscht, Schattentöter.« Sie zogen sich aus dem Burghof zurück und stiegen dabei über die

Leichen und Trümmer. Selbst nahe am Ende ihrer Kraft wirkten sie vornehm und würdevoll.

Dann trat Eragon zu Arya und Bloëdhgarm, die die Lanze untersuchten. Auf den Gesichtern der beiden lag ein seltsamer Ausdruck, als seien sie nicht sicher, wie sie reagieren sollten. Eragon hockte sich neben sie, darauf bedacht, dass kein Teil seines Körpers die Waffe berührte. Er starrte auf die zarten Linien, die um den Ansatz der Klinge eingeritzt waren. Linien, die ihm vertraut erschienen, obwohl er nicht recht wusste, woher. Er besah sich das grünliche Heft, das aus einem Material bestand, bei dem es sich weder um Holz noch um Metall handelte, und konzentrierte sich schließlich auf den sanften Schimmer, der ihn an die flammenlosen Laternen erinnerte, mit denen die Elfen und Zwerge ihre Hallen beleuchteten.

»Denkt ihr, das ist Galbatorix' Werk?«, fragte Eragon. »Vielleicht ist er zu dem Schluss gekommen, Saphira und mich lieber zu töten, statt uns gefangen zu nehmen. Vielleicht glaubt er, dass wir tatsächlich zu einer Bedrohung für ihn geworden sind.«

Bloëdhgarm lächelte freudlos. »Ich würde mich nicht von solchen Fantasien in die Irre führen lassen, Schattentöter. Wir sind für Galbatorix nicht mehr als ein geringfügiges Ärgernis. Wenn er Euch oder irgendjemanden von uns wirklich tot sehen wollte, bräuchte er nur von Urû'baen herzufliegen und uns in einen Kampf zu verwickeln und wir würden fallen wie trockene Blätter in einem Wintersturm. Die Stärke der Drachen ist mit ihm und niemand kann seiner Macht trotzen. Außerdem lässt Galbatorix sich nicht so leicht von seinem Kurs abbringen. Wahnsinnig mag er sein, aber er ist auch schlau und vor allem entschlossen. Wenn er Euch zu versklaven wünscht, dann wird er dieses Ziel nötigenfalls verfolgen, als kenne er kein anderes, und nichts außer seinem Selbsterhaltungstrieb wird ihn davon abhalten.«

»In jedem Fall«, erklärte Arya, »ist das hier nicht Galbatorix' Werk, es ist unseres.«

Eragon runzelte die Stirn. »Unseres? Diese Waffe wurde nicht von den Varden gemacht.«

»Nicht von den Varden, sondern von einem Elf.«

»Aber …« Er zögerte und versuchte eine vernünftige Erklärung zu finden. »Aber kein Elf wäre bereit, Galbatorix zu dienen. Sie würden eher sterben, als …«

»Galbatorix hat damit nichts zu tun, und selbst wenn er etwas damit zu tun hätte, würde er eine solch seltene und mächtige Waffe kaum einem Mann geben, der sie nicht besser zu bewachen versteht. Von allem Kriegsgerät, das es in ganz Alagaësia gibt, ist es dasjenige, das Galbatorix sicher am wenigsten in unseren Händen wissen will.«

»Warum?«

Mit dem Anflug eines Schnurrens in seiner tiefen, vollen Stimme sagte Bloëdhgarm: »Weil das, Eragon Schattentöter, ein Dauthdaert ist.«

»Und sein Name ist Niernen, die Orchidee«, warf Arya ein. Sie zeigte auf die in die Klinge eingeritzten Linien, die, so begriff Eragon jetzt, tatsächlich stilisierte Zeichen der einzigartigen Schrift der Elfen waren – gewundene, ineinander verwobene Formen, die in langen, dornenartigen Spitzen ausliefen.

»Ein Dauthdaert?« Als sowohl Arya als auch Bloëdhgarm ihn ungläubig ansahen, zuckte Eragon entschuldigend die Achseln. Sein Mangel an Bildung war ihm peinlich. Es frustrierte ihn, dass sein Onkel Garrow ihn nicht einmal lesen gelehrt hatte, weil ihm das unwichtig erschienen war, während die Elfen in ihrer jahrzehntelangen Jugend bei den besten Gelehrten ihres Volks studierten. »Ich konnte in Ellesméra nur eine begrenzte Zahl Bücher lesen. Was ist ein Dauthdaert? Wurde er während des Untergangs der Reiter geschmiedet, um ihn gegen Galbatorix und die Abtrünnigen einzusetzen?«

Bloëdhgarm schüttelte den Kopf. »Niernen ist viel, viel älter.«

»Die Dauthdaertya«, fügte Arya hinzu, »sind aus der Furcht und dem Hass heraus entstanden, die die letzten Jahre unseres Krieges mit den Drachen kennzeichneten. Unsere begabtesten Schmiede und Magier schufen sie aus Materialien, die wir längst nicht mehr verstehen, tränkten sie mit Zaubern, deren Wortlaut wir nicht mehr kennen, und benannten sie alle zwölf nach den schönsten Blumen – ein Fehlgriff, wie es ihn hässlicher nie mehr gegeben hat, denn wir schufen sie mit nur einem einzigen Ziel: um Drachen zu töten.«

Abscheu überkam Eragon, während er die schimmernde Lanze betrachtete. »Und haben sie es getan?«

»Jene, die es miterlebt haben, sagen, dass das Blut der Drachen vom Himmel fiel wie ein sommerlicher Gewitterregen.«

Saphira zischte, laut und scharf.

Eragon warf ihr einen Blick zu und sah aus dem Augenwinkel, dass die Varden noch immer vor dem offenen Tor standen und darauf warteten, dass er und Saphira den Angriff erneut anführten.

»Man dachte, alle Dauthdaertya seien zerstört oder unwiederbringlich verloren«, sagte Bloëdhgarm. »Offensichtlich haben wir uns geirrt. Niernen muss auf irgendwelchen Wegen in die Hände der Familie Waldgrave gefallen und hier in Belatona versteckt worden sein. Meine Vermutung ist: Als wir die Stadtmauern durchbrochen haben, hat Fürst Bradburn der Mut verlassen und er hat befohlen, Niernen aus seiner Waffenkammer zu holen, um so zu versuchen, Euch und Saphira aufzuhalten. Zweifellos wäre Galbatorix außer sich vor Wut, wenn er wüsste, dass Bradburn versucht hat, Euch zu töten.«

Obwohl ihm klar war, dass sie sich besser beeilen sollten, ließ Eragons Neugier ihm keine Ruhe. »Ihr habt mir immer noch nicht erklärt, warum Galbatorix so sehr dagegen sein sollte, dass uns das hier in die Hände fällt.« Er deutete auf die Lanze. »Was macht Niernen gefährlicher als diesen Speer dort drüben oder gar gefährlicher als Bris…« Er vermied es gerade noch, den ganzen Namen auszusprechen, »als mein eigenes Schwert?«

Es war Arya, die ihm antwortete. »Man kann einen Dauthdaert mit gewöhnlichen Mitteln nicht zerstören, Feuer kann ihm nichts anhaben und er ist fast gänzlich unempfänglich für Magie, wie du selbst gesehen hast. Die Dauthdaertya wurden dazu geschaffen, von jeder Magie, die die Drachen möglicherweise wirkten, unberührt zu bleiben, ebenso wie ihre Träger – und das will angesichts der Stärke, der Vielschichtigkeit und der Unberechenbarkeit der Drachenmagie schon etwas heißen. Galbatorix mag Shruikan und sich selbst mit mehr Schutzzaubern umgeben haben als irgendwen sonst in Alagaësia, aber es ist gut möglich, dass Niernen durch ihre Verteidigungswälle dringen könnte, als gäbe es sie gar nicht.«

Eragon verstand und ein Hochgefühl erfüllte ihn. »Wir müssen …«

Ein Kreischen unterbrach ihn.

Es war ein durchdringendes, schrilles, schauderhaftes Kreischen wie von Metall, das über Stein kratzt. Eragons Zähne vibrierten bei dem furchtbaren Geräusch. Er hielt sich die Ohren zu und verzog das Gesicht, während er sich umdrehte und versuchte, die Quelle des Kreischens auszumachen.

Saphira warf den Kopf hin und her und trotz des Getöses vernahm er ihr gequältes Wimmern.

Eragon ließ den Blick zweimal über den Burghof schweifen, bevor er eine feine Staubwolke bemerkte, die oben an der Mauer des Wohnturms aus einem einen Fuß breiten Riss aufstieg. Der Riss führte von der geschwärzten und teilweise zerstörten Fensteröffnung, wo Bloëdhgarm den Magier getötet hatte, nach unten. Als das Kreischen an Intensität noch zunahm, ging Eragon das Risiko ein, die Hand von einem Ohr zu nehmen, um auf den Riss zu deuten.

»Da!«, rief er Arya zu, die bestätigend nickte, und er presste die Hand wieder auf sein Ohr.

Unvermittelt brach das Kreischen ab.

Eragon wartete einen Moment, dann ließ er zögernd die Hände sinken und wünschte sich ausnahmsweise, sein Gehör wäre nicht ganz so scharf.

Im gleichen Augenblick brach der Riss weiter auf, bis er mehrere Fuß maß, und raste die Mauer des Turms hinab. Wie ein Blitz schlug er unten ein, zerschmetterte den Schlussstein über dem Torbogen des Turms und ließ kieselgroße Steine herabhageln. Die ganze Burg ächzte und von dem zerstörten Fenster bis hinab zu dem zerbrochenen Schlussstein begann sich die Front des Wohnturms vom Rest des Mauerwerks zu lösen und nach außen zu neigen.

»Lauft!«, schrie Eragon den Varden zu, die bereits in alle Richtungen davonsprangen, verzweifelt darauf bedacht, von der gefährlichen Mauer wegzukommen. Eragon trat einen Schritt vor – jeder Muskel in seinem Körper gespannt – und versuchte, irgendwo in dem Gedränge der Krieger Roran auszumachen.

Endlich entdeckte Eragon ihn. Er saß hinter der letzten Gruppe von Männern am Eingang fest. Roran brüllte die anderen wie wahnsinnig an, aber seine Worte gingen in dem Getöse unter. Dann sackte die Mauer mehrere Zoll in die Tiefe. Sie löste sich weiter vom Rest des Turms und ließ Steine auf Roran prasseln, brachte ihn aus dem Gleichgewicht und zwang ihn, rückwärts unter den Schutz des Tores zu stolpern.

Als Roran sich aus seiner geduckten Haltung aufrichtete, trafen sich ihre Blicke und Eragon sah in seinen Augen Furcht und Hilflosigkeit aufblitzen, gefolgt von Resignation, als wisse Roran, dass er sich, wie schnell er auch rannte, unmöglich rechtzeitig in Sicherheit würde bringen können.

Ein schiefes Lächeln umspielte Rorans Lippen.

Und die Mauer stürzte ein.

Hammerfall

»Nein!«, schrie Eragon, als die Tormauer des Turms donnernd einstürzte, Roran und fünf weitere Männer unter einem zwanzig Fuß hohen Steinhaufen begrub und den Burghof in eine dunkle Staubwolke hüllte.

Eragons Schrei war so laut, dass seine Stimme brach und er den Kupfergeschmack von Blut im Rachen spürte. Er atmete ein und krümmte sich hustend.

»Vaetna«, keuchte er und wedelte mit der Hand. Mit einem Rascheln wie von Seide teilte sich der dichte graue Staub über dem Burghof. In seiner Sorge um Roran bemerkte Eragon kaum, wie viel Kraft die Magie ihn kostete.

»Nein, nein, nein, nein«, murmelte Eragon. *Er kann nicht tot sein. Er kann nicht, er kann nicht, er kann nicht …* Als könne es dadurch wahr werden, wiederholte Eragon diese Worte in Gedanken wieder und wieder. Aber mit jedem Mal wurde es weniger Tatsache oder Ausdruck der Hoffnung als vielmehr ein Gebet an die Welt.

Arya und die anderen Krieger der Varden vor ihm husteten und rieben sich die Augen. Viele duckten sich, als erwarteten sie einen weiteren Schlag, andere starrten auf den beschädigten Wohnturm. Der Schutthaufen der eingestürzten Mauer reichte bis mitten in den Hof und verdeckte das Mosaik dort. Zweieinhalb Räume im ersten Stock des Turms und einer im zweiten – der Raum, in dem der Magier so gewaltsam ums Leben gekommen war – waren nun Wind und Wetter preisgegeben. Die Räume und die Möbel darin wirkten im vollen Licht der Sonne dreckig und ziemlich schäbig. In einem Raum wichen ein halbes Dutzend mit Armbrüsten bewaffnete Soldaten vor dem Abgrund zurück, der sich plötzlich vor ihnen aufgetan hatte. Unter gewaltigem Gedränge quetschten sie sich durch die Türen am anderen Ende der Räume und verschwanden in den Tiefen des Wohnturms.

Eragon versuchte, das Gewicht der Mauerbrocken in dem Trümmerhaufen zu schätzen. Jeder musste viele Hundert Pfund schwer sein. Wenn er, Saphira und die Elfen alle halfen, würden sie die Steine sicherlich mit Magie beiseiteschaffen können, aber die Anstrengung würde sie schwächen und angreifbar machen. Außerdem würde es viel zu lange dauern. Einen Moment dachte Eragon an Glaedr – der goldene Drache wäre mehr als stark genug, den ganzen Haufen in einem anzuheben –, aber Eile war hier das oberste Gebot und es würde zu lange dauern, Glaedrs Eldunarí zu holen. Abgesehen davon wusste Eragon nicht, ob er in der Lage sein würde, Glaedr zu überzeugen, mit ihm zu reden, geschweige denn, ihm zu helfen, Roran und die anderen Männer zu retten.

Dann sah Eragon wieder Roran vor sich, wie er ausgesehen hatte, kurz bevor die Sturzflut aus Steinen und Staub ihn verschluckt hatte; wie er unter dem Überhang des Turmtores gestanden hatte; und mit einem Mal wusste er, was zu tun war.

»Saphira, hilf ihnen!«, rief Eragon, während er seinen Schild wegwarf und losrannte.

Hinter sich hörte er Arya etwas in der alten Sprache sagen – ein kurzer Ausdruck, der »Verstecke es!« bedeuten mochte. Dann holte sie ihn ein und lief mit gezücktem Schwert neben ihm her.

Vom Fuß des Schutthaufens sprang Eragon so hoch, wie er konnte. Er landete mit einem Fuß auf der schrägen Fläche eines Mauerbrockens und stieß sich sofort wieder ab, hüpfte wie eine Bergziege, die den Hang einer Schlucht erklimmt, von einem Punkt zum nächsten. Er ging höchst ungern das Risiko ein, den Schutt loszutreten und in Bewegung zu setzen, aber der schnellste Weg zu seinem Ziel führte nun einmal über diesen Trümmerberg.

Mit einem letzten Sprung gelangte Eragon in einen der Räume des ersten Stocks, durchquerte ihn mit ein paar schnellen Schritten und stieß die Tür vor sich mit solcher Wucht auf, dass Riegel und Angeln brachen. Die Tür flog quer durch den Flur gegen die nächste Wand, und die schweren Eichenbretter barsten.

Eragon hetzte den Korridor entlang. Seine Schritte und seinen Atem nahm er seltsam gedämpft wahr, als wären seine Ohren voller Wasser.

Er wurde etwas langsamer, als er an eine offene Tür kam. Sie führte in ein Arbeitszimmer, in dem fünf bewaffnete Männer über einer Landkarte gestikulierten und sich stritten. Keiner von ihnen bemerkte Eragon.

Er rannte weiter.

Er preschte um eine Ecke und prallte mit einem entgegenkommenden Soldaten zusammen. Vor Eragons Augen explodierte ein Feuerwerk roter und gelber Blitze, als er mit der Stirn gegen die Kante des Schildes knallte, den der Soldat trug. Er klammerte sich an den Mann und die beiden taumelten im Flur vor und zurück wie zwei betrunkene Tänzer.

Der Soldat stieß einen Fluch aus, während er um sein Gleichgewicht kämpfte. »Was ist los mit dir, du dreimal verdammter …«, murrte der Soldat, dann erkannte er Eragon und seine Augen weiteten sich. »Du!«

Eragon ballte die rechte Hand zur Faust und rammte sie dem Mann direkt unterhalb des Brustkorbs in den Bauch. Der Schlag riss den Mann von den Füßen und schleuderte ihn gegen die Decke. »Ich«, stimmte Eragon zu, als der Mann leblos zu Boden fiel.

Eragon lief weiter. Sein ohnehin schneller Puls schien sich verdoppelt zu haben, seit er in den Wohnturm eingedrungen war. Er hatte das Gefühl, als werde ihm das Herz gleich aus der Brust springen.

Wo ist sie?, dachte er hektisch, während er einmal mehr durch eine Tür spähte und nichts vor sich sah als einen leeren Raum.

Endlich, am Ende eines schäbigen Seitengangs, fand er eine Wendeltreppe. Er nahm auf dem Weg hinunter ins Erdgeschoss immer fünf Stufen auf einmal, auch wenn es riskant war, und hielt nur inne, um einen erschrockenen Bogenschützen aus dem Weg zu stoßen.

Am Fuß der Treppe gelangte er in einen hohen Raum, der ihn an die Kathedrale in Dras-Leona erinnerte. Eragon wirbelte herum, um sich rasch einen Überblick zu verschaffen: Schilde, Waffen und rote Fahnen hingen an den Wänden; schmale Fenster gab es nur hoch oben unter der Decke; Fackeln steckten in schmiedeeisernen Haltern. Er registrierte kalte Feuerstellen, übereinandergestellte lange dunkle Tische an beiden Längsseiten der Halle und ein Podest an der Stirnseite des Raums, wo ein in eine Robe gehüllter, bärtiger Mann vor einem Stuhl mit hoher Rückenlehne stand. Eragon befand sich im großen Saal der Burg. Zu seiner Rechten, zwischen ihm und den Türen, die zum Tor des Wohnturms führten, stand ein Kontingent von fünfzig oder mehr Soldaten. Die goldenen Fäden in ihren Wämsern glitzerten, als sie sich überrascht in Bewegung setzten.

»Tötet ihn!«, befahl der Mann in der Robe und klang dabei eher verängstigt als fürstlich. »Wer immer ihn tötet, dem soll ein Drittel meiner Schatzkammer gehören! Das verspreche ich!«

Die Aussicht, abermals aufgehalten zu werden, war unerträglich. Entschlossen riss Eragon sein Schwert aus der Scheide, hob es über den Kopf und rief: »Brisingr!«

Mit einem Rauschen umhüllten geisterhafte blaue Flammen die Klinge und liefen auf die Spitze zu. Die Hitze des Feuers wärmte Eragons Hand, seinen Arm und sein Gesicht.

Dann richtete Eragon den Blick auf die Soldaten. »Bewegt euch«, knurrte er.

Die Soldaten zögerten nur einen Augenblick, dann wandten sie sich ab und flohen.

Eragon stürmte vorwärts, ohne die in Panik geratenen Nachzügler in Reichweite seines brennenden Schwertes zu beachten. Ein Mann stolperte vor ihm und rappelte sich wieder auf. Eragon sprang über ihn hinweg und berührte dabei nicht einmal die Quaste am Helm des Soldaten.

Eragon war so schnell, dass die Flammen hinter der Klinge herwehten wie die Mähne eines galoppierenden Pferdes.

Mit vorgeschobenen Schultern stürmte Eragon durch die Doppeltüren des Saals und jagte durch eine lange, breite Halle, vorbei an Räumen voller Soldaten links und rechts, an Zahnrädern, Seilzügen und anderen Vorrichtungen, die benutzt wurden, um die Tore des Wohnturms zu öffnen und zu schließen. Dann rammte er in vollem Lauf das Fallgitter, das den Weg dorthin versperrte, wo Roran gestanden hatte, als die Front des Turms eingestürzt war.

Das Eisengitter verbog sich, als Eragon dagegenkrachte, aber nicht genug, dass das Metall brach.

Er taumelte einen Schritt zurück.

Wieder bediente er sich der Energie in den Diamanten seines Gürtels – dem Gürtel von Beloth dem Weisen. Er leitete sie in Brisingr und leerte den kostbaren Vorrat der Edelsteine, während er das Feuer des Schwertes zu beinahe unerträglicher Intensität schürte. Ein wortloser Schrei entrang sich seiner Kehle, als er ausholte und auf das Fallgitter einhieb. Ein Regen orangefarbener und gelber Funken sprühte auf und brannte ihm kleine Löcher in Handschuhe, Wams und bloße Haut. Ein Tropfen geschmolzenen Eisens fiel zischelnd auf die Spitze seines Stiefels. Mit einer schnellen Drehung des Fußes schüttelte er ihn ab.

Dreimal durchschnitt er das Gitter, dann fiel ein mannshoher Teil davon nach innen. Die durchtrennten Enden des Gitters glänzten weiß glühend und erleuchteten die Umgebung mit einem schwachen Schein.

Eragon ließ die Flammen, die sich von Brisingr erhoben, ersterben und stürmte durch die Öffnung im Fallgitter weiter.

Der Gang führte ihn nach links, nach rechts und dann wieder nach links – dazu gedacht, das Vorrücken feindlicher Truppen zu verlangsamen, denen es gelungen war, sich Zutritt zum Wohnturm zu verschaffen.

Als er um die letzte Ecke bog, lag sein Ziel vor ihm: der unter Trümmern begrabene Vorraum. Trotz seiner Elfensicht konnte Eragon in der Dunkelheit nur die gröbsten Umrisse erkennen, denn die Steinlawine hatte die Fackeln an den Wänden gelöscht. Er hörte ein merkwürdiges Schnaufen und Scharren, als stöbere eine unbeholfene Bestie durch die Trümmer.

»Naina«, sagte Eragon.

Ein ungerichtetes blaues Licht erhellte den Raum. Und vor ihm, bedeckt mit Schmutz, Blut, Asche und Schweiß, die Zähne zu einem furchterregenden Knurren gebleckt, erschien Roran, der über den Leichen zweier anderer mit einem Soldaten rang.

Der Soldat zuckte wegen der plötzlichen Helligkeit zurück und Roran nutzte seine mangelnde Konzentration, um ihn in die Knie zu zwingen. Als Nächstes riss er dem Soldaten den Dolch aus dem Gürtel und stieß ihm die Waffe von unten durch den Kiefer.

Der Soldat trat noch zweimal um sich, dann regte er sich nicht mehr.

Nach Luft ringend richtete Roran sich über der Leiche auf. Blut tropfte ihm von den Fingern. Mit seltsam glasigem Blick sah er zu Eragon hinüber.

»Wurde auch Zeit, dass du…«, begann er, seine Augen verdrehten sich und er wurde ohnmächtig.

Schatten am Horizont

Um Roran aufzufangen, bevor er auf dem Boden aufschlug, musste Eragon Brisingr fallen lassen, was er nur widerstrebend tat. Trotzdem öffnete er die Hand und das Schwert klirrte auf die Steine, gerade als er Rorans Gewicht in seinen Armen spürte.

»Ist er schwer verletzt?«, fragte Arya.

Eragon zuckte zusammen, überrascht, dass sie und Bloëdhgarm neben ihm standen. »Ich glaube nicht.« Er schlug Roran mehrmals auf die Wangen und verschmierte dabei den Staub auf seinem Gesicht. In dem matten eisblauen Schein von Eragons magischem Licht wirkte Roran ausgezehrt, mit tiefen Augenringen. Seine Lippen hatten eine purpurne Farbe, als hätte er Beerensaft getrunken. »Komm schon, wach auf.«

Nach einer Weile zuckten Rorans Lider, dann öffnete er die Augen und sah Eragon verwirrt an. Erleichterung durchströmte Eragon, so stark, dass er sie schmecken konnte.

»Du warst einen Moment ohnmächtig«, erklärte er.

»Ah.«

Er lebt!, übermittelte Eragon Saphira und riskierte einen kurzen Augenblick des Kontakts.

Ihre Freude war offenkundig. *Gut. Ich werde hierbleiben und den Elfen helfen, die Steine vor dem Gebäude wegzuschaffen. Wenn du mich brauchst, rufe und ich werde einen Weg finden, zu dir zu kommen.*

Rorans Kettenpanzer klirrte, als Eragon ihm aufhalf.

»Was ist mit den anderen?«, fragte Eragon und deutete auf den Schutthaufen ein Stück weiter.

Roran schüttelte den Kopf.

»Bist du sicher?«

»Darunter kann niemand überlebt haben. Ich bin nur davongekommen, weil … weil mich der Dachvorsprung des Tors etwas geschützt hat.«

»Und? Geht's dir gut?«, fragte Eragon.

»Was?« Roran runzelte die Stirn. Er wirkte geistesabwesend, als sei ihm der Gedanke noch gar nicht in den Sinn gekommen. »Mir geht es bestens … Vielleicht ist mein Handgelenk gebrochen. Es ist nicht schlimm.«

Eragon warf Bloëdhgarm einen vielsagenden Blick zu. Die Züge des Elfen strafften sich und zeigten einen Anflug von Missfallen, doch er ging zu Roran hinüber und sagte mit ruhiger Stimme: »Wenn du erlaubst …« Er streckte eine Hand nach Rorans verletztem Arm aus.

Während Bloëdhgarm sich um Roran kümmerte, hob Eragon Brisingr auf. Dann hielt er mit Arya am Zugang zur Vorhalle Wache, für den Fall, dass irgendwelche Soldaten so töricht waren, einen Angriff zu wagen.

»Erledigt«, stellte Bloëdhgarm fest. Er trat von Roran zurück, der das Handgelenk kreisen ließ und seine Beweglichkeit prüfte.

Zufrieden bedankte Roran sich bei Bloëdhgarm und ließ die Hand sinken. Kurz darauf suchte er den mit Trümmern übersäten Boden ab, bis er seinen Hammer fand. Er zog seine Rüstung zurecht und sah zu Eragon und Arya hinüber.

»Ich habe genug von diesem Fürst Bradburn«, erklärte er in trügerisch ruhigem Ton. »Er sitzt schon zu lange auf seinem Thron, meine ich, und sollte seiner Verantwortung enthoben werden. Würdet Ihr mir da nicht zustimmen, Arya?«

»Das würde ich«, bestätigte sie.

»Nun denn, suchen wir den alten Narren. Ich würde ihm gern den einen oder anderen sanften Klaps mit meinem Hammer geben, zum Andenken an all jene, die wir heute verloren haben.«

»Er war noch vor wenigen Minuten im großen Saal«, berichtete Eragon, »aber ich bezweifle, dass er dort auf unsere Rückkehr wartet.«

Roran nickte. »Dann werden wir Jagd auf ihn machen müssen.« Und mit diesen Worten lief er in die Richtung los, aus der Eragon gekommen war.

Eragon ließ sein Licht ersterben und eilte seinem Cousin nach, Brisingr in der Hand. Arya und Bloëdhgarm blieben so dicht hinter ihm, wie der verwinkelte Gang es zuließ.

Die Räume, die sich entlang des Gangs erstreckten, waren verwaist, ebenso der Saal der Burg. Von den mehreren Dutzend Soldaten und Beamten, die Eragon dort angetroffen hatte, war nur ein einziger Helm geblieben, der auf dem Boden lag und noch schwach hin- und herschaukelte.

Eragon und Roran rannten an dem marmornen Podest vorbei und Eragon musste seine Geschwindigkeit drosseln, um seinen Cousin nicht hinter sich zurückzulassen. Sie traten die Tür links neben dem Podium ein und hasteten die Treppe dahinter hinauf.

Im ersten Stock hielten sie inne, damit Bloëdhgarm mit seinem Geist nach einer Spur von Bradburn und seinem Gefolge suchen konnte, aber er fand nichts.

Unmittelbar bevor sie den zweiten Stock erreichten, hörte Eragon wildes Fußgetrappel, dann sah er ein Dickicht von auf sie gerichteten Speeren, das sie im Torbogen des Treppenabsatzes erwartete. Die Speere schlitzten Roran, der vorausgestürmt war, die Wange und den rechten Oberschenkel auf. Das Blut strömte ihm bereits übers Knie. Roran brüllte wie ein verwundeter Bär, stürzte sich mit seinem Schild in die Speere und versuchte, sich den Weg die letzten paar Stufen nach oben und aus dem Treppenhaus hinaus zu erzwingen. Hektisches Geschrei erhob sich.

Hinter Roran wechselte Eragon Brisingr von der rechten in die linke Hand, packte an seinem Cousin vorbei einen der Speere am Heft und entriss ihn der Faust des Mannes, der ihn hielt. Dann drehte er den Speer um und warf ihn mitten zwischen die Männer, die den Durchgang versperrten. Irgendjemand schrie auf und eine Lücke tat sich in der Wand aus Körpern auf. Eragon wiederholte die Prozedur und seine Würfe verringerten die Zahl der Soldaten schnell genug, dass Roran Schritt für Schritt die Masse der Männer zurückdrängen konnte.

Sobald Roran die letzte Stufe eingenommen hatte, verteilten sich die verbliebenen Soldaten auf dem breiten, mit einem Geländer versehenen Treppenabsatz, um genug Platz zu haben, ihre Waffen ungehindert schwingen zu können. Roran brüllte abermals und sprang auf den nächsten Soldaten zu. Er parierte den Schwerthieb des Mannes, durchbrach seine Deckung und hieb seinem Widersacher auf den Helm, der klirrte wie ein Eisentopf.

Eragon sprintete über den Treppenabsatz und sprang zwei Soldaten an, die dicht nebeneinanderstanden. Der Aufprall warf sie zu Boden und er erledigte beide mit je einem schnellen Stich Brisingrs. Eine Axt kam in schneller Drehung auf ihn zugeflogen. Er duckte sich unter ihr weg und stieß einen Mann über das Geländer, bevor er den Kampf mit zwei anderen aufnahm, die versuchten, ihn mit ihren hakenbewehrten Piken auszuweiden.

Arya und Bloëdhgarm bewegten sich leise und todbringend zwischen den Männern. Dank der den Elfen eigenen Anmut wirkte ihre Gewalttätigkeit mehr wie eine kunstvoll inszenierte Darbietung und weniger wie das schmutzige Gemetzel, um das es sich bei den meisten Kämpfen handelte.

In einem Rausch von klirrendem Metall, gebrochenen Knochen und abgeschlagenen Gliedern töteten sie zu viert den Rest der Soldaten. Wie immer riss der Kampf Eragon mit. Es war für ihn, als würde er mit einem Eimer kalten Wassers übergossen – ein Schock, der ihm ein Gefühl der Klarheit schenkte, wie nichts sonst es vermochte.

Roran beugte sich vor, stützte die Hände auf die Knie und rang nach Atem, als habe er gerade ein Wettrennen beendet.

»Soll ich?«, fragte Eragon und deutete auf die Schnittwunden in Rorans Gesicht und an seinem Oberschenkel.

Roran verlagerte einige Male prüfend sein Gewicht auf das verletzte Bein. »Das kann warten. Lass uns erst Bradburn finden.«

Eragon setzte sich an die Spitze ihrer Gruppe, während sie in das Treppenhaus zurückkehrten und erneut nach oben stiegen. Schließlich, nach weiteren fünf Minuten des Suchens, fanden sie Fürst Bradburn verschanzt im höchstgelegenen Raum des westlichsten Erkers des Wohnturms. In einer Abfolge von Zaubern zerlegten Eragon, Arya und Bloëdhgarm die Türen und den Turm aus Möbelstücken, der dahinter aufgestapelt worden war. Als sie und Roran den Raum betraten, erbleichten die hochrangigen Gefolgsleute und Burgwachen, die sich vor Fürst Bradburn gestellt hatten, und viele begannen zu zittern. Zu Eragons Erleichterung brauchte er nur drei der Wachen zu töten, bevor die übrigen ihre Waffen und Schilde zum Zeichen der Kapitulation auf den Boden warfen.

Dann marschierte Arya zu Fürst Bradburn, der während der ganzen Zeit stumm geblieben war, und fragte: »Nun, werdet Ihr Euren Truppen befehlen, ihren Widerstand aufzugeben? Es sind nur wenige übrig, aber Ihr könnt ihr Leben noch immer retten.«

»Das würde ich nicht, selbst wenn ich es könnte«, entgegnete Bradburn mit einer Stimme, in der so viel Hass und höhnische Geringschätzung lag, dass Eragon ihn beinah geschlagen hätte. »Du wirst keine Zugeständnisse von mir hören, Elfe. Ich werde meine Männer nicht schmutzigen, unnatürlichen Kreaturen wie dir überlassen. Lieber sterben wir. Und denke nicht, du könntest mich mit honigsüßen Worten täuschen. Ich weiß von eurem Bündnis mit den Urgals und ich würde eher einer Schlange vertrauen als jemandem, der mit diesen Ungeheuern das Brot bricht.«

Arya nickte und legte ihre Hand auf Bradburns Gesicht. Sie schloss die Augen und eine Zeit lang regten sie und Bradburn sich nicht. Eragon sandte seinen Geist aus und spürte die Schlacht des Willens, die zwischen ihnen tobte, während Arya sich einen Weg an Bradburns Verteidigung vorbei in sein Bewusstsein bahnte. Es dauerte eine Minute, aber schließlich gewann sie die Kontrolle über den Geist des Mannes, worauf sie sich daranmachte, seine Erinnerungen heraufzubeschwören, bis sie die Natur seiner Schutzzauber entdeckte.

Dann benutzte sie die alte Sprache und wob einen vielschichtigen Zauber, der dazu gedacht war, seine Schutzzauber zu umgehen und dafür zu sorgen, dass Bradburn einschlief. Als sie endete, schlossen sich Bradburns Augen und mit einem Seufzen brach er in ihren Armen zusammen.

»Sie hat ihn getötet!«, rief einer der Wachposten und Schreie der Angst und der Entrüstung wurden unter den Männern laut.

Während Eragon versuchte, sie vom Gegenteil zu überzeugen, hörte er aus weiter Ferne ein Trompetensignal der Varden. Schon bald erklang eine weitere Trompete, diesmal viel näher, dann eine dritte. Kurz darauf fing er Geräuschfetzen auf und er hätte geschworen, dass es schwacher, vereinzelter Jubel war, der sich tief unter ihnen auf dem Burghof erhob.

Verwirrt sahen er und Arya sich an, dann spähten sie nacheinander aus jedem der Fenster, die in die Wände des Raums eingelassen waren.

Im Westen und Süden unter ihnen erstreckte sich Belatona. Es war eine große, wohlhabende Stadt, eine der größten im Imperium. Die Häuser nahe der Burg waren beeindruckende Steinbauten mit Giebeldächern und Erkerfenstern, während in größerer Entfernung zum Fürstensitz die Häuser aus Holz und Lehm errichtet waren. Mehrere der Fachwerkhäuser hatten während der Kämpfe Feuer gefangen. Der Rauch hing in der Luft wie ein brauner Nebel und brannte in den Augen und in der Kehle.

Im Südwesten, eine Meile vor der Stadt, lag das Lager der Varden. Es bestand aus langen Reihen grauer Wollzelte, umgeben von Gräben und Palisaden und einigen leuchtend bunten Pavillons, auf denen Flaggen und Wimpel wehten. Dazwischen lagen ausgestreckt auf dem nackten Boden Hunderte verletzter Männer. Die Zelte der Heiler waren bereits hoffnungslos überfüllt.

Im Norden, hinter den Hafenanlagen und Lagerhäusern, erstreckte sich die riesige Wasserfläche des Leona-Sees, hier und da betupft mit weißen Schaumkronen.

Von Westen heranziehend, erhob sich eine schwarze Wolkenwand hoch über die Stadt und drohte, sie mit den Regenvorhängen zu überziehen, die sie mit sich übers Land brachte. Hier und da flackerten im Sturm blaue Blitze, und Donner grollte wie eine wütende Bestie.

Aber nirgendwo konnte Eragon eine Erklärung für die Trompetensignale und den Jubel entdecken, die seine Aufmerksamkeit erregt hatten.

Als Eragon und Arya schließlich zum Fenster direkt über dem Burghof eilten, sahen sie, dass Saphira und die bei ihr zurückgebliebenen Elfen und Varden gerade damit fertig geworden waren, die Steine vor dem Tor der Burg beiseitezuräumen. Eragon stieß einen Pfiff aus, und als Saphira aufblickte, winkte er. Ihre langen Kiefer teilten sich zu einem breiten Grinsen und sie blies ihm einen Rauchschwall entgegen.

»He! Was gibt es Neues?«, rief Eragon.

Einer der Varden, die auf den Burgmauern standen, hob einen Arm und zeigte nach Osten. »Schattentöter! Seht! Die Werkatzen kommen! Die Werkatzen kommen!«

Ein kalter Schauer überlief Eragon. Er folgte dem ausgestreckten Arm des Mannes in östliche Richtung und diesmal sah er jenseits des Jiet, mehrere Meilen entfernt, ein Heer kleiner, schattenhafter Gestalten aus einer Senke auftauchen. Einige der Gestalten gingen auf vier Beinen und einige auf zweien, aber sie waren zu weit entfernt, als dass er sicher sein konnte, dass es sich um Werkatzen handelte.

»Kann das sein?«, fragte Arya erstaunt.

»Ich weiß es nicht … Was immer sie sind, wir werden es früh genug herausfinden.«

König Katze

Eragon stand auf dem Podest im großen Saal der Burg, gleich rechts neben Fürst Bradburns Thron. Seine Linke ruhte auf dem Knauf von Brisingr, das in der Scheide steckte. Auf der anderen Seite des Throns stand Jörmundur, der Oberkommandierende der Varden, den Helm unter den linken Arm geklemmt. Er hatte an den Schläfen grau meliertes, sonst braunes Haar, das hinten zu einem langen Zopf geflochten war. Sein hageres Gesicht zeigte die betont ausdruckslose Miene einer Person, die über reichlich Erfahrung darin verfügt, auf andere zu warten. Eragon bemerkte eine dünne rote Blutspur entlang der Unterkante von Jörmundurs Armschutz, aber Jörmundur ließ kein Anzeichen von Schmerz erkennen.

Zwischen den beiden saß Nasuada, die Anführerin der Varden, prächtig anzusehen in einem grünen und gelben Gewand, das sie erst kurz zuvor angelegt hatte. Es erschien ihr für diplomatische Verhandlungen angemessener als ihre leuchtend bunte Kriegstracht. Auch sie hatte während des Kampfes Verletzungen davongetragen, wie der weiße Leinenverband um ihre linke Hand bewies.

Mit leiser Stimme, sodass nur Eragon und Jörmundur sie hören konnten, sagte Nasuada: »Wenn wir ihre Unterstützung gewinnen könnten …«

»Aber was werden sie als Gegenleistung erwarten?«, fragte Jörmundur. »Unsere Schatztruhen sind fast leer und unsere Zukunft ist ungewiss.«

Beinahe ohne die Lippen zu bewegen, antwortete sie: »Vielleicht fordern sie nichts weiter von uns als die Gelegenheit zu einem Vergeltungsschlag gegen Galbatorix.« Sie hielt inne. »Wenn nicht, werden wir andere Mittel als Gold finden müssen, um sie dazu zu bringen, sich unseren Reihen anzuschließen.«

»Vielleicht ein paar Fässer Sahne?«, schlug Eragon vor, was Jörmundur ein Glucksen entlockte und Nasuada ein leises Lachen.

Ihr gerauntes Gespräch brach ab, als vor der Haupthalle drei Trompeten erklangen. Kurz darauf kam ein flachshaariger Page durch die offene Tür am anderen Ende der Halle marschiert. Sein Gewand war mit der Standarte der Varden bestickt – einem weißen Drachen mit einer Rose über einem nach unten zeigenden Schwert auf purpurnem Grund. Der Page klopfte mit seinem Zeremonienstab auf den Boden und verkündete mit dünner, bebender Stimme: »Seine Erhabenste Königliche Hoheit, Grimrr Halbtatze, König der Werkatzen, Fürst der Einsamen Orte, Herrscher über die Nächtlichen Gefilde und Der Da Allein Wandelt.«

Was für ein seltsamer Titel: Der Da Allein Wandelt, bemerkte Eragon zu Saphira.

Aber wohlverdient, würde ich vermuten, erwiderte sie und er konnte ihre Erheiterung spüren, auch wenn er Saphira dort, wo sie im Wohnturm der Burg zusammengerollt lag, nicht sehen konnte.

Der Page trat zur Seite und durch die Tür stolzierte Grimrr Halbtatze in Menschengestalt, gefolgt von vier anderen Werkatzen, die auf großen, zottigen Pfoten dicht hinter ihm hertappten. Die vier ähnelten Solembum, der einzigen anderen Werkatze, die Eragon in ihrer Tiergestalt gesehen hatte: massige Schultern, lange Gliedmaßen, kurzes dunkles Fell und Schnurrhaare, Pinselohren und ein Schwanz mit schwarzer Spitze, den sie anmutig hin und her zucken ließen.

Grimrr Halbtatze ähnelte jedoch keiner Person und keinem Wesen, das Eragon je gesehen hatte. Mit ungefähr vier Fuß brachte er es auf die gleiche Größe wie ein Zwerg, aber niemand hätte ihn für einen Zwerg oder gar für einen Menschen gehalten. Er hatte ein kleines, spitzes Kinn, breite Wangenknochen und unter nach oben geschwungenen Brauen schräg stehende grüne Augen, umsäumt von flügelähnlichen Wimpern. Vorn hing ihm das zottelige schwarze Haar tief in die Stirn, während es ihm an den Seiten und hinten schwer, glatt und glänzend bis auf die Schultern fiel und der

Mähne seiner Gefährten glich. Das Alter der Werkatze vermochte Eragon nicht zu schätzen.

Die einzigen Kleider, die Grimrr trug, waren eine Weste aus rauem Leder und ein Lendenschurz aus Kaninchenfell. Vorn an seiner Weste hingen etwa ein Dutzend Tierschädel – von Vögeln, Mäusen und anderen kleinen Geschöpfen –, und wenn er sich bewegte, stießen die Schädel mit leisem Klappern gegeneinander. Ein in der Scheide steckender Dolch ragte schräg aus dem Gürtel seines Lendenschurzes hervor. Zahlreiche Narben, dünn und weiß, zeichneten seine nussbraune Haut wie Kratzer einen oft benutzten Stuhl oder Tisch. Und wie sein Name vermuten ließ, fehlten ihm zwei Finger an der linken Hand. Es schien, als seien sie abgebissen worden.

Trotz der Zartheit seiner Züge war Grimrr zweifellos männlichen Geschlechts, wie die harten, sehnigen Muskeln an Armen und Brust, die schmalen Hüften und die federnde Kraft seines Gangs unschwer erkennen ließen.

Während sie gemächlich durch die Halle auf Nasuada zukamen, schien keine der Werkatzen die Menschen zu beachten, die zu beiden Seiten ihres Weges aufgereiht standen und sie beobachteten – bis Grimrr die Kräuterhexe Angela erreichte, die neben Roran stand und mit sechs Nadeln gleichzeitig einen Ringelstrumpf strickte.

Grimrrs Augen wurden schmal, als er die Kräuterhexe erblickte, und die Haare stellten sich ihm auf, genau wie bei seinen vier Wachen. Er zog die Lippen zurück, um zwei Paar geschwungener weißer Reißzähne zu entblößen, und zu Eragons Erstaunen stieß er ein kurzes, lautes Fauchen aus.

Angela sah mit gelangweilter, überheblicher Miene von ihrem Strumpf auf. *»Piep piep«*, sagte sie.

Einen Moment lang dachte Eragon, die Werkatze würde die Kräuterhexe angreifen. Eine dunkle, fleckige Röte überzog Grimrrs Hals und Gesicht, seine Nasenflügel bebten und er bleckte stumm die Zähne. Die anderen Werkatzen duckten sich tief, die Ohren flach an den Kopf gelegt und bereit, sich auf Angela zu stürzen.

Quer durch die Halle hörte Eragon das Schleifen von Klingen, die halb aus ihrer Scheide gezogen wurden.

Grimrr fauchte abermals, dann wandte er sich von der Kräuterhexe ab und schritt weiter. Als die letzte Werkatze in der Reihe an Angela vorbeikam, hob sie eine Pfote und schlug verstohlen nach dem Garn, das von Angelas Nadeln herabhing, gerade so, wie eine verspielte Hauskatze es vielleicht getan hätte.

Saphiras Verwirrung war genauso groß wie Eragons. *Piep piep?*, fragte sie.

Er zuckte die Achseln, wobei er vergaß, dass sie ihn nicht sehen konnte. *Wer weiß schon, warum Angela etwas tut oder sagt?*

Schließlich stand Grimrr vor Nasuada. Er neigte kaum merklich den Kopf und vermittelte mit seiner Haltung das überlegene, an Arroganz grenzende Selbstbewusstsein, das allein Katzen, Drachen und gewissen hochgeborenen Frauen vorbehalten war.

»Nasuada, Herrin der Varden«, sagte er. Seine Stimme war überraschend tief – eher das leise, hustende Brüllen einer männlichen Wildkatze als die hohen, schrillen Töne des Knaben, dem er ähnlich sah.

Nasuada neigte ihrerseits den Kopf. »König Halbtatze. Ihr seid den Varden höchst willkommen, Ihr und Euer ganzes Volk. Ich muss mich für König Orrins Abwesenheit entschuldigen. Er konnte nicht hier sein, um Euch zu begrüßen, wie es sein Wunsch war, denn er und seine Reiter sind in eben diesem Augenblick damit beschäftigt, unsere Westflanke gegen ein Kontingent von Galbatorix' Truppen zu verteidigen.«

»Natürlich, Nasuada, Herrin der Varden«, erwiderte Grimrr. Seine scharfen Zähne blitzten auf, während er sprach. »Man darf seinen Feinden niemals den Rücken zukehren.«

»So ist es … Und welchem Umstand verdanke ich das unerwartete Vergnügen Eures Besuches, Hoheit? Werkatzen waren schon immer für ihre verborgene und abgeschiedene Lebensweise bekannt und dafür, dass sie sich aus den Konflikten ihrer Zeit heraushalten, vor allem seit dem Untergang der Reiter. Man könnte sogar sagen, dass man die Existenz Euresgleichen im Laufe des vergangenen Jahrhunderts mehr und mehr für eine Legende hielt. Warum habt Ihr Euch nun dafür entschieden, Euch zu zeigen?«

Grimrr hob den rechten Arm und zeigte mit einem gekrümmten

Finger, an dessen Ende ein klauenähnlicher Nagel saß, auf Eragon. »Seinetwegen«, knurrte die Werkatze. »Man greift einen anderen Jäger nicht an, ohne seine Schwäche zu kennen, und Galbatorix hat uns die seine offenbart: Er wird Eragon Schattentöter oder Saphira Bjartskular nicht töten. Lange haben wir auf diese Gelegenheit gewartet und wir werden sie ergreifen. Galbatorix wird lernen, uns zu fürchten und zu hassen, und am Ende wird er das Ausmaß seines Irrtums begreifen und erkennen, dass wir für seinen Untergang verantwortlich sind. Und wie süß wird diese Rache schmecken, so süß wie das Mark eines zarten, jungen Wildschweins!

Die Zeit ist gekommen, Mensch, da alle Völker, selbst die Werkatzen, zusammenstehen und Galbatorix beweisen müssen, dass er unseren Kampfeswillen nicht gebrochen hat. Wir wollen uns Eurer Armee anschließen, Nasuada, als freie Verbündete, und Euch helfen, dieses Ziel zu erreichen.«

Was Nasuada darüber dachte, wusste Eragon nicht, aber er selbst war beeindruckt von der Ansprache der Werkatze und Saphira ebenfalls.

Nach einer kurzen Pause erwiderte Nasuada: »Eure Worte klingen überaus erfreulich in meinen Ohren, Euer Hoheit. Aber bevor ich Euer Angebot annehmen kann, benötige ich Antworten, die ich von Euch erwarte, wenn Ihr dazu bereit seid.«

Mit unerschütterlich gleichgültiger Miene wedelte Grimrr mit der Hand. »Das bin ich.«

»Euer Volk war *so* verschwiegen und *so* schwer zu finden, dass ich gestehen muss, von Eurer Hoheit erst am heutigen Tag erfahren zu haben. Tatsächlich wusste ich bisher nicht einmal, dass Euer Volk überhaupt einen Herrscher *hat.*«

»Ich bin kein König, wie Eure Könige es sind«, erwiderte Grimrr. »Im Wesentlichen ziehen Werkatzen es vor, allein zu wandeln, doch selbst wir müssen einen Anführer wählen, dem wir folgen können, wenn wir in den Krieg ziehen.«

»Ich verstehe. Sprecht Ihr also im Namen Eures ganzen Volkes oder nur für jene, die mit Euch ziehen?«

Grimrr warf sich in die Brust und seine Miene wurde, falls das überhaupt möglich war, noch selbstzufriedener. »Ich spreche für alle meiner Art, Nasuada, Herrin der Varden«, schnurrte er. »Jede rüstige Werkatze in Alagaësia, bis auf jene, die Junge säugen, ist hierhergekommen, um zu kämpfen. Wir sind nur wenige, aber niemand ist unserer Wildheit im Kampf ebenbürtig. Ich gebiete außerdem über die Eingestaltler, obwohl ich nicht für sie sprechen kann, denn sie sind ebenso dumm wie andere Tiere. Trotzdem werden sie tun, was wir von ihnen verlangen.«

»Eingestaltler?«, hakte Nasuada nach.

»Jene, die Ihr als Katzen kennt. Jene, die ihre Haut nicht verändern können, wie wir es zu tun pflegen.«

»Und Ihr habt deren Loyalität?«

»Jawohl. Sie bewundern uns ... was nur natürlich ist.«

Wenn das wahr ist, bemerkte Eragon zu Saphira, *könnten sich die Werkatzen als unglaublich wertvoll erweisen.*

Daraufhin wollte Nasuada wissen: »Und was begehrt Ihr von uns als Gegenleistung für Eure Unterstützung, König Halbtatze?« Sie sah Eragon an und lächelte, dann fügte sie hinzu: »Wir können Euch so viel Sahne anbieten, wie Ihr wünscht, aber darüber hinaus sind unsere Mittel begrenzt. Wenn Eure Krieger erwarten, für ihre Mühen entlohnt zu werden, fürchte ich, dass sie bitter enttäuscht sein werden.«

»Sahne ist etwas für Kätzchen und Gold interessiert uns nicht«, entgegnete Grimrr. Während er sprach, hob er die rechte Hand und inspizierte mit halb geschlossenen Lidern seine Nägel. »Unsere Bedingungen sind folgende: Jeder von uns erhält einen Dolch, mit dem er kämpfen kann, falls er nicht bereits einen besitzt. Jeder von uns soll zwei maßgefertigte Rüstungen bekommen, eine für die zweibeinige Gestalt und eine für die vierbeinige. Ansonsten benötigen wir keine weitere Ausrüstung: keine Zelte, keine Decken, keine Teller, keine Löffel. Jedem von uns wird pro Tag eine Ente vorgesetzt oder eine Gans, ein Huhn oder ein ähnlicher Vogel, und jeden zweiten Tag bekommen wir eine Schale mit frisch gehackter Leber. Selbst wenn wir uns entscheiden, sie nicht zu verzehren, wird die Mahlzeit für uns bereitgestellt. Außerdem gibt es noch eine Bedingung für den Fall, dass Ihr diesen Krieg gewinnen solltet: Wer immer Euer nächster König oder Eure nächste Königin wird – und jeder, der danach Anspruch auf diesen Titel erhebt –, wird neben seinem Thron an einem Ehrenplatz ein gepolstertes Kissen liegen haben, auf dem einer von uns sitzen kann, sollte dies unser Wunsch sein.«

»Ihr feilscht wie ein Advokat der Zwerge«, meinte Nasuada trocken. Sie beugte sich zu Jörmundur hinüber und Eragon hörte sie flüstern: »Haben wir genug Leber, um sie alle zu füttern?«

»Ich denke, ja«, erwiderte Jörmundur mit gleichermaßen gesenkter Stimme. »Aber das hängt von der Größe der Schalen ab.«

Nasuada richtete sich wieder auf. »Zwei Rüstungen sind eine zu viel, König Halbtatze. Eure Krieger werden sich entscheiden müssen, ob sie als Katzen oder als Menschen kämpfen wollen, und dann müssen sie an ihrer Entscheidung festhalten. Ich kann es mir nicht leisten, sie für beide Gestalten auszustatten.«

Wenn Grimrr einen Schwanz gehabt hätte, da war Eragon sich sicher, hätte er jetzt hin und her gezuckt. Wie die Dinge lagen, veränderte die Werkatze lediglich ihre Position, als sei es ihr unbehaglich, so lange auf einem Fleck zu stehen. »Also gut, Nasuada, Herrin der Varden.«

»Eines noch. Galbatorix hat überall seine Spione und Mörder. Daher ist eine unabdingbare Voraussetzung für Euren Anschluss an die Varden, dass ihr zustimmt, Euer Gedächtnis von einem unserer Magier prüfen zu lassen. Wir müssen uns davon überzeugen, dass Galbatorix nicht über Euch verfügen kann.«

Grimrr rümpfte die Nase. »Ihr wäret töricht, es nicht zu tun. Wenn jemand mutig genug ist, unsere Gedanken zu lesen, soll er es ruhig tun. Aber nicht sie.« Er drehte sich um und zeigte auf Angela. »Sie auf keinen Fall.«

Nasuada zögerte und Eragon konnte sehen, dass sie gern gefragt hätte, warum, sich jedoch zurückhielt. »So sei es. Ich werde sofort nach Magiern schicken, damit wir diese Angelegenheit ohne Verzug klären können. Wenn wir erfahren haben, was sie herausfinden – und das wird gewiss nichts Unziemliches sein –, wird es mir eine Ehre sein, ein Bündnis zwischen Euch und den Varden zu schließen, König Halbtatze.«

Auf ihre Worte hin brachen alle Menschen in der Halle in Jubel aus und begannen zu klatschen, Angela eingeschlossen. Selbst die Elfen schienen sich zu freuen.

Die Werkatzen jedoch reagierten überhaupt nicht, sondern legten lediglich – ungehalten wegen des Lärms – die Ohren an.

Nachklang

Eragon stöhnte und lehnte sich an Saphira. Die Hände auf die Knie gestützt, glitt er an den höckrigen Schuppen hinunter, bis er auf dem Boden saß, und streckte die Beine vor sich aus.

»Ich habe Hunger!«, rief er.

Er und Saphira saßen im Burghof, abseits der Männer, die sich mühten, ihn freizuräumen – sie schafften Trümmer und Leichen gleichermaßen mit Karren weg –, und ebenso abseits des Stroms der Besucher, die das zerstörte Gebäude betraten oder es verließen. Viele davon waren bei Nasuadas Zusammenkunft mit König Halbtatze zugegen gewesen und gingen jetzt fort, um sich um andere Pflichten zu kümmern. Bloëdhgarm und vier Elfen standen in der Nähe, um jede Gefahr abzuwehren, die dem Drachen und seinem Reiter drohen mochte.

»Hey!«, rief jemand.

Eragon blickte auf und sah Roran vom Tor der Burg herüberkommen. Er hatte Angela im Schlepptau, die beinahe rennen musste, um mit ihm Schritt zu halten, und einige Fäden Wolle ihres Strickzeugs flatterten im Wind hinter ihr her.

»Was hast du jetzt vor?«, fragte Eragon, als Roran vor ihm stehen blieb.

»Ich will helfen, die Stadt zu sichern und die Gefangenen zu versorgen.«

»Aha…« Eragon ließ den Blick über den belebten Burghof schweifen, bevor er ihn wieder auf Rorans zerschundenes Gesicht richtete. »Du hast gut gekämpft.«

»Du auch.«

Eragon wandte seine Aufmerksamkeit nun Angela zu, die wieder strickte. Ihre Finger bewegten sich so schnell, dass er nicht genau feststellen konnte, was sie tat. *»Piep piep?«*, fragte er.

Ein koboldhafter Ausdruck legte sich über ihre Züge und sie schüttelte den Kopf, dass ihre üppigen Locken nur so tanzten. »Eine Geschichte für ein andermal.«

Eragon nahm ihr Ausweichen ohne Klage hin. Er hatte nicht erwartet, dass sie irgendetwas erklären würde. Das tat sie nur selten.

»Und du«, fragte Roran, »was machst du?«

Wir gehen uns etwas zu essen suchen, sagte Saphira und stupste Eragon mit der Schnauze an. Ihr warmer Atem streifte ihn.

Saphiras Stimme ertönte in Rorans Kopf. Er nickte. »Das klingt gut. Dann sehe ich euch heute Abend im Lager.« Als er sich zum Gehen wandte, fügte er hinzu: »Richte Katrina liebe Grüße aus.«

Angela stopfte ihr Strickzeug in einen Flickenbeutel, der an ihrer Taille hing. »Ich mache mich dann wohl auch mal auf den Weg. In meinem Zelt habe ich einen Trank angesetzt, um den ich mich kümmern muss, und da ist eine gewisse Werkatze, die ich aufspüren will.«

»Grimrr?«

»Nein, nein – eine alte Freundin von mir: Solembums Mutter. Das heißt, falls sie noch am Leben ist. Was ich sehr hoffe.« Sie hob die Hand an die Stirn, sodass Daumen und Zeigefinger einen Kreis bildeten, und fügte mit übertrieben fröhlicher Stimme hinzu: »Man sieht sich!« Und mit diesen Worten segelte sie davon.

Auf meinen Rücken, befahl Saphira und erhob sich, sodass Eragon keine Lehne mehr hatte.

Er kletterte in den Sattel, der ihr am Halsansatz auf dem Rücken befestigt war, und Saphira entfaltete ihre gewaltigen Flügel mit einem leisen, trockenen Rascheln wie von Haut, die über Haut gleitet. Die Bewegung verursachte einen beinahe lautlosen Windstoß, der sich ausbreitete wie winzige Wellen in einem Teich. Überall im Burghof hielten Leute in der Arbeit inne, um zu ihr hinüberzusehen.

Als Saphira die Flügel über ihren Kopf hob, konnte Eragon das Netz purpurfarbener Adern sehen, das mit jedem mächtigen

Schlag ihres Herzens in den Flügeln pulsierte. Dann kippte die Welt weg, als Saphira mit einem Ruck und einem Brausen vom Burghof auf die Außenmauer sprang, wo sie für einen Moment auf den Zinnen balancierte. Die Steine barsten unter den Spitzen ihrer Klauen.

Eragon packte die Halszacke vor sich, um sich festzuhalten.

Die Welt kippte abermals, als Saphira sich von der Mauer abstieß. Beißender Geschmack und Gestank stürmten auf Eragons Sinne ein und seine Augen brannten, während Saphira durch den dicken Rauch glitt, der wie eine Schicht aus Schmerz, Wut und Gram über Belatona hing.

Saphira schlug zweimal kräftig mit den Flügeln, dann tauchten sie aus dem Rauch auf in den Sonnenschein und schwebten über den Straßen der Stadt, in denen zahlreiche Feuer brannten. Saphira zog große Kreise, hielt die Flügel dabei still und erlaubte so der warmen Luft, sie immer höher hinaufzutragen.

So müde er war, genoss Eragon doch die großartige Aussicht: das grollende Unwetter, das im Begriff stand, ganz Belatona zu verschlingen, leuchtete an seiner vorderen Front weiß und strahlend, während sich dahinter die Gewitterwolken in tintenschwarzen Schatten bauschten, die nichts preisgaben, es sei denn, Blitze zuckten durch sie hindurch. Auch der glänzende See und die vielen Hundert über die Landschaft verteilten kleinen grünen Bauernhöfe nahmen seinen Blick gefangen, aber auf Dauer war nichts so beeindruckend wie das riesige Wolkengebirge.

Eragon war sich wieder einmal bewusst, welches Glück er hatte, die Welt von so hoch oben sehen zu dürfen. Nur wenige bekamen je die Chance, einen Drachen zu fliegen.

Mit einer leichten Bewegung ihrer Flügel begann Saphira abwärtszugleiten, auf die Reihen grauer Zelte zu, aus denen das Lager der Varden bestand.

Ein starker, böiger Westwind kam auf und kündigte die unmittelbar bevorstehende Ankunft des Gewitters an. Eragon lehnte sich vor und schlang die Hände fester um die Zacke an Saphiras Hals. Er sah glänzende Wellen über die Felder unter ihm rasen, als die Halme sich unter der Wucht des aufkommenden Sturms beugten.

Das tanzende Gras erinnerte ihn an das Fell einer großen grünen Bestie.

Ein Pferd wieherte, als Saphira über die Reihen der Zelte zu der Lichtung schwebte, die für sie reserviert war. Eragon erhob sich halb im Sattel, während Saphira die Flügel ausbreitete und das Tempo verringerte, bis sie beinah über der aufgerissenen Erde stand. Der Aufprall ihrer Landung riss Eragon trotzdem nach vorn.

Tut mir leid, sagte sie. *Ich habe versucht, so sanft zu landen, wie ich konnte.*

Ich weiß.

Noch während er absaß, bemerkte Eragon, dass Katrina auf ihn zugeeilt kam. Das lange kastanienbraune Haar wirbelte um ihr Gesicht, während sie über die Lichtung lief, und der Sturm enthüllte die Wölbung ihres wachsenden Bauches trotz der Lagen ihres Kleides ganz deutlich.

»Was gibt es Neues?«, rief sie und Sorge stand ihr deutlich ins Gesicht geschrieben.

»Du hast von den Werkatzen gehört …?«

Sie nickte.

»Davon abgesehen gibt es im Grunde nichts Neues. Roran geht es gut. Er lässt dich lieb grüßen.«

Ihre Miene entspannte sich, aber ihre Sorge löste sich nicht zur Gänze auf. »Dann ist alles in Ordnung mit ihm?« Sie deutete auf den Ring, den sie am Mittelfinger ihrer linken Hand trug, einen der beiden Ringe, die Eragon für sie und Roran verzaubert hatte, damit sie immer wussten, wenn der andere in Gefahr war. »Ich dachte, ich hätte etwas gespürt, ungefähr vor einer Stunde. Und ich hatte Angst, dass …«

Eragon schüttelte den Kopf. »Roran wird es dir erzählen. Er hat ein paar Schrammen und blaue Flecke abbekommen, aber davon abgesehen geht es ihm gut. Allerdings hat er mich fast zu Tode erschreckt.«

Katrinas besorgter Ausdruck verstärkte sich. Dann lächelte sie, was sie sichtlich Mühe kostete. »Zumindest bist du in Sicherheit. Ihr beide.«

Sie trennten sich und Eragon und Saphira gingen zu einem der großen Zelte neben den Kochfeuern der Varden. Dort taten sie sich an Fleisch und Met gütlich, während der Wind heulte und Regenschauer auf die im Sturm schlagenden Zeltbahnen eindroschen.

Als Eragon in eine Scheibe gebratenen Schweinebauch biss, fragte Saphira: *Ist es knusprig? Ist es gut?*

»Mm«, machte Eragon, dem der Bratensaft das Kinn hinunterlief.

Die Erinnerungen der Toten

Galbatorix ist wahnsinnig und daher unberechenbar, aber seine Gedankengänge haben Lücken, die andere nicht haben. Wenn du sie findest, Eragon, dann könnt ihr ihn vielleicht vernichten.«

Mit ernster Miene ließ Brom die Pfeife sinken. »Ich hoffe, ihr schafft es. Mein größter Wunsch ist, dass ihr beide, du und Saphira, ein langes, erfolgreiches Leben führt, ohne Angst vor Galbatorix und dem Imperium. Ich wünschte, ich könnte euch vor allen Gefahren beschützen, die euch bedrohen, aber leider liegt das nicht in meiner Macht. Ich kann dir nur meine Ratschläge geben und dir jetzt so viel wie möglich beibringen, solange ich noch da bin … mein Sohn. Was auch geschieht, du sollst immer wissen, dass ich dich liebe, und das hat auch deine Mutter getan. Mögen die Sterne über dich wachen, Eragon Bromsson.«

Die Erinnerung verblasste und Eragon öffnete die Augen. Über ihm hing das Zeltdach tief durch, so schlaff wie ein leerer Wasserschlauch, nachdem ihm der inzwischen weitergezogene Sturm übel mitgespielt hatte. Ein Wassertropfen fiel aus dem Bauch einer Falte der Zeltbahn, traf seinen rechten Oberschenkel, durchweichte seine Beinkleider und kühlte die Haut darunter. Er wusste, dass er die Abspannseile des Zeltes würde straffen müssen, aber er hatte keine Lust, sein Feldbett zu verlassen, geschweige denn, nach draußen zu gehen.

Und Brom hat dir nie etwas über Murtagh erzählt? Er hat dir nie gesagt, dass Murtagh und ich Halbbrüder sind?

Saphira, die zusammengerollt draußen vor dem Zelt lag, antwortete: *Auch wenn du immer aufs Neue fragst, ändert das nichts an meiner Antwort.*

Aber warum hat er es nicht getan? Warum nicht? Er muss doch von Murtagh gewusst haben. Es ist unmöglich, dass er es nicht gewusst hat.

Es dauerte ein Weilchen, bis Saphira reagierte. *Brom hatte immer seine Gründe, aber wenn ich raten müsste, würde ich vermuten, er hielt es für wichtiger, dir zu sagen, wie viel du ihm bedeutest, und dir so viele gute Ratschläge mit auf den Weg zu geben, wie er nur konnte, als seine Zeit damit zu vergeuden, über Murtagh zu reden.*

Aber er hätte mich warnen können! Ein paar Worte hätten genügt.

Ich kann nicht mit Bestimmtheit sagen, was ihn angetrieben hat, Eragon. Du musst akzeptieren, dass es, was Brom betrifft, einige Fragen gibt, die du niemals wirst beantworten können. Vertraue auf seine Liebe zu dir und lass dich von solchen Sorgen nicht beunruhigen.

Eragon hatte die Hände auf den Bauch gelegt und starrte seine Daumen an. Er hielt sie nebeneinander, um sie besser vergleichen zu können. Sein linker Daumen hatte mehr Runzeln auf dem Gelenk als der rechte, aber dafür prangte auf dem rechten eine kleine, gezackte Narbe. Er konnte sich nicht daran erinnern, wie er sie sich zugezogen hatte, obwohl es nicht vor dem Agaetí Blödhren, der Blutschwur-Zeremonie, geschehen sein konnte.

Danke, sagte er zu Saphira. Sie hatte ihn seit dem Fall von Feinster Broms Nachricht dreimal sehen und hören lassen und jedes Mal war ihm irgendeine Einzelheit von Broms Rede oder eine Bewegung aufgefallen, die ihm zuvor entgangen war. Diese Erfahrung tröstete und beruhigte ihn, denn es war die Antwort auf eine Frage, die ihn sein Leben lang gequält hatte: den Namen seines Vaters zu kennen und zu wissen, dass er seinem Vater etwas bedeutet hatte.

Saphira nahm seinen Dank mit tiefer Zuneigung entgegen.

Obwohl Eragon gegessen und sich anschließend vielleicht eine Stunde ausgeruht hatte, war seine Erschöpfung noch nicht ganz verflogen. Aber das hatte er auch nicht erwartet. Er wusste aus Erfahrung, dass es Wochen dauern konnte, sich vollkommen von den schwächenden Nachwirkungen eines langen und harten Kampfes zu erholen. Je näher die Varden Urû'baen kamen, desto weniger Zeit würden er und alle anderen in Nasuadas Armee haben, um sich vor der jeweils nächsten Schlacht zu erholen. Der Krieg würde sie mürbe machen, bis sie schließlich blutig und zerschunden sein würden und kaum noch in der Lage, zu kämpfen. Und dann würden sie sich Galbatorix stellen müssen, der in aller Ruhe und Behaglichkeit auf sie gewartet hatte.

Er versuchte, nicht allzu viel darüber nachzudenken.

Ein weiterer kalter Wassertropfen traf sein Bein. Entnervt setzte er sich auf, stemmte sich hoch, ging hinüber zu dem Fleck nackter Erde in einer Ecke des Zelts und kniete sich daneben nieder.

»Deloi sharjalví!«, murmelte er, sowie mehrere andere Ausdrücke in der alten Sprache, die notwendig waren, um die Fallen zu entschärfen, die er am vergangenen Tag aufgestellt hatte.

Die Erde begann zu brodeln wie Wasser, das sich dem Siedepunkt nähert, und in der Fontäne von aufgewühlten Steinen, Insekten und Würmern tauchte ein eisenbeschlagenes, anderthalb Fuß langes Kästchen auf. Eragon streckte die Hand aus, ergriff die Schatulle und beendete den Zauber. Der Boden beruhigte sich wieder.

Er stellte die Schatulle auf die jetzt wieder feste Erde. *»Ládrin!«*, flüsterte er und strich mit der Hand über das Schloss, das kein Schlüsselloch besaß. Es sprang mit einem Klicken auf.

Ein schwacher goldener Schimmer erfüllte das Zelt, als er den Deckel der Schatulle öffnete.

Sicher in die mit Samt ausgeschlagene Schatulle eingebettet lag Glaedrs Eldunarí, das Herz der Herzen des Drachen. Der große, juwelenartige Seelenstein glänzte dunkel, wie ein glühendes Stück Kohle. Eragon nahm den Eldunarí, legte beide Hände darum – die unregelmäßigen, scharfkantigen Facetten fühlten sich warm an auf seiner Haut – und starrte in seine pulsierenden Tiefen. Eine Galaxie winziger Sterne wirbelte in der Mitte des Steins, obwohl ihre Bewegung sich verlangsamt hatte und es weniger Sterne zu sein schienen als an jenem Tag, an dem Eragon den Stein in Ellesméra das erste Mal erblickt hatte, nachdem Glaedr ihn ausgespien und ihn Eragon und Saphira anvertraut hatte.

Sein Anblick faszinierte Eragon noch genauso wie am ersten Tag. Er hätte stundenlang dasitzen und den sich ständig ändernden Mustern zusehen können.

Wir sollten es noch einmal versuchen, schlug Saphira vor und er stimmte zu.

Gemeinsam sandten sie ihren Geist aus zu den fernen Lichtern, zu dem Meer aus Sternen, die Glaedrs Bewusstsein verkörperten. Durch Kälte und Dunkelheit segelten sie, dann durch Hitze und Verzweiflung und Gleichgültigkeit, so gewaltig und groß, dass es ihnen den Willen raubte, irgendetwas anderes zu tun, als innezuhalten und zu weinen.

Glaedr… Elda, riefen sie wieder und wieder, aber es kam keine Antwort, keinerlei Veränderung, nur Gleichgültigkeit.

Schließlich zogen sie sich zurück, außerstande, die erdrückende Last von Glaedrs Elend länger zu ertragen.

Als er zu sich kam, nahm Eragon wahr, dass jemand an den vorderen Pfosten seines Zeltes klopfte, dann hörte er Arya fragen: »Eragon? Darf ich eintreten?«

Er schniefte und blinzelte die Tränen aus den Augen. »Natürlich.«

Das fahle graue Licht des bewölkten Himmels fiel auf ihn, als Arya die Eingangsklappe des Zelts beiseiteschob. Es durchzuckte ihn wie ein Stich, als er in ihre Augen blickte – grün, schräg stehend und undeutbar –, und schmerzliche Sehnsucht erfüllte ihn.

»Hat es irgendwelche Veränderungen gegeben?«, erkundigte sie sich und kniete sich neben ihn. Statt einer Rüstung trug sie dasselbe schwarze Lederhemd, die Hose und die Stiefel mit den dünnen Sohlen, in denen er sie in Gil'ead vorgefunden und gerettet hatte. Ihr Haar war feucht vom Waschen und hing ihr in langen, schweren Strähnen über den Rücken. Der vertraute Duft von frischen Kiefernnadeln umgab sie und Eragon fragte sich, ob sie wohl einen Zauber benutzte, um diesen Duft zu erschaffen, oder ob er ihr von Natur aus anhaftete. Er hätte sie gern gefragt, wagte es jedoch nicht.

Als Antwort auf ihre Frage schüttelte er den Kopf.

»Darf ich?« Sie zeigte auf Glaedrs Herz der Herzen.

Er rückte beiseite. »Bitte.«

Arya legte beide Hände um den Eldunarí und schloss die Augen.

Eragon nutzte die Gelegenheit, um sie mit einer Offenheit und Intensität zu mustern, die anderenfalls beleidigend gewesen wäre. In jeder Hinsicht schien sie ihm der Inbegriff der Schönheit zu sein, obwohl er wusste, dass andere vielleicht sagen würden, ihre Nase sei zu lang, ihr Gesicht zu kantig, ihre Ohren seien zu spitz oder ihre Arme zu muskulös.

Arya sog scharf die Luft ein und riss die Hände weg von dem Seelenstein, als habe sie sich daran verbrannt. Dann ließ sie den Kopf sinken und Eragon sah, dass ihr Kinn kaum merklich zitterte. »Er ist das unglücklichste Geschöpf, dem ich je begegnet bin … Ich wollte, wir könnten ihm helfen. Ich denke nicht, dass er imstande ist, allein den Weg aus der Dunkelheit zu finden.«

»Meinst du …« Eragon zögerte. Er wollte seinen Verdacht erst nicht in Worte fassen, doch dann fuhr er fort: »Meinst du, er wird wahnsinnig?«

»Er ist es vielleicht bereits. Wenn nicht, trennt ihn nur noch ein schmaler Grat vom Wahnsinn.«

Trauer übermannte Eragon, während sie beide den goldenen Stein betrachteten.

Als er sich endlich wieder dazu durchringen konnte, zu sprechen, fragte er: »Wo ist der Dauthdaert?«

»Ich habe ihn in meinem Zelt versteckt, so wie du Glaedrs Eldunarí. Ich kann ihn hierherbringen, wenn du willst, oder ich kann ihn weiter beschützen, bis du ihn brauchst.«

»Behalte ihn. Ich kann ihn nicht mit mir herumtragen, weil Galbatorix dann vielleicht von seiner Existenz erfahren würde. Außerdem wäre es töricht, so viele Schätze an einem einzigen Ort aufzubewahren.«

Sie nickte.

Der Schmerz in Eragon wuchs. »Arya, ich …«

Er brach ab, als Saphira einen der Söhne des Schmieds Horst auf das Zelt zukommen sah. Es war Albriech, glaubte er, obwohl es schwierig war, ihn von seinem Bruder Baldor zu unterscheiden, weil Saphiras Sicht für ihn leicht verzerrt wirkte. Eragon war erleichtert, dass er unterbrochen wurde, da er nicht gewusst hatte, was er hätte sagen sollen.

»Es kommt jemand«, sagte er und schloss den Deckel der Schatulle.

Laute, platschende Schritte erklangen im Matsch draußen. Dann rief Albriech, denn er war es tatsächlich: »Eragon! Eragon!«

»Was gibt es?«

»Bei meiner Mutter haben die Wehen eingesetzt! Vater schickt mich, es dir zu sagen und dich zu fragen, ob du mit ihm warten kannst, für den Fall, dass etwas schiefgeht und deine magischen Fähigkeiten benötigt werden. Bitte, wenn du kannst…«

Was immer er sonst noch sagte, Eragon hörte es nicht mehr. Hastig verriegelte er die Schatulle und vergrub sie. Dann warf er sich seinen Umhang um die Schultern und nestelte gerade an der Schließe herum, als Arya seinen Arm berührte und fragte: »Darf ich dich begleiten? Ich habe einige Erfahrung in solchen Dingen. Wenn deine Leute es mir erlauben, kann ich ihr die Geburt leichter machen.«

Eragon zögerte nicht, sondern deutete auf den Zelteingang. »Nach dir.«

Arbeit für einen Mann

Jedes Mal wenn Roran die Füße hob, blieb der Matsch an seinen Stiefeln kleben, sodass er nur ziemlich langsam vorankam und seine sowieso schon müden Beine vor Anstrengung brannten. Es fühlte sich an, als würde der Boden versuchen, ihm die Schuhe auszuziehen. Und der Morast war nicht nur zäh, sondern auch glitschig. Er gab immer gerade dann unter Rorans Fersen nach, wenn er besonders unsicher stand. Noch dazu war er tief.

Der ständige Strom von Menschen, Tieren und Wagen auf diesem Weg hatte die oberste Schicht Erde in einen fast unpassierbaren Schlamm verwandelt. Einige Flecken zertrampelten Grases waren noch an den Rändern des Weges stehen geblieben – der direkt durch das Lager der Varden führte –, aber Roran vermutete, dass auch sie bald verschwinden würden, weil sich jetzt jeder bemühte, die tief durchweichte Mitte zu meiden.

Roran versuchte nicht einmal, den Morast zu umgehen. Es scherte ihn nicht länger, ob seine Kleider schmutzig wurden. Davon abgesehen war er so erschöpft, dass es einfacher schien, weiter in die gleiche Richtung zu trotten, als sich Gedanken darum zu machen, wie er von einer Grasinsel zur nächsten gelangte.

Während er so dahinstolperte, dachte Roran über Belatona nach. Seit Nasuadas Audienz für die Werkatzen hatte er eine Kommandantur im nordwestlichen Viertel der Stadt errichtet und sein Bestes getan, die Kontrolle über das Gebiet zu erlangen, indem er Männer abstellte, Brände zu löschen, in den Straßen Barrikaden zu errichten, die Häuser nach Soldaten zu durchsuchen und Waffen zu beschlagnahmen. Es war eine ungeheuer schwere Aufgabe und er verlor allmählich die Hoffnung, dass er alles Nötige bewerkstelligen konnte. Er befürchtete, dass in der Stadt wieder Kämpfe ausbrechen könnten. *Ich hoffe, diese Idioten schaffen es, sich die Nacht über nicht umbringen zu lassen.*

Seine linke Seite pochte so stark, dass er die Zähne zusammenbiss und den Atem scharf einsog.

Verfluchter Feigling.

Irgendwer hatte vom Dach eines Gebäudes aus mit einer Armbrust auf ihn geschossen. Nur ein glücklicher Zufall hatte ihn gerettet. Einer seiner Männer, Mortenson, war genau in dem Moment vor ihn getreten, als der Angreifer den Schuss ausgelöst hatte. Der Bolzen hatte Mortensons Oberkörper vollständig durchschlagen und immer noch genug Wucht gehabt, um Roran eine unangenehme Prellung zu bescheren. Mortenson war auf der Stelle tot gewesen, und wer immer den Bolzen abgeschossen hatte, war entkommen.

Fünf Minuten später hatte irgendeine Explosion – wahrscheinlich magischer Natur – zwei weitere seiner Männer getötet, als sie einen Stall überprüft hatten, um einem verdächtigen Geräusch auf den Grund zu gehen.

Soviel Roran wusste, kam es überall in der Stadt zu solchen Angriffen. Zweifellos steckten hinter vielen davon Galbatorix' Agenten. Aber auch die Bewohner von Belatona selbst waren dafür verantwortlich: Männer und Frauen, die es nicht ertragen konnten, tatenlos zuzusehen, wie eine fremde Armee die Herrschaft über ihre Stadt übernahm, ganz gleich wie ehrenwert die Absichten der Varden auch sein mochten. Roran konnte die Leute verstehen, die ihre Familie verteidigen wollten, aber gleichzeitig verfluchte er sie, weil sie zu stur waren, um zu begreifen, dass die Varden ihnen helfen und nicht schaden wollten.

Er kratzte sich am Bart, während er darauf wartete, dass ein Zwerg ein schwer beladenes Pony aus dem Weg zog, dann watete er weiter durch den Morast.

Als er ihrem Zelt näher kam, sah er Katrina über eine Wanne mit Seifenwasser gebeugt stehen, in der sie auf einem Waschbrett einen blutbefleckten Verband schrubbte. Sie hatte sich die Ärmel bis über die Ellbogen hochgekrempelt und das Haar zu einem wirren Knoten zurückgebunden; ihre Wangen waren gerötet von der Arbeit, aber in seinen Augen hatte sie noch nie so schön ausgesehen. Bei ihr fand er Trost – Trost und Zuflucht – und allein ihr Anblick half ihm, die dumpfe Leere, die ihn gepackt hatte, nicht mehr so stark zu spüren.

Sie bemerkte ihn und ließ ihre Wäsche augenblicklich stehen und liegen, um ihm entgegenzueilen. Dabei trocknete sie sich die rosigen Hände an ihrem Kleid ab. Roran wappnete sich gegen den Schmerz, als sie sich auf ihn stürzte und die Arme um seine Brust schlang. Seine Seite brannte und er gab ein kurzes Stöhnen von sich.

Katrina lockerte ihren Griff und lehnte sich stirnrunzelnd zurück. »Oh! Habe ich dir wehgetan?«

»Nein … nein. Ich hab nur ein paar Schürfwunden.«

Sie stellte keine weiteren Fragen, sondern umarmte ihn erneut, sanfter diesmal, und Tränen glänzten in ihren Augen, als sie zu ihm aufsah. Er fasste sie um die Taille, beugte sich vor und küsste sie, unaussprechlich dankbar, dass es sie gab.

Sie legte seinen linken Arm um ihre Schultern und er ließ es zu, dass sie ihn auf dem Weg bis zum Zelt stützte. Mit einem Seufzen ließ Roran sich auf dem Baumstumpf nieder, der ihnen als Stuhl diente. Katrina hatte ihn neben das kleine Feuer gestellt, das sie geschürt hatte, um das Waschwasser zu erhitzen, und über dem jetzt in einem Kessel ein Eintopf köchelte.

Katrina füllte etwas davon in eine Schale und reichte sie ihm. Dann holte sie ihm aus dem Zelt einen Krug Bier und einen Teller mit einem halben Laib Brot und einem Stück Käse.

»Brauchst du sonst noch irgendetwas?«, fragte sie mit ungewöhnlich heiserer Stimme.

Er antwortete nicht, sondern umfasste ihre Wange und streichelte zweimal mit dem Daumen darüber. Sie lächelte zitternd, legte eine Hand auf seine, kehrte dann zu ihrer Wäsche zurück und begann mit frischer Kraft zu schrubben.

Roran starrte das Essen lange an, bevor er den ersten Bissen nahm. Er war immer noch so angespannt, dass er fürchtete, es könne ihm nicht bekommen. Nach einigen Bissen Brot kehrte sein

Appetit jedoch zurück und er machte sich eifrig über den Eintopf her.

Als er aufgegessen hatte, stellte er das Geschirr auf den Boden, trank noch einen Schluck Bier und hielt dann die Hände übers Feuer, um sie zu wärmen.

»Wir haben das Krachen gehört, als die Mauern eingestürzt sind«, berichtete Katrina, während sie einen Verband auswrang. »Sie haben nicht lange standgehalten.«

»Nein … es ist sehr hilfreich, einen Drachen auf seiner Seite zu haben.«

Roran betrachtete Katrinas Bauch, während sie den Verband über eine provisorische Wäscheleine hängte, die von der Spitze ihres Zeltes hinüber zu einem Nachbarzelt gespannt war. Jedes Mal wenn er an das Kind dachte, das Kind ihrer Liebe, war er unglaublich stolz, aber zugleich hatte er auch Angst. Wie konnte er hoffen, ihrem Kind ein sicheres Zuhause zu bieten? Und falls der Krieg bis zu ihrer Niederkunft nicht vorbei wäre, hatte Katrina vor, allein nach Surda zu gehen, wo sie ihr Kind in relativer Sicherheit würde großziehen können.

Ich darf sie nicht verlieren, nicht noch einmal.

Katrina tauchte einen weiteren Verband in die Wanne. »Und die Kämpfe in der Stadt?«, fragte sie, ohne ihre Arbeit zu unterbrechen. »Wie sind sie gelaufen?«

»Wir mussten um jeden Fußbreit Boden kämpfen. Selbst Eragon hatte Schwierigkeiten.«

»Die Verwundeten haben von Wurfmaschinen auf Rädern gesprochen.«

»Ja.« Roran nahm einen Schluck Bier, bevor er rasch erzählte, wie die Varden in Belatona vorgerückt waren und welche Rückschläge sie dabei hatten hinnehmen müssen. »Wir haben heute zu viele Männer verloren, aber es hätte schlimmer kommen können. Viel schlimmer. Jörmundur und Hauptmann Martland haben den Angriff gut geplant.«

»Aber ohne dich und Eragon hätte ihr Plan nicht funktioniert. Du hast dich wirklich wacker geschlagen.«

Roran lachte kurz auf. »Ha! Und weißt du, wie das kommt? Ich werde es dir verraten. Kaum einer von zehn Männern ist tatsächlich bereit, den Feind anzugreifen. Eragon bekommt das nicht mit. Er ist immer an vorderster Front und reißt die Soldaten mit. Aber ich sehe es. Die meisten Männer halten sich zurück und kämpfen nur dann, wenn sie in die Enge getrieben werden. Oder sie fuchteln mit den Armen und machen eine Menge Lärm, tun aber nicht wirklich etwas.«

Katrina starrte ihn entsetzt an. »Wie kann das sein? Sind sie solche Feiglinge?«

»Ich weiß es nicht. Ich denke … Ich denke, dass sie es vielleicht einfach nicht über sich bringen, einem Mann in die Augen zu sehen und ihn zu töten. Andererseits scheint es ihnen keine Schwierigkeiten zu bereiten, Soldaten niederzumetzeln, die ihnen den Rücken zukehren. Also warten sie darauf, dass andere tun, wozu sie nicht in der Lage sind. Sie warten auf Leute wie mich.«

»Meinst du, Galbatorix' Männer sind genauso zögerlich?«

Roran zuckte die Achseln. »Vielleicht. Andererseits haben sie keine andere Wahl, als Galbatorix zu gehorchen. Wenn er ihnen befiehlt zu kämpfen, dann kämpfen sie.«

»Nasuada könnte das Gleiche tun. Sie könnte ihre Magier Zauber wirken lassen, die sicherstellen, dass niemand seine Pflicht vernachlässigt.«

»Was würde sie dann noch von Galbatorix unterscheiden? Das würden die Varden auf keinen Fall zulassen.«

Katrina ließ ihre Wäsche stehen, trat zu ihm und küsste ihn auf die Stirn. »Ich bin froh, dass du tust, was du tun musst«, flüsterte sie. Sie kehrte zu der Wanne zurück und begann, einen weiteren Streifen verschmutztes Leinen über das Waschbrett zu ziehen. »Ich habe vor ein paar Stunden etwas gespürt, durch den Ring … ich dachte schon, dir sei vielleicht etwas zugestoßen.«

»Ich war mitten im Kampfgetümmel. Es würde mich nicht überraschen, wenn du alle paar Minuten etwas gespürt hättest.«

Die Arme im Wasser, hielt sie inne. »Bis heute habe ich noch nie etwas gespürt.«

Er griff noch einmal zu seinem Bierkrug und leerte ihn – ein schwacher Versuch, das Unvermeidliche hinauszuzögern. Er hatte gehofft, ihr die Einzelheiten seines Missgeschicks in der Burg ersparen zu können, aber sie würde keine Ruhe geben, bis sie die Wahrheit erfuhr. Der Versuch, es zu verschweigen, würde nur dazu führen, dass sie sich noch etwas viel Schlimmeres vorstellte als das, was tatsächlich geschehen war. Außerdem war es ohnehin zwecklos, es für sich behalten zu wollen, da die Schilderungen der Ereignisse schon bald bei den Varden die Runde machen würden.

Also erzählte er es ihr. Er gab ihr eine kurze Zusammenfassung und versuchte den Einsturz der Mauer eher wie einen kleinen Unfall darzustellen und nicht wie etwas, was ihn beinahe umgebracht hatte. Trotzdem fiel es ihm schwer, darüber zu reden, und er sprach stockend, immer wieder auf der Suche nach den richtigen Worten. Als er zum Ende kam, verfiel er in Schweigen, da die Erinnerung ihn doch noch ziemlich aufwühlte.

»Wenigstens bist du nicht verletzt worden«, meinte Katrina.

Er fuhr an einem Sprung am Rand des Krugs entlang. »Stimmt.«

Das Schwappen des Wassers verstummte und er spürte, wie ihr Blick schwer auf ihm lastete. »Du hast früher schon viel größeren Gefahren ins Auge gesehen.«

»Ja … vermutlich.«

Ihre Stimme wurde sanfter. »Was ist es dann?« Als er nicht antwortete, fügte sie hinzu: »Nichts ist so schrecklich, dass du es mir nicht erzählen kannst, Roran. Das weißt du.«

Sein rechter Daumennagel riss ein, als er wieder an dem Krug herumspielte. »Ich dachte, ich würde sterben, als die Mauer einstürzte.«

»Jeder hätte das gedacht.«

»Ja, schon. Die Sache ist nur, dass es mir *egal* war.« Gequält sah er sie an. »Verstehst du nicht? *Ich habe aufgegeben.* Als mir klar wurde, dass ich nicht fliehen konnte, habe ich es so widerspruchslos hingenommen wie ein Lamm, das zur Schlachtbank geführt wird, und ich …« Nicht imstande fortzufahren, ließ er den Krug fallen und verbarg das Gesicht in den Händen. Es schnürte ihm die Kehle zu und das Atmen fiel ihm schwer. Da spürte er Katrinas Finger leicht auf seinen Schultern. »Ich habe aufgegeben«, knurrte er, wütend und angewidert von sich selbst. »Ich habe einfach aufgehört zu kämpfen … für dich … für unser Kind.« Seine Stimme brach.

»Scht, scht«, murmelte sie.

»Ich habe noch nie zuvor aufgegeben. Kein einziges Mal … Auch nicht, als die Ra'zac dich geholt haben.«

»Ich weiß, dass du nicht aufgegeben hast.«

»Dieses Kämpfen muss ein Ende haben. So kann es nicht weitergehen … Ich kann nicht … Ich …« Er hob den Kopf und sah erschrocken, dass auch sie den Tränen nah war. Sogleich stand er auf, legte die Arme um sie und zog sie an sich. »Es tut mir leid«, flüsterte er. »Es tut mir leid. Es tut mir leid. Es tut mir leid … Es wird nicht wieder vorkommen. Nie wieder. Ich verspreche es.«

»*Das* ist mir gleich«, erwiderte sie, ihre Stimme gedämpft an seiner Schulter.

Ihre Antwort traf ihn. »Ich weiß, ich war schwach, aber mein Wort sollte dir doch etwas wert sein.«

»Das habe ich nicht gemeint!«, rief sie aus, wich zurück und sah ihn anklagend an. »Du bist manchmal so ein Narr, Roran.«

Er lächelte schwach. »Ich weiß.«

Sie verschränkte die Hände in seinem Nacken. »Ich würde kein bisschen weniger von dir halten, ganz gleich was du empfunden hast, als die Mauer einstürzte. Nur eines zählt: dass du noch lebst … In diesem Moment gab es nichts, was du hättest tun können, oder?«

Er schüttelte den Kopf.

»Dann gibt es nichts, wofür du dich schämen musst. Wenn du die Möglichkeit gehabt hättest, etwas dagegen zu tun oder davonzulaufen, und du hättest sie nicht genutzt, dann hätte ich die Achtung vor dir verloren. Aber du hast getan, was du konntest, und als du nichts mehr tun konntest, hast du Frieden mit deinem Schicksal geschlossen und nicht endlos deswegen gejammert. Das ist Weisheit, keine Schwäche.«

Er senkte den Kopf und küsste sie auf die Stirn. »Danke.«

»Und für mich bist du der tapferste, stärkste und gütigste Mann in ganz Alagaësia.«

Diesmal küsste er sie auf den Mund. Anschließend lachte sie kurz auf und löste damit alle aufgestaute Anspannung. Sie hielten sich in den Armen und wiegten sich, als tanzten sie zu einer Melodie, die nur sie hören konnten.

Schließlich versetzte Katrina ihm einen scherzhaften Stoß und ging zurück zu ihrer Wäsche, während Roran sich wieder auf den Baumstumpf setzte, zum ersten Mal seit der Schlacht glücklich – trotz seiner zahlreichen Blessuren und Schmerzen.

Er beobachtete Männer, Pferde und den einen oder anderen Zwerg oder Urgal, die an ihrem Zelt vorbeitrotteten, wobei er ihre Wunden und den Zustand ihrer Waffen und ihrer Rüstung vermerkte. Er versuchte, die allgemeine Stimmungslage der Varden einzuschätzen. Er kam zu dem Schluss, dass zum einen alle außer den Urgals ordentlich Schlaf und eine anständige Mahlzeit brauchten und dass zum andern alle, die Urgals eingeschlossen – insbesondere die Urgals – von Kopf bis Fuß mit einer Bürste aus Wildschweinborsten und mehreren Eimern Seifenwasser abgeschrubbt werden müssten.

Er beobachtete auch Katrina und bemerkte, wie ihre anfänglich gute Laune, während sie weiterarbeitete, allmählich schwand und sie immer gereizter wurde. Sie schrubbte und schrubbte an mehreren Flecken, aber mit wenig Erfolg. Sie sah finster drein und begann leise und verärgert zu stöhnen.

Nachdem sie den Stoff gegen das Waschbrett geschlagen hatte, sodass schaumiges Wasser mehrere Fuß hoch aufgespritzt war, und schließlich mit fest zusammengepressten Lippen an der Wanne lehnte, sprang Roran von seinem Baumstumpf auf und trat zu ihr.

»Komm, lass mich das machen«, sagte er.

»Das gehört sich nicht«, murmelte sie.

»Unsinn. Geh und setz dich. Ich mach das fertig… Geh nur.«

Sie schüttelte den Kopf. »Nein. Du solltest derjenige sein, der sich ausruht, nicht ich. Außerdem ist das hier keine Arbeit für einen Mann.«

Er schnaubte geringschätzig. »Wer sagt das? Arbeit für einen Mann oder für eine Frau? Das ist immer genau das, was gerade getan werden muss. Jetzt geh und setz dich. Du wirst dich besser fühlen, wenn du erst mal sitzt.«

»Roran, mir geht es gut.«

»Sei nicht albern.« Er versuchte, sie sanft von der Wanne wegzuschieben, aber sie wollte nicht nachgeben.

»Es ist nicht recht«, protestierte sie. »Was sollen die Leute denken?« Sie deutete auf die Männer, die auf dem schlammigen Pfad an ihrem Zelt vorbeieilten.

»Sie sollen denken, was sie wollen. Ich habe dich geheiratet, nicht sie. Wenn sie glauben, ich sei kein richtiger Mann, weil ich dir helfe, dann sind sie Narren.«

»Aber …«

»Nichts aber. Na los! Weg da.«

»Aber …«

»Ich werde nicht mit dir streiten. Wenn du dich nicht hinsetzt, trage ich dich hin und binde dich an diesem Baumstumpf fest.«

Jetzt sah sie ihn nicht mehr grimmig an, sondern verwundert. »Tatsächlich?«

»Ja. Und jetzt geh!« Während sie widerstrebend ihren Platz an der Wanne räumte, schnaubte er verärgert. »Du bist verdammt stur, was?«

»Das sagt der Richtige. Von dir könnte selbst ein Maultier noch das eine oder andere lernen.«

»Ich doch nicht. Ich bin nicht stur.« Er löste seinen Gürtel, zog sein Kettenhemd aus, hängte es an den vorderen Pfosten des Zeltes und krempelte dann die Ärmel seines Wamses hoch. Die Luft war kühl und die Verbände waren klamm – sie hatten die ganze Zeit auf dem Waschbrett gelegen –, aber es machte ihm nichts aus, denn das Wasser war warm und schon bald war der Stoff es auch wieder. Schaumige Hügel schillernder Bläschen wuchsen um seine Handgelenke in die Höhe, während er den Stoff über die volle Länge des rauen Bretts schob und rieb. Er sah zu Katrina hinüber und freute sich, dass sie sich auf dem Baumstumpf ausruhte, zumindest soweit man sich auf einem so groben Teil überhaupt ausruhen konnte.

»Willst du einen Becher Kamillentee?«, fragte sie. »Gertrude hat mir heute Morgen eine Handvoll frische Blüten gegeben. Ich kann uns eine Kanne aufbrühen.«

»Das wäre schön.«

Ein kameradschaftliches Schweigen stellte sich zwischen ihnen ein, während Roran weiter die restliche Wäsche wusch. Die Aufgabe hatte etwas angenehm Eintöniges. Er genoss es, mit seinen Händen etwas anderes zu tun, als seinen Hammer zu schwingen, und die Nähe zu Katrina verschaffte ihm ein Gefühl tiefer Befriedigung.

Er war gerade dabei, das letzte Stück Wäsche auszuwringen, und neben Katrina wartete schon sein frisch eingeschenkter Tee, als jemand von der anderen Seite des Weges über das geschäftige Treiben hinweg ihre Namen rief. Roran brauchte einen Moment, um zu erkennen, dass es Baldor war, der durch den Schlamm auf sie zugerannt kam, wobei er sich zwischen Männern und Pferden hindurchschlängelte. Er trug eine löchrige Lederschürze und schwere Handschuhe, die bis zu den Ellenbogen reichten und mit Ruß verschmiert waren. Sie waren so abgegriffen, dass die Finger hart, glatt und glänzend waren wie poliertes Schildpatt. Ein Streifen abgerissenen Leders hielt sein struppiges dunkles Haar zurück und zwischen seinen Brauen stand eine Falte. Baldor war kleiner als sein Vater und sein älterer Bruder, aber im Vergleich zu jedem anderen war er immer noch groß und sehr muskulös, was er der Tatsache verdankte, dass er seine Kindheit damit verbracht hatte, seinem Vater in der Schmiede zu helfen. Keiner der drei – Horst, Albriech und Baldor – hatte an diesem Tag gekämpft. Begabte Schmiede waren üblicherweise zu wertvoll, um sie in der Schlacht in Gefahr zu bringen. Doch Roran wünschte sich manchmal, Nasuada würde sie kämpfen lassen, denn sie waren alle drei fähige Krieger und Roran wusste, dass er sich selbst in den gefährlichsten Situationen auf sie verlassen konnte.

Roran legte die Wäsche beiseite, trocknete sich die Hände und fragte sich, was wohl passiert war. Katrina erhob sich von dem Baumstumpf und trat zu ihm an die Wanne.

Als Baldor sie erreichte, mussten sie noch einige Augenblicke warten, bis er wieder zu Atem gekommen war. Dann stieß er eilig hervor: »Kommt schnell. Bei Mutter haben gerade die Wehen eingesetzt und …«

»Wo ist sie?«, fragte Katrina scharf.

»In unserem Zelt.«

Sie nickte. »Wir kommen, so schnell wir können.«

Dankbar sah Baldor sie an, drehte sich um und rannte wieder davon.

Während Katrina in ihr Zelt ging, goss Roran den Inhalt der Wanne über das Feuer und löschte es so. Das brennende Holz zischte und knackte unter der Flut und anstelle von Rauch stieg eine Dampfwolke auf und erfüllte die Luft mit einem unangenehmen Geruch.

Schrecken und Aufregung beschleunigten Rorans Handgriffe. *Hoffentlich stirbt sie nicht,* dachte er und erinnerte sich daran, was die Frauen über Elains Alter und ihre schon zu lange dauernde Schwangerschaft gesagt hatten. Sie war immer freundlich zu ihm und Eragon gewesen und er hatte sie gern.

»Bist du so weit?«, fragte Katrina, als sie aus dem Zelt kam und sich noch einen blauen Schal um Kopf und Hals schlang.

Er griff nach seinem Gürtel und seinem Hammer. »Ja. Gehen wir.«

Der Preis der Macht

»Bitte sehr, Herrin. Die werdet Ihr nicht mehr brauchen. Und ich würde sagen, gut, dass Ihr sie los seid.«

Mit einem leisen Rascheln glitt das Leinen von Nasuadas Unterarmen, als ihre Magd Farica ihr den letzten Verband abnahm. Nasuada hatte diese Verbände seit dem Tag getragen, an dem sie und der Feldherr Fadawar einander der Probe der Langen Messer unterzogen hatten.

Nasuada hatte unverwandt und reglos einen langen, zerlumpten Wandteppich voller Löcher angestarrt, während Farica ihrer Pflicht nachging. Dann wappnete sie sich innerlich und senkte langsam den Blick. Seit ihrem Sieg bei der Probe der Langen Messer hatte sie sich geweigert, ihre Wunden noch einmal anzuschauen. Noch frisch, waren sie ihr so grauenvoll erschienen, dass sie ihren Anblick nicht mehr ertragen hätte, bevor sie nicht vollständig verheilt waren.

Die Narben waren asymmetrisch: Sechs zogen sich schräg über die Innenseite ihres linken Unterarms, drei über ihren rechten. Alle Narben waren drei bis vier Zoll lang und schnurgerade – bis auf die unterste an ihrem rechten Arm. Bei diesem letzten Schnitt war ihre Selbstbeherrschung ins Wanken geraten und sie war mit dem Messer abgerutscht. Es hatte eine gezackte Linie in ihr Fleisch gerissen, die fast doppelt so lang war wie die anderen Schnitte. Die Haut rund um die Narben war rosig und wulstig, während die Narben selbst nur ein klein wenig heller waren als der Rest ihrer Haut. Dafür war sie dankbar. Sie hatte befürchtet, dass am Ende weiße und silbrige Stellen zurückbleiben würden, die sich auffällig abzeichneten. Die Narben waren leicht erhaben und bildeten harte

Fleischwülste, die aussahen, als hätte man ihr glatte Stahlstäbe unter die Haut geschoben.

Nasuada betrachtete die Male mit zwiespältigen Gefühlen. Ihr Vater hatte sie während ihrer Kindheit und Jugend die Bräuche ihres Volkes gelehrt, aber sie hatte ihr ganzes Leben unter Varden und Zwergen verbracht. Die einzigen Rituale der umherziehenden Stämme, die sie befolgte – und auch die nur unregelmäßig –, hingen mit ihrer Religion zusammen. Sie hatte nie danach gestrebt, den Trommeltanz zu beherrschen oder an der mühsamen Zeremonie der Anrufung der Namen teilzunehmen, noch hatte es sie danach verlangt – das sogar am allerwenigsten –, irgendjemanden in der Probe der Langen Messer zu bezwingen. Und doch stand sie nun hier, immer noch jung und immer noch schön, und trug bereits diese neun großen Narben an ihren Unterarmen. Sie könnte natürlich einem der Magier der Varden befehlen, sie zu entfernen, aber dann würde sie ihren Sieg in der Probe der Langen Messer einbüßen und die umherziehenden Stämme würden ihr die Anerkennung als ihre Lehnsherrin verweigern.

Obwohl sie bedauerte, dass ihre Arme nicht mehr glatt waren und nicht länger die bewundernden Blicke der Männer auf sich ziehen würden, war sie auch stolz auf die Narben. Sie waren ein Zeugnis ihres Mutes und ein sichtbares Zeichen ihrer Loyalität gegenüber den Varden. Jeder, der Nasuada ansah, würde wissen, mit wem er es zu tun hatte, und sie beschloss, ihrem Ansehen mehr Gewicht beizumessen als ihrem Aussehen.

»Was denkt Ihr?«, fragte sie und hielt König Orrin, der am offenen Fenster stand und auf die Stadt hinuntergeblickt hatte, ihre vernarbten Arme hin.

Orrin wandte sich um und runzelte die Stirn, die Augen dunkel unter seinen gefurchten Brauen. Er hatte seine Rüstung bereits gegen ein dickes rotes Wams und eine mit weißem Hermelin besetzte Robe eingetauscht. »Ich finde, es ist kein angenehmer Anblick«, antwortete er und richtete seine Aufmerksamkeit wieder auf die Stadt. »Bedeckt Euch. So könnt Ihr Euch in Gesellschaft nicht zeigen.«

Nasuada musterte ihre Arme noch einen Moment länger. »Nein,

ich denke nicht, dass ich das tun werde.« Sie zupfte die Spitzenbündchen ihrer halblangen Ärmel zurecht und entließ Farica. Anschließend schritt sie über den weichen, von Zwergen gewobenen Teppich in der Mitte ihres Arbeitsraums zu Orrin ans Fenster hinüber, um mit ihm zusammen auf die von Kämpfen gebeutelte Stadt hinabzusehen. Sie war froh darüber, dass inzwischen alle bis auf zwei Brände entlang der westlichen Mauer gelöscht waren.

Dann richtete sie den Blick auf den König. In der kurzen Zeit des gemeinsamen Feldzugs der Varden und Surdaner gegen das Imperium war Orrin immer ernster geworden. Von seinem ursprünglichen Enthusiasmus und seiner Überspanntheit war nicht mehr viel geblieben; das alles war verschwunden hinter seinem grimmigen Äußeren. Zunächst hatte Nasuada die Veränderung willkommen geheißen, denn sie hatte das Gefühl gehabt, dass er reifer geworden war. Aber nun, da der Krieg sich in die Länge zog, begann sie die begeisterten Debatten über Naturphilosophie ebenso zu vermissen, wie seine anderen Marotten. Rückblickend begriff sie, dass er sie damit oft aufgeheitert hatte, selbst wenn es ihr manchmal lästig gewesen war. Zudem hatten diese Veränderungen ihn als Rivalen noch gefährlicher werden lassen. Sie konnte sich ohne Weiteres vorstellen, dass er in seiner gegenwärtigen Stimmung versucht war, sie als Anführerin der Varden zu verdrängen.

Könnte ich glücklich sein, wenn ich ihn heiraten würde?, fragte sie sich. Orrin war nicht hässlich. Seine Nase war schmal und gerade, sein Kinn dagegen kräftig, der Mund fein geschnitten und ausdrucksstark. Jahre der Übung in den Kampfkünsten hatten ihm einen attraktiven Körperbau beschert. Dass er intelligent war, stand außer Zweifel, und über einen angenehmen Charakter verfügte er im Großen und Ganzen auch. Sie wusste jedoch nur zu gut, dass sie es niemals in Erwägung gezogen hätte, eine Verbindung mit ihm einzugehen, wenn er nicht der König von Surda gewesen wäre und eine solch große Bedrohung für ihre Position und die Unabhängigkeit der Varden dargestellt hätte. *Würde er einen guten Vater abgeben?*

Orrin legte die Hände auf die schmale steinerne Fensterbank und lehnte sich dagegen. Ohne sie anzusehen, sagte er: »Ihr müsst Euren Pakt mit den Urgals auflösen.«

Seine Äußerung verblüffte sie. »Und warum?«

»Weil sie uns schaden. Männer, die sich uns früher angeschlossen hätten, verfluchen uns heute dafür, dass wir uns mit Ungeheuern verbünden, und weigern sich, ihre Waffen niederzulegen, wenn wir vor ihren Häusern stehen. Galbatorix' Widerstand gegen uns erscheint ihnen wegen unseres Bündnisses mit den Urgals richtig und vernünftig. Das gemeine Volk versteht nicht, warum wir uns mit ihnen zusammengetan haben. Die Leute wissen weder, dass Galbatorix die Urgals nur benutzt hat, noch, dass er sie mit einer List dazu gebracht hat, Tronjheim unter dem Kommando eines Schattens anzugreifen. Das sind Feinheiten, die Ihr einem verängstigten Bauern nicht auseinandersetzen könnt. Er sieht nur, dass die Kreaturen, die er sein Leben lang gefürchtet und gehasst hat, auf sein Haus zumarschieren, angeführt von einem riesigen, brüllenden Drachen und einem Reiter, der eher aussieht wie ein Elf denn wie ein Mensch.«

»Wir brauchen die Unterstützung der Urgals«, entgegnete Nasuada. »Wir haben ohnehin schon viel zu wenige Krieger.«

»So dringend brauchen wir sie nun auch wieder nicht. Ihr wisst längst, dass ich die Wahrheit sage. Warum sonst habt Ihr davon abgesehen, die Urgals an dem Angriff auf Belatona teilnehmen zu lassen? Warum sonst habt Ihr ihnen befohlen, die Stadt nicht zu betreten? Es reicht nicht, sie vom Schlachtfeld fernzuhalten, Nasuada. Die Kunde von unserem Bündnis mit ihnen verbreitet sich trotzdem im Land. Ihr könnt nur eins tun, um die Lage zu retten: diesen unglückseligen Pakt aufkündigen, bevor er uns noch weiteren Schaden zufügt.«

»Das kann ich nicht.«

Orrin fuhr herum, das Gesicht vor Wut verzerrt. »Männer *sterben,* weil Ihr Euch entschieden habt, Garzhvogs Hilfe anzunehmen. Meine Männer, Eure Männer, die Männer des Imperiums … tot und begraben. Ein solches Opfer ist dieses Bündnis nicht wert und ich kann beim besten Willen nicht verstehen, warum Ihr es immer noch verteidigt.«

Sie konnte seinem Blick nicht standhalten. Zu stark erinnerte er sie an die Schuldgefühle und Vorwürfe, die sie so oft vor dem Einschlafen quälten. Stattdessen konzentrierte sie sich auf den Rauch, der über einem der Türme am Rand der Stadt aufstieg. Zögernd begann sie zu sprechen: »Ich verteidige es, weil ich hoffe, dass die Einhaltung unseres Pakts mit den Urgals mehr Leben retten als kosten wird … Falls wir Galbatorix besiegen sollten …«

Orrin stieß einen ungläubigen Ausruf aus.

»Was keineswegs feststeht«, räumte sie ein, »ich weiß. Aber wir müssen auch für diesen Fall einen Plan haben. Wenn wir ihn besiegen sollten, dann wird es unsere Aufgabe sein, unserem Volk zu helfen, sich von diesem Konflikt zu erholen, und ein starkes neues Land auf der Asche des Imperiums zu errichten. Und Teil dieser Aufgabe wird sein, sicherzustellen, dass wir nach einem hundertjährigen Zwist endlich Frieden erleben. Ich werde Galbatorix nicht stürzen, nur damit die Urgals uns angreifen, wenn wir am schwächsten sind.«

»Das werden sie vielleicht trotzdem tun. Das haben sie bisher jedes Mal getan.«

»Gut, was sollen wir stattdessen machen?«, gab sie verärgert zurück. »Wir müssen versuchen, sie zu bändigen. Je enger wir sie an unsere Sache binden, desto unwahrscheinlicher ist es, dass sie sich gegen uns wenden.«

»Ich werde Euch sagen, was zu tun ist«, knurrte er. »Jagt sie davon. Löst Euren Pakt mit Nar Garzhvog und schickt ihn und seine Gehörnten weg. Wenn wir diesen Krieg gewinnen, können wir immer noch ein neues Bündnis mit ihnen schließen, und vor allem werden dann wir in der Position sein, die Bedingungen zu diktieren. Oder noch besser, wir schicken Eragon und Saphira mit einem Bataillon Männer in den Buckel, um sie ein für alle Mal auszulöschen, wie die Reiter es schon vor Jahrhunderten hätten tun sollen.«

Nasuada starrte ihn ungläubig an. »Wenn ich unseren Pakt mit den Urgals brechen würde, wären sie wahrscheinlich so wütend, dass sie uns auf der Stelle angreifen würden, und wir können unmöglich gleichzeitig gegen sie und gegen das Imperium kämpfen. Das bewusst herauszufordern wäre der Gipfel der Torheit. Wenn Elfen, Drachen und Reiter in ihrer Weisheit alle beschlossen haben, die Existenz der Urgals zu tolerieren – obwohl es ihnen ein Leichtes gewesen wäre, sie zu vernichten –, dann sollten wir ihrem

Beispiel folgen. Sie wussten, dass es falsch wäre, alle Urgals zu töten, und Ihr solltet das auch wissen.«

»In ihrer Weisheit … pah! Als hätte ihre *Weisheit* ihnen irgendetwas genutzt! Na schön, lasst einige der Urgals am Leben, aber tötet so viele von ihnen, dass sie es hundert Jahre oder länger nicht mehr wagen, ihre Jagdgründe zu verlassen!«

Der unüberhörbare Schmerz in seiner Stimme und seine angespannten Gesichtszüge ließen Nasuada stutzen. Sie musterte ihn eindringlicher und versuchte die Ursache für seinen heftigen Ausbruch zu ergründen. Nach einigen Augenblicken bot sich ihr eine Erklärung, die bei genauerer Betrachtung nur allzu offensichtlich schien.

»Wen habt Ihr verloren?«, fragte sie.

Orrin ballte eine Faust und ließ sie stark verlangsamt auf das Fenstersims krachen, als wolle er es mit aller Kraft zermalmen, wage es aber nicht. Er schlug noch weitere zwei Male auf das Sims, dann sagte er: »Einen Freund, mit dem ich auf Burg Borromeo aufgewachsen bin. Ich glaube nicht, dass Ihr ihm je begegnet seid. Er war einer der Leutnants meiner Kavallerie.«

»Wie ist er gestorben?«

»Wie Ihr Euch denken könnt: Wir waren gerade erst bei den Ställen am Westtor eingetroffen und sicherten sie für unseren eigenen Gebrauch, als einer der Stallburschen herausgerannt kam und ihm eine Mistgabel in den Leib rammte. Als wir den Stallburschen in die Enge trieben, schrie er immer wieder irgendwelchen Unsinn über die Urgals und dass er sich niemals ergeben würde … Selbst wenn, hätte es dem Narren nichts genutzt. Ich habe ihn eigenhändig niedergestreckt.«

»Das tut mir leid«, sagte Nasuada.

Die Juwelen an Orrins Krone blitzten, als er ihr Beileid dankend annahm.

»So schmerzlich das auch ist, Ihr dürft nicht zulassen, dass Eure Trauer Eure Entscheidungen beeinflusst … das ist nicht leicht, ich weiß das nur zu gut, aber Ihr müsst Euch selbst überwinden, zum Wohl Eures Volkes.«

»Mich selbst überwinden«, wiederholte er in säuerlichem, spöttischem Tonfall.

»Ja. Von uns wird mehr verlangt als von den meisten anderen, daher müssen wir danach streben, besser zu sein als die meisten, wenn wir uns dieser Verantwortung als würdig erweisen wollen … Die Urgals haben meinen Vater getötet, vergesst das nicht, aber das hat mich nicht daran gehindert, ein Bündnis mit ihnen zu schmieden, das den Varden Unterstützung versprach. Nichts wird mich daran hindern, zu tun, was für die Varden und für unsere Armee am besten ist, so schmerzlich es auch sein mag.« Sie hob die Arme und zeigte ihm erneut die Narben.

»Das ist also Eure Antwort? Ihr werdet nicht mit den Urgals brechen?«

»So ist es.«

Orrin nahm die Neuigkeit mit einem Gleichmut hin, der sie beunruhigte. Dann stützte er sich mit beiden Händen auf das Fenstersims und wandte sich wieder seinem Studium der Stadt zu. Vier dicke Ringe schmückten seine Finger, von denen einer das königliche Siegel Surdas trug, eingeritzt in die Oberfläche eines Amethysts: Auf der einen Hälfte stand ein geweihtragender Hirsch mit Mistelzweigen zwischen den Beinen über einer Harfe und auf der anderen war ein Bild von einem hohen, befestigten Turm zu sehen.

»Zumindest«, fügte Nasuada hinzu, »sind wir keinen Soldaten begegnet, die mit einem Zauber belegt waren, der sie keinen Schmerz empfinden lässt.«

»Ihr meint die lachenden Toten«, murmelte Orrin, wobei er die Bezeichnung benutzte, die unter den Varden inzwischen weitverbreitet war, wie sie wusste. »Stimmt, und Murtagh oder Dorn sind wir auch noch nicht begegnet, was mich beunruhigt.«

Für eine Weile schwiegen sie beide. Dann fragte sie: »Wie ist Euer Experiment letzte Nacht verlaufen? War es ein Erfolg?«

»Ich war zu müde, um es durchzuführen. Stattdessen bin ich schlafen gegangen.«

»Oh.«

Einige Augenblicke verstrichen, dann gingen sie beide in stillschweigender Übereinkunft zu dem Schreibtisch, der an eine Wand geschoben worden war. Berge von Papieren, Blöcken und Schriftrollen bedeckten den Tisch. Nasuada musterte das trostlose Bild und seufzte. Vor einer halben Stunde war der Schreibtisch noch leer gewesen, abgeräumt von ihren Beratern.

Sie konzentrierte sich auf einen allzu vertrauten, zuoberst liegenden Bericht, eine Schätzung zur Zahl der Gefangenen, die die Varden während der Eroberung Belatonas gemacht hatten, mit den Namen von wichtigen Personen in roter Tinte. Sie und Orrin hatten gerade die Zahlen erörtert, als Farica erschienen war, um ihr die Verbände abzunehmen.

»Ich weiß nicht, wie wir aus diesem Schlamassel herauskommen sollen«, gab sie zu.

»Wir könnten unter den Männern hier Wachen rekrutieren. Dann müssten wir nicht so viele von unseren eigenen Kriegern zurücklassen.«

Sie nahm den Bericht zur Hand. »Vielleicht, aber Männer, wie wir sie brauchen, sind schwer zu finden, und unsere Magier sind bereits vollkommen überarbeitet ...«

»Hat die Du Vrangr Gata inzwischen einen Weg gefunden, einen in der alten Sprache geleisteten Schwur zu brechen?« Als sie nur den Kopf schüttelte, fragte er weiter: »Haben unsere Magier dabei überhaupt irgendwelche Fortschritte gemacht?«

»Nichts, was uns weiterhilft. Ich habe sogar die Elfen gefragt, aber sie hatten in all den langen Jahren nicht mehr Glück damit als wir in den letzten paar Tagen.«

»Wenn wir dieses Problem nicht lösen – und zwar bald –, könnte es uns den Sieg kosten«, meinte Orrin. »Dieses eine Problem.«

Sie rieb sich die Schläfen. »Ich weiß.« Bevor die Varden den Schutz der Zwergenstadt Tronjheim in Farthen Dûr verlassen hatten, hatte sie jede Schwierigkeit vorauszusehen versucht, die sich ihnen in den Weg stellen könnte, sobald sie zum Angriff übergingen. Das Problem, vor dem sie jetzt standen, hatte sie allerdings völlig unvorbereitet getroffen. Sie waren nach der Schlacht auf den Brennenden Steppen erstmals darauf gestoßen, als sich herausstellte, dass Galbatorix alle Offiziere seiner Armee und auch die meisten gewöhnlichen Soldaten dazu gezwungen hatte, ihm und dem Imperium in der alten Sprache ihre Treue zu schwören. Sie und Orrin hatten schnell begriffen, dass sie diesen Männern niemals würden trauen können, solange Galbatorix und sein Reich noch existierten, und vielleicht nicht mal, wenn sie vernichtet waren. Folglich konnten sie die Männer, die zu den Varden überlaufen wollten, nicht in ihre Reihen aufnehmen. Sie konnten nicht wissen, wozu ihre Schwüre sie vielleicht zwingen würden.

Nasuada hatte dieser Umstand damals nicht übermäßig beunruhigt. Gefangene gehörten zu jedem Krieg und sie hatte mit König Orrin bereits Vorkehrungen getroffen, dass ihre Gefangenen zum Arbeitsdienst nach Surda gebracht werden sollten. Dort würden sie Straßen bauen, Steine schlagen, Kanäle ausheben und andere harte Arbeiten verrichten.

Erst als die Varden die Stadt Feinster erobert hatten, war ihr das volle Ausmaß des Problems klar geworden. Galbatorix' Agenten hatten nicht nur von den Soldaten in Feinster einen Treueeid erzwungen, sondern auch von den Adligen, von vielen der Beamten, die ihnen dienten, und von einer scheinbar willkürlichen Auswahl gewöhnlicher Bürger überall in der Stadt – vermutlich hatten die Varden längst nicht alle von ihnen ausfindig machen können. Diejenigen aber, die sie entdeckt hatten, mussten hinter Schloss und Riegel gehalten werden, damit sie nicht versuchten, die Varden zu unterwandern. Daher hatte es sich als weitaus schwieriger erwiesen, vertrauenswürdige Kräfte für die Varden anzuwerben, als Nasuada erwartet hatte.

Weil so viele Menschen bewacht werden mussten, hatte sie keine andere Wahl, als doppelt so viele Krieger in Feinster zurückzulassen wie ursprünglich beabsichtigt. Und all die Gefangenen lähmten die Stadt, sodass Nasuada gezwungen war, eigentlich für die Armee benötigte Vorräte abzuzweigen, damit Feinster nicht verhungerte. Sie konnten nicht mehr lange so weitermachen und mit der Eroberung von Belatona würde es nur noch schlimmer werden.

»Ein Jammer, dass die Zwerge noch nicht eingetroffen sind«, bemerkte Orrin. »Wir könnten ihre Hilfe gebrauchen.«

Nasuada war seiner Meinung.

Im Moment hielten sich nur einige Hundert Zwerge bei den Varden auf. Die übrigen waren zum Begräbnis ihres gefallenen Königs Hrothgar nach Farthen Dûr zurückgekehrt – und um abzuwarten, dass ihre Clan-Oberhäupter Hrothgars Nachfolger wählten – eine Tatsache, die sie seither unzählige Male verflucht hatte. Sie hatte versucht, die Zwerge davon zu überzeugen, für die Dauer des Krieges einen Regenten zu ernennen. Aber die Zwerge waren so stur wie Steine und hatten darauf bestanden, ihre uralten Zeremonien abzuhalten, auch wenn das bedeutete, dass sie die Varden mitten in ihrem Feldzug im Stich ließen. Jedenfalls hatten die Zwerge inzwischen endlich ihren neuen König gewählt – Hrothgars Neffen Orik – und sich jetzt aus dem fernen Beor-Gebirge auf den Weg gemacht, um wieder zu den Varden zu stoßen. Gerade, so hieß es, marschierten sie über die gewaltigen Ebenen nördlich von Surda, irgendwo zwischen dem See Tüdosten und dem Fluss Jiet.

Nasuada fragte sich, ob sie in der Verfassung sein würden, zu kämpfen, wenn sie ankamen. In der Regel waren Zwerge robuster als Menschen, aber sie waren beinahe zwei Monate zu Fuß unterwegs gewesen und das konnte selbst den kräftigsten Geschöpfen die Kräfte rauben. *Sie müssen es leid sein, wieder und wieder die gleiche Landschaft zu sehen,* dachte sie.

»Wir haben bereits so viele Gefangene. Und sobald wir Dras-Leona einnehmen …« Sie schüttelte den Kopf.

Orrin wirkte auf einmal ganz aufgeregt und fragte: »Wie wäre es, wenn wir einfach an Dras-Leona vorbeiziehen würden?« Er blätterte durch den Haufen Papiere auf dem Schreibtisch, bis er eine große, von Zwergen gezeichnete Karte Alagaësias fand. Er breitete sie auf den Bergen von Verwaltungsberichten aus. Die ungleichmäßige Unterlage verlieh dem Land eine ungewöhnliche Topografie: Gipfel im Westen von Du Weldenvarden, eine schalenförmige Senke, wo das Beor-Gebirge lag, Schluchten und Spalte in der Wüste Hadarac und eine gewellte Landschaft am nördlichsten Teil des Buckels, entstanden aus den Stapeln von Schriftrollen darunter. »Seht!« Mit dem Mittelfinger zeichnete er eine Linie von Belatona nach Urû'baen, der Hauptstadt des Imperiums. »Wenn wir direkt dorthinmarschieren, kommen wir nicht einmal in die Nähe von Dras-Leona. Es wird schwierig sein, die lange Strecke zu bewältigen, aber wir *könnten* es schaffen.«

Nasuada musste nicht lange überlegen. Sie hatte diese Möglichkeit bereits erwogen. »Das Risiko wäre zu groß. Galbatorix könnte uns mit den Soldaten angreifen, die er in Dras-Leona stationiert hat – und es sind nicht wenige, wenn man unseren Spionen vertrauen kann –, und dann wären wir am Ende Angriffen von zwei Seiten ausgesetzt. Ich kenne keine schnellere Möglichkeit, eine Schlacht zu verlieren oder einen Krieg. Nein, wir müssen Dras-Leona erobern.«

Orrin gab ihr mit einem leichten Neigen des Kopfes recht. »Dann brauchen wir unsere Männer aus Aroughs zurück. Wir brauchen jeden Krieger, wenn wir weitermachen wollen wie geplant.«

»Ich weiß. Ich werde dafür sorgen, dass die Stadt sich den Belagerern ergibt, bevor die Woche vorüber ist.«

»Nicht, indem Ihr Eragon dorthinschickt, hoffe ich.«

»Nein, ich habe einen anderen Plan.«

»Gut. Und in der Zwischenzeit? Wie sollen wir mit den Gefangenen verfahren?«

»So wie bisher: Wachen, Zäune und Vorhängeschlösser. Vielleicht können wir die Gefangenen außerdem mit Zaubern belegen, um ihre Bewegungsfreiheit einzuschränken, damit wir sie nicht so streng bewachen müssen. Eine andere Lösung sehe ich nicht, es sei denn, sie alle niederzumetzeln, doch ich würde lieber …« Sie versuchte sich vorzustellen, wie weit sie gehen würde, um Galbatorix zu besiegen. »Ich würde lieber nicht zu solch … *drastischen* Mitteln greifen.«

»Gut.« Orrin beugte sich über die Karte. Mit vorgezogenen Schultern starrte er wie ein Geier auf die Schnörkel in verblasster Tinte, die das Dreieck von Belatona, Dras-Leona und Urû'baen markierten.

Und so verharrte er, bis Nasuada fragte: »Gibt es sonst noch etwas, um das wir uns kümmern müssen? Jörmundur wartet auf seine Befehle und der Ältestenrat hat um eine Audienz bei mir gebeten.«

»Ich mache mir Sorgen.«

»Worüber?«

Orrin strich mit einer Hand über die Karte. »Dass dieses Unternehmen von Anfang an schlecht durchdacht war … Dass unsere Streitkräfte und die unserer Verbündeten gefährlich zersplittert sind. Sollte Galbatorix es sich in den Kopf setzen, selbst in den Kampf einzugreifen, könnte er uns so mühelos vernichten, wie Saphira einer Herde Ziegen den Garaus macht. Unsere ganze Strategie hängt davon ab, eine Begegnung zwischen Galbatorix, Eragon, Saphira und so vielen Magiern wie möglich einzufädeln. Wir haben bisher nur einen kleinen Teil dieser Magier in unseren Reihen und werden erst dann alle vereinen können, wenn wir vor Urû'baen auf Königin Islanzadi und ihre Armee treffen. Bis dahin bleiben wir erbärmlich angreifbar. Wir riskieren viel – allein aufgrund der Vermutung, dass Galbatorix' Arroganz ihn so lange davon abhalten wird, etwas zu unternehmen, bis die Falle um ihn herum zugeschnappt ist.«

Nasuada teilte seine Bedenken. Trotzdem war es jetzt wichtig, Orrins Zuversicht zu stärken, statt in sein Klagen einzustimmen. Denn wenn seine Entschlossenheit ins Wanken geriet, würde sich das störend auf die Erfüllung seiner Pflichten auswirken und die Moral seiner Männer untergraben.

»Wir sind nicht vollkommen wehrlos«, erklärte sie. »Nicht mehr. Wir haben jetzt den Dauthdaert und damit sind wir vielleicht tatsächlich in der Lage, Galbatorix und Shruikan zu töten, falls sie sich aus den Mauern von Urû'baen herauswagen sollten.«

»Vielleicht.«

»Außerdem bringt es nichts, sich den Kopf zu zerbrechen. Wir können weder den Marsch der Zwerge beschleunigen noch unser eigenes Vorankommen in Richtung Urû'baen – und schon gar nicht werden wir die Flucht ergreifen. Also würde ich mir keine übertriebenen Sorgen um unsere Lage machen. Wir können nur versuchen, unser Schicksal mit Würde anzunehmen, was immer es für uns bereithalten wird. Die Alternative besteht darin, uns von dem Gedanken an Galbatorix' mögliche Schachzüge beunruhigen zu lassen, und *das* werde ich nicht tun. Ich weigere mich, ihm so viel Macht über mich zu geben.«

Unsanft ins Licht der Welt

Ein Schrei ertönte: schrill, gellend, markerschütternd und in nahezu unmenschlicher Tonhöhe und Lautstärke.

Eragon fuhr zusammen, als habe ihn jemand mit einer Nadel gestochen. Er hatte fast den ganzen Tag damit zugebracht, Männer kämpfen und sterben zu sehen – Dutzende hatte er selbst getötet –, doch jetzt wühlte es ihn auf, Elains gequälte Schreie zu hören. Sie waren so grauenhaft, dass er sich fragte, ob sie die Geburt überleben würde.

Bei ihm, neben dem Fass, das ihm als Sitzplatz diente, hockten Albriech und Baldor auf dem Boden und zupften an den matten Grashalmen zwischen ihren Schuhen. Ihre dicken Finger zerfetzten jedes Blatt und jeden Halm mit methodischer Gründlichkeit, bevor sie den nächsten ausrissen. Schweiß glänzte auf ihrer Stirn und in ihren Augen standen Angst und Verzweiflung. Gelegentlich tauschten sie einen Blick oder sahen über den Weg hinüber zu dem Zelt, in dem ihre Mutter lag. Ansonsten starrten sie zu Boden und achteten nicht auf ihre Umgebung.

Einige Schritte weiter saß Roran auf einem Fass, das auf der Seite lag und wackelte, sobald er sich bewegte. Entlang des schlammigen Wegs drängten sich mehrere Dutzend ehemalige Bewohner von Carvahall, größtenteils Männer, die mit Horst und seinen Söhnen befreundet waren, oder deren Frauen, die die Heilerin Gertrude bei ihren Hebammendiensten unterstützten. Und hinter ihnen allen ragte Saphiras Gestalt auf. Ihr Hals war gewölbt wie ein gespannter Bogen und die Spitze ihres Schwanzes zuckte, als sei sie auf der Jagd. Immer wieder ließ sie ihre rubinfarbene Zunge aus dem Maul fahren, um irgendwelche Düfte in der Luft zu schmecken, die ihr Informationen über Elain und ihr ungeborenes Kind liefern konnten.

Eragon rieb sich einen schmerzenden Muskel in seinem linken Unterarm.

Schon mehrere Stunden warteten sie nun und die Abenddämmerung zog herauf. Jeder Gegenstand warf lange schwarze Schatten, die sich nach Osten streckten, als mühten sie sich, den Horizont zu erreichen. Die Luft war kühl geworden und Mücken und zartflügelige kleine Libellen vom nahen Jiet huschten zwischen ihnen hin und her.

Ein weiterer Schrei zerriss die Stille.

Die Männer machten Gesten, die Unglück abwehren sollten, traten unbehaglich von einem Bein aufs andere und sprachen leise und sehr ernst miteinander. Auch wenn sie sich nur an ihre nächsten Nachbarn wandten, konnte Eragon jedes Wort klar und deutlich verstehen. Sie unterhielten sich flüsternd über Elains schwierige Schwangerschaft. Einige erklärten in ernstem Ton, dass es, wenn sie nicht bald niederkäme, zu spät für sie und das Kind sein würde. Andere sagten Dinge wie: »Es ist unter normalen Umständen schon hart für einen Mann, seine Frau zu verlieren, aber jetzt und hier …«, oder: »Ein Jammer ist das …« Mehrere machten die Ra'zac für Elains Beschwerden verantwortlich oder Geschehnisse, die sich während der Flucht der Dorfbewohner zu den Varden zugetragen hatten. Und mehr als einer ließ sein Misstrauen durchblicken, was Arya betraf und dass man ihr gestattete, bei der Geburt zu helfen.

»Sie ist eine Elfe, kein Mensch«, bemerkte Fisk, der Tischler. »Sie soll gefälligst bei ihresgleichen bleiben, anstatt herumzulaufen und sich einzumischen, wo sie nicht erwünscht ist. Wer weiß, was sie hier wirklich will, eh?«

All das und mehr bekam Eragon mit, aber er versuchte Ruhe zu bewahren und ließ sich nichts anmerken, denn er wusste, dass die Dörfler sich noch unbehaglicher fühlen würden, wenn sie merkten, wie scharf sein Gehör geworden war.

Das Fass unter Roran knarrte, als er sich vorbeugte. »Denkst du, wir sollten …«

»Nein«, sagte Albriech.

Eragon zog seinen Umhang enger um sich. Die Kälte kroch ihm bis in die Knochen, aber er würde nicht weggehen, bevor Elains Qualen vorüber waren.

»Seht!«, rief Roran plötzlich aufgeregt.

Albriech und Baldor drehten gleichzeitig den Kopf.

Auf der anderen Seite der Gasse kam Katrina aus dem Zelt, ein Bündel blutiger Lappen in den Händen. Bevor die Zeltklappe wieder zufiel, erhaschte Eragon einen Blick auf Horst und eine der Frauen aus Carvahall, doch er war sich nicht sicher, welche es war. Sie standen am Fußende des Feldbetts, auf dem Elain lag.

Ohne den Wartenden auch nur einen Blick zu schenken, lief Katrina eilig zum Feuer, wo Nolla und Fisks Frau Isold Lappen auskochten, um sie erneut verwenden zu können.

Das Fass knarrte noch zweimal, immer wenn Roran seine Position veränderte. Eragon rechnete schon damit, dass er Katrina folgen würde, aber er blieb, wo er war, genau wie Albriech und Baldor. Sie und die übrigen Dorfbewohner folgten aufmerksam Katrinas Bewegungen und ließen sie nicht aus den Augen.

Eragon verzog das Gesicht, als wieder ein Schrei von Elain die Luft durchschnitt. Er war nicht weniger qualvoll als die vorangegangenen.

Dann wurde die Zeltklappe ein zweites Mal beiseitegeschoben und Arya stürmte heraus, zerzaust und mit hochgekrempelten Ärmeln. Das Haar flatterte ihr ums Gesicht, als sie zu drei der Elfen aus Eragons Garde lief, die hinter einem nahen Pavillon im Schatten standen. Sie redete kurz eindringlich auf eine von ihnen ein, eine schmalgesichtige Elfenfrau namens Invidia, dann eilte sie dahin zurück, woher sie gekommen war.

Doch Eragon hatte sie eingeholt, kaum dass sie ein paar Schritte gemacht hatte. »Wie läuft es?«, fragte er.

»Schlecht.«

»Warum dauert es so lang? Kannst du ihr nicht helfen, das Kind schneller zur Welt zu bringen?«

Aryas Gesichtsausdruck, der ohnehin schon angespannt war, wurde noch ernster. »Ich könnte. Ich hätte das Kind in der ersten halben Stunde aus ihrem Schoß singen können, aber Gertrude und die anderen Frauen erlauben mir nur die einfachsten Zauber.«

»Das ist absurd! Warum?«

»Weil Magie ihnen Angst macht – und weil ich ihnen Angst mache.«

»Dann erkläre ihnen, dass du nur helfen willst. Sag es ihnen in der alten Sprache und sie werden keine andere Wahl haben, als dir zu glauben.«

Sie schüttelte den Kopf. »Das würde alles nur noch schlimmer machen. Sie würden denken, ich versuche sie gegen ihren Willen zu verzaubern, und sie würden mich wegschicken.«

»Katrina kann bestimmt …«

»Sie ist der Grund, warum ich überhaupt einige Zauber wirken konnte.«

Wieder schrie Elain.

»Erlauben sie dir nicht wenigstens, ihre Schmerzen zu lindern?«

»Nicht mehr, als ich es bereits getan habe.«

Eragon schritt auf Horsts Zelt zu. »Ist das so?«, knurrte er zwischen zusammengebissenen Zähnen hervor.

Eine Hand schloss sich um seinen linken Arm und hielt ihn zurück. Er drehte sich zu Arya um und sah sie verständnislos an. Sie schüttelte den Kopf. »Tu das nicht«, sagte sie. »Es gibt uralte Gebräuche, älter als die Zeit. Wenn du dich einmischst, wirst du Gertrude verärgern und bloßstellen und du wirst viele Frauen aus deinem Dorf gegen dich aufbringen.«

»Das ist mir egal!«

»Ich weiß, aber vertrau mir: Im Augenblick ist das Klügste, was du tun kannst, mit den anderen zu warten.« Als wolle sie ihren Standpunkt unterstreichen, ließ sie seinen Arm los.

»Ich kann nicht einfach zusehen und sie leiden lassen!«

»Hör auf mich. Es ist besser, wenn du hier draußen bleibst. Ich werde Elain helfen, so gut ich kann, das verspreche ich, aber komm nicht ins Zelt. Du wirst nur für Ärger und Streit sorgen und nichts davon können wir gebrauchen … Bitte.«

Eragon zögerte. Als Elain erneut schrie, stieß er ein empörtes Knurren aus und hob hilflos die Arme. »Na schön«, seufzte er und beugte sich nah zu Arya. »Aber was auch passiert, lass nicht zu, dass sie oder das Kind stirbt. Es ist mir egal, was du tun musst, aber lass sie nicht sterben.«

Arya musterte ihn mit ernstem Blick. »Ich würde niemals zulassen, dass einem Kind etwas zustößt«, antwortete sie und setzte ihren Weg fort.

Als sie in Horsts Zelt verschwand, kehrte Eragon zu Roran, Albriech und Baldor zurück und ließ sich auf sein Fass sinken.

»Und?«, fragte Roran.

Eragon zuckte die Achseln. »Sie tun, was sie können. Wir müssen einfach Geduld haben … Das ist alles.«

»Sah aus, als hätte sie eine ganze Menge mehr zu sagen gehabt«, meinte Baldor.

»Es kommt aufs Gleiche raus.«

Die Sonne wurde erst orange und dann blutrot, während sie dem Horizont entgegensank. Die wenigen Wolkenfetzen, die noch im Westen am Himmel hingen, Überreste des Gewitters, das zuvor über sie hinweggezogen war, nahmen ähnliche Schattierungen an. Ein Schwarm Schwalben flatterte über ihnen durch die Luft und stellte sich aus den umherschwirrenden Motten, Fliegen und anderen Insekten sein Abendessen zusammen.

Mit der Zeit wurden Elains Schreie immer schwächer und bald war nur noch ein leises, angestrengtes Stöhnen zu vernehmen, bei dem sich Eragons Nackenhaare aufstellten. Er wollte sie von ihren Qualen befreien, aber er brachte es auch nicht über sich, Aryas Rat zu ignorieren. Also blieb er, wo er war, zappelte herum, kaute auf seinen blau unterlaufenen Nägeln und führte kurze, nichtssagende Gespräche mit Saphira.

Als die Sonne die Erde berührte, schien sie sich über den Horizont auszubreiten wie ein riesiges ovales Eigelb. Unter die Schwalben mischten sich Fledermäuse, deren ledrige Flügel leise und rasend schnell schlugen und deren schrille Rufe für Eragon beinah schmerzhaft scharf klangen.

Dann stieß Elain ein Kreischen aus, das jedes andere Geräusch in der Umgebung übertönte, einen Schrei, wie Eragon ihn nie wieder hören wollte.

Eine kurze, schicksalsschwere Stille breitete sich aus.

Sie endete, als das laute, fast hicksende Wimmern eines neugeborenen Kindes einsetzte – die uralte Fanfare, die die Ankunft eines neuen Erdenbürgers verkündete. Albriech und Baldor begannen breit zu grinsen, ebenso wie Eragon und Roran, und mehrere der wartenden Männer jubelten.

Der Jubel war jedoch nur von kurzer Dauer. Noch während die letzten Rufe verklangen, begannen die Frauen im Zelt ihr Wehklagen, ein schrilles, herzzerreißendes Klagen, bei dem es Eragon kalt wurde vor Angst. Er wusste, was es bedeutete, was es immer bedeutet hatte: dass sich eine furchtbare Tragödie ereignet hatte.

»Nein«, murmelte er ungläubig und sprang von dem Fass herunter. *Sie kann nicht tot sein. Sie kann nicht … Arya hat es versprochen.*

Wie als Antwort auf seine Gedanken riss Arya die Zeltklappe zur Seite und kam mit unglaublich langen Schritten auf ihn zu.

»Was ist passiert?«, fragte Baldor, als sie vor ihnen stehen blieb.

Arya beachtete ihn nicht und sagte nur: »Eragon, komm mit.«

»Was ist passiert?«, schrie Baldor wütend und streckte die Hand nach Aryas Schulter aus. Mit einer kaum sichtbaren Bewegung fing sie sein Handgelenk ab und drehte ihm den Arm auf den Rücken, sodass er gezwungen war, vornübergebeugt zu stehen wie ein Krüppel. Sein Gesicht war verzerrt vor Schmerz.

»Wenn du willst, dass deine kleine Schwester lebt, dann geh aus dem Weg und misch dich nicht ein!« Sie ließ ihn mit einem Schubs los, der ihn direkt in Albriechs Arme fallen ließ, dann wirbelte sie herum und stiefelte zurück zu Horsts Zelt.

»Was ist denn passiert?«, fragte Eragon, als er sie eingeholt hatte.

Arya drehte sich mit brennenden Augen zu ihm um. »Das Kind ist gesund, aber es wurde mit einer Hasenscharte geboren.«

Das also war der Grund für die Trauer der Frauen. Kinder, die mit einer Hasenscharte geschlagen waren, ließ man selten am Leben. Sie waren schwer zu ernähren. Und selbst wenn die Eltern sie durchbrachten, erwartete solche Kinder ein hartes Schicksal: Sie wurden gemieden, verspottet und fanden keinen geeigneten Ehepartner.

»Du musst sie heilen, Eragon«, verlangte Arya.

»Ich? Aber ich habe noch nie … Warum machst du es nicht? Du weißt viel mehr über Heilkunst.«

»Wenn ich das Aussehen des Kindes korrigiere, werden die Leute sagen, ich hätte es gestohlen und einen Wechselbalg an seine Stelle gelegt. Ich kenne die Geschichten, die sich deinesgleichen über mein Volk erzählt, Eragon – nur allzu gut. Ich tu es, wenn es sein muss, aber das Kind wird für alle Zeit darunter leiden. Du bist der Einzige, der es vor einem solchen Schicksal bewahren kann.«

Panik ergriff von ihm Besitz. Er wollte nicht für das Leben einer weiteren Person verantwortlich sein. Er war bereits für viel zu viele verantwortlich.

»Du musst sie heilen«, wiederholte Arya drängend.

Eragon rief sich ins Gedächtnis, wie kostbar den Elfen ihre Kinder waren, und ebenso kostbar waren ihnen die Kinder aller Völker. »Wirst du mir helfen, wenn ich dich brauche?«

»Natürlich.«

Und ich auch, meldete sich Saphira. *Da musst du nicht mal fragen.*

»Also gut«, sagte Eragon und packte Brisingrs Knauf. Er hatte sich entschieden. »Ich werde es tun.«

Während Arya ein kleines Stück hinter ihm blieb, marschierte er zu dem Zelt hinüber und zwängte sich durch die schweren wollenen Zeltklappen.

Kerzenrauch brannte ihm in den Augen. Fünf Frauen aus Carvahall standen dicht nebeneinander an der Wand. Ihr Wehklagen traf ihn fast wie ein körperlicher Schlag. Sie schwankten wie in Trance, heulten und zerrten an ihren Kleidern und rissen an ihren Haaren. Horst stand am Ende der Pritsche und stritt mit Gertrude. Sein Gesicht war rot aufgedunsen und von Erschöpfung gezeichnet. Die mollige Heilerin selbst drückte ein Stoffbündel an ihren Busen. Eragon vermutete darin den Säugling – auch wenn er das Gesicht des Kindes nicht sehen konnte –, denn das Bündel zappelte und krähte und trug damit seinen Teil zu dem Geschrei bei. Gertrudes runde Wangen glänzten vor Schweiß und das Haar klebte ihr am Kopf. Ihre nackten Unterarme waren blutverschmiert. An der

Kopfseite des Feldbetts kniete Katrina auf einem runden Kissen und tupfte Elain mit einem feuchten Tuch die Stirn ab.

Eragon erkannte Elain kaum. Ihr Gesicht war eingefallen und sie hatte dunkle Ringe unter den Augen. Ihr unsteter Blick schien nicht in der Lage, sich auf irgendetwas zu richten. Aus beiden Augenwinkeln rannen Tränen in einer dünnen Linie über ihre Schläfen und verschwanden dann in dem wirren, lockigen Haar. Sie öffnete und schloss den Mund und gab stöhnend unverständliche Worte von sich. Ein blutbefleckte Laken bedeckte den Rest ihres Körpers.

Weder Horst noch Gertrude bemerkten Eragon, bis er zu ihnen trat. Er war gewachsen, seit er Carvahall verlassen hatte, aber Horst überragte ihn noch immer um Haupteslänge. Als die beiden sich ihm zuwandten, blitzte in den Augen des Schmieds ein Hoffnungsschimmer auf.

»Eragon!« Horst legte ihm seine schwere Hand auf die Schulter und stützte sich auf ihn, als hätten ihm die Ereignisse jegliche Kraft geraubt, sodass er kaum noch stehen konnte. »Du hast es gehört?« Es war nicht wirklich eine Frage, aber Eragon nickte trotzdem. Horst warf einen schnellen Blick zu Gertrude, dann bewegte sich sein großer, schaufelförmiger Bart von links nach rechts, während seine Kiefer mahlten, und er befeuchtete die Lippen mit der Zunge. »Kannst du … Kannst du irgendetwas für sie tun, was meinst du?«

»Vielleicht«, antwortete Eragon. »Ich werde es versuchen.«

Er streckte die Arme aus. Nach kurzem Zögern übergab Gertrude ihm das warme Bündel, dann wich sie zurück. Sie wirkte verstört.

Tief in den Stofffalten ruhte das winzige, runzlige Gesicht des Mädchens. Ihre Haut war dunkelrot, ihre Augen zugeschwollen und sie schien eine Grimasse zu schneiden, als sei sie wütend über die jüngsten Misshandlungen – eine Reaktion, die Eragon vollkommen verständlich fand. Das Auffälligste an ihrem Gesicht war allerdings die breite Spalte, die sich vom linken Nasenloch bis zur Mitte ihrer Oberlippe erstreckte. Durch sie war die kleine rosige Zunge des Säuglings zu sehen, die dalag wie eine weiche, feuchte Schnecke und gelegentlich zuckte.

»Bitte«, flehte Horst. »Gibt es irgendeine Möglichkeit …«

Eragon zuckte zusammen, als das Wehklagen der Frauen auf einmal besonders schrill wurde. »Ich kann mich hier nicht konzentrieren«, erklärte er.

Als er sich zum Gehen wandte, meldete sich Gertrude zu Wort: »Ich werde mit dir kommen. Es muss jemand bei ihr bleiben, der weiß, wie man sich um ein Kind kümmert.«

Eragon war nicht begeistert davon, Gertrude die ganze Zeit um sich zu haben, während er versuchte, das Gesicht des Mädchens zu heilen, und er wollte es ihr gerade ausreden, als er sich erinnerte, was Arya über Wechselbälger gesagt hatte. Jemand aus Carvahall, jemand, dem die übrigen Dorfbewohner vertrauten, sollte bei der Heilung des Mädchens zugegen sein, um später vor allen Leuten bezeugen zu können, dass das Kind noch immer dasselbe war.

»Wie du möchtest«, erwiderte er und behielt seine Einwände für sich.

Das Kind zappelte in seinen Armen und stieß einen klagenden Schrei aus, als Eragon das Zelt verließ. Auf der anderen Seite des Wegs standen die Dorfbewohner und zeigten auf ihn. Albriech und Baldor kamen auf ihn zu. Doch Eragon schüttelte den Kopf und sie blieben, wo sie waren, und sahen ihm mit hilfloser Miene hinterher.

Arya und Gertrude flankierten Eragon, während er durch das Lager zu seinem Zelt schritt, und als Saphira ihnen folgte, zitterte der Boden unter ihren Füßen. Krieger traten eilig beiseite, um sie vorbeizulassen.

Eragon bemühte sich, seine Schritte so leicht wie möglich zu setzen, um das Kind nicht durchzurütteln. Ein starker, moschusartiger Geruch haftete dem Mädchen an, wie Waldboden an einem warmen Sommertag.

Sie hatten ihr Ziel fast erreicht, als Eragon das Hexenkind Elva zwischen zwei Zeltreihen am Weg stehen sah. Mit ernstem Gesicht starrte sie ihn aus ihren großen violetten Augen an. Sie trug ein schwarzes und purpurnes Kleid mit einem langen Schleier aus Spitze. Den Schleier hatte sie zurückgeschlagen, sodass man auf ihrer Stirn das silbrige, sternförmige Mal sehen konnte, das seiner Gedwëy Ignasia glich.

Sie sagte kein einziges Wort und versuchte auch nicht, ihn aufzuhalten. Trotzdem verstand Eragon die Warnung, denn ihre bloße Anwesenheit empfand er als Vorwurf. Schon einmal hatte er das Schicksal eines Säuglings zu ändern versucht, und das hatte schwerwiegende Konsequenzen gehabt. Er konnte es sich nicht erlauben, erneut einen solchen Fehler zu begehen. Nicht nur wegen des Schadens, den er damit anrichten würde, sondern weil er Elva dann für immer zur Todfeindin haben würde.

Trotz all seiner Macht hatte Eragon Angst vor Elva. Ihre Fähigkeit, anderen ins Herz und in die Seele zu blicken und all ihren Kummer und ihre Schmerzen zu erkennen – und darüber hinaus alles vorauszusehen, was ihnen Schaden zufügen würde –, machte sie zu einem der gefährlichsten Wesen in ganz Alagaësia.

Egal was passiert, dachte Eragon, als er sein dunkles Zelt betrat, *ich will diesem Mädchen nicht schaden.*

Und er war noch fester entschlossen, dem Kind die Chance zu geben, das Leben zu leben, das die Umstände ihm vorenthalten wollten.

Ein Wiegenlied

Nur das schwache Licht der Dämmerung erhellte Eragons Zelt. Alles darin war grau, wie aus Granit gemeißelt. Mit seiner Elfensicht konnte Eragon die Umrisse der Gegenstände mühelos erkennen, aber er wusste, dass Gertrude Schwierigkeiten haben würde. Daher sagte er: *»Naina hvitr un Böllr«,* und schuf für sie ein kleines leuchtendes Werlicht, das er unter dem Zeltdach schweben ließ. Die sanfte weiße Kugel produzierte keine erkennbare Wärme, aber so viel Licht wie eine helle Laterne. Er verzichtete mit Absicht darauf, das Wort *Brisingr* in dem Zauber zu benutzen, um nicht die Klinge seines Schwertes in Brand zu setzen.

Gertrude, die hinter ihm stand, gab keinen Laut von sich, und als er sich umdrehte, sah er, dass sie das Werlicht anstarrte und den Beutel umklammert hielt, den sie mitgebracht hatte. Ihr vertrautes Gesicht erinnerte ihn an zu Hause, an Carvahall, und ein unerwarteter Anflug von Heimweh überkam ihn.

Langsam senkte sie den Blick, bis sie ihm in die Augen sehen konnte. »Wie sehr du dich verändert hast«, sagte sie. »Den Jungen, an dessen Bett ich einst gewacht habe, als er gegen das Fieber kämpfte, gibt es schon lange nicht mehr, denke ich.«

»Du kennst mich immer noch gut«, erwiderte er.

»Nein, ich glaube nicht, dass ich das tue.«

Diese Feststellung beunruhigte ihn, aber er hatte keine Zeit, darüber nachzugrübeln. Deshalb verdrängte er diese Gedanken und ging hinüber zu seinem Feldbett. Unendlich sanft legte er das Neugeborene auf die Decke, so vorsichtig, als sei die Kleine aus Glas. Sie winkte mit einer geballten Faust. Er lächelte und tippte mit dem Finger an die kleine Faust, und sie brabbelte leise.

»Was hast du vor?«, wollte Gertrude wissen, während sie sich auf den einzigen Hocker im Zelt setzte. »Wie willst du sie heilen?«

»Ich weiß es noch nicht genau.«

Da erst bemerkte Eragon, dass Arya ihnen nicht in das Zelt gefolgt war. Er rief ihren Namen und kurz darauf antwortete sie von draußen, wobei die dicke Zeltplane ihre Stimme dämpfte. »Ich bin hier«, sagte sie. »Und ich werde hier warten. Wenn du mich brauchst, musst du nur deine Gedanken in meine Richtung lenken, und ich werde kommen.«

Eragon runzelte leicht die Stirn. Er hatte darauf gezählt, sie während der Heilung neben sich zu haben, damit sie einspringen konnte, wenn er sich nicht genügend auskannte, und eingriff, wenn er einen Fehler machte.

Also gut, was soll's. Ich kann ihr immer noch Fragen stellen, wenn ich will. Und so wird Gertrude keinen Grund haben, zu befürchten, dass Arya irgendetwas mit dem Mädchen anstellt. Es erstaunte ihn, welche Vorsichtsmaßnahmen Arya ergriff, um nicht den Verdacht zu erwecken, dass das Mädchen ein Wechselbalg sein könnte. Er fragte sich, ob man sie jemals bezichtigt hatte, ein Kind gestohlen zu haben.

Der Rahmen der Liege knarrte, als er sich vorsichtig darauf niederließ und sich dem Säugling zuwandte. Sein Stirnrunzeln vertiefte sich. Er spürte, wie Saphira durch seine Augen das Mädchen musterte, das da auf den Decken lag. Es döste jetzt und schien von der Welt um sich herum nichts mitzubekommen. Seine Zunge schimmerte in der Spalte, die seine Oberlippe teilte.

Was denkst du?, fragte er.

Mach langsam, damit du dir nicht versehentlich in den Schwanz beißt.

Er stimmte ihr zu, doch dann fragte er spitzbübisch: *Hast du das je getan? Ich meine, dir in den Schwanz gebissen?*

Sie antwortete nicht, aber er fing ein kurzes Aufblitzen von Empfindungen auf, eine Reihe von Bildern: Bäume, Gras, Sonnenschein, die Berge des Buckels, außerdem den süßen Duft von roten Orchideen und einen jähen Schmerz, als habe sie sich den Schwanz in einer Tür eingeklemmt.

Eragon kicherte still in sich hinein, doch dann konzentrierte er sich darauf, passende Zauber für die Heilung des Mädchens auszuwählen und zusammenzustellen. Es dauerte eine ganze Weile, fast eine halbe Stunde. Er und Saphira verbrachten den größten Teil der Zeit damit, die geheimnisvollen Sätze wieder und wieder durchzugehen und jedes Wort und jede Formulierung – sogar die Aussprache – zu überprüfen und zu erörtern, um sicherzustellen, dass die Zauber genau das bewirkten, was sie sollten, und nichts anderes.

Mitten in ihrer stummen Zwiesprache wurde Gertrude auf ihrem Hocker unruhig und sagte: »Sie sieht immer noch genauso aus wie zuvor. Die Sache geht schief, habe ich recht? Du brauchst mir nichts vorzumachen, Eragon. Ich habe schon viel schlimmere Dinge erlebt.«

Eragon zog die Augenbrauen hoch und antwortete sanft: »Ich habe noch gar nicht angefangen.«

Kleinlaut ließ Gertrude sich zurücksinken. Aus ihrer Tasche zog sie ein gelbes Garnknäuel hervor, einen halb fertigen Pullover und zwei Stricknadeln aus poliertem Birkenholz. Ihre geübten Finger bewegten sich flink und sie begann ein einfaches Muster zu stricken. Das gleichmäßige Klappern ihrer Nadeln beruhigte Eragon. Dieses Geräusch hatte er oft während seiner Kindheit gehört und er verband es mit kühlen Herbstabenden, an denen man ums Küchenfeuer saß und den Geschichten lauschte, die die Erwachsenen erzählten, während sie eine Pfeife rauchten oder nach einem üppigen Abendessen einen Schluck dunkles Bier tranken.

Als er und Saphira endlich davon überzeugt waren, dass die Zauber in Ordnung waren, und Eragon sich zuversichtlich fühlte, dass seine Zunge nicht über irgendeinen der seltsamen Laute der alten Sprache stolpern würde, beschwor Eragon die vereinte Macht von Drache und Reiter und bereitete sich darauf vor, den ersten Zauber zu wirken.

Doch dann zögerte er.

Wenn die Elfen Magie benutzten, um einen Baum oder eine Blume dazu zu bringen, in der von ihnen gewünschten Gestalt zu wachsen, oder um ihre Gestalt zu verändern – oder die eines anderen Wesens –, kleideten sie, soweit er wusste, den Zauber immer in die Form eines Liedes. Es schien ihm daher angemessen, das ebenfalls zu tun. Aber er kannte nur wenige der vielen Lieder der Elfen und kein einziges gut genug, um diese wunderschönen und verschlungenen Melodien richtig – oder auch nur halbwegs richtig – wiederzugeben.

Daher wählte er stattdessen ein Lied aus längst vergangenen Tagen. Seine Tante Marian hatte es ihm vorgesungen, als er klein war, bevor die Krankheit sie ihm genommen hatte. Es war ein Lied, das die Frauen aus Carvahall ihren Kindern seit undenklichen Zeiten vorsangen, wenn sie sie ins Bett gelegt und in ihre Decken gehüllt hatten für eine ruhige Nacht: ein Schlaflied – ein Wiegenlied. Die Melodie war einfach und eingängig. Sie hatte etwas Besänftigendes und er hoffte, dass das Kind dadurch ruhig bleiben würde.

Er begann leise, ließ die Worte sich langsam entfalten und der Klang seiner Stimme breitete sich im Zelt aus wie die Wärme eines Feuers. Bevor er Magie benutzte, erklärte er der Kleinen in der alten Sprache, dass er ihr Freund sei, dass er es gut mit ihr meine und dass sie ihm vertrauen möge.

Als würde sie ihm antworten, regte sie sich im Schlaf und ihre winzigen, verkrampften Züge entspannten sich.

Dann begann Eragon mit dem ersten Zauber: eine einfache Beschwörung, die aus zwei kurzen Sätzen bestand, die er wie ein Gebet wieder und wieder rezitierte. Die kleine rosige Stelle, an der sich die beiden Hälften der gespaltenen Lippe trafen, schimmerte und wand sich, als rege sich unter der Oberfläche eine schlafende Kreatur.

Was er versuchte, war alles andere als einfach. Die Knochen des Säuglings waren wie die eines jeden neugeborenen Kindes weich und knorpelig, anders als die eines Erwachsenen und daher anders als alle Knochen, die er während seiner Zeit bei den Varden geheilt hatte. Er musste vorsichtig sein, damit er die Spalte im Mund des Säuglings nicht mit den Knochen, dem Fleisch und der Haut eines Erwachsenen füllte, denn sonst würde diese Stelle nicht mit dem Rest des Körpers weiterwachsen.

Außerdem würde er, nachdem er die Lücke im oberen Gaumen und dem Zahnfleisch geschlossen hatte, die Anlage der beiden

Schneidezähne an die richtige Stelle schieben und gerade rücken müssen, etwas, was er noch nie zuvor getan hatte. Noch schwieriger wurde das Ganze dadurch, dass er das Mädchen noch nie ohne ihre Missbildung gesehen hatte, sich also nicht sicher sein konnte, wie ihre Lippen und ihr Mund eigentlich werden sollten. Das Kind sah aus wie alle Säuglinge, die er bisher gesehen hatte: rundlich, pummelig und ohne irgendwelche besonderen Merkmale, bis auf die Hasenscharte. Sorgen machte ihm deshalb auch, dass er dem Mädchen ein Gesicht geben könnte, das im Augenblick ganz hübsch erscheinen mochte, das aber im Laufe der Jahre seltsam und unattraktiv werden könnte.

Also ging er vorsichtig zu Werke, nahm immer nur kleine Veränderungen vor und hielt nach jeder einzelnen inne, um das Resultat zu prüfen. Er begann mit den tiefsten Schichten im Gesicht des Mädchens, mit den Knochen und den Knorpeln, und arbeitete sich langsam nach außen vor, wobei er die ganze Zeit über seine Beschwörungen zu der Melodie des Wiegenliedes sang.

Irgendwann begann Saphira mitzusummen und ihre tiefe Stimme ließ die Luft vibrieren. Je nach der Lautstärke ihres Summens wurde das Werlicht heller oder dunkler, ein Phänomen, das Eragon über die Maßen eigenartig fand. Er beschloss, Saphira später danach zu fragen.

Wort für Wort, Zauber für Zauber, Stunde für Stunde schritt die Nacht voran, auch wenn Eragon der Zeit keine Beachtung schenkte. Als das Mädchen vor Hunger weinte, fütterte er es mit einem winzigen bisschen seiner Energie.

Er und Saphira versuchten es zu vermeiden, den Geist des Säuglings zu berühren, da sie nicht wussten, wie der Kontakt sich auf das unreife Bewusstsein auswirken mochte, aber trotzdem streiften sie ihn gelegentlich. Der Geist der Neugeborenen fühlte sich für Eragon vage und verschwommen an, ein aufgewühltes Meer von Emotionen, das alles andere auf der Welt als bedeutungslos einstufte.

Neben ihm klapperten nach wie vor Gertrudes Nadeln. Sie hielten nur inne, wenn die Heilerin sich einmal bei ihren Maschen verzählt hatte oder einen Fehler entdeckte, den es zu beheben galt.

Unendlich langsam verschmolz die Spalte im Gaumen des Mädchens zu einem nahtlosen Ganzen, die beiden Seiten der Hasenscharte zogen sich zusammen, die Haut wurde fast flüssig und ganz allmählich bildete die Oberlippe eine makellose rosige Linie.

Besonders lange beschäftigte sich Eragon mit der Form der Lippe, bis Saphira schließlich sagte: *Es ist vollbracht. Lass es gut sein.*

Er musste zugeben, dass er das Aussehen des Mädchens nicht weiter verbessern konnte, sondern höchstens wieder verschlechtern würde.

Langsam ließ er das Wiegenlied verklingen. Sein Mund war trocken, die Zunge dick und seine Kehle wund. Mühsam erhob er sich von dem Bett und stand kurz vornübergebeugt da, zu steif, um sich gleich ganz aufzurichten.

Immer noch erfüllte neben dem Werlicht ein bleicher Schimmer das Zelt, der gleiche wie am Anfang der Zeremonie. Zuerst war er verwirrt – die Sonne musste doch längst untergegangen sein! –, aber dann erkannte er, dass der Schimmer nun von Osten kam, nicht von Westen, und er verstand. *Kein Wunder, dass mir alles wehtut. Ich habe die ganze Nacht hier gesessen!*

Und was ist mit mir?, fragte Saphira. *Meine Knochen schmerzen genauso wie deine.*

Ihre Klage überraschte ihn. Sie sprach selten über irgendwelche Schmerzen, egal wie groß sie waren. Der Kampf um die Stadt musste einen größeren Tribut gefordert haben, als es zunächst den Anschein gehabt hatte. Saphira zog sich etwas von Eragon zurück, als ihr bewusst wurde, was er dachte, und bemerkte: *Ich mag ja müde sein, aber ich kann immer noch alle Soldaten zermalmen, die Galbatorix gegen uns ins Feld schickt.*

Ich weiß.

Gertrude steckte das Strickzeug zurück in ihren Beutel, stand auf und humpelte zu dem Feldbett hinüber. »Ich hätte nie gedacht, so etwas einmal zu sehen«, erklärte sie. »Am allerwenigsten von dir, Eragon Bromsson.« Sie musterte ihn fragend. »Brom war doch dein Vater, oder?«

Eragon nickte, dann krächzte er: »Das war er.«

»Irgendwie passt das.«

Eragon wollte nicht weiter über dieses Thema reden, daher

brummte er nur etwas Unverständliches und löschte mit einem Blick und einem Gedanken das Werlicht. Sofort wurde es dunkel, bis auf den Schimmer, der die Morgendämmerung ankündigte. Seine Augen gewöhnten sich schneller an die veränderten Lichtverhältnisse als die von Gertrude. Sie blinzelte, runzelte die Stirn und drehte den Kopf von links nach rechts, als wüsste sie nicht genau, wo er sich befand.

Das Mädchen lag warm und schwer in Eragons Armen, als er es hochhob. Er war sich unsicher, ob seine Erschöpfung auf die Magie zurückzuführen war, die er gewirkt hatte, oder schlicht darauf, dass er so lange gebraucht hatte.

Er sah hinab auf das kleine Mädchen, sein Beschützerinstinkt meldete sich auf einmal und er murmelte: »*Sé ono waíse ilia.*« Mögest du glücklich sein. Es war kein Zauber, kein richtiger, aber er hoffte, dass es ihr etwas von dem Unglück ersparen würde, das so viele Menschen irgendwann traf. Und wenn das nicht gelang, würde es ihr vielleicht wenigstens ein Lächeln entlocken.

Das tat es. Ein breites Lächeln zog sich über das winzige Gesicht und begeistert strahlend sagte die Kleine: »Ga!«

Eragon lächelte ebenfalls, dann wandte er sich um und ging nach draußen.

Als er die Zeltklappe hochschlug, sah er eine kleine Versammlung, die sich im Halbkreis um das Zelt gebildet hatte. Einige der Wartenden standen, einige saßen, andere hockten auf dem Boden. Die meisten kannte er aus Carvahall, aber Arya und die anderen Elfen waren ebenfalls da – ein wenig abseits von den übrigen –, außerdem mehrere Vardenkrieger, deren Namen er nicht kannte. Er entdeckte Elva, die hinter einem Zelt in der Nähe lauerte. Sie hatte ihren schwarzen Spitzenschleier gesenkt, sodass er ihr Gesicht verbarg.

Diese Leute, begriff Eragon, mussten stundenlang gewartet haben und er hatte nichts von ihrer Anwesenheit gespürt. Er war natürlich sicher gewesen, da Saphira und die Elfen Wache hielten, aber das war keine Entschuldigung dafür, dass er sich gestattet hatte, so nachlässig zu sein.

Ich muss besser werden, ermahnte er sich.

Ganz vorn standen Horst und seine Söhne. Sie sahen besorgt aus und Horst hielt den Blick auf das Bündel in Eragons Armen gerichtet, wobei sich seine Brauen zusammenzogen. Er öffnete den Mund, als wolle er etwas sagen, aber kein Laut kam über seine Lippen.

Ohne großen Pomp ging Eragon auf den Schmied zu und drehte das Mädchen etwas, sodass er ihr Gesicht sehen konnte. Einen Moment lang rührte Horst sich überhaupt nicht. Dann begannen seine Augen zu glänzen und in seinen Zügen spiegelte sich so große Erleichterung und so tief empfundenes Glück wider, dass man es mit Trauer hätte verwechseln können.

Als er Horst das Mädchen übergab, sagte Eragon: »Meine Hände sind zu blutbefleckt für diese Art von Arbeit, aber ich bin froh, dass ich helfen konnte.«

Horst berührte mit dem Mittelfinger die Oberlippe der Kleinen, dann schüttelte er den Kopf. »Ich kann es nicht glauben … Ich kann es nicht glauben.« Er sah Eragon an. »Elain und ich stehen für immer in deiner Schuld. Wenn …«

»Es gibt keine Schuld«, unterbrach Eragon ihn freundlich. »Ich habe nur getan, was jeder getan hätte, der die Fähigkeit dazu besitzt.«

»Aber du bist derjenige, der sie geheilt hat, also bin ich dir dankbar dafür.«

Eragon zögerte, dann neigte er den Kopf und nahm Horsts Dank an. »Wie werdet ihr sie nennen?«

Der Schmied strahlte seine Tochter an. »Wenn es Elain recht ist, dachte ich, wir könnten sie vielleicht Hope nennen.«

»Hope … Hoffnung … ein guter Name.« *Brauchen wir nicht alle ein wenig Hoffnung in unserem Leben?* »Und wie geht es Elain?«

»Sie ist erschöpft, aber es geht ihr gut.«

Dann drängten Albriech und Baldor sich um ihren Vater und besahen sich ihre neugeborene Schwester, genau wie Gertrude, die kurz nach Eragon aus dem Zelt gekommen war. Und sobald sie ihre Schüchternheit überwunden hatten, gesellten sich auch die übrigen Dörfler zu ihnen. Sogar eine Gruppe neugieriger Krieger drängte sich um Horst, und die Männer reckten den Hals, um einen Blick auf das Mädchen zu erhaschen.

Nach einer Weile kam auch in die Elfen Bewegung und sie näherten sich leichten Schrittes. Die anderen Neugierigen traten rasch beiseite und bildeten so eine Gasse bis zu Horst. Der Schmied versteifte sich und reckte das Kinn vor wie eine Bulldogge, während die Elfen sich einer nach dem anderen vorbeugten und das Mädchen begutachteten. Manche wisperten ein oder zwei Worte in der alten Sprache in ihr Ohr. Dabei schienen sie die argwöhnischen Blicke der Dorfbewohner nicht zu bemerken oder sie machten ihnen nichts aus.

Als nur noch drei der Elfen vor dem Kind standen, kam Elva hinter dem Zelt hervorgeschossen und stellte sich am Ende der Prozession an. Sie brauchte nicht lange zu warten, bis sie vor Horst stand. Obwohl es ihm zu widerstreben schien, ließ der Schmied die Arme sinken und beugte die Knie, aber er war so viel größer als Elva, dass sie sich auf die Zehenspitzen stellen musste, um den Säugling zu sehen. Eragon hielt den Atem an, als sie das ehemals verunstaltete Kind musterte, außerstande, ihre Reaktion durch den Schleier zu erahnen.

Nach einigen Sekunden ließ Elva sich zurück auf die Fersen sinken. Bedächtig ging sie den Pfad entlang, der an Eragons Zelt vorbeiführte. Zwanzig Schritte weiter blieb sie stehen und drehte sich zu ihm um.

Er legte den Kopf schräg und zog eine Augenbraue hoch.

Sie nickte, eine kurze, ruckartige Bewegung, dann setzte sie ihren Weg fort.

Während Eragon ihr nachschaute, kam Arya herangeschlendert. »Du kannst stolz auf das sein, was du vollbracht hast«, murmelte sie. »Das Kind ist gesund und wohlgestaltet. Nicht einmal unsere begabtesten Magier könnten deine Gramarye verbessern. Es ist etwas Großes, was du diesem Mädchen geschenkt hast – ein Gesicht und eine Zukunft –, und ich bin sicher, sie wird es nicht vergessen … keiner von uns wird es vergessen.«

Eragon bemerkte, dass sie und alle Elfen ihn mit einem Ausdruck neu erworbenen Respekts betrachteten – aber es war Aryas Bewunderung und Anerkennung, die ihm am meisten bedeuteten.

»Ich hatte die besten Lehrer«, erwiderte er ebenfalls mit leiser

Stimme. Arya widersprach ihm nicht. Gemeinsam beobachteten sie, wie die Dorfbewohner sich um Horst und seine Tochter scharten und aufgeregt durcheinanderredeten. Ohne den Blick von ihnen abzuwenden, beugte Eragon sich zu Arya vor und murmelte: »Danke, dass du Elain geholfen hast.«

»Gern geschehen. Es wäre verantwortungslos von mir gewesen, es nicht zu tun.«

Jetzt drehte Horst sich um und trug das Kind zu seinem Zelt, damit Elain ihre neugeborene Tochter sehen konnte. Aber die Leute machten keine Anstalten, sich zu zerstreuen. Als Eragon es satthatte, Hände zu schütteln und Fragen zu beantworten, verabschiedete er sich von Arya, schlüpfte in sein Zelt und band die Zeltklappe hinter sich zu.

Während der nächsten zehn Stunden will ich niemanden sehen, nicht einmal Nasuada, es sei denn, wir werden angegriffen, sagte er zu Saphira, als er sich auf sein Feldbett warf. *Würdest du Bloëdhgarm das bitte ausrichten?*

Natürlich, antwortete sie. *Ruh dich aus, Kleiner, das werde ich auch tun.*

Eragon seufzte und legte einen Arm über sein Gesicht, um das Morgenlicht auszublenden. Seine Atmung verlangsamte sich, seine Gedanken begannen zu schweifen und schon bald hüllten ihn die seltsamen Bilder und Geräusche seiner Wachträume ein – real und doch unwirklich; lebhaft und doch verschwommen, als seien die Visionen aus farbigem Glas – und für eine Weile konnte er seine Pflichten und die grauenvollen Ereignisse des vergangenen Tages vergessen. Und durch all seine Träume klang das Wiegenlied wie ein Wispern des Windes, halb gehört, halb vergessen, und es lullte ihn ein, beschwor Erinnerungen an sein Zuhause, bis er friedlich wie ein Kind einschlief.

Keine Rast

Zwei Zwerge, zwei Menschen und zwei Urgals – Mitglieder der Nachtfalken, der Leibwache Nasuadas – waren im Vorraum von Nasuadas Hauptquartier in der Burg postiert. Sie starrten Roran mit ausdruckslosen Augen an und er starrte ebenso ausdruckslos zurück.

Es war ein Spiel, das sie schon öfter gespielt hatten.

Obwohl die Mienen der Nachtfalken nichts preisgaben, wusste er, dass sie in diesem Moment darüber nachdachten, wie sie ihn am schnellsten und effizientesten töten konnten. Er wusste es, weil er im Hinblick auf sie genau über das Gleiche nachdachte.

Ich müsste mich so schnell wie möglich zurückziehen … die Gruppe ein bisschen zerstreuen, beschloss er. *Die Männer würden mich als Erste erreichen; sie sind schneller als die Zwerge und sie würden die Urgals hinter sich aufhalten … Ich müsste ihnen diese Hellebarden abnehmen. Das könnte brenzlig werden, aber ich denke, ich könnte es schaffen – zumindest bei einem von ihnen. Vielleicht müsste ich meinen Hammer werfen. Sobald ich eine Hellebarde hätte, könnte ich den Rest auf Abstand halten. Die Zwerge hätten dann keine große Chance, aber die Urgals wären ein Problem. Was für hässliche Bestien … Wenn ich diesen Pfeiler als Deckung benutzen würde, könnte ich …*

Die eisenbeschlagene Tür, neben der die Wachen links und rechts standen, öffnete sich knarrend. Ein bunt gekleideter, vielleicht zehn oder zwölf Jahre alter Page trat heraus und verkündete, lauter als notwendig: »Nasuada wird Euch jetzt empfangen!«

Mehrere der Wachen zuckten zusammen und ihre Blicke wanderten einen Moment von ihm weg. Roran lächelte, als er an ihnen vorbeiging, denn er wusste, dass ihr Fehler, so geringfügig er war, es ihm ermöglicht hätte, mindestens zwei von ihnen zu töten, bevor die anderen hätten reagieren können. *Bis zum nächsten Mal*, dachte er.

Der Raum war groß, rechteckig und spärlich eingerichtet: Ein zu kleiner Läufer lag auf dem Boden, ein schmaler, mottenzerfressener Teppich hing an der Wand zu seiner Linken und ein einziges Spitzbogenfenster durchbrach die Wand zu seiner Rechten. Davon abgesehen war der Raum vollkommen schmucklos. An eine Wand war ein großer Holztisch geschoben, auf dem sich Bücher, Schriftrollen und lose Blätter türmten. Einige wuchtige Stühle – gepolstert mit Leder, das von Reihen angelaufener Messingnägel gehalten wurde – standen um den Tisch verteilt, aber weder Nasuada noch das Dutzend Leute, das um sie herumscharwenzelte, schienen Muße zu haben, sich zu setzen. Jörmundur war zwar nicht da, aber Roran kannte ein paar der anwesenden Krieger: Unter manchen hatte er gekämpft, andere hatte er kämpfen sehen oder er hatte durch Männer aus seiner Kompanie von ihnen gehört.

»… und es schert mich nicht, ob ihm dann ›der Kragen platzt‹!«, rief Nasuada und schlug die rechte Hand mit einem lauten Knall flach auf den Tisch. »Wenn wir diese Hufeisen nicht bekommen – und abgesehen davon deutlich mehr als diese paar Stück –, können wir unsere Pferde genauso gut am Spieß braten und aufessen. Dann sind sie wenigstens noch zu etwas nutze. Habe ich mich klar ausgedrückt?«

Diejenigen, die sie angesprochen hatte, stimmten ihr zu. Sie klangen ein wenig eingeschüchtert, sogar verlegen. Roran fand es merkwürdig und beeindruckend zugleich, dass Nasuada, eine Frau, in der Lage war, ihren Kriegern so viel Respekt abzunötigen – einen Respekt, den er teilte. An Entschlossenheit und Intelligenz übertraf sie fast alle Menschen, denen er je begegnet war, und er war überzeugt davon, dass sie überall Erfolg gehabt hätte, ganz gleich in welche Verhältnisse sie hineingeboren worden wäre.

»Geht jetzt«, befahl Nasuada, und während acht Männer an ihr vorüberzogen, bedeutete sie Roran, zu ihr an den Tisch zu treten. Er wartete geduldig, während sie eine Feder in ein Tintenfass tauchte und mehrere Zeilen auf eine kleine Schriftrolle kritzelte, die sie dann einem ihrer Pagen mit den Worten reichte: »Für den Zwerg Narheim. Und sieh diesmal zu, dass du eine Antwort bekommst, bevor du dich wieder hier blicken lässt, sonst schicke ich dich als Dienstburschen zu den Urgals.«

»Ja, Herrin!«, antwortete der Junge und schoss zu Tode erschrocken davon.

Nasuada begann einen Stapel Papiere durchzublättern. Ohne aufzuschauen, fragte sie: »Bist du ausgeruht, Roran?«

Er fragte sich, warum sie das interessierte. »Nicht besonders.«

»Das ist bedauerlich. Warst du die ganze Nacht auf?«

»Einen Teil davon. Elain, die Frau unseres Schmieds, ist gestern niedergekommen, aber …«

»Ja, man hat mich darüber informiert. Ich nehme an, du bist nicht die ganze Nacht wach geblieben, während Eragon das Kind geheilt hat?«

»Nein, ich war zu müde.«

»Zumindest hattest du so viel Verstand.« Sie beugte sich über den Tisch, nahm einen anderen Bogen Papier zur Hand und prüfte ihn, bevor sie ihn auf den Stapel vor sich legte. In dem gleichen sachlichen Tonfall wie zuvor fügte sie hinzu: »Ich habe eine Mission für dich, Hammerfaust. Unsere Streitkräfte in Aroughs sind auf starken Widerstand gestoßen – mehr als wir erwartet hatten. Hauptmann Brigman hat es nicht geschafft, die Situation dort zu klären, doch wir brauchen unsere Leute jetzt hier. Deshalb schicke ich dich nach Aroughs, um Brigman zu ersetzen. Ein Pferd erwartet dich am Südtor. Du reitest so schnell wie möglich nach Feinster, dann von Feinster nach Aroughs. Alle zehn Meilen zwischen hier und Feinster erwarten dich frische Pferde. Danach musst du dir selbst Ersatz suchen. Ich erwarte, dass du Aroughs binnen vier Tagen erreichst. Nachdem du dich kurz ausgeruht hast, bleiben dir somit schätzungsweise … drei Tage, um die Belagerung erfolgreich abzuschließen.« Sie sah zu ihm auf. »Ich will, dass in einer Woche unser Banner über Aroughs flattert. Es ist mir egal, wie du das anstellst, Hammerfaust. Ich will nur, dass es erledigt wird. Wenn es dir nicht gelingt, werde ich keine andere Wahl haben, als Eragon und Saphira nach Aroughs zu schicken, was bedeuten würde, dass wir kaum in der Lage wären, uns zu verteidigen, falls Murtagh oder Galbatorix angreifen.«

Und dann wäre Katrina in großer Gefahr, dachte Roran. Sein Magen zog sich zusammen. In nur vier Tagen nach Aroughs zu reiten, würde eine elende Qual sein, vor allem wenn er bedachte, wie zerschunden er bereits war. Die Stadt dann auch noch in so kurzer Zeit einzunehmen, bedeutete, dem Elend noch einen Schuss Wahnsinn hinzuzufügen. Alles in allem war die Mission ungefähr so reizvoll wie die Aufgabe, mit hinter dem Rücken gefesselten Händen gegen einen Bären zu kämpfen.

Er kratzte sich am Bart. »Ich habe keine Erfahrung mit Belagerungen«, stellte er fest. »Zumindest nicht unter solchen Umständen. Es muss doch jemand anderen unter den Varden geben, der für die Aufgabe besser geeignet ist. Was ist mit Martland Rotbart?«

Nasuada machte eine abwehrende Handbewegung. »Er kann mit nur einer Hand keinen vollen Galopp reiten. Du solltest mehr Vertrauen in dich haben, Hammerfaust. Es gibt andere unter den Varden, die erfahrener in den Kriegskünsten sind, das ist wahr – Männer, die länger an der Front waren, Männer, die unter den besten Kriegern der Generation ihrer Väter gedient haben –, aber wenn die Schwerter gezogen werden und der blutige Ernst beginnt, ist es nicht Wissen oder Erfahrung, was am meisten zählt, sondern die Frage, ob man *gewinnen* will, und das ist etwas, auf das du dich zu verstehen scheinst. Vor allem aber hast du Glück.«

Sie zeigte auf die obersten Papiere und stützte sich dann auf die Arme. »Du hast bewiesen, dass du kämpfen kannst. Du hast bewiesen, dass du Befehle befolgen kannst … das heißt, wenn sie dir zusagen.« Er widerstand dem Drang, die Schultern hochzuziehen, als er sich an den bitteren, weiß glühenden Schmerz der Peitsche erinnerte, die in seinen Rücken geschnitten hatte – seine Strafe dafür, dass er sich Hauptmann Edrics Befehlen widersetzt hatte. »Du hast bewiesen, dass du einen Stoßtrupp anführen kannst. Also, Roran Hammerfaust, wollen wir sehen, ob du zu etwas Größerem in der Lage bist, ja?«

Er schluckte. »Ja, Herrin.«

»Gut. Ich ernenne dich vorläufig zum Hauptmann. Wenn du in Aroughs erfolgreich bist, kannst du den Titel als dauerhaft betrachten, zumindest bis du demonstrierst, dass du entweder eine höhere oder eine geringere Auszeichnung verdienst.« Nasuada richtete den Blick wieder auf den Tisch und begann ein Durcheinander von Schriftrollen zu sortieren, augenscheinlich auf der Suche nach etwas, was darunter verborgen war.

»Danke.«

Nasuada antwortete etwas Unverbindliches, was er kaum verstand.

»Wie viele Männer werde ich in Aroughs unter meinem Kommando haben?«, fragte Roran.

»Ich habe Brigman tausend Krieger gegeben, um die Stadt zu erobern. Von diesen tausend sind nicht mehr als achthundert übrig, die noch zum Dienst taugen.«

Roran hätte beinah laut geflucht. *So wenige.*

Als hätte sie ihn gehört, bemerkte Nasuada trocken: »Man hat uns glauben lassen, dass Aroughs' Widerstand leichter zu brechen sein würde.«

»Ich verstehe. Darf ich zwei oder drei Männer aus Carvahall mitnehmen? Ihr habt einmal gesagt, Ihr würdet uns erlauben, gemeinsam zu dienen, falls wir ...«

»Ja, ja«, sie wedelte mit der Hand, »ich weiß, was ich gesagt habe.« Sie schürzte nachdenklich die Lippen. »Also schön, nimm mit, wen du willst; Hauptsache, du brichst innerhalb einer Stunde auf. Lass mich wissen, wie viele mit dir gehen, und ich werde zusehen, dass die entsprechende Anzahl an Pferden an eurem Weg bereitsteht.«

»Kann ich Carn mitnehmen?«, fragte er und nannte damit den Namen des Magiers, an dessen Seite er bereits mehrmals gekämpft hatte.

Sie hielt inne und starrte einen Moment die Wand an. Dann nickte sie zu seiner Erleichterung und fuhr fort, in dem Dschungel aus Schriftrollen zu wühlen. »Ah, da haben wir's.« Sie zog eine Pergamentrolle hervor, die mit einem Lederriemen verschnürt war. »Eine Karte von Aroughs und Umgebung, außerdem eine größere

Karte der Provinz Fenmark. Ich schlage vor, du studierst beide überaus gründlich.«

Sie reichte ihm die Rolle und er schob sie sich in sein Wams.

»Und hier …«, fügte sie hinzu und gab ihm ein rechteckig gefaltetes Pergament, das mit einem roten Wachsklecks versiegelt war, »… ist deine Ernennung und …«, ein zweites rechteckiges Pergament, dicker als das erste, »… hier sind deine Befehle. Zeig sie Brigman, aber überlasse sie ihm nicht. Wenn ich mich recht erinnere, hast du nie lesen gelernt, oder?«

Er zuckte die Achseln. »Wozu? Ich kann so gut zählen und rechnen wie jeder andere auch. Mein Vater meinte, uns Lesen beizubringen, sei nicht sinnvoller, als einem Hund beizubringen, auf den Hinterbeinen zu laufen: amüsant, aber kaum der Mühe wert.«

»Und ich wäre vielleicht seiner Meinung, wenn du Bauer geblieben wärst. Aber das bist du nicht.« Sie deutete auf die Pergamente in seiner Hand. »Woher willst du wissen, ob nicht eins dieser Dokumente ein schriftlicher Befehl für deine Hinrichtung ist? So bist du mir nur begrenzt von Nutzen, Hammerfaust. Ich kann dir keine Nachrichten schicken, ohne dass sie dir jemand vorlesen muss, und wenn du mir Bericht erstatten willst, wird dir nichts anderes übrig bleiben, als einem deiner Untergebenen zu vertrauen, dass er deine Worte entsprechend wiedergibt. Das bedeutet, dass du leicht zu manipulieren bist und man dir nicht uneingeschränkt vertrauen kann. Wenn du hoffst, es bei den Varden noch weiter zu bringen, schlage ich vor, du suchst dir jemanden, der dich unterrichtet. Jetzt fort mit dir! Ich muss mich um andere Angelegenheiten kümmern.«

Sie schnippte mit den Fingern und einer der Pagen kam zu ihr gelaufen. Nasuada legte dem Jungen eine Hand auf die Schulter, beugte sich zu ihm hinunter und sagte: »Ich will, dass du Jörmundur hierherholst. Du findest ihn irgendwo an der Marktstraße, wo diese drei Häuser …« Mitten in ihren Anweisungen brach sie ab und zog eine Augenbraue hoch, als sie bemerkte, dass Roran sich nicht von der Stelle gerührt hatte. »Gibt es sonst noch etwas, Hammerfaust?«, fragte sie.

»Ja. Bevor ich aufbreche, würde ich gern Eragon sehen.«

»Und wozu?«

»Die meisten Schutzzauber, mit denen er mich vor der Schlacht belegt hat, sind verbraucht.«

Nasuada runzelte die Stirn, dann sagte sie zu dem Pagen: »Auf der Marktstraße, wo diese drei Häuser niedergebrannt sind. Kennst du die Stelle, die ich meine? Schön, dann ab mit dir.« Sie tätschelte dem Jungen den Rücken und richtete sich auf, während er aus dem Raum eilte. »Es wäre besser, wenn du darauf verzichtest.«

Diese Äußerung irritierte Roran, aber er bewahrte äußerlich Ruhe, da er annahm, dass sie ihre Worte erklären würde. Das tat sie auch, aber auf ziemlich umständliche Art und Weise.

»Ist dir aufgefallen, wie müde Eragon während meiner Audienz mit den Werkatzen war?«

»Er konnte sich kaum auf den Beinen halten.«

»Genau. Er verausgabt sich zu sehr. Er kann nicht dich, mich, Saphira, Arya und wer weiß wen noch beschützen und dabei seinen Aufgaben gerecht werden. Er muss mit seinen Kräften haushalten für den Tag, an dem er gegen Murtagh und Galbatorix kämpfen wird. Und je näher wir Urû'baen kommen, desto wichtiger ist es, dass er jederzeit dazu bereit ist, Tag und Nacht. Wir können nicht zulassen, dass all diese anderen Sorgen ihn ablenken und schwächen. Es war edelmütig von ihm, die Hasenscharte des Kindes zu heilen, aber es könnte uns den Sieg kosten! Du hast ohne den Vorteil von Schutzzaubern gekämpft, als die Ra'zac dein Dorf im Buckel angegriffen haben. Wenn dir etwas an deinem Cousin liegt, wenn dir etwas daran liegt, Galbatorix zu besiegen, musst du lernen, wieder ohne Schutzzauber zu kämpfen.«

Als sie fertig war, neigte Roran den Kopf. Sie hatte recht. »Ich werde unverzüglich aufbrechen.«

»Das weiß ich zu schätzen.«

»Mit Eurer Erlaubnis …«

Roran drehte sich um und schritt zur Tür. Gerade als er über die Schwelle trat, rief Nasuada: »Ach, Hammerfaust?«

Er sah neugierig zu ihr zurück.

»Versuche, Aroughs nicht niederzubrennen, ja? Städte sind ziemlich schwer zu ersetzen.«

Tanz der Schwerter

Eragon trommelte mit den Fersen gegen den Felsblock, auf dem er saß. Er langweilte sich und brannte darauf, aufzubrechen.

Er, Saphira und Arya – ebenso Bloëdhgarm und die anderen Elfen – saßen am Rand der Straße, die von Belatona aus nach Osten führte, durch Felder mit reifer Ernte über eine breite Steinbrücke, die sich über den Jiet spannte, und dann um die südlichste Spitze des Leona-Sees. Dort gabelte sich der Weg. Die eine Abzweigung führte Richtung Südosten zu den Brennenden Steppen und nach Surda, die andere nach Norden in Richtung Dras-Leona und schließlich nach Urû'baen.

Vor Belatonas Osttor sowie in der Stadt liefen Tausende von Menschen, Zwergen und Urgals durcheinander, stritten sich und schrien herum, während die Varden versuchten, sich zu einer geordneten Marschkolonne zu formieren. Zusätzlich zu den bunt zusammengewürfelten Blöcken aus Fußsoldaten war da König Orrins Kavallerie – eine große Anzahl tänzelnder, schnaubender Pferde. Und hinter den Kriegern der Armee zog sich die Nachschubkolonne in die Länge: Karren, Fuhrwerke und Pferche auf Rädern auf anderthalb Meilen, flankiert von den gewaltigen Herden gehörnter Rinder, die die Varden den ganzen Weg von Surda bis hierher getrieben hatten und zu denen ständig weitere Tiere hinzugekommen waren, die sie von den unglücklichen Bauern entlang des Weges hatten beschlagnahmen können. Von den Herden und dem Vorratszug her ertönte das Muhen der Ochsen, die Schreie der Maultiere und Esel, das Geschnatter der Gänse und das Wiehern der Zugpferde.

Es war so laut, dass Eragon sich am liebsten die Ohren zugestopft hätte.

Man sollte meinen, wir wären besser darin, wenn man bedenkt, wie viele Male wir das schon gemacht haben, bemerkte er zu Saphira, als er von dem Felsblock sprang.

Sie rümpfte die Nase. *Sie sollten mir das Kommando übertragen. Ich könnte sie so einschüchtern, dass sie in weniger als einer Stunde in Position wären, dann müssten wir nicht so viel Zeit mit Warten verschwenden.*

Der Gedanke belustigte ihn. *Ja, ich bin mir sicher, dass du das könntest … Aber pass auf, was du sagst, oder Nasuada kommt noch auf die Idee, dich dafür abzustellen.*

Dann richtete Eragon seinen Geist auf Roran, den er seit der Heilung von Horsts und Elains Kind nicht mehr gesehen hatte. Er fragte sich, wie es seinem Cousin erging, und machte sich Sorgen, weil er ihn so weit zurücklassen musste.

»Wie konnte er nur so verdammt leichtsinnig sein«, murmelte er und dachte daran, dass Roran aufgebrochen war, ohne sich seine Schutzzauber von ihm erneuern zu lassen.

Er ist ein erfahrener Jäger, bemerkte Saphira. *Er wird nicht so töricht sein, sich von seiner Beute kratzen zu lassen.*

Ich weiß, aber manchmal passiert es einfach … Er sollte auf jeden Fall vorsichtig sein. Ich will nicht, dass er als Krüppel zurückkehrt, oder noch schlimmer, in ein Leichentuch gewickelt.

Eine Weile stand Eragon ziemlich düster gestimmt herum, dann schüttelte er sich und sprang auf und ab, begierig, sich zu bewegen, bevor er die nächsten Stunden damit verbringen würde, auf Saphira zu sitzen. Er freute sich darauf, endlich wieder mit ihr zu fliegen, aber ihm missfiel die Aussicht, sich den ganzen Tag auf die rund zwölf Meilen Weg beschränken zu müssen und wie ein Geier über den sich langsam bewegenden Truppen zu kreisen. Allein könnten er und Saphira Dras-Leona noch am späten Nachmittag erreichen.

Eragon trottete von der Straße zu einem kleinen, relativ flachen Stück Wiese. Ohne sich um die fragenden Blicke Aryas und der Elfen zu kümmern, zückte er Brisingr und nahm die Grundstellung ein, die Brom ihm vor so langer Zeit als Erstes beigebracht hatte.

Er atmete bewusst ein, ging etwas in die Knie und spürte durch die Sohlen seiner Stiefel die Beschaffenheit des Bodens.

Mit einem kurzen, harten Schrei ließ er das Schwert über seinen Kopf fegen und senkte es in einem schrägen Hieb, der jeden Mann, Elf oder Urgal gespalten hätte, ganz gleich wie seine Rüstung beschaffen sein mochte. Er stoppte sein Schwert weniger als einen Zoll über dem Boden ab und verharrte in dieser Stellung, wobei die Klinge in seinem Griff kaum merklich zitterte. Vor dem Hintergrund des Grases wirkte das Blau des Metalls besonders intensiv, beinah unwirklich.

Eragon atmete abermals tief ein, schnellte dann vor und stach in die Luft, als sei sie sein Todfeind. Eine nach der anderen ging er die grundlegenden Positionen des Schwertkampfes durch und konzentrierte sich dabei weniger auf Geschwindigkeit oder Stärke als auf Präzision.

Nachdem er sich so etwas aufgewärmt hatte, ließ er den Blick über seine Wachen schweifen, die in einiger Entfernung in einem Halbkreis standen. »Will einer von euch für ein paar Minuten das Schwert mit mir kreuzen?«, fragte er mit erhobener Stimme.

Die Elfen sahen einander mit unbeweglicher Miene an. Dann trat der Elf Wyrden vor. »Ich, Schattentöter, wenn es Euch recht ist. Ich würde Euch jedoch bitten, dabei Euren Helm zu tragen.«

»Einverstanden.«

Eragon schob Brisingr in die Scheide zurück, lief zu Saphira hinüber und kletterte an ihr hinauf, wobei er sich den linken Daumen an einer ihrer Schuppen schnitt. Er trug sein Kettenhemd und auch Bein- und Armschienen, aber den Helm hatte er in einer der Satteltaschen verstaut, damit er beim Fliegen nicht herunterfiel und im Gras verloren ging.

Unter dem Helm lag am Boden der Satteltasche, eingewickelt in eine Decke, die Schatulle, die Glaedrs Herz der Herzen enthielt. Er beugte sich vor, berührte das verknotete Bündel und zollte dem, was von dem majestätischen goldenen Drachen geblieben war, stumm seinen Tribut. Dann schloss er die Satteltasche und schwang sich von Saphiras Rücken.

Auf dem Weg zurück zu dem provisorischen Kampfplatz setzte

Eragon sich Kappe und Helm auf. Nachdem er sich das Blut vom Daumen geleckt hatte, zog er seine Panzerhandschuhe an und hoffte, dass der Daumen nicht mehr lange bluten würde. Er und Wyrden machten ihre Waffen stumpf, indem sie mit dem gleichen Zauber, jeweils nur geringfügig variiert, die Schneide ihres Schwerts mit einer dünnen, unsichtbaren Schutzschicht überzogen, die die Luft um die Klingen bei genauem Hinsehen aber leicht gekräuselt erscheinen ließ. Beide Schwertkämpfer lösten außerdem die Schutzzauber, die sie vor körperlichen Gefahren bewahrten.

Dann gingen er und Wyrden einander gegenüber in Position, verneigten sich und hoben ihre Klingen. Eragon sah in die schwarzen, starren Augen des Elfs, so wie Wyrden in seine. Den Blick auf seinen Gegner geheftet, tastete Eragon sich vor und versuchte sich Stück für Stück an Wyrdens rechte Seite zu schieben, sodass der Elf, ein Rechtshänder, größere Schwierigkeiten haben würde, sich zu verteidigen.

Der Elf drehte sich langsam mit, trat dabei das Gras unter seinen Füßen nieder und blieb Eragon immer direkt zugewandt. Nach einigen weiteren Schritten hielt Eragon inne. Wyrden war zu wachsam und erfahren, als dass Eragon ihn an der Flanke hätte angreifen können. Er würde den Elf niemals unvorbereitet treffen. *Außer wenn es mir gelingt, ihn abzulenken.*

Aber bevor er entscheiden konnte, wie er weiter vorgehen wollte, führte Wyrden eine Finte gegen Eragons rechtes Bein, als wolle er ihm die Klinge ins Knie rammen. Doch mitten in der Bewegung wechselte er mit einer leichten Drehung seines Arms und Handgelenks die Richtung, um Eragon Brust und Hals aufzuschlitzen.

Der Elf war schnell, aber Eragon war schneller. Kaum verriet ihm die Änderung von Wyrdens Haltung seine Absicht, wich Eragon einen halben Schritt zurück, zog den Ellbogen heran und riss sein Schwert vors Gesicht.

»Ha!«, rief Eragon, als er Wyrdens Schwert mit Brisingr abfing. Mit lautem Klirren prallten die Klingen aufeinander.

Mit einiger Anstrengung stieß Eragon Wyrden zurück, dann sprang er ihm nach und ließ eine Folge schneller Hiebe auf ihn niedergehen.

Minutenlang kämpften sie auf der Grasnarbe. Eragon landete den ersten Treffer – einen leichten Schlag gegen Wyrdens Hüfte – und ebenfalls den zweiten. Danach war ihr Duell ausgeglichen, denn der Elf durchschaute ihn und begann seine Angriffs- und Abwehrmuster vorauszuahnen. Eragon hatte selten die Gelegenheit, sich an jemandem zu erproben, der so stark war wie Wyrden, daher genoss er den Wettkampf mit dem Elf.

Sein Vergnügen fand jedoch ein jähes Ende, als Wyrden vier Treffer in schneller Folge landete: einen an Eragons rechter Schulter, zwei an seinen Rippen und einen bösen Streich quer über seinen Unterleib. Die Schläge schmerzten, aber Eragons Stolz war noch schlimmer verletzt. Es wurmte ihn, dass der Elf es so mühelos geschafft hatte, seine Deckung zu umgehen. In einem echten Kampf, das wusste Eragon, hätte er Wyrden bereits in der Anfangsphase besiegen können, aber dieser Gedanke war nur ein schwacher Trost.

Du solltest ihn nicht so viele Treffer landen lassen, bemerkte Saphira.

Ja, das ist mir klar, knurrte er.

Willst du, dass ich ihn für dich umstoße?

Nein … nicht heute.

Verstimmt ließ Eragon seine Klinge sinken und dankte Wyrden für den Übungskampf.

Der Elf verneigte sich und erwiderte: »Gern geschehen, Schattentöter«, dann nahm er wieder seinen Platz in der Elfengarde ein.

Eragon rammte Brisingr zwischen seinen Stiefeln in den Boden – was er niemals mit einem Schwert aus gewöhnlichem Stahl gemacht hätte – und stützte die Hände auf den Knauf, während er beobachtete, wie sich die Menschen und Tiere auf der engen Straße drängten, die von der gewaltigen steinernen Stadt wegführte. Die Unordnung innerhalb der Reihen hatte sich beträchtlich verringert und er vermutete, dass es nicht mehr lange dauern würde, bis die Varden das Hornsignal zum Aufbruch geben würden.

Doch bis dahin suchte er nach wie vor nach einer Beschäftigung.

Er sah zu Arya hinüber, die bei Saphira stand, und allmählich breitete sich ein Lächeln auf seinen Zügen aus. Er legte sich Brisingr über die Schulter, schlenderte auf sie zu und deutete auf ihr Schwert. »Arya, was ist mit dir? Wir haben nur dieses eine Mal in Farthen Dûr miteinander gekämpft.« Sein Grinsen wurde breiter und er schwenkte Brisingr. »Ich bin seitdem ein wenig besser geworden.«

»Stimmt.«

»Also, was sagst du?«

Sie warf einen kritischen Blick auf die sich formierende Marschkolonne, dann zuckte sie die Achseln. »Warum nicht?«

Während sie zu ihrem provisorischen Kampfplatz gingen, bemerkte er: »Du wirst mich nicht mehr ganz so mühelos bezwingen können wie damals.«

»Da hast du sicher recht.«

Arya besprach ihr Schwert, dann standen sie sich gegenüber, etwa dreißig Fuß voneinander entfernt. Voll Selbstvertrauen rückte Eragon rasch vor. Er wusste bereits, wo er sie treffen wollte: an der linken Schulter.

Arya hielt ihre Position und machte keine Anstalten, ihm auszuweichen. Als er keine fünf Schritte mehr entfernt war, lächelte sie ihn an. Es war ein warmes, strahlendes Lächeln, das ihre Schönheit auf eine Weise betonte, dass Eragon zögerte und seine Gedanken zu einem einzigen Wirrwarr verschmolzen.

Ein stählerner Blitz zuckte auf ihn nieder.

Verspätet hob er Brisingr, um den Hieb abzuwehren. Ein Stoß fuhr durch seinen Arm, als die Spitze des Schwertes von etwas Hartem abprallte – Griff, Klinge oder Fleisch, da war er sich nicht sicher. Aber was immer es war, er wusste, dass er die Entfernung falsch eingeschätzt hatte und seine Reaktion ihr Angriffspunkte bot.

Er konnte nicht viel mehr tun, als seinen Vorwärtsschwung abzubremsen, da schlug schon ein weiterer Hieb seinen Schwertarm zur Seite. Dann spürte er in der Mitte seines Körpers ein schmerzhaftes Ziehen, als Arya ihn mit einem Stich zu Boden warf.

Eragon stöhnte, als er auf dem Rücken landete und es ihm die Luft aus den Lungen presste. Er starrte in den Himmel und versuchte einzuatmen, aber sein Bauch war so hart verkrampft, dass er keine Luft in die Lungen bekam. Dunkelrote Punkte erschienen vor seinen Augen und einige unbehagliche Sekunden lang befürchtete er, er würde das Bewusstsein verlieren. Dann entspannten sich seine Muskeln und mit einem lauten Aufkeuchen atmete er ein.

Sobald er wieder einen klaren Kopf hatte, rappelte er sich langsam hoch, wobei er Brisingr als Stütze benutzte. Er lehnte sich auf das Schwert und stand vornübergebeugt wie ein alter Mann, während er darauf wartete, dass der Schmerz in seinem Bauch verebbte.

»Du hast gemogelt«, stieß er zwischen zusammengebissenen Zähnen hervor.

»Nein, ich habe eine Schwäche meines Gegners ausgenutzt. Das ist ein Unterschied.«

»Du hältst das … für eine *Schwäche?*«

»Wenn wir kämpfen, ja. Möchtest du fortfahren?«

Er antwortete, indem er Brisingr aus dem Boden riss, zu seiner Ausgangsposition zurückmarschierte und sein Schwert hob.

»Gut«, sagte Arya und nahm die gleiche Haltung ein.

Diesmal war Eragon viel wachsamer, als er sich ihr näherte, und Arya blieb nicht auf der Stelle stehen. Vorsichtig rückte sie heran, ohne den Blick ihrer klaren grünen Augen auch nur einen Moment von ihm abzuwenden.

Sie zuckte und Eragon wich zurück.

Er merkte, dass er den Atem anhielt, und zwang sich, sich zu entspannen. Ein weiterer Schritt vorwärts, dann schwang er Brisingr, so schnell und kraftvoll er konnte.

Sie wehrte seinen Hieb gegen ihre Rippen ab und antwortete mit einem Stich, der auf seine entblößte Achselhöhle zielte. Die stumpfe Schneide ihres Schwertes glitt über den Rücken seiner anderen Hand und kratzte über die Kettenpanzerung des Handschuhs, als er die Klinge wegschlug. In diesem Moment war Aryas Oberkörper ungedeckt, aber sie waren einander zu nah, als dass Eragon einen wirksamen Hieb oder Stich hätte anbringen können.

Stattdessen stürzte er vor und schlug mit dem Knauf seines Schwertes nach ihrem Brustbein. Er wollte sie zu Boden stoßen, wie sie es mit ihm gemacht hatte.

Doch sie drehte sich weg, der Knauf sauste wirkungslos durch die Luft und Eragon stolperte vorwärts.

Ohne genau zu wissen, wie es dazu gekommen war, lag plötzlich Aryas Arm um seinen Hals und die kühle, glatte Oberfläche ihrer mit Magie abgestumpften Klinge drückte gegen seine Kinnlade. Er verharrte regungslos.

Von hinten flüsterte Arya ihm ins rechte Ohr: »Ich hätte dir den Kopf abschlagen können – so mühelos, wie ich einen Apfel vom Baum pflücke.« Dann ließ sie ihn los und stieß ihn von sich.

Wütend fuhr er herum und erkannte, dass sie ihn bereits erwartete, mit gezücktem Schwert und entschlossener Miene.

Eragon gab seiner Wut nach und schnellte auf sie los.

Vier Schläge tauschten sie, ein jeder grausamer als der vorangegangene. Arya machte den Anfang und zielte auf seine Beine. Er parierte und hieb nach ihrer Taille, aber sie brachte sich mit einem Sprung vor Brisingrs in der Sonne funkelnder Klinge in Sicherheit. Ohne ihr eine Gelegenheit zum Kontern zu geben, ließ er einen von unten nach oben geführten Schlag folgen, den sie mit trügerischer Leichtigkeit abwehrte. Dann machte sie einen Ausfallschritt und zog ihm ihr Schwert so zart wie die Berührung eines Kolibriflügels quer über den Bauch.

Arya hielt ihre Position am Ende des Streichs, ihr Gesicht nur einen Fingerbreit von seinem entfernt. Ihre Stirn glänzte und ihre Wangen waren gerötet.

Mit übertriebener Vorsicht lösten sie sich voneinander.

Eragon zog sein Wams zurecht, dann hockte er sich neben Arya. Seine Kampfeswut war verraucht. Er war jetzt sehr konzentriert, wenn auch nicht ganz unbefangen.

»Ich verstehe das nicht«, sagte er leise.

»Du hast dich zu sehr daran gewöhnt, gegen Galbatorix' Soldaten zu kämpfen. Sie haben keine Chance gegen dich, also gehst du Risiken ein, die sonst dein Untergang wären. Deine Angriffe sind zu leicht vorherzusehen – du solltest dich nicht auf rohe Kraft verlassen – und du bist in deiner Verteidigung nachlässig geworden.«

»Wirst du mir helfen?«, fragte er. »Übst du mit mir, wenn du kannst?«

Sie nickte. »Natürlich. Aber wenn ich keine Zeit habe, dann geh zu Bloëdhgarm, um dich unterrichten zu lassen. Er ist genauso geschickt mit der Klinge wie ich. Übung ist das Einzige, was du brauchst, Übung mit den richtigen Partnern.«

Eragon öffnete gerade den Mund, um ihr zu danken, als er spürte, dass sich ein anderes Bewusstsein als das Saphiras in seinen Geist drängte, gewaltig und beängstigend und erfüllt von tiefster Schwermut; erfüllt von einer so großen Traurigkeit, dass es Eragon die Kehle zuschnürte und die Farben der Welt ihren Glanz zu verlieren schienen. Und mit schleppender, tiefer Stimme, als sei das Sprechen ein Kampf von beinah unerträglichem Ausmaß, sprach Glaedr, der goldene Drache: *Du musst lernen … zu sehen, was du erblickst.*

Dann verschwand Glaedrs Geist aus seinem und hinterließ eine schwarze Leere.

Eragon sah Arya an. Sie wirkte genauso erschüttert wie er. Auch sie hatte Glaedrs Worte gehört. Hinter ihr regten sich Bloëdhgarm sowie die Elfengarde und flüsterten miteinander, während Saphira sich am Straßenrand fast den Hals verrenkte, um einen Blick auf die auf ihrem Rücken festgebundenen Satteltaschen zu werfen.

Sie haben es alle gehört, wurde Eragon klar.

Gemeinsam sprangen er und Arya auf und eilten zu Saphira, die meinte: *Er will mir nicht antworten. Wo immer er war, er ist zurückgekehrt, aber er hört mich nicht. Er ist völlig in seinem Kummer gefangen. Hier, schau …*

Eragon verschmolz seinen Geist mit ihrem und dem Aryas, und zu dritt tasteten sie mit ihren Gedanken nach Glaedrs Herz der Herzen, das in der Satteltasche verborgen war. Was von dem Drachen geblieben war, fühlte sich robuster an als zuvor. Aber sein Geist war immer noch verschlossen gegenüber allem, was von außen mit ihm in Verbindung treten wollte, und sein Bewusstsein teilnahmslos und gleichgültig, genau wie all die Zeit über, seit Murtagh seinen Reiter Oromis umgebracht hatte.

Eragon, Saphira und Arya versuchten, den Drachen aus seiner Benommenheit zu reißen. Glaedr ignorierte sie jedoch hartnäckig und nahm nicht mehr Notiz von ihnen, als ein schlafender Höhlenbär von einigen Fliegen genommen hätte, die um seinen Kopf summten.

Und doch drängte sich Eragon der Gedanke auf, dass Glaedr nicht so völlig gleichgültig war, wie es den Anschein hatte, wenn man an seine Bemerkung dachte.

Schließlich gestanden sich die drei ihre Niederlage ein und zogen ihren Geist in ihren jeweiligen Körper zurück. Als Eragon in sich selbst zurückgekehrt war, fragte Arya: »Wenn wir seinen Eldunarí berühren könnten, vielleicht …?«

Eragon steckte Brisingr in die Scheide, dann sprang er auf Saphiras rechtes Vorderbein und zog sich in den Sattel auf ihren Schultern. Er wandte sich im Sattel um und begann sich an den Schnallen der Satteltasche zu schaffen zu machen. Er hatte gerade eine der Schnallen gelöst und war mit der anderen beschäftigt, als der Ruf eines Horns von der Spitze der Marschkolonne erscholl und das Signal zum Vorrücken gab. Auf das Zeichen hin setzte sich der gewaltige Zug von Männern und Tieren schlingernd in Bewegung, zögerlich zuerst, dann mit jedem Schritt sicherer und selbstbewusster.

Eragon war hin- und hergerissen. Hilfe suchend sah er zu Arya hinunter.

Sie entschied für ihn, indem sie winkte und rief: »Heute Abend, wir reden heute Abend. Geh! Flieg mit dem Wind!«

Er schloss die Schnallen der Satteltasche schnell wieder, dann schob er die Beine durch die Riemen zu beiden Seiten des Sattels und zog sie fest, damit er nicht bei einem der waghalsigen Flugmanöver Saphiras den Halt verlor.

Schon spannte sich Saphira und sprang mit freudigem Gebrüll quer über die Straße in die Luft. Die Männer unter ihr zuckten zusammen und zogen die Köpfe ein. Einige Pferde gingen durch, als Saphira ihre riesigen Schwingen entfaltete und sich mit kräftigen Flügelschlägen vom harten, rauen Grund abstieß und in die endlose Weite des Himmels hinaufschwang.

Eragon schloss die Augen und legte den Kopf in den Nacken, dankbar dafür, Belatona endlich verlassen zu können. Nachdem er eine Woche in der Stadt verbracht hatte und nichts anderes zu tun gehabt hatte, als zu essen und sich auszuruhen – denn darauf hatte Nasuada bestanden –, brannte er darauf, die Reise nach Urû'baen fortzusetzen.

Als Saphira in einen Gleitflug überging, Hunderte von Fuß über den Gipfeln und Türmen der Stadt, fragte er: *Was denkst du, wird Glaedr sich erholen?*

Er wird nie wieder sein, wie er war.

Nein, aber ich hoffe, dass er einen Weg finden wird, seine Trauer zu überwinden. Ich brauche seine Hilfe, Saphira. Es gibt so viele Dinge, die ich noch nicht weiß. Ohne ihn habe ich niemanden, den ich fragen kann.

Sie schwieg eine Weile und das einzige Geräusch war das Schlagen ihrer Flügel. *Wir dürfen ihn nicht drängen,* erwiderte sie dann. *Er hat die schlimmste Verletzung erlitten, die ein Drache oder ein Reiter erleiden kann. Bevor er dir oder mir oder irgendjemandem sonst helfen kann, muss er sich entschließen, weiterleben zu wollen. Bis dahin können unsere Worte ihn nicht erreichen.*

Kein Ruhm, keine Ehre, nur Blasen überall

Das Bellen der Hunde wurde lauter hinter ihnen: Das Rudel hatte Blut gerochen.

Roran umklammerte die Zügel fester und beugte sich tiefer über den Hals seines galoppierenden Streitrosses. Das Hämmern der Hufe fuhr durch ihn hindurch wie Donner.

Er und seine fünf Männer – Carn, Mandel, Baldor, Delwin und Hamund – hatten frische Pferde aus dem Stall eines weniger als eine halbe Meile entfernt gelegenen Herrenhauses gestohlen. Die Stallburschen hatten nicht eben freundlich auf den Diebstahl reagiert. Um sie ruhigzustellen, hatte es genügt, ihnen die blanken Schwerter zu zeigen. Aber die Stallburschen mussten die Wachen des Herrenhauses alarmiert haben, sobald Roran und seine Gefährten davongeritten waren, denn zehn Wachmänner hatten sich auf ihre Fährte gesetzt, angeführt von einem Rudel Jagdhunde.

»Dort!«, schrie er und deutete auf einen schmalen Streifen mit Birken, der sich zwischen zwei nahen Hügeln dahinzog, zweifellos dem Lauf eines Flusses folgend.

Daraufhin lenkten die Männer ihre Pferde von der viel befahrenen Straße ins Gelände und hielten auf die Bäume zu. Der unebene Grund zwang sie, ihr mörderisches Tempo zu drosseln, doch nur geringfügig, trotz des Risikos, dass die Pferde in ein Loch treten und sich ein Bein brechen oder einen Reiter abwerfen konnten. So gefährlich es war, es würde noch gefährlicher sein, sich von den Hunden stellen zu lassen.

Roran grub seinem Pferd die Sporen in die Flanken und schrie, so laut er das mit seiner staubigen Kehle konnte: »Hüa!« Der Wallach machte einen Satz nach vorn und begann Carn Sprung für Sprung einzuholen.

Roran wusste, dass sein Pferd bald den Punkt erreicht haben würde, an dem es dieses Tempo nicht mehr durchhalten konnte, ganz gleich wie hart er es mit seinen Sporen antrieb oder mit den Enden seiner Zügel peitschte. Er hasste es, grausam zu sein, und er wollte das Tier keineswegs zuschanden reiten, aber er würde es nicht schonen, wenn davon der Erfolg ihrer Mission abhing.

Als er auf gleicher Höhe mit Carn war, rief Roran: »Kannst du unsere Spur nicht mit einem Zauber verbergen?«

»Weiß nicht, wie!«, erwiderte Carn, kaum hörbar über das Brausen des Windes und den Lärm der galoppierenden Pferde hinweg. »Das ist zu kompliziert!«

Roran fluchte und warf einen Blick über die Schulter zurück. Die Hunde kamen um die letzte Biegung der Straße. Sie schienen über den Boden zu fliegen, ihre langen, schlanken Körper zogen sich in einem atemberaubenden Tempo zusammen und streckten sich erneut. Selbst auf die Entfernung konnte Roran das Rot ihrer Zungen erkennen und er bildete sich ein, das Glitzern weißer Reißzähne zu sehen.

Als sie die Bäume erreicht hatten, entschied Roran sich, zu wenden und im Schutz der Birken in die Hügel zu reiten. Er hielt sich gerade so dicht an den Bäumen, dass ihm tief hängende Zweige oder umgestürzte Baumstämme nicht in die Quere kamen. Die anderen folgten seinem Beispiel und trieben ihre Pferde lautstark an, nicht langsamer zu werden, während sie den Hang hinaufgaloppierten.

Zu seiner Rechten erhaschte Roran einen Blick auf Mandel, der weit vornübergebeugt auf seiner gescheckten Stute kauerte, ein wildes Knurren auf den Lippen. Der jüngere Mann hatte Roran im Laufe der letzten drei Tage mit seiner Ausdauer und Willenskraft beeindruckt. Seit Katrinas Vater Sloan die Bewohner Carvahalls verraten und Mandels Vater Byrd umgebracht hatte, schien Mandel sich selbst verzweifelt beweisen zu wollen, dass er jedem anderen Mann im Dorf ebenbürtig war. In den letzten beiden Schlachten zwischen den Varden und dem Imperium hatte er sich hervorragend geschlagen.

Ein dicker Ast raste auf Rorans Kopf zu. Er duckte sich und konnte die Spitzen der trockenen Äste hören und spüren, wie sie über seinen Helm kratzten und brachen. Ein abgerissenes Blatt flog ihm ins Gesicht und bedeckte für einen Moment sein rechtes Auge. Dann riss der Wind es weg.

Der Wallach atmete immer schwerer, während sie dem Flusslauf tiefer in die Hügel folgten. Roran spähte unter seinem Arm hindurch und sah, dass das Rudel Hunde keine Viertelmeile mehr entfernt war. Einige wenige Minuten noch und sie hätten die Pferde gewiss eingeholt.

Verdammt, dachte er. Sein Blick jagte zwischen den dicht an dicht stehenden Bäumen zu seiner Linken und dem grasbewachsenen Hügel zu seiner Rechten hin und her, auf der Suche nach etwas, was ihnen helfen könnte, ihre Verfolger abzuschütteln.

Er war von der Anstrengung so erschöpft, dass er es beinah übersah.

Zwanzig Schritte vor ihnen führte ein Wildwechsel den Hügel herunter, kreuzte ihren Weg und verschwand dann zwischen den Bäumen.

»Brrr! … Brrr!«, rief Roran, lehnte sich in den Steigbügeln zurück und zügelte sein Pferd. Der Wallach verfiel in einen Trab, obwohl er protestierend schnaubte und den Kopf hin und her warf, um das Gebiss zwischen die Zähne zu bekommen. »Oh nein, das wirst du nicht«, knurrte Roran und zog noch fester an den Zügeln.

»Beeilt euch!«, rief er dem Rest der Gruppe zu, während er sein Pferd wendete und in das Dickicht trieb. Die kühle Luft unter den Bäumen war bei der hitzigen Jagd eine willkommene Erleichterung. Doch er hatte nur einen Moment Zeit, das Gefühl zu genießen, bevor der Wallach nach vorn stürzte und die Böschung hinunter auf den Fluss zustolperte. Welkes Laub knisterte unter seinen eisenbeschlagenen Hufen. Um nicht vornüber abzusteigen, musste Roran sich beinah flach auf den Rücken des Tieres legen, die Beine nach vorn gestreckt, die Knie an den Rücken des Pferdes gepresst.

Als sie den Grund der Schlucht erreicht hatten, stampfte der Wallach durch den steinigen Fluss, dass Roran das Wasser bis zu den Knien spritzte. Am anderen Ufer zügelte er sein Pferd, um zu sehen, ob die anderen noch da waren. Ja, sie kamen dicht hintereinander durch die Bäume zum Fluss heruntergeritten.

Über ihnen, wo sie in das Dickicht eingebogen waren, konnte er das Kläffen der Hunde hören.

Wir werden umkehren und kämpfen müssen, wurde ihm klar.

Er fluchte wieder und trieb den Wallach weg vom Fluss und das weiche, moosbedeckte Ufer hinauf, immer dem nur schwer auszumachenden Pfad nach.

Nicht weit vom Fluss entfernt stieß er auf eine Wand aus Farnen, hinter der eine Mulde lag. Roran entdeckte einen umgestürzten Baum, der ihnen vielleicht als provisorische Barriere dienen würde, falls sie ihn an die richtige Stelle schleppen konnten.

Ich hoffe nur, dass sie keine Bogen haben, dachte er.

Er winkte seinen Männern. »Hierher!«

Mit einem Klatschen der Zügel trieb er den Wallach durch die Farne in die Senke, dann ließ er sich aus dem Sattel gleiten, hielt sich aber vorsichtshalber am Knauf fest. Als seine Füße den Boden berührten, gaben seine Beine unter ihm nach und ohne Halt wäre er gestürzt. Er verzog das Gesicht, drückte die Stirn gegen die Schulter des Pferdes und keuchte, während er darauf wartete, dass das Zittern in seinen Beinen nachließ.

Seine Männer scharten sich um ihn und erfüllten die Luft mit dem Gestank von Schweiß und dem Klirren der Geschirre. Die Pferde bebten, ihre Flanken hoben und senkten sich und gelber Schaum troff ihnen aus dem Maul.

»Hilf mir«, sagte er zu Baldor und deutete auf den umgestürzten Baum. Sie schoben die Hände unter das dicke Ende des Baumstamms und stemmten ihn vom Boden hoch. Roran biss die Zähne zusammen wegen der brüllenden Schmerzen in seinem Rücken und seinen Schenkeln. Drei Tage voller Galopp – und weniger als drei Stunden Schlaf pro zwölf im Sattel verbrachter Stunden – hatten ihn furchtbar geschwächt.

Ich könnte mich auch gleich betrunken, krank und halb bewusst-

los geschlagen in den Kampf stürzen, wurde Roran klar, als er den Baumstamm losließ und sich wieder aufrichtete. Der Gedanke entmutigte ihn.

Die sechs Männer postierten sich vor den Pferden, mit dem Gesicht zu der Wand aus halb zertrampelten Farnen, und zogen ihre Waffen. Jenseits der Mulde klang das Bellen der Hunde lauter denn je und ihr übereifriges Gekläff hallte von den Bäumen wieder.

Roran spannte seine Muskeln und hob den Hammer höher. Auf einmal hörte er über das Gebell der Hunde hinweg die seltsam singende Melodie der alten Sprache. Carn sprach einen Zauber und die Macht der Worte war so groß, dass Rorans Nackenhaare sich vor Schreck aufstellten. Der Magier reihte atemlos mehrere Sätze aneinander – so schnell, dass die Worte zu einem undeutlichen Gemurmel verschmolzen. Dann deutete er auf Roran und die anderen und befahl angespannt und leise: »Runter!«

Widerspruchslos ließ Roran sich in die Hocke sinken. Nicht zum ersten Mal verfluchte er die Tatsache, dass er selbst nicht in der Lage war, Magie zu benutzen. Von allen Fähigkeiten, die ein Krieger besitzen konnte, war sie die nützlichste. Und wer sie nicht besaß, war der Gnade all derer ausgeliefert, die die Welt mit nichts als ihrem Willen und einem Wort neu formen konnten.

Die Farne vor ihnen raschelten und zitterten, dann schob ein Hund seine schwarze Schnauze durch die Farnwedel, spähte in die Senke und witterte. Delwin zischte und hob sein Schwert, wie um ihm den Kopf abzuschlagen, aber Carn gab einen drängenden, rauen Laut von sich und winkte abwehrend, bis er seine Klinge senkte.

Der Hund legte offensichtlich verwirrt die Stirn in Falten. Noch einmal schnupperte er, dann leckte er sich mit seiner langen bläulichen Zunge über die Nase und zog sich zurück.

Erst als die Farnwedel sich hinter dem Kopf des Hundes wieder geschlossen hatten, stieß Roran langsam den Atem aus, den er die ganze Zeit über angehalten hatte. Er sah Carn an und hob fragend eine Augenbraue, aber Carn schüttelte nur den Kopf und legte einen Finger auf die Lippen.

Einige Augenblicke später schlängelten sich zwei weitere Hunde durchs Unterholz, um die Senke zu inspizieren. Aber bald machten sie kehrt, genau wie der erste. Nach kurzer Zeit begann das Rudel zu jaulen und zu kläffen, während die Hunde zwischen den Bäumen herumsuchten, weil sie nicht verstehen konnten, wo ihre Beute geblieben war.

Als er so dasaß und abwartete, bemerkte Roran, dass seine Beinkleider an der Innenseiten seiner Oberschenkel mehrere dunkle Flecken aufwiesen. Er berührte eine der verfärbten Stellen, und als er die Hand hob, waren seine Finger bedeckt mit einer blutigen Flüssigkeit. Jeder Fleck markierte eine Stelle, wo sich eine Blase gebildet hatte. Und das waren nicht die einzigen. Er hatte Blasen an den Händen – wo die Zügel ihm die Haut zwischen Daumen und Zeigefinger aufgeschürft hatten –, an den Fersen und an anderen noch viel unangenehmeren Stellen.

Angewidert wischte er sich die Finger am Gras ab. Er musterte seine Männer, wie sie dort unbehaglich hockten und knieten, er sah den Schmerz in ihren Gesichtern, sobald sie sich bewegten, und die leicht ungelenke Art, wie sie ihre Waffen hielten. Sie waren in genauso schlechter Verfassung wie er.

Roran beschloss, Carn zu bitten, ihre Wunden zu heilen, wenn sie das nächste Mal zum Schlafen haltmachten. Sollte der Magier jedoch zu erschöpft sein, würde Roran darauf verzichten, seine eigenen Blasen heilen zu lassen. Lieber wollte er den Schmerz erdulden, als zuzulassen, dass Carn sich völlig verausgabte, bevor sie in Aroughs eintrafen. Denn Carns Fähigkeiten konnten sich bei der Eroberung der Stadt noch als sehr nützlich erweisen.

Bei dem Gedanken an Aroughs und die Belagerung, die er irgendwie zum Erfolg führen sollte, tastete Roran mit der Hand an seine Brust, um sich davon zu überzeugen, dass die Pergamente noch da waren, die mit den Befehlen, die er nicht lesen konnte, und die mit der Ernennung, von der er bezweifelte, dass er sie würde behalten können. Sie waren noch da.

Nach mehreren langen Minuten angespannten Wartens begann einer der Hunde irgendwo zwischen den Bäumen flussaufwärts aufgeregt zu kläffen. Die anderen Hunde hetzten ihm nach und fielen aus vollster Überzeugung in das Bellen ein. Offensichtlich glaubten sie ihrer Beute dicht auf den Fersen zu sein.

Als das Gebell sich entfernte und immer leiser wurde, richtete Roran sich langsam auf und ließ den Blick über die Bäume und Büsche wandern. »Die Luft ist rein«, sagte er leise.

Während die anderen aufstanden, drehte sich Hamund – ein hochgewachsener Mann mit struppigem Haar und tiefen Falten, obwohl er nur ein Jahr älter war als Roran – missmutig zu Carn um und fragte: »Warum hast du das nicht schon eher gemacht, statt uns Hals über Kopf querfeldein reiten zu lassen? Wir hätten uns auf dem Weg hinunter zum Fluss fast das Genick gebrochen.« Er deutete zurück zu dem Wasserlauf.

Carn antwortete genauso verärgert: »Weil es mir nicht früher eingefallen ist, deshalb. Angesichts der Tatsache, dass ich euch die Unannehmlichkeiten erspart habe, von einem Rudel Hunde in Fetzen gerissen zu werden, solltet ihr eigentlich ein klein wenig Dankbarkeit zeigen.«

»Tatsächlich? Also, ich finde, du solltest mehr Zeit darauf verwenden, an deinen Zaubern zu arbeiten, *bevor* wir wer weiß wohin gejagt werden und …«

Weil er befürchtete, dass ihr Streit ernster werden könnte, trat Roran zwischen die beiden Männer. »Genug«, befahl er. Dann fragte er Carn: »Wird dein Zauber uns auch vor den Wachmännern verbergen?«

Carn schüttelte den Kopf. »Menschen sind schwerer zu täuschen als Hunde.« Er warf einen geringschätzigen Blick auf Hamund. »Zumindest die meisten von ihnen. Ich kann uns verbergen, aber nicht unsere Spuren.« Und er deutete auf die abgebrochenen Farnwedel und die Hufabdrücke, die auf der feuchten Erde nicht zu übersehen waren. »Sie werden einfach wissen, dass wir hier sind, sobald sie das hier sehen. Wenn wir aufbrechen, bevor sie herkommen und uns sehen, werden sie hoffentlich den Hunden folgen und wir können …«

»Aufsitzen!«, befahl Roran.

Unter halb gemurmelten Flüchen und kaum verhohlenem Gestöhne schwangen sich die Männer wieder auf ihre Rösser. Roran ließ den Blick ein letztes Mal über die Mulde schweifen, um sich davon zu überzeugen, dass sie nichts verloren oder liegen gelassen hatten, dann lenkte er sein Pferd an die Spitze der Gruppe und gab ihm die Sporen.

Gemeinsam galoppierten sie unter den Bäumen hervor und weg von der Schlucht, um ihren scheinbar endlosen Ritt nach Aroughs fortzusetzen. Was er aber tun würde, sobald sie die Stadt erreicht hatten, davon hatte Roran nicht die geringste Vorstellung.

Mondesserin

Eragon lockerte seine Schultern, während er durch das Lager der Varden wanderte, und versuchte die Verspannung in seinem Nacken loszuwerden, die er sich am Nachmittag beim Schwertkampf mit Arya und Bloëdhgarm zugezogen hatte.

Als er auf einem kleinen Hügel ankam, der aus dem Meer der Zelte ragte wie eine einsame Insel, stemmte er die Hände in die Hüften und blieb stehen, um die Aussicht zu genießen. Vor ihm lag die dunkle Fläche des Leona-Sees, der im Zwielicht glänzte. Die Kämme der flachen Wellen warfen das orangefarbene Fackellicht des Lagers zurück.

Zwischen den Zelten und dem Ufer lag die Straße, der die Varden gefolgt waren. Ihr breites Band von Pflastersteinen war, so hatte Jeod es ihm zumindest erzählt, lange vor dem Sturz der Reiter angelegt worden. Eine Viertelmeile weiter nördlich befand sich dicht am Wasser ein kleines Fischerdorf mit niedrigen Häusern. Eragon wusste, dass seine Bewohner alles andere als glücklich darüber waren, dass eine Armee vor ihrer Türschwelle lagerte.

Du musst lernen … zu sehen, was du erblickst.

Seit ihrem Aufbruch von Belatona hatte Eragon Stunden damit verbracht, über Glaedrs Rat nachzugrübeln. Er war nicht sicher, was genau der Drache damit gemeint hatte. Glaedr hatte sich geweigert, seiner rätselhaften Bemerkung auch nur ein weiteres Wort hinzuzufügen, und so entschied Eragon sich notgedrungen dafür, diese Anweisung wörtlich zu verstehen. Er hatte sich bemüht, alles um sich herum ganz bewusst zu *sehen,* egal wie klein oder unbedeutend es wirken mochte, und die Bedeutung dessen zu verstehen, was er wahrnahm.

Sosehr er sich auch bemühte, er hatte das Gefühl, kläglich zu scheitern. Wo er auch hinschaute, sah er eine überwältigende Fülle von Einzelheiten, und doch war er immer überzeugt, dass da noch viel mehr war als das, was er bemerkte. Schlimmer noch, er war nur selten in der Lage, den Sinn dessen zu begreifen, *was* er wahrnahm, wie zum Beispiel, warum aus drei Schornsteinen in dem Fischerdorf kein Rauch stieg.

Obwohl ihm das alles so sinnlos erschien, hatte sich der Aufwand zumindest in einer Hinsicht gelohnt: Arya besiegte ihn längst nicht mehr in jedem Kampf, bei dem sie die Klingen kreuzten. Er hatte sie doppelt so aufmerksam beobachtet wie bisher – sie so eingehend studiert wie ein Reh, an das er sich heranpirschte – und daraufhin hatte er einige ihrer Zweikämpfe gewonnen. Er war ihr jedoch noch immer nicht ebenbürtig, geschweige denn überlegen. Und er wusste nicht, was er lernen musste – noch wer es ihm beibringen konnte –, damit er mit der Klinge ebenso geschickt wurde, wie sie es war.

Vielleicht hat Arya recht und Erfahrung ist jetzt der beste Ratgeber, dachte Eragon. *Erfahrung braucht aber Zeit, und Zeit habe ich am allerwenigsten. Wir werden bald in Dras-Leona sein und dann kommt Urû'baen. Spätestens in ein paar Monaten werden wir uns Galbatorix und Shruikan stellen müssen.*

Seufzend rieb er sich übers Gesicht und versuchte seine Aufmerksamkeit auf andere, weniger beunruhigende Dinge zu lenken. Doch immer kehrten seine Gedanken zu den gleichen Befürchtungen zurück und er kaute darauf herum wie ein Hund auf einem Markknochen, nur dass er nichts weiter davon hatte, im Gegenteil: Es bereitete ihm nur immer größere Sorge.

In Grübeleien versunken stieg er den Hügel wieder hinab. Er schlenderte zwischen den im Schatten liegenden Zelten hindurch und bewegte sich grob in Richtung seines eigenen, achtete jedoch nicht so genau darauf, wohin seine Schritte ihn lenkten. Das Gehen beruhigte ihn, so war es immer schon gewesen. Die Männer, die noch unterwegs waren, machten ihm bereitwillig Platz. Zum Gruß schlugen sie sich mit der Faust an die Brust und viele sprachen ihn respektvoll mit »Schattentöter« an, worauf Eragon mit einem höflichen Nicken reagierte.

Er war eine Viertelstunde gegangen, stehen geblieben und wieder weitergegangen, wie der Fluss seiner Gedanken es ihm diktierte, als die schrille Stimme einer Frau, die mit großer Begeisterung irgendetwas schilderte, seine Überlegungen unterbrach. Neugierig folgte er der Stimme, bis er zu einem Zelt kam, das ein wenig abseits nah am Fuß einer knorrigen Weide stand. Die Weide war der einzige Baum am See, den die Varden nicht gefällt hatten, um Feuerholz zu gewinnen.

Dort unter den Ästen des Baumes bot sich ihm der seltsamste Anblick, den er je gesehen hatte.

Zwölf Urgals, darunter ihr Kriegshäuptling Nar Garzhvog, saßen im Halbkreis um ein ruhig flackerndes Lagerfeuer. Furchterregende Schatten tanzten auf ihren Gesichtern, hoben ihre kräftige Stirn hervor, die breiten Wangenknochen, das massige Kinn ebenso wie die Furchen ihrer Hörner, die ihnen aus der Stirn wuchsen und sich zu beiden Seiten des Kopfes zurückbogen. Arme und Oberkörper der Urgals waren nackt, bis auf die Ledermanschetten an ihren Handgelenken und die Stoffriemen, die sich von ihren Schultern zur Taille schlangen. Neben Garzhvog hockten noch drei weitere Kull. Ihre massige Größe ließ den Rest der Urgals – von denen keiner kleiner war als sechs Fuß – eher wie Kinder wirken.

Zu den Urgals – zwischen ihnen und *auf* ihnen – hatten sich mehrere Dutzend Werkatzen in ihrer Tiergestalt gesellt. Viele der Katzen saßen aufrecht vor dem Feuer, vollkommen reglos, bewegten nicht einmal den Schwanz, die buschigen Ohren aufmerksam nach vorn gerichtet. Andere lagen ausgestreckt auf dem Boden, auf dem Schoß eines Urgals oder in seinen Armen. Zu Eragons Erstaunen entdeckte er eine Werkatze – ein schlankes weißes Weibchen –, die zusammengerollt auf dem breiten Schädel eines Kull lag. Ihr rechtes Vorderbein hing auf seine Stirn hinunter, die Pfote hatte sie ihm besitzergreifend auf die Mitte seiner Stirn gedrückt.

So winzig die Werkatzen im Vergleich zu den Urgals waren, sie wirkten genauso wild, und Eragon wusste, wem er in einer Schlacht lieber gegenüberstehen würde. Urgals kannte er, während Werkatzen … unberechenbar waren.

Auf der anderen Seite des Feuers, vor dem Zelt, saß Angela,

die Kräuterhexe, im Schneidersitz auf einer gefalteten Decke und spann aus einem Berg gekämmter Wolle einen dünnen Faden. Die Handspindel hielt sie vor sich, als wolle sie alle in ihren Bann ziehen, die ihr zusahen. Sowohl die Werkatzen als auch die Urgals sahen sie aufmerksam an und ließen sie keinen Moment aus den Augen, während sie erzählte:

»… aber er war zu langsam und der tobende rotäugige Hase riss Hord die Kehle auf und tötete ihn auf der Stelle. Dann floh er in den Wald und man hat nie wieder von ihm gehört. Jedenfalls …«, und hier beugte Angela sich vor und fuhr leiser fort, »… wenn ihr durch diese Gegend reist, so wie ich es getan habe … so werdet ihr auch heute noch gelegentlich auf ein frisch getötetes Reh oder Feldûnost stoßen, das aussieht, als sei es *angeknabbert* worden wie eine Rübe. Und überall darum herum werdet ihr die Spuren eines ungewöhnlich großen Hasen finden. Ab und zu verschwindet ein Krieger aus Kvôth, um dann tot aufgefunden zu werden, mit aufgerissener Kehle … immer mit aufgerissener Kehle.«

Sie nahm ihre vorherige Position wieder ein. »Terrin war natürlich schrecklich aufgebracht nach dem Verlust seines Freundes und wollte den Hasen jagen, aber die anderen Zwerge brauchten seine Hilfe. Also kehrte er zu der Festung zurück. Drei weitere Tage und Nächte hielten die Verteidiger die Mauern, bis ihre Vorräte zur Neige gingen und jeder Krieger mit Wunden bedeckt war.

Schließlich, am Morgen des vierten Tages, als alles hoffnungslos schien, teilten sich die Wolken und in weiter Ferne sah Terrin zu seinem großen Erstaunen Mimring auf die Festung zufliegen, an der Spitze eines gewaltigen Donners von Drachen. Der Anblick der Drachen erschreckte die Belagerer so sehr, dass sie ihre Waffen fallen ließen und in die Wildnis flohen.« Angelas Lippen zuckten. »Das machte die Zwerge von Kvôth, wie ihr euch vorstellen könnt, ziemlich glücklich und es herrschte große Freude.

Und als Mimring landete, stellte Terrin zu seiner großen Überraschung fest, dass die Schuppen des Drachen durchsichtig geworden waren wie Diamanten. Was, wie erzählt wird, daher kam, dass Mimring so dicht an die Sonne herangeflogen war – denn um die anderen Drachen rechtzeitig zu benachrichtigen, musste er *über* die Gipfel des Beor-Gebirges fliegen, höher als irgendein Drache je zuvor geflogen war oder seither geflogen ist. Von da an war Terrin als Held der Belagerung von Kvôth bekannt und seinen Drachen nannte man seiner Schuppen wegen Mimring den Strahlenden … und sie lebten glücklich bis ans Ende ihrer Tage. Obwohl Terrin, um die Wahrheit zu sagen, auch später noch immer etwas Angst vor Hasen hatte, selbst im hohen Alter. *Das* ist es, was sich wirklich in Kvôth zugetragen hat.«

Nachdem sie geendet hatte, begannen die Werkatzen zu schnurren und die Urgals grunzten beifällig.

»Du verstehst es, Geschichten zu erzählen, Uluthrek«, erklärte Garzhvog und seine Stimme klang wie das dröhnende Poltern eines Felsbrockens.

»Danke.«

»So kenne ich die Geschichte aber nicht«, bemerkte Eragon, als er ins Licht trat.

Angelas Miene hellte sich auf. »Nun, du kannst kaum erwarten, dass die Zwerge zugeben, auf Gedeih und Verderb einem Kaninchen ausgeliefert gewesen zu sein. Hast du die ganze Zeit im Dunkeln gelauscht?«

»Nur eine Minute «, räumte er ein.

»Dann hast du den besten Teil der Geschichte verpasst und ich werde sie heute Nacht nicht mehr wiederholen. Meine Kehle ist zu trocken, als dass ich jetzt noch lange reden könnte.«

Eragon spürte die Vibrationen durch die Sohlen seiner Stiefel, als die Kull und die übrigen Urgals sich erhoben – sehr zum Missfallen der Werkatzen, von denen mehrere entrüstet maunzten, als sie zu Boden fielen.

Beim Anblick dieser Ansammlung von gehörnten Fratzen um das Feuer musste Eragon den Drang unterdrücken, nach dem Griff seines Schwertes zu tasten. Selbst nachdem er an der Seite der Urgals gekämpft und gejagt hatte und mit ihnen marschiert war und selbst nachdem er die Gedanken einiger Urgals gelesen hatte, fühlte er sich in ihrer Gegenwart immer noch unbehaglich. Sein Verstand sagte ihm, dass sie Verbündete waren, aber sein Körper konnte das instinktive Grauen nicht vergessen, das ihn jedes Mal packte, wenn er ihresgleichen im Kampf gegenüberstand.

Garzhvog nahm etwas aus dem Lederbeutel, den er an seinem Gürtel trug. Er streckte seinen dicken Arm über das Feuer und reichte es Angela, die ihre Spinnarbeit zur Seite legte, um den Gegenstand mit beiden Händen entgegenzunehmen. Es war eine raue Kugel aus seegrünem Kristall, die funkelte wie verharschter Schnee. Die Kräuterheilerin schob die Kugel in den Ärmel ihres Kleides, bevor sie die Spindel wieder aufnahm.

Garzhvog sagte: »Du musst irgendwann einmal in unser Lager kommen, Uluthrek, dann werden wir dir unsere Geschichten erzählen. Wir haben einen Sänger dabei. Er ist gut. Wenn du hörst, wie er die Geschichte von Nar Tulkhqas Sieg bei Stavarosk erzählt, kocht dir das Blut und du willst den Mond anbellen und mit den stärksten deiner Feinde die Hörner verkeilen.«

»Vorausgesetzt, man hat Hörner, die man verkeilen kann«, bemerkte Angela. »Es wäre mir eine Ehre, eure Geschichten zu hören. Vielleicht morgen Abend?«

Der riesenhafte Kull stimmte zu und Eragon fragte ihn: »Wo ist Stavarosk? Ich habe noch nie davon gehört.«

Die Urgals traten unbehaglich von einem Fuß auf den anderen. Garzhvog senkte den Kopf und schnaubte wie ein Bulle. »Was für ein Streich soll das sein, Feuerschwert?«, wollte er wissen. »Versuchst du mich herauszufordern, indem du uns so beleidigst?« Unmissverständlich drohend ballte er seine Pranken zu Fäusten und öffnete sie wieder.

Eragon wählte seine Worte mit Bedacht: »Ich habe es nicht böse gemeint, Nar Garzhvog, und ich wollte dich gewiss nicht beleidigen. Es war eine ehrliche Frage. Ich habe den Namen Stavarosk wirklich noch nie zuvor gehört.«

Ein überraschtes Raunen erhob sich unter den Urgals.

»Wie kann das sein?«, fragte Garzhvog. »Wissen nicht alle Menschen von Stavarosk? Wird es nicht in jeder Halle von der Wüste im Norden bis zum Beor-Gebirge als unser größter Triumph besungen? Wenn schon sonst niemand, dann müssen ja wohl zumindest die Varden davon erzählen.«

Angela seufzte, und ohne von ihrer Spindel aufzuschauen, meinte sie: »Du sagst es ihm besser.«

In seinem Geist spürte Eragon, dass Saphira ihren Wortwechsel verfolgte, und er wusste, dass sie sich bereit machte, von ihrem Zelt an seine Seite zu fliegen, falls ein Kampf unvermeidlich wurde.

Eragon antwortete dem Kull, wobei er seine Worte sorgsam wählte: »Bisher hat es mir gegenüber niemand erwähnt, aber ich bin auch noch nicht besonders lang bei den Varden, und …«

»Drajl!«, fluchte Garzhvog. »Der hornlose Verräter hat nicht einmal den Mumm, seine eigene Niederlage einzugestehen. Er ist ein Feigling und ein Lügner!«

»Wer? Galbatorix?«, fragte Eragon vorsichtig.

Etliche Werkatzen fauchten bei der Erwähnung des Königs.

Garzhvog nickte. »So ist es. Als er an die Macht kam, hatte er vor, unser Volk für immer auszulöschen. Er sandte eine gewaltige Armee in den Buckel. Seine Soldaten zerstörten unsere Dörfer, verbrannten unsere Knochen und ließen die Erde schwarz und zerstört zurück. Wir haben gekämpft – zuerst voll Freude, dann voller Verzweiflung, aber gekämpft haben wir. Es war das Einzige, was wir tun konnten. Wir konnten nirgendwohin fliehen, uns nirgendwo verstecken. Wer würde die Urgralgra schützen, da selbst die Reiter in die Knie gezwungen worden waren?

Wir hatten jedoch Glück. Wir hatten einen großen Kriegshäuptling, der uns anführte, Nar Tulkhqa. Er war einmal von Menschen gefangen genommen worden und er hatte viele Jahre damit verbracht, sie zu bekämpfen, daher wusste er, wie ihr denkt. Aus diesem Grund schaffte er es, viele unserer Stämme unter seinem Banner zu vereinen. Dann lockte er Galbatorix' Armee in einen engen Hohlweg tief in den Bergen und unsere Gehörnten fielen von beiden Seiten über sie her. Es war ein Gemetzel, Feuerschwert. Der Boden war getränkt von Blut und die Berge von Leichen ragten höher auf als mein Kopf. Bis zum heutigen Tag hörst du, wenn du nach Stavarosk gehst, die Knochen unter deinen Füßen splittern und du findest unter jedem Fleckchen Moos Münzen und Schwerter und Teile von Rüstungen.«

»Ihr wart das also!«, rief Eragon aus. »Mein Leben lang habe ich gehört, dass Galbatorix einmal die Hälfte seiner Männer im Buckel verloren haben soll, aber niemand konnte mir sagen, wie oder warum.«

»*Mehr* als die Hälfte seiner Männer, Feuerschwert.« Garzhvog ließ die Schultern kreisen und stieß einen kehligen Laut aus. »Und jetzt sehe ich, dass wir daran arbeiten müssen, die Kunde zu verbreiten, damit alle von unserem Sieg erfahren. Wir werden eure Sänger und Barden aufsuchen und ihnen die Lieder über Nar Tulkhqa beibringen. Und wir werden dafür sorgen, dass sie nicht vergessen, sie oft und laut zu rezitieren.« Er nickte, als sei eine Entscheidung gefallen – eine beeindruckende Geste, wenn man die ungeheure Größe seines Kopfes bedachte –, dann fügte er hinzu: »Gehab dich wohl, Feuerschwert. Gehab dich wohl, Uluthrek.« Dann stapften er und seine Krieger davon und verschwanden in der Dunkelheit.

Angela kicherte und erschreckte Eragon damit.

»Was hast du?«, fragte er und wandte sich zu ihr um.

Sie lächelte. »Ich stelle mir das Gesicht vor, das irgendein armer Lautenspieler gleich machen wird, wenn er aus seinem Zelt schaut und zwölf Urgals davorstehen, vier von ihnen Kull, die darauf brennen, ihm eine Unterweisung in Sachen Urgal-Kultur zu geben. Es würde mich nicht wundern, wenn wir ihn schreien hörten.« Sie kicherte wieder.

Ebenfalls erheitert ließ Eragon sich auf dem Boden nieder und stocherte mit dem Ende eines Astes in den Kohlen. Auf einmal plumpste etwas Warmes, Schweres auf seine Beine. Als er hinunterschaute, sah er, dass sich die weiße Werkatze auf seinem Schoß zusammenrollte. Er hob eine Hand, um sie zu streicheln, dann besann er sich eines Besseren und fragte sie: »Darf ich?«

Die Werkatze zuckte mit dem Schwanz, aber davon abgesehen beachtete sie ihn nicht.

Eragon hoffte, dass er nicht das Falsche tat, und begann zaghaft den Hals des Geschöpfs zu streicheln. Einen Moment später erfüllte ein lautes, gleichmäßiges Schnurren die Nachtluft.

»Sie mag dich«, stellte Angela fest.

Aus irgendeinem Grund freute Eragon sich besonders darüber.

»Wer ist sie? Ich meine … also, wer bist du? Wie ist dein Name?« Er warf einen schnellen Blick auf die Werkatze, besorgt, dass er sie vielleicht gekränkt haben könnte.

Angela lachte leise. »Ihr Name ist Schattenjägerin. Oder vielmehr ist es das, was ihr Name in der Sprache der Werkatzen bedeutet. Richtig heißt sie …« Die Kräuterhexe stieß einen seltsamen hüstelnden, knurrenden Laut aus, bei dem sich die Haare in Eragons Nacken aufstellten. »Schattenjägerin ist die Gefährtin von Grimrr Halbtatze, also könnte man sagen, dass sie die Königin der Werkatzen ist.«

Das Schnurren wurde kräftiger.

»Ich verstehe.« Eragon ließ seinen Blick über die Werkatzen schweifen. »Wo ist Solembum?«

»Vollauf damit beschäftigt, einem Weibchen mit langen Schnurrhaaren nachzustellen, das nur halb so alt ist wie er. Er ist so närrisch wie ein junges Kätzchen … Aber gut, jeder hat ab und zu das Recht auf ein wenig Leichtsinn.« Sie bremste die Spindel mit der linken Hand ab und wickelte den neu gesponnenen Faden um den Holzstab oberhalb der Holzscheibe. Dann versetzte sie die Spindel wieder in eine schnelle Drehung und spann weiter einen Faden aus dem Wollvorrat in ihrer anderen Hand. »Du siehst aus, als würdest du vor lauter Fragen gleich platzen, Schattentöter.«

»Jedes Mal wenn ich dir begegne, bin ich danach verwirrter als zuvor.«

»Jedes Mal? Das ist doch ziemlich übertrieben. Also schön, ich werde versuchen, deine Fragen möglichst klar zu beantworten. Nur zu.«

Eragon, der skeptisch war, was ihre angebliche Offenheit betraf, überlegte, was er gern wissen würde. Schließlich fragte er: »Ein Donner Drachen? Was sollte das …«

»*Das* ist die korrekte Bezeichnung für einen Schwarm Drachen. Wenn du jemals einen in vollem Flug gehört hättest, würdest du es verstehen. Wenn zehn, zwölf oder mehr Drachen über dich hinwegfliegen, vibriert die Luft um dich herum, als säßest du in einer riesigen Trommel. Außerdem, wie sonst könnte man einen Schwarm Drachen nennen? Es gibt eine Rotte Gänse, einen Flug Enten, eine

Bande Eichelhäher, einen Schwarm Stare und so weiter, aber was ist mit den Drachen? Eine *Truppe* Drachen? Das klingt nicht ganz richtig. Noch kann man sie als *Brand* oder *Schrecken* bezeichnen, obwohl ich *Schrecken* recht gern mag, alles in allem: ein *Schrecken* Drachen … aber nein, eine Schar von Drachen wird ein Donner genannt. Was du wüsstest, wenn deine Ausbildung aus mehr bestanden hätte, als einfach nur zu lernen, wie man ein Schwert schwingt und einige Verben in der alten Sprache konjugiert.«

»Du hast sicher recht«, sagte er, um sie bei Laune zu halten. Durch seine allgegenwärtige Verbindung mit Saphira spürte er ihre Billigung des Ausdrucks »ein Donner Drachen«, eine Meinung, die er teilte. Es war eine passende Beschreibung. Er dachte noch einen Moment länger nach, dann fragte er: »Und warum hat Garzhvog dich Uluthrek genannt?«

»Es ist der Name, den die Urgals mir vor langer, langer Zeit gegeben haben, als ich mit ihnen gereist bin.«

»Was bedeutet er?«

»Mondesserin.«

»Mondesserin? Was für ein seltsamer Name. Wie bist du dazu gekommen?«

»Ich habe natürlich den Mond gegessen. Wie sonst?«

Eragon runzelte die Stirn und konzentrierte sich einen Moment darauf, die Werkatze zu streicheln. Dann fragte er: »Warum hat Garzhvog dir diesen Stein gegeben?«

»Weil ich ihm eine Geschichte erzählt habe. Ich dachte, das wäre offensichtlich.«

»Aber was war das?«

»Einfach ein Stein. Hast du das nicht bemerkt?« Sie schnalzte missbilligend mit der Zunge. »Wirklich, du solltest besser auf die Dinge achten, die um dich herum vorgehen. Sonst wird dir noch jemand ein Messer in den Leib stoßen, wenn du gerade nicht hinsiehst. Und mit wem sollte ich dann rätselhafte Bemerkungen austauschen?« Sie warf ihr Haar zurück. »Nur zu, stell mir eine andere Frage. Mir gefällt dieses Spiel recht gut.«

Er zog eine Augenbraue hoch, und obwohl er sich nichts davon versprach, fragte er: *»Piep piep?«*

Die Kräuterfrau wieherte vor Lachen und einige der Werkatzen öffneten das Maul zu etwas wie einem breiten Grinsen. Schattenjägerin jedoch schien verstimmt zu sein, denn sie bohrte ihre Krallen in Eragons Beine, sodass er zusammenzuckte.

»Nun«, meinte Angela, immer noch lachend, »wenn du darauf bestehst, eine Antwort zu erhalten, ist diese Geschichte so gut wie jede andere. Mal sehen ... als ich vor mehreren Jahren am Rand von Du Weldenvarden entlangreiste, weit im fernen Westen, meilenweit entfernt von jeder Stadt und jedem Dorf, stieß ich auf Grimrr. Damals war er nur der Anführer eines kleinen Stammes von Werkatzen und er hatte noch zwei vollständige Vordertatzen. Wie dem auch sei, ich sah, wie er mit einem jungen Rotkehlchen spielte, das aus seinem Nest in einem nahen Baum gefallen war. Es hätte mir nichts ausgemacht, wenn er den Vogel einfach getötet und gefressen hätte – das tun Katzen nun einmal –, aber er folterte das arme Ding: zog es an den Flügeln, knabberte an seinem Schwanz, ließ es davonhüpfen und stieß es dann wieder um.« Angela rümpfte angewidert die Nase. »Ich habe ihm *gesagt,* dass er aufhören soll, aber er hat nur gebrummt und mich ignoriert.« Sie bedachte Eragon mit einem strengen Blick. »Ich mag es nicht, wenn Leute mich ignorieren. Also habe ich ihm den Vogel weggenommen, mit den Fingern geschnippt und einen Zauber gewirkt und während der nächsten Woche hat er, jedes Mal wenn er den Mund öffnete, gezwitschert wie ein Vogel.«

»Er hat *gezwitschert?*«

Angela nickte und der Schalk blitzte ihr aus den Augen. »Ich habe noch nie in meinem Leben so gelacht. Die ganze Woche über haben ihn alle anderen Werkatzen gemieden.«

»Kein Wunder, dass er dich hasst.«

»Na und? Wenn man sich nicht ab und zu ein paar Feinde macht, ist man ein Feigling – oder Schlimmeres. Außerdem hat es sich gelohnt. Oh, was war er wütend!«

Schattenjägerin stieß ein leises, warnendes Brummen aus und fuhr abermals die Krallen aus.

Eragon verzog das Gesicht und erwiderte: »Vielleicht sollten wir lieber das Thema wechseln?«

»Hmm.«

Bevor er aber eine neue Frage stellen konnte, drang von irgendwo aus der Mitte des Lagers ein lauter Schrei herüber. Der Schrei hallte noch dreimal durch die Zeltreihen, bevor er verklang.

Eragon sah Angela an und sie sah ihn an, dann begannen sie beide zu lachen.

Reden am Feuer, Schreiben im Zelt

Es ist schon spät, bemerkte Saphira, als Eragon auf sein Zelt zugeschlendert kam, neben dem sie sich zusammengerollt hatte. Sie funkelte wie ein Berg azurblauer Kohlen in dem matten Licht der Fackeln. Sie musterte ihn aus einem halb geschlossenen Auge.

Er ging neben ihrem Kopf in die Hocke, drückte eine Weile seine Stirn an ihre und umarmte ihr stacheliges Kinn. *Stimmt,* erwiderte er schließlich. *Und du brauchst Ruhe, nachdem du den ganzen Tag gegen den Wind geflogen bist. Schlaf jetzt, bis morgen früh dann.*

Sie blinzelte zur Bestätigung.

In seinem Zelt zündete Eragon eine Kerze an, um es behaglicher zu haben. Dann zog er seine Stiefel aus und setzte sich mit untergeschlagenen Beinen auf sein Feldbett. Er verlangsamte seine Atmung und sandte seinen Geist aus, um damit all die lebenden Dinge um ihn herum zu berühren, von den Würmern und Insekten im Boden bis hin zu Saphira und den Kriegern der Varden. Er sandte ihn selbst zu den wenigen verbliebenen Pflanzen in der Nähe, deren Energie blass war und schwer zu sehen, verglichen mit dem brennenden Leuchten selbst der kleinsten Tiere.

Lange Zeit saß er da, ohne einen Gedanken zu denken, und nahm tausend Gefühle wahr, die starken und die zarten, während er sich auf nichts anderes konzentrierte als auf das stetige Strömen der Luft durch seine Lungen.

In der Ferne hörte er Männer reden, die an einem Wachfeuer standen. Die Nachtluft trug ihre Stimmen weiter, als sie beabsichtigten, so weit, dass er mit seinen scharfen Ohren ihre Worte verstehen konnte. Er konnte auch ihren Geist spüren und er hätte ihre Gedanken lesen können, wenn er gewollt hätte. Aber stattdessen entschied er sich dafür, diesen innersten Kreis ihrer Persönlichkeit zu respektieren und lediglich zu lauschen.

Ein Kerl mit tiefer Stimme bemerkte gerade: »… und die Art, wie sie einen von oben herab ansehen, als wäre man der letzte Dreck. Meistens bekommst du nicht einmal eine Antwort, wenn du ihnen eine freundliche Frage stellst. Sie zeigen dir einfach die kalte Schulter und lassen dich stehen.«

»Genau«, stimmte ein anderer Mann zu. »Und ihre Frauen – so schön wie Statuen und genauso abweisend.«

»Das kommt daher, weil du so ein richtig hässlicher Bastard bist, Svern, das ist der Grund.«

»Es ist nicht meine Schuld, dass mein Vater die Gewohnheit hatte, Milchmädchen zu verführen, wo er auch hinkam. Und überhaupt, das sagt der Richtige! Du könntest mit deinem Gesicht Kindern Albträume bescheren.«

Der Krieger mit der tiefen Stimme knurrte. Dann hustete jemand und spie aus. Eragon hörte das Zischen, als die Spucke, die ein Stück brennendes Holz getroffen hatte, verdampfte.

Ein dritter Sprecher mischte sich in das Gespräch ein: »Ich mag die Elfen genauso wenig wie ihr, aber wir brauchen sie, um diesen Krieg zu gewinnen.«

»Und was ist, wenn sie sich anschließend gegen uns wenden?«, fragte der Mann mit der tiefen Stimme.

»Sehr richtig«, fügte Svern hinzu. »Schaut euch an, was in Ceunon und Gil'ead passiert ist. Mit all seinen Männern und all seiner Macht konnte Galbatorix sie doch nicht daran hindern, in Scharen über die Mauern zu strömen.«

»Vielleicht hat er es ja gar nicht versucht«, mutmaßte der dritte Sprecher.

Eine lange Pause folgte.

Dann sagte der mit der tiefen Stimme: »Also, das ist ein ziemlich unangenehmer Gedanke … Trotzdem, ob er es versucht hat oder nicht, ich wüsste nicht, wie wir die Elfen aufhalten sollten, falls sie sich entscheiden, ihre alten Gebiete zurückzufordern. Sie sind schneller und stärker als wir und im Gegensatz zu uns sind sie alle der Magie mächtig.«

»Gut, aber wir haben Eragon«, wandte Svern ein. »Er könnte sie ganz allein in ihren Wald zurücktreiben, wenn er wollte.«

»Der? Pah! Der hat mehr von einem Elf als von seinem eigenen Fleisch und Blut. Ich würde mich auf seine Loyalität ebenso wenig verlassen wie auf die der Urgals.«

Der dritte Mann meldete sich erneut: »Habt ihr bemerkt, dass er immer frisch rasiert ist, ganz gleich wie früh am Morgen wir das Lager abbrechen?«

»Bestimmt rasiert er sich mit Magie.«

»Das verstößt doch gegen die natürliche Ordnung der Dinge! Das und all die anderen Zauber, die heutzutage überall gewirkt werden. Da wünscht man sich doch, man könnte sich in einer Höhle verstecken, während die Magier sich gegenseitig umbringen, ohne uns mit reinzuziehen.«

»Wenn ich mich recht erinnere, hast du aber nichts dagegen gehabt, als die Heiler neulich einen Zauber benutzt haben statt einer Zange, um dir den Pfeil aus der Schulter zu ziehen.«

»Mag sein, aber der Pfeil wäre nie in meiner Schulter gelandet, wenn Galbatorix nicht wäre. Er und seine Magie sind es, die uns diesen ganzen Schlamassel eingebrockt haben.«

Jemand schnaubte. »Wohl wahr, aber ich wette meine letzte Kupfermünze darauf, dass sowieso irgendwann ein Pfeil in dir gesteckt hätte, Galbatorix hin oder her. Aus dir wäre nie etwas anderes geworden als ein Soldat.«

»Eragon hat mir in Feinster das Leben gerettet«, bemerkte Svern.

»Ja, und wenn du uns mit dieser Geschichte noch ein einziges Mal langweilst, werde ich dich eine Woche lang Töpfe schrubben lassen.«

»Hat er aber …«

Wieder trat Stille ein, bis der Krieger mit der tiefen Stimme seufzte. »Wir müssen einen Weg finden, uns zu schützen. Das ist das Problem. Wir sind den Elfen und den Magiern – unseren und ihren – auf Gedeih und Verderb ausgeliefert und jedem anderen seltsamen Wesen, das durch das Land streift. Für Eragon und seinesgleichen mag das alles gut und schön sein, aber wir haben nicht so ein Glück. Was wir brauchen, ist…«

»Was wir brauchen«, unterbrach ihn Svern, »sind die Reiter. Die würden die Welt in Ordnung bringen.«

»*Pfff.* Mit welchen Drachen denn? Es gibt keine Reiter ohne Drachen. Außerdem wären wir dann immer noch nicht in der Lage, uns selbst zu verteidigen, und das macht mir Sorgen. Ich bin kein Kind, das sich hinter den Rockschößen seiner Mutter versteckt, aber wenn hier plötzlich nachts ein Schatten auftauchen sollte, hätten wir nicht die geringste Chance, ihn daran zu hindern, dass er uns den Kopf abreißt.«

»Da fällt mir etwas ein. Habt ihr das über Graf Barst gehört?«, fragte der dritte Mann.

Svern machte ein zustimmendes Geräusch. »Ich habe gehört, er hat anschließend das Herz des Mannes gegessen.«

»Was ist denn das jetzt?«, fragte der Krieger mit der tiefen Stimme.

»Na, Barst…«

»Barst?«

»Du weißt schon, der Graf mit einem Landsitz oben bei Gil'ead…«

»Ist das nicht der, der seine Pferde in den Ramr getrieben hat, nur um…«

»Ja, den meine ich. Wie auch immer, er geht also in sein Dorf und befiehlt allen Männern, sich Galbatorix' Armee anzuschließen. Die gleiche Geschichte wie immer. Nur dass die Männer sich weigern und Barst und seine Soldaten angreifen.«

»Mutig«, warf der Mann mit der tiefen Stimme ein. »Dumm, aber mutig.«

»Nun, Barst war schlauer als sie. Er hatte um das Dorf herum Bogenschützen postiert, bevor er hineingegangen war. Die Soldaten töteten also die Hälfte der Männer und prügelten die übrigen fast zu Tode. Nichts Besonderes. Doch dann packt Barst den Anführer, den Mann, der den Streit begonnen hat, am Hals und reißt ihm mit bloßen Händen den Kopf von den Schultern!«

»Nein.«

»Wie bei einem Huhn. Und es kommt noch schlimmer. Er hat

auch noch befohlen, die Familie des Mannes bei lebendigem Leib zu verbrennen.«

»Barst muss stark sein wie ein Urgal, um einem Mann den Kopf abzureißen«, warf Svern ein.

»Vielleicht gab es irgendeinen Trick dabei.«

»Vielleicht Magie?«, fragte der Mann mit der tiefen Stimme.

»Nach allem, was man gehört hat, war er schon immer stark – stark und klug. Als er noch ein junger Mann war, soll er mit einem einzigen Schlag seiner Faust einen verletzten Ochsen getötet haben.«

»Klingt für mich immer noch nach Magie.«

»Das liegt daran, dass du an jeder Ecke böse Magier lauern siehst.«

Der Krieger mit der tiefen Stimme brummte etwas, sagte jedoch nichts.

Danach verteilten die Männer sich, um ihre Runden zu drehen, und Eragon hörte nichts mehr von ihnen. Zu jeder anderen Zeit hätte das Gespräch ihn beunruhigt, aber dank seiner Meditation blieb er die ganze Zeit über gelassen, obwohl er sich bemühte, nicht zu vergessen, was sie gesagt hatten, damit er später darüber nachdenken konnte.

Sobald seine Gedanken geordnet waren und er sich ganz ruhig und entspannt fühlte, verschloss Eragon seinen Geist, öffnete die Augen und streckte langsam seine Beine aus, die vom langen Sitzen steif geworden waren.

Das Flackern der Kerzenflamme erregte seine Aufmerksamkeit und er starrte eine Weile wie gebannt auf die tanzenden Bewegungen des Feuers.

Dann ging er zu Saphiras Satteltaschen hinüber, die er früher am Abend in sein Zelt gestellt hatte, und nahm die Schreibfeder, den Pinsel, das Tintenfass und die Pergamentbögen heraus, die er Jeod vor einigen Tagen abgeschwatzt hatte. Außerdem zog er die Ausgabe der *Domia abr Wyrda* hervor, die der alte Gelehrte ihm geschenkt hatte.

Nachdem er zu seinem Feldbett zurückgekehrt war, platzierte Eragon das schwere Buch ein ganzes Stück von sich weg, damit er es nicht aus Unachtsamkeit mit Tinte bekleckerte. Dann legte er sich seinen Schild als Unterlage über die Knie und breitete die Pergamentbögen auf der gewölbten Oberfläche aus. Ein scharfer, an Gerbsäure erinnernder Geruch stach ihm in die Nase, als er den Stöpsel aus dem Fass zog und die Feder in die Eisengallustinte tauchte.

Er streifte die Feder am Rand des Tintenfasses ab und zeichnete vorsichtig den ersten Strich. Die Feder kratzte leise, während er die Runen seiner Muttersprache niederschrieb. Als er fertig war, verglich er sie erst mit seinen Bemühungen von vergangener Nacht, um festzustellen, ob seine Handschrift sich verbessert hatte – nur wenig –, und dann mit den Runen in der *Domia abr Wyrda,* die er als Vorbild benutzte.

Er ging das Alphabet noch dreimal durch und achtete besonders auf die Runen, die für ihn von der Form her am schwierigsten waren. Dann begann er seine Gedanken und Beobachtungen bezüglich der Ereignisse des Tages niederzuschreiben. Das war nicht nur eine nützliche Übung, um seine Schrift zu verbessern, sondern half ihm auch, alles, was er im Laufe des Tages gesehen und getan hatte, besser zu verstehen.

So mühsam es war, er genoss das Schreiben und hielt es für eine den Geist anregende Herausforderung. Außerdem erinnerte es ihn an Brom, daran, wie der alte Geschichtenerzähler ihm die Bedeutung einer jeden Rune erklärt hatte, was Eragon das Gefühl gab, seinem Vater nah zu sein, etwas, was ihm ansonsten verwehrt war.

Nachdem er alles aufgeschrieben hatte, was ihm wichtig vorkam, wusch er die Feder aus, dann tauschte er sie gegen den Pinsel und wählte einen Bogen, der bereits zur Hälfte mit Reihen von Schriftzeichen aus der alten Sprache bedeckt war.

Die Schrift der Elfen, die Liduen Kvaedhí, war weitaus schwerer wiederzugeben als die Runen seines eigenen Volkes, was an den kunstvollen, fließenden Formen der Schriftzeichen lag. Dennoch ließ er sich nicht beirren, und zwar aus zwei Gründen: Er durfte nicht aus der Übung kommen. Und wenn er irgendetwas in der alten Sprache schrieb, hielt er es für klüger, es in einer Form zu tun, die die meisten Leute nicht würden lesen können.

Eragon hatte ein gutes Gedächtnis, aber trotzdem hatte er festgestellt, dass er Gefahr lief, viele der Zauber zu vergessen, die Brom und Oromis ihn gelehrt hatten. Daher hatte er beschlossen, ein Lexikon mit jedem Wort zu verfassen, das er in der alten Sprache kannte. Vor kurzer Zeit erst war ihm der Wert eines solchen Handbuchs klar geworden und er fragte sich, warum er nicht schon viel früher darauf gekommen war.

Er arbeitete noch einige Stunden länger an dem Lexikon, verstaute seine Schreibutensilien dann wieder in der Satteltasche und holte die Schatulle mit Glaedrs Herz der Herzen hervor. Wieder versuchte er, den alten Drachen aus seiner Gemütsstarre zu reißen, wie er es so viele Male zuvor getan hatte, doch wie immer scheiterte er. Eragon weigerte sich jedoch, aufzugeben. Während er neben der offenen Schatulle saß, las er Glaedr laut aus der *Domia abr Wyrda* vor, eine Passage über die vielen Riten und Rituale der Zwerge – von denen Eragon nur wenige kannte –, bis der kälteste, dunkelste Teil der Nacht anbrach.

Dann legte Eragon das Buch zur Seite, löschte die Kerze und streckte sich auf dem Feldbett aus, um etwas Ruhe zu finden. Nur für kurze Zeit wanderte er durch die fantastischen Visionen seiner Wachträume und setzte sich auf, sobald im Osten der erste Hauch von Licht erschien, um den nächsten Tag zu beginnen.

AROUGHS

Im Laufe des Vormittags erreichten Roran und seine Männer das Zeltlager an der Straße. Das Lager erschien Roran grau und unwirklich durch den Nebel der Erschöpfung, der seine Sicht umwölkte. Noch eine Meile weiter südlich lag die Stadt Aroughs. Alles, was er davon sah, waren gletscherweiße Mauern, breite Zufahrten, von vergitterten Toren verschlossen, und viele massive quadratische Steintürme.

Er klammerte sich an den Sattelknauf, als sie ins Lager ritten. Ihre Pferde waren dem Zusammenbruch nahe. Ein Junge mit Zottelhaar kam angelaufen, schnappte sich die Zügel seiner Stute und zog daran, bis das Tier stolpernd stehen blieb.

Roran starrte auf den Jungen hinab, verwundert über das, was gerade geschehen war, und nach einem Moment krächzte er: »Hol mir Brigman.«

Ohne ein Wort sauste der Junge davon, dass der Staub hinter seinen nackten Fersen nur so aufwirbelte, und verschwand zwischen den Zelten.

Roran hatte das Gefühl, als würde er schon mindestens eine Stunde so dasitzen und warten. Das Keuchen der Stute vermischte sich mit dem Rauschen des Bluts in seinen Ohren. Wenn er auf den Boden blickte, kam es ihm vor, als bewegte er sich noch immer. Irgendwo klirrten Sporen. Etwa ein Dutzend Krieger versammelte sich in der Nähe, stützte sich auf Speer und Schild und schaute unverhohlen neugierig zu ihnen herüber.

Vom anderen Ende des Lagers kam ein breitschultriger Mann in einem blauen Wams auf Roran zugehumpelt – er benutzte einen abgebrochenen Speer als Stock. Er trug einen langen Vollbart, nur seine Oberlippe war rasiert und glänzte vor Schweiß – ob vor Schmerz oder von der Hitze, konnte Roran nicht sagen.

»Ihr seid Hammerfaust?«, fragte er.

Roran brummte zustimmend. Er löste seinen verkrampften Griff vom Sattel, schob die Hand in sein Wams und reichte Brigman das zerknitterte Rechteck aus Pergament, das seine Befehle von Nasuada enthielt.

Brigman brach das Wachssiegel mit dem Daumennagel auf. Er studierte das Pergament, dann ließ er es sinken und sah Roran mit ausdrucksloser Miene an.

»Wir haben Euch erwartet«, erklärte er. »Einer von Nasuadas kleinen Magiern hat vor vier Tagen mit mir Verbindung aufgenommen und gesagt, Ihr wäret aufgebrochen. Aber ich dachte nicht, dass Ihr so bald eintreffen würdet.«

»Es war auch nicht leicht«, antwortete Roran.

Brigmans kahle Oberlippe verzog sich. »Nein, das war es ganz sicher nicht… Herr.« Er gab ihm das Pergament zurück. »Die Männer stehen unter Eurem Kommando, Hammerfaust. Wir wollten gerade das westliche Tor angreifen. Vielleicht wollt Ihr den Ansturm anführen?« Die Frage war so spitz wie ein Dolch.

Die Welt schien sich um Roran zu drehen und er packte den Sattel wieder fester. Er war zu müde, um sich mit irgendjemandem zu streiten und dabei als Sieger hervorzugehen. Und das wusste er.

»Gib ihnen den Befehl, für heute wegzutreten«, erwiderte er.

»Habt Ihr den Verstand verloren? Wie sollen wir die Stadt dann erobern? Wir haben den ganzen Morgen gebraucht, um den Angriff vorzubereiten, und ich werde nicht hier sitzen und Däumchen drehen, während Ihr gemütlich Euren Schlaf nachholt. Nasuada erwartet von uns, dass wir die Belagerung binnen weniger Tage abschließen, und bei Angvard, dafür werde ich sorgen!«

Mit einer Stimme, so leise, dass nur Brigman ihn hören konnte, knurrte Roran: »Du sagst den Männern, dass sie wegtreten sollen, oder ich lasse dich wegen Befehlsverweigerung an den Füßen aufhängen und auspeitschen. Ich habe nicht die Absicht, irgendeiner Art von Angriff zuzustimmen, bis ich Gelegenheit hatte, mich auszuruhen und mir selbst ein Bild von der Lage zu machen.«

»Ihr seid ein Narr. Das wäre …«

»Wenn du deine Zunge nicht im Zaum halten und deine Pflicht tun kannst, werde ich dich höchstpersönlich verprügeln – gleich hier und jetzt.«

Brigmans Nasenflügel bebten. »In Eurem Zustand? Ihr hättet keine Chance.«

»Du irrst dich«, gab Roran zurück. Und er meinte es ernst. Er konnte sich zwar nicht vorstellen, wie genau er es anstellen sollte, Brigman jetzt noch zu verprügeln, aber er wusste, dass er dazu in der Lage war.

Brigman schien mit sich zu ringen. »Na schön«, fauchte er. »Es wäre ohnehin nicht gut, wenn die Männer uns im Schmutz raufen sähen. Die Männer werden also bleiben, wo sie sind, wenn es das ist, was Ihr wollt, aber ich werde nicht die Verantwortung für die Zeitverschwendung übernehmen. Dafür seid Ihr verantwortlich, nicht ich.«

»Wie immer«, entgegnete Roran und seine Kehle zog sich vor Schmerzen zusammen, als er sich von der Stute schwang. »So wie du für den Schlamassel verantwortlich bist, den du aus dieser Belagerung gemacht hast.«

Brigmans Stirn verfinsterte sich und Roran konnte förmlich sehen, wie die Abneigung des Mannes gegen ihn wuchs und in Hass umschlug. Er wünschte sich, er hätte sich für eine diplomatischere Reaktion entschieden.

»Zu Eurem Zelt geht es da lang.«

Es war immer noch Vormittag, als Roran wach wurde.

Warmes Licht fiel in sein Zelt und hob seine Stimmung.

Einen Moment lang dachte er, er habe nur wenige Minuten geschlafen. Dann begriff er, dass er sich dafür viel zu munter fühlte.

Er verfluchte sich stumm, wütend darüber, dass ihm ein ganzer Tag verloren gegangen war.

Eine dünne Decke lag über ihm, die er bei dem lauen südlichen Klima aber kaum brauchte, vor allem, da er darunter seine Stiefel und seine Kleidung trug. Er schlug die Decke zurück, dann versuchte er, sich aufzurichten.

Ein ersticktes Keuchen entfuhr ihm, als sein ganzer Körper zu spannen und zu reißen schien. Er fiel zurück auf die Pritsche und blieb stöhnend liegen. Der erste Schock ließ bald nach, aber es blieben die pochenden Schmerzen – einige schlimmer als andere – an zahlreichen Stellen.

Roran brauchte einige Minuten, um seine Kräfte zu sammeln. Mit gewaltiger Anstrengung rollte er sich auf die Seite und schwang die Beine über die Kante des Feldbetts. Er hielt kurz inne, um Luft zu schnappen, bevor er die scheinbar unmögliche Aufgabe anging, aufzustehen.

Sobald er wieder auf den Beinen war, lächelte er säuerlich. Das würde ein interessanter Tag werden.

Die anderen waren bereits auf und erwarteten ihn, als er das Zelt verließ. Sie wirkten müde und erschöpft, und ihre Bewegungen waren genauso steif wie seine. Nachdem sie einige Grußworte ausgetauscht hatten, deutete Roran auf den Verband an Delwins Unterarm, wo ein Schankwirt ihn mit einem Gemüsemesser erwischt hatte. »Haben die Schmerzen nachgelassen?«

Delwin zuckte die Achseln. »So schlimm ist es nicht. Ich kann kämpfen, wenn es nötig ist.«

»Gut.«

»Was wirst du als Erstes tun?«, wollte Carn wissen.

Roran warf einen Blick auf die aufgehende Sonne und berechnete, wie viel Zeit ihnen bis Mittag noch blieb. »Einen Spaziergang machen«, antwortete er.

Von der Mitte des Lagers führte Roran seine Gefährten an jeder Zeltreihe entlang und inspizierte die Verfassung der Soldaten ebenso wie den Zustand ihrer Ausrüstung. Gelegentlich blieb er stehen, um einem Krieger eine Frage zu stellen. Größtenteils waren die Männer erschöpft und entmutigt. Doch immerhin schien sich ihre Stimmung zu bessern, sobald sie ihn sahen.

Rorans Rundgang endete wie geplant am Südrand des Lagers. Dort blieben er und die anderen stehen, um die imposante Silhouette von Aroughs zu studieren.

Die Stadt war auf zwei Ebenen erbaut worden, die eine Ober- und eine Unterstadt bildeten. Die Unterstadt dehnte sich weit aus und die Mehrzahl der Gebäude war dort errichtet worden, während die Oberstadt ein kleineres Gebiet umfasste und auf der Kuppe einer sanften Anhöhe lag, die im Umfeld von mehreren Meilen die höchste Erhebung bildete. Beide Ebenen waren jeweils von einer Mauer umgeben. In der äußeren Mauer konnten sie fünf Tore erkennen: Durch zwei davon führte eine Straße in die Stadt – eine von Norden her und eine von Osten. Die anderen drei wölbten sich über Kanäle, die südwärts in die Stadt flossen. Auf der anderen Seite von Aroughs lag das stürmische Meer, in das die Kanäle vermutlich mündeten.

Zumindest hat die Stadt keinen Graben, dachte er.

Das nach Norden gehende Tor war zerschrammt von einem Rammbock, der Boden davor gezeichnet von den Spuren der Schlacht. Drei Katapulte und vier Speerschleudern von der Art, wie er sie von der *Drachenschwinge* kannte, und zwei wackelige Belagerungstürme standen vor der äußeren Mauer. Eine Handvoll Männer hockte im Schutz der Kriegsmaschinen, rauchte Pfeife oder spielte Würfel. Die Maschinen wirkten jämmerlich unzulänglich angesichts der gigantischen Größe der Stadt.

Das flache Land rund um Aroughs fiel zum Meer hin leicht ab. Hunderte von Bauernhöfen sprenkelten die grüne Ebene, jeder gut erkennbar an seinem Holzzaun und mindestens einer strohgedeckten Hütte. Hier und da standen luxuriöse Herrenhäuser: weitläufige Steinbauten, von Schutzmauern umgeben, und wie Roran vermutete, mit eigenen Wachen. Zweifellos gehörten diese Landsitze den Adligen von Aroughs und vielleicht ein paar wohlhabenden Händlern.

»Was denkst du?«, fragte er Carn.

Der Magier schüttelte den Kopf und in seinen müden Augen stand ein noch bekümmerterer Ausdruck als gewöhnlich. »Wir könnten ebenso gut einen Berg belagern.«

»So ist es«, stellte Brigman fest und trat zu ihnen.

Roran behielt seine Beobachtungen für sich. Er wollte nicht, dass die anderen mitbekamen, wie entmutigt er war. *Nasuada ist wahnsinnig, zu glauben, wir könnten Aroughs mit nur achthundert Mann einnehmen. Wenn ich achttausend hätte und obendrein Eragon und*

Saphira, dann könnte ich meiner Sache vielleicht sicher sein. Aber so …

Doch er wusste, dass er einen Weg finden musste, um Katrinas willen, wenn schon aus keinem anderen Grund.

Ohne ihn anzusehen, forderte Roran von Brigman: »Erzähl mir, was du über Aroughs weißt.«

Brigman drehte seinen Speer in den Händen, dann rammte er das untere Ende in den Boden, bevor er antwortete: »Galbatorix war vorausschauend. Er hat dafür gesorgt, dass die Vorratskammern der Stadt gut gefüllt waren, bevor wir die Straßen zum Rest des Imperiums abgeschnitten haben. An Wasser haben sie ebenfalls keinen Mangel. Selbst wenn wir die Kanäle umleiten würden, hätten sie innerhalb der Stadt noch immer mehrere Quellen und Brunnen. Sie könnten vermutlich bis zum Winter durchhalten, wenn nicht noch länger, obwohl ich wette, dass sie es irgendwann gründlich satthätten, Steckrüben zu fressen. Außerdem hat Galbatorix doppelt so viele Soldaten nach Aroughs geschickt wie wir Männer haben – zusätzlich zu den ohnehin in der Stadt stationierten Soldaten.«

»Woher weißt du das alles?«

»Von einem Informanten. Allerdings hat er nicht viel von militärischer Strategie verstanden und die Schwachpunkte von Aroughs übertrieben zuversichtlich eingeschätzt.«

»Aha.«

»Er hat uns außerdem versprochen, dass er in der Lage wäre, einen kleinen Trupp Männer im Schutz der Dunkelheit in die Stadt zu schleusen.«

»Und?«

»Wir haben gewartet, aber er ist nicht mehr aufgetaucht und am folgenden Morgen fanden wir seinen Kopf aufgespießt auf den Zinnen. Dort steckt er immer noch, am östlichen Tor.«

»Aha. Gibt es neben den fünf Toren hier noch weitere?«

»Ja, drei. Am Hafen gibt es ein Wassertor. Es ist so breit, dass alle drei Kanäle hindurchfließen können. Direkt daneben gibt es ein weiteres Straßentor für Männer und Pferde. Dann ist da noch ein Straßentor auf der anderen Seite.« Er deutete auf die Westseite der Stadt. »Es sieht aus wie die hier.«

»Kann eines davon gestürmt werden?«

»Nicht schnell. Zum Meer hin haben wir nicht genug Platz, um uns in Stellung zu bringen und uns außerhalb der Reichweite der Steine und Pfeile der Verteidiger zu halten. Damit bleiben uns diese beiden Tore und das im Westen. Die Landschaft ist rings um die Stadt ziemlich gleichförmig, bis auf die Seeseite, daher habe ich mich entschieden, unsere Angriffe auf das nächste Tor zu konzentrieren.«

»Aus welchem Material sind die Tore?«

»Eisen und Eiche. Sie werden noch Hunderte von Jahren stehen, wenn wir sie nicht einreißen.«

»Werden sie durch irgendwelche Zauber geschützt?«

»Das weiß ich nicht, da Nasuada es nicht für nötig gehalten hat, uns einen ihrer Magier mitzugeben. Halstead hat ...«

»Halstead?«

»Graf Halstead, der Stadtherr von Aroughs. Ihr müsst von ihm gehört haben.«

»Nein.«

Eine kurze Pause folgte und Roran spürte, wie Brigmans Verachtung für ihn wuchs. Dann fuhr der Mann fort: »Halstead hat einen eigenen Zauberer: ein niederträchtiges, bleiches Geschöpf. Wir haben ihn auf den Mauern gesehen, wie er in seinen Bart gemurmelt und versucht hat, uns mit seinen Zaubern niederzustrecken. Er scheint ganz besonders unfähig zu sein, denn er hatte nicht viel Glück; nur zwei der Männer, die ich am Rammbock hatte, konnte er in Brand stecken.«

Roran warf Carn einen Blick zu – der Magier wirkte noch beunruhigter als zuvor –, aber er kam zu dem Schluss, dass es besser war, die Sache unter vier Augen zu besprechen.

»Wäre es einfacher, die Tore über den Kanälen zu stürmen?«, fragte er.

»Von wo aus? Schaut Euch an, wie glatt sie in die Mauern eingelassen sind, ohne eine einzige Stufe, auf der man Halt finden könnte. Noch dazu hat das Dach des Torbogens Schlitze und Falltüren, durch die sie kochendes Öl herunterschütten, Felsbrocken werfen oder mit Armbrüsten auf jeden schießen können, der töricht genug ist, sich dort hineinzuwagen.«

»Die Tore können nicht bis unten massiv sein, sonst würden sie das Wasser nicht durchlassen.«

»Da habt Ihr recht. Unter der Wasseroberfläche gibt es ein Gitter aus Holz und Metall mit Löchern, die groß genug sind, um den Fluss des Wassers nicht übermäßig zu behindern.«

»Ich verstehe. Sind diese Gitter immer ins Wasser herabgelassen, auch wenn Aroughs nicht belagert wird?«

»Bei Nacht mit Sicherheit, aber ich glaube, sie wurden sonst tagsüber hochgezogen.«

»Hm. Und was ist mit den Mauern?«

Brigman verlagerte sein Gewicht. »Granit, glatt poliert und so dicht gefügt, dass man nicht einmal eine Messerklinge zwischen die Blöcke bekommt. Zwergenarbeit, schätze ich, aus der Zeit vor dem Sturz der Reiter. Ich vermute außerdem, dass der Kern der Mauern aus Steinschutt besteht, aber ich kann es nicht mit Bestimmtheit sagen, da wir die äußere Schicht noch nicht durchbrochen haben. Sie reichen mindestens vier Meter in die Erde und wahrscheinlich noch tiefer, was bedeutet, dass wir sie nicht untertunneln oder durch Untergraben schwächen können.«

Brigman trat vor und deutete auf die Herrenhäuser nördlich und westlich der Stadt. »Die meisten Adligen haben sich nach Aroughs zurückgezogen, aber sie haben Männer zum Schutz ihres Besitzes zurückgelassen. Diese Leute haben uns einige Schwierigkeiten bereitet; unsere Späher angegriffen, unsere Pferde gestohlen und dergleichen mehr. Ganz am Anfang haben wir zwei der Landsitze erobert«, er deutete auf zwei ausgebrannte Ruinen einige Meilen entfernt, »aber sie zu halten, lohnte sich nicht, also haben wir sie geplündert und niedergebrannt. Bedauerlicherweise haben wir nicht genug Männer, um die übrigen zu sichern.«

Baldor stellte ebenfalls eine Frage: »Warum führen diese Kanäle nach Aroughs hinein? Es sieht nicht so aus, als würden sie dafür benutzt, Felder zu bewässern.«

»Du brauchst hier nichts zu bewässern, Junge, ebenso wenig wie ein Nordländer während des Winters Schnee herbeizuschaffen braucht. Nass wird es hier von alleine – die Schwierigkeit besteht darin, etwas trocken zu legen.«

»Wozu sind sie dann gut?«, hakte Roran nach. »Und woher kommen sie? Du kannst mir nicht erzählen, dass das Wasser vom Jiet hergeleitet wird, der so viele Wegstunden entfernt ist.«

»Wohl kaum«, höhnte Brigman. »In den Sümpfen im Norden gibt es Seen. Das Wasser ist brackig und ungesund, aber die Leute hier sind daran gewöhnt. Ein einziger Kanal leitet es von den Sümpfen bis zu einem Punkt etwa drei Meilen entfernt. Dort teilt sich der Wasserlauf in die drei Kanäle, die ihr hier seht. Diese Kanäle fließen über eine Reihe von Wasserfällen, an denen Mühlen stehen, die das Mehl für die Stadt mahlen. Die Bauern schaffen ihr Getreide zur Erntezeit zu den Mühlen und dann werden die Mehlsäcke auf Lastkähne geladen und nach Aroughs verschifft. Es ist außerdem eine praktische Methode, um andere Waren wie Bauholz und Wein von den Landgütern in die Stadt zu transportieren.«

Roran rieb sich den Nacken, während er Aroughs weiter musterte. Was Brigman erzählt hatte, faszinierte ihn, aber er fragte sich, ob und inwiefern es ihm helfen könnte. »Gibt es im Umland noch irgendetwas von Bedeutung?«, fragte er.

»Nur einen Schiefersteinbruch weiter südlich an der Küste.«

Roran brummte etwas und dachte immer noch nach. »Ich will die Mühlen sehen«, sagte er. »Aber zuerst will ich einen vollständigen Bericht über den bisherigen Verlauf der Belagerung und ich will wissen, wie es um unsere Vorräte steht, angefangen von Pfeilen bis hin zu Zwieback.«

»Wenn Ihr mir folgen wollt … Hammerfaust.«

Die nächste Stunde verbrachte Roran im Gespräch mit Brigman und zwei seiner Leutnants. Er hörte zu und stellte Fragen, während sie jeden Angriff beschrieben, den sie gegen die Stadtmauern geführt hatten. Außerdem listeten sie die Vorräte auf, die den Kriegern unter seinem Kommando noch verblieben waren.

Zumindest fehlt es uns nicht an Waffen, dachte Roran, als er die Zahl der Toten erfuhr. Allerdings war der Proviant knapp. Selbst wenn Nasuada ihm keine Frist gesetzt hätte, könnten sie mit ihren Vorräten für Männer und Pferde nicht länger als eine weitere Woche vor Aroughs lagern.

Vieles von dem, was Brigman und seine Untergebenen ihm berichteten, lasen sie von Niederschriften auf Pergamentrollen ab. Roran bemühte sich, zu verbergen, dass er die Reihen eckiger schwarzer Zeichen nicht entziffern konnte, indem er darauf bestand, dass sie ihm alles vortrugen. Aber es ärgerte ihn, dass er anderen ausgeliefert war. *Nasuada hat recht*, begriff er. *Ich muss lesen lernen, ansonsten weiß ich nicht, ob jemand mich belügt, wenn er behauptet, auf einem Stück Pergament stehe das oder das geschrieben … Vielleicht kann Carn es mir auf unserem Rückweg ins Lager der Varden beibringen.*

Je mehr Roran über Aroughs erfuhr, umso besser verstand er Brigmans Notlage. Die Einnahme der Stadt war eine entmutigende Aufgabe, für die es keine offensichtliche Lösung gab. Trotz seiner Abneigung gegen ihn dachte Roran, dass der Hauptmann seine Sache so gut gemacht hatte, wie man das unter den gegebenen Umständen erwarten konnte. Er war, so glaubte Roran, nicht gescheitert, weil er ein unfähiger Kommandant war, sondern weil ihm die beiden Eigenschaften fehlten, die Roran ein ums andere Mal den Sieg beschert hatten: Kühnheit und Fantasie.

Nachdem Brigman seinen Bericht beendet hatte, ritten Roran und seine fünf Gefährten mit ihm los, um Aroughs Mauern und Tore aus größerer Nähe, aber trotzdem noch aus sicherer Entfernung zu inspizieren. Wieder im Sattel zu sitzen, war unglaublich schmerzhaft für Roran, aber er ertrug es ohne Klage.

Als ihre Rösser die gepflasterte Straße erreichten und Richtung Stadt zu traben begannen, bemerkte Roran, dass das Klappern der Hufe gelegentlich etwas eigentümlich klang. Er erinnerte sich, dass ihm das schon am letzten Tag ihres Gewaltrittes aufgefallen war und ihn beunruhigt hatte.

Bei näherem Hinsehen bemerkte er, dass die Steine der Straße in angelaufenes Silber eingelassen zu sein schienen. Ein Geäder, das ein unregelmäßiges, spinnennetzartiges Muster bildete.

Roran fragte Brigman danach und der rief als Antwort: »Die Erde und der Sand hier taugen nicht zum Straßenbau, deshalb benutzen sie stattdessen Blei, um die Steine an Ort und Stelle zu halten!«

Rorans erste Reaktion war Ungläubigkeit, aber Brigman schien es ernst zu meinen. Er fand es erstaunlich, dass irgendein Metall so im Übermaß vorhanden war, dass Menschen es für den Bau einer Straße vergeudeten.

Also trabten sie über die Straße aus Stein und Blei auf die weiß schimmernde Stadt zu.

Sie studierten Aroughs' Verteidigungsanlagen mit großer Aufmerksamkeit aus der Nähe, dennoch erfuhren sie nichts Neues und Rorans Eindruck, dass die Stadt nahezu uneinnehmbar war, verstärkte sich.

Er lenkte sein Pferd neben das von Carn. Der Magier starrte mit glasigem Blick auf Aroughs und seine Lippen bewegten sich stumm, als spreche er mit sich selbst. Roran wartete, bis er fertig war, und fragte dann leise: »Sind die Tore mit irgendwelchen Zaubern belegt?«

»Ich denke schon«, erwiderte Carn ebenfalls flüsternd, »aber ich bin mir nicht sicher, wie viele es sind oder welche Absicht dahintersteckt. Ich brauche mehr Zeit, um die Antworten herauszufinden.«

»Warum ist es so schwierig?«

»Es ist eigentlich nicht schwierig. Die meisten Zauber sind leicht aufzuspüren, es sei denn, jemand hat sich die Mühe gemacht, sie zu verbergen. Selbst dann hinterlässt die Magie im Allgemeinen verräterische Spuren, wenn man weiß, wonach man zu suchen hat. Meine Sorge ist, dass ein oder mehrere Zauber Fallen sein könnten, die eingerichtet wurden, um Leute daran zu hindern, sich an den Zaubern des Tors zu schaffen zu machen. Wenn das der Fall ist und ich mich ihnen direkt nähere, werde ich sie mit Sicherheit auslösen, und wer weiß, was dann geschieht? Ich könnte mich vor deinen Augen in eine Pfütze auflösen – ein Schicksal, das ich gern vermeiden würde, wenn möglich.«

»Willst du hierbleiben, während wir weiterreiten?«

Carn schüttelte den Kopf. »Ich glaube nicht, dass es klug wäre, dich ungeschützt ziehen zu lassen, solange wir außerhalb des Lagers sind. Ich werde nach Sonnenuntergang zurückkehren und dann feststellen, was ich tun kann. Außerdem wäre es hilfreich, wenn ich näher an die Tore herankäme. Aber jetzt, wo ich in Sichtweite der Wachposten bin, wage ich mich keinen Schritt weiter.«

»Wie du wünschst.«

Als Roran davon überzeugt war, dass sie alles erfahren hatten, was sie durch bloße Betrachtung der Stadt herausfinden konnten, ritten sie unter der Führung von Brigman zu den nächstgelegenen Mühlen weiter.

Sie waren genau so, wie Brigman sie beschrieben hatte. Das Wasser im Kanal stürzte drei aufeinanderfolgende, etwa zwanzig Fuß tiefe Wasserfälle hinunter. Am Fuß eines jeden Wasserfalls befand sich ein Mühlrad mit Holzeimern in regelmäßigem Abstand. Das Wasser ergoss sich in die Eimer und trieb das Rad an. Die Räder waren jeweils durch eine starke Welle mit einem der drei gleichartigen Gebäude verbunden, die schräg übereinander am terrassierten Ufer standen und in denen die gewaltigen Mühlsteine lagen, die notwendig waren, um Mehl für Aroughs' Bevölkerung zu mahlen. Die Mühlräder drehten sich zwar, aber Roran konnte unschwer erkennen, dass sie nur leerliefen und von den Mühlsteinen abgekoppelt waren – sonst hätte er unweigerlich ihr schweres Rumpeln gehört.

An der untersten Mühle saß er ab, schritt den Pfad zwischen den Gebäuden hinauf und besah sich die Wehre oberhalb der Wasserfälle. Durch sie konnte die Menge an Wasser reguliert werden, die die Mühlen antrieb. Die Stellschütze waren geöffnet, aber unter jedem der drei sich langsam drehenden Räder lag noch immer ein tiefes Staubecken.

Auf halbem Weg den Hügel hinauf blieb er stehen, verschränkte die Arme vor der Brust und grübelte darüber nach, wie er Aroughs erobern könnte. Er war davon überzeugt, dass es einen Trick oder eine Strategie gab, die es ihm ermöglichen würde, die Stadt zu knacken wie einen reifen Kürbis, aber die Lösung wollte ihm nicht einfallen.

Er dachte nach, bis er des Nachdenkens müde war. Dann überließ er sich dem Knarren der sich drehenden Mühlräder und dem Plätschern des fallenden Wassers.

So beruhigend diese Geräusche auch waren, bereiteten sie ihm doch ein gewisses Unbehagen. Der Ort erinnerte ihn an Demptons Mühle in Therinsford, wo er an dem Tag gearbeitet hatte, an dem die Ra'zac sein Zuhause niedergebrannt, seinen Vater gefoltert und tödlich verletzt hatten.

Roran versuchte, die Erinnerung wegzuschieben, aber sie wollte nicht weichen und sein Magen zog sich zusammen.

Wenn ich meinen Aufbruch doch nur ein paar Stunden hinausgezögert hätte, wäre ich noch zur Stelle gewesen und hätte ihn retten können. Darauf erwiderte der praktisch denkende Teil Rorans: *Ja, und die Ra'zac hätten mich getötet, bevor ich auch nur eine Hand gehoben hätte. Ohne Eragons Schutz wäre ich genauso hilflos gewesen wie ein neugeborenes Kind.*

Mit leisen Schritten gesellte Baldor sich zu ihm ans Ufer des Kanals. »Die anderen fragen sich, ob du dich schon für einen Plan entschieden hast«, murmelte er.

»Ich habe Ideen, aber keinen Plan. Was ist mit dir?«

Baldor verschränkte ebenfalls die Arme vor der Brust. »Wir könnten darauf warten, dass Nasuada uns Eragon und Saphira zu Hilfe schickt.«

»Pah.«

Eine Weile beobachteten sie das fortwährende Fließen des Wassers unter ihnen. Dann schlug Baldor vor: »Wie wäre es, wenn du sie einfach bitten würdest, sich zu ergeben? Vielleicht bekommen sie solche Angst, wenn sie deinen Namen hören, dass sie die Tore aufreißen, sich dir zu Füßen werfen und um Gnade flehen.«

Roran lachte kurz auf. »Ich bezweifle, dass die Kunde von mir bereits bis nach Aroughs gedrungen ist. Trotzdem …« Er fuhr sich mit der Hand durch den Bart. »Es wäre einen Versuch wert. Und wenn schon nichts anderes, würde ich sie doch zumindest aus dem Gleichgewicht bringen.«

»Selbst wenn wir uns Zutritt zur Stadt verschaffen – können wir sie mit so wenigen Männern halten?«

»Vielleicht, vielleicht auch nicht.«

Beide schwiegen eine Weile.

Dann sagte Baldor: »Wie weit wir doch gekommen sind.«

»Stimmt.«

Wieder stammte das einzige Geräusch vom Wasser und den sich drehenden Rädern.

Schließlich meinte Baldor: »Die Schneeschmelze kann hier nicht so gewaltig sein wie bei uns zu Hause. Sonst würden die Räder im Frühling halb unter Wasser stehen.«

Roran schüttelte den Kopf. »Es spielt keine Rolle, wie viel Schnee oder Regen herunterkommt. Die Schütze in den Wehren können benutzt werden, um die Menge an Wasser zu begrenzen, die über die Räder fließt, damit sie sich nicht zu schnell drehen.«

»Aber sobald das Wasser die Höhe des Wehrs erreicht?«

»Hoffentlich ist das Mehl für diesen Tag dann bereits gemahlen, aber für alle Fälle lässt man die Räder leerlaufen, hebt die Schütze und…« Rorans Stimme brach ab, während eine Folge von Bildern in seinem Geist aufblitzte. Sein ganzer Körper wurde von einer warmen Woge erfasst, als habe er einen ganzen Humpen Met mit einem einzigen Schluck ausgetrunken.

Könnten wir…?, dachte er aufgeregt. *Würde es wirklich funktionieren oder… Es spielt keine Rolle, wir müssen es versuchen. Was sollen wir sonst tun?*

Er kletterte auf das Wehr, das die Wassermassen des mittleren Staubeckens zurückhielt, und packte die Speichen, die am Ende der riesigen Holzschraube herausstanden, mit der das Stellschütz des Wehrs gehoben und gesenkt werden konnte. Die Schraube ließ sich kaum bewegen, obwohl er sich mit der Schulter dagegenstemmte und sein ganzes Gewicht einsetzte.

»Hilf mir«, forderte er Baldor auf, der am Ufer zurückgeblieben war und das Geschehen verwundert, doch mit Interesse beobachtete.

Baldor balancierte zu Roran hinüber. Zusammen gelang es ihnen, das Wehr zu schließen. Dann bestand Roran darauf, das Gleiche sowohl mit dem obersten als auch mit dem untersten Wehr zu tun, wobei er sich weigerte, irgendwelche Fragen zu beantworten.

Als alle drei fest geschlossen waren, gingen Roran und Baldor zurück zu Carn, Brigman und den anderen. Roran bedeutete ihnen, vom Pferde zu steigen und sich um ihn zu sammeln. Er klopfte auf den Kopf seines Hammers, während er wartete, und plötzlich war er schrecklich ungeduldig.

»Nun?«, fragte Brigman, sobald sie alle um ihn herumstanden.

Roran sah jedem der Männer in die Augen, um sicher zu sein, dass er ihre ungeteilte Aufmerksamkeit hatte, dann sagte er: »Also, wir werden Folgendes tun ...« Und er begann zu erzählen, schnell und eindringlich, doch eine volle halbe Stunde lang. Er erklärte alles, was ihm in diesem einen Augenblick der Offenbarung klar geworden war. Während er redete, begann Mandel zu grinsen, und obwohl sie ernster blieben, schienen auch Baldor, Delwin und Hamund von dem kühnen Plan, den er schilderte, begeistert zu sein.

Ihre Reaktion freute Roran. Er hatte einiges getan, um sich ihr Vertrauen zu verdienen, und er war froh, zu wissen, dass er noch immer auf ihre Unterstützung zählen konnte. Seine größte Angst war, dass er sie enttäuschen könnte, und nur eine Sache wäre noch schlimmer für ihn: Katrina zu verlieren.

Carn dagegen schien ein wenig unsicher. Das hatte Roran erwartet, aber die Unsicherheit des Magiers war eine Kleinigkeit im Vergleich mit Brigmans Ungläubigkeit.

»Ihr seid wahnsinnig!«, rief er aus, sobald Roran geendet hatte. »Das wird nie gelingen.«

»Das nehmt Ihr zurück«, ereiferte sich Mandel und sprang mit geballten Fäusten vor. »Wahrhaftig, Roran hat mehr Schlachten gewonnen, als Ihr jemals ausgetragen habt, und er hat es ohne all die Krieger getan, die Ihr herumkommandieren konntet!«

Brigman knurrte und seine kahle Oberlippe wand sich wie eine Schlange. »Du kleine Ratte! Ich werde dir eine Lektion in Sachen Respekt erteilen, die du nie vergessen wirst.«

Roran stieß Mandel zurück, bevor der jüngere Mann Brigman angreifen konnte. »He!«, knurrte Roran. »Reißt euch zusammen.« Mit einem säuerlichen Blick hielt Mandel sich widerstrebend zurück, aber er funkelte Brigman weiter an, der seinerseits höhnisch grinste.

»Es ist ein tollkühner Plan, das steht fest«, bemerkte Delwin, »aber andererseits haben uns deine tollkühnen Pläne in der Vergangenheit gute Dienste erwiesen.« Die anderen Männer aus Carvahall brummten zustimmend.

Carn nickte und sagte: »Vielleicht funktioniert es, vielleicht auch nicht. Ich weiß es nicht. Auf jeden Fall wird es unsere Feinde überraschen und ich muss zugeben, ich bin ziemlich neugierig, zu sehen, was dann geschehen wird. Etwas Derartiges hat noch nie jemand versucht.«

Roran lächelte still. An Brigman gewandt, stellte er fest: »Weitermachen wie bisher, *das* wäre Wahnsinn. Wir haben nur noch zweieinhalb Tage, um Aroughs zu erobern. Gewöhnliche Taktiken werden nicht reichen, also müssen wir das Außergewöhnliche wagen.«

»Das mag sein«, murrte Brigman, »aber es ist ein lächerliches Unterfangen, bei dem viele gute Männer ihr Leben lassen werden, und das nur, weil Ihr Eure angebliche Schläue demonstrieren wollt.«

Roran, dessen Lächeln breiter wurde, trat auf Brigman zu und baute sich wenige Handbreit vor ihm auf. »Du brauchst nicht einer Meinung mit mir zu sein, Brigman. Du hast lediglich das zu tun, was man dir sagt. Also, wirst du meinen Anweisungen Folge leisten oder nicht?«

Die Luft zwischen ihnen erwärmte sich von ihrem Atem und von der Hitze, die ihre Körper abstrahlten. Brigman knirschte mit den Zähnen und drehte seinen Speer noch schneller zwischen den Händen. Doch dann geriet sein Blick ins Wanken und er wich zurück.

»Verwünscht sollt Ihr sein«, stieß er hervor. »Ich werde Euch für eine Weile dienen, Hammerfaust, aber der Tag der Abrechnung wird schneller kommen, als Ihr denkt, wartet es nur ab. Und dann werdet Ihr Euch für Eure Entscheidungen verantworten müssen.«

Solange wir Aroughs erobern, dachte Roran, *schert mich das nicht.* »Aufsitzen!«, rief er. »Wir haben viel zu tun und wenig Zeit! Los, los, los!«

DRAS-LEONA

Die Sonne stieg am Himmel empor, als Eragon von seinem Platz auf Saphiras Rücken den Helgrind am Rand des nördlichen Horizonts entdeckte. Beim Anblick der fernen Felsnadel, die sich wie ein einziger schartiger Zahn aus der umliegenden Landschaft erhob, spürte er eine Welle des Abscheus in sich aufsteigen. So viele seiner unangenehmsten Erinnerungen waren mit dem Helgrind verknüpft, dass er sich wünschte, er könnte ihn zerstören und zusehen, wie seine nackten grauen Spitzen zu Boden krachten.

Saphira war dem dunklen Turm aus Stein gegenüber gleichgültiger, aber er fühlte, dass auch sie nicht gern in seiner Nähe war.

Als es Abend wurde, lag der Helgrind hinter ihnen, während sich vor ihnen Dras-Leona erstreckte und daneben der Leona-See, wo Dutzende Schiffe und Boote auf den Wellen schaukelnd vor Anker lagen. Die weitläufige Stadt war genauso dicht bebaut und wenig einladend, wie Eragon sie in Erinnerung hatte. Schmale, gewundene Gassen mit verdreckten Hütten drängten sich dicht an dicht an der gelben Lehmmauer, die das Stadtzentrum umgab. Hinter der Mauer ragte turmartig die gewaltige schwarze, wie mit Widerhaken bewehrte Kathedrale von Dras-Leona auf, in der die Priester vom Helgrind ihre schauerlichen Rituale vollzogen.

Ein Strom von Flüchtlingen schleppte sich auf der Straße Richtung Norden – die Menschen verließen die Stadt, deren Belagerung bald beginnen würde, um in Teirm oder Urû'baen zumindest vorübergehend Schutz vor dem unaufhaltsamen Vorrücken der Varden zu finden.

Dras-Leona erschien Eragon noch genauso widerwärtig und verdorben wie bei seinem ersten Besuch. Es weckte in ihm ein Verlangen, die Stadt zu zerstören, wie er es weder in Feinster noch in Belatona verspürt hatte. Er wollte sie mit Feuer und Schwert in Schutt und Asche legen; wollte mit all den schrecklichen, unnatürlichen Kräften wüten, die ihm zur Verfügung standen; und wollte jedem wilden Drang nachgeben und nichts zurücklassen als eine Grube rauchender, blutgetränkter Asche. Mit all den Armen, den Verkrüppelten und den Versklavten, die innerhalb der Mauern von Dras-Leona lebten, hatte er Mitleid. Aber er war voll und ganz von der Verderbtheit der Stadt überzeugt und glaubte, es sei das Beste, sie dem Erdboden gleichzumachen, um sie dann ohne all die schrecklichen Sitten, mit denen die Religion vom Helgrind sie vergiftet hatte, wiederaufzubauen.

Während er darüber fantasierte, wie er die Kathedrale mit Saphiras Hilfe niederreißen würde, fragte er sich auf einmal, ob die Religion jener Priester, die Selbstverstümmelung praktizierten, einen Namen hatte. Sein Studium der alten Sprache hatte ihn gelehrt, die Wichtigkeit von Namen zu schätzen – Namen bedeuteten Macht, Namen bedeuteten *Verstehen* –, und solange er den Namen der Religion nicht kannte, würde er ihre wahre Natur nicht verstehen können.

Im schwindenden Licht schlugen die Varden auf einigen bestellten Äckern südöstlich von Dras-Leona ihr Lager auf. Das Land stieg dort zu einem leicht erhöht liegenden Plateau an, das ihnen ein Mindestmaß an Schutz bieten würde, sollte der Feind ihre Stellung angreifen. Die Männer waren vom Marsch erschöpft, aber Nasuada ließ sie das Lager befestigen und die mächtigen Kriegsmaschinen aufbauen, die sie den ganzen langen Weg von Surda mitgeschleppt hatten.

Eragon machte sich mit Feuereifer an die Arbeit. Zuerst half er einer Gruppe Männer, die mittels Brettern, an deren Enden lange Seilschlaufen befestigt waren, den Weizen und die Gerste auf den Feldern einebneten. Es wäre schneller gegangen, das Getreide abzumähen – ganz gleich, ob mit Stahl oder mit Magie –, aber durch die zurückbleibenden Stoppeln wäre es gefährlich und unbequem, über die Felder zu gehen, und erst recht, darauf zu schlafen. Die platt gedrückten Halme hingegen bildeten eine weiche, elastische Oberfläche, so gut wie jede Matratze und bei Weitem angenehmer als der nackte Boden, auf dem sie sonst lagerten.

Eragon schuftete fast eine Stunde Seite an Seite mit den Männern, bis sie genug Platz für die Zelte der Varden geschaffen hatten. Dann half er beim Aufbau eines Belagerungsturms. Mit seiner übermenschlichen Kraft konnte er Balken tragen, die normalerweise mehrere Männer hätten schleppen müssen, was den gesamten Prozess erheblich beschleunigte. Einige der noch bei den Varden verbliebenen Zwerge überwachten die Errichtung des Turms, den sie selbst entworfen hatten.

Auch Saphira machte sich nützlich. Mit Zähnen und Klauen hob sie rings um das Lager tiefe Gräben aus und warf die ausgehobene Erde zu einem Wall auf. Innerhalb von ein paar Minuten schaffte sie mehr als hundert Männer an einem ganzen Tag. Mit ihrem Feuerstrahl und mit den mächtigen Hieben ihres Schwanzes machte sie Bäume, Zäune, Mauern, Häuser und alles andere im Umfeld des Lagers, das ihren Feinden hätte Deckung bieten können, dem Erdboden gleich. Alles in allem bot sie ein Schauspiel schrecklicher Zerstörung, das selbst dem tapfersten Soldaten Angst eingejagt hätte.

Es war schon spät in der Nacht, als endlich alle Arbeiten erledigt waren und Nasuada den Befehl zur Nachtruhe für Menschen, Zwerge und Urgals gab.

Eragon zog sich in sein Zelt zurück und meditierte, bis sein Geist klar war, wie er es sich angewöhnt hatte. Statt sich danach der Schreibkunst zu widmen, verbrachte er die nächsten Stunden damit, die Zauber noch einmal durchzugehen, von denen er dachte, dass er sie am folgenden Tag vielleicht brauchen würde. Außerdem erfand er einige neue Zauber, um auf die besonderen Gegebenheiten in Dras-Leona reagieren zu können.

Als er sich für die bevorstehende Schlacht gerüstet fühlte, überließ er sich seinen Wachträumen, die abwechslungsreicher und lebhafter waren als sonst, denn trotz seiner Meditation beunruhigte ihn die Aussicht auf den nahen Kampf und machte echte Entspannung unmöglich. Wie immer waren das Warten und die Ungewissheit für ihn am schwersten zu ertragen und er wünschte, er stünde bereits mitten in der Schlacht und hätte gar keine Zeit, sich Sorgen darum zu machen, was passieren könnte.

Saphira war genauso rastlos. Von ihr fing er Bruchstücke von Träumen auf, in denen es um Beißen und Zerreißen ging, und er fühlte, dass sie sich auf das wilde Vergnügen der Schlacht freute. Ihre Stimmung beeinflusste seine bis zu einem gewissen Grad, aber nicht genug, um ihn seine Angst völlig vergessen zu lassen.

Viel zu bald kam der Morgen und die Varden sammelten sich am Rand der ärmlichen Siedlungen außerhalb der Mauern von Dras-Leona. Die Armee bot einen beeindruckenden Anblick. Eragon ließ sich davon jedoch nicht über die zerschrammten Schwerter, zerbeulten Helme und eingedellten Schilde der Krieger hinwegtäuschen, ebenso wenig wie über die schlecht geflickten Risse in ihren gepolsterten Wämsern und Kettenhemden. Wenn es ihnen gelang, Dras-Leona zu erobern, würden sie einen Teil ihrer Ausrüstung ersetzen können – wie sie es in Belatona getan hatten und davor in Feinster. Doch die Männer, die sie trugen, ließen sich nicht ersetzen.

Je länger sich der Krieg hinzieht, bemerkte er zu Saphira, *desto leichter wird es für Galbatorix werden, uns zu besiegen, wenn wir in Urû'baen eintreffen.*

Dann dürfen wir keine Zeit verlieren, erwiderte sie.

Eragon saß auf ihrem Rücken, neben ihm Nasuada in voller Rüstung auf Donnerkeil, ihrem feurigen schwarzen Streitross. Um sie herum hatten sich die zwölf Mitglieder seiner Elfengarde aufgestellt, dazu ebenso viele Nachtfalken. Nasuada hatte ihre Zahl für die Dauer der Schlacht von sechs auf zwölf Krieger erhöht. Die Elfen waren zu Fuß – da sie nur Pferde ritten, die sie selbst großgezogen und ausgebildet hatten –, während sämtliche Nachtfalken im Sattel saßen, die Urgals eingeschlossen. Zehn Schritte weiter rechts folgten König Orrin und seine Adjutanten, die allesamt einen bunten Federbusch auf dem Helm trugen. Narheim, der Befehlshaber der Zwerge, und Garzhvog standen beide bei ihren jeweiligen Truppen.

Nachdem sie sich zugenickt hatten, gaben Nasuada und König

Orrin ihrem Pferd die Sporen und trabten auf die Stadt zu. Eragon hielt sich mit der linken Hand an der Halszacke vor sich fest, als Saphira sich in Bewegung setzte, um den beiden zu folgen.

Nasuada und König Orrin zügelten ihre Pferde, bevor sie die ersten baufälligen Hütten erreichten. Auf ihr Signal hin ritten zwei Herolde – einer trug die Standarte der Varden, der andere die Surdas – die schmale Straße weiter, die durch das Labyrinth der Hütten zum Südtor von Dras-Leona führte.

Mit gespannter Aufmerksamkeit verfolgte Eragon den Weg der Herolde. Die Stadt wirkte unnatürlich still und verlassen. In ganz Dras-Leona war niemand zu sehen, nicht einmal auf den Wehrgängen der dicken gelben Mauer, auf der Hunderte von Galbatorix' Soldaten hätten postiert sein sollen.

Die Luft riecht nicht, wie sie riechen sollte, bemerkte Saphira und knurrte ganz leise, was trotzdem Nasuadas Aufmerksamkeit auf sich zog.

Am Fuß der Mauer rief der Herold der Varden mit einer Stimme, die bis zu Eragon und Saphira schallte: »Seid gegrüßt! Im Namen Nasuadas, Anführerin der Varden, und König Orrins von Surda, ebenso wie im Namen aller freien Völker Alagaësias bitten wir Euch, die Tore zu öffnen, damit wir Eurem Herrn und Meister, Marcus Tábor, eine Botschaft von großer Wichtigkeit überbringen können. Sie wird für ihn von großem Nutzen sein, ebenso wie für jeden Mann, jede Frau und jedes Kind in Dras-Leona.«

Von irgendwo hinter der Mauer antwortete ein Mann, der nicht zu sehen war. »Diese Tore werden sich nicht öffnen. Tragt hier vor, was Ihr zu sagen habt.«

»Sprecht Ihr für Fürst Tábor?«

»Ja.«

»Dann bitten wir Euch, ihm ins Gedächtnis zu rufen, dass Gespräche über Staatsangelegenheiten besser in der Ungestörtheit privater Räumlichkeiten geführt werden als draußen im Freien, wo jeder zuhören kann.«

»Ich nehme keine Befehle von dir entgegen, Lakai! Überbringe deine Botschaft – und zwar rasch, bevor ich die Geduld verliere und dich mit Pfeilen spicke.«

Eragon war beeindruckt. Der Herold wirkte von der Drohung weder verängstigt noch eingeschüchtert, sondern fuhr ohne zu zögern fort: »Wie Ihr wünscht. Unsere Lehnsherren bieten Fürst Tábor und allen Bewohnern Dras-Leonas Frieden und Freundschaft. Nicht mit Euch liegen wir im Streit, sondern mit Galbatorix, und wir würden nicht gegen Euch kämpfen, wenn wir die Wahl hätten. Verfolgen wir nicht ein gemeinsames Ziel? Viele von uns haben einst im Imperium gelebt und wir sind nur deshalb fortgegangen, weil Galbatorix' grausame Herrschaft uns aus unseren Ländern vertrieben hat. Wir sind ein Volk vom gleichen Fleisch und Blut. Schließt Euch uns an und wir können uns gemeinsam von dem Thronräuber befreien, der jetzt in Urû'baen sitzt.

Nehmt Ihr unser Angebot an, garantieren unsere Lehnsherren für die Sicherheit Fürst Tábors und seiner Familie. Das Gleiche gilt für jeden, der im Moment noch im Dienst des Imperiums steht, auch wenn es keinem erlaubt sein wird, seine Position zu behalten, wenn er Schwüre geleistet hat, die nicht gebrochen werden können. Und wenn eure Schwüre nicht erlauben, uns zu helfen, dann haltet uns zumindest nicht auf. Öffnet die Tore und legt eure Schwerter nieder, und wir versprechen, dass euch nichts geschehen wird. Doch versucht ihr uns auszusperren, werden wir euch beiseitefegen wie Spreu, denn niemand kann der Macht unserer Armee widerstehen noch der Macht von Eragon Schattentöter und dem Drachen Saphira.«

Beim Klang ihres Namens hob Saphira den Kopf und stieß ein furchterregendes Brüllen aus.

Auf dem Wehrgang über dem Tor erschien eine hochgewachsene, in einen Umhang gehüllte Gestalt. Eragon beobachtete, wie sie zwischen zwei Zinnen trat, um über die Herolde hinweg zu Saphira hinüberzustarren. Er kniff die Augen zusammen, aber er konnte das Gesicht des Mannes nicht erkennen. Vier weitere Gestalten in schwarzen Roben traten zu dem ersten Mann und an ihren verstümmelten Leibern erkannte Eragon sie als Priester vom Helgrind. Einem fehlte ein Unterarm, zweien fehlte jeweils ein Bein und dem letzten fehlte ein Arm *und* beide Beine, sodass er oder sie von den anderen auf einer kleinen, gepolsterten Sänfte getragen wurde.

Der Mann im Umhang warf den Kopf in den Nacken und stieß ein schallendes, mächtiges, donnerndes Gelächter aus. Unter ihm mühten die Herolde sich, ihre Reittiere unter Kontrolle zu bringen, da die Pferde stiegen und durchzugehen drohten.

Eragon wurde flau im Magen und er packte den Griff Brisingrs, bereit, die Waffe jederzeit zu ziehen.

»Niemand kann Eurer Macht widerstehen?«, fragte der Mann und seine Stimme hallte von den Gebäuden wider. »Ich fürchte, Ihr habt eine übertrieben hohe Meinung von Euch selbst.«

Und mit einem gewaltigen Brüllen sprang hinter der Mauer die massige, glitzernd rote Gestalt Dorns von der Straße auf das Dach eines Hauses und grub ihre Krallen in die Holzschindeln. Der Drache breitete seine riesigen, mit Klauen bewehrten Flügel aus, öffnete sein blutrotes Maul und spie einen mächtigen Feuerstrahl gen Himmel.

Spöttisch fügte Murtagh – denn um ihn handelte es sich, wie Eragon schnell erkannt hatte – hinzu: »Werft Euch gegen die Mauern, soviel Ihr wollt. Ihr werdet Dras-Leona niemals einnehmen, nicht solange Dorn und ich hier sind, um es zu verteidigen. Schickt Eure besten Krieger und Magier in den Kampf gegen uns und sie werden sterben, jeder einzelne. Das verspreche ich. Es gibt keinen unter Euch, der uns bezwingen kann. Nicht einmal du … *Bruder*. Lauft zurück in Euer Versteck, bevor es zu spät ist, und betet, dass Galbatorix nicht auszieht, um sich selbst um Euch zu kümmern. Anderenfalls werden Tod und Trauer Euer einziger Lohn sein.«

Gewagtes Spiel

»Herr, Herr! Das Tor öffnet sich!«

Roran sah von der Karte auf, die er studierte, als eine der Wachen keuchend und mit rotem Gesicht ins Zelt gestürmt kam.

»Welches Tor?«, fragte Roran und eine tödliche Ruhe überkam ihn. »Drück dich klarer aus.« Er legte den Stab beiseite, den er für das Messen der Entfernungen benutzt hatte. »Das Tor, das uns am nächsten ist, Herr … ein Straßentor, kein Kanaltor.«

Roran zog seinen Hammer aus dem Gürtel, verließ das Zelt und lief zum Südrand des Lagers. Von dort schaute er auf Aroughs. Bestürzt verfolgte er, wie mehrere Hundert Reiter aus der Stadt strömten. Ihre leuchtend bunten Wimpel flatterten im Wind, während sie vor dem schwarzen Maul des offenen Tores eine breite Formation bildeten.

Sie werden Kleinholz aus uns machen, dachte Roran entsetzt.

Nur etwa hundertfünfzig seiner Männer waren im Lager geblieben, viele davon verletzt und nicht in der Lage, zu kämpfen. Alle anderen waren bei den Mühlen, die sie am vorangegangenen Tag besichtigt hatten, oder im Schiefersteinbruch die Küste hinunter oder an den Ufern des westlichsten Kanals auf der Suche nach Lastkähnen, die sie brauchten, damit sein Plan gelang. Keiner dieser Krieger konnte rechtzeitig zurückgerufen werden, um die Reiter abzuwehren.

Als er die Männer ausgeschickt hatte, war Roran sich klar darüber gewesen, dass das Lager im Falle eines Gegenangriffs beinah schutzlos wäre. Er hatte jedoch gehofft, dass die Städter von den jüngsten Angriffen auf ihre Mauern zu eingeschüchtert sein würden, um etwas so Tollkühnes zu wagen, und dass die Krieger, die bei ihm geblieben waren, reichen würden, um jeden fernen Beobachter davon zu überzeugen, dass der größte Teil seiner Truppen sich noch immer im Lager aufhielt.

Seine erste Annahme hatte sich ganz eindeutig als Fehler erwiesen. Ob die Verteidiger von Aroughs seine List durchschaut hatten, konnte er nicht sagen, aber er hielt es für wahrscheinlich, angesichts der recht begrenzten Zahl von Reitern, die sich vor der Stadt sammelte. Wenn die Soldaten oder ihre Kommandanten damit gerechnet hätten, der vollen Stärke von Rorans Kompanie gegenüberzustehen, hätten sie wohl doppelt so viele Männer ins Feld geschickt. In jedem Fall musste er eine Möglichkeit finden, ihren Angriff abzuwehren und seine Männer davor zu bewahren, abgeschlachtet zu werden.

Baldor, Carn und Brigman kamen angerannt, Waffen in den Händen. Während Carn hastig ein Kettenhemd überstreifte, fragte Baldor: »Was machen wir jetzt?«

»Wir können gar nichts tun«, sagte Brigman. »Ihr habt mit Eurer Torheit den ganzen Feldzug zum Scheitern verurteilt, Hammerfaust. Wir müssen fliehen – auf der Stelle –, bevor diese verfluchten Reiter uns in Stücke reißen.«

Roran spuckte aus. »Rückzug? Wir werden nicht den Rückzug antreten. Die Männer können zu Fuß nicht entkommen, und selbst wenn sie es könnten, würde ich unsere Verletzten nicht im Stich lassen.«

»Versteht Ihr denn nicht? Wir sind verloren. Wenn wir hierbleiben, werden sie uns töten – oder schlimmer noch, gefangen nehmen!«

»Lass es gut sein, Brigman! Ich habe nicht vor, jetzt davonzulaufen!«

»Warum nicht? Damit Ihr nicht zugeben müsst, dass Ihr versagt habt? Weil Ihr hofft, in einer letzten, sinnlosen Schlacht etwas von Eurer Ehre zu retten? Ist es das? Begreift Ihr nicht, dass Ihr den Varden damit nur noch größeren Schaden zufügt?«

Mit lauten Hurra-Rufen – die selbst auf diese Entfernung gut zu hören waren – rissen die Reiter vor der Stadt ihre Schwerter und Speere in die Höhe und gruben ihren Rössern die Sporen in die Flanken. Kurz darauf donnerten sie im vollen Galopp über die leicht ansteigende Ebene auf das Lager der Varden zu.

Brigman setzte seine Tirade fort: »Ich werde nicht zulassen, dass Ihr unser Leben opfert, nur um Euren Stolz zu befriedigen. Bleibt, wenn Ihr unbedingt wollt, aber …«

»Ruhe!«, brüllte Roran. »Halt's Maul, bevor ich es dir stopfe! Baldor, bewach ihn. Wenn er irgendetwas macht, was dir nicht gefällt, lass ihn die Spitze deines Schwertes spüren.« Brigman schäumte vor Wut, doch er hielt seine Zunge im Zaum, als Baldor sein Schwert hob und es auf Brigmans Brust richtete.

Roran schätzte, dass sie vielleicht fünf Minuten hatten, um über ihr weiteres Vorgehen zu entscheiden. Fünf Minuten, von denen so vieles abhing.

Er überlegte, ob sie genug Reiter würden töten oder verstümmeln können, um den Rest in die Flucht zu schlagen, aber diese Möglichkeit verwarf er sofort wieder. Es gab nirgendwo auf der weiten Ebene eine Stelle, wo seine Männer die Reiter in die Enge treiben könnten.

Wir können nicht siegen, wenn wir kämpfen, also … Wie wäre es, wenn wir sie erschrecken? Aber wie? Ein Feuer? Feuer konnte sich für Freund und Feind als gleichermaßen tödlich erweisen. Außerdem würde das feuchte Gras nur schwelen. *Rauch? Nein, der war keine Hilfe.*

Er warf Carn einen Blick zu. »Kannst du ein Bild von Saphira heraufbeschwören und sie brüllen und Feuer speien lassen, dass es richtig echt wirkt?«

Alle Farbe wich aus dem schmalen Gesicht des Magiers. Er schüttelte panisch den Kopf. »Vielleicht. Ich weiß es nicht, ich habe es noch nie versucht. Ich müsste aus dem Gedächtnis ein Bild von ihr schaffen. Es wird vielleicht nicht einmal aussehen wie ein lebendiges Wesen.« Er deutete mit dem Kopf auf die herangaloppierenden Reiter. »Sie würden merken, dass irgendetwas nicht stimmt.«

Roran grub die Fingernägel in seine Handflächen. Vier Minuten noch, wenn überhaupt.

»Es könnte einen Versuch wert sein …«, murmelte er. »Wir müssen sie nur ablenken, sie verwirren …« Er schaute zum Himmel auf und hoffte, eine Regenwand auf das Lager zukommen zu sehen, aber nur ein paar kleine Wölkchen standen hoch am Himmel. *Verwirrung, Unsicherheit, Zweifel … Wovor fürchten die Leute sich? Vor dem Unbekannten, vor Dingen, die sie nicht verstehen … davor fürchten sie sich.*

Augenblicklich dachte sich Roran ein halbes Dutzend Pläne aus, um den Kampfgeist ihrer Widersacher zu schwächen, einer verwegener als der andere, bis er über eine Idee stolperte, die so einfach und gleichzeitig so tollkühn war, dass sie perfekt zu sein schien. Davon abgesehen entsprach sie – im Gegensatz zu den anderen – seinem Ego, denn er brauchte dazu nur eine einzige weitere Person: Carn.

»Befehlt den Männern, sich in ihren Zelten zu verstecken!«, rief er und setzte sich bereits in Bewegung. »Und sagt ihnen, sie sollen still sein. Ich will keinen Mucks von ihnen hören, außer wir werden angegriffen!«

Dann schob Roran seinen Hammer wieder in den Gürtel, trat ins erstbeste verlassene Zelt und griff sich eine dreckige Wolldecke von einem der Schlafplätze. Anschließend rannte er zu einer der Feuerstellen und schnappte sich einen breiten, baumstumpfartigen Holzklotz, den die Krieger als Hocker benutzt hatten.

Mit dem Holzklotz unter dem Arm und der Decke über der Schulter hetzte Roran aus dem Lager zu einem kleinen Hügel, vielleicht dreißig Schritte vor den Zelten.

»Jemand soll mir Würfelknochen und ein Horn Met holen!«, rief er. »Und bringt mir den Tisch, auf dem meine Karten liegen. Los, verflucht, los!«

Hinter sich vernahm er hektisches Hin- und Hergerenne und das Klirren von Rüstungen, als die Männer in ihre Zelte stürzten, um sich dort zu verstecken.

Kurz darauf breitete sich eine gespenstische Stille über dem Lager aus. Niemand war mehr zu sehen, bis auf die wenigen Männer, die die gewünschten Gegenstände zusammensuchten.

Roran verschwendete keine Zeit, zurückzuschauen. Auf dem Hügel stellte er den Holzklotz auf sein dickeres Ende und drehte ihn so lange hin und her, bis er nicht mehr wackelte. Dann setzte er sich darauf und sah den heranstürmenden Reitern entgegen.

Drei Minuten oder weniger blieben, bis sie eintreffen würden. Durch das Holz unter sich konnte er das Donnern der Hufe spüren – und das Beben wurde mit jeder Sekunde stärker.

»Wo bleiben die Würfelknochen und der Met?«, rief er, ohne die Reiter aus den Augen zu lassen.

Mit einer schnellen Handbewegung strich er sich den Bart glatt und zog sein Wams zurecht. Es machte ihm Angst, dass er kein Kettenhemd trug, aber sein nüchterner Verstand war zu dem Schluss gekommen, dass es seine Feinde stärker beeindrucken würde, ihn ohne Rüstung dasitzen zu sehen – als sei er völlig entspannt.

»Tut mir leid«, keuchte Carn atemlos, als er zusammen mit einem Mann, der den kleinen Klapptisch aus Rorans Zelt trug, zu Roran heraufgerannt kam. Sie platzierten den Tisch vor ihm und breiteten die Decke darauf aus. Dann reichte Carn Roran ein halb mit Met gefülltes Horn und einen Lederbecher mit den üblichen fünf Würfelknochen.

»Und jetzt verschwindet von hier«, befahl er. Carn wandte sich zum Gehen, aber Roran hielt ihn am Arm zurück. »Kannst du die Luft neben mir flimmern lassen, wie sie es an einem kalten Wintertag über dem Feuer tut?«

Carn kniff die Augen zusammen. »Schon möglich, aber wozu …«

»Tu es einfach, wenn du kannst. Und jetzt geh, verstecke dich!«

Während der hagere Magier zum Lager zurückhastete, schüttelte Roran die Würfelknochen im Becher, ließ sie auf den Tisch rollen und begann gegen sich selbst zu spielen. Er warf die Knochen in die Luft – zuerst einen, dann zwei, dann drei und so weiter – und fing sie auf dem Handrücken auf. Sein Vater hatte das oft getan, wenn er an langen Sommerabenden im Palancar-Tal in einem klapprigen alten Stuhl auf der Veranda ihres Hauses gesessen und seine Pfeife geraucht hatte. Manchmal hatte Roran mit ihm gespielt und dann für gewöhnlich verloren. Aber meist hatte sein Vater es vorgezogen, gegen sich selbst zu spielen.

Obwohl ihm das Herz bis zum Hals schlug und seine Hände schweißnass waren, bemühte Roran sich, möglichst ruhig zu wirken. Wenn seine List auch nur die geringste Chance auf Erfolg haben sollte, musste er unerschütterliche Zuversicht ausstrahlen, ganz gleich wie er sich wirklich fühlte.

Er hielt den Blick starr auf die Würfelknochen gerichtet und widerstand dem Drang, aufzuschauen, obwohl die Reiter immer näher kamen. Das Dröhnen der Hufe wurde so laut, dass Roran schon davon überzeugt war, sie wollten ihn einfach über den Haufen reiten.

Was für eine seltsame Art, zu sterben, dachte er und lächelte grimmig. Dann dachte er an Katrina und an ihr ungeborenes Kind und schöpfte Trost aus dem Wissen, dass ein Teil von ihm in dem Kind weiterleben würde. Es war keine Unsterblichkeit wie bei Eragon, aber es war auch eine Art Unsterblichkeit und es würde genügen müssen.

Im letzten Moment, als die Kavallerie wohl nur noch wenige Schritte von seinem Tisch entfernt war, rief jemand: »Brr! He da! Zügelt eure Pferde. Ich sage, zügelt eure Pferde!« Mit dem Klirren von Schnallen und dem Knarren von Leder kamen die auf ihren Gebissen kauenden Tiere schließlich widerstrebend zum Stehen.

Und immer noch hielt Roran den Blick auf seine Würfel gerichtet.

Er nippte an dem würzigen Met, dann warf er wieder die Knochen und fing zwei von ihnen auf dem Handrücken auf, wo sie auf seinen Sehnensträngen hin- und herschaukelten.

Der Duft frisch aufgerissener Erde wehte zu ihm herüber, warm und tröstlich, zusammen mit dem erheblich weniger angenehmen Geruch nach verschwitzten Pferden.

»He, Kamerad!«, sagte der Mann, der den Soldaten befohlen hatte, anzuhalten. »He, hab ich gesagt! Wer seid Ihr, dass Ihr an diesem herrlichen Morgen hier sitzt, trinkt und ein fröhliches Glücksspiel genießt, als hättet Ihr keine anderen Sorgen auf der Welt? Haben wir nicht die Höflichkeit verdient, mit gezückten Schwertern begrüßt zu werden? Also, wer seid Ihr?«

Langsam, als habe er die Gegenwart der Soldaten gerade erst bemerkt und messe ihr nur geringe Bedeutung bei, hob Roran den Blick vom Tisch, um einen kleinen, bärtigen Mann mit einem von einem protzigen Federbusch gekrönten Helm zu mustern, der vor ihm auf einem riesigen schwarzen Streitross saß, dessen Flanken sich hoben und senkten wie ein Blasebalg.

»Ich bin ganz sicher *nicht* Euer Kamerad«, entgegnete Roran und machte sich nicht die Mühe, seine Abneigung darüber zu verbergen, auf solch vertraute Weise angesprochen zu werden. »Wer seid Ihr, wenn ich fragen darf, dass Ihr so dreist mein Spiel unterbrecht?«

Die langen, gestreiften Federn auf dem Helm des Mannes hüpften und flatterten, während er Roran von Kopf bis Fuß musterte, als sei der ein unbekanntes Geschöpf, auf das er unvermutet bei der Jagd gestoßen war. »Tharos der Flinke ist mein Name, Hauptmann der Wache. So dreist Ihr auch seid, muss ich doch sagen, dass es mich sehr bekümmern würde, einen mutigen Mann wie Euch zu töten, ohne seinen Namen zu kennen.« Wie um seine Worte zu unterstreichen, ließ Tharos seinen Speer sinken, bis er genau auf Roran gerichtet war.

Drei Reihen Reiter drängten sich hinter Tharos. Unter ihnen erspähte Roran einen schmalen, hakennasigen Mann mit der Art von ausgemergeltem Gesicht und dünnen, bis zu den Schultern nackten Armen, die, wie er gelernt hatte, für die Magier der Varden kennzeichnend waren. Ganz plötzlich hoffte er, dass es Carn gelungen war, die Luft flimmern zu lassen. Er wagte jedoch nicht, den Kopf zu drehen, um sich Gewissheit zu verschaffen.

»Hammerfaust ist mein Name«, erklärte er. Mit einer einzigen flinken Bewegung sammelte er die Würfelknochen ein, warf sie gen Himmel und fing drei auf seiner Hand auf. »Roran Hammerfaust. Und Eragon Schattentöter ist mein Cousin. Wenn Ihr von mir noch nichts gehört habt, dann vielleicht wenigstens von ihm.«

Ein Raunen des Unbehagens lief durch die Reihen der Reiter und Roran glaubte zu sehen, dass Tharos' Augen sich für einen Moment weiteten. »Eine beeindruckende Behauptung, muss ich sagen, aber wie können wir sicher sein, dass sie auch wahr ist? Jedermann kann behaupten, er wäre ein anderer, wenn es ihm gerade in den Kram passt.«

Roran zog seinen Hammer und ließ ihn mit einem dumpfen

Schlag auf den Tisch knallen. Dann beachtete er die Soldaten nicht weiter und setzte sein Spiel fort. Er gab einen verärgerten Laut von sich, als zwei der Knochen von seinem Handrücken fielen, was ihn die Runde kostete.

»Ähm …« Tharos räusperte sich. »Ihr habt einen überaus beeindruckenden Ruf, Hammerfaust, obwohl manche Leute meinen, dass die Geschichten, die man sich über Euch erzählt, maßlos übertrieben sind. Ist es zum Beispiel wahr, dass Ihr in dem Dorf Deldarad in Surda ganz allein fast dreihundert Männer niedergestreckt habt?«

»Ich habe nie erfahren, wie das Dorf hieß, aber wenn sein Name Deldarad war, dann ja, ich habe dort einige Soldaten erschlagen. Es waren aber nur hundertdreiundneunzig und meine Männer haben mir während des Kampfes Deckung gegeben.«

»*Nur* hundertdreiundneunzig?«, wiederholte Tharos staunend. »Ihr seid zu bescheiden, Hammerfaust. Eine solche Heldentat dürfte einem Mann eine Rolle in so manchem Lied und so mancher Geschichte sichern.«

Roran zuckte die Achseln, hob das Horn an die Lippen, doch er gab nur vor, zu trinken, denn er konnte es sich nicht leisten, dass sein Geist von dem starken Zwergengebräu umnebelt wurde. »Ich kämpfe, um zu siegen, nicht um zu verlieren … Erlaubt mir, Euch einen Trunk anzubieten, von Krieger zu Krieger«, bat er und streckte Tharos das Horn hin.

Der kleinwüchsige Krieger zögerte und sein Blick schoss für eine Sekunde zu dem Magier hinter ihm. Dann befeuchtete er seine Lippen und antwortete: »Das sollte ich wohl annehmen.«

Tharos saß von seinem Schlachtross ab, reichte einem der anderen Soldaten seinen Speer, zog seine Panzerhandschuhe aus und ging zu dem Tisch hinüber, wo er zögernd das Horn von Roran entgegennahm.

Tharos schnupperte an dem Met, dann nahm er einen herzhaften Schluck. Die Federn auf seinem Helm zitterten, als er das Gesicht verzog.

»Ist der Met nicht nach Eurem Geschmack?«, fragte Roran belustigt.

»Ich gebe zu, so ein Bergtrank ist zu scharf für meine Zunge.« Tharos gab Roran das Horn zurück. »Mir sind die Weine von unseren Feldern bei Weitem lieber. Sie sind lieblich und mild und sie rauben einem nicht so rasch die Sinne.«

»Für mich ist er wie Muttermilch«, log Roran. »Ich trinke ihn morgens, mittags und abends.«

Tharos streifte seine Handschuhe wieder über, kehrte zu seinem Pferd zurück, schwang sich in den Sattel und nahm seinen Speer wieder entgegen. Dann warf er dem hakennasigen Magier hinter ihm einen weiteren Blick zu, dessen Gesichtsfarbe, so fiel Roran auf, in der kurzen Zeit, seit Tharos einen Fuß auf den Boden gesetzt hatte, weiß wie Kreide geworden war. Tharos musste die Veränderung an seinem Magier ebenfalls bemerkt haben, denn er wirkte nun selbst ziemlich angespannt.

»Meinen Dank für Eure Gastfreundschaft, Roran Hammerfaust«, sagte er und hob die Stimme, damit seine gesamte Truppe ihn hören konnte. »Vielleicht habe ich schon bald die Ehre, Euch innerhalb der Mauern von Aroughs zu bewirten. Wenn ja, verspreche ich, Euch die feinsten Weine aus den Weinbergen meiner Familie zu servieren, und vielleicht kann ich Euch damit von solch barbarischer Milch, wie Ihr sie hier habt, entwöhnen. Ihr werdet feststellen, dass unser Wein viel für sich hat. Wir lassen ihn monate-, manchmal sogar jahrelang in Eichenfässern reifen. Es wäre ein Jammer, wenn all diese Arbeit vergeudet würde, die Fässer zerschlagen würden und der Wein durch die Straßen flösse und sie mit dem Blut unserer Trauben rot färbte.«

»Das wäre wirklich eine Schande«, erwiderte Roran, »aber manchmal kann man es nicht vermeiden, ein wenig Wein zu verschütten, wenn man reinen Tisch machen will.« Roran hielt das Horn weit von sich und goss den restlichen Met ins Gras.

Tharos war für einen Moment wie erstarrt – nicht einmal die Federn auf seinem Helm bewegten sich –, dann riss er mit einem wütenden Knurren sein Pferd herum und rief seinen Männern zu: »Aufstellung! Aufstellung, hab ich gesagt … Hüa!« Und mit diesem letzten Ruf trieb er sein Pferd von Roran weg und die übrigen Soldaten folgten ihm im Galopp zurück nach Aroughs.

Roran behielt seine geheuchelte Arroganz und Gleichgültigkeit bei, bis die Soldaten ein gutes Stück entfernt waren, dann ließ er langsam die Luft aus seinen Lungen entweichen und stützte die Ellbogen auf die Knie. Seine Hände zitterten leicht.

Es hat funktioniert, dachte er erstaunt.

Er hörte Männer vom Lager herbeilaufen, und als er über die Schulter blickte, sah er Baldor und Carn näher kommen, begleitet von mindestens fünfzig der Krieger, die sich in den Zelten versteckt hatten.

»Du hast es geschafft!«, rief Baldor. »Du hast es geschafft! Ich fasse es nicht!« Er lachte und warf Roran mit einem kräftigen Hieb auf die Schulter beinahe um.

Die anderen Männer umringten ihn, ebenfalls lachend, und stimmten ein überschwängliches Loblied auf ihn an. Sie prahlten schon, dass sie unter seiner Führung Aroughs ohne ein einziges Opfer erobern würden, und redeten Mut und Charakter der Bewohner der Stadt klein. Irgendjemand drückte ihm einen warmen, halb vollen Weinschlauch in die Hand, den er mit unerwartetem Ekel anstarrte, bevor er ihn an den Mann links von sich weitergab.

»Hast du irgendwelche Zauber gewirkt?«, fragte er Carn, was im Trubel der Feiernden kaum zu verstehen war.

»Was?« Carn beugte sich näher zu ihm und Roran wiederholte seine Frage, woraufhin der Magier lächelte und energisch nickte. »Ja. Es ist mir gelungen, die Luft flimmern zu lassen, wie du es wolltest.«

»Und hast du ihren Magier angegriffen? Als sie gingen, sah er aus, als würde er gleich vom Pferd kippen.«

Carns Lächeln wurde breiter. »Das war sein eigenes Werk. Er hat die ganze Zeit versucht, eine Illusion zu durchbrechen, von der er glaubte, ich hätte sie geschaffen. Er wollte den Schleier flimmernder Luft durchdringen, um zu sehen, was dahinterlag – aber da war nichts zu durchbrechen, nichts zu durchdringen, daher hat er all seine Kraft völlig umsonst aufgeboten.«

Roran schmunzelte und das Schmunzeln wurde zu einem lauten, lang anhaltenden Gelächter, das sich über das aufgeregte Geschrei erhob und über die Felder in Richtung Aroughs schallte.

Mehrere Minuten lang sonnte er sich in der Bewunderung seiner Männer, bis er von einem der am Rand des Lagers stationierten Wachposten einen lauten Warnruf hörte.

»Geht zur Seite! Na los!«, verlangte Roran und sprang auf die Füße.

Die Krieger gehorchten und er erblickte einen einzelnen Mann, der von Westen in schnellem Galopp über die Felder direkt auf ihr Lager zukam. Er musste einer aus der Gruppe sein, die er ausgeschickt hatte, um die Ufer der Kanäle abzusuchen.

»Lasst ihn hierherkommen«, befahl Roran und ein schlaksiger rothaariger Schwertkämpfer lief davon, um den Reiter abzufangen.

Während sie auf die Ankunft des Mannes warteten, sammelte Roran die Würfelknochen auf und ließ sie einen nach dem anderen in den Lederbecher fallen.

Sobald der Krieger in Rufweite war, grüßte Roran ihn. »He! Ist alles in Ordnung? Seid ihr angegriffen worden?«

Zu Rorans Verärgerung blieb der Mann zunächst stumm. Als er nur noch wenige Schritte entfernt war, sprang er vom Pferd, nahm vor Roran Haltung an und stand stocksteif und aufrecht da wie eine von der Sonne ausgedörrte Kiefer. Dann rief er mit lauter Stimme: »Herr Hauptmann!«

Bei genauerem Hinsehen stellte Roran fest, dass der Mann in Wirklichkeit eher ein Junge war – es war tatsächlich derselbe magere Bursche, der sich die Zügel seines Pferdes geschnappt hatte, als er das erste Mal ins Lager geritten war. Diese Erkenntnis trug jedoch nicht dazu bei, Rorans Neugier zu befriedigen.

»Nun, was gibt es? Ich habe nicht den ganzen Tag Zeit.«

»Herr Hauptmann! Hamund schickt mich, um Euch zu berichten, dass wir so viele Lastkähne gefunden haben, wie wir brauchen, und dass er Schlitten baut, um sie zu dem anderen Kanal zu transportieren.«

Roran nickte. »Gut. Braucht er noch Hilfe, um sie rechtzeitig rüberzuschaffen?«

»Nein, Herr Hauptmann!«

»Ist das alles?«

»Ja, Herr Hauptmann!«

»Du brauchst mich nicht ständig *Herr Hauptmann* zu nennen. Einmal ist genug. Verstanden?«

»Ja, Herr Haupt… ähm, ja, H… ähm, ich meine, ja, natürlich.«

Roran verkniff sich ein Lächeln. »Du hast deine Sache gut gemacht. Besorg dir etwas zu essen und reite dann zum Steinbruch und erstatte mir von dort Bericht. Ich will wissen, was sie bisher erreicht haben.«

»Ja, He … Entschuldigung, Herr … Das heißt, ich brauche nicht … Ich werde sofort aufbrechen, Hauptmann.« Zwei dunkelrote Flecke erschienen bei dem Gestammel auf den Wangen des Jungen. Er machte eine schnelle Verbeugung, dann eilte er zu seinem Ross zurück und trabte zu den Zelten davon.

Der Besuch des Jungen erinnerte Roran daran, dass es immer noch viel zu tun gab, so glücklich sie sich auch schätzen konnten, dass sie den Soldaten eine Galgenfrist abgerungen hatten. Jede der Aufgaben, die vor ihnen lag, musste zufriedenstellend ausgeführt werden – alles andere konnte sie den Erfolg ihrer Bemühungen kosten.

An die umstehenden Krieger gewandt, ordnete er an: »Alle Mann zurück ins Lager! Hebt bis Einbruch der Nacht rund um das Lager einen doppelten Graben aus. Falls diese Schlappschwänze von Soldaten ihre Meinung ändern sollten und beschließen, uns doch noch anzugreifen, will ich vorbereitet sein.«

Einige der Männer stöhnten bei der Erwähnung von Gräben, die ausgehoben werden mussten, aber der Rest schien die Anweisung gut gelaunt zu akzeptieren.

Leise bemerkte Carn: »Du darfst sie nicht zu sehr ermüden, damit sie morgen noch kämpfen können.«

»Ich weiß«, erwiderte Roran, ebenfalls geflüstert. »Aber das Lager muss befestigt werden und es wird sie vom Grübeln abhalten. Davon abgesehen, wie erschöpft sie auch sein mögen, der Kampf wird ihnen neue Kraft geben. So ist es immer.«

Für Roran verging der Tag schnell, solange er sich auf ein unmittelbar zu lösendes Problem konzentrieren musste oder körperlich ausgelastet war. Dagegen zog sich der Tag quälend lang dahin, wenn er Zeit fand, über ihre Lage nachzudenken.

Seine Männer arbeiteten wacker – sein Bravourstückchen, durch das er sie vor den feindlichen Reitern bewahrt hatte, hatte ihm ihre Loyalität und Hingabe auf eine Weise gesichert, wie es Worte niemals vermocht hätten. Trotzdem schien es immer offensichtlicher, dass sie ungeachtet ihrer Anstrengungen nicht in der Lage sein würden, in der kurzen Zeit, die ihnen noch blieb, ihre Vorbereitungen abzuschließen.

Den ganzen restlichen Vormittag, den Nachmittag und den frühen Abend über breitete sich in Roran immer mehr ein Gefühl erdrückender Hoffnungslosigkeit aus und er verfluchte sich dafür, sich für einen so komplizierten und ehrgeizigen Plan entschieden zu haben.

Ich hätte von Anfang an wissen müssen, dass die Zeit nicht reicht, dachte er. Aber es war zu spät für irgendeinen anderen Plan. Ihnen blieb nur, ihr Äußerstes zu geben und zu hoffen, dass es irgendwie ausreichen würde, um trotzdem den Sieg zu erzwingen.

Als der Abend dämmerte, vertrieb ein schwacher Funke der Zuversicht seine Schwarzseherei, denn urplötzlich fügte sich mit überraschender Geschwindigkeit eines zum anderen. Und wenige Stunden später, als die Dunkelheit hereingebrochen war und die Sterne über ihnen hell leuchteten, stand er zusammen mit fast siebenhundert seiner Männer an den Mühlen. Sie hatten alle Vorbereitungen abgeschlossen, die notwendig waren, um Aroughs vor dem Ende des folgenden Tages zu erobern.

Roran stieß ein kurzes, erleichtertes Lachen aus, in das sich Stolz und Ungläubigkeit mischten, während er den Gegenstand ihrer Bemühungen betrachtete.

Dann beglückwünschte er seine Leute und gebot ihnen, in ihre Zelte zurückzukehren. »Ruht euch jetzt aus. Im Morgengrauen greifen wir an!«

Und die Männer jubelten, trotz ihrer offensichtlichen Erschöpfung.

Freund oder Feind

In dieser Nacht fand Roran nur in einen leichten, unruhigen Schlaf. Er konnte sich unmöglich entspannen, wusste er doch, wie wichtig die bevorstehende Schlacht war und dass er dabei sehr wohl verletzt werden konnte – wie schon so oft. Diese beiden Gedanken waren dafür verantwortlich, dass er in regelmäßigen Abständen aus düsteren, sonderbaren Träumen hochschreckte.

Daher war er sofort hellwach, als es draußen vor seinem Zelt einen leisen, dumpfen Schlag gab.

Er öffnete die Augen und starrte die Zeltbahn über seinem Kopf an. Im Zelt war es nicht vollkommen finster, da orangefarbenes Fackellicht durch den Spalt der Eingangsklappe fiel und eine schwache Linie auf die gegenüberliegende Wand zeichnete. Die Luft fühlte sich kalt und feucht an auf seiner Haut, als liege er in einer Höhle tief unter der Erde begraben. Es musste schon sehr spät sein. Selbst die Tiere der Nacht waren zu dieser Stunde in ihren Bau zurückgekehrt und schliefen. Niemand hatte so tief in der Nacht noch auf zu sein – bis auf die Wachposten, und die waren nicht so nah an seinem Zelt postiert.

Roran atmete so langsam und flach wie möglich, während er auf weitere Geräusche lauschte. Doch das Einzige, was er hörte, war das Klopfen seines eigenen Herzens, das immer lauter pochte, je größer seine Anspannung wurde.

Eine Minute verstrich.

Dann noch eine.

Und gerade als er dachte, es gebe doch keinen Grund zur Sorge, und sein rasender Puls sich zu beruhigen begann, fiel ein Schatten auf die Vorderseite des Zeltes.

Rorans Pulsschlag verdreifachte sich und sein Herz klopfte so schnell, als würde er einen Berghang hinaufrennen. Wer immer dort draußen herumschlich, war gewiss nicht gekommen, um ihn für den Angriff auf Aroughs zu wecken oder um ihm eine Botschaft zu überbringen. Denn dann hätte er nicht gezögert, seinen Namen zu rufen und ins Zelt zu stürmen.

Eine schwarz behandschuhte Hand – noch einen Ton dunkler als die sie umgebende Finsternis – schob sich zwischen Zelt und Eingangsklappe und tastete nach der Schnur, die sie geschlossen hielt.

Roran öffnete schon den Mund, um Alarm zu schlagen, änderte dann aber seine Meinung. Es wäre töricht gewesen, den Vorteil der Überraschung nicht zu nutzen. Außerdem würde der Eindringling, wenn er merkte, dass er entdeckt worden war, vielleicht in Panik geraten und Panik konnte ihn noch gefährlicher machen.

Mit der rechten Hand zog Roran vorsichtig seinen Dolch unter dem zusammengerollten Umhang hervor, den er als Kopfkissen benutzte, und schob die Hand mit der Waffe unter seine Decke. Gleichzeitig packte er mit der anderen Hand deren Saum.

Ein goldener Lichtrand zeichnete die Gestalt des Eindringlings nach, als er ins Zelt schlüpfte. Roran sah, dass der Mann eine gefütterte Lederjacke trug, aber weder Rüstung noch Kettenhemd. Dann fiel die Zeltklappe herunter und Dunkelheit umhüllte sie abermals.

Die gesichtslose Gestalt kam auf Roran zugeschlichen.

Roran hatte das Gefühl, vor Atemnot gleich ohnmächtig zu werden, weil er weiter so flach und ruhig wie möglich atmete, damit es wirkte, als würde er schlafen.

Als der Eindringling die Hälfte des Weges zu dem Feldbett zurückgelegt hatte, zog Roran die Decke weg und warf sie über ihn. Mit wildem Gebrüll stürzte er sich dann auf den Fremden und holte aus, um ihm den Dolch in die Eingeweide zu rammen.

»Warte!«, schrie der Mann. Überrascht hielt Roran inne und die beiden krachten gemeinsam zu Boden. »Freund! Ich bin ein Freund!«

Eine halbe Sekunde später keuchte Roran auf, als zwei harte Schläge seine linke Niere trafen. Der Schmerz machte ihn beinah handlungsunfähig, aber er zwang sich, von dem Mann wegzurollen und etwas Abstand zwischen sich und ihn zu bringen.

Roran stemmte sich auf die Füße, dann stürmte er wieder auf den Angreifer zu, der immer noch versuchte, sich von der Decke zu befreien.

»Warte, ich bin dein Freund!«, schrie der Mann erneut, aber Roran würde kein zweites Mal darauf hereinfallen. Das war auch gut, denn als er zustieß, schlug der Mann seinen rechten Arm und den Dolch mit der Decke weg und ging dann mit einem Messer, das er aus seiner Jacke gezogen hatte, auf Roran los. Roran verspürte nur ein schwaches Ziehen quer über der Brust, dem er aber weiter keine Beachtung schenkte.

Mit Gebrüll riss Roran seinerseits an der Decke, so fest er konnte, zog den Mann damit von den Füßen und schleuderte ihn gegen eine Seite des Zeltes, das über ihnen einstürzte und sie unter dem schweren Tuch begrub. Roran schüttelte die Decke ab, kroch auf den Mann zu, wobei er sich seinen Weg durch die Dunkelheit ertastete.

Die harte Sohle eines Stiefels traf Rorans linke Hand und seine Fingerspitzen wurden taub.

Roran warf sich nach vorn und erwischte den Mann, der sich gerade mit dem Gesicht zu ihm drehen wollte, am Knöchel. Der Mann trat um sich wie ein Karnickel und entkam Rorans Griff. Aber Roran packte abermals seinen Knöchel, umklammerte ihn und grub dem Mann durch das dünne Leder die Finger in die Sehne hinten an der Ferse, bis der Mann vor Schmerz aufheulte.

Bevor der andere sich erholen konnte, war Roran über ihm und drückte ihm die Messerhand auf den Boden. Roran versuchte dem Mann seinen Dolch in die Seite zu rammen, aber er war zu langsam. Sein Widersacher fand sein Handgelenk und packte es mit eisernem Griff.

»Wer bist du?«, knurrte Roran.

»Ich bin dein Freund«, antwortete der Mann, dessen Atem warm in Rorans Gesicht wehte. Er roch nach Wein und süßem Most. Dann rammte er Roran dreimal in schneller Folge das Knie in die Rippen.

Roran schlug dem Meuchelmörder seine Stirn gegen die Nase

und brach sie ihm dabei mit einem lauten Knacken. Der Mann fauchte und wand sich unter ihm, aber Roran ließ ihn nicht los.

»Du bist… nicht mein Freund«, stieß Roran ächzend hervor, während er sein gesamtes Gewicht auf den rechten Arm verlagerte und den Dolch langsam auf die Seite des Mannes herabsenkte. Während sie miteinander rangen, nahm Roran dunkel wahr, dass draußen vor dem eingestürzten Zelt Stimmen laut wurden.

Zu guter Letzt gab der Arm des Mannes nach und auf einmal drang der Dolch ganz leicht durch die gefütterte Jacke in weiches, warmes Fleisch. Der Mann krümmte sich. Roran stach rasch noch mehrere Male auf ihn ein, bevor er den Dolch endgültig in der Brust des Mannes versenkte.

Durch den Griff des Dolches spürte Roran das flügelartige Flattern des Herzens, wie es sich selbst an der rasiermesserscharfen Klinge in Fetzen schnitt. Zweimal bebte und zuckte der Mann noch, dann gab er jeden Widerstand auf und blieb einfach keuchend liegen.

Roran hielt ihn immer noch fest, während das Leben aus ihm herausfloss, und ihre Umarmung wirkte so innig wie die eines Liebespaares. Obwohl der Mann versucht hatte, ihn zu töten, und obwohl Roran sonst nichts weiter über ihn wusste, fühlte er sich ihm doch auf eine schreckliche Weise nah. Hier lag ein menschliches Wesen – ein lebendes, denkendes Geschöpf –, das durch ihn den Tod fand.

»Wer bist du?«, flüsterte er. »Wer hat dich geschickt?«

»Ich… ich hätte dich fast getötet«, keuchte der Mann, der auf groteske Weise zufrieden klang. Dann stieß er einen lang gezogenen, hohlen Seufzer aus, sein Körper erschlaffte und er war nicht mehr.

Roran ließ den Kopf auf die Brust des Mannes sinken und rang nach Luft. Er zitterte am ganzen Leib.

Mehrere Hände begannen an dem Stoff zu zerren, der auf ihm lag.

»Schafft das runter von mir!«, rief Roran und schlug mit dem linken Arm um sich, außerstande, das bedrückende Gewicht des Tuchs, die Dunkelheit, die Enge und die stickige Luft noch länger zu ertragen.

Jemand durchschnitt die Zeltbahn über ihm. Warmes, flackerndes Fackellicht fiel durch die Öffnung.

Verzweifelt wollte Roran nichts anderes, als seinem Gefängnis zu entfliehen, kam taumelnd hoch, packte die Ränder der Zeltbahn und befreite sich aus dem eingestürzten Zelt. Nur mit einer Hose bekleidet, stolperte er ins Licht und blickte in vertraute Gesichter.

Baldor war da, ebenso Carn, Delwin, Mandel und zehn andere Krieger, alle mit Schwertern oder Streitäxten in den Händen. Keiner der Männer war vollständig bekleidet, bis auf die zwei, die zur Nachtwache eingeteilt waren.

»Bei den Göttern!«, rief jemand aus, und als Roran sich umdrehte, sah er, dass einer der Krieger einen Teil des eingestürzten Zeltes weggezogen hatte, um den Leichnam des Meuchelmörders freizulegen.

Der Tote war von wenig beeindruckender Größe, hatte langes, wirres Haar, das er zu einem Pferdeschwanz zusammengebunden trug, und eine Lederklappe über dem linken Auge. Seine Nase war schief und platt gedrückt – gebrochen von Roran – und eine Maske aus Blut bedeckte den unteren Teil seines rasierten Gesichts. Auf seiner Brust war noch mehr Blut, ebenso an der Seite und auf dem Boden unter ihm. Es schien beinah zu viel Blut für eine einzige Person zu sein.

»Roran«, sprach Baldor ihn an.

Roran starrte den Meuchelmörder weiter an, ohne den Blick von ihm wenden zu können.

»Roran!«, sagte Baldor wieder, jetzt lauter. »Roran, hör mir zu. Bist du verletzt? Was ist passiert? … Roran!«

Endlich drang Baldors besorgte Stimme zu Roran durch. »Was?«, fragte er.

»Roran, bist du verletzt?!«

Wie kam er darauf? Verwirrt blickte Roran an sich hinunter. Seine Brustbehaarung war von oben bis unten blutverklebt, Blutschmierer bedeckten seine Arme und den oberen Teil seiner Hose.

»Mir geht es gut«, antwortete er, obwohl er Mühe hatte, die Worte herauszubringen. »Ist sonst noch jemand angegriffen worden?«

Als Antwort traten Delwin und Hamund zur Seite und gaben den

Blick auf einen am Boden liegenden Körper frei. Es war der Knabe, den er als Botenjunge eingesetzt hatte.

»Oh nein!«, stöhnte Roran voll Kummer. »Was hatte er um diese Zeit draußen zu suchen?«

Einer der Krieger trat vor. »Ich habe ein Zelt mit ihm geteilt, Hauptmann. Er musste nachts öfter raus, weil er vor dem Schlafengehen so viel Tee trank. Seine Mutter hat ihm gesagt, so würde er nicht krank werden … Er war ein guter Kerl, Hauptmann. Er hat es nicht verdient, von einem Feigling hinterrücks niedergestochen zu werden.«

»Nein, das hat er nicht«, murmelte Roran. *Wenn er nicht gewesen wäre, wäre ich jetzt tot.* Er deutete auf den Meuchelmörder. »Laufen hier noch mehr von diesen Halunken herum?«

Die Männer regten sich und sahen einander an, dann antwortete Baldor: »Das denke ich nicht.«

»Habt ihr nachgesehen?«

»Nein.«

»Na, dann los! Aber versucht, nicht alle anderen zu wecken. Sie brauchen ihren Schlaf. Und sorgt dafür, dass von jetzt an Wachen vor den Zelten aller Kommandanten stehen.« *Daran hätte ich schon früher denken sollen.*

Roran blieb, wo er war, und fühlte sich töricht und nutzlos, während Baldor eine Abfolge schneller Befehle erteilte und alle außer Carn, Delwin und Hamund verschwanden. Vier der Krieger hoben den zusammengesunkenen Körper des Jungen hoch und trugen ihn weg, um ihn zu begraben, während die übrigen mit der Durchsuchung des Lagers begannen.

Hamund trat zu dem Meuchelmörder und stieß mit der Stiefelspitze gegen das Messer des Mannes. »Du musst diese Soldaten heftiger erschreckt haben, als wir heute Morgen dachten.«

»Muss ich wohl.«

Roran schauderte. Er fröstelte und seine Hände und Füße fühlten sich an wie Eisklumpen. Carn bemerkte es und holte eine Decke. »Hier«, sagte er und legte sie Roran um die Schultern. »Komm mit und setz dich an eins der Wachfeuer. Ich werde Wasser heiß machen lassen, damit du dich waschen kannst. In Ordnung?«

Roran nickte, da er nicht glaubte, auch nur ein Wort herausbringen zu können.

Carn begann ihn gerade wegzuführen, blieb aber schon nach wenigen Schritten unvermittelt stehen und zwang Roran, das Gleiche zu tun. »Delwin, Hamund«, rief Carn, »holt mir eine Liege, eine Sitzgelegenheit, einen Krug Met und ein paar Verbände – so schnell ihr könnt. *Los jetzt,* wenn ihr so freundlich sein wollt.«

Verblüfft eilten die Männer davon.

»Warum?«, fragte Roran verwirrt. »Was ist?«

Carn deutete mit grimmiger Miene auf Rorans Brust. »Wenn du nicht verletzt bist, was ist *das* dann bitte schön?«

Roran sah auf seine Brust hinunter und entdeckte zwischen den Haaren und dem geronnenen Blut eine lange, tiefe Schnittwunde, die sich von seinem rechten Brustmuskel über das Brustbein bis direkt unter seine linke Brustwarze zog. An einer Stelle klaffte die Wunde fast einen Fingerbreit auf und sah aus wie ein lippenloser Mund, der zu einem riesigen, schauerlichen Grinsen verzogen war. Das Seltsamste an der Schnittwunde war jedoch, dass sie gar nicht blutete. Kein einziger Tropfen sickerte aus dem Schnitt. Roran konnte deutlich die dünne Schicht gelben Fettes unter seiner Haut sehen und darunter den dunkelroten Muskel seiner Brust, der die gleiche Farbe hatte wie eine Scheibe rohes Wildbret.

Obwohl Roran an grauenvolle Verletzungen gewöhnt war, die Schwerter, Speere und andere Waffen in Fleisch und Knochen anrichten konnten, fand er den Anblick beängstigend. Er hatte im Laufe der Kämpfe gegen das Imperium zahllose Verletzungen davongetragen – vor allem als einer der Ra'zac, die Katrina aus Carvahall entführt hatten, ihm den Schnabel in die rechte Schulter gestoßen hatte –, aber noch nie zuvor hatte er sich eine so große und merkwürdige Wunde zugezogen.

»Tut es weh?«, fragte Carn.

Roran schüttelte den Kopf, ohne aufzusehen. »Nein.« Seine Kehle war wie zugeschnürt und sein Herz – das von dem Kampf noch immer raste – verdoppelte sein Tempo erneut und hämmerte so schnell, dass man einen Schlag nicht mehr vom nächsten unterscheiden konnte. *War das Messer vergiftet?*, fragte er sich.

»Roran, du musst dich beruhigen«, murmelte Carn. »Ich denke, ich kann dich heilen, aber es macht die Sache nicht leichter, wenn du jetzt umkippst.« Dann nahm er ihn an der Schulter und führte ihn zu der Liege, die Hamund gerade aus einem Zelt gezerrt hatte. Roran setzte sich gehorsam.

»Wie soll ich mich denn beruhigen?«, fragte er mit einem kurzen, rauen Lachen.

»Atme tief durch und stell dir vor, du würdest beim Ausatmen in den Boden sinken. Vertrau mir, es wird funktionieren.«

Roran tat wie geheißen. Nach seinem dritten Atemzug begannen seine verkrampften Muskeln sich zu lockern, Blut spritzte aus der Schnittwunde und traf Carn mitten ins Gesicht. Der Magier wich zurück und stieß einen Fluch aus. Frisches Blut floss über Rorans Bauch und es fühlte sich heiß an auf seiner nackten Haut.

»Jetzt tut es weh«, stieß Roran zähneknirschend hervor.

»Schnell!«, rief Carn und winkte Delwin, der beladen mit Verbandszeug und Met angerannt kam. Noch während der Dörfler alles am Fußende der Liege ablud, griff Carn sich ein paar Lagen Mull und presste sie auf Rorans Wunde, um die Blutung fürs Erste zu stoppen. »Leg dich hin«, befahl er.

Roran gehorchte und Hamund brachte Carn einen Hocker. Der Magier setzte sich, ohne den Druck von der Mullkompresse zu nehmen. Dann streckte er die freie Hand aus und schnippte mit den Fingern. »Jetzt öffnet den Met und gebt ihn mir.«

Sobald Delwin ihm den Krug gereicht hatte, sah Carn Roran fest in die Augen und erklärte: »Ich muss die Wunde auswaschen, bevor ich sie mit Magie versiegele. Verstehst du das?«

Roran nickte. »Gib mir etwas zum Draufbeißen.«

Er hörte, wie Schnallen und Riemen geöffnet wurden, dann steckte ihm entweder Delwin oder Hamund einen dicken Schwertgurt zwischen die Zähne und er biss fest darauf. »Mach schon!«, verlangte er, so gut das mit dem Gurt im Mund möglich war.

Bevor Roran Zeit hatte, zu reagieren, zog Carn ihm den Verbandsmull von der Brust und goss mit der gleichen Bewegung Met über die Wunde, um Haare, Blut und Schmutz aus dem Schnitt zu waschen. Sobald der Met die Wunde berührte, stieß Roran ein ersticktes Stöhnen aus, bäumte sich auf und klammerte sich seitlich an der Liege fest.

»So, schon erledigt«, sagte Carn und stellte den Krug beiseite.

Roran starrte zu den Sternen hinauf – jeder Muskel in seinem Körper zitterte – und versuchte den Schmerz zu ignorieren, während Carn die Hände über die Wunde legte und begann, Sätze in der alten Sprache zu murmeln und den Schaden zu beheben, den das Messer des Meuchelmörders angerichtet hatte.

Nach einigen Sekunden, die Roran allerdings eher wie Minuten vorkamen, verspürte er einen beinahe unerträglichen Juckreiz tief in der Brust. Er kroch sehr langsam nach oben, auf die Oberfläche seiner Haut zu, und wo er gewesen war, verschwand der Schmerz. Trotzdem war das Gefühl so unangenehm, dass er sich am liebsten das Fleisch von den Knochen gekratzt hätte.

Als es vorüber war, seufzte Carn und sackte in sich zusammen, den Kopf in die Hände gestützt.

Roran zwang seine widerspenstigen Glieder, seinem Willen zu gehorchen, schwang die Beine über die Kante der Liege und setzte sich auf. Dann strich er sich mit einer Hand über die Brust. Abgesehen von seinen Brusthaaren war sie vollkommen glatt. Unversehrt. Ohne Makel. Genau so, wie sie gewesen war, bevor der einäugige Mann sich in sein Zelt geschlichen hatte.

Magie.

Ein wenig abseits standen Delwin und Hamund und starrten ihn an. Sie wirkten etwas erstaunt, doch er bezweifelte, dass irgendjemand sonst etwas bemerkt hatte.

»Geht in eure Betten«, sagte er und winkte sie fort. »Wir werden in wenigen Stunden aufbrechen und ich brauche euch hellwach.«

»Bist du dir sicher, dass es dir gut geht?«, fragte Delwin.

»Ja, ja«, log er. »Danke für eure Hilfe, aber geht jetzt. Wie soll ich mich ausruhen, wenn ihr wie zwei Glucken nicht von meiner Seite weicht?«

Nachdem sie gegangen waren, rieb Roran sich das Gesicht und betrachtete dann seine zitternden, blutbefleckten Hände. Er fühlte sich ausgelaugt. Leer. Als habe er das Werk einer ganzen Woche in nur wenigen Minuten verrichtet.

»Wirst du trotzdem in der Lage sein, zu kämpfen?«, fragte er Carn.

Der Magier zuckte die Achseln. »Nicht so gut wie zuvor … Doch das war der Preis, der bezahlt werden musste. Wir können nicht ohne dich als Anführer in die Schlacht ziehen.«

Roran sparte sich die Mühe, Einwände zu erheben. »Du solltest dich ein wenig ausruhen. Es wird bald Morgen.«

»Was ist mit dir?«

»Ich werde mich waschen, mir ein Wams suchen und dann Baldor fragen, ob er noch irgendwelche Meuchelmörder aufgespürt hat.«

»Willst du dich nicht etwas hinlegen?«

»Nein.« Ohne es zu wollen, kratzte er sich an der Brust. Er riss sich zusammen, als er bemerkte, was er da tat. »Ich konnte schon vorher nicht schlafen und jetzt …«

»Ich verstehe.« Carn erhob sich langsam von dem Hocker. »Ich bin in meinem Zelt, falls du mich brauchst.«

Roran verfolgte, wie der Magier müde einen Fuß vor den anderen setzte und schließlich in der Dunkelheit verschwand. Dann schloss Roran die Augen und dachte an Katrina, um sich etwas zu entspannen. Schließlich nahm er das bisschen Kraft zusammen, das ihm noch geblieben war, ging zu seinem eingestürzten Zelt und durchwühlte es, bis er seine Kleidung, seine Waffen, seine Rüstung und einen Wasserschlauch gefunden hatte. Die ganze Zeit über vermied er es bewusst, zu dem Leichnam des Meuchelmörders zu sehen, obwohl sein Blick manchmal zufällig auf ihn fiel, während er sich durch das Gewirr verhedderten Stoffs kämpfte.

Schließlich kniete Roran sich aber vor die Leiche und riss mit abgewandtem Blick seinen Dolch daraus hervor. Die Klinge löste sich mit einem leichten Kratzen von Metall an Knochen. Er schwenkte den Dolch einmal kräftig, um das noch flüssige Blut abzuschütteln, und hörte, wie mehrere Tropfen auf den Boden klatschten.

In der Stille der kalten Nacht bereitete Roran sich mit Bedacht auf die Schlacht vor. Dann suchte er Baldor auf, der ihm versicherte, dass niemand sonst an den Wachposten vorbeigekommen war, und schritt einmal um das Lager herum, wobei er im Geiste jeden einzelnen Punkt ihres bevorstehenden Angriffs auf Aroughs durchging. Anschließend fand er ein kaltes halbes Hühnchen, das vom Abendessen übrig geblieben war, setzte sich hin, nagte daran und betrachtete die Sterne.

Doch was er auch tat, seine Gedanken kehrten immer wieder zu dem Anblick des jungen Mannes zurück, der tot vor seinem Zelt gelegen hatte. *Wer entscheidet, dass ein Mann lebt und ein anderer stirbt? Mein Leben war nicht mehr wert als seines, aber er wird jetzt begraben, während mir wenigstens noch ein paar weitere Stunden auf der Erde vergönnt sind. Ist alles willkürlicher, grausamer Zufall oder gibt es so etwas wie Bestimmung oder einen Plan, selbst wenn es einer wäre, der sich unserem Verständnis entzieht?*

Wilde Fahrt

»Wie gefällt es dir, eine Schwester zu haben?«, fragte Roran Baldor, als sie im grauen Zwielicht des heraufdämmernden Tages Seite an Seite auf die nächstgelegenen Mühlen zuritten.

»Was soll einem da schon groß gefallen? Ich meine, es ist ja noch kaum was da von ihr, wenn du verstehst, was ich meine. Sie ist nicht größer als ein Kätzchen.« Baldor zog die Zügel an, als sein Pferd zu einem besonders saftigen Grasfleck am Rand des Pfades zu gelangen versuchte. »Es ist einfach seltsam, nach so langer Zeit noch ein Geschwisterchen zu bekommen – ganz gleich, ob Bruder oder Schwester.«

Roran nickte. Er drehte sich im Sattel um und blickte über die Schulter zurück, ob die Kolonne von sechshundertfünfzig Mann, die ihnen zu Fuß folgte, mit ihnen Schritt hielt. Bei den Mühlen saßen sie ab und banden die Pferde vor dem untersten der drei Gebäude fest. Einer der Männer würde zurückbleiben, um die Tiere wieder ins Lager zu bringen.

Roran ging hinüber zu dem Kanal und stieg die in die schlammige Böschung geschlagenen hölzernen Stufen zum Wasser hinunter. Dann kletterte er in den hintersten der vier Lastkähne, die in einer Reihe am Ufer festgemacht waren.

Die Lastkähne hatten mehr Ähnlichkeit mit groben Flößen als mit den flachbödigen Booten, mit denen die Dorfbewohner die Küste von Narda nach Teirm hinuntergefahren waren. Roran war dankbar dafür, denn das bedeutete, dass ihr Bug nicht spitz zulief. Das machte es relativ einfach, die vier Lastkähne mit Brettern, Nägeln und Seilen fest miteinander zu verbinden – einen hinter dem anderen – und so ein einziges starres Gebilde von mehr als hundertfünfzig Schritten Länge zu bekommen.

Die Schieferplatten, die die Männer auf Rorans Anweisung aus dem Steinbruch herangekarrt hatten, stapelten sich im Bug des ersten Lastkahns und entlang der Bordwände des ersten und zweiten Kahns. Auf den Schiefer hatten sie Mehlsäcke, die in den Mühlen gelagert waren, zu einer hüfthohen Mauer aufgetürmt. Während der Schiefer auf der zweiten Barkasse endete, lief die Mauer aus Mehlsäcken weiter die Bordwände aller vier Kähne entlang, immer zwei Säcke breit und fünf Säcke hoch.

Das ungeheure Gewicht des Schiefers und des Mehls zusammen mit dem der Lastkähne selbst diente dazu, das ganze Gebilde in einen riesigen schwimmenden Rammbock zu verwandeln. Roran hoffte, dass dieser Verband sich durch das Kanaltor pflügen würde, als wären die Sperren dort ein Haufen verrotteter Stöcke. Selbst wenn das Tor durch Zauber geschützt oder verstärkt war, was Carn allerdings nicht glaubte, würde wohl kein Magier – außer Galbatorix vielleicht – stark genug sein, die gewaltige Masse der Lastkähne aufzuhalten, sobald sie einmal Fahrt aufgenommen hatte.

Außerdem würde der Wall aus Schiefer und Mehlsäcken ihnen Deckung vor Speeren und anderen Geschossen bieten.

Roran lief über die leicht schwankenden Decks bis zum Bug des vordersten Kahns. Er lehnte seinen Speer und seinen Schild gegen den Schutzwall, dann drehte er sich um und sah zu, wie seine Krieger im Gänsemarsch an Bord kamen und den freien Platz zwischen den Mehlsackwänden füllten.

Mit dem Gewicht jedes weiteren Mannes tauchten die schwer beladenen Kähne noch tiefer ein, bis die Bordwände nur noch wenige Zoll aus dem Wasser ragten.

Carn, Baldor, Hamund, Delwin und Mandel traten zu Roran. Sie hatten sich in stiller Übereinkunft entschieden, selbst die gefährlichsten Positionen auf dem schwimmenden Rammbock einzunehmen. Wenn die Varden sich ihren Weg nach Aroughs hinein auf diese Weise erzwingen wollten, würde das ein hohes Maß an Glück und Geschick erfordern, und keiner von ihnen war gewillt, den Versuch irgendjemand anderem zu überlassen.

Weiter hinten auf den Lastkähnen erblickte Roran Brigman unter den Männern, die dieser früher befehligt hatte. Nachdem Brigman am vorangegangenen Tag beinah den Gehorsam verweigert hatte, hatte Roran ihn sämtlicher verbliebenen Autorität beraubt und ihn in seinem Zelt gefangen gesetzt. Brigman hatte jedoch darum gebettelt, am letzten Angriff auf Aroughs teilnehmen zu dürfen, und Roran hatte widerstrebend zugestimmt. Brigman verstand sich gut auf den Umgang mit der Klinge und in dem bevorstehenden Kampf würde jedes Schwert zählen.

Roran fragte sich noch immer, ob er die richtige Entscheidung getroffen hatte. Er war sich ziemlich sicher, dass die Männer nun ihm treu ergeben waren und nicht mehr Brigman. Aber Brigman war viele Monate lang ihr Hauptmann gewesen und der gemeinsame Kampf hatte die Truppe zusammengeschweißt. Selbst wenn Brigman nicht versuchte, in ihren Reihen Ärger zu stiften, hatte er bewiesen, dass er bereit und fähig war, Befehle zu missachten, zumindest wenn sie von Roran kamen.

Wenn er mir irgendeinen Grund liefert, ihm zu misstrauen, werde ich ihn auf der Stelle niederstrecken, dachte Roran. Aber diese Überlegung war überflüssig. Wenn Brigman sich gegen ihn wendete, würde es wahrscheinlich inmitten eines solchen Getümmels geschehen, dass Roran es erst zu spät bemerken würde.

Als alle bis auf sechs Mann sich auf den Lastkähnen drängten, legte Roran die Hände trichterförmig vor den Mund und rief: »Hebelt sie auf!«

Zwei Männer standen auf dem obersten Wehr, das den aus den Sümpfen im Norden kommenden Kanal aufstaute. Zwanzig Fuß unterhalb lag das erste Mühlrad mit seinem Staubecken, abgeschlossen mit dem zweiten Wehr, auf dem zwei weitere Männer standen. Weitere zwanzig Fuß darunter lag das zweite Mühlrad und das zweite tiefe Staubecken. Auch dieses war mit einem Wehr verschlossen, auf dem die letzten beiden Männer standen. Unter dem letzten Wehr lag schließlich das dritte und letzte Mühlrad. Von dort aus führte der Kanal ungehindert durch das Land bis nach Aroughs.

Eingelassen in die drei Wehre waren die drei Stellschütze, die Roran mit Baldors Hilfe während der ersten Besichtigung der Mühlen geschlossen hatte. Im Laufe der vergangenen zwei Tage waren Rorans Männer fleißig gewesen und hatten mit Schaufeln und Hacken die Wehre zu beiden Seiten der Stellschütze geschwächt, bis die Erddämme kurz davor standen, den aufgestauten Wassermassen nachzugeben. Zum Schluss hatten sie lange, stabile Balken zu beiden Seiten der Stellschütze in die Erde getrieben.

Die Männer auf dem mittleren und obersten Wehr packten jetzt diese Balken – die mehrere Fuß über das jeweilige Wehr aufragten – und begannen sie in einem steten Rhythmus vor- und zurückzubewegen. Ihrem Plan entsprechend warteten die beiden Männer auf dem untersten Wehr kurz ab, bevor sie es ihren Kameraden gleichtaten.

Roran krallte die Hand in einen Mehlsack, während er zusah. Wenn sie auch nur wenige Sekunden von ihrem Plan abwichen, würde es eine Katastrophe geben.

Fast eine Minute lang geschah gar nichts.

Dann gab mit einem Unheil verkündenden Rumpeln das oberste Stellschütz nach. Das Wehr wölbte sich, die Erde geriet in Bewegung und eine riesige Zunge schlammigen Wassers ergoss sich über das Wasserrad darunter und drehte es schneller, als es sich jemals hätte drehen sollen.

Als das Wehr brach, schafften es die Männer, die daraufgestanden hatten, mit knapper Not, ans Ufer zu springen.

Gischt spritzte dreißig Fuß oder mehr in die Höhe, als die Wasserzunge sich in das glatte dunkle Becken unter dem Wasserrad ergoss. Kurz darauf raste eine schaumgekrönte, mannshohe Welle auf das nächste Wehr zu.

Die Männer am mittleren Wehr sahen sie kommen, gaben ihren Posten auf und brachten sich ebenfalls mit einem Sprung auf festen Grund in Sicherheit.

Und sie hatten gut daran getan. Als die Welle das Wehr traf, brachen erst nadeldünne Wasserstrahlen um den Rahmen des Schützes hervor, bevor es herausflog, als habe ein Drache ihm einen Tritt versetzt. Einen Augenblick später riss die Welle alles mit sich, was von dem Wehr noch übrig war.

Mit noch mehr Wucht als die vorangegangene ergoss sich diese

Sturzflut auf das zweite Wasserrad. Das Holz ächzte und knarrte unter dem Ansturm der Wassermassen und zum ersten Mal kam es Roran in den Sinn, dass ein Mühlrad oder mehrere losbrechen könnten. Wenn das geschah, könnte das eine ernsthafte Gefahr für seine Männer wie für die Lastkähne darstellen und würde den geplanten Angriff auf Aroughs vielleicht beenden, bevor er überhaupt begonnen hatte.

»Schneidet uns los!«, rief er.

Einer der Männer kappte das Seil, mit dem sie am Ufer festgemacht waren, während ein paar andere zehn Fuß lange Stangen zur Hand nahmen, in den Grund des Kanals bohrten und sich mit aller Kraft abstießen.

Die schwer beladenen Lastkähne setzten sich träge in Bewegung und nahmen sehr gemächlich Fahrt auf – viel langsamer, als Roran es sich vorgestellt hatte.

Die Männer auf dem untersten Wehr zerrten noch an den Balken, die in dem geschwächten Damm steckten, als die Wasserlawine bereits auf sie zustürzte. Kurz bevor die Flutwelle alles hinwegspülte, erbebte das Wehr und sackte weg, sodass die Männer gerade noch ans Ufer springen konnten.

Das Wasser schwemmte den Wehrdamm so mühelos fort, als wäre er aus durchweichtem Brot, und traf donnernd auf das letzte Mühlrad. Mit einem Krachen, so laut und scharf wie brechendes Eis, zersplitterte das Holz, das Rad neigte sich um mehrere Grad, aber zu Rorans Erleichterung hielt es. Dann schlug die gewaltige Wassersäule mit einem donnernden Brüllen auf dem Grund des terrassierten Hügels auf und eine Explosion aus feinem Nebel erhob sich. Noch in mehr als zweihundert Schritten Entfernung kanalabwärts schlug Roran ein kalter Windstoß ins Gesicht.

»Schneller!«, rief er den Männern zu, die die Flusskähne mit ihren Stangen vorwärtstrieben, während eine wirbelnde Wassermasse aus den Nebelschwaden auftauchte und den Kanal hinunterschoss.

Die Flutwelle holte sie mit unglaublicher Geschwindigkeit ein. Als sie den hintersten der vier miteinander verbundenen Lastkähne erreichte, schnellte der ganze Verband mit einem Ruck nach vorn, sodass es etliche Männer von den Füßen riss. Einige Mehlsäcke gingen über Bord oder stürzten aus der Mauer nach innen.

Während das anschwellende Wasser den hintersten Lastkahn mehrere Fuß anhob, begann das mehr als hundertfünfzig Schritte lange Gefährt seitwärts abzutreiben. Wenn das so weiterging, überlegte Roran, würden sie schon bald zwischen den Ufern des Kanals eingekeilt sein. Und dann würde die Strömung ihre Kähne Sekunden später auseinanderreißen und zertrümmern.

»Bringt uns wieder auf Kurs!«, brüllte er und stemmte sich von den Mehlsäcken hoch, auf die er gefallen war. »Wir dürfen uns nicht drehen!«

Sofort bemühten die Krieger sich, das schwerfällige Gefährt vom ansteigenden Ufer abzustoßen und wieder in die Mitte des Kanals zu lenken. Roran sprang auf die Schieferplatten im Bug und rief laut Anweisungen nach hinten. Gemeinsam lenkten sie die Lastkähne erfolgreich den gewundenen Kanal hinab.

»Wir haben es geschafft!«, rief Baldor, ein dämliches Grinsen im Gesicht.

»Freu dich nicht zu früh«, warnte Roran. »Wir haben noch ein gutes Stück vor uns.«

Bis sie auf gleicher Höhe mit ihrem Lager waren, eine Meile von Aroughs entfernt, hatte sich der östliche Himmel hellgelb verfärbt. Bei ihrer Geschwindigkeit würden sie die Stadt erreichen, bevor die Sonne über den Horizont lugte, und das graue Zwielicht, das nach wie vor über dem Land lag, würde helfen, sie vor den Blicken der Wachen auf den Mauern und den Türmen zu verbergen.

»Hört zu!« Roran formte mit seinen Händen erneut einen Trichter vor dem Mund und hob die Stimme, damit alle Männer ihn verstehen konnten. »Wir werden vielleicht im Wasser landen, nachdem wir das äußere Tor gerammt haben. Also bereitet euch darauf vor, schwimmen zu müssen. Bis wir festes Land erreichen, werden wir leichte Zielscheiben abgeben. Sobald wir am Ufer sind, haben wir nur noch ein Ziel: in die Oberstadt zu gelangen, bevor jemand in der Stadt daran denkt, dort die Tore zu schließen. Denn wenn sie das tun, werden wir Aroughs niemals erobern. Sobald wir diese zweite Mauer überwunden haben, sollte es nicht weiter schwierig sein, Graf Halstead zu finden und zur Kapitulation zu zwingen. Falls er sich nicht ergibt, sichern wir die Befestigungsanlage der Oberstadt und kämpfen uns dann in der Unterstadt Straße für Straße vor, bis wir ganz Aroughs unter Kontrolle haben.

Denkt daran, auf einen von uns kommen mehr als zwei von ihnen, bleibt also dicht bei eurem Schildgefährten und seid immer auf der Hut. Unternehmt nichts auf eigene Faust und lasst euch nicht vom Rest der Gruppe trennen. Die Stadtsoldaten kennen die Straßen besser als wir und sie werden euch dort auflauern, wo ihr es am wenigsten erwartet. Wenn ihr trotzdem irgendwann von eurer Gruppe getrennt werdet, kommt in die Oberstadt, denn dort werden wir sein.

Heute werden wir eine große Schlacht für die Varden schlagen. Heute werden wir so viel Ehre und Ruhm ernten, wie es sich die meisten Männer nur erträumen können. Heute … heute werden wir der Geschichte unseren Stempel aufdrücken. Was wir in den nächsten Stunden vollbringen werden, davon werden die Barden noch in hundert Jahren singen. Denkt an eure Freunde. Denkt an eure Familien, an eure Eltern, eure Ehefrauen und eure Kinder. Kämpft wacker, denn wir kämpfen für sie. Wir kämpfen für die Freiheit!«

Die Männer brüllten begeistert.

Roran gab ihnen einen Augenblick, um sich in den Kampfrausch zu steigern, dann hob er die Hand und rief: »Schilde!« Wie ein Mann hockten die Krieger sich hin, hoben ihre Schilde und bedeckten sich und ihre Gefährten, sodass es wirkte, als sei die Mitte des improvisierten Rammbocks eingehüllt in einen Schuppenpanzer, der dem Bein eines Riesen als Rüstung dienen könnte.

Zufrieden sprang Roran von dem Schieferhaufen und sah Carn, Baldor und die vier anderen Männer an, mit denen er von Belatona hergeritten war. Der Jüngste, Mandel, wirkte besorgt, aber Roran wusste, dass seine Nerven nicht versagen würden.

»Bereit?«, fragte er und sie alle bejahten.

Dann lachte Roran, und als Baldor wissen wollte, warum, sagte er: »Wenn mich nur mein Vater jetzt sehen könnte.«

Und Baldor lachte ebenfalls.

Roran behielt den Kopf der Flutwelle genau im Auge. Sobald er die Stadt erreichte, würden die Soldaten möglicherweise bemerken, dass etwas nicht stimmte, und Alarm schlagen. Er wollte, dass sie Alarm schlugen, aber nicht aus diesem Grund. Daher gab er Carn ein Zeichen, sobald er glaubte, dass die Welle noch ungefähr eine Minute von Aroughs entfernt war, und befahl: »Schick ihnen das Signal.«

Der Magier nickte und beugte sich vor. Seine Lippen bewegten sich, während sie die seltsamen Laute der alten Sprache bildeten. Nach einigen Momenten richtete er sich auf und erklärte: »Erledigt.«

Roran spähte nach Westen. Dort standen auf dem freien Feld vor dem Nordtor von Arough die Speerschleudern, Katapulte und Belagerungstürme der Varden. Die Belagerungstürme rührten sich nicht, aber die anderen Kriegsmaschinen wurden in Gang gesetzt und schleuderten ihre Speere und Steine in hohem Bogen gegen die makellosen weißen Mauern der Stadt. Und er wusste, dass fünfzig seiner Männer auf der entgegengesetzten Seite der Stadt gerade jetzt die Trompeten bliesen, Kriegsrufe brüllten, brennende Pfeile abfeuerten und alles in ihrer Macht Stehende taten, um die Aufmerksamkeit der Verteidiger auf sich zu lenken und den Eindruck zu erwecken, als versuche eine viel größere Streitmacht, die Stadt zu stürmen.

Eine tiefe Ruhe überkam Roran.

Gleich würde die Schlacht beginnen.

Männer würden sterben.

Er konnte einer von ihnen sein.

Dieses Wissen machte seinen Kopf klar und jede Spur von Erschöpfung war wie weggeblasen, zusammen mit dem schwachen Zittern, das ihn seit dem Anschlag auf sein Leben vor wenigen Stunden geplagt hatte. Nichts war so belebend wie das Kämpfen – nicht Essen noch Lachen noch eigener Hände Arbeit, nicht einmal die Liebe –, und obwohl er es hasste, konnte er nicht leugnen, wie viel Macht es über ihn hatte. Er hatte niemals ein Krieger werden wollen, aber er war einer geworden und entschlossen, alle zu bezwingen, die sich ihm entgegenstellten.

Roran kauerte sich hin und sah zwischen zwei scharfkantigen Schieferplatten hindurch auf das schnell näher kommende Tor, das ihnen den Weg versperrte. Über Wasser und jetzt – wegen der Flut – auch noch ein Stück darunter bestand das Tor aus massiven Eichenbrettern, auf denen Alter und Feuchtigkeit dunkle Flecken hinterlassen hatten. Weiter unter der Wasseroberfläche befand sich das Gitter aus Eisen und Holz, ganz ähnlich einem Fallgitter, durch das das Wasser ungehindert strömen konnte. Der obere Teil würde schwerer zu durchbrechen sein, aber er vermutete, dass die langen Phasen im Wasser das Gitter geschwächt haben könnten. Wenn erst ein Teil davon weggerissen war, würde es erheblich einfacher sein, durch die Eichenbretter darüber zu brechen. Daher hatte er zwei kräftige Baumstämme unter dem ersten Lastkahn anbringen lassen. Da der Kahn tief im Wasser lag, würden die Stämme die untere Hälfte des Tors im gleichen Moment rammen wie der Bug des vordersten Lastkahns die obere Hälfte.

Es war ein schlauer Plan, aber er hatte keine Ahnung, ob er wirklich funktionieren würde.

»Ganz ruhig«, flüsterte er mehr zu sich selbst als zu irgendjemand anders, als das Tor immer näher kam.

Die Männer am Heck fuhren fort, das Gefährt mit ihren Stangen zu lenken, aber alle übrigen hatten sich unter den Panzer aus sich überlappenden Schilden zurückgezogen.

Die Öffnung des Torbogens ragte hoch über ihnen auf wie der Eingang zu einer Höhle. Als der Bug des ersten Kahns in die Schatten unter dem Torbogen glitt, bemerkte Roran, wie mehr als dreißig Fuß über ihnen das Gesicht eines Soldaten – ein rundes, bleiches Vollmondgesicht – über dem Rand der Mauer erschien. Mit ungläubigem Entsetzen starrte der Soldat auf das merkwürdige Gefährt hinab.

Die Strömung riss sie so schnell weiter, dass Roran nur Zeit für einen einzigen bitteren Fluch blieb, bevor der Verband in die kühle Dunkelheit des Torbogens gerissen wurde und die Kuppeldecke ihm den Blick auf den Soldaten versperrte.

Dann rammten die Lastkähne das Tor.

Die Wucht des Aufpralls schleuderte Roran nach vorn gegen die

Wand aus Schiefer, hinter der er gehockt hatte. Sein Kopf prallte gegen die Platten, und obwohl er einen Helm und darunter eine gepolsterte Kappe trug, dröhnten ihm die Ohren. Das Deck erzitterte und bäumte sich auf und trotz des Summens seiner Ohren hörte er Holz bersten und das Kreischen von sich verwindendem Metall.

Eine der Schieferplatten rutschte nach hinten, fiel auf ihn und fügte ihm Prellungen an Armen und Schultern zu. Er packte die Platte an den Kanten und warf sie in einem wilden Kraftausbruch über Bord.

In der Finsternis war schwer zu erkennen, was ringsum vorging. Sicher war nur, dass ein großes Durcheinander und ein mörderisches Getöse herrschte. Um Rorans Füße schwappte es und er begriff, dass Wasser in den Lastkahn eingedrungen war, doch ob sie sinken würden, konnte er nicht sagen.

»Gebt mir eine Axt!«, rief er und streckte eine Hand hinter sich. »Eine Axt, ich brauche eine Axt!«

Er taumelte, als der Kahn plötzlich ein Stück vorruckte, und beinahe wäre er gestürzt. Das Tor hatte sich etwas nach innen gewölbt, aber noch hielt es. Mit der Zeit würde der fortgesetzte Druck des Wassers den Lastkahn vielleicht durch das Tor drücken, aber er konnte nicht darauf warten, bis die Natur ihren Lauf nahm.

Als ihm jemand den glatten Stiel einer Axt in die ausgestreckte Hand drückte, öffneten sich im Torgewölbe über ihnen sechs helle Rechtecke. Man hatte die Abdeckungen von den Schießscharten genommen. In den Rechtecken flackerte es und Armbrustbolzen zischten auf die Lastkähne herab und fügten dem Getöse, wo immer sie auf Holz trafen, ein lautes Krachen hinzu.

Irgendwo schrie ein Mann.

»Carn!«, schrie Roran. »Tu etwas!«

Roran überließ den Magier seiner Aufgabe und kletterte über das Deck und die Schieferhaufen hinweg in Richtung Bug. Währenddessen ruckte der Kahn noch etwa eine Handbreit nach vorn. Mit einem neuerlichen ohrenbetäubenden Ächzen gab das Tor weiter nach und in den Eichenbrettern zeigten sich Risse, durch die Licht drang.

Direkt neben Rorans rechter Hand prallte ein Armbrustbolzen vom Schiefer ab.

Roran kletterte noch schneller.

Gerade als er den Bug des Lastkahns erreicht hatte, zwang ihn ein schrilles Knirschen, sich die Ohren zuzuhalten und zurückzuweichen.

Eine kräftige Welle spülte über ihn hinweg und einen Moment lang konnte er nichts sehen. Er blinzelte und entdeckte, dass ein Teil des Tores in den Kanal gestürzt war. Die Öffnung war groß genug, dass sie mit ihrem Lastkahnverband würden passieren können. Über dem Bug des Schiffes ragten jedoch abgesplitterte Balken aus den Überresten des Tores, an denen sich ein unvorsichtiger Mann leicht aufspießen konnte.

Ohne zu zögern, rollte Roran sich nach mittschiffs und landete hinter der Brustwehr aus Schiefer. »Köpfe runter!«, brüllte er und bedeckte sich mit seinem Schild.

Die Lastkähne glitten vorwärts, heraus aus dem Hagel tödlicher Armbrustbolzen und hinein in einen gewaltigen steinernen Raum, der von Fackeln in Halterungen an den Wänden erleuchtet wurde.

Am anderen Ende des Raums floss das Wasser durch ein weiteres herabgelassenes Tor, das im Gegensatz zum ersten Tor vollständig aus Gitterwerk bestand. Durch die Holz- und Metallstreben konnte Roran in die Stadt sehen und sogar Gebäude erkennen.

Über die ganze Länge des Raums zogen sich an beiden Seiten des Kanals steinerne Kaimauern entlang, um Fracht ein- und auszuladen. Flaschenzüge, Seile und leere Netze hingen von der Decke und auf einer steinernen Plattform in der Mitte eines jeden künstlichen Ufers stand ein Kran. An den beiden Stirnseiten des Raumes erlaubten es Stufen und Laufstege – die aus den moderbedeckten Wänden entsprangen –, den Kanal trockenen Fußes zu überqueren. Der Steg hinter ihnen führte außerdem zu den Wachräumen über dem Gewölbe, durch das die Kähne gerade gekommen waren, und überdies, so vermutete Roran, zur Brustwehr der Stadtmauer, wo er anfangs den Soldaten entdeckt hatte.

Frustriert musterte Roran das heruntergelassene Gitter. Er hatte gehofft, bis direkt in die Stadt fahren zu können. So dagegen saßen sie erst einmal auf dem Kanal in der Falle und würden sich mit den Wachen befassen müssen.

Das lässt sich jetzt wohl nicht mehr ändern, dachte er.

Hinter ihnen quollen dunkelrot gewandete Soldaten aus den Wachräumen auf den Laufsteg, wo sie sich hinknieten und ihre Armbrüste spannten, um sie für eine weitere Salve vorzubereiten.

»Dort hinüber!«, rief Roran und zeigte mit dem Arm auf die linke Kaimauer. Die Krieger nahmen ihre Stangen aufs Neue zur Hand und drückten den Kahnverband langsam an den Rand des Kanals. Mit den mehreren Dutzend Bolzen, die aus ihren Schilden ragten, erinnerte das Aussehen der Truppe entfernt an einen Igel.

Als sie den Kai fast erreicht hatten, zogen zwanzig Soldaten der Verteidiger ihre Schwerter und stürmten die Treppe vom Steg herab, um die Varden abzufangen, bevor sie landen konnten.

»Schneller!«, rief Roran.

Ein Bolzen bohrte sich in seinen Schild. Die diamantförmige Spitze durchschlug das anderthalb Zoll dicke Holz und trat direkt über seinem Unterarm wieder aus. Er geriet ins Wanken, fing sich aber rasch wieder, denn er wusste, dass ihm nur wenige Augenblicke blieben, bis weitere Schützen auf ihn anlegen würden.

Roran sprang in Richtung Kai, die Arme weit ausgebreitet, um das Gleichgewicht zu halten. Trotzdem landete er hart und schlug mit einem Knie auf dem Boden auf. Dann hatte er nur noch Zeit, den Hammer aus seinem Gürtel zu reißen, bevor die Soldaten ihn erreicht hatten.

Mit einem Gefühl der Erleichterung und mit wilder Freude stellte Roran sich ihnen entgegen. Er war es leid, zu planen und zu grübeln und sich Sorgen zu machen, was sein könnte. Hier waren endlich wackere Gegner, die er bekämpfen und töten konnte – keine durch die Nacht schleichenden Meuchelmörder.

Die Begegnung war kurz, erbittert und blutig. Roran erschlug innerhalb der ersten paar Sekunden drei der Soldaten oder machte sie kampfunfähig. Dann kamen ihm Baldor, Delwin, Hamund, Mandel und andere zu Hilfe, um die Soldaten vom Wasser wegzudrängen.

Roran war kein Schwertkämpfer, daher versuchte er erst gar nicht, mit seinen Gegnern kunstvoll die Klingen zu kreuzen. Stattdessen ließ er sie auf seinen Schild einschlagen, soviel sie wollten, während er seinen Hammer benutzte, um seinerseits ihre Knochen zu zertrümmern. Gelegentlich musste er einen Hieb oder Stich parieren, aber er versuchte zu vermeiden, mehr als ein paar Schläge mit irgendjemandem zu wechseln, denn er wusste, dass sich sein Mangel an Erfahrung schon bald als verhängnisvoll erweisen würde. Er hatte entdeckt, dass der nützlichste Trick beim Kämpfen nicht fantastische Wirbel des Schwertes waren oder irgendeine komplizierte Finte, die zu meistern man Jahre brauchte. Man musste einfach die Initiative ergreifen und tun, was der Feind am wenigsten erwartete.

Nachdem er sich einen Weg aus dem Getümmel erkämpft hatte, stürmte Roran zu der Treppe, die auf den Steg mit den Armbrustschützen führte.

Immer drei Stufen auf einmal nehmend, hetzte Roran die Treppe hinauf, schwang seinen Hammer und traf den ersten Schützen mitten ins Gesicht. Der nächste Soldat in der Reihe hatte seine Armbrust bereits abgefeuert, daher ließ er sie fallen und griff beherzt nach seinem Kurzschwert. Er hatte die Klinge noch nicht zur Hälfte aus der Scheide gezogen, als Roran ihm den Brustkorb zertrümmerte.

Roran mochte den Kampf mit dem Hammer nicht zuletzt deswegen, weil er nicht darauf zu achten brauchte, welche Art von Rüstung seine Gegner trugen. Ein Hammer wirkte wie jede andere stumpfe Waffe allein durch die Kraft des Schlages. Diese Einfachheit gefiel ihm.

Der dritte Soldat auf dem Steg schaffte es, einen Bolzen auf ihn abzuschießen, bevor er einen weiteren Schritt machen konnte. Diesmal schaffte es der Bolzen auf halbe Länge durch seinen Schild und bohrte sich ihm beinahe in die Brust. Roran hielt die tödliche Spitze weit von seinem Körper weg, griff den Mann an und schwang den Hammer gegen dessen Schulter. Der Soldat benutzte seine Armbrust, um den Hieb abzuwehren, doch Roran ließ sogleich einen Schlag mit seinem Schild folgen, der den Soldaten schreiend und mit den Armen rudernd über das Geländer beförderte.

Am Ende dieser Aktion stand Roran allerdings ohne jede Deckung da, und als er seine Aufmerksamkeit wieder auf die fünf auf der Brücke verbliebenen Soldaten richtete, stellte er fest, dass drei von ihnen direkt auf sein Herz zielten.

Die Soldaten schossen.

Kurz bevor die Bolzen ihn durchbohrten, schwenkten sie nach links und schrammten über die geschwärzten Wände wie riesige, wütende Wespen.

Roran wusste, dass es Carn war, der ihn gerettet hatte, und er beschloss, eine Möglichkeit zu finden, dem Magier zu danken, sobald sie sich nicht mehr in Lebensgefahr befanden.

Er griff die verbliebenen Soldaten an und erledigte sie mit einem zornigen Hagel von Hieben, als wären sie ein paar krumme Nägel, die es einzuhämmern galt. Dann brach er den Armbrustbolzen ab, der aus seinem Schild ragte, und drehte sich zum Kampfgeschehen unten auf dem Kai um.

Genau in diesem Augenblick brach dort der letzte Wachsoldat auf dem blutbedeckten Boden zusammen, sein abgetrennter Kopf rollte weg, plumpste in den Kanal und versank inmitten aufwallender Luftblasen.

Gut zwei Drittel der Varden waren inzwischen an Land gegangen und traten in ordentlichen Reihen direkt neben den Lastkähnen an.

Roran wollte ihnen gerade befehlen, vom Kanal zurückzutreten, damit die restlichen Männer Platz zum Aussteigen hatten, als die Türen in der gegenüberliegenden Wand aufgerissen wurden und sich eine Horde Soldaten in den Raum ergoss.

Verflucht! Wo kommen die denn her? Und wie viele sind es?

Gerade als Roran auf die Treppe zuhasten wollte, um seinen Männern zu helfen, die Neuankömmlinge zu bekämpfen, hob Carn – der noch immer neben dem vordersten Kahn auf dem Kai stand – die Arme, zeigte auf die herbeistürmenden Soldaten und schrie ihnen eine Reihe harter, verzerrter Worte in der alten Sprache entgegen.

Auf sein unheimliches Kommando hin flogen zwei Säcke Mehl und eine einzelne Schieferplatte von den Barkassen in die Reihen der dicht an dicht anrückenden Soldaten und mähten über ein Dutzend von ihnen nieder. Nach dem dritten oder vierten Aufprall platzten die Säcke auf und Wolken aus elfenbeinfarbenem Mehl blühten über den Soldaten auf, blendeten sie und erstickten sie beinahe.

Eine Sekunde später loderte an der Wand hinter den Soldaten eine Flamme auf und eine riesige, brodelnde Feuerkugel, orangefarben und rußig, raste durch die Mehlwolken, verschlang das feine Pulver mit hungriger Gier und knatterte dabei wie hundert Flaggen im stürmischen Wind.

Roran ging hinter seinem Schild in Deckung und spürte die sengende Hitze an den Beinen und auf der nackten Haut seiner Wangen, als die Feuerkugel nur wenige Schritte von der Brücke entfernt ausbrannte und glühende Ascheteilchen herabregnen ließ – ein schwarzer Leichenregen, der nur für ein Begräbnis passend schien.

Sobald der rußige Ball erloschen war, hob er vorsichtig den Kopf. Heißer, stinkender Rauch kitzelte in seiner Nase und brannte ihm in den Augen. Erschrocken begriff er, dass sein Bart in Flammen stand. Er fluchte, ließ den Hammer fallen und schlug auf die winzigen, gierigen Flammen ein, bis er sie gelöscht hatte.

»He!«, rief er zu Carn hinunter. »Du hast mir meinen Bart versengt! Sei vorsichtiger oder ich werde deinen Kopf auf eine Pike spießen!«

Die meisten Soldaten lagen zusammengekrümmt auf dem Boden und hielten sich die verbrannten Gesichter. Andere schlugen hektisch mit den Armen, um ihre Kleider zu löschen, oder tappten mit gezückten Waffen blind im Kreis, immer noch entschlossen, jeden Angriff der Varden abzuwehren.

Rorans eigene Männer schienen mit nur geringfügigen Brandwunden davongekommen zu sein – die meisten hatten außerhalb des Radius gestanden, wo die Feuerkugel gewütet hatte –, obwohl der unerwartete Brand ihnen die Orientierung geraubt hatte und sie etwas unsicher auf den Beinen zu sein schienen.

»Hört auf, Maulaffen feilzuhalten, und stürzt euch auf diese hilflosen Halunken, bevor sie wieder zur Besinnung kommen!«, befahl er und schlug mit seinem Hammer gegen das Geländer, um sicherzugehen, dass sie ihm auch zuhörten.

Die Varden waren den Soldaten zahlenmäßig weit überlegen,

und bis Roran am Fuß der Treppe angekommen war, hatten sie bereits drei Viertel der Verteidiger getötet.

Roran überließ es seinen Kriegern, mit den wenigen verbliebenen Soldaten fertigzuwerden, und machte sich auf den Weg zu den großen Doppeltüren auf der linken Seite des Kanals – Türen, die so breit waren, dass zwei Wagen nebeneinander hindurchfahren konnten. Bevor er sie erreichte, kam er an Carn vorbei, der unter dem Kran saß und etwas aus einem Lederbeutel aß, den er stets bei sich trug. Der Beutel enthielt, wie Roran wusste, eine Mischung aus Schweineschmalz, Honig, pulverisierter Rinderleber, Lammherz und Beeren. Bei der einen Gelegenheit, als Carn ihm etwas davon gegeben hatte, hatte es ihn gewürgt. Doch nur wenige Bissen davon konnten einen Mann einen ganzen Tag trotz harter Arbeit auf den Beinen halten.

Zu Rorans großer Sorge wirkte der Magier vollkommen entkräftet. »Kannst du weiterkämpfen?«, fragte Roran und blieb neben ihm stehen.

Carn nickte. »Ich brauche nur einen Moment ... Die Bolzen im Tunnel und dann die Mehlsäcke und die Schieferplatte ...« Er stopfte sich noch einen Bissen seiner Mischung in den Mund. »Es war etwas viel auf einmal.«

Beruhigt wollte Roran weitergehen, aber Carn hielt ihn am Arm zurück. »Das war nicht ich«, sagte er und um seine Augen bildeten sich Lachfältchen. »Ich meine deinen versengten Bart. Die Fackeln müssen das Feuer verursacht haben.«

Roran brummte etwas und setzte seinen Weg in Richtung der Türen fort. »Formiert euch!«, rief er dann und schlug mit der flachen Seite seines Hammers auf seinen Schild. »Baldor, Delwin, ihr übernehmt mit mir die Führung. Die anderen reihen sich hinter uns ein. Schilde hoch, Schwerter gezückt, Pfeile eingelegt. Halstead weiß vielleicht noch nicht, dass wir in der Stadt sind. Also lasst niemanden entkommen, der ihn warnen könnte ... Seid ihr so weit? Dann, zu mir!«

Zusammen entriegelten er und Baldor – dessen Wangen und Nase von der Explosion gerötet waren – die Türen und rissen sie auf. Aroughs lag vor ihnen.

Staub und Asche

Dutzende großer, verputzter Bauten standen dicht gedrängt um das Tor in der Außenmauer der Stadt, durch das der Kanal nach Aroughs hineinfloss. Es schienen Lagerhäuser zu sein, mit leeren schwarzen Fensterlöchern, die sie kalt und abweisend anstarrten. In Anbetracht der frühen Morgenstunde war die Wahrscheinlichkeit groß, dass noch niemand ihren Zusammenstoß mit den Wachen bemerkt hatte.

Doch Roran hatte nicht die Absicht, lange herumzustehen, um es herauszufinden.

Zaghafte Strahlen ersten Sonnenlichtes fielen fast waagerecht über die Stadt und vergoldeten die Spitzen der Türme, die Zinnen, die Kuppeln und die schrägen Dächer. Die Straßen und Gassen waren noch in kaltes silbriges Zwielicht getaucht und das trübe dunkle Wasser in dem mit Steinen eingefassten Kanal war durchzogen von Blutschlieren. Hoch über ihnen leuchtete ein einsamer Stern – ein verstohlener Funke auf dem heller werdenden blauen Himmelsmantel, dessen andere nächtliche Juwelen von den Strahlen der Sonne bereits ausgelöscht worden waren.

Die Varden trabten los und ihre Lederstiefel wetzten über das Kopfsteinpflaster.

In der Ferne krähte ein Hahn.

Roran führte sie durch das Labyrinth der Häuser in Richtung Oberstadt, aber er wählte nicht immer den offensichtlichsten oder direktesten Weg, um die Gefahr zu verringern, auf den Straßen jemandem zu begegnen. Die Gassen, denen sie folgten, waren schmal und düster, und manchmal hatte er Mühe, zu sehen, wohin er seine Schritte setzte.

Der Gestank der dreckverspritzten Gossen entlang der Straßen erfüllte ihn mit Abscheu und er sehnte sich nach den weiten Feldern, die er gewohnt war.

Wie kann irgendjemand es ertragen, hier zu leben?, fragte er sich. *Nicht einmal Schweine suhlen sich in solchem Dreck.*

Weiter weg von der Stadtmauer änderte sich die Bebauung. An die Stelle der Lagerhäuser traten nun Wohnhäuser und Geschäfte, hohe, weiß getünchte Mauern und eisenbeschlagene Türen. Hinter den mit Läden verschlossenen Fenstern hörte Roran manchmal Stimmen, das Klappern von Geschirr oder das Kratzen eines Stuhls, der über einen Holzboden gezogen wurde.

Uns läuft die Zeit davon, dachte er. Noch ein paar Minuten und in den Straßen würde es von den Bürgern Aroughs nur so wimmeln.

Wie um seine Vorahnung zu bestätigen, traten zwei Männer vor ihnen aus einer Gasse. Beide trugen je eine Stange über der Schulter, an deren Enden Eimer mit frischer Milch hingen.

Die Männer blieben überrascht stehen, als sie die Varden bemerkten, und die Milch schwappte aus den Eimern. Ihre Augen weiteten sich und sie öffneten schon den Mund, um etwas zu rufen.

Roran hielt inne und die Truppe hinter ihm ebenso. »Wenn ihr schreit, bringen wir euch um«, erklärte er mit leiser, freundlicher Stimme.

Die Männer schauderten und wichen zurück.

Roran trat vor. »Wenn ihr weglauft, bringen wir euch um.« Ohne den Blick von den beiden verängstigten Männern abzuwenden, rief er leise Carns Namen, und als der Magier neben ihm erschien, sagte er: »Sorg doch bitte dafür, dass sie einschlafen.«

Der Magier sprach schnell einige Sätze in der alten Sprache und endete mit einem Wort, das für Roran so ähnlich klang wie *slytha.* Die beiden Männer brachen ungelenk auf dem Boden zusammen und ihre Eimer kippten um, als sie auf dem Pflaster aufschlugen. Milch floss die Gasse hinunter und bildete in den Rillen zwischen den Steinen ein zartes Netz aus weißen Adern.

»Zieht sie auf die Seite«, befahl Roran, »damit man sie nicht gleich sieht.«

Sobald seine Krieger die beiden bewusstlosen Männer aus dem

Weg geschleift hatten, setzten sie ihren eiligen Marsch in Richtung Oberstadt fort.

Doch an der nächsten Straßenecke, kaum dreißig Schritte weiter, stießen sie auf vier Soldaten.

Diesmal zeigte Roran keine Gnade. Er überwand mit wenigen schnellen Schritten den Abstand zwischen ihnen, und während die Soldaten noch versuchten, die Lage zu erfassen, hieb er die flache Seite seines Hammers ins Genick des vordersten Soldaten. Gleichzeitig metzelte Baldor den zweiten Soldaten nieder, indem er sein Schwert mit einer Kraft schwang, der nur wenige Männer trotzen konnten – einer Kraft, die er den Jahren der Arbeit in der Schmiede seines Vaters verdankte.

Die beiden anderen Soldaten schrien erschrocken auf, drehten sich um und rannten davon.

Aus den Reihen seiner Männer schoss ein Pfeil an Rorans Schulter vorbei, bohrte sich einem der Soldaten in den Rücken und riss ihn zu Boden. Einen Moment später blaffte Carn: *»Jierda!«* Das Genick des letzten Soldaten brach mit einem hörbaren Knacken, er fiel nach vorn und blieb reglos mitten auf der Straße liegen.

Der Soldat mit dem Pfeil im Rücken begann zu schreien: »Die Varden sind da! Die Varden sind da! Schlagt Alarm …«

Roran zog seinen Dolch, rannte zu dem Mann und schnitt ihm die Kehle durch. Er wischte die Klinge am Wams des Mannes sauber, dann stand er auf und sagte: »Weg hier, los!«

Wie ein Mann jagten die Varden die Straßen zur Oberstadt von Aroughs hinauf.

Als sie nur noch vierzig Schritte von der Mauer entfernt waren, blieb Roran in einer Gasse hinter einem Haus stehen und hob die Hand zum Zeichen, dass seine Männer warten sollten. Dann schlich er an dem Haus entlang und spähte um die Ecke zu dem in die hohe Granitmauer eingelassenen Fallgitter.

Das Tor war geschlossen.

Doch links vom Haupttor stand eine kleine Ausfallpforte weit offen. Vor seinen Augen kam ein Soldat herausgeeilt und verschwand dann rasch zwischen den Häusern der Unterstadt Richtung Westen.

Roran fluchte im Stillen, während er die Ausfallpforte anstarrte.

Er würde nicht aufgeben, nicht nachdem sie so weit gekommen waren. Aber ihre Lage wurde immer heikler und er zweifelte nicht daran, dass ihnen nur noch wenige Minuten blieben, bis die nächtliche Ausgangssperre endete und ihre Anwesenheit entdeckt wurde.

Er zog sich hinter das Haus zurück und senkte den Kopf, während er fieberhaft nachdachte.

»Mandel«, sagte er und schnippte mit den Fingern. »Delwin, Carn und ihr drei da.« Er zeigte auf ein Trio grimmig dreinschauender Krieger – gestandene Männer, die allein aufgrund ihrer Erfahrung wissen mussten, wie man einen Kampf gewann. »Kommt mit mir. Baldor, du hast das Kommando über den Rest. Wenn wir nicht zurückkehren, bringt euch in Sicherheit. Das ist ein Befehl.«

Baldor nickte mit düsterer Miene.

Mit den sechs Kriegern, die er ausgewählt hatte, schlug Roran einen großen Bogen um die Hauptstraße, die zu dem Tor führte, und erreichte schließlich über Nebenstraßen die etwas nach außen geneigte Mauer, an deren Fuß sich Unrat türmte. Jetzt waren sie vielleicht noch zwanzig Schritte von dem Fallgitter und der offenen Ausfallpforte entfernt.

Auf jedem der beiden Tortürme war ein Soldat postiert, aber im Moment war keiner der beiden zu sehen. Und wenn sie nicht die Köpfe über den Rand der Zinnen streckten, würden sie auch nicht bemerken können, dass Roran und seine Gefährten sich näherten.

Roran erklärte leise: »Sobald wir durch die Tür sind, nehmt ihr drei …«, er deutete auf Carn, Delwin und einen der anderen Krieger, »… die Wachstube auf der anderen Seite ein, so schnell ihr könnt. Wir kümmern uns um die auf dieser Seite des Tors. Es ist mir egal, wie ihr es anstellt, aber *öffnet dieses Tor.* Vielleicht ist nur ein einziges Rad zu drehen, aber vielleicht schaffen wir es auch nur mit vereinten Kräften. Also kommt nicht auf die Idee, mir einfach wegzusterben. Fertig? … *Los!*«

Roran rannte, so leise er konnte, an der Mauer entlang und sprang mit einer schnellen Drehung in die Ausfallpforte.

Vor ihm lag ein knapp zwanzig Fuß langer Raum, der auf der anderen Seite zu einem großen Platz mit einem mehrstufigen Springbrunnen in der Mitte führte. Männer in feinen Gewändern eilten über den Platz, viele von ihnen mit Schriftrollen unter dem Arm.

Ohne sie zu beachten, wandte Roran sich einer verschlossenen Tür zu, die er von Hand entriegelte, statt sie, wie er es am liebsten getan hätte, einfach einzutreten. Dahinter lag ein schäbiger Wachraum mit einer an der Mauer hinaufführenden Wendeltreppe.

Er jagte die Stufen hinauf und befand sich nach einer Umdrehung der Treppe in einem niedrigen Raum, in dem fünf Soldaten rauchten und an einem Tisch Würfel spielten. Sie saßen neben einer riesigen Winde mit armdicken Ketten.

»Seid mir gegrüßt!«, sagte Roran mit tiefer, befehlsgewohnter Stimme. »Ich habe eine sehr wichtige Mitteilung für euch.«

Die Soldaten zögerten, dann sprangen sie auf die Füße, wobei sie die Bänke zurückschoben, auf denen sie gesessen hatten. Die Holzbeine kreischten, als sie über den Boden scharrten.

Sie hatten zu lange gezögert. Ein winziger Moment der Unentschlossenheit hatte Roran genügt, um den Abstand zwischen ihnen zu überwinden, bevor die Soldaten ihre Waffen ziehen konnten.

Roran schlug brüllend mit seinem Hammer um sich und trieb die fünf Männer in eine Ecke. Dann waren Mandel und die beiden anderen Krieger an seiner Seite und ihre Schwerter blitzten. Zusammen machten sie kurzen Prozess mit den Wachen.

Als er über dem zuckenden Leib des letzten Soldaten stand, spuckte Roran aus und meinte: »Vertraut niemals einem Fremden.«

Nach dem Gemetzel erfüllte ein grässlicher Gestank nach den widerlichsten Substanzen, die man sich nur vorstellen konnte, den Raum und sogar Roran hielt sich den Ärmel seines Hemds vor Mund und Nase.

Dann traten er und die drei anderen Männer über die Blutlachen auf dem Boden hinweg an die Winde und betrachteten sie einen Moment lang, um ihre Funktionsweise zu verstehen.

Ein metallisches Klirren, gefolgt vom lauten Knarren einer hölzernen Falltür, die aufgezogen wurde, ließ Roran herumfahren und den Hammer heben. Kurz darauf waren Schritte zu hören, als ein Soldat die Wendeltreppe vom Torturm herunterkam.

»Taurin, was zum Kuckuck geht hier …« Die Stimme des Soldaten erstarb und er erstarrte auf der Treppe, als er Roran und seine Gefährten erblickte und dazu die verstümmelten Leichen seiner Kameraden in der Ecke.

Der Krieger rechts von Roran warf einen Speer nach dem Soldaten, aber der Soldat duckte sich und der Speer bohrte sich über ihm in die Wand. Der Soldat fluchte, huschte auf allen vieren die Treppe wieder hinauf und verschwand hinter einer Mauerbiegung.

Einen Moment später schlug die Falltür dröhnend zu, dann hörten sie, wie der Soldat in ein Horn blies und hektische Warnschreie ausstieß.

Roran runzelte die Stirn und kehrte zu der Winde zurück. »Lasst ihn«, sagte er, während er seinen Hammer unter den Gürtel schob. Er lehnte sich gegen das Speichenrad, das benutzt wurde, um das Fallgitter zu heben oder zu senken, und drückte, so fest er konnte, dagegen. Die anderen Männer fassten mit an und unendlich langsam begann das Rad sich zu drehen. Das Sperrrad an der Seite der Winde klopfte laut, wenn der riesige hölzerne Riegel hinter einen der Zähne zurückfiel.

Kurz darauf ließ sich das Rad plötzlich erheblich leichter drehen, was Roran der Gruppe zuschrieb, die er beauftragt hatte, die andere Wachstube einzunehmen.

Sie machten sich nicht die Mühe, das Fallgitter vollständig zu heben. Schon nach einer Minute Plackerei drangen die ersten wilden Kriegsrufe der Varden an ihre Ohren, als die Männer, die sie draußen zurückgelassen hatten, durch das Tor auf den Platz dahinter stürmten.

Roran trat von dem Rad zurück, dann zog er den Hammer aus dem Gürtel und machte sich zusammen mit den anderen auf den Weg nach unten.

Dort erspähten sie Carn und Delwin, die gerade aus der Wachstube auf der anderen Seite des Tores traten. Sie schienen nicht verletzt zu sein, aber der ältere Krieger, der sie begleitet hatte, fehlte.

Die restlichen Varden, die auf Roran und seine Männer warteten, stellten sich unterdessen unter Baldors Leitung am Rand des Platzes Schulter an Schulter, auf, wobei sich ihre Schilde vor ihnen überlappten.

Roran hatte sie noch nicht erreicht, als er ein großes Kontingent Soldaten zwischen den Gebäuden am anderen Ende des Platzes auftauchen sah. Dort gingen sie in Verteidigungshaltung, wobei sie ihre Speere und Piken nach außen richteten, sodass sie einem langen, flachen Nadelkissen ähnelten. Er schätzte, dass es ungefähr einhundertfünfzig Soldaten waren – eine Zahl, die seine Krieger gewiss überwältigen konnten, aber das würde ihn sowohl Zeit als auch Männer kosten.

Seine Stimmung verdüsterte sich noch mehr, als derselbe hakennasige Magier, den sie am Vortag zu Gesicht bekommen hatten, vor die Reihen der Soldaten trat und die Arme gen Himmel reckte. Schwarze Blitze knisterten um seine Hände. Roran hatte von Eragon genug über Magie gelernt, um zu wissen, dass die Blitze vermutlich nichts anderes als ein billiger Effekt waren. Doch trotzdem bezweifelte er nicht, dass der feindliche Magier äußerst gefährlich war.

Carn erreichte die Front der Varden Sekunden nach Roran. Gemeinsam starrten sie und Baldor den Magier und die Formation feindlicher Soldaten an.

»Kannst du ihn umbringen?«, fragte Roran leise, damit die Männer hinter ihm es nicht hören konnten.

»Das werde ich wohl versuchen müssen«, erwiderte Carn. Er wischte sich mit dem Handrücken über den Mund. Schweißperlen bedeckten sein Gesicht.

»Wenn du willst, können wir ihn erledigen. Er kann uns unmöglich alle töten, bevor wir seine Schutzzauber erschöpft und ihm eine Klinge ins Herz gestoßen haben.«

»Das weißt du nicht … Nein, das ist meine Sache und ich muss damit fertig werden.«

»Können wir irgendetwas tun, um dir zu helfen?«

Carn stieß ein nervöses Lachen aus. »Ihr könntet ein paar Pfeile auf ihn abschießen. Sie abzuwehren, schwächt ihn vielleicht so, dass er einen Fehler macht. Aber was immer ihr tut, ihr dürft auf keinen Fall zwischen uns geraten … Das wäre gefährlich, für euch und für mich.«

Roran wechselte seinen Hammer in die linke Hand und legte

seine rechte auf Carns Schulter. »Du wirst es schon schaffen. Vergiss nicht, er ist nicht besonders klug. Du hast ihn schon einmal überlistet und du wirst es wieder schaffen.«

»Ich weiß.«

»Viel Glück«, sagte Roran.

Carn nickte knapp, dann ging er zu dem Springbrunnen in der Mitte des Platzes hinüber. Das Sonnenlicht hatte den aufsteigenden Wasserstrahl erreicht und er glitzerte, als würde jemand händeweise Diamanten in die Luft werfen.

Der hakennasige Magier machte sich ebenfalls auf den Weg zu dem Springbrunnen und passte seine Schritte denen von Carn an, bis sie nur noch etwa zwanzig Fuß voneinander entfernt waren und beide stehen blieben.

Von Rorans Standort schien es, als würden Carn und sein Gegner miteinander sprechen, aber sie waren zu weit entfernt, als dass er sie hätte verstehen können. Dann erstarrten beide Magier, als hätte ihnen jemand einen Dolchstoß versetzt.

Das war der Moment, auf den Roran gewartet hatte: Ein Zeichen, dass sie sich im Geiste duellierten und zu beschäftigt waren, um auf ihre Umgebung zu achten.

»Bogenschützen«, blaffte er »Dahin und dorthin!« Er zeigte auf beide Seiten des Platzes. »Schießt so viele Pfeile, wie ihr könnt, in diesen verräterischen Hund, aber wagt es nicht, Carn zu treffen, oder ich werde euch bei lebendigem Leib an Saphira verfüttern.«

Die feindlichen Soldaten traten unbehaglich von einem Fuß auf den anderen, als die beiden Gruppen von Bogenschützen auf den Platz vorrückten, aber keiner von ihnen brach aus der Formation aus oder machte Anstalten, die Varden in einen Kampf zu verwickeln.

Sie müssen großes Vertrauen in diese Schlange haben, dachte Roran besorgt.

Dutzende braune, mit Gänsefedern gefiederte Pfeile flogen zischend auf den feindlichen Magier zu und für einen Augenblick hoffte Roran, dass sie ihn vielleicht wirklich töten könnten. Knapp drei Schritte von dem hakennasigen Mann entfernt zerbrach jedoch jeder einzelne Pfeil und fiel zu Boden, als wäre er gegen eine Steinmauer geprallt.

Roran wippte auf den Fersen, zu angespannt, um stillzustehen. Er hasste es, warten zu müssen und nichts tun zu können, während sein Freund in Gefahr war. Zudem gab jede Sekunde, die verstrich, Graf Halstead mehr Zeit, sich einen Überblick über die Lage zu verschaffen und über wirksame Gegenmaßnahmen nachzudenken. Wenn Rorans Männer nicht von den überlegenen Streitmächten des Imperiums aufgerieben oder vernichtet werden wollten, mussten sie ihre Feinde so aus dem Gleichgewicht bringen, dass sie nicht mehr wussten, wohin sie sich wenden oder was sie tun sollten.

»Achtung!«, rief er und wandte sich seinen Kriegern zu. »Sehen wir zu, ob wir nicht auch etwas ausrichten können, während Carn kämpft, um unseren Hals zu retten. Wir werden diese Soldaten in die Zange nehmen. Die Hälfte kommt mit mir, die anderen gehen mit Delwin. Sie können nicht jede einzelne Straße absperren, also führst du, Delwin, deine Männern um die Soldaten herum und greifst sie von hinten an. Wir beschäftigen sie inzwischen an dieser Front, sodass sie nicht viel Widerstand leisten werden. Wenn irgendwelche Soldaten zu fliehen versuchen, lasst sie laufen. Es würde ohnehin zu lange dauern, sie alle zu töten. Verstanden ...? Dann los, los, los!«

Die Männer bildeten rasch zwei Gruppen. An der Spitze seiner Gruppe trabte Roran am rechten Rand des Platzes entlang, während Delwin sich mit seinen Männern auf der linken Seite hielt.

Als beide Gruppen fast auf gleicher Höhe mit dem Springbrunnen waren, bemerkte Roran, wie der feindliche Magier zu ihm herüberschaute. Es war nur ein winziger, flüchtiger Blick aus dem Augenwinkel, aber die kurze Ablenkung schien eine unmittelbare Wirkung auf sein Duell mit Carn zu haben. Als der hakennasige Mann seinen Blick wieder auf Carn richtete, verzog sich die Grimasse auf seinem Gesicht zu einem schmerzhaften Krampf und auf seiner knotigen Stirn und an seinem sehnigen Hals traten die Adern hervor. Eine dunkle, zornige Röte überzog seinen ganzen Kopf, als würde alles Blut sich dort sammeln und er müsste gleich platzen.

»Nein!«, heulte der Mann, dann rief er etwas in der alten Sprache, was Roran nicht verstand.

Einen Sekundenbruchteil später rief auch Carn etwas und die

beiden Stimmen überlagerten sich in einer solch fatalen Mischung aus Entsetzen, Verzweiflung, Hass und Zorn, dass Roran instinktiv wusste, dass das Duell irgendwie auf schreckliche Weise schiefgegangen sein musste.

Carn verschwand in einer Flamme aus blauem Licht. Dann blitzte von dort, wo er gestanden hatte, eine weiße, strahlende Kuppel auf und dehnte sich schneller, als Roran blinzeln konnte, über den Platz aus.

Die Welt wurde schwarz. Eine unerträgliche Hitze legte sich auf Roran und alles um ihn herum verdrehte und verzerrte sich, während er durch einen gestaltlosen Raum stolperte.

Sein Hammer wurde ihm aus der Hand gerissen und ein Schmerz explodierte seitlich an seinem rechten Knie. Dann krachte etwas gegen seinen Mund und er spürte, wie ein Zahn herausbrach und sein Mund sich mit Blut füllte.

Als er endlich zur Ruhe kam, blieb er, wo er war. Er lag auf dem Bauch, zu benommen, um sich zu bewegen. Seine Sinne kehrten allmählich zurück. Er sah die glatte graugrüne Oberfläche eines Pflastersteins vor seiner Nase, er roch das Fugenblei zwischen den Steinen und sein ganzer Körper brannte und schmerzte. Aber das einzige Geräusch, das er hörte, war das wilde Pochen seines Herzens.

Etwas von dem Blut in seinem Mund und seiner Kehle kam ihm in die Lungen, als er wieder zu atmen begann. Verzweifelt schnappte er nach Luft und hustete, setzte sich auf und spuckte klumpenweise schwarzen Schleim aus. Dabei sah er den Zahn – einen seiner Schneidezähne – herausfliegen und über den Pflasterstein hüpfen. Er nahm ihn und untersuchte ihn. Das obere Ende des Schneidezahns war abgebrochen, aber die Wurzel schien unversehrt zu sein. Also leckte er den Zahn sauber, drückte ihn dann zurück in das Loch in seinem Kiefer und zuckte zusammen, als er das verletzte Fleisch berührte.

Schließlich stemmte er sich vom Boden hoch. Er war gegen die Türschwelle eines der an den Platz angrenzenden Häuser geschleudert worden. Seine Männer lagen um ihn herum am Boden, die Gliedmaßen in alle möglichen Richtungen gestreckt. Sie hatten ihre Helme verloren, die Schwerter waren ihnen weggerissen worden.

Einmal mehr war Roran dankbar, dass er einen Hammer trug, denn mehrere der Varden hatten es geschafft, sich selbst oder ihre Schildkameraden während des Tumults aufzuspießen.

Hammer? Wo ist *mein Hammer?*, schoss es ihm erst jetzt durch den Kopf. Er suchte den Boden ab, bis er den Griff seiner Waffe entdeckte, der unter den Beinen eines in der Nähe liegenden Kriegers hervorragte. Nachdem er den Hammer herausgezogen hatte, wandte er sich zum Platz um.

Soldaten und Varden waren gleichermaßen durch die Luft geschleudert worden. Von dem Springbrunnen war nichts übrig geblieben als ein flacher Haufen Schutt, aus dem in unregelmäßigen Abständen etwas Wasser spritzte. Daneben, wo Carn gestanden hatte, lag ein geschwärzter, verschmorter Leichnam mit qualmenden Gliedmaßen, die verkrampft waren wie die einer toten Spinne. Das Ganze war so verbrannt und verkohlt, dass man sich kaum vorstellen konnte, dass es einmal lebendig oder gar menschlich gewesen war. Unerklärlicherweise stand der hakennasige Magier noch immer an derselben Stelle, obwohl die Explosion ihm seine Oberkleider geraubt hatte und er nun nichts mehr am Leib trug als seine Kniehosen.

Unbeherrschbare Wut packte Roran, und ohne einen einzigen Gedanken an seine eigene Sicherheit zu verschwenden, taumelte er zur Mitte des Platzes, entschlossen, den Magier ein für alle Mal zu töten.

Der barbrüstige Zauberer wich nicht zurück, nicht einmal, als Roran näher kam. Roran hob seinen Hammer, rannte humpelnd los und stieß einen Kriegsschrei aus, den er selbst nur gedämpft hören konnte.

Und noch immer machte der Magier keine Anstalten, sich zu verteidigen.

Tatsächlich, wurde Roran klar, hatte der Magier sich seit der Explosion kein bisschen bewegt. Es war, als sei er die Statue eines Mannes und nicht der Mann selbst.

Die scheinbare Gleichgültigkeit des Magiers – dieses ungewöhnliche Verhalten, beziehungsweise das vollständige Fehlen irgendeines Verhaltens – reizte Roran, ihm einfach den Hammer auf den Schädel zu schlagen, bevor er sich von seiner merkwürdigen Starre erholte. Rorans Argwohn gewann jedoch die Oberhand und bewog ihn, keine zwei Schritte von dem Magier entfernt stehen zu bleiben.

Er war froh, dass er es getan hatte.

Während der Magier aus der Entfernung einen normalen Eindruck gemacht hatte, bemerkte Roran aus der Nähe, dass seine Haut schlapp und runzlig war wie die eines dreimal so alten Mannes und dass sie eine raue, ledrige Beschaffenheit angenommen hatte. Außerdem war sie dunkler geworden und verdunkelte sich von Sekunde zu Sekunde mehr, als würde der gesamte Körper gerade erfrieren.

Der Mann keuchte schwer und seine Augäpfel verdrehten sich in ihren Höhlen, sodass man nur noch das Weiße sah, aber davon abgesehen schien er zu keiner Bewegung imstande.

Roran konnte zuschauen, wie die Arme, der Hals und die Brust des Mannes ausdörrten und seine Knochen scharf hervortraten – von der bogenähnlichen Wölbung seiner Schlüsselbeine bis hin zu dem hohlen Sattel seiner Hüften, von wo der Bauch wie ein leerer Trinkschlauch herabhing. Die Lippen runzelten sich und zogen sich weiter über die gelben Zähne zurück, als es möglich sein sollte, sodass der Magier die Zähne in einem schauerlichen Knurren bleckte, während seine Augäpfel in sich zusammenfielen wie vollgesogene Zecken, aus denen man das Blut quetschte, und das umliegende Fleisch nach innen einsank.

Dann geriet die Atmung des Mannes – ein panisches, schrilles Sägen – ins Stocken, versagte aber nicht vollständig.

Entsetzt wich Roran zurück. Dann spürte er etwas Klebriges unter seinen Stiefeln, und als er hinabsah, bemerkte er, dass er in einer sich langsam ausbreitenden Pfütze stand. Zuerst dachte er, es sei Wasser aus dem zerstörten Springbrunnen, aber dann begriff er, dass die Flüssigkeit aus den Füßen des gelähmten Magiers herausfloss.

Roran fluchte vor Ekel und sprang zu einer trockenen Stelle. Nun verstand er, was Carn getan hatte, und sein Entsetzen wurde noch größer. Carn hatte, so schien es, einen Zauber gewirkt, der jeden einzelnen Tropfen Flüssigkeit aus dem Körper des Magiers zog.

Es dauerte nur noch einige wenige Sekunden, dann hatte der Zauber von dem Mann nicht mehr übrig gelassen als ein knotiges Gerippe in einer Hülle harter schwarzer Haut und ihn genauso wirksam mumifiziert, als hätte man ihn in die Wüste Hadarac gelegt und hundert Jahre lang Wind, Sonne und Flugsand ausgesetzt. Obwohl er inzwischen ganz sicher tot war, fiel er nicht um, da Carns Magie ihn immer noch aufrecht hielt: ein schauerliches, grinsendes Gespenst, das zu den schrecklichsten Dingen gehörte, die Roran jemals in seinen Albträumen oder auf dem Schlachtfeld gesehen hatte.

Dann löste sich die Haut des ausgedörrten Körpers in feinen grauen Staub auf, der wie ein hauchdünner Schleier herabsank und auf der Pfütze schwamm. Muskeln und Knochen folgten, dann die steinharten Organe, und schließlich zerfielen die letzten Teile des hakennasigen Magiers und hinterließen auf der Wasserlache nur ein kleines kegelförmiges Häufchen Staub, das einst die Essenz dieses Mannes gewesen war.

Roran sah hinüber zu Carns Leichnam, dann wandte er sich schnell wieder ab, da er den Anblick nicht ertrug. *Zumindest hast du dich an ihm gerächt.* Dann schob er die Gedanken an seinen getöteten Freund beiseite, denn sie waren zu schmerzhaft, und konzentrierte sich stattdessen auf das dringlichste Problem: die Soldaten am Südende des Platzes, die sich langsam vom Boden hochrappelten.

Roran stellte fest, dass die Varden das Gleiche taten.

»He!«, rief er. »Zu mir! Eine bessere Gelegenheit bekommen wir nicht.« Er zeigte auf einige seiner Männer, die offensichtlich verwundet waren. »Helft ihnen hoch und nehmt sie in die Mitte. Niemand wird zurückgelassen. Niemand!« Seine Lippen und sein Mund pochten, während er sprach, und sein Kopf schmerzte, als hätte er die ganze Nacht durchgezecht.

Die Männer rissen sich zusammen, als sie ihn hörten, und beeilten sich, seinen Befehlen Folge zu leisten. Während die Männer sich zu einer breiten Kolonne formierten, nahm Roran seinen Platz in der vordersten Reihe der Krieger ein, zwischen Baldor und Delwin, die beide blutige Kratzer von der Explosion davongetragen hatten.

»Carn ist tot?«, fragte Baldor.

Roran nickte und hob seinen Schild, wie die anderen Männer es taten, sodass sie nach außen eine solide Wand bildeten.

»Dann wollen wir hoffen, dass Halstead nicht noch einen Magier hat«, murmelte Delwin.

Als die Varden alle ihre Plätze eingenommen hatten, rief Roran: »Vorwärts, Marsch!«, und seine Krieger marschierten über den verwüsteten Platz.

Ob sie nun schlechter geführt wurden als die Varden oder ob die Explosion sie schwerer getroffen hatte, die Soldaten des Imperiums hatten sich jedenfalls nicht so rasch erholt und waren noch immer in einem völlig ungeordneten Zustand, als die Varden über sie herfielen.

Roran ächzte und taumelte einen Schritt zurück, als ein Speer sich in seinen Schild bohrte und seinen Arm stauchte, der daraufhin vom schieren Gewicht des Schilds hinuntergezogen wurde. Deshalb ließ er den Hammer einmal über dessen Vorderseite sausen, aber der Hammer prallte vom Schaft des Speers ab, der sich nicht vom Fleck rühren wollte.

Ein Soldat vor ihm, vielleicht der, der den Speer geworfen hatte, nutzte die Gelegenheit, um auf ihn loszustürmen und mit dem Schwert nach Rorans Hals zu schlagen. Roran versuchte seinen Schild zu heben, doch mit dem Speer darin war er zu schwer und zu sperrig, um sich damit zu schützen. Also benutzte er stattdessen seinen Hammer und schlug nach dem herabsausenden Schwert.

Die herabsausende Klinge war für ihn allerdings fast nicht zu sehen, sodass er sie in seiner Hast verfehlte. Das hätte eigentlich sein Tod sein müssen – wenn er nicht mit den Fingerknöcheln die Breitseite der Klinge gestreift und dadurch den Hieb um einige Zoll zur Seite gelenkt hätte.

Reines Feuer fuhr durch Rorans rechte Schulter. Gezackte Blitze schossen ihm die Seite hinunter und vor seinen Augen flammten leuchtend gelbe Lichter auf. Sein rechtes Knie gab unter ihm nach und er fiel nach vorn.

Steine unter ihm. Füße und Beine um ihn herum, die ihn einschlossen, sodass er sich nicht wegrollen und in Sicherheit bringen konnte. Sein ganzer Körper war träge, reagierte nicht – wie in Honig gegossen.

Zu langsam, zu langsam, dachte er, während er sich abmühte, den Arm von dem Schild zu befreien und wieder auf die Beine zu kommen. Wenn er auf dem Boden blieb, würde er entweder erstochen oder niedergetrampelt werden. *Zu langsam!*

Dann sah er den Soldaten vor sich zusammenbrechen. Er hielt sich den Bauch. Eine Sekunde später zog jemand Roran am Kragen seines Kettenhemdes hoch und stützte ihn, bis er wieder festen Stand hatte. Es war Baldor.

Roran verrenkte sich den Hals, um zu sehen, welchen Schaden der Schwerthieb angerichtet hatte. Fünf Glieder seines Kettenhemds waren geborsten, aber davon abgesehen hatte die Rüstung gehalten. Trotz des Bluts, das aus dem Riss sickerte, und dem Schmerz, der seinen Hals und seinen Arm durchzog, glaubte er nicht, dass die Wunde lebensbedrohlich war. Auch hatte er nicht vor, sich damit aufzuhalten, es herauszufinden. Sein rechter Arm funktionierte noch – zumindest gut genug, um weiterzukämpfen –, und das war im Augenblick alles, was ihn interessierte.

Irgendjemand reichte ihm einen anderen Schild. Er schulterte ihn grimmig, drängte mit seinen Männern weiter vorwärts und zwang die Soldaten, sich in die breite Straße zurückzuziehen, die von dem Platz wegführte.

Die Soldaten hielten dem Angriff nicht lange stand. Angesichts der überwältigenden Stärke der Varden ergriffen sie die Flucht und verschwanden in den unzähligen Nebenstraßen und Gassen, die von der Straße abzweigten.

Erst jetzt hielt Roran inne, überlegte kurz und schickte fünfzig seiner Männer zurück, um das Fallgitter und die Ausfallpforte zu schließen und zu bewachen, damit keine feindlichen Truppen aus der Unterstadt den Varden ins Zentrum von Aroughs folgen konnten. Die meisten Soldaten der Stadt waren sicher in der Nähe der äußeren Mauer stationiert, um Belagerer abzuwehren, und Roran verspürte nicht den Wunsch, sich ihnen im offenen Kampf zu stellen. Das wäre angesichts der Stärke von Halsteads Streitkräften reiner Selbstmord gewesen.

Die Varden stießen nur noch auf geringen Widerstand, als sie anschließend durch die Oberstadt zu dem stattlichen Palast vorrückten, in dem Graf Halstead residierte.

Vor dem Palast lag ein geräumiger Schlosshof mit einem künstlichen Teich, auf dem Gänse und weiße Schwäne schwammen. Der mehrere Stockwerke über der Oberstadt aufragende Palast war ein schönes, kunstvolles Gebäude mit offenen Bögen, Säulengängen und breiten Balkonen, die für Bälle und Feste gedacht waren. Anders als die Burg im Herzen von Belatona war dieser Palast offensichtlich erbaut worden, um sich darin zu vergnügen, nicht zum Zweck der Verteidigung.

Sie müssen angenommen haben, dass niemand ihre Mauern überwinden kann, ging es Roran durch den Kopf.

Mehrere Dutzend Wachen und Soldaten im Innenhof gingen planlos und unter lautem Kriegsgebrüll auf die Varden los, sobald sie sie entdeckten.

»Bleibt in Formation!«, befahl Roran, als seine Männer vorwärtsstürmten.

Ein oder zwei Minuten erfüllte das Klirren und Kreischen aufeinandertreffender Waffen den Hof. Die Gänse und Schwäne fauchten und schrien und schlugen erschrocken mit den Flügeln auf das Wasser, aber keiner von ihnen wagte es, den Teich zu verlassen.

Die Varden brauchten nicht lange, um die Soldaten und Wachen in die Flucht zu schlagen. Dann stürmten sie in die Eingangshalle des Palastes, die so großzügig mit Wand- und Deckenmalereien, goldenen Deckenleisten, kunstvoll geschnitzten Möbeln und gemusterten Böden ausgestattet war, dass Roran Mühe hatte, alles gleichzeitig in sich aufzunehmen. Das Vermögen, das nötig war, um ein solches Gebäude zu errichten und zu unterhalten, ging über seine Vorstellungskraft. Der ganze Bauernhof, auf dem er aufgewachsen war, war nicht so viel wert gewesen wie ein einziger Stuhl in dieser prächtigen Halle.

Durch eine offene Tür sah er drei Dienstmägde einen langen Gang hinunterlaufen, so schnell es ihre Röcke zuließen.

»Lasst sie nicht entkommen!«, rief er.

Fünf Schwertkämpfer lösten sich aus der Gruppe der Varden, verfolgten die Frauen und holten sie ein, bevor sie das Ende des Gangs erreicht hatten. Die Frauen stießen durchdringende Schreie aus, schlugen wild um sich und kratzten die Männer, während die sie bereits zu Roran zurückschleiften.

»Genug!«, schrie Roran, als sie vor ihm standen, und die Frauen hörten auf, sich zu wehren, auch wenn sie weiter wimmerten und stöhnten. Die älteste der drei, eine stämmige Matrone, die sich das silberne Haar zu einem unordentlichen Knoten zurückgebunden hatte und einen Schlüsselbund an der Taille trug, schien die vernünftigste zu sein, daher fragte Roran sie: »Wo ist Graf Halstead?«

Die Frau richtete sich auf und reckte das Kinn vor. »Macht mit mir, was Ihr wollt, Herr, aber ich werde den Grafen nicht verraten.«

Roran ging auf sie zu und trat vor sie, bis sie nur noch eine Handbreit voneinander trennte. »Hör mir gut zu«, knurrte er. »Aroughs ist gefallen, und du und alle anderen in dieser Stadt sind meiner Gnade ausgeliefert. Daran kannst du nichts ändern. Sag mir, wo Halstead ist, und wir werden dich und deine Gefährtinnen laufen lassen. Du kannst ihn nicht vor seinem Schicksal bewahren, aber du kannst dich und die anderen Frauen retten.« Seine aufgesprungenen Lippen waren so angeschwollen, dass er sich kaum verständlich machen konnte, und bei jedem Wort spritzte ihm Blut aus dem Mund.

»Mein eigenes Schicksal ist unwichtig, Herr«, entgegnete die Frau, deren Gesichtsausdruck so entschlossen war wie der eines Kriegers.

Roran fluchte und schlug mit dem Hammer auf seinen Schild, dass es nur so krachte, was die Frauen zusammenzucken ließ. »Habt ihr den Verstand verloren? Ist Halstead euer Leben wert? Ist das Imperium euer Leben wert? Oder Galbatorix?«

»Ich weiß nichts von Galbatorix oder dem Imperium, Herr, aber Halstead war immer gut zu uns Dienstleuten und ich werde nicht zusehen, wie Euresgleichen ihn aufknüpft. Schmutziger, undankbarer *Abschaum* seid Ihr.«

»Ach, tatsächlich?« Er starrte sie finster an. »Was denkst du, wie lange du schweigen kannst, wenn ich meinen Männern erlaube, die Wahrheit aus dir herauszuholen?«

»Ihr werdet mich niemals zum Reden bringen«, erklärte sie und er glaubte ihr.

»Was ist mit ihnen?« Er deutete mit dem Kopf auf die anderen Frauen, von denen die jüngste nicht älter als siebzehn sein konnte. »Bist du bereit, sie in Stücke schneiden zu lassen, nur um deinen Herrn zu retten?«

Die Frau rümpfte verächtlich die Nase, dann sagte sie: »Graf Halstead ist im Ostflügel des Palastes. Nehmt den Flur dort drüben, geht durch das gelbe Zimmer und durch Prinzessin Galianas Blumengarten und Ihr werdet ihn ganz sicher finden.«

Roran lauschte ihr misstrauisch. Angesichts ihres zuvor gezeigten Widerstandes schien sie ihm zu schnell und zu leicht eingelenkt zu haben. Außerdem bemerkte er, dass die beiden anderen Frauen, während sie sprach, überrascht und – er konnte nicht sagen, wie noch – reagierten. *Verwundert?*, fragte er sich. Auf jeden Fall reagierten sie nicht so, wie er es erwartet hätte, wenn die silberhaarige Frau ihren Herrn gerade einfach so an die Feinde ausgeliefert hätte. Sie waren zu still, zu beherrscht, als hätten sie etwas zu verheimlichen.

Von den beiden war die jüngere offensichtlich am wenigsten geschickt darin, ihre Gefühle zu verbergen, daher wandte sich Roran an sie und brüllte sie so wild an, wie er nur konnte. »Du da, sie lügt, nicht wahr? Wo ist Halstead? *Sag es mir!*«

Das Mädchen sperrte den Mund auf und schüttelte wortlos den Kopf. Sie versuchte, vor ihm zurückzuweichen, aber einer der Krieger hielt sie fest.

Roran stampfte zu ihr hinüber, rammte ihr seinen Schild flach gegen die Brust, sodass alle Luft aus ihren Lungen wich, und lehnte sich dann mit seinem ganzen Gewicht dagegen, während der Mann hinter ihr dagegenhielt. Dann hob Roran seinen Hammer und berührte damit ihre Wange. »Du bist ziemlich hübsch, aber du wirst deine liebe Not haben, einen anderen Mann zu finden als einen Greis, der dir den Hof macht, wenn ich dir die Schneidezähne herausschlage. Ich habe heute selbst einen Zahn verloren, aber es ist mir gelungen, ihn wieder hineinzustecken. Siehst du?« Und er zog die Lippen auseinander zu etwas, was das schauerliche Zerrbild eines Lächelns sein musste. »Doch deine Zähne werde ich behalten, sodass du sie nicht mehr in die Lücken stecken kannst. Sie werden ein schönes Andenken für mich sein, was?« Und er hob drohend den Hammer.

Das Mädchen wand sich und weinte: »Nein! Bitte, Herr, ich weiß es nicht. Bitte! Er war in seinen Räumen und hat sich mit seinen Hauptmännern getroffen, aber dann wollten er und Prinzessin Galiana zum Tunnel und zum Hafen und …«

»Thara, du Närrin!«, versuchte die Matrone sie zu stoppen.

»Ein Schiff wartet dort auf sie, aber ich weiß nicht, wo er jetzt ist, bitte, schlagt mich nicht. Ich weiß sonst nichts, Herr, und …«

»Seine Räume«, blaffte Roran. »Wo sind die?«

Schluchzend gab das Mädchen Auskunft.

»Lasst sie gehen«, sagte er, als sie geendet hatte, und die drei Frauen flitzten zum Eingang hinaus, dass die harten Absätze ihrer Schuhe auf dem polierten Boden nur so klapperten.

Roran führte die Varden den Anweisungen des Mädchens gemäß durch das weitläufige Gebäude. Dutzende halb bekleideter Männer und Frauen kreuzten ihren Weg, aber niemand blieb stehen, um zu kämpfen. Der Palast hallte von ihren entsetzten Rufen und Schreien so laut wider, dass Roran sich am liebsten die Ohren zugehalten hätte.

Auf halbem Weg zu ihrem Ziel kamen sie durch ein Atrium mit der Statue eines riesigen schwarzen Drachen in der Mitte. Roran fragte sich, ob sie Shruikan, Galbatorix' Drachen, darstellen sollte. Als sie an der Statue vorbeihasteten, hörte Roran ein Sirren und dann traf ihn etwas in den Rücken.

Er stürzte auf eine Steinbank neben dem Weg und klammerte sich daran fest.

Schmerz.

Qualvoller, alle Gedanken auslöschender Schmerz, wie er ihn noch nie zuvor erlebt hatte. Ein so intensiver Schmerz, dass er sich die eigene Hand abgeschnitten hätte, damit es aufhörte. Es fühlte sich an, als würde ihm ein rot glühendes Schüreisen in den Rücken gepresst.

Er konnte sich nicht bewegen …

Er konnte nicht atmen …

Selbst die geringste Bewegung bereitete ihm unerträgliche Qualen.

Schatten fielen über ihn, er hörte Baldor und Delwin rufen, dann sagte ausgerechnet Brigman etwas, aber Roran war nicht in der Lage, es zu verstehen.

Der Schmerz verzehnfachte sich jäh und er brüllte, was es nur noch schlimmer machte. Mit äußerster Willensanstrengung zwang er sich, absolut still zu liegen. Tränen rannen aus den Winkeln seiner zusammengepressten Augen.

Dann sprach Brigman direkt mit ihm. »Roran, Ihr habt einen Pfeil in Eurem Rücken. Wir haben versucht, den Bogenschützen zu erwischen, aber er ist uns entkommen.«

»Schmerzen …«, keuchte Roran.

»Weil der Pfeil eine Eurer Rippen getroffen hat. Sonst hätte er Euch ganz durchbohrt. Ihr habt Glück, dass er Euch nicht einen Zoll höher oder tiefer getroffen hat und dass er Euer Rückgrat und Euer Schulterblatt verfehlt hat.«

»Zieht ihn heraus«, presste er zwischen zusammengebissenen Zähnen hervor.

»Das können wir nicht. Der Pfeil hat eine Spitze mit Widerhaken. Und wir können ihn auch nicht durch Euren Körper durchschieben. Er muss herausgeschnitten werden. Ich habe einige Erfahrung damit, Roran. Wenn Ihr mir vertraut, kann ich es hier und jetzt tun. Oder, wenn es Euch lieber ist, können wir warten, bis wir einen Heiler finden. Es muss ein oder zwei irgendwo im Palast geben.«

Obwohl ihm der Gedanke missfiel, sich in Brigmans Hände zu begeben, konnte Roran die Schmerzen nicht länger ertragen, und so antwortete er: »Tut es hier … Baldor …«

»Ja, Roran?«

»Nimm fünfzig Mann und such Halstead. Was auch passiert, er darf nicht entkommen. Delwin … bleib bei mir.«

Es folgte eine kurze Unterredung zwischen Baldor, Delwin und Brigman, von der Roran nur vereinzelte Worte mitbekam. Dann verließ ein großer Teil der Varden das Atrium, in dem es anschließend merklich ruhiger war.

Auf Brigmans Drängen holten einige Krieger Stühle aus einem nahen Raum, brachen sie entzwei und machten auf dem kiesbelegten Weg neben der Statue ein Feuer. In das Feuer schob Brigman die Spitze eines Dolchs. Nachdem er den Pfeil entfernt hatte, würde er ihn benutzen, wie Roran wusste, um die Wunde in seinem Rücken auszubrennen, damit er nicht verblutete.

Während er steif und zitternd auf der Bank lag, konzentrierte Roran sich auf seine Atmung. Er versuchte flach und ruhig zu atmen, um den Schmerz möglichst gering zu halten. Auch wenn es furchtbar schwer war, verdrängte er alle anderen Gedanken aus seinem Geist. Was gewesen war und was kommen würde, spielte keine Rolle, es zählte nur das stete Ein- und Ausströmen von Luft durch seine Nasenlöcher.

Er wurde beinahe ohnmächtig, als vier Männer ihn von der Bank hoben und mit dem Gesicht nach unten auf den Boden legten. Jemand stopfte ihm einen Lederhandschuh in den Mund, was den Schmerz in seinen aufgerissenen Lippen verstärkte, während gleichzeitig grobe Hände seine Beine und Arme packten, sie so weit wie möglich streckten und festhielten.

Roran drehte den Kopf und sah aus den Augenwinkeln, dass Brigman jetzt mit einem gekrümmten Jagdmesser in der Hand über ihm kniete. Das Messer begann sich zu senken und Roran schloss die Augen und biss fest auf den Handschuh.

Er atmete ein.

Er atmete aus.

Dann endeten Zeit und Erinnerung für ihn.

Interregnum

Roran saß über die Tischkante gebeugt da und spielte mit dem juwelenbesetzten Kelch, den er teilnahmslos anstarrte.

Es war Nacht geworden und das einzige Licht in dem luxuriösen Schlafgemach stammte von den beiden Kerzen auf dem Schreibtisch und dem kleinen Feuer, das im Kamin neben dem leeren Himmelbett flackerte. Nichts war zu hören als ein gelegentliches Knacken des brennenden Holzes.

Eine salzige Brise wehte durch die Fenster herein und teilte die dünnen weißen Vorhänge. Er drehte das Gesicht in den Windhauch und hieß die Berührung der kühlen Luft auf seiner fiebrigen Haut willkommen.

Durch die Fenster konnte er Aroughs unter sich sehen. Hier und da brannten Wachfeuer an Straßenkreuzungen, aber davon abgesehen herrschte Dunkelheit – die Menschen hatten sich in ihre Häuser verkrochen.

Als die Brise nachließ, nahm er einen weiteren Schluck aus dem Kelch. Er schüttete sich den Wein direkt in die Kehle, um nicht schlucken zu müssen. Als ein Tropfen auf seine aufgesprungene Unterlippe fiel, spannte er seine Muskeln an und keuchte, während er darauf wartete, dass der schlimmste Schmerz vorüberging.

Dann stellte er den Kelch auf dem Schreibtisch neben dem Teller mit Brot und Lammfleisch und der halb leeren Weinflasche ab und blickte in den Spiegel, der zwischen den beiden Kerzen stand. Der Spiegel zeigte noch immer nichts weiter als Rorans eigenes erschöpftes Gesicht, voller Prellungen und blutverschmiert. Außerdem fehlte ihm auf der rechten Seite ein guter Teil seines Barts.

Er wandte den Blick ab. Sie würde sich schon irgendwann mit ihm in Verbindung setzen. In der Zwischenzeit würde er warten. Das war alles, was er tun konnte. Er hatte zu große Schmerzen, um zu schlafen.

Er nahm wieder den Kelch und drehte ihn zwischen den Fingern.

Die Zeit verstrich.

Spät in der Nacht schimmerte der Spiegel wie ein sich kräuselnder Teich aus Quecksilber und veranlasste Roran, zu blinzeln und mit trüben, halb geschlossenen Augen auf das Glas zu starren.

Nasuadas tropfenförmiges Gesicht erschien vor ihm, ihre Miene so ernst wie immer. »Roran«, sagte sie statt eines Grußes mit klarer, kräftiger Stimme.

»Herrin.« Er richtete sich auf, so weit er es wagte, was nicht mehr als ein paar Zoll waren.

»Hat man dich gefangen genommen?«

»Nein.«

»Dann nehme ich an, dass Carn entweder tot ist oder verletzt.«

»Er ist im Kampf gegen einen anderen Zauberer gefallen.«

»Es tut mir leid, das zu hören… Er war ein anständiger Mann und der Verlust auch nur einer unserer Magier trifft uns schwer.« Sie hielt einen Moment inne. »Und was ist mit Aroughs?«

»Die Stadt ist unser.«

Nasuada zog die Augenbrauen hoch. »Wirklich? Ich bin beeindruckt. Erzähl mir von der Schlacht. Lief alles nach Plan?«

Roran öffnete den Kiefer so wenig wie möglich, um die Schmerzen beim Sprechen gering zu halten, und berichtete von den vergangenen Tagen. Er begann mit seiner Ankunft in Aroughs, erwähnte den Einäugigen, der ihn in seinem Zelt angegriffen hatte, das Brechen der Dämme an den Mühlen, ihre Erstürmung der äußeren und inneren Mauer der Stadt bis zum Einzug in den Palast des Grafen Halstead einschließlich Carns Duell mit dem feindlichen Magier.

Dann erzählte Roran, wie er von einem Pfeil in den Rücken getroffen worden war und wie Brigman ihm den Pfeil herausgeschnitten hatte. »Ich kann von Glück sagen, dass er da war. Er hat seine Sache gut gemacht. Ohne ihn wäre ich praktisch nutzlos gewesen, bis wir einen Heiler gefunden hätten.« Er erschauderte, als für eine Sekunde die Erinnerung an das Ausbrennen der Wunden wieder hochkam, und er spürte noch einmal das heiße Metall in der offenen Wunde.

»Ich hoffe, du hast einen Heiler gefunden, der sich das angesehen hat.«

»Ja, später, aber er war kein Magier.«

Nasuada lehnte sich in ihrem Stuhl zurück und musterte ihn eine Weile. »Es erstaunt mich, dass du immer noch die Kraft hast, mit mir zu reden. Die Bewohner von Carvahall sind tatsächlich aus einem harten Holz geschnitzt.«

»Anschließend haben wir den Palast sowie den Rest von Aroughs gesichert, obwohl es noch einige Bereiche gibt, auf die unser Einfluss schwach ist. Es war recht einfach, die Soldaten dazu zu bringen, sich zu ergeben, sobald sie begriffen hatten, dass wir hinter ihre Linien gelangt waren und die Oberstadt eingenommen hatten.«

»Und was ist mit Graf Halstead? Habt ihr ihn gefangen nehmen können?«

»Er ist unseren Männern bei dem Versuch, aus dem Palast zu fliehen, in die Arme gelaufen. Halstead hatte nur wenige Wachen bei sich, nicht genug, um unsere Krieger abzuwehren. Deshalb sind sie in einen Weinkeller geflohen und haben sich dort verschanzt …« Roran rieb mit dem Daumen über einen in den Weinkelch eingelassenen Rubin. »Sie wollten sich nicht ergeben und ich habe es nicht gewagt, den Raum stürmen zu lassen. Es hätte einen zu hohen Preis gefordert. Also … habe ich den Männern befohlen, Töpfe mit Öl aus der Küche zu holen, sie anzuzünden und gegen die Tür zu werfen.«

»Du hast also versucht, sie auszuräuchern?«, fragte Nasuada.

Er nickte langsam. »Einige der Soldaten sind herausgelaufen, sobald die Tür niedergebrannt war, aber Halstead hat zu lange gewartet. Als wir ihn auf dem Boden fanden, war er erstickt.«

»Das ist bedauerlich.«

»Auch … seine Tochter, Prinzessin Galiana.« Er hatte ihr Bild immer noch vor Augen: den winzigen, zierlichen Körper in dem schönen lavendelfarbenen Kleid mit Rüschen und Bändern.

Nasuada runzelte die Stirn. »Wer folgt Halstead als Graf von Fenmark nach?«

»Tharos der Flinke.«

»Derselbe, der gestern den Angriff gegen Euch angeführt hat?«

»Genau der.«

Es war am Nachmittag gewesen, als seine Männer Tharos zu ihm geführt hatten. Der kleine, bärtige Mann hatte verstört gewirkt, obwohl er nicht verletzt war. Und seinen Helm mit dem protzigen Federbusch hatte er auch nicht mehr aufgehabt.

Roran – der bäuchlings auf einem gepolsterten Sofa gelegen hatte, um seinen Rücken zu schonen – hatte ihn mit den Worten begrüßt: »Ich glaube, Ihr schuldet mir eine Flasche Wein.«

»Wie habt Ihr das gemacht?!«, hatte Tharos stattdessen erwidert und in seiner Stimme hatte Verzweiflung mitgeklungen. »Die Stadt war uneinnehmbar. Höchstens ein Drache hätte diese Mauern überwinden können. Und trotzdem habt Ihr es geschafft. Ihr seid kein Mensch, Ihr seid …« Und er war verstummt, außerstande, weiterzusprechen.

»Wie hat er auf den Tod seines Vaters und seiner Schwester reagiert?«, erkundigte sich Nasuada.

Roran stützte den Kopf in die Hand. Seine Stirn war schweißnass und er rieb sie mit dem Ärmel trocken. Er zitterte. Trotz des Schweißes fror er am ganzen Körper, vor allem an den Händen und an den Füßen. »Er schien nicht gerade viel auf seinen Vater zu geben. Seine Schwester dagegen …« Roran zuckte zusammen, als er sich an die Flut von Schimpfworten erinnerte, mit denen Tharos ihn bedacht hatte, nachdem er von Galianas Tod erfahren hatte.

»Sollte ich je die Gelegenheit dazu bekommen, werde ich Euch dafür töten«, hatte Tharos erklärt. »Das schwöre ich.«

»Dann solltet Ihr Euch besser beeilen«, hatte Roran erwidert. »Jemand anderes hat bereits Anspruch auf mein Leben erhoben, und wenn irgendjemand mich töten wird, schätze ich, dass er es sein wird.«

»… Roran?… Roran!«

Überrascht bemerkte er, dass Nasuada seinen Namen rief. Er richtete seine Augen wieder auf ihr Gesicht, das der Spiegel wie ein Porträt einrahmte, und mühte sich, seine Stimme wiederzufinden. Schließlich fuhr er fort: »Tharos ist nicht wirklich der Graf von Fenmark. Er ist der jüngste von Halsteads sieben Söhnen, aber alle seine Brüder sind geflohen oder halten sich versteckt. Daher ist Tharos im Augenblick der Einzige, der bleibt, um Anspruch auf den Titel zu erheben. Er gibt einen guten Gesandten zwischen uns und dem Ältestenrat der Stadt ab. Ohne Carn kann ich allerdings unmöglich sagen, wer Galbatorix einen Eid geleistet hat und wer nicht. Die meisten Adligen vermutlich und die Soldaten natürlich, aber wir können nicht wissen, wer sonst noch.«

Nasuada schürzte die Lippen. »Ich verstehe… Dauth ist von euch aus die nächste Stadt. Ich werde Fürstin Alarice – die du, glaube ich, kennengelernt hast – bitten, jemanden nach Aroughs zu schicken, der in der Kunst des Gedankenlesens bewandert ist. Die meisten Adligen haben so jemanden in ihrem Gefolge, daher sollte es Alarice nicht schwerfallen, unsere Bitte zu erfüllen. Allerdings hat König Orrin, als wir zu den Brennenden Steppen aufgebrochen sind, jeden halbwegs fähigen Magier aus Surda mitgenommen. Das bedeutet, wen immer dir Alarice schickt, er wird wahrscheinlich keine andere magische Fähigkeit besitzen außer der, die Gedanken anderer zu lesen. Und ohne die richtigen Zauber wird es schwierig werden, jene, die Galbatorix treu ergeben sind, daran zu hindern, sich bei jeder Gelegenheit gegen uns zu wenden.«

Während sie sprach, ließ Roran den Blick über den Schreibtisch wandern, bis er an der dunklen Weinflasche hängen blieb. *Ob Tharos ihn wohl vergiftet hat?* Doch der Gedanke konnte ihn nicht beunruhigen.

Nasuada sprach bereits weiter: »… hoffe, dass du deine Leute fest im Griff hast und ihnen nicht erlaubst, wild durch Aroughs zu rennen, zu brandschatzen, zu plündern und sich Freiheiten mit den Bewohnern der Stadt herauszunehmen!«

Roran war so müde, dass es ihm schwerfiel, eine zusammenhängende Antwort zustande zu bringen, aber schließlich brachte er heraus: »Wir sind zu wenige, als dass die Männer Unfug treiben könnten. Sie wissen so gut wie ich, dass die Soldaten die Stadt zurückerobern könnten, wenn wir ihnen auch nur die geringste Gelegenheit dazu geben.«

»Ein zweifelhafter Segen, wie mir scheint... Wie viele Tote habt ihr zu beklagen?«

»Zweiundvierzig.«

Eine Weile herrschte Schweigen zwischen ihnen. Dann fragte Nasuada: »Hatte Carn Familie?«

Roran zuckte die Achseln, nur eine schwache Bewegung seiner linken Schulter. »Das weiß ich nicht. Er kam irgendwo aus dem Norden, glaube ich, aber keiner von uns hat wirklich über sein Leben vor... vor alledem... gesprochen. Es schien nie besonders wichtig zu sein.«

Ein plötzliches Kratzen in Rorans Kehle zwang ihn, wieder und wieder zu husten. Er beugte sich über den Tisch, bis seine Stirn das Holz berührte, und verzog das Gesicht, während der Schmerz an seinem Rücken, seiner Schulter und dem verletzten Mund ihn immer wieder schüttelte. Die Krämpfe waren so heftig, dass der Wein in seinem Kelch über den Rand schwappte und sich über seine Hand ergoss.

Während er sich langsam erholte, meinte Nasuada: »Roran, du musst einen Heiler rufen, der dich untersucht. Du bist krank und gehörst ins Bett.«

»Nein.« Er wischte sich den Speichel aus dem Mundwinkel, dann sah er zu ihr auf. »Sie haben getan, was sie konnten, und ich bin kein kleines Kind, um das man viel Aufhebens machen muss.«

Nasuada zögerte, dann neigte sie den Kopf. »Wie du wünschst.«

»Wie geht es jetzt weiter?«, fragte er. »Bin ich hier fertig?«

»Ich hatte die Absicht, dich zurückkehren zu lassen, sobald Aroughs eingenommen ist, aber du bist nicht in der Verfassung, den ganzen Weg nach Dras-Leona zu reiten. Du wirst warten müssen, bis...«

»Ich werde nicht warten«, grollte Roran. Er packte den Spiegel und zog ihn zu sich heran, bis er nur noch wenige Zoll von seinem Gesicht entfernt war. »Ihr sollt mich nicht verhätscheln, Nasuada.

Ich *kann* reiten, und ich kann schnell reiten. Der einzige Grund, warum ich hierhergekommen bin, war die Bedrohung, die Aroughs für die Varden darstellte. Diese Bedrohung besteht nicht mehr – ich habe sie beseitigt. Also habe ich nicht die Absicht, hierzubleiben, Verletzungen hin oder her, während meine Frau und mein ungeborenes Kind weniger als eine Meile von Murtagh und seinem Drachen entfernt sitzen!«

Nasuadas Stimme wurde hart. »Du bist nach Aroughs gegangen, weil *ich* dich hingeschickt habe.« Dann fuhr sie in entspannterem Ton fort: »Aber ich verstehe deine Gründe. Du kannst sofort zurückreiten, falls du dazu in der Lage bist. Diesmal brauchst du nicht Tag und Nacht zu reiten, wie du es auf dem Hinweg getan hast, aber ebenso wenig solltest du trödeln. Sei einfach vernünftig. Ich will Katrina nicht erklären müssen, dass du dich auf der Reise hierher umgebracht hast … Wem sollte ich deiner Meinung nach das Kommando übertragen, wenn du Aroughs verlässt?«

»Hauptmann Brigman.«

»Brigman? Warum das? Hattest du nicht einige Schwierigkeiten mit ihm?«

»Er hat geholfen, die Männer bei der Stange zu halten, nachdem ich angeschossen worden war. Mein Kopf war zu der Zeit nicht besonders klar …«

»Das kann ich mir vorstellen.«

»… und er hat dafür gesorgt, dass sie nicht in Panik geraten oder die Nerven verlieren. Außerdem führt er sie in meinem Namen, seit ich in diesem elenden Prachtbau von Palast festsitze. Er ist der Einzige, der genug Erfahrung hat. Ohne ihn hätten wir nicht die Kontrolle über ganz Aroughs erlangt. Die Männer mögen ihn und er ist tüchtig, wenn es um Planung und Organisation geht. Er wird die Stadt gut verwalten.«

»Dann also Brigman.« Nasuada wandte den Blick vom Spiegel ab und murmelte einer Person, die er nicht sehen konnte, einige Worte zu. Kurz darauf drehte sie sich wieder zu ihm um und sagte: »Ich muss zugeben, ich hätte nie gedacht, dass du Aroughs tatsächlich erobern würdest. Es schien unmöglich, dass irgendjemand die Verteidigung der Stadt in so kurzer Zeit durchbrechen könnte, mit so wenigen Männern und ohne die Hilfe eines Drachen oder Reiters.«

»Warum habt Ihr mich dann hierhergeschickt?«

»Weil ich *irgendetwas* versuchen musste, bevor ich Eragon und Saphira erlauben konnte, so weit wegzufliegen, und weil du es dir zur Gewohnheit gemacht hast, Erwartungen zu übertreffen und dich zu behaupten, wo andere scheitern oder aufgeben. *Wenn* das Unmögliche geschehen sollte, schien es mir am wahrscheinlichsten, dass es unter deinem Kommando geschieht, was ja auch der Fall war.«

Roran schnaufte leise. *Und wie lange kann ich das Schicksal noch herausfordern, bevor ich so ende wie Carn?*

»Sag, was du willst, aber du kannst deinen eigenen Erfolg nicht leugnen. Du hast uns heute einen großen Sieg beschert, Hammerfaust. Besser gesagt, Hauptmann Hammerfaust. Du hast dir das Recht auf diesen Titel mehr als verdient. Ich bin dir ungeheuer dankbar für das, was du getan hast. Mit der Eroberung Aroughs hast du uns erspart, einen Krieg an zwei Fronten führen zu müssen, was fast mit Sicherheit unser Untergang gewesen wäre. Alle Varden stehen in deiner Schuld und ich verspreche dir, dass die Opfer, die du und deine Männer gebracht haben, nicht in Vergessenheit geraten werden.«

Roran versuchte etwas zu erwidern, doch er schaffte es nicht, er versuchte es wieder und scheiterte ein zweites Mal, bevor er endlich herausbrachte: »Ich … ich werde es die Männer wissen lassen. Es wird ihnen viel bedeuten.«

»Bitte tu das. Und jetzt muss ich dir Lebewohl sagen. Es ist spät, du bist krank und ich habe dich ohnehin schon viel zu lange aufgehalten.«

»Wartet …« Er streckte die Hand nach ihr aus und stieß mit den Fingerspitzen gegen den Spiegel. »Wartet. Ihr habt noch gar nichts darüber erzählt: Wie läuft die Belagerung von Dras-Leona?«

Sie musterte ihn mit ausdrucksloser Miene. »Schlecht. Und es gibt keinerlei Anzeichen für eine Wende zum Besseren. Wir könnten dich hier gebrauchen, Hammerfaust. Wenn wir nicht sehr bald einen Ausweg finden, wird alles, wofür wir gekämpft haben, verloren sein.«

THARDSVERGÛNDNZMAL

»Dir geht's gut«, meinte Eragon verzweifelt. »Mach dir keine Gedanken. Du kannst es ohnehin nicht ändern.«

Saphira brummte und fuhr fort, ihr Spiegelbild im See genau zu prüfen. Sie drehte den Kopf von einer Seite zur anderen, dann seufzte sie und stieß eine Rauchwolke aus, die über das Wasser trieb wie eine kleine, verirrte Gewitterwolke.

Bist du dir sicher?, fragte sie und sah ihn an. *Was ist, wenn sie nicht nachwächst?*

»Drachen wachsen ständig Schuppen nach. Das weißt du.«

Ja, aber ich habe bisher noch nie eine verloren!

Er machte sich nicht die Mühe, sein Lächeln zu verbergen. Sie würde seine Belustigung sowieso spüren können. »Du solltest dich nicht so aufregen. Sie war nicht mal besonders groß.« Er streckte die Hand aus und berührte die diamantförmige Lücke auf der linken Seite ihres Mauls, wo vor noch so kurzer Zeit der Gegenstand ihrer Bestürzung seinen festen Platz gehabt hatte. Die Lücke in ihrem funkelnden Panzer war nicht größer als sein Daumennagel und ungefähr einen Zoll tief. Darunter schimmerte ihre ledrige blaue Haut.

Neugierig berührte er ihre Haut mit der Spitze seines Zeigefingers. Sie fühlte sich warm und glatt an, wie der Bauch eines Kalbs.

Saphira schnaubte und zog den Kopf weg. *Lass das. Das kitzelt.*

Er grinste und trat einmal kräftig mit dem Fuß in das Wasser unterhalb des Felsens, auf dem er saß, und genoss das Gefühl an seinen nackten Sohlen.

Sie war vielleicht nicht sehr groß, fuhr Saphira fort, *aber jeder wird merken, dass sie nicht mehr da ist. Wie kann man das überse-*

hen? Genauso gut könnte man einen kahlen Flecken Erde auf dem Gipfel eines schneebedeckten Berges übersehen. Und ihre Augen rollten nach vorn, als sie versuchte, an ihrer langen Schnauze entlang zu dem kleinen dunklen Loch über ihren Nüstern zu spähen.

Eragon lachte und bespritzte sie mit einer Handvoll Wasser. Dann versicherte er ihr, um ihr angeknackstes Selbstbewusstsein zu stärken: »Niemand wird es bemerken, Saphira. Vertrau mir. Und selbst wenn sie es bemerken, werden sie es für eine Wunde halten, die du dir im Kampf zugezogen hast, und dich deswegen nur umso furchterregender finden.«

Meinst du? Sie betrachtete sich erneut prüfend im See. Das Wasser und ihre Schuppen spiegelten einander in schillernden Lichtpunkten, die in allen Farben des Regenbogens glitzerten. *Was ist, wenn ein Soldat mir dort einen Speer ins Fleisch rammt? Er würde direkt durch mich hindurchgehen. Vielleicht sollte ich die Zwerge bitten, eine Metallplatte zu machen, um den Bereich abzudecken, bis die Schuppe nachwächst.*

»Das würde extrem lächerlich aussehen.«

Ach ja?

»Mhm.« Er nickte, wieder kurz davor, zu lachen.

Sie schnaubte. *Du brauchst dich gar nicht über mich lustig zu machen. Wie würde es dir gefallen, wenn das Fell auf deinem Kopf ausfallen würde oder du einen dieser dummen kleinen Stumpen verlörest, die du Zähne nennst? Bestimmt müsste ich dich dann trösten.*

»Bestimmt«, pflichtete er ihr freundlich bei. »Aber andererseits wachsen Zähne auch nicht nach.« Er sprang von dem Felsen herunter und ging zu der Stelle, wo er seine Stiefel stehen gelassen hatte. Dabei achtete er darauf, nicht auf die Zweige und spitzen Steine zu treten, die am Ufer herumlagen, um sich seine Füße nicht zu verletzen. Saphira folgte ihm und die weiche Erde quoll bei jedem Schritt zwischen ihren Krallen hervor.

Du könntest einen Zauber wirken, um genau diese Stelle zu schützen, schlug sie vor, während er seine Stiefel anzog.

»Das könnte ich. Willst du, dass ich es mache?«

Ja.

Er arbeitete im Kopf die Beschwörung aus, während er seine

Stiefel schnürte, dann legte er seine rechte Hand auf das Loch in ihrem Panzer und murmelte die entsprechenden Worte in der alten Sprache. Ein schwacher himmelblauer Schimmer stieg unter seiner Hand auf, als er den Zauber mit ihrem Körper verband.

»So«, sagte er, als er fertig war. »Jetzt hast du keinen Grund mehr, dich zu sorgen.«

Außer dass mir immer noch eine Schuppe fehlt.

Er gab ihr einen Klaps aufs Kinn. »Nun komm schon. Lass uns ins Lager zurückkehren.«

Gemeinsam verließen sie den See und stiegen die steile, lockere Uferböschung hinauf. Eragon nutzte herausstehende Baumwurzeln, um sich festzuhalten. Oben angelangt, bot sich ihnen ein ungehinderter Blick auf das Lager der Varden eine halbe Meile weiter östlich sowie auf die weitläufige Stadt Dras-Leona ein Stück nördlich des Lagers. Die einzigen Zeichen von Leben in der Stadt waren die Rauchfahnen, die über den Schornsteinen vieler Häuser aufstiegen. Wie die ganze letzte Zeit lag Dorn auf dem Wehrgang über dem südlichen Tor und badete im hellen Nachmittagslicht. Der rote Drache schien zu schlafen, aber Eragon wusste aus Erfahrung, dass er die Varden genau im Auge behielt und sich, sobald sich jemand der Stadt näherte, erheben und Murtagh und den anderen in der Stadt eine Warnung zukommen lassen würde.

Eragon sprang auf Saphiras Rücken und sie trug ihn in gemächlichem Tempo ins Lager.

Als sie ankamen, ließ er sich zu Boden gleiten und übernahm die Führung durch die Reihen der Zelte. Im Lager war es still und alles dort vermittelte ein Gefühl von Geruhsamkeit, von den leisen, schleppenden Gesprächen unter den Kriegern bis hin zu den Wimpeln, die reglos in der schwülen Luft hingen. Die einzigen Geschöpfe, die immun gegen die allgemeine Trägheit zu sein schienen, waren die hageren, halbwilden Hunde, die durchs Lager streiften und ständig auf der Suche nach Essensresten an allem und jedem schnupperten. Etliche Hunde trugen Kratzer auf Schnauze und Flanken, das Ergebnis des törichten, wenn auch verständlichen Fehlers, zu denken, sie könnten eine grünäugige Werkatze jagen und quälen, wie sie das mit jeder anderen Katze machten. An diesem Tag hatte man ihr schmerzerfülltes Jaulen im ganzen Lager gehört und alle hatten gelacht, als die Hunde mit eingezogenem Schwanz vor der Werkatze davongelaufen waren.

Eragon, der sich der vielen Blicke bewusst war, die er und Saphira auf sich zogen, hob das Kinn und hielt die Schultern gerade. Außerdem legte er ein energisches Tempo vor, um den Eindruck von Zielstrebigkeit und Energie zu vermitteln. Die Männer sollten sehen, dass er noch immer voller Zuversicht war und sich von ihrer misslichen Lage nicht niederdrücken ließ.

Wenn Murtagh und Dorn doch nur verschwinden würden, dachte Eragon. *Sie bräuchten nur einen einzigen Tag fort zu sein und wir könnten die Stadt erobern.*

Bisher war die Belagerung von Dras-Leona ungewöhnlich ereignislos verlaufen. Nasuada weigerte sich, die Stadt anzugreifen, denn wie sie zu Eragon gesagt hatte: »Du hast es bei eurer letzten Begegnung nur mit knapper Not geschafft, gegen Murtagh zu bestehen – hast du vergessen, dass er dir sein Schwert in die Hüfte gerammt hat? –, und er hat versprochen, dass er noch stärker sein würde, wenn eure Wege sich das nächste Mal kreuzen. Murtagh mag vieles sein, aber ich glaube nicht, dass er ein Lügner ist.«

»Stärke ist nicht alles, wenn es um einen Kampf zwischen Magiern geht«, hatte Eragon zu bedenken gegeben.

»Nein, aber sie ist auch nicht unwichtig. Außerdem hat er jetzt die Unterstützung der Priester vom Helgrind, von denen vermutlich die meisten ebenfalls Magier sind. Ich werde dir nicht erlauben, dich ihnen und Murtagh im offenen Kampf zu stellen, nicht einmal mit Bloëdhgarms Magiern an deiner Seite. Das wäre ein zu großes Risiko. Bis wir uns etwas ausgedacht haben, wie wir Murtagh und Dorn weglocken oder gefangen setzen oder uns sonst einen Vorteil verschaffen können, bleiben wir hier und marschieren nicht gegen Dras-Leona.«

Eragon hatte protestiert und eingewandt, dass es unklug sei, die Erstürmung der Stadt hinauszuzögern. Und was glaube sie, hatte er gefragt, wie er gegen Galbatorix bestehen solle, wenn er Murtagh nicht besiegen könne? Aber Nasuada hatte sich nicht überzeugen lassen.

Sie hatten – zusammen mit Arya, Bloëdhgarm und allen Magiern der Du Vrangr Gata – geplant, überlegt und nach Möglichkeiten gesucht, sich den Vorteil zu verschaffen, von dem Nasuada gesprochen hatte. Aber jede Strategie, die sie erwogen, hatte Schwachstellen, weil sie mehr Zeit und Mittel erforderte, als den Varden zur Verfügung standen, oder aber weil sie zu guter Letzt an der Frage scheiterte, wie sie Murtagh und Dorn töten, gefangen nehmen oder vertreiben sollten.

Nasuada war sogar zu Elva gegangen und hatte gefragt, ob sie ihre Fähigkeit nutzen würde – ihre Fähigkeit, den Schmerz anderer zu spüren, ebenso wie den Schmerz, der jemandem in unmittelbarer Zukunft bevorstand –, um Murtagh zu überwältigen oder um unentdeckt in die Stadt zu gelangen. Das Mädchen mit der silbernen Stirn hatte Nasuada ausgelacht und sie mit höhnischen Bemerkungen und Beschimpfungen weggeschickt: »Ich schulde weder dir noch irgendjemandem sonst Gefolgschaft, Nasuada. Such dir ein anderes Kind, das deine Schlachten für dich gewinnt. Ich werde es nicht tun.«

Und so warteten die Varden.

Ein ereignisloser Tag folgte auf den anderen und Eragon beobachtete, wie die Männer immer mürrischer und unzufriedener wurden und dass Nasuada sich immer größere Sorgen machte. Eine Armee, das begriff Eragon, war eine ausgehungerte, unersättliche Bestie, die sterben und sich in ihre Bestandteile auflösen würde, wenn nicht regelmäßig gewaltige Mengen an Nahrung in ihre vielen Tausend Mägen geschaufelt wurden. Wenn sie an einen neuen Ort zog, war es für eine Armee relativ einfach, Proviant und alles andere, was sie benötigte, im Umland zu beschlagnahmen, bis es dort nichts mehr zu holen gab. Wie eine Heuschreckenplage hinterließ der Zug der Varden so eine kahle Schneise quer durch das Land. Dort fehlte es der verbliebenen Bevölkerung dann an fast allem, was sie zum Leben brauchte.

Sobald die Varden aber länger an einem Ort blieben, erschöpften sich die Nahrungsvorräte in der unmittelbaren Umgebung rasch und sie waren gezwungen, ausschließlich von dem zu leben, was ihnen aus Surda und den verschiedenen eroberten Städten geliefert wurde. So großzügig die Bewohner Surdas und so reich die besiegten Städte auch waren, ihre regelmäßigen Lieferungen würden doch nicht reichen, um die Varden noch sehr viel länger zu ernähren.

Eragon wusste, dass die Krieger ihrer Sache mit großer Hingabe dienten. Aber wenn sie einem langen, qualvollen Hungertod ins Auge sehen müssten, der lediglich Galbatorix die Befriedigung verschaffen würde, voll Häme auf ihre Niederlage zu blicken, würden sich die meisten Männer dafür entscheiden, in irgendeine entlegene Ecke Alagaësias zu fliehen, wo sie den Rest ihres Lebens vor dem Imperium in Sicherheit sein würden. Daran zweifelte Eragon nicht.

Dieser Moment war noch nicht gekommen, aber er kam schnell näher.

Die Angst davor, so vermutete Eragon, hielt Nasuada jede Nacht wach, denn jeden Morgen wirkte sie verhärmter und die Ringe unter ihren Augen schienen ihm wie ein kleines, trauriges Lächeln.

Angesichts der Schwierigkeiten, denen sie sich in Dras-Leona gegenübersahen, war Eragon nicht nur dankbar, dass Roran es geschafft hatte, in Aroughs nicht genauso festzusitzen, sondern geradezu voller Bewunderung und Wertschätzung für das, was sein Cousin in der südlichen Stadt erreicht hatte. *Er ist ein mutigerer Mann als ich.* Nasuada würde es nicht gutheißen, aber Eragon war entschlossen, Roran gleich nach seiner Rückkehr – die in wenigen Tagen erwartet wurde – noch einmal mit umfassenden Schutzzaubern zu belegen. Eragon hatte bereits zu viele Mitglieder seiner Familie an das Imperium und Galbatorix verloren und er würde nicht zulassen, dass Roran das gleiche Schicksal ereilte.

Er blieb stehen, um drei streitende Zwerge vorbeizulassen, die den Weg vor ihm kreuzten. Die Zwerge trugen keine Helme oder Insignien, aber er wusste, dass sie nicht vom Dûrgrimst Ingietum waren, denn ihre geflochtenen Bärte waren mit Perlen versehen – eine Mode, die er beim Clan der Ingietum nie gesehen hatte. Worum es bei dem Streit der Zwerge ging, war ihm ein Rätsel. Er verstand nicht mehr als ein paar Worte ihrer kehligen Sprache, aber das Thema war offensichtlich von größter Wichtigkeit, wie ihre lauten Stimmen verrieten, ebenso wie ihre hemmungslosen Gesten, ihr übertriebenes Mienenspiel und die Tatsache, dass sie ihn und Saphira glatt übersehen hatten.

Eragon lächelte, als sie vorbeigingen. Trotz ihres augenfälligen Ernstes fand er ihren Eifer recht komisch.

Zur großen Erleichterung der Varden war die Armee der Zwerge, angeführt von Orik, ihrem neuen König, vor zwei Tagen vor Dras-Leona eingetroffen. Die Zwerge und Rorans Sieg in Aroughs waren seither die Hauptgesprächsthemen überall im Lager. Die Zwerge hatten die Stärke der verbündeten Streitkräfte beinahe verdoppelt und würden die Aussicht der Varden, Urû'baen und Galbatorix zu erreichen, erheblich verbessern, falls sich eine Lösung für die Pattsituation mit Murtagh und Dorn finden ließ.

Auf ihrem Weg durch das Lager kamen sie auch an Katrinas Zelt vorbei. Sie saß draußen und strickte etwas für ihr noch ungeborenes Kind. Als sie aufsah und ihn bemerkte, hob sie die Hand zum Gruß und sagte: »Cousin!«

Er antwortete auf die gleiche Weise, wie sie es sich seit Katrinas Heirat mit Roran angewöhnt hatten.

Nachdem er und Saphira in aller Ruhe zu Mittag gegessen hatten – was viel Zerreißen und Zermalmen auf Saphiras Seite einschloss –, zogen sie sich auf ein weiches, sonnenbeschienenes Fleckchen Gras neben Eragons Zelt zurück. Auf Nasuadas Befehl wurde diese Stelle stets eigens für Saphira freigehalten – eine Vorschrift, die die Varden mit religiösem Eifer befolgten.

Dort rollte Saphira sich zusammen, um in der mittäglichen Wärme zu dösen, während Eragon die *Domia abr Wyrda* aus seinen Satteltaschen holte und dann unter ihren linken Flügel kroch, um sich in die teilweise im Schatten liegende Kuhle zwischen der Wölbung ihres Halses und ihrem muskulösen Vorderbein zu schmiegen. Das Licht, das durch die Falten ihres Flügels schien, und die Reflexionen ihrer Schuppen überzogen seine Haut mit einem seltsam violetten Ton und bedeckten die Seiten des Buches mit unregelmäßigen Lichtpunkten, die es ihm erschwerten, die dünnen, eckigen Runen zu lesen. Aber das kümmerte ihn nicht. Das Vergnügen, bei Saphira zu sitzen, machte die Unannehmlichkeit mehr als wett.

So saßen sie ein oder zwei Stunden beisammen, bis Saphira ihr Mahl verdaut hatte und Eragon etwas erschöpft war, die verwinkelten Sätze von Heslant dem Mönch zu entziffern. Dann wanderten sie gelangweilt durch das Lager, inspizierten die Verteidigungsanlagen und tauschten gelegentlich einige Worte mit den rings um das Lager aufgestellten Wachposten.

Am östlichen Rand des Lagers, wo sich der größte Teil der Zwerge niedergelassen hatte, stießen sie auf einen Zwerg, der neben einem Wassereimer hockte. Die Ärmel hatte er bis über die Ellbogen hochgekrempelt und mit den Händen einen faustgroßen Ball aus Dreck geformt. Zu seinen Füßen befand sich eine Schlammpfütze und daneben lag ein Stock, den er benutzt hatte, um den Schlamm anzurühren.

Der Anblick war so seltsam, dass Eragon erst nach einigen Augenblicken begriff, dass er Orik vor sich hatte.

»Derûndânn, Eragon… Saphira«, begrüßte Orik sie, ohne aufzusehen.

»Derûndânn«, erwiderte Eragon den traditionellen Zwergengruß und hockte sich auf die andere Seite der Pfütze. Er sah zu, wie Orik die Konturen der Kugel verfeinerte, indem er sie mit der äußeren Wölbung seines rechten Daumens glättete und formte. Immer wieder beugte Orik sich vor, nahm eine Handvoll trockenen Dreck und streute ihn über die gelbliche Kugel aus Erde, bevor er sachte den Überschuss abwischte.

»Ich hätte nie erwartet, dass ich den König der Zwerge auf dem Boden hocken und wie ein Kind im Schlamm spielen sehen würde«, bemerkte Eragon.

Orik schnaubte und blies von unten gegen seinen Schnurrbart. »Und ich hätte nie erwartet, dass ein Drache und ein Reiter mich anstarren, während ich einen *Erôthknurl* mache.«

»Und was ist ein Erôthknurl?«

»Ein Thardsvergûndnzmal.«

»Ein *Thardsver*…?« Eragon gab mitten im Wort auf, außerstande, sich den ganzen Ausdruck zu merken, geschweige denn, ihn richtig auszusprechen. »Und das ist…?«

»Etwas, was etwas anderes zu sein scheint, als es wirklich ist.«

Orik hob die Dreckkugel hoch. »Wie das hier. Das ist ein aus Erde gemachter Stein. Oder vielmehr wird er so erscheinen, wenn ich fertig bin.«

»Ein Stein aus Erde … Ist das Magie?«

»Nein, es ist nur eine Fertigkeit, die ich habe. Mehr nicht.«

Als Orik keine weitere Erklärung lieferte, fragte Eragon: »Wie macht man so etwas?«

»Wenn du Geduld hast, wirst du es sehen.« Dann, nach einer Weile, gab Orik nach und erklärte: »Zuerst musst du etwas Dreck finden.«

»Eine ziemlich schwere Aufgabe.«

Orik warf ihm unter seinen buschigen Augenbrauen einen tadelnden Blick zu. »Manche Arten Dreck sind besser als andere. Sand zum Beispiel funktioniert nicht. Der Dreck muss Teile unterschiedlicher Größe beinhalten, sodass er richtig zusammenklebt. Außerdem sollte etwas Lehm darin sein, so wie in diesem hier. Aber am wichtigsten …«, und er klopfte mit der Hand auf einen blanken Streifen Erde zwischen den zertrampelten Grasbüscheln, »… ist jede Menge Staub in dem Dreck. Siehst du?« Er streckte die Hand aus und zeigte Eragon die Schicht aus feinem Pulver, die an seiner Handfläche klebte.

»Warum ist das wichtig?«

»Ah«, machte Orik, berührte seine Nase und hinterließ dort einen weißlichen Schmierer. Er machte sich wieder daran, die Kugel mit den Händen zu reiben, und drehte sie so, dass sie symmetrisch blieb. »Sobald du guten Dreck hast, befeuchtest du ihn und mischst ihn wie Wasser und Mehl, bis du einen schönen, dicken Schlamm hast.« Er deutete mit dem Kopf auf die Pfütze zu seinen Füßen. »Aus dem Schlamm formst du eine Kugel, so, ja? Dann presst du sie zusammen und wringst jeden Tropfen Flüssigkeit heraus, den du herausbekommst. Anschließend formst du die Kugel absolut rund. Wenn sie anfängt, sich klebrig anzufühlen, tust du, was ich gerade tue: Du streust Dreck darüber, um noch mehr Feuchtigkeit aus dem Inneren zu ziehen. Damit fährst du fort, bis der Ball trocken genug ist, um seine Form zu halten, aber nicht so trocken, dass er bricht.

Mein Erôthknurl hat diesen Punkt fast erreicht. Wenn er so weit ist, werde ich ihn zu meinem Zelt tragen und ihn ein ganzes Weilchen in der Sonne liegen lassen. Das Licht und die Wärme werden noch mehr Feuchtigkeit aus seiner Mitte ziehen. Dann werde ich wieder Dreck darüberstreuen und ihn wieder abreiben. Nach drei oder vier Malen sollte das Äußere meines Erôthknurl so hart sein wie die Haut eines Nagra.«

»Und das alles, nur um eine Kugel aus trockenem Schlamm zu haben?«, fragte Eragon verwirrt.

Saphira teilte seine Empfindung.

Orik schaufelte eine weitere Handvoll Dreck vom Boden. »Nein, weil das noch nicht das Ende ist. Als Nächstes kommt der Staub zum Einsatz. Ich nehme ihn, beschmiere die Außenseite des Erôthknurl damit und es entsteht eine dünne, glatte Hülle. Dann werde ich die Kugel ruhen lassen und darauf warten, dass weitere Flüssigkeit an die Oberfläche dringt. Dann bestäube ich sie, dann warte ich, dann bestäube ich sie, dann warte ich und so weiter.«

»Und wie lange dauert das?«

»Bis der Staub nicht mehr an dem Erôthknurl haften bleibt. Die Hülle, die er bildet, ist das, was einem Erôthknurl seine Schönheit verleiht. Im Laufe eines Tages wird er einen strahlenden Schimmer annehmen, als sei er aus poliertem Marmor gemacht. Ohne Schleifen, ohne Polieren, ohne Magie – nur mit deinem Herzen, deinem Kopf und deinen Händen – hast du einen Stein aus gewöhnlicher Erde gemacht … einen brüchigen Stein, das ist wahr, aber nichtsdestoweniger einen Stein.«

Trotz Oriks Beharren fiel es Eragon immer noch schwer, zu glauben, dass der Schlamm zu seinen Füßen sich in etwas umwandeln ließ wie das, was Orik beschrieben hatte, ohne Magie einzusetzen.

Aber warum machst du dieses Ding, Orik Zwergenkönig?, fragte Saphira. *Du musst doch viele Verpflichtungen haben, jetzt, wo du Herrscher deines Volkes bist.*

Orik knurrte. »Es gibt nichts, was ich im Moment tun müsste. Meine Männer sind bereit für die Schlacht, aber es gibt für uns keine Schlacht zu schlagen und es wäre nicht gut für sie, wenn ich wie eine übertrieben fürsorgliche Glucke ständig um sie herum wäre. Und ich will auch nicht allein in meinem Zelt sitzen und zusehen, wie mein Bart wächst… daher der Erôthknurl.«

Dann verfiel er in Schweigen. Doch es kam Eragon vor, als bekümmere Orik etwas, daher hielt er den Mund und wartete ab, ob der Zwerg noch etwas hinzufügen würde.

Nach einer Minute räusperte sich Orik und erklärte: »Früher konnte ich mit den anderen aus meinem Clan trinken und Würfel spielen, und es spielte keine Rolle, dass ich Hrothgars adoptierter Erbe war. Wir konnten trotzdem reden und lachen, ohne dass jemand sich unbehaglich fühlte. Ich verlangte keine Gefälligkeiten noch erwies ich welche. Aber jetzt ist es anders. Meine Freunde können nicht vergessen, dass ich ihr König bin, und ich kann nicht darüber hinwegsehen, wie sich ihr Verhalten mir gegenüber verändert hat.«

»Das war zu erwarten«, bemerkte Eragon. Er konnte sich in Oriks Lage hineinversetzen, denn er hatte, seit er ein Reiter geworden war, so ziemlich das Gleiche erlebt.

»Vielleicht. Aber es zu wissen, macht es nicht leichter.« Orik stieß einen verärgerten Laut aus. »Ach, das Leben ist manchmal eine seltsame, grausame Reise… Ich habe Hrothgar als König bewundert, aber mir schien er oft recht schroff zu jenen zu sein, mit denen er zu tun hatte, obwohl dazu kein Anlass bestand. Jetzt verstehe ich besser, warum er so war, wie er war.« Orik umfasste die Kugel aus Dreck mit beiden Händen und betrachtete sie mit zusammengezogenen Brauen. »Als du in Tarnag Grimstborith Gannel getroffen hast, hat er dir da die Bedeutung der Erôthknurln erklärt?«

»Er hat sie nie erwähnt.«

»Ich nehme an, es gab andere Dinge, die besprochen werden mussten… Trotzdem, als ein Mitglied des Ingietum und als ein adoptierter Knurla solltest du die Wichtigkeit und Symbolik der Erôthknurln kennen. Es ist nicht nur eine Möglichkeit, den Geist zu bündeln, sich die Zeit zu vertreiben und ein außergewöhnliches Erinnerungsstück zu schaffen. Nein. Der Akt der Erschaffung eines Steins aus Erde ist heilig. Durch ihn bekräftigen wir aufs Neue unseren Glauben an Helzvogs Macht und zollen ihm Tribut. Man sollte sich der Aufgabe mit Ehrfurcht und Zielstrebigkeit widmen. Das Erschaffen eines Erôthknurl ist eine Form der Huldigung und die Götter sind denen, die die Riten nicht mit dem nötigen Ernst vollziehen, nicht wohlgesinnt … Aus Stein wird Fleisch, aus Fleisch Erde und aus Erde wieder Stein. Das Rad dreht sich und wir erhaschen nur einen flüchtigen Blick auf die Ewigkeit.«

Jetzt erst erkannte Eragon, wie groß Oriks Unruhe war. »Du hättest Hvedra mitbringen sollen«, meinte er. »Sie würde dir Gesellschaft leisten und verhindern, dass du in so eine düstere Stimmung verfällst. Ich habe dich nie so glücklich gesehen wie damals, als du in der Festung Bregan mit ihr zusammen warst.«

Die Falten um Oriks bekümmert dreinblickende Augen vertieften sich noch, als er lächelte. »Ja … Aber sie ist die Grimstcarvlorss des Ingietum und sie kann ihre Pflichten nicht vernachlässigen, nur um mir Trost zu spenden. Außerdem hätte ich keine Ruhe, wenn sie sich auch nur in einem Umkreis von hundert Wegstunden von Murtagh und Dorn befände, oder schlimmer noch, von Galbatorix und seinem verfluchten schwarzen Drachen.«

Um Orik aufzuheitern, erwiderte Eragon: »Du erinnerst mich an die Lösung eines Rätsels: Ein Zwergenkönig sitzt auf dem Boden und macht einen Stein aus Dreck. Ich bin mir nicht sicher, wie das Rätsel selbst lauten würde, aber vielleicht etwa so:

Stark und stämmig, dreizehn Sterne auf der Stirn,
sitzt lebendiger Stein und formt aus toter Erde toten Stein.

Es reimt sich nicht, aber andererseits kannst du nicht erwarten, dass ich aus der Eingebung eines Augenblicks heraus einen korrekten Vers verfasse. Ich stelle mir vor, dass ein solches Rätsel für die meisten Leute eine echt harte Nuss wäre.«

»Hm«, machte Orik. »Nicht für einen Zwerg. Selbst unsere Kinder könnten es im Handumdrehen lösen.«

Ein Drache auch, warf Saphira ein.

»Wahrscheinlich hast du recht«, gab Eragon zu.

Dann fragte er Orik nach allem, was bei den Zwergen geschehen war, nachdem er und Saphira Tronjheim verlassen hatten und weiter in den Wald der Elfen gereist waren. Eragon hatte seit der Ankunft der Zwerge in Dras-Leona keine Gelegenheit gehabt, sich mit Orik ausführlich zu unterhalten, und er brannte darauf, zu erfahren, wie es seinem Freund ergangen war, seit er den Thron bestiegen hatte.

Orik schien nichts dagegen zu haben, ihm die Feinheiten der Zwergenpolitik auseinanderzusetzen. Tatsächlich hellte sich seine Miene auf, während er sprach, und er wurde immer lebhafter. Er verbrachte fast eine Stunde damit, über das Gezänk zu berichten, das unter den Zwergenclans geherrscht hatte, bevor sie schließlich ihre Armee versammelt hatten und zu den Varden aufgebrochen waren. Die Clans waren ein zänkischer Haufen, wie Eragon nur zu gut wusste, und selbst als König hatte Orik Mühe, ihnen Gehorsam abzuverlangen.

»Es ist, als würde man versuchen, eine Schar Gänse zu hüten«, meinte Orik. »Sie wollen ständig allein losrennen, sie machen einen abscheulichen Lärm und bei der ersten Gelegenheit, die sie bekommen, beißen sie dir in die Hand.«

Im Laufe von Oriks Bericht kam Eragon die Idee, nach Vermûnd zu fragen. Er hatte oft darüber nachgedacht, was aus dem Grimstborith geworden war, der eine Verschwörung angezettelt hatte, um ihn zu ermorden. Er wusste gern, wo seine Feinde waren, vor allem ein so gefährlicher wie Vermûnd.

»Er ist in sein Heimatdorf Feldarast zurückgekehrt«, antwortete Orik. »Nach allem, was man so hört, sitzt er dort und trinkt und zürnt darüber, was ist und was hätte sein können. Aber niemand hört ihm mehr zu. Die Knurlan der Az Sweldn rak Anhûin sind stolz und stur. In den meisten Fällen würden sie Vermûnd treu ergeben bleiben, ungeachtet dessen, was andere Clans tun oder sagen. Aber der Versuch, einen Gast zu töten, ist ein unverzeihliches Vergehen. Und nicht alle der Az Sweldn rak Anhûin hassen dich, wie Vermûnd es tut. Ich kann mir nicht vorstellen, dass sie sich damit einverstanden erklären, vom Rest ihres Volkes abgeschnitten zu bleiben, nur um einen Grimstborith zu schützen, der jeden Funken Ehre verloren hat. Es wird vielleicht Jahre dauern, aber letztendlich werden sie sich gegen ihn wenden. Ich habe bereits gehört, dass viele Mitglieder des Clans Vermûnd inzwischen meiden, gerade so, wie sie selbst gemieden werden.«

»Was denkst du, was mit ihm geschehen wird?«

»Er wird das Unvermeidliche akzeptieren und zurücktreten, sonst kippt ihm eines Tages irgendjemand Gift in seinen Met oder er bekommt vielleicht einen Dolch zwischen die Rippen. So oder so stellt er als Oberhaupt der Az Sweldn rak Anhûin für dich keine Bedrohung mehr da.«

Sie unterhielten sich weiter, bis Orik mit den ersten Stadien seines Erôthknurl fertig war und bereit, die Erdkugel zum Trocknen auf ein Stück Stoff neben sein Zelt zu legen. Als Orik aufstand und seinen Eimer und den Stock nahm, sagte er: »Ich weiß es zu schätzen, dass du so freundlich warst, mir zuzuhören, Eragon. Und du auch, Saphira. Es mag vielleicht seltsam erscheinen, aber ihr seid abgesehen von Hvedra die Einzigen, mit denen ich ungezwungen sprechen kann. Alle anderen ...« Er zuckte die Achseln. »Pah.«

Eragon erhob sich ebenfalls. »Du bist unser Freund, Orik, ob du nun der König der Zwerge bist oder nicht. Wir freuen uns immer, mit dir zu reden. Und du weißt, dass du dir keine Sorgen zu machen brauchst, wir könnten anderen erzählen, was du uns erzählt hast.«

»Ja, das weiß ich, Eragon.« Orik sah aus zusammengekniffenen Augen zu ihm auf. »Du bestimmst die Ereignisse der Welt mit und doch hast du dich nicht in all die schäbigen Ränke um dich herum verstricken lassen.«

»Diese Dinge interessieren mich nicht. Abgesehen davon gibt es im Moment Wichtigeres, womit ich mich beschäftigen muss.«

»Das ist gut. Ein Reiter sollte abseits von allen anderen stehen. Wie kannst du dir sonst ein Urteil über die Dinge bilden? Ich habe die Unabhängigkeit der Reiter nie zu schätzen gewusst, aber jetzt tue ich es, wenn auch aus selbstsüchtigen Gründen.«

»Ich stehe nicht vollkommen abseits«, widersprach Eragon. »Ich habe sowohl dir als auch Nasuada einen Eid geschworen.«

Orik neigte den Kopf. »Das ist wahr. Aber du gehörst nicht vollständig zu den Varden – oder dem Ingietum. Wie auch immer, ich bin froh, dass ich dir vertrauen kann.«

Ein Lächeln breitete sich auf Eragons Gesicht aus. »Das bin ich auch.«

»Schließlich sind wir Stiefbrüder, nicht wahr? Und Brüder sollten einander Rückendeckung geben.«

Das sollten sie, dachte Eragon, obwohl er es nicht laut aussprach. »Stiefbrüder«, pflichtete er dem Zwerg bei und schlug Orik auf die Schulter.

Der Weg des Wissens

Später an diesem Nachmittag, als es zusehends unwahrscheinlicher erschien, dass die Streitkräfte des Imperiums während der letzten paar Tageslichtstunden von Dras-Leona aus einen Ausfall wagen würden, gingen Eragon und Saphira zum Übungsplatz im rückwärtigen Teil des Lagers.

Dort traf Eragon sich mit Arya, wie jeden Tag seit ihrer Ankunft vor der Stadt. Auf seine Frage, wie es ihr gehe, antwortete sie knapp, sie habe seit dem Morgengrauen in einer ermüdenden Besprechung mit Nasuada und König Orrin festgesessen. Daraufhin zog Eragon sein Schwert, Arya ihres, und sie gingen einander gegenüber in Position. Dieses Mal hatten sie vorab vereinbart, Schilde zu benutzen. Das kam einem echten Kampf näher und es brachte etwas mehr Abwechslung in ihre Duelle.

Sie umkreisten einander mit kurzen, geschmeidigen Schritten, bewegten sich wie zwei Tänzer über den unebenen Boden, ertasteten sich mit den Füßen den Weg, ohne nach unten zu sehen und ohne einander auch nur für einen Moment aus den Augen zu lassen.

Diesen Teil ihrer Kämpfe liebte Eragon besonders. Es hatte etwas zutiefst Intimes, in Aryas Augen zu starren, ohne zu blinzeln, ohne mit der Wimper zu zucken, und zu sehen, wie sie seinen Blick mit der gleichen Konzentration und Eindringlichkeit erwiderte. Es konnte verwirrend sein, aber er genoss das Gefühl der Verbundenheit, das es zwischen ihnen schuf.

Arya leitete den ersten Angriff ein und bereits nach einer Sekunde fand Eragon sich in einem unbequemen Winkel vornübergebeugt wieder. Ihre Klinge drückte an seiner linken Halsseite schmerzhaft in seine Haut. Er verharrte wie erstarrt in dieser Stellung, bis Arya sich dazu entschied, den Druck zu verringern, und ihm erlaubte, sich wieder aufzurichten.

»Das war nachlässig«, tadelte sie.

»Wie kommt es, dass du mich immer wieder besiegst?«, fragte er alles andere als erfreut.

»Weil«, erwiderte sie und täuschte einen Streich gegen seine rechte Schulter vor, der ihn veranlasste, seinen Schild zu heben und erschrocken zurückzuspringen, »ich über hundert Jahre Übung habe. Es wäre sonderbar, wenn ich *nicht* besser wäre als du, meinst du nicht auch? Du solltest stolz darauf sein, dass es dir überhaupt gelingt, mich zu treffen. Das schaffen nur wenige.«

Brisingr pfiff durch die Luft, als Eragon nach dem Oberschenkel ihres Spielbeins schlug. Ein lautes Klirren ertönte, als Arya das Schwert mit ihrem Schild abfing. Sie konterte mit einem aus einer geschickten Drehung geführten Stich, der ihn am Handgelenk seines Schwertarms traf und ihm eisige Nadeln den Arm und die Schulter hinauf bis zur Schädelbasis sandte.

Er zuckte zusammen und löste sich von ihr, um sich eine kurze Verschnaufpause zu verschaffen. Eine der Herausforderungen im Kampf gegen Elfen bestand darin, dass sie aufgrund ihrer Schnelligkeit und Stärke viel weiter springen und einen Gegner aus viel größerer Entfernung angreifen konnten, als es einem Menschen möglich war. Daher musste er sich, um vor Arya sicher zu sein, etwa dreißig Schritte von ihr zurückziehen.

Bevor er eine so große Entfernung zwischen sie bringen konnte, setzte Arya mit zwei fliegenden Schritten nach, wobei ihr Haar wild hinter ihr herflatterte. Eragon schlug nach ihr, während sie noch in der Luft war, aber sie drehte sich so, dass sein Schwert entlang ihres Körpers ins Leere ging. Dann schob sie die Kante ihres Schilds unter seinen und riss ihn weg, sodass seine Brust vollkommen ungedeckt war. Mit einer unglaublichen Geschwindigkeit zog sie ihr Schwert nach oben und drückte es ihm erneut an den Hals, diesmal unter sein Kinn.

Sie hielt ihn in dieser Position, ihre großen, weit auseinanderstehenden Augen nur wenige Zoll von seinen entfernt. Darin stand eine Wildheit und Entschlossenheit, von der er nicht wusste, wie er sie deuten sollte, doch gleichwohl verschaffte es ihm eine Atempause.

Ein Schatten schien über Aryas Züge zu huschen. Sie ließ ihr Schwert sinken und trat zurück.

Eragon rieb sich die Kehle. »Wenn du so viel mehr über den Schwertkampf weißt«, fragte er, »warum kannst du mir dann nicht beibringen, wie ich besser werde?«

Der Blick ihrer smaragdgrünen Augen brannte noch stärker. »Das versuche ich ja«, erwiderte sie, »aber das Problem liegt nicht hier.« Sie tippte mit ihrem Schwert gegen seinen rechten Arm. »Das Problem liegt hier.« Sie tippte an seinen Helm und Metall klirrte gegen Metall. »Und ich weiß nicht, wie ich dir sonst beibringen soll, was du lernen musst, außer dir wieder und wieder deine Fehler zu zeigen, bis du sie irgendwann nicht mehr machst.« Sie klopfte einmal mehr gegen seinen Helm. »Selbst wenn das bedeutet, dass ich dich grün und blau schlagen muss.«

Dass sie ihn auch weiterhin mit solcher Regelmäßigkeit besiegte, verletzte seinen Stolz weit mehr, als er zuzugeben bereit war – selbst Saphira gegenüber. Und es ließ ihn zweifeln, ob er jemals in der Lage sein würde, über Galbatorix, Murtagh oder irgendeinen anderen wirklich Ehrfurcht gebietenden Gegner zu triumphieren, sollte er das Pech haben, ihnen ohne die Hilfe Saphiras oder seine Magie im Kampf Mann gegen Mann gegenübertreten zu müssen.

Eragon wirbelte von Arya weg, bis er etwa zehn Schritte entfernt war.

»Nun?«, stieß er zwischen zusammengebissenen Zähnen hervor. »Dann mach weiter damit.« Und er ging tief in die Hocke, während er sich für den nächsten Ansturm bereit machte.

Arya kniff die Augen zusammen, was ihrem Gesicht ein bösartiges Aussehen verlieh. »Also schön.«

Mit lauten Kriegsrufen stürmten sie aufeinander zu und der Platz hallte von ihren wild aufeinanderprallenden Schwertern wider. Runde um Runde kämpften sie, bis sie müde, verschwitzt und staubig waren und Eragon viele schmerzhafte Striemen davongetragen hatte. Und immer noch stürzten sie sich mit einer grimmigen Entschlossenheit aufeinander, die ihren Duellen bislang gefehlt hatte.

Keiner von ihnen bat darum, ihren brutalen Wettstreit, von dem sie beide Prellungen davontrugen, zu beenden, und keiner bot es an.

Saphira sah ihnen vom Rand des Platzes aus zu, wo sie sich der Länge nach auf dem weichen Gras ausgestreckt hatte. Die meiste Zeit behielt sie ihre Gedanken für sich, um Eragon nicht abzulenken, aber ab und zu machte sie eine Bemerkung über seine oder Aryas Technik – Bemerkungen, die Eragon stets hilfreich fand. Außerdem hatte er den Verdacht, dass sie mehr als einmal eingegriffen hatte, um ihn vor einem besonders üblen Schlag zu bewahren, denn bisweilen schienen seine Arme und Beine sich eine Spur schneller zu bewegen, als sie es hätten tun sollen, oder sie bewegten sich bereits, kurz bevor er beabsichtigte, sie zu bewegen. Und wenn das geschah, spürte er ein Kitzeln tief in seinem Geist und wusste, dass Saphira sich in irgendeinen Teil seines Bewusstseins einmischte.

Schließlich bat er sie, damit aufzuhören. *Ich muss in der Lage sein, das selbst zu tun, Saphira,* erklärte er. *Du kannst mir nicht jedes Mal helfen.*

Ich kann es versuchen.

Ich weiß. Ich empfinde genauso für dich. Aber das ist mein Berg, den ich erklimmen muss, nicht deiner.

Der Rand ihrer Lefze zuckte. *Warum klettern, wenn du fliegen kannst? Auf deinen kurzen kleinen Beinen wirst du nirgendwohin kommen.*

Das ist nicht wahr und das weißt du. Außerdem, wenn ich fliegen würde, dann auch nur mit geborgten Flügeln, und das würde mir nichts bringen außer den billigen Rausch eines unverdienten Sieges.

Sieg ist Sieg und Tod ist Tod, ganz gleich wie man ihn erlangt.

Saphira …, sagte er warnend.

Kleiner.

Trotzdem überließ sie ihn zu seiner Erleichterung anschließend sich selbst, obwohl sie ihn weiter mit unermüdlicher Wachsamkeit beobachtete.

Neben Saphira hatten sich die Elfen, deren Auftrag es war, sie und Eragon zu beschützen, am Rand des Platzes versammelt. Ihre Gegenwart war Eragon unangenehm. Er schätzte es nicht, wenn jemand anders als Saphira oder Arya Zeuge seiner Niederlagen wurde. Aber er wusste, dass die Elfen niemals einwilligen würden, sich zu den Zelten zurückzuziehen. Wenigstens dienten sie einem nützlichen Zweck, abgesehen davon, dass sie ihn und Saphira beschützten: Sie hinderten die anderen Krieger auf dem Platz daran, herüberzukommen und neugierig einen Reiter und eine Elfe anzugaffen, die sich schlugen, dass die Fetzen flogen. Nicht dass Bloëdhgarms Magier irgendetwas unternahmen, um Zuschauer abzuschrecken. Ihr Anblick allein war einschüchternd genug, um zufällige Zuschauer in die Flucht zu schlagen.

Je länger er mit Arya kämpfte, desto unzufriedener wurde Eragon. Zwei ihrer Kämpfe gewann er mit knapper Not – hektisch und mit verzweifelten Tricks, die mehr durch Glück als durch sein Können gelangen und die er in einem echten Duell niemals versucht hätte, es sei denn, seine eigene Sicherheit hätte ihn nicht mehr gekümmert. Aber alle anderen Duelle entschied Arya mit deprimierender Mühelosigkeit für sich.

Schließlich kochten Eragons Ärger und Unzufriedenheit über und er verlor jedes Maß und Ziel. Angespornt von den Methoden, die ihm seine wenigen Erfolge eingebracht hatten, hob er den rechten Arm und schickte sich an, Brisingr nach Arya zu *werfen*, wie er vielleicht eine Streitaxt geworfen hätte.

In diesem Moment berührte ein anderer Geist den Eragons – ein Geist, von dem Eragon sofort wusste, dass es weder Aryas noch Saphiras war noch der irgendeines anderen Elfs. Denn dieser Geist war unverkennbar männlich und es war unverkennbar der eines Drachen. Eragon schreckte vor der Berührung zurück und versuchte hektisch seine Gedanken zusammenzunehmen, um abzuwehren, was er für einen Angriff Dorns hielt. Aber bevor er ihn abwehren konnte, hallte durch die halbdunklen Bereiche seines Bewusstseins eine gewaltige Stimme wie das Geräusch eines Berges, der sich unter seinem eigenen Gewicht in Bewegung setzte:

Genug, sagte Glaedr.

Eragon erstarrte mitten in der Bewegung, stolperte einen halben Schritt vorwärts und streckte sich in die Höhe, um Brisingr gerade noch zurückzuhalten. Er sah oder spürte, wie Arya, Saphira und

Bloëdhgarms Magier ebenfalls reagierten. Sie sahen sich überrascht um und er wusste, dass auch sie Glaedr gehört hatten.

Der Geist des Drachen fühlte sich ganz ähnlich an wie bisher – alt und unergründlich und zerrissen von Trauer. Aber zum ersten Mal seit Oromis' Tod in Gil'ead schien Glaedr beseelt von dem Drang, etwas anderes zu tun, als immer tiefer in den alles verschlingenden Morast seiner persönlichen Qualen zu versinken.

Glaedr-Elda!, riefen Eragon und Saphira gleichzeitig.

Wie geht es dir …

Geht es dir gut …

Hast du …

Auch andere hörte er – Arya, Bloëdhgarm und zwei weitere Elfen, die Eragon nicht erkennen konnte. Und das Durcheinander all der gleichzeitig gesprochenen Worte mündete in einen unfassbaren Missklang.

Genug, wiederholte Glaedr, der ebenso müde wie verärgert klang. *Wollt ihr unerwünschte Aufmerksamkeit auf euch lenken?*

Augenblicklich verstummten alle, während sie darauf warteten, zu hören, was der goldene Drache als Nächstes zu sagen hatte. Aufgeregt wechselte Eragon einen Blick mit Arya.

Glaedr sprach nicht gleich, sondern beobachtete sie noch einige Augenblicke. Seine Gegenwart machte sich in Eragons Bewusstsein wie ein schwer lastendes Gewicht bemerkbar und Eragon war sich sicher, dass es den anderen ebenso erging.

Dann sprach Glaedr mit seiner volltönenden, gebieterischen Stimme: *Das geht jetzt schon zu lange so … Eragon, du solltest nicht so viel Zeit mit Übungskämpfen verbringen. Es lenkt dich von wichtigeren Dingen ab. Es ist nicht das Schwert in Galbatorix' Hand, was du am meisten fürchten musst, und auch nicht das Schwert in seinem Mund, sondern das Schwert in seinem Geist. Sein größtes Talent liegt in seiner Fähigkeit, sich in die kleinsten Spalten deines Wesens hineinzuwinden und dich zu zwingen, seinem Willen zu gehorchen. Statt dieser Kämpfe mit Arya solltest du dich darauf konzentrieren, deine Gedanken besser zu beherrschen. Sie sind immer noch jämmerlich undiszipliniert … Warum also beharrst du nach wie vor auf diesen nutzlosen Bestrebungen?*

Eine ganze Reihe von Antworten fielen Eragon darauf spontan ein: dass er es trotz des Ärgers, den er dabei verspürte, genoss, mit Arya die Klingen zu kreuzen; dass er der beste Schwertkämpfer sein wollte, der er sein konnte – der beste der Welt; dass die Kämpfe ihm halfen, seine Nerven zu beruhigen und seinen Körper zu stählen; und außerdem noch viele andere Gründe. Er versuchte das Durcheinander seiner Gedanken zu unterdrücken, zum einen, um sich ein gewisses Maß an Privatsphäre zu bewahren, zum anderen, um Glaedr nicht mit unerwünschten Informationen zu überschwemmen und damit die Meinung des Drachen zu bestätigen, ihm fehle es an geistiger Disziplin. Es gelang ihm jedoch nicht ganz und ein schwacher Hauch von Enttäuschung ging von Glaedr aus.

Eragon entschied sich für seine stärksten Argumente. *Wenn ich Galbatorix mit meinem Geist fernhalten kann – selbst wenn ich ihn nicht besiegen kann –, wenn ich ihn nur fernhalten kann, dann könnte die Sache sehr wohl durch das Schwert entschieden werden. In jedem Fall ist der König nicht der einzige Feind, um den wir uns Sorgen machen müssen. Zum einen gibt es auch noch Murtagh, und wer weiß, welche anderen Arten von Menschen oder Kreaturen Galbatorix noch in seinem Dienst hat! Ich war nicht in der Lage, Durza allein zu besiegen, ebenso wenig Varaug, nicht einmal Murtagh. Immer hatte ich Hilfe. Aber ich kann mich nicht darauf verlassen, dass Arya oder Saphira oder Bloëdhgarm mich jedes Mal retten, wenn ich in Schwierigkeiten gerate. Ich muss besser mit dem Schwert sein und doch scheine ich keine Fortschritte zu machen, wie sehr ich mich auch bemühe.*

Varaug?, hakte Glaedr nach. *Diesen Namen habe ich noch nie gehört.*

Es blieb Eragon überlassen, Glaedr von der Eroberung Feinsters zu erzählen und davon, wie Arya und er den neu erschaffenen Schatten getötet hatten, zur gleichen Zeit, da Oromis und Glaedr am Himmel über Gil'ead im Kampf den Tod gefunden hatten – unterschiedliche Arten von Tod, aber beide Male das Ende sterblichen Lebens. Außerdem fasste Eragon die Unternehmungen der Varden danach zusammen, denn er begriff, dass Glaedr, der sich so stark abgeschottet hatte, nur wenig darüber wusste. Eragon brauchte mehrere Minuten für seinen Bericht, in denen er und die Elfen wie erstarrt auf dem Platz standen und mit blicklosen Augen aneinander vorbeisahen, ihre Aufmerksamkeit nach innen gerichtet, während sie sich auf den schnellen Austausch von Gedanken, Bildern und Gefühlen konzentrierten.

Ein weiteres langes Schweigen folgte, in dessen Verlauf Glaedr verdaute, was er erfahren hatte. Als er sich wieder dazu herabließ, zu sprechen, klang in seiner Stimme ein Anflug von Erheiterung mit. *Du bist übermäßig ehrgeizig, wenn dein Ziel darin besteht, ungestraft Schatten töten zu können. Selbst die Ältesten und Weisesten der Reiter hätten gezögert, allein einen Schatten anzugreifen. Du hast bereits die Begegnung mit zweien von ihnen überlebt, zwei mehr also als die meisten. Sei dankbar dafür, dass du solches Glück hattest, und lass es dabei bewenden. Der Versuch, einem Schatten überlegen zu sein, ist wie der Versuch, höher zu fliegen als die Sonne.*

Ja, erwiderte Eragon, *aber unsere Feinde sind so stark wie Schatten oder noch stärker, und Galbatorix könnte mehr von ihnen erschaffen, nur um unser Vorrücken zu verlangsamen. Er setzt sie vollkommen sorglos ein, ohne einen Gedanken an die Zerstörung zu verschwenden, die sie überall im Land anrichten.*

Ebrithil, ergänzte Arya, *er hat recht. Unsere Feinde sind absolut todbringend … wie Ihr sehr wohl wisst*, fügte sie in sanftem Ton hinzu, *und Eragon kämpft nicht auf dem Niveau, auf dem er kämpfen müsste. Zur Vorbereitung auf das, was vor uns liegt, muss er es zur Meisterschaft bringen. Ich habe mein Bestes getan, ihn zu unterweisen, aber Meisterschaft muss zu guter Letzt von innen kommen, nicht von außen.*

Ihre Verteidigung wärmte Eragon das Herz.

Wie zuvor ließ Glaedr sich Zeit mit seiner Antwort. *Genauso wenig wie Eragon die Beherrschung seiner Gedanken gemeistert hat, die ebenso wichtig ist. Keine dieser Fähigkeiten, weder die geistige noch die körperliche, ist für sich genommen von großem Nutzen, aber von den beiden ist die geistige die wichtigere. Man kann mit dem Geist allein einen Kampf sowohl gegen einen Magier als auch gegen einen Schwertkämpfer gewinnen. Dein Geist und dein Körper sollten im Gleichgewicht sein. Aber wenn du dich entscheiden musst, welchen von beiden du stärkst, solltest du deinen Geist wählen. Arya … Bloëdhgarm … Yaela … ihr wisst, dass es so ist. Warum hat keiner von euch es übernommen, Eragons Ausbildung auf diesem Gebiet fortzuführen?*

Arya schlug die Augen nieder, ein wenig wie ein gescholtenes Kind, während das Fell auf Bloëdhgarms Schultern sich sträubte und aufstellte und er die Lippen zurückzog, um die Spitzen seiner scharfen weißen Reißzähne zu entblößen.

Es war Bloëdhgarm, der es schließlich wagte, zu antworten. Als Erster sprach er ausschließlich in der alten Sprache: *Arya ist hier als Botschafterin unseres Volkes. Ich und meine Schar sind hier, um das Leben von Saphira Bjartskular und Eragon Schattentöter zu schützen, und das ist eine schwierige und zeitaufwendige Aufgabe. Wir alle haben versucht, Eragon zu helfen. Aber es ist nicht an uns, einen Reiter auszubilden, noch hätten wir uns angemaßt, es zu versuchen, solange einer seiner rechtmäßigen Meister noch lebt und gegenwärtig ist … selbst wenn dieser Meister seine Pflichten vernachlässigt hat.*

Dunkler Groll sammelte sich in Glaedrs Bewusstsein wie gewaltige Gewitterwolken, die sich am Horizont aufbauten. Eragon ging auf Abstand zu Glaedr, auf der Hut vor dem Zorn des Drachen. Glaedr war zwar nicht mehr imstande, jemandem körperlichen Schaden zuzufügen, aber er war immer noch unglaublich gefährlich. Und sollte er die Kontrolle verlieren und mittels seines Geistes zuschlagen, würde niemand von ihnen seiner Gewalt standhalten können.

Bloëdhgarms Grobheit und Kaltschnäuzigkeit schockierte Eragon zunächst – er hatte noch nie zuvor einen Elf so zu einem Drachen sprechen hören –, aber nach kurzem Überlegen begriff Eragon, dass Bloëdhgarm es getan haben musste, um Glaedr aus der Reserve zu locken und ihn daran zu hindern, sich erneut in sein Schneckenhaus des Elends zurückzuziehen. Eragon bewunderte den Mut des Elfs, aber er fragte sich, ob Glaedr zu beleidigen wirklich die beste Methode war. Gewiss war es nicht die gefahrloseste.

Die sich auftürmenden Gewitterwolken schwollen an, beleuchtet von kurzen Blitzen, als Glaedrs Geist von einem Gedanken zum nächsten sprang. *Du hast deine Grenzen überschritten, Elf,* grollte er, ebenfalls in der alten Sprache. *Es steht dir nicht zu, mein Handeln infrage zu stellen. Du kannst nicht einmal ansatzweise begreifen, was ich verloren habe. Wären da nicht Eragon und Saphira und meine Pflicht ihnen gegenüber, wäre ich schon vor langer Zeit wahnsinnig geworden. Also beschuldige mich nicht der Nachlässigkeit, Bloëdhgarm, Sohn von Ildrid, es sei denn, du hast den Wunsch, dich mit einem der letzten der Ehrwürdigen Alten zu messen.*

Bloëdhgarm bleckte die Zähne noch mehr und fauchte. Doch abgesehen davon nahm Eragon einen Anflug von Befriedigung in den Zügen des Elfs wahr. Zu Eragons Entsetzen ließ Bloëdhgarm jedoch nicht locker. *Dann gib nicht uns die Schuld, dass wird daran gescheitert sind, was nicht unsere, sondern* deine *Pflicht ist, Ehrwürdiger Alter. Unser ganzes Volk betrauert deinen Verlust, aber du kannst nicht von uns erwarten, dass wir auf dein Selbstmitleid Rücksicht nehmen, während wir uns mit dem tödlichsten Feind unserer Geschichte im Krieg befinden – demselben Feind, der fast alle deiner Art ausgelöscht und der auch deinen Reiter getötet hat.*

Glaedrs Zorn war wie der Ausbruch eines Vulkans. Schwarz und schrecklich brach er mit solcher Gewalt über Eragon herein, dass er das Gefühl hatte, als würde er im Innersten entzweigerissen wie ein Segel in einem furchtbaren Sturm. Er sah, wie am anderen Ende des Platzes Männer ihre Waffen fallen ließen und sich den Kopf hielten, während sie vor Schmerz das Gesicht verzogen.

Mein Selbstmitleid?, wiederholte Glaedr und presste die Worte heraus – und jedes Wort klang wie die Verkündung der Verdammnis. In den Winkeln des Geistes des Drachen spürte Eragon, wie etwas Unangenehmes Gestalt annahm, das vielleicht der Grund für viel Kummer und Leid sein würde, wenn man es heranreifen ließ.

Dann sprach Saphira und ihre Gedankenstimme schnitt durch Glaedrs aufgewühlte Emotionen wie ein Messer durch Wasser. *Meister,* sagte sie, *ich habe mir Sorgen um Euch gemacht. Es ist gut, zu wissen, dass Ihr wieder wohlauf und stark seid. Keiner von uns ist Euch ebenbürtig und wir bedürfen Eurer Hilfe. Ohne Euch können wir nicht hoffen, das Imperium zu besiegen.*

Glaedr grollte Unheil verkündend, aber weder ignorierte er Saphira noch unterbrach er sie oder beleidigte sie. Tatsächlich schien ihr Lob ihn zu freuen, wenn auch nur ein wenig. Wenn es etwas gab, überlegte Eragon, wofür Drachen empfänglich waren, dann waren es Schmeicheleien, was Saphira durchaus bewusst war.

Ohne Glaedr die Möglichkeit zu geben, zu antworten, fuhr Saphira fort: *Da Ihr nicht länger Eure eigenen Flügel benutzen könnt, erlaubt mir, Euch meine als Ersatz anzubieten. Die Luft ist ruhig, der Himmel ist klar und es wäre ein großes Glück, hoch über der Erde zu fliegen, höher als selbst die Adler zu steigen wagen. Nachdem Ihr so lange in Eurem Herz der Herzen gefangen wart, müsst Ihr Euch danach sehnen, all das hinter Euch zu lassen und wieder die Luftströme unter Euch zu spüren.*

Der schwarze Sturm in Glaedr flaute ein wenig ab, obwohl er immer noch gewaltig und bedrohlich war und jeden Moment erneut ausbrechen konnte. *Das … wäre schön.*

Dann sollten wir bald zusammen fliegen. Und, Meister?

Ja, Küken?

Es gibt da etwas, was ich Euch zuvor fragen möchte.

Dann frage.

Werdet Ihr Eragon mit seinem Schwertkampf helfen? Könnt *Ihr ihm helfen? Er ist nicht so geschickt, wie er sein müsste, und ich will meinen Reiter nicht verlieren.* Saphira blieb während des ganzen Wortwechsels würdevoll, aber in ihrer Stimme lag ein flehender Unterton, bei dem es Eragon die Kehle zuschnürte.

Die Gewitterwolken fielen in sich zusammen und ließen eine kahle graue Landschaft zurück, die Eragon unaussprechlich traurig erschien. Glaedr hielt inne. Seltsame, verschwommene Formen bewegten sich langsam am Rand der Landschaft entlang – schwerfällige Monolithen, die Eragon lieber nicht von Nahem sehen wollte.

Also schön, sagte Glaedr endlich. *Ich werde für deinen Reiter tun, was ich kann. Aber wenn wir auf diesem Gebiet fertig sind, muss er akzeptieren, dass ich ihn unterrichte, wie ich es für angebracht halte.*

Einverstanden, erwiderte Saphira.

Eragon bemerkte, dass Arya und die anderen Elfen sich entspannten, als hätten sie bis jetzt den Atem angehalten.

Eragon zog sich für einen Moment von den anderen zurück, als Trianna und mehrere andere Magier, die den Varden dienten, sich mit ihm in Verbindung setzten. Alle wollten wissen, was gerade an ihrem Geist gezerrt und was die Männer und Tiere im Lager derart in Aufregung versetzt hatte. Trianna übertönte die anderen mit ihrer Frage: *Werden wir angegriffen, Schattentöter? Ist es Dorn? Ist es Shruikan?!* Ihre Panik war so übermächtig, dass Eragon den Wunsch verspürte, sein eigenes Schwert und seinen Schild wegzuwerfen und sich in Sicherheit zu bringen.

Nein, es ist alles in Ordnung, erwiderte er, so gelassen er konnte. Glaedrs Existenz war für die meisten Varden immer noch ein Geheimnis, auch für Trianna und ihre Magier. Eragon wollte, dass das auch so blieb, damit die Kunde von dem goldenen Drachen nicht den Spionen des Imperiums zu Ohren käme. Es war äußerst schwer, zu lügen, wenn man mit dem Geist einer anderen Person in Verbindung stand – da es sich kaum vermeiden ließ, an das zu denken, was man verborgen halten wollte –, daher hielt Eragon das Gespräch so kurz wie möglich. *Die Elfen und ich haben uns in Magie geübt. Ich werde es später erklären, aber es gibt keinen Grund zur Sorge.*

Es war ihnen anzumerken, dass seine Beteuerungen sie nicht gänzlich überzeugt hatten. Aber sie wagten es nicht, auf eine ausführlichere Erklärung zu drängen, und verabschiedeten sich von ihm, bevor sie ihren Geist vor seinem inneren Auge abschirmten.

Arya musste eine Veränderung an seiner Haltung bemerkt haben, denn sie kam auf ihn zu und murmelte leise: »Ist etwas passiert?«

»Alles in Ordnung«, flüsterte Eragon zurück. Er deutete mit dem Kopf auf die Männer, die ihre Waffen zusammenpackten. »Ich musste einige Fragen beantworten.«

»Oh. Aber du hast ihnen nicht erzählt, wer …«

»Natürlich nicht.«

Nehmt eure Positionen wieder ein, knurrte Glaedr.

Eragon und Arya trennten sich und beide traten je sieben Schritte zurück.

Obwohl Eragon wusste, dass er vermutlich einen Fehler machte, konnte er sich nicht zurückhalten, zu fragen: *Meister, könnt Ihr mir wirklich beibringen, was ich wissen muss, bevor wir Urû'baen erreichen? Uns bleibt nur noch so wenig Zeit, ich …*

Ich kann dich gleich hier und jetzt lehren, wenn du mir zuhörst, unterbrach Glaedr ihn. *Aber du wirst aufmerksamer zuhören müssen als je zuvor.*

Das werde ich, Meister. Noch immer fragte Eragon sich insgeheim, wie viel der Drache wirklich über den Schwertkampf wusste. Glaedr hatte sicherlich eine Menge von Oromis gelernt, so wie Saphira von Eragon gelernt hatte. Aber trotz dieser geteilten Erfahrungen hatte Glaedr noch nie ein Schwert gehalten – wie denn auch? Wenn Glaedr Eragon im Schwertkampf unterwies, war das doch so, als würde Eragon einem Drachen beibringen, wie man die Thermik nutzt, die an einem Berghang aufsteigt. Eragon könnte es versuchen, aber er wäre nie in der Lage, es so gut zu erklären wie Saphira, denn er hatte sein Wissen aus zweiter Hand und keine noch so umfangreiche theoretische Betrachtung konnte diesen Nachteil ausgleichen.

Eragon behielt seine Zweifel für sich, aber etwas davon musste an seinen Barrieren vorbei zu Glaedr durchgesickert sein, denn der Drache gab ein erheitertes Glucksen von sich – oder vielmehr ahmte er es in seinem Geist nach, da alte Gewohnheiten des Körpers wohl schwer abzulegen waren – und sagte: *Alle großen Kämpfe sind gleich, Eragon, so wie alle großen Krieger gleich sind. Ab einem gewissen Punkt spielt es keine Rolle mehr, ob man ein Schwert benutzt, eine Klaue, einen Zahn oder einen Schwanz. Es ist wahr, du musst geschickt mit deiner Waffe sein, aber jeder, der Zeit und Lust dazu hat, kann es zu technischer Vollendung bringen. Um jedoch im Kampf wahre Größe zu erlangen, braucht man künstlerisches Geschick. Dazu ist Vorstellungskraft und Besonnenheit nötig, und diese Eigenschaften sind es, die die besten Krieger gemeinsam haben, selbst wenn sie oberflächlich betrachtet vollkommen unterschiedlich erscheinen.*

Glaedr schwieg einen Moment, dann fuhr er fort: *Also, was habe ich dir neulich gesagt?*

Eragon musste nicht lange nachdenken. *Dass ich lernen muss, zu sehen, was ich erblicke. Und ich habe es versucht, Meister. Wirklich.*

Aber noch immer siehst du nicht. Schau dir Arya an. Warum war sie in der Lage, dich wieder und wieder zu besiegen? Weil sie dich versteht, Eragon. Sie weiß, wer du bist und wie du denkst, und das ermöglicht ihr, dich ständig zu besiegen. Warum konnte Murtagh dich auf den Brennenden Steppen vernichtend schlagen, obwohl er nicht einmal annähernd so schnell oder so stark war wie du?

Weil ich müde war und …

Und wie konnte es ihm gelingen, dich an der Hüfte zu verletzen, als ihr euch das letzte Mal begegnet seid? Während du es nur geschafft hast, ihm einen Kratzer an der Wange beizubringen? Ich werde es dir sagen, Eragon. Es lag nicht daran, dass du müde warst und er nicht. Nein, es lag daran, dass er dich versteht, Eragon, aber du verstehst ihn nicht. Murtagh weiß mehr als du und deshalb hat er Macht über dich, ebenso wie Arya.

Und Glaedr war noch nicht fertig: *Schau sie dir an, schau sie dir gut an. Sie sieht dich als den, der du bist. Aber siehst du sie auch? Siehst du sie deutlich genug, um sie in der Schlacht zu besiegen?*

Eragon sah Arya fest in die Augen und entdeckte darin eine Mischung aus Entschlossenheit und Gegenwehr, als wollte sie ihn herausfordern, ihr ihre Geheimnisse zu entlocken, hätte aber gleichzeitig Angst davor, dass es ihm gelang. Zweifel stiegen in Eragon auf. Kannte er sie wirklich so gut, wie er dachte? Oder hatte er sich selbst etwas vorgemacht und das Äußere mit dem Inneren verwechselt?

Du hast zugelassen, dass du wütender wirst, als du solltest, bemerkte Glaedr sanft. *Wut hat ihren Platz, aber sie wird dir hier nicht helfen. Der Weg des Kriegers ist der Weg des Wissens. Wenn dieses Wissen von dir verlangt, Wut zu benutzen, dann benutzt du Wut. Aber du kannst kein weiteres Wissen erzwingen, indem du die Fassung verlierst. Schmerz und Unzufriedenheit werden dein Lohn sein, wenn du das versuchst.*

Stattdessen musst du danach streben, ruhig zu bleiben, selbst wenn hundert begierige Feinde nach deinen Waden schnappen. Leere deinen Geist und lass ihn werden wie einen friedlichen Teich, der alles um sich herum widerspiegelt und doch von seiner Umgebung unberührt bleibt. In dieser Leere wirst du zur Erkenntnis gelangen – wenn du frei bist von irrationalen Ängsten, was Sieg oder Niederlage, Leben oder Tod angeht.

Du kannst nicht jede mögliche Wendung vorhersehen und du kannst nicht sicher sein, jedes Mal zu gewinnen, wenn du einem Feind gegenüberstehst. Aber sobald du alles siehst und nichts außer Acht lässt, solltest du in der Lage sein, dich ohne Weiteres auf jede Veränderung einzustellen. Der Krieger, der sich am leichtesten auf das Unerwartete einstellen kann, ist der Krieger, der am längsten leben wird.

Also, schau dir Arya an. Sieh, was du erblickst, und dann wähle das Vorgehen, das dir am passendsten erscheint. Und sobald du in Bewegung bist, lass dich nicht von deinen Gedanken ablenken. Denke, ohne zu denken, um aus dem Instinkt heraus handeln zu können, ohne zu überlegen. Jetzt geh und versuch es.

Eragon nahm sich kurz Zeit, um sich zu sammeln und alles zu bedenken, was er über Arya wusste: ihre Vorlieben und Abneigungen, ihre Gewohnheiten und Eigenheiten, die wichtigen Ereignisse in ihrem Leben, wovor sie Angst hatte und was sie sich erhoffte, und am wichtigsten, ihr Temperament, das allem zugrunde lag und das bestimmte, wie sie lebte … und kämpfte. All das bedachte er und versuchte, daraus die Essenz ihrer Persönlichkeit zu ergründen. Es war eine ungeheuer schwere Aufgabe, vor allem, da er sich Mühe gab, sie nicht so zu sehen, wie er es für gewöhnlich tat – als eine schöne Frau, die er bewunderte und nach der er sich sehnte –, sondern die Gesamtheit der Person, die sie tatsächlich war, unabhängig von seinen eigenen Bedürfnissen und Wünschen.

Er zog alle Schlussfolgerungen, die er in so kurzer Zeit ziehen konnte, obwohl er befürchtete, dass seine Sicht kindisch und zu sehr vereinfacht war. Doch dann schob er seine Unsicherheit kurzerhand beiseite, trat vor und hob Schild und Schwert.

Arya würde von ihm erwarten, dass er jetzt etwas Neues versuchte, daher eröffnete er das Duell genau wie die letzten beiden: Er schob sich schräg auf ihre rechte Schulter zu, als wolle er ihren Schild umgehen und ihre Flanke angreifen, wo sie ungeschützt war.

Diese List würde sie nicht täuschen, aber immerhin würde sie dazu führen, dass Arya weiter darüber rätselte, was er tatsächlich vorhatte, und je länger er sie darüber im Unklaren lassen konnte, desto besser.

Ein kleiner, rauer Stein drehte sich unter dem Ballen seines rechten Fußes. Er verlagerte das Gewicht seitlich, als wolle er das Gleichgewicht halten.

Die Bewegung verursachte ein kaum wahrnehmbares Rucken in seinem ansonsten geschmeidigen Gang, aber Arya bemerkte die Unregelmäßigkeit und sprang, einen schrillen Kampfschrei auf den Lippen, auf ihn zu.

Ihre Schwerter trafen aufeinander, einmal, zweimal, dann drehte Eragon sich und stieß – aus der plötzlichen und unerschütterlichen Überzeugung heraus, dass Arya als Nächstes seinen Kopf anvisieren würde – sein Schwert in Richtung ihrer Brust, so schnell er konnte. Er zielte auf eine Stelle nah ihres Brustbeins, die ungedeckt sein musste, sobald sie nach seinem Helm schlug.

Seine Vorahnung bestätigte sich, aber seine Rechnung ging trotzdem nicht auf.

Er stach so schnell zu, dass Arya den Arm noch gar nicht gehoben hatte, und der Griff ihres Schwertes wehrte Brisingrs dunkelblaue Spitze ab, sodass die Klinge harmlos an ihrer Wange vorbeisirrte.

Einen Augenblick später drehte sich alles um Eragon und rote und orangefarbene Funken blitzten vor seinen Augen. Er taumelte, fiel auf ein Knie und musste sich mit beiden Händen am Boden abstützen. Ein dumpfes Summen erfüllte seine Ohren.

Das Geräusch verebbte allmählich und Glaedr sagte: *Versuche nicht, dich schnell zu bewegen, Eragon. Versuche nicht, dich langsam zu bewegen. Bewege dich im richtigen Moment und dein Schlag wird weder schnell noch langsam erscheinen, sondern mühelos. Der richtige Zeitpunkt ist alles. Du musst genau auf die Bewegungsmuster und auf den Rhythmus des Körpers deiner Widersacher achten: wo sie stark sind, wo sie schwach sind, wo sie steif sind und wo geschmeidig. Passe dich an diesen Rhythmus an, wenn es deinem Zweck dient, und bringe ihn durcheinander, wenn es deinem Zweck nicht dient, und du wirst in der Lage sein, den Lauf des Kampfes zu bestimmen, wie es dir beliebt. Das solltest du voll und ganz verstehen. Präge es dir gut ein und denke später noch darüber nach ... Jetzt versuch es noch einmal!*

Eragon funkelte Arya an, rappelte sich wieder hoch, schüttelte den Kopf, um ihn freizubekommen, und nahm – wie es schien, zum hundertsten Mal – seine Ausgangsposition ein. Die Schmerzen von seinen Striemen und Prellungen flammten neu auf, sodass er sich fühlte wie ein alter Mann, dessen Gelenke schmerzten.

Arya warf ihr Haar zurück und lächelte ihn an, sodass ihre kräftigen weißen Zähne strahlten.

Die Geste hatte keine Wirkung auf ihn. Er war ganz auf die vor ihm liegende Aufgabe konzentriert und würde nicht zweimal auf denselben Trick hereinfallen.

Noch bevor das Lächeln auf ihren Lippen erlosch, machte er mit dem Schild voraus einen Satz nach vorn, wobei er Brisingr locker seitlich von sich hielt. Wie er gehofft hatte, verleitete die Position seines Schwertes Arya zu einem voreiligen Schlag, der sein Schlüsselbein hätte treffen sollen.

Eragon duckte sich unter dem Hieb, ließ ihn von seinem Schild abprallen und schwang Brisingr in einem Bogen nach oben, als wolle er ihr Beine und Hüften aufschlitzen. Sie wehrte ihn mit ihrem Schild ab, dann stieß sie ihn von sich, dass ihm alle Luft aus den Lungen wich.

Eine kurze Atempause folgte, während sie einander umkreisten und beide nach einer Lücke in der Deckung des Gegners suchten, die sie ausnutzen konnten. In höchster Anspannung studierte er sie und sie ihn. Der Überschuss an Energie, der ihnen dabei durch die Adern floss, machte ihre Bewegungen schnell und ruckartig, beinah wie bei einem Vogel.

Schließlich entlud sich die Anspannung auf einen Schlag.

Er griff sie an und sie parierte. Ihre Klingen schwirrten mit solcher Geschwindigkeit durch die Luft, dass sie beinahe nicht mehr zu sehen waren. Während sie Hiebe tauschten, hielt Eragon seine Augen starr auf ihre gerichtet, aber er versuchte auch – wie Glaedr es ihm geraten hatte –, den Rhythmus und die Bewegungsmuster ihres Körpers zu erfassen, während er gleichzeitig im Gedächtnis behielt, wer sie war und wie sie wahrscheinlich agieren und reagieren würde. Er wollte so sehr gewinnen, dass er das Gefühl hatte, er müsse zerspringen, wenn er es nicht tat.

Und doch, trotz all seiner Bemühungen, traf Arya ihn überraschend mit einem Schlag ihres Schwertknaufs gegen die Rippen.

Eragon unterbrach den Kampf und stieß einen Fluch aus.

Schon besser, stellte Glaedr fest. *Schon viel besser. Der Zeitpunkt deiner Schläge war fast perfekt.*

Aber nicht ganz.

Nein, nicht ganz. Du bist immer noch zu wütend und in deinem Geist herrscht immer noch zu viel Durcheinander. Halte bereit, was du für den Kampf im Gedächtnis haben musst, aber lass nicht zu, dass es dich davon ablenkt, was geschieht. Finde einen Ort der Ruhe in dir und lass die Sorgen der Welt über dich hinwegfluten, ohne dass sie dich mitreißen. Du solltest dich so fühlen wie damals, als Oromis dich den Gedanken der Kreaturen im Wald lauschen ließ. Zu diesem Zeitpunkt warst du dir all der Dinge bewusst, die um dich herum vorgingen, doch du warst nicht auf ein einzelnes Detail fixiert. Sieh nicht nur auf Aryas Augen. Erweitere deinen Blick. Du konzentrierst dich zu sehr auf Kleinigkeiten.

Aber Brom hat mir gesagt …

Es gibt viele Wege, deine Augen zu benutzen. Brom hatte seinen, aber es war weder der flexibelste noch der geeignetste für große Schlachten. Er hat in seinem Leben meist Mann gegen Mann oder in kleinen Gruppen gekämpft und seine Gewohnheiten waren geprägt davon. Es ist besser, den Blick zu öffnen, als zu genau hinzuschauen und zuzulassen, dass dir irgendein Detail des Ortes oder der Umstände entgeht. Verstehst du?

Ja, Meister.

Dann noch einmal, und nimm dir diesmal die Zeit, dich zu entspannen und deine Wahrnehmung zu erweitern.

Wieder überdachte Eragon, was er über Arya wusste. Als er sich für einen Plan entschieden hatte, schloss er die Augen, verlangsamte seine Atmung und versank tief in sich selbst. Seine Ängste und Sorgen flossen allmählich aus ihm heraus und hinterließen eine umfassende Leere, die den Schmerz seiner Verletzungen dämpfte und ihm ein Gefühl ungewöhnlicher Klarheit schenkte. Obwohl er weiterhin gewinnen wollte, beunruhigte die Aussicht auf eine Niederlage ihn nicht mehr. Es würde kommen, wie es kommen musste, und er würde nicht unnötig gegen das Schicksal ankämpfen.

»Bereit?«, fragte Arya, als er die Augen wieder öffnete.

»Bereit.«

Sie nahmen ihre Ausgangspositionen ein, dann verharrten sie reglos und jeder wartete darauf, dass der andere zuerst angriff. Die Sonne stand rechts von Eragon, was bedeutete, dass sie Arya blenden würde, wenn er es schaffte, sie in die entgegengesetzte Richtung zu treiben. Er hatte das bereits einmal versucht und war gescheitert, aber jetzt dachte er an eine Möglichkeit, wie es ihm vielleicht doch gelingen könnte.

Er wusste, dass Arya davon überzeugt war, ihn schlagen zu können. Sicher schätzte sie seine Fähigkeiten nicht gering ein. Aber wie überzeugt sie auch von seinem Können und seinem Wunsch, sich zu verbessern, sein mochte, sie hatte die überwältigende Mehrzahl der Kämpfe gewonnen. Diese Erfahrung hatte ihr gezeigt, dass er leicht zu besiegen sein würde, selbst wenn sie es eigentlich besser wissen müsste. Daher war ihre Zuversicht auch ihre Schwäche.

Sie denkt, sie ist mit dem Schwert besser als ich, sagte er sich. *Und vielleicht ist sie das auch, aber ich kann ihre Erwartungen gegen sie verwenden. Sie werden sie zu Fall bringen, wenn überhaupt irgendetwas sie zum Fall bringt.*

Er tänzelte einige Schritte vor und lächelte Arya an, wie sie ihn angelächelt hatte. Ihr Gesicht blieb beeindruckend ausdruckslos. Einen Moment später griff sie ihn an, als wolle sie ihn packen und zu Boden werfen.

Er sprang zurück und wich etwas nach rechts aus, um sie langsam in die Richtung zu lenken, in der er sie haben wollte.

Arya blieb mehrere Schritte von ihm entfernt stehen und verharrte kurz so starr wie ein auf einer Lichtung gestelltes wildes Tier. Dann zeichnete sie vor sich mit ihrem Schwert einen Halbkreis, während sie ihn anstarrte. Er hatte den Verdacht, dass Glaedrs Anwesenheit sie in ihrer Entschlossenheit noch bestärkte, sich ins rechte Licht zu setzen.

Dann erschreckte sie ihn, indem sie ein leises, katzenhaftes Fauchen ausstieß. Wie ihr Lächeln zuvor war das Fauchen eine Waffe, die ihn aus der Ruhe bringen sollte. Und es funktionierte, aber nur teilweise, denn inzwischen war er auf solche Gebärden vorbereitet, wenn auch nicht gerade auf diese.

Arya überwand die Distanz zwischen ihnen mit einem einzigen Satz und drosch mit kräftigen, in einem Bogen geführten Schlägen auf ihn ein. Er blockte sie mit seinem Schild, ging aber nicht zum Gegenangriff über, ganz als wären ihre Hiebe zu heftig für ihn und er könne sich lediglich verteidigen. Mit jedem knallenden, schmerzhaften Ruck, der ihm durch Arm und Schulter fuhr, zog er sich weiter nach rechts zurück und stolperte ab und zu, um den Eindruck zu verstärken, dass er zurückgetrieben wurde.

Und noch immer blieb er ruhig und gefasst – leer.

Er wusste im Voraus, dass der richtige Moment kommen würde. Sobald es so weit war, handelte Eragon, ohne nachzudenken oder zu zögern, ohne zu versuchen, möglichst schnell oder langsam zu sein. Er konzentrierte sich lediglich darauf, die Möglichkeit dieses einen perfekten Augenblicks zu nutzen.

Als Aryas Schwert wieder blitzend auf ihn herabfuhr, schwenkte er nach rechts und wich so ihrer Klinge aus, während er gleichzeitig dafür sorgte, dass die Sonne direkt in seinem Rücken stand.

Die Spitze ihres Schwertes grub sich in die Erde. Arya drehte den Kopf, um ihn im Blick zu behalten, und beging den Fehler, direkt in die Sonne zu schauen. Sie blinzelte und ihre Pupillen verengten sich zu kleinen dunklen Punkten.

Während sie geblendet war, landete Eragon mit Brisingr einen Stich gegen ihre Rippen unterhalb ihres linken Arms. Er hätte sie im Nacken treffen können – und in einem richtigen Kampf hätte er das auch getan –, aber er verzichtete darauf, denn selbst mit einem stumpfen Schwert konnte ein solcher Schlag töten.

Arya stieß einen spitzen Schrei aus, als Brisingr sie traf, und wich mehrere Schritte zurück. Den Arm an die Seite gepresst und die Stirn vor Schmerz verzogen, stand sie da und starrte ihn überrascht an.

Ausgezeichnet!, rief Glaedr triumphierend. *Und noch einmal!*

Eragon genoss kurz das befriedigende Gefühl des Erfolgs. Dann machte er sich davon frei und begab sich wieder in den Zustand klarer Wachsamkeit.

Als Aryas Gesicht wieder diesen undurchdringlichen Ausdruck annahm und sie den Schwertarm sinken ließ, umkreisten sie und Eragon einander vorsichtig, bis die Sonne keinen von ihnen mehr blendete, und an diesem Punkt begannen sie von Neuem. Eragon bemerkte rasch, dass Arya ihm mit größerem Respekt entgegentrat als bisher. Normalerweise hätte ihn das gefreut und dazu verleitet, aggressiver anzugreifen. Doch er widerstand dem Drang, denn es schien ihm jetzt offensichtlich, dass sie es mit Absicht tat. Wenn er ihren Köder schluckte, würde er ihr schon bald auf Gedeih und Verderb ausgeliefert sein, wie es ihm schon so oft zuvor passiert war.

Das Duell währte nur wenige Sekunden, obwohl es immer noch lang genug dauerte, um einen Wirbel von Schlägen auszutauschen. Ihre Schilde krachten, Grasbüschel fegten über den Boden und Schwert klirrte auf Schwert, während sie von einer Stellung in die nächste wechselten und wie Zwillingssäulen aus Rauch durch die Luft wirbelten.

Am Ende war das Ergebnis das gleiche wie zuvor. Eragon durchbrach Aryas Deckung mit geschickter Beinarbeit und einer Drehung des Handgelenks, was dazu führte, dass er Arya einen Hieb von der Schulter bis zum Brustbein versetzte.

Der Streich brachte Arya aus dem Gleichgewicht, sie stolperte, fiel auf ein Knie und blieb dort. Dabei runzelte sie die Stirn und keuchte. Sie wurde ungewöhnlich bleich bis auf zwei dunkelrote Flecke, die auf ihren Wangenknochen erschienen.

Noch einmal!, befahl Glaedr.

Eragon und Arya fügten sich ohne Widerspruch. Seine zwei Siege hatten Eragon neue Kraft verliehen, doch bei Arya war das Gegenteil der Fall.

Der nächste Kampf hatte keinen klaren Sieger. Arya hatte sich wieder gefangen und schaffte es, alle seine Tricks zu vereiteln, all seine Fallen zu umgehen, genau wie er es mit ihren tat. Sie kämpften immer weiter, bis sie am Ende beide so müde waren, dass keiner von ihnen mehr weitermachen konnte. So blieben sie stehen und stützten sich auf ihre Schwerter, die ihnen nun zu schwer erschienen, um sie zu heben. Sie keuchten und Schweiß rann ihnen von den Gesichtern.

Noch einmal, verlangte Glaedr mit leiser Stimme.

Eragon verzog das Gesicht, als er Brisingr aus dem Boden riss. Je erschöpfter er wurde, desto schwerer fiel es ihm, seinen Geist zu leeren und die Beschwerden seines schmerzenden Körpers beiseitezuschieben. Außerdem fand er es immer schwieriger, gelassen zu bleiben und nicht der schlechten Laune nachzugeben, die er meistens bekam, wenn er dringend eine Pause brauchte. Damit umzugehen zu lernen, war vermutlich ein Teil dessen, was Glaedr ihm beizubringen versuchte.

Seine Schultern brannten zu sehr, als dass er sein Schwert und seinen Schild hätte vor sich halten können. Stattdessen ließ Eragon sie an der Taille herabhängen und hoffte, dass er sie, wenn nötig, schnell genug würde heben können. Arya machte es genauso.

Von ihrer anfänglichen Anmut war nicht mehr viel übrig, als sie sich aufeinander zuschleppten.

Eragon hatte sich vollkommen verausgabt, und doch weigerte er sich, aufzugeben. Auf eine Weise, die er nicht ganz verstand, war ihr Übungskampf auf einmal mehr geworden als das. Er hatte sich zu einer Prüfung seiner selbst entwickelt: seines Charakters, seiner Stärke und seiner Belastbarkeit. Es war auch nicht Glaedr, der ihn prüfte – zumindest empfand er es nicht so –, sondern Arya. Als wolle sie etwas von ihm, als wolle sie, dass er etwas bewies … Was, wusste er nicht, aber er war entschlossen, sich so gut wie möglich zu schlagen. Wie lange auch immer sie noch bereit war, zu kämpfen, er würde nicht aufgeben, ganz gleich wie groß die Schmerzen waren, die er hatte.

Ein Schweißtropfen rann ihm ins linke Auge. Er blinzelte und Arya sprang schreiend auf ihn zu.

Einmal mehr versanken sie in ihrem tödlichen Tanz und einmal mehr kämpften sie, bis nichts mehr ging. Die Müdigkeit machte sie schwerfällig, doch sie bewegten sich in einem holprigen Einklang, der sie beide daran hinderte, zu siegen.

Schließlich standen sie sich Auge in Auge gegenüber, ihre

Schwerter an den Griffen gekreuzt, während sie mit letzter Kraft versuchten, sich gegenseitig wegzudrängen.

Auf einmal erklärte Eragon mit leiser, grimmiger Stimme: »Ich … sehe … dich.«

Ein leuchtender Funke erschien in Aryas Augen und verschwand genauso schnell wieder.

Ein vertrauliches Gespräch

Glaedr ließ sie noch zwei weitere Male kämpfen. Jedes Duell war kürzer als das vorherige und beide endeten unentschieden, was den goldenen Drachen mehr störte als Eragon oder Arya.

Glaedr hätte sie am liebsten weiterkämpfen lassen, bis eindeutig klar gewesen wäre, wer der bessere Krieger war. Aber am Ende des zweiten Duells waren sie beide so erschöpft, dass sie sich zu Boden fallen ließen, Seite an Seite liegen blieben und nach Luft rangen. Selbst Glaedr musste einsehen, dass ein weiterer Kampf sinnlos, wenn nicht gar gefährlich gewesen wäre.

Sobald sie sich wieder so weit erholt hatten, dass sie stehen und gehen konnten, zitierte Glaedr sie in Eragons Zelt.

Erst heilten sie mithilfe von Saphiras Energie ihre schmerzhafteren Verletzungen. Dann übergaben sie ihre zerstörten Schilde Fredric, dem Waffenmeister der Varden, der sie austauschte – natürlich erst, nachdem er ihnen eine Standpauke gehalten hatte, dass sie besser auf ihre Ausrüstung achtgeben sollten.

Als sie bei Eragons Zelt ankamen, erwartete Nasuada sie dort, wie gewohnt in Begleitung ihrer Wachen. »Es wurde auch langsam Zeit«, bemerkte sie spitz. »Schön, dass ihr zwei mit eurem Versuch fertig seid, euch gegenseitig in Stücke zu hacken. Wir müssen reden.« Ohne ein weiteres Wort trat sie in sein Zelt.

Bloëdhgarm und die Elfengarde stellten sich in einem großen Kreis rund um das Zelt auf, was Nasuadas Wachen ganz offensichtlich nervös machte, wie Eragon bemerkte.

Nachdem Eragon und Arya Nasuada ins Zelt gefolgt waren, überraschte Saphira sie, indem sie ihren Kopf durch die Eingangsklappe schob und den beengten Raum mit dem Geruch von Rauch und verbranntem Fleisch füllte.

Nasuada brachte das unerwartete Auftauchen von Saphiras geschuppter Schnauze kurz aus dem Konzept, aber sie erholte sich schnell. Dann wandte sie sich an Eragon: »Das war Glaedr, den ich gespürt habe, nicht wahr?«

Er warf einen Blick zur Vorderseite des Zeltes und hoffte, dass ihre Wachen außer Hörweite waren, dann nickte er. »Er war es.«

»Ah, wusste ich es doch!«, rief sie aus und klang befriedigt. Dann wurde ihre Miene unsicher. »Kann ich mit ihm sprechen? Ist es ... gestattet oder teilt er sich nur einem Elf oder einem Reiter mit?«

Eragon zögerte und sah Arya fragend an. »Ich weiß es nicht«, antwortete er. »Er hat sich noch immer nicht ganz erholt. Er wird vielleicht nicht ...«

Ich werde mit dir sprechen, Nasuada, Tochter von Ajihad, erklärte Glaedr, dessen Stimme in ihren Köpfen widerhallte. *Frag mich, was du wissen willst, und dann überlasse uns unserer Arbeit. Es muss noch viel getan werden, um Eragon auf die vor ihm liegenden Herausforderungen vorzubereiten.*

Eragon hatte Nasuada noch nie zuvor ehrfürchtig erlebt, aber jetzt war sie es. *»Wo?«*, formte sie mit ihren Lippen.

Er deutete auf ein Fleckchen Erde neben seinem Bett.

Nasuada zog die Augenbrauen hoch, dann nickte sie, richtete sich auf und begrüßte Glaedr förmlich. Es folgte ein Austausch von Höflichkeiten, in dessen Verlauf Nasuada sich nach Glaedrs Gesundheit erkundigte und fragte, ob es irgendetwas gebe, womit die Varden ihn versorgen könnten. Als Antwort auf die erste Frage – die Eragon nervös gemacht hatte – erklärte Glaedr höflich, dass es ihm gesundheitlich gut gehe, herzlichen Dank. Und was die zweite Angelegenheit beträfe, so brauche er nichts von den Varden, obwohl er ihre Anteilnahme zu schätzen wisse. *Ich esse nicht mehr,* sagte er, *ich trinke nicht mehr, und auch das, was ihr unter Schlaf versteht, brauche ich nicht mehr. Mein einziges Vergnügen, das Einzige, woran ich noch Freude finde, ist jetzt, zu überlegen, wie ich Galbatorix' Niedergang herbeiführen kann.*

»Das«, erwiderte Nasuada, »kann ich verstehen, denn mir geht es genauso.«

Dann fragte sie Glaedr, ob er einen Rat habe, wie die Varden Dras-Leona erobern könnten, ohne dass es sie eine nicht hinnehmbare Menge an Männern und Material kosten würde, und ohne, wie sie es ausdrückte, »Eragon und Saphira dem Imperium zu servieren wie zwei verschnürte Brathähnchen.«

Sie verbrachte einige Zeit damit, Glaedr die Situation detaillierter auseinanderzusetzen, woraufhin er nach kurzem Bedenken meinte: *Ich habe keine einfache Lösung für dich, Nasuada. Ich werde weiter darüber nachdenken, aber im Moment kann ich keinen Weg erkennen, der für die Varden gangbar wäre. Wenn Murtagh und Dorn allein wären, könnte ich ihren Geist mühelos überwältigen. Galbatorix hat ihnen jedoch zu viele Eldunarí mitgegeben, als dass ich das zu tun in der Lage wäre. Selbst mit der vereinten Hilfe von Eragon, Saphira und den Elfen wäre ein Sieg nicht gewiss.*

Sichtlich enttäuscht schwieg Nasuada eine Weile. Dann legte sie die Hände flach auf die Vorderseite ihres Kleides und dankte Glaedr, dass er ihr seine Zeit geschenkt habe. Sie verabschiedete sich und ging, wobei sie sich vorsichtig um Saphiras Kopf herumschob, um sie nicht zu berühren.

Eragon entspannte sich etwas, als er sich auf sein Feldbett setzte, während Arya auf einem kleinen dreibeinigen Hocker Platz nahm. Er wischte sich die Hände an seiner Hose ab, denn sie fühlten sich klebrig an, genau wie der Rest seines Körpers, dann bot er Arya einen Schluck aus seinem Wasserschlauch an, was sie dankbar annahm. Als sie fertig war, trank er selbst gierig mehrere Schlucke.

Durch den Kampf von vorhin war er völlig ausgehungert. Das Wasser dämpfte das Knurren und Rumoren seines Magens, aber er hoffte, dass Glaedr sie nicht mehr allzu lange aufhalten würde. Die Sonne war fast untergegangen und er wollte noch ein warmes Essen abbekommen, bevor die Köche der Varden ihre Feuer löschten und sich für die Nacht zurückzogen. Sonst würde er wieder auf altbackenem Brot herumkauen müssen, auf ein paar Streifen Trockenfleisch, schimmeligem Schafskäse, und, wenn er Glück hatte, ein oder zwei rohen Zwiebeln – nicht gerade eine reizvolle Aussicht.

Sobald sie sich niedergelassen hatten, sprach Glaedr über die Prinzipien des geistigen Kampfes. Mit diesen war Eragon bereits vertraut, doch er hörte aufmerksam zu, und wenn der goldene Drache ihm auftrug, etwas zu tun, befolgte er Glaedrs Anweisungen ohne Widerspruch und ohne Klagen.

Schon bald wechselten sie von den allgemeinen Grundsätzen zur Praxis. Glaedr begann, indem er Eragons Abwehr mit von Mal zu Mal stärkeren Angriffen auf die Probe stellte. Das führte schnell zu erbitterten Kämpfen, bei denen beide mit allen Mitteln versuchten, die Herrschaft über den Geist des anderen zu erringen, und sei es auch nur für einen Augenblick.

Während sie kämpften, lag Eragon mit geschlossenen Augen auf dem Rücken. All seine Energien hatte er nach innen gerichtet, auf den Sturm, der zwischen ihm und Glaedr tobte. Nach den nachmittäglichen Kämpfen war sein Geist träge – während der goldene Drache frisch und ausgeruht war und überdies ungeheuer mächtig. So konnte Eragon kaum mehr tun, als Glaedrs Angriffe abzuwehren. Trotzdem gelang es ihm, sich einigermaßen gut zu halten, wenn er auch wusste, dass in einem echten Kampf der Gewinner zweifellos Glaedr gewesen wäre.

Glücklicherweise berücksichtigte Glaedr Eragons Verfassung, obwohl er sagte: *Du musst jederzeit, jeden einzelnen Augenblick, bereit sein, dein innerstes Selbst zu verteidigen, selbst wenn du schläfst. Es ist gut möglich, dass du genauso erschöpft bist wie jetzt, wenn du Galbatorix oder Murtagh schließlich gegenübertrittst.*

Nach zwei weiteren Runden zog Glaedr sich in die Rolle eines – sehr stimmgewaltigen – Zuschauers zurück, während er Arya seinen Platz als Eragons Gegenspieler einnehmen ließ. Sie war genauso erschöpft wie Eragon, aber er stellte rasch fest, dass sie ihm in einem Duell zwischen Magiern mehr als gewachsen war. Das überraschte ihn nicht. Das eine Mal, als ihr Geist in sein Bewusstsein eingedrungen war, hatte sie ihn beinah getötet, obwohl sie nach ihrer Gefangenschaft in Gil'ead noch betäubt gewesen war von den Drogen, die man ihr gegeben hatte. Glaedrs Gedanken waren diszipliniert und konzentriert, aber nicht einmal er konnte es mit der eisernen Kontrolle aufnehmen, mit der Arya über ihr Bewusstsein gebot.

Diese Selbstbeherrschung war ein weitverbreitetes Merkmal unter den Elfen, wie Eragon wusste. Herausragend in dieser Hinsicht war Oromis gewesen, der, so schien es Eragon, sein Bewusstsein so vollkommen unter Kontrolle hatte, dass ihn niemals auch nur die geringsten Zweifel oder Sorgen geplagt hatten. Eragon schätzte, dass die Selbstdisziplin der Elfen sowohl ein angeborenes Merkmal ihres Volkes war als auch das natürliche Ergebnis ihrer strengen Erziehung und Ausbildung sowie der Benutzung der alten Sprache. Das Sprechen und Denken in einer Sprache, die einen daran hinderte, zu lügen – und in der jedes einzelne Wort die Macht barg, einen Zauber zu bewirken –, musste einem jede Achtlosigkeit des Denkens oder Sprechens abgewöhnen und einem eine Abneigung vermitteln, sich von den eigenen Gefühlen mitreißen zu lassen. Elfen besaßen also von Natur aus eine größere Selbstbeherrschung als Mitglieder anderer Völker.

Er und Arya rangen noch mehrere Minuten in Gedanken miteinander. Er versuchte, ihrem allumfassenden Griff zu entkommen. Sie versuchte, ihn niederzudrücken und festzuhalten, damit sie seinem Geist ihren Willen aufzwingen konnte. Sie überwältigte ihn mehrmals, aber stets zappelte er sich nach ein oder zwei Sekunden frei, obwohl er wusste, dass es, hätte sie ihm Böses gewollt, dann bereits zu spät gewesen wäre, sich zu retten.

Und die ganze Zeit, während sie einander gedanklich berührten, nahm Eragon die wilden Klänge von Musik wahr, die durch die dunklen Gänge von Aryas Bewusstsein wehten. Sie lockten ihn weg aus seinem eigenen Körper und drohten, ihn in einem Netz zu fangen, gewebt aus seltsamen und unheimlichen Melodien, zu denen man kein vergleichbares Gegenstück unter menschlichen Liedern gefunden hätte. Er wäre freudig dem Zauber der Musik erlegen, wären da nicht Aryas Angriffe gewesen, die er abzuwehren hatte, und hätte er nicht genau gewusst, dass es Menschen selten bekam, wenn sie sich allzu sehr auf die Gedanken eines Elfs einließen. Möglicherweise würde er sogar unbeschadet davonkommen. Er war schließlich ein Reiter. Er war anders. Aber es war ein Risiko, das er nicht einzugehen bereit war, nicht solange ihm sein gesunder Verstand etwas bedeutete. Er hatte gehört, dass das Eintauchen in

Bloëdhgarms Geist Garven, eine von Nasuadas Wachen, zu einem Träumer gemacht hatte, der nur noch mit offenem Mund in die Weltgeschichte starrte.

Also widerstand er der Versuchung, so schwer es ihm auch fiel.

Dann forderte Glaedr Saphira auf, sich ins Getümmel zu stürzen, zeitweise als Gegnerin Eragons und zeitweise zu seiner Unterstützung, denn, wie der ältere Drache sagte: *Du musst darin genauso bewandert sein wie Eragon, Schimmerschuppe.* Saphira beeinflusste den Ausgang ihrer geistigen Kämpfe ungeheuer. Gemeinsam waren sie und Eragon in der Lage, Arya regelmäßig, wenn auch nicht mühelos, abzuwehren. Ihre vereinte Macht erlaubte es ihnen sogar, Arya zweimal zu bezwingen. Wenn Saphira jedoch mit Arya verbündet war, waren die beiden um so viel stärker als Eragon, dass er jeden Versuch einer Offensive aufgab und sich stattdessen tief in sich selbst zurückzog und sein Bewusstsein wie ein verletztes Tier zu einer festen Kugel zusammenrollte, während er Verszeilen rezitierte und darauf wartete, dass die Wogen geistiger Energie, die sie ihm entgegenschleuderten, langsam verebbten.

Zu guter Letzt ließ Glaedr sie Paare bilden – er mit Arya und Eragon mit Saphira – und sie fochten ein Duell, als würden zwei Drachen mit ihren Reitern im Kampf aufeinandertreffen. Während der ersten aufreibenden Minuten waren ihre Kräfte gleichmäßig verteilt, aber am Ende erwiesen sich Glaedrs Stärke, Erfahrung und List, verbunden mit Aryas extremer Selbstbeherrschung, für Eragon und Saphira als zu viel, und sie hatten keine andere Wahl, als ihre Niederlage einzugestehen.

Danach spürte Eragon, wie Unzufriedenheit von Glaedr ausging. Betroffen sagte er: *Wir werden es morgen bestimmt besser machen, Meister.*

Glaedrs Stimmung verdüsterte sich noch mehr. Selbst er schien von ihren Übungen erschöpft zu sein. *Du hast deine Sache gut genug gemacht, mein Junge. Ich hätte von keinem von euch mehr verlangen können, auch wenn man euch mir in Vroengard als Lehrlinge unter die Fittiche gegeben hätte. Aber ihr könnt unmöglich binnen Tagen oder Wochen lernen, was ihr lernen müsstet. Die Zeit schießt uns zwischen den Zähnen hindurch wie Wasser und schon bald wird sie vorüber sein. Es braucht Jahre, um die Kunst des Kämpfens mittels Gedanken zu erlernen: Jahre und Jahrzehnte und Jahrhunderte, und selbst dann gibt es immer noch mehr zu lernen, mehr zu entdecken – über dich selbst, über deine Feinde und über die Grundsätze der Welt.* Und grollend verfiel er in Schweigen.

Dann werden wir lernen, was nur geht, und das Schicksal über den Rest entscheiden lassen, erwiderte Eragon. *Davon abgesehen mag Galbatorix hundert Jahre gehabt haben, um seinen Geist auszubilden, aber es sind auch hundert Jahre vergangen, seit Ihr ihn das letzte Mal unterrichtet habt. In der Zwischenzeit muss er* irgendetwas *vergessen haben. Ich weiß, mit Eurer Hilfe können wir ihn schlagen.*

Glaedr schnaufte. *Deine Zunge wird immer geschmeidiger, Eragon Schattentöter.* Nichtsdestotrotz klang er zufrieden. Er ermahnte sie, zu essen und sich auszuruhen, dann zog er sich aus ihrem Geist zurück und sagte nichts mehr.

Eragon war sich sicher, dass der goldene Drache sie immer noch beobachtete. Aber er konnte seine Anwesenheit nicht mehr spüren und ein unerwartetes Gefühl der Leere setzte sich in ihm fest. Ein Frösteln kroch durch seine Glieder und er schauderte.

Er, Saphira und Arya blieben in dem Zelt zurück, in dem es immer dunkler wurde, und keiner von ihnen sprach ein Wort.

Dann riss Eragon sich zusammen und sagte: »Es scheint ihm besser zu gehen.« Seine Stimme klang rau, weil er sie so lange nicht benutzt hatte, und er griff noch einmal nach dem Wasserschlauch.

»Das Unterrichten tut ihm gut«, meinte Arya. »*Du* tust ihm gut. Ohne etwas, was ihm eine Aufgabe gibt, hätte seine Trauer ihn umgebracht. Dass er überhaupt überlebt hat, ist … beeindruckend. Ich bewundere ihn dafür. Nur wenige Wesen – Menschen, Elfen oder Drachen – würden nach einem solchen Verlust noch vernünftig denkend weiterleben können.«

»Brom schon.«

»Er war genauso bemerkenswert.«

Wenn wir Galbatorix und Shruikan töten, was denkt ihr, wie Glaedr darauf reagieren wird?, fragte Saphira. *Wird er weitermachen oder wird er einfach … aufhören?*

In Aryas Pupillen glänzte ein Lichtschimmer, als sie an Eragon vorbei zu Saphira sah. »Das kann nur die Zeit weisen. Ich hoffe es nicht, aber wenn wir in Urû'baen triumphieren, kann es gut sein, dass Glaedr beschließt, nicht mehr allein – ohne Oromis – weiterleben zu wollen.«

»Wir können nicht zulassen, dass er einfach aufgibt!«

Dem stimme ich zu.

»Es ist nicht an uns, ihn aufzuhalten, wenn er beschließt, in die Leere zu gehen«, mahnte Arya streng. »Es ist an ihm, diese Entscheidung zu treffen, und nur an ihm.«

»Ja, aber wir können mit ihm reden und versuchen, ihn davon zu überzeugen, dass das Leben immer noch lebenswert ist.«

Mit ernster Miene schwieg Arya eine Weile, dann antwortete sie: »Ich will nicht, dass er stirbt. Kein Elf will das. Wenn jedoch jeder wache Augenblick eine Qual für ihn ist, wäre es dann nicht besser für ihn, Erlösung zu finden?«

Darauf wussten weder Eragon noch Saphira eine Antwort.

Die drei erörterten noch ein Weilchen die Ereignisse des Tages, dann zog Saphira den Kopf aus dem Zelt und machte es sich auf dem benachbarten Flecken Gras bequem. *Ich fühle mich wie eine Füchsin, die den Kopf in ein Kaninchenloch gesteckt hat,* beklagte sie sich. *Mich jucken die Schuppen, wenn ich nicht sehen kann, ob sich jemand an mich heranschleicht.*

Eragon erwartete, dass Arya ebenfalls gehen würde, aber zu seiner Überraschung blieb sie und wollte anscheinend nur dasitzen und mit ihm über dieses und jenes reden. Er fügte sich ihrem Wunsch nur allzu bereitwillig. Sein Hunger von vorhin war während der geistigen Kämpfe mit ihr, Saphira und Glaedr verschwunden, und in jedem Fall würde er für das Vergnügen ihrer Gesellschaft ohne zu zögern auf eine warme Mahlzeit verzichten.

Die Nacht senkte sich herab und im Lager wurde es immer stiller, während ihr Gespräch von einem Thema zum nächsten wanderte. Eragon war ganz schwummerig vor Erschöpfung und Aufregung – beinah so, als hätte er zu viel Met getrunken – und er bemerkte, dass auch Arya unbeschwerter wirkte als gewöhnlich. Sie redeten über vieles: über Glaedr und ihre Übungskämpfe; über die Belagerung von Dras-Leona und darüber, was sich diesbezüglich unternehmen ließ; und von anderen, weniger wichtigen Dingen wie dem Kranich, den Arya im Sumpf am Rand des Sees beobachtet hatte, und der Schuppe, die Saphira verloren hatte, und dass der Sommer sich dem Ende zuneigte und die Tage wieder kälter wurden. Aber immer wieder kehrten sie zu dem einen Thema zurück, das in ihren Gedanken allgegenwärtig war: Galbatorix und die Frage, was sie in Urû'baen erwartete.

Während sie darüber spekulierten – wie sie es schon so viele Male zuvor getan hatten –, welche Arten von magischen Fallen Galbatorix für sie bereithalten mochte und wie man ihnen am besten entging, dachte Eragon an Saphiras Frage bezüglich Glaedr.

»Arya?«

»Ja?« Sie zog das Wort in die Länge und ihre Stimme hob und senkte sich in einem feinen Singsang.

»Was hast du vor, sobald all das vorüber ist?« *Das heißt, falls wir dann noch am Leben sind.*

»Was hast *du* vor?«

Er nestelte an Brisingrs Knauf herum, während er über die Frage nachdachte. »Ich weiß es nicht. Bisher habe ich nicht viel weiter gedacht als bis Urû 'baen … Es hängt davon ab, was sie will, aber ich denke, Saphira und ich werden ins Palancar-Tal zurückkehren. Ich könnte uns am Fuß der Berge eine Halle bauen. Wir würden vielleicht nicht viel Zeit dort verbringen, aber zumindest hätten wir ein Zuhause, in das wir zurückkehren können, wenn wir nicht gerade von einem Ort in Alagaësia zum nächsten fliegen.« Er lächelte schwach. »Ich bin davon überzeugt, dass es jede Menge für uns zu tun geben wird, auch wenn Galbatorix tot ist … Aber du hast meine Frage noch nicht beantwortet: Was hast *du* vor, falls wir siegen? Du musst doch irgendeine Vorstellung haben. Du hattest länger Zeit, darüber nachzudenken, als ich.«

Arya zog ein Bein auf den Hocker, schlang die Arme darum und stützte ihr Kinn darauf. In dem fahlen Halbdunkel des Zeltes schien ihr Gesicht vor dem gleichmäßig schwarzen Hintergrund zu schweben wie eine Erscheinung, die jemand aus der Nacht heraufbeschworen hatte.

»Ich habe mehr Zeit unter Menschen und Zwergen verbracht als unter den Älfakyn«, erwiderte sie und verwendete den Namen der Elfen in der alten Sprache. »Ich habe mich daran gewöhnt und ich möchte nicht nach Ellesméra zurückkehren, um dort zu leben. Dort passiert zu wenig. Jahrhunderte können unbemerkt vergehen, während man dasitzt und die Sterne anstarrt. Nein, ich denke, ich werde meiner Mutter weiter als Botschafterin dienen. Ich habe einst Du Weldenvarden verlassen, weil ich dabei helfen wollte, das Gleichgewicht der Welt wiederherzustellen. Wie du schon sagtest, wird es noch viel zu tun geben, wenn es uns erst gelungen ist, Galbatorix zu stürzen. Vieles wird in Ordnung gebracht werden müssen und ich wäre gern dabei.«

»Hm.« Es war nicht direkt die Antwort, die er sich erhofft hatte. Aber zumindest beinhaltete sie die Aussicht, dass sie einander nach Urû'baen nicht vollkommen aus den Augen verlieren würden und er immer noch ab und zu Gelegenheit bekäme, sie zu sehen.

Wenn Arya seine Unzufriedenheit bemerkte, so ließ sie es sich nicht anmerken.

Sie redeten noch einige Minuten, dann verabschiedete sich Arya und erhob sich, um zu gehen.

Als sie an ihm vorbeikam, streckte Eragon die Hand nach ihr aus, als wolle er sie aufhalten, zog sie aber schnell wieder zurück. »Warte«, sagte er leise, unsicher, was er sich erhoffte, aber trotzdem hoffend. Sein Puls beschleunigte sich und hämmerte in seinen Ohren und seine Wangen glühten.

Arya hielt am Eingang des Zeltes inne, mit dem Rücken zu ihm. »Gute Nacht, Eragon«, sagte sie. Dann schlüpfte sie hinaus, verschwand in der Nacht und ließ ihn allein in der Dunkelheit zurück.

ENTDECKUNGEN

Die nächsten drei Tage vergingen schnell für Eragon, wenn auch nicht für den Rest der Varden, die in tiefer Lethargie versunken waren. Der erzwungene Stillstand bei der Eroberung Dras-Leonas dauerte an, obwohl kurzfristig eine gewisse Aufregung herrschte, als Dorn seinen gewohnten Standort über dem Tor aufgab und auf einen Teil der Befestigungsmauer mehrere Hundert Schritte rechts davon wechselte. Nach langen Diskussionen – und nachdem sie sich ausgiebig mit Saphira besprochen hatten – kamen Nasuada und ihre Ratgeber zu dem Schluss, dass Dorn sich aus keinem anderen Grund als aus Bequemlichkeit einen anderen Platz gesucht hatte. Der Mauerabschnitt, auf dem er jetzt lag, war flacher und länger.

Währenddessen verbrachte Eragon die Vormittage und Abende damit, mit Glaedr zu lernen, und an den Nachmittagen kämpfte er mit Arya und einigen anderen Elfen. Seine Kämpfe mit den Elfen waren nicht so lang oder so anstrengend wie die letzten mit Arya – denn es wäre töricht gewesen, sich jeden Tag so zu verausgaben. Aber sein Unterricht bei Glaedr forderte ihn so intensiv wie eh und je. Der uralte Drache ließ niemals nach in seinen Bemühungen, Eragons Fähigkeiten und sein Wissen zu vergrößern, und er übte keine Nachsicht bei Fehlern oder Erschöpfung.

Eragon war sehr zufrieden, dass er endlich imstande war, sich im Duell mit den Elfen zu behaupten. Aber es bedeutete immer noch eine große geistige Anstrengung für ihn, denn wenn seine Konzentration auch nur einen Moment nachließ, bekam er ein Schwert gegen die Rippen oder an die Kehle gepresst.

Durch seine Lektionen bei Glaedr machte er Fortschritte, die unter normalen Umständen als vorbildlich hätten gelten können, aber angesichts der Situation ging es sowohl ihm als auch Glaedr noch viel zu langsam voran.

Am zweiten Tag erzählte Eragon während seines Unterrichts bei Glaedr: *Meister, als ich damals bei den Varden in Farthen Dûr angekommen bin, haben die Zwillinge mich auf die Probe gestellt – sie haben meine Kenntnis der alten Sprache und der Magie im Allgemeinen geprüft.*

Das hast du Oromis schon erzählt. Warum sagst du es jetzt mir?

Weil mir eingefallen ist … dass die Zwillinge mich gebeten haben, die wahre Gestalt eines silbernen Rings zu beschwören. Damals wusste ich nicht, wie man das macht. Arya hat es mir später erklärt: Wie man mithilfe der alten Sprache die Essenz eines jeden Dings oder einer jeden Kreatur heraufbeschwören kann. Doch Oromis hat nie darüber gesprochen, aber ich habe mich gefragt … warum nicht?

Glaedr schien zu seufzen. *Das Beschwören der wahren Gestalt eines Gegenstands ist ziemlich schwierige Magie. Damit es funktioniert, musst du alles Wesentliche an dem fraglichen Gegenstand verstehen – genauso, als wolltest du den wahren Namen einer Person oder eines Tieres erraten. Ferner hat es wenig praktischen Wert. Und es ist gefährlich. Sehr gefährlich. Der Zauber kann nicht als ein fortdauernder Prozess gegliedert werden, den du jederzeit beenden kannst. Entweder es gelingt dir, die wahre Gestalt eines Gegenstands heraufzubeschwören … oder du scheiterst und stirbst. Oromis hatte keinen Grund, dich etwas so Riskantes versuchen zu lassen, und du warst in deinen Studien noch nicht weit genug fortgeschritten, um das Thema überhaupt zu erörtern.*

Eragon schauderte innerlich, als ihm klar wurde, *wie* wütend Arya auf die Zwillinge gewesen sein musste, dass sie sich tatsächlich darauf eingelassen hatte, die wahre Gestalt des Rings zu beschwören, den sie besaßen. Dann erklärte er: *Ich würde es jetzt gern versuchen.*

Eragon spürte, wie Glaedrs ganze Aufmerksamkeit sich auf ihn konzentrierte. *Warum?*

Ich muss wissen, ob ich diese Ebene des Verständnisses erreicht habe, und sei es auch nur für eine einzige Kleinigkeit.

Noch einmal: Warum?

Da er nicht in der Lage war, es mit Worten zu erklären, ließ Eragon den Wirrwarr seiner Gedanken und Gefühle in Glaedrs Bewusstsein strömen. Als er fertig war, schwieg Glaedr für eine Weile und verdaute den Fluss an Informationen. *Habe ich dich richtig verstanden,* begann der Drache, *dass du diese Sache gleichsetzt mit einem Sieg über Galbatorix? Du glaubst, wenn du das tun kannst und überlebst, dann wärst du auch in der Lage, den König zu besiegen?*

Ja, antwortete Eragon erleichtert. So klar wie der Drache hätte er es nie in Worte fassen können, aber das traf es genau.

Und du bist entschlossen, es zu versuchen?

Ja, Meister.

Es könnte dich umbringen, erinnerte Glaedr ihn.

Ich weiß.

Eragon!, rief Saphira aus, wobei er ihre Gedanken nur schwach in seinem Geist wahrnehmen konnte. Sie flog hoch über dem Lager und hielt nach möglichen Gefahren Ausschau, während er mit Glaedr übte. *Das ist viel zu gefährlich. Ich werde es nicht erlauben.*

Ich muss es tun, erwiderte er leise.

Zu Saphira, aber auch an Eragon gerichtet, sagte Glaedr: *Wenn er darauf besteht, dann ist es das Beste, er versucht es in meiner Gegenwart. Für den Fall, dass sein Wissen ihn im Stich lässt, kann ich vielleicht die benötigten Informationen beisteuern und ihn retten.*

Saphira knurrte – ein zorniges Grollen, das in Eragons Kopf dröhnte –, dann hörte er außerhalb des Zeltes ein furchterregendes Brausen in der Luft und erschrockene Ausrufe von Menschen und Elfen, als sie zu Boden schoss. Sie landete mit solcher Wucht, dass das Zelt und alles darin erzitterte.

Einige Sekunden später streckte sie den Kopf ins Zelt und funkelte Eragon an. Sie schnaufte und der Wind aus ihren Nüstern zerzauste ihm das Haar und ließ ihm die Augen von dem Geruch nach verbranntem Fleisch tränen.

Du bist so dickköpfig wie ein Kull, beschwerte sie sich.

Nicht mehr als du.

Sie verzog die Lippen zu einem Zähnefletschen. *Worauf warten wir? Wenn du es unbedingt tun musst, bringen wir es hinter uns!*

Was willst du beschwören?, fragte Glaedr. *Es muss etwas sein, was dir durch und durch vertraut ist.*

Eragon ließ den Blick über die Einrichtung des Zelts wandern, dann hinunter zu dem Saphirring, den er an der rechten Hand trug. *Aren* … Er hatte ihn nur selten abgelegt, seit Ajihad ihm den Ring von Brom gegeben hatte. Der Ring war für ihn ein so selbstverständlicher Teil seines Körpers geworden wie seine Arme und Beine. Während der Stunden, die er damit verbracht hatte, ihn zu betrachten, hatte er sich jede Wölbung und Facette eingeprägt, und wenn er die Augen schloss, konnte er ihn in allen Einzelheiten vor sich sehen. Aber trotzdem wusste er nicht viel über den Ring – seine Geschichte, wie die Elfen ihn gemacht hatten und welche Zauber in seine Struktur eingewoben sein mochten.

Nein … nicht Aren.

Dann wanderte sein Blick von dem Ring zum Knauf von Brisingr. Das Schwert stand an sein Feldbett gelehnt. »Brisingr«, murmelte er.

Ein gedämpftes Zischen erklang, das Schwert hob sich einen halben Zoll aus der Scheide, als würde es von unten hinaufgedrückt, und kleine Flammenzungen sprangen aus der Scheide und leckten an der Unterseite des Griffs. Die Flammen verschwanden und das Schwert glitt zurück in die Scheide, während Eragon den unbeabsichtigten Zauber schnell beendete.

Brisingr, dachte er, absolut sicher in seiner Wahl. Rhunöns Talent hatte das Schwert geschmiedet, aber er war es, der die Werkzeuge gehandhabt hatte, er war während der Prozedur mit dem Geist der Elfenschmiedin vereint gewesen. Wenn es irgendeinen Gegenstand auf der Welt gab, den er durch und durch verstand, dann war es sein Schwert.

Bist du dir sicher?, fragte Glaedr.

Eragon ertappte sich dabei, wie er nickte, obwohl der goldene Drache ihn nicht sehen konnte. *Ja, Meister … Aber ich habe eine Frage: Ist* Brisingr *der wahre Name des Schwertes, und wenn nicht, brauche ich seinen wahren Namen, damit der Zauber funktioniert?*

Brisingr *ist der Name des Feuers, wie du sehr wohl weißt. Der wahre Name deines Schwertes ist zweifellos etwas weitaus Komplizierteres, obwohl darin das Wort* Brisingr *durchaus vorkommen könnte. Wenn du es wünschst, könntest du das Schwert bei seinem wahren Namen nennen, aber du könntest es genauso gut* Schwert *nennen und das gleiche Ergebnis erzielen, solange du damit in deinem Geist das richtige Wissen verknüpfst. Der Name ist lediglich ein Etikett für das Wissen, und du brauchst das Etikett nicht, um das Wissen zu nutzen. Es ist eine feine Unterscheidung, aber eine wichtige. Verstehst du?*

Ja.

Dann tu es, wenn du unbedingt willst.

Eragon nahm sich einen Moment Zeit, um sich zu sammeln. Dann tastete er tief in seinem Bewusstsein nach dem Kern, der ihn mit seiner Magie verband, und umschloss ihn, um an den Energievorrat in seinem Körper zu gelangen. Er lenkte diese Energie in das Wort, das er sprach, während er gleichzeitig alles dachte, was er über das Schwert wusste. Dann sagte er laut und deutlich:

»Brisingr!«

Eragon spürte, wie seine Kraft jäh abnahm. Erschrocken versuchte er zu sprechen, sich zu bewegen, aber der Zauber hielt ihn fest. Er konnte nicht einmal blinzeln oder atmen.

Anders als zuvor ging das Schwert in der Scheide nicht in Flammen auf. Es wellte sich wie ein Spiegelbild im Wasser. Dann tauchte in der Luft neben der Waffe eine transparente Erscheinung auf: ein perfektes, leuchtendes Abbild von Brisingr ohne seine Scheide. So vollkommen das reale Schwert selbst war – und Eragon hatte nie auch nur einen einzigen Makel daran gefunden –, wurde es von dem vor ihm schwebenden Abbild noch übertroffen. Es war, als sähe er die *Idee* des Schwertes, eine Idee, die nicht einmal Rhunön mit all ihrer Erfahrung in der Metallschmiedekunst einzufangen hoffen konnte.

Sobald die Erscheinung klar sichtbar wurde, konnte Eragon wieder atmen und sich bewegen. Er hielt den Zauber über mehrere Sekunden aufrecht, um die Schönheit der Beschwörung bestaunen zu können, dann löste er ihn, und das geisterhafte Schwert verblasste langsam.

Als es fort war, schien es im Zelt dunkler zu sein als zuvor.

Erst da nahm Eragon Saphira und Glaedr wieder wahr, die gegen sein Bewusstsein drückten und mit ungebrochener Aufmerksamkeit jeden Gedanken verfolgten, der durch seinen Geist flackerte. Noch nie hatte er die beiden Drachen so angespannt erlebt. Wenn er Saphira jetzt pikste, vermutete er, würde sie so erschrecken, dass sie sich um die eigene Achse drehte.

Und wenn ich dich piksen würde, würde nichts übrig bleiben als ein Fleck, bemerkte sie.

Eragon lächelte und ließ sich müde auf sein Feldbett sinken.

In Gedanken hörte Eragon ein Geräusch wie Wind, der über eine einsame Ebene streifte, als Glaedr sich entspannte. *Du hast deine Sache gut gemacht, Schattentöter.* Glaedrs Lob überraschte Eragon. Der alte Drache hatte herzlich wenig Komplimente verteilt, seit er Eragon unterrichtete. *Aber lass es uns nicht noch einmal versuchen.*

Eragon schauderte, rieb sich die Arme und versuchte die Kälte zu vertreiben, die in seine Glieder gekrochen war. *Einverstanden, Meister.* Es war keine Erfahrung, die er so schnell wiederholen wollte. Trotzdem verspürte er ein tiefes Gefühl der Befriedigung. Er hatte ohne jeden Zweifel bewiesen, dass es zumindest eine Sache in Alagaësia gab, die er so gut konnte, wie das überhaupt nur möglich war.

Und das machte ihm Hoffnung.

Am Morgen des dritten Tages kehrte Roran zusammen mit seinen Gefährten zu den Varden zurück: müde, vom Kampf gezeichnet und erschöpft von der Reise. Rorans Rückkehr riss die Varden für einige Stunden aus der Eintönigkeit – sie bereiteten ihm und seinen Begleitern einen heldenhaften Empfang. Aber schon bald kehrte bei der Mehrheit der Varden die Langeweile zurück.

Eragon war erleichtert, Roran zu sehen. Zwar hatte er gewusst, dass sein Cousin in Sicherheit war, da er ihn während seiner Abwesenheit mehrmals mit der Traumsicht beobachtet hatte. Trotzdem spürte Eragon bei seinem Anblick, wie eine Last von ihm abfiel, von der er bisher gar nicht gewusst hatte, dass er sie mit sich herumtrug.

Roran war alles, was ihm an Familie noch geblieben war – Murtagh zählte nicht, soweit es Eragon betraf –, und Eragon konnte den Gedanken nicht ertragen, ihn zu verlieren.

Als er Roran nun aus der Nähe sah, war Eragon schockiert über die Verfassung, in der sich sein Cousin befand. Er hatte erwartet, dass sie erschöpft sein würden, aber Roran wirkte viel verhärmter als seine Gefährten. Er sah aus, als sei er im Laufe dieses Auftrags um fünf Jahre gealtert. Seine Augen waren rot und von dunklen Ringen umgeben, seine Stirn war gefurcht und seine Bewegungen ungelenk, als sei jeder Zoll seines Körpers mit Prellungen bedeckt. Und dann sein Bart, die Hälfte davon war weggebrannt.

Die fünf Männer – einer weniger, als losgezogen waren – suchten zuerst die Heiler der Du Vrangr Gata auf, die sich um ihre Wunden kümmerten. Dann machten sie Nasuada in ihrem Pavillon ihre Aufwartung. Nachdem sie die Männer für ihre Tapferkeit gelobt hatte, entließ Nasuada alle bis auf Roran, den sie um einen ausführlichen Bericht über seinen Ritt nach Aroughs, die Eroberung der Stadt und seinen Rückweg bat. Das Erzählen erforderte einige Zeit, aber sowohl Nasuada als auch Eragon – der rechts neben ihr stand – lauschten Rorans Bericht andächtig und manchmal erschrocken. Als er geendet hatte, überraschte Nasuada ihn und Eragon mit der Ankündigung, dass sie Roran das Kommando über eins der Bataillone der Varden übertragen wollte.

Eragon erwartete, dass Roran sich über die Neuigkeit freuen würde. Stattdessen sah er, wie die Furchen im Gesicht seines Cousins sich vertieften und er die Stirn runzelte. Roran erhob jedoch keine Einwände, sondern verbeugte sich und sagte mit seiner rauen Stimme: »Wie Ihr wünscht, Nasuada.«

Später begleitete Eragon Roran zu seinem Zelt, wo Katrina sie schon erwartete. Sie begrüßte Roran so überschwänglich und gefühlvoll, dass Eragon verlegen den Blick abwandte.

Die drei und Saphira aßen zusammen zu Abend, aber Eragon und Saphira verabschiedeten sich, sobald es ging, denn es war offensichtlich, dass Roran müde war und Katrina ihn lieber für sich allein haben wollte.

Als er und Saphira in der Abenddämmerung durchs Lager wanderten, hörte Eragon jemanden hinter sich rufen: »Eragon! Eragon! Warte einen Moment!«

Er drehte sich um und sah die dünne, schlaksige Gestalt des Gelehrten Jeod auf sich zukommen, dem das Haar in Strähnen in sein hageres Gesicht hing. Mit der linken Hand umklammerte Jeod einen zerlumpten Fetzen Pergament.

»Was gibt's?«, fragte Eragon besorgt.

»Das da!«, rief Jeod mit glänzenden Augen. Er hielt das Pergament hoch und schüttelte es. »Es ist mir wieder gelungen, Eragon! Ich habe einen Weg gefunden!« In dem Dämmerlicht wirkte die Narbe an seinem Schädel und an seiner Schläfe verblüffend bleich auf seiner gebräunten Haut.

»*Was* ist dir wieder gelungen? *Welchen* Weg hast du gefunden? Beruhige dich. Deine Worte ergeben keinen Sinn!«

Jeod sah sich verstohlen um, dann beugte er sich weit zu Eragon vor und flüsterte: »All meine Lektüre und meine Forschungen haben sich ausgezahlt. Ich habe einen verborgenen Tunnel gefunden, der direkt nach Dras-Leona führt!«

Entscheidungen

»Erklärt es mir noch einmal«, sagte Nasuada.

Eragon trat ungeduldig von einem Bein auf das andere, aber er hielt sich zurück.

Aus den Stapeln mit Schriftrollen und Büchern vor ihm zog Jeod einen schmalen, in rotes Leder gebundenen Band und begann seine Erzählung zum dritten Mal: »Vor etwa fünfhundert Jahren, soweit ich es in Erfahrung bringen konnte …«

Jörmundur unterbrach ihn mit einer Handbewegung. »Lass deine Anmerkungen weg. Wir wissen, dass das alles Spekulation ist.«

Jeod setzte erneut an: »Vor etwa fünfhundert Jahren schickte Königin Forna Erst Graubart nach Dras-Leona oder vielmehr zu dem Ort, an dem Dras-Leona gerade entstehen sollte.«

»Und warum hat sie ihn hingeschickt?«, fragte Nasuada, während sie mit den Fransen ihres Ärmels spielte.

»Die Zwerge befanden sich mitten in einem Clan-Krieg und Forna hoffte, sie könne sich die Unterstützung unseres Volkes sichern, indem sie König Radgar bei der Planung und Konstruktion der Befestigungen der Stadt half, so wie die Zwerge auch die Mauern und Tore von Aroughs gebaut hatten.«

Nasuada rollte einen Stofffaden zwischen ihren Fingern. »Und dann hat Dolgrath Halbstab Forna getötet …«

»Jawohl. Und Erst Graubart hatte keine andere Wahl, als ins Beor-Gebirge zurückzukehren, so schnell er konnte, um seinen Clan gegen Halbstabs Übergriffe zu schützen. Aber …«, Jeod hob einen Finger, dann schlug er das rote Buch auf, »… bevor er abreiste, hatte Erst anscheinend noch mit seiner Arbeit begonnen. König Radgars oberster Ratgeber, Fürst Yardley, schrieb in seinen

Berichten, dass Erst begonnen habe, Pläne für das unterirdische Abwassersystem des Stadtzentrums zu entwerfen, da von dessen Anlage abhing, wie die Befestigungen angelegt werden sollten.«

Von seinem Platz am gegenüberliegenden Ende des Tisches aus, der die Mitte von Nasuadas Pavillon ausfüllte, nickte Orik und bemerkte: »Das ist vollkommen richtig. Man muss herausfinden, wo und wie sich das Gewicht der Bauten verteilen soll, und die Tragfähigkeit des Erdreichs, mit dem man es zu tun hat, ermitteln. Anderenfalls drohen Einstürze.«

Jeod sprach weiter: »Natürlich hat Dras-Leona *keine* unterirdische Kanalisation, also habe ich angenommen, dass Ersts Pläne niemals in die Tat umgesetzt wurden. Einige Seiten später sagt Yardley jedoch ...« Er steckte seine Nase in das Buch und las laut vor: *»... und in einer überaus beklagenswerten Wendung der Ereignisse brannten die Räuber viele Häuser nieder und machten sich mit den Schätzen vieler Familien davon. Die Soldaten konnten nicht sofort einschreiten, denn sie mussten unter der Erde rackern wie gewöhnliche Bauern.«*

Jeod ließ das Buch sinken. »Also, was haben sie da gemacht? Ich konnte nirgends weitere Erwähnungen von Ausschachtungen oder anderen Arbeiten unter der Erde in oder um Dras-Leona herum finden, bis ...« Er legte den roten Band beiseite und nahm ein anderes Buch zur Hand – einen gewaltigen Band mit Holzdeckeln, der fast einen Fuß dick war. »Als ich zufällig in *Die Taten des Taradas und andere Mysterien okkulter Phänomene, wie sie im Laufe der Zeitalter von Menschen, Zwergen und den Überaus Alten Elfen aufgezeichnet wurden,* stöberte, und ...«

»Es ist ein Werk voller Fehler«, unterbrach Arya ihn. Sie stand auf der linken Seite des Tisches und stützte beide Hände auf eine Karte der Stadt. »Der Autor wusste nur wenig über mein Volk, und was er nicht wusste, hat er erfunden.«

»Das mag sein«, räumte Jeod ein, »aber er wusste eine Menge über Menschen, und es sind Menschen, für die wir uns interessieren.« Jeod schlug das Buch ungefähr in der Mitte auf und ließ die obere Hälfte des gewaltigen Bandes langsam und vorsichtig nach unten sinken, bis es flach auf dem Tisch lag. »Während seiner Forschungen verbrachte Othman einige Zeit in dieser Region. Hauptsächlich studierte er den Helgrind und die damit verbundenen seltsamen Vorkommnisse, aber er hatte auch etwas über Dras-Leona zu sagen: *Die Bewohner der Stadt beklagen sich ebenfalls häufig über seltsame Geräusche und Gerüche, die aus ihren Straßen und unter ihren Häusern emporsteigen, insbesondere bei Nacht, was sie auf Geister und Gespenster und andere unheimliche Kreaturen zurückführen. Aber wenn es sich um Geister handeln sollte, sind sie anders als alle, von denen ich je zuvor gehört habe, da Geister anderswo geschlossene Räume eher zu meiden scheinen.*«

Jeod klappte das Buch zu. »Glücklicherweise war Othman überaus gründlich und hat auf einer Karte von Dras-Leona die Stellen markiert, wo die besagten Geräusche wahrgenommen wurden. Sie bilden, wie Ihr sehen könnt, eine fast gerade Linie durch den alten Teil der Stadt.«

»Und Ihr denkt, das deutet auf das Vorhandensein eines Tunnels hin«, meinte Nasuada. Es war eine Feststellung, keine Frage.

»Ja«, bestätigte Jeod nickend.

König Orrin, der neben Nasuada saß und bisher nur wenig gesagt hatte, ergriff das Wort: »Nichts, was Ihr uns bisher gezeigt habt, Meister Jeod, konnte beweisen, dass es tatsächlich einen Tunnel gibt. Wenn sich unter der Stadt Hohlräume befinden, könnten es genauso gut Keller oder Katakomben sein oder irgendein anderes Gewölbe, das lediglich zu den Gebäuden darüber führt. Selbst wenn es ein Tunnel *ist,* wissen wir nicht, ob er über die Stadtgrenzen von Dras-Leona hinausführt, doch wenn wir auch das annehmen, wissen wir immer noch nicht, wohin er führen würde. Vielleicht mitten in den Palast? Noch dazu klingt es Eurem eigenen Bericht nach eher so, als wäre die Erbauung dieses hypothetischen Tunnels überhaupt nie abgeschlossen worden.«

»Es scheint unwahrscheinlich, dass es etwas *anderes* sein könnte als ein Tunnel, wenn man seine Form bedenkt, Euer Majestät«, gab Jeod zu bedenken. »Kein Keller und keine Katakomben wären so schmal oder so lang. Was die Frage betrifft, ob der Tunnel fertig gestellt wurde… Wir wissen, dass er niemals für seinen ursprünglichen Zweck benutzt wurde, aber wir wissen auch, dass er zumindest bis zu Othmans Zeit überdauert hat, was bedeutet, dass der Tunnel oder Gang oder was auch immer bis zu einem *gewissen Grad* beendet worden sein muss, anderenfalls hätte das ablaufende Wasser ihn schon vor langer Zeit zerstört.«

»Was ist dann mit dem Ausgang – oder dem Eingang, wenn Ihr so wollt?«, hakte der König nach.

Jeod kramte einige Sekunden zwischen den Stapeln mit Schriftrollen, bevor er eine andere Karte von Dras-Leona hervorzog, die einen Teil der umliegenden Landschaft zeigte. »Das kann ich nicht genau sagen, aber wenn der Tunnel tatsächlich aus der Stadt hinausführt, dann würde der Ausgang etwa hier in dieser Gegend liegen …« Er legte den Zeigefinger auf eine Stelle dicht am östlichen Stadtrand.

Da Dras-Leona am meisten im Westen und am wenigsten im Osten über seine Stadtmauern hinausgewachsen war, lag die Stelle, auf die Jeod zeigte, zwar schon in unbebautem Gelände, war dem Stadtkern von Dras-Leona jedoch näher als irgendein anderer Ort, den man von außen erreichen konnte.

»Aber das lässt sich unmöglich sagen, ohne dorthinzugehen und es sich selbst anzusehen.«

Eragon runzelte die Stirn. Er hatte gehofft, dass Jeods Entdeckung auf besser gesicherten Erkenntnissen beruhen würde.

»Man muss Euch zu Euren Nachforschungen gratulieren, Meister Jeod«, erklärte Nasuada. »Ihr habt den Varden möglicherweise einmal mehr einen großen Dienst erwiesen.« Sie erhob sich von ihrem hochlehnigen Stuhl und trat an den Tisch, um einen Blick auf die Karte zu werfen. Der Saum ihres Kleides raschelte, als er über den Boden schleifte. »Wenn wir einen Späher ausschicken, um Nachforschungen anzustellen, riskieren wir dabei, das Imperium auf unser Interesse an diesem Gebiet aufmerksam zu machen. Selbst wenn der Tunnel existiert, hat er dann nur noch geringen Wert für uns: Murtagh und Dorn würden uns am anderen Ende erwarten.« Sie sah Jeod an. »Was denkt Ihr, wie breit dieser Tunnel sein könnte? Wie viele Männer würden hineinpassen?«

»Das kann ich nicht sagen. Schätzungsweise …«

Orik räusperte sich, dann bemerkte er: »Die Erde hier ist weich und lehmhaltig, mit jeder Menge Schlick dazwischen – fatal für den Tunnelbau. Wenn Erst auch nur einen Funken Verstand besaß, hat er nicht geplant, die Abwässer der Stadt durch einen einzigen großen Kanal abzuführen; er muss mehrere kleinere Tunnel konstruiert haben, um die Wahrscheinlichkeit eines Einsturzes zu verringern. Keiner von ihnen dürfte breiter sein als etwa einen Schritt.«

»Zu schmal, als dass auch nur zwei Männer nebeneinander hindurchgehen könnten«, stellte Jeod fest.

»Zu schmal für mehr als einen einzigen Knurla«, fügte Orik hinzu.

Nasuada kehrte zu ihrem Platz zurück und starrte mit leerem Blick auf die Karte, als betrachte sie etwas in weiter Ferne.

Nach einigen Augenblicken des Schweigens ergriff Eragon das Wort: »Ich könnte nach dem Tunnel suchen. Ich kann mich durch einen Zauber verbergen. Die Wachposten würden mich niemals sehen.«

»Vielleicht«, murmelte Nasuada. »Aber mir gefällt die Idee immer noch nicht, dass überhaupt irgendjemand dort in der Gegend herumläuft. Die Wahrscheinlichkeit, dass das Imperium davon Wind bekommt, ist zu hoch. Was ist, wenn Murtagh es beobachtet? Könntest du ihn täuschen? Weißt du überhaupt, welche Fähigkeiten er inzwischen hat?« Sie schüttelte den Kopf. »Nein, wir müssen so tun, als würde der Tunnel existieren, und unsere Entscheidungen dementsprechend treffen. Wenn sich dann doch das Gegenteil herausstellt, haben wir nichts verloren. Aber wenn es den Tunnel tatsächlich gibt ... sollte er es uns ermöglichen, Dras-Leona ein für alle Mal einzunehmen.«

»Was habt Ihr im Sinn?«, fragte Orrin vorsichtig.

»Etwas Kühnes, etwas ... *Unerwartetes.*«

Eragon schnaubte leise. »Dann solltest du dich vielleicht mit Roran beraten.«

»Ich bin nicht auf Rorans Hilfe angewiesen, wenn ich Pläne schmiede, Eragon.« Nasuada verstummte wieder, und alle im Pavillon, Eragon eingeschlossen, warteten, was sie sich einfallen lassen würde. Schließlich richtete sie sich auf und erklärte: »Folgendes: Wir schicken eine kleine Gruppe von Kriegern aus, damit sie uns die Tore von innen öffnen.«

»Und wie soll irgendjemand das schaffen?«, wollte Orik wissen. »Es wäre schon schwierig genug, wenn sie es lediglich mit Hunderten von Soldaten zu tun bekämen, aber für den Fall, dass Ihr es vergessen habt, dort lauert außerdem eine riesige, Feuer speiende Echse, und *die* wird sich gewiss für jeden interessieren, der töricht genug ist, sich an den Toren zu schaffen zu machen. Und dabei haben wir Murtagh noch nicht einmal mit in Betracht gezogen.«

Bevor die Diskussion weiter ausufern konnte, erklärte Eragon: »Ich mache das.«

Seine Worte beendeten vorerst die Auseinandersetzung.

Eragon erwartete, dass Nasuada seinen Vorschlag auf der Stelle verwerfen würde, aber sie überraschte ihn, indem sie darüber nachdachte. Dann überraschte sie ihn noch mehr, als sie sagte: »Also gut.«

Eragon starrte Nasuada erstaunt an, nachdem alle Argumente, die er sich zurechtgelegt hatte, unnötig geworden waren. Sie war offensichtlich dem gleichen Gedankengang gefolgt wie er.

Im Zelt brach augenblicklich ein wildes Stimmengewirr los, als alle gleichzeitig zu sprechen begannen. Arya setzte sich schließlich durch: »Nasuada, du kannst nicht zulassen, dass Eragon sich in derartige Gefahr bringt. Es wäre verantwortungslos. Schick stattdessen Bloëdhgarms Magier. Ich weiß, dass sie bereit wären, zu helfen, und bessere Krieger findest du nicht, Eragon eingeschlossen.«

Nasuada schüttelte den Kopf. »Keiner von Galbatorix' Männern würde es wagen, Eragon zu töten – weder Murtagh noch die Magier des Königs, nicht einmal die einfachsten Soldaten. Wir sollten das zu unserem Vorteil nutzen. Davon abgesehen ist Eragon unser stärkster Magier und es wird vielleicht sehr viel Kraft vonnöten sein, um die Tore aufzubrechen. Von uns allen hat er die besten Aussichten auf Erfolg.«

»Aber was ist, wenn er gefangen genommen wird? Er kann nicht allein gegen Murtagh bestehen. Das weißt du!«

»Wir werden Murtagh und Dorn ablenken. Das wird Eragon die Zeit verschaffen, die er braucht.«

Arya reckte das Kinn vor. »Wie? Wie willst du ihn ablenken?«

»Wir werden so tun, als würden wir Dras-Leona von Süden her

angreifen. Saphira wird um die Stadt herumfliegen, Gebäude in Brand stecken und Soldaten auf den Mauern töten. Dorn und Murtagh wird nichts anderes übrig bleiben, als sie zu jagen, zumal es die ganze Zeit über so aussehen wird, als säße Eragon auf Saphiras Rücken. Bloëdhgarm und seine Magier können ein Abbild von Eragon heraufbeschwören, wie sie es schon öfter getan haben. Solange Murtagh nicht zu nah herankommt, wird er unsere List nicht entdecken.«

»Du bist fest entschlossen?«

»Das bin ich.«

Aryas Züge verhärteten sich. »Dann werde ich Eragon begleiten.«

Erleichterung durchflutete Eragon. Er hatte gehofft, dass sie mit ihm kommen würde, aber er hatte nicht gewagt, sie zu fragen, aus Furcht, sie könne ablehnen.

Nasuada seufzte. »Du bist Islanzadis Tochter. Ich setze dich ungern einer solchen Gefahr aus. Wenn du sterben solltest… Erinnere dich daran, wie deine Mutter reagiert hat, als sie dachte, Durza habe dich getötet. Wir können uns nicht erlauben, die Unterstützung deines Volkes zu verlieren.«

»Meine Mutter…« Arya presste die Lippen aufeinander, unterbrach sich und begann dann von Neuem: »Ich kann dir versichern, Nasuada, dass Königin Islanzadi die Varden nicht im Stich lassen wird, ganz gleich was mir zustoßen mag. Diesbezüglich brauchst du dir keine Sorgen zu machen. Ich *werde* Eragon begleiten, außerdem zwei von Bloëdhgarms Magiern.«

Nasuada schüttelte den Kopf. »Nein, Ihr könnt nur einen mitnehmen. Murtagh weiß, wie viele Elfen Eragon beschützen. Wenn er bemerkt, dass zwei oder mehr fehlen, könnte er irgendeine Art von Falle vermuten. Außerdem wird Saphira so viel Hilfe wie möglich brauchen, damit sie Murtagh nicht in die Hände fällt.«

»Drei sind nicht genug für eine solche Mission«, beharrte Arya. »Wir wären nicht in der Lage, Eragons Sicherheit zu gewährleisten, geschweige denn die Tore zu öffnen.«

»Dann wird euch ein Magier der Du Vrangr Gata begleiten.«

Ein Anflug von Hohn klang in Aryas Stimme mit. »Keiner von

euren Magiern ist stark oder erfahren genug. Auf einen von uns werden hundert feindliche Kämpfer kommen oder sogar noch mehr. Sowohl gewöhnliche Schwertkämpfer als auch ausgebildete Magier werden gegen uns antreten. Nur Elfen oder Reiter…«

»Oder Schatten«, brummte Orik.

»Oder Schatten«, räumte Arya ein, obwohl Eragon ihr ansah, dass der Einwurf sie irritierte. »Nur sie können hoffen, in einer solchen Herausforderung zu bestehen. Und selbst das ist nicht sicher. Lass uns zwei von Bloëdhgarms Magiern mitnehmen. Niemand sonst ist für diese Aufgabe geeignet, keiner der Varden.«

»Oh, und was ist mit mir? Hat denn niemand an mich gedacht?«

Alle drehten sich überrascht um, als Angela aus einer Ecke des Zeltes trat. Eragon hatte nicht einmal geahnt, dass sie da war.

Lächelnd blieb die Kräuterhexe vor Arya stehen und sah zu ihr auf. »Wirst du Einwände erheben, wenn ich dich begleite, Älfa? Ich bin kein Mitglied der Varden, nicht im strengen Sinne, aber ich bin trotzdem bereit, euer Quartett zu vervollständigen.«

Zu Eragons großer Überraschung neigte Arya den Kopf und antwortete: »Natürlich, weise Frau. Ich wollte niemanden beleidigen. Es wäre mir eine Ehre, dich bei uns zu haben.«

»Gut!«, rief Angela aus. »Das heißt, vorausgesetzt, *Ihr* habt nichts dagegen«, richtete sie das Wort an Nasuada.

Nasuada, die ein wenig verwundert wirkte, schüttelte den Kopf. »Wenn du bereit dazu bist und weder Eragon noch Arya Einwände haben, wüsste ich keinen Grund, warum du nicht mitgehen solltest. Auch wenn ich nicht verstehe, warum du das tun willst.«

Angela warf ihre Locken zurück. »Erwartet Ihr von mir, dass ich jede Entscheidung erkläre, die ich treffe?… Aber gut, wenn es Eure Neugier befriedigt, sagen wir, ich hege einen Groll gegen die Priester vom Helgrind und ich würde mich über die Gelegenheit freuen, ihnen einen Streich zu spielen. Abgesehen davon habe ich, falls Murtagh auftaucht, das eine oder andere Ass im Ärmel, das ihm einen gehörigen Schrecken einjagen wird.«

»Wir sollten auch Elva fragen, ob sie mitkommen will«, warf Eragon ein. »Wenn irgendjemand uns helfen kann, Gefahren zu meiden…«

Nasuada runzelte die Stirn. »Bei unserer letzten Unterredung hat sie ihren Standpunkt überdeutlich gemacht. Ich werde nicht vor ihr im Staub kriechen, um sie zu etwas anderem zu überreden.«

»Ich werde mit ihr reden«, erklärte Eragon. »Ich bin derjenige, dem sie grollt, also bin ich es auch, der sie fragen sollte.«

Nasuada zupfte an den Fransen ihres goldenen Kleides. Sie rollte mehrere davon zwischen den Fingern, dann sagte sie unvermittelt: »Wie du willst. Mir missfällt der Gedanke, ein Kind in die Schlacht zu schicken – selbst ein mit so besonderen Gaben ausgestattetes Kind wie Elva. Aber vermutlich ist sie durchaus in der Lage, sich selbst zu schützen.«

»Solange der Schmerz derer, die um sie herum sind, sie nicht überwältigt«, meinte Angela. »Nach den letzten Schlachten hat sie sich zu einem Ball zusammengerollt und war kaum noch imstande, sich zu bewegen oder zu atmen.«

Nasuada hielt ihre Finger still und sah Eragon ernst an. »Sie ist unberechenbar. Wenn sie sich tatsächlich entscheidet, euch zu begleiten, sei auf der Hut vor ihr, Eragon.«

»Das werde ich «, versprach er.

Dann beriet sich Nasuada mit Orrin und Orik über die Versorgung der Truppen und Eragon zog sich aus dem Gespräch zurück, denn er hatte wenig dazu beizutragen.

Er schickte seinen Geist zu Saphira aus, die durch ihn das Gespräch mitgehört hatte. *Und?*, fragte er. *Was denkst du? Du warst schrecklich still. Ich war sicher, du würdest etwas einwenden, als Nasuada meinen Vorschlag angenommen hat, dass ich mich nach Dras-Leona einschleiche.*

Ich habe nichts gesagt, weil ich nichts zu sagen hatte. Es ist ein guter Plan.

Du bist damit einverstanden?

Wir sind keine unerfahrenen Küken mehr, Eragon. Unsere Feinde mögen furchterregend sein, aber das sind wir ebenfalls. Es wird Zeit, dass wir sie daran erinnern.

Macht es dir etwas aus, dass wir getrennt sein werden?

Natürlich macht es mir etwas aus, knurrte sie. *Wo immer du hingehst, umschwärmen dich Feinde wie Fliegen rohes Fleisch. Aber du bist nicht mehr so hilflos, wie du es einmal warst.* Bei diesen Worten schien sie beinahe zu schnurren.

Ich, hilflos?, fragte er mit gespielter Entrüstung.

Nur ein klein wenig. Aber dein Biss ist jetzt gefährlicher als früher.

Das Gleiche gilt für dich.

Hm ... ich gehe jagen. Ein flügelbrechender Sturm braut sich zusammen und ich werde bis nach unserem Angriff keine Gelegenheit mehr zum Fressen haben.

Pass auf dich auf, sagte er.

Während sie sich von ihm zurückzog, richtete Eragon seine Aufmerksamkeit wieder auf das Gespräch im Zelt, denn er wusste, dass sein Leben und das von Saphira von den Entscheidungen abhing, die Nasuada, Orik und Orrin treffen würden.

Unter Stock und Stein

Eragon zog abwechselnd die Schultern hoch und versuchte sich das Kettenhemd zurechtzuziehen, das er ausnahmsweise unter dem Wams trug, damit man es nicht gleich sah. Die Welt um sie herum lag in tiefer Dunkelheit. Eine dichte Wolkendecke verbarg den Mond und die Sterne. Ohne das rote Werlicht, das auf Angelas Handfläche ruhte, hätten selbst Eragon und die Elfen nichts sehen können.

Die Luft war feucht und ein- oder zweimal spürte Eragon kalte Regentropfen auf den Wangen.

Elva hatte gelacht und sich geweigert, als er sie um Hilfe gebeten hatte. Er hatte lange und heftig mit ihr debattiert, aber nichts erreicht. Sogar Saphira hatte sich eingemischt, war zu dem Zelt geflogen, in dem das Hexenkind wohnte, und hatte ihren massigen Kopf bis auf einen Schritt an das Mädchen herangeschoben. Elva war nichts anderes übrig geblieben, als in Saphiras starre, leuchtende Augen zu sehen.

Elva war nicht so verwegen gewesen, Saphira auszulachen, aber sie war bei ihrer Weigerung geblieben. Ihr Starrsinn frustrierte Eragon, trotzdem bewunderte er widerstrebend ihre Charakterstärke. Es gehörte schon einiges dazu, sowohl einem Reiter als auch seinem Drachen etwas abzuschlagen. Andererseits hatte sie in ihrem kurzen Leben bereits unglaubliche Schmerzen erdulden müssen und das hatte sie so hart gemacht, wie es selbst die abgestumpftesten Krieger nur selten waren.

Neben ihm band Arya ihren langen Umhang am Hals zu. Auch Eragon trug einen solchen, genau wie Angela und der schwarzhaarige Elf Wyrden, den Bloëdhgarm ausgewählt hatte, sie zu begleiten. Die Umhänge sollten sie gegen die nächtliche Kühle schützen, vor allem aber dafür sorgen, dass niemand ihre Waffen sah – für den Fall, dass sie es tatsächlich bis in die Stadt schafften.

Nasuada, Jörmundur und Saphira waren mit ihnen bis zum Rand des Lagers gekommen. Zwischen den Zelten waren die Varden, Zwerge und Urgals eifrig mit der Vorbereitung für den geplanten Angriff beschäftigt.

»Und denkt daran«, sagte Nasuada und ihr Atem bildete weiße Wölkchen vor ihrem Mund, »wenn ihr es nicht schafft, die Tore bis zum Morgengrauen zu erreichen, sucht euch ein Versteck, wo ihr bis zur nächsten Nacht warten könnt. Wir werden es dann noch einmal versuchen.«

»Wir werden es uns vielleicht nicht leisten können, zu warten«, wandte Arya ein.

Nasuada rieb sich die Arme und nickte. Sie wirkte ungewöhnlich besorgt. »Ich weiß. Wir werden auf jeden Fall zum Angriff bereit sein, sobald ihr euch mit uns in Verbindung setzt, ganz gleich, zu welcher Tageszeit. Eure Sicherheit ist wichtiger als die Eroberung Dras-Leonas. Vergesst das nicht.« Während sie sprach, wanderte ihr Blick zu Eragon.

»Wir sollten aufbrechen«, bemerkte Wyrden. »Es ist schon spät.«

Eragon drückte seine Stirn einen Moment lang an Saphira.

Gute Jagd, sagte sie leise.

Dir auch.

Die beiden trennten sich nur widerstrebend. Dann folgten Eragon, Arya und Wyrden Angela, die sie vom Lager wegführte und zum Ostrand der Stadt brachte. Nasuada und Jörmundur wünschten ihnen noch leise alles Gute, dann wurde es still bis auf das Geräusch ihres Atems und ihrer Schritte.

Angela dämpfte das Licht in ihrer Hand, bis es für Eragon kaum mehr hell genug war, dass er seine Füße sehen konnte. Er musste seine Augen anstrengen, um Steine und Zweige auf seinem Weg auszumachen.

Sie wanderten fast eine Stunde schweigend durch die Dunkelheit, bis die Kräuterhexe stehen blieb und flüsterte: »Wir müssten da sein. Normalerweise weiß ich ziemlich genau, welche Entfernung ich zurückgelegt habe, aber hier könnten wir auch um mehr als tausend Fuß danebenliegen. Das ist in dieser Finsternis schwer zu sagen.«

Zu ihrer Linken schwebten ein halbes Dutzend nadelstichfeine Lichter über dem Horizont, der einzige Hinweis darauf, dass sie sich in der Nähe von Dras-Leona befanden. Die Lichter schienen nah genug zu sein, um sie aus der Luft pflücken zu können.

Eragon und die beiden Frauen warteten ab, während Wyrden sich hinkniete, seinen rechten Handschuh auszog und die Hand flach auf die nackte Erde legte. Dazu summte er leise den Zauber, den einer der Zwergenmagier ihm beigebracht hatte. Orik hatte ihnen den Magier geschickt, um sie darin zu unterweisen, unterirdische Gewölbe aufzuspüren.

Solange der Elf sang, starrte Eragon wachsam in die Dunkelheit ringsum und lauschte auf mögliche feindliche Geräusche. Immer mehr Regentropfen fielen ihm jetzt ins Gesicht. Er hoffte, dass das Wetter sich besserte, bevor sie in Kämpfe verwickelt wurden, falls es überhaupt zu Kämpfen kam.

Beim Schrei einer Eule zuckte seine Hand zu Brisingr, nur um das Schwert gleich wieder loszulassen und unzufrieden die Faust zu ballen. *Barzûl*, dachte er und verwendete damit Oriks Lieblingsfluch. Er war nervöser, als er sein sollte. Zu wissen, dass er vielleicht schon bald wieder gegen Murtagh und Dorn kämpfen musste – einzeln oder gegen beide zugleich –, machte ihn unruhig.

Wenn ich so weitermache, werde ich sicher verlieren, dachte er. Also verlangsamte er seine Atmung und begann mit der ersten der geistigen Übungen, die Glaedr ihm beigebracht hatte, um seine Gefühle zu kontrollieren.

Der alte Drache war nicht begeistert gewesen, als Eragon ihm von der Mission erzählt hatte, aber er hatte sich auch nicht dagegen ausgesprochen. Nachdem sie erörtert hatten, was alles passieren konnte, hatte Glaedr gesagt: *Sei auf der Hut vor dunklen Ecken, Eragon. Dort lauern merkwürdige Dinge*, was, so dachte Eragon, keine besonders ermutigende Feststellung war.

Er wischte sich den Regen aus dem Gesicht, doch die andere

Hand hielt er immer dicht am Griff seines Schwertes. Das Leder seines Handschuhs fühlte sich warm und glatt auf seiner Haut an.

Schließlich ließ er die Hand sinken, schob den Daumen unter seinen Schwertgürtel, den Gürtel von Beloth dem Weisen, und spürte das Gewicht der zwölf darin verborgenen, makellosen Diamanten. An diesem Morgen war er zu den Viehpferchen gegangen und hatte die Lebensenergie der Vögel und Schafe, die für das Frühstück der Armee geschlachtet worden waren, in die Edelsteine fließen lassen. Er tat das höchst ungern. Wenn er mit seinem Geist ein Tier berührte – sofern es seinen Kopf noch besaß –, wurden die Furcht und der Schmerz dieser Kreatur zu seiner eigenen Furcht und seinem eigenen Schmerz, und wenn das Tier ins Nichts glitt, hatte er das Gefühl, selbst zu sterben. Es war eine schreckliche Erfahrung, die ihn in Panik versetzte. Wann immer er konnte, hatte er den Tieren in der alten Sprache Worte zugeflüstert, um sie zu beruhigen. Manchmal funktionierte es, manchmal nicht. Obwohl die Geschöpfe auf jeden Fall geschlachtet wurden und obwohl er die Energie brauchte, hasste er diese Methode, denn sie gab ihm das Gefühl, als sei *er* für ihren Tod verantwortlich. Es gab ihm das Gefühl, unrein zu sein.

Jetzt schien der Gürtel eine Spur schwerer zu sein als zuvor, beladen mit der Energie von so vielen Tieren. Selbst wenn die Diamanten nicht gewesen wären, hätte er den Gürtel als wertvoller angesehen als reines Gold, da die Kraft Dutzender Leben hineingeflossen war.

Als Wyrden aufhörte zu singen, fragte Arya: »Hast du ihn gefunden?«

»Hier entlang«, antwortete Wyrden und stand auf.

Jeod hatte recht! Eragon war erleichtert und zugleich aufs Neue beunruhigt.

Wyrden führte sie über eine Straße und über eine Reihe kleiner Hügel, dann hinunter in eine flache Senke, die in dem gewellten Land gut verborgen lag. »Der Eingang des Tunnels muss hier irgendwo sein«, erklärte der Elf und deutete auf die westliche Böschung der Senke.

Die Kräuterhexe ließ das Werlicht etwas heller leuchten, damit sie alle in seinem Schein suchen konnten. Dann durchkämmten Eragon, Arya und Wyrden das Gestrüpp an der Böschung und prüften mit Stöcken, ob es irgendwo in der Erde Hohlräume gab. Zweimal stieß sich Eragon das Schienbein an den Stümpfen umgestürzter Birken und sog vor Schmerz scharf die Luft ein. Er wünschte, er würde Beinschienen tragen, aber er hatte sie zurückgelassen, zusammen mit seinem Schild, weil sie in der Stadt zu viel Aufmerksamkeit erregen würden.

Von ihrem Ausgangspunkt aus suchten sie die Böschung zwanzig Minuten lang systematisch ab. Schließlich hörte Eragon ein metallisches Klirren, dann rief Arya leise: »Hier.«

Zusammen mit den anderen eilte er zu ihr hinüber, zu einer kleinen, überwucherten Höhle in der Flanke der Böschung. Arya zog den Busch beiseite, um einen mit Steinen eingefassten, fünf Fuß hohen und drei Fuß breiten Tunnel freizulegen. Ein rostiges Eisengitter versperrte den Eingang.

»Seht mal«, murmelte Arya und deutete auf den Boden.

Eragon bemerkte einen Pfad, der aus dem Tunnel führte. Selbst in dem unheimlichen roten Schein des Werlichts der Kräuterheilerin konnte Eragon erkennen, dass der Pfad seine Entstehung Füßen verdankte, die den Weg aus oder in den Tunnel gegangen waren. Eine oder mehrere Personen mussten den Tunnel benutzt haben, um Dras-Leona unbemerkt zu betreten oder zu verlassen.

»Wir sollten vorsichtig sein«, flüsterte Wyrden.

Angela gab ein leises Schnaufen von sich. »Wie wolltest du sonst vorgehen? Dein Kommen durch Fanfaren und Herolde ankündigen lassen? Also wirklich.«

Der Elf verzichtete auf eine Antwort, aber die Situation war ihm offensichtlich unangenehm.

Arya und Wyrden zogen das Gitter weg und traten vorsichtig in den Tunnel. Beide beschworen jetzt eigene Werlichter herauf. Die flammenlosen Kugeln schwebten über ihren Köpfen wie kleine rote Sonnen, verströmten aber nicht mehr Licht als eine Handvoll Kohlen.

Eragon blieb stehen und fragte Angela: »Warum behandeln die Elfen dich so respektvoll? Sie scheinen beinah Angst vor dir zu haben.«

»Verdiene ich denn keinen Respekt?«

Er zögerte. »Weißt du, irgendwann wirst du mir doch etwas von dir erzählen müssen.«

»Wie kommst du darauf?« Sie drängte sich an ihm vorbei, um den Tunnel zu betreten, und ihr Mantel flatterte wie die Schwingen eines Lethrblaka.

Eragon folgte ihr kopfschüttelnd.

Die relativ kleine Kräuterheilerin musste sich kaum bücken, um nicht mit dem Kopf an die Decke zu stoßen, aber Eragon ging gebeugt wie ein rheumatischer alter Mann, ebenso die beiden Elfen.

Eine feine Schicht festgetretener Erde bedeckte den Boden. In der Nähe des Eingangs lagen ein paar Stöcke und Steine herum und sogar eine abgestreifte Schlangenhaut, aber sonst war der Tunnel leer. Er roch nach feuchtem Stroh und Mottenflügeln.

Sie bewegten sich, so leise sie konnten, aber der Tunnel ließ jedes Geräusch widerhallen und verstärkte es noch. Jeder Stoß, jedes Kratzen und Schrammen füllte die Luft mit einer Vielzahl sich überlagernder Flüsterlaute, mit einem Murmeln und Seufzen, das ein Eigenleben zu haben schien. Das Flüstern gab Eragon das Gefühl, von einer Heerschar körperloser Geister umgeben zu sein, die jede einzelne Bewegung kommentierten.

So viel zum Thema anschleichen, dachte er gerade, als er mit dem Fuß gegen einen Stein stieß, der mit einem lauten Klackern gegen die Wand des Tunnels prallte, worauf das Geräusch auf seinem Weg durch den Tunnel noch um ein Hundertfaches lauter wurde.

»Entschuldigung«, formte er mit den Lippen, als alle ihn ansahen.

Ein schiefes Lächeln glitt über seine Züge. *Zumindest wissen wir jetzt, woher die seltsamen Geräusche unter Dras-Leona stammen.* Er würde es Jeod nach ihrer Rückkehr erzählen.

Als sie den Tunnel ein gutes Stück entlanggegangen waren, hielt Eragon inne und blickte zum Eingang zurück, der sich bereits in der Dunkelheit verloren hatte. Die Finsternis schien beinah mit Händen zu greifen, wie ein schweres, über die Welt gebreitetes Tuch. In der Enge des Tunnels empfand er das als zusätzliche Beklemmung und das Gefühl, bedrängt und eingeschlossen zu sein, verstärkte sich. Normalerweise machte ihm der Aufenthalt in beengten

Räumen nichts aus, aber der Tunnel erinnerte ihn an das Labyrinth grob gehauener Gänge im Helgrind, wo er und Roran gegen die Ra'zac gekämpft hatten – keine besonders angenehme Erinnerung.

Er holte tief Luft, dann stieß er den Atem wieder aus.

Gerade als er weitergehen wollte, entdeckte er in der Dunkelheit zwei große Augen, die wie ein Paar kupferfarbener Mondsteine glänzten. Er packte Brisingr und hatte das Schwert bereits mehrere Zoll aus seiner Scheide gezogen, als Solembum sich aus den Schatten löste und auf lautlosen Pfoten herangepirscht kam.

Am Rand des matten Lichtkreises blieb die Werkatze stehen. Die Ohren mit den schwarzen Spitzen zuckten, während sie das Maul zu etwas öffnete, was ein Grinsen zu sein schien.

Eragon entspannte sich und grüßte die Werkatze mit einem Kopfnicken. *Das hätte ich mir eigentlich denken können.* Wo immer Angela hinging, folgte Solembum ihr unvermeidlich. Einmal mehr dachte Eragon über die Vergangenheit der Kräuterhexe nach: *Wie hat sie nur seine treue Anhänglichkeit gewonnen?*

Als sich der Abstand zu den anderen vergrößerte, verschluckte die Dunkelheit Solembum aufs Neue und Eragon konnte ihn nicht mehr sehen.

In dem tröstlichen Wissen, dass die Werkatze ihm Rückendeckung gab, eilte Eragon weiter, um die anderen einzuholen.

Vor ihrem Aufbruch hatte Nasuada ihnen die genaue Zahl der Soldaten in der Stadt genannt und außerdem erklärt, wo sie stationiert waren und welche Pflichten und Angewohnheiten sie hatten. Darüber hinaus hatte sie ihnen detailliert über Murtaghs Schlafquartiere berichtet, was er aß und sogar in welcher Stimmung er am vergangenen Abend gewesen war. Ihre Informationen waren bemerkenswert präzise gewesen. Auf ihre Nachfragen hin hatte sie gelächelt und erklärt, dass seit dem Eintreffen der Varden die Werkatzen für sie in Dras-Leona spioniert hatten. Sobald Eragon und seine Gefährten in der Stadt auftauchten, würden die Werkatzen sie zum südlichen Tor eskortieren, sich selbst jedoch, soweit irgend möglich, dem Imperium nicht zu erkennen geben, weil sie Nasuada sonst nicht mehr so effektiv mit Informationen würden versorgen können. Wer würde schon vermuten, dass die ungewöhnlich große

Katze, die in der Nähe herumlungerte, tatsächlich ein feindlicher Spion war?

Als Eragon im Geist noch einmal Nasuadas Bericht durchging, kam ihm der Gedanke, dass eine von Murtaghs größten Schwächen die war, dass er noch immer schlafen musste. *Wenn wir ihn heute Nacht nicht gefangen nehmen oder töten können, nutzt dieses Wissen uns vielleicht bei unserer nächsten Begegnung. Wir müssten eine Möglichkeit finden, ihn mitten in der Nacht zu wecken – und am besten in mehreren aufeinanderfolgenden Nächten. Drei oder vier Tage ohne ausreichend Schlaf, und er wird nicht mehr in der Verfassung sein, zu kämpfen und zu siegen.*

Immer weiter und weiter wanderten sie durch den Tunnel, der schnurgerade verlief, ohne irgendeine Kurve oder Biegung. Eragon glaubte zu spüren, dass der Boden schwach anstieg – was sinnvoll schien, da der Tunnel dazu gebaut worden war, Abwässer aus der Stadt zu leiten –, aber er war sich nicht ganz sicher.

Nach einer Weile wurde die Erde unter ihren Füßen weicher und klebte an ihren Stiefeln wie nasser Ton. Wasser tropfte von der Decke, landete manchmal in Eragons Nacken und lief ihm den Rücken hinunter wie die Berührung eines kalten Fingers. Einmal rutschte er auf einer schlammigen Stelle aus, und als er die Hand ausstreckte, um sich abzustützen, stellte er fest, dass die Wand ganz glitschig war.

Er hätte nicht sagen können, wie viel Zeit verstrichen war. Vielleicht hatten sie eine Stunde in dem Tunnel verbracht, vielleicht zehn. Oder vielleicht waren es auch nur einige Minuten gewesen – in jedem Fall taten Eragon der Nacken und die Schultern weh, weil er den ganzen Weg gebückt gehen musste, und allmählich hatte er es satt, die scheinbar ewig gleichen zwanzig Fuß rötlicher Steinmauer anzustarren.

Endlich bemerkte er, dass die Echos schwächer wurden und die Zeitspanne zwischen den einzelnen Echos immer länger. Kurz darauf entließ der Tunnel sie in ein großes rechteckiges Gewölbe mit einer kuppelförmigen Decke, die sich mehr als fünfzehn Fuß über den Boden erhob. Das Gewölbe war leer bis auf ein verrottetes Fass in einer Ecke. Ihnen gegenüber führten drei gleiche Torbögen in drei gleiche kleine und dunkle Räume. Wohin diese führten, konnte Eragon nicht erkennen.

Die Gruppe blieb stehen. Eragon richtete sich langsam auf und zuckte zusammen, als seine schmerzenden Muskeln gedehnt wurden.

»Das hier war sicher nicht Teil von Erst Graubarts Plänen«, bemerkte Arya.

»Welchen Weg sollen wir nehmen?«, fragte Wyrden.

»Ist das nicht offensichtlich?«, meinte Angela. »Den linken. Es ist immer der linke.« Und sie stolzierte, noch während sie sprach, auf eben diesen Bogen zu.

Eragon konnte sich nicht zurückhalten. »Links von wo aus gesehen? Wenn du von der anderen Seite kommst, wäre links …«

»Links wäre rechts und rechts wäre links, ja, ja«, erwiderte die Kräuterhexe. Ihre Augen wurden schmal. »Manchmal bist du klüger, als dir guttut, Schattentöter … Also schön, wir werden es auf deine Weise versuchen. Aber sag nicht, ich hätte dich nicht gewarnt, wenn wir am Ende tagelang hier herumwandern.«

Tatsächlich hätte Eragon den mittleren Durchgang gewählt, da es ihm am wahrscheinlichsten schien, dass der sie nach oben auf die Straße bringen würde, aber er wollte sich nicht auf eine Diskussion mit Angela einlassen. *Wir werden so oder so bald eine Treppe finden,* dachte er. *Es kann nicht so viele Gewölbe unter Dras-Leona geben.*

Angela hielt ihr Werlicht hoch und übernahm die Führung. Wyrden und Arya folgten ihr, während Eragon die Nachhut bildete.

Der Raum hinter dem rechten Durchgang war größer, als es zuerst den Anschein gehabt hatte. Er erstreckte sich noch mehr als zwanzig Fuß nach rechts, an die sich nach einem Knick noch einige Schritte anschlossen, bis er in einen mit leeren Fackelhaltern gesäumten Flur mündete. Am Ende des Flurs befand sich ein weiterer kleiner Raum mit drei Durchgängen, von denen jeder zu Räumen mit noch mehr Durchgängen führte und so weiter.

Wer hat die gebaut und warum?, fragte Eragon sich verblüfft. Alle Räume, durch die sie kamen, waren leer und verlassen. Die einzigen Dinge, auf die sie dort stießen, waren ein zweibeiniger

Hocker, der in Stücke brach, als Eragon ihn mit der Stiefelspitze anstieß, und ein Haufen zerbrochenes Geschirr in einer Ecke unter einem Schleier aus Spinnweben.

Angela zögerte niemals und zeigte nicht die geringste Unsicherheit, wenn sie aufs Neue eine Wahl zu treffen hatte – sie entschied sich ausnahmslos für die rechte Möglichkeit. Eragon hätte gern Einwände erhoben, nur fiel ihm auch keine bessere Methode ein.

Die Kräuterheilerin blieb stehen, als sie in einen runden Raum mit sieben gleichmäßig über die Wand verteilten Türbogen kamen. Sieben Gänge, einschließlich desjenigen, durch den sie gekommen waren, gingen davon aus.

»Markiert den Flur, aus dem wir gekommen sind, damit wir nicht im Kreis herumlaufen«, ordnete Arya an.

Eragon ging zurück und kratzte mit dem Ende von Brisingrs Parierstange eine Linie in die Steinmauer. Währenddessen spähte er in die Dunkelheit und versuchte einen Blick auf Solembum zu erhaschen, aber er konnte nicht einmal ein Schnurrhaar von ihm entdecken. Eragon hoffte, dass die Werkatze sich nicht irgendwo in dem Labyrinth von Räumen verirrt hatte. Er hätte gern seinen Geist ausgeschickt, um Solembum zu finden, widerstand jedoch dem Drang. Wenn irgendjemand sonst spürte, dass er umhertastete, würde er vielleicht ungewollt die Aufmerksamkeit des Imperiums auf ihren Standort lenken.

»Ah!«, rief Angela aus und die Schatten um Eragon herum bewegten sich, als die Kräuterheilerin sich auf die Zehenspitzen stellte und ihr Werlicht so hoch hob, wie sie konnte.

Eragon eilte in die Mitte des Raums, wo sie zusammen mit Arya und Wyrden stand. »Was ist los?«, flüsterte er.

»Die Decke, Eragon«, murmelte Arya. »Sieh dir die Decke an.«

Er tat wie geheißen, sah jedoch nur uralte, moderbedeckte Steinblöcke mit so vielen Rissen, dass es an ein Wunder grenzte, dass die Decke nicht schon vor langer Zeit eingestürzt war.

Dann veränderte sich das Bild vor seinen Augen und er schnappte nach Luft.

Die Linien waren keine Risse, sondern vielmehr tief eingemeißelte Runen – ganze Runenzeilen. Sie waren klein und akkurat, mit scharfen Winkeln und geraden Strichen. Moder und die vergangenen Jahrhunderte hatten Teile des Textes unkenntlich werden lassen, aber das meiste davon war lesbar geblieben.

Eragon mühte sich eine Weile mit den Runen ab, aber er erkannte nur einige wenige Wörter und die waren anders geschrieben, als er es gewohnt war.

»Was steht da?«, fragte er. »Ist das in Zwergensprache geschrieben?«

»Nein«, erwiderte Wyrden. »Es ist die Sprache deines Volkes, aber so, wie sie vor langer Zeit gesprochen und geschrieben wurde, und ein sehr eigener Dialekt: der des Eiferers Tosk.«

Der Name brachte eine Saite in Eragon zum Klingen. »Als Roran und ich Katrina gerettet haben, hörten wir, wie die Priester vom Helgrind ein *Buch des Tosk* erwähnten.«

Wyrden nickte. »Es dient als Grundstock ihres Glaubens. Tosk war nicht der Erste, der Gebete zum Helgrind sprach, aber er war der Erste, der seine Glaubensvorstellungen und Praktiken kodifizierte, und viele haben ihn seither nachgeahmt. Die den Helgrind anbeten, betrachten ihn als einen Propheten des Göttlichen. Und *das«*, der Elf breitete die Arme weit aus, »ist Tosks Geschichte, von seiner Geburt bis zu seinem Tod: eine wahre Geschichte, die seine Schüler niemals jenen außerhalb ihrer Sekte offenbart haben.«

»Wir könnten viel daraus lernen«, meinte Angela, ohne den Blick auch nur für einen Moment von der Decke abzuwenden. »Wenn wir nur Zeit hätten …« Eragon war überrascht, sie so fasziniert zu sehen.

Arya musterte die sieben Gänge. »Also gut, einen Augenblick, aber lest schnell.«

Während Angela und Wyrden begierig die Runen studierten, ging Arya zu einem der Bogengänge und begann leise einen Such- und Aufspürzauber zu singen. Als sie geendet hatte, wartete sie mit schräg gelegtem Kopf einen Moment ab, dann ging sie zum nächsten Torbogen weiter.

Eragon betrachtete die Runen noch etwas länger. Dann kehrte er zum Eingang des Flurs zurück, der sie in den Raum geführt hatte, lehnte sich an die Wand und wartete. Die Kälte der Steine drang durch seine Schultern.

Arya blieb nun vor dem vierten Torbogen stehen. Der inzwischen vertraute Rhythmus ihrer Rezitation schwoll an und fiel ab wie ein leiser Seufzer des Windes.

Wieder nichts.

Ein schwaches Kitzeln auf seinem rechten Handrücken erregte Eragons Aufmerksamkeit. Eine riesige, flügellose Grille saß auf seinem Handschuh. Das Insekt war abscheulich: schwarz und fett, mit Widerhaken an den Beinen und einem massigen Kopf, der aussah wie ein Totenschädel. Sein Panzer glänzte wie Öl.

Eragon schauderte. Er bekam eine Gänsehaut, dann schüttelte er den Arm und schleuderte die Grille in die Dunkelheit.

Sie landete mit einem vernehmlichen Klacken.

Mit dem fünften Gang hatte Arya ebenso wenig Glück wie mit den vorangegangenen vier. Sie ging an der Öffnung vorbei, in der Eragon stand, und trat vor den siebten Bogen.

Bevor sie ihren Zauber wirken konnte, hallte ein kehliges Jaulen durch die Gänge, das aus allen Richtungen gleichzeitig zu kommen schien. Dann erklang ein Fauchen, ein Spucken und ein Kreischen, bei dem sich sämtliche Härchen auf Eragons Körper aufstellten.

Angela fuhr herum. »Solembum!«

Gleichzeitig zogen sie alle vier ihre Klingen.

Eragon wich in die Mitte des Raumes zurück und sein Blick sprang von einem Bogen zum nächsten. Seine Gedwëy Ignasia juckte und kribbelte wie ein Flohbiss – eine nutzlose Warnung, denn sie verriet ihm nicht, wo die Gefahr war oder worin sie bestand.

»Hier entlang«, erklärte Arya und bewegte sich auf den siebten Bogen zu.

Die Kräuterheilerin rührte sich nicht von der Stelle. »Nein!«, flüsterte sie mit Nachdruck. »Wir müssen ihm helfen.« Eragon sah, dass sie ein Kurzschwert mit einer seltsam farblosen Klinge in der Hand hielt, einer Klinge, die im Licht blitzte wie ein Edelstein.

Arya blickte finster drein. »Wenn Murtagh erfährt, dass wir hier sind, werden wir …«

Dann geschah etwas so schnell und lautlos, dass Eragon niemals etwas bemerkt hätte, wenn er nicht zufällig in die richtige Richtung geschaut hätte: Ein halbes Dutzend Türen, verborgen in den Wänden dreier Gänge, schwangen auf und etwa dreißig schwarz gewandete Männer stürmten mit gezückten Schwertern auf sie zu.

»*Letta!*«, rief Wyrden und die Männer einer Gruppe prallten aufeinander, als wären die vordersten gegen eine unsichtbare Mauer gelaufen.

Dann hatten die übrigen Angreifer sie erreicht und es blieb keine Zeit mehr für Magie. Eragon parierte mühelos einen Stich und mit einem Hieb aus dem Handgelenk schlug er dem Angreifer den Kopf ab. Wie all die anderen hatte der Mann ein Tuch umgebunden, sodass nur seine Augen zu sehen waren. Das Tuch flatterte hinunter, als der Kopf über den Boden rollte.

Eragon war erleichtert, als er spürte, dass Brisingr sich in Fleisch und Blut bohrte. Für einen Moment hatte er befürchtet, ihre Widersacher würden durch Zauber oder durch eine Rüstung beschützt – oder schlimmer noch, dass sie etwas anderes wären als Menschen.

Er stach gerade einem anderen Mann das Schwert zwischen die Rippen und drehte sich weg, um zwei weitere Angreifer zu erledigen, als ein Schwert, das da nicht hätte sein sollen, durch die Luft auf seine Kehle zusirrte. Seine Schutzzauber bewahrten ihn vor dem sicheren Tod, doch da die Klinge nur einen Zoll von seinem Hals entfernt war, konnte Eragon nichts tun, als rückwärtszustolpern.

Zu seinem Erstaunen stand der Mann noch, den er erstochen hatte. Blut strömte an seiner Seite hinunter, doch er schien die Wunde, die Eragon ihm beigebracht hatte, gar nicht zu bemerken.

Kaltes Grauen befiel Eragon. »Sie fühlen keinen Schmerz«, rief er, noch während er hektisch Schwerter aus drei verschiedenen Richtungen abblockte. Falls irgendjemand ihn gehört hatte, so bekam er jedenfalls keine Antwort.

Er verschwendete keine Zeit mehr damit, zu reden, sondern konzentrierte sich darauf, gegen die Männer vor sich zu kämpfen, während er darauf vertraute, dass seine Begleiter ihm Rückendeckung gaben.

Eragon stach, parierte und wich aus, er peitschte Brisingr durch die Luft, als wöge die Waffe nicht mehr als eine Rute. Für gewöhnlich hätte er jeden der Männer binnen eines Augenblicks niedergestreckt, aber die Tatsache, dass sie gegen Schmerz unempfindlich waren, bedeutete, dass er sie entweder enthaupten oder ihnen die Klinge ins Herz stoßen musste, um sie zu töten. Oder er musste sie so schwer verwunden, dass der Blutverlust sie bewusstlos werden ließ. Bis dahin gingen sie ungeachtet ihrer Verletzungen weiter auf ihn los und versuchten ihn zu töten. Es waren so viele Männer, dass es schwer war, all ihren Hieben auszuweichen und gleichzeitig zurückzuschlagen. Er hätte aufhören können, sich zu verteidigen, und einfach seine Schutzzauber wirken lassen können, aber das hätte ihn genauso schnell erschöpft wie der Kampf mit Brisingr. Und da er nicht genau vorhersehen konnte, wann seine Schutzzauber versagen würden – was sie an einem gewissen Punkt tun mussten, weil sie ihn sonst töten würden –, und er wusste, dass er sie womöglich später noch brauchen würde, kämpfte er so umsichtig, als hätte er es mit Männern zu tun, deren Schwerter mit einem einzigen Hieb töten oder verstümmeln könnten.

Weitere schwarz gewandete Krieger strömten aus den verborgenen Türen in den Gängen. Sie stürzten sich auf Eragon und drängten ihn allein durch ihre zahlenmäßige Übermacht zurück. Hände umklammerten seine Arme und Beine und drohten, ihn bewegungsunfähig zu machen.

»*Kverst*«, knurrte er leise und sprach damit eins der zwölf Todesworte aus, die Oromis ihn gelehrt hatte. Wie er vermutet hatte, zeigte sein Zauber keine Wirkung: Die Männer waren gegen direkte magische Angriffe geschützt. Er bereitete schnell einen Zauber vor, den Murtagh einmal gegen ihn eingesetzt hatte: »*Thrysta Vindr!*« Es war keine direkte Art, gegen die Männer zu kämpfen, da er sie nicht wirklich angriff, sondern eher die Luft gegen sie stieß. Aber auf jeden Fall funktionierte es.

Ein heulender Sturm erfüllte das Gewölbe, zerrte an Eragons Haaren und dem Umhang und ließ die Männer, die ihm am nächsten waren, rückwärts gegen ihre Gefährten prallen, sodass sich vor ihm ein freier Raum von zehn Fuß bildete. Seine Kraft nahm beträchtlich ab, aber nicht genug, um ihn handlungsunfähig zu machen.

Er drehte sich um, um zu sehen, wie es den anderen erging. Er war nicht der Erste, der eine Möglichkeit gefunden hatte, die Schutzzauber der Männer zu umgehen. Blitze zuckten aus Wyrdens rechtem Arm und wanden sich um jeden Krieger, der das Pech hatte, vor ihm aufzutauchen. Die glühenden Energiestränge wirkten beinah flüssig, während sie sich um ihre Opfer schlangen.

Doch es schoben sich immer mehr Männer in den Raum.

»Hier entlang!«, rief Arya und sprang auf den siebten Flur zu – den, den sie vor dem Hinterhalt nicht hatte untersuchen können.

Wyrden folgte ihr, ebenso Eragon. Angela bildete die Nachhut. Sie humpelte und hielt sich einen blutenden Schnitt an der Schulter. Hinter ihnen zögerten die schwarz gewandeten Männer einen Moment, dann stürzten sie mit einem mächtigen Brüllen hinter Eragon und seinen Gefährten her.

Während Eragon den Flur hinunterrannte, strengte er sich an, eine Variation seines früheren Zaubers zu verfassen, die es ihm ermöglichen würde, die Männer zu töten, statt sie nur von sich wegzuschleudern. Er ersann schnell einen Zauber und hielt ihn bereit, um ihn zu benutzen, sobald er eine größere Anzahl der Angreifer sehen konnte.

Wer sind sie?, fragte er sich. Und *wie viele sind es wohl?*

Vor sich erhaschte er einen flüchtigen Blick auf eine Öffnung am Ende des Tunnels, durch die schwaches purpurnes Licht fiel. Er konnte gerade noch denken, dass es ihn beunruhigte, als die Kräuterheilerin einen lauten Schrei ausstieß. Es folgte ein dumpfer orangefarbener Blitz und ein Geräusch, das einem die Zähne aufeinanderschlagen ließ. Schwefelgeruch erfüllte die Luft.

Als Eragon herumwirbelte, sah er, wie fünf Männer Angela durch eine Tür zerrten, die sich in der Wand des Gangs geöffnet hatte. »Nein!«, brüllte Eragon, aber bevor er es verhindern konnte, schwang die Tür so lautlos zu, wie sie sich geöffnet hatte, und die Wand wirkte wieder so massiv wie zuvor.

»Brisingr!«, rief er und Flammen loderten um sein Schwert. Er berührte die Wand mit der Spitze und versuchte die Klinge durch den Stein zu stoßen, in der Absicht, die Tür aufzuschneiden. Doch der Stein war dick und schmolz nur langsam. Eragon begriff schnell, dass es ihn viel mehr Energie kosten würde, als er zu opfern bereit war.

Dann erschien Arya an seiner Seite, legte eine Hand an die Stelle, wo die Tür erschienen war, und murmelte: *»Ládrin!«* *Öffne dich!* Die Tür blieb hartnäckig verschlossen, trotzdem war es Eragon peinlich, dass er nicht zuerst daran gedacht hatte, diesen Zauber zu versuchen.

Ihre Verfolger waren inzwischen so nah, dass er und Arya keine andere Wahl hatten, als sich umzudrehen und sich ihnen zu stellen. Eragon wollte den Zauber wirken, den er erfunden hatte, aber der Flur war nur breit genug für zwei Männer. Er würde nicht in der Lage sein, die übrigen dahinter zu töten, da sie vor seinem Blick verborgen waren. Also beschloss er, den Zauber lieber geheim zu halten und für eine Gelegenheit aufzusparen, bei der er viele Krieger auf einen Schlag vernichten konnte.

Er und Arya köpften die beiden Männer an der Spitze, dann griffen sie die nächsten zwei Krieger an, während sie über die Leichen stiegen. In schneller Folge töteten sie sechs weitere Männer, aber der Zustrom neuer Gegner schien kein Ende zu nehmen.

»Da hinaus!«, schrie Wyrden.

»Stenr slauta!«, rief Arya und überall im Flur – bis auf einige Schritte an sie selbst heran – explodierten die Steine aus den Wänden. Der Hagel scharfer Bruchstücke zwang die schwarz gewandeten Männer, sich zu ducken, und brachte sie ins Wanken. Einige von ihnen stürzten verletzt zu Boden.

Gemeinsam drehten Eragon und Arya sich um und wollten Wyrden folgen, der auf die Öffnung am Ende des Flurs zulief. Der Elf war nur noch dreißig Fuß davon entfernt.

Dann zehn …

Dann fünf …

Und dann schossen aus Löchern im Boden und in der Decke Amethystspieße von oben und unten auf Wyrden zu. Der Elf schien in der Mitte des Gangs zu schweben, die Spitzen der Spieße weniger als einen Zoll von seiner Haut entfernt, während seine Schutzzauber die Kristallspieße zurückhielten. Auf einmal entlud sich knisternd Energie und lief an den Spießen entlang – die nadelscharfen Spitzen flammten schmerzhaft hell auf, bevor sie mit einem unangenehmen Knirschen ihr Ziel durchbohrten.

Wyrden schrie und schlug um sich. Dann erlosch sein Werlicht und er bewegte sich nicht mehr.

Eragon verfolgte das Schauspiel ungläubig, während er stolpernd vor den Steinspießen zum Stehen kam. Trotz all seiner Erfahrung in der Schlacht hatte er noch nie erlebt, dass ein Elf starb. Wyrden und Bloëdhgarm und der Rest seiner Elfengarde waren so vollkommen in allem, was sie taten, dass Eragon geglaubt hatte, Elfen könnten wahrscheinlich nur im Kampf gegen Galbatorix oder Murtagh den Tod finden.

Arya schien genauso fassungslos. Sie erholte sich jedoch schnell. »Eragon«, drängte sie ihn, »schlag uns mit Brisingr einen Weg frei.«

Er verstand. Im Gegensatz zu ihrem Schwert würde das seine immun sein gegen jeden bösen Zauber, den die Spieße enthalten mochten.

Er holte aus und schlug zu, so fest er konnte. Ein halbes Dutzend Spieße zersprangen unter Brisingrs unerbittlicher Klinge. Der Amethyst gab beim Zerbrechen einen glockenähnlichen Ton von sich, und wenn die Scherben zu Boden fielen, klirrten sie wie Eis.

Eragon hielt sich auf der rechten Seite des Gangs, um sicherzugehen, dass er die blutüberströmten Spieße, die Wyrdens Körper in der Luft hielten, nicht traf. Wieder und wieder schwang er sein Schwert und bahnte ihnen einen Weg durch das glitzernde Dickicht. Mit jedem Hieb ließ er Amethystbrocken durch die Luft fliegen. Einer schnitt ihm die linke Wange auf und er zuckte zurück, überrascht und besorgt, dass seine Schutzzauber versagt hatten.

Die scharfkantigen Splitter der zerbrochenen Spieße zwangen ihn, sich vorsichtig zu bewegen. Die Stümpfe unter ihm konnten mühelos seine Stiefel durchbohren, während die über ihm seinen Kopf und Hals aufzuschlitzen drohten. Trotzdem gelang es ihm, mit nur einer kleinen Schnittwunde an der rechten Wade, die brannte, wann immer er das Bein belastete, auf die andere Seite des Dickichts zu gelangen.

Die schwarz gewandeten Krieger hatten sie fast eingeholt, als er Arya an den letzten Reihen der Spieße vorbeihalf. Sobald sie durch war, rannten sie zu der Öffnung und hinein in das purpurne Licht.

Auf der anderen Seite der Öffnung lag eine düstere, niedrige Kammer, die Eragon an die Höhlen unter Tronjheim erinnerte. Ein großes, kreisförmiges Mosaik aus Marmor, Chalzedon und poliertem Blutstein bedeckte die Mitte des Bodens. Um den Rand dieser gemusterten Scheibe standen in Silber eingefasste grobe, faustgroße Amethystbrocken, die einen Ring bildeten. Jeder der purpurnen Steine leuchtete sanft – die Lichtquelle, die sie vom Gang aus gesehen hatten. Auf der anderen Seite des Mosaiks stand vor der gegenüberliegenden Wand ein großer schwarzer Altar, über dem ein karmesinrot und golden gemustertes Tuch hing. Säulen und Kronleuchter flankierten den Altar, und links und rechts davon bemerkten sie je eine verschlossene Tür.

All das nahm Eragon wahr, als er in den Raum stürmte, in dem kurzen Moment, bevor er begriff, dass sein Tempo ihn in den Amethystring und auf das Mosaik tragen würde. Er versuchte innezuhalten, versuchte zur Seite auszuweichen, aber er hatte einfach zu viel Schwung.

Verzweifelt tat er das Einzige, was ihm einfiel. Er sprang auf den Altar zu und hoffte, dass er die Scheibe mit einem einzigen Satz überwinden könnte.

Als er über die Amethyststeine, die ihm am nächsten waren, hinwegsegelte, war sein letztes Gefühl Bedauern, und sein letzter Gedanke galt Saphira.

Ein Mahl für die Götter

Das Erste, was Eragon wahrnahm, war das andere Licht. Die Mauern erschienen ihm in satteren Farben als zuvor. Details, die vorher kaum zu erkennen gewesen waren, wirkten jetzt klarer und lebendiger, während andere nicht mehr so gut zu sehen waren.

Er brauchte einen Moment, um den Grund für die Veränderung zu verstehen. Aryas rotes Werlicht war verschwunden. Stattdessen stammte das schwache Licht von dem gedämpften Schimmer der Kristalle und den entzündeten Kerzen in den Kerzenleuchtern.

Erst da begriff er, dass ihm etwas im Mund steckte und seine Kiefer schmerzhaft aufdrückte und dass er an den Handgelenken gefesselt war und seine Arme an einer an der Decke befestigten Kette baumelten. Er versuchte sich zu bewegen und stellte fest, dass seine Knöchel gefesselt und an einem metallenen Ring im Boden gesichert waren.

Während er sich hin und her wand, entdeckte er Arya neben sich, ebenfalls gefesselt und angekettet. Genau wie er war sie mit einem Stoffballen im Mund geknebelt, der mit einem Lumpen um ihren Kopf festgebunden war.

Sie war schon wach, hatte ihre Augen auf ihn gerichtet und war sichtlich erleichtert, ihn wieder bei Bewusstsein zu sehen.

Warum ist sie nicht bereits entkommen?, fragte er sich. Dann: *Was ist passiert?* Seine Gedanken fühlten sich zäh und träge an, wie trunken vor Erschöpfung.

Er senkte den Blick und sah, dass man ihm seine Waffen und seine Rüstung weggenommen hatte; er trug nur noch seine Beinkleider. Der Gürtel von Beloth dem Weisen war verschwunden, ebenso wie die Kette, die die Zwerge ihm gegeben hatten und die jeden daran hinderte, ihn mit der Traumsicht zu suchen.

Als er nach oben schaute, sah er, dass der Elfenring Aren von seiner Hand verschwunden war.

Ein Anflug von Panik überfiel ihn. Dann beruhigte er sich mit dem Gedanken, dass er nicht hilflos war, nicht solange er Magie wirken konnte. Wegen des Knebels im Mund würde er einen Zauber wirken müssen, ohne ihn laut auszusprechen, was ein wenig gefährlicher war als die normale Methode – wenn seine Gedanken während des Vorgangs abschweiften, konnte er versehentlich die falschen Worte wählen –, aber längst nicht so gefährlich wie der tatsächlich ungemein riskante Versuch, einen Zauber ganz und gar ohne Verwendung der alten Sprache zu wirken. In jedem Falle würde es ihn nur eine kleine Menge an Energie kosten, sich zu befreien, und er war zuversichtlich, dass er es ohne große Mühe schaffen konnte.

Er schloss die Augen und sammelte seine Kräfte. Während er das tat, hörte er, dass Arya mit ihrer Kette klapperte und gedämpfte Laute von sich gab.

Als er einen Blick hinüberwarf, bemerkte er, dass sie den Kopf schüttelte. Er zog eine Augenbraue zu einer wortlosen Frage hoch: *Was ist denn?* Aber sie konnte nicht mehr tun, als zu stöhnen und weiter den Kopf zu schütteln.

Frustriert sandte Eragon vorsichtig seinen Geist nach ihr aus – auf der Hut vor dem geringsten Anzeichen des Eindringens irgendeiner anderen Person –, aber zu seiner Bestürzung spürte er nur einen sanften Druck um sich herum, als sei sein Bewusstsein dick in Watte gehüllt.

Wieder stieg Panik in ihm auf, trotz seiner Bemühungen, sich zu beherrschen.

Man hatte ihn nicht unter Drogen gesetzt. Dessen war er sich sicher. Aber er wusste nicht, was außer einer Droge ihn daran hindern konnte, Aryas Geist zu berühren. Wenn es Magie war, dann eine, die anders war als alles, was er kannte.

Er und Arya starrten sich einen Moment lang an. Dann lenkte eine winzige Bewegung Eragons Blick nach oben und er sah Blut in dünnen Rinnsalen über ihre Unterarme laufen, wo die Fesseln um ihre Handgelenke die Haut aufgerieben hatten.

Wilder Zorn überkam ihn. Er packte die Kette über sich und riss mit aller Kraft daran. Die Glieder hielten, aber er weigerte sich, aufzugeben. In blinder Wut zog er wieder und wieder daran, ohne auf die Verletzungen zu achten, die er sich damit zufügte.

Schließlich ließ er es sein und hing wie ein Sack in seinen Fesseln, während heißes Blut von seinen Handgelenken in seinen Nacken und auf seine Schultern tropfte.

Entschlossen, zu entkommen, tauchte er in den Energiestrom seines Körpers ein, schrie in Gedanken: *Kverst malmr du Huildrs edtha, mar frëma né thön eka threyja!*, und leitete den Zauber direkt zu seinen Fesseln.

Jeder Nerv seines Körpers begann vor Schmerz zu brennen und er brüllte in seinen Knebel hinein. Außerstande, seine Konzentration weiter aufrechtzuerhalten, entglitt ihm der Zauber und seine Magie brach ab.

Sofort verschwand der Schmerz, aber er ließ Eragon atemlos zurück und sein Herz raste, als sei er gerade von einer Klippe gesprungen. Die Erfahrung ähnelte den Krämpfen, unter denen er gelitten hatte, bevor die Drachen während des Agaetí Blödhren die Narbe an seinem Rücken geheilt hatten.

Während er sich langsam erholte, bemerkte er, dass Arya ihn mit besorgter Miene beobachtete. *Sie muss selbst einen Zauber probiert haben.* Dann: *Wie konnte das geschehen?* Sie beide gefesselt und hilflos, Wyrden tot, die Kräuterheilerin gefangen oder erschlagen und Solembum wahrscheinlich irgendwo verletzt in dem unterirdischen Labyrinth, falls die Schwarzgewandeten die Werkatze nicht bereits getötet hatten. Eragon konnte es nicht verstehen. Eine fähigere und gefährlichere Truppe als ihn, Arya, Wyrden und Angela konnte man wohl in ganz Alagaësia nicht finden. Und doch waren sie gescheitert, und er und Arya waren ihren Feinden auf Gedeih und Verderb ausgeliefert.

Wenn es uns nicht gelingt, zu fliehen … Er wagte den Gedanken nicht zu Ende zu denken. Die Vorstellung konnte er nicht ertragen. Mehr als alles andere wünschte er, er könnte sich mit Saphira in

Verbindung setzen, und sei es nur, um sich zu überzeugen, dass sie noch immer in Sicherheit war, und um sich durch ihre Gesellschaft trösten zu lassen. Obwohl Arya bei ihm war, fühlte er sich unglaublich einsam, und das beunruhigte ihn am allermeisten.

Trotz der Schmerzen in seinen Handgelenken begann er von Neuem an der Kette zu zerren, überzeugt, dass er sie, wenn er nur lange genug durchhielt, von der Decke lösen konnte. Er versuchte sie zu verdrehen und dachte, auf diese Weise würden ihre Glieder leichter brechen, aber die Fesseln um seine Knöchel machten es ihm unmöglich, sich weiter in eine Richtung zu drehen.

Die Wunden an seinen Handgelenken zwangen ihn schließlich, aufzuhören. Sie brannten wie Feuer und er hatte Angst, dass er vielleicht Muskeln durchtrennen würde, wenn er weitermachte. Außerdem wollte er auch nicht zu viel Blut verlieren, da die Wunden bereits stark bluteten und er nicht wusste, wie lange er und Arya hier würden hängen und warten müssen.

Es war unmöglich, zu sagen, wie spät es war, aber er vermutete, dass sie höchstens ein paar Stunden gefangen waren, weil er bisher weder Hunger noch Durst verspürte. Das würde sich jedoch ändern und dann würde ihre Lage noch unangenehmer werden.

Der Schmerz in Eragons Handgelenken ließ jede Minute unerträglich lang erscheinen. Gelegentlich starrten er und Arya einander an und versuchten, Kontakt aufzunehmen, aber ihre Bemühungen scheiterten jedes Mal. Zweimal verschorften die Wunden so weit, dass er es riskierte, erneut an der Kette zu reißen, doch es war vergeblich. Letztlich waren er und Arya gezwungen, ihre Lage zu erdulden.

Als Eragon sich schon fragte, ob jemals irgendjemand kommen würde, hörte er das Klingeln von Eisenglocken irgendwo in den Tunneln und Gängen und die Türen zu beiden Seiten des schwarzen Altars schwangen lautlos auf. Eragon spannte die Muskeln an. Er richtete, genau wie Arya, den Blick auf die geöffneten Türen.

Eine scheinbar endlose Minute verstrich.

Mit einem aufdringlich schrillen Läuten erklangen die Glocken erneut und ein Schwarm wütender Echos hallte in dem Gewölbe wider. Durch die Türen kamen drei Novizen hereinmarschiert:

junge, in goldenen Stoff gekleidete Männer, von denen jeder einen Metallrahmen mit Glocken trug. Hinter ihnen folgten vierundzwanzig Männer und Frauen, von denen nicht ein Einziger noch alle Gliedmaßen besaß. Im Gegensatz zu den Novizen steckten die Krüppel in Roben aus dunklem Leder, maßgeschneidert an ihre jeweiligen Verstümmelungen angepasst. Zuletzt trugen sechs ölglänzende Sklaven eine Trage herein, auf der eine armlose, beinlose, zahnlose und scheinbar geschlechtslose Gestalt ruhte: der Hohepriester vom Helgrind. Auf dem Kopf trug er ein drei Fuß hohes Gebilde, das ihn noch missgestalteter erscheinen ließ.

Die Priester und Novizen verteilten sich um das runde Mosaik auf dem Boden, während die Sklaven die Trage sanft auf dem Altar an der Stirnseite des Raumes absetzten. Dann schüttelten die drei noch unversehrten, gut aussehenden jungen Männer erneut die Glocken – ein einziger, misstönender Lärm –, und die in Leder gekleideten Priester sangen eine kurze Litanei. Sie sprachen so schnell, dass Eragon kaum ein Wort verstehen konnte. Nur drei Namen erkannte er, die des Triumvirats vom Helgrind: Gorm, Ilda und Fell Angvara.

Der Hohepriester musterte ihn und Arya mit Augen wie Splitter aus Obsidian. »Willkommen in den Hallen des Tosk«, sagte er und sein runzliger Mund verzerrte die Worte. »Zweimal bist du nun schon in unser Allerheiligstes eingedrungen, Drachenreiter. Du sollst keine Gelegenheit bekommen, es erneut zu tun … Galbatorix will, dass wir euer Leben schonen und euch nach Urû'baen schicken. Er glaubt, er könne dich zwingen, ihm zu dienen. Er träumt davon, die Reiter wiederauferstehen zu lassen und das Volk der Drachen wieder groß zu machen. Ich sage, seine Träume sind Torheit. Du bist zu gefährlich und wir wollen nicht, dass die Drachen wieder erwachen. Allgemein herrscht der Glaube, wir würden den Helgrind anbeten. Doch das ist eine Lüge, die wir erzählen, um die wahre Natur unseres Glaubens zu verbergen. Es ist nicht der Helgrind, den wir verehren – es sind unsere Ehrwürdigen Alten, die sich dort ihr Lager bereitet haben und denen wir unser Fleisch und Blut opfern. Die Ra'zac sind unsere Götter, Drachenreiter – die Ra'zac und die Lethrblaka.«

Eragon wurde übel vor Grauen.

Der Hohepriester spuckte ihn an und Speichel tropfte von seiner schlaffen Unterlippe. »Keine Folter ist schrecklich genug für deine Verbrechen, Reiter. Du hast unsere Götter getötet, du und dein verfluchter Drache. Dafür wirst du sterben.«

Eragon kämpfte gegen seine Fesseln an und versuchte durch seinen Knebel zu schreien. Wenn er es schaffte, zu reden, konnte er Zeit gewinnen, indem er ihnen erzählte, welches die letzten Worte des Ra'zac gewesen waren, oder wenn er ihnen Saphiras Rache androhte. Aber ihre Geiselnehmer waren ganz offensichtlich nicht bereit, seinen Knebel zu entfernen.

In einer schaurigen Gebärde, die wohl ein Lächeln darstellen sollte, zeigte der Hohepriester sein graues Zahnfleisch. »Du wirst uns nicht entkommen, Reiter. Die Kristalle sind verzaubert, um jeden zu fangen, der unseren Tempel zu entweihen oder unsere Schätze zu stehlen versucht – jeden, selbst einen wie dich. Und es gibt niemanden, der dich retten wird. Zwei deiner Gefährten sind tot – ja, sogar diese lästige Hexe –, und Murtagh weiß nichts davon, dass du hier bist. Heute ist der Tag deines Untergangs, Eragon *Schattentöter*.« Dann legte der Hohepriester den Kopf in den Nacken und stieß einen schauerlichen, gurgelnden Pfiff aus.

Durch die dunkle Tür links vom Altar erschienen vier Sklaven mit nacktem Oberkörper. Auf den Schultern trugen sie ein Podest mit zwei großen, flachen, tassenähnlichen Vertiefungen in der Mitte. In jeder Vertiefung lag etwas, was etwa anderthalb Fuß lang und einen halben Fuß dick war, blauschwarz und schartig wie Sandstein.

Die Zeit schien für Eragon langsamer zu vergehen. *Das können doch nicht ...* dachte er. Aber Saphiras Ei war glatt gewesen und geädert wie Marmor. Was immer auf diesem Podest lag, es waren keine Dracheneier. Die Alternative machte ihm allerdings noch mehr Angst.

»Da du die Ehrwürdigen Alten getötet hast«, fuhr der Hohepriester fort, »ist es nur angemessen, dass du die Nahrung für ihre Wiedergeburt bist. Du verdienst eine solch große Ehre nicht, aber es wird den Ehrwürdigen Alten gefallen und wir trachten in allen Dingen danach, ihre Wünsche zu erfüllen. Wir sind ihre getreuen

Diener und sie sind unsere grausamen und unversöhnlichen Herren: der dreigesichtige Gott, der Menschen jagt, ihr Fleisch isst und ihr Blut trinkt. Ihm bieten wir eure Leiber, in der Hoffnung auf Offenbarung der Mysterien dieses Lebens und in der Hoffnung auf Vergebung für unsere Sünden. Wie Tosk geschrieben hat, so soll es sein.«

Wie aus einem Mund wiederholten die in Leder gekleideten Priester: »Wie Tosk geschrieben hat, so soll es sein.«

Der Hohepriester nickte. »Die Ehrwürdigen Alten haben schon immer auf dem Helgrind genistet, aber zu der Zeit des Vaters meines Großvaters stahl Galbatorix ihre Eier und tötete ihre Jungen. Er zwang sie, ihm Gefolgschaft zu schwören, indem er ihnen drohte, ihre Linie sonst gänzlich auszulöschen. Er höhlte die Katakomben und Tunnel aus, die sie seither benutzten, und uns, ihren hingebungsvollen Dienern, vertraute er ihre Eier an – damit wir über sie wachen, sie hegen und für sie sorgen, bis sie benötigt würden. Das haben wir getan und niemand kann an unserem Dienst etwas auszusetzen finden. Aber wir beten, dass Galbatorix eines Tages gestürzt wird, denn niemand sollte die Ehrwürdigen Alten seinem Willen unterwerfen. Es ist ein Frevel.« Die verunstaltete Kreatur leckte sich die Lippen und Eragon erkannte voller Abscheu, dass dem Hohepriester ein Teil der Zunge fehlte: Man hatte sie mit einem Messer abgeschnitten. »Auch dich wollen wir tot sehen, Reiter. Die Drachen waren die größten Feinde der Ehrwürdigen Alten. Ohne sie und ohne Galbatorix gäbe es niemanden, der die Ehrwürdigen Alten daran hindern könnte, sich zu laben, woran und wie sie wollten.«

Während der Hohepriester sprach, traten die vier Sklaven, die das Podest trugen, vor und ließen es vorsichtig von ihren Schultern auf das Mosaik sinken, wo sie es mehrere Schritte vor Eragon und Arya absetzten. Als sie fertig waren, neigten sie den Kopf und verschwanden hinter der Tür, durch die sie hereingekommen waren.

»Was gibt es Erhabeneres, als einem Gott mit dem Mark seiner eigenen Knochen als Speise zu dienen?«, fragte der Hohepriester. »Frohlocket, ihr beiden, denn heute empfangt ihr den Segen der

Ehrwürdigen Alten. Durch euer Opfer soll das Register eurer Sünden reingewaschen werden und ihr sollt so rein ins Jenseits eintreten wie ein neugeborenes Kind.«

Dann erhoben der Hohepriester und seine Anhänger das Gesicht zur Decke und begannen einen seltsamen, eigenartigen Singsang, den zu verstehen Eragon Mühe hatte. Er fragte sich, ob er in Tosks Dialekt gesungen wurde. Bisweilen hörte er Worte, die ihm vorkamen wie die alte Sprache – verstümmelt und missbraucht, aber trotzdem Worte der alten Sprache.

Als die groteske Gemeinde zum Ende kam und erneut im Chor rief: »Wie Tosk geschrieben hat, so soll es sein«, schüttelten die drei Novizen in einer Ekstase religiöser Inbrunst die Glocken und das anschließende Geschrei schien laut genug, um die Decke einstürzen zu lassen.

Dann verließen die Novizen, immer noch die Glocken schüttelnd, den Raum. Die vierundzwanzig weniger bedeutenden Priester verschwanden als Nächste, als Letzter der Prozession ihr arm- und beinloser Herr, auf seiner Trage transportiert von den sechs eingeölten Sklaven.

Die Tür schloss sich mit einem Unheil verkündenden Knall hinter ihnen und Eragon hörte, wie auf der anderen Seite ein schwerer Riegel herabfiel.

Er wandte den Kopf zu Arya. In ihren Augen stand Verzweiflung und er erkannte, dass sie genauso wenig Ahnung hatte, wie sie fliehen konnten, wie er.

Er sah wieder nach oben und zog an der Kette, die ihn hielt, wobei er so viel Kraft einsetzte, wie er wagte. Die Wunden an seinen Handgelenken rissen erneut auf und besprenkelten ihn mit Blutstropfen.

Vor ihnen begann sich eins der Eier kaum merklich hin und her zu bewegen und ließ ein schwaches Klopfen hören, wie von einem winzigen Hammer.

Ein namenloses Grauen erfüllte Eragon. Von all den Todesarten, die er sich vorstellen konnte, war die Vorstellung, von einem Ra'zac bei lebendigem Leib gefressen zu werden, bei Weitem die schlimmste. Er zerrte mit erneuter Entschlossenheit an der Kette und biss auf seinen Knebel, um die Qual in seinen Armen besser aushalten zu können. Die Schmerzen ließen den Raum vor seinen Augen flackern.

Neben ihm wand und drehte sich Arya. Beide rangen sie in tödlichem Schweigen darum, sich zu befreien.

Und immer noch erklang das Klopfen aus der blauschwarzen Schale.

Es hat keinen Sinn, begriff Eragon. Die Kette würde nicht nachgeben. Sobald er diese Tatsache akzeptiert hatte, wurde ihm klar, dass er gleich noch viel schlimmere Schmerzen würde leiden müssen als die, die er bereits spürte. Die einzige Frage war, ob ihm seine Verletzungen aufgezwungen wurden oder ob er sie selbst wählte. *Auf jeden Fall muss ich Arya retten.*

Er musterte die Eisenbänder um seine Handgelenke. *Wenn ich mir beide Daumen breche, könnte ich die Hände vielleicht herausziehen. Dann könnte ich zumindest kämpfen. Womöglich würde es mir gelingen, ein Stück von der Schale des Ra'zac-Eies zu packen und es als Messer zu benutzen.* Mit etwas Scharfem konnte er auch seine Beine befreien, obwohl der Gedanke so beängstigend war, dass er ihn zunächst wegschob. *Ich muss nur aus dem Steinring kriechen.* Sobald er das geschafft hatte, würde er in der Lage sein, Magie zu wirken, und er konnte dem Schmerz und den Blutungen Einhalt gebieten. Was er erwog, würde nur wenige Minuten dauern, aber er wusste, dass es die längsten Minuten seines Lebens sein würden.

Er holte tief Luft, um sich bereit zu machen. *Zuerst die linke Hand.*

Bevor er anfangen konnte, vernahm er einen gedämpften Laut von Arya.

Er fuhr zu ihr herum und schrie stumm auf, als er die verstümmelten Finger ihrer rechten Hand sah. Ihre Haut war zu ihren Nägeln hinaufgeschoben wie ein Handschuh und unter dunkelroten Muskeln blitzte das Weiß von Knochen. Arya sackte zusammen und schien für einen Moment das Bewusstsein zu verlieren. Dann erholte sie sich und zog noch einmal an ihrem Arm. Eragon schrie mit ihr zusammen auf, als ihre Hand durch die Metallfessel glitt und Haut und Fleisch heruntergerissen wurden. Ihr Arm fiel zur Seite und verbarg so die Hand vor seinem Blick, obwohl er das Blut sehen konnte, das zu ihren Füßen auf den Boden spritzte.

Tränen trübten seine Sicht und er rief ihren Namen in seinen Knebel, aber sie schien ihn nicht zu hören.

Während sie sich wappnete, die Prozedur zu wiederholen, öffnete sich die Tür auf der rechten Seite des Altars und einer der in goldene Roben gekleideten Novizen schlüpfte in den Raum. Als Arya ihn sah, zögerte sie, obwohl Eragon wusste, dass sie ihre andere Hand bei der geringsten Andeutung von Gefahr aus der Fessel ziehen würde.

Der junge Mann musterte Arya misstrauisch, dann trat er vorsichtig in die Mitte des Mosaiks, wobei er einen furchtsamen Blick auf das Ei warf, das sich hin und her bewegte. Der Junge war schmal gebaut, mit großen Augen und feinen Gesichtszügen. Ganz offensichtlich war er wegen seines Aussehens für diese Position ausgewählt worden.

»Hier«, flüsterte der Junge. »Die habe ich mitgebracht.« Mit diesen Worten zog er eine Feile, einen Meißel und einen Holzhammer aus seiner Robe. »Wenn ich helfe, müsst ihr mich mitnehmen. Ich halte es hier nicht länger aus. Ich hasse es. Es ist grauenvoll! Versprecht mir, dass ihr mich mitnehmt!«

Noch bevor er zu Ende gesprochen hatte, nickte Eragon zustimmend. Doch als der junge Mann auf ihn zukam, knurrte Eragon und deutete in Aryas Richtung. Der Novize brauchte eine Weile, um zu begreifen.

»Oh, ja«, murmelte der junge Mann und ging stattdessen zu Arya hinüber. Eragon biss vor Wut über die Langsamkeit des Jungen in seinen Knebel.

Das scharfe Kratzen der Feile wurde schon bald übertönt von dem Klopfen, das aus dem zuckenden Ei kam.

Eragon behielt das Ei im Blick, so gut er konnte, während ihr Möchtegern-Retter an einem Teil der Kette über Aryas linker Hand feilte. *Bleib mit der Feile am selben Glied, du Narr!*, dachte Eragon, der innerlich tobte. Der Novize machte den Eindruck, als hätte er noch nie zuvor eine Feile in der Hand gehalten, und Eragon bezweifelte, dass der Junge die Kraft oder die Ausdauer besaß, um auch nur ein winziges Stück Metall durchzubekommen.

Arya hing schlaff an der Kette, während der Novize sich abmühte, und ihr langes Haar bedeckte ihr Gesicht. Sie erzitterte in regelmäßigen Abständen und ihre verstümmelte Hand blutete unablässig weiter.

Zu Eragons Entsetzen schien die Feile auf der Kette nicht einmal eine Spur zu hinterlassen. Welche Magie auch immer das Metall schützte, sie war zu stark, als dass etwas so Einfaches wie eine Feile sie durchbrechen könnte.

Der Novize schnaubte und wirkte gereizt, weil er nicht weiterkam. Er hielt inne und wischte sich über die Stirn, dann zog er die Brauen zusammen und attackierte die Kette von Neuem. Seine Ellbogen schlugen hin und her, seine Brust hob und senkte sich und die Ärmel seiner Robe flatterten wild um seine Arme.

Begreifst du nicht, dass das nicht funktionieren wird?, dachte Eragon. *Versuch stattdessen, die Fesseln um ihre Knöchel mit dem Meißel aufzustemmen.*

Der junge Mann machte weiter wie bisher.

Ein scharfes Knacken hallte durch den Raum und Eragon sah, wie ein dünner Sprung auf der dunklen, schartigen Oberfläche des ersten Eis erschien. Der Sprung wurde länger und ein Netz haarfeiner Risse ging von dort aus.

Dann begann auch das zweite Ei zu wackeln und daraus ertönte nun ebenfalls ein Klopfen, das sich mit dem des ersten zu einem zermürbenden Rhythmus vereinte.

Der Novize erbleichte, dann ließ er die Feile fallen und wich kopfschüttelnd vor Arya zurück. »Es tut mir leid… es tut mir leid. Es ist zu spät.« Sein Gesicht legte sich in Falten und Tränen strömten ihm aus den Augen. »Es tut mir leid.«

Eragons Bestürzung wuchs, als der junge Mann einen Dolch aus seiner Robe zog. »Ich kann nichts anderes tun«, sagte er, fast so, als spräche er mit sich selbst. »Kann nichts anderes…« Er schniefte und bewegte sich auf Eragon zu. »So ist es am besten.«

Als der junge Mann vortrat, riss Eragon an seinen Fesseln und versuchte eine seiner Hände zu befreien. Die Eisenmanschetten waren jedoch zu eng und er schürfte sich nur noch mehr Haut von den Handgelenken.

»Es tut mir leid«, flüsterte der junge Mann, als er vor Eragon stehen blieb und den Dolch hob.

Nein!, schrie Eragon in Gedanken.

Ein glitzernder Amethystbrocken kam aus dem Tunnel geschossen, durch den Eragon und Arya den Raum betreten hatten. Der Amethyst traf den Novizen seitlich am Hinterkopf, sodass der junge Mann auf Eragon fiel. Eragon zuckte zusammen, als er spürte, wie der Dolch über seine Rippen glitt. Dann taumelte der Novize zu Boden und blieb bewusstlos liegen. Eragon verdrehte den Hals, um zu sehen, wer den Stein geworfen hatte.

Aus den Tiefen des Tunnels tauchte eine kleine, humpelnde Gestalt auf. Eragon starrte sie an, und als die Gestalt ins Licht trat, sah er, dass es kein anderer war als Solembum.

Erleichterung durchflutete Eragon.

Solembum hatte seine menschliche Gestalt angenommen und er war nackt bis auf einen zerlumpten Lendenschurz, der aussah, als hätte er ihn von den Gewändern ihrer Angreifer abgerissen. Sein stachliges schwarzes Haar stand zu Berge und ein wildes Knurren entstellte seine Lippen. Mehrere Schnittwunden überzogen seine Unterarme, sein linkes Ohr hing schief an seinem Kopf und ein Streifen Haut war von seinem Schädel gerissen worden. In der Hand hielt er ein blutverschmiertes Messer.

Und einige Schritte hinter der Werkatze trat Angela, die Kräuterhexe, in den Raum.

Die Ungläubigen sind los

»Was für ein Idiot«, verkündete Angela, als sie auf den Rand der mosaikverzierten Scheibe auf dem Boden zueilte. Sie blutete aus einer ganzen Reihe von Schnittwunden und Kratzern und ihre Sachen waren mit noch mehr Blut befleckt, Blut, von dem Eragon vermutete, dass es nicht ihr eigenes war. Davon abgesehen schien sie unverletzt zu sein. »Er hätte nicht mehr machen brauchen als – *das!*«

Und sie schwang ihr Schwert mit der transparenten Klinge hoch über den Kopf und ließ den Knauf auf einen der Amethyste krachen, die im Kreis um die Scheibe standen. Der Kristall zersprang mit einem seltsamen Knacken und das Licht, das er verströmte, flackerte und erlosch. Die anderen Kristalle leuchteten weiter. Ohne innezuhalten, trat Angela vor den nächsten Amethystbrocken und zerbrach auch diesen, dann den daneben und so weiter.

Noch nie im Leben war Eragon so dankbar dafür gewesen, jemanden zu sehen.

Er beobachtete abwechselnd die Kräuterhexe und die Risse, die sich auf der Oberfläche des ersten Eies ausbreiteten. Der Ra'zac hatte sich fast aus dem Ei gehackt und schien sich dessen auch bewusst zu sein, denn er quiekte und klopfte mit wachsendem Eifer. Zwischen den Schalenstücken konnte Eragon eine dicke weiße Membran und den Kopf des Ra'zac mit seinem großen Schnabel sehen, der blind dagegendrückte, grässlich und monströs.

Schneller, Angela, dachte Eragon, als ein Teil der Schale – so groß wie seine Hand – von dem Ei abplatzte, herunterfiel und klackend auf den Steinen landete.

Die Membran riss, der junge Ra'zac streckte den Kopf aus dem

Ei und entblößte seine mit Widerhaken besetzte blaurote Zunge, als er ein triumphierendes Kreischen ausstieß. Schleim tropfte von seinem Panzer und ein schimmliger Geruch breitete sich im Gewölbe aus.

Eragon zerrte wieder an seinen Fesseln, so nutzlos dieses Unterfangen auch war.

Der Ra'zac kreischte noch einmal, dann versuchte er sich aus dem Rest des Eis zu befreien. Er zog einen klauenbewehrten Arm heraus, aber dabei brachte er das Ei aus dem Gleichgewicht, sodass es sich zur Seite neigte und eine zähe gelbliche Flüssigkeit sich über die gemusterte Scheibe ergoss. Das groteske Küken lag einen Moment benommen da. Dann regte es sich und rappelte sich hoch, bis es taumelnd und unsicher dastand und Klicklaute von sich gab wie ein erregtes Insekt.

Eragon starrte die Kreatur entsetzt und erschrocken, aber auch fasziniert an.

Der Ra'zac hatte eine tiefe, gerillte Brust und seine Rippen schienen den Brustkorb eher äußerlich zu panzern als innerlich zu stützen. Die Glieder der Kreatur waren dünn und knotig wie Stöcke und seine Taille war schmaler als die eines jeden Menschen. Jedes Bein hatte ein zusätzliches, nach hinten gebogenes Gelenk, etwas, was Eragon noch bei keiner anderen Kreatur gesehen hatte, was jedoch den beunruhigenden Gang des Ra'zac erklärte. Sein Panzer schien weich und biegsam zu sein, im Gegensatz zu dem der erwachsenen Ra'zac, denen Eragon bisher begegnet war. Zweifellos würde er mit der Zeit hart werden.

Der Ra'zac neigte den Kopf zur Seite, seine riesigen, vorstehenden, pupillenlosen Augen fingen das Licht ein, und er zwitscherte, als habe er soeben etwas Aufregendes entdeckt. Dann machte er einen zaghaften Schritt auf Arya zu … und noch einen … und dann noch einen und sein Schnabel öffnete sich, während er die Blutlache zu ihren Füßen ansteuerte.

Eragon schrie in seinen Knebel, weil er hoffte, die Kreatur dadurch abzulenken. Aber abgesehen von einem schnellen Blick beachtete der Ra'zac ihn nicht.

»Jetzt!«, rief Angela und sie zerbrach den letzten Kristall.

Noch während die Amethystsplitter über den Boden schlitterten, sprang Solembum auf den Ra'zac zu. Die Konturen der Werkatze verschwammen mitten in der Luft – der Kopf schrumpfte, die Beine wurden kürzer, Fell spross – und er landete auf allen vieren, sein Körper war wieder der eines Tieres.

Der Ra'zac zischte und hieb mit den Krallen nach Solembum, aber die Werkatze wich dem Hieb aus und schlug schneller, als man es mit bloßem Auge hätte verfolgen können, mit einer ihrer großen, schweren Pfoten nach dem Kopf des Ra'zac.

Das Genick des Ra'zac brach mit einem Knacken, die Kreatur flog durch den Raum und landete als verdrehter Haufen. Sie zuckte auf dem Boden noch einige Augenblicke, dann war es mit ihr vorbei.

Solembum fauchte, das unverletzte Ohr flach an den Schädel gepresst. Dann zappelte er sich aus dem Lendenschurz, der noch immer um seine Hüften geknotet war, und schritt durch den Raum, um sich neben das andere Ei zu setzen und zu warten.

»Was hast du dir angetan?«, fragte Angela, als sie zu Arya eilte.

Arya hob den Kopf ein wenig, machte aber keinen Versuch, zu antworten.

Mit drei schnellen Hieben ihrer farblosen Klinge durchtrennte die Kräuterhexe Aryas verbliebene Fesseln, als sei das geschmiedete Metall nicht härter als Käse.

Arya fiel auf ihre Knie, krümmte sich und presste sich die verletzte Hand auf den Magen. Mit der anderen Hand zerrte sie an ihrem Knebel.

Das Brennen in Eragons Schultern ließ nach, als Angela ihn losschnitt und er endlich die Arme sinken lassen konnte. Er zog den Stofflappen aus dem Mund und sagte mit rauer Stimme: »Wir dachten, du wärst tot.«

»Sie müssen sich schon etwas mehr Mühe geben, wenn sie mich töten wollen. Stümper, alle durch die Bank.«

Immer noch zusammengekrümmt begann Arya Binde- und Heilzauber zu murmeln. Ihre Worte waren leise und angespannt, aber sie geriet niemals ins Stocken oder versprach sich.

Während sie daran arbeitete, den Schaden an ihrer Hand zu beheben, heilte Eragon den Schnitt an seinen Rippen ebenso wie die Wunden an seinen Handgelenken. Dann deutete er auf Solembum und sagte: »Geh weg.«

Die Werkatze zuckte mit dem Schwanz, tat jedoch, worum Eragon sie gebeten hatte.

Eragon hob die linke Hand und sagte: »Brisingr!«

Eine blaue Flammensäule explodierte rund um das zweite Ei. Die Kreatur darin schrie: ein schauerliches Geräusch, das eher an das Kreischen von berstendem Metall denken ließ als an den Schrei einer Person oder eines Tieres.

Eragon kniff gegen die Hitze die Augen zusammen und sah befriedigt zu, wie das Ei verbrannte. *Und lass es das letzte gewesen sein,* dachte er.

Als das Schreien verklang, löschte er die Flamme von unten nach oben. Danach herrschte unerwartet vollkommene Stille, denn auch Arya war mit ihren Beschwörungen fertig und schwieg jetzt.

Angela war die Erste, die sich regte. Sie ging zu Solembum, und als sie über ihm stand, murmelte sie in der alten Sprache etwas vor sich hin, während sie sein Ohr und die anderen Wunden heilte.

Eragon kniete sich neben Arya und legte ihr eine Hand auf die Schulter. Sie sah zu ihm hoch, dann richtete sie sich so weit auf, dass sie ihm ihre Hand zeigen konnte. Die Haut am unteren Drittel ihres Daumens ebenso wie entlang ihrer Handkante und auf dem Handrücken glänzte und war hellrot. Die Muskeln darunter schienen jedoch unverletzt zu sein.

»Warum hast du die Hand nicht vollständig geheilt?«, fragte er. »Wenn du zu müde bist, kann ich …«

Sie schüttelte den Kopf. »Mehrere Nerven sind geschädigt … und irgendwie kann ich sie nicht wiederherstellen. Ich brauche Bloëdhgarms Hilfe. Er ist begabter als ich, wenn es darum geht, Fleisch zu beeinflussen.«

»Kannst du kämpfen?«

»Wenn ich vorsichtig bin.«

Für einen Moment drückte er ihre Schulter ein wenig fester. »Was du getan hast …«

»Ich habe nur getan, was logisch war.«

»Die meisten Leute hätten nicht die Kraft dazu gehabt … Ich habe es versucht, aber meine Hand war zu groß. Siehst du?« Und er hielt seine Hand an ihre.

Sie nickte, dann ergriff sie seinen Arm und stand langsam auf. Eragon erhob sich mit ihr und stützte sie.

»Wir müssen unsere Waffen suchen«, sagte er, »außerdem meinen Ring, meinen Gürtel und die Kette, die die Zwerge mir gegeben haben.«

Angela runzelte die Stirn. »Warum deinen Gürtel? Ist er verzaubert?«

Als Eragon zögerte, weil er sich nicht sicher war, ob er ihr die Wahrheit sagen sollte, sagte Arya: »Du wirst den Namen seines Schöpfers nicht kennen, weise Frau, aber während deiner Reisen wirst du gewiss vom Gürtel der zwölf Sterne gehört haben.«

Die Augen der Kräuterheilerin weiteten sich. *»Dieser* Gürtel?! Aber ich dachte, er sei seit vier Jahrhunderten verschwunden, zerstört während der …«

»Wir haben ihn wiedergefunden«, erklärte Arya knapp.

Es war offensichtlich, dass die Kräuterhexe liebend gern weitere Fragen gestellt hätte, aber sie sagte nur: »Ich verstehe … Wir können jedoch keine Zeit damit verschwenden, jeden Raum in diesem Labyrinth zu durchsuchen. Sobald die Priester entdecken, dass ihr entkommen seid, wird uns eine ganze Horde von ihnen auf den Fersen sein.«

Eragon deutete auf den Novizen auf dem Boden und meinte: »Vielleicht kann er uns verraten, wohin sie unsere Sachen gebracht haben.«

Die Kräuterhexe hockte sich hin, legte zwei Finger auf die Halsschlagader des Jungen und fühlte seinen Puls. Dann schlug sie ihm ein paarmal auf die Wangen und zog seine Lider hoch.

Der Novize blieb reglos liegen.

Dass er nicht reagierte, schien die Kräuterhexe zu verärgern. »Einen Moment«, murmelte sie und schloss die Augen. Leicht runzelte sich ihre Stirn. Eine Weile regte sie sich nicht, dann schoss sie plötzlich hoch. »Was für ein selbstsüchtiger kleiner Mistkerl! Kein Wunder, dass seine Eltern ihn zu den Priestern geschickt haben.

Es überrascht mich, dass sie ihn überhaupt so lange ertragen haben.«

»Weiß er irgendetwas, was für uns von Nutzen ist?«, fragte Eragon.

»Nur den Weg ans Tageslicht.« Sie deutete auf die Tür links vom Altar, dieselbe Tür, durch die die Priester gekommen und wieder gegangen waren. »Es ist erstaunlich, dass er versucht hat, euch zu befreien. Ich vermute, es war das erste Mal in seinem Leben, dass er überhaupt etwas aus eigenem Antrieb getan hat.«

»Wir müssen ihn mitnehmen.« Eragon sagte das nicht gern, aber sein Pflichtgefühl zwang ihn dazu. »Ich habe versprochen, dass wir es tun, wenn er uns hilft.«

»Er hat versucht, euch zu töten!«

»Ich habe ihm mein Wort gegeben.«

Angela seufzte und verdrehte die Augen. An Arya gewandt, fragte sie: »Du kannst ihm das vermutlich auch nicht ausreden?«

Arya schüttelte den Kopf, dann hievte sie sich den jungen Mann scheinbar mühelos auf die Schulter. »Ich werde ihn tragen«, erklärte sie.

»In diesem Fall«, sagte die Kräuterhexe zu Eragon, »solltest du besser das hier nehmen, da es so aussieht, als würden du und ich den größten Teil des Kämpfens übernehmen.« Sie reichte ihm ihr Kurzschwert, dann zog sie aus den Falten ihres Kleides einen Dolch mit einem juwelenbesetzten Griff.

»Was ist das?«, fragte Eragon, während er durch die transparente Klinge des Schwertes blickte und bemerkte, wie sie das Licht einfing und zurückwarf. Das Material erinnerte ihn an einen Diamanten, aber er konnte sich nicht vorstellen, dass irgendjemand aus einem Edelstein eine Waffe herstellte. Die Menge an Energie, die notwendig war, um zu verhindern, dass der Stein bei jedem Hieb zerbrach, würde jeden normalen Magier schon bald erschöpfen.

»Weder aus Stein noch aus Metall«, antwortete die Kräuterheilerin. »Vorsicht! Du musst sehr gut aufpassen damit. Berühre niemals die Schneide und lass nichts in ihre Nähe kommen, was dir lieb ist, oder du wirst es bereuen. Genauso wenig darfst du das Schwert jemals an etwas lehnen, was du vielleicht noch brauchst – zum Beispiel dein Bein.«

Argwöhnisch hielt Eragon das Kurzschwert weiter von seinem Körper weg. »Warum?«

»Weil«, erwiderte die Kräuterhexe genüsslich, *»das* die schärfste Klinge ist, die es gibt. Kein anderes Schwert, kein Messer und keine Axt kann es mit der Schärfe dieser Schneide aufnehmen, nicht einmal Brisingr. Es ist die vollendete Verkörperung eines Schneidewerkzeugs. *Das«*, sie hielt inne, um ihren Worten Nachdruck zu verleihen, »ist der Inbegriff einer Klinge. Du wirst nirgendwo etwas Gleichwertiges finden. Sie kann alles durchschneiden, was nicht durch Magie geschützt ist, und sogar viele Dinge, die es sind. Probier es aus, wenn du mir nicht glaubst.«

Eragon sah sich nach etwas um, woran er das Schwert ausprobieren konnte. Am Ende ging er zu dem Altar hinüber und ließ die Klinge auf eine Ecke der Steinplatte niedersausen.

»Nicht so schnell!«, rief Angela warnend.

Die transparente Klinge glitt durch vier Zoll dicken Stein, als sei der Granit nicht härter als Eierkuchen, dann fuhr die Waffe in Richtung seiner Füße weiter durch den Stein. Eragon schrie auf und sprang zurück. Mit knapper Not schaffte er es, seinen Arm abzubremsen, bevor er sich selbst schnitt.

Die Ecke des Altars sprang von der Stufe darunter ab und polterte in die Mitte des Raums.

Die Klinge des Schwertes, so erkannte Eragon, konnte sehr wohl aus Diamant sein. Sie würde nicht so viel Schutz benötigen, wie er angenommen hatte, da sie nur selten auf ernsthaften Widerstand stoßen konnte.

»Hier«, sagte Angela. »Das solltest du lieber auch nehmen.« Sie schnallte die Scheide des Schwertes ab und gab sie ihm. »Es ist eins der wenigen Dinge, die du mit dieser Klinge *nicht* schneiden kannst.«

Eragon brauchte einen Moment, um seine Stimme wiederzufinden, nachdem er so nah daran gewesen war, sich die Zehen abzuhacken. »Hat das Schwert einen Namen?«

Angela lachte. »Natürlich. In der alten Sprache ist sein Name *Albitr,* was genau das bedeutet, was du denkst. Aber ich ziehe es vor, es Klimpertod zu nennen.«

»Klimpertod!«

»Ja. Wegen des Tons, den die Klinge von sich gibt, wenn du dagegentippst.« Sie demonstrierte es mit einem ihrer Fingernägel und lächelte über den hellen Klang, der den düsteren Raum durchdrang wie ein Sonnenstrahl. »Also, gehen wir?«

Eragon überzeugte sich davon, dass sie nichts vergessen hatten, dann nickte er. Er schritt auf die linke Tür zu und öffnete sie, so leise er konnte.

Hinter der Tür lag ein langer, breiter, von Fackeln erhellter Gang. Und zwanzig der schwarz gewandeten Krieger, die ihnen zuvor aufgelauert hatten, standen dort in zwei ordentlichen Reihen, eine auf jeder Seite des Gangs.

Sie erblickten Eragon und griffen zu ihren Waffen.

Mit einem Fluch auf den Lippen sprang er los, um anzugreifen, bevor die Krieger ihre Schwerter zücken und sich zum Angriff formieren konnten. Er war jedoch erst einige Fuß weit gekommen, als neben jedem der Männer ein kurzes Flackern erschien, ein schattenhafter Nebel, wie die Bewegung eines Fähnchens im Wind, den er am Rand seines Gesichtsfelds wahrnahm. Und ohne einen einzigen Aufschrei erstarrten die zwanzig Männer und fielen zu Boden, allesamt tot.

Beunruhigt blieb Eragon stehen, bevor er noch über die ersten Leichen stolperte. Jedem der Männer war ein Auge durchstoßen worden, so säuberlich, wie man sich das nur vorstellen konnte.

Er drehte sich zu Arya und Angela um, um zu fragen, was geschehen war. Aber die Worte erstarben ihm in der Kehle, als er die Kräuterhexe sah. Sie lehnte an der Wand, die Hände auf die Knie gestützt, und keuchte. Ihre Haut war totenbleich geworden und ihre Hände zitterten. Blut tropfte von ihrem Dolch.

Ehrfurcht und Angst erfüllten Eragon. Was immer die Kräuterhexe getan hatte, es überstieg seine Vorstellungskraft.

»Weise Frau«, fragte Arya unsicher, »was hast du gemacht?«

Die Kräuterhexe kicherte japsend, dann antwortete sie: »Ein Trick… den ich vor einer Ewigkeit… von meinem Meister… Tenga… gelernt habe. Mögen tausend Spinnen ihm in die Ohren und in die Warzen beißen.«

»Ja, aber *wie* hast du das gemacht?«, beharrte Eragon. *Ein solcher Trick könnte in Urû'baen nützlich sein.*

Die Kräuterhexe kicherte abermals. »Was ist Zeit anderes als Bewegung? Und was ist Bewegung anderes als Hitze? Und sind Hitze und Energie nicht bloß verschiedene Namen für dieselbe Sache?« Sie stieß sich von der Wand ab, ging zu Eragon hinüber und tätschelte ihm die Wange. »Wenn du die Tragweite dieser Erklärung verstehst, wirst du verstehen, was ich getan habe und wie … Ich werde diesen Zauber heute nicht noch einmal benutzen können, ohne mich selbst zu verletzen. Also erwarte nicht von mir, dass ich jeden töte, wenn wir das nächste Mal einem Haufen Männer über den Weg laufen.«

Mit einiger Mühe schluckte Eragon seine Neugier hinunter und nickte.

Er zog einem der Toten das Wams und die gefütterte Jacke aus, streifte die Sachen über und schritt den anderen voraus den Gang entlang und durch den Türbogen am anderen Ende.

Danach begegneten sie in der endlosen Abfolge von Räumen und Fluren niemandem mehr, noch fanden sie irgendeine Spur von ihren gestohlenen Besitztümern. Obwohl Eragon froh darüber war, unbemerkt zu bleiben, beunruhigte es ihn, dass sie nicht einmal auf Diener stießen. Er hoffte, dass sie nicht irgendwelche Alarmvorrichtungen ausgelöst hatten, die die Priester auf ihre Flucht aufmerksam gemacht hatten.

Im Gegensatz zu den verlassenen Räumen vor dem Überfall waren diejenigen, durch die sie jetzt kamen, voller Wandteppiche, Möbel und seltsamer Geräte aus Messing und Metall – Geräte, deren Zweck Eragon nicht ergründen konnte. Mehr als einmal verlockte ihn ein Schreibtisch oder ein Bücherregal dazu, stehen zu bleiben und den Inhalt zu inspizieren, aber jedes Mal widerstand er dem Drang. Sie hatten keine Zeit, muffige alte Papiere zu lesen, ganz gleich, wie faszinierend sie auch sein mochten.

An jeder Abzweigung entschied Angela, welchen Weg sie nehmen sollten, aber Eragon blieb an der Spitze ihrer kleinen Gruppe und umklammerte den mit Draht umwickelten Griff von Klimpertod so fest, dass er langsam einen Krampf in der Hand bekam.

Schon bald erreichten sie eine steinerne Treppenflucht, die nach oben hin schmaler wurde. Zwei Novizen standen neben den Stufen, einer links und einer rechts, und jeder hielt einen Rahmen mit Glocken in der Hand, wie sie ihn bereits bei der schaurigen Prozession zu Gesicht bekommen hatten.

Eragon rannte auf die beiden jungen Männer zu und schaffte es, einem Novizen die Klinge in den Hals zu rammen, bevor er aufschreien oder seine Glocken läuten konnte. Der andere hatte jedoch Zeit für beides, bevor Solembum ihn ansprang, zu Boden riss und ihm das Gesicht zerfetzte. Der ganze Flur hallte wider von dem Lärm.

»Schnell!«, rief Eragon, während er die Stufen hinaufrannte.

Oben endete die Treppe vor einer frei stehenden Mauer von etwa zehn Fuß Breite. Die Mauer war bedeckt mit kunstvollen Verzierungen und Schnitzereien, die Eragon vage bekannt vorkamen. Er schlüpfte um die Mauer herum und trat in einen rosaroten Lichtstrahl von solcher Intensität, dass er verwirrt stehen blieb. Er hob Klimpertods Scheide, um die Augen damit zu beschirmen.

Keine fünf Fuß vor ihm saß der Hohepriester auf seiner Trage und Blut tropfte ihm aus einer Schnittwunde an der Schulter. Eine Priesterin – der beide Hände fehlten – kniete neben der Trage und fing die Blutstropfen in einem goldenen Kelch auf, den sie zwischen die Unterarme geklemmt hielt. Sowohl sie als auch der Hohepriester starrten Eragon erstaunt an.

Dann blickte Eragon über sie hinweg und eine schnelle Abfolge von Bildern stürmte auf ihn ein. Gewaltige gerippte Säulen, die der im Dunkel verschwindenden Gewölbedecke entgegenstrebten. Buntglasfenster, eingelassen in turmhohe Mauern, wobei die Fenster auf der linken Seite im Licht der aufgehenden Sonne glühten, während die auf der rechten matt und ohne Leben waren. Bleiche Statuen zwischen den Fenstern. Reihen von Granitbänken in verschiedenen Farben, die sich bis zum weit entfernten Eingang des Kirchenschiffs erstreckten. Und in den ersten vier Reihen eine Schar in Leder gekleideter Priester, alle mit zur Decke gewandtem Gesicht, den Mund zu einem Lied geöffnet – wie frisch geschlüpfte Vögel, die um Nahrung bettelten.

Eragon begriff erst jetzt, dass er in der großen Kathedrale von Dras-Leona stand, auf der anderen Seite des Altars, vor dem er vor langer Zeit voll Ehrfurcht gekniet hatte.

Die Frau ohne Hände ließ den Kelch fallen, sprang auf und breitete die Arme aus, um den Hohepriester mit ihrem Körper zu schützen. Hinter ihr konnte Eragon das Blau von Brisingrs Scheide sehen, die vor der Trage lag, und er glaubte, daneben Aren zu erkennen.

Bevor er sich auf sein Schwert stürzen konnte, kamen zwei Wachen von beiden Seiten des Altars auf ihn zugeeilt und griffen ihn mit reich verzierten Piken an. Er wich dem ersten Wachposten aus und durchtrennte den Schaft seiner Pike, sodass ihre Klinge mitsamt ihrer roten Quaste durch die Luft flog. Dann schnitt Eragon den Mann selbst in der Mitte durch – Klimpertod glitt mit schockierender Leichtigkeit durch sein Fleisch und seine Knochen.

Eragon erledigte den zweiten Wachposten genauso schnell und drehte sich zu zwei Wachen um, die sich von hinten näherten. Die Kräuterhexe trat zu ihm und schwang ihren Dolch, während irgendwo links von ihm Solembum grollte. Arya hielt sich im Hintergrund, denn sie trug noch immer den jungen Mann.

Das vergossene Blut aus dem Kelch bedeckte den Boden rund um den Altar. Die Wachen rutschten in der Pfütze aus und der hintere Mann fiel und riss seinen Gefährten mit zu Boden. Eragon schlurfte auf sie zu, ohne die Füße vollständig vom Boden zu heben, um nicht das Gleichgewicht zu verlieren, und bevor die Wachen reagieren konnten, tötete er sie beide. Dabei achtete er darauf, nicht die Kontrolle über die verzauberte Klinge der Kräuterhexe zu verlieren, während sie die beiden Männer mühelos durchtrennte.

Unterdessen hörte er den Hohepriester wie aus weiter Ferne schreien: »Tötet die Ungläubigen! Tötet sie! Lasst die Ketzer nicht entkommen! Sie müssen für ihre Verbrechen gegen die Ehrwürdigen Alten bestraft werden!«

Die versammelten Priester begannen zu heulen und mit den Füßen zu stampfen – soweit sie Füße hatten –, und Eragon spürte, dass sie sich mit ihrem Geist in seinen drängten wie ein Rudel Wölfe, das an einem geschwächten Reh zerrte. Er zog sich tief in sich selbst zurück und wehrte die Angriffe mit Techniken ab, die er unter Glaedrs Anleitung geübt hatte. Doch es war schwer, sich gegen so viele Widersacher zur Wehr zu setzen, und er befürchtete, dass er seine Barriere nicht mehr lange würde aufrechterhalten können. Sein einziger Vorteil war, dass die verängstigten, planlosen Priester ihn einzeln angriffen und nicht als Einheit. Ihre vereinte Macht hätte ihn mühelos überwältigt.

Auf einmal drängte sich Aryas Bewusstsein an das seine – eine vertraute, tröstliche Präsenz inmitten des Gedränges der Feinde, die sein Innerstes bestürmten. Erleichtert öffnete er sich ihr und ließ seinen Geist mit ihrem verschmelzen – so wie er und Saphira es getan hätten – und eine Zeit lang wurden sie eins und er konnte nicht mehr sagen, von wem viele ihrer geteilten Gedanken und Gefühle kamen.

Gemeinsam griffen sie mit ihrem Geist einen der Priester an. Der Mann mühte sich ab, ihrer Umklammerung zu entkommen, wie ein Fisch, der durch ihre Finger schlüpfen wollte, aber sie griffen fester zu und ließen nicht los. Er rezitierte eine gestelzte, seltsam formulierte Litanei, um sie aus seinem Geist fernzuhalten; Eragon vermutete, dass es ein Vers aus dem Buch des Tosk war.

Dem Priester mangelte es jedoch an Disziplin und seine Konzentration geriet bald ins Wanken, während er dachte: *Die Ungläubigen sind dem Meister zu nah. Wir müssen sie töten, bevor… Wartet! Nein! Nein…!*

Eragon und Arya nutzten die Schwäche des Priesters und unterwarfen den Geist des Mannes rasch ihrem Willen. Sobald sie sicher waren, dass er sich weder gedanklich noch körperlich gegen sie wehren konnte, und Arya seine Erinnerungen untersucht hatte, wirkte sie einen Zauber, von dem sie wusste, dass er von seinen Schutzzaubern nicht aufgehalten werden würde.

In der dritten Reihe stieß ein Mann einen Schrei aus und ging in Flammen auf. Grünes Feuer quoll ihm aus Ohren, Mund und Augen. Die Flammen griffen auf die Kleider mehrerer Priester über und schon schlugen die ersten brennenden Männer und Frauen wild um sich und rannten umher, was die Angriffe auf Eragon weiter schwächte. Dabei knackten die tanzenden Flammen wie Zweige, die in einem Sturm brachen.

Die Kräuterhexe eilte vom Altar hinunter, mischte sich unter die Priester und stach hierhin und dorthin. Solembum folgte ihr dicht auf dem Fuß und gab denen, die sie zu Fall gebracht hatte, den Rest.

Danach war es für Eragon und Arya ein Leichtes, in das Bewusstsein ihrer Feinde einzudringen und es unter ihre Kontrolle zu bringen. Immer noch miteinander verschmolzen, töteten sie vier weitere Priester. Dadurch verlor der Rest der Priesterschaft den Zusammenhalt und lief auseinander. Einige Männer und Frauen flohen durch das Vestibül, das, wie Eragon sich erinnerte, in das Priorat mit dem Glockenturm neben der Kathedrale führte, während andere sich hinter den Bänken zusammenkauerten und die Arme schützend über den Kopf schlugen.

Doch sechs von den Priestern ergriffen weder die Flucht noch versteckten sie sich, sondern stürmten auf Eragon los. Sie schwangen Krummdolche in allen Händen, die sie noch besaßen. Eragon führte einen Hieb gegen die erste Priesterin, bevor sie ihn angreifen konnte. Ärgerlicherweise wurde die Frau durch einen Zauber geschützt, der Klimpertod eine Handbreit vor ihrem Hals in der Luft aufhielt, dann das Schwert in Eragons Hand drehte und eine Schockwelle durch seinen Arm schickte. Mit der linken, zur Faust geballten Hand schlug Eragon nach der Frau. Aus welchen Gründen auch immer hielt der Zauber seine Faust nicht auf und er spürte, wie die Knochen in ihrem Brustkorb unter dem Hieb brachen, der sie auf die Angreifer hinter ihr stürzen ließ.

Die verbliebenen Priester rappelten sich hoch und gingen erneut zum Angriff über. Eragon trat vor und blockte einen unbeholfenen Hieb des Priesters an der Spitze ab. Dann rammte er dem Mann mit einem lauten *»Ha!«* die Faust in die Magengrube und schleuderte ihn gegen eine Bank, wo er mit einem hässlichen Knacken aufschlug.

Den nächsten Mann tötete Eragon beinahe auf dieselbe Art und Weise. Dann bohrte sich ein grün-gelber Pfeil in die Kehle des Priesters zu seiner Rechten und er sah nicht mehr als einen rehbraunen Schatten, als Solembum an ihm vorbeisprang und einen weiteren Priester niederrang.

So stand nun nur noch eine einzige von Tosks Anhängerinnen vor ihm. Mit der freien Hand packte Arya die Frau an ihrer Lederrobe und warf die schreiende Priesterin dreißig Fuß weit über die Bänke.

Vier Novizen hatten die Trage des Hohepriesters emporgehoben und trugen sie in schnellem Lauf an der Ostwand der Kathedrale entlang zum Vordereingang des Gebäudes.

Eragon, der sie fliehen sah, stieß ein Brüllen aus, war mit einem Satz auf dem Altar und warf dabei einen Teller und einen Kelch zu Boden. Von dort aus sprang er über die Körper der am Boden liegenden Priester hinweg. Leichtfüßig landete er im Mittelgang, sprintete ans andere Ende der Kathedrale und schnitt den Novizen den Weg ab.

Die vier jungen Männer blieben stehen, als sie sahen, dass Eragon ihnen den Ausgang versperrte. »Dreht um!«, kreischte der Hohepriester. »Dreht um!« Seine Diener gehorchten, nur um sich Arya gegenüberzusehen, die hinter ihnen stand, immer noch einen aus ihren Reihen über die rechte Schulter geworfen.

Die Novizen heulten auf, flüchteten zur Seite und rannten zwischen zwei Bankreihen hindurch. Sie waren erst wenige Schritte weit gekommen, als Solembum um das Ende der Bänke herum auf sie zugetappt kam. Die Werkatze hatte die Ohren flach angelegt und das stetige, leise Grollen aus Solembums Kehle ließ Eragons Nacken kribbeln. Kurz darauf erschien auch Angela. Sie kam vom Altar den Mittelgang herunter, ihren Dolch in der einen Hand und einen grün-gelben Wurfpfeil in der anderen.

Eragon fragte sich, wie viele Waffen sie wohl bei sich trug.

Zu ihrer Ehre sei gesagt, dass die Novizen weder den Mut verloren noch ihren Meister im Stich ließen. Stattdessen schrien die vier Männer und liefen noch schneller auf Solembum zu, vermutlich weil die Werkatze der kleinste Gegner und ihnen am nächsten war und weil sie glaubten, er sei am leichtesten zu überwältigen.

Sie irrten sich.

In einer einzigen geschmeidigen Bewegung kauerte sich Solembum zusammen, sprang vom Boden auf eine Bank und – ohne innezuhalten – auf einen der beiden vorderen Novizen zu.

Während die Werkatze durch die Luft segelte, rief der Hohepriester etwas in der alten Sprache – Eragon verstand die Worte nicht, aber dem Klang nach war es unverkennbar die Muttersprache der Elfen. Was immer es für ein Zauber war, er schien keine Wirkung auf Solembum zu haben, obwohl Eragon Angela taumeln sah, als sei sie getroffen worden.

Solembum prallte mit dem Novizen zusammen, auf den er zugeflogen war, und der junge Mann ging schreiend zu Boden, während Solembum ihn zerfleischte. Die übrigen Novizen stolperten über ihren Gefährten und sie alle fielen wild durcheinander, sodass der Hohepriester von seiner Trage auf eine der Bänke rutschte, wo die Kreatur sich wand wie eine Made.

Eragon war eine Sekunde später dort und mit drei schnellen Hieben erschlug er alle Novizen bis auf denjenigen, um dessen Hals sich Solembums Maul geschlossen hatte.

Sobald Eragon sicher war, dass auch der letzte Novize tot war, wandte er sich dem Hohepriester zu, um ihm ein für alle Mal den Garaus zu machen. Als er auf die gliederlose Gestalt losging, drang ein anderer Geist in seinen ein, tastete nach dem Innersten seines Wesens und versuchte die Kontrolle über seine Gedanken zu erlangen. Der bösartige Angriff zwang Eragon, stehen zu bleiben und sich darauf zu konzentrieren, den Eindringling abzuwehren.

Aus den Augenwinkeln bemerkte er, dass offenbar auch Arya und Solembum erstarrt waren. Nur die Kräuterheilerin schien nicht davon betroffen zu sein. Sie hielt einen Moment inne, als der Angriff begann, aber dann kam sie mit langsamen, schlurfenden Schritten weiter auf Eragon zu.

Der Hohepriester starrte Eragon an und seine tief liegenden, von dunklen Schatten umringten Augen brannten vor Hass und Zorn. Hätte die Kreatur Arme und Beine gehabt, davon war Eragon überzeugt, hätte sie versucht, ihm mit bloßen Händen das Herz herauszureißen. Doch unter den gegebenen Umständen war sein bösartiger Blick schon so intensiv, dass Eragon fast damit rechnete, dass der Priester sich von der Bank herunterzappeln und anfangen würde, nach seinen Knöcheln zu schnappen.

Der Angriff auf seinen Geist verstärkte sich, als Angela immer näher kam. Der Hohepriester – denn es *musste* der Hohepriester sein, der dafür verantwortlich war – verstand sich wesentlich besser darauf als jeder seiner Untergebenen. Es war eine bemerkenswerte Leistung, sich auf einen geistigen Kampf mit vier verschiedenen Personen gleichzeitig einzulassen und für jeden der vier eine erhebliche Bedrohung darzustellen, zumal es sich bei den Feinden um eine Elfe, einen Drachenreiter, eine Hexe und eine Werkatze handelte. Die geistige Disziplin und Kraft des Hohepriesters war außerordentlich eindrucksvoll. Ohne die Hilfe seiner Gefährten, vermutete Eragon, wäre er dem Ansturm der Kreatur erlegen. Der Priester verfügte über Fertigkeiten, von denen Eragon noch nie zuvor gehört, geschweige denn dass er sie je am eigenen Geist erfahren hatte. So band er zum Beispiel Eragons umherwandernde Gedanken an die Aryas und Solembums und verknüpfte sie zu einem so wirren Knoten, dass Eragon für einige flüchtige Augenblicke nicht mehr wusste, wer er war.

Endlich trat Angela vom Mittelgang zwischen die Bänke. Sie ging an Solembum vorbei – der neben dem Novizen hockte, den er getötet hatte, und dem jedes Haar am Körper zu Berge stand – und begab sich vorsichtig zu den Leichen der drei Novizen hinüber, die Eragon erschlagen hatte.

Als sie bereits ziemlich nah war, begann der Hohepriester zu zappeln wie ein Fisch am Haken, um sich weiter die Bank hinaufzuschieben. Im gleichen Moment wurde der Druck auf Eragons Geist schwächer, wenn auch nicht so schwach, dass er es hätte riskieren können, sich zu bewegen.

Die Kräuterhexe blieb stehen, als sie den Hohepriester erreicht hatte. Daraufhin gab dieser – für Eragon völlig überraschend – seine Bemühungen auf und blieb keuchend auf der Bank liegen. Eine Minute lang funkelten die hohläugige Kreatur und die kleine Frau mit dem ernsten Gesicht einander an, während sie eine unsichtbare Schlacht des Willens ausfochten.

Dann zuckte der Hohepriester und ein Lächeln erschien auf Angelas Lippen. Sie ließ ihren Dolch fallen und zog aus ihrem Kleid eine winzige Waffe mit einer Klinge, die die Farbe eines rötlichen Sonnenuntergangs hatte. Schließlich beugte sie sich über den Hohepriester und flüsterte kaum hörbar: »Du solltest meinen Namen kennen, Zungenloser. Hättest du ihn gekannt, hättest du es nie gewagt, dich uns zu widersetzen. Komm, ich werde ihn dir nennen …«

Ihre Stimme wurde noch leiser, zu leise, als dass Eragon sie hätte verstehen können. Aber während sie sprach, erbleichte der Hohepriester und sein runzliger Mund öffnete sich zu einem schwarzen Oval. Dann entrang sich ein schauerliches Heulen seiner Kehle und die ganze Kathedrale hallte wider vom Klagen der Kreatur.

»Ach, sei still!«, rief die Kräuterhexe und versenkte ihren abendrotfarbenen Dolch mitten in der Brust des Hohepriesters.

Die Klinge blitzte weiß glühend auf und verschwand mit einem Geräusch wie ein ferner Donnerschlag. Die Haut um die Wunde herum glühte wie brennendes Holz, dann begannen Haut und Fleisch sich in einen feinen dunklen Ruß aufzulösen, der in die Brust des Hohepriesters rieselte. Mit einem erstickten Gurgeln brach das Heulen der Kreatur so abrupt ab, wie es begonnen hatte.

Der Zauber verzehrte den Rest des Hohepriesters in Windeseile, bis sein Körper nur noch ein Häufchen schwarzen Pulvers war, dessen Umrisse den Kopf und den Torso des Priesters auf der Kirchenbank nachzeichneten.

»Auf Nimmerwiedersehen«, erklärte Angela mit einem entschiedenen Nicken.

Glockengeläut

Eragon schüttelte sich, als würde er aus einem bösen Traum erwachen.

Jetzt, wo er nicht länger die Angriffe des Hohepriesters abwehren musste, wurde ihm allmählich bewusst, dass die Glocke des Priorats läutete – ein lautes, beharrliches Geräusch, das ihn an den Tag erinnerte, an dem die Ra'zac ihn während seines ersten Besuchs in Dras-Leona aus der Kathedrale gejagt hatten.

Murtagh und Dorn werden bald hier sein, dachte er. *Wir müssen vorher verschwinden.*

Er schob Klimpertod in die Scheide und reichte ihn Angela. »Hier«, sagte er, »ich denke, du wirst ihn zurückhaben wollen.« Dann zog er die Leichen der Novizen beiseite, bis er Brisingr freigelegt hatte. Als er die Hand um den Griff schloss, durchflutete ihn ein Gefühl der Erleichterung. Obwohl das Schwert der Kräuterhexe eine gute und gefährliche Klinge war, so war es doch nicht *seine* Waffe. Ohne Brisingr fühlte er sich nackt und verletzlich – genauso wie er sich fühlte, wenn er und Saphira voneinander getrennt waren.

Er musste noch eine Weile nach seinem Ring suchen, der unter eine der Bänke gerollt war, und nach seiner Kette, die sich um einen der Griffe der Trage gewickelt hatte. Mitten in dem Haufen von Leichen entdeckte er Aryas Schwert, das sie mit Freude in Empfang nahm. Aber vom Gürtel Beloths des Weisen war keine Spur zu entdecken.

Eragon sah unter alle Bänke in der Nähe und er lief sogar zum Altar zurück und suchte dort.

»Er ist nicht hier«, erklärte er schließlich verzweifelt. Er wandte sich zu der frei stehenden Mauer hinter dem Altar um, die den Eingang zu den unterirdischen Gewölben verbarg. »Sie müssen ihn in einem der Tunnel gelassen haben.« Er blickte in Richtung des Priorats. »Oder vielleicht …« Er zögerte, hin- und hergerissen zwischen zwei Möglichkeiten.

Leise wirkte er einen Zauber, der den Gürtel finden und ihn dorthin führen sollte, aber das einzige Ergebnis, das er erzielte, war ein Bild nackter grauer Leere. Wie er befürchtet hatte, war der Gürtel mit Zaubern belegt, die ihn gegen magische Beobachtung und Beeinflussung schützten, genau wie Brisingr dagegen geschützt war.

Eragon legte die Stirn in Falten und machte einen halben Schritt auf die frei stehende Mauer zu.

Die Glocke läutete lauter denn je.

»Eragon«, rief Arya vom anderen Ende der Kathedrale und schob dabei den bewusstlosen Novizen von einer Schulter auf die andere. »Wir müssen hier raus.«

»Aber …«

»Oromis würde es verstehen. Es ist nicht deine Schuld.«

»Aber …«

»Lass es gut sein! Der Gürtel war schon einmal verloren. Wir werden ihn wiederfinden. Aber jetzt müssen wir fliehen. Beeil dich!«

Eragon fluchte, wirbelte herum und lief zu Arya, Angela und Solembum in den vorderen Teil der Kathedrale. *Ausgerechnet der Gürtel …* Es erschien ihm beinahe wie ein Frevel, ihn zurückzulassen, nachdem so viele Geschöpfe gestorben waren, um ihn mit Energie zu füllen. Außerdem hatte er eine schreckliche Ahnung, dass er diese Energie vielleicht noch brauchen würde, bevor der Tag um war.

Noch während er und die Kräuterhexe die schweren Türen aufdrückten, die aus der Kathedrale führten, sandte Eragon seinen Geist nach Saphira aus, die sicher hoch über der Stadt kreiste und darauf wartete, dass er mit ihr in Verbindung trat. Für Heimlichkeiten war es jetzt ohnehin zu spät und es scherte Eragon nicht mehr, ob Murtagh oder ein anderer Magier seine Anwesenheit spürte.

Schon bald nahm er die vertraute Berührung von Saphiras Geist wahr. Sobald ihre Gedanken miteinander verschmolzen, verschwand die bedrückende Enge aus Eragons Brust.

Warum hast du so lange gebraucht?, rief Saphira. Er konnte ihre Sorge schmecken und er wusste, dass sie darüber nachgedacht hatte, in Dras-Leona zu landen und die Stadt auf der Suche nach ihm in Trümmer zu legen.

Er ließ seine Erinnerungen in sie hineinfließen und teilte ihr alles mit, was ihm seit ihrem Abschied widerfahren war. Das dauerte einige Sekunden, während Arya, Angela und die Werkatze die Kathedrale bereits verließen und die Vordertreppe hinunterliefen.

Ohne Saphira die Gelegenheit zu geben, aus seinen verworrenen Erinnerungen schlau zu werden, erklärte Eragon: *Wir brauchen ein Ablenkungsmanöver – sofort!*

Sie pflichtete ihm bei und er konnte spüren, dass sie zum Sturzflug ansetzte.

Und richte Nasuada aus, dass sie ihren Angriff beginnen soll. Wir werden in einigen Minuten am Südtor sein. Falls die Varden nicht da sind, wenn wir es öffnen, weiß ich nicht, wie wir entkommen sollen.

Schwarze-Würger-Dornenhöhle

Die kühle, feuchte Morgen-Luft-vom-Wasser pfiff an Saphiras Kopf vorbei, als sie zu der von der aufgehenden Sonne schräg beleuchteten Ratten-Nest-Stadt hinuntertauchte. Die flachen Strahlen ließen die Stinkenden-Holz-Eierschalen-Häuser deutlich hervorstechen. Die Westseite der Häuser lag in tiefem Schatten.

Der Wolf-Elf-in-Eragon-Gestalt, der auf ihrem Rücken ritt, rief ihr etwas zu, aber der hungrige Wind riss die Worte des Mannes fort und sie konnte nicht verstehen, was er meinte. Er begann ihr mit seinem Geist-voll-Musik Fragen zu stellen, aber sie ließ ihn nicht ausreden. Stattdessen berichtete sie ihm von Eragons Notlage und bat ihn, Nasuada zu verständigen, dass jetzt die Zeit zum Handeln gekommen war.

Wie der Schatten-von-Eragon, den Bloëdhgarm trug, irgendjemanden zum Narren halten sollte, konnte Saphira nicht begreifen. Weder roch er wie der Gefährte-ihres-Geistes-und-Herzens noch fühlten seine Gedanken sich an wie die Eragons. Trotzdem schienen die Zweibeiner beeindruckt von der Erscheinung, und genau die wollten sie schließlich täuschen.

Auf der linken Seite der Ratten-Nest-Stadt lag Dorn ausgestreckt auf der Mauerzinne über dem südlichen Tor. Er hob seinen dunkelroten Kopf und ihm war anzusehen, dass er sie bemerkt hatte, wie sie auf den Boden-Knochen-hart zuraste. Das hatte sie erwartet. Ihre Gefühle für Dorn waren zu kompliziert, um sie in einigen wenigen Eindrücken zusammenzufassen. Wann immer sie an ihn dachte, war sie verwirrt und unsicher, etwas, woran sie nicht gewöhnt war.

Trotzdem hatte sie nicht vor, sich von diesem kleinen Emporkömmling im Kampf besiegen zu lassen.

Als die dunklen Schornsteine und steilen Dächer größer wurden, spreizte sie die Flügel etwas mehr und spürte die größere Anstrengung in Brust, Schultern und Flugmuskeln. Ihr Sturzflug verlangsamte sich. Als sie nur noch wenige Hundert Fuß über den dicht stehenden Gebäuden war, schoss sie in die Höhe und breitete ihre Flügel ganz aus. Die Anstrengung, die notwendig war, um ihren Sturz abzubremsen, war gewaltig. Einen Moment fühlte es sich so an, als würde der Wind ihr die Flügel aus den Gelenken reißen.

Sie bewegte den Schwanz, um zu steuern, dann kreiste sie über der Stadt, bis sie die Schwarze-Würger-Dornenhöhle erspähte, in der die Blut-Wahnsinn-Priester ihrem Gott huldigten. Sie faltete ihre Flügel wieder zusammen, ließ sich die letzten Fuß in die Tiefe fallen und landete mit einem donnernden Krachen mitten auf dem Dach der Kathedrale.

Sie grub die Krallen in die Dachziegel, um nicht hinunter auf die Straße zu stürzen. Dann warf sie den Kopf zurück und brüllte, so laut sie konnte. Damit forderte sie die Welt heraus und alles, was es darauf gab.

Im Turm des Gebäudes neben der Schwarze-Würger-Dornenhöhle läutete eine Glocke. Sie fand das Geräusch lästig, deshalb wandte sie den Kopf und ließ einen blau-gelben Feuerstrahl darauf los. Der Turm ging nicht in Flammen auf, da er aus Stein war, aber das Seil und die Balken, die die Glocke trugen, fingen Feuer und einige Sekunden später krachte die Glocke in das Innere des Turms.

Das gefiel ihr, genauso wie die Zwei-Beine-runde-Ohren, die schreiend davonliefen. Schließlich war sie ein Drache. Es war ganz richtig, dass sie sie fürchteten.

Einer der Zweibeiner blieb am Rand des Platzes vor der Schwarze-Würger-Dornenhöhle stehen und sie hörte, wie er in ihre Richtung einen Zauber sprach. Seine Stimme klang wie das Quieken einer verängstigten Maus. Was immer es für ein Zauber war, Eragons Schutzzauber bewahrten sie davor – zumindest nahm sie das an, denn sie bemerkte weder einen Unterschied darin, wie sie sich fühlte, noch wie die Welt um sie herum aussah.

Der Wolf-Elf-in-Eragon-Gestalt tötete den Magier für sie. Sie konnte spüren, wie Bloëdhgarm den Geist des Magiers packte und die Gedanken des Zwei-Beine-runde-Ohren unterwarf. Dann sprach Bloëdhgarm ein einziges Wort in der Uralten-Elfen-Magie-Sprache und der Zwei-Beine-runde-Ohren fiel zu Boden und Blut sickerte ihm aus dem offenen Mund.

Dann klopfte der Wolf-Elf ihr auf die Schulter und sagte: »Mach dich bereit, Schimmerschuppe. Da kommen sie.«

Sie sah, wie Dorn sich über den Rand der Dächer erhob, mit Eragon-Halb-Bruder-Murtagh als kleiner dunkler Gestalt auf dem Rücken. Im Licht der Morgensonne glänzte und funkelte Dorn beinah ebenso prächtig wie sie selbst. Ihre Schuppen waren jedoch sauberer als seine, da sie am Morgen besonderen Wert auf ihre Pflege gelegt hatte. Sie konnte sich nicht vorstellen, in die Schlacht zu ziehen und dabei nicht so gut wie möglich auszusehen. Ihre Feinde sollten sie nicht nur fürchten, sondern auch bewundern.

Sie wusste, dass es Eitelkeit war, aber das scherte sie nicht. Kein anderes Volk konnte es mit der Pracht der Drachen aufnehmen. Außerdem war sie das letzte Weibchen ihrer Art und sie wollte, dass alle, die sie erblickten, ihr Aussehen bewunderten und sie in bester Erinnerung behielten. Und zwar, damit die Zweibeiner, falls die Drachen für immer verschwanden, weiterhin mit dem gebotenen Respekt, angemessener Ehrfurcht und entsprechendem Staunen von ihrem Volk sprechen würden.

Während Dorn tausend oder mehr Fuß über die Ratten-Nest-Stadt aufstieg, warf Saphira einen schnellen Blick in die Runde, um sich davon zu überzeugen, dass der Gefährte-ihres-Geistes-und-Herzens-Eragon nirgendwo in der Nähe der Schwarze-Würger-Dornenhöhle war. Sie wollte nicht, dass er in dem Kampf, der gleich stattfinden würde, versehentlich verletzt wurde. Er war ein erbitterter Jäger, aber er war auch klein und leicht zu zerquetschen.

Sie arbeitete immer noch daran, die dunkel-widerhallend-schmerzhaften-Erinnerungen zu entwirren, die Eragon mit ihr geteilt hatte. Aber sie hatte genug mitbekommen, um sich einmal mehr darin bestätigt zu sehen, wovon sie seit Langem überzeugt war: dass er, wann immer sie und der Gefährte-ihres-Geistes-und-

Herzens getrennt waren, auf die eine oder andere Art in Schwierigkeiten geriet. Eragon, das wusste sie, würde ihr da nicht zustimmen, aber dieser letzte Vorfall hatte nicht dazu beigetragen, sie vom Gegenteil zu überzeugen, und sie verspürte eine unbeschreibliche Genugtuung, dass sie recht behalten hatte.

Sobald Dorn eine entsprechende Höhe erreicht hatte, machte er kehrt und stürzte sich auf sie herab. Flammen schossen ihm aus dem offenen Maul.

Das Feuer fürchtete sie nicht – Eragons Schutzzauber würden sie davor bewahren –, aber Dorns gewaltiges Gewicht und seine Stärke würden es ihm ermöglichen, schnell alle Zauber zu erschöpfen, die dazu gedacht waren, körperliche Gefahren von ihr abzuhalten. Um sich zu schützen, duckte sie sich und presste den Körper flach auf das Dach der Kathedrale, noch während sie den Hals verdrehte und nach Dorns bleichem Bauch schnappte.

Eine wirbelnde Wand aus Flammen verschlang sie, grollend und brüllend wie ein riesiger Wasserfall. Die Flammen waren so hell, dass sie instinktiv ihre inneren Augenlider schloss, wie sie es unter Wasser tat. Endlich blendete das Licht sie nicht mehr.

Die Flammen waren rasch wieder verschwunden. Aber während Dorn über sie hinwegschoss, zog die Spitze seines dicken, Rippen quetschenden Schwanzes eine Linie über die Membran ihres rechten Flügels. Der Kratzer blutete, aber nicht stark, und sie glaubte nicht, dass er sie beim Fliegen sehr behindern würde, so schmerzhaft er auch war.

Dorn kam wieder und wieder auf sie herabgeschossen und versuchte sie dazu zu verleiten, sich in die Lüfte zu erheben. Sie rührte sich jedoch nicht vom Fleck und nach einigen weiteren Sturzflügen wurde er es müde, sie herauszufordern, und landete auf dem anderen Ende der Schwarze-Würger-Dornenhöhle, die riesigen Flügel ausgebreitet, um das Gleichgewicht nicht zu verlieren.

Der ganze Bau erzitterte, als Dorn sich darauf niederließ, und viele der Schmuck-Glas-Bild-Fenster in den Mauern unter ihnen zersprangen und fielen klirrend zu Boden. Dorn war nun größer als sie, weil der Drachenei-Räuber-Galbatorix sich eingemischt hatte, aber sie ließ sich nicht einschüchtern. Sie hatte mehr Erfahrung als

Dorn und außerdem hatte Glaedr sie ausgebildet, der größer gewesen war als sie und Dorn zusammen. Zudem wagte Dorn es nicht, sie zu töten … Sie glaubte auch nicht, dass er es wollte.

Der rote Drache knurrte und kam näher. Die Spitzen seiner Klauen kratzten über die Dachpfannen. Sie knurrte ihrerseits und zog unten mehrere Schritte zurück, bis sie spüren konnte, dass ihr Schwanz unten gegen die spitzen Türme drückte, die sich an der Front der Schwarze-Würger-Dornenhöhle erhoben wie eine Mauer.

Dorns Schwanzspitze zuckte und sie wusste, dass er sich gleich auf sie stürzen würde.

Sie holte tief Luft und badete ihn in einer flackernden Flammenflut. Jetzt galt es, vor Dorn und Murtagh zu verbergen, dass nicht Eragon auf ihrem Rücken saß. Dazu konnte sie sich entweder so weit von Dorn fernhalten, dass Murtagh die Gedanken des Wolf-Elf-in-Eragon-Gestalt nicht lesen konnte. Oder sie konnte so oft und so wild angreifen, dass Murtagh nicht die Gelegenheit dazu haben würde – was schwierig wäre, da Murtagh daran gewöhnt war, von Dorns Rücken aus zu kämpfen, selbst wenn Dorn wild durch die Luft schoss. Doch sie waren dicht über dem Boden und das würde ihr helfen, denn sie zog es vor, anzugreifen. Immer wieder anzugreifen.

»Ist das alles, was du kannst?«, rief Murtagh mit magisch verstärkter Stimme aus dem Inneren der sich ständig bewegenden Feuerhülle.

Noch während die letzten Flammen in ihrem Maul erstarben, sprang Saphira auf Dorn zu. Sie prallte voll gegen seine Brust und ihre Hälse wickelten sich umeinander. Ihre Köpfe schlugen nach einander, während ein jeder versuchte, dem anderen die Zähne in die Kehle zu graben. Die Wucht des Aufpralls ließ Dorn rückwärts von der Schwarze-Würger-Dornenhöhle fallen. Er ruderte mit den Flügeln und stieß nach Saphira, während sie beide auf den Boden zustürzten.

Sie landeten mit einem Schlag, der Pflastersteine bersten ließ und die Häuser in der Nähe erschütterte. Etwas brach in Dorns linker Flügel-Schulter und er drückte den Rücken unnatürlich weit durch, während Murtaghs Schutzzauber dafür sorgten, dass sein eigener Drache ihn nicht zerquetschte.

Saphira konnte Murtagh unter Dorn fluchen hören und sie kam zu dem Schluss, dass es das Beste wäre, sich aus dem Staub zu machen, bevor der wütende Zwei-Beine-runde-Ohren anfing, Zauber zu wirken.

Sie sprang hoch, trat Dorn dabei in den Bauch und schwang sich auf den First des Hauses hinter dem roten Drachen. Das Gebäude war zu schwach, um sie zu tragen, daher erhob sie sich wieder in die Luft und steckte, nur als kleine Dreingabe, eine Reihe von Gebäuden in Brand.

Sollen sie erst mal damit fertig werden, dachte sie zufrieden, während die Flammen hungrig an der hölzernen Gebäudekonstruktion nagten.

Nachdem sie wieder auf der Schwarze-Würger-Dornenhöhle gelandet war, ließ sie die Klauen unter die Dachziegel gleiten und begann das Dach aufzureißen und zu zerfetzen, so wie sie das Dach der Burg in Durzas-Gil'ead zerfetzt hatte. Nur dass sie jetzt größer war. Dass sie jetzt stärker war. Und dass die riesigen Steinblöcke für sie nicht mehr wogen als Kieselsteine für Eragon. Die Blut-Wahnsinn-Priester, die im Innern dieses Gebäudes ihrem Gott huldigten, hatten den Gefährten-ihres-Geistes-und-ihres-Herzens verletzt, hatten Drachen-Blut-Elfe-Arya verletzt, hatten Junges-Gesicht-alter-Geist-Angela und die Werkatze Solembum – den mit den vielen Namen – verletzt, außerdem hatten sie Wyrden getötet. Als Rache dafür würde Saphira die Schwarze-Würger-Dornenhöhle zerstören.

Binnen weniger Augenblicke hatte sie ein klaffendes Loch in die Decke des Gebäudes gebrochen. Sie füllte das Innere mit einem Flammenstoß, dann hakte sie die Klauen in die Enden der Orgelpfeifen und zog die Orgel von der Rückwand der Kathedrale. Sie fiel scheppernd und krachend auf die Bänke darunter.

Dorn brüllte, dann sprang er von der Straße hoch und erschien in der Luft über der Schwarze-Würger-Dornenhöhle und hielt dort mit kräftigen Flügelschlägen inne. Vor der Flammenwand, die aus dem Haus hinter ihm aufstieg, zeichnete er sich als eine strukturlose schwarze Silhouette ab – bis auf die durchscheinenden Flügel, die orangefarben und dunkelrot leuchteten.

Er stürzte auf sie zu und streckte seine gezähnten Klauen nach ihr aus.

Saphira wartete bis zum allerletzten Moment. Dann sprang sie zur Seite, weg von der Schwarze-Würger-Dornenhöhle, und Dorn krachte mit dem Kopf voraus in den mittleren Turm der Kathedrale. Der Hohe-überall-Löcher-Stein-Zacken erzitterte unter dem Aufprall und die Spitze des Turms – ein kunstvoll verzierter goldener Stab – kippte weg und stürzte mehr als vierhundert Fuß tief auf den darunterliegenden Platz.

Brüllend vor Wut strampelte Dorn, um wieder hochzukommen. Seine Hinterbeine glitten in die Öffnung, die Saphira in das Dach gerissen hatte. Seine Krallen scharrten über die Ziegel, während er versuchte, sich wieder ins Freie zu kämpfen.

Er war noch damit beschäftigt, als Saphira schon zur Vorderseite der Schwarze-Würger-Dornenhöhle flog und sich hinter dem Turm postierte, gegen den Dorn geprallt war.

Sie sammelte ihre Kraft, dann schlug sie mit der rechten Vorderpranke gegen den Turm.

Statuen und in Stein gemeißelte Verzierungen zersplitterten unter ihrer Pfote, Staubwolken stiegen ihr in die Nüstern, und Steinbrocken und Mörtel regneten auf den Platz hinab. Doch der Turm hielt, daher schlug sie noch einmal zu.

Dorns Gebrüll bekam einen gehetzten Unterton, als ihm klar wurde, was sie tat, und er bemühte sich noch verzweifelter, sich hochzuziehen.

Bei Saphiras drittem Schlag barst der Hohe-überall-Löcher-Stein-Zacken am Fuß und stürzte quälend langsam rückwärts auf das Dach zu. Dorn blieb nur Zeit für ein wütendes Knurren, dann landete der Turm aus Trümmern auf ihm, warf ihn hinunter in die Ruine des zerstörten Gebäudes und begrub ihn unter einem riesigen Haufen Schutt. Das Geräusch, mit dem der Turm in Stücke zersprang, hallte wie ein grollender Donnerschlag über die ganze Ratten-Nest-Stadt.

Saphira knurrte wie zur Antwort, erfüllt von einem Gefühl wilden

Triumphes. Dorn würde sich schon bald herausgraben, aber bis dahin war er ihr auf Gedeih und Verderb ausgeliefert.

Sie neigte die Flügel und umkreiste die Schwarze-Würger-Dornenhöhle. Als sie an den Seiten des Gebäudes vorbeiflog, schlug sie nach den gerillten Stützpfeilern und zerstörte einen nach dem anderen. Mit großem Getöse stürzten sie ein und brachen in Stücke.

Nachdem sie alle Strebepfeiler weggeschlagen hatte, begannen die nicht mehr ausreichend gestützten Mauern des Kirchenschiffs zu wanken und sich nach außen zu wölben. Dorns Bemühungen, sich auszugraben, machten alles noch schlimmer und nach ein paar Sekunden gaben die Mauern nach. Das ganze Gebäude brach mit einem lawinenartigen Rumpeln zusammen und eine gewaltige Staubwolke stieg gen Himmel auf.

Saphira brüllte ihren Triumph hinaus. Dann landete sie auf den Hinterbeinen neben dem Schuttberg und machte sich daran, die Steinblöcke mit dem heißesten Feuerstrom zu überziehen, den sie heraufbeschwören konnte. Flammen waren mit Magie leicht abzulenken, aber das Abwehren von tatsächlicher Hitze erforderte größere Mühe und mehr Energie. Indem sie Murtagh zwang, noch mehr seiner Kraft aufzuwenden, damit Dorn und er nicht bei lebendigem Leib gekocht wurden – er opferte ja bereits einen Teil seiner Energie, um nicht zerquetscht zu werden –, hoffte sie, seine Reserven so weit zu erschöpfen, dass Eragon und die Zwei-Beine-spitze-Ohren vielleicht eine Chance hatten, ihn zu besiegen.

Während sie Feuer atmete, sang der Wolf-Elf auf ihrem Rücken Zauber, obwohl sie keine Ahnung hatte, wofür sie gedacht waren – es interessierte sie auch nicht besonders. Sie vertraute dem Zweibeiner. Was immer er tat, sie war überzeugt, dass es helfen würde.

Saphira wich zurück, als die Steinblöcke in der Mitte des Haufens zu explodieren schienen und Dorn mit einem Brüllen aus dem Schutt getaumelt kam. Seine Flügel waren zerknittert wie die eines zertretenen Schmetterlings und er blutete aus mehreren Wunden an den Beinen und am Rücken.

Er funkelte sie an und knurrte, dabei waren seine rubinroten Augen dunkel von Kampfeswut. Zum ersten Mal hatte sie ihn wirklich erzürnt und es war ihm anzusehen, dass er darauf brannte, ihr das Fleisch von den Knochen zu reißen und ihr Blut zu schmecken.

Gut, dachte sie. Vielleicht war er doch nicht so ein Geprügeltverängstigter-Hund, wie sie gedacht hatte.

Murtagh griff in einen Beutel an seinem Gürtel und zog einen kleinen runden Gegenstand hervor. Aus Erfahrung wusste Saphira, dass der Gegenstand verzaubert war und dass Murtagh ihn benutzen würde, um Dorns Verletzungen zu heilen.

Ohne abzuwarten, schwang sie sich in die Luft und versuchte, so viel Höhe wie möglich zu gewinnen, bevor Dorn in der Lage war, ihr zu folgen. Nach einigen Flügelschlägen blickte sie hinab und sah, dass er ihr in rasendem Tempo nachsetzte, ein Groß-rotscharfe-Klauen-Habicht.

Sie drehte sich in der Luft und wollte gerade zum Sturzflug auf ihn ansetzen, als sie tief in ihrem Geist Eragon rufen hörte: *Saphira!*

Erschrocken drehte sie sich weiter, bis sie das südliche Bogen-Tor der Stadt im Blick hatte, wo sie Eragon spürte. Sie zog die Flügel so eng an den Körper wie möglich und stürzte in steilem Winkel auf den Bogen zu.

Dorn stürzte ihr nach, als sie an ihm vorbeischoss, und ohne sich umzuschauen, wusste sie, dass er dicht hinter ihr war.

Und so rasten sie beide auf die schmale Mauer der Ratten-Nest-Stadt zu und die kühle Morgen-Luft-vom-Wasser heulte in Saphiras Ohren wie ein verwundeter Wolf.

Hammer und Helm

Endlich!, dachte Roran, als die Hörner der Varden zum Angriff bliesen.

Er warf einen Blick hinüber nach Dras-Leona und sah, wie Saphira in steilem Sturzflug auf die dunkle Masse von Gebäuden hinabstieß. Ihre blauen Schuppen funkelten im Licht der aufgehenden Sonne. Unter ihr regte sich Dorn wie eine große Katze, die sich auf einem Zaun gesonnt hatte, und nahm Saphiras Verfolgung auf.

Energie durchflutete Roran. Die Zeit für die Schlacht war endlich gekommen und er war begierig, sie hinter sich zu bringen. Er dachte kurz voll Sorge an Eragon, dann stieß er sich von dem Baumstumpf ab, auf dem er gesessen hatte, und ging zu seinen Männern hinüber, die sich bereits in einer breiten, rechteckigen Formation aufstellten.

Roran ließ den Blick über die Reihen wandern und überzeugte sich davon, dass alle bereit waren. Sie hatten fast die ganze Nacht über gewartet und die Männer waren müde. Aber er wusste, dass Angst und Aufregung sie schon bald munter und ihre Köpfe klar machen würde. Roran war ebenfalls müde, aber er achtete nicht darauf. Schlafen konnte er nach der Schlacht. Bis dahin war seine Hauptsorge, seine Männer und sich am Leben zu halten.

Er wünschte jedoch, er hätte Zeit für eine Tasse heißen Tee gehabt, um seinen Magen zu beruhigen. Er hatte etwas Verdorbenes zu Abend gegessen und seither quälten ihn Krämpfe und Übelkeit. Es war aber nicht so schlimm, dass er nicht hätte kämpfen können. Zumindest hoffte er das.

Zufrieden mit der Verfassung seiner Männer setzte Roran seinen Helm auf und schob ihn sich über die gefütterte Haube. Dann zog er seinen Hammer und schob den linken Arm durch die Riemen an seinem Schild.

»Zu deinen Diensten«, meldete sich Horst und kam auf ihn zu.

Roran nickte. Er hatte den Schmied zu seinem Stellvertreter ernannt – eine Entscheidung, die Nasuada ohne Widerspruch hingenommen hatte. Abgesehen von Eragon gab es niemanden, den Roran lieber an seiner Seite hatte. Es war selbstsüchtig von ihm, das wusste er – Horst hatte ein neugeborenes Kind, und für die Varden war ein tüchtiger Schmied wertvoller als ein fähiger Soldat –, aber Roran war sonst niemand eingefallen, der sich genauso gut für diesen Posten geeignet hätte. Horst hatte nicht besonders erfreut über die Beförderung gewirkt, aber er hatte sich auch nicht beklagt. Stattdessen hatte er sich damit beschäftigt, Rorans Bataillon mit der ruhigen Sicherheit und Tüchtigkeit zu organisieren, die Roran an ihm schätzte.

Wieder erklangen die Hörner und Roran schwang seinen Hammer über dem Kopf. »Vorwärts!«, rief er.

Er übernahm die Führung, als die vielen Hundert Männer sich in Bewegung setzten, zu beiden Seiten flankiert von den vier anderen Bataillonen der Varden.

Während die Krieger über die Felder auf Dras-Leona zumarschierten, schallten aus der Stadt Schreckensrufe zu ihnen herüber. Einen Moment später erklangen Glocken und Hörner, und schon bald war die ganze Stadt erfüllt von dem wilden Lärm der Verteidiger, die sich bereit machten. Zu dem Aufruhr trug das schreckliche Brüllen und Krachen aus dem Zentrum der Stadt bei, wo die beiden Drachen kämpften. Gelegentlich sah Roran, wie der eine oder andere über den Gebäuden auftauchte. Dann glänzten und funkelten ihre Schuppen in der Sonne. Aber die meiste Zeit blieben die beiden Giganten seinen Blicken verborgen.

Sie kamen dem Labyrinth baufälliger Hütten außerhalb der Stadtmauern schnell näher. Die schmalen, düsteren Straßen sahen für Roran verhängnisvoll aus. Es würde für die Soldaten des Imperiums – oder selbst für die Bürger von Dras-Leona – ein Leichtes sein, sie in den gewundenen Gassen in einen Hinterhalt zu locken. Das Kämpfen in einer solchen Enge würde noch brutaler, unübersichtlicher und unschöner sein als sonst. Wenn es dazu kam, das wusste Roran, würden nur wenige seiner Männer unversehrt davonkommen.

Als er in die Schatten unter den Dächern der ersten schäbigen Hütten trat, zog sich Rorans Magen vor Sorge zusammen und verstärkte seine Übelkeit noch. Er leckte sich über die Lippen und er fühlte sich schlecht.

Hoffentlich öffnet Eragon das Tor, dachte er. *Sonst … sitzen wir hier fest … wie Lämmer vor dem Schlachter.*

Und die Mauern fielen ...

Ein Rumpeln und Krachen, das nur von einstürzenden Mauern herrühren konnte, ließ Eragon innehalten. Er blickte zurück.

Zwischen den Dächern zweier weit auseinanderstehender Häuser, wo bisher die wie mit Widerhaken gespickten Türme der Kathedrale aufgeragt hatten, herrschte jetzt gähnende Leere. Und aus dieser Leere stieg eine mächtige Staubwolke gen Himmel.

Eragon lächelte in sich hinein. Er war stolz auf Saphira. Wenn es darum ging, Chaos und Zerstörung zu verbreiten, konnte niemand einem Drachen das Wasser reichen. *Mach weiter,* dachte er. *Zerschmettere sie! Begrabe ihre heiligen Orte unter tausend Fuß Stein!*

Dann lief er – zusammen mit Arya, Angela und Solembum – weiter über das Kopfsteinpflaster der düsteren, gewundenen Straße. Trotz der frühen Stunde herrschte auf den Straßen schon geschäftiges Treiben: Die ersten Händler machten sich bereit, ihre Läden zu öffnen, Nachtwächter waren auf dem Weg nach Hause, betrunkene Edelmänner kamen gerade erst von ihren Feiern, Obdachlose erhoben sich aus den Hauseingängen, in denen sie geschlafen hatten, und zahlreiche Soldaten rannten durcheinander in Richtung Stadtmauer.

Und alle, selbst diejenigen, die rannten, blickten immer wieder zur Kathedrale, von der aus der Lärm der beiden kämpfenden Drachen durch die Stadt grollte. Jedem einzelnen von ihnen – ob armseliger Bettler, abgebrühter Soldat oder kostbar gewandeter Edelmann – stand der Schrecken ins Gesicht geschrieben und niemand würdigte Eragon oder seine Gefährten eines Blickes.

Vielleicht auch dank des Umstandes, dass er und Arya bei flüchtigem Hinsehen als gewöhnliche Menschen durchgingen.

Auf Eragons Drängen hatte Arya den bewusstlosen Novizen in ausreichender Entfernung von der Kathedrale in einer Gasse abgelegt. »Ich habe versprochen, dass wir ihn mitnehmen würden«, hatte Eragon erklärt, »aber ich habe nicht gesagt, wie weit. Von hier aus kann er selbst seinen Weg finden.« Arya hatte zugestimmt und schien erleichtert, das Gewicht des Novizen los zu sein.

Während die vier die Straße hinunterliefen, empfand Eragon ein seltsames Gefühl der Vertrautheit. Sein letzter Besuch in Dras-Leona hatte recht ähnlich geendet: Er war zwischen engen, schmutzigen Gebäuden durch die Stadt gerannt, in der Hoffnung, das Stadttor zu erreichen, bevor ihm das Imperium auf die Spur kam. Nur hatte er diesmal mehr zu befürchten als nur die Ra'zac.

Er warf wieder einen Blick zur Kathedrale. Wenn Saphira Murtagh und Dorn nur noch einige Minuten beschäftigte, würden die beiden die Varden nicht mehr aufhalten können. Jedoch waren Minuten in der Schlacht manchmal wie Stunden und Eragon wusste sehr wohl, wie schnell das Blatt sich wenden konnte.

Halte durch!, dachte er, obwohl er die Worte nicht an Saphira sandte, um sie nicht abzulenken oder seine Position zu verraten. *Nur noch ein kleines bisschen länger!*

Die Straßen wurden noch schmaler, als sie sich der Stadtmauer näherten, und die vorspringenden oberen Stockwerke der Gebäude – größtenteils Wohnhäuser – versperrten die Sicht nach oben bis auf einen schmalen Streifen blauen Himmels. Die Gossen entlang der Häusermauern waren voll mit stinkendem Unrat. Eragon und Arya benutzten ihre Ärmel, um sich Nase und Mund zuzuhalten. Der Kräuterhexe schien der Gestank nichts auszumachen, aber Solembum knurrte und sein Schwanz zuckte ungehalten.

Eine flüchtige Bewegung auf dem Dach eines nahen Hauses erregte Eragons Aufmerksamkeit, aber was immer sie ausgelöst hatte, war bereits verschwunden, als er hinaufschaute. Er sah weiterhin nach oben und nach einigen Augenblicken bot sich ihm ein seltsames Bild: ein weißer Fleck vor den rußbedeckten Ziegelsteinen eines Schornsteins; seltsame spitze Gestalten, die sich gegen den Morgenhimmel abzeichneten; eine kleine ovale Stelle von der Größe einer Münze, die in den Schatten glänzte wie Feuer.

Erleichtert begriff er, dass die Dächer gesäumt waren von Dutzenden von Werkatzen in ihrer Tiergestalt. Die Werkatzen sprangen von Dach zu Dach und wachten stumm über den Weg, den Eragon und seine Gefährten sich durch das düstere Labyrinth der Stadt bahnten.

Eragon wusste, dass die schwer fassbaren Gestaltwandler sich nur unter den verzweifeltsten Umständen dazu herablassen würden, ihnen zu Hilfe zu kommen, weil sie ihren Bund mit den Varden so lange wie möglich vor Galbatorix geheim halten wollten. Trotzdem fand er es ermutigend, sie in der Nähe zu wissen.

Die Straße endete an einer Kreuzung mit fünf anderen Gassen. Eragon beriet sich mit Arya und der Kräuterhexe; dann beschlossen sie, geradeaus weiterzugehen.

Hundert Fuß vor ihnen machte die Gasse, die sie ausgewählt hatten, eine scharfe Biegung und führte auf den Platz, der vor Dras-Leonas Südtor lag.

Eragon blieb stehen.

Hunderte von Soldaten hatten sich vor dem Tor versammelt. In einem scheinbar heillosen Durcheinander legten die Männer Rüstung und Waffen an, während die Offiziere ihnen Befehle zubrüllten. Die Goldfäden auf den blutroten Wämsern der Soldaten glitzerten bei jeder Bewegung.

Die Anwesenheit der Soldaten bestürzte Eragon, aber noch bestürzter war er über einen riesigen Berg Schutt, den die Verteidiger der Stadt innen vor dem Tor aufgehäuft hatten, damit die Varden es nicht aufbrechen konnten.

Eragon fluchte. Der Schutthaufen war so hoch, dass fünfzig Männer mehrere Tage brauchen würden, um ihn abzutragen. Saphira konnte das Tor binnen weniger Minuten freischaufeln, aber Murtagh und Dorn würden ihr die Gelegenheit dazu niemals geben.

Wir brauchen eine weitere Ablenkung, dachte er. Was das jedoch für eine Ablenkung sein sollte, war ihm völlig schleierhaft. *Saphira!*, rief er und schickte seine Gedanken zu ihr aus. Sie hörte ihn, davon war er überzeugt, aber er hatte keine Zeit, ihr die Situation zu erklären, denn genau in diesem Moment blieb einer der Soldaten stehen und deutete auf Eragon und seine Gefährten.

»Rebellen!«

Eragon riss Brisingr aus der Scheide und schnellte vor, bevor die übrigen Soldaten die Warnung des Mannes beachten konnten. Er hatte keine andere Wahl. Ein Rückzug würde bedeuten, die Varden an das Imperium auszuliefern. Außerdem konnte er es Saphira nicht überlassen, sich ganz allein um die Mauer und um die Soldaten zu kümmern.

Er stieß einen lauten Schrei aus, während er losstürzte, und Arya folgte ihm bei seinem tollkühnen Angriff. Mit ihren Schwertern bahnten sie sich einen Weg mitten durch die überraschten Soldaten. Für einige Augenblicke waren die Männer so verwirrt, dass mehrere von ihnen Eragon erst als ihren Feind erkannten, als sie seine Klinge bereits spürten. Die Bogenschützen auf der Mauerzinne sandten Salven von Pfeilen auf den Platz hinunter. Etliche davon prallten an Eragons Schutzzaubern ab. Die übrigen töteten oder verletzten die Männer des Imperiums.

So schnell er auch war, Eragon konnte doch nicht alle Schwerter, Speere und Dolche abwehren. Er spürte bereits, dass seine Kräfte in einem bestürzenden Tempo abnahmen, während seine Schutzzauber die Angriffe abwehrten. Wenn er sich nicht aus dem Gedränge freikämpfen konnte, würden die Soldaten ihn bis zu dem Punkt auslaugen, an dem er nicht mehr weiterkämpfen konnte.

Mit einem wilden Kriegsschrei drehte er sich im Kreis, hielt Brisingr auf Hüfthöhe und mähte alle Soldaten in seiner Reichweite nieder.

Die schimmernde blaue Klinge durchschnitt Knochen und Fleisch, als wären sie nichts. Blut lief in langen, gewundenen Bahnen von der Schwertspitze. Bahnen, die sich langsam in glitzernde Tropfen teilten – wie Kugeln aus polierter Koralle –, während die Männer, die er verletzte, sich krümmten und die Hände vor den Bauch pressten in dem verzweifelten wie vergeblichen Versuch, die Wunden zu verschließen.

Jede Einzelheit erschien ihm hell und klar, wie aus Glas geformt. Eragon konnte einzelne Haare im Bart des Schwertkämpfers vor sich erkennen. Er konnte die Schweißtropfen zählen, die auf der Haut unter den Augen des Mannes standen, und ihm entging kein einziger Fleck oder Riss in seiner Montur.

Der Lärm des Kampfes dröhnte schmerzhaft laut in seinen empfindlichen Ohren, aber Eragon verspürte ein tiefes Gefühl der Ruhe. Er war nicht immun gegen die Ängste, die ihn zuvor beunruhigt hatten, aber sie hatten sich zurückgezogen und deswegen kämpfte er jetzt besser.

Er vollendete seine Drehung und wandte sich gerade dem Schwertkämpfer zu, als Saphira über seinen Kopf hinwegraste. Sie hatte die Flügel eng an den Körper gelegt, dennoch flatterten sie wie Blätter im Sturm. Ein mächtiger Windstoß zerzauste Eragons Haar und presste ihn auf den Boden.

Einen Moment später folgte Dorn hinter Saphira, die Zähne gebleckt, und Flammen loderten aus seinem geöffneten Maul. Die beiden Drachen jagten eine halbe Meile über die gelbe Lehmmauer von Dras-Leona hinaus, dann flogen sie einen Bogen und kamen aufs Neue herangeschossen.

Von außerhalb der Mauern hörte Eragon laute Rufe. *Die Varden müssen die Tore fast erreicht haben.*

Auf seinem linken Unterarm brannte etwas, als hätte jemand heißes Fett daraufgegossen. Er sog die Luft durch die Zähne und schüttelte den Arm, aber das Gefühl blieb. Dann sah er einen Blutstropfen auf seinem Wams. Er schaute zu Saphira hinauf. Es musste Drachenblut sein, aber er konnte nicht sagen, von welchem der beiden Drachen es stammte.

Als Saphira und Dorn näher kamen, nutzte Eragon die Ablenkung, um drei weitere Männer zu töten. Dann hatten die übrigen sich wieder zusammengerissen und der Kampf ging mit unverminderter Härte weiter.

Ein Soldat mit einer Streitaxt trat auf Eragon zu und holte aus. Mitten im Schlag erledigte Arya den Mann mit einem Hieb von hinten, der ihn fast spaltete.

Mit einem kurzen Nicken bedankte Eragon sich für ihre Hilfe. Stillschweigend kamen sie überein, Rücken an Rücken zu kämpfen.

Eragon spürte, dass Arya genauso keuchte wie er selbst. Obwohl sie stärker und schneller waren als die meisten Menschen, hatte auch ihre Ausdauer und Kraft Grenzen. Sie hatten bereits Dutzende getötet, aber es blieben immer noch Hunderte, und Eragon wusste, dass weitere Soldaten eintreffen würden.

»Was jetzt?«, rief er, während er einen Speer parierte, der seinen Oberschenkel treffen sollte.

»Magie!«, erwiderte Arya.

Während Eragon die Angriffe der Soldaten abwehrte, begann er jeden Zauber aufzusagen, der ihm einfiel, um ihre Feinde zu töten.

Ein weiterer Windstoß zerzauste sein Haar und ein kühler Schatten glitt über ihn hinweg, als Saphira über ihnen einen engen Kreis zog, um ihre Geschwindigkeit zu verringern. Dann ließ sie sich mit ausgebreiteten Schwingen hinabsinken, um auf der Mauer zu landen.

Bevor sie die Mauerzinne erreichte, hatte Dorn sie eingeholt. Der rote Drache schoss herab und stieß einen Flammenstrahl aus, der mehr als hundert Fuß lang war. Saphira brüllte unwillig, schwenkte von der Mauer weg und schlug rasch mit den Flügeln, um wieder an Höhe zu gewinnen. Die beiden Drachen umkreisten einander, während sie in den Himmel aufstiegen, und gingen beißend und kratzend und rasend vor Wut aufeinander los.

Saphira in Gefahr zu sehen, verstärkte Eragons Entschlossenheit nur noch. Er erhöhte das Tempo und sang die Worte in der alten Sprache so schnell, wie er konnte, ohne sich zu versprechen. Aber wie sehr er sich auch bemühte, weder seine Zauber noch die Aryas hatten irgendeine Wirkung auf die Soldaten.

Dann donnerte Murtaghs Stimme vom Himmel wie die Stimme eines an den Wolken kratzenden Riesen: »Diese Männer stehen unter *meinem* Schutz, Bruder!«

Eragon blickte auf und sah Dorn auf den Platz zustürzen. Der plötzliche Richtungswechsel des roten Drachen kam für Saphira unerwartet. Sie schwebte noch immer hoch über der Stadt, eine dunkle blaue Gestalt vor dem Hintergrund des helleren Himmelblaus.

Sie wissen Bescheid, dachte Eragon und Furcht schlich sich in seine vorherige Ruhe.

Er senkte den Blick wieder und ließ ihn über die Menge schweifen. Immer mehr Soldaten strömten aus den Straßen zu beiden Seiten des Stadttores auf den Platz. Die Kräuterhexe stand mit dem Rücken zu einem der angrenzenden Häuser und warf mit einer Hand Glasphiolen, während sie mit der anderen Klimpertod schwang. Die Phiolen setzten Wolken grünen Dunstes frei, wenn sie zerbrachen, und alle Soldaten, die in die Dämpfe gerieten, sanken zu Boden, umklammerten ihre Kehle und zuckten, während ihnen kleine braune Pilze aus jedem Zoll nackter Haut sprossen. Hinter Angela hockte auf einer breiten Gartenmauer Solembum. Die Werkatze nutzte ihren erhöhten Standort, um den Soldaten mit ihren Klauen ins Gesicht zu fahren und ihnen die Helme herunterzureißen. Damit lenkte Solembum sie ab, wenn sie versuchten, sich der Kräuterheilerin zu nähern. Sowohl er als auch Angela schienen arg bedrängt zu werden, und Eragon bezweifelte, dass sie noch viel länger durchhalten konnten.

Was Eragon sah, machte ihm keine Hoffnung. Er richtete den Blick wieder auf die gewaltige Masse Dorns, gerade als der rote Drache seine Flügel mit Luft füllte und so seinen Sturzflug abbremste.

»Wir müssen hier weg!«, rief Arya.

Eragon zögerte. Es wäre einfach, Arya, Angela, Solembum und sich selbst über die Mauer zu befördern, dorthin, wo die Varden stehen mussten. Aber wenn sie flohen, waren die Varden nicht besser dran als vorher. Ihre Armee konnte es sich nicht leisten, noch länger zu warten: Binnen weniger Tage würden ihnen die Vorräte ausgehen und die Männer würden langsam, aber sicher desertieren. Wenn es erst einmal so weit war, würde es ihnen wohl nie wieder gelingen, alle Völker gegen Galbatorix zu einen.

Dorns Körper und Flügel blendeten den Himmel aus, stürzten das Gebiet unter ihm in rötliche Dunkelheit und nahmen Eragon die Sicht auf Saphira. Blutstropfen von der Größe einer Faust fielen von Dorns Hals und Beinen und mehr als ein Soldat schrie vor Schmerz auf, weil das Blut ihn verbrühte.

»Eragon! Jetzt!«, rief Arya. Sie packte ihn am Arm und zog, aber er wollte immer noch nicht weichen, war noch nicht bereit, seine Niederlage einzugestehen.

Arya zog fester, was Eragon zwang, sich vorzubeugen, um auf den Füßen zu bleiben. Dabei fiel sein Blick auf Aren, den er am Mittelfinger der rechten Hand trug.

Er hatte gehofft, die Energie in dem Ring für den Tag aufsparen zu können, an dem er endlich Galbatorix gegenüberstehen würde. Es war nicht gerade viel, verglichen mit dem, was der König in den langen Jahren auf dem Thron zweifellos angesammelt haben musste, aber es war der größte Vorrat an Macht, den Eragon besaß. Er würde keine Chance haben, noch einmal genauso viel Energie anzusammeln, bevor die Varden Urû'baen erreichten – falls ihnen das überhaupt gelang. Außerdem war der Ring eines der wenigen Dinge, die Brom ihm hinterlassen hatte. Aus diesen Gründen widerstrebte es ihm, etwas von der Energie zu nehmen.

Aber es fiel ihm keine andere Lösung ein.

Der Vorrat an Energie in Aren war Eragon immer gewaltig erschienen. Jetzt fragte er sich, ob es für das, was er vorhatte, reichen würde.

Am Rand seiner Wahrnehmung sah er, wie Dorn mit mannsgroßen Klauen nach ihm griff, und etwas in ihm schrie verzweifelt, er solle wegrennen, bevor das Ungeheuer ihn packte und bei lebendigem Leib fraß.

Eragon holte tief Luft, dann brach er Arens kostbaren Vorrat an und rief: »*Jierda!*«

Der Energiestrom, der ihn durchfloss, war gewaltiger als alles, was er je erlebt hatte. Er war wie ein eiskalter Fluss, der mit beinahe unerträglicher Intensität brannte und kribbelte. Das Gefühl war peinigend und rauschhaft zugleich.

Auf seinen Befehl hin explodierte der riesige Schutthaufen vor dem Tor und schoss als massive Säule aus Erde und Stein in den Himmel. Der Trümmerstrahl traf Dorn seitlich, zerfetzte ihm den Flügel und katapultierte den kreischenden Drachen weit über den Stadtrand von Dras-Leona hinaus. Dann verbreiterte sich die Säule am oberen Ende und bildete einen lockeren Schirm über der Südhälfte der Stadt.

Das explosionsartige Abheben des Schutts hatte den Platz so erschüttert, dass niemand mehr stand. Eragon landete auf allen vieren und verharrte in dieser Position, den Blick nach oben gerichtet, während er den Zauber aufrechterhielt.

Als die Energie in dem Ring fast erschöpft war, flüsterte er: »*Gánga raehta.*« Wie eine dunkle Gewitterwolke, die der Sturm mit sich riss, trieb die Trümmerwolke nach rechts, in Richtung Hafen und Leona-See. Eragon schob den Schutt von der Stadt weg, solange er konnte. Dann, als die letzten Reste der Energie ihn durchströmten, beendete er den Zauber.

Mit einem täuschend sanften Brausen fiel die Trümmerwolke in sich zusammen. Die schwereren Brocken – Steine, Holz und Lehmklumpen – hagelten auf das Wasser des Sees nieder, während die kleineren Teile weiter in der Luft schwebten und als große braune Wolke langsam nach Westen drifteten.

Wo vor dem Südtor der Schutthaufen gelegen hatte, war ein Krater zurückgeblieben. Zerbrochene Pflastersteine säumten ihn wie ein Kreis aus ausgeschlagenen Zähnen. Das Tor stand offen, die Torflügel hingen verbogen und zersplittert in den Resten ihrer Angeln.

Hinter den zerstörten Toren standen kampfbereit die Varden. Eragon atmete erleichtert aus und ließ den Kopf erschöpft auf die Brust sinken. *Es hat funktioniert,* dachte er verblüfft. Dann richtete er sich langsam auf, in dem vagen Bewusstsein, dass die Gefahr noch nicht vorüber war.

Während die Soldaten sich mühsam aufrappelten, strömten die Varden mit Kriegsrufen auf den Platz und schlugen ihre Schwerter gegen die Schilde. Kurz darauf landete Saphira, und was gewirkt hatte wie der Auftakt zu einer offenen Schlacht, verwandelte sich im Nu in ein heilloses Durcheinander, da die Soldaten nun versuchten, sich in Sicherheit zu bringen.

Eragon entdeckte Roran inmitten des Meeres aus Männern und Zwergen, verlor ihn jedoch wieder aus den Augen, bevor er seinen Cousin auf sich aufmerksam machen konnte.

Arya …? Eragon drehte sich um und stellte bestürzt fest, dass sie nicht mehr da war. Er suchte die Umgebung nach ihr ab und entdeckte sie schon bald auf halbem Weg zur anderen Seite des Platzes, umringt von etwa zwanzig Soldaten. Die Männer hielten sie mit grimmiger Entschlossenheit an Armen und Beinen fest und versuchten sie wegzuschleifen. Arya befreite eine Hand, gab einem Mann einen Kinnhaken und brach ihm damit das Genick, aber ein anderer Soldat packte ihren Arm, bevor sie erneut ausholen konnte.

Eragon rannte zu ihr. Erschöpft wie er war, ließ er seinen Schwertarm etwas sinken, da verfing sich die Spitze von Brisingr im Kettenhemd eines gefallenen Soldaten, wurde ihm aus der Hand gerissen und fiel zu Boden. Eragon zögerte, nicht sicher, ob er umkehren sollte, aber dann sah er, dass zwei Soldaten Arya mit Dolchen attackierten, und er rannte schneller.

Gerade als er sie erreichte, schüttelte Arya ihre Angreifer für einen Moment ab. Die Männer warfen sich mit vorgestreckten Armen auf sie. Doch bevor sie sie erneut packen konnten, schlug Eragon einem Mann die Faust in die Seite und trieb sie ihm bis in den Brustkorb. Ein Soldat mit gewachstem Schnurrbart stieß mit seinem Schwert nach Eragons Brust. Eragon fing die Klinge mit bloßen Händen ab, entriss sie dem Soldaten, zerbrach das Schwert und weidete den Soldaten mit dem Stumpf seiner eigenen Waffe aus. Binnen Sekunden waren alle Soldaten, die Arya bedrängt hatten, tot oder lagen im Sterben. Die, die Eragon nicht getötet hatte, erschlug Arya.

Anschließend sagte Arya: »Ich hätte sie auch allein besiegt.«

Eragon beugte sich vor und stützte die Hände auf die Knie, während er nach Luft schnappte. »Ich weiß …« Er deutete mit dem Kopf auf ihre rechte Hand – die, die sie sich bei dem Versuch, die eiserne Fessel abzustreifen, verletzt hatte. »Betrachte es als meinen Dank.«

»Ein grausiges Geschenk.« Aber sie sagte es mit einem schwachen Lächeln auf den Lippen.

Die meisten Soldaten waren inzwischen von dem Platz geflohen, die übrigen waren von den Varden gegen die Häuser zurückgedrängt worden und standen nun mit dem Rücken zur Wand. Gerade als Eragon sich umschaute, sah er Dutzende von Galbatorix' Männern ihre Waffen zu Boden werfen und sich ergeben.

Gemeinsam holten er und Arya sein Schwert, dann gingen sie zu der gelben Lehmmauer hinüber, wo der Boden relativ frei von

Unrat war. Sie setzten sich, und an die Mauer gelehnt, beobachteten sie den Einmarsch der Varden in die Stadt.

Saphira gesellte sich bald zu ihnen. Sie stupste Eragon mit der Schnauze an und er lächelte und kraulte sie. Sie ließ ein tiefes Summen erklingen. *Du hast es geschafft*, sagte sie.

Wir haben es geschafft, erwiderte er.

Auf ihrem Rücken löste Bloëdhgarm die Riemen, die seine Beine in Saphiras Sattel gehalten hatten, und ließ sich an ihrer Seite zu Boden gleiten. Für einen Moment hatte Eragon das ungemein verwirrende Gefühl, sich selbst zu begegnen. Er kam sofort zu dem Schluss, dass ihm nicht gefiel, wie sich sein Haar an den Schläfen kräuselte.

Bloëdhgarm murmelte ein Wort in der alten Sprache, dann flimmerte seine Gestalt wie die Luft über einem Feuer und er war wieder er selbst: hochgewachsen, pelzig, mit gelben Augen, langen Ohren und scharfen Zähnen. In diesem Moment schien er weder Mensch noch Elf zu sein, doch in seinen angespannten, harten Zügen standen sowohl Kummer als auch Zorn.

»Schattentöter«, begann er und verneigte sich vor Arya und vor Eragon. »Saphira hat mir von Wyrdens Schicksal erzählt. Ich …«

Bevor er den Satz beenden konnte, lösten sich die zehn verbliebenen Elfen unter Bloëdhgarms Kommando aus dem Gedränge der Varden und kamen mit den Schwertern in den Händen herbeigeeilt.

»Schattentöter!«, riefen sie. »Argetlam! Schimmerschuppe!«

Eragon begrüßte sie erschöpft und gab sich alle Mühe, ihre Fragen zu beantworten, obwohl er lieber einen Moment lang gar nichts getan hätte.

Dann unterbrach ein donnerndes Brüllen ihr Gespräch und ein Schatten fiel über sie. Als Eragon aufschaute, sah er Dorn – wieder gesund und unversehrt – auf einer Luftsäule hoch über ihnen schweben.

Eragon fluchte, kletterte auf Saphira und zog Brisingr, während Arya, Bloëdhgarm und die anderen Elfen einen schützenden Ring um die Drachendame bildeten. Ihre vereinte Macht war beeindruckend, aber ob sie ausreichen würde, um Murtagh abzuwehren, wusste Eragon nicht.

Wie ein Mann sahen die Varden nach oben. Tapfer mochten sie ja sein, aber selbst die tapfersten zitterten vor einem Drachen.

»Bruder!«, rief Murtagh und seine verstärkte Stimme war so laut, dass Eragon sich die Ohren zuhalten musste. »Die Verletzungen, die du Dorn zugefügt hast, wirst du mit deinem Blut bezahlen! Nimm Dras-Leona, wenn du willst. Es bedeutet Galbatorix nichts. Aber uns hast du nicht zum letzten Mal gesehen, Eragon Schattentöter, das schwöre ich.«

Und dann drehte Dorn ab, flog nach Norden über Dras-Leona und verschwand bald in dem Rauchschleier, der sich über den brennenden Häusern rings um die Ruine der Kathedrale erhob.

An den Ufern des Leona-Sees

Mit zusammengebissenen Zähnen und geballten Fäusten schritt Eragon durch das dunkle Lager.

Er hatte die letzten Stunden im Gespräch mit Nasuada, Orik, Arya, Garzhvog, König Orrin und deren verschiedenen Ratgebern verbracht, die Ereignisse des Tages besprochen und die gegenwärtige Situation der Varden erörtert. Gegen Ende des Treffens hatten sie sich mit Königin Islanzadi in Verbindung gesetzt, um sie darüber zu informieren, dass die Varden Dras-Leona erobert hatten. Außerdem berichteten sie ihr von Wyrdens Tod.

Es war keine erfreuliche Aufgabe für Eragon gewesen, der Königin zu erklären, wie einer ihrer ältesten und mächtigsten Magier gestorben war, und die Königin hatte die Neuigkeit auch nicht besonders gut aufgenommen. Genauer gesagt hatte ihre tiefe Trauer ihn überrascht. Er hatte nicht gedacht, dass sie Wyrden so gut gekannt hatte.

Nach dem Gespräch mit Islanzadi fühlte Eragon sich ganz elend, denn es hatte ihm noch einmal vor Augen geführt, wie zufällig und unnötig Wyrdens Tod gewesen war. *Hätte ich die Führung übernommen, wäre ich derjenige gewesen, den diese Stacheln aufgespießt hätten,* dachte er, während er seine Durchsuchung des Lagers fortsetzte. *Oder es hätte Arya sein können.*

Saphira wusste, was er vorhatte, aber sie hatte beschlossen, zu dem Platz neben seinem Zelt zurückzukehren, wo sie normalerweise schlief. *Wenn ich zwischen den Zeltreihen auf und ab trampele, halte ich die Varden nur wach, und sie haben sich ihre Ruhe verdient.* Sie blieben jedoch in Gedanken vereint und er wusste, dass sie, wenn er sie brauchte, innerhalb von Sekunden an seiner Seite sein würde.

Um sich seine Nachtsicht zu bewahren, vermied Eragon es, direkt in ein Lagerfeuer oder eine Fackel zu schauen, die vor vielen Zelten brannten, aber er versäumte es dennoch nicht, jeden Lichtkreis nach seinem Opfer abzusuchen.

Während seiner Suche kam ihm der Gedanke, dass er sie vielleicht überhaupt nicht finden würde. Er war nicht gerade gut auf sie zu sprechen und das würde es ihr ermöglichen, zu spüren, wo er gerade war, und ihm auszuweichen, wenn sie das wollte. Doch er hielt sie nicht für einen Feigling. Trotz ihrer Jugend war sie einer der stärksten Charaktere, denen er unter Menschen, Elfen oder Zwergen je begegnet war.

Schließlich entdeckte er Elva vor einem kleinen, unauffälligen Zelt. Sie saß im Licht eines heruntergebrannten Feuers und beschäftigte sich mit einem Fadenspiel. Neben ihr saß Greta, die das Mädchen in ihre Obhut genommen hatte und für sie sorgte, und ein Paar lange hölzerne Stricknadeln bewegten sich flink zwischen ihren knorrigen Händen.

Einen Moment lang stand Eragon da und beobachtete die beiden. Die alte Frau wirkte zufriedener, als er sie je gesehen hatte, und er merkte, wie es ihm widerstrebte, ihre Ruhe zu stören.

Unvermittelt sagte Elva: »Verliere jetzt nicht den Mut, Eragon, nachdem du den weiten Weg hierhergekommen bist.« Ihre Stimme klang seltsam gedämpft, als hätte sie geweint. Aber als sie aufschaute, war ihr Blick grimmig und herausfordernd.

Greta schien zu erschrecken, als Eragon ins Licht trat. Sie raffte ihre Wolle und ihre Nadeln zusammen, verneigte sich und sagte: »Seid mir gegrüßt, Schattentöter. Darf ich Euch etwas zu essen oder zu trinken anbieten?«

»Nein, danke.« Eragon blieb vor Elva stehen und sah auf das zierliche Mädchen hinab. Sie erwiderte seinen Blick einen Moment lang, dann machte sie sich wieder daran, das Garn zwischen ihren Händen von einem Finger zum nächsten gleiten zu lassen. Ihre purpurnen Augen hatten, wie er mit einem seltsamen Ziehen im Magen bemerkte, die gleiche Farbe wie die Amethyste, die die

Priester vom Helgrind benutzt hatten, um Wyrden zu töten und Arya und ihn gefangen zu nehmen.

Eragon kniete sich hin, hielt das Gewirr der Fäden in der Mitte fest und zwang Elva, ihr Spiel zu unterbrechen.

»Ich weiß, was du sagen willst«, stellte sie fest.

»Das mag schon sein«, knurrte er, »aber ich werde es trotzdem sagen. Du hast Wyrden getötet – du hast ihn getötet, als hättest du ihn selbst erstochen. Wenn du mit uns gekommen wärst, hättest du ihn vor der Falle warnen können. Du hättest uns alle warnen können. Ich habe Wyrden sterben sehen und ich habe zugesehen, wie Arya sich die halbe Hand abgerissen hat, und das alles *deinetwegen*. Wegen deiner Wut. Wegen deiner Sturheit. Wegen deines Stolzes… Hasse mich, wenn du willst, aber wage es nicht, irgendjemanden sonst dafür leiden zu lassen. Wenn du willst, dass die Varden verlieren, dann schließe dich doch einfach Galbatorix an. Also, ist es das, was du willst?«

Elva schüttelte langsam den Kopf.

»Dann will ich nie wieder hören, dass du dich aus reiner Boshaftigkeit weigerst, Nasuada zu helfen. Sonst werde ich mit dir abrechnen, Elva Seherin, und dabei wirst du nicht ungeschoren davonkommen.«

»Du könntest mich niemals besiegen«, murmelte sie aufgebracht.

»Du wärst vielleicht überrascht. Du hast ein wertvolles Talent, Elva. Die Varden brauchen deine Hilfe, jetzt mehr denn je. Ich weiß nicht, wie wir den König in Urû'baen besiegen sollen, aber wenn du zu uns stehst – wenn du dein Talent gegen ihn einsetzt –, haben wir vielleicht eine Chance.«

Elva schien mit sich zu ringen. Dann nickte sie und Eragon sah, dass sie weinte. Tränen quollen ihr aus den Augen. Er freute sich nicht darüber, dass sie so verzweifelt war, aber er verspürte doch eine gewisse Befriedigung darüber, dass seine Worte eine so große Wirkung auf sie hatten.

»Es tut mir leid«, flüsterte sie.

Er ließ die Fäden los und stand auf. »Deine Entschuldigungen bringen Wyrden nicht wieder zurück. Mach es in Zukunft besser, vielleicht kannst du deinen Fehler damit wiedergutmachen.«

Er nickte der alten Greta zu, die während ihres Wortwechsels stumm geblieben war, dann trat er aus dem Licht hinaus und zurück zwischen die dunklen Zeltreihen.

Du hast deine Sache gut gemacht, bemerkte Saphira. *Sie wird sich von jetzt an anders verhalten, denke ich.*

Ich hoffe es.

Elva zur Rede zu stellen war eine ungewöhnliche Erfahrung für Eragon gewesen. Er erinnerte sich daran, wie Brom und Garrow ihn für Fehler getadelt hatten. Jetzt war auf einmal er derjenige, der den Tadel aussprach, und das gab ihm das Gefühl, sich … verändert zu haben … reifer geworden zu sein.

So dreht sich das Rad, dachte er.

Er ließ sich bei seinem Gang durch das Lager Zeit und genoss die kühle Brise, die vom See herüberwehte.

Nach der Eroberung Dras-Leonas hatte Nasuada zur Überraschung aller darauf bestanden, dass die Varden die Nacht *nicht* in der Stadt verbrachten. Sie hatte ihre Entscheidung nicht begründet, aber Eragon vermutete, dass sie nach der langen Belagerung der Stadt so bald wie möglich nach Urû'baen weitermarschieren wollte. Außerdem legte sie vermutlich keinen besonderen Wert darauf, sich länger als nötig in der Stadt aufzuhalten, in der jede Menge Agenten von Galbatorix lauerten.

Sobald die Varden die Straßen gesichert hatten, hatte Nasuada eine Anzahl von Kriegern abgestellt, die unter dem Kommando von Martland Rotbart in der Stadt bleiben sollten. Dann hatten die Varden Dras-Leona verlassen und waren am Leona-See entlang nach Norden marschiert. Unterwegs waren ständig Boten zwischen dem Heer und Dras-Leona hin- und hergeritten, mittels derer Martland und Nasuada sich über die zahlreichen Probleme verständigt hatten, die die Verwaltung der Stadt betrafen.

Vor dem Aufbruch der Varden waren Eragon, Saphira und Bloëdhgarms Magier noch einmal in die zerstörte Kathedrale zurückgekehrt, um Wyrdens Leichnam zu bergen und nach dem Gürtel Beloths des Weisen zu suchen. Saphira hatte nur wenige Minuten gebraucht, um den Steinhaufen wegzufegen, der den Eingang zu den unterirdischen Gewölben blockierte. Und auch Wyrdens Leichnam hatten Bloëdhgarm und die anderen Elfen schnell heraufgebracht. Aber wie lange sie auch suchten und welche Zauber sie auch benutzten, der Gürtel blieb unauffindbar.

Die Elfen hatten Wyrden auf ihren Schilden aus der Stadt und zu einem Hügel in der Nähe eines kleinen Bachs getragen. Dort begruben sie ihn und sangen dabei mehrere Klagelieder in der alten Sprache – Lieder, die so traurig waren, dass Eragon hemmungslos geweint hatte, und alle Vögel und Tiere hatten innegehalten und gelauscht.

Die silberhaarige Elfe Yaela hatte neben dem Grab gekniet, eine Eichel aus dem Beutel an ihrem Gürtel genommen und sie direkt über Wyrdens Brust eingepflanzt. Und dann hatten die zwölf Elfen, darunter Arya, zu der Eichel gesungen, die Wurzeln schlug und spross und emporwuchs und schon bald ihre Äste in den Himmel reckte wie die Finger einer Hand.

Als die Elfen ihr Werk vollendet hatten, war die belaubte Eiche zwanzig Fuß hoch und an jedem Zweig hingen lange Schnüre grüner Blütenstände.

Eragon fand, dass es das schönste Begräbnis war, an dem er je teilgenommen hatte. Diese Art war ihm bei Weitem lieber als der Brauch der Zwerge, ihre Toten in hartem, kaltem Stein tief im Herzen der Erde zu bestatten, und ihm gefiel die Vorstellung, dass der eigene Körper Nahrung für einen Baum lieferte, der vielleicht fünfhundert Jahre oder länger leben würde. Wenn er sterben musste, dann wollte er, dass über ihm ein Apfelbaum gepflanzt wurde, damit seine Freunde und Verwandten die aus seinem Körper entsprossenen Früchte essen konnten.

Diese Vorstellung hatte ihn, obwohl sie ziemlich abgründig war, ungemein erheitert.

Abgesehen vom Durchsuchen der Kathedrale und der Bergung von Wyrdens Leichnam hatte Eragon nach der Eroberung Dras-Leonas noch etwas Wichtiges in der Stadt zu tun gehabt. Mit Nasuadas Zustimmung hatte er jedem Sklaven in der Stadt die Freiheit geschenkt. Er war persönlich zu den Villen und Auktionshäusern gegangen und hatte die vielen dort angeketteten Männer, Frauen und Kinder befreit. Diese Tat hatte ihm große Befriedigung verschafft und er hoffte, dass sie das Leben der Menschen verbessern würde, die er freigelassen hatte.

Als er sich seinem Zelt näherte, sah er, dass Arya am Eingang auf ihn wartete. Eragon beschleunigte seinen Schritt, aber bevor er sie begrüßen konnte, rief jemand: »Schattentöt…!«

Eragon drehte sich um, noch bevor das Wort zu Ende gesprochen war, und sah einen von Nasuadas Pagen heraneilen. »Schattentöterin«, wiederholte der Junge nun ein wenig atemlos und verneigte sich vor Arya. »Nasuada möchte, dass Ihr morgen eine Stunde vor Tagesanbruch in ihr Zelt kommt, damit Ihr Euch mit ihr beraten könnt. Was soll ich ihr sagen, Arya?«

»Du kannst ihr sagen, dass ich da sein werde, wenn sie es wünscht«, erwiderte Arya und neigte leicht den Kopf.

Der Page verbeugte sich abermals, dann fuhr er herum und rannte zurück in die Richtung, aus der er gekommen war.

»Das ist jetzt ein wenig verwirrend, weil wir inzwischen beide einen Schatten getötet haben«, bemerkte Eragon mit einem schwachen Grinsen.

Arya lächelte ebenfalls, obwohl die Bewegung ihrer Lippen in der Dunkelheit fast nicht zu sehen war. »Wäre es dir lieber, ich hätte Varaug am Leben gelassen?«

»Nein … nein, ganz und gar nicht.«

»Ich hätte ihn als Sklaven behalten und nach meiner Pfeife tanzen lassen können.«

»Jetzt ziehst du mich auf«, erwiderte er.

Sie lachte leise.

»Vielleicht sollte ich dich stattdessen Prinzessin nennen – Prinzessin Arya.« Er wiederholte es und genoss das Gefühl der Worte in seinem Mund.

»Du solltest mich nicht so nennen«, versetzte sie wieder ernster. »Ich bin keine Prinzessin.«

»Warum nicht? Deine Mutter ist eine Königin. Wie kannst du da keine Prinzessin sein? Ihr Titel ist *Dröttning*, deiner ist *Dröttningu*. Einer bedeutet ›Königin‹ und der andere …«

»Bedeutet nicht ›Prinzessin‹«, unterbrach sie ihn. »Nicht direkt. Es gibt keine genaue Entsprechung in dieser Sprache.«

»Aber wenn deine Mutter sterben oder abdanken würde, würdest du doch ihren Platz als Herrscherin deines Volkes einnehmen, nicht wahr?«

»So einfach ist das nicht.«

Arya schien keine weiteren Erklärungen geben zu wollen, daher fragte Eragon: »Würdest du gern hineingehen?«

»Ja, das würde ich«, antwortete sie.

Eragon hielt ihr den Eingang zu seinem Zelt auf und Arya schlüpfte hinein. Nach einem schnellen Blick auf Saphira – die zusammengerollt neben dem Zelt lag und laut und gleichmäßig atmete, während sie einschlummerte – folgte Eragon ihr.

Er ging zu der Laterne, die an dem Pfosten in der Mitte des Zeltes hing, und murmelte: »*Istalrí!*«, nicht *Brisingr*, um das Schwert nicht zu entzünden. Die entstandene Flamme erfüllte das Innere des Zelts mit einem warmen, ruhigen Licht, das das spärlich ausgestattete Zelt beinahe behaglich erscheinen ließ.

Sie setzten sich und Arya sagte: »Das habe ich unter Wyrdens Habseligkeiten gefunden und ich dachte, wir könnten es zusammen genießen.« Aus der Seitentasche ihrer Hose förderte sie eine geschnitzte Holzflasche zutage, die etwa die Größe von Eragons Hand hatte. Sie reichte sie ihm.

Eragon zog den Stöpsel aus der Flasche und schnupperte an der Öffnung. Er zog die Augenbrauen hoch, als er den starken, süßen Duft von Schnaps roch.

»Ist das Faelnirv?«, fragte er. So hieß das Getränk, das die Elfen aus Holunderbeeren und – so hatte Narí behauptet – aus Mondstrahlen herstellten.

Aryas Lachen klang wie wohlgetemperter Stahl. »Ja, aber Wyrden hat noch etwas anderes hinzugefügt.«

»Ach ja?«

»Die Blätter einer Pflanze, die im östlichen Teil von Du Weldenvarden wächst, an den Ufern des Röna.«

Er runzelte die Stirn. »Kenne ich den Namen dieser Pflanze?«

»Wahrscheinlich, aber das ist nicht wichtig. Nur zu, trink. Es wird dir schmecken, ich verspreche es.«

Und sie lachte wieder, was ihn stutzen ließ. Er hatte sie noch nie so gesehen. Sie wirkte unbekümmert und plötzlich wurde ihm klar, dass sie bereits ziemlich beschwipst war.

Eragon zögerte und er fragte sich, ob Glaedr sie beobachtete. Dann hob er die Flasche an die Lippen und nahm einen Schluck von dem Faelnirv. Der Schnaps schmeckte anders, als er es gewohnt war. Er hatte ein starkes, moschusartiges Aroma und roch ein bisschen nach Marder oder Wiesel.

Eragon verzog das Gesicht und kämpfte gegen den Drang, zu würgen, als der Faelnirv eine brennende Spur in seiner Kehle hinterließ. Er nahm einen weiteren, kleineren Schluck und gab Arya die Flasche zurück. Sie trank ebenfalls einen Schluck.

Er hatte einen Tag voller Blut und Grauen hinter sich. Den größten Teil davon hatte er damit verbracht, zu kämpfen, zu töten und beinahe selbst getötet zu werden, und er wollte einen Moment Ruhe ... er wollte vergessen. Die Anspannung, die er verspürte, saß zu tief, als dass er sie allein durch Meditation hätte lindern können. Er brauchte etwas anderes. Etwas, was nicht aus ihm selbst kam – so wie die Gewalt, die er ausgeübt, erlitten und mit angesehen hatte, nicht aus ihm selbst gekommen, sondern ihm aufgezwungen worden war.

Als Arya ihm die Flasche zurückgab, nahm er einen großen Schluck, dann kicherte er, weil er einfach nicht anders konnte.

Arya zog eine Augenbraue hoch und betrachtete ihn mit einer nachdenklichen, wenn auch heiteren Miene. »Was ist so komisch?«

»Dieses ... Wir ... Die Tatsache, dass wir noch leben, und sie ...«, er deutete mit der Hand in Richtung Dras-Leonas, »... nicht. Das Leben ist komisch, das Leben und der Tod.« In seinem Bauch breitete sich bereits eine wohlige Wärme aus und die Spitzen seiner Ohren hatten angefangen zu kribbeln.

»Es ist schön, am Leben zu sein«, bestätigte Arya.

Sie tranken weiter abwechselnd aus der Flasche, bis sie leer war. Als Eragon schließlich den Stöpsel wieder auf den Flaschenhals drücken wollte, brauchte er dafür mehrere Versuche, denn seine Finger fühlten sich dick und unbeholfen an und das Feldbett schien unter ihm zu schwanken wie das Deck eines Schiffes auf See.

Er gab Arya die leere Flasche zurück, und als sie sie entgegennahm, umfasste er ihre Hand, ihre rechte Hand, und drehte sie ins Licht. Die Haut war wieder glatt und makellos. Es war keine Spur ihrer Verletzungen mehr zu sehen. »Bloëdhgarm hat dich geheilt?«, erkundigte sich Eragon.

Arya nickte und er ließ sie los. »Größtenteils. Ich kann die Hand wieder ganz normal benutzen.« Sie demonstrierte es, indem sie sie mehrmals öffnete und schloss. »Aber da unten an meinem Daumenansatz ist immer noch ein Fleckchen Haut, wo ich nichts spüre.« Sie deutete mit dem linken Zeigefinger darauf.

Eragon streckte seine Hand aus und berührte die Stelle sacht. »Hier?«

»Hier«, antwortete sie und bewegte seine Finger ein wenig nach rechts.

»Und Bloëdhgarm konnte nichts dagegen tun?«

Sie schüttelte den Kopf. »Er hat ein halbes Dutzend Zauber ausprobiert, aber die Nerven wollen einfach nicht wieder zusammenwachsen.« Sie winkte ab. »Das spielt keine Rolle. Ich kann immer noch ein Schwert schwingen und ich kann immer noch einen Bogen spannen. Das ist alles, was zählt.«

Eragon zögerte, dann sagte er: »Du weißt … wie dankbar ich für das bin, was du getan hast – was du versucht hast zu tun. Es tut mir nur so leid, dass dir davon immer etwas bleiben wird. Wenn ich es irgendwie hätte verhindern können …«

»Du brauchst dich deswegen nicht schlecht zu fühlen. Es ist unmöglich, unversehrt durchs Leben zu gehen. Man sollte es sich auch gar nicht wünschen. An den Verletzungen, die wir ansammeln, können wir sowohl unsere Torheiten als auch unsere Erfolge ablesen.«

»Angela hat etwas Ähnliches über Feinde gesagt – dass man, wenn man sich keine Feinde im Leben macht, ein Feigling oder Schlimmeres sei.«

Arya nickte. »Daran ist etwas Wahres.«

Sie redeten weiter und lachten, während die Nacht voranschritt. Statt allmählich nachzulassen, wurde die Wirkung des abgewandelten Faelnirv immer stärker. Ein verschwommener Schleier legte sich über Eragons Blick und er bemerkte, dass die Schatten im Zelt sich im Kreis zu drehen schienen. Seltsame, blitzende Lichter – wie die, die er normalerweise sah, wenn er nachts die Augen schloss – schwebten durch sein Blickfeld. Die Spitzen seiner Ohren brannten fieberheiß und die Haut an seinem Rücken juckte und kribbelte, als liefen Ameisen darüber. Und gewisse Geräusche hatten eine eigenartige Intensität angenommen – das rhythmische Zirpen der Grillen am Ufer zum Beispiel und das Knistern der Fackel vor seinem Zelt. Sie wurden immer lauter, bis sie sein Gehör so beherrschten, dass er Mühe hatte, irgendein anderes Geräusch wahrzunehmen.

Bin ich vergiftet worden?, fragte er sich.

»Was ist denn?«, fragte Arya, die seine Bestürzung bemerkte.

Er befeuchtete seinen Mund, der unglaublich schmerzhaft trocken war, und erzählte ihr, was er durchmachte.

Arya lachte und lehnte sich mit schweren, halb geschlossenen Lidern zurück. »Genau so soll es sein. Bei Tagesanbruch werden sich diese Empfindungen legen. Bis dahin entspanne dich und genieße es einfach.«

Eragon rang einen Moment mit sich, ob er einen Zauber benutzen sollte, um seinen Geist zu klären – falls er dazu noch in der Lage war –, dann beschloss er jedoch, Arya zu vertrauen und ihrem Rat zu folgen.

Während sich um ihn herum alles drehte, kam Eragon der Gedanke, wie abhängig er von seinen Sinnen war, um bestimmen zu können, was real war und was nicht. Er hätte geschworen, dass die blitzenden Lichter da waren, obwohl der rational denkende Teil seines Geistes wusste, dass es nur vom Faelnirv heraufbeschworene Erscheinungen waren.

Er und Arya redeten weiter, aber ihr Gespräch wurde zunehmend wirr und zusammenhanglos. Trotzdem war Eragon davon überzeugt, dass alles, was sie besprachen, von ungeheurer Wichtigkeit war, obwohl er nicht hätte erklären können, warum. Auch konnte er sich nicht daran erinnern, was sie nur Augenblicke zuvor erörtert hatten.

Einige Zeit später hörte Eragon die leisen, kehligen Klänge einer Rohrflöte, die irgendwo im Lager gespielt wurde. Zuerst dachte er, dass er sich die weichen Töne nur einbildete, aber dann neigte auch

Arya lauschend den Kopf in Richtung der Musik, als hörte sie sie ebenfalls.

Wer spielte und warum, konnte Eragon nicht sagen. Und es kümmerte ihn auch nicht. Es war, als entspringe die Melodie der Schwärze der Nacht selbst, einsam und allein wie der Wind.

Er lauschte, den Kopf in den Nacken gelegt und die Lider beinah geschlossen, während fantastische Bilder vor seinem Inneren vorbeizogen, Bilder, die der Faelnirv heraufbeschworen und denen die Musik Gestalt verliehen hatte.

Allmählich wurde die Melodie ungestümer, und was zuvor klagend gewesen war, wurde nun drängend. Triller folgten so dicht aufeinander, wurden so schnell, so beharrlich und kompliziert, so *beängstigend,* dass Eragon um die Sicherheit des Musikanten zu fürchten begann. So schnell und so talentiert zu spielen, kam ihm unnatürlich vor, selbst für einen Elf.

Arya lachte, als die Musik einen besonders feurigen Punkt erreichte, sprang auf die Füße und hob die Arme über den Kopf. Sie stampfte mit dem Fuß auf den Boden und klatschte in die Hände – einmal, zweimal, dreimal –, dann begann sie zu Eragons großem Erstaunen zu tanzen. Ihre Bewegungen waren zuerst langsam, beinahe träge, doch schon bald beschleunigte ihr Tempo sich, bis sie in dem fieberhaften Rhythmus der Musik tanzte.

Die Musik gipfelte bald in einem Punkt, an dem keine weitere Steigerung mehr möglich war, und wurde von da an wieder leiser und verhaltener. Schließlich verklang sie, während der Flötenspieler die Themen beendete und die Harmonien auflöste. Aber bevor die Musik abbrach, befiel ein plötzlicher Juckreiz Eragons rechte Hand. Im gleichen Moment spürte er ein Zucken tief in seinem Geist, als einer seiner Schutzzauber zum Leben erwachte und ihn vor einer Gefahr warnte.

Eine Sekunde später brüllte über ihnen ein Drache.

Panische Angst durchzuckte Eragon.

Es war nicht Saphiras Brüllen gewesen.

Das Wort eines Reiters

Eragon griff nach Brisingr, dann stürzten er und Arya aus dem Zelt.

Draußen taumelte Eragon und fiel auf ein Knie, als sich der Boden unter ihm zu neigen schien. Er umklammerte ein Grasbüschel und hielt sich daran fest, während er darauf wartete, dass der Schwindel sich legte.

Als er es wagte, aufzublicken, musste er blinzeln. Das Licht der nahen Fackeln war schmerzhaft hell und die Flammen schwammen vor ihm in der Luft wie Fische, losgelöst von den mit Öl getränkten Lappen, die sie speisten.

Mein Gleichgewicht ist gestört, dachte Eragon. *Ich kann meinen Augen nicht trauen. Ich muss einen klaren Kopf bekommen. Ich muss …*

Eine Bewegung erregte seine Aufmerksamkeit und er duckte sich reflexartig. Saphiras Schwanz rauschte nur wenige Zoll über seinen Kopf hinweg, traf sein Zelt, riss es nieder und zerbrach die Holzpfosten wie trockene Zweige.

Saphira fauchte und biss Löcher in die Luft, während sie auf die Füße kam. Dann hielt sie verwirrt inne.

Kleiner, was …

Ein mächtiges Brausen unterbrach sie und aus der Schwärze des Himmels tauchte Dorn auf – rot wie Blut und glitzernd wie eine Million Sterne. Er landete dicht neben Nasuadas Pavillon und die Erde erzitterte unter dem Aufprall seines Gewichts.

Eragon hörte Nasuadas Wachen schreien. Dann scharrte Dorn mit der rechten Vorderpranke über den Boden und die Schreie verstummten.

Aus einem Netz von Tauen, das dem roten Drachen an die Flanken gebunden war, sprangen mehrere Dutzend Soldaten, schwärmten aus, stachen in die Zelte und mähten die Wachmänner nieder, die auf sie zugerannt kamen.

Vom Rand des Lagers her ertönten Hörner. Gleichzeitig klangen vom äußeren Verteidigungsring Kampfgeräusche herüber, die einen zweiten Angriff von Norden vermuten ließen.

Wie viele Soldaten sind es?, fragte er sich. *Sind wir umzingelt?* Eine so heftige Panik stieg in ihm auf, dass sie seine Vernunft beinahe ausschaltete und er um ein Haar blindlings in die Nacht gelaufen wäre. Einzig das Wissen, dass der Faelnirv für seine Reaktion verantwortlich war, brachte ihn dazu, zu bleiben, wo er war.

Er flüsterte einen schnellen Heilzauber und hoffte, damit dem Schnaps entgegenzuwirken, doch der Zauber wirkte nicht. Enttäuscht richtete er sich auf, zog Brisingr und trat neben Arya, sodass sie Schulter an Schulter standen, als fünf Soldaten auf sie zugerannt kamen. Eragon glaubte nicht, dass er und Arya sie abwehren konnten. Nicht in ihrer momentanen Verfassung.

Die Männer waren keine zwanzig Fuß mehr entfernt, als Saphira knurrte und mit dem Schwanz auf den Boden schlug, was die Soldaten stürzen ließ. Eragon – der Saphiras Vorhaben gespürt hatte – packte Arya und sie hielt sich an ihm fest. Aufeinander gestützt gelang es ihnen, aufrecht stehen zu bleiben.

Dann kamen Bloëdhgarm und ein anderer Elf, Laufin, aus dem Labyrinth der Zelte geeilt und erschlugen die fünf Soldaten, bevor sie wieder auf die Beine kommen konnten. Die anderen Elfen folgten ihnen dichtauf.

Ein weiterer Zug Soldaten, mehr als zwanzig Mann stark, kam auf Eragon und Arya zu, fast so, als wüssten die Männer, wo sie zu finden waren.

Die Elfen stellten sich in einer Reihe vor Eragon und Arya auf. Aber bevor die Soldaten in die Reichweite der Elfenschwerter kamen, wurde ein Zelt aufgerissen und Angela ging mit einem schaurlichen Heulen auf die vollkommen überraschten Soldaten los.

Die Kräuterheilerin trug ein rotes Nachthemd, das gelockte Haar stand ihr wild vom Kopf ab und in jeder Hand schwang sie einen Wollkamm. Die Kämme waren je drei Fuß lang, sahen aus wie kleine Rechen und hatten am Ende zwei Reihen von Stahlzinken. Die Zinken waren länger als Eragons Unterarm und zu nadelähnlichen Spitzen geschärft. Er wusste, dass man sich, wenn man sich daran stach, von der ungewaschenen Wolle, die damit gekämmt wurde, eine Blutvergiftung holen konnte.

Zwei der Soldaten fielen, als Angela ihnen die Wollkämme in die Seite grub, sodass die Zinken die Kettenhemden durchdrangen. Die Kräuterhexe war fast einen Fuß kleiner als die meisten Männer, aber sie zeigte keine Furcht, während sie unter ihnen wütete. Im Gegenteil, sie war der Inbegriff der Wildheit mit ihren zerzausten Haaren, ihrem Geschrei und dem grimmigen Blick ihrer dunklen Augen.

Die Soldaten umzingelten Angela, und Eragon konnte sie in dem Gewühl nicht mehr sehen. Einen Moment befürchtete er, dass die Männer sie überwältigen würden.

Da kam von irgendwoher Solembum auf die Traube der Soldaten zugejagt, mit flach an den Schädel angelegten Ohren. Weitere Werkatzen folgten ihm: zwanzig, dreißig, vierzig – ein ganzes Rudel, alle in Tiergestalt.

Ein Missklang aus Fauchen, Jaulen und Schreien erfüllte die Nacht, als die Werkatzen über die Soldaten herfielen, sie zu Boden rissen und mit Klauen und Zähnen bearbeiteten. Die Soldaten wehrten sich, so gut sie konnten, aber den großen, zottigen Katzen waren sie nicht gewachsen.

Das Ganze, angefangen von Angelas Erscheinen bis hin zum Eingreifen der Werkatzen, war so schnell abgelaufen, dass Eragon kaum Zeit hatte, zu reagieren. Als die Werkatzen sich auf die Soldaten stürzten, blinzelte er und befeuchtete sich seinen ausgedörrten Mund. Alles um ihn herum kam ihm so unwirklich vor.

In diesem Moment sagte Saphira: *Schnell, auf meinen Rücken*, und sie kauerte sich hin, damit er hinaufklettern konnte.

»Warte!« Arya legte ihm eine Hand auf den Arm und murmelte einige Worte in der alten Sprache. Schon waren alle Beeinträchtigungen seiner Sinne verschwunden und Eragon hatte seinen Körper wieder vollkommen unter Kontrolle.

Er schenkte Arya einen dankbaren Blick, dann warf er Brisingrs Scheide auf die Überreste seines Zeltes, kletterte an Saphiras rechtem Vorderbein hoch und nahm seinen gewohnten Platz in ihrem Nacken ein. Ohne Sattel gruben sich die scharfen Kanten ihrer Schuppen in die Haut an seinen Beinen, ein Gefühl, an das er sich von ihrem ersten gemeinsamen Flug noch gut erinnern konnte.

»Wir brauchen den Dauthdaert«, rief er zu Arya hinunter.

Sie nickte und lief zu ihrem Zelt, das sich mehrere Hundert Fuß entfernt im östlichen Teil des Lagers befand.

Ein weiteres Bewusstsein, nicht das Saphiras, drückte gegen Eragons Geist und er verlagerte seine Gedanken tief in sich hinein, um sie zu schützen. Dann begriff er, dass es Glaedr war, und er ließ den goldenen Drachen in seinen Geist ein.

Ich helfe euch, erklärte Glaedr. Hinter seinen Worten spürte Eragon einen schrecklichen, siedenden Zorn, der sich gegen Dorn und Murtagh richtete. Einen Zorn, der mächtig genug erschien, um die Welt in Schutt und Asche zu legen. *Verbindet euren Geist mit meinem, Eragon und Saphira. Und du auch, Bloëdhgarm, und du, Laufin, und die übrigen eurer Art. Lasst mich mit euren Augen sehen und lasst mich mit euren Ohren hören, damit ich euch raten kann, was ihr tun sollt, und damit ich euch meine Kraft leihen kann, wenn es notwendig ist.*

Saphira sprang in die Luft und strebte halb fliegend, halb gleitend über die Zeltreihen auf die gewaltige rubinrote Masse Dorns zu. Die Elfen folgten ihnen auf dem Boden und töteten alle Soldaten, denen sie begegneten.

Saphira hatte den Vorteil, von oben zu kommen, während Dorn noch immer am Boden war. Sie senkte sich auf ihn hinab – sie wollte, wie Eragon wusste, auf Dorns Rücken landen und die Kiefer um seinen Hals schließen –, aber als er sie kommen sah, fauchte der rote Drache und wandte sich zu ihr um. Er kauerte sich zusammen wie ein kleiner Hund, der von einem größeren angegriffen wird.

Eragon hatte gerade noch Zeit, zu bemerken, dass Dorns Sattel leer war, dann bäumte der Drache sich auf und schlug mit einem seiner dicken, muskulösen Vorderbeine nach Saphira. Seine schwere

Klaue fuhr mit einem lauten Brausen durch die Luft und in dem fahlen Licht wirkten seine Krallen verblüffend weiß.

Saphira drehte zur Seite ab und krümmte sich, um dem Schlag auszuweichen. Der Boden und der Himmel kippten um Eragon herum, sodass er auf einmal über sich das Lager sah, als die Spitze von Saphiras rechtem Flügel ein Zelt aufriss.

Die starke Seitenlage zerrte an Eragon und zog ihn von Saphira weg. Ihre Schuppen begannen zwischen seinen Beinen herauszugleiten. Er spannte die Oberschenkel an und umfasste die Zacke vor sich fester, aber Saphiras Bewegungen waren zu wild, als dass er sich hätte halten können. Eine Sekunde später entglitt ihm die Zacke und er flog durch die Luft, ohne eine klare Vorstellung davon, wo oben und unten war.

Auch während er fiel, achtete er darauf, Brisingr gut festzuhalten und die Klinge weit von seinem Körper wegzustrecken. Schutzzauber hin oder her, das Schwert konnte ihn aufgrund Rhunöns Magie trotzdem verletzen.

Kleiner!

»*Letta!*«, rief Eragon und mit einem Ruck blieb er mitten in der Luft hängen, nicht mehr als zehn Fuß über dem Boden. Während die Welt sich noch einige Sekunden um ihn zu drehen schien, erspähte er Saphiras funkelnde Umrisse, während sie Kreise zog, um ihn zu finden.

Dorn brüllte und spie ein weiß glühendes Flammenmeer auf die Zeltreihen, die zwischen ihm und Eragon lagen. Schmerzensschreie ertönten, während die Männer in den Zelten verbrannten.

Eragon hob eine Hand, um sein Gesicht zu schützen. Seine Magie bewahrte ihn vor ernsthaften Verletzungen, aber die Hitze war unangenehm. *Mir geht es gut. Kehrt nicht um,* sagte er nicht nur zu Saphira, sondern auch zu Glaedr und den Elfen. *Ihr müsst sie aufhalten. Ich treffe euch bei Nasuadas Pavillon.*

Saphiras Missbilligung war beinahe mit Händen zu greifen, aber sie änderte ihren Kurs, um ihre Angriffe auf Dorn fortzusetzen.

Eragon löste den Zauber und fiel zu Boden. Er federte seine Landung auf den Fußballen ab, dann machte er sich augenblicklich auf den Weg und jagte zwischen den brennenden Zelten hindurch, von denen viele schon einstürzten und Säulen orangefarbener Funken in den Himmel schickten.

Der Rauch und der Gestank nach verbrannter Wolle machten Eragon das Atmen schwer. Er hustete und seine Augen begannen zu tränen, sodass der untere Teil seines Gesichtsfelds verschwamm.

Mehrere Hundert Schritte voraus kämpften Saphira und Dorn, zwei Giganten in der Nacht. Eine Urangst stieg in Eragon auf. Was dachte er sich dabei, auf sie *zuzulaufen*, auf zwei beißende, fauchende Kreaturen, beide größer als ein Haus – größer als zwei Häuser in Dorns Fall – und beide mit Klauen, Reißzähnen und Zacken, die länger waren als er selbst? Auch nachdem die erste Welle der Angst sich gelegt hatte, blieb ein kleiner Rest von Furcht zurück, während er weiterrannte.

Er hoffte, dass Roran und Katrina in Sicherheit waren. Ihr Zelt befand sich auf der anderen Seite des Lagers, aber Dorn und die Soldaten konnten sich jeden Moment in diese Richtung wenden.

»Eragon!«

Arya kam durch die brennenden Trümmer auf ihn zu, den Dauthdaert in der linken Hand. Ein schwacher grüner Schein umgab die mit Widerhaken versehene Klinge der Lanze, obwohl der Schimmer vor dem Hintergrund der Flammen kaum zu sehen war. Neben ihr lief Orik, der durch die Flammenzungen stürmte, als seien sie nicht gefährlicher als Dunstschwaden. Der Zwerg trug weder Hemd noch Helm. In einer Hand hielt er den uralten Kriegshammer Volund und in der anderen einen kleinen, runden Schild. Beide Enden des Hammers waren blutverschmiert.

Eragon hob grüßend die Hand und rief etwas, froh darüber, seine Freunde wieder an seiner Seite zu haben. Als Arya ihn erreichte, hielt sie ihm die Lanze hin, doch Eragon schüttelte den Kopf. »Nimm du sie!«, sagte er. »Wir werden bessere Chancen haben, Dorn aufzuhalten, wenn du Niernen führst und ich Brisingr.«

Mit einem sanften Puff legten sich Flammen um die Klinge seines Schwertes wie eine Scheide. Er unterdrückte einen Fluch und unterbrach den Strom von Energie, die sich in die Waffe ergoss. Das Feuer erlosch ebenso rasch, wie es aufgelodert war.

Arya nickte und packte die Lanze fester. Zum ersten Mal fragte

Eragon sich, ob sie – als Elfe – sich dazu würde durchringen können, einen Drachen zu töten. Dann schob er den Gedanken beiseite. Wenn es eines gab, was er über Arya wusste, dann das: Sie tat immer, was notwendig war, egal, wie schwer es ihr fiel.

Dorn schlug seine Klauen in Saphiras Rippen und Eragon schnappte nach Luft, als er durch das Band zwischen ihnen ihren Schmerz fühlte. Aus Bloëdhgarms Geist schloss er, dass die Elfen den Drachen nah waren und damit beschäftigt, gegen die Soldaten zu kämpfen. Doch nicht einmal sie wagten sich näher an Saphira oder Dorn heran, aus Angst, von ihnen zerquetscht zu werden.

»Dort!« Orik deutete mit seinem Hammer auf eine Gruppe Soldaten, die sich durch die Reihen zerstörter Zelte bewegten.

»Vergiss sie«, meinte Arya. »Wir müssen Saphira helfen.«

Orik knurrte. »Also schön, los geht's.«

Die drei preschten vorwärts, wobei Eragon und Arya Orik schon bald weit hinter sich ließen. Kein Zwerg hatte eine Chance, mit ihnen Schritt zu halten, nicht einmal einer, der so kräftig und durchtrainiert war wie Orik.

»Lauft nur!«, rief Orik hinter ihnen her. »Ich komme nach, so schnell ich kann!«

Während Eragon brennenden Stofffetzen auswich, die durch die Luft schwebten, entdeckte er inmitten einer Traube von zehn Soldaten des Imperiums Nar Garzhvog. Der gehörnte Kull wirkte grotesk im rötlichen Licht der Flammen. Die gebleckten Reißzähne und die Schatten über seinen vorspringenden Brauen verliehen seinem Gesicht etwas Rohes und Brutales, als sei sein Schädel mit einem stumpfen Meißel aus einem Felsbrocken gehauen worden. Nar Garzhvog, der mit bloßen Händen kämpfte, packte einen Soldaten und riss ihm so mühelos Arme und Beine aus, wie Eragon ein gebratenes Huhn zerteilt hätte.

Einige Schritte weiter endeten die brennenden Zelte. Dort empfing sie ein heilloses Durcheinander.

Bloëdhgarm und zwei seiner Elfenmagier standen vier schwarz gewandeten Männern gegenüber, die Eragon für Magier des Imperiums hielt. Keiner der Männer oder Elfen bewegte sich, obwohl ihre Gesichter ungeheure Anspannung verrieten.

Dutzende Soldaten lagen tot auf dem Boden, andere liefen noch herum. Einige mit so grauenvollen Verletzungen, dass Eragon sofort wusste, sie fühlten keine Schmerzen.

Die übrigen Elfen entdeckte er nicht, aber er spürte ihre Anwesenheit jenseits von Nasuadas rotem Pavillon, der im Zentrum des Chaos stand.

Rudel von Werkatzen machten auf dem Platz rund um den Pavillon Jagd auf die Soldaten. König Halbtatze und Schattenjägerin, seine Gefährtin, führten zwei der Rudel an, Solembum das dritte.

In der Nähe des Pavillons duellierte sich die Kräuterhexe mit einem großen, stämmigen Mann – sie kämpfte mit ihren Wollkämmen, er mit einer Keule in der einen und einem Morgenstern in der anderen Hand. Die beiden schienen ungefähr gleich stark zu sein, trotz ihres unterschiedlichen Geschlechts und Gewichts, ihrer unterschiedlichen Größe, Reichweite und Ausrüstung.

Zu Eragons Überraschung war Elva ebenfalls da; sie saß auf einem Fass. Das Hexenkind hatte die Arme um den Bauch geschlungen und wirkte todkrank, aber sie nahm an der Schlacht teil, wenn auch auf ihre eigene einzigartige Weise. Vor ihr hatten sich ein Dutzend Soldaten versammelt und Eragon konnte erkennen, dass sie schnell auf sie einsprach. Ihr kleiner Mund bewegte sich so flink, dass man den Bewegungen kaum folgen konnte. Auf ihre Worte reagierten die Männer ganz unterschiedlich: Einer stand wie erstarrt da, offensichtlich außerstande, sich zu regen. Einer wand sich und schlug die Hände vors Gesicht. Einer kniete und stach sich selbst einen langen Dolch in die Brust. Ein weiterer warf seine Waffen weg und rannte davon. Wieder ein anderer plapperte drauflos wie ein Narr. Keiner von ihnen richtete sein Schwert gegen sie und keiner machte Anstalten, irgendjemanden sonst anzugreifen.

Und über dem Chaos erhoben sich wie zwei lebende Berge Saphira und Dorn. Sie umkreisten einander links vom Pavillon und zertrampelten dabei Zeltreihe um Zeltreihe. Flammenzungen zuckten aus ihren Nüstern und aus den Lücken zwischen ihren säbelartigen Zähnen.

Eragon zögerte. Er war sich nicht sicher, wo er am dringendsten gebraucht wurde.

Murtagh?, fragte er Glaedr.

Wir müssen ihn erst noch finden, falls er überhaupt hier ist. Ich spüre seinen Geist nicht, aber es ist schwer, das bei so vielen Leuten und Magiern an einem Ort mit Bestimmtheit zu sagen.

Durch ihre Verbindung spürte Eragon, dass der goldene Drache weit mehr tat, als nur mit ihm zu reden. Glaedr lauschte gleichzeitig den Gedanken von Saphira und den Elfen, außerdem half er Bloëdhgarm und seinen beiden Gefährten bei ihrem Kampf gegen die Magier des Imperiums.

Eragon war zuversichtlich, dass es ihnen gelingen würde, die Magier zu besiegen, ebenso wie er zuversichtlich war, dass Angela und Elva absolut in der Lage waren, sich selbst gegen die verbliebenen Soldaten zu verteidigen. Saphira hatte jedoch bereits mehrere Verletzungen abbekommen und große Mühe, Dorn daran zu hindern, den Rest des Lagers anzugreifen.

Eragon musterte den Dauthdaert in Aryas Hand, dann sah er wieder zu den massigen Gestalten der Drachen hinüber. *Wir müssen ihn töten,* dachte Eragon und das Herz wurde ihm schwer dabei. Dann fiel sein Blick auf Elva und ihm kam eine andere Idee. Die Worte des Mädchens waren mächtiger als jede Waffe. Niemand, nicht einmal Galbatorix, konnte ihnen trotzen. Könnte sie nur zu Dorn sprechen, so könnte sie ihn vertreiben.

Nein!, knurrte Glaedr. *Du verschwendest deine Zeit, mein Junge. Geh zu deinem Drachen – na los! Er braucht deine Hilfe. Du musst Dorn töten und nicht nur in die Flucht schlagen! Er ist gebrochen und es gibt nichts, was du tun kannst, um ihn zu retten.*

Eragon sah Arya an und sie sah ihn an.

»Elva wäre schneller«, meinte er.

»Wir haben den Dauthdaert ...«

»Zu gefährlich. Zu schwierig.«

Arya zögerte, dann nickte sie. Gemeinsam liefen sie zu Elva. Bevor sie sie erreichten, vernahm Eragon einen gedämpften Schrei. Er drehte sich um und zu seinem Entsetzen sah er Murtagh aus dem Pavillon kommen. Er zerrte Nasuada an den Handgelenken hinter sich her.

Nasuadas Haar war zerzaust. Ein böser Kratzer zog sich über eine ihrer Wangen und ihr gelber Morgenrock war an mehreren Stellen zerrissen. Sie trat nach Murtaghs Knie, doch ihre Ferse prallte von einem Schutzzauber ab und fügte Murtagh keinerlei Schaden zu. Unbarmherzig riss er sie dichter an sich heran und schlug ihr mit dem Knauf von Zar'roc gegen die Schläfe, sodass sie das Bewusstsein verlor.

Eragon schrie auf und rannte los.

Murtagh nickte ihm kurz zu. Dann schob er sein Schwert in die Scheide, warf sich Nasuada über die Schulter, ließ sich auf ein Knie nieder und senkte den Kopf wie zum Gebet.

Ein stechender Schmerz von Saphira lenkte Eragon ab und sie rief: *Sei auf der Hut! Er ist mir entkommen!*

Während Eragon über einen Berg von Leichen sprang, wagte er einen schnellen Blick nach oben. Dorns glänzender Bauch und seine samtenen Flügel verdeckten die Hälfte der Sterne am Himmel. Der rote Drache drehte sich leicht, während er herabschwebte wie ein großes, schweres Blatt.

Eragon warf sich zur Seite und rollte sich hinter den Pavillon, um Abstand zwischen sich und den Drachen zu bringen. Als er endlich liegen blieb, bohrte sich ein Stein in seine Schulter.

Ohne seine Geschwindigkeit zu verringern, streckte Dorn im Flug das rechte Vorderbein aus, das so dick und knorrig war wie ein Baumstumpf, und schloss seine gewaltige Klaue um Murtagh und Nasuada. Seine Krallen gruben sich dabei in die Erde und pflügten eine mehrere Fuß tiefe Furche hinein.

Dann gewann Dorn mit einem triumphierenden Brüllen und mit dem Schlagen seiner mächtigen Flügel, bei dem einem alle Knochen im Leib erzitterten, wieder an Höhe und wandte sich vom Lager ab.

Von dort, wo sie und Dorn miteinander gerungen hatten, erhob sich Saphira in die Luft, um die beiden zu verfolgen. Blut quoll ihr aus den Biss- und Kratzwunden an ihren Vorder- und Hinterbeinen. Sie war schneller als Dorn, aber selbst wenn sie ihn einholte, konnte Eragon sich nicht vorstellen, wie sie Nasuada retten sollte, ohne sie zu verletzen.

Ein Windhauch fuhr durch sein Haar, als Arya an ihm vorbeischoss. Sie rannte einen Haufen Fässer hinauf und sprang. Ihr Sprung trug sie hoch in die Luft, höher als jeder Elf ohne Hilfe springen konnte. Dann streckte sie den Arm aus, packte Dorns Schwanz und baumelte im nächsten Moment daran wie ein kleiner Anhänger.

Eragon machte einen halben Schritt, als wolle er sie aufhalten, dann fluchte er und knurrte: »*Audr!*«

Der Zauber katapultierte ihn in den Himmel wie einen von einem Bogen abgeschossenen Pfeil. Er sandte seinen Geist nach Glaedr aus und der alte Drache speiste ihn mit Energie, um seinen Aufstieg zu unterstützen. Eragon verbrannte die Energie, ohne darüber nachzudenken. Er wollte nur Dorn erreichen, bevor Nasuada oder Arya etwas Schreckliches zustieß.

Als er an Saphira vorbeischoss, verfolgte Eragon, wie Arya an Dorns Schwanz hinaufkletterte. Mit der rechten Hand klammerte sie sich an die Zacken seines Rückgrats und benutzte sie wie die Sprossen einer Leiter. Mit der linken stieß sie den Dauthdaert in Dorn, benutzte die Lanze als Halt und zog sich an seinem bebenden Körper immer höher hinauf. Dorn zappelte und wand sich und schnappte nach ihr wie ein Pferd, das sich über eine Fliege ärgerte, aber er konnte sie nicht erreichen.

Da zog der blutrote Drache Flügel und Beine eng an sich und tauchte, seine kostbare Fracht an die Brust gedrückt, Richtung Boden, wobei er sich wieder und wieder in einer tödlichen Spirale drehte. Der Dauthdaert riss sich aus Dorns Fleisch los, Arya streckte sich danach und erwischte ihn, während sie sich nur noch an einer Zacke festhielt, mit der rechten Hand – ihrer schwachen Hand –, die sie sich in den Katakomben unter Dras-Leona verletzt hatte.

Es dauerte nicht lange, bis ihre Finger sich lösten und sie von Dorn weggeschleudert wurde, Arme und Beine gespreizt wie die Speichen eines Wagenrads, das durch die Luft wirbelte. Ihre Drehungen wurden langsamer – zweifellos als Folge eines Zaubers, den sie gewirkt hatte –, erschöpften sich ganz und gleichzeitig flachte sich ihre nach unten führende Flugbahn ab, bis sie schließlich aufrecht am Nachthimmel stand. Beleuchtet vom Schein des Dauthdaert, den sie in der Hand hielt, erschien sie Eragon wie ein grünes Glühwürmchen, das in der Dunkelheit schwebte.

Dorn breitete die Flügel aus, drehte eine Schleife und kam auf sie zu. Arya sah kurz hinüber zu Saphira, dann wandte sie sich wieder hin zu Dorn.

Ein bösartiges Leuchten blitzte für einen Moment zwischen Dorns Kiefern auf, bevor eine Flammenwand aus seinem Maul schoss, über Arya hinwegrollte und sie verschlang.

Inzwischen war Eragon keine fünfzig Fuß mehr entfernt – so nah, dass die Hitze auf seinen Wangen brannte.

Als die Flammen vergingen, sah Eragon, dass Dorn sich von Arya abwandte. Er machte kehrt, so schnell sein massiger Leib es ihm erlaubte. Gleichzeitig schwang er seinen Schwanz und peitschte ihn mit solcher Geschwindigkeit durch die Luft, dass sie ihm unmöglich würde ausweichen können.

»Nein!«, schrie Eragon.

Mit einem Krachen traf der Schwanz Arya. Er schleuderte sie in die Dunkelheit wie einen von einem Katapult abgeschossenen Stein und der Dauthdaert, den sie nicht hatte festhalten können, trudelte in die Tiefe. Sein Leuchten wurde immer schwächer, bis er vollkommen verschwunden war.

Eiserne Bänder schienen sich um Eragons Brust zu legen und pressten ihm den Atem aus den Lungen. Dorn zog davon, aber Eragon konnte den Drachen immer noch einholen, wenn er noch mehr Energie aus Glaedr zog. Doch seine Verbindung zu Glaedr wurde schwächer und Eragon konnte nicht darauf hoffen, Dorn und Murtagh allein und hoch über dem Boden zu besiegen. Nicht wenn Murtagh Dutzende oder noch mehr Eldunarí zur Verfügung standen.

Eragon fluchte, beendete den Zauber, der ihn durch die Luft katapultierte, und schoss mit dem Kopf voraus hinter Arya her. Der Wind heulte in seinen Ohren, riss an seinen Haaren und Kleidern, drückte seine Wangen zwischen die Kiefer und zwang ihn, die Augen zusammenzukneifen. Ein Insekt traf ihn am Hals und der Aufprall brannte so schlimm, als sei er von einem Kieselstein getroffen worden.

Im Fallen sandte Eragon seinen Geist nach Arya aus. Gerade als er irgendwo in der Finsternis unter sich ein Fünkchen ihres Bewusstseins wahrnahm, schoss Saphira unter ihm hindurch und ihre Schuppen schimmerten gedämpft im Licht der Sterne. Sie drehte sich auf den Rücken und Eragon sah, wie sie die Vorderbeine ausstreckte und etwas Kleines, Dunkles auffing.

Eine Welle des Schmerzes durchzuckte den Geist, den Eragon berührt hatte. Dann endeten alle Gedanken darin und Eragon spürte nichts mehr.

Ich habe sie, Kleiner, sagte Saphira.

»*Letta*«, murmelte Eragon und sein Tempo verlangsamte sich, bis er auf der Stelle schwebte.

Er hielt abermals Ausschau nach Dorn, sah jedoch nur Sterne und Schwärze. Im Osten hörte er noch zweimal das unverkennbare Geräusch schlagender Flügel, dann war alles still.

Eragon schaute zum Lager der Varden hinüber. Einzelne Feuer glühten schwach orangefarben durch die Rauchschwaden. Hunderte von Zelten lagen eingestürzt im Dreck, zusammen mit den zahllosen Männern, die es nicht geschafft hatten, zu entkommen, bevor Saphira und Dorn sie niedergetrampelt hatten. Aber diese Männer waren nicht die einzigen Opfer des Angriffs. Von so weit oben konnte Eragon die Leichen nicht erkennen, aber er wusste, dass die Soldaten Dutzende getötet hatten.

Der Geschmack von Asche füllte Eragons Mund. Er zitterte; Tränen des Zorns, der Furcht und der Frustration trübten ihm die Sicht. Arya war verletzt – vielleicht tot. Nasuada war fort, entführt, und schon bald würde sie Galbatorix' begabtesten Folterknechten ausgeliefert sein.

Hoffnungslosigkeit übermannte Eragon.

Wie sollten sie jetzt weitermachen? Wie konnten sie noch auf einen Sieg hoffen ohne Nasuada, die sie anführte?

Klausur der Könige

Nachdem er mit Saphira im Lager der Varden gelandet war, ließ Eragon sich an ihrer Seite hinabgleiten und eilte zu dem Fleckchen Gras, wo sie Arya sanft abgesetzt hatte.

Die Elfe lag reglos mit dem Gesicht nach unten auf dem Boden. Als Eragon sie herumrollte, flatterten ihre Lider.

»Dorn … was ist mit Dorn?«, flüsterte sie.

Er ist entkommen, antwortete Saphira.

»Und … Nasuada? Habt ihr sie gerettet?«

Eragon senkte den Blick und schüttelte den Kopf.

Sorge flackerte in Aryas Augen auf. Sie hustete und zuckte zusammen, dann richtete sie sich langsam auf. Ein Rinnsal Blut sickerte ihr aus dem Mundwinkel.

»Warte«, mahnte Eragon. »Beweg dich nicht. Ich hole Bloëdhgarm.«

»Das ist nicht nötig.« Arya hielt sich an seiner Schulter fest und zog sich hoch, dann richtete sie sich vorsichtig auf. Als die Muskeln sich spannten, stockte ihr der Atem und Eragon sah ihr an, dass sie große Schmerzen hatte. »Ich habe nur Prellungen, es ist nichts gebrochen. Meine Schutzzauber haben das Schlimmste von Dorns Schlag abgewehrt.«

Eragon hatte seine Zweifel, akzeptierte ihre Erklärung jedoch.

Und was jetzt?, fragte Saphira, während sie näher kam. Der scharfe, moschusartige Geruch ihres Blutes stach Eragon in die Nase.

Eragon ließ den Blick über die Zerstörung im Lager und die noch nicht gelöschten Brände schweifen. Wieder dachte er an Roran und Katrina und fragte sich, ob sie den Angriff überlebt hatten. *Ja, und was jetzt?*

Die Antwort ließ nicht lange auf sich warten. Zuerst tauchten aus dem Rauch zwei verletzte Soldaten auf und griffen ihn und Arya an. Bis Eragon sie getötet hatte, waren acht der Elfen bei ihnen.

Nachdem Eragon sie davon überzeugt hatte, dass er unverletzt war, richteten die Elfen ihre Aufmerksamkeit auf Saphira und bestanden darauf, die Bisswunden und Kratzer zu heilen, die Dorn ihr zugefügt hatte, auch wenn Eragon das lieber selbst gemacht hätte.

Da er wusste, dass die Heilung mehrere Minuten dauern würde, ließ Eragon Saphira bei den Elfen und eilte durch die Zeltreihen zu Nasuadas Pavillon, wo Bloëdhgarm und zwei andere Elfenmagier noch immer in den geistigen Kampf mit dem letzten der vier feindlichen Magier verstrickt waren.

Der hockte auf dem Boden, die Stirn gegen die Knie gepresst und die Arme um den Nacken geschlungen. Statt sich selbst an der Seite der Elfen an diesem unsichtbaren Kampf zu beteiligen, ging Eragon zu dem feindlichen Magier hinüber, tippte ihm auf die Schulter und rief: *»Ha!«*

Der Magier erschrak, begann zu zittern und die Ablenkung ermöglichte es den Elfen, seine Verteidigung zu durchbrechen. Eragon erkannte das daran, dass der Mann sich zusammenkrampfte und umkippte. Nur noch das Weiße in seinen Augen war zu sehen und aus seinem Mund quoll gelblicher Schaum. Kurz darauf hörte er auf zu atmen.

In knappen Worten erklärte Eragon Bloëdhgarm und den beiden anderen Elfen, was Arya und Nasuada zugestoßen war. Bloëdhgarms Fell sträubte sich und in seinen gelben Augen brannte Zorn. Aber sein einziger Kommentar waren einige Worte in der alten Sprache: »Wir leben in dunklen Zeiten, Schattentöter.« Dann schickte er Yaela aus, um den Dauthdaert zu suchen und zurückzuholen.

Gemeinsam zogen Eragon, Bloëdhgarm und Uthinarë, der zweite Elf, der an Bloëdhgarms Seite gekämpft hatte, durchs Lager und töteten die wenigen Soldaten, die den Zähnen der Werkatzen und den Klingen der Menschen, Zwerge, Elfen und Urgals entkommen waren. Außerdem nutzten sie ihre Magie, um einige der größeren Brände zu löschen, und bliesen sie so mühelos aus wie die Flamme einer Kerze.

Die ganze Zeit über hielt ein übermächtiges Gefühl des Grauens Eragon gepackt, das ihn niederdrückte wie ein Stapel nasser Decken und ihn so belastete, dass es ihm schwerfiel, an irgendetwas anderes zu denken als an Tod, Niederlage und Scheitern. Es kam ihm vor, als würde die Welt um ihn herum einstürzen – als würde sich alles auflösen, was er und die Varden hatten erreichen wollen, ohne dass er das Geringste tun konnte, um die Kontrolle wiederzuerlangen. Er fühlte sich so hilflos, dass er sich am liebsten in eine Ecke gesetzt und dem Kummer und Elend überlassen hätte. Trotzdem gab er der Versuchung nicht nach, denn sonst hätte er auch genauso gut tot sein können. Also machte er weiter und schuftete trotz seiner Verzweiflung Seite an Seite mit den Elfen.

Seine Stimmung wurde nicht besser, als Glaedr sich mit ihm in Verbindung setzte und sagte: *Hättest du auf mich gehört, hätten wir Dorn vielleicht aufhalten und Nasuada retten können.*

Vielleicht auch nicht, gab Eragon zurück. Er wollte das Thema nicht weiter erörtern, gab aber dem Drang nach, hinzuzufügen: *Euer Zorn trübt Eure Sicht auf die Dinge. Dorn zu töten, war nicht die einzige Lösung und Ihr solltet auch nicht so schnell damit bei der Hand sein, einen der wenigen Überlebenden Eures Volkes zu vernichten.*

Glaub ja nicht, du könntest mich belehren, Bürschchen!, fauchte Glaedr. *Du bist nicht einmal annähernd in der Lage, zu verstehen, was ich verloren habe.*

Ich verstehe es besser als die meisten, erwiderte Eragon, aber Glaedr hatte sich bereits aus seinem Geist zurückgezogen und es wahrscheinlich nicht mehr gehört.

Eragon hatte gerade einen Brand gelöscht und ging zum nächsten, als Roran angelaufen kam und ihn am Arm festhielt. »Bist du verletzt?«

Eragon war unglaublich erleichtert, seinen Cousin gesund und munter vor sich zu sehen. »Nein«, antwortete er.

»Und Saphira?«

»Die Elfen haben ihre Wunden bereits geheilt. Was ist mit Katrina? Ist sie in Sicherheit?«

Roran nickte und seine Haltung entspannte sich etwas, aber er schien weiterhin beunruhigt. »Eragon«, sagte er und kam näher, »was ist passiert? Was geht hier vor? Ich habe Jörmundur umherrennen sehen wie ein Huhn mit abgehacktem Kopf, Nasuadas Wachen schauen so grimmig drein wie der Tod persönlich und ich kann niemanden dazu bringen, mit mir zu reden. Sind wir immer noch in Gefahr? Wird Galbatorix bald angreifen?«

Eragon sah sich um, dann zog er Roran auf die Seite, wo niemand sonst sie hören konnte. »Du darfst es niemandem verraten. Noch nicht«, mahnte er.

»Du hast mein Wort.«

In wenigen Worten fasste Eragon für Roran die Lage zusammen. Als er geendet hatte, wirkte Roran niedergeschlagen. »Wir dürfen nicht zulassen, dass die Varden sich zerstreuen«, sagte er.

»Natürlich nicht. Das wird nicht passieren. Aber König Orrin könnte versuchen, das Kommando zu übernehmen, oder ...« Eragon verstummte, als eine Gruppe von Kriegern in ihrer Nähe vorbeiging. Dann fuhr er fort: »Bleib bei mir, ja? Ich brauche vielleicht deine Hilfe.«

»Meine Hilfe? Wofür solltest du *meine* Hilfe brauchen?«

»Die ganze Armee bewundert dich, Roran, sogar die Urgals. Du bist Hammerfaust, der Held von Aroughs, und deine Meinung hat Gewicht. Das könnte sich noch als sehr wichtig erweisen.«

Roran schwieg einen Moment lang, dann nickte er. »Ich werde tun, was ich kann.«

»Halte vorläufig einfach Ausschau nach weiteren Soldaten«, erwiderte Eragon und ging auf das Feuer zu, das sein eigentliches Ziel gewesen war.

Eine halbe Stunde später herrschte langsam wieder Ruhe und Ordnung im Lager und ein Bote überbrachte Eragon die Nachricht, dass Arya unverzüglich seine Anwesenheit in König Oriks Pavillon erbitte.

Eragon und Roran tauschten einen Blick, dann machten sie sich auf den Weg zum nordwestlichen Teil des Lagers, wo die Mehrheit der Zwerge ihre Zelte aufgeschlagen hatte.

»Wir haben keine andere Wahl«, erklärte Jörmundur. »Nasuada hat an ihren Wünschen nicht den geringsten Zweifel gelassen. Du, Eragon, musst ihren Platz einnehmen und an ihrer Stelle die Varden führen.«

Die Gesichter im Zelt blickten ernst und streng. Dunkle Schatten lagen auf ihnen, besonders auf den tiefen Stirnfalten der verschiedenen Zweibeiner, wie Saphira sie genannt hätte. Die Einzige, die nicht die Stirn runzelte, war Saphira selbst, die den Kopf durch den Eingang des Pavillons gestreckt hatte, damit sie an der Versammlung teilnehmen konnte. Aber sie hatte die Lefzen leicht zurückgezogen, als wolle sie knurren.

Außerdem anwesend waren König Orrin in einem purpurnen Umhang, den er über seinen Nachtgewändern trug; eine erschütterte, aber entschlossen wirkende Arya; König Orik, inzwischen im Kettenhemd; Grimrr Halbtatze, König der Werkatzen, mit einem weißen Leinenverband um die rechte Schulter; der Kull Nar Garzhvog – er musste den Kopf einziehen, damit seine Hörner nicht das Zelt beschädigten; und Roran, der an der Zeltwand stand und zuhörte – bisher hatte er sich noch mit keinem Wort geäußert.

Niemand sonst war in den Pavillon eingelassen worden. Keine Wachen, keine Berater, keine Diener, nicht einmal Bloëdhgarm und die anderen Elfen. Vor dem Eingang standen zwölf Reihen Menschen, Zwerge und Urgals – ihre Aufgabe war es, jeden, ganz gleich, wie mächtig oder gefährlich er auch war, daran zu hindern, die Versammlung zu stören. Und um das Zelt herum waren hastig einige Zauber gewirkt worden, die jedes Lauschen, sowohl ganz normales als auch Lauschen mit Magie, verhindern sollten.

»Das wollte ich nie«, erklärte Eragon, den Blick auf die Karte von Alagaësia gerichtet, die ausgebreitet auf dem Tisch in der Mitte des Pavillons lag.

»Keiner von uns hat das gewollt«, erwiderte König Orrin scharf.

Es war klug von Arya gewesen, dachte Eragon, das Treffen in Oriks Pavillon einzuberufen. Der Zwergenkönig war als zuverlässiger Verbündeter von Nasuada und den Varden bekannt – und noch dazu war er Eragons Clan-Oberhaupt und Stiefbruder. Aber niemand konnte ihm vorwerfen, dass er es auf Nasuadas Position abgesehen hatte, noch würden die Menschen ihn einfach als ihren Nachfolger akzeptieren.

Dennoch hatte Arya auf subtile Weise Eragons Position gestärkt und die seiner Kritiker untergraben, indem sie das Treffen in Oriks Pavillon anberaumt hatte – ohne dass es den Anschein hatte, sie würde irgendjemanden unterstützen oder ablehnen. Sie war, das musste Eragon zugeben, weitaus geschickter darin, andere zu manipulieren, als er. Sie war nur ein einziges Risiko eingegangen, und zwar, dass jemand denken könnte, Orik sei sein Herr. Aber dieses Risiko war Eragon bereit, einzugehen, wenn er dafür auf die Unterstützung seines Freundes zählen konnte.

»Das wollte ich nie«, wiederholte er, dann sah er direkt in die wachsamen Augen der Umstehenden. »Aber nachdem es nun tatsächlich so weit ist, schwöre ich auf die Gräber aller, die wir verloren haben, dass ich mein Bestes geben werde, um Nasuadas Vorbild nachzueifern und die Varden zum Sieg über Galbatorix und das Imperium zu führen.« Er versuchte, Zuversicht in seine Worte zu legen, aber in Wahrheit machte die ungeheure Tragweite der Situation ihm Angst und er hatte keine Ahnung, ob er der Aufgabe gewachsen sein würde. Nasuada war eine überaus fähige Anführerin gewesen und es setzte ihn schon unter Druck, auch nur die Hälfte dessen leisten zu wollen, was sie geleistet hatte.

»Das ist sicher sehr lobenswert«, stellte König Orrin fest. »Allerdings sind die Varden immer in Abstimmung mit ihren Verbündeten vorgegangen: mit den Männern Surdas; mit unserem Freund König Orik und den Zwergen aus dem Beor-Gebirge; mit den Elfen; und jetzt, in jüngerer Zeit, mit den Urgals, angeführt von Nar Garzhvog; und mit den Werkatzen.« Er deutete mit dem Kopf auf Grimrr, der zur Antwort kurz nickte. »Es wäre von Nachteil, wenn unsere Truppen mitbekämen, wie wir einander in der Öffentlichkeit widersprechen. Stimmt Ihr mir darin nicht zu?«

»Natürlich stimme ich Euch zu.«

»Natürlich«, wiederholte König Orrin. »Dann gehe ich davon aus, dass Ihr Euch in wichtigen Angelegenheiten mit uns beraten werdet, so wie Nasuada es getan hat?« Eragon zögerte, aber bevor er antworten konnte, sprach Orrin schon weiter: »Wir alle …«, er deutete auf die anderen Anwesenden im Zelt, »... haben für diese Sache ungeheuer viel aufs Spiel gesetzt und keiner von uns würde es schätzen, sich Befehle geben zu lassen. Wir würden solche Befehle auch nicht hinnehmen. Um offen zu sein, trotz Eurer zahlreichen Leistungen, Eragon *Schattentöter*, seid Ihr noch jung und unerfahren, und dieser Mangel an Erfahrung könnte sich durchaus als verhängnisvoll erweisen. Wir anderen haben den Vorteil vieler Jahre, in denen wir unsere jeweiligen Streitkräfte angeführt oder verfolgt haben, wie andere sie führten. Wir können Euch den rechten Weg weisen und vielleicht können wir zusammen immer noch eine Möglichkeit finden, dieses Chaos zu beseitigen und Galbatorix zu stürzen.«

Alles, was Orrin gesagt hatte, entsprach der Wahrheit, dachte Eragon – er *war* noch jung und unerfahren und er *brauchte* den Rat der anderen –, aber das konnte er nicht zugeben, ohne schwach zu erscheinen.

Also erwiderte er stattdessen: »Ihr dürft versichert sein, dass ich mich, wenn nötig, mit Euch beraten werde, aber ich werde wie immer meine eigenen Entscheidungen treffen.«

»Verzeiht mir, Schattentöter, aber es fällt mir schwer, das zu glauben. Eure Vertrautheit mit den Elfen ...«, Orrin richtete seinen Blick auf Arya, »... ist allgemein bekannt. Und außerdem seid Ihr ein adoptiertes Mitglied des Clans der Ingietum und der Macht ihres Clan-Oberhauptes unterworfen, bei dem es sich ganz zufällig um König Orik handelt. Vielleicht irre ich mich, aber es scheint mir zweifelhaft, dass Ihr Eure eigenen Entscheidungen treffen werdet.«

»Zuerst ratet Ihr mir, auf unsere Verbündeten zu hören. Nun soll ich nicht auf sie hören. Geht es Euch vielleicht nur darum, dass ich auf Euch höre, und zwar einzig und allein auf Euch?« Eragons Ärger wuchs, während er sprach.

»Ich würde es vorziehen, wenn Eure Entscheidungen zum Wohl unseres Volkes ausfielen und nicht zum Wohl eines anderen Volkes!«

»Das war schon immer so«, knurrte Eragon. »Und so wird es auch bleiben. Ich schulde sowohl den Varden als auch dem Clan Ingietum Gefolgschaft, ja, aber das Gleiche gilt für Saphira und

Nasuada und auch für meine Familie. Ich bin vielen verpflichtet, genauso wie Ihr vielen verpflichtet seid, *Majestät.* Mein größtes Interesse besteht jedoch darin, Galbatorix und das Imperium zu besiegen. Das war es immer. Und wenn es einen Konflikt geben sollte, was meine Loyalität betrifft, wird *das* Vorrang haben. Stellt mein Urteil infrage, wenn Ihr nicht anders könnt, aber stellt nicht meine Beweggründe infrage. Und ich wäre Euch dankbar, wenn Ihr es in Zukunft unterlassen würdet, mich als Verräter an meinem eigenen Volk darzustellen!«

Orrin blickte finster drein, seine Wangen röteten sich und er wollte gerade zu einer Erwiderung ansetzen, als ein lautes Dröhnen ihn unterbrach, da Orik seinen Kriegshammer Volund gegen seinen Schild schlug.

»Genug von diesem Unsinn!«, rief Orik wütend. »Ihr sorgt Euch um einen Riss im Boden, während der ganze Berg bald über uns einstürzt!«

Orrins Gesichtsausdruck wurde noch mürrischer, doch er verfolgte das Thema nicht weiter. Stattdessen nahm er seinen Weinkelch vom Tisch und ließ sich tief in seinen Stuhl zurücksinken, um Eragon mit düsteren, eindringlichen Blicken anzustarren.

Ich denke, er hasst dich, bemerkte Saphira.

Ja, oder er hasst, wofür ich stehe. So oder so bin ich ein Hindernis für ihn. Wir werden ihn im Auge behalten müssen.

»Die Frage, mit der wir uns zu beschäftigen haben, ist leicht«, fuhr Orik fort. »Was sollen wir tun, jetzt, da Nasuada nicht mehr hier ist?« Er legte Volund vor sich auf den Tisch und strich sich mit seiner knorrigen Hand über den Kopf. »Meiner Meinung nach ist unsere Situation noch die gleiche wie heute Morgen. Wenn wir uns nicht geschlagen geben wollen und um Frieden betteln, bleibt uns nach wie vor nur eine einzige Wahl: nach Urû'baen zu marschieren, so schnell uns die Füße tragen. Nasuada selbst wollte nie gegen Galbatorix kämpfen. Das wird eure Aufgabe sein …«, er deutete mit dem Kopf auf Eragon und Saphira, »… und die der Elfen. Nasuada hat uns so weit gebracht, und obwohl wir sie sehr vermissen werden, können wir auch ohne sie weitermachen. Wir haben wenig Handlungsspielraum. Selbst wenn Nasuada noch hier wäre, kann ich mir nicht vorstellen, dass sie etwas anderes tun würde. Auf nach Urû'baen – mehr ist dazu nicht zu sagen.«

Grimrr spielte scheinbar vollkommen unbeteiligt an einem kleinen Dolch mit schwarzer Klinge herum.

»Ich stimme Euch zu«, sagte Arya. »Wir haben keine andere Wahl.«

Über ihnen neigte Garzhvog seinen gewaltigen Kopf und ließ missgestaltete Schatten über die Zeltbahnen gleiten. »Der Zwerg hat gut gesprochen. Die Urgralgra werden an der Seite der Varden stehen, solange Feuerschwert ihr Kriegshäuptling ist. Mit ihm und Flammenzunge als Anführer in der Schlacht werden wir das Blut einfordern, das der hornlose Verräter Galbatorix uns noch immer schuldig ist.«

Eragon rutschte unbehaglich auf seinem Stuhl herum.

»Das ist ja alles gut und schön«, meldete sich König Orrin erneut, »aber ich wüsste doch gern, wie genau wir Murtagh und Galbatorix besiegen wollen, wenn wir in Urû'baen sind.«

»Wir haben den Dauthdaert«, bemerkte Eragon, denn Yaela hatte den Speer wiedergefunden, »und mit ihm können wir …«

König Orrin winkte ab. »Ja, ja, der Dauthdaert. Ihr habt es nicht geschafft, Dorn damit aufzuhalten, und ich kann mir nicht vorstellen, dass Galbatorix Euch damit auch nur in seine oder Shruikans Nähe kommen lassen wird. So oder so, es ändert nichts an der Tatsache, dass Ihr diesem niederträchtigen Verräter noch immer nicht gewachsen seid. Verflucht noch mal, Schattentöter, Ihr seid ja nicht einmal Eurem eigenen Bruder gewachsen und der ist noch nicht so lange ein Reiter wie Ihr!«

Halbbruder, dachte Eragon, doch er schwieg. Er sah keine Möglichkeit, Orrins Argumente zu widerlegen. Sie waren stichhaltig, jedes einzelne, und er fühlte sich bloßgestellt.

Der König fuhr fort: »Wir sind in diesen Krieg gezogen unter der Voraussetzung, dass Ihr einen Weg finden würdet, Galbatorix' unnatürlicher Stärke entgegenzutreten. Das hat Nasuada uns versichert. Und jetzt, da wir kurz davorstehen, dem mächtigsten Magier in der Geschichte Alagaësias die Stirn zu bieten, sind wir keinen Schritt weiter, wie wir ihn besiegen können, als wir es am Anfang waren!«

»Wir sind in den Krieg gezogen«, sagte Eragon ruhig, »weil wir zum ersten Mal seit dem Sturz der Reiter den Schimmer einer Hoffnung haben, Galbatorix überwinden zu können. Das wisst Ihr.«

»Was für eine Hoffnung?«, höhnte der König. »Wir sind Marionetten, alle durch die Bank, und wir tanzen nach Galbatorix' Pfeife. Wir sind nur deshalb so weit gekommen, weil er es *zugelassen* hat. Galbatorix *will,* dass wir nach Urû'baen gehen. Er *will,* dass wir Euch zu ihm bringen. Wenn er daran interessiert gewesen wäre, uns aufzuhalten, wäre er zu den Brennenden Steppen geflogen und hätte uns an Ort und Stelle zermalmt. Und wenn Ihr in seiner Reichweite seid, wird er genau das tun: uns zermalmen.«

Die Anspannung im Zelt war beinahe mit Händen zu greifen.

Pass auf, warnte Saphira Eragon. *Er wird das Rudel verlassen, wenn du ihn nicht überzeugen kannst.*

Arya wirkte gleichermaßen besorgt.

Eragon legte die Hände flach auf den Tisch und ließ sich einen Moment Zeit, um Ordnung in seine Gedanken zu bringen. Er wollte nicht lügen, aber gleichzeitig musste er einen Weg finden, um Hoffnung in Orrin zu wecken, was schwierig war, da er selbst nur wenig Hoffnung hatte. *Ist es Nasuada auch jedes Mal so ergangen, wenn sie uns auf unsere Sache eingeschworen und uns überzeugt hat, weiterzumachen, obwohl wir den Weg nicht klar vor uns sehen konnten?*

»Unsere Lage ist nicht ganz so … bedenklich, wie Ihr sie darstellt«, erwiderte Eragon.

Orrin schnaubte und nahm einen Schluck aus seinem Kelch.

»Der Dauthdaert stellt durchaus eine Bedrohung für Galbatorix dar«, bekräftigte Eragon, »und das ist unser Vorteil. Er wird auf der Hut davor sein. Deswegen können wir ihn, zumindest ein klein wenig, dazu zwingen, zu tun, was wir wollen. Selbst wenn wir die Waffe nicht benutzen können, um Galbatorix zu töten, sind wir vielleicht in der Lage, Shruikan damit zu töten. Die beiden sind nicht wirklich Drache und zugehöriger Reiter, doch Shruikans Tod würde ihm trotzdem einen schweren Schlag versetzen.«

»Das wird niemals geschehen«, widersprach Orrin. »Er weiß

jetzt, dass wir den Dauthdaert haben, und er wird entsprechende Vorkehrungen treffen.«

»Vielleicht aber auch nicht. Ich bezweifle, dass Murtagh und Dorn ihn als das erkannt haben, was er ist.«

»Vielleicht nicht Murtagh und Dorn, aber Galbatorix, wenn er ihre Erinnerungen untersucht.«

Und er wird außerdem von Glaedrs Existenz erfahren, falls sie es ihm nicht bereits erzählt haben, bemerkte Saphira.

Eragons Mut sank weiter. Daran hatte er nicht gedacht, aber sie hatte recht. *So viel dazu, ihn überraschen zu wollen. Wir haben keine Geheimnisse mehr.*

Das Leben ist voller Geheimnisse. Galbatorix kann nicht genau vorhersehen, wie wir gegen ihn kämpfen werden. In diesem Punkt zumindest können wir ihn überraschen.

»Welche der Todeslanzen habt Ihr gefunden, Schattentöter?«, fragte Grimrr scheinbar gelangweilt.

»Du Niernen – die Orchidee.«

Die Werkatze blinzelte und Eragon hatte den Eindruck, dass Grimrr überrascht war, obwohl seine Miene ausdruckslos blieb wie immer. »Die Orchidee. Tatsächlich? Wie überaus merkwürdig, in diesen Zeiten eine solche Waffe zu finden, vor allem diese … spezielle Waffe.«

»Warum?«, fragte Jörmundur.

Grimrr ließ die kleine rosige Zunge über seine Reißzähne gleiten. »Niernen ist *berrrüchtigt.*« Er rollte das R, sodass es klang wie ein Knurren.

Bevor Eragon die Werkatze weiter befragen konnte, ergriff Garzhvog das Wort und seine Stimme dröhnte wie Felsbrocken: »Was ist das für eine Todeslanze, von der Ihr sprecht, Feuerschwert? Ist es die Lanze, die Saphira in Belatona verletzt hat? Wir haben Geschichten darüber gehört, aber sie waren in der Tat merkwürdig.«

Erst jetzt erinnerte sich Eragon wieder, dass Nasuada weder den Urgals noch den Werkatzen mitgeteilt hatte, was Niernen wirklich war. *Nun gut,* dachte er. *Jetzt lässt es sich nicht mehr ändern.*

Er erzählte Garzhvog von dem Dauthdaert. Dann bestand er darauf, dass jeder im Pavillon einen Eid in der alten Sprache ablegte, ohne seine ausdrückliche Erlaubnis mit niemandem sonst über die Lanze zu reden. Es gab einiges Gemurre, aber am Ende willigten alle ein, selbst die Werkatze. Der Versuch, die Lanze vor Galbatorix geheim zu halten, war vielleicht nutzlos gewesen, aber Eragon hielt es für keine gute Idee, dass die Existenz des Dauthdaerts allgemein bekannt wurde.

Als die letzten von ihnen ihren Eid abgelegt hatten, ergriff Eragon wieder das Wort. »Also, erstens haben wir den Dauthdaert, und das ist mehr, als wir bisher hatten. Zweitens habe ich nicht die Absicht, Murtagh und Galbatorix gleichzeitig entgegenzutreten. Das war nie mein Plan. Wenn wir in Urû'baen eintreffen, werden wir Murtagh aus der Stadt locken, und dann werden wir ihn umzingeln, mit der ganzen Armee, wenn nötig – die Elfen eingeschlossen –, und wir werden ihn ein für alle Mal töten oder gefangen nehmen.« Er sah in das Gesicht jedes Einzelnen ringsum und versuchte, sie damit zu beeindrucken, wie überzeugt er von seiner Sache war. »Drittens – und das ist es, woran ihr tief in eurem Herzen glauben müsst –, wie mächtig er auch sein mag, Galbatorix ist nicht unverwundbar. Er mag Tausende und Abertausende Zauber gewirkt haben, um sich selbst zu schützen, aber trotz all seines Wissens und seiner Schläue gibt es immer noch Zauber, die ihn töten können, wenn wir nur klug genug sind, auf die richtigen Ideen zu kommen. Vielleicht bin ich es, der den Zauber findet, der Galbatorix' Untergang sein wird, aber es könnte genauso gut ein Elf oder ein Mitglied der Du Vrangr Gata sein. Galbatorix scheint unerreichbar, ich weiß, aber es gibt immer eine Schwäche – es gibt immer einen Spalt, durch den man eine Klinge schieben und seinen Feind niederstechen kann.«

»Wenn die Reiter alter Zeiten seine Schwäche nicht finden konnten, wie wahrscheinlich ist es dann, dass wir es schaffen?«, wollte König Orrin wissen.

Eragon hob achselzuckend seine Hände, die Handflächen nach oben gewandt. »Vielleicht schaffen wir es nicht. Nichts ist sicher im Leben, erst recht nicht im Krieg. Wenn ihn jedoch die vereinten Magier unserer fünf Völker nicht töten können, dann können wir auch gleich hinnehmen, dass Galbatorix herrschen wird, solange es ihm gefällt, und dass wir nichts daran ändern können.«

Eine kurze, angespannte Stille legte sich über das Zelt.

Dann trat Roran vor. »Ich würde gern etwas sagen«, erklärte er.

Eragon sah, dass die anderen am Tisch Blicke tauschten.

»Tragt Euer Anliegen vor, Hammerfaust«, erklärte Orik zu König Orrins offensichtlicher Verärgerung.

»Das ist es, was ich zu sagen habe: Es wurden schon zu viel Blut und zu viele Tränen vergossen, als dass wir jetzt noch umkehren könnten. Es wäre respektlos, sowohl den Toten gegenüber als auch jenen gegenüber, die sich an die Toten erinnern. Das mag eine Schlacht zwischen Göttern sein«, es schien ihm damit vollkommen ernst zu sein, »aber was mich betrifft, so werde ich weiterkämpfen, bis die Götter mich niederstrecken oder bis ich sie niederstrecke. Ein Drache mag zehntausend Wölfe töten, immer einen nach dem anderen, aber zehntausend Wölfe zusammen können einen Drachen töten.«

Auf keinen Fall, schnaubte Saphira im Schutz ihrer mit Eragon geteilten Gedanken.

Roran lächelte freudlos. »Und wir haben einen eigenen Drachen. Entscheidet, wie Ihr wollt. Aber was mich betrifft, ich gehe nach Urû'baen und ich werde Galbatorix gegenübertreten, auch wenn ich es allein tun muss.«

»Das musst du nicht«, erklärte Arya. »Ich weiß, dass ich für Königin Islanzadi spreche, wenn ich sage, dass unser Volk an deiner Seite stehen wird.«

»Genau wie das unsere«, knurrte Garzhvog.

»Und unseres«, bestätigte Orik.

»Und unseres«, sagte Eragon in einem Ton, von dem er hoffte, dass er jeden Widerspruch im Keim ersticken würde.

Als Arya und die drei Anführer sich nach einer Pause Grimrr zuwandten, schnaubte die Werkatze und sagte dann: »Nun, wir werden wohl ebenfalls dort sein.« Er betrachtete seine scharfen Nägel. »Irgendjemand muss sich hinter die feindlichen Linien schleichen, und das werden gewiss nicht die Zwerge sein, die in ihren Eisenstiefeln herumstolpern.«

Orik zog die Augenbrauen hoch, aber wenn er gekränkt war, verbarg er es gut.

Orrin nahm noch zwei weitere Schlucke aus seinem Kelch, dann wischte er sich mit dem Handrücken über den Mund und sagte: »Also gut, wie Ihr wünscht. Wir werden weiter nach Urû'baen ziehen.« Da sein Becher leer war, griff er nach der Flasche vor sich.

Ein endloses Labyrinth

Eragon und die anderen verbrachten den Rest der Besprechung mit der Erörterung praktischer Fragen: Die Kommandostruktur musste neu geordnet werden – die Frage, wer wem unterstellt sein sollte. Pflichten waren neu zu verteilen. Das Lager brauchte neue Schutzzauber und die Wachen mussten besser instruiert werden, um sicherzustellen, dass sich Dorn oder Shruikan nicht abermals unbemerkt annähern konnten. Schließlich waren die Männer auszurüsten, deren Rüstung oder Waffen während des nächtlichen Angriffs verbrannt oder zerstört worden waren.

Gemeinsam und einstimmig entschieden sie, erst am folgenden Tag bekannt zu machen, dass Nasuada entführt worden war. Es war wichtig, dass die Krieger so viel Schlaf bekamen wie möglich, bevor der Sonnenaufgang den Horizont erhellte.

Eine einzige Frage wurde nicht angesprochen, nämlich ob sie versuchen sollten, Nasuada zu retten. Der einzige Weg, sie zu befreien, war, Urû'baen zu erobern. Doch bis dahin würde sie wahrscheinlich schon tot sein oder verletzt oder durch die alte Sprache an Galbatorix gebunden. Daher vermied es jeder, das Thema anzuschneiden, als sei es verboten.

Dennoch war Nasuada in Eragons Gedanken allgegenwärtig. Wann immer er die Augen schloss, sah er, wie Murtagh sie schlug, und dann, wie die Klauen von Dorns Vorderpranke sich um sie schlossen, bevor der rote Drache in die Nacht davonflog. Durch diese Erinnerungen fühlte sich Eragon noch elender, aber er konnte nicht anders, als sie immer wieder zu durchleben.

Als die Versammlung sich auflöste, gab Eragon Roran, Jörmundur und Arya ein Zeichen. Sie folgten ihm widerspruchslos in sein Zelt, wo Eragon einige Zeit damit verbrachte, sie um Rat zu fragen und Pläne für den kommenden Tag zu schmieden.

»Der Ältestenrat wird Euch sicher einige Schwierigkeiten bereiten«, meinte Jörmundur. »Sie halten Euch politisch für nicht so versiert wie Nasuada und sie werden wohl versuchen, das für sich auszunützen.« Seit dem Angriff hatte der langhaarige Krieger unnatürlich ruhig gewirkt, so ruhig, dass Eragon sich fragte, ob er den Tränen nahe war oder kurz vor einem Wutausbruch stand – oder beides.

»Das bin ich auch nicht«, erwiderte Eragon.

Jörmundur neigte den Kopf. »Trotzdem müsst Ihr überzeugend wirken. Ich kann Euch ein wenig helfen, aber vieles wird davon abhängen, wie Ihr auftretet. Wenn Ihr ihnen erlaubt, Eure Entscheidungen in zu großem Maße zu beeinflussen, werden sie denken, die Führung der Varden sei auf *sie* übergegangen, nicht auf Euch.«

Eragon sah Arya und Saphira besorgt an.

Keine Bange, richtete Saphira das Wort an alle. *Niemand wird die Oberhand über ihn gewinnen, solange ich da bin und auf ihn aufpasse.*

Als ihre zweite, kleinere Versammlung endete, wartete Eragon, bis Arya und Jörmundur das Zelt verlassen hatten, dann hielt er Roran an der Schulter zurück. »Hast du das ernst gemeint? Dass das hier eine Schlacht der Götter ist?«

Roran sah ihn an. »Das habe ich … Du und Murtagh und Galbatorix – ihr seid zu mächtig, als dass irgendein gewöhnlicher Mensch euch besiegen könnte. Es ist nicht richtig. Es ist nicht gerecht. Aber so ist es nun einmal. Wir übrigen sind wie Ameisen unter euren Stiefeln. Hast du eine Ahnung, wie viele Männer du heute eigenhändig getötet hast?«

»Zu viele.«

»Genau. Ich bin froh, dass du hier bist, um für uns zu kämpfen, und ich bin froh, dass du wie ein Bruder für mich bist, aber ich wünschte, wir müssten uns nicht darauf verlassen, dass ein Reiter oder ein Elf oder irgendeine Art von Magier diesen Krieg für uns gewinnt. Niemand sollte der Barmherzigkeit eines anderen ausgeliefert sein. Nicht so. Es bringt die Welt aus dem Gleichgewicht.«

Mit diesen Worten verließ Roran das Zelt.

Eragon ließ sich auf sein Feldbett fallen und hatte das Gefühl, als hätte ihm jemand gegen die Brust geschlagen. Eine Weile saß er schwitzend und nachdenklich da, doch seine Gedanken wollten nicht zur Ruhe kommen. Schließlich hielt er es nicht mehr aus, sprang auf und eilte hinaus.

Vor dem Zelt waren sofort die sechs Nachtfalken zur Stelle, um ihn zu begleiten, wo immer er auch hinging.

Eragon gab ihnen einen Wink, zu bleiben, wo sie waren. Er hatte protestiert, aber Jörmundur hatte darauf bestanden, ihm Nasuadas Wachen an die Seite zu geben, zusätzlich zu seiner Elfenwache. »Wir können gar nicht vorsichtig genug sein«, hatte er gesagt. Eragon gefiel es nicht, dass ihm noch mehr Leute auf Schritt und Tritt folgten, aber er hatte gezwungenermaßen zugestimmt.

Eragon ging an den Wachen vorbei und eilte zu Saphira hinüber, die sich auf dem Boden zusammengerollt hatte.

Als er näher kam, öffnete sie ein Auge und hob dann den Flügel, damit er darunterkriechen und sich an ihren warmen Bauch schmiegen konnte. *Kleiner*, murmelte sie und begann leise zu summen.

Eragon lehnte sich an sie und lauschte ihrem Summen und dem leisen Rascheln von Luft, das in ihre mächtigen Lungen hinein- und wieder herausströmte. Hinter ihm hob und senkte sich ihr Bauch in einem sanften, beruhigenden Rhythmus.

Zu jeder anderen Zeit hätte ihre bloße Gegenwart genügt, um ihn zu beruhigen, aber nicht jetzt. Seine Gedanken kreisten, sein Puls raste wie wild und seine Hände und Füße waren unangenehm heiß.

Er behielt seine Gefühle für sich, um Saphira nicht zu stören. Sie war müde nach ihren beiden Kämpfen mit Dorn und sie versank schon bald in einen tiefen Schlaf. Ihr Summen verlor sich in dem steten Geräusch ihres Atems.

Und noch immer wollten Eragons Gedanken ihm keine Ruhe lassen. Wieder und wieder kehrte er zu derselben unumstößlichen

Tatsache zurück: *Er* war der Anführer der Varden. Er, vor Kurzem noch einfach nur jüngstes Mitglied einer armen Bauernfamilie, war jetzt der Anführer der zweitgrößten Armee Alagaësias. Dass es überhaupt so gekommen war, erschien ihm ungeheuerlich. Als spiele das Schicksal mit ihm und locke ihn in eine Falle, die ihn vernichten würde. Er hatte das nie gewollt, hatte nie danach gestrebt, und doch hatten die Ereignisse es ihm aufgezwungen.

Was hat Nasuada sich dabei gedacht, als sie mich zu ihrem Nachfolger bestimmt hat?, fragte er sich. Er erinnerte sich an die Gründe, die sie ihm genannt hatte, aber sie trugen nicht dazu bei, seine Zweifel zu zerstreuen. *Hat sie wirklich geglaubt, ich könnte ihre Stelle einnehmen? Warum nicht Jörmundur? Er ist seit Jahrzehnten bei den Varden und er weiß so viel mehr über die Führung eines Heers und über militärische Strategie.*

Eragon dachte an den Tag, an dem Nasuada beschlossen hatte, das Bündnisangebot der Urgals anzunehmen – trotz des Hasses zwischen ihren beiden Völkern, und obwohl es Urgals gewesen waren, die ihren Vater getötet hatten. *Wäre ich dazu fähig gewesen?* Er glaubte nicht – zumindest nicht zu diesem Zeitpunkt. *Kann ich solche Entscheidungen jetzt treffen, wenn sie notwendig werden, um Galbatorix zu besiegen?*

Er war sich nicht sicher.

Er bemühte sich, seinen Geist zu beruhigen. Nachdem er die Augen geschlossen hatte, konzentrierte er sich darauf, seine Atemzüge zu zählen, immer bis zehn. Es war schwierig, sich auf diese Aufgabe zu konzentrieren, denn alle paar Sekunden drohte ein neuer Gedanke oder ein neues Gefühl ihn abzulenken, und oft vergaß er dann doch, zu zählen.

Mit der Zeit entspannte sich sein Körper jedoch, und langsam, fast ohne dass er es bemerkte, glitt er in die regenbogenbunten, sich ständig verändernden Visionen seiner Wachträume hinüber. Er sah viele Dinge. Einige düster und beunruhigend, während seine Träume die Ereignisse des vergangenen Tages widerspiegelten. Andere bittersüß: Erinnerungen an das, was gewesen war, oder wovon er sich wünschte, es wäre so gewesen.

Dann – wie ein sich plötzlich drehender Wind – kräuselten sich seine Träume und wurden konkreter, als befände er sich in einer realen Welt, die er nicht nur sehen, sondern auch berühren konnte. Alles um ihn herum verblasste und er erblickte einen anderen Ort zu einer anderen Zeit – einen Ort, der ihm fremd und vertraut zugleich vorkam, als habe er ihn vor langer Zeit schon einmal gesehen und als wäre er dann in den Tiefen seines Gedächtnisses verloren gegangen.

Eragon öffnete die Augen, doch die Bilder blieben und überdeckten seine Umgebung. Da wusste er, dass er keinen normalen Traum erlebte:

Eine dunkle und einsame Ebene lag vor ihm, durchzogen von einem Streifen Wasser, das gemächlich nach Osten floss: ein Band aus gehämmertem Silber, das im Schein des Vollmonds glänzte … Auf dem namenlosen Fluss trieb ein großes, stolzes Schiff, dessen blendend weiße Segel gehisst waren … Reihen von Kriegern mit Lanzen … Zwischen ihnen hindurch schritten zwei in Kapuzenumhänge gehüllte Gestalten wie bei einer würdevollen Prozession. Der Geruch von Weiden und Pappeln, ein Gefühl von vorübergehendem Kummer … Dann der gequälte Schrei eines Mannes, ein Aufblitzen von Schuppen und ein Durcheinander von Bewegungen, das mehr verbarg, als es enthüllte.

Und dann nichts als Stille und Schwärze.

Eragons Sicht klärte sich und er sah wieder die Unterseite von Saphiras Flügel vor sich. Er stieß den Atem aus – von dem er nicht gewusst hatte, dass er ihn angehalten hatte – und wischte sich mit einer zitternden Hand die Tränen aus den Augen. Er verstand nicht, warum die Vision eine so starke Wirkung auf ihn hatte.

War das eine Vorahnung?, fragte er sich. *Oder geschieht in diesem Augenblick tatsächlich irgendwo etwas? Und warum ist es für mich von Bedeutung?*

Danach konnte er keinen Augenblick mehr Ruhe finden. Seine Sorgen kehrten mit Macht zurück und bestürmten ihn ohne Gnade. Sie nagten an seinem Geist wie ein Heer von Ratten und jeder Biss schien ihn mit einem schleichenden Gift zu infizieren.

Schließlich kroch er unter Saphiras Flügel hervor – wobei er achtgab, sie nicht zu wecken – und wanderte zu seinem Zelt zurück.

Wie zuvor erhoben sich die Nachtfalken, als sie ihn sahen. Ihr Kommandant, ein untersetzter Mann mit einer krummen Nase, trat auf Eragon zu. »Braucht Ihr irgendetwas, Schattentöter?«, fragte er.

Eragon erinnerte sich vage, dass der Name des Mannes Garven war, und ihm fiel noch etwas ein, was Nasuada ihm erzählt hatte: dass nämlich der Mann den Verstand verloren habe, weil er den Geist der Elfen untersucht hatte. Jetzt schien es dem Mann wieder gut zu gehen, obwohl sein Blick etwas Träumerisches hatte. Trotzdem nahm Eragon an, dass Garven in der Lage war, seine Pflichten zu erfüllen. Anderenfalls hätte Jörmundur ihm niemals gestattet, auf seinen Posten zurückzukehren.

»Im Moment nicht, Hauptmann«, antwortete Eragon leise. Er machte noch einen Schritt, dann hielt er inne. »Wie viele der Nachtfalken wurden heute Nacht getötet?«

»Sechs, Herr. Eine ganze Wache. Wir werden für einige Tage unterbesetzt sein, bis wir passenden Ersatz gefunden haben. Und wir werden darüber hinaus zusätzliche Rekruten brauchen, denn wir wollen die Wache um Euch herum verdoppeln.« Ein gequälter Ausdruck trübte Garvens ansonsten verschlossenen Blick. »Wir haben sie im Stich gelassen, Schattentöter. Wenn wir mehr gewesen wären, hätten wir vielleicht …«

»Wir alle haben sie im Stich gelassen«, unterbrach Eragon ihn. »Und wenn mehr von euch da gewesen wären, wären mehr von euch gestorben.«

Der Mann zögerte, dann nickte er mit unglücklicher Miene.

Ich habe sie im Stich gelassen, dachte Eragon, während er in sein Zelt trat. Nasuada war seine Lehnsherrin. Es war seine Pflicht, sie zu beschützen, mehr noch als die Pflicht der Nachtfalken. Und das einzige Mal, als sie seine Hilfe wirklich gebraucht hätte, war er nicht in der Lage gewesen, sie zu retten.

Er fluchte im Stillen.

Als ihr Vasall war es seine Pflicht, nach einer Möglichkeit zu suchen, sie zu retten, und zwar ausschließlich. Aber er wusste auch, dass sie nicht damit einverstanden sein würde, wenn er nur um ihretwillen die Varden im Stich ließ. Lieber würde sie leiden und sterben, als zuzulassen, dass ihre Abwesenheit der Sache schadete, der sie ihr Leben gewidmet hatte.

Eragon fluchte aufs Neue und begann in dem engen Zelt auf und ab zu gehen.

Ich bin der Anführer der Varden.

Erst jetzt, nachdem sie fort war, begriff Eragon, dass Nasuada inzwischen mehr war als nur seine Lehnsherrin und Befehlshaberin. Sie war eine Freundin geworden und ebenso wie Arya wollte er sie beschützen. Wenn er es jedoch versuchte, konnte das die Varden letztendlich den Sieg kosten.

Ich bin der Anführer der Varden.

Er dachte an all die Leute, für die er jetzt die Verantwortung trug: Roran und Katrina und die übrigen Dorfbewohner aus Carvahall; die vielen Hundert Krieger, an deren Seite er gekämpft hatte, und noch viele mehr; die Zwerge; die Werkatzen und selbst die Urgals. Alle standen jetzt unter seinem Befehl und waren davon abhängig, dass er die richtigen Entscheidungen traf, um Galbatorix und das Imperium zu besiegen.

Eragons Puls beschleunigte sich so, dass vor seinen Augen alles zu flimmern begann. Er blieb stehen, umklammerte den Pfosten in der Mitte des Zeltes und wischte sich den Schweiß von Stirn und Oberlippe.

Er wünschte, er hätte jemanden zum Reden. Kurz erwog er, Saphira zu wecken, verwarf den Gedanken jedoch gleich wieder. Es war wichtiger, dass sie sich ausruhte, als seinen Klagen zu lauschen. Ebenso wenig wollte er Arya oder Glaedr mit Problemen belasten, zu deren Lösung sie nichts beitragen konnten. Ohnehin bezweifelte er, dass er in Glaedr einen mitfühlenden Zuhörer finden würde, nachdem ihr letztes Gespräch so gehässig geendet hatte.

Eragon nahm sein monotones Hin und Her wieder auf: drei Schritte vor, umdrehen, drei Schritte zurück, umdrehen und wieder von vorne.

Er hatte den Gürtel von Beloth dem Weisen verloren. Er hatte zugelassen, dass Murtagh und Dorn Nasuada gefangen nahmen. Und jetzt war er für die Varden verantwortlich.

Wieder und wieder gingen ihm dieselben Gedanken durch den Kopf und mit jedem Mal wuchs seine Angst. Als sei er in einem endlosen Labyrinth gefangen und hinter jeder Ecke lauerten Ungeheuer, die nur darauf warteten, sich auf ihn zu stürzen. Trotz seiner Worte von vorhin zu Orik, Orrin und den anderen wusste er nicht, wie er, die Varden oder ihre Verbündeten Galbatorix besiegen sollten.

Ich wäre nicht einmal in der Lage, Nasuada zu retten, selbst wenn ich die Möglichkeit hätte, hinter ihr herzujagen und es zu versuchen. Bitternis stieg in ihm auf. Die vor ihnen liegende Aufgabe schien hoffnungslos. *Warum musste uns dieses Schicksal treffen?* Er stieß einen Fluch aus und biss sich auf die Wange, bis er den Schmerz nicht länger ertragen konnte.

Er blieb stehen und sackte auf die Knie, dann legte er seine Hände um den Nacken. »Es ist unmöglich. Es ist unmöglich«, flüsterte er, während er sich hin und her wiegte. »Es ist unmöglich.«

In seiner Verzweiflung dachte er darüber nach, zum Zwergengott Gûntera zu beten und ihn um Hilfe zu bitten, wie er es schon einmal getan hatte. Seine Sorgen einem Wesen zu Füßen zu legen, das größer war als er selbst, und sein Schicksal jener Macht anzuvertrauen, wäre eine Erleichterung gewesen. Wenn er es tat, würde er sein Schicksal – ebenso wie das Schicksal jener, die er liebte – mit größerer Gelassenheit akzeptieren können, denn er wäre nicht mehr allein verantwortlich für das, was geschah.

Aber Eragon konnte sich nicht dazu durchringen, das Gebet zu sprechen. Er *war* verantwortlich für das Schicksal all dieser Leute, ob es ihm gefiel oder nicht, und er hatte das Gefühl, dass es falsch gewesen wäre, die Verantwortung irgendeinem anderen aufzubürden, selbst wenn es ein Gott war – oder die Vorstellung von einem Gott.

Das Problem war: Er glaubte nicht, dass er tun konnte, was getan werden musste. Er konnte die Varden befehligen, da war er sich einigermaßen sicher. Aber was die Frage betraf, wie er es zuwege bringen sollte, Urû'baen zu erobern und Galbatorix zu töten, war er ratlos. Er hatte nicht die Stärke, um gegen Murtagh zu bestehen, geschweige denn gegen den König, und es erschien ihm extrem unwahrscheinlich, dass er eine Möglichkeit fand, ihre Schutzzauber zu umgehen. Ebenso hoffnungslos kam ihm die Überlegung vor, ihren Geist oder zumindest den von Galbatorix zu überwältigen.

Eragon bohrte sich die Finger in den Nacken, reckte sich und kratzte sich, während er verzweifelt andere Möglichkeiten erwog, so aussichtslos sie auch sein mochten.

Dann dachte er an den Rat, den Solembum ihm vor so langer Zeit in Teirm gegeben hatte. Die Werkatze hatte gesagt:

Hör mir genau zu, ich erzähle dir zwei Dinge. Wenn die Zeit kommt und du eine Waffe benötigst, schau unter den Wurzeln des Menoa-Baums nach. Und wenn alles verloren scheint und deine Kräfte nicht mehr ausreichen, geh zum Felsen von Kuthian und sprich laut deinen Namen, um das Verlies der Seelen zu öffnen.

Was den Menoa-Baum betraf, hatten sich Solembums Worte als wahr erwiesen. Unter ihm hatte Eragon den Sternenstahl gefunden, den er für die Klinge seines Schwertes benötigt hatte. Jetzt blitzte ein verzweifelter Hoffnungsfunke in Eragon auf, als er an den zweiten Rat der Werkatze dachte.

Wenn meine Kräfte jemals nicht ausgereicht haben und wenn jemals alles verloren schien, dann jetzt, dachte Eragon. Er hatte jedoch immer noch keine Ahnung, wo oder was der Felsen von Kuthian oder das Verlies der Seelen war. Er hatte zu verschiedenen Zeiten sowohl Oromis als auch Arya danach gefragt, aber sie hatten ihm keine Antwort gegeben.

Dann sandte Eragon seinen Geist aus und durchsuchte das Lager, bis er den unverkennbaren Geist der Werkatze fand. *Solembum,* sagte er, *ich brauche deine Hilfe! Komm bitte in mein Zelt.*

Nach einem Moment nahm er die widerstrebende Zustimmung der Werkatze wahr und löste die Verbindung.

Dann saß Eragon allein in der Dunkelheit … und wartete.

Gedankensplitter

Mehr als eine Viertelstunde verstrich, bevor die Klappe zu Eragons Zelt sich regte und Solembum sich hereinschob. Die Schritte seiner weichen Pfoten auf der Erde waren fast nicht zu hören.

Die hellbraune Werkatze ging an Eragon vorbei, ohne ihn anzusehen, sprang auf sein Feldbett und machte es sich auf seiner Decke bequem. Dann begann Solembum, sich die Haut zwischen den Krallen seiner rechten Pfote zu lecken. Immer noch ohne Eragon anzusehen, stellte er fest: *Ich bin kein Hund, der kommt, sobald du rufst, Eragon.*

»Das habe ich auch nie angenommen«, gab Eragon zurück. »Aber ich brauche dich und es ist dringend.«

Hm. Das Schaben von Solembums Zunge wurde lauter, als er sich auf die ledrige Innenseite seiner Pfote konzentrierte. *Dann sprich, Schattentöter. Was willst du?*

»Einen Moment.« Eragon stand auf und ging zu dem Pfosten, an dem seine Laterne hing. »Ich werde Licht machen«, warnte er Solembum. Dann sprach Eragon ein Wort in der alten Sprache und am Docht der Laterne loderte eine Flamme auf, die das Zelt mit einem warmen, flackernden Licht erfüllte.

Sowohl Eragon als auch Solembum blinzelten, während sie darauf warteten, dass ihre Augen sich an das hellere Licht gewöhnten. Dann setzte Eragon sich auf seinen Hocker.

Die Werkatze, stellte er verwirrt fest, beobachtete ihn aus eisblauen Augen.

»Hatten deine Augen nicht eine andere Farbe?«, fragte er.

Solembum blinzelte einmal und seine Augen wechselten von

Blau zu Gold. Dann fuhr er mit dem Säubern seiner Pfote fort. *Was willst du, Schattentöter? Die Nacht ist dazu da, um Dinge zu erledigen, nicht um herumzusitzen und zu reden.* Die Spitze seines in einer Quaste endenden Schwanzes zuckte hin und her. Eragon leckte sich über die Lippen. Die Hoffnung, die er verspürte, machte ihn nervös. »Solembum, du hast mir gesagt, dass ich, wenn alles verloren scheinen sollte und meine Kräfte nicht ausreichen würden, zum Felsen von Kuthian gehen und das Verlies der Seelen öffnen solle.«

Die Werkatze hielt inne. *Ah, das.*

»Ja, das. Und ich muss wissen, was du damit gemeint hast. Wenn es irgendetwas gibt, was uns gegen Galbatorix helfen kann, muss ich jetzt davon erfahren, nicht später, nicht erst wenn ich es schaffe, das eine oder andere Rätsel zu lösen, sondern *jetzt.* Also, wo kann ich den Felsen von Kuthian finden, wie öffne ich das Verlies der Seelen und was werde ich darin finden?«

Solembum legte die Ohren mit den schwarzen Spitzen leicht zurück und fuhr die Krallen an der Pfote, die er putzte, halb aus. *Ich weiß es nicht.*

»Du weißt es nicht?!«, rief Eragon ungläubig aus.

Musst du alles wiederholen, was ich sage?

»Wie kann es sein, dass du es nicht weißt?«

Ich weiß es nicht.

Eragon beugte sich vor und griff nach Solembums großer, schwerer Pfote. Die Werkatze legte die Ohren an, fauchte und spannte die Pfote an, sodass sich seine Krallen in Eragons Hand gruben. Eragon lächelte und ignorierte den Schmerz. Die Werkatze war stärker, als er erwartet hatte, beinah stark genug, um ihn vom Hocker zu ziehen.

»Schluss mit den Rätseln«, verlangte Eragon. »Ich will die Wahrheit, Solembum. Woher hattest du diese Information und was bedeutet sie?«

Das Fell auf Solembums Rücken sträubte sich. *Manchmal sind Rätsel die Wahrheit, du begriffsstutziger Mensch. Jetzt lass mich gehen, sonst ziehe ich dir die Haut vom Gesicht und verfüttere deine Eingeweide an die Krähen.*

Eragon hielt Solembum noch einen Augenblick länger fest, dann ließ er seine Pfote los und lehnte sich zurück. Er ballte die Faust, um den Schmerz in seiner Hand zu betäuben und die Blutung zu stillen.

Solembum funkelte ihn aus schmalen Augen an und jede geheuchelte Gleichgültigkeit verschwand. *Ich habe gesagt, dass ich es nicht weiß, weil ich es, egal was du vielleicht denkst, tatsächlich nicht weiß. Ich weiß weder, wo der Felsen von Kuthian liegen könnte, noch wie du das Verlies der Seelen öffnen könntest oder was das Verlies enthalten könnte.*

»Wiederhole das in der alten Sprache.«

Solembums Augen verengten sich noch mehr, aber er sprach die gleichen Worte noch einmal in der Sprache der Elfen und Eragon wusste, dass er die Wahrheit sagte.

So viele Fragen gingen Eragon durch den Kopf, dass er kaum wusste, welche er zuerst stellen sollte. »Wie hast du dann vom Felsen von Kuthian erfahren?«

Wieder zuckte Solembums Schwanz hin und her und strich Falten in der Decke glatt. *Zum letzten Mal: Ich weiß es nicht. Noch weiß irgendeine andere Werkatze etwas darüber.*

»Wie hast du dann …?« Eragons Stimme verlor sich, er war jetzt vollkommen durcheinander.

Bald nach dem Sturz der Reiter wuchs unter den Mitgliedern unseres Volkes eine gewisse Überzeugung, dass wir, sollten wir auf einen neuen Reiter treffen, auf einen, der nicht Galbatorix verpflichtet wäre, ihm oder ihr erzählen sollten, was ich dir erzählt habe: von dem Menoa-Baum und dem Felsen von Kuthian.

»Aber … woher stammte die Information?«

Solembums Schnauze legte sich in Falten, als er die Zähne zu einem unangenehmen Lächeln bleckte. *Das können wir nicht sagen, nur dass wer oder was auch immer dafür verantwortlich war, es gut meinte.*

»Wie kannst du das wissen?«, entfuhr es Eragon. »Was, wenn es Galbatorix war? Er könnte versucht haben, euch hereinzulegen. Er könnte versuchen, Saphira und mich hereinzulegen, um uns gefangen zu nehmen.«

Nein, erwiderte Solembum und bohrte die Krallen in die Decke. *Werkatzen sind nicht so leicht zu täuschen wie andere. Galbatorix zieht hier nicht die Fäden. Dessen bin ich mir sicher. Wer immer wollte, dass du diese Information erhältst, ist dieselbe Person oder Kreatur, die dafür gesorgt hat, dass du den Stahl für dein Schwert gefunden hast. Hätte Galbatorix das getan?*

Eragon runzelte die Stirn. »Habt ihr nicht versucht herauszufinden, wer dahintersteckt?«

Das haben wir.

»Und?«

Es ist uns nicht gelungen. Der Werkatze sträubte sich das Fell. *Es gibt zwei Erklärungen dafür. Die erste: Unsere Erinnerungen wurden gegen unseren Willen verändert und wir sind die Schachfiguren irgendeines ruchlosen Wesens. Die zweite: Wir haben der Veränderung zugestimmt, aus welchem Grund auch immer. Vielleicht haben wir die Erinnerung daran sogar selbst gelöscht. Es fällt mir schwer, zu glauben, und ich finde es geschmacklos, anzunehmen, dass irgendjemand es geschafft haben sollte, unseren Geist derart zu beherrschen. Wenn es nur einige von uns beträfe, könnte ich es verstehen. Aber unser ganzes Volk? Nein. Das kann nicht sein.*

»Und warum wurde gerade euch, den Werkatzen, diese Information anvertraut?«

Vermutlich, weil wir immer Freunde der Reiter waren und Freunde der Drachen ... Wir sind die Beobachter. Die Zuhörer. Die Wanderer. Wir wandeln allein an den dunklen Orten der Welt und wir erinnern uns daran, was ist und was war.

Solembums Blick richtete sich in die Ferne. *Weißt du, Eragon: Keiner von uns war glücklich über die Situation. Wir haben lange Debatten geführt, ob es mehr schaden als nützen würde, diese Information weiterzugeben, sollte der Augenblick dafür gekommen sein. Am Ende lag die Entscheidung bei mir und ich habe mich dafür entschieden, es dir zu sagen, denn es kam mir vor, als ob du alle Hilfe brauchtest, die du bekommen konntest. Mach daraus, was du willst.*

»Aber was soll ich denn tun?«, fragte Eragon. »Wie soll ich den Felsen von Kuthian finden?«

Das kann ich nicht sagen.

»Welchen Nutzen hat diese Information dann? Ich hätte sie ebenso gut niemals zu hören brauchen.«

Solembum blinzelte. *Eines kann ich dir noch sagen. Es bedeutet vielleicht nichts, aber möglicherweise weist es dir den Weg.*

»Was? Was denn?«

Wenn du dich nur geduldest, werde ich es dir sagen. Als ich dir in Teirm das erste Mal begegnet bin, hatte ich das merkwürdige Gefühl, dass du das Buch Domia abr Wyrda *haben solltest. Ich habe einige Zeit gebraucht, um es zu arrangieren, aber ich war derjenige, der die Verantwortung dafür trug, dass Jeod dir das Buch gegeben hat.* Dann hob die Werkatze ihre andere Vorderpfote und begann sie nach einer flüchtigen Untersuchung zu lecken.

»Hast du während der letzten Monate noch irgendwelche *anderen* merkwürdigen Gefühle gehabt?«, fragte Eragon.

Nur den Drang, einen kleinen roten Pilz zu fressen, aber das hat sich schnell gelegt.

Eragon seufzte und bückte sich, um das Buch unter seinem Feldbett hervorzuziehen, wo er es mit seinen übrigen Schreibutensilien aufbewahrte. Er starrte auf den großen, in Leder gebundenen Band, bevor er willkürlich eine Seite aufschlug. Wie gewöhnlich ergab der Wust an Runen auf den ersten Blick nur wenig Sinn für ihn. Erst mit großer Anstrengung konnte er einige entziffern:

… was, wenn man Taladorous Glauben schenken darf, bedeuten würde, dass die Berge selbst das Ergebnis eines Zaubers waren. Das ist natürlich unsinnig, denn …

Eragon knurrte frustriert und klappte das Buch zu. »Ich habe keine Zeit für so etwas. Das Buch ist zu dick und ich bin ein zu langsamer Leser. Ich bin schon so viele Kapitel durchgegangen und es war noch nichts über den Felsen von Kuthian oder das Verlies der Seelen dabei.«

Solembum beäugte ihn einen Moment lang. *Du könntest jemand anders bitten, es für dich zu lesen, aber wenn in* Domia abr Wyrda *ein Geheimnis verborgen liegt, bist du vielleicht der Einzige, der es erkennen kann.*

Eragon unterdrückte das Bedürfnis, zu fluchen. Er sprang vom Hocker auf und begann wieder auf und ab zu gehen. »Warum hast du mir das alles nicht schon früher erzählt?«

Es schien nicht wichtig zu sein. Entweder würde dir mein Rat bezüglich des Verlieses und des Felsens helfen oder nicht. Und ob du nun wusstest oder nicht wusstest, woher diese Information stammt, hätte … nichts … geändert!

»Aber wenn ich gewusst hätte, dass darin etwas über das Verlies der Seelen steht, hätte ich mehr Zeit damit verbracht, das Buch zu lesen.«

Doch wir wissen nicht, ob das der Fall ist, wandte Solembum ein. Seine Zunge fuhr aus dem Mund und strich über die Schnurrhaare, um sie zu glätten. *Das Buch hat vielleicht gar nichts mit dem Felsen von Kuthian oder dem Verlies der Seelen zu tun. Wer kann das schon sagen? Außerdem warst du bereits damit beschäftigt, es zu lesen. Hättest du wirklich mehr Zeit auf das Buch verwendet, wenn ich dir gesagt hätte, dass ich so ein Gefühl habe – und wohlgemerkt, nicht mehr als ein Gefühl –, dass das Buch von einiger Bedeutung für dich sein könnte? Hm?*

»Vielleicht nicht … aber du hättest es mir trotzdem erzählen können.«

Die Werkatze zog die Vorderpfoten unter die Brust und schwieg.

Eragon runzelte die Stirn und nahm das Buch erneut zur Hand. Am liebsten hätte er es in Stücke gerissen. »Das kann nicht alles sein. Es muss noch irgendeine andere Information geben, die du vergessen hast.«

Viele, aber keine, denke ich, die sich auf diese Angelegenheit bezieht.

»Bei all deinen Reisen durch Alagaësia, mit Angela oder ohne sie, hast du niemals irgendetwas gefunden, was dieses Rätsel erklären könnte? Oder wenigstens etwas, was uns vielleicht gegen Galbatorix von Nutzen sein könnte?«

Ich habe dich gefunden, oder etwa nicht?

»Das ist nicht witzig«, knurrte Eragon. »Verdammt, du musst doch noch irgendetwas wissen.«

Nein.

»Dann denk nach! Wenn ich nicht irgendeine Art von Hilfe gegen Galbatorix finden kann, sind wir verloren, Solembum. Wir sind verloren und die meisten Varden, die Werkatzen eingeschlossen, werden sterben.«

Solembum fauchte abermals. *Was erwartest du von mir, Eragon? Ich kann keine Hilfe erfinden, wo es keine gibt. Lies das Buch.*

»Wir werden in Urû'baen sein, bevor ich es ganz gelesen habe. Das Buch könnte genauso gut nicht existieren.«

Solembum legte wieder die Ohren an. *Das ist nicht meine Schuld.*

»Es ist mir egal, ob es deine Schuld ist oder nicht. Ich will einfach nur, dass wir am Ende nicht alle tot oder versklavt sind. Denk nach! Du musst noch irgendetwas anderes wissen!«

Solembum stieß ein leises, helles Knurren aus. *Ich weiß aber nichts. Und ...*

»Du musst etwas wissen oder wir sind dem Untergang geweiht!«

Noch während Eragon die Worte sprach, bemerkte er, dass eine Veränderung mit der Werkatze vorging. Solembums Ohren stellten sich auf, seine Schnurrhaare entspannten sich und sein Blick verlor sein hartes Leuchten. Gleichzeitig wurde der Geist der Werkatze ungewöhnlich leer, als sei er ohne Bewusstsein.

Eragon erstarrte, denn er wusste nicht, was er davon halten sollte.

Dann spürte Eragon, wie Solembum mit Gedanken, die so matt und farblos waren wie ein Teich unter einem wolkenverhangenen Winterhimmel, sagte: *Kapitel siebenundvierzig. Seite drei. Beginne mit dem zweiten Abschnitt.*

Solembums Blick schärfte sich wieder und seine Ohren kehrten in ihre frühere Position zurück. *Was ist geschehen?*, fragte er gereizt. *Warum starrst du mich so an?*

»Was hast du gerade gesagt?«

Ich sagte, dass ich sonst nichts weiß. Und dass ...

»Nein, nein, die andere Sache, über das Kapitel und die Seite.«

Spiel keine Spielchen mit mir, ich habe nichts dergleichen gesagt.

»Hast du doch.«

Solembum musterte ihn einige Sekunden. Dann erwiderte er mit Gedanken, die übertrieben ruhig waren: *Erzähl mir genau, was du gehört hast, Drachenreiter.*

Also wiederholte Eragon die Worte, so genau er konnte. Als er geendet hatte, schwieg Solembum eine Weile. *Ich kann mich nicht daran erinnern*, sagte er.

»Was, denkst du, bedeutet das?«

Es bedeutet, dass wir nachsehen sollten, was auf Seite drei von Kapitel siebenundvierzig steht.

Eragon zögerte, dann nickte er und begann in dem Buch zu blättern. Währenddessen erinnerte er sich an das fragliche Kapitel. Es handelte von der Zeit unmittelbar nach der Abspaltung der Reiter von den Elfen, nach dem kurzen Krieg zwischen Elfen und Menschen. Eragon hatte den Anfang des Kapitels gelesen, aber er hatte den Eindruck gehabt, dass es nicht mehr war als eine trockene Erörterung von Bündnisverträgen und Verhandlungen, daher hatte er die Lektüre auf eine andere Gelegenheit verschoben.

Schon bald fand er die richtige Seite. Er folgte den Runen mit der Fingerspitze und begann laut zu lesen:

… Das Klima der Insel ist bemerkenswert gemäßigt, verglichen mit dem des Festlands auf demselben Breitengrad. Die Sommer sind häufig kühl und regnerisch, aber dafür sind die Winter mild und neigen nicht zu der brutalen Kälte des nördlichen Teils des Buckels. Daher kann dort einen guten Teil des Jahres Getreide angebaut werden. Allen Berichten zufolge ist der Boden fett und fruchtbar – der einzige Vorzug der Feuerberge, die dafür bekannt sind, von Zeit zu Zeit auszubrechen und die Insel mit einer dicken Schicht Asche zu bedecken – und die Wälder sind voll von Großwild, wie es die Drachen gern jagen, darunter viele Arten, die nirgendwo sonst in Alagaësia zu finden sind.

Eragon machte eine Pause. »Nichts von alledem scheint von Bedeutung zu sein.«

Lies weiter.

Stirnrunzelnd nahm Eragon sich den nächsten Absatz vor.

Dort, in dem großen Kessel im Zentrum von Vroengard, errichteten die Reiter ihre berühmte Stadt Dorú Areaba.

Dorú Areaba! Die einzige Stadt der Geschichte, die angelegt war, Drachen ebenso zu beherbergen wie Elfen und Menschen. Dorú Areaba! Ein Ort der Magie, der Gelehrsamkeit und der uralten Mysterien. Dorú Areaba! Der Name allein scheint vor Erregung zu summen. Noch nie gab es eine Stadt wie diese und es wird nie wieder eine geben, denn nun ist sie verloren, zerstört – zu Staub zermahlen von dem Thronräuber Galbatorix.

Die Gebäude waren im Stil der Elfen erbaut worden – mit einigen Einflüssen von menschlichen Reitern in den späteren Jahren –, aber aus Stein, nicht aus Holz. Hölzerne Gebäude stehen, wie dem Leser einleuchten wird, nicht lange in der Nähe von Kreaturen mit messerscharfen Klauen und der Fähigkeit, Feuer zu speien. Das Bemerkenswerteste an Dorú Areaba war jedoch seine ungeheure Größe. Jede Straße war so breit, dass mindestens zwei Drachen nebeneinandergehen konnten, und mit nur wenigen Ausnahmen waren Räume und Türen groß genug, um Drachen von fast jeder Größe aufzunehmen und hindurchzulassen.

Infolgedessen erstreckte sich Dorú Areaba über eine riesige Fläche und bestand aus Gebäuden von solch riesigen Ausmaßen, dass selbst ein Zwerg beeindruckt gewesen wäre. Überall in der Stadt gab es Gärten und Springbrunnen – wegen der grenzenlosen Liebe der Elfen zur Natur – und zu den Hallen und Schlössern der Reiter gehörten oft wolkenhohe Türme.

Auf den Berggipfeln rund um die Stadt errichteten die Reiter Wachtürme und Horste – um sich gegen Angriffe zu schützen – und manch ein Drache und sein Reiter besaßen eine gut ausgestattete Höhle hoch oben in den Bergen, wo sie abseits von den anderen ihres Ordens lebten. Die älteren, größeren Drachen hatten eine besondere Vorliebe für diese Regelung, da sie die Abgeschiedenheit häufig bevorzugten. Außerdem war es einfacher für sie, sich in die Lüfte zu erheben, wenn sie hoch über dem Grund des Kessels lebten.

Frustriert brach Eragon ab. Die Beschreibung Dorú Areabas war zwar durchaus interessant, aber er hatte während seiner Zeit in Ellesméra andere, detailliertere Berichte über die Stadt der Reiter gelesen. Und die eng stehenden Runen entziffern zu müssen, war selbst zur besten Zeit eine qualvolle Prozedur.

»Das ist sinnlos«, sagte er und ließ das Buch sinken.

Solembum sah so verärgert aus, wie Eragon sich fühlte. *Gib jetzt nicht auf. Lies noch zwei Seiten. Wenn bis dahin nichts Interessantes kommt, kannst du immer noch aufhören.*

Eragon holte tief Luft und stimmte zu. Er ließ den Finger auf der Seite hinunterwandern, bis er seine Stelle wiederfand, und las laut weiter.

Die Stadt barg viele Wunder, angefangen vom Singenden Brunnen von Eldimírim über die kristallene Festung von Svellhjall bis hin zu den Horstkolonien der Drachen, aber trotz all ihrer Pracht glaube ich, dass Dorú Areabas größter Schatz seine Bibliothek war. Nicht, wie man vielleicht vermuten könnte, wegen des imposanten Baus, in dem sie untergebracht war – obwohl er in der Tat imposant war –, sondern weil die Reiter im Laufe der Jahrhunderte einen der umfassendsten Wissensvorräte im ganzen Land angesammelt hatten. Zum Zeitpunkt des Sturzes der Reiter gab es nur drei Bibliotheken, die ihr gleichkamen – die von Ilirea, die von Ellesméra und die von Tronjheim –, und keine dieser drei barg so viele Informationen über das Wesen der Magie wie die in Dorú Areaba.

Die Bibliothek befand sich am nordwestlichen Rand der Stadt in der Nähe der Gärten, die Moraetas Spitzturm umgaben – auch bekannt als der Felsen von Kuthian …

Eragons Stimme stockte, als er auf den Namen stieß. Einen Moment später las er weiter, noch langsamer als zuvor.

… auch bekannt als der Felsen von Kuthian (siehe Kapitel zwölf) –, und nicht weit entfernt von dem Hohen Sitz, wo die Anführer der Reiter Hof hielten, wenn Könige oder Königinnen als Bittsteller zu ihnen kamen.

Ehrfurcht und Angst ergriff Besitz von Eragon. Irgendeine Person oder irgendetwas hatte dafür gesorgt, dass er diese spezielle Information erhielt, dieselbe Person oder dasselbe Wesen, das es ihm ermöglicht hatte, den Sternenstahl für sein Schwert zu finden. Der Gedanke war beängstigend und jetzt, nachdem Eragon wusste, wo er hingehen musste, war er sich nicht mehr ganz so sicher, dass er es auch wirklich tun wollte.

Was, fragte er sich, erwartete sie auf Vroengard? Er hatte Angst davor, Vermutungen anzustellen, weil er befürchtete, Hoffnungen zu wecken, die unmöglich zu erfüllen waren.

Unbeantwortete Fragen

Eragon durchsuchte die *Domia abr Wyrda*, bis er im zwölften Kapitel den Hinweis auf Kuthian fand. Zu seiner Enttäuschung stand dort allerdings nur, dass Kuthian einer der ersten Reiter gewesen war, die die Insel Vroengard erkundet hatten. Kuthian war also ein Reiter und kein Ort.

Kurz darauf klappte er das Buch zu, starrte es an und fuhr mit dem Daumen über eine erhaben gearbeitete Wölbung auf dem Rücken des Bandes.

Solembum, der auf dem Feldbett saß, schwieg ebenfalls.

»Denkst du, das Verlies der Seelen enthält Geister?«, fragte Eragon.

Geister sind nicht die Seelen der Toten.

»Nein, aber was könnten sie sonst sein?«

Solembum erhob sich und streckte sich. *Wenn du es herausfindest, würde ich es gern erfahren.*

»Meinst du also, dass Saphira und ich dorthinfliegen sollten?«

Ich kann dir nicht sagen, was du tun sollst. Wenn das eine Falle ist, dann ist fast mein ganzes Volk gebrochen und versklavt worden, ohne dass wir es bemerkt haben, und die Varden könnten sich genauso gut sofort unterwerfen, weil sie Galbatorix niemals überlisten werden. Wenn nicht, dann mag das vielleicht eine Gelegenheit sein, Unterstützung zu bekommen, von der wir dachten, dass wir sie nirgends finden könnten. Ich kann es nicht sagen. Du musst selbst entscheiden, ob es sich lohnt, dieses Risiko einzugehen. Ich für meinen Teil habe genug von diesem Rätsel.

Er sprang von der Liege und lief zur Öffnung des Zelts hinüber, wo er stehen blieb und sich noch einmal zu Eragon umdrehte. *In*

Alagaësia sind viele merkwürdige Kräfte am Werk, Schattentöter. Ich habe Dinge gesehen, die kaum zu glauben sind: Wirbel aus Licht, die sich in Höhlen tief unter der Erde drehten; Männer, die immer jünger wurden; sprechende Steine und kriechende Schatten; Räume, die von innen größer waren als von außen … Galbatorix ist nicht die einzige Macht auf der Welt, mit der man rechnen muss, und vielleicht nicht einmal die stärkste. Triff deine Wahl mit Bedacht, Schattentöter. Und wenn du dich dafür entscheidest, zu gehen, dann geh auf leisen Sohlen.

Damit schlüpfte die Werkatze aus dem Zelt und verschwand in der Dunkelheit.

Eragon atmete tief aus und lehnte sich zurück. Er wusste, was er zu tun hatte. Er musste nach Vroengard gehen. Aber er konnte diese Entscheidung nicht treffen, ohne sich mit Saphira zu beraten.

Mit einem sanften Stoß seines Geistes weckte er sie, und sobald er sie davon überzeugt hatte, dass nichts Schlimmes passiert war, teilte er seine Erinnerungen an Solembums Besuch mit ihr. Sie war genauso erstaunt wie er.

Als er fertig war, erwiderte sie: *Mir gefällt der Gedanke nicht, nur eine Marionette in der Hand desjenigen zu sein, der die Werkatzen verzaubert hat – wer auch immer es ist.*

Mir auch nicht, aber was haben wir für eine Wahl? Wenn Galbatorix dahintersteckt, dann liefern wir uns ihm aus. Aber wenn wir hierbleiben, tun wir letztendlich genau das Gleiche, nur eben erst wenn wir in Urû'baen ankommen.

Aber dann hätten wir Varden und Elfen an unserer Seite.

Das ist wahr.

Für eine Weile herrschte Schweigen zwischen ihnen. Dann sagte Saphira: *Also gut. Ich bin einverstanden. Wir sollten gehen. Wir brauchen längere Klauen und schärfere Zähne, wenn wir zusätzlich zu Murtagh und Dorn auch Galbatorix und Shruikan bezwingen wollen. Außerdem erwartet Galbatorix, dass wir geradewegs nach Urû'baen eilen, in der Hoffnung, Nasuada retten zu können. Und wenn mir bei etwas die Schuppen jucken, dann dabei, genau das zu tun, was unsere Feinde erwarten.*

Eragon nickte. *Und wenn es eine Falle ist?*

Ein leises Knurren erklang draußen vor dem Zelt. *Dann werden wir denjenigen, der diese Falle gestellt hat, lehren, unsere Namen zu fürchten, selbst wenn es Galbatorix ist.*

Er lächelte. Zum ersten Mal seit Nasuadas Entführung hatte er ein klares Ziel vor Augen. Etwas, was sie *tun* konnten – etwas, womit sie den Fortgang der Ereignisse beeinflussen konnten, statt nur als untätige Beobachter herumzusitzen. »Also schön«, murmelte er.

Nur Sekunden, nachdem er sich mit ihr in Verbindung gesetzt hatte, erschien Arya in seinem Zelt. Ihre Geschwindigkeit stellte ihn vor ein Rätsel, bis sie erklärte, dass sie mit Bloëdhgarm und den anderen Elfen Wache gehalten hatte, falls Murtagh und Dorn zurückkehren sollten.

Mit ihr an seiner Seite streckte Eragon seinen Geist nach Glaedr aus und überredet ihn mit viel Schmeicheleien, sich ihrem Gespräch anzuschließen, obwohl der mürrische Drache nicht in der Stimmung zu sein schien, zu reden.

Sobald alle vier, Saphira eingeschlossen, in Gedanken verbunden waren, platzte Eragon heraus: *Ich weiß, wo der Felsen von Kuthian steht!*

Was soll das für ein Felsen sein?, knurrte Glaedr in säuerlichem Tonfall.

Der Name kommt mir bekannt vor, meinte Arya, *aber ich kann ihn nicht einordnen.*

Eragon runzelte die Stirn. Sie hatten ihn beide schon früher von Solembums Worten sprechen hören. Und weder der Drache noch die Elfe vergaßen normalerweise so schnell etwas.

Dessen ungeachtet erzählte Eragon noch einmal die Geschichte seiner Begegnung mit Solembum in Teirm und dann berichtete er ihnen von den jüngsten Enthüllungen der Werkatze und las ihnen den betreffenden Abschnitt aus der *Domia abr Wyrda* vor.

Arya strich sich eine Haarsträhne hinter eins ihrer spitzen Ohren. Dann nutzte sie sowohl ihren Geist als auch ihre Stimme, um zu sagen: »Und wie hieß dieser Ort noch gleich?«

»... Moraetas Spitzturm oder der Felsen von Kuthian«, antwortete Eragon. Er zögerte einen Augenblick lang, weil ihre Frage ihn kurz aus dem Konzept gebracht hatte. »Es ist ein langer Flug, aber …«

… wenn Eragon und ich unverzüglich aufbrechen …, sagte Saphira.

»… können wir dorthin und wieder zurückreisen …«

… bevor die Varden in Urû'baen ankommen. Das …

»… ist unsere einzige Chance, dorthinzufliegen.«

Später werden wir keine Zeit mehr …

»… für die Reise haben.«

Aber wohin wollt ihr fliegen?, fragte Glaedr.

»Was … was meint Ihr?«

Genau das, was ich gesagt habe, grollte der Drache und sein Geist verdüsterte sich. *Bei all deinem Gestammel hast du uns noch immer nicht erzählt, wo sich dieses mysteriöse … Ding befindet.*

»Aber das habe ich doch!«, erwiderte Eragon verwirrt. »Es steht auf der Insel Vroengard!«

Endlich eine klare Antwort …

Eine Falte trat zwischen Aryas Brauen. »Aber was willst du auf Vroengard *machen?*«

»Das weiß ich nicht!«, entgegnete Eragon mit wachsendem Ärger. Er überlegte, ob es sich lohnte, Glaedr wegen seiner Bemerkungen zur Rede zu stellen. Der Drache schien Eragon absichtlich ärgern zu wollen. »Das hängt davon ab, was wir dort finden. Sobald wir in Vroengard sind, werden wir versuchen, den Felsen von Kuthian zu öffnen, um herauszufinden, welche Geheimnisse er birgt. Wenn es eine Falle ist …« Er zuckte die Achseln. »Dann werden wir kämpfen.«

Arya wurde immer unruhiger. »Der Felsen von Kuthian … Der Name scheint große Bedeutung zu haben, aber ich kann nicht sagen, weswegen. Er hallt in meinem Geist wider wie ein Lied, das ich einmal kannte, inzwischen aber vergessen habe.« Sie schüttelte den Kopf und legte die Hände an die Schläfen. »Hm, jetzt ist es fort …« Sie sah auf. »Verzeiht mir, wovon haben wir gesprochen?«

»Davon, nach Vroengard zu reisen«, antwortete Eragon gedehnt.

»Ah, ja … Aber wozu? Du wirst hier gebraucht, Eragon. Außerdem gibt es auf Vroengard nichts mehr, was irgendeinen Wert hätte.«

Genau, sagte Glaedr. *Es ist ein toter und verlassener Ort. Nach der Zerstörung Dorú Areabas sind die wenigen von uns, die entkommen konnten, zurückgekehrt, um nach Dingen zu suchen, die noch irgendwie von Nutzen hätten sein können, aber die Abtrünnigen hatten die Ruinen bereits durchkämmt.*

Arya nickte. »Was hat dich überhaupt auf diese Idee gebracht? Wie kannst du die Varden gerade jetzt verlassen wollen, da sie am verletzlichsten sind? Ich begreife nicht, was daran klug sein soll. Und wozu? Um ohne erkennbaren Grund in den entlegensten Winkel Alagaësias zu fliegen? Ich hatte eine bessere Meinung von dir … Du kannst nicht einfach davonlaufen, nur weil du dich in deiner neuen Position nicht wohlfühlst, Eragon.«

Eragon löste seinen Geist von Arya und Glaedr und gab Saphira ein Zeichen, das Gleiche zu tun. *Sie erinnern sich nicht! … Sie* können *sich an nichts erinnern!*

Es ist Magie. Mächtige Magie, wie der Zauber, der die Namen der Drachen verbirgt, die ihre Reiter verraten haben.

Aber du hast den Felsen von Kuthian nicht vergessen, oder?

Natürlich nicht, antwortete sie und ihr Geist blitzte grün auf vor Ärger. *Wie könnte ich ihn vergessen, wo wir so eng miteinander verbunden sind?*

Eragon wurde von einem Schwindelgefühl übermannt, als er über die Folgen nachdachte. *Um wirksam zu sein, müsste der Zauber das Gedächtnis aller löschen, die ursprünglich von dem Felsen wussten, und außerdem das Gedächtnis eines jeden, der später davon gehört oder darüber gelesen hat. Was bedeutet … ganz Alagaësia befindet sich im Bann dieses Zaubers. Niemand kann ihm entkommen.*

Bis auf uns.

Bis auf uns, stimmte er zu. *Und die Werkatzen.*

Und vielleicht Galbatorix.

Eragon schauderte. Es fühlte sich an, als krabbelten Spinnen aus Eiskristallen über seinen Rücken. Das ungeheure Ausmaß dieser Täuschung verblüffte ihn und er fühlte sich klein und verletzlich. Den Geist von Elfen, Zwergen, Menschen und Drachen gleichermaßen zu trüben, ohne auch nur den geringsten Verdacht zu erregen, war ein unglaublich schwieriges Unterfangen. Daher bezweifelte er, dass der Zauber durch bewusste Anwendung erreicht worden war. Vielmehr glaubte er, dass es instinktiv geschehen war, denn ein solcher Zauber wäre viel zu kompliziert, um ihn in Worte zu fassen.

Er *musste* herausfinden, wer für die Manipulation des Bewusstseins von Kreaturen aus allen Völkern Alagaësias verantwortlich war und warum er es getan hatte. Falls es Galbatorix war, dann befürchtete Eragon, dass Solembum recht hatte und die Niederlage der Varden unvermeidlich war.

Glaubst du, das war das Werk der Drachen, ebenso wie die Verbannung der Namen?, fragte er.

Saphira ließ sich Zeit mit der Antwort. *Vielleicht. Aber andererseits, wie Solembum schon sagte, gibt es viele Kräfte in Alagaësia. Bis wir nach Vroengard fliegen, werden wir es nicht sicher wissen.*

Falls wir es überhaupt je erfahren.

Genau.

Eragon fuhr sich mit den Fingern durchs Haar. Er war plötzlich außerordentlich müde. *Warum muss alles so schwierig sein?*, fragte er.

Weil, antwortete Saphira, *alle fressen wollen, aber niemand gefressen werden will.*

Trotz seiner düsteren Stimmung musste er lachen.

Obwohl er und Saphira ihre Gedanken sehr schnell austauschen konnten, hatte ihr Gespräch doch lange genug gedauert, dass Arya und Glaedr es bemerkt hatten.

»Warum habt ihr euren Geist vor uns verschlossen?«, fragte Arya. Ihr Blick wanderte zur Zeltwand – genau dorthin, wo auf der anderen Seite in der Dunkelheit Saphira zusammengerollt lag. »Stimmt etwas nicht?«

Du wirkst beunruhigt, fügte Glaedr hinzu.

Eragon unterdrückte ein freudloses Lachen. »Vielleicht, weil ich es bin.« Arya verfolgte voller Sorge, wie er zu seinem Feldbett ging und sich auf die Kante setzte. Er ließ die Arme schlaff zwischen seinen Beinen herunterhängen und schwieg einen Moment lang, während er den Wechsel von der Sprache seiner Geburt zu der der Elfen und der Magie vollzog und sagte: »Vertraut ihr Saphira und mir?«

Die entstehende Pause war erfreulich kurz.

»Ja«, erwiderte Arya, ebenfalls in der alten Sprache.

Ich vertraue euch ebenfalls, fügte Glaedr hinzu.

Soll ich es tun oder willst du?, fragte Eragon rasch Saphira.

Du willst es ihnen erzählen, also tu es.

Eragon sah zu Arya auf. Dann richtete er, immer noch in der alten Sprache, das Wort sowohl an sie als auch an Glaedr: »Solembum hat mir den Namen eines Ortes verraten, eines Ortes auf Vroengard, wo Saphira und ich vielleicht irgend*jemanden* oder irgend*etwas* finden, was uns dabei hilft, Galbatorix zu besiegen. Aber dieser Name ist verzaubert. Wann immer ich ihn ausspreche, vergesst ihr ihn rasch wieder.« Arya wirkte etwas erschüttert. »Glaubt ihr mir?«

»Ich glaube dir«, antwortete Arya langsam.

Ich glaube, dass du glaubst, was du sagst, knurrte Glaedr. *Aber das bedeutet nicht zwangsläufig, dass es wahr ist.*

»Wie sollte ich es sonst beweisen? Ihr werdet euch nicht daran erinnern, wenn ich euch den Namen sage oder meine Erinnerungen mit euch teile. Ihr könntet Solembum fragen; aber noch einmal: Was würde das nützen?«

Was es nützen würde? Zum einen hätten wir den Beweis, dass du nicht von etwas überlistet oder getäuscht worden bist, was nur den Anschein erweckte, Solembum zu sein. Und was den Zauber betrifft, es gibt vielleicht eine Möglichkeit, seine Existenz zu beweisen. Ruf die Werkatze, dann werden wir sehen, was sich machen lässt.

Würdest du das tun?, bat Eragon Saphira. Wahrscheinlich würde die Werkatze eher kommen, wenn Saphira sie fragte.

Einen Moment später spürte er, wie sie ihren Geist aussandte und das Lager absuchte, dann nahm er die Berührung von Solembums Bewusstsein bei Saphira wahr. Nachdem sie und die Werkatze ein kurzes, wortloses Gespräch geführt hatten, verkündete Saphira: *Er ist auf dem Weg.*

Sie warteten schweigend und Eragon starrte auf seine Hände

hinunter, während er eine Liste von Vorräten zusammenstellte, die er für die Reise nach Vroengard benötigen würde.

Als Solembum die Zeltklappe beiseiteschob und eintrat, war Eragon überrascht, dass er jetzt seine menschliche Gestalt angenommen hatte: die eines frechen kleinen Jungen mit dunklen Augen. In der linken Hand hielt er ein gebratenes Gänsebein, an dem er nagte. Ein Ring aus Bratensoße bedeckte seine Lippen und sein Kinn, und auf seiner nackten Brust glänzten Fettspritzer.

Während er auf einem Stück Fleisch herumkaute, deutete Solembum mit seinem scharfen, spitzen Kinn auf das Fleckchen Erde, wo Glaedrs Herz der Herzen vergraben lag. *Was wünscht Ihr, Feueratmer?*, fragte er.

Ich will wissen, ob du der bist, der du zu sein scheinst!, antwortete Glaedr und das Bewusstsein des Drachen schien das von Solembum zu umschließen und drängte sich hinein wie schwarze Gewitterwolken um eine hell brennende, aber windgepeitschte Flamme. Die Stärke des Drachen war gewaltig und aus eigener Erfahrung wusste Eragon, dass es nur wenige mit ihm aufnehmen konnten.

Mit einem erstickten Jaulen spuckte Solembum seinen Bissen Fleisch aus und sprang zurück, als sei er auf eine Viper getreten. Dann blieb er stehen, wo er war. Er zitterte vor Anstrengung, seine scharfen Zähne waren gebleckt und in seinen goldbraunen Augen stand ein so zorniger Ausdruck, dass Eragon vorsichtshalber eine Hand auf den Griff von Brisingr legte. Die Flamme wurde schwächer, leuchtete aber weiter: ein weiß glühender Lichtpunkt inmitten eines Meeres umherwirbelnder Gewitterwolken.

Nach einer Minute verebbte der Sturm und die Wolken zogen sich zurück, auch wenn sie nicht gänzlich verschwanden.

Ich entschuldige mich, Werkatze, begann Glaedr, *aber ich musste mir Gewissheit verschaffen.*

Solembum fauchte und das Haar auf seinem Kopf stand ihm so zu Berge, dass es aussah wie die Blüte einer Distel. *Wenn Ihr noch Euren Körper hättet, Ehrwürdiger Alter, würde ich Euch dafür den Schwanz abreißen.*

Du kleine Katze? Du hättest mir höchstens einen Kratzer beibringen können.

Wieder fauchte Solembum, dann machte er auf dem Absatz kehrt und stolzierte mit fast bis an die Ohren hochgezogenen Schultern auf den Eingang zu.

Warte, sagte Glaedr. *Hast du Eragon von diesem Ort auf Vroengard erzählt, diesem Ort der Geheimnisse, an den sich niemand erinnern kann?*

Solembum blieb stehen, schwang, ohne sich umzudrehen, ungeduldig das Gänsebein über seinem Kopf und knurrte: *Ja.*

Und hast du ihm die Seite in der Domia abr Wyrda *genannt, auf der er gefunden hat, wo dieser Ort liegt?*

So scheint es, aber ich kann mich nicht daran erinnern, doch ich hoffe, dass – was auch immer auf Vroengard ist – Euch die Schnurrhaare versengt und die Pfoten verbrennt.

Mit einem laut klatschenden Geräusch schlug Solembum die Eingangsklappe des Zeltes zur Seite, dann verschmolz seine kleine Gestalt mit der Dunkelheit, als hätte er nie existiert.

Eragon stand auf und kickte mit der Spitze seines Stiefels den Bissen Fleisch aus dem Zelt, den Solembum ausgespuckt hatte.

»Ihr hättet nicht so grob zu ihm sein sollen«, tadelte Arya.

Ich hatte keine andere Wahl, erwiderte Glaedr.

»Wirklich nicht? Ihr hättet ihn vorher um Erlaubnis fragen können.«

Und ihm die Chance geben, sich darauf vorzubereiten? Nein. Es ist geschehen. Lass es gut sein, Arya.

»Das kann ich nicht. Sein Stolz ist verletzt. Ihr solltet versuchen, ihn zu beschwichtigen. Es wäre gefährlich, eine Werkatze zum Feind zu haben.«

Es ist noch gefährlicher, einen Drachen zum Feind zu haben. Lass es gut sein, Elfling.

Besorgt tauschte Eragon einen Blick mit Arya. Glaedrs Ton machte ihm Sorgen – und ihr ebenfalls, das konnte er sehen –, aber Eragon war unschlüssig, was er deswegen tun sollte.

Also, Eragon, fuhr der goldene Drache fort, *erlaubst du mir, die Erinnerungen an dein Gespräch mit Solembum zu untersuchen?*

»Wenn Ihr wollt, ja, aber … warum? Ihr werdet ja doch nur alles wieder vergessen.«

Vielleicht. Vielleicht aber auch nicht. Wir werden sehen. An Arya gewandt, fügte Glaedr hinzu: *Trenne deinen Geist von unserem und lass nicht zu, dass Eragons Erinnerungen deine Gedanken verderben.*

»Wie Ihr wünscht, Glaedr-Elda.« Während Arya sprach, rückte die Musik ihrer Gedanken in immer weitere Ferne. Einen Moment später verblasste das unheimliche Singen, bis es ganz verstummt war.

Dann richtete Glaedr seine Aufmerksamkeit auf Eragon. *Zeig es mir,* verlangte er.

Eragon schenkte seiner Furcht keine Beachtung und sandte seinen Geist zurück zu dem Augenblick, als Solembum das erste Mal im Zelt erschienen war. Sorgfältig rief er sich alles wieder ins Gedächtnis, was sich anschließend zwischen ihm und der Werkatze zugetragen hatte. Glaedrs Bewusstsein verschmolz mit seinem, sodass der Drache die Erfahrungen zusammen mit ihm noch einmal durchleben konnte. Es war ein beunruhigendes Gefühl – als wären er und der Drache zwei Bilder, die auf dieselbe Seite einer Münze geprägt waren.

Kaum waren sie fertig, zog Glaedr sich ein wenig aus Eragons Geist zurück und sagte zu Arya: *Für den Fall, dass ich es vergessen sollte, wiederhole die Worte »Andumë und Fíronmas am Berg des Kummers und ihr Fleisch wie Glas«. Dieser Ort auf Vroengard … ich weiß von ihm. Oder ich wusste einmal von ihm. Es war etwas Wichtiges, etwas …* Die Gedanken des Drachen wurden für eine Sekunde grau, als hätte jemand Nebelschleier über die Hügel und Täler seines Geistes gelegt und sie verdunkelt. *Nun?*, fragte er scharf und verfiel wieder in seine frühere Schroffheit. *Warum trödeln wir? Eragon, zeig mir deine Erinnerungen!*

»Das habe ich gerade getan.«

Noch bevor Glaedr ungläubig reagieren konnte, sagte Arya: »Glaedr, erinnert Euch: ›Andumë und Fíronmas am Berg des Kummers und ihr Fleisch wie Glas.‹«

Wie … setzte Glaedr an, dann knurrte er so kraftvoll, dass Eragon beinahe erwartete, es laut zu hören. *Ahhh! Ich hasse Zauber, die das Gedächtnis stören. Sie sind die schlimmste Form von Magie und führen immer zu Chaos und Verwirrung. Und in der Hälfte der Fälle endet es damit, dass Familienmitglieder sich gegenseitig umbringen, ohne es zu bemerken.*

Was bedeutet der Satz, den Ihr benutzt habt?, fragte Saphira.

Nichts, er hatte nur für mich und Oromis eine Bedeutung. Aber genau darum ging es. Niemand konnte davon wissen, es sei denn, ich hätte es ihm erzählt.

Arya seufzte. »Also gibt es den Zauber wirklich. Ich nehme an, dann musst du wohl nach Vroengard fliegen. Etwas von solcher Wichtigkeit unbeachtet zu lassen, wäre eine Torheit. Zumindest müssen wir herausfinden, wessen Spinnennetz das ist.«

Ich werde mitkommen, verkündete Glaedr. *Falls irgendjemand euch Böses will, rechnet er vielleicht nicht damit, gegen zwei Drachen kämpfen zu müssen, statt gegen einen. In jedem Fall werdet ihr einen Führer brauchen. Vroengard ist seit der Vernichtung der Reiter zu einem gefährlichen Ort geworden und ich möchte nicht, dass ihr irgendeinem lange vergessenen Unheil zum Opfer fallt.*

Eragon zögerte, als er eine gewisse Sehnsucht in Aryas Blick entdeckte, und ihm wurde klar, dass sie sie ebenfalls begleiten wollte. »Saphira wird schneller fliegen, wenn sie nur eine Person zu tragen hat«, sagte er mit leiser Stimme.

»Ich weiß … nur habe ich mir schon immer gewünscht, die Heimat der Reiter zu sehen.«

»Ich bin mir sicher, dass du sie sehen wirst. Irgendwann.«

Sie nickte. »Irgendwann.«

Eragon nahm sich einen Moment Zeit, um seine Energie zu sammeln und über all das nachzudenken, was getan werden musste, bevor er, Saphira und Glaedr aufbrechen konnten. Dann holte er tief Luft und stand von seinem Feldbett auf.

»Hauptmann Garven!«, rief er. »Würdet Ihr bitte hereinkommen?«

Aufbruch

Zuerst befahl Eragon Garven, in aller Heimlichkeit einen der Nachtfalken loszuschicken, um Vorräte für die Reise nach Vroengard zu beschaffen.

Saphira hatte nach der Eroberung Dras-Leonas gefressen, aber sie hatte sich nicht übermäßig vollgestopft. Anderenfalls wäre sie zu langsam und zu schwer gewesen, um zu kämpfen, falls es nötig geworden wäre – und das war es ja. Sie war gut genug genährt, um ohne Pause nach Vroengard zu fliegen, aber sobald sie dort waren, würden sie auf der Insel oder in der Umgebung der Insel Nahrung suchen müssen, was Eragon Sorgen bereitete.

Ich kann auch mit leerem Magen zurückfliegen, beteuerte sie, aber er war sich nicht so sicher.

Als Nächstes schickte Eragon einen Boten aus, der Jörmundur und Bloëdhgarm in sein Zelt rufen sollte. Sobald sie eingetroffen waren, brauchten Eragon, Arya und Saphira eine weitere Stunde, um ihnen die Lage zu erklären und – was noch schwerer war – sie davon zu überzeugen, dass die Reise wirklich notwendig war. Bloëdhgarm ließ sich leichter für ihre Sache gewinnen, während Jörmundur wortreich Einwände erhob. Nicht weil er am Wahrheitsgehalt der Informationen von Solembum zweifelte oder weil er die Wichtigkeit der Mission infrage stellte – in beiden Punkten stimmte er Eragons Worten ohne Weiteres zu. Stattdessen argumentierte er mit zunehmender Heftigkeit, es würde das Ende der Varden bedeuten, wenn sie bei Tagesanbruch feststellten, dass nicht nur Nasuada entführt worden war, sondern auch Eragon und Saphira mit unbekanntem Ziel verschwunden waren.

»Zudem sollte Galbatorix auf keinen Fall denken, dass ihr nicht mehr hier seid«, erklärte Jörmundur. »Schon gar nicht jetzt, wo wir so dicht vor Urû'baen stehen. Er könnte Murtagh und Dorn aussenden, um dich abzufangen. Oder er könnte die Gelegenheit nutzen, um die Varden ein für alle Mal zu vernichten. Wir können das Risiko nicht eingehen.«

Seine Sorgen waren, das musste Eragon zugeben, berechtigt.

Nach langem Hin und Her kamen sie schließlich zu einer Lösung: Bloëdhgarm und die anderen Elfen würden Abbilder von Eragon und Saphira erschaffen, so wie von Eragon, als er ins Beor-Gebirge gereist war, um an der Wahl und der Krönung von Hrothgars Nachfolger teilzunehmen.

Die Bilder würden aussehen wie perfekte lebende, atmende, denkende Ebenbilder von Eragon und Saphira, aber ihr Geist würde leer sein, und falls irgendjemand nach ihrem Bewusstsein tasten sollte, würde die List entdeckt werden. Infolgedessen würde Saphiras Doppelgänger nicht in der Lage sein, zu sprechen, und obwohl die Elfen für Eragons Abbild Sprache vortäuschen konnten, wollten sie auch das lieber vermeiden, damit nicht eine Eigentümlichkeit in der Aussprache die Zuhörer auf den Gedanken brachte, dass nicht alles so war, wie es zu sein schien. Das bedeutete, dass die Illusion am besten aus einiger Entfernung wirkte und dort an ihre Grenzen stieß, wo die Leute direkten, persönlichen Kontakt mit Eragon und Saphira hatten – wie zum Beispiel die Könige Orrin und Orik. Die beiden würden schon bald bemerken, dass etwas nicht stimmte.

Also wies Eragon Garven an, sämtliche Nachtfalken zu wecken und sie so unauffällig wie möglich zu ihm zu bringen. Als die ganze Truppe vor seinem Zelt versammelt war, erklärte Eragon der bunt zusammengewürfelten Schar von Menschen, Zwergen und Urgals, warum er und Saphira das Lager verlassen würden. Dabei drückte er sich bewusst vage aus, was die Einzelheiten betraf, und hielt den Ort, an den sie flogen, geheim. Dann erläuterte er, wie die Elfen ihre Abwesenheit verbergen würden, und er ließ die Männer in der alten Sprache einen Geheimhaltungsschwur ablegen. Er vertraute ihnen, aber man konnte nicht vorsichtig genug sein, wenn es um Galbatorix und seine Spione ging.

Danach suchten Eragon und Arya Orrin, Orik, Roran und die Zauberin Trianna auf. Wie zuvor den Nachtfalken erklärten sie ihnen die Lage und nahmen jedem von ihnen einen Geheimhaltungsschwur ab.

König Orrin erwies sich, wie Eragon erwartet hatte, als der Uneinsichtigste. Er empörte sich darüber, dass Eragon und Saphira nach Vroengard reisen wollten, und wetterte nach Kräften gegen diese Idee. Er stellte Eragons Mut infrage und den Wert von Solembums Informationen und drohte, seine Streitkräfte von den Varden abzuziehen, falls Eragon weiter einen so törichten, unsinnigen Kurs verfolge. Mehr als eine Stunde war nötig, um ihn mit Drohungen, Schmeicheleien und gutem Zureden zu überzeugen, und selbst danach befürchtete Eragon, dass Orrin seine Meinung vielleicht noch einmal ändern würde.

Der Besuch bei Orik, Roran und Trianna dauerte weniger lang, aber Eragon und Arya mussten trotzdem eine, wie Eragon fand, unangemessen lange Zeit damit verbringen, mit ihnen zu reden. Seine Ungeduld machte ihn schroff und ruhelos. Er wollte aufbrechen und jede Minute, die verstrich, ließ ihn noch ungeduldiger werden.

Während er und Arya von einem zum nächsten gingen, nahm Eragon durch seine Verbindung mit Saphira auch das feine, melodische Singen der Elfen wahr, das alles unterlegte, was er hörte, wie ein raffiniert gewebter Stoffstreifen, der unter der Oberfläche der Welt verborgen war.

Saphira war bei seinem Zelt geblieben und die Elfen hatten einen Kreis um sie gebildet, streckten die Arme nach ihr aus und berührten sie mit den Fingerspitzen, während sie sangen. Der Zweck des langen, komplizierten Zaubers bestand darin, alle für das Auge erkennbaren Merkmale ihres Körpers zu sammeln. Die würden sie benötigen, um ein getreues Abbild von Saphira erschaffen zu können. Es war schwierig genug, die Gestalt eines Elfs oder eines Menschen nachzubilden. Ein Drache war noch viel anspruchsvoller, vor allem wenn man die lichtbrechenden Eigenschaften seiner Schuppen bedachte. Trotzdem würde der komplizierteste Teil der Illusion, wie Bloëdhgarm Eragon erklärt hatte, darin bestehen, die Auswirkungen von Saphiras Gewicht auf ihre Umgebung wiederzugeben, wann immer ihre Erscheinung sich in die Luft erhob oder landete.

Als Eragon und Arya ihre Runde endlich beendet hatten, war die Nacht bereits dem Tag gewichen und die Morgensonne stand eine Handbreit über dem Horizont. In ihrem Licht wirkte der Schaden, den das Lager während des Angriffs genommen hatte, noch größer.

Eragon wäre am liebsten sofort mit Saphira und Glaedr aufgebrochen, aber Jörmundur bestand darauf, dass er als ihr neuer Anführer vorher zumindest einmal das Wort an die Varden richtete.

So stand Eragon kurz darauf, sobald die Armee versammelt war, auf der Ladefläche eines leeren Fuhrwerks und blickte über ein Meer ihm zugewandter Gesichter – einige menschlich und andere nicht – und wünschte, er wäre irgendwo anders, nur nicht hier.

Eragon hatte Roran zuvor um Rat gebeten und Roran hatte gesagt: »Vergiss nicht, sie sind nicht deine Feinde. Du hast von ihnen nichts zu befürchten. Sie *wollen* dich mögen. Sprich deutlich, sprich aufrichtig, und egal was du tust, behalte deine Zweifel für dich. Auf diese Weise wirst du sie für dich gewinnen. Sie werden ängstlich und bestürzt reagieren, wenn du ihnen von Nasuada erzählst. Gib ihnen den Rückhalt, den sie brauchen, und sie werden dir selbst durch die Tore Urû'baens folgen.«

Trotz Rorans ermutigenden Worten war Eragon vor seiner Ansprache etwas nervös. Er hatte bisher nur selten vor so vielen Leuten gestanden und dann niemals mehr als ein paar Worte gesprochen. Als er seinen Blick über die sonnenverbrannten, von der Schlacht gezeichneten Krieger vor sich wandern ließ, war er sicher, dass er lieber ganz allein gegen hundert Feinde gekämpft hätte, als die Missbilligung so vieler Leute zu riskieren.

Bis zu dem Moment, als er den Mund öffnete, wusste Eragon nicht, was genau er sagen würde. Doch sobald er begonnen hatte, schienen die Worte wie von selbst aus ihm herauszuströmen, aber er war so angespannt, dass er sich später kaum noch erinnern konnte, was er gesagt hatte. Die Rede verging wie im Flug. Danach erinnerte er sich hauptsächlich an Hitze und Schweiß, an das Stöhnen der Krieger, als sie von Nasuadas Schicksal erfuhren, an den heiseren Jubel, als er sie auf den Sieg einschwor, und an das übliche Gebrüll der Menge, als er zum Ende kam. Voller Erleichterung sprang er von der Ladefläche des Fuhrwerks und trat zu Arya und Orik, die bei Saphira standen.

Sofort bildeten seine Wachen einen Ring um die vier, schirmten sie von der Menge ab und hielten alle zurück, die mit ihm sprechen wollten.

»Gut gemacht, Eragon!«, gratulierte Orik ihm und klopfte ihm auf die Schulter.

»Wirklich?«, fragte Eragon benommen.

»Du warst sehr wortgewandt«, meinte Arya.

Eragon zuckte verlegen die Achseln. Er musste daran denken, dass Arya die meisten Anführer der Varden gekannt hatte, und er war überzeugt, dass Ajihad oder dessen Vorgänger Deynor eine bessere Ansprache gehalten hätten.

Orik zupfte ihn am Ärmel. Eragon beugte sich zu dem Zwerg hinunter und mit einer Stimme, die kaum durch den Lärm der Menge drang, sagte Orik: »Was immer du findest – ich hoffe, die Reise lohnt sich, mein Freund. Lasst euch nicht umbringen, eh?«

»Ich versuche es.«

Zu Eragons Überraschung packte Orik ihn am Unterarm und zog ihn in eine raue Umarmung. »Möge Gûntera über dich wachen.« Als sie sich voneinander lösten, beugte Orik sich vor und schlug Saphira mit der Hand auf die Flanke. »Und über dich auch, Saphira. Ich wünsche euch beiden eine sichere Reise.«

Saphira antwortete mit einem leisen Summen.

Eragon sah zu Arya hinüber. Er war plötzlich verlegen und unfähig, an irgendetwas anderes zu denken als an die naheliegendsten Dinge, und wusste nicht, was er sagen sollte. Die Schönheit ihrer Augen fesselte ihn noch immer. Die Wirkung, die sie auf ihn hatte, schien niemals nachzulassen.

Da umfasste sie seinen Kopf mit beiden Händen und küsste ihn einmal förmlich auf die Stirn.

Eragon starrte sie an wie vom Donner gerührt.

»*Guliä waíse medh ono, Argetlam!*« Das Glück sei mit dir, Silberhand!

Als sie ihn losließ, umfasste er ihre Hände. »Nichts Schlimmes wird uns zustoßen. Ich werde es nicht zulassen. Nicht einmal, wenn Galbatorix auf uns warten sollte. Wenn es sein muss, werde ich mit bloßen Händen Berge einreißen, aber ich verspreche dir, wir werden sicher zurückkommen.«

Bevor sie etwas antworten konnte, ließ er ihre Hände los und stieg auf Saphiras Rücken. Die Varden brachen erneut in Jubel aus, als sie sahen, wie er sich in den Sattel setzte. Er winkte ihnen zu und sie verstärkten ihren Beifall, stampften mit den Füßen und hämmerten mit den Griffen ihrer Schwerter auf ihre Schilde.

Eragon sah Bloëdhgarm und die anderen Elfen dicht beieinanderstehen, halb verborgen hinter einem nahen Pavillon. Er nickte ihnen zu und sie erwiderten den Gruß. Der Plan war einfach: Er und Saphira würden aufbrechen wie zu einem gewöhnlichen Erkundungsflug, um den vor der Armee liegenden Weg zu sichern – wie sie es sonst auch taten, wenn die Varden unterwegs waren. Aber nachdem sie das Lager einige Male umkreist hatten, würde Saphira in eine Wolke fliegen und Eragon würde einen Zauber wirken, der sie für alle Beobachter von unten unsichtbar machte. Gleichzeitig würden die Elfen die Trugbilder erschaffen, die Eragons und Saphiras Platz einnehmen sollten, während sie ihre Reise fortsetzten. Diese Trugbilder würden die Zuschauer wieder aus der Wolke auftauchen sehen. Hoffentlich würde niemand den Unterschied bemerken.

Mit geübter Mühelosigkeit zog Eragon die Riemen um seine Beine fest und überzeugte sich davon, dass die Satteltaschen hinter ihm richtig gesichert waren. Besondere Sorgfalt verwandte er auf die Satteltasche zu seiner Linken, denn darin lag – gut eingewickelt in Kleidung und Decken – die mit Samt ausgeschlagene Schatulle, die Glaedrs kostbares Herz der Herzen enthielt, seinen Eldunarí.

Lasst uns aufbrechen, sagte der alte Drache.

Nach Vroengard!, rief Saphira und die Welt um Eragon kippte und tauchte ab, als sie sich mit einem Sprung vom Boden löste. Ein scharfer Wind pfiff ihm um die Ohren, während sie mit kräftigen Schlägen ihrer gewaltigen fledermausartigen Flügel immer höher und höher in den Himmel stieg.

Eragon packte die Halszacke vor sich fester, senkte im starken Gegenwind den Kopf und starrte auf das polierte Leder seines Sattels. Dann holte er tief Luft und versuchte, sich keine Sorgen mehr darüber zu machen, was hinter ihnen lag und was sie erwartete. Er konnte nichts anderes tun als warten und hoffen. Hoffen, dass Saphira sie nach Vroengard und wieder zurück bringen würde, bevor das Imperium die Varden abermals angriff. Hoffen, dass Roran und Arya in Sicherheit waren. Hoffen, dass es ihm vielleicht trotz allem irgendwie gelingen würde, Nasuada zu retten. Und hoffen, dass die Reise nach Vroengard die richtige Entscheidung war – denn unweigerlich nahte der Augenblick, da er Galbatorix schließlich würde gegenübertreten müssen.

Die Qual der Ungewissheit

Nasuada schlug die Augen auf.

Kacheln bedeckten die düstere Gewölbedecke, Kacheln mit rechteckigen Mustern in Rot, Blau und Gold. Sie bildeten ein verschlungenes Netz aus Linien, das ihren Blick für eine Weile stumpfsinnig gefangen hielt.

Schließlich brachte sie die Willenskraft auf, ihren Blick zu lösen. Von irgendwo hinter ihr ging ein stetes orangefarbenes Leuchten aus. Es war gerade stark genug, um die Form des achteckigen Raums zu enthüllen, ohne jedoch die Schatten zu vertreiben, die in den Ecken klebten wie ein dunkler Schleier.

Sie schluckte. Ihre Kehle war trocken.

Die Fläche, auf der sie lag, war kalt, glatt und unangenehm hart. Sie fühlte sich unter ihren Fersen und Fingern an wie Stein. Die Kälte drang ihr durch Mark und Bein und erst dadurch hatte Nasuada bemerkt, dass sie nur das dünne weiße Hemd trug, in dem sie geschlafen hatte.

Wo bin ich?

Die Erinnerungen kehrten alle auf einen Schlag zurück, völlig ungeordnet und sinnlos. Eine unerwünschte Flut, die mit solcher Macht über sie hereinbrach, dass sie sie beinahe körperlich spürte.

Sie keuchte auf und versuchte sich aufzurichten – um loszurennen, um zu fliehen, um zu kämpfen, wenn es sein musste –, doch sie stellte fest, dass sie sich nicht mehr als den Bruchteil eines Zolls bewegen konnte. Ihre Handgelenke und Knöchel steckten in gepolsterten Fesseln. Ein dicker Ledergürtel hielt ihren Kopf fest auf die Steinplatte gepresst und hinderte sie daran, ihn zu heben oder zu drehen.

Sie kämpfte gegen die Fesseln, aber sie waren zu stark, als dass sie sie hätte aufbrechen können.

Sie atmete aus, entspannte ihre Muskeln und starrte wieder zur Decke empor. Ihr Herzschlag dröhnte ihr in den Ohren wie der wahnsinnige Rhythmus einer Trommel. Hitze durchflutete sie. Ihre Wangen brannten und ihre Hände und Füße fühlten sich an, als seien sie mit flüssigem Talg gefüllt.

So sterbe ich also.

Für einen Moment versank sie in Verzweiflung und Selbstmitleid. Sie hatte ihr Leben kaum begonnen, doch jetzt würde es bald enden, und das auf die denkbar abscheulichste und jämmerlichste Weise. Und das Schlimmste war, sie hatte nichts von dem erreicht, was sie zu erreichen gehofft hatte. Nicht im Krieg, nicht im Leben, nicht in der Liebe – keine Kinder. Das Einzige, was von ihr blieb, waren Schlachten und Leichen und ein langer Tross von Proviantwagen; geschickte Strategien, zu zahlreich, um sich daran zu erinnern; Treueeide und Gefolgschaften, die jetzt weniger wert waren als die Versprechen eines Possenreißers; und ein schwerfälliges, aufsässiges, allzu angreifbares Heer, das von einem Reiter angeführt wurde, der noch jünger war als sie selbst. Es schien ihr ein jämmerliches Andenken an ihren Namen zu sein. Und eine Erinnerung würde alles sein, was blieb. Sie war die letzte ihres Geschlechtes. Mit ihr würde ihre Familie aussterben.

Der Gedanke quälte sie und sie haderte mit sich, dass sie keine Kinder geboren hatte, als sie es gekonnt hätte.

»Es tut mir leid«, flüsterte sie und sah das Gesicht ihres Vaters vor sich.

Dann riss sie sich zusammen und schob ihre Verzweiflung beiseite. Das Einzige, worüber sie in dieser Lage noch die Kontrolle hatte, war sie selbst. Und ihre Selbstbeherrschung würde sie nicht für das fragwürdige Vergnügen aufgeben, in Zweifeln, Ängsten und Reue zu schwelgen. Solange sie Herr über ihre Gedanken blieb, war sie nicht gänzlich hilflos. Es war die denkbar kleinste Freiheit – die des eigenen Geistes –, aber sie war dankbar dafür und das Wissen, dass sie ihr vielleicht bald entrissen werden würde, bestärkte sie noch darin, diese Freiheit zu nutzen.

Auf jeden Fall hatte sie noch eine letzte Pflicht zu erfüllen: dem Verhör standzuhalten. Zu diesem Zweck würde sie die volle Kontrolle über sich brauchen. Anderenfalls würde sie schnell brechen.

Sie verlangsamte ihre Atmung und konzentrierte sich auf das stete Fließen der Luft durch Rachen und Nase, dann ließ sie diese Empfindung alle anderen überlagern. Als sie sich hinreichend ruhig fühlte, machte sie sich daran, zu entscheiden, an welche Dinge sie denken konnte, ohne etwas zu verraten. So viele Themen waren gefährlich – gefährlich für sie, gefährlich für die Varden, gefährlich für ihre Verbündeten oder gefährlich für Eragon und Saphira. Sie beschäftigte sich nicht mit den Dingen, die sie meiden wollte, denn das hätte ihren Feinden womöglich auf der Stelle die Informationen verschafft, die sie wollten. Stattdessen wählte sie eine Handvoll Gedanken und Erinnerungen aus, die ihr harmlos erschienen, und bemühte sich, den Rest zu ignorieren – bemühte sich, sich selbst davon zu überzeugen, dass alles, was sie war und was sie ausmachte, nur aus diesen wenigen Erinnerungen bestand.

Im Wesentlichen versuchte sie, sich eine neue und schlichtere Identität zu erschaffen, um, wenn man ihr Fragen nach diesem oder jenem stellte, mit absoluter Aufrichtigkeit Unwissenheit vorschützen zu können. Es war eine gefährliche Technik, und damit sie funktionierte, musste sie an ihre eigene Täuschung glauben. Sollte sie jemals befreit werden, würde es vielleicht schwierig sein, ihr wahres Ich wiederzufinden.

Andererseits konnte sie nicht auf Rettung oder Befreiung hoffen. Alles, was sie zu hoffen wagte, war, die Pläne ihrer Peiniger zu vereiteln.

Gokukara, gib mir die Kraft, die vor mir liegenden Prüfungen zu ertragen. Wache über deine kleine Eule, und sollte ich sterben, bring mich sicher fort von diesem Ort … bring mich sicher in das Land meines Vaters.

Sie ließ den Blick durch den gekachelten Raum schweifen, soweit ihr das möglich war, und musterte Wände und Decke genauer. Sie vermutete, dass sie in Urû'baen war. Es war nur logisch, dass Murtagh und Dorn sie dorthingebracht hatten, und es würde das an den Stil der Elfen erinnernde Aussehen des Raums erklären. Die

Elfen hatten einen großen Teil Urû'baens erbaut, der Stadt, die sie damals Ilirea nannten. Sie wusste nur nicht mehr, ob das vor dem Krieg mit den Drachen gewesen war – vor langer, langer Zeit – oder erst nachdem Urû'baen die Hauptstadt des Königreichs Broddring geworden war und die Reiter sich dort offiziell niedergelassen hatten.

Ihr Vater hatte ihr davon erzählt. Sie selbst hatte die Stadt nie gesehen.

Sie konnte natürlich auch ganz woanders sein: vielleicht auf einem von Galbatorix' Landgütern. Und der Raum existierte vielleicht nicht einmal so, wie sie ihn wahrnahm. Ein geschickter Magier konnte alles manipulieren, was sie sah, fühlte, hörte und roch, konnte die Welt um sie herum auf eine Weise verzerren, dass sie es niemals bemerken würde.

Was immer mit ihr geschah – was immer mit ihr zu geschehen *schien* –, sie würde sich nicht täuschen lassen. Selbst wenn Eragon die Tür eintrat und ihre Fesseln durchschnitt, würde sie immer noch glauben, das sei eine List ihrer Entführer. Sie wagte es nicht, dem zu trauen, was ihre Sinne wahrnahmen.

In dem Augenblick, als Murtagh sie aus dem Lager verschleppt hatte, war die Welt zu einer Lüge geworden, und es ließ sich nicht sagen, wann diese Lüge enden würde, falls sie überhaupt jemals endete. Sie konnte sich nur einer Sache sicher sein: dass sie existierte. Alles andere war fragwürdig, selbst ihre eigenen Gedanken.

Nachdem ihr anfänglicher Schock sich gelegt hatte, begann die Langeweile des Wartens an ihr zu nagen. Ihr Hunger und ihr Durst waren alles, was sie hatte, um die verstrichene Zeit abzuschätzen, und ihr Hunger schwoll in scheinbar unregelmäßigen Abständen an und flaute wieder ab. Sie versuchte, die vergehende Zeit abzuschätzen, indem sie zählte, aber die Übung langweilte sie und sie verzählte sich jedes Mal, sobald sie die Zehntausend erreicht hatte.

Trotz der Schrecken, von denen sie sicher war, dass sie auf sie warteten, wünschte sie, ihre Entführer würden sich beeilen und sich zeigen. Sie schrie minutenlang, doch sie hörte nur ein klagendes Echo als Antwort.

Das matte Licht hinter ihr flackerte niemals, wurde nie heller oder dunkler. Sie nahm an, dass es eine flammenlose Laterne war, wie auch die Zwerge sie fertigten. Ihr Schein hielt sie lange wach, aber schließlich übermannte sie die Erschöpfung und sie nickte ein.

Dass sie träumen könnte, versetzte sie in Schrecken. Im Schlaf war sie am verletzlichsten und sie befürchtete, dass ihr Geist sich im Schlaf mit genau den Dingen beschäftigen würde, die sie unbedingt geheim zu halten versuchte. Sie hatte jedoch kaum eine Wahl. Früher oder später musste sie schlafen, und wenn sie sich zwang, wach zu bleiben, würde sie sich am Ende nur noch elender fühlen.

Also schlief sie. Aber ihr Schlaf war unruhig und unerquicklich, und als sie erwachte, war sie immer noch müde.

Ein Knall erschreckte sie.

Irgendwo hinter und über ihr hörte sie, wie ein Riegel angehoben wurde, dann das Knarren einer aufschwingenden Tür.

Ihr Puls beschleunigte sich. Soweit sie es sagen konnte, war mehr als ein Tag vergangen, seit sie das erste Mal das Bewusstsein wiedererlangt hatte. Sie verspürte quälenden Durst, ihre Zunge fühlte sich geschwollen und klebrig an und ihr ganzer Körper schmerzte von dem langen Liegen in derselben Position.

Schritte kamen eine Treppe herunter. Stiefel mit weichen Sohlen auf Stein … Stille. Dann klirrte Metall. Schlüssel? Messer? Schlimmeres? … Die Schritte setzten wieder ein. Jetzt näherten sie sich ihr. Kamen näher … näher …

Ein stämmiger Mann in einem grauen Wollwams trat in ihr Gesichtsfeld. Er trug eine silberne Platte mit verschiedenen Speisen: Käse, Brot, Fleisch und dazu Wein und Wasser. Er bückte sich, stellte die Platte an der Wand ab, drehte sich dann um und kam auf sie zu. Seine Schritte waren kurz, schnell und präzise. Beinahe anmutig.

Leicht keuchend lehnte er sich an die Kante der Steinplatte und starrte auf Nasuada herab. Sein Kopf hatte die Form eines Flaschenkürbisses: oben knollenförmig, unten knollenförmig und in der Mitte schmal. Er war glatt rasiert und kahl bis auf einen kurz geschorenen dunklen Haarkranz rund um den Schädel. Der obere Teil seiner Stirn glänzte, seine fleischigen Wangen waren rötlich und die Lippen waren genauso grau wie sein Wams. Seine Augen waren unscheinbar: braun und eng stehend.

Er gab einen schmatzenden Laut von sich und sie bemerkte, dass seine Zähne ziemlich weit vorstanden und vorne schräg aufeinandertrafen, sodass sie eine schwach ausgeprägte, aber deutlich erkennbare Schnauze bildeten.

Sein warmer, feuchter Atem roch nach Leber und Zwiebeln. In ihrem ausgehungerten Zustand wurde ihr übel von dem Gestank.

Sie wurde sich ihres dürftig bekleideten Zustands deutlich bewusst, während der Mann sie von oben bis unten musterte. Sie fühlte sich verletzlich, als sei sie ein zu seiner Unterhaltung ausgebreitetes Spielzeug oder ein Schoßtier. Wut und Beschämung trieben ihr eine heiße Röte in die Wangen.

Entschlossen, nicht darauf zu warten, bis er seine Absichten kundtat, versuchte sie zu sprechen und ihn um Wasser zu bitten. Aber ihre Kehle war zu ausgedörrt. Sie brachte nicht mehr als ein Krächzen zustande.

Der grau gekleidete Mann schnalzte mit der Zunge und begann zu ihrem Erstaunen ihre Fesseln zu lösen.

Sobald sie frei war, richtete sie sich auf der Steinplatte auf und versuchte, dem Mann einen Handkantenschlag gegen den Hals zu versetzen.

Er fing ihre Hand scheinbar mühelos in der Luft ab.

Sie knurrte und stieß mit den Fingern ihrer anderen Hand nach seinen Augen.

Wieder fing er ihre Hand ab.

Sie wand sich hin und her, aber sein Griff war zu stark. Ihre Handgelenke hätten genauso gut in einem Schraubstock stecken können.

Frustriert beugte sie sich nach vorn und grub dem Mann die Zähne in den rechten Unterarm. Heißes Blut rann ihr in den Mund, es war salzig und schmeckte nach Kupfer. Sie würgte, biss aber weiter zu, selbst als Blut unter ihren Lippen hervorsickerte. Zwischen ihren Zähnen und auf ihrer Zunge konnte sie spüren, wie die Muskeln im Unterarm des Mannes sich wanden wie gefangene Schlangen, die zu fliehen versuchten.

Davon abgesehen reagierte er nicht.

Schließlich gab sie seinen Arm frei, zog den Kopf zurück und spuckte ihm sein Blut ins Gesicht.

Selbst da fuhr der Mann fort, sie mit der gleichen ausdruckslosen Miene zu betrachten. Er blinzelte nicht und zeigte auch keine Spur von Schmerz oder Wut.

Sie zerrte noch einmal an seinen Händen, dann schwang sie Hüften und Beine auf der Steinplatte herum, um ihm in den Bauch zu treten.

Bevor sie ihren Tritt landen konnte, ließ er ihr linkes Handgelenk los und schlug ihr fest ins Gesicht.

Weißes Licht explodierte hinter ihren Augen. Ihr Kopf flog zur Seite, ihre Zähne klirrten aufeinander und von ihrer Schädelbasis zuckte ein heißer Schmerz ihren Rücken hinunter.

Als sie wieder klar sehen konnte, funkelte sie den Mann an, machte aber keine Anstalten, ihn aufs Neue anzugreifen. Sie hatte begriffen, dass sie ihm ausgeliefert war … Sie hatte begriffen, dass sie etwas finden musste, womit sie ihm die Kehle aufschlitzen oder ihm ins Auge stechen konnte, wenn sie ihn überwältigen wollte.

Er ließ ihr anderes Handgelenk los und zog aus seinem Wams ein vergilbtes weißes Taschentuch. Damit tupfte er sich das Gesicht ab und wischte das Blut und den Speichel weg. Anschließend band er sich das Tuch um seinen verletzten Unterarm und benutzte seine schiefen Zähne, um ein Ende des Tuchs festzuhalten.

Sie zuckte zurück, als er die Hand nach ihr ausstreckte und sie am Oberarm packte, um den seine großen, dicken Finger einmal ganz herumreichten. Er zog sie von der aschfarbenen Steinplatte und ihre Beine gaben unter ihr nach, als sie den Boden berührten. Wie eine Puppe hing sie im Griff des Mannes, den Arm über dem Kopf verdreht.

Er zog sie auf die Füße. Diesmal trugen ihre Beine ihr Gewicht. Trotzdem stützte er sie, als er sie zu einer kleinen Seitentür führte, die sie von ihrer steinernen Liege aus nicht hatte sehen können. Daneben führte eine kurze Treppenflucht zu einer zweiten, größeren Tür – derselben Tür, durch die ihr Wärter eingetreten war. Die Tür war geschlossen, aber in der Mitte befand sich ein kleines

Metallgitter, durch das sie einen gut beleuchteten Wandteppich erkennen konnte, der an einer glatten Steinwand hing.

Der Mann drückte die Seitentür auf und führte Nasuada in einen schmalen Abort. Zu ihrer Erleichterung ließ er sie dort allein. Sie suchte den kahlen Raum nach irgendetwas ab, was sie als Waffe benutzen konnte oder als ein Mittel zur Flucht, aber zu ihrer Enttäuschung fand sie nur Staub, Holzspäne und getrocknete Blutflecken, die nichts Gutes ahnen ließen. Also tat sie, was von ihr erwartet wurde, und als sie wieder herauskam, ergriff der schwitzende, grau gekleidete Mann abermals ihren Arm und führte sie zu der Steinplatte zurück.

Bevor sie den Stein erreichten, begann sie um sich zu treten und sich zu wehren. Lieber wollte sie sich schlagen lassen, als ihm zu erlauben, sie wieder zu fesseln. Doch trotz all ihrer Bemühungen konnte sie den Mann nicht davon abhalten oder es auch nur hinauszögern. Seine Arme waren wie Eisen unter ihren Schlägen und selbst sein scheinbar weicher, dicker Bauch gab nur wenig nach, wenn sie ihn traf.

Er verfuhr mit ihr so mühelos, als sei sie ein kleines Kind, hob sie auf die Steinliege, drückte ihre Schultern flach darauf und schloss dann die Fesseln um ihre Handgelenke und Knöchel. Zuletzt legte er den Ledergürtel über ihre Stirn und zog ihn fest genug, um ihren Kopf zu fixieren, aber nicht so fest, dass es ihr Schmerzen bereitete.

Sie erwartete, dass er weggehen und sein Mittagessen verzehren würde – oder sein Abendessen oder welche Mahlzeit auch immer an der Reihe war. Aber stattdessen griff er nach der Platte, trug sie zu ihr hinüber und bot ihr ein Glas mit Wasser gemischten Wein an.

Es war schwer, im Liegen zu schlucken, daher nahm sie ganz kleine Schlucke von der Flüssigkeit aus dem silbernen Kelch, den er ihr an die Lippen drückte. Trotzdem war es ein herrlich wohltuendes Gefühl, wie der verwässerte Wein ihre trockene Kehle hinunterrann.

Als der Kelch leer war, stellte der Mann ihn beiseite, schnitt Scheiben von dem Brot und dem Käse ab und hielt sie ihr hin.

»Wie …«, begann sie, da ihre Stimme ihr nun endlich gehorchte. »Wie heißt du?«

Der Mann sah sie ohne jede Gefühlsregung an. Seine knollenförmige Stirn glänzte im Licht der flammenlosen Laterne wie poliertes Elfenbein.

Er hielt ihr wieder das Brot und den Käse hin.

»Wer bist du?... Ist das hier Urû'baen? Bist du ein Gefangener wie ich? Wir könnten uns gegenseitig helfen, du und ich. Galbatorix ist nicht allwissend. Zusammen könnten wir einen Weg finden, zu entkommen. Es erscheint vielleicht unmöglich, aber das ist es nicht, das verspreche ich.« Sie sprach mit leiser, ruhiger Stimme weiter und hoffte, irgendetwas zu sagen, was entweder das Mitgefühl des Mannes erregen oder seinen Eigennutz ansprechen würde.

Sie wusste, dass sie überzeugend sein konnte – lange Stunden des Verhandelns für die Varden hatten das zu ihrer Genugtuung immer wieder bewiesen –, aber ihre Worte schienen keine Wirkung auf den Mann zu haben. Bis auf seinen Atem hätte er genauso gut tot sein können, wie er da mit dem Brot und dem Käse vor ihr stand. Sie fragte sich, ob er vielleicht taub war, aber er hatte ja bemerkt, dass sie versucht hatte, um Wasser zu bitten. Daher verwarf sie diesen Gedanken wieder.

Sie redete, bis sie jedes Argument und jede Bitte ausgereizt hatte, die ihr einfiel. Als sie schließlich einen Moment still war und über andere mögliche Vorgehensweisen nachdachte, hielt der Mann ihr Brot und Käse an die Lippen. Wütend sandte sie ihm die stumme Botschaft, das Essen wegzunehmen, aber seine Hand bewegte sich nicht mehr und er starrte sie weiter mit dem gleichen leeren, unbeteiligten Blick an.

Es kribbelte in ihrem Nacken, als sie begriff, dass sein Verhalten kein Ausdruck von Zuneigung war; sie bedeutete ihm wirklich nichts. Sie hätte es verstanden, wenn er sie gehasst hätte oder wenn er ein perverses Vergnügen daran gefunden hätte, sie zu foltern, oder wenn er ein Sklave gewesen wäre, der widerstrebend Galbatorix' Befehle ausführte. Aber nichts von alledem schien der Wahrheit zu entsprechen. Vielmehr war er gleichgültig, ohne den geringsten Funken von Mitgefühl. Er würde sie, da hatte sie keine Zweifel, genauso bereitwillig töten, wie er sich jetzt um sie kümmerte, und mit der gleichen Anteilnahme, mit der man vielleicht eine Ameise zerquetschte.

Während sie sich im Stillen dafür verfluchte, nachgeben zu müssen, öffnete sie den Mund und ließ zu, dass er ihr Brot und Käsestücke auf die Zunge legte, obwohl sie ihn am liebsten in die Finger gebissen hätte.

Er fütterte sie. Wie ein Kind. Mit der Hand. Er legte ihr jedes Bröckchen so vorsichtig in den Mund, als wäre es eine hohle Glaskugel, die bei jeder plötzlichen Bewegung zersplittern konnte.

Ein tiefes Gefühl der Verachtung stieg in ihr auf. Von der Anführerin der größten Allianz in der Geschichte Alagaësias zu dem zu werden, was sie hier war… Nein, nein, nichts von alledem existierte. Sie war die Tochter ihres Vaters. Sie hatte in Surda im Staub und in der Hitze gelebt, unter den widerhallenden Rufen der Händler auf den belebten Marktstraßen. Das war alles. Sie hatte keinen Grund, hochmütig zu sein, keinen Grund, ihm ihren Absturz übel zu nehmen, den es gar nicht gegeben hatte.

Nichtsdestoweniger hasste sie den Mann, der da so bedrohlich vor ihr stand. Sie hasste es, dass er darauf bestand, sie zu füttern, obwohl sie hätte selbst essen können. Sie hasste es, dass Galbatorix oder wer auch immer für ihre Gefangenschaft verantwortlich war, versuchte, ihr ihren Stolz und ihre Würde zu nehmen. Und sie hasste es, dass diese Person bis zu einem gewissen Grad Erfolg hatte.

Sie würde den Mann töten, beschloss sie. Wenn sie nur noch eine Sache in ihrem Leben erreichen konnte, sollte es der Tod ihres Wärters sein. Wenn sie nicht fliehen konnte, würde nichts sonst ihr so große Befriedigung verschaffen. *Was immer notwendig ist, ich werde einen Weg finden.*

Die Idee gefiel ihr und sie ließ sich den Rest der Mahlzeit schmecken, während sie Pläne schmiedete, wie sie das Dahinscheiden des Mannes bewerkstelligen könnte.

Als sie fertig war, nahm der Mann das Tablett und ging.

Sie lauschte auf seine verklingenden Schritte, auf die Tür, die hinter ihr geöffnet und wieder geschlossen wurde, auf das Klicken des zuschnappenden Riegels und dann auf das schwere, Unheil verkündende Geräusch eines Balkens, der draußen vor der Tür an seinen Platz fiel.

Dann war sie wieder allein und konnte nichts anderes tun als abwarten und über mögliche Mordmethoden nachgrübeln.

Eine Weile unterhielt sie sich damit, eine der auf die Decke gemalten Linien zu verfolgen und den Anfang oder das Ende zu finden. Die Linie, die sie sich ausgesucht hatte, war blau. Die Farbe gefiel ihr wegen ihrer Verbindung zu der einen Person, an die sie am wenigsten zu denken wagte.

Mit der Zeit langweilten sie die Linien und ihre Rachefantasien, sie schloss die Augen und glitt in einen unruhigen Halbschlaf, in dem die Stunden – mit der paradoxen Logik von Albträumen – scheinbar gleichzeitig schneller und langsamer verstrichen als sonst.

Als der Mann in dem grauen Wams zurückkehrte, war sie beinahe froh darüber, ihn zu sehen, eine Reaktion, für die sie sich selbst verachtete und die sie als Schwäche ansah.

Sie war sich nicht sicher, wie lange sie gewartet hatte – konnte sich nicht sicher sein, solange niemand es ihr sagte –, aber sie wusste, dass es eine kürzere Zeitspanne gewesen war als zuvor. Trotzdem hatte sich das Warten endlos angefühlt und sie hatte befürchtet, dass man sie genauso lange gefesselt und allein liegen lassen würde wie beim letzten Mal – wenn auch nicht unbeobachtet, das sicher nicht. Verärgert gestand sie sich ein, dass sie dem Mann dankbar war, dass er öfter nach ihr sehen würde, als sie ursprünglich angenommen hatte. Es war schmerzhaft, so viele Stunden reglos auf einem flachen Stein zu liegen, aber das Verwehren des Kontakts zu jedem anderen lebenden Geschöpf – selbst einem Geschöpf, das so plump und abstoßend war wie ihr Wärter –, war eine Folter für sich und bei Weitem die härtere Prüfung.

Als der Mann sie von ihren Fesseln befreite, bemerkte sie, dass die Wunde an seinem Unterarm geheilt worden war. Die Haut dort war so glatt und rosig wie die eines Ferkels.

Sie verzichtete darauf, zu kämpfen, aber auf dem Weg zum Abort tat sie so, als würde sie stolpern und hinfallen, weil sie hoffte, dem Tablett nah genug zu kommen, um vielleicht das kleine Schälmesser an sich zu bringen, das der Mann benutzte, um das Essen zu schneiden. Es stellte sich jedoch heraus, dass das Tablett zu weit entfernt und der Mann zu schwer war, als dass sie ihn hätte mit sich ziehen können, ohne Verdacht zu erregen. Da ihr Plan gescheitert war, zwang sie sich, alles andere über sich ergehen zu lassen, was der Mann mit ihr machte. Sie musste ihn davon überzeugen, dass sie aufgegeben hatte, damit er nachlässig und, wenn sie Glück hatte, unvorsichtig wurde.

Während er sie fütterte, betrachtete sie seine Fingernägel. Das letzte Mal war sie zu wütend gewesen, um sie zu beachten, aber jetzt, da sie ruhiger war, faszinierte sie deren Eigentümlichkeit.

Seine Nägel waren dick und gebogen. Sie saßen tief im Fleisch und die weißen Monde über der Nagelhaut waren groß und breit. Alles in allem nicht anders als die Nägel vieler Männer und Zwerge, mit denen sie zu tun gehabt hatte.

Wann hatte sie mit ihnen zu tun gehabt? … Sie erinnerte sich nicht.

Was seine Fingernägel so besonders machte, war die Sorgfalt, mit der sie gepflegt waren. Als habe man ihrer Pflege viele Stunden gewidmet. Die Nagelhaut war sauber, ohne Spuren von Rissen, während die Nägel selbst gerade geschnitten – nicht zu lang, nicht zu kurz – und die Ränder glatt gefeilt worden waren. Die Oberflächen waren poliert und glänzten wie glasierter Ton, und die Haut ringsum sah aus, als habe man sie mit Öl oder Butter eingerieben.

Außer bei den Elfen hatte sie noch nie einen Mann mit so perfekten Fingernägeln gesehen.

Elfen? Sie schüttelte den Gedanken ab, verärgert über sich selbst. Sie kannte keine Elfen.

Die Fingernägel waren ein Rätsel, eine Merkwürdigkeit in einer ansonsten klaren Umgebung. Ein Geheimnis, das sie lösen wollte, auch wenn der Versuch wahrscheinlich nutzlos war.

Sie fragte sich, wer für den vorbildlichen Zustand der Nägel verantwortlich war. Der Mann selbst? Er schien nicht übermäßig pingelig zu sein, aber sie konnte sich auch nicht vorstellen, dass er eine Ehefrau, Tochter, Dienerin oder sonst jemand Nahestehenden hatte, der solche Aufmerksamkeit auf seine Fingernägel verwendete. Natürlich wusste sie, dass sie sich irren konnte. So mancher von Narben bedeckte Veteran – grimmige, wortkarge Männer, deren einzige Liebe Wein, Weib und Krieg zu sein schien – hatte sie mit irgendeiner Seite seines Charakters überrascht, die überhaupt nicht zu seiner äußeren Gestalt passte: ein Talent für Holzschnitzerei, eine Neigung, romantische Gedichte auswendig zu lernen, eine Schwäche für Bücher oder die aufopferungsvolle Hingabe an eine Familie. Dinge, die die Krieger vor dem Rest der Welt verborgen hielten. Es waren Jahre vergangen, bevor sie erfahren hatte, dass Jör…

Sie brach den Gedanken ab, bevor er weiterführte.

Auf jeden Fall war es eine ganz einfache Frage, die sie in Gedanken wieder und wieder wälzte: Warum? Motive waren verräterisch, selbst wenn es um solche Kleinigkeiten wie Fingernägel ging.

Wenn die Nägel das Werk einer anderen Person waren, dann waren sie entweder ein Zeichen großer Liebe oder großer Furcht. Aber sie bezweifelte, dass das der Fall war. Irgendwie fühlte es sich nicht richtig an.

Wenn sie stattdessen das Werk des Mannes selbst waren, dann waren alle möglichen Erklärungen denkbar. Vielleicht stellten seine Fingernägel eine Möglichkeit dar, ein Mindestmaß an Kontrolle über ein Leben zu behalten, über das er sonst nicht mehr bestimmen konnte. Oder vielleicht hatte er das Gefühl, dass sie der einzige Teil seiner selbst waren, der attraktiv war oder sein konnte. Oder vielleicht war die Nagelpflege lediglich ein nervöser Tick, eine Angewohnheit, die keinen anderen Zweck erfüllte, als sich die Zeit zu vertreiben.

Wie immer die Wahrheit aussehen mochte, fest stand, dass *irgendwer* seine Fingernägel gesäubert, geschnitten, gefeilt und geölt hatte und dabei keineswegs nachlässig oder unaufmerksam gewesen war.

Sie grübelte weiter über die Angelegenheit nach, während sie aß, doch sie schmeckte ihr Essen kaum. Gelegentlich sah sie auf, um in dem massigen Gesicht des Mannes nach dem einen oder anderen Hinweis zu suchen, aber stets ohne Erfolg.

Nachdem er sie mit dem letzten Stück Brot gefüttert hatte, stemmte sich der Mann von der Kante der steinernen Liege hoch, nahm die Platte und wandte sich ab.

Sie kaute und würgte das Brot hinunter, so schnell es ging, ohne sich zu verschlucken. Dann sagte sie mit einer Stimme, die heiser und rau war, weil sie sie schon so lange nicht benutzt hatte: »Du hast schöne Fingernägel. Sie glänzen so …«

Der Mann erstarrte mitten im Schritt und drehte seinen großen, schweren Kopf in ihre Richtung. Einen Moment lang dachte sie, dass er sie vielleicht wieder schlagen würde, doch dann teilten seine grauen Lippen sich langsam, er lächelte sie an und zeigte dabei sowohl die obere als auch die untere Reihe seiner vorstehenden Zähne.

Sie unterdrückte ein Schaudern. Er sah aus, als würde er einem Huhn den Kopf abbeißen wollen.

Noch immer mit demselben beunruhigenden Gesichtsausdruck entfernte sich der Mann aus ihrem Blick und einige Sekunden später hörte sie, wie die Tür zu ihrer Zelle geöffnet und wieder geschlossen wurde.

Ein Lächeln stahl sich auf ihre Lippen. Stolz und Eitelkeit waren also seine Schwächen, die sie ausnutzen konnte. Wenn es eine Fähigkeit gab, die sie besaß, dann die, andere ihrem Willen zu unterwerfen. Der Mann hatte ihr eine winzige Handhabe geliefert – eigentlich eine *Fingerhabe*, oder noch genauer, nur eine *Fingernagelhabe* – aber das war alles, was sie brauchte. Jetzt musste sie sie nur noch nutzen.

Die Halle der Wahrsagerin

Als der Mann das dritte Mal kam, schlief Nasuada. Bei dem Geräusch der Tür, die aufgestoßen wurde, erwachte sie jäh und mit klopfendem Herzen.

Sie brauchte einige Sekunden, um sich daran zu erinnern, wo sie war. Als sie es wieder wusste, runzelte sie die Stirn, blinzelte und versuchte, die Augen aufzubekommen. Sie wünschte, sie hätte sie sich reiben können.

Die Falten auf ihrer Stirn vertieften sich, als sie an sich hinunterblickte und sah, dass noch immer eine kleine feuchte Stelle auf ihrem Hemd prangte, wo bei der letzten Mahlzeit ein paar Tropfen gewässerten Weins danebengegangen waren.

Warum ist er so bald wiedergekommen?

Der Mut verließ sie, als der Mann mit einem großen Kupferbecken voll Holzkohle an ihr vorbeiging und es einige Fuß entfernt von ihrer Steinliege aufstellte. In der Holzkohle lagen drei lange Eisen.

Der Augenblick, vor dem sie sich so gefürchtet hatte, war also gekommen.

Sie versuchte, Blickkontakt mit ihm aufzunehmen, aber der Mann vermied es, sie anzusehen, während er Feuerstein und Stahl aus einem Beutel an seinem Gürtel zog und ein Nest klein geschnittenen Zunders in der Mitte des Kohlebeckens anzündete. Funken glühten auf und breiteten sich aus, dabei leuchtete der Zunder wie ein Ball aus rot glühenden Drähten. Der Mann bückte sich, schürzte die Lippen, blies in die zarte Glut – sanft wie eine Mutter, die ihr Kind küsst – und die Funken erhoben sich zu tanzenden Flammen.

Minutenlang kümmerte er sich um das Feuer, bis die Glut eine mehrere Zoll dicke Schicht Kohlen erfasst hatte und der Rauch hoch aufstieg. Sie beobachtete ihn krankhaft fasziniert, außerstande, den Blick loszureißen, obwohl sie wusste, was sie erwartete. Sie schwiegen beide. Es war, als schämte sich jeder zu sehr für das, was geschehen würde, um es auszusprechen.

Er blies wieder in die Kohlen, dann drehte er sich um, als wolle er auf sie zukommen.

Gib nicht klein bei, sagte sie sich und machte sich steif. Sie ballte die Fäuste und hielt den Atem an, während der Mann auf sie zukam … näher … näher …

Ein federleichter Luftzug strich ihr übers Gesicht, als er an ihr vorbeiging, und sie lauschte auf seine Schritte, die langsam verklangen, während er die Stufen hinaufstieg und den Raum verließ.

Sie stieß ein schwaches Keuchen aus und entspannte sich ein wenig. Die glühenden Kohlen zogen ihren Blick an wie Magnete. Ein matter rostfarbener Schimmer kroch die Eisenstäbe hinauf, die aus dem Kohlebecken ragten.

Sie befeuchtete sich den Mund und dachte, wie gut ein Schluck Wasser wäre.

Eine der Kohlen sprang entzwei, aber ansonsten war es still im Raum.

Da sie in ihrer Lage weder kämpfen noch fliehen konnte, versuchte sie, an gar nichts zu denken. Denken würde ihre Entschlossenheit nur schwächen. Was immer geschah, würde geschehen, ohne dass ihre Angst etwas daran ändern konnte, wie groß sie auch sein mochte.

Wieder hallten Schritte durch den Flur. Diesmal waren es mehrere Personen, von denen einige im Gleichschritt marschierten und andere nicht. Wie viele es waren, war jedoch wegen des lärmenden Echos ihrer Schritte unmöglich zu sagen. Die Prozession blieb an der Tür stehen und sie hörte Stimmen murmeln. Dann betraten zwei Personen mit klappernden Schritten – Reitstiefel mit harten Sohlen, vermutete sie – den Raum.

Die Tür schloss sich mit einem dumpfen Schlag.

Die Schritte kamen die Treppe herunter, ruhig und bedächtig.

Sie sah den Arm von jemandem, der am äußersten Rand ihres Gesichtsfelds einen geschnitzten Holzstuhl auf den Boden stellte.

Ein Mann setzte sich darauf.

Er war massig: nicht dick, aber breitschultrig. Um seine Schultern lag ein langer schwarzer Umhang. Der Umhang sah schwer aus, als sei er mit einem Kettenpanzer verstärkt. Das Licht von der Kohle und von der flammenlosen Laterne ließ die Umrisse des Mannes golden erstrahlen, aber seine Gesichtszüge blieben im Dunkeln verborgen. Die Konturen der spitzen Krone auf seinem Haupt waren dagegen klar zu erkennen.

Ihr Herz setzte einen Schlag aus. Mit einiger Mühe nahm es sein vorheriges schnelles Tempo wieder auf.

Ein zweiter Mann, bekleidet mit weinroter Jacke und Hose – beides mit Goldfäden besetzt –, ging zum Kohlebecken hinüber und blieb dort mit dem Rücken zu ihr stehen, während er mit einem der Eisenstäbe die Glut anfachte.

Der Mann auf dem Stuhl zog an den Fingern seiner Handschuhe. Dann streifte er sie ab. Darunter hatten seine Hände die Farbe von mattierter Bronze.

Als er sprach, war seine Stimme leise, ihr Klang tief und befehlsgewohnt. Jeder Barde mit einem solch wohlklingenden Organ wäre überall im Land als Meister der Meister gerühmt worden. Beim Klang der Stimme bekam sie eine Gänsehaut. Die Worte schienen über sie hinwegzuspülen wie Wellen warmen Wassers, sie zu liebkosen, sie zu betören, sie zu binden. Diesem Mann zuzuhören, begriff sie, war genauso gefährlich, wie Elva zuzuhören.

»Willkommen in Urû'baen, Nasuada, Tochter von Ajihad«, sagte der Mann auf dem Stuhl. »Willkommen hier in meinem Heim unter diesen uralten Fels. Lang ist es her, seit das letzte Mal ein so vornehmer Gast wie Ihr uns mit seiner Anwesenheit beehrt hat. Meine Energien waren anderweitig vonnöten, aber ich versichere Euch, meine Pflichten als Gastgeber von jetzt an nicht mehr zu vernachlässigen.« Bei den letzten Worten stahl sich ein drohender Unterton in seine Stimme, wie eine Kralle, die ausgefahren wird.

Sie hatte Galbatorix noch nie persönlich gesehen, nur Schilderungen gehört und Zeichnungen studiert, aber die Ansprache des

Mannes hatte eine solch tief greifende und gewaltige Wirkung auf sie, dass sie keinen Zweifel daran hegte, tatsächlich den König vor sich zu haben.

Sowohl in seiner Aussprache als auch in seiner Wortwahl lag etwas *Fremdes,* als spreche er eine Sprache, mit der er nicht aufgewachsen war. Es war ein feiner Unterschied, aber unmöglich zu überhören, nachdem sie ihn einmal bemerkt hatte. Vielleicht lag es daran, dass die Sprache sich in den Jahren seit seiner Geburt verändert hatte. Das schien ihr die vernünftigste Erklärung zu sein, da seine Art, zu sprechen, sie daran erinnerte ... Nein, nein, sie erinnerte sie an gar nichts.

Er beugte sich vor und sie konnte seinen bohrenden Blick auf sich spüren.

»Ihr seid jünger, als ich dachte. Ich wusste, dass Ihr erst kürzlich volljährig geworden seid, aber trotzdem, Ihr seid ja fast noch ein Kind. Heutzutage kommen mir die meisten Leute vor wie Kinder. Umhertollende, eitle, törichte Kinder, die nicht wissen, was das Beste für sie ist – Kinder, die von jemand Älterem, Weiserem gelenkt werden müssen.«

»Jemandem, wie Ihr es seid?«, fragte sie verächtlich.

Sie hörte ihn leise lachen. »Wäre es Euch lieber, die Elfen würden über uns herrschen? Ich bin der Einzige unseres Volkes, der sie in Schach halten kann. Nach ihren Maßstäben sind selbst unsere ältesten Graubärte unerfahrene Jünglinge, ungeeignet, die Pflichten eines Erwachsenen zu erfüllen.«

»Nach ihren Maßstäben gilt das auch für Euch.« Sie wusste nicht, woher sie den Mut nahm, aber sie fühlte sich stark und kühn. Ob der König sie dafür bestrafen würde oder nicht, sie war entschlossen, ihre Meinung zu sagen.

»Ah, aber ich habe mehr vorzuweisen als nur meine Jahre. Die Erinnerungen Hunderter anderer sind mein. Leben um Leben: Liebe, Hass, Kämpfe, Siege, Niederlagen, gemachte Erfahrungen, begangene Fehler – sie alle wohnen in meinem Geist und wispern mir ihre Weisheiten ins Ohr. Meine Erinnerung umfasst *Äonen.* In der ganzen Geschichte Alagaësias hat es keinen Einzigen gegeben wie mich, nicht einmal unter den Elfen.«

»Wie ist das möglich?«, flüsterte sie.

Er setzte sich zurecht. »Denkt nicht, Ihr könntet mir etwas vormachen, Nasuada. Ich weiß, dass Glaedr Eragon und Saphira sein Herz der Herzen übergeben hat und dass er bei den Varden ist, in diesem Moment. Ihr wisst, wovon ich spreche.«

Sie unterdrückte einen Schauder der Angst. Die Tatsache, dass Galbatorix bereit war, über solche Dinge mit ihr zu sprechen – dass er bereit war, auf die Quelle seiner Macht anzuspielen –, nahm ihr die letzte Hoffnung, dass er die Absicht hatte, sie jemals freizulassen.

Dann deutete er mit seinen Handschuhen in den Raum. »Bevor wir weitermachen, solltet Ihr etwas über die Geschichte dieses Ortes erfahren. Als die Elfen sich zum ersten Mal in diesen Teil der Welt vorwagten, fanden sie eine Spalte, tief verborgen in der Steilwand, die hier über die Ebene aufragt. Die Steilwand schätzten sie als natürliches Bollwerk gegen die Angriffe von Drachen, aber die Spalte schätzten sie aus einem ganz anderen Grund. Sie hatten nämlich durch Zufall entdeckt, dass die Dünste, die aus diesem Riss aufstiegen, Merkwürdiges bewirkten. Wenn jemand diesen Dünsten im Schlaf ausgesetzt war, konnte es gut sein, dass er oder sie einen – wenn auch noch so verworrenen – Blick auf künftige Ereignisse erhaschte. Und so legten die Elfen vor über zweieinhalbtausend Jahren diesen Raum über der Felsspalte an und viele Hundert Jahre lang lebte hier eine Seherin, auch nachdem die Elfen Ilirea aufgegeben hatten. Sie hat dort gesessen, wo Ihr jetzt liegt, und sie hat die Jahrhunderte damit verbracht, davon zu träumen, was gewesen war, und davon, was vielleicht sein würde.

Mit der Zeit verlor die Luft ihre Kraft und die Seherin samt ihrer Gefolgschaft verließ diesen Ort. Wer sie war und wohin sie ging, kann niemand mit Bestimmtheit sagen. Sie hieß bei allen nur die Wahrsagerin und gewisse Geschichten lassen mich glauben, dass sie weder Elfe war noch Zwerg, sondern etwas gänzlich anderes. Doch wie dem auch sei, während ihres Aufenthalts hier hat man diesen Raum die Halle der Wahrsagerin genannt und so heißt er auch heute noch – nur dass *Ihr* jetzt die Wahrsagerin seid, Nasuada, Tochter von Ajihad.«

Galbatorix breitete die Arme aus. »Das ist ein Ort, um Wahrheiten auszusprechen … und zu hören. Ich werde innerhalb dieser Mauern keine Lügen dulden, nicht einmal die kleinste Unwahrheit. Wer immer auf diesem harten Block aus Stein ruht, wird zum jüngsten Wahrsager, und obwohl viele Mühe hatten, diese Rolle zu akzeptieren, hat sich am Ende keiner geweigert. Bei Euch wird es nicht anders sein.«

Die Stuhlbeine kratzten über den Boden, dann spürte sie Galbatorix' Atem warm an ihrem Ohr. »Ich weiß, dass es schmerzhaft für Euch werden wird, Nasuada, unvorstellbar schmerzhaft. Ihr werdet Euch selbst aufgeben müssen, bevor Euer Stolz Euch gestatten wird, Euch zu unterwerfen. Auf der ganzen Welt ist nichts schwerer, als sein eigenes Ich zu verändern. Ich verstehe das, denn ich habe mich bei so mancher Gelegenheit selbst neu erschaffen. Auf jeden Fall werde ich hier sein, um Eure Hand zu halten und Euch bei diesem Übergang zu helfen. Ihr braucht die Reise nicht allein anzutreten. Und Ihr mögt Euch mit dem Wissen trösten, dass ich Euch niemals belügen werde. Keiner von uns. Nicht in diesem Raum. Zweifelt an mir, wenn Ihr meint, aber mit der Zeit werdet Ihr mir glauben. Ich betrachte dies als einen heiligen Ort und ich würde mir eher die eigene Hand abhacken, als das zu schänden, wofür er steht. Fragt, was immer Ihr wollt, und ich verspreche Euch, Nasuada, Tochter von Ajihad, dass wir wahrheitsgemäß antworten werden. Als König dieser Länder gebe ich Euch mein Wort darauf.«

Sie mahlte mit den Kiefern, während sie zu entscheiden versuchte, wie sie darauf antworten sollte. Dann stieß sie zwischen zusammengebissenen Zähnen hervor: »Ich werde Euch niemals erzählen, was Ihr wissen wollt!«

Ein leises, tiefes Lachen erfüllte den Raum. »Ihr versteht mich falsch. Ich habe Euch nicht hierherbringen lassen, weil ich irgendetwas wissen will. Es gibt nichts, was Ihr erzählen könnt, worüber ich nicht bereits Bescheid wüsste. Die Anzahl und Verteilung Eurer Truppen; Eure Versorgungslage; die Standorte Eurer Nachschubkolonnen; die Strategie, die ihr zu verfolgen beabsichtigt, um diese Zitadelle zu belagern; Eragons und Saphiras Pflichten, Gewohnheiten und Fähigkeiten; den Dauthdaert, der Euch in Belatona in die Hände gefallen ist; selbst die Kräfte des Hexenkindes Elva, das Ihr bis vor Kurzem an Eurer Seite hattet – über all das weiß ich Bescheid und noch über viel mehr. Soll ich Euch Zahlen nennen?… Nein? Auch gut. Meine Spione sind zahlreicher und bekleiden höhere Positionen, als Ihr Euch vorstellen könnt, und ich verfüge obendrein über andere Mittel, um an Informationen zu gelangen. Ihr habt keine Geheimnisse vor mir, Nasuada, nicht die geringsten. Daher ist es zwecklos, darauf zu beharren, nichts zu verraten.«

Seine Worte trafen sie wie Hammerschläge, aber sie versuchte, sich davon nicht entmutigen zu lassen. »Wozu dann das Ganze?«

»Wozu ich Euch hierherbringen ließ? Weil Ihr, meine Liebe, die Gabe des Befehlens besitzt und die ist weitaus tödlicher als jeder Zauber. Eragon stellt keine Bedrohung für mich dar, ebenso wenig die Elfen, aber Ihr… Ihr seid auf eine Weise gefährlich, wie sie es nicht sind. Ohne Euch sind die Varden wie ein blinder Bulle – sie werden schnauben und wüten und sie werden vorwärtsstürmen, egal was ihnen im Weg steht. So werde ich sie fangen und mithilfe ihrer eigenen Torheit vernichten.

Aber die Vernichtung der Varden ist nicht der Grund, weshalb ich Euch entführen ließ. Nein, Ihr seid hier, weil Ihr bewiesen habt, dass Ihr meiner Aufmerksamkeit würdig seid. Ihr seid unerschütterlich, zäh, ehrgeizig und intelligent – genau die Eigenschaften, die ich bei meinen Dienern schätze. Ich möchte Euch an meiner Seite wissen, Nasuada, als meine oberste Ratgeberin und als General meiner Armee, während ich die letzten Stufen des großen Plans umsetze, an dem ich nun seit fast einem Jahrhundert gearbeitet habe. Eine neue Ordnung wird in Alagaësia errichtet werden und ich will, dass Ihr ein Teil davon seid. Seit der letzte der Dreizehn gestorben ist, habe ich nach Leuten gesucht, die dazu taugen, ihren Platz einzunehmen. Bis vor Kurzem waren meine Bemühungen vergeblich. Durza war ein nützliches Werkzeug, aber dass er ein Schatten war, hatte gewisse Nachteile: sein mangelnder Selbsterhaltungstrieb, um nur ein Beispiel zu nennen. Von allen Anwärtern, die ich in Betracht gezogen habe, war Murtagh der erste, den ich für geeignet hielt, und der erste, der die Prüfungen überlebt hat, denen ich ihn unterzogen habe. Ihr werdet die nächste sein, da bin ich mir sicher. Und Eragon der dritte.«

Grauen erfasste sie, als sie diese Worte hörte. Was er vorschlug, war weit schlimmer als alles, was sie sich vorgestellt hatte. Als der weinrot gekleidete Mann am Kohlebecken eine der Eisenstangen so kräftig in die Glut stieß, dass sie gegen den Kupferboden knallte, fuhr sie zusammen.

Galbatorix sprach weiter: »Solltet Ihr überleben, werdet Ihr die Chance erhalten, mehr zu bewirken, als Ihr es mit den Varden jemals gekonnt hättet. Denkt darüber nach! In meinen Diensten könntet Ihr helfen, ganz Alagaësia Frieden zu bringen, und Ihr wäret meine oberste Baumeisterin, um diese Veränderungen zu bewerkstelligen.«

»Ich würde mich lieber von tausend Vipern beißen lassen, als Euch zu dienen.« Und sie spuckte in die Luft.

Sein Lachen hallte abermals durch den Raum. Das Lachen eines Mannes, der nichts fürchtete, nicht einmal den Tod. »Wir werden sehen.«

Sie zuckte zusammen, als sie spürte, wie ein Finger ihre Armbeuge berührte. Der Finger zeichnete langsam einen Kreis, dann wanderte er zu der ersten ihrer Narben auf ihrem Unterarm hinunter und verharrte auf der Erhebung, warm auf ihrer Haut. Der Finger klopfte dreimal, bevor er zu den nächsten Narben weitergglitt, dann wieder zurück, wobei er über sie hinwegstrich wie über ein Waschbrett.

»Ihr habt einen Gegner in der Probe der Langen Messer besiegt«, sagte Galbatorix, »und mit mehr Schnitten, als irgendjemand seit Menschengedenken ertragen hat. Das bedeutet, dass Ihr einen außerordentlich starken Willen habt und in der Lage seid, Eurer Vorstellungskraft Einhalt zu gebieten – denn übersteigerte Vorstellungskraft ist es, die Männer zu Feiglingen macht, nicht ein Übermaß an Angst, wie die meisten glauben. Jedoch wird keine dieser Eigenschaften Euch in Eurer jetzigen Situation helfen. Im Gegenteil, sie sind ein Hindernis. Jeder hat seine Grenzen, gleich, ob körperlicher oder geistiger Natur. Die einzige Frage ist, wie lange es dauert, diesen Punkt zu erreichen. Und Ihr werdet ihn erreichen, das verspreche ich Euch. Eure Stärke mag ihn hinauszögern, aber sie kann ihn nicht abwenden. Und Eure Schutzzauber werden Euch auch nichts nützen, solange Ihr in meiner Hand seid. Warum also solltet Ihr unnötig leiden? Niemand stellt Euren Mut infrage, Ihr habt ihn bereits der ganzen Welt bewiesen. Gebt jetzt nach. Es ist keine Schande, das Unausweichliche hinzunehmen. Auf Eurer Position zu beharren, würde Euch alle möglichen Folterqualen bescheren, und das alles nur, um Eurem Pflichtgefühl Genüge zu tun. Betrachtet Eure Pflicht jetzt als erfüllt und leistet mir Euren Treueeid in der alten Sprache, und noch bevor diese Stunde vorüber ist, wird Euch ein Dutzend Diener zur Verfügung stehen, Ihr werdet Roben aus Seide und Damast tragen, mehrere Räume bewohnen und mit mir an einem Tisch speisen.«

Dann hielt er inne und wartete auf ihre Antwort, aber sie starrte die Linien an, die auf die Decke gemalt waren, und schwieg.

Auf ihrem Arm fuhr der Finger mit seiner Untersuchung fort, bewegte sich von ihren Narben bis zum Handgelenk, wo er schwer auf einer Ader liegen blieb.

»Also schön. Wie Ihr wollt.« Der Druck auf ihr Handgelenk verschwand. »Murtagh, komm und zeige dich. Du bist unhöflich zu unserem Gast.«

Oh, nicht er auch noch, dachte sie und große Traurigkeit erfüllte sie mit einem Mal.

Der in Rot gekleidete Mann am Kohlebecken drehte sich langsam um, und obwohl er über der oberen Gesichtshälfte eine silberne Maske trug, erkannte sie, dass es tatsächlich Murtagh war. Seine Augen lagen tief in den Schatten der Maske, aber sein Mund war grimmig verzogen.

»Murtagh trat seinerzeit ein wenig zögerlich in meine Dienste, aber er hat sich seither als überaus fähiger Schüler erwiesen. Er hat das Talent seines Vaters. Nicht wahr, Murtagh?«

»Ja, Herr«, sagte Murtagh mit rauer Stimme.

»Er hat mich überrascht, als er den guten alten König Hrothgar auf den Brennenden Steppen tötete. Ich hatte nicht erwartet, dass er sich mit solchem Eifer gegen seine früheren Freunde wenden würde. Aber andererseits ist unser Murtagh voller Zorn und Blutdurst. Er würde einem Kull mit bloßen Händen die Kehle aufreißen, wenn ich ihn ließe, und das habe ich getan. Nichts macht dir so viel Freude wie das Töten, nicht wahr?«

Die Muskeln an Murtaghs Hals spannten sich. »Nein, Herr.«

Galbatorix lachte leise. »Murtagh Königsmörder… Das ist ein prächtiger Name, ein Name, der für eine Legende taugt, aber keiner, den du dir erneut verdienen solltest – es sei denn, auf meine Weisung hin.« Dann fügte er an Nasuada gewandt hinzu: »Bislang habe ich seine Unterweisung in den subtilen Künsten der Überredung vernachlässigt. Deshalb habe ich ihn heute mit hierhergebracht. Er hat eine gewisse Erfahrung als Gegenstand solcher Künste, jedoch nicht als der Künstler selbst, und es wird höchste Zeit, dass er lernt, diese Künste zu beherrschen. Und welche bessere Möglichkeit gäbe es, sie zu erlernen, als hier, mit Euch? Schließlich war es Murtagh, der mich davon überzeugt hat, dass Ihr würdig seid, Euch meiner jüngsten Generation von Schülern anzuschließen.«

Merkwürdigerweise empfand sie das als eine Form von Verrat. Trotz allem, was geschehen war, hatte sie eine höhere Meinung von Murtagh gehabt. Sie suchte in seinem Gesicht nach einer Erklärung, aber er stand steif da wie ein Wachposten im Dienst, den Blick abgewandt. Und seiner Miene konnte sie nichts entnehmen.

Dann deutete der König auf das Kohlebecken und befahl in beiläufigem Tonfall: »Nimm dir ein Eisen.«

Murtagh ballte die Hände zu Fäusten. Ansonsten bewegte er sich nicht.

Ein Wort hallte in Nasuadas Ohren wie der Klang einer großen Glocke. Das Gefüge der Welt selbst schien bei dem Ton zu vibrieren, als habe ein Riese an den Fäden der Wirklichkeit gezogen und sie erbeben lassen. Für einen Moment hatte sie das Gefühl, zu fallen, und die Luft vor ihr schimmerte wie Wasser. Trotz der Macht dieses Wortes konnte sie sich nicht an die Buchstaben erinnern oder auch nur daran, aus welcher Sprache es war, denn es glitt durch ihren Geist und ließ nur die Erinnerung an seine Wirkung zurück.

Murtagh schauderte, dann drehte er sich um, ergriff eine der Eisenstangen und zog sie mit einer stockenden Bewegung aus der Glut. Funken sprühten, als sich das Eisen von den Kohlen löste, und mehrere Glutstückchen fielen kreiselnd zu Boden wie Kiefernsamen aus ihren Zapfen.

Das Ende der Stange leuchtete in einem hellen, bleichen Gelb, das sich im nächsten Moment zu einem rötlichen Orange verdunkelte. Das Licht des heißen Metalls spiegelte sich auf Murtaghs polierter Halbmaske und verlieh ihm ein groteskes, unmenschliches Aussehen. Sie sah auch sich selbst in der Maske gespiegelt, ihre Gestalt zu einem undeutlichen Torso mit spindeldürren Beinen verzerrt, die dem Bogen von Murtaghs Wangen folgend in dünnen Strichen ausliefen.

Auch wenn es noch so sinnlos war, sie konnte nicht anders, als sich gegen die Fesseln zu stemmen, als er auf sie zukam.

»Ich verstehe nicht«, sagte sie scheinbar gelassen zu Galbatorix. »Werdet Ihr nicht Euren Geist gegen mich einsetzen?« Nicht dass sie ihn dazu auffordern wollte, aber sie hätte sich lieber gegen einen Angriff auf ihr Bewusstsein verteidigt, als dem Schmerz des Eisens zu trotzen.

»Dafür wird später noch Zeit sein, falls nötig «, antwortete Galbatorix. »Im Moment bin ich gespannt darauf, wie tapfer Ihr wirklich seid, Nasuada, Tochter von Ajihad. Außerdem ziehe ich es vor, nicht die Kontrolle über Euren Geist zu erringen und Euch nicht dazu zwingen zu müssen, mir Gefolgschaft zu schwören. Stattdessen will ich, dass Ihr diese Entscheidung aus freiem Willen trefft und solange Ihr noch im Besitz Eurer geistigen Kräfte seid.«

»Warum?«, krächzte sie.

»Weil es mir gefällt. Also, zum letzten Mal, werdet Ihr Euch unterwerfen?«

»Niemals.«

»Also gut. Murtagh?«

Der Eisenstab senkte sich auf sie herab und seine Spitze leuchtete wie ein riesiger, funkelnder Rubin.

Sie hatten ihr nichts gegeben, worauf sie beißen konnte, daher hatte sie keine andere Wahl, als zu schreien, und der achteckige Raum hallte vom Klang ihrer Höllenqualen wider, bis ihr die Stimme versagte und eine alles verzehrende Dunkelheit sie verschlang.

Auf den Schwingen eines Drachen

Eragon hob den Kopf, holte tief Luft und spürte, wie ein Teil seiner Sorgen von ihm abfiel.

Einen Drachen zu reiten war zwar alles andere als erholsam, aber die Nähe zueinander tat Saphira und ihm gut. Allein die Freude des körperlichen Kontakts tröstete sie beide auf eine Art, wie nur wenige Dinge es vermochten. Außerdem halfen die stetigen Geräusche und Bewegungen ihrer Flügel ihm, sich von den düsteren Gedanken abzulenken, die ihn beharrlich verfolgten.

Obwohl bei ihrer Reise höchste Eile geboten war und trotz ihrer schwierigen Lage im Allgemeinen, war Eragon froh, für eine Weile von den Varden weg zu sein. Das jüngste Blutvergießen hatte ihm das Gefühl vermittelt, nicht mehr er selbst zu sein.

Seit er sich in Feinster den Varden angeschlossen hatte, hatte er den größten Teil seiner Zeit damit verbracht, zu kämpfen oder sich auf einen Kampf vorzubereiten, und die Anspannung begann ihn zu erschöpfen, vor allem nach der Gewalt und dem Grauen von Dras-Leona. Er hatte für die Varden Hunderte von Soldaten getötet – von denen nur wenige überhaupt eine Chance gehabt hatten, ihm eine Verletzung zuzufügen –, und obwohl sein Handeln gerechtfertigt gewesen war, machte ihm die Erinnerung daran zu schaffen. Er wollte keineswegs, dass jeder Kampf ein verzweifelter Kampf war und dass jeder Gegner ihm ebenbürtig war oder überlegen, aber gleichzeitig fühlte er sich wegen des mühelosen Niedermetzelns so vieler Menschen mehr als ein Schlächter denn als ein Krieger. Der Tod, so glaubte er inzwischen, hatte etwas Zersetzendes, und je mehr Zeit man in seiner Nähe verbrachte, desto mehr nagte er an einem.

Doch mit Saphira allein zu sein – und mit Glaedr, auch wenn der goldene Drache sich seit ihrem Aufbruch nicht gerührt hatte –, half Eragon, ein Stück Normalität zurückzugewinnen. Er fühlte sich am wohlsten allein oder in kleinen Gruppen und er zog es vor, seine Zeit nicht in einer Stadt oder einem Dorf oder auch einem Lager wie dem der Varden zu verbringen. Im Gegensatz zu den meisten anderen hasste oder fürchtete er die Wildnis nicht. So rau das unbesiedelte Land auch war, es besaß eine Anmut und Schönheit, mit der kein Kunstwerk mithalten konnte, und es stärkte ihn.

Also ließ er sich von Saphiras Flug ablenken und sah die meiste Zeit einfach nur zu, wie die Landschaft unter ihnen dahinglitt.

Vom Lager der Varden am Ufer des Leona-Sees brach Saphira über die weite Wasserfläche Richtung Nordwesten auf und stieg so hoch, dass Eragon einen Zauber wirken musste, um sich gegen die Kälte zu schützen.

Der See wirkte wie ein Flickwerk: glänzend und funkelnd an Stellen, wo die Wellen das Sonnenlicht zu Saphira zurückwarfen, dumpf und grau, wo sie es nicht taten. Eragon wurde niemals müde, die ständigen Veränderungen der Lichtmuster zu betrachten. Nichts auf der Welt war damit zu vergleichen.

Fischadler, Kraniche, Gänse, Enten, Stare und andere Vögel flogen unter ihnen dahin. Die meisten beachteten Saphira nicht, aber einige der Adler ließen sich kreisend höher tragen und begleiteten sie ein Stück, wobei sie eher neugierig als verängstigt wirkten. Zwei waren sogar so kühn, vor ihr herzufliegen, nur wenige Fuß von ihren langen, scharfen Zähnen entfernt.

In vieler Hinsicht erinnerten die wilden Räuber mit den gebogenen Krallen und den gelben Schnäbeln Eragon an Saphira – eine Beobachtung, die ihr gefiel, denn sie bewunderte die Adler ebenfalls, wenn auch weniger aufgrund ihres Aussehens als vielmehr wegen ihrer Fähigkeiten als Jäger.

Das Ufer hinter ihnen verblasste allmählich zu einer unscharfen purpurnen Linie, dann verschwand es völlig. Über eine halbe Stunde lang sahen sie nur Vögel und Wolken am Himmel und die weite Fläche des windgepeitschten Wassers.

Dann zeichneten sich vor ihnen und links bereits die gezackten grauen Umrisse des Buckels am Horizont ab – für Eragon ein erfreulicher Anblick. Obwohl es nicht die Berge seiner Kindheit waren, gehörten sie dennoch zum selben Gebirge, und sie gaben ihm das gute Gefühl, gar nicht mehr so weit entfernt von seiner alten Heimat zu sein.

Die Berge wuchsen in die Höhe, bis steinige, schneebedeckte Gipfel vor ihnen aufragten wie die schartigen Zinnen einer Burgmauer. Von ihren dunklen, bewachsenen Flanken herab ergossen sich Dutzende weißer Ströme, die sich schließlich durch die Furchen des Landes schlängelten, bis sie in den großen See flossen, an dessen Ufer sich die Vorberge drängten. Ein halbes Dutzend Dörfer reihte sich am Seeufer auf wie Perlen an einer Schnur, aber dank Eragons Zauber blieb den Bewohnern Saphiras und seine Anwesenheit verborgen, während sie über sie hinwegsegelten.

Als er die Dörfer musterte, ging es Eragon durch den Sinn, wie klein und abgeschieden sie waren, und rückblickend, wie klein und abgeschieden auch Carvahall gewesen war. Verglichen mit den großen Städten, die er besucht hatte, waren die Dörfer nur eine Ansammlung von Hütten für die einfachen, armen Leute. Viele von diesen Männern und Frauen waren noch nie weiter als ein paar Meilen von ihrem Geburtsort weggekommen und würden ihr ganzes Leben in einer Welt verbringen, die in etwa so groß war, wie weit ihr Blick reichte.

Was für eine beschränkte Existenz, dachte er.

Und doch fragte er sich, ob es nicht vielleicht besser war, an einem Ort zu bleiben und alles zu lernen, was es über diesen Ort zu wissen gab, statt ständig durchs Land zu streifen. War breites, aber oberflächliches Wissen einem begrenzten, aber fundierten Wissen überlegen?

Er war sich nicht sicher. Oromis hatte ihm einmal erklärt, dass sich die ganze Welt aus dem kleinsten Sandkorn herleiten ließ, wenn man es nur genau genug erforschte.

Der Buckel war bei Weitem nicht so hoch wie das Beor-Gebirge, doch seine glatt und steil aufragenden Felsgipfel erhoben sich dennoch tausend Fuß und mehr über Saphira, die sich dazwischen hindurchschlängelte und den im Schatten liegenden Schluchten und

Tälern folgte, die das Gebirge durchzogen. Ab und zu musste sie höher aufsteigen, um über einen kahlen, verschneiten Pass zu fliegen. Von dort konnte Eragon weit übers Land blicken und er dachte, dass die Berge aussahen wie Backenzähne, die aus den grauen Kiefern der Erde wuchsen.

Als Saphira über ein besonders tiefes Tal glitt, sah er am Grund des Tals eine Lichtung mit einem Fluss, der sich durch grüne Wiesen schlängelte. Und am Rand der Waldlichtung erspähte er etwas, was Häuser sein konnten – oder vielleicht Zelte, das war schwer zu sagen –, halb verborgen unter den breiten Kronen der Kiefern, die die angrenzenden Hänge bedeckten. Ein einziges Feuer schien durch die Zweige wie ein winziges Bröckchen Gold, eingebettet in die Schichten schwarzer Nadeln. Er glaubte, eine einsame Gestalt zu erkennen, die sich schwerfällig vom Fluss entfernte. Die Gestalt wirkte seltsam massig und ihr Kopf schien viel zu groß zu sein für ihren Körper.

Ich denke, das war ein Urgal.

Wo?, fragte Saphira und er spürte ihre Neugier.

Auf der Lichtung hinter uns. Er teilte die Erinnerung mit ihr. *Ich wünschte, wir hätten Zeit, umzukehren und es herauszufinden. Ich würde gern sehen, wie sie leben.*

Sie schnaubte. Heißer Rauch strömte aus ihren Nüstern, ihren Hals hinab und über Eragon hinweg. *Sie würden vielleicht nicht freundlich darauf reagieren, wenn ein Drache und ein Reiter ohne Vorwarnung bei ihnen landeten.*

Er hustete und blinzelte, als seine Augen tränten. *Würde es dir etwas ausmachen …?*

Sie antwortete nicht, aber der Rauch aus ihren Nüstern verebbte und die Luft um ihn herum wurde wieder klar.

Bald darauf kam die Form der Berge Eragon vertrauter vor und dann öffnete sich unter ihnen ein breiter Einschnitt. Saphira und er erkannten, dass sie über den Pass flogen, der nach Teirm führte – denselben Pass, den er und Brom zweimal zu Pferd überquert hatten. Er war ganz so, wie er ihn in Erinnerung hatte: Der westliche Zweig des Toark floss nach wie vor munter dem fernen Meer zu und das Wasser war von weißen Schaumkronen durchbrochen, wo Felsen und Steine im Flussbett seinen Lauf behinderten. Die primitive Straße, der er und Brom entlang des Flusses gefolgt waren, war noch immer eine bleiche, staubige Linie, kaum breiter als ein Wildwechsel. Er glaubte sogar, eine Baumgruppe zu erkennen, wo sie haltgemacht hatten, um zu rasten.

Saphira wandte sich nach Westen und folgte dem Fluss, bis die Berge üppigen, vom Regen durchnässten Feldern wichen, woraufhin sie ihren Kurs korrigierte und etwas weiter nach Norden schwenkte. Eragon hinterfragte ihre Entscheidung nicht. Sie schien niemals die Orientierung zu verlieren, nicht einmal in einer sternenlosen Nacht oder in Farthen Dûr tief unter der Erde.

Die Sonne berührte den Horizont schon fast, als sie den Buckel hinter sich ließen. Während sich die Abenddämmerung über das Land breitete, beschäftigte Eragon sich damit, sich auszudenken, wie er Galbatorix fangen, töten oder narren konnte. Nach einer Weile tauchte Glaedr aus seiner selbst auferlegten Isolation auf und beteiligte sich an Eragons Überlegungen. Sie verbrachten etwa eine Stunde damit, verschiedene Strategien zu erörtern, dann übten sie sich darin, den Geist des anderen anzugreifen und sich zu verteidigen. Saphira beteiligte sich ebenfalls an der Übung, aber mit mäßigem Erfolg, da das Fliegen es ihr schwer machte, sich auf irgendetwas anderes zu konzentrieren.

Später starrte Eragon eine Weile hinauf zu den kalten weißen Sternen. Dann fragte er Glaedr: *Könnte das Verlies der Seelen Eldunarí enthalten, die die Reiter vor Galbatorix versteckt haben?*

Nein, antwortete Glaedr, ohne zu zögern. *Das ist unmöglich. Oromis und ich hätten davon gewusst, wenn Vrael einem solchen Plan zugestimmt hätte. Und wenn irgendwelche Eldunarí auf Vroengard zurückgelassen worden wären, hätten wir sie gefunden, als wir zurückkehrten, um die Insel abzusuchen. Es ist nicht so leicht, eine lebende Kreatur zu verstecken, wie du anscheinend glaubst.*

Warum nicht?

Wenn ein Igel sich zu einem Ball zusammenrollt, bedeutet das nicht, dass er unsichtbar wird, oder? Mit dem Geist ist es nicht anders. Man kann seine Gedanken gegen andere abschirmen, aber die

Existenz dieses Bewusstseins wird trotzdem jedem, der das Gebiet durchsucht, auffallen.

Bestimmt könntet Ihr mit einem Zauber …

Wenn ein Zauber unsere Sinne verwirrt hätte, dann hätten wir das gemerkt. Wir hatten Schutzzauber, um so etwas zu verhindern.

Also keine Eldunarí, schlussfolgerte Eragon düster.

Bedauerlicherweise nicht.

Schweigend flogen sie weiter, während der abnehmende, dreiviertel volle Mond über den gezackten Gipfeln des Buckels aufging. In seinem Licht sah das Land aus wie aus Zinn gegossen und Eragon stellte sich zum Spaß vor, es sei eine gewaltige Skulptur, die die Zwerge gemeißelt hatten und die in einer Höhle lagerte, die so groß war wie ganz Alagaësia.

Eragon konnte spüren, welches Vergnügen Glaedr das Fliegen bereitete. Wie Eragon und Saphira schien der alte Drache die Gelegenheit zu begrüßen, alle Sorgen auf dem Boden zurückzulassen – wenn auch nur für kurze Zeit – und frei über den Himmel zu schweben.

Es war Saphira, die als Nächste etwas sagte. Zwischen ihren langsamen, kräftigen Flügelschlägen bat sie Glaedr: *Erzählt uns eine Geschichte, Ebrithil.*

Was für eine Geschichte möchtest du denn hören?

Die Geschichte, wie Ihr und Oromis von den Abtrünnigen gefangen wurdet und wie Ihr dann entkommen seid.

Eragons Interesse erwachte. Er war stets neugierig auf diese Geschichte gewesen, hatte aber nie den Mut aufgebracht, Oromis danach zu fragen.

Glaedr schwieg eine Weile, dann setzte er an: *Als Galbatorix und Morzan aus der Wildnis zurückkehrten und ihren Feldzug gegen unseren Orden begannen, begriffen wir zunächst nicht, wie ernst diese Bedrohung war. Wir waren natürlich besorgt, aber nicht mehr, als wenn ein Schatten das Land durchstreift hätte. Galbatorix war nicht der erste Reiter, der den Verstand verlor, obwohl er der erste war, der einen Schüler wie Morzan gefunden hatte. Das allein hätte uns auf die Gefahr aufmerksam machen müssen, der wir gegenüber-*

standen, aber die Wahrheit war erst im Nachhinein so offensichtlich.

Damals hatten wir gar nicht in Betracht gezogen, dass Galbatorix möglicherweise andere Anhänger um sich geschart hatte oder dass er etwas Derartiges überhaupt versuchen würde. Es schien absurd, dass irgendeiner von unseren Brüdern empfänglich für Galbatorix' giftiges Geflüster sein könnte.

Morzan war noch ein Novize, seine Schwäche war verständlich. Aber die, die bereits ausgebildete, erfahrene Reiter waren? Wir haben niemals an ihrer Loyalität gezweifelt. Denn erst als sie in Versuchung geführt wurden, zeigte sich, wie weit ihre Bosheit und ihre Schwäche sie verdorben hatten. Einige wollten Vergeltung für alte Kränkungen; andere glaubten, dass die Drachen und die Reiter aufgrund ihrer Macht über ganz Alagaësia herrschen sollten; und wieder andere, fürchte ich, genossen einfach die Gelegenheit, zu zerstören und nach eigenem Gutdünken zu handeln.

Der alte Drache hielt inne und Eragon spürte, wie uralter Hass und Kummer seinen Geist umwölkten. Dann fuhr Glaedr fort: *Die Ereignisse waren zu diesem Zeitpunkt … verwirrend. Nur wenig war bekannt, und was wir an Berichten erhielten, war so gespickt mit Gerüchten und Spekulationen, dass es nutzlos war. Oromis und ich vermuteten, dass Schlimmeres drohte, als den meisten bewusst war. Wir versuchten, einige der älteren Drachen und Reiter zu überzeugen, aber sie waren anderer Meinung und nahmen unsere Sorgen nicht ernst. Es waren keine Narren, doch Jahrhunderte des Friedens hatten ihre Sicht der Dinge getrübt und sie waren außerstande, zu begreifen, dass die Welt um uns herum sich veränderte.*

Weil wir nicht genug über die Sache wussten, verließen Oromis und ich Ilirea, um mehr darüber herauszufinden. Wir nahmen zwei jüngere Reiter mit, beide Elfen und erfahrene Krieger, die gerade von einem Erkundungsflug in den nördlichen Teil des Buckels zurückgekehrt waren. Es geschah teils auf ihr Drängen hin, dass wir unsere Expedition wagten. Die Namen erkennt ihr vielleicht wieder, es waren Kialandí und Formora.

»Oh«, murmelte Eragon, der plötzlich verstand.

Ja. Nach eineinhalb Tagen machten wir halt am Edur Naroch, einem Wachturm aus alter Zeit, der am Silberwald aufragte. Ohne unser Wissen waren Kialandí und Formora schon vorher da gewesen und hatten die drei dort als Waldhüter bestellten Elfen erschlagen. Dann hatten sie die Steine rings um den Turm mit einer Falle versehen, die in dem Augenblick zuschnappte, als meine Klauen das Gras auf dem Hügel berührten. Es war ein schlauer Zauber. Galbatorix hatte ihn den beiden selbst beigebracht. Wir hatten keine wirksame Verteidigung dagegen, denn die Falle fügte uns keinen Schaden zu, sie hielt uns lediglich fest und verlangsamte uns, als wären unser Körper und unser Geist in Honig gegossen. Während wir in der Falle saßen, vergingen Minuten wie Sekunden. Kialandí, Formora und ihre Drachen huschten schneller um uns herum als Kolibris. Sie erschienen uns nur wie verwischte Flecken am Rand unseres Gesichtsfelds.

Als sie so weit waren, gaben sie uns frei. Sie hatten Dutzende von Zaubern gewirkt – Zauber, um uns festzuhalten, Zauber, um uns blind zu machen, und Zauber, um Oromis am Sprechen zu hindern, sodass es ihm schwerfiel, seinerseits Zauber zu wirken. Wieder verletzte ihre Magie uns nicht und daher hatten unsere Schutzzauber dagegen keine Wirkung … Sobald wir konnten, griffen wir Kialandí, Formora und ihre Drachen mit unserem Geist an und sie uns. Stundenlang kämpften wir gegen sie. Diese Erfahrung war … nicht angenehm. Sie waren schwächer und weniger geschickt als Oromis und ich, aber es kamen zwei von ihnen auf jeden von uns und sie hatten das Herz der Herzen von Agaravel – deren Reiter sie erschlagen hatten –, sodass sie zusätzlich über Agaravels Kraft verfügten. Daher hatten wir unsere liebe Not, uns zu verteidigen. Wie wir herausfanden, wollten sie uns zwingen, Galbatorix und den Abtrünnigen dabei zu helfen, unbemerkt nach Ilirea zu gelangen, um die Reiter zu überrumpeln und die damals in der Stadt lebenden Eldunarí zu erbeuten.

»Wie seid Ihr entkommen?«, fragte Eragon.

Mit der Zeit wurde klar, dass wir nicht in der Lage sein würden, sie zu besiegen. Also beschloss Oromis, das Risiko einzugehen, Magie anzuwenden, um uns zu befreien, obwohl er wusste, dass das

Kialandí und Formora provozieren würde, uns ihrerseits mit Magie anzugreifen. Es war ein verzweifelter Plan, aber es war die einzige Chance, die wir hatten.

Irgendwann stürzte ich mich, ohne von Oromis' Plänen zu wissen, auf unsere Angreifer und versuchte sie zu verletzen. Genau auf einen solchen Moment hatte Oromis gewartet. Er kannte den Reiter gut, der Kialandí und Formora in der Kunst der Magie unterwiesen hatte, und Galbatorix' verdrehtes Denken war ihm ebenfalls vertraut. Daher war er in der Lage, zu erahnen, wie Kialandí und Formora ihre Zauber in Worte gefasst hatten und wo wahrscheinlich die Schwachstellen ihrer Formeln liegen würden.

Oromis blieben nur Sekunden, um zu handeln. Sobald er Magie einsetzte, erkannten Kialandí und Formora, was er vorhatte, gerieten in Panik und begannen ihre eigenen Zauber zu wirken. Oromis brauchte drei Versuche, um unsere Fesseln zu brechen. Wie er es genau gemacht hat, kann ich nicht sagen. Ich bezweifle, dass er es selbst ganz verstanden hat. Um es sich einfach zu machen, hatte er uns einen Fingerbreit von der Stelle wegversetzt, wo wir gestanden hatten.

So wie Arya mein Ei von Du Weldenvarden in den Buckel geschickt hat?, fragte Saphira.

Ja und nein, antwortete Glaedr. *Ja, er hat uns von einem Ort zum anderen versetzt, ohne uns durch den dazwischenliegenden Raum zu bewegen. Aber er hat nicht nur unsere Position verändert, er hat auch die Substanz unseres Fleisches selbst verändert und sie neu gestaltet, sodass wir nicht länger dieselben waren wie zuvor. Viele der kleinsten Teile unseres Körpers lassen sich ohne schlimme Nachwirkungen miteinander vertauschen und das machte er mit jedem Muskel, jedem Knochen und jedem Organ.*

Eragon schauderte. So ein Zauber war eine Leistung höchsten Ranges, ein Wunder magischer Geschicklichkeit, das nur ganz wenige in der Geschichte Alagaësias überhaupt hätten vollbringen können. Trotzdem, so beeindruckt Eragon auch war, er konnte sich die Frage nicht verkneifen: »Aber wie konnte das funktionieren? Man wäre doch noch immer dieselbe Person wie zuvor.«

Man wäre es und doch wäre man es nicht. Der Unterschied zwischen dem, was wir vorher waren, und dem, was wir danach waren, war nur geringfügig, aber es genügte, um die Zauber, die Kialandí und Formora um uns gewebt hatten, zu zerreißen.

Was war mit den Zaubern, die sie gewirkt haben, sobald sie bemerkten, was Oromis tat?, hakte Saphira nach.

Ein Bild erreichte Eragon von Glaedr, wie er die Flügel schüttelte, als sei er es müde, so lange in derselben Position zu verharren. *Der erste Zauber, der von Formora stammte, war dazu bestimmt, uns zu töten, aber unsere Schutzzauber haben ihn aufgehalten. Der zweite, der von Kialandí kam ... das war etwas anderes. Es war ein Zauber, den Kialandí von Galbatorix gelernt hatte, und der hatte sie von den Geistern, die Durza besessen haben. Das weiß ich, denn ich war mit Kialandís Geist in Berührung, noch während er seinen Zauber wirkte. Es war ein schlauer, abscheulicher Zauber, dessen Zweck darin bestand, Oromis daran zu hindern, den ihn umgebenden Energiestrom zu nutzen, wodurch er daran gehindert worden wäre, Magie anzuwenden.*

»Hat Kialandí das Gleiche auch mit Euch gemacht?«

Er hätte es getan, aber er befürchtete, dass es mich entweder töten oder meine Verbindung zu meinem Herz der Herzen durchtrennen und damit zwei unabhängige Versionen von mir erschaffen würde, die sie dann beide hätten unterwerfen müssen. Noch mehr als die Elfen sind wir Drachen von Magie abhängig, um existieren zu können. Ohne Magie würden wir in kürzester Zeit sterben.

Eragon spürte, dass Saphiras Neugier geweckt war. *Ist das jemals geschehen? Ist die Verbindung zwischen einem Drachen und seinem Eldunarí jemals durchtrennt worden, während der Körper des Drachen noch lebte?*

Ja, aber das ist eine Geschichte für ein andermal.

Saphira nahm Glaedrs Entscheidung hin, aber Eragon wusste, dass sie die Frage bei der nächstbesten Gelegenheit erneut stellen würde.

»Aber Kialandís Zauber hat Oromis nicht daran gehindert, Magie einzusetzen, oder?«

Nicht ganz. Der Zauber sollte ihn daran hindern, aber Kialandí wirkte ihn, noch während Oromis uns von Ort zu Ort versetzte, und so war die Wirkung ein wenig abgeschwächt. Dennoch hat er bewirkt, dass Oromis nur noch die grundlegendste Magie einsetzen konnte, und wie Ihr wisst, hat die Wirkung dieses Zaubers für den Rest seines Lebens angehalten – trotz der Bemühungen unserer weisesten Heiler.

»Warum haben seine Schutzzauber ihn nicht davor bewahrt?«

Glaedr schien zu seufzen. *Das ist ein Rätsel. Bis dahin hatte niemand je etwas Derartiges getan, Eragon, und von denen, die noch leben, kennt nur Galbatorix das Geheimnis dieses Zaubers. Der Zauber war an Oromis' Geist gebunden, aber er hat ihn möglicherweise nicht direkt betroffen. Stattdessen könnte er die Energie ringsum beeinflusst haben oder seine Verbindung zu ihr. Die Elfen haben lange Magie studiert, aber nicht einmal sie verstehen vollkommen, wie die körperliche und die körperlose Welt miteinander in Verbindung stehen. Es ist ein Rätsel, das wahrscheinlich niemals gelöst werden wird. Es leuchtet jedoch ein, dass die Geister sowohl über das Körperliche als auch über das Körperlose mehr wissen als wir, wenn man bedenkt, dass sie von ihrem Wesen her körperlos sind, aber einen Körper bewohnen, wenn sie die Gestalt eines Schattens tragen.*

Wie auch immer die Wahrheit aussehen mag, so ist es ausgegangen: Oromis wirkte seinen Zauber und befreite uns, aber die Anstrengung war zu viel für ihn und er erlitt einen Anfall, den ersten von vielen. Nie wieder war er in der Lage, einen solch mächtigen Zauber zu wirken, und von diesem Augenblick an litt er zeit seines Lebens an einer Schwäche des Fleisches, die ihn getötet hätte, wäre er nicht ein so fähiger Magier gewesen. Die Schwäche war bereits in ihm, als Kialandí und Formora uns die Falle stellten, aber als er uns versetzt und die Teile unserer Körper umstrukturiert hat, trat diese Schwäche zum ersten Mal zutage. Anderenfalls hätte die Krankheit vielleicht noch viele Jahre in ihm geschlummert.

Oromis fiel zu Boden, so hilflos wie ein frisch geschlüpftes Küken, noch während Formora und ihr Drache, ein hässliches braunes Ding, auf uns zugestürzt kamen, die anderen dicht hinter ihnen. Ich sprang über Oromis hinweg und griff an. Wenn sie erkannt hätten, dass er einen Anfall hatte, hätten sie seinen Zustand ausgenutzt, um in seinen Geist einzudringen und ihn sich untertan zu machen. Ich musste sie ablenken, bis Oromis sich erholt hatte … Nie habe ich härter gekämpft als an diesem Tag. Sie waren zu viert – zu fünft, wenn man Agaravel mitrechnet. Die beiden anderen Drachen, der braune und Kialandís purpurner, waren kleiner als ich, aber ihre Zähne waren scharf und ihre Klauen schnell. Mein Zorn verlieh mir allerdings größere Kräfte als die, über die ich normalerweise verfügte, und ich brachte ihnen beiden schwere Verletzungen bei. Kialandí war so töricht, in meine Reichweite zu kommen. Ich packte ihn mit einer Klaue und schleuderte ihn gegen seinen Drachen. Glaedr schien in sich hineinzulachen. *Dagegen schützte seine Magie ihn nicht. Einer der Zacken auf dem Rücken des purpurnen Drachen spießte ihn auf und ich hätte ihn an Ort und Stelle töten können, hätte der Braune mich nicht zum Rückzug gezwungen.*

Wir müssen fast fünf Minuten lang gekämpft haben, bevor ich Oromis rufen hörte, dass wir fliehen sollten. Ich trat Erde in die Gesichter meiner Feinde, kehrte zu Oromis zurück, packte ihn mit der rechten Vorderpranke und floh vom Edur Naroch. Kialandí und sein Drache konnten uns nicht folgen, aber Formora und ihr Brauner jagten uns.

Sie holten uns weniger als eine Meile vom Wachturm entfernt ein. Wir kamen uns ein paarmal nah, dann flog der Braune unter mir hindurch und ich sah, dass Formora Anstalten machte, mit ihrem Schwert nach meinem rechten Bein zu schlagen. Sie wollte mich wahrscheinlich dazu bringen, Oromis fallen zu lassen, oder sie wollte ihn einfach mit einem Schwertstreich töten. Ich drehte mich, um ihrer Klinge zu entgehen, und statt meines rechten Beins traf ihr Schwert mein linkes und trennte es ab.

Die Erinnerung, die in Glaedrs Geist auftauchte, vermittelte ein hartes, kaltes, kneifendes Gefühl, als sei Formoras Klinge aus Eis und nicht aus Stahl gewesen. Eragon wurde übel. Er schluckte und klammerte sich fester an seinen Sattel, dankbar dafür, dass Saphira in Sicherheit war.

Es hat weniger wehgetan, als ihr euch vielleicht vorstellt, aber ich wusste, dass ich so nicht weiterkämpfen konnte. Daher drehte ich um und schoss, so schnell meine Flügel mich trugen, auf Ilirea zu. In gewisser Weise war Formoras Erfolg für sie von Nachteil, denn ohne die Last meines Beines konnte ich schneller fliegen als ihr Brauner und so entkam ich.

Oromis konnte die Blutung stillen, aber mehr nicht, und er war zu schwach, um sich mit Vrael oder den anderen Ältesten der Reiter in Verbindung zu setzen und sie über Galbatorix' Pläne zu informieren. Wir wussten, dass Galbatorix Ilirea kurz darauf angreifen würde, sobald Kialandí und Formora ihm Bericht erstattet hatten. Wenn er wartete, würde uns das nur Zeit geben, unsere Verteidigung zu verstärken, und auch wenn er damals bereits sehr stark war, so war Überraschung doch noch Galbatorix' stärkste Waffe.

Bei unserem Eintreffen in Ilirea stellten wir zu unserem Entsetzen fest, dass nur noch wenige unseres Ordens dort waren. In unserer Abwesenheit waren weitere Reiter aufgebrochen, um sich auf die Suche nach Galbatorix zu machen oder um sich auf Vroengard mit Vrael persönlich zu beraten. Wir überzeugten also die verbliebenen Reiter von der drohenden Gefahr und wiesen sie an, Vrael und die anderen ältesten Drachen und Reiter zu warnen. Lange wollten sie nicht glauben, dass Galbatorix eine ausreichend große Streitmacht besaß, um Ilirea anzugreifen – oder dass er so etwas überhaupt wagen würde –, aber schließlich schafften wir es, dass sie die Wahrheit erkannten. Daraufhin kamen sie zu dem Schluss, dass alle Eldunarí in Alagaësia nach Vroengard gebracht werden sollten, wo sie in Sicherheit wären.

Es schien eine kluge Entscheidung zu sein, aber wir hätten sie stattdessen besser nach Ellesméra geschickt. Wenigstens hätten wir die Eldunarí, die sich bereits in Du Weldenvarden befanden, dort lassen sollen, wo sie waren. Dann wären zumindest einige von ihnen Galbatorix nicht zum Opfer gefallen. Leider dachte keiner von uns, dass sie bei den Elfen sicherer sein würden als auf Vroengard, dem Zentrum unseres Ordens.

Vrael befahl jedem Drachen und jedem Reiter im Umkreis von ein paar Tagesreisen von Ilirea, der Stadt zu Hilfe zu eilen, aber Oromis und ich fürchteten, dass sie zu spät kommen würden. Wir selbst waren auch nicht in der Verfassung, uns an der Verteidigung von Ilirea zu beteiligen. Also nahmen wir mit, was wir an Vorräten benötigten, und verließen die Stadt noch in derselben Nacht – zusammen mit unseren beiden verbliebenen Schülern, Brom und deiner Namensvetterin Saphira. Ich denke, ihr habt das Fairith *gesehen, das Oromis gemacht hat, als wir von dort losgeflogen sind.*

Eragon nickte geistesabwesend, während er an das Bild der wunderschönen Stadt mit den vielen Türmen dachte, die sich im Schein des aufgehenden Herbstmondes an den Fuß einer Felswand schmiegte.

So kam es, dass wir nicht in Ilirea waren, als Galbatorix und die Abtrünnigen einige Stunden später angriffen. Und das ist auch der Grund, warum wir nicht in Vroengard waren, als die Eidbrecher die vereinte Macht all unserer Streitkräfte besiegten und Dorú Areaba plünderten. Von Ilirea flogen wir nach Du Weldenvarden, in der Hoffnung, dass die Elfenheiler vielleicht imstande sein würden, Oromis' Gebrechen zu heilen und seine Fähigkeit, Magie zu nutzen, wiederherzustellen. Als sie dazu nicht in der Lage waren, beschlossen wir, zu bleiben, wo wir waren. Das schien sicherer zu sein, als den ganzen Weg bis nach Vroengard zu fliegen, da wir doch beide durch unsere Verletzungen behindert waren und man uns jederzeit unterwegs auflauern konnte.

Brom und Saphira blieben jedoch nicht bei uns. Gegen unseren Rat zogen sie in den Kampf und dieser Kampf war es, in dem deine Namensvetterin starb, Saphira … Und jetzt wisst ihr, wie die Abtrünnigen uns gefangen genommen haben und wie wir entkommen sind.

Nach einem Moment des Schweigens sagte Saphira: *Danke für die Geschichte, Ebrithil.*

Gern geschehen, Bjartskular, aber frage mich nie wieder danach.

Als der Mond sich seinem höchsten Stand näherte, sah Eragon ein Nest fahler orangefarbener Lichter in der Dunkelheit schweben. Er brauchte einen Moment, um zu begreifen, dass es die Fackeln und Laternen von Teirm waren, die viele Meilen von ihnen entfernt am Horizont leuchteten. Und hoch über den anderen Lichtern erschien für wenige Augenblicke ein leuchtend gelber Punkt wie ein riesiges Auge, das ihn anfunkelte. Dann verschwand der Punkt und erschien wieder, blitzte auf und verblasste in einem nie endenden Kreislauf, als blinzele das Auge.

Der Leuchtturm von Teirm blinkt, sagte er zu Saphira und Glaedr.

Dann braut sich ein Unwetter zusammen, erwiderte Glaedr.

Saphiras gleichmäßiger Flügelschlag brach ab und Eragon spürte, wie sie sich nach vorn neigte und in einen langen, bedächtigen Sinkflug überging.

Eine halbe Stunde verstrich, bevor sie landete. Inzwischen war Teirm nur noch ein schwaches Leuchten im Süden und der Strahl des Leuchtturms nicht heller als ein Stern.

Saphira landete auf einem verlassenen, mit Treibholz übersäten Strand. Im Mondlicht wirkte der feste, flache Strand beinahe weiß, während die Wellen grau und schwarz waren und wütend ans Ufer krachten, als versuche das Meer, das Land mit jedem Brecher, den es schickte, zu verschlingen.

Eragon löste die Riemen an seinen Beinen, dann glitt er von Saphira herunter, dankbar für die Gelegenheit, sich die Beine zu vertreten. Der Salzwassergeruch stieg ihm in die Nase, als er den Strand hinunter auf ein großes Stück Treibholz zulief, und sein Umhang flatterte hinter ihm her. Als er bei dem Holzstück angelangt war, fuhr er herum und rannte zurück zu Saphira.

Sie saß dort, wo er sie zurückgelassen hatte, und starrte aufs Meer hinaus. Er hielt inne und wartete, ob sie etwas sagen würde – denn er spürte ihre innere Anspannung –, aber als sie stumm blieb, drehte er auf dem Absatz um und rannte wieder zu dem Treibholz hinüber. Sie würde reden, wenn sie dazu bereit war.

Eragon rannte hin und her, bis er richtig warm war und seine Beine sich etwas zittrig anfühlten.

Saphira hielt den Blick die ganze Zeit über starr auf einen Punkt in der Ferne gerichtet.

Als Eragon sich neben sie auf einen Flecken Riedgras fallen ließ, sagte Glaedr: *Es wäre töricht, es zu versuchen.*

Eragon legte den Kopf schräg, unsicher, mit wem der Drache sprach.

Ich kann es schaffen, erwiderte Saphira.

Du warst noch nie auf Vroengard, wandte Glaedr ein. *Und wenn es einen Sturm gibt, könnte er dich weit aufs Meer hinaustragen oder noch Schlimmeres anrichten. So manchen Drachen hat sein maßloses Selbstvertrauen umgebracht. Der Wind ist nicht dein Freund, Saphira. Er kann dir helfen, aber er kann dich auch vernichten.*

Ich bin kein Küken mehr, das man über den Wind belehren muss!

Nein, aber du bist noch jung und ich glaube nicht, dass du dem schon gewachsen bist.

Der andere Weg würde zu lange dauern!

Vielleicht, aber es ist besser, später dort anzukommen als überhaupt nicht.

»Wovon redet ihr?«, wollte Eragon wissen.

Der Sand unter Saphiras Pranken knirschte, als sie die Krallen durchbog und sie tief in die Erde bohrte.

Wir müssen eine Entscheidung treffen, erklärte Glaedr. *Von hier aus kann Saphira entweder direkt nach Vroengard fliegen oder der Küstenlinie nach Norden folgen, bis sie den Punkt auf dem Festland erreicht, der der Insel am nächsten ist, und sich dann nach Westen wenden und das Meer überqueren.*

Welcher Weg ist der schnellere?, erkundigte Eragon sich, obwohl er die Antwort bereits zu wissen glaubte.

Direkt dorthinzufliegen, antwortete Saphira.

Aber dann ist Saphira die ganze Strecke über offenes Meer unterwegs, fügte Glaedr hinzu.

Saphira richtete sich entrüstet auf. *Es ist nicht weiter als vom Lager der Varden bis hierher. Oder irre ich mich?*

Du bist jetzt nicht mehr so ausgeruht, und wenn ein Sturm aufzieht …

Dann werde ich darum herumfliegen!, stellte sie fest, schnaubte und stieß einen Strahl blauer und gelber Flammen aus den Nüstern.

Die Flammen blendeten ihn und hinterließen in Eragons empfindlichen Augen ein blitzendes Nachbild. »Aaah! Jetzt kann ich nichts mehr sehen.« Er rieb sich die Augen, um das Nachbild zu vertreiben. *Wäre der direkte Flug wirklich so gefährlich?*

Er könnte schon gefährlich werden, grollte Glaedr.

Wie viel länger würde es dauern, wenn wir die Küste entlangfliegen?

Einen halben Tag, vielleicht ein bisschen länger.

Eragon kratzte sich die Bartstoppeln an seinem Kinn, während er die abschreckende Masse Wasser vor sich betrachtete. Dann sah er zu Saphira auf und fragte mit leiser Stimme: »Bist du dir sicher, dass du es schaffen kannst?«

Sie drehte den Hals und erwiderte seinen Blick mit einem riesigen Auge. Ihre Pupille hatte sich geweitet, sodass sie fast rund war; sie war so groß und schwarz, dass Eragon glaubte, er könnte hineinkriechen und zur Gänze darin verschwinden.

So sicher, wie ich nur sein kann, gab sie zurück.

Er nickte und fuhr sich mit den Händen durchs Haar, während er sich an die Vorstellung gewöhnte. *Dann müssen wir das Risiko eingehen … Glaedr, könnt Ihr sie leiten, wenn es notwendig wird? Könnt Ihr ihr helfen?*

Der alte Drache schwieg eine Weile. Dann überraschte er Eragon damit, dass er im Geist summte, so wie Saphira summte, wenn sie zufrieden oder erheitert war. *Also schön. Wenn wir das Schicksal schon herausfordern, dann lasst uns dabei keine Feiglinge sein. Also direkt übers Meer.*

Nachdem die Angelegenheit entschieden war, stieg Eragon wieder in den Sattel und mit einem einzigen Satz ließ Saphira die Sicherheit des Festlands hinter sich und erhob sich über den weglosen Wellen in die Luft.

Seine Stimme, seine Hände

Aaaaaaahhhh!«

…

»Werdet Ihr mir in der alten Sprache Gefolgschaft schwören?«

»Niemals!«

Seine Frage und ihre Antwort waren zu einem Ritual zwischen ihnen geworden wie bei einem Frage-Antwort-Spiel von Kindern, nur dass sie in diesem Spiel immer verlor, selbst wenn sie siegte.

Rituale waren das Einzige, was es Nasuada ermöglichte, nicht den Verstand zu verlieren. Durch sie ordnete sie ihre Welt – durch sie war sie in der Lage, von einem Moment zum nächsten auszuhalten, denn sie gaben ihr etwas, woran sie sich klammern konnte, obwohl ihr alles andere genommen worden war. Rituale des Denkens, Rituale des Handelns, Rituale des Schmerzes und der Linderung: Sie waren zu dem Gerüst geworden, von dem ihr Leben abhing. Ohne sie wäre sie verloren gewesen, ein Schaf ohne Hirte, eine Betende, die den Glauben verloren hatte … eine Reiterin, die man von ihrem Drachen getrennt hatte.

Unglücklicherweise endete dieses spezielle Ritual immer auf die gleiche Weise: mit einer weiteren Berührung des Eisens.

Sie schrie und biss sich auf die Zunge. Blut füllte ihren Mund. Sie hustete, versuchte die Kehle freizubekommen, aber da war zu viel Blut und sie begann zu würgen. Ihre Lungen brannten, weil sie keine Luft mehr bekam, und die Linien an der Decke flackerten und wurden fahl. Dann ließ ihr Gedächtnis sie im Stich und da war nichts mehr, nicht einmal mehr Dunkelheit.

Anschließend sprach Galbatorix mit ihr, während die Eisen wieder erhitzt wurden.

Auch das war zu einem Ritual geworden.

Er hatte ihre Zunge geheilt – zumindest glaubte sie, dass er es gewesen war und nicht Murtagh –, denn wie er sagte: »Es kann nicht angehen, dass Ihr nicht in der Lage seid, zu sprechen, nicht wahr? Wie sollte ich sonst erfahren, wann Ihr bereit seid, mir zu dienen?«

Nach wie vor saß der König zu ihrer Rechten, ganz am Rand ihres Gesichtsfelds, wo alles, was sie von ihm sehen konnte, ein goldumrahmter Schatten war; seine Gestalt war größtenteils verborgen unter dem langen, schweren Umhang, den er trug.

»Ich habe Euren Vater kennengelernt, als er Vogt auf Enduriels Landgut war«, sagte Galbatorix. »Hat er Euch davon erzählt?«

Sie schauderte, schloss die Augen und spürte, wie ihr Tränen aus den Augenwinkeln liefen. Sie hasste es, ihm zuzuhören. Seine Stimme war zu mächtig, zu verführerisch. Sie weckte in ihr den Wunsch, zu tun, was immer er begehrte, nur damit sie ihn ein winziges Lob würde sprechen hören.

»Ja«, murmelte sie.

»Ich habe ihn damals kaum beachtet. Warum hätte ich das auch tun sollen? Er war ein Diener, niemand von Belang. Enduriel gewährte ihm recht große Freiheiten, damit er das Gut umso besser verwaltete – zu viele Freiheiten, wie sich herausstellte.« Der König machte eine abschätzige Geste und das Licht fiel auf seine hagere, klauenähnliche Hand. »Enduriel war immer übermäßig großzügig, sein Drache war der gerissene von den beiden. Enduriel tat lediglich, was man ihm sagte … Was für eine seltsame, erheiternde Abfolge von Ereignissen das Schicksal arrangiert hat. Man stelle sich vor, der Mann, der dafür sorgte, dass meine Stiefel auf Hochglanz poliert waren, sollte später nach Brom zu meinem größten Feind werden, und jetzt seid Ihr, seine Tochter, nach Urû'baen zurückgekehrt und kurz davor, in meine Dienste zu treten, genau wie Euer Vater es getan hat. Wie überaus ironisch, gebt Ihr mir nicht recht?«

»Mein Vater ist geflohen und dabei hätte er um ein Haar noch Durza getötet«, erwiderte sie. »All Eure Zauber und Eide konnten ihn ebenso wenig halten, wie Ihr in der Lage sein werdet, mich zu halten.«

Sie hatte den Eindruck, dass Galbatorix die Stirn runzelte. »Ja, das war bedauerlich. Durza war seinerzeit ziemlich verärgert. Die Zugehörigkeit zu einer Familie scheint es den Leuten leichter zu machen, ihre Persönlichkeit und dadurch ihren wahren Namen zu ändern. Deshalb nehme ich jetzt nur noch unfruchtbare und unvermählte Hausdiener. Ihr seid jedoch gründlich im Irrtum, wenn Ihr denkt, Ihr könntet Euren Fesseln entrinnen. Es gibt nur zwei Möglichkeiten, wie Ihr aus der Halle der Wahrsagerin wieder herauskommen könnt: indem Ihr mir die Treue schwört oder indem Ihr sterbt.«

»Dann werde ich sterben.«

»Wie kurzsichtig.« Der vergoldete Schatten des Königs lehnte sich zu ihr. »Habt Ihr niemals darüber nachgedacht, Nasuada, dass die Welt in einer misslicheren Lage wäre, wenn ich die Reiter nicht gestürzt hätte?«

»Die Reiter haben den Frieden aufrechterhalten«, widersprach sie. »Sie haben ganz Alagaësia vor Krieg und vor Seuchen geschützt … vor der Bedrohung durch die Schatten. In Zeiten des Hungers haben sie den Hungernden zu essen gegeben. Wie sollte dieses Land ohne sie ein besserer Ort sein?«

»Weil ihr Dienst einen Preis hatte. Gerade Ihr solltet wissen, dass man für alles auf dieser Welt bezahlen muss, sei es mit Gold, Zeit oder Blut. Nichts ist umsonst, nicht einmal die Reiter. *Schon gar nicht* die Reiter. Ja, sie haben den Frieden bewahrt, aber sie haben auch die Völker dieses Landes unterdrückt, die Elfen und Zwerge genauso wie uns Menschen. Was rühmen die Barden immer an den Reitern, wenn sie ihr Dahinscheiden beklagen? Dass ihre Herrschaft über Tausende von Jahren währte und dass sich während dieses viel gerühmten ›*Goldenen Zeitalters*‹ nur wenig verändert hat, abgesehen von den Namen der Könige und Königinnen, die sicher und selbstgefällig auf ihrem Thron saßen. Oh, es gab kleine Schrecken: einen Schatten hier, einen Einfall von Urgals dort, ein Scharmützel zwischen zwei Zwergenclans wegen einer Mine, um die sich niemand außer ihnen scherte. Aber im Großen und Ganzen blieb die Ordnung der Dinge genau so, wie sie gewesen war, als die Reiter seinerzeit an die Macht gekommen waren.«

Sie hörte das Klirren von Metall auf Metall, als Murtagh mit einer der Stangen in der Glut herumstocherte. Sie wünschte, sie würde sein Gesicht sehen, damit sie seine Reaktion auf Galbatorix' Worte abschätzen könnte, aber wie es seine Gewohnheit war, stand er mit dem Rücken zu ihr und starrte in die Glut. Er sah sie nur dann an, wenn er das weiß glühende Metall auf ihr Fleisch drücken musste. Das war sein spezielles Ritual und sie vermutete, dass er es genauso brauchte, wie sie ihre Rituale brauchte.

Und noch immer sprach Galbatorix weiter: »Erscheint Euch das nicht als etwas ungeheuer Böses, Nasuada? Leben ist Veränderung und doch haben die Reiter jede Veränderung unterdrückt, sodass das Land in einem unruhigen Schlummer lag, außerstande, die Ketten abzuschütteln, die es fesselten; außerstande, voranzuschreiten oder sich zurückzuziehen, wie die Natur es vorsieht… außerstande, zu etwas Neuem zu werden. Ich habe in den Gewölben auf Vroengard und hier, in den Gewölben von Ilirea, mit eigenen Augen Schriftrollen gesehen, in denen Entdeckungen beschrieben waren – magische, mechanische und naturkundliche Entdeckungen –, welche die Reiter geheim hielten, weil sie sich davor fürchteten, was vielleicht passieren könnte, wenn diese Entdeckungen allgemein bekannt würden. Die Reiter waren Feiglinge, die starrsinnig an ihrer alten Denk- und Lebensweise festhielten, entschlossen, sie bis zum letzten Atemzug zu verteidigen. Ihre Herrschaft war eine sanfte Zwangsherrschaft, aber nichtsdestoweniger eine Zwangsherrschaft.«

»Aber waren Mord und Verrat wirklich die Lösung?«, fragte sie. Es kümmerte sie nicht, ob er sie dafür bestrafte.

Er lachte, scheinbar ehrlich erheitert. »Was für eine Heuchelei! Ihr verdammt mich für genau das, was Ihr selbst tun wollt. Wenn Ihr könntet, würdet Ihr mich auf der Stelle töten und dabei nicht länger zögern, als wenn ich ein tollwütiger Hund wäre.«

»Ihr seid ein Verräter, ich bin es nicht.«

»Ich bin der Sieger. Am Ende zählt nur das. Wir unterscheiden uns nicht so sehr voneinander, wie Ihr denkt, Nasuada. Ihr wollt mich töten, weil Ihr glaubt, mein Tod wäre eine Verbesserung für

Alagaësia, und weil Ihr – die Ihr immer noch fast ein Kind seid – glaubt, Ihr könntet Eure Sache als Herrscherin des Imperiums besser machen als ich. Eure Arroganz würde dazu führen, dass andere Euch verachten. Aber ich verachte Euch nicht, denn ich verstehe Euch. Ich habe aus genau denselben Gründen die Waffen gegen die Reiter erhoben und ich hatte recht damit.«

»Und es hatte nichts mit Rache zu tun?«

Sie glaubte, dass er lächelte. »Sie mag der ursprüngliche Antrieb gewesen sein, aber weder Hass noch Rache waren mein Hauptmotiv. Ich war ernsthaft besorgt darüber, was aus den Reitern geworden war, und ich war – und bin immer noch – überzeugt davon, dass wir als Volk nur gedeihen konnten, wenn sie verschwunden waren.«

Einen Moment lang machte der Schmerz ihrer Wunden ihr das Reden unmöglich. Dann schaffte sie es, zu flüstern: »Wenn das, was Ihr sagt, wahr ist – auch wenn ich keinen Grund habe, Euch zu glauben, aber wenn es dennoch wahr ist –, dann seid Ihr nicht besser als die Reiter. Ihr habt ihre Bibliotheken geplündert, Euch ihres Wissens bemächtigt und bisher nichts von diesen Lehren mit irgendjemand anderem geteilt.«

Er rückte näher an sie heran und sie spürte seinen Atem an ihrem Ohr. »Das liegt daran, dass ich, überall verstreut zwischen ihren geheimen Schätzen, Hinweise auf eine größere Wahrheit gefunden habe. Eine Wahrheit, die eine Antwort auf eine der schwierigsten Fragen in der Geschichte Alagaësias liefern könnte.«

Ein Schauder überlief sie. »Welche … Frage?«

Er lehnte sich in seinem Stuhl zurück und zupfte am Saum seines Umhangs. »Die Frage, wie ein König – oder eine Königin – die Gesetze durchsetzen kann, die er erlässt, wenn es unter seinen Untertanen solche gibt, die magische Fähigkeiten besitzen. Als mir klar wurde, worauf die Hinweise anspielten, schob ich alles andere beiseite und verschrieb mich der Jagd nach dieser Wahrheit, nach dieser Antwort, denn ich wusste, dass sie von allerhöchster Wichtigkeit war. Das ist der Grund, warum ich die Geheimnisse der Reiter für mich behalten habe; ich war mit meiner Suche beschäftigt. Die Antwort auf dieses Problem muss gefunden werden, bevor ich irgendwelche anderen Geheimnisse enthülle. Die Welt ist ohnehin ein von Sorgen geplagter Ort und es ist besser, die Wogen zu glätten, bevor sie abermals aufgewühlt werden. Ich habe fast hundert Jahre gebraucht, um die Informationen zu finden, die ich benötigte, und jetzt, da ich sie habe, werde ich sie benutzen, um ganz Alagaësia neu zu erschaffen.

Magie ist das große Unrecht auf dieser Welt. Sie wäre nicht so ungerecht, wenn die Fähigkeit sich nur bei schwachen Kreaturen zeigen würde – denn dann wäre sie eine Entschädigung für das, was das Schicksal oder die Umstände ihnen versagt haben –, aber das ist nicht der Fall. Bei starken Kreaturen tritt die Fähigkeit, Magie zu benutzen, genauso häufig auf und sie haben außerdem mehr davon. Man braucht sich nur die Elfen anzusehen, um das bestätigt zu finden. Das Problem beschränkt sich nicht auf einzelne Personen, es prägt auch die Beziehungen zwischen den Völkern. Den Elfen fällt es leichter als uns, die Ordnung innerhalb ihrer Gesellschaft aufrechtzuerhalten, denn fast jeder Elf kann Magie anwenden, und daher sind nur wenige von ihnen anderen ausgeliefert. In dieser Hinsicht haben sie Glück, aber genau das ist weniger günstig für uns, für die Zwerge und selbst für die verfluchten Urgals. Wir konnten nur deshalb hier in Alagaësia leben, weil die Elfen es zugelassen haben. Wenn sie gewollt hätten, hätten sie uns so mühelos vom Antlitz der Erde wegfegen können, wie eine Flut einen Ameisenhügel wegschwemmt. Aber das wird jetzt nicht mehr geschehen, nicht solange ich hier bin, um ihrer Macht etwas entgegenzusetzen.«

»Die Reiter hätten niemals zugelassen, dass sie uns töten oder vertreiben.«

»Nein, aber solange es die Reiter gab, waren wir von ihrem guten Willen abhängig, und es ist nicht recht, dass wir uns auf andere verlassen müssen, die uns beschützen. Die Reiter wurden gegründet als ein Mittel, den Frieden zwischen Elfen und Drachen zu bewahren, aber am Ende bestand ihre Hauptaufgabe darin, überall im Land Recht und Gesetz aufrechtzuerhalten. Sie waren der Aufgabe jedoch nicht gewachsen, ebenso wenig wie meine eigenen Magier, die Schwarze Hand. Das Problem sitzt zu tief, als dass irgendeine einzelne Gruppe es bekämpfen könnte. Mein eigenes Leben ist Beweis genug dafür. Selbst wenn es eine vertrauenswürdige Gruppe von Magiern gäbe, erfahren genug, um über alle anderen Magier in Alagaësia zu wachen, und bereit, beim geringsten Anzeichen von Gesetzesübertretungen einzugreifen, wären wir trotzdem wiederum von eben den Personen abhängig, deren Kräfte wir einzuschränken versuchen. Unterm Strich wäre das Land nicht sicherer als jetzt. Nein, um dieses Problem zu lösen, muss man es auf einer fundamentaleren Ebene angehen. Die Alten wussten, wie sich das bewerkstelligen ließe, und jetzt weiß ich es auch.«

Galbatorix setzte sich zurecht und sie fing ein scharfes Glitzern von seinem Auge auf, wie von einer Laterne tief in einer Höhle. »Ich werde dafür sorgen, dass kein Magier in der Lage sein wird, einer anderen Person Schaden zuzufügen, ob Mensch, Zwerg oder Elf. Niemand soll in der Lage sein, einen Zauber zu wirken, es sei denn, er hat die Genehmigung dazu, und auch nur solche Magie soll erlaubt sein, die wohlmeinend und förderlich ist. Selbst die Elfen werden daran gebunden sein und sie werden lernen, ihre Worte sorgfältig abzuwägen oder überhaupt nicht zu sprechen.«

»Und wer erteilt die Genehmigungen dazu?«, fragte sie. »Wer wird entscheiden, was erlaubt ist und was nicht? Ihr?«

»Irgendjemand muss es tun. Ich habe die Notwendigkeit erkannt, ich habe die Mittel gefunden und ich werde sie durchsetzen. Ihr belächelt den Gedanken? Gut, dann stellt Euch folgende Frage, Nasuada: War ich ein schlechter König? Seid jetzt ehrlich. Nach den Maßstäben meiner Vorväter war ich nicht unmäßig.«

»Ihr wart grausam.«

»Das ist nicht dasselbe … Ihr habt die Varden angeführt, Ihr kennt die Bürde eines Befehlshabers. Sicher habt Ihr die Bedrohung wahrgenommen, die Magie für die Stabilität eines jeden Königreichs darstellt? Um nur ein Beispiel zu nennen: Ich habe mehr Zeit damit verbracht, an den Zaubern zu arbeiten, die verhindern, dass die Münzen des Reiches gefälscht werden können, als ich irgendeinem anderen Aspekt meiner Pflichten gewidmet habe. Und doch gibt es da zweifellos irgendeinen schlauen Zauberer, der eine Möglichkeit gefunden hat, meine Schutzzauber zu umgehen, und der eifrig damit beschäftigt ist, Beutel voller Bleimünzen herzustellen, mit denen er den Adel und das gemeine Volk gleichermaßen zum Narren hält. Warum sonst, denkt Ihr, war ich so darauf bedacht, die Anwendung von Magie überall im Imperium einzuschränken?«

»Weil sie eine Bedrohung für Euch darstellt.«

»Nein! Da liegt Ihr absolut falsch. Magie ist keine Bedrohung für mich. Niemand und nichts ist eine Bedrohung für mich. Magier *sind* jedoch eine Bedrohung für das ordnungsgemäße Funktionieren dieses Reiches und das werde ich nicht dulden. Stellt Euch nur vor, welcher Frieden und welcher Wohlstand herrschen werden, wenn ich erst jeden Magier auf der Welt an die Gesetze dieses Landes gebunden habe. Menschen und Zwerge brauchen Elfen nicht länger zu fürchten. Reiter werden nicht länger in der Lage sein, anderen ihren Willen aufzuzwingen. Alle, die keine Magie anwenden können, werden denen, die es können, nicht länger zum Opfer fallen … Alagaësia wird sich verwandeln und mit unserer neu gefundenen Sicherheit werden wir ein wunderbareres Morgen aufbauen, ein Morgen, an dem Ihr teilhaben könntet.

Tretet in meine Dienste, Nasuada, und Ihr werdet die Gelegenheit haben, die Erschaffung einer Welt zu beaufsichtigen, wie es sie noch nie zuvor gegeben hat – einer Welt, in der jeder siegen oder untergehen wird aufgrund der Kraft seiner Muskeln und der Schärfe seines Verstandes und nicht aufgrund der Frage, ob das Schicksal ihm magische Fähigkeiten gewährt hat. Jeder kann seine Muskeln stärken und seinen Verstand schulen, aber er kann niemals lernen, Magie anzuwenden, wenn er ohne die Fähigkeit geboren wurde. Wie ich schon sagte, Magie ist die große Ungerechtigkeit, und zum Wohle aller werde ich jedem Magier, den es gibt, Grenzen auferlegen.«

Sie starrte die Linien an der Decke an und versuchte, ihn zu ignorieren. So vieles von dem, was er sagte, hatte tatsächlich Ähnlichkeit mit ihren eigenen Gedanken. Er hatte recht: Magie war die zerstörerischste Kraft auf der Welt, und wenn sie reguliert werden könnte, wäre Alagaësia ein besserer Ort. Sie fand es schrecklich, dass es nichts gegeben hatte, was Eragon davon hatte abhalten …

Blau. Rot. Muster aus ineinander verwobenen Farben. Das Pochen ihrer Brandwunden. Sie bemühte sich verzweifelt, sich auf irgendetwas anderes zu konzentrieren als … als gar nichts. Was immer sie gerade hatte denken wollen, war nichts, existierte nicht.

»Ihr nennt mich böse. Ihr verflucht meinen Namen und versucht mich zu stürzen. Aber vergesst eines nicht, Nasuada: Nicht ich habe diesen Krieg begonnen und nicht ich bin verantwortlich für die, die deshalb ihr Leben verloren haben. Ich habe mir das nicht ausgesucht. Das habt *Ihr* getan. Ich wäre damit zufrieden gewesen, mich meinen Studien zu widmen, aber die Varden haben es sich nicht nehmen lassen, Saphiras Ei aus meiner Schatzkammer zu stehlen, und *Ihr* seid verantwortlich für all das Blut und den Kummer, der daraus entstanden ist. *Ihr* seid schließlich diejenigen, die im Land gewütet und nach Belieben gebrandschatzt und geplündert haben, nicht ich. Und doch habt Ihr die Unverfrorenheit, zu behaupten, *ich* sei im Unrecht! Würdet Ihr in die Häuser der Bauern gehen, dann würden sie Euch sagen, dass es die Varden sind, die sie am meisten fürchten. Sie würden Euch erzählen, dass sie bei meinen Soldaten Schutz suchen und dass sie hoffen, dass das Imperium die Varden besiegen wird und dass alles wieder so werden wird wie früher.«

Nasuada befeuchtete sich die Lippen. Obwohl sie wusste, was ihre Kühnheit sie vielleicht kosten würde, erwiderte sie: »Mir scheint, Euer Vorwurf geht zu weit … Wenn Eure Hauptsorge dem Wohlergehen Eurer Untertanen gelten würde, wärt Ihr schon vor Wochen losgeflogen, um Euch den Varden entgegenzustellen, statt ein so großes Heer in Eurem Reich frei umherziehen zu lassen. Es sei denn, Ihr seid Euch Eurer Macht doch nicht so sicher, wie Ihr vorgebt. Oder fürchtet Ihr, dass die Elfen Urû'baen einnehmen, während Ihr fort seid?« Wie es ihr zur Gewohnheit geworden war, sprach sie von den Varden, als wüsste sie nicht mehr über sie als jeder x-Beliebige im Imperium.

Galbatorix rutschte auf seinem Stuhl herum und ihm war anzusehen, dass er ihr antworten wollte, aber sie war noch nicht fertig.

»Und was ist mit den Urgals? Ihr könnt mich nicht von der Gerechtigkeit Eurer Sache überzeugen, solange Ihr bereit seid, ein ganzes Volk auszulöschen, um Euren Schmerz über den Tod Eures ersten Drachen zu lindern. Ihr habt keine Antwort darauf, Eidbrecher? … Dann erzählt mir von den Drachen. Erklärt mir, warum Ihr so viele von ihnen erschlagen habt, dass ihre Art nun langsam, aber unausweichlich zum Aussterben verurteilt ist. Und zu guter Letzt erklärt mir, warum Ihr die Eldunarí geraubt habt und misshandelt.« In ihrer Wut gestattete sie sich diesen einen Ausrutscher. »Ihr habt sie gebrochen und an Euren Willen gekettet. Es ist nichts Gerechtes an dem, was Ihr tut, nur Eigennutz und ein nie endender Hunger nach Macht.«

Galbatorix betrachtete sie schweigend eine lange, unbehagliche Weile. Dann sah sie, wie er die Arme vor der Brust verschränkte. »Ich denke, die Eisen sollten jetzt hinreichend heiß sein. Murtagh, wenn du so freundlich sein würdest …«

Sie ballte die Fäuste und grub die Nägel in ihre Haut, doch trotz ihrer Bemühungen, sie stillzuhalten, begannen ihre Muskeln zu zittern. Eines der Eisen kratzte über den Rand des Kohlebeckens, als Murtagh es herauszog. Er drehte sich zu ihr um. Sie konnte nicht anders, sie starrte die Spitze des glühenden Metalls an. Dann blickte sie in Murtaghs Augen und sie sah die Schuldgefühle und die Selbstverachtung darin, und tiefer Kummer überwältigte sie.

Was für Narren wir doch sind, dachte sie. *Was für traurige, elende Narren.*

Danach hatte sie keine Kraft mehr, zu denken, und so verfiel sie wieder in ihre immer gleichen Rituale, klammerte sich daran, um zu überleben, wie ein Ertrinkender an ein Stück Holz.

Als Murtagh und Galbatorix gegangen waren, konnte sie vor Schmerzen nichts anderes tun, als stumpfsinnig die Muster an der Decke zu betrachten, während sie mit den Tränen kämpfte. Sie schwitzte und fröstelte zugleich, als hätte sie Fieber, und es war ihr unmöglich, sich länger als ein paar Sekunden auf eine Sache zu konzentrieren. Der Schmerz ihrer Brandwunden ließ nicht nach, wie es der Fall gewesen wäre, wenn man sie geschnitten oder geprügelt hätte. Stattdessen schien das Pochen ihrer Wunden mit der Zeit sogar noch schlimmer zu werden.

Sie schloss die Augen und konzentrierte sich darauf, ihre Atmung zu verlangsamen, während sie versuchte, sich zu beruhigen.

Als Galbatorix und Murtagh das erste Mal zu ihr gekommen waren, war sie viel mutiger gewesen. Sie hatte sie verflucht und verspottet und sie hatte getan, was sie konnte, um sie mit ihren Worten zu verletzen. Doch durch Murtagh hatte Galbatorix sie für ihre Unverschämtheiten leiden lassen und sie hatte schon bald den Geschmack an offener Rebellion verloren. Das Eisen machte sie furchtsam. Schon der Gedanke daran weckte in ihr den Wunsch, sich zu einem festen, kleinen Ball zusammenzurollen wie ein Igel. Jetzt, beim zweiten Mal, hatte sie so wenig wie möglich gesagt, bis zu ihrem letzten unklugen Ausbruch.

Sie hatte versucht, Galbatorix' Behauptung zu überprüfen, dass weder er noch Murtagh sie belügen würde. Das hatte sie getan, indem sie ihnen Fragen zu geheimen Abläufen des Imperiums stellte, Tatsachen, über die ihre Spione sie informiert hatten, von denen Galbatorix jedoch wohl nicht annahm, dass sie sie kannte. Soweit sie es beurteilen konnte, hatten Galbatorix und Murtagh die Wahrheit gesagt, aber letztlich würde sie nichts glauben, was aus dem Mund des Königs kam, solange sie keine Möglichkeit hatte, seine Behauptungen zu überprüfen.

Was Murtagh betraf, war sie sich nicht so sicher. Wenn er mit dem König zusammen war, schenkte sie seinen Worten keinen Glauben, aber wenn er allein kam …

Mehrere Stunden nach ihrer ersten, qualvollen Audienz mit König Galbatorix – als ein leichter, unruhiger Schlaf sie endlich erlöst hatte – war Murtagh allein in die Halle der Wahrsagerin gekommen. Seine Augen waren ganz trüb gewesen und er hatte nach Alkohol gerochen. Er war neben den Steinblock getreten, auf dem sie lag, und hatte sie mit einem so seltsam gequälten Ausdruck angestarrt, dass sie nicht sicher gewesen war, was er tun würde.

Schließlich hatte er sich abgewandt, war zur nächsten Wand hinübergegangen und hatte sich daran zu Boden gleiten lassen. Dort hatte er gesessen, die Knie an die Brust gezogen, das Gesicht fast ganz von seinem langen, struppigen Haar verdeckt. Blut war aus der aufgerissenen Haut an den Knöcheln seiner rechten Hand gesickert. Nach schätzungsweise einigen Minuten hatte er in seine weinrote Jacke gegriffen – denn er hatte dieselben Kleider getragen wie zuvor, wenn auch ohne die Maske – und eine kleine, steinerne Flasche herausgezogen. Er hatte mehrmals daraus getrunken und dann zu reden begonnen.

Er hatte geredet und sie hatte zugehört. Sie hatte keine Wahl gehabt, aber sie hatte sich nicht gestattet, zu glauben, was er sagte. Jedenfalls nicht am Anfang. Alles, was er sagte oder tat, konnte eine List sein und dazu gedacht, ihr Vertrauen zu gewinnen.

Murtagh hatte damit begonnen, ihr eine ziemlich verworrene Geschichte über einen Mann namens Tornac zu erzählen, in der es um einen Reitunfall ging und um irgendeinen Ratschlag, den Tornac ihm auf die Frage gegeben hatte, wie ein ehrenhafter Mann leben sollte. Sie hatte nicht verstanden, ob Tornac ein Freund, ein Diener, ein entfernter Verwandter oder alles zusammen gewesen war, aber fest stand, dass er Murtagh eine Menge bedeutet hatte.

Als er mit seiner Geschichte zum Ende gekommen war, hatte Murtagh erklärt: »Galbatorix wollte Euch töten lassen … Er wusste, dass Elva Euch nicht mehr bewachte, wie sie es früher getan hat. Daher kam er zu dem Schluss, es sei der beste Zeitpunkt, Euch ermorden zu lassen. Ich habe nur zufällig von seinem Plan erfahren. Ich war gerade bei ihm, als er der Schwarzen Hand die Befehle gab.« Murtagh schüttelte den Kopf. »Es ist meine Schuld. Ich habe ihn dazu überredet, Euch stattdessen hierherbringen zu lassen. Das hat ihm gefallen. Er wusste, dass er Eragon mit Euch als Köder sehr viel schneller hierherlocken würde … Es war die einzige Möglichkeit, ihn daran zu hindern, Euch zu töten … Es tut mir leid … Es tut mir leid.« Und er vergrub seinen Kopf in den Armen.

»Ich wäre lieber gestorben.«

»Ich weiß«, erwiderte er mit heiserer Stimme. »Könnt Ihr mir verzeihen?«

Diese Frage hatte sie nicht beantwortet. Durch seine Enthüllungen fühlte sie sich nur noch unbehaglicher. Warum sollte er sich die Mühe machen, ihr Leben zu retten, und was erwartete er als Gegenleistung?

Murtagh hatte dann eine Weile nichts mehr gesagt. Schließlich hatte er ihr, teilweise unter Tränen, teilweise voll Zorn, von seiner Erziehung an Galbatorix' Hof erzählt, von dem Misstrauen und der

Eifersucht, die ihm als dem Sohn von Morzan entgegengeschlagen waren, von den Adligen, die versucht hatten, ihn zu benutzen, um die Gunst des Königs zu gewinnen, und von seiner Sehnsucht nach seiner Mutter, an die er sich kaum erinnern konnte. Zweimal erwähnte er Eragon und schimpfte ihn einen vom Schicksal begünstigten Narren. »Er hätte seine Sache nicht so gut gemacht, wenn unsere Rollen vertauscht gewesen wären. Aber unsere Mutter hat beschlossen, *ihn* nach Carvahall zu bringen, nicht mich.« Er spuckte auf den Boden.

Ihr war seine ganze Geschichte zu weinerlich und selbstmitleidig. Seine Schwäche weckte nur Verachtung in ihr, bis er erzählte, wie die Zwillinge ihn aus Farthen Dûr verschleppt und auf dem Weg nach Urû'baen misshandelt hatten und wie Galbatorix ihn bald nach seinem Eintreffen in der Stadt gebrochen hatte. Einige der Folterqualen, die er beschrieb, waren schlimmer als ihre eigenen, und wenn es der Wahrheit entsprach, hatte sie doch ein gewisses Maß an Mitgefühl für seine eigene Notlage.

»Dorn war mein Untergang«, gestand Murtagh schließlich. »Als er für mich schlüpfte und wir unsere Verbindung eingingen …« Er schüttelte den Kopf. »Er bedeutet mir alles. Wie könnte es auch anders sein? Er bedeutet mir genauso viel, wie Saphira Eragon bedeutet. Als ich ihn berührte, war ich verloren. Galbatorix benutzte ihn gegen mich. Dorn war stärker als ich. Er gab nie auf. Aber ich konnte es nicht ertragen, ihn leiden zu sehen, also schwor ich dem König meine Treue, und danach …« Murtagh verzog angewidert die Lippen. »Danach verschaffte sich Galbatorix Zutritt zu meinem Geist. Er erfuhr alles über mich und dann lehrte er mich meinen wahren Namen. Und jetzt gehöre ich ihm … für immer.«

Dann lehnte er den Kopf gegen die Wand und schloss die Augen, und sie sah, wie ihm die Tränen über die Wangen liefen.

Schließlich stand er auf. Bevor er zur Tür ging, blieb er neben ihr stehen und berührte sie an der Schulter. Sie bemerkte, dass seine Nägel sauber und geschnitten waren, aber nicht annähernd so gepflegt wie die ihres Wärters. Er murmelte einige Worte in der alten Sprache und kurz darauf verschwand ihr Schmerz, obwohl ihre Wunden noch genauso aussahen wie vorher.

Als er die Hand wegnahm, sagte sie: »Ich kann Euch nicht verzeihen … aber ich verstehe Euch.«

Woraufhin er nickte und davonstolperte und sie mit der Frage zurückließ, ob sie einen neuen Verbündeten gefunden hatte.

Kleine Rebellionen

Während Nasuada schwitzend und fröstelnd auf der Steinplatte lag und ihr ganzer Körper schmerzte, ertappte sie sich bei dem Wunsch, Murtagh möge zurückkommen, und sei es nur, um sie noch einmal von ihren schrecklichen Schmerzen zu erlösen.

Als die Tür zu dem achteckigen Raum endlich aufschwang, war sie unglaublich erleichtert, aber ihre Erleichterung verwandelte sich in bittere Enttäuschung, als sie die schlurfenden Schritte ihres Wärters hörte, der die Treppe herunterkam.

Wie er es schon einmal getan hatte, wusch der stämmige, aber schmalschultrige Mann ihre Wunden mit einem feuchten Tuch aus, dann verband er sie mit Leinenstreifen. Als er ihre Fesseln löste, damit sie zum Abort gehen konnte, stellte sie fest, dass sie zu schwach war für den Versuch, nach dem Messer auf dem Essenstablett zu greifen. Stattdessen begnügte sie sich damit, dem Mann für seine Hilfe zu danken, und machte ihm zum zweiten Mal ein Kompliment für seine Fingernägel, die noch mehr glänzten als zuvor und von denen er ganz offensichtlich wollte, dass sie sie sah, denn er hielt seine Hände ständig so, dass sie sie einfach sehen musste.

Nachdem er sie gefüttert hatte und wieder gegangen war, versuchte sie zu schlafen, aber ihre schmerzenden Wunden machten es ihr unmöglich, mehr als nur zu dösen.

Sie riss die Augen auf, als sie hörte, wie der Riegel von der Tür ihres Gefängnisses aufgeschoben wurde.

Nicht schon wieder!, dachte sie und Panik stieg in ihr auf. *Nicht so bald! Ich kann nicht mehr … Ich bin nicht stark genug.* Dann bezwang sie ihre Angst und sagte sich: *So etwas darfst du nicht einmal denken, sonst glaubst du es schließlich noch.* Doch obwohl sie in der Lage war, ihr Bewusstsein zu beherrschen, konnte sie ihr Herz nicht daran hindern, doppelt so schnell zu schlagen wie sonst.

Die Schritte einer einzigen Person hallten durch den Raum, dann erschien Murtagh am Rand ihres Gesichtsfelds. Er trug keine Maske und seine Miene war ernst.

Diesmal heilte er sie gleich, ohne zu warten. Die Erleichterung, die sie verspürte, als der Schmerz nachließ, war so groß, dass es an Ekstase grenzte. In ihrem ganzen Leben hatte sie noch nie ein so angenehmes Gefühl erfahren wie das Abebben dieser Qual.

Die Erleichterung entlockte ihr ein schwaches Keuchen. »Danke.«

Murtagh nickte. Dann ging er zur Wand hinüber und setzte sich an die gleiche Stelle wie beim letzten Mal.

Sie betrachtete ihn eine Weile. Die Haut an seinen Knöcheln war wieder glatt und unversehrt, und er wirkte nüchtern, wenn auch grimmig und schweigsam. Seine Kleider waren einmal prächtig gewesen, doch jetzt waren sie zerrissen, ausgefranst und geflickt, und sie entdeckte mehrere Risse an der Unterseite seiner Ärmel. Sie fragte sich, ob er gekämpft hatte.

»Weiß Galbatorix, wo Ihr seid?«, fragte sie schließlich.

»Vielleicht, aber ich bezweifle es. Er ist gerade mit seinen Lieblingskonkubinen beschäftigt. Entweder das oder er schläft. Es ist mitten in der Nacht. Außerdem habe ich einen Zauber gewirkt, damit uns niemand belauschen kann. Er könnte ihn brechen, wenn er wollte, aber ich würde es merken.«

»Was ist, wenn er es herausfindet?«

Murtagh zuckte die Achseln.

»Er wird es herausfinden, wisst Ihr. Sobald er mich mürbe gemacht hat.«

»Dann erlaubt es ihm nicht. Ihr seid stärker als ich. Ihr habt niemanden, den er bedrohen kann. Ihr könnt Euch ihm widersetzen, anders als ich … Die Varden sind im Eilmarsch auf dem Weg hierher, ebenso die Elfen von Norden. Wenn Ihr noch einige Tage länger durchhalten könnt, besteht eine Chance … besteht eine Chance, dass sie Euch vielleicht befreien können.«

»Aber Ihr glaubt es nicht, oder?«

Er zuckte abermals die Achseln.

»Dann helft mir, zu fliehen.«

Ein hartes, bellendes Lachen brach sich aus seiner Kehle Bahn. »Wie? Ohne Galbatorix' Erlaubnis kann ich nicht viel mehr tun, als meine Stiefel anzuziehen.«

»Ihr könntet meine Fesseln lockern, und wenn Ihr geht, könntet Ihr vielleicht vergessen, die Tür abzuschließen.«

Seine Oberlippe verzog sich zu einem höhnischen Grinsen. »Draußen sind zwei Männer postiert, dieser Raum ist mit Schutzzaubern belegt, um Galbatorix zu warnen, falls ein Gefangener ihn verlässt, und zwischen Eurem Gefängnis und dem nächsten Tor befinden sich Hunderte von Wachen. Wenn Ihr es auch nur bis zum Ende des Flurs schaffen würdet, könntet Ihr Euch glücklich schätzen.«

»Vielleicht, aber ich würde es gern versuchen.«

»Ihr würdet Euch umbringen.«

»Dann helft mir. Wenn Ihr wolltet, könntet Ihr einen Weg finden, seine Schutzzauber zu täuschen.«

»Ich kann nicht. Meine Gelübde erlauben es mir nicht, Magie gegen ihn einzusetzen.«

»Aber was ist mit den Wachen? Wenn Ihr sie lange genug aufhalten würdet, bis ich das Tor erreicht habe, könnte ich mich in der Stadt verstecken und es würde keine Rolle spielen, wenn Galbatorix wüsste …«

»Die Stadt steht unter seiner Macht. Außerdem, wo immer Ihr auch hingehen würdet, könnte er Euch mit einem Zauber finden. Ihr wärt nur sicher vor ihm, wenn Ihr sehr weit von hier fortkämet, bevor Alarm geschlagen wird, und das könntet Ihr nicht einmal auf dem Rücken eines Drachen schaffen.«

»Es muss einen Weg geben!«

»Wenn es einen gäbe …« Er lächelte bitter und senkte den Blick. »Es ist sinnlos, darüber nachzudenken.«

Frustriert blickte sie für einige Momente zur Decke. Dann sagte sie: »Helft mir wenigstens aus diesen Fesseln.«

Er stieß verärgert den Atem aus.

»Nur damit ich aufstehen kann«, bat sie. »Ich hasse es, auf diesem Stein zu liegen, und mir tun die Augen weh, wenn ich sie zu Euch verdrehen muss.«

Er zögerte, dann erhob er sich mit einer einzigen anmutigen Bewegung, trat auf die Steinplatte zu und begann die gepolsterten Fesseln um ihre Handgelenke und Knöchel zu lösen. »Denkt nicht, dass Ihr mich töten könnt«, bemerkte er mit leiser Stimme. »Das könnt Ihr nicht.«

Sobald sie frei war, zog er sich wieder auf seinen Platz an der Wand zurück, ließ sich zu Boden sinken und starrte ins Leere. Es war wohl der Versuch, ihr ein wenig Privatheit zu geben, während sie sich aufsetzte und die Beine über die Kante des Steins schwang. Ihr Hemd war zerrissen – an Dutzenden von Stellen verbrannt – und es hatte sie schon vorher nur äußerst notdürftig bedeckt.

Der Marmorboden war kühl unter den Sohlen ihrer Füße, als sie zu Murtagh hinüberging und sich neben ihn setzte. Sie schlang die Arme um sich, in dem Versuch, sittsam zu erscheinen.

»War Tornac wirklich Euer einziger Freund, als Ihr klein wart?«, fragte sie.

Murtagh sah sie immer noch nicht an. »Nein, aber wenn ich je so etwas wie einen Vater hatte, dann war er es. Er hat mich unterrichtet, mich getröstet … mit mir geschimpft, wenn ich zu überheblich war, und mich bei unzähligen Gelegenheiten davor bewahrt, mich zum Narren zu machen. Wenn er noch leben würde, hätte er mich grün und blau geschlagen, weil ich mich neulich so betrunken habe.«

»Ihr habt gesagt, er sei während Eurer Flucht aus Urû'baen gestorben?«

Er schnaubte. »Ich hielt mich für unheimlich schlau. Ich habe einen der Wachposten bestochen, damit er ein Seitentor für uns offen lässt. Wir wollten uns im Schutz der Dunkelheit aus der Stadt schleichen, sodass Galbatorix erst herausfinden würde, was passiert war, wenn es zu spät wäre, uns noch zu fassen. Doch er wusste von Anfang an Bescheid. Ich weiß nicht genau, wie er davon erfahren hat, aber ich schätze, er hat mich die ganze Zeit über mit der Traumsicht beobachtet. Als Tornac und ich durch das Tor traten, erwarteten uns auf der anderen Seite Soldaten … Sie hatten den Befehl, uns unversehrt zurückzubringen, aber wir haben uns gewehrt und in diesem Gefecht hat einer von ihnen Tornac getötet. Der beste Schwertkämpfer im ganzen Imperium, niedergestreckt von einem Messer im Rücken.«

»Aber Euch hat Galbatorix entkommen lassen.«

»Ich denke, er hat nicht damit gerechnet, dass wir kämpfen würden. Außerdem galt seine Aufmerksamkeit in jener Nacht etwas anderem.«

Sie runzelte fragend die Stirn, als ein schiefes Lächeln auf Murtaghs Gesicht erschien.

»Ich habe die Tage zurückgezählt«, erklärte er. »Das war, als die Ra'zac im Palancar-Tal waren und nach Saphiras Ei gesucht haben. Ihr seht also, Eragon hat seinen Stiefvater fast zur gleichen Zeit verloren wie ich meinen. Das Schicksal hat einen grausamen Sinn für Humor, findet Ihr nicht auch?«

»Ja, allerdings … aber wenn Galbatorix Euch mit der Traumsicht beobachten konnte, warum hat er Euch dann später nicht aufgespürt und nach Urû'baen zurückbringen lassen?«

»Ich denke, er hat mit mir gespielt. Ich habe eine Weile auf dem Gut eines Mannes gelebt, von dem ich glaubte, ich könnte ihm vertrauen. Wie gewöhnlich habe ich mich geirrt, obwohl ich das erst später herausfand, nachdem die Zwillinge mich hierher zurückgebracht hatten. Galbatorix wusste, wo ich war, und er wusste, dass ich wegen Tornacs Tod noch immer wütend war. Daher gab er sich zufrieden damit, mich auf dem Gut leben zu lassen, während er Jagd auf Eragon und Brom machte … Doch ich habe ihn überrascht. Ich bin von dort weggegangen, und als er von meinem Verschwinden erfuhr, war ich bereits auf dem Weg nach Dras-Leona. Das war übrigens der Grund, warum Galbatorix damals nach Dras-Leona kam. Er hat es nicht getan, um Fürst Tábor wegen seines Verhaltens zu tadeln – obwohl er das ganz sicher getan hat –, sondern um mich zu suchen. Aber er kam zu spät. Als er die Stadt erreichte, hatte ich bereits Saphira und Eragon getroffen und wir waren nach Gil'ead aufgebrochen.«

»Warum seid Ihr fortgegangen?«, fragte sie.

»Hat Eragon Euch das nicht erzählt? Weil ...«

»Nein, nicht aus Dras-Leona. Warum habt Ihr das Gut verlassen? Ihr wart dort in Sicherheit oder zumindest dachtet Ihr das. Also, warum seid Ihr fortgegangen?«

Murtagh schwieg eine Weile. »Ich wollte mich an Galbatorix rächen und ich wollte mir unabhängig von meinem Vater einen Namen machen. Mein Leben lang war ich für alle anderen nur der Sohn von Morzan. Ich wollte, dass sie mich um *meiner* Taten willen respektieren, nicht wegen seiner.« Endlich sah er sie an, ein schneller Blick aus den Augenwinkeln. »Ich nehme an, ich habe bekommen, was ich wollte. Aber auch hier hat das Schicksal wieder seinen grausamen Sinn für Humor bewiesen.«

Sie fragte sich, ob es sonst irgendjemanden an Galbatorix' Hof gegeben hatte, der Murtagh etwas bedeutete, aber sie kam zu dem Schluss, dass es gefährlich wäre, dieses Thema anzuschneiden. Also fragte sie stattdessen: »Wie viel weiß Galbatorix wirklich über die Varden?«

»Alles, soweit ich informiert bin. Er hat mehr Spione, als Ihr denkt.«

Sie presste die Arme auf den Bauch, als ihre Eingeweide sich zusammenzogen. »Kennt Ihr irgendeine Möglichkeit, ihn zu töten?«

»Ein Messer. Ein Schwert. Ein Pfeil. Gift. Magie. Die üblichen Möglichkeiten. Das Problem ist, er hat sich mit zu vielen Zaubern umgeben, als dass irgendjemand oder irgendetwas eine Chance hätte, ihm etwas anzutun. Eragon hat dabei mehr Glück als die meisten, denn Galbatorix will ihn nicht töten. Also wird er vielleicht mehr als einmal die Gelegenheit bekommen, den König anzugreifen. Aber selbst wenn Eragon ihn hundertmal angreifen würde, könnte er keinen Weg an Galbatorix' Schutzzaubern vorbei finden.«

»Jedes Rätsel hat eine Lösung und jeder Mann hat eine Schwäche«, beharrte Nasuada. »Liebt er irgendeine dieser Konkubinen?«

Murtaghs Gesichtsausdruck war Antwort genug. Dann fragte er: »Wäre es so schlimm, wenn Galbatorix König bleibt? Die Welt, die er sich ausmalt, ist eine gute Welt. Wenn er die Varden besiegt, wird in ganz Alagaësia endlich Frieden herrschen. Er wird dem Missbrauch von Magie ein Ende bereiten. Elfen, Zwerge und Menschen werden keinen Anlass mehr haben, sich zu hassen. Und vor allem könnten Eragon und ich, wenn die Varden verlieren, zusammen sein, wie es sich für Brüder gehört. Aber wenn sie siegen, wird das für Dorn und mich den Tod bedeuten. Es wird nicht anders gehen.«

»Oh? Und was ist mit mir?«, fragte sie. »Wenn Galbatorix siegt, soll ich seine Sklavin werden, damit er mich nach Belieben herumkommandieren kann?« Murtagh antwortete nicht, aber sie sah, wie sich die Sehnen auf seinem Handrücken spannten. »Ihr dürft nicht aufgeben, Murtagh.«

»Was für eine Wahl habe ich denn?«, rief er und füllte den Raum mit Echos.

Sie stand auf und starrte auf ihn hinunter. »Ihr könnt kämpfen! Seht mich an … Seht mich an!«

Widerstrebend hob er den Blick.

»Ihr könnt Wege finden, gegen ihn zu arbeiten. Das könnt Ihr! Und wenn Eure Gelübde Euch auch nur die kleinsten Rebellionen erlauben, könnten diese am Ende doch zu seinem Untergang beitragen.« Sie wiederholte seine Frage. »Was für eine Wahl Ihr habt? Ihr könnt Euch für den Rest Eures Lebens hilflos und elend fühlen. Ihr könnt zulassen, dass Galbatorix Euch in ein Monster verwandelt. Oder Ihr könnt kämpfen!« Sie breitete die Arme aus, sodass er alle Brandwunden an ihrem Körper sehen konnte. »Macht es Euch Spaß, mich zu verletzen?«

»Nein!«, rief er aus.

»Dann kämpft, verflucht noch mal! Ihr müsst kämpfen oder Ihr werdet alles verlieren, was Ihr seid. Und Dorn auch.«

Sie wich nicht zurück, als er aufsprang und sich anmutig auf sie zubewegte, bis nur noch wenige Zoll sie trennten. Er funkelte sie an, seine Kiefermuskeln arbeiteten und er atmete schwer durch die Nase. Sie kannte diesen Gesichtsausdruck, denn es war einer, den sie schon viele Male zuvor gesehen hatte. Es war der Ausdruck eines Mannes, dessen Stolz verletzt worden war und der die Person, die ihn beleidigt hatte, schlagen wollte. Es war gefährlich, weiter in ihn zu dringen, aber ihr war klar, dass sie es tun musste, denn sie würde vielleicht nie wieder die Gelegenheit dazu bekommen.

»Wenn *ich* weiterkämpfe«, stellte sie fest, »könnt Ihr es auch.«

»Zurück auf den Stein«, befahl er mit harter Stimme.

»Ich weiß, dass Ihr kein Feigling seid, Murtagh. Sterben ist besser, als der Sklave eines Mannes wie Galbatorix zu sein. Damit würdet Ihr vielleicht zumindest etwas Gutes bewirken und man würde Euren Namen mit einer gewissen Hochachtung aussprechen, nachdem Ihr gestorben seid.«

»Zurück auf den Stein«, knurrte er, packte sie am Arm und zerrte sie durch den Raum.

Sie ließ sich von ihm auf den aschfarbenen Steinblock stoßen, die Fesseln um ihre Handgelenke und Knöchel schließen und dann den Riemen über dem Kopf festziehen. Als er fertig war, sah er auf sie hinunter. Seine Augen waren dunkel und die Muskeln seines Körpers gespannt wie Bogensehnen.

»Ihr müsst euch entscheiden, ob Ihr bereit seid, Euer Leben aufs Spiel zu setzen, um Euch selbst zu retten«, sagte sie. »Ihr und auch Dorn. Und Ihr müsst Euch jetzt entscheiden, solange noch Zeit ist. Stellt Euch diese Frage: Was hätte Tornac von Euch erwartet?«

Ohne zu antworten, streckte Murtagh seinen rechten Arm aus und legte ihr die Hand direkt unter dem Schlüsselbein auf die Brust, seine Haut heiß auf ihrer. Bei der Berührung stockte ihr der Atem.

Dann begann er mit einer Stimme, die kaum lauter war als ein Flüstern, in der alten Sprache zu sprechen. Während die seltsamen Worte über seine Lippen kamen, wurde ihre Angst noch größer. Es schienen Minuten zu vergehen, während er sprach. Sie fühlte sich nicht anders, als er aufhörte, aber das war weder ein schlechtes noch ein gutes Zeichen, wenn es um Magie ging.

Kühle Luft strich über die Stelle auf ihrer Brust und ließ sie frösteln, als Murtagh die Hand wegnahm. Dann trat er einen Schritt zurück und ging an ihr vorbei auf den Ausgang des Raums zu. Sie wollte gerade nach ihm rufen – ihn fragen, was er mit ihr gemacht hatte –, als er stehen blieb und sagte: »Das sollte Euch vor dem Schmerz fast aller Wunden bewahren, aber Ihr müsst Euch verstellen, sonst findet Galbatorix heraus, was ich getan habe.«

Und dann ging er.

»Danke«, wisperte sie in den leeren Raum.

Sie verbrachte viel Zeit damit, über ihr Gespräch nachzugrübeln. Es kam ihr unwahrscheinlich vor, dass Galbatorix Murtagh zu ihr geschickt hatte, um mit ihr zu reden, aber ob unwahrscheinlich oder nicht, es war eine Möglichkeit. Außerdem fühlte sie sich hin- und her gerissen, was die Frage betraf, ob Murtagh im Herzen ein guter Mensch war oder ein schlechter. Sie dachte an König Hrothgar zurück – der in ihrer Kindheit und Jugend wie ein Onkel für sie gewesen war – und daran, wie Murtagh ihn auf den Brennenden Steppen getötet hatte. Dann dachte sie an Murtaghs Kindheit und an das viele Elend, das er durchgemacht hatte, und daran, dass er Eragon und Saphira hatte ziehen lassen, obwohl er sie genauso gut nach Urû'baen hätte bringen können.

Doch selbst wenn Murtagh einst aufrichtig und vertrauenswürdig gewesen war, konnte seine erzwungene Knechtschaft ihn verdorben haben.

Schließlich entschied sie sich dafür, Murtaghs Vergangenheit von jetzt an außer Acht zu lassen und ihn ausschließlich aufgrund seiner Taten in der Gegenwart zu beurteilen. Gut, schlecht oder eine Mischung aus beidem, er war ein möglicher Verbündeter und sie war auf jede Hilfe angewiesen, die sie bekommen konnte. Wenn sich herausstellte, dass er ein Verräter war, wäre sie nicht schlimmer dran, als sie es ohnehin war. Wenn er sich jedoch als aufrichtig erwies, dann würde sie vielleicht in der Lage sein, aus Urû'baen zu fliehen, und das war das Risiko in jedem Fall wert.

Ohne Schmerzen schlief sie zum ersten Mal seit ihrer Ankunft in der Hauptstadt tief und lang. Als sie erwachte, fühlte sie sich hoffnungsvoller als zuvor, und einmal mehr begann sie, mit den Augen den Linien zu folgen, die sich durch das Muster der Kacheln an der Decke zogen. Die schmale blaue Linie führte zu einem kleinen weißen Fleck an der Ecke einer Kachel, den sie bisher übersehen hatte. Sie brauchte einen Moment, um zu begreifen, dass dort einfach eine Ecke der Kachel abgeplatzt war.

Der Anblick erheiterte sie, denn sie fand es komisch – und irgendwie tröstlich –, dass Galbatorix' perfekter Raum am Ende doch nicht so perfekt war und dass er trotz seiner Behauptungen des Gegenteils nicht allwissend oder unfehlbar war.

Als sich die Tür das nächste Mal öffnete, war es der Wärter, der ihr eine Mahlzeit brachte. Es musste wohl das Mittagessen sein, nahm Nasuada an. Sie fragte ihn, ob sie zuerst essen dürfe, bevor er sie aufstehen ließ, denn sie erklärte, ihr Hunger sei größer als alles andere, was nicht ganz gelogen war.

Glücklicherweise ging er auf ihre Bitte ein, obwohl er kein Wort sprach, sondern nur sein grässliches Zangenlächeln lächelte und sich auf die Kante des Steins setzte. Während er ihr warmen Brei in den Mund löffelte, rasten ihre Gedanken und sie versuchte für jede Eventualität Pläne zu schmieden, denn sie wusste, dass sie nur eine einzige Chance bekommen würde.

Die Aufregung machte es ihr schwer, das fade Essen hinunterzuwürgen. Trotzdem schaffte sie es, und als die Schale leer war und sie genug getrunken hatte, machte sie sich bereit.

Der Mann hatte das Tablett wie immer an die gegenüberliegende Wand gestellt, ganz nah bei der Stelle, wo Murtagh gesessen hatte, und vielleicht zehn Fuß von der Tür zum Abort entfernt.

Sobald die Fesseln gelöst waren, ließ sie sich von der Steinplatte gleiten. Der birnenköpfige Mann beugte sich vor, um ihren linken Arm zu nehmen, aber sie hob eine Hand und sagte mit ihrer süßesten Stimme: »Ich kann jetzt allein aufstehen, vielen Dank.«

Ihr Wärter zögerte, dann lächelte er wieder und ließ zweimal die Zähne aufeinanderklappern, als wolle er sagen: »Schön, das freut mich für dich!«

Sie gingen auf den Abort zu, sie voraus und er ein kleines Stück hinter ihr. Als sie den dritten Schritt machte, verdrehte sie sich absichtlich den rechten Knöchel und stolperte schräg durch den Raum. Der Mann stieß einen erschrockenen Laut aus und versuchte sie aufzufangen – sie spürte, wie seine dicken Finger neben ihrem Hals in die Luft griffen –, aber er war zu langsam und sie wich seinem Griff aus.

Der Länge nach fiel sie auf das Tablett. Dabei zerbrach der Krug – in dem immer noch ziemlich viel gewässerter Wein war – und die Holzschale rollte über den Boden. Absichtlich landete sie auf ihrer rechten Hand, und sobald sie das Tablett spürte, begann sie nach dem Metalllöffel zu tasten.

»Aah!«, rief sie, als habe sie sich verletzt, dann drehte sie sich auf den Rücken, sah zu dem Mann hoch und gab sich alle Mühe, bekümmert zu wirken. »Vielleicht war ich doch noch nicht so weit«, stellte sie fest und lächelte ihn entschuldigend an. Mit dem Daumen fand sie den Griff des Löffels und schloss ihre Hand darum, noch während der Mann sie an ihrem anderen Arm hochzog.

Er musterte sie und rümpfte die Nase, als sei er angeekelt von ihrem weindurchnässten Hemd. Während er das tat, verbarg sie die Hand mit dem Löffel hinter dem Rücken und schob den Griff des Löffels durch ein Loch in den Saum ihres Hemdes. Dann hob sie die Hand wie zum Zeichen, dass sie nichts genommen hatte.

Der Mann stieß einen unverständlichen Laut aus und schob sie zum Abort hinüber. Als sie hineinging, schlurfte er zurück zu dem Tablett und murmelte leise etwas vor sich hin.

Sobald sie die Tür geschlossen hatte, zog sie den Löffel aus dem Hemdsaum und schob ihn zwischen die Lippen, während sie sich mehrere Haarsträhnen vom Hinterkopf riss, wo ihr Haar am längsten war. So schnell sie konnte, nahm sie ein Ende der Haare zwischen die Finger ihrer linken Hand und rollte mit der Innenfläche ihrer rechten Hand die losen Strähnen an ihrem Oberschenkel hinunter, sodass sie eine behelfsmäßige Schnur ergaben. Ihr wurde ganz kalt, als sie begriff, dass die Schnur zu kurz war. Mit fliegenden Fingern verknotete sie die Enden und legte die Schnur auf den Boden.

Sie riss sich noch mehr Haare aus und rollte sie zu einer zweiten Schnur, die sie ebenso verknotete wie die erste.

In dem Bewusstsein, dass ihr nur noch wenige Sekunden blieben, ließ sie sich auf ein Knie fallen und knotete die beiden Schnüre zusammen. Dann nahm sie den Löffel aus dem Mund und band ihn mit der behelfsmäßigen Schnur außen an ihr linkes Bein, sodass er unter dem Saum ihres Hemdes verschwinden würde.

Es musste ihr linkes Bein sein, weil Galbatorix stets rechts von ihr saß.

Sie stand auf und überzeugte sich davon, dass der Löffel nicht zu sehen war. Dann machte sie einige Schritte, um sicherzustellen, dass er nicht herunterfallen würde.

Er tat es nicht.

Erleichtert atmete sie aus. Jetzt musste sie nur noch zu der Steinplatte zurückkommen, ohne dass ihr Wärter merkte, was sie getan hatte.

Der Mann erwartete sie, als sie die Tür des Aborts öffnete. Er starrte sie finster an, sodass sich seine spärlichen Augenbrauen über dem Nasenrücken trafen und eine einzige gerade Linie bildeten.

»Löffel«, sagte er und spie das Wort aus, als sei es ungenießbar.

Sie reckte das Kinn und deutete hinter sich in den Abort.

Die Falte zwischen seinen Brauen vertiefte sich. Er trat in den Abort und untersuchte sorgfältig die Wände, den Boden, die Decke und alles andere, bevor er wieder herausgestapft kam. Wieder ließ er die Zähne aufeinanderklappern und kratzte sich seinen knollenartigen Kopf. Er wirkte unglücklich und sogar ein wenig verletzt, dass sie es gewagt hatte, den Löffel wegzuwerfen. Sie war freundlich zu ihm gewesen und sie wusste, dass ein Akt solch kleinlichen Trotzes ihn durcheinanderbringen und wütend machen würde.

Sie widerstand dem Drang, zurückzuzucken, als er einen Schritt auf sie zukam, ihr seine schweren Hände auf den Kopf legte und mit den Fingern ihr Haar durchkämmte. Als er den Löffel nicht fand, machte er ein enttäuschtes Gesicht. Dann griff er nach ihrem Arm, führte sie zu dem Stein hinüber und legte ihr wieder die Fesseln an.

Anschließend griff er mit mürrischer Miene nach dem Tablett und schlurfte aus dem Raum.

Sie wartete, bis sie sich ganz sicher war, dass er gegangen war, bevor sie die Finger ihrer linken Hand ausstreckte und mühsam Zoll für Zoll den Rand ihres Hemdes hochzog.

Ein breites Lächeln glitt über ihr Gesicht, als sie mit der Spitze ihres Zeigefingers die Wölbung des Löffels ertastete.

Jetzt hatte sie eine Waffe.

Eine Krone aus Schnee und Eis

Als die ersten blassen Lichtstrahlen über die Oberfläche der gekräuselten See fielen und die Kämme der durchscheinenden Wellen beleuchteten – die funkelten, als seien sie aus Kristall gemeißelt –, kehrte Eragon aus seinen Wachträumen zurück und ließ den Blick nach Nordwesten schweifen. Das erste Tageslicht enthüllte die sich dort in der Ferne auftürmenden Wolken.

Was er sah, war beunruhigend. Die Wolkenfront zog sich von einem Ende des Horizonts zum anderen und sie hielten direkt darauf zu. Das größte der dichten weißgrauen Gebilde schien so hoch zu sein wie die Gipfel des Beor-Gebirges, also zu hoch für Saphira, um darüber hinwegzufliegen. Das einzige Stück blauen Himmels lag hinter ihnen und selbst das würde verschwinden, wenn die Arme des Sturms sich um sie schlossen.

Wir werden hindurchfliegen müssen, bemerkte Glaedr und Eragon spürte, dass Saphira unruhig wurde.

Warum versuchen wir nicht, darum herumzufliegen?, fragte sie.

Eragon verfolgte, wie Glaedr die Beschaffenheit der Wolken durch Saphiras Wahrnehmung studierte. Schließlich sagte der goldene Drache: *Ich will nicht, dass du zu weit vom Kurs abkommst. Wir haben immer noch eine große Wegstrecke vor uns, und wenn deine Kräfte versagen …*

Dann könnt Ihr mir Eure leihen, um uns in der Luft zu halten.

Hm. Trotzdem ist es das Beste, bei aller Leichtfertigkeit vorsichtig zu bleiben. Stürme wie diesen habe ich schon erlebt. Er ist größer, als ihr denkt. Um ihn zu umfliegen, müsstest du so weit nach Wes-

ten ausweichen, dass du Vroengard weit hinter dir lassen würdest, und es würde wahrscheinlich noch einen Tag dauern, bis wir Land erreichen.

Nach Vroengard ist es nicht mehr so weit, wandte sie ein.

Nein, aber der Wind wird uns aufhalten. Außerdem sagen mir meine Instinkte, dass der Sturm sich bis zur Insel erstreckt. So oder so werden wir hindurchfliegen müssen. Trotzdem sollten wir nicht gerade mitten hindurchfliegen. Siehst du den Keil zwischen diesen beiden kleinen Wolkensäulen etwas westlich?

Ja.

Flieg dorthin, vielleicht können wir so einen sicheren Weg durch die Wolken finden.

Eragon hielt sich vorn am Sattel fest, als Saphira die linke Schulter senkte und nach Westen schwenkte, um auf den Keil in der Wolkenfront zuzuhalten, auf die Glaedr sie aufmerksam gemacht hatte. Er gähnte und rieb sich die Augen, während sie sich wieder ausrichtete. Dann drehte er sich um und angelte sich einen Apfel und einige Streifen getrocknetes Rindfleisch aus den hinter ihm befestigten Taschen. Es war ein karges Frühstück, aber er hatte auch keinen großen Hunger. Außerdem wurde ihm oft übel, wenn er eine große Mahlzeit zu sich nahm, während er auf Saphira ritt.

Beim Essen beobachtete er abwechselnd die Wolken und das funkelnde Meer. Er fand es beunruhigend, dass unter ihnen nichts war als Wasser und das Festland seiner Schätzung nach schon mehr als fünfzig Meilen entfernt war. Schaudernd malte er sich aus, wie es wäre, immer tiefer in die kalten, gierigen Tiefen des Meeres zu sinken. Er fragte sich, was auf dem Grund lag, und ihm kam der Gedanke, dass er mit Magie dorthinreisen und es herausfinden könnte, aber die Vorstellung hatte keinen Reiz für ihn. Die nasse Tiefe war zu dunkel und zu gefährlich für seinen Geschmack. Diesen Ort wollte er lieber den fremdartigen Geschöpfen überlassen, die dort lebten.

Im Laufe des Vormittags zeigte sich, dass die Wolken weiter entfernt waren, als es zuerst den Anschein gehabt hatte, und dass der Sturm, wie Glaedr gesagt hatte, sich viel weiter erstreckte, als Eragon oder Saphira erwartet hätten.

Ein leichter Gegenwind kam auf und Saphiras Flug wurde ein wenig mühsamer, aber sie kam weiterhin gut voran.

Als sie noch einige Meilen von der Front des Unwetters entfernt waren, überraschte Saphira Eragon und Glaedr, indem sie in einen sanften Sinkflug überging und zur Wasseroberfläche hinunterflog.

Während sie nach unten gingen, fragte Glaedr: *Saphira, was hast du vor?*

Ich bin neugierig, erwiderte sie. *Und ich würde meine Flügel gerne ausruhen, bevor ich in die Wolken hineinfliege.*

Sie glitt über die Wellen dahin und ihr Spiegelbild unter ihr und ihr Schatten vor ihr gaben jede ihrer Bewegungen wieder, wie zwei geisterhafte Gefährten, einer dunkel und einer hell. Dann stellte sie ihre Flügel steil auf, bremste mit drei kräftigen Flügelschlägen ab und ließ sich aufs Wasser sinken. Gischt schoss zu beiden Seiten ihres Halses hoch, als sie durch die Wellen pflügte, und bespritzte Eragon mit Hunderten kleiner Tropfen.

Das Wasser war kalt, aber nach so langer Zeit in großer Höhe fühlte sich die Luft angenehm warm an – tatsächlich fühlte sie sich so warm an, dass Eragon seinen Umhang abstreifte und die Handschuhe auszog.

Saphira legte die Flügel an, ließ sich friedlich auf dem Wasser treiben und schaukelte mit den Wellen auf und ab. Eragon entdeckte zu ihrer Rechten mehrere braune Tangbüschel. Die Pflanzen hingen zusammen wie Gestrüpp und trugen beerengroße Blasen an den Gelenken entlang der Stängel.

Weit über ihnen, ungefähr in der Höhe, die Saphira zuvor gehabt hatte, entdeckte Eragon zwei Albatrosse mit schwarzen Flügelspitzen, die von der gewaltigen Wolkenwand wegflogen. Der Anblick der sich entfernenden Meeresvögel ließ ihn noch unruhiger werden. Sie erinnerten ihn daran, dass er einmal im Buckel ein Rudel Wölfe friedlich neben einer Herde Hirsche hatte herlaufen sehen, die beide vor einem Waldbrand geflohen waren.

Wenn wir ein Fünkchen Verstand hätten, bemerkte er zu Saphira, *würden wir umkehren.*

Wenn wir ein Fünkchen Verstand hätten, würden wir Alagaësia verlassen und nie mehr zurückkehren, erwiderte sie. Dann bog sie den Hals, tauchte die Schnauze in das Meerwasser, schüttelte den Kopf und strich sich mehrmals mit ihrer dunkelroten Zunge übers Maul, als habe sie etwas Unangenehmes gekostet.

Da nahm Eragon bei Glaedr plötzlich Panik wahr und der alte Drache brüllte in seinem Geist: *Heb ab! Schnell! Heb ab!*

Saphira verschwendete keine Zeit mit Fragen. Krachend wie ein Donner öffnete sie die Flügel und begann mit ihnen zu schlagen, während sie sich aufbäumte und mit den Beinen Wasser trat.

Eragon lehnte sich vor und hielt sich am Rand des Sattels fest, um nicht nach hinten abgeworfen zu werden. Da Saphiras Flügelschläge eine Wand aus Nebel und Gischt in die Luft schleuderten, die ihn halb blind machte, benutzte er seinen Geist, um nach dem zu suchen, was Glaedr so erschreckt hatte.

Aus der Tiefe unter ihnen schoss schneller, als Eragon es für möglich gehalten hätte, etwas Kaltes und Riesiges auf sie zu … und es war erfüllt von einem unbändigen, unstillbaren Hunger. Er versuchte es zu erschrecken, versuchte es abzuhalten, aber das fremdartige Wesen war unerbittlich und schien seine Bemühungen gar nicht zu bemerken. In den seltsamen, lichtlosen Winkeln seines Bewusstseins sah er Erinnerungen an unzählige Jahre, die das Wesen allein in dem eisigen Meer gelauert hatte, gejagt hatte und gejagt worden war.

Eragons eigene Panik wuchs und er griff nach Brisingr, während Saphira sich mühsam aus dem Wasser kämpfte und langsam in die Luft stieg. *Saphira! Schnell!*, rief er stumm.

Langsam gewann sie an Geschwindigkeit und Höhe, als sich hinter ihr eine weiße Wasserfontäne erhob und Eragon sah, wie zwei glänzende graue Kiefer aus der Wasserwolke auftauchten. Der Schlund war so groß, dass ein Pferd mitsamt Reiter hindurchgepasst hätte, und darin schimmerten Hunderte weißer Zähne.

Saphira nahm wahr, was er sah, und warf sich jäh zur Seite, um dem weit aufklaffenden Maul zu entgehen, sodass sie mit einer Flügelspitze durchs Wasser strich. Einen Augenblick später hörte und spürte Eragon, wie der Kiefer der Kreatur zuschnappte.

Die nadelspitzen Zähne verfehlten Saphiras Schwanz nur um wenige Zoll. Als das Ungeheuer ins Wasser zurückfiel, konnte Eragon mehr von seinem Körper sehen: Der Kopf war lang und kantig. Ein knochiger Wulst ragte über jedem Auge auf und am äußeren Ende des Wulstes saß jeweils ein seilartiger Tentakel von über sechs Fuß Länge. Der Hals der Kreatur erinnerte ihn an eine riesige, sich windende Schlange und der Rumpf war, soweit er sich aus den Wellen hob, unglaublich gewaltig. Ein Paar ruderförmiger Flossen ragte seitlich aus der Brust und schlug hilflos in der Luft.

Das Wesen landete auf der Seite und diesmal stieg eine noch größere Gischtfontäne auf.

Kurz bevor die Wellen über dem Ungeheuer zusammenschlugen, blickte Eragon in das nach oben gerichtete Auge, das so schwarz war wie ein Tropfen Teer. Die Bösartigkeit darin – der blanke Hass, die Wut und die Enttäuschung, die er in dem unverwandten Blick der Kreatur wahrnahm – genügte, dass Eragon schauderte und sich wünschte, er befände sich mitten in der Wüste Hadarac. Denn er hatte das Gefühl, nur dort würde er sicher sein vor dem uralten Hunger dieses Wesens.

Mit pochendem Herzen ließ er Brisingr los und sackte über der Vorderkante des Sattels zusammen. »Was war das?«

Ein Nïdhwal, antwortete Glaedr.

Eragon runzelte die Stirn. Er erinnerte sich nicht daran, in Ellesméra etwas über ein solches Geschöpf gelesen zu haben. *Und was ist ein Nïdhwal?*

Sie sind selten und werden fast nirgendwo erwähnt. Sie sind im Meer das, was die Fanghur in der Luft sind. Beide sind Artverwandte der Drachen. Obwohl wir uns im Aussehen stärker von ihnen unterscheiden, stehen uns die Nïdhwalar näher als die kreischenden Fanghur. Sie sind intelligent und sie haben in ihrer Brust sogar etwas Ähnliches wie einen Eldunarí, was sie vermutlich in die Lage versetzt, lange Zeit tief unter Wasser bleiben zu können.

Können sie Feuer speien?

Nein, aber wie die Fanghur benutzen sie häufig die Macht ihres Geistes, um ihre Beute bewegungsunfähig zu machen, was mancher Drache zu seinem Entsetzen erleben musste.

Sie würden doch nicht ihresgleichen fressen?, fragte Saphira.

Sie halten uns nicht für ihresgleichen, erwiderte Glaedr. *Aber sie fressen durchaus auch ihresgleichen. Das ist einer der Gründe, warum es so wenige Nïdhwalar gibt. Sie haben kein Interesse an den Ereignissen außerhalb des Meeres und jeder Versuch, vernünftig mit ihnen zu reden, ist gescheitert. Es ist merkwürdig, einem von ihnen so nah an der Küste zu begegnen. Es gab einmal eine Zeit, da fand man sie nur mehrere Tagesflüge vom Land entfernt auf hoher See, wo das Meer am tiefsten ist. Anscheinend sind sie seit dem Sturz der Reiter entweder kühner geworden oder verzweifelter.*

Eragon schauderte abermals, als er sich an den Geist des Nïdhwals erinnerte. *Warum habt weder Ihr noch Oromis uns je von ihnen erzählt?*

Es gibt vieles, was wir euch nicht erzählt haben, Eragon. Wir hatten nur so wenig Zeit und haben sie genutzt, um euch gegen Galbatorix zu rüsten, nicht gegen jede dunkle Kreatur, die in den unerkundeten Regionen Alagaësias herumgeistert.

Dann gibt es noch andere Dinge wie den Nïdhwal, von denen wir nichts wissen?

Einige.

Werdet Ihr uns davon erzählen, Ebrithil?, bat Saphira.

Ich werde einen Pakt mit dir schließen, Saphira, und mit dir, Eragon. Lasst uns eine Woche warten, und wenn wir dann noch leben und immer noch im Besitz unserer Freiheit sind, werde ich mit Freuden die nächsten zehn Jahre darauf verwenden, euch über jede einzelne Art zu unterrichten, von der ich weiß. Aber bis dahin sollten wir uns auf die vor uns liegende Aufgabe konzentrieren. Sind wir uns einig?

Eragon und Saphira stimmten widerstrebend zu und dann sprachen sie nicht mehr darüber.

Der Gegenwind schwoll zu einem heftigen Sturm an, als sie sich der Unwetterfront näherten. Saphira kam nur noch halb so schnell voran wie sonst. Ab und zu schüttelten mächtige Böen sie durch und manchmal verharrte sie einige Momente lang reglos in der Luft.

Sie wussten immer, wann sie mit einer Böe rechnen mussten, denn jedes Mal jagte gleichzeitig ein silbriges schuppenähnliches Kräuseln der See auf sie zu.

Seit Tagesanbruch waren die Wolken immer größer geworden und aus der Nähe wirkten sie noch beängstigender. Am unteren Rand waren sie finster und purpurn, mit dichten Regenvorhängen, die das Unwetter mit dem Meer zu verbinden schienen. Nach oben hin nahmen die Wolken die Farbe von angelaufenem Silber an, während ihre Gipfel von einem reinen, blendenden Weiß waren und so massiv wirkten wie die Flanken von Tronjheim. Weiter im Norden, über dem Zentrum des Unwetters, hatten die Wolken einen gigantischen Amboss mit flacher Oberfläche gebildet, der alles andere überragte, als hätten die Götter selbst die Absicht, darauf irgendein fremdartiges und schreckliches Werkzeug zu schmieden.

Während Saphira zwischen zwei sich bauschenden weißen Säulen hindurchflog – neben denen sie nur ein kleiner Punkt zu sein schien – und das Meer unter einem Feld aus kissenähnlichen Wolken verschwand, ließ der Gegenwind nach. Es wurde böig, wobei der Wind einmal aus der einen, dann wieder aus der anderen Richtung wehte. Eragon biss die Zähne zusammen, damit sie nicht klapperten, und sein Magen hob sich, als Saphira ein halbes Dutzend Fuß in die Tiefe sackte und sich kurz darauf genauso schnell um mehr als zwanzig Fuß hob.

Glaedr bemerkte: *Hast du irgendwelche Erfahrung im Sturmfliegen, abgesehen von dem einen Mal, als du zwischen dem Palancar-Tal und Yazuac in ein Gewitter geraten bist?*

Nein, antwortete Saphira kurz und grimmig.

Glaedr schien diese Antwort erwartet zu haben, denn ohne zu zögern begann er sie in den Besonderheiten zu unterweisen, die bei einem Flug durch eine so gigantische Wolkenlandschaft zu beachten waren. *Versuch die Bewegung und Entwicklung der Wolken zu verfolgen, vor allem bei den Formationen um dich herum,* wies er sie an. *Dann kannst du abschätzen, wo der Wind am stärksten ist und in welche Richtung er weht.*

Vieles von dem, was er sagte, wusste Saphira schon, aber während Glaedr sprach, beruhigte die Gelassenheit des alten Drachen sowohl sie als auch Eragon. Hätten sie Bestürzung oder Furcht im Geist des alten Drachen gespürt, hätten sie wohl an sich selbst gezweifelt, was Glaedr möglicherweise bewusst war.

Ein einzelner, vom Wind fortgerissener Wolkenfetzen lag auf Saphiras Weg. Statt darum herumzufliegen, schoss sie direkt hinein und durchstach die Wolke wie ein glitzernder blauer Speer. Als der graue Nebel sie umhüllte, war das Heulen des Windes nur noch gedämpft zu hören und Eragon blinzelte und beschirmte mit einer Hand seine Augen.

Als sie aus der Wolke schossen, hingen Millionen winziger Tröpfchen an Saphiras Körper und sie funkelte, als seien ihre ohnehin schon glitzernden Schuppen mit Diamanten besetzt.

Ihr Flug blieb unruhig. Im einen Augenblick ging es geradeaus, im nächsten warf die entfesselte Luft sie zur Seite oder ein unerwarteter Aufwind hob nur einen ihrer Flügel, sodass sie unversehens abdrehte. Es war allein schon ermüdend, nur auf ihrem Rücken zu sitzen, während sie gegen die Turbulenzen ankämpfte. Für Saphira selbst wurde das mühselige, frustrierende Ringen noch erschwert von dem Wissen, dass dieser Kampf noch sehr lange so weitergehen würde und sie keine andere Wahl hatte, als ihren Weg durch das endlose Unwetter fortzusetzen.

Nach ein oder zwei weiteren Stunden war das andere Ende des Sturms noch immer nicht in Sicht.

Glaedr meinte: *Wir sollten den Kurs ändern. Du bist so weit nach Westen geflogen, wie es vernünftig war. Aber wenn wir es mit der vollen Wucht des Sturms aufnehmen müssen, sollten wir das am besten jetzt tun, bevor du noch erschöpfter bist.*

Ohne ein Wort drehte Saphira nach Norden auf die turmhohe, finstere Wand aus sonnenbeschienenen Wolken zu, die das Herz des gigantischen Unwetters bildete. Als sie sich der zerfurchten Front näherten – die das Größte war, was Eragon je gesehen hatte, größer selbst als Farthen Dûr –, erhellten blaue Blitze das Innere und die zuckenden Lichter krochen hoch zur Spitze des Ambosskopfes.

Einen Moment später erschütterte ein Donnerschlag den Himmel und Eragon hielt sich die Ohren zu. Er wusste, dass sie durch seine Schutzzauber vor den Blitzen sicher waren, dennoch verspürte er Furcht bei dem Gedanken, sich in die Nähe der knisternden Energiestöße zu wagen.

Wenn Saphira Angst hatte, so spürte er jedenfalls nichts davon. Er nahm nur ihre Entschlossenheit wahr. Sie beschleunigte ihren Flügelschlag und einige Minuten später hatten sie den Wolkenturm erreicht und schossen hinein in das Zentrum des Sturms.

Graues, eintöniges Zwielicht umgab sie. Es war, als hätte der Rest der Welt aufgehört zu existieren. Die Wolken machten es Eragon unmöglich, jenseits von Saphiras Nase, Schwanz und Flügel irgendeine Entfernung abzuschätzen. Sie waren so gut wie blind und einzig der stete Sog ihres Gewichts machte es ihnen möglich, zu unterscheiden, wo oben und unten war.

Eragon öffnete seinen Geist und gestattete seinem Bewusstsein, sich so weit wie möglich auszudehnen, aber er spürte keine andere lebende Kreatur, abgesehen von Saphira und Glaedr, nicht einmal einen einzigen verirrten Vogel. Glücklicherweise behielt Saphira die Orientierung; sie würde sich nicht verfliegen. Und indem er fortfuhr, mit seinem Geist nach anderen Wesen zu suchen, seien es Pflanzen oder Tiere, konnte Eragon sicherstellen, dass sie nicht gegen einen Berg flogen.

Außerdem wirkte er einen Zauber, den Oromis ihn gelehrt hatte, einen Zauber, der ihm und Saphira genau sagte, wie nah sie dem Wasser – oder dem Boden – waren.

Von dem Moment an, als sie in die Wolke eintauchten, begann sich die allgegenwärtige Feuchtigkeit auf Eragons Haut zu sammeln und durch seine Wollkleider zu dringen, die sich nach und nach vollsogen und schwer wurden. Das hätte ihm an sich nicht so viel ausgemacht, wenn er nicht durch die nasskalte Mischung aus Wasser und Wind ziemlich gefroren hätte. Noch ein bisschen länger und die Kälte würde in seine Knochen dringen und ihn umbringen. Daher wirkte er einen weiteren Zauber, der alle sichtbaren Tröpfchen aus der ihn umgebenden Luft zog – und auf Saphiras Bitte hin auch aus der Luft vor Saphiras Augen, damit sie nicht ständig blinzeln musste.

Im Inneren des Ambosskopfs wehte der Wind überraschend schwach. Eragon teilte Glaedr seine Beobachtung mit, aber der alte Drache blieb grimmig wie eh und je. *Wir haben das Schlimmste noch vor uns.*

Bald wurde klar, wie recht er hatte, als ein heftiger Aufwind Saphira erfasste und sie Tausende Fuß in die Höhe schleuderte. In dieser Region war die Luft so dünn, dass Eragon nicht mehr richtig atmen konnte und der Nebel zu unzähligen winzigen Kristallen gefror, die wie rasierklingenscharfe Messer auf seiner Nase und seinen Wangen brannten und auf der Haut von Saphiras Flügeln.

Saphira zog die Flügel dicht an den Körper und ging in einen Sturzflug, um dem Aufwind zu entkommen. Nach einigen Sekunden ließ der Wind, der ihr von unten entgegenwehte, tatsächlich nach, aber nun riss ein ebenso starker Abwind sie mit furchterregender Geschwindigkeit in die Tiefe und auf die Wellen zu.

Im Sturzflug schmolzen die Eiskristalle und bildeten große, runde Regentropfen, die schwerelos neben Saphira herzuschweben schienen. In der Nähe zuckte ein Blitz – ein unheimliches blaues Leuchten hinter den Wolkenschleiern – und Eragon schrie vor Schmerz auf, als gleichzeitig der Donner krachte. Ihm dröhnten noch immer die Ohren, als er zwei kleine Fetzen vom Saum seines Umhangs abriss, um sie zusammenzurollen und sich in die Ohren zu stecken, wobei er sie so weit wie möglich hineindrückte.

Erst als sie die Unterseite der Wolken fast erreicht hatten, schaffte Saphira es, sich aus der Fallböe zu befreien. Sofort packte ein weiterer Aufwind sie und schob sie wie eine riesige Hand in den Himmel.

Danach verlor Eragon jedes Zeitgefühl. Der tobende Sturm war zu heftig, als dass Saphira sich ihm hätte widersetzen können, und sie stieg in der wirbelnden Luft weiter auf und ab wie ein Stück Treibgut, das in einen Strudel geraten war. Sie kam ein Stück voran – einige lächerliche Meilen, hart erkämpft und mit großer Mühe verteidigt –, aber immer wenn sie sich aus einer Strömung gelöst hatte, war sie schon in der nächsten gefangen.

Es war eine demütigende Erfahrung für Eragon, zu erkennen, dass er, Saphira und Glaedr dem gigantischen Sturm hilflos ausgeliefert waren und dass sie es trotz all ihrer Kräfte niemals mit den Gewalten der Elemente würden aufnehmen können.

Zweimal schleuderte der Wind Saphira beinah in die tobende See. Beide Male stießen die Abwinde sie aus dem Bauch der Wolken in den Regen, der das Meer aufwühlte. Beim zweiten Mal blickte Eragon über Saphiras Schultern und für einen Moment glaubte er, die lange dunkle Gestalt des Nïdhwals in dem aufgepeitschten Wasser zu sehen. Beim nächsten Blitz jedoch war sie verschwunden und er fragte sich, ob die dunklen Schatten ihm nur einen Streich gespielt hatten.

Als Saphiras Kraft langsam nachließ, kämpfte sie immer weniger gegen den Wind an und ließ sich stattdessen von ihm tragen, wohin er sie tragen wollte. Sie unternahm nur dann die Anstrengung, dem Sturm zu trotzen, wenn sie dem Wasser zu nah kam. Davon abgesehen hielt sie die Flügel ruhig und bot so wenig Kraft wie möglich auf. Eragon spürte, dass Glaedr begann, sie mit Energie zu versorgen, damit sie durchhielt, aber nicht einmal das versetzte sie in die Lage, mehr zu tun, als sich in der Waagerechten zu halten.

Schließlich begann auch das letzte bisschen Zwielicht in der Wolke zu schwinden und Verzweiflung überkam Eragon. Sie hatten den größten Teil des Tages damit verbracht, sich von dem Sturm herumwerfen zu lassen, und immer noch machte er keine Anstalten, sich zu legen, noch sah es so aus, als würde Saphira in absehbarer Zeit das Unwetter hinter sich lassen können.

Nachdem die Sonne untergegangen war, konnte Eragon nicht einmal mehr seine Nasenspitze erkennen und es machte keinen Unterschied, ob seine Augen offen waren oder geschlossen. Es schien, als seien er und Saphira in einen großen Haufen schwarzer Wolle gepackt worden, und tatsächlich schien die Dunkelheit ein Gewicht zu haben, wie eine greifbare Substanz, die sie von allen Seiten bedrängte.

Alle paar Sekunden zerriss ein Blitz die Finsternis, manchmal verborgen in den Wolken, manchmal direkt vor ihren Augen – so hell wie ein Dutzend Sonnen –, und anschließend schmeckte die Luft nach Eisen. Nach dem blendenden Licht schien die Nacht doppelt so finster, sodass Eragon und Saphira abwechselnd geblendet waren vom Licht und von der absoluten Schwärze, die dem Licht folgte. Doch so nah die Blitze auch kamen, Saphira wurde niemals getroffen, aber das stetige Donnergrollen setzte Eragon und Saphira zu.

Wie lange das nun schon so ging, konnte Eragon nicht sagen.

Später, irgendwann in der Nacht, geriet Saphira in einen Strom aufsteigender Luft, der viel breiter und stärker war als alles, was sie bisher erlebt hatten. Sobald sie davon erfasst wurde, begann Saphira dagegen anzukämpfen, um sich daraus zu befreien, aber die Kraft war so gewaltig, dass sie kaum die Flügel gerade halten konnte.

Schließlich brüllte sie frustriert und stieß einen Flammenstrahl aus dem Maul, der die Eiskristalle um sie herum beleuchtete und glitzern ließ wie Edelsteine.

Helft mir, bat sie Eragon und Glaedr. *Ich schaffe es nicht allein.*

Also verschmolzen die beiden ihren Geist mit dem von Saphira, und während Glaedr die notwendige Energie lieferte, rief Eragon: »Gánga fram!«

Der Zauber schob Saphira vorwärts, aber entsetzlich langsam, denn der Versuch, rechtwinklig zum Wind zu fliegen, war ebenso aussichtslos wie das Durchschwimmen des Anora zum Höhepunkt der Schneeschmelze im Frühjahr. Zwar kam Saphira etwas voran, aber gleichzeitig trug der Luftstrom sie in einem schwindelerregenden Tempo nach oben. Schon bald merkte Eragon, dass er nicht mehr genug Luft bekam, und sie stiegen immer noch mit unverminderter Geschwindigkeit auf.

Das dauert zu lange und kostet uns zu viel Energie, erklärte Glaedr. *Beende den Zauber.*

Aber …

Beende den Zauber. Wir können nicht freikommen; vorher werdet ihr beide ohnmächtig. Wir müssen auf dem Wind reiten, bis er so schwach wird, dass Saphira ihm entkommen kann.

Wie?, fragte sie, während Eragon tat, was Glaedr ihm aufgetragen hatte. Doch gleichzeitig spürte er, wie die Anstrengung und das Gefühl der Niederlage Saphiras Gedanken trübten, und das machte ihm Sorgen.

Eragon, du musst den Zauber, der dich gegen die Kälte schützt, ausweiten, um Saphira und mich darin einzuschließen. Es wird kalt werden, kälter noch als der bitterste Winter im Buckel, und ohne Magie werden wir erfrieren.

Selbst du?

Ich werde bersten wie ein heißes Glas, das man in den Schnee wirft. Als Nächstes musst du einen Zauber wirken, um die Luft um dich und Saphira herum zu sammeln und sie dort festzuhalten, damit ihr weiteratmen könnt. Aber es muss auch möglich sein, dass die verbrauchte Luft entweicht, sonst erstickt ihr. Der Wortlaut des Zaubers ist kompliziert und du darfst keinen Fehler machen, also hör genau zu. Er lautet …

Sobald Glaedr die Worte in der alten Sprache rezitiert hatte, wiederholte Eragon sie, und als der Drache mit seiner Aussprache zufrieden war, wirkte Eragon den Zauber. Dann passte er seinen Schutzzauber Glaedrs Anweisungen entsprechend an, sodass sie alle vor der Kälte geschützt waren.

Anschließend warteten sie, während der Wind sie immer höher und höher hinauftrug. Minuten verstrichen und Eragon fragte sich bereits, ob sie jemals aufhören würden zu steigen oder ob sie letztlich auf einer Höhe mit dem Mond und den Sternen sein würden.

Ihm kam der Gedanke, dass auf diese Weise vielleicht Sternschnuppen entstanden. Ein Vogel, ein Drache oder irgendein anderes irdisches Geschöpf, das von dem unerbittlichen Wind aufwärtsgerissen und mit solcher Geschwindigkeit gen Himmel katapultiert wurde, dass sie brannten wie Belagerungspfeile. Wenn ja, dann vermutete er, dass er, Saphira und Glaedr die hellste und spektakulärste Sternschnuppe seit Menschengedenken abgeben würden, falls jemand nah genug war, um ihr Dahinscheiden so weit draußen auf See zu beobachten.

Das Heulen des Windes wurde allmählich leiser. Selbst die markerschütternden Donnerschläge verhallten, und als Eragon sich die Stofffetzen aus den Ohren zog, erstaunte ihn die nahezu vollkommene Stille um sie herum. Er hörte noch immer ein schwaches Säuseln im Hintergrund, wie das Plätschern eines kleinen Waldbachs, aber davon abgesehen war es still, herrlich still.

Während das Wüten des Sturms verklang, bemerkte er, dass seine Zauber immer mehr Kraft aus ihm zogen – und zwar weniger der Schutzzauber, der sie warm hielt, sondern vielmehr der, der die Luft vor ihm und Saphira sammelte und zusammenzog, damit sie ihre Lungen wie gewohnt füllen konnten. Aus welchem Grund auch immer übertraf die Energie, die notwendig war, um den zweiten Zauber aufrechtzuerhalten, die für den ersten bald um ein Vielfaches, und er nahm bereits die Anzeichen wahr, die darauf hindeuteten, dass die Magie ihm bald das Wenige an Lebenskraft nehmen würde, was ihm noch geblieben war: die Kälte in seinen Händen, das unregelmäßige Schlagen seines Herzens und ein übermächtiges Gefühl von Schläfrigkeit, das vielleicht das besorgniserregendste Zeichen von allen war.

Dann begann Glaedr, ihn zu unterstützen. Erleichtert spürte Eragon, wie seine Last leichter wurde, während die Stärke des Drachen in ihn hineinfloss – eine Welle fieberähnlicher Hitze, die seine Müdigkeit fortschwemmte und die Kraft seines Körpers wiederherstellte.

Und so flogen sie weiter.

Endlich spürte Saphira, dass der Wind nachließ – nur wenig, aber doch merklich –, und sie bereitete sich darauf vor, aus dem Luftstrom hinauszufliegen.

Bevor es so weit war, wurden die Wolken über ihnen dünner und Eragon sah die ersten Lichter hindurchscheinen: Sterne, weiß und silbrig und heller, als er sie je zuvor gesehen hatte.

Sieh mal, sagte er. Dann riss die Wolkendecke ringsum vollends auf und Saphira tauchte aus dem Unwetter auf und schwebte unsicher auf der Säule aufsteigender Luft.

Unter ihnen sah Eragon den gewaltigen Strudel des Sturms, der sich scheinbar über hundert Meilen in alle Richtungen erstreckte. Das Zentrum sah aus wie eine gewölbte, pilzähnliche Kuppel. Darüber strichen tückische Seitenwinde, die von Westen her wehten und Saphira aus dem Gleichgewicht zu bringen drohten. Die Wolken nah und fern waren milchweiß und wirkten beinahe wie von innen beleuchtet. Sie sahen schön aus und harmlos – friedliche, sich niemals verändernde Gebilde, die nichts von der Gewalt in ihrem Innern verrieten.

Dann wandte Eragon den Blick zum Himmel und hielt den Atem an. Er sah mehr Sterne, als er je für möglich gehalten hätte – er hatte nicht geahnt, dass es so viele gab. Rot, blau, weiß und golden standen sie am Firmament wie funkelnder Staub. Die Sternbilder, die er kannte, waren nach wie vor gut zu erkennen, aber dazwischen leuchteten jetzt Tausende schwächerer Sterne, die er zum allerersten Mal sah. Und die Sterne schienen nicht nur heller; die Finsternis zwischen ihnen wirkte auch dunkler. Es war, als hätte bisher immer ein Nebel über seinen Augen gelegen, der ihn daran gehindert hatte, die wahre Pracht der Sterne zu erkennen, wenn er in den Himmel blickte.

Einige Sekunden lang betrachtete er das spektakuläre Bild, voller Ehrfurcht angesichts der herrlichen, willkürlichen, nicht fassbaren Natur der funkelnden Lichter. Erst als er schließlich den Blick senkte, fiel ihm auf, dass an dem purpurfarbenen Horizont irgendetwas ungewöhnlich war. Statt dass Himmel und Meer sich in einer geraden Linie trafen – wie sie es tun sollten und wie sie es immer getan hatten –, wölbte sich die Verbindungsstelle wie der Rand eines unvorstellbar großen Kreises.

Es war ein solch seltsamer Anblick, dass Eragon eine Weile brauchte, um zu begreifen, was er sah, und als er es begriff, kribbelte seine Kopfhaut und es raubte ihm den Atem.

»Die Welt ist rund«, flüsterte er. »Der Himmel ist weit und die Welt ist rund.«

So scheint es, erwiderte Glaedr, aber er schien genauso beeindruckt zu sein. *Ich habe das einen wilden Drachen sagen hören, aber ich hätte nie erwartet, es einmal selbst zu sehen.*

Im Osten färbte ein schwacher Schimmer einen Teil des Horizonts gelber und kündigte die Rückkehr der Sonne an. Eragon schätzte, dass sie, wenn Saphira ihre Position noch vier oder fünf Minuten hielt, die Sonne aufgehen sehen würden, obwohl noch immer Stunden vergehen würden, bevor die warmen, Leben spendenden Strahlen das Wasser tief unter ihnen erreichten.

Saphira balancierte noch einen Moment lang auf derselben Stelle und die drei schwebten im stummen Zwielicht zwischen den Sternen und der Erde wie heimatlose Geister. Sie waren an einem Ort im Nirgendwo, weder Teil des Himmels noch Teil der Welt unter ihnen – ein Staubkorn an der Grenze zwischen zwei Unendlichkeiten.

Dann neigte sich Saphira nach vorn und stürzte im rasenden Sinkflug nach Norden, denn die Luft war so dünn, dass ihre Flügel ihr Gewicht nur bei hoher Geschwindigkeit tragen konnten, sobald sie den aufsteigenden Luftstrom verlassen hatte.

Während sie hinunterschoss, fragte Eragon: *Wenn wir genug Juwelen hätten und wenn wir darin genug Energie speichern würden, meint ihr, wir könnten den ganzen Weg bis hinauf zum Mond fliegen?*

Wer weiß schon, was möglich ist?, gab Glaedr zurück.

Als Eragon ein Kind war, waren Carvahall und das Palancar-Tal alles gewesen, was er gekannt hatte. Er hatte natürlich vom Imperium gehört, aber es war ihm niemals wirklich real erschienen, bis er seine Heimat verlassen und begonnen hatte, darin herumzureisen. Von da an hatte sich sein Horizont erweitert und umfasste schließlich ganz Alagaësia und vage auch die anderen Länder, von denen er bisher nur gelesen oder gehört hatte. Jetzt begriff er, dass das, was er für so groß gehalten hatte, tatsächlich nur ein kleiner Teil eines viel größeren Ganzen war. Es war, als hätte sich seine Perspektive binnen weniger Sekunden von der einer Ameise in die eines Adlers gewandelt.

Denn der Himmel war weit und die Welt war rund.

Das brachte ihn dazu … *alles* neu zu betrachten und einzuordnen. Der Krieg zwischen den Varden und dem Imperium erschien ihm auf einmal belanglos, im Vergleich zur wahren Größe der Welt, und er dachte, wie unbedeutend die meisten Kränkungen und Sorgen waren, die die Leute plagten, wenn man sie von so hoch oben betrachtete.

Zu Saphira sagte er: *Wenn nur alle sehen könnten, was wir gesehen haben, gäbe es vielleicht weniger Kriege auf der Welt.*

Du kannst von Wölfen nicht erwarten, dass sie Schafe werden.

Nein, aber genauso wenig brauchen die Wölfe den Schafen gegenüber so grausam zu sein.

Saphira tauchte schon bald wieder in die Düsternis der Wolken ein, aber es gelang ihr, weitere Strömungen aufsteigender und fallender Luft zu vermeiden. Stattdessen glitt sie viele Meilen dahin und machte sich dabei immer wieder günstige Aufwinde zunutze, um ihre Kräfte zu schonen.

Ein oder zwei Stunden später teilte sich der Dunst und sie ließen die gewaltigen Wolkenmassen hinter sich, die das Zentrum des Sturms gebildet hatten. Sie glitten weiter hinunter bis zu den niedrigen Wolken, die wie ein weißes Tuch alles bedeckten, was in Sichtweite lag, außer dem riesigen Ambosskopf hinter ihnen.

Als die Sonne endlich am Horizont erschien, hatten weder Eragon noch Saphira die Energie, ihrer Umgebung viel Aufmerksamkeit zu schenken. Und es gab auch nichts in der Einförmigkeit unter ihnen, was ihre Aufmerksamkeit erregt hätte.

Es war schließlich Glaedr, der sagte: *Saphira, da, rechts von dir. Siehst du es?*

Eragon hob den Kopf von seinen verschränkten Armen und blinzelte, während seine Augen sich an die Helligkeit gewöhnten.

Einige Meilen weiter nördlich erhob sich aus den Wolken ein Ring aus Bergen. Die Gipfel waren bedeckt mit Schnee und Eis, und zusammen sahen sie aus wie eine uralte, gezackte Krone, die auf mehreren Schichten Nebel ruhte. Die Osthänge leuchteten im strahlenden Licht der Morgensonne, während lange dunkelblaue Schatten die Westhänge bedeckten und in die wogende schneeweiße Ebene stachen wie spitze, finstere Dolche.

Eragon setzte sich auf und wagte kaum zu glauben, dass sie ihr Ziel fast erreicht hatten.

Seht, sagte Glaedr, *Aras Thelduin, die Feuerberge, die das Herz Vroengards hüten. Flieg schneller, Saphira, denn unser Ziel ist nah.*

Bohrmaden

Sie erwischten sie an der Kreuzung zweier gleichartiger Flure, beide gesäumt von Säulen, Fackeln und scharlachroten Bannern mit der gedrehten goldenen Flamme, die Galbatorix' Hoheitszeichen war.

Nasuada hatte nicht erwartet, zu entkommen, nicht wirklich, aber sie musste zugeben, dass sie über ihr Scheitern trotzdem enttäuscht war. Zumindest hatte sie gehofft, etwas weiter zu kommen, bevor sie sie fassten.

Sie wehrte sich weiter, während die Soldaten sie zurück in den Raum zerrten, der ihr Gefängnis gewesen war. Die Männer trugen Brustpanzer und Armschienen, aber es gelang ihr trotzdem, ihnen das Gesicht zu zerkratzen und sie in die Hände zu beißen. Zwei der Männer verletzte sie ziemlich schlimm.

Die Soldaten stießen entsetzte Schreie aus, als sie in die Halle der Wahrsagerin kamen und sahen, was sie mit ihrem Wärter gemacht hatte. Sorgsam darauf bedacht, nicht in die Blutlache zu treten, trugen sie sie zu der Steinplatte und fesselten sie darauf. Dann eilten sie davon und ließen sie mit dem Toten allein.

Sie schrie und zerrte an ihren Fesseln, wütend auf sich selbst, dass sie es nicht besser gemacht hatte. Voller Zorn warf sie einen Blick auf den Toten auf dem Boden, dann wandte sie sich hastig wieder ab. Obwohl er tot war, schien der Mann sie mit anklagender Miene anzustarren und sie konnte es nicht ertragen, ihn anzusehen.

Nachdem sie den Löffel gestohlen hatte, hatte sie Stunden damit verbracht, das Ende des Griffs an ihrer Steinliege zu schärfen. Der Löffel war aus weichem Eisen, daher hatte er sich leicht formen lassen.

Sie hatte geglaubt, dass Galbatorix und Murtagh sie als Nächstes aufsuchen würden, aber stattdessen war ihr Wärter gekommen und hatte ihr Essen gebracht – vermutlich ein spätes Abendessen. Er hatte begonnen, ihre Fesseln zu lösen, um sie zum Abort zu führen. Sobald er ihre linke Hand befreit hatte, hatte sie ihm den geschärften Griff des Löffels unters Kinn gestoßen und in seine Kehle gebohrt. Der Mann hatte gequiekt – ein schreckliches, schrilles Geräusch, das sie an ein Schwein beim Schlachter erinnert hatte –, sich dreimal um sich selbst gedreht und mit den Armen gerudert. Dann war er zu Boden gesunken, wo er zuckend liegen geblieben war. Er hatte Schaum vor dem Mund gehabt und unglaublich lange mit den Fersen auf den Boden getrommelt.

Es war ihr nicht leichtgefallen, ihn zu töten. Sie glaubte nicht, dass der Mann böse gewesen war – sie war nicht sicher, was er gewesen war –, aber sie hatte das Gefühl, seine Einfältigkeit ausgenutzt zu haben. Trotzdem hatte sie getan, was notwendig war, und obwohl sie es jetzt abstoßend fand, war sie nach wie vor davon überzeugt, dass ihre Tat gerechtfertigt gewesen war.

Während der Mann sich in Todeskrämpfen gewunden hatte, hatte sie ihre restlichen Fesseln gelöst und war von der Steinplatte gesprungen. Anschließend hatte sie sich zusammengerissen und den Löffel aus dem Hals des Mannes gezogen. Sofort war ein Strahl Blut hervorgeschossen – wie Wein aus dem Spundloch eines Fasses, nachdem man den Zapfen herausgezogen hatte – und ihr auf die Beine gespritzt. Erschrocken war sie zurückgesprungen, wobei sie einen Fluch unterdrückt hatte.

Mit den beiden Wachen vor der Halle der Wahrsagerin war sie mühelos fertig geworden. Sie hatte sie überrascht und den Wachposten auf der rechten Seite fast auf die gleiche Weise getötet wie ihren Wärter. Dann hatte sie den Dolch aus dem Gürtel des Mannes gezogen und den anderen angegriffen, noch während er damit beschäftigt gewesen war, seine Pike auf sie zu richten. Im Nahkampf war eine Pike einem Dolch unterlegen und sie hatte ihn aufgeschlitzt, bevor er fliehen oder auch nur Alarm schlagen konnte.

Danach war sie nicht mehr sehr weit gekommen. Ob es an Galbatorix' Zaubern lag oder ob es einfach Pech gewesen war, jedenfalls lief sie fünf Soldaten direkt in die Arme, die sie schnell, wenn auch nicht mühelos überwältigten.

Es war wohl noch nicht mehr als eine halbe Stunde vergangen, als sie eine große Gruppe von Männern in eisenbeschlagenen Stiefeln auf die Tür des Raums zumarschieren hörte. Dann kam Galbatorix hereingestürmt, gefolgt von mehreren Wachen.

Wie immer blieb er dort stehen, wo sie ihn gerade noch aus den Augenwinkeln sehen konnte, und da stand er, eine hochgewachsene dunkle Gestalt mit kantigem Gesicht, von dem nur die Umrisse erkennbar waren. Sie sah, wie er sich umschaute, um sich ein Bild von dem Geschehen zu machen. Dann fragte er mit kalter Stimme: »Wie konnte das passieren?«

Ein Soldat mit einer Feder am Helm huschte vor Galbatorix, kniete vor ihm nieder und hielt ihm ihren geschärften Löffel hin. »Herr, das haben wir in einem der Männer draußen gefunden.«

Der König nahm den Löffel entgegen und drehte ihn in den Händen. »Ich verstehe.« Er wandte den Kopf in ihre Richtung. Dann packte er die Enden des Löffels und verbog ihn ohne erkennbare Anstrengung, bis er entzweibrach. »Ihr wusstet, dass Ihr nicht entkommen konntet, und doch musstet Ihr es versuchen. Ich werde nicht zulassen, dass Ihr meine Männer tötet, nur um mir zu trotzen. Ihr habt nicht das Recht, ihnen das Leben zu nehmen. Ihr habt überhaupt kein Recht, *irgendetwas* zu tun, sofern ich es nicht erlaube.« Er warf die Metallstücke auf den Boden. Dann drehte er sich weg und verließ die Halle der Wahrsagerin, während sein schwerer Umhang hinter ihm herwehte.

Zwei der Soldaten schafften die Leiche des Wärters hinaus, dann säuberten sie den Raum von seinem Blut und verfluchten sie, während sie schrubbten.

Sobald die Soldaten gegangen waren und sie wieder allein war, seufzte sie tief und etwas von der Anspannung wich aus ihren Gliedern.

Sie wünschte, sie hätte die Gelegenheit gehabt, etwas zu essen, denn jetzt, wo die Aufregung vorüber war, hatte sie Hunger. Schlimmer noch, sie vermutete, dass sie Stunden würde warten müssen, bevor sie mit der nächsten Mahlzeit rechnen konnte, vorausgesetzt, dass Galbatorix nicht beschloss, sie mit Essensentzug zu bestrafen.

Ihre Gedanken an Brot, gebratenes Fleisch und einen großen Kelch Wein waren nur von kurzer Dauer, da sie bald wieder das Geräusch vieler Stiefel im Flur vor ihrer Zelle vernahm. Erschrocken versuchte sie, sich gedanklich auf alle Unannehmlichkeiten vorzubereiten, die bevorstehen konnten, denn unangenehm würde es ganz bestimmt werden.

Die Tür krachte auf und die Schritte zweier Männer hallten durch den achteckigen Raum. Murtagh und Galbatorix kamen zu ihr. Murtagh bezog seinen gewohnten Posten. Aber ohne das Kohlebecken, mit dem er sich beschäftigen konnte, verschränkte er die Arme vor der Brust, lehnte sich an die Wand und starrte auf den Boden. Was sie unter seiner silbernen Halbmaske von seiner Miene erkennen konnte, beruhigte sie nicht. Seine Gesichtszüge wirkten noch härter als sonst und die Art, wie er den Mund verzog, ließ sie vor Angst erschauern.

Statt sich zu setzen, wie er es sonst zu tun pflegte, stand Galbatorix seitlich hinter ihrem Kopf, wo sie seine Gegenwart mehr spüren als sehen konnte.

Er streckte seine langen, klauenähnlichen Hände über sie. In ihnen hielt er eine kleine Schatulle. Die Schatulle war mit Einlegearbeiten aus Horn verziert, die vielleicht Schriftzeichen aus der alten Sprache darstellten. Das Beunruhigendste war, dass ein schwaches Sirren aus dem Behälter kam, leise wie das Scharren einer Maus, aber doch deutlich.

Mit dem Daumennagel schob Galbatorix den Deckel der Schatulle auf. Dann griff er hinein und zog etwas heraus, was aussah wie eine große elfenbeinfarbene Made. Die Kreatur war fast drei Zoll lang und hatte an einem Ende einen winzigen Mund, mit dem sie das Sirren ausstieß, das Nasuada zuvor gehört hatte, und wohl ihr Missfallen zum Ausdruck brachte. Die Made war dick und segmentiert wie eine Raupe, aber falls sie irgendwelche Beine hatte, dann waren sie so klein, dass sie nicht zu sehen waren.

Während die Kreatur in dem vergeblichen Versuch, sich aus

Galbatorix' Fingern zu befreien, hin und her zappelte, erklärte der König: »Das ist eine Bohrmade. Sie ist nicht, was sie zu sein scheint. Nur wenige Dinge sind das, aber im Fall der Bohrmaden gilt das ganz besonders. Man findet sie nur an einem einzigen Ort in Alagaësia und sie sind viel schwerer zu fangen, als Ihr vielleicht vermutet. Nehmt es also als Zeichen meiner Wertschätzung für Euch, Nasuada, Tochter von Ajihad, dass ich mich dazu herablasse, eine bei Euch anzuwenden.« Seine Stimme wurde leiser und noch vertraulicher. »Ich würde allerdings ungern mit Euch tauschen.«

Das Sirren der Bohrmade wurde lauter, als Galbatorix sie auf die nackte Haut von Nasuadas rechtem Arm fallen ließ, direkt unterhalb des Ellbogens. Nasuada zuckte zusammen, als die abscheuliche Kreatur auf ihr landete. Sie war schwerer, als sie aussah, und ihre Unterseite krallte sich mit etwas fest, was sich anfühlte wie Hunderte kleiner Haken.

Die Bohrmade sirrte noch einen Moment länger, dann zog sich ihr Körper eng zusammen und *hüpfte* Nasuadas Arm mehrere Zoll hinauf.

Sie zerrte an ihren Fesseln und wand sich, weil sie hoffte, die Made abschütteln zu können, aber die Kreatur klammerte sich an sie.

Noch einmal hüpfte sie.

Und noch einmal.

Jetzt war sie auf Nasuadas Schulter angelangt und zwickte und grub die Haken wie einen Streifen winziger Kletten in Nasuadas Haut. Aus den Augenwinkeln sah sie, wie die Bohrmade ihren augenlosen Kopf hob und ihn in Richtung ihres Gesichtes drehte, als prüfe sie die Luft. Ihr winziger Mund öffnete sich und Nasuada konnte scharfe, schneidende Kiefer zwischen ihrer Ober- und Unterlippe erkennen.

»Skrie-skrie?«, sirrte die Bohrmade. *»Skrie-skra?«*

»Nicht dort«, erwiderte Galbatorix und sagte ein Wort in der alten Sprache.

Als sie das Wort hörte, drehte sich die Bohrmade zu Nasuadas Erleichterung von ihrem Kopf weg. Dann machte sie sich wieder auf den Weg ihren Arm hinunter.

Nur wenige Dinge machten Nasuada Angst. Die Berührung des heißen Eisens auf ihrer Haut machte ihr Angst. Der Gedanke, dass Galbatorix für immer in Urû'baen herrschen könnte, machte ihr Angst. Der Tod machte ihr natürlich Angst, wenn auch nicht deshalb, weil sie das Ende ihrer Existenz fürchtete, sondern weil sie Angst hatte, all die Dinge unerledigt zurücklassen zu müssen, die sie noch hatte zu Ende bringen wollen.

Aber aus irgendeinem Grund verstörte der Anblick und das Gefühl der Bohrmade auf ihrer Haut sie so sehr, wie sie es bis zu diesem Augenblick noch nie erlebt hatte. Jeder Muskel ihres Körpers schien zu brennen und zu kribbeln. Sie verspürte einen übermächtigen Drang, wegzurennen, zu fliehen, einen so großen Abstand zwischen sich und diese Kreatur zu bringen wie nur möglich, denn mit der Bohrmade schien etwas auf ganz grundsätzliche Art und Weise *nicht zu stimmen*. Sie bewegte sich nicht so, wie sie sollte, und ihr abstoßender kleiner Mund erinnerte Nasuada an den eines Kindes, und das Geräusch, das sie machte, dieses schreckliche Sirren, weckte in Nasuada einen tief verwurzelten Ekel.

Die Bohrmade hielt an ihrem Ellbogen inne.

»Skrie-skrie!«

Dann zog sich ihr fetter Körper zusammen und hüpfte vier, fünf Zoll hoch in die Luft, um anschließend mit dem Kopf voraus auf Nasuadas Ellbogen zuzustürzen.

Als sie aufkam, teilte sich die Bohrmade in ein Dutzend kleiner, leuchtend grüner Tausendfüßler, die über Nasuadas Arm ausschwärmten, bevor jeder von ihnen eine Stelle auswählte, an der er seine Kiefer in ihr Fleisch grub und sich in ihre Haut bohrte.

Der Schmerz war zu groß, als dass sie ihn ertragen konnte. Sie wehrte sich gegen ihre Fesseln und schrie, aber sie konnte den Qualen nicht entkommen, nicht in diesem Moment und scheinbar endlos lange Zeit nicht. Das glühende Eisen hatte schlimmere Schmerzen verursacht, doch lieber hätte sie das heiße Metall gespürt, denn es war unpersönlich, unbelebt und berechenbar, was für die Bohrmade nicht galt. Es lag ein besonderes Grauen darin, zu wissen, dass der Schmerz von Geschöpfen verursacht wurde, die an ihr *nagten,* und schlimmer noch, die sich in sie hineingefressen hatten.

Schließlich verlor sie ihren Stolz und ihre Selbstbeherrschung und flehte die Göttin Gokukara weinend um Gnade an. Dann begann sie zu plappern wie ein Kind, außerstande, den Strom willkürlicher Worte zu bremsen, der aus ihrem Mund kam.

Und hinter sich hörte sie Galbatorix lachen und seine Freude über ihr Leid ließ ihren Hass auf ihn noch größer werden.

Sie blinzelte und kam langsam zu sich.

Nach einigen Sekunden begriff sie, dass Murtagh und Galbatorix verschwunden waren. Sie konnte sich nicht daran erinnern, dass sie weggegangen waren. Sie musste zuvor das Bewusstsein verloren haben.

Der Schmerz war nicht mehr ganz so schlimm, aber es tat immer noch schrecklich weh. Sie sah an sich hinunter, dann wandte sie den Blick ab und spürte, wie ihr Puls sich beschleunigte. Wo die Tausendfüßler gewütet hatten – sie wusste nicht, ob man sie nach der Teilung auch noch als Bohrmaden bezeichnete –, war ihre Haut geschwollen und purpurnes Blut füllte die Gänge, die sie unter der Oberfläche ihrer Haut hinterlassen hatten. Jeder Gang brannte höllisch. Es fühlte sich an, als habe man die Vorderseite ihres Körpers mit einer Metallpeitsche bearbeitet.

Sie fragte sich, ob die Bohrmaden noch immer in ihr waren und nur einen Verdauungsschlaf hielten. Oder ob sie sich verwandelten – wie normale Maden in Fliegen – und zu etwas noch Schlimmerem werden würden. Oder, und das schien die schrecklichste Vorstellung, ob sie vielleicht Eier in ihr legten und bald noch *mehr* von ihnen schlüpfen und beginnen würden, sich an ihr gütlich zu tun.

Sie schauderte und schrie vor Angst und Hilflosigkeit.

Die Wunden machten es ihr schwer, bei Bewusstsein zu bleiben. Immer wieder wurde ihr schwarz vor Augen und sie ertappte sich dabei, dass sie weinte. Sie verachtete sich dafür, aber sie konnte nicht aufhören, sosehr sie sich auch bemühte. Um sich abzulenken, begann sie mit sich selbst zu reden – größtenteils sinnloses Zeug –, nur um sich Mut zu machen oder ihre Gedanken auf andere Dinge zu richten. Es half, zumindest ein wenig.

Sie wusste, dass Galbatorix sie nicht töten wollte, aber sie fürchtete, dass er in seinem Zorn weiter gegangen war, als er beabsichtigt hatte. Sie zitterte und ihr ganzer Körper brannte noch immer, als sei sie von Hunderten von Bienen gestochen worden. Ihre Willenskraft konnte sie nur über einen begrenzten Zeitraum aufrechterhalten. Ganz gleich, wie entschlossen sie war, die Widerstandskraft ihres Körpers hatte Grenzen und sie hatte das Gefühl, dass sie sie bereits weit überschritten hatte. Irgendetwas tief in ihr schien gebrochen zu sein und sie glaubte längst nicht mehr daran, dass sie von ihren Verletzungen wieder genesen würde.

Die Tür des Raums öffnete sich scharrend.

Sie kniff die Augen zusammen und versuchte angestrengt zu erkennen, wer hereinkam.

Es war Murtagh.

Er sah auf sie herunter, die Lippen verkniffen, die Nasenflügel gebläht, eine Furche zwischen den Brauen. Zuerst dachte sie, er sei wütend, aber dann begriff sie, dass er tatsächlich besorgt war und Angst hatte, furchtbare Angst. Dass er sich so große Sorgen machte, überraschte sie. Sie wusste, dass er eine gewisse Zuneigung zu ihr empfand – warum sonst hätte er Galbatorix überreden sollen, sie am Leben zu lassen? –, aber sie hätte nicht gedacht, dass ihm so viel an ihr lag.

Sie versuchte, ihn mit einem Lächeln zu beruhigen. Das Lächeln war ihr anscheinend nicht gut gelungen, denn Murtagh presste die Zähne aufeinander, als könne er sich nur mühsam beherrschen.

»Versucht, Euch nicht zu bewegen«, sagte er, hob die Hände über sie und begann in der alten Sprache zu murmeln.

Als ob ich mich bewegen könnte, dachte sie.

Seine Magie zeigte bald Wirkung und Wunde für Wunde verebbte der Schmerz, aber er verschwand nicht ganz.

Sie runzelte die Stirn und sah ihn fragend an, worauf er erklärte: »Es tut mir leid. Mehr kann ich nicht tun. Galbatorix würde wissen, was zu tun ist, aber das hier übersteigt meine Kräfte.«

»Was … was ist mit Euren Eldunarí?«, fragte sie. »Sie können doch bestimmt helfen.«

Er schüttelte den Kopf. »Das sind alles junge Drachen, jedenfalls waren sie es, als ihre Körper starben. Sie wussten zu diesem Zeitpunkt nur wenig über Magie und Galbatorix hat ihnen seither fast nichts beigebracht … es tut mir leid.«

»Habe ich diese *Dinger* noch in meinem Körper?«

»Nein! Galbatorix hat sie entfernt, gleich nachdem Ihr ohnmächtig geworden seid.«

Ihre Erleichterung war unendlich groß. »Euer Zauber hat den Schmerz nicht verhindert.« Sie versuchte, nicht anklagend zu klingen, trotzdem stahl sich ein bitterer Unterton in ihre Stimme.

Er verzog das Gesicht. »Ich weiß nicht genau, warum. Das hätte er eigentlich tun sollen. Was immer das für eine Kreatur ist, sie passt nicht in die normalen Muster der Welt.«

»Wisst Ihr, woher sie kommt?«

»Nein. Ich habe erst heute von ihr erfahren, als Galbatorix sie aus seinen Gemächern holte.«

Sie schloss für einen Moment die Augen. »Lasst mich aufstehen.«

»Seid Ihr Euch …?«

»Lasst mich aufstehen.«

Ohne ein Wort löste er ihre Fesseln. Dann stand sie auf und hielt sich taumelnd an ihrer Steinliege fest, bis der Schwindelanfall vorüber war.

»Hier«, sagte Murtagh und reichte ihr seinen Umhang. Sie hüllte sich darin ein, um sich zu bedecken, aber auch, um es wärmer zu haben. Außerdem brauchte sie dann die Brandwunden, den Schorf, die Blasen und die blutgefüllten Madengänge, die sie entstellten, nicht länger zu sehen.

Sie humpelte bis zur nächsten Wand, denn die Tausendfüßler waren unter anderem auch an ihren Fußsohlen gewesen, lehnte sich dagegen und ließ sich langsam auf den Boden sinken.

Murtagh setzte sich neben sie und zu zweit starrten sie auf die gegenüberliegende Wand.

Obwohl sie es nicht wollte, begann sie zu weinen.

Nach einer Weile spürte sie, dass er sie an der Schulter berührte, und sie zuckte zurück. Sie konnte nicht anders. Er hatte ihr in den vergangenen Tagen unvorstellbare Schmerzen zugefügt, und auch wenn sie wusste, dass er es nicht hatte tun wollen, konnte sie nicht vergessen, dass er es war, der das glühende Eisen geführt hatte.

Aber als sie merkte, wie sehr ihre Reaktion ihn traf, gab sie nach und nahm seine Hand. Er drückte ihre Finger sanft, dann legte er ihr einen Arm um die Schultern und zog sie an sich. Einen Moment zögerte sie, dann ließ sie sich in seine Arme sinken und legte den Kopf an seine Brust, während sie weiterweinte und ihr leises Schluchzen in dem kahlen, steinernen Raum widerhallte.

Nach einer Weile spürte sie, wie er sich bewegte, und er sagte: »Ich werde einen Weg finden, Euch zu befreien, ich schwöre es. Für Dorn und mich ist es zu spät. Aber nicht für Euch. Solange Ihr Galbatorix keine Gefolgschaft schwört, besteht immer noch eine Chance, dass ich Euch aus Urû'baen fortbringen kann.«

Sie sah zu ihm auf und kam zu dem Schluss, dass er seine Worte ernst meinte. »Wie?«, flüsterte sie.

»Ich habe nicht die leiseste Ahnung«, gab er mit einem verwegenen Lächeln zu. »Aber ich werde es tun. Ich tue, was immer dafür notwendig ist. Aber Ihr müsst mir versprechen, dass Ihr nicht aufgeben werdet – nicht bis ich es versucht habe. Einverstanden?«

»Ich glaube nicht, dass ich dieses … *Ding* noch einmal ertrage. Wenn er es wieder auf meinen Körper legt, werde ich ihm geben, was immer er will.«

»Das braucht Ihr nicht. Er hat nicht vor, die Bohrmaden noch einmal zu benutzen.«

»Was hat er dann vor?«

Murtagh schwieg noch einen Moment länger. »Er hat beschlossen, zu beeinflussen, was Ihr seht, hört, fühlt und schmeckt. Wenn das nicht funktioniert, wird er Euren Geist direkt angreifen. Ihr werdet Euch ihm nicht widersetzen können, wenn er das tut. Niemand hat das je geschafft. Doch ich bin mir sicher, dass ich Euch retten kann, bevor es dazu kommt. Ihr braucht nur noch ein paar Tage zu kämpfen. Das ist alles – nur noch ein paar Tage.«

»Wie soll ich das schaffen, wenn ich meinen Sinnen nicht trauen kann?«

»Es gibt einen Sinn, den er nicht täuschen kann.« Murtagh drehte sich zu ihr, um sie direkt ansehen zu können. »Erlaubt Ihr mir, Euren Geist zu berühren? Ich werde nicht versuchen, Eure Gedanken zu lesen. Ich will nur, dass Ihr wisst, wie mein Geist sich anfühlt, damit Ihr ihn wiedererkennt – damit Ihr *mich* wiedererkennt.«

Sie zögerte. Sie wusste, dass das ein Wendepunkt war. Entweder war sie bereit, ihm zu vertrauen, oder sie weigerte sich und vertat vielleicht ihre einzige Chance, nicht Galbatorix' Sklavin zu werden. Trotzdem war es ihr unheimlich, irgendjemandem Zugang zu ihrem Geist zu gewähren. Murtagh konnte versuchen, sie einzulullen, damit sie in ihrer Wachsamkeit nachließ und er sich müheloser in ihrem Bewusstsein einnisten konnte. Oder er hoffte, an irgendeine Information zu kommen, indem er ihre Gedanken belauschte.

Dann dachte sie: *Warum sollte Galbatorix Zuflucht zu solchen Tricks nehmen? Er könnte alle diese Dinge selbst tun. Murtagh hat recht, ich wäre nicht in der Lage, mich ihm zu widersetzen … Wenn ich Murtaghs Angebot annehme, kann das meinen Untergang bedeuten, aber wenn ich ablehne, ist mein Untergang unvermeidlich. Auf die eine oder andere Weise wird Galbatorix mich brechen. Es ist nur eine Frage der Zeit.*

»Tut es«, sagte sie.

Murtagh nickte und schloss halb die Augen.

In der Stille ihres Geistes begann sie die Verse zu rezitieren, die sie immer aufsagte, wenn sie ihre Gedanken verbergen oder ihr Bewusstsein gegen einen Eindringling verteidigen wollte. Sie konzentrierte sich mit aller Macht darauf, entschlossen, Murtagh abzuwehren, wenn es nötig sein sollte, und außerdem entschlossen, an keines der Geheimnisse zu denken, die sie auf keinen Fall verraten durfte.

Ein Mann aus El-Harím, ein Mann mit gelben Augen,
der sagte: Flüstre nicht, denn Flüstern wird nie taugen.
Und ring nicht mit der Finsternis Dämonen –
auch wenn sie weichen,
so hinterlassen sie in deinem Geiste doch ein Zeichen.
Und lass dich mit den Schatten aus der Tiefe niemals ein –
sie suchen dich sonst selbst im Schlafe
wie ohnehin im Wachen heim.

Als Murtaghs Bewusstsein gegen ihres drängte, versteifte sie sich und begann die Zeilen des Gedichtes schneller zu rezitieren. Zu ihrer Überraschung fühlte sich sein Geist vertraut an. Die Ähnlichkeit zwischen seinem Bewusstsein und... Nein, sie konnte nicht sagen, wessen Bewusstsein, aber die Ähnlichkeit war verblüffend, ebenso wie die gleichermaßen auffälligen Unterschiede. Der größte Unterschied war sein Zorn, der im Kern seines Wesens lag wie ein kaltes schwarzes Herz, zusammengekrampft und reglos, mit Adern des Hasses, die sich daraus hervorschlängelten und sich um den Rest seines Geistes legten. Aber seine Sorge um sie übertraf seinen Zorn. Das zu sehen, überzeugte sie, dass seine Anteilnahme aufrichtig war. Denn es war unglaublich schwierig, sich im Innersten zu verstellen, und sie glaubte nicht, dass Murtagh sie so überzeugend hätte täuschen können.

Murtagh hielt Wort und machte keinen Versuch, mit Gewalt tiefer in ihren Geist einzudringen. Nach einigen Sekunden zog er sich zurück und sie war wieder allein mit ihren Gedanken.

Murtagh öffnete die Augen wieder ganz und meinte: »So. Werdet Ihr mich wiedererkennen, wenn ich meinen Geist zu Euch aussende?«

Sie nickte.

»Gut. Galbatorix kann vieles, aber er kann nicht nachahmen, wie sich der Geist einer anderen Person anfühlt. Ich werde versuchen, Euch zu warnen, bevor er anfängt, Eure Sinne zu verfälschen, und ich werde mich mit Euch in Verbindung setzen, wenn er damit aufhört. Auf diese Weise wird er nicht in der Lage sein, Euch den Sinn dafür zu rauben, was real ist und was nicht.«

»Danke«, erwiderte sie, unfähig, ihre ganze Dankbarkeit in ein so kurzes Wort zu fassen.

»Glücklicherweise haben wir noch etwas Zeit. Die Varden sind nur noch drei Tagesmärsche entfernt und von Norden kommen die Elfen schnell näher. Galbatorix ist damit beschäftigt, die letzten Vorbereitungen für die Verteidigung Urû'baens zu beaufsichtigen und seine Vorgehensweise mit Graf Barst zu besprechen, der das Kommando über die Armee führt, nachdem sie jetzt in der Stadt stationiert ist.«

Sie runzelte die Stirn. Das verhieß nichts Gutes. Sie hatte von Graf Barst gehört. Unter den Adligen an Galbatorix' Hof galt er als gefürchteter Mann. Es hieß, er besitze einen außerordentlich scharfen Verstand und an seinen Händen klebe Blut. Angeblich vernichtete er ohne Gnade alle, die so töricht waren, sich ihm zu widersetzen.

»Nicht Ihr?«, fragte sie.

»Mit mir hat Galbatorix andere Pläne, obwohl er sie mir noch nicht mitgeteilt hat.«

»Wie lange wird er mit seinen Vorbereitungen noch beschäftigt sein?«

»Heute und morgen.«

»Denkt Ihr, Ihr könnt mich vor seiner Rückkehr befreien?«

»Ich weiß es nicht. Vermutlich nicht.« Für einen Moment herrschte Schweigen zwischen ihnen. Dann meinte er: »Jetzt habe ich eine Frage an Euch: Warum habt Ihr diese Männer getötet? Ihr wusstet, dass Euch die Flucht nicht gelingen würde. Habt Ihr es nur getan, um Galbatorix zu trotzen, wie er gesagt hat?«

Sie seufzte und hob den Kopf von Murtaghs Brust, bis sie aufrecht saß. Mit einigem Widerstreben ließ er ihre Schulter los. Sie wischte sich die Tränen von den Wangen, dann sah sie ihm direkt in die Augen. »Ich konnte nicht einfach daliegen und zulassen, dass er mit mir tat, was er wollte. Ich musste mich wehren. Ich musste ihm zeigen, dass er mich nicht gebrochen hatte, und ich wollte ihn so sehr verletzen, wie ich nur konnte.«

»Also *war* es Trotz!«

»Zum Teil. Wieso?« Sie erwartete, dass er seinen Abscheu ausdrücken oder ihre Taten verurteilen würde, aber stattdessen musterte er sie anerkennend und verzog die Lippen zu einem kleinen, wissenden Lächeln.

»Dann sage ich, gut gemacht«, erwiderte er.

Nach einem Moment erwiderte sie sein Lächeln. »Außerdem«, stellte sie fest, »bestand immer die Chance, dass ich es vielleicht doch schaffen könnte.«

Er schnaubte. »Und Drachen könnten anfangen, Gras zu fressen.«

»Trotzdem, ich musste es versuchen.«

»Ich verstehe. Wenn ich dazu in der Lage gewesen wäre, hätte ich das Gleiche getan, als die Zwillinge mich seinerzeit hierhergebracht haben.«

»Und jetzt?«

»Ich kann es nach wie vor nicht, und selbst wenn ich es könnte, welchen Zweck hätte es?«

Darauf wusste sie keine Antwort. Stille folgte, schließlich sagte sie: »Murtagh, wenn ich hier tatsächlich nicht herauskomme, dann will ich Euer Versprechen, dass Ihr mir helft, mich ihm auf andere Weise zu … entziehen. Ich würde Euch nicht darum bitten … Ich würde Euch diese Last nicht auferlegen, aber Eure Hilfe würde es leichter machen und ich werde vielleicht nicht die Gelegenheit haben, es selbst zu tun.« Seine Lippen pressten sich aufeinander, während sie sprach, aber er unterbrach sie nicht. »Was auch geschehen mag, ich werde nicht zulassen, dass ich für Galbatorix zu einem Spielzeug werde, das er nach Belieben herumkommandieren kann. Ich werde alles tun, alles, um dieses Schicksal abzuwenden. Könnt Ihr das verstehen?«

Er senkte das Kinn zu einem kurzen Nicken.

»Dann habe ich Euer Wort?«

Er senkte den Blick, ballte die Fäuste und sein Atem ging stoßweise. »Das habt Ihr.«

Murtagh war daraufhin schweigsam, aber schließlich gelang es ihr, ihn wieder aus der Reserve zu locken, und sie vertrieben sich die Zeit mit Gesprächen über Belanglosigkeiten. Murtagh erzählte ihr von den Veränderungen, die er an Dorns Sattel vorgenommen hatte, den Galbatorix ihm geschenkt hatte. Auf die Verbesserungen daran war Murtagh zu Recht stolz, denn sie ermöglichten es ihm, schneller auf- und abzusitzen und außerdem sein Schwert leichter zu ziehen. Sie erzählte ihm von den Marktstraßen in Aberon, der Hauptstadt Surdas, und dass sie als kleines Mädchen oft ihrer Kinderfrau davongelaufen war, um diese Straßen zu erkunden. Ihr Lieblingshändler war ein Nomade namens Hadamanara-no Dachu Taganna gewesen, der darauf bestanden hatte, dass sie ihn einfach Taganna nannte, was üblicherweise der Familie und den Freunden vorbehalten war. Er hatte Messer und Dolche verkauft und ihr stets mit Begeisterung seine Ware gezeigt, obwohl sie niemals etwas kaufte.

Während sie und Murtagh sich weiter unterhielten, wurde ihr Gespräch immer unbefangener und entspannter. Trotz der widrigen Umstände stellte sie fest, dass sie gern mit ihm redete. Er war klug und gebildet, und er besaß einen beißenden Witz, den sie zu schätzen wusste, vor allem in ihrer gegenwärtigen aussichtslosen Lage.

Murtagh schien ebenso viel Vergnügen an ihrem Gespräch zu finden wie sie. Trotzdem war irgendwann der Punkt erreicht, an dem sie aufhören mussten, weil die Gefahr zu groß wurde, dass man sie ertappte. Also kehrte sie zu der Liege zurück, legte sich hin und ließ sich von ihm wieder auf dem unerbittlichen Steinblock festschnallen.

Als er gerade gehen wollte, sagte sie: »Murtagh?«

Er hielt inne, wandte sich um und sah sie an.

Sie zögerte einen Moment lang, dann nahm sie ihren ganzen Mut zusammen und fragte: »Warum?« Sie glaubte, er verstand, was sie meinte: Warum sie? Warum wollte er sie retten und warum wollte er versuchen, ihr bei der Flucht zu helfen? Sie hatte eine Vermutung, was die Antwort betraf, aber sie wollte es aus seinem Mund hören.

Er sah sie sehr lange an, dann erwiderte er mit leiser, harter Stimme: »Ihr wisst, warum.«

Inmitten von Ruinen

Als die dicken grauen Wolken sich vor ihnen teilten, sahen Eragon und Saphira zum ersten Mal das Innere der Insel Vroengard.

Vor ihnen lag ein riesiger Talkessel, umgeben von einem Ring steiler Berge, deren Gipfel sie aus den Wolken hatten ragen sehen. Ein dichter Wald aus Tannen, Kiefern und Fichten bedeckte die Flanken der Berge bis weit hinunter ins Tal wie eine Armee stacheliger Soldaten, die von den Gipfeln herabmarschierten. Die hohen Bäume wirkten irgendwie schwermütig und selbst aus der Ferne konnte Eragon die Bärte aus Moos und Flechten erkennen, die von den dicken Ästen herabhingen. Weiße Nebelfetzen klebten an den Berghängen und an mehreren Orten im Tal hingen breite Regenvorhänge von der Wolkendecke herab.

Hoch über dem Talgrund erkannte Eragon zwischen den Bäumen eine Reihe steinerner Gebilde: eingestürzte, überwucherte Höhleneingänge; die Ruinen ausgebrannter Türme; ehemals prächtige Hallen mit eingestürzten Dächern und einige kleinere Gebäude, die aussahen, als wären sie vielleicht noch bewohnbar.

Ein Dutzend oder mehr Flüsse und Bäche hatten sich in die Hänge gegraben und schlängelten sich durch den grünen Talkessel, bis sie sich in einen großen, stillen See nahe der Mitte des Tals ergossen. Um den See herum lagen die Überreste von Dorú Areaba, der Stadt der Reiter. Die Gebäude waren gewaltig – große, leere Hallen von solch riesigen Ausmaßen, dass viele von ihnen ganz Carvahall hätten beherbergen können. Jede Tür war wie der Eingang zu einer riesigen, unerkundeten Höhle, jedes Fenster so hoch und breit wie ein Burgtor und jede Mauer eine Felswand.

Efeu überwucherte den Stein in dicken Matten, und wo kein Efeu war, wuchs Moos, was die Bauwerke mit der Landschaft verschmelzen ließ. Es wirkte, als seien sie selbst der Erde entsprossen. Wenn einmal nackter Stein hervorschaute, war er meist hell ockerfarben, obwohl gelegentlich auch rote, braune und dunkelblaue Flecken zu sehen waren.

Wie alle elfischen Bauwerke besaßen die meisten Gebäude hier im Tal elegant geschwungene Linien und waren schlanker als die der Zwerge oder der Menschen. Aber dennoch wiesen sie eine Massivität und Stärke auf, die den Baumhäusern von Ellesméra fehlte. Einige Bauten erinnerten Eragon vage an die Häuser im Palancar-Tal – vielleicht, so überlegte er, weil die frühesten menschlichen Reiter genau aus diesem Teil Alagaësias gekommen waren. Jedenfalls war der hier im Kessel vorherrschende Stil einzigartig und weder ganz elfisch noch ganz menschlich.

Fast alle Gebäude waren beschädigt, einige davon schwerer als andere. Die Schäden schienen von einem einzigen Punkt am südlichen Rand der Stadt ausgegangen zu sein, wo ein breiter Krater mehr als dreißig Fuß tief in die Erde reichte. Ein Birkenwäldchen hatte darin Wurzeln geschlagen und die silbrigen Blätter der Bäume zitterten in den Böen einer unsteten Brise.

Die nicht bebauten Bereiche der Stadt waren von Unkraut und Büschen überwuchert und in den Ritzen zwischen den Pflastersteinen der Straßen wuchs Gras. Wo die Gebäude die Gärten der Reiter vor der Explosion abgeschirmt hatten, von der die Stadt zertrümmert worden war, wuchsen mattfarbige Blumen noch immer in kunstvollen Mustern, zweifellos auf Weisung lang vergessener Zauber.

Insgesamt bot der Talkessel ein trostloses Bild.

Das sind die Ruinen unseres Stolzes und unseres Ruhms, sagte Glaedr. *Eragon, du musst einen weiteren Zauber wirken. Der Wortlaut ist…* Und er sprach mehrere Sätzen in der alten Sprache. Es war ein eigenartiger Zauber. Die Ausdrucksweise war sonderbar verschlungen und Eragon begriff nicht, was er bewirken sollte.

Als er Glaedr fragte, antwortete der alte Drache: *Hier ist ein unsichtbares Gift am Werk, in der Luft, die ihr atmet, in dem Boden, auf dem ihr geht, und in dem, was ihr vielleicht essen und trinken werdet. Der Zauber wird uns dagegen beschützen.*

Was für ein … Gift?, wiederholte Saphira, deren Gedanken genauso langsam waren wie die Schläge ihrer Flügel.

Glaedr zeigte Eragon ein Bild des Kraters am Stadtrand und der Drache erklärte: *Während der Schlacht mit den Abtrünnigen tötete sich einer der unseren, ein Elf namens Thuviel, selbst mittels Magie. Ob absichtlich oder aus Versehen, wurde nie geklärt. Aber das Ergebnis ist das, was ihr hier seht und was ihr nicht sehen könnt, denn die Explosion hat das Gebiet unbewohnbar gemacht. Allen, die noch hier waren, brach bald die Haut auf und die Haare fielen ihnen aus und viele starben daran.*

Besorgt wirkte Eragon den Zauber – der wenig Energie erforderte –, bevor er fragte: *Wie konnte eine einzige Person, auch wenn es ein Elf war, solchen Schaden anrichten? Selbst wenn Thuviels Drache ihm geholfen hat, kann ich mir nicht vorstellen, wie das möglich sein kann. Es sei denn, sein Drache war so groß wie ein Berg.*

Sein Drache hat ihm nicht geholfen, antwortete Glaedr. *Sein Drache war tot. Nein, Thuviel hat diese Zerstörung ganz allein herbeigeführt.*

Aber wie?

Auf die einzig mögliche Weise, wie man so etwas zustande bringt: Er hat seinen Körper in Energie verwandelt.

Er hat sich selbst zu einem Geist gemacht?

Nein. Die Energie war ohne Gedanken oder Struktur, und sobald sie entfesselt war, raste sie in alle Richtungen und zerstreute sich.

Mir war nicht bewusst, dass ein einziger Körper so viel Kraft enthält.

Es ist kaum bekannt, aber selbst das kleinste bisschen Materie entspricht einer großen Menge an Energie. Materie, so scheint es, ist lediglich gefrorene Energie. Schmilz sie und du löst eine Flut aus, der nur wenige standhalten können … Es heißt, dass man die Explosion bis nach Teirm gehört hat und dass die Rauchwolke, die ihr folgte, so hoch emporstieg wie das Beor-Gebirge.

War es diese Explosion, die Glaerun getötet hat?, fragte Eragon weiter. Glaerun war der einzige der Abtrünnigen, von dem er wusste, dass er auf Vroengard gestorben war.

Ja. Galbatorix und die übrigen Abtrünnigen hatten einen Moment Zeit, um zu reagieren, und konnten sich daher schützen, aber viele der unseren hatten nicht solches Glück und sind umgekommen.

Als Saphira aus den tief hängenden Wolken glitt, nahm sie Glaedrs Anweisungen entsprechend Kurs auf den nordwestlichen Teil des Tals. Glaedr benannte jeden Berg, an dem sie vorbeischwebten: Ilthiaros, Fellsverd, Nammenmast, außerdem Huildrim und Tírnadrim. Darüber hinaus benannte er viele der Festen und eingestürzten Türme unter ihnen und erzählte Saphira und Eragon einige Geschichten zu deren Vergangenheit, auch wenn nur Eragon den Worten des alten Drachen aufmerksam folgte.

Eragon spürte, wie in Glaedrs Bewusstsein ein uralter Schmerz wiedererwachte. Die Trauer galt weniger der Zerstörung Dorú Areabas als vielmehr dem Tod der Reiter, der fast völligen Auslöschung der Drachen und dem Verlust von Jahrtausenden von Wissen und Weisheit. Die Erinnerung an das, was gewesen war – an die Freundschaft, die ihn einst mit den anderen Mitgliedern seines Ordens verbunden hatte –, vertiefte Glaedrs Einsamkeit noch. Zusammen mit seiner Trauer schuf das eine Stimmung von solcher Trostlosigkeit, dass Eragon ebenfalls traurig wurde.

Er zog sich ein wenig von Glaedr zurück, aber immer noch wirkte das Tal düster und schwermütig, als betrauere das Land selbst den Sturz der Reiter.

Je tiefer Saphira hinabglitt, desto größer erschienen die Gebäude. Als ihre wahren Ausmaße offenbar wurden, begriff Eragon, dass das, was er in der *Domia abr Wyrda* gelesen hatte, keine Übertreibung war: Die gewaltigsten Hallen waren so riesig, dass Saphira darin hätte fliegen können.

Nicht weit vom Rand der verlassenen Stadt bemerkte er Haufen von riesigen weißen Knochen, die den Boden bedeckten. Es waren die Skelette von Drachen. Der Anblick ließ ihn schaudern und doch konnte er nicht wegsehen. Was ihn am meisten beeindruckte, war ihre Größe. Einige der Drachen waren kleiner gewesen als Saphira, aber die meisten viel größer. Das größte Skelett hatte Rippen, von denen er schätzte, dass sie mindestens achtzig Fuß lang und an der dicksten Stelle vielleicht fünfzehn Fuß breit waren. Allein der Schädel – ein riesenhaftes Ding, von dem Flechten herabhingen wie von einem Felsblock – war länger und höher als Saphiras Rumpf. Selbst Glaedr hätte in seiner Gestalt als Drache neben dem erschlagenen Artgenossen winzig gewirkt.

Dort liegt Belgabad, der größte von uns allen, erklärte Glaedr, als er bemerkte, worauf Eragons Aufmerksamkeit gerichtet war.

Eragon erinnerte sich vage an den Namen aus einem der Geschichtswerke, die er in Ellesméra gelesen hatte. Der Autor hatte nur geschrieben, dass Belgabad in der Schlacht gefallen war wie so viele andere auch.

Wer war sein Reiter?, fragte er.

Er hatte keinen Reiter. Er war ein wilder Drache. Jahrhundertelang hat er allein in den eisigen Gebieten des Nordens gelebt, aber als Galbatorix und die Abtrünnigen begannen, unser Volk abzuschlachten, kam er uns zu Hilfe.

War er der größte Drache aller Zeiten?

Aller Zeiten? Nein. Aber damals, ja.

Wie hat er genug zu fressen gefunden?

In dem Alter und bei der Größe verbringen Drachen den größten Teil ihrer Zeit in einem schlafähnlichen Trancezustand und träumen von dem, wonach ihnen gerade der Sinn steht, seien es die Bewegungen der Sterne oder das Aufwölben und Absinken der Berge im Laufe von Äonen oder etwas so Kleines wie das Schlagen eines Schmetterlingsflügels. Schon jetzt verspüre ich den Reiz einer solchen Ruhezeit, aber ihr braucht mich wach und ich werde wach bleiben.

Habt ... Ihr ... Belgabad ... gekannt?, fragte Saphira, die für jedes Wort mühsam ihre Erschöpfung überwinden musste.

Ich bin ihm begegnet, aber gekannt habe ich ihn nicht. Wilde Drachen pflegten grundsätzlich keinen Umgang mit uns, die wir mit einem Reiter verbunden waren. Sie sahen auf uns herab, weil wir zu zahm und zu unterwürfig waren, während wir auf sie herabsahen, weil sie sich zu sehr von ihren Instinkten leiten ließen, obwohl wir sie manchmal genau dafür bewunderten. Außerdem dürft ihr nicht vergessen, dass sie keine eigene Sprache hatten, und das schuf einen größeren Unterschied zwischen uns, als ihr vielleicht denkt. Sprache verändert den Geist auf eine Art, die schwer zu erklären ist. Wilde Drachen konnten mit anderen natürlich genauso effektiv kommunizieren wie jeder Zwerg oder Elf, aber sie taten es, indem sie Erinnerungen, Bilder und Gefühle teilten, nicht Worte. Einzig die Schlauesten unter ihnen entschieden sich dafür, die eine oder andere Sprache zu lernen.

Glaedr hielt inne, dann fügte er hinzu: *Wenn ich mich recht erinnere, war Belgabad ein entfernter Vorfahre von Raugmar dem Schwarzen, und Raugmar war, wie du dich gewiss erinnern kannst, Saphira, der Ururgroßvater deiner Mutter Vervada.*

In ihrer Erschöpfung reagierte Saphira nur langsam, aber schließlich drehte sie noch einmal den Hals, um das gewaltige Skelett zu betrachten. *Er muss ein guter Jäger gewesen sein, um so groß zu werden.*

Er war der Beste, bestätigte Glaedr.

Dann … bin ich froh, von seinem Blut zu sein.

Die Zahl der auf dem Boden aufgehäuften Knochen verblüffte Eragon. Bis dahin hatte er weder das ganze Ausmaß der Schlacht begriffen noch wie viele Drachen es hier einst gegeben hatte. Der Anblick ließ seinen Hass auf Galbatorix neu aufwallen und einmal mehr schwor Eragon sich, dass er den König tot sehen würde.

Saphira glitt durch eine Nebelbank. Ihre Flügelspitzen verwirbelten die weißen Wolkenfetzen zu langen, gedrehten Fahnen. Dann kam ihnen eine Wiese mit dichtem Gras entgegen und Saphira landete mit einem harten Ruck. Ihr rechtes Vorderbein gab unter ihr nach und sie taumelte auf die Seite, fiel auf Brust und Schulter und grub sich mit solcher Wucht in den Boden, dass sich Eragon ohne seine Schutzzauber an der Halszacke vor ihm aufgespießt hätte.

Sobald ihr Vorwärtsschwung endete, blieb Saphira, benommen von dem Aufprall, reglos liegen. Schließlich rollte sie sich langsam auf die Füße, legte die Flügel an und kauerte sich hin. Die Riemen des Sattels knarrten bei jeder Bewegung, was in der bedrückenden Atmosphäre des Tals unnatürlich laut klang.

Eragon löste die Riemen um seine Beine und sprang aus dem

Sattel. Der Boden war weich und nass, und Eragon fiel auf ein Knie, als seine Stiefel in die feuchte Erde sanken.

»Wir haben es geschafft«, sagte er erstaunt. Er lief zu Saphiras Kopf, und als sie den Hals senkte, damit sie ihm in die Augen sehen konnte, legte er die Hände links und rechts an ihren langen Kopf und drückte die Stirn an ihre Schnauze. *Danke,* sagte er.

Er hörte das Geräusch, mit dem ihre Lider sich schlossen, dann begann ihr Kopf zu vibrieren, als sie tief in ihrer Brust summte.

Einen Moment später ließ Eragon sie los und sah sich um. Die Wiese, auf der Saphira gelandet war, lag am Nordrand der Stadt. Teile zerborstenen Mauerwerks – einige so groß wie Saphira selbst – lagen im Gras verstreut. Eragon war erleichtert, dass sie bei der Landung nicht eines davon getroffen hatten.

Die Wiese stieg stadtauswärts zum Fuß des nächsten bewaldeten Bergausläufers hin leicht an. Wo die Wiese auf den Hügel traf, war ein großer, gepflasterter Platz angelegt worden und auf der anderen Seite dieses Platzes lag ein gewaltiger Haufen behauener Natursteine, der sich über eine halbe Meile weit nach Norden erstreckte. Unversehrt wäre das Gebäude eines der größten der Insel gewesen und gewiss eines der kunstvollsten, denn inmitten der quadratischen Steinblöcke, die die Wände gebildet hatten, entdeckte Eragon Dutzende mit senkrechten Rillen versehene Säulen, außerdem Platten mit Reliefs von Ranken und Blumen und eine Unmenge von Statuen, denen meist irgendwelche Körperteile fehlten, als hätten auch sie an der Schlacht teilgenommen.

Das ist die Bibliothek, erklärte Glaedr. *Oder das, was nach Galbatorix' Plünderung von ihr übrig geblieben ist.*

Eragon drehte sich langsam um sich selbst und nahm das Gebiet rings um das Gebäude in Augenschein. Im Süden der Bibliothek erkannte er die schwachen Spuren längst verwaister Fußwege unter dem struppigen Gras. Die Spuren führten von der Bibliothek weg zu einem Apfelhain. Hinter den Bäumen erhob sich ein gut zweihundert Fuß hoher schartiger, steinerner Zacken, aus dem mehrere knorrige Wacholderbüsche wuchsen.

Eragons Herzschlag beschleunigte sich. Er war sich sicher, aber er fragte trotzdem: *Ist er das? Ist das der Felsen von Kuthian?*

Er konnte spüren, dass Glaedr seine Augen benutzte, um das Gebilde zu betrachten, dann antwortete der Drache: *Er kommt mir seltsam vertraut vor, aber ich kann mich nicht erinnern, ihn schon einmal gesehen zu haben …*

Eine andere Bestätigung brauchte Eragon nicht. »Kommt!«, sagte er.

Er watete durch das hüfthohe Gras auf den ihm nächsten ehemaligen Weg zu. Dort war das Gras nicht ganz so dicht und er spürte statt regendurchweichter Erde harte Pflastersteine unter den Füßen. Dicht gefolgt von Saphira eilte er den Pfad entlang und gemeinsam liefen sie durch den im Schatten liegenden Apfelhain. Beide setzten ihre Schritte mit Bedacht, denn die Bäume wirkten wehrhaft und etwas an der Form ihrer Zweige war unheilvoll, als warteten die Bäume darauf, sie mit splittrigen Klauen zu packen.

Unbewusst stieß Eragon einen Seufzer der Erleichterung aus, als sie den Hain hinter sich hatten.

Der Felsen von Kuthian stand am Rand einer großen Lichtung, auf der Rosen, Disteln, Himbeeren und Wasserschierling wucherten. Hinter dem hoch aufragenden Stein folgten Reihen um Reihen von Tannen mit hängenden Zweigen, die bis weit oben in die Berge hinaufreichten. Das ärgerliche Keckern und Schmatzen von Eichhörnchen hallte zwischen den Stämmen wider, aber von den Tieren selbst war nicht einmal ein Schnurrhaar zu sehen.

Drei Steinbänke – halb verborgen unter Wurzeln, Ranken und Kletterpflanzen – waren in gleichmäßigem Abstand über die Lichtung verteilt. Auf der einen Seite stand eine Weide, deren hohler, löchriger Stamm einst als Laube gedient hatte, in der die Reiter sitzen und die Aussicht genießen konnten. Aber in den letzten hundert Jahren war seine Rinde so gewuchert, dass sich jetzt weder Mensch, Elf noch Zwerg würde hineinzwängen können.

Eragon blieb am Rand der Lichtung stehen und starrte auf den Felsen von Kuthian. Neben ihm schnaubte Saphira und sank auf den Bauch, woraufhin der Boden erzitterte und Eragon die Knie beugen musste, um das Gleichgewicht zu halten. Er rieb ihr die Schulter, dann richtete er den Blick wieder auf den Felsturm. Ein Gefühl nervöser Erwartung stieg in ihm auf.

Schließlich sandte Eragon seinen Geist aus und suchte die Lichtung und die Bäume dahinter nach irgendjemandem ab, der es vielleicht darauf anlegte, sie in einen Hinterhalt zu locken. Die einzigen lebenden Dinge, die er spürte, waren Pflanzen, Insekten und die Maulwürfe, Mäuse und Vipern, die im Unterholz der Lichtung lebten.

Dann begann er die Zauber zu verfassen, von denen er hoffte, dass sie es ihm ermöglichen würden, jede magische Falle in der Nähe aufzuspüren. Bevor er auch nur ein paar Worte zusammengesetzt hatte, unterbrach Glaedr ihn. *Halt! Du und Saphira, ihr seid jetzt zu müde dafür. Ruht euch erst aus. Morgen können wir zurückkommen und sehen, was wir entdecken.*

Aber…

Ihr beide seid nicht in der Verfassung, euch zu verteidigen, wenn wir kämpfen müssen. Was immer wir suchen, es wird morgen früh auch noch da sein.

Eragon zögerte, dann ließ er widerstrebend von dem Zauber ab. Er wusste, dass Glaedr recht hatte, aber es fiel ihm schwer, noch länger zu warten, jetzt, da sie dem Ziel ihrer Mission schon so nah waren.

Also schön, erwiderte er und stieg wieder auf Saphiras Rücken.

Mit einem erschöpften Schnauben erhob sie sich, drehte sich langsam um und trottete erneut durch den Apfelhain. Die schweren Stöße ihrer Schritte schüttelten verwelkte Blätter aus dem Baldachin der Bäume und eines landete auf Eragons Schoß. Er nahm es und wollte es gerade wegwerfen, als er feststellte, dass das Blatt nicht so geformt war, wie es sein sollte: Die Zähne am Rand des Blattes waren länger und breiter als die eines jeden Apfelbaumblattes, das er je zuvor gesehen hatte, und die Adern bildeten scheinbar willkürliche Muster statt des regelmäßigen Netzwerks aus Linien, das er erwartet hätte.

Er pflückte ein anderes Blatt, das noch grün war. Wie sein ausgedörrter Vetter hatte das frische Blatt ungewöhnlich große Zähne und eine verworrene Äderung.

Seit der Schlacht sind die Dinge hier nicht mehr so, wie sie einmal waren, bemerkte Glaedr.

Eragon runzelte die Stirn und warf die Blätter weg. Wieder hörte er das Keckern der Eichhörnchen und wieder konnte er keines der Tiere zwischen den Bäumen entdecken, noch war er in der Lage, sie mit seinem Geist aufzuspüren, und das beunruhigte ihn.

Wenn ich Schuppen hätte, würden sie mir an diesem Ort jucken, sagte er zu Saphira.

Eine kleine Rauchwolke stieg aus ihren Nüstern auf, als sie erheitert schnaubte.

Von dem Hain aus wandten sie sich nach Süden, bis sie zu einem der vielen Bäche kamen, die von den Bergen herunterflossen: ein dünnes weißes Rinnsal, das sich leise gurgelnd den Weg durch sein Bett aus Steinen suchte. Dort erhob sich Saphira in die Luft und folgte dem Wasser stromaufwärts zu einer geschützten Wiese nicht weit von dem immergrünen Wald, der die Berghänge bedeckte.

Hier, erklärte Saphira und ließ sich auf den Boden sinken.

Der Ort sah nach einem guten Lagerplatz aus und Saphira war nicht in der Verfassung, weiterzusuchen, daher stimmte Eragon zu und saß ab. Er hielt einen Moment inne, um die Aussicht über das Tal zu genießen; dann nahm er Saphira den Sattel und die Satteltaschen ab, woraufhin sie den Kopf und die Schultern kreisen ließ und dann den Hals drehte, um über eine Stelle an der Seite ihrer Brust zu lecken, wo die Riemen gerieben hatten. Kurz darauf rollte sie sich im Gras zusammen, schob den Kopf unter einen Flügel und legte ihren Schwanz um sich. *Weck mich nur dann, wenn etwas versucht, uns zu fressen,* bemerkte sie.

Eragon lächelte und tätschelte ihren Schwanz, dann drehte er sich um und sah ins Tal hinunter. Lange stand er so da, dachte kaum etwas und war zufrieden damit, einfach nur dazustehen und die Gegend zu betrachten, ohne irgendeine Anstrengung zu unternehmen, die Welt um ihn herum besser zu verstehen.

Schließlich holte er sich seine Decke und breitete sie neben Saphira aus.

Werdet Ihr für uns Wache halten?, bat er Glaedr.

Ich werde Wache halten. Ruh dich aus und mach dir keine Sorgen.

Eragon nickte, obwohl Glaedr das nicht sehen konnte, dann legte er sich hin und dämmerte in seine Wachträume hinüber.

Snalglí für zwei

Es war später Nachmittag, als Eragon die Augen aufschlug. Die Wolkendecke war an mehreren Stellen aufgerissen und goldene Lichtstrahlen fielen über den Talgrund und beleuchteten die Dächer der zerstörten Gebäude. Obwohl das Tal noch immer kalt, nass und unfreundlich wirkte, verlieh das Licht ihm neue Würde. Zum ersten Mal verstand Eragon, warum die Reiter sich entschieden hatten, sich auf der Insel niederzulassen.

Er gähnte, dann sah er zu Saphira hinüber und berührte sacht ihren Geist. Sie schlief noch, verloren in einem traumlosen Schlummer. Ihr Bewusstsein war jetzt keine Flamme mehr, sondern nur noch eine schwach schwelende Glut, die geradeso leicht erlöschen wie wieder auflodern konnte.

Das Gefühl beunruhigte ihn – es erinnerte ihn zu sehr an Tod –, daher kehrte er in seinen eigenen Geist zurück und beschränkte ihre Verbindung auf einen schmalen Gedankenfaden. Gerade genug, um zu wissen, dass es ihr gut ging.

In dem Wald hinter ihm begannen zwei Eichhörnchen mit einer Reihe schriller Laute zu schimpfen. Stirnrunzelnd lauschte er. Ihre Stimmen klangen ein wenig zu scharf, ein wenig zu schnell, ein wenig zu zwitschernd. Es war, als ahme eine andere Kreatur die Stimmen der Eichhörnchen nach.

Bei diesem Gedanken kribbelte ihm die Kopfhaut.

Er blieb über eine Stunde an derselben Stelle liegen und lauschte auf das Kreischen und Keckern aus dem Wald und beobachtete die Lichtmuster, die über den Hügeln, Feldern und Bergen des Talkessels spielten. Dann schlossen sich die Lücken zwischen den Wolken, der Himmel verdunkelte sich und hoch oben in den

Bergen begann es zu schneien. Bald lag ein weißer Mantel auf den Gipfeln.

Eragon stand auf und sagte zu Glaedr: *Ich gehe etwas Feuerholz sammeln. In ein paar Minuten bin ich wieder da.*

Der Drache nahm seine Worte zur Kenntnis und Eragon ging langsam über die Wiese zum Wald – und zwar möglichst leise, um Saphira nicht zu stören. Sobald er die Bäume erreicht hatte, beschleunigte er seinen Schritt. Obwohl es am Waldrand jede Menge toter Äste gab, wollte er sich die Beine vertreten und, wenn möglich, die Quelle der merkwürdigen Eichhörnchenstimmen finden.

Dunkle Schatten lagen unter den Bäumen. Die Luft war kalt und unbewegt wie in einer Höhle tief unter der Erde und es roch nach Pilzen, verrottendem Holz und nach Harz. Das Moos und die Flechten, die von den Zweigen herabhingen, wirkten wie Bahnen aus zerfetzter Spitze, durchweicht und voller Flecken, aber immer noch von einer gewissen zarten Eleganz. Sie unterteilten den Wald in Zellen verschiedener Größe, was es schwer machte, weiter als fünfzig Fuß in irgendeine Richtung zu blicken.

Eragon hielt sich an das Plätschern des Baches, um sich zu orientieren, während er tiefer in den Wald vordrang. Jetzt, aus der Nähe, sah er, dass die Nadelbäume hier anders waren als die im Buckel oder in Du Weldenvarden. Ihre Nadeln standen immer zu siebt gebündelt zusammen und nicht zu dritt, und obwohl es sich auch um eine Täuschung des verblassenden Lichts handeln konnte, schien es ihm, als klebe Dunkelheit an den Bäumen wie ein um ihre Stämme und Äste gehüllter Umhang. Außerdem hatte alles an den Bäumen, angefangen von den Rissen in der Borke über ihre aus dem Boden ragenden Wurzeln bis hin zu ihren geschuppten Zapfen etwas merkwürdig Kantiges und eine Wildheit, sodass man den Eindruck hatte, als wollten sie sich im nächsten Moment aus der Erde befreien und in die Stadt hinunterlaufen.

Eragon schauderte und lockerte Brisingr in seiner Scheide. Er war noch nie in einem Wald gewesen, der sich so bedrohlich angefühlt hatte. Es war, als seien die Bäume *zornig*, als wollten sie sich vorbeugen und ihm das Fleisch von den Knochen reißen – so ähnlich, wie er es schon in dem Apfelhain empfunden hatte.

Mit dem Handrücken wischte er eine gelbe Flechte beiseite, während er vorsichtig weiterging.

Bisher hatte er keine Spur von Wild gesehen oder irgendwelche Hinweise auf Wölfe oder Bären entdeckt, und das verwirrte ihn. So nah am Bach hätte es eigentlich Spuren geben müssen, die zum Wasser führten.

Vielleicht meiden die Tiere diesen Teil des Waldes, überlegte er. *Aber warum?*

Ein umgestürzter Baumstamm lag quer über seinem Weg. Er stieg darüber hinweg und sein Stiefel sank bis zum Knöchel in einen Teppich aus Moos. Gleich darauf begann die Gedwëy Ignasia auf seiner Handfläche zu jucken und er hörte einen winzigen Chor von »*Skrie-skrie!*« und »*Skrie-skra!*«, während ein halbes Dutzend madenähnlicher weißer Larven – jede so groß wie sein Daumen – aus dem Moor hervorbrachen und von ihm weghüpften.

Uralte Instinkte leiteten ihn und er blieb stehen, so wie er es getan hätte, wenn er auf eine Schlange gestoßen wäre. Er blinzelte nicht. Er atmete nicht einmal, während er beobachtete, wie die fetten, abstoßenden Raupen flohen. Gleichzeitig zermarterte er sich das Hirn, ob er während seiner Ausbildung in Ellesméra schon einmal von ihnen gehört hatte, aber er konnte sich an nichts Derartiges erinnern.

Glaedr! Was sind das für Kreaturen? Und er zeigte dem Drachen die Larven. *Wie lautet ihr Name in der alten Sprache?*

Zu Eragons Schrecken sagte Glaedr: *Sie sind mir unbekannt. Ich habe dergleichen noch nie gesehen, noch habe ich je von ihnen gehört. Sie sind neu auf Vroengard und neu in Alagaësia. Lass nicht zu, dass sie dich berühren. Sie könnten gefährlicher sein, als es den Anschein hat.*

Sobald sie mehrere Fuß zwischen sich und Eragon gebracht hatten, sprangen die namenlosen Larven noch höher als zuvor und tauchten mit einem »*Skrie-skro!*« wieder in das Moos. Als sie aufkamen, zerbarsten sie und teilten sich in einen Schwarm grüner Tausendfüßler, die schnell im Polster des Mooses verschwanden.

Erst da wagte Eragon, wieder zu atmen.

Es sollte sie nicht geben, bemerkte Glaedr. Er klang beunruhigt.

Eragon zog langsam seinen Stiefel aus dem Moos und wich hinter den Baumstamm zurück. Dann untersuchte er das Moos genauer und sah, dass das, was er ursprünglich für die Spitzen alter Zweige gehalten hatte, die aus der Pflanzendecke hervorragten, tatsächlich Teile von Rippen und Geweihen waren – vermutlich die Überreste von einem Hirsch oder von mehreren.

Nach kurzem Nachdenken drehte Eragon sich um und ging den Weg zurück, auf dem er gekommen war. Diesmal achtete er allerdings darauf, jeden Flecken Moos zu meiden, was gar nicht so einfach war.

Was immer im Wald die Eichhörnchenlaute von sich gegeben hatte, war es nicht wert, dass er sein Leben riskierte, um es zu finden – vor allem, seit er vermutete, dass zwischen den Bäumen noch Schlimmeres lauerte als die Larven. Seine Handfläche juckte immer noch und aus Erfahrung wusste er, was das bedeutete. Irgendetwas Gefährliches war in der Nähe.

Als er zwischen den Tannenstämmen bereits die Wiese und das Blau von Saphiras Schuppen sehen konnte, wandte er sich seitwärts zu dem Bach. Moos bedeckte das Ufer, daher trat er auf Baumstämme und Steine, bis er auf einem flachen Stein mitten im Wasser stand.

Dort hockte er sich hin, zog sich die Handschuhe aus und wusch sich Hände, Gesicht und Hals. Das eisige Wasser war erfrischend auf der Haut und binnen Sekunden waren seine Ohren rot und sein ganzer Körper warm.

Ein lautes Keckern ertönte über dem Bach, als Eragon sich die letzten Tropfen vom Hals wischte.

Möglichst ohne sich dabei zu bewegen, sah er zu den Baumwipfeln am gegenüberliegenden Ufer hinauf.

Dreißig Fuß über ihm saßen auf einem Ast vier schattenhafte Gestalten. Sie hatten lange, borstige Federn, die ihnen in alle Richtungen von dem schwarzen Oval ihrer Köpfe abstanden. Ein Paar weiße Augen, schräg stehend und geschlitzt, leuchteten in der Mitte eines jeden Ovals und die Leere ihres Blickes machte es unmöglich, festzustellen, wohin sie schauten. Noch beunruhigender war der Umstand, dass diese Gestalten – wie alle Schatten – keine Tiefe hatten. Wenn sie sich zur Seite drehten, verschwanden sie.

Ohne sie aus den Augen zu lassen, legte Eragon eine Hand auf den Griff von Brisingr.

Der Schatten ganz links spreizte das Gefieder und stieß dann das gleiche kreischende Keckern aus, das er irrtümlich für das eines Eichhörnchens gehalten hatte. Zwei weitere dieser Erscheinungen fielen in das Kreischen ein und der Wald hallte von ihren durchdringenden Schreien wider.

Eragon überlegte, ob er versuchen sollte, ihren Geist zu berühren. Aber als er sich erinnerte, was er mit dem Fanghur auf seinem Weg nach Ellesméra erlebt hatte, verwarf er den Gedanken als töricht.

Mit leiser Stimme sagte er: »*Eka aí Fricai un Shur'tugal.*« Ich bin ein Reiter und ein Freund.

Die Schatten schienen den Blick ihrer leuchtenden Augen auf ihn zu richten und einen Moment lang herrschte Stille bis auf das sanfte Murmeln des Bachs. Dann begannen sie wieder zu keckern und ihre Augen wurden heller, bis sie leuchteten wie weiß glühendes Eisen.

Nachdem die Schattengestalten einige Minuten keine Anstalten gemacht hatten, ihn anzugreifen und außerdem auch nicht verschwunden waren, erhob Eragon sich und streckte vorsichtig einen Fuß nach dem Stein hinter ihm aus.

Die Bewegung schien die Erscheinungen zu erschrecken. Sie begannen einstimmig zu kreischen. Dann schüttelten sie sich und an ihrer Stelle erschienen vier große Eulen mit den gleichen borstigen Federn rings um die gesprenkelten Gesichter. Sie öffneten die gelben Schnäbel und keckerten in seine Richtung, sie schimpften mit ihm, wie Eichhörnchen es vielleicht getan hätten. Dann breiteten sie ihre Schwingen aus, flogen lautlos zwischen den Bäumen davon und waren schon bald hinter einem Schirm dicker Äste verschwunden.

»Barzûl«, schimpfte Eragon. Er sprang den Weg zurück, den er gekommen war, und eilte zu der Wiese hinüber. Dabei blieb er nur kurz stehen, um einen Armvoll am Boden liegender Zweige aufzuheben.

Sobald er bei Saphira angelangt war, legte er das Holz auf den Boden, kniete sich hin und begann alle Schutzzauber zu wirken, die ihm einfielen. Glaedr empfahl ihm einen Zauber, den er übersehen hatte, dann fügte er hinzu: *Keine dieser Kreaturen war hier, als Oromis und ich nach der Schlacht zurückgekehrt sind. Sie sind nicht so, wie sie sein sollten. Die Magie, die gewirkt wurde, hat das Land und alle, die hier leben, verdorben. Dies ist jetzt ein böser Ort.*

Was für Kreaturen?, wollte Saphira wissen. Sie öffnete die Augen und gähnte, was ein beängstigender Anblick war. Eragon teilte seine Erinnerungen mit ihr und sie meinte: *Du hättest mich mitnehmen sollen. Ich hätte die Larven und die Schattenvögel fressen können und dann hättest du nichts mehr von ihnen zu befürchten gehabt.*

Saphira!

Sie verdrehte die Augen. *Ich habe Hunger. Magie hin oder her, gibt es irgendeinen Grund, warum ich diese seltsamen Kreaturen nicht fressen sollte?*

Weil sie möglicherweise stattdessen dich *fressen könnten, Saphira Bjartskular,* erwiderte Glaedr. *Du kennst das erste Gesetz der Jagd ebenso gut wie ich: Pirsche dich erst an Beute an, wenn du sicher weißt, dass es auch Beute ist. Sonst endest du vielleicht schnell selbst als Mahlzeit.*

»Ich würde mir an deiner Stelle auch nicht die Mühe machen, nach Wild zu suchen«, warf Eragon ein. »Ich bezweifle, dass noch viel davon übrig ist. Außerdem ist es fast dunkel, und selbst wenn es nicht dunkel wäre, bin ich nicht sicher, ob das Jagen hier ungefährlich ist.«

Sie knurrte leise. *Also schön. Dann schlafe ich weiter. Aber morgen früh werde ich jagen, egal wie gefährlich es ist. Mein Magen ist leer und ich muss fressen, bevor ich das Meer wieder überquere.*

Saphira hielt Wort, schloss die Augen und schlief sofort wieder ein.

Eragon entfachte ein kleines Feuer, dann nahm er ein kärgliches Abendessen zu sich und beobachtete, wie es dunkel wurde im Tal. Er und Glaedr sprachen über ihre Pläne für den folgenden Tag und Glaedr erzählte ihm mehr von der Geschichte der Insel, aus der

Zeit, bevor die Elfen nach Alagaësia gekommen waren und Vroengard allein den Drachen gehört hatte.

Bevor das letzte Licht am Himmel verblasst war, fragte ihn der alte Drache: *Würdest du Vroengard gern so sehen, wie es im Zeitalter der Reiter war?*

Ja, antwortete Eragon.

Dann sieh her, forderte Glaedr ihn auf und Eragon spürte, dass der Drache sich mit seinem Geist verband und einen Strom von Bildern und Gefühlen hineinfließen ließ. Eragons Sicht veränderte sich und über der Landschaft erblickte er einen geisterhaften Zwilling des Tals. Die Erinnerung zeigte das Tal im Zwielicht, genau wie jetzt, aber der Himmel war wolkenlos und unzählige Sterne funkelten und glänzten über dem großen Ring der Feuerberge, dem Aras Thelduin. Die Bäume längst vergangener Zeiten wirkten größer, aufrechter und weniger unheilvoll, und überall im Tal standen die Gebäude der Reiter unversehrt und glänzend wie bleiche Leuchtfeuer in der Abenddämmerung und im sanften Licht der flammenlosen Laternen der Elfen. Weniger Efeu und Moos bedeckte damals die ockerfarbenen Steine und die Hallen und Türme wirkten auf eine Weise erhaben, wie die Ruinen es nicht taten. Sowohl auf den gepflasterten Pfaden als auch hoch über ihm nahm Eragon die glitzernden Gestalten zahlreicher Drachen wahr: anmutige Riesen, die den Schatz von tausend Königen auf ihrer Haut trugen.

Die Erscheinung blieb noch kurz bestehen. Dann löste sich Glaedr von Eragons Geist und das Tal wirkte wieder so, wie es war.

Es war wunderschön, sagte Eragon.

Das war es, aber das ist es nicht mehr.

Eragon studierte weiter das Tal und verglich es mit dem, was Glaedr ihm gezeigt hatte. Auf einmal runzelte er die Stirn, als er eine Reihe schaukelnder Lichter – Laternen, dachte er – in der verlassenen Stadt entdeckte. Er wisperte einen Zauber, um seine Sicht zu schärfen, und erkannte eine Reihe in schwarze Kapuzenumhänge gewandeter Gestalten, die langsam durch die Ruinen schritten. Sie wirkten feierlich und unheimlich. Es hatte etwas von einem Ritual, wie sie gemessenen Schrittes und mit gleichmäßig schwankenden Laternen dahinzogen.

Wer ist das?, fragte er Glaedr. Er hatte das Gefühl, Zeuge von etwas zu werden, was nicht für fremde Augen bestimmt war.

Ich weiß es nicht. Vielleicht sind es die Nachfahren derer, die sich während der Schlacht versteckt hatten. Vielleicht sind es Männer aus deinem Volk, die auf die Idee gekommen sind, sich nach dem Sturz der Reiter hier niederzulassen. Oder vielleicht sind es diejenigen, die Drachen und Reiter als ihre Götter verehren.

Gibt es die denn?

Es gab sie. Wir haben uns bemüht, sie von der Ausübung dieser Religion abzuhalten, aber trotzdem war sie in vielen der abgelegeneren Teile Alagaësias weit verbreitet... Ich denke, es ist gut, dass du diese Schutzzauber gewirkt hast.

Eragon sah zu, wie die Gestalten durch die Stadt zogen, was fast eine Stunde dauerte. Nachdem sie auf der gegenüberliegenden Seite angelangt waren, erlosch eine Laterne nach der anderen. Wohin die Gestalten gingen, nachdem die Laternen erloschen waren, konnte Eragon nicht erkennen, nicht einmal mithilfe von Magie.

Dann verkleinerte Eragon das Feuer mit ein paar Handvoll Erde, kroch unter seine Decke und schlief ein.

Eragon! Saphira! Wacht auf!

Eragon riss die Augen auf. Er setzte sich auf und griff nach Brisingr.

Alles war dunkel bis auf den matten roten Schimmer der Glut zu seiner Rechten und einen kleinen, ausgefransten Fleck sternenübersäten Himmels zwischen den Wolken im Osten. Obwohl das Licht schwach war, konnte Eragon die groben Umrisse des Waldes und der Wiese erkennen... und die riesenhafte Schnecke, die durch das Gras auf ihn zuglitt.

Eragon stieß einen spitzen Schrei aus und schob sich rückwärts. Die Schnecke – deren Haus mehr als fünfeinhalb Fuß hoch war – zögerte, dann glitt sie auf ihrem Schleim so schnell auf ihn zu, wie ein Mann rennen konnte. Ein schlangenartiges Zischen kam aus dem schwarzen Schlitz ihres Mauls und ihre Augäpfel, die sich auf langen Stielen hin und her bewegten, hatten jeder die Größe seiner Faust.

Eragon begriff, dass er keine Zeit haben würde, aufzustehen, und auf dem Rücken liegend würde er nicht genug Platz haben, um Brisingr zu ziehen. Er bereitete sich darauf vor, einen Zauber zu wirken, aber bevor er so weit war, schoss Saphiras Kopf an ihm vorbei. Sie schnappte sich die Schnecke mit ihren Kiefern, das Schneckenhaus zerbrach zwischen ihren Reißzähnen mit einem Geräusch wie brechender Schiefer und die Kreatur stieß ein schwaches, bebendes Kreischen aus.

Mit einer Drehung ihres Halses schleuderte Saphira die Schnecke in die Luft, öffnete das Maul, so weit sie konnte, und schluckte die Kreatur im Ganzen, wobei sie zweimal mit dem Kopf nickte wie ein Rotkehlchen, das einen Regenwurm fraß.

Eragon senkte den Blick und entdeckte noch vier Riesenschnecken. Eine der Kreaturen hatte sich in ihr Haus zurückgezogen, die anderen glitten auf ihrem sich wellenden, rockähnlichen Fuß davon.

»Da drüben!«, rief Eragon.

Saphira sprang vor. Ihr ganzer Körper hob für einen Moment vom Boden ab, dann landete sie auf allen vieren und schnappte sich zuerst eine, dann die zweite und schließlich die dritte Schnecke. Die letzte Schnecke, die sich immer noch in ihrem Haus versteckte, fraß sie nicht, sondern zog stattdessen den Kopf zurück und badete die Kreatur in einem Strom aus blauen und gelben Flammen, der das Land in einem Umkreis von mehreren Hundert Fuß erleuchtete.

Sie spie nicht mehr als ein oder zwei Sekunden Feuer, dann hob sie die rauchende, dampfende Schnecke mit dem Maul hoch – so sanft wie eine Katzenmutter ein Kätzchen – und legte sie Eragon vor die Füße. Er musterte die Kreatur misstrauisch, aber sie schien wirklich und wahrhaftig tot zu sein.

Jetzt kannst du dir ein richtiges Frühstück gönnen, stellte Saphira fest.

Er starrte sie an, dann begann er zu lachen – und er lachte weiter, bis er sich krümmte, die Hände auf die Knie stützen musste und nach Atem rang.

Was ist so komisch?, fragte sie und beschnupperte das rußgeschwärzte Schneckenhaus.

Ja, warum lachst du, Eragon?, wollte auch Glaedr wissen.

Er schüttelte den Kopf und keuchte weiter. Endlich war er in der Lage, zu sagen: »Weil ...« Dann wechselte er dazu über, mit seinem Geist zu sprechen, damit auch Glaedr ihn hören konnte. *Weil ... Eier mit Schnecke!* Und er begann von Neuem zu kichern und kam sich dabei sehr albern vor. *Weil, Schneckensteaks! ... Hungrig? Dann nimm dir einen Fühler. Müde? Gönn dir ein Stielauge: Wer braucht schon Met, wenn er Schleim haben kann? Ich könnte die Fühler in einen Becher stellen wie einen Blumenstrauß und sie würden ...* Er lachte so heftig, dass es ihm unmöglich war, fortzufahren, und er ließ sich auf ein Knie fallen, während er nach Luft rang und ihm vor Lachen Tränen aus den Augen liefen.

Saphira öffnete das Maul zu etwas wie einem zähnefletschenden Lächeln und gab ein leises, ersticktes Geräusch von sich. *Du bist manchmal schon sehr seltsam, Eragon.* Er spürte, dass er sie mit seiner Heiterkeit ansteckte. Sie beschnupperte noch einmal das Schneckenhaus. *Ein wenig Met wäre schön.*

»Zumindest hast du gegessen«, sagte er sowohl laut als auch mit seinem Geist.

Nicht genug, aber genug, um zu den Varden zurückzufliegen.

Als sein Lachanfall sich legte, stieß Eragon die Schnecke mit der Stiefelspitze an. *Es ist so lange her, seit es auf Vroengard Drachen gab, dass sie wohl nicht begriffen hat, was du bist, und dachte, ich würde eine leichte Mahlzeit für sie abgeben ... Das wäre wirklich ein armseliger Tod gewesen, als Abendessen für eine Schnecke zu enden.*

Aber denkwürdig, sagte Saphira.

Aber denkwürdig, stimmte er zu und seine Heiterkeit kehrte zurück.

Und was habe ich gesagt, ist das erste Gesetz der Jagd, ihr Jungspunde?«, fragte Glaedr.

Wie aus einem Mund antworteten Eragon und Saphira: *Pirsch dich erst an Beute an, wenn du sicher weißt, dass es auch Beute ist.*

Sehr gut, sagte Glaedr.

Dann meinte Eragon: *Hüpfende Larven, Schattenvögel und jetzt Riesenschnecken ... Wie können die Zauber, die während der Schlacht gewirkt wurden, sie erschaffen haben?*

Die Reiter, die Drachen und die Abtrünnigen setzten während des Kampfes eine gewaltige Menge Energie frei. Ein großer Teil davon wurde in Zaubern gebunden, aber etwas davon auch nicht. Diejenigen, die überlebt haben, sagten, dass die Welt für eine Zeit wahnsinnig geworden sei und dass sie sich damals auf nichts verlassen konnten, was sie sahen oder hörten. Etwas von dieser Energie muss in die Vorfahren der Larven und der Vögel geflossen sein, die du heute gesehen hast, und sie verändert haben. Du täuschst dich jedoch, wenn du denkst, die Schnecken gehörten auch dazu. Die Snalglí, wie sie heißen, haben schon immer auf Vroengard gelebt. Sie waren eine unserer Leibspeisen, aus Gründen, die du, Saphira, sicherlich verstehen wirst.

Sie summte und leckte sich die Lefzen.

Und ihr Fleisch ist nicht nur weich und schmackhaft, die Schneckenhäuser sind außerdem gut für die Verdauung.

Wenn sie gewöhnliche Tiere sind, warum haben meine Schutzzauber sie dann nicht aufgehalten?, fragte Eragon. *Zumindest hätten sie mich vor der drohenden Gefahr warnen müssen.*

Das, gab Glaedr zu, *könnte eine Folge der Schlacht sein. Magie hat die Snalglí nicht erschaffen, aber das bedeutet nicht, dass sie von den Kräften, die diesen Ort zerstört haben, unberührt geblieben wären. Wir sollten nicht länger hierbleiben als nötig. Lieber brechen wir auf, bevor das, was auch immer sonst noch auf der Insel lauert, beschließt, uns ernsthaft auf die Probe zu stellen.*

Mit Saphiras Hilfe brach Eragon das Haus der verbrannten Schnecke auf und holte im Schein eines roten Werlichts den wirbellosen Leib der Schnecke heraus. Es war eine eklige, schleimige Angelegenheit, nach der er bis zu den Ellbogen mit Blut bedeckt war. Dann ließ Eragon Saphira das Fleisch nahe der Glut des Feuers vergraben.

Anschließend kehrte Saphira zu der Stelle im Gras zurück, wo sie gelegen hatte, rollte sich wieder zusammen und schlief ein. Diesmal leistete Eragon ihr Gesellschaft. Er nahm seine Decke und die Satteltaschen, von denen eine Glaedrs Herz der Herzen enthielt, kroch unter Saphiras Flügel und machte es sich in der warmen, dunklen Kuhle zwischen ihrem Hals und ihrem Oberkörper bequem. Dort verbrachte er den Rest der Nacht, dachte nach und träumte.

Der folgende Tag war ebenso grau und düster wie der vorangegangene. Eine dünne Schneeschicht bedeckte die Berghänge und die Gipfel der Bergausläufer, und die kühle Luft ließ Eragon vermuten, dass es später am Tag erneut schneien würde.

So müde wie sie gewesen war, regte Saphira sich nicht, bis die Sonne bereits eine Handbreit über den Bergen stand. Eragon war schon ungeduldig, aber er ließ sie schlafen. Es war wichtiger, dass sie sich von dem Flug nach Vroengard erholte, als dass sie etwas früher aufbrechen konnten.

Sobald sie wach war, grub Saphira die Schnecke für ihn aus und er kochte ein großes Frühstück aus Schneckenfleisch … Auch wenn er nicht so genau wusste, wie er es nennen sollte: Schneckenschinken? Wie immer man es nannte, die Fleischstreifen waren köstlich und er aß mehr, als er normalerweise gegessen hätte. Saphira verschlang den Rest. Dann warteten sie eine Stunde, denn es wäre nicht klug gewesen, mit vollem Magen in einen Kampf zu ziehen.

Schließlich rollte Eragon seine Decke zusammen, band den Sattel wieder auf Saphira fest und zusammen mit Glaedr machten sie sich auf den Weg zum Felsen von Kuthian.

Der Felsen von Kuthian

Der Weg zu dem Apfelhain erschien ihnen kürzer als am Tag zuvor. Die knorrigen Bäume wirkten jedoch immer noch genauso bedrohlich und Eragons Hand ruhte die ganze Zeit auf dem Heft von Brisingr, solange sie durch das hüfthohe Gras wanderten.

Wieder blieben er und Saphira am Rand der Lichtung vor dem Felsen von Kuthian stehen. Ein Schwarm Krähen hockte auf der rauen Felsspitze, doch bei Saphiras Anblick erhoben sich die Vögel krächzend in die Luft – ein schlechteres Omen hätte Eragon sich nicht vorstellen können.

Eine halbe Stunde lang stand Eragon starr auf demselben Fleck, während er Zauber um Zauber wirkte und nach jeglicher Art von Magie suchte, die ihm, Saphira oder Glaedr schaden konnte. Auf der ganzen Lichtung, dem Felsen von Kuthian und dem Rest der Insel – soweit er das erkennen konnte – fand er eine erschreckende Ansammlung von Beschwörungen. Einige der Zauber, die tief in die Erde eingeschlossen waren, hatten solche Macht, dass er den gewaltigen Energiestrom unter seinen Füßen spürte. Andere waren klein und scheinbar harmlos, und manchmal betrafen sie nur eine einzige Blume oder einen einzigen Zweig eines Baums. Über die Hälfte der Beschwörungen schlummerten untätig – weil sie keine Energie mehr hatten oder weil es einfach nichts mehr gab, worauf sie hätten wirken können, oder weil sie auf eine bestimmte Situation warteten, die noch nicht eingetreten war. Und eine Reihe von Zaubern schienen einander zu widersprechen, als hätten ihre Urheber versucht, frühere magische Beschwörungen zu verändern oder rückgängig zu machen.

Eragon konnte den Zweck der meisten Zauber nicht bestimmen. Von den Worten, die benutzt worden waren, um sie zu wirken, war nichts überliefert, es gab nur die Energiestrukturen, die die lange verstorbenen Magier sorgfältig geschaffen hatten, und diese Strukturen waren schwer, wenn nicht gar unmöglich zu deuten. Glaedr half ihm etwas, da er viele der älteren, größeren Zauber kannte, mit denen Vroengard belegt worden war, aber darüber hinaus musste Eragon raten. Glücklicherweise konnte er – obwohl er nicht immer herausfand, was ein Zauber bewirken sollte – häufig feststellen, ob er eine Wirkung auf ihn, Saphira oder Glaedr haben würde. Es war jedoch eine aufwendige Prozedur, die komplizierte Beschwörungen notwendig machte, und er brauchte eine weitere Stunde, um alle Zauber zu untersuchen.

Was ihm – und auch Glaedr – am meisten Sorgen machte, waren die Zauber, die sie möglicherweise gar nicht entdeckt hatten. Es war erheblich schwieriger, die Beschwörungen anderer Magier aufzuspüren, wenn diese versucht hatten, ihr Werk zu verbergen.

Schließlich, als Eragon sich so gründlich vergewissert hatte, wie es unter diesen Umständen möglich war, dass keine Fallen sie auf oder um den Felsen von Kuthian herum erwarteten, gingen er und Saphira über die Lichtung zum Fuß der schartigen, von Flechten bedeckten Felsnadel.

Eragon legte den Kopf in den Nacken und sah zur Spitze des Felsens hinauf. Sie schien unglaublich weit entfernt zu sein. Eragon sah nichts Ungewöhnliches, ebenso wenig wie Saphira.

Lasst uns unsere Namen nennen und es hinter uns bringen, sagte sie.

Eragon sandte einen fragenden Gedanken an Glaedr und der Drache antwortete: *Sie hat recht. Es gibt keinen Grund, abzuwarten. Sprich deinen Namen und dann werden Saphira und ich dasselbe tun.*

Nervös ballte Eragon zweimal die Hände zu Fäusten, dann nahm er seinen Schild vom Rücken, zog Brisingr und ging in die Hocke.

»Mein Name«, sagte er mit lauter, klarer Stimme, »ist Eragon Schattentöter, Sohn von Brom.«

Mein Name ist Saphira Bjartskular, Tochter von Vervada.

Und meiner ist Glaedr Eldunarí, Sohn von Nithring mit dem langen Schwanz.

Sie warteten.

In der Ferne krächzten die Krähen, als wollten sie sie verspotten. Besorgnis regte sich in Eragon, aber er achtete nicht darauf. Er hatte nicht erwartet, dass es wirklich einfach sein würde, das Verlies zu öffnen.

Versuch es noch einmal, aber benutze diesmal die alte Sprache, riet Glaedr ihm.

Also sagte Eragon: »*Nam iet er Eragon Sundavar-Vergandí, Sönr abr Brom.*«

Und dann wiederholte Saphira ihren Namen und ihre Abstammung in der alten Sprache und Glaedr schloss sich ihr an.

Wieder geschah nichts.

Eragons Besorgnis wuchs. Wenn ihre Reise vergebens gewesen war … Nein, daran durfte er nicht denken. Nicht jetzt schon. *Vielleicht müssen unsere Namen alle laut ausgesprochen werden,* sagte er.

Wie?, fragte Saphira. *Soll ich den Stein anbrüllen? Und was ist mit Glaedr?*

Ich kann eure Namen für euch sagen, schlug Eragon vor.

Es kommt mir unwahrscheinlich vor, dass das notwendig ist, aber wir können es natürlich versuchen, erwiderte Glaedr.

In dieser oder in der alten Sprache?

In der alten Sprache, würde ich meinen, aber versuche es sicherheitshalber in beiden.

Zweimal nannte Eragon ihre Namen, doch der Stein blieb unverändert und so massiv wie eh und je. Schließlich erklärte er mutlos: *Vielleicht sind wir am falschen Ort. Vielleicht befindet sich der Eingang zum Verlies der Seelen auf der anderen Seite des Steins. Oder vielleicht befindet er sich ganz oben.*

Wenn das der Fall wäre, hätte die Wegbeschreibung in Domia abr Wyrda *es dann nicht erwähnt?*, fragte Glaedr.

Eragon ließ seinen Schild sinken. *Wann war ein Rätsel jemals leicht zu verstehen?*

Was ist, wenn nur du deinen Namen nennen sollst?, bemerkte

Saphira zu Eragon. *Hat Solembum nicht gesagt: »Und wenn alles verloren scheint und deine Kräfte nicht mehr ausreichen, geh zum Felsen von Kuthian und sprich laut deinen Namen, um das Verlies der Seelen zu öffnen.« Deinen Namen, Eragon, nicht meinen oder den von Glaedr.*

Eragon runzelte die Stirn. *Ja, das könnte sein. Aber wenn es nur mein Name sein soll, dann muss ich vielleicht allein sein, wenn ich ihn ausspreche.*

Mit einem Knurren sprang Saphira in die Luft. Dabei zerzauste sie Eragon mit dem Wind ihrer Flügel das Haar und richtete die Pflanzen auf der Lichtung übel zu. *Dann versuch es, aber beeil dich!*, sagte sie, während sie nach Osten flog, weg von dem Felsen.

Als sie eine Viertelmeile entfernt war, richtete Eragon den Blick wieder auf die raue Oberfläche des Felsens, hob erneut seinen Schild und sprach noch einmal seinen Namen, zuerst in seiner eigenen Sprache, dann in der der Elfen.

Keine Tür und kein Eingang kam zum Vorschein. Keine Risse oder Spalten erschienen im Stein. Keine Symbole zeigten sich auf der Oberfläche. In jeder Hinsicht schien der hoch aufragende Fels nicht mehr zu sein als ein massiver Granit, ohne jedes Geheimnis.

Saphira!, rief Eragon im Geist. Dann fluchte er und stiefelte auf der Lichtung hin und her, wobei er nach losen Steinen und Zweigen trat.

Er kehrte zum Fuß des Felsens zurück, gerade als Saphira sich herabsenkte. Die Krallen an ihren Hinterbeinen gruben tiefe Furchen in die weiche Erde, als sie heftig mit den Flügeln schlagend landete. Blätter und Grashalme wirbelten um sie herum, als seien sie von einem Sturm erfasst worden.

Sobald sie sich auf alle viere niedergelassen und die Flügel angelegt hatte, sagte Glaedr: *Ich nehme an, du hattest keinen Erfolg?*

Nein, blaffte Eragon und funkelte den Turm an.

Der alte Drache schien zu seufzen. *Das hatte ich befürchtet. Es gibt nur eine einzige Erklärung …*

Dass Solembum uns belogen hat? Dass er uns auf eine sinnlose Suche geschickt hat, damit Galbatorix in unserer Abwesenheit die Varden vernichten kann?

Nein. Dass man zum Öffnen dieses … dieses …

Verlieses der Seelen, ergänzte Saphira.

Ja, dieses Verlieses, von dem er dir erzählt hat – dass wir, um es zu öffnen, unsere wahren Namen nennen müssen.

Die Worte fielen schwer wie Steine zwischen sie. Eine Zeit lang sprach keiner von ihnen. Der Gedanke machte Eragon Angst und er zögerte, sich damit zu beschäftigen, als könne die Beschäftigung damit die Lage noch verschlimmern.

Aber wenn es eine Falle ist … sagte Saphira.

Dann ist es eine überaus teuflische Falle, meinte Glaedr. *Ihr müsst euch fragen: Vertraut ihr Solembum? Denn wenn wir weitermachen, riskieren wir mehr als unser Leben; wir riskieren unsere Freiheit. Wenn ihr ihm also tatsächlich vertraut, könnt ihr dann ehrlich genug zu euch selbst sein, um hinter eure wahren Namen zu kommen, und das schnell? Und seid ihr bereit, mit diesem Wissen zu leben, wie unerfreulich es auch sein mag? Denn wenn nicht, sollten wir auf der Stelle aufbrechen. Ich habe mich seit Oromis' Tod verändert, doch ich weiß, wer ich bin. Aber du, Saphira? Und du, Eragon? Könnt ihr mir wirklich sagen, was es ist, das euch zu dem Drachen und dem Reiter macht, die ihr seid?*

Eragon sah bestürzt zu dem Felsen von Kuthian hinauf.

Wer bin ich?, fragte er sich.

Und die ganze Welt ein Traum

Nasuada lachte, während sich der Sternenhimmel um sie drehte, und sauste in einem Wirbel abwärts auf einen Spalt aus blendend weißem Licht Meilen unter ihr zu.

Wind riss an ihrem Haar, ihr Hemd flatterte wild und die zerlumpten Enden der Ärmel klatschten wie Peitschen. Riesengroße schwarze Fledermäuse umschwärmten sie und nagten an ihren Wunden mit Zähnen, die schnitten und stachen und brannten wie Eis.

Und trotzdem lachte sie.

Der Spalt wurde breiter. Das Licht verschlang sie und blendete sie für einen Moment. Als sie wieder sehen konnte, stellte sie fest, dass sie in der Halle der Wahrsagerin stand und sich selbst betrachtete, wie sie gefesselt auf der aschfarbenen Steinplatte lag. Neben ihrem liegenden Körper stand Galbatorix: hochgewachsen, breitschultrig, mit einem Schatten dort, wo sein Gesicht sein sollte, und einer Krone aus dunkelrotem Feuer auf dem Kopf.

Er drehte sich dorthin, wo sie stand, und streckte eine behandschuhte Hand aus. »Kommt, Nasuada, Tochter von Ajihad. Lasst ab von Eurem Stolz und gelobt mir Treue. Dann werde ich Euch alles geben, was Ihr Euch je gewünscht habt.«

Sie schnaubte verächtlich und stürzte sich mit ausgestreckten Händen auf ihn. Bevor sie ihm an die Kehle gehen konnte, verschwand der König in einer Wolke aus schwarzem Nebel.

»Das Einzige, was ich mir wünsche, ist, Euch umzubringen!«, rief sie zur Decke empor.

Galbatorix' Stimme hallte in dem Raum wider, als komme sie aus allen Richtungen zugleich: »Dann wirst du so lange hierbleiben, bis du deinen Fehler einsiehst.«

Nasuada öffnete die Augen. Sie lag immer noch auf dem Stein, ihre Handgelenke und Knöchel waren gefesselt und die Wunden, die ihr die Bohrmaden ins Fleisch gefressen hatten, pochten, als hätten sie nie damit aufgehört.

Sie runzelte die Stirn. War sie bewusstlos gewesen oder hatte sie gerade mit dem König gesprochen? Es war so schwer zu sagen, wann …

In einer Ecke des Raums sah sie das Ende einer dicken grünen Weinranke, die sich zwischen den bemalten Kacheln hindurchzwängte und sie zerbrach. Weitere Ranken erschienen neben der ersten. Sie schoben sich von außen durch die Wand, wanden sich auf dem Boden und bedeckten ihn mit einem Meer aus zuckenden, schlangenähnlichen Trieben.

Während Nasuada beobachtete, wie die Ranken auf sie zugekrochen kamen, begann sie zu kichern. *Ist das alles, was ihm einfällt? Ich habe fast jede Nacht seltsamere Träume.*

Wie zur Antwort auf ihren Spott sank der Stein unter ihr in den Boden und die peitschenden Ranken schlossen sich um sie, wanden sich um ihre Glieder und hielten sie fester als jede Kette. Es wurde dunkel, als sich die Ranken über ihr vervielfachten, und das Einzige, was sie hören konnte, war das Geräusch der übereinander hinweggleitenden Ranken: ein trockenes Knirschen wie von rieselndem Sand.

Die Luft um sie herum wurde heiß und stickig und sie hatte das Gefühl, kaum atmen zu können. Hätte sie nicht gewusst, dass die Ranken nur eine Illusion waren, wäre sie in diesem Moment wohl in Panik geraten. Stattdessen spuckte sie in die Dunkelheit und verfluchte Galbatorix' Namen. Nicht zum ersten Mal. Und bestimmt nicht zum letzten Mal, da war sie sich sicher. Aber sie würde ihm nicht die Freude machen, ihn merken zu lassen, dass er sie aus der Fassung gebracht hatte.

Licht … Goldene Sonnenstrahlen schienen über eine Reihe sanfter Hügel mit einem Flickenteppich aus Feldern und Weingärten. Sie stand am Rand eines kleinen Innenhofs unter einem Spalier mit purpurn blühender Prunkwinde, deren Ranken unbehaglich vertraut wirkten. Sie trug ein wunderschönes gelbes Kleid. In der rechten Hand hielt sie einen Kristallkelch und auf ihrer Zunge lag der reiche Kirschgeschmack des Weins. Eine leichte Brise wehte von Westen. Die Luft roch nach Wärme und Trost und frisch gepflügtem Land.

»Ah, da bist du ja«, sagte eine Stimme hinter ihr, und als sie sich umdrehte, sah sie Murtagh aus dem großen Anwesen kommen. Wie sie hielt er einen Weinkelch in der Hand. Er trug schwarze Beinkleider und ein Wams aus weinrotem Satin mit goldenen Paspeln. An seinem Gürtel hing ein juwelenbesetzter Dolch. Sein Haar war länger, als sie es in Erinnerung hatte, und er wirkte so entspannt und zuversichtlich, wie sie ihn noch nie erlebt hatte. Das stand ihm ausnehmend gut – in dem goldenen Licht wirkte er attraktiv, ja sogar edel.

Er trat zu ihr unter das Spalier und legte eine Hand auf ihren nackten Arm. Die Geste wirkte ungezwungen und vertraut. »Du Biest, mich mit Fürst Ferros und seinen endlosen Geschichten allein zu lassen. Ich habe eine halbe Stunde gebraucht, um ihn loszuwerden.« Dann hielt er inne und betrachtete sie eingehender. Sein Gesicht nahm dabei einen besorgten Ausdruck an. »Fühlst du dich nicht gut? Deine Wangen sind ja ganz blass.«

Sie öffnete den Mund, aber es kam kein Wort über ihre Lippen. Sie wusste nicht, wie sie reagieren sollte.

Murtagh legte die Stirn in Falten. »Du hattest wieder einen deiner Anfälle, nicht wahr?«

»Ich – ich weiß es nicht … Ich kann mich nicht daran erinnern, wie ich hierhergekommen bin oder …« Sie verstummte, als sie den Schmerz sah, der in Murtaghs Augen trat, den er jedoch schnell verbarg.

Er ließ seine Hand über ihren Rücken gleiten, als er an ihre Seite trat, um auf die sanften Hügel hinauszuschauen. Mit einer schnellen Bewegung leerte er seinen Kelch. Dann sagte er leise: »Ich weiß, wie verwirrend das für dich ist … Es ist nicht das erste Mal, dass es passiert, aber …« Er holte tief Luft und schüttelte schwach den Kopf. »Was ist das Letzte, woran du dich erinnern kannst? Teirm? Aberon? Die Belagerung von Cithrí? … Das Geschenk, das ich dir in jener Nacht in Eoam gegeben habe?«

Sie wurde auf einmal schrecklich unsicher. »Urû'baen«, flüsterte sie. »Die Halle der Wahrsagerin. Das ist meine letzte Erinnerung.«

Einen Moment spürte sie, wie seine Hand auf ihrem Rücken zitterte, aber sein Gesicht verriet nichts.

»Urû'baen«, wiederholte er heiser und sah sie an. »Nasuada … seit Urû'baen sind acht Jahre vergangen.«

Nein, dachte sie. *Das kann nicht sein.* Und doch wirkte alles, was sie sah und fühlte, so real. Die Bewegungen von Murtaghs Haar, wenn der Wind es zerzauste, der Duft der Felder, das Gefühl des Kleides auf ihrer Haut – es schien alles genau so zu sein, wie es sein sollte. Aber wenn sie tatsächlich hier war, warum hatte Murtagh sie dann nicht beruhigt, indem er ihren Geist berührte, wie er es schon einige Male getan hatte? Hatte er es vergessen? Wenn acht Jahre vergangen waren, erinnerte er sich vielleicht nicht mehr an das Versprechen, das er ihr vor so langer Zeit in der Halle der Wahrsagerin gegeben hatte.

»Ich …«, begann sie, dann hörte sie eine Frau rufen:

»Herrin!«

Sie schaute über ihre Schulter und sah eine stämmige Dienerin vom Gut herbeieilen, deren weiße Schürze flatterte. »Herrin«, wiederholte die Dienerin und machte einen Knicks. »Es tut mir leid, Euch zu stören, aber die Kinder haben gehofft, dass Ihr zusehen würdet, wenn sie ihr Spiel für die Gäste aufführen.«

»Kinder«, wisperte sie. Sie sah wieder Murtagh an und bemerkte, dass in seinen Augen Tränen glänzten.

»Ja«, bestätigte er. »Kinder. Vier insgesamt, alle stark und gesund und voll Lebensfreude.«

Sie schauderte, überwältigt von Gefühlen. Sie kam nicht dagegen an. Dann reckte sie das Kinn vor. »Zeig mir, was ich vergessen habe. Zeig mir, *warum* ich es vergessen habe.«

Murtagh lächelte sie an, als wäre er stolz. »Mit Vergnügen«, erklärte er und küsste sie auf die Stirn. Er nahm ihren Kelch und gab beide Gläser der Dienerin. Dann umfasste er ihre Hände, schloss die Augen und senkte den Kopf.

Einen Moment später spürte sie, wie ein Bewusstsein gegen ihren Geist drängte, und da wusste sie: Das konnte niemals er sein.

Wütend über die Täuschung und über den Verlust dessen, was niemals sein konnte, entzog sie Murtagh ihre rechte Hand, packte seinen Dolch und stieß ihm die Klinge in die Seite. Und sie rief:

»Ein Mann aus El-Harím, ein Mann mit gelben Augen,
der sagte: Flüstre nicht, denn Flüstern wird nie taugen.«

Murtagh sah sie mit einer seltsam ausdruckslosen Miene an, dann verblasste er vor ihren Augen. Alles um sie herum – das Spalier, der Innenhof, das Anwesen, die Hügel mit den Weingärten – verschwand und sie fand sich schwebend in einer Leere ohne Licht und ohne Geräusche wieder. Sie versuchte, ihre Litanei fortzusetzen, aber kein Laut kam aus ihrer Kehle. Sie konnte nicht einmal das Pochen ihres Pulses in ihren Adern hören.

Dann spürte sie, wie die Dunkelheit sich *drehte* und …

Sie stolperte und fiel auf Hände und Knie. Scharfe Steine zerkratzten ihr die Handflächen. Blinzelnd, um sich an das Licht zu gewöhnen, erhob sie sich und sah sich um.

Nebel. Rauchfahnen, die über ein kahles Feld wehten, wie auf den Brennenden Steppen.

Sie trug wieder ihr zerlumptes Hemd und ihre Füße waren nackt. Hinter ihr brüllte etwas, und als sie herumwirbelte, sah sie einen zwölf Fuß großen Kull auf sich zustürmen. Er schwang eine mit Eisenbändern beschlagene Keule, die so groß war wie sie selbst. Links von ihr ertönte ein weiteres Brüllen und sie sah einen zweiten Kull, außerdem vier kleinere Urgals. Dann huschten zwei in einem Umhang gewandete, bucklige Gestalten aus dem weißlichen Nebel und schossen auf sie zu. Sie zischten und schwangen ihre blattförmigen Schwerter. Obwohl sie sie noch nie zuvor gesehen hatte, wusste sie, dass es Ra'zac waren.

Sie lachte wieder. Jetzt versuchte Galbatorix einfach, sie zu bestrafen.

Ohne die auf sie zukommenden Feinde zu beachten – von denen sie wusste, dass sie sie niemals würde töten oder ihnen entkommen können –, setzte sie sich im Schneidersitz auf den Boden und begann eine alte Zwergenmelodie zu summen.

Galbatorix' anfängliche Versuche, sie zu täuschen, waren raffiniert angelegt gewesen und hätten sie durchaus erfolgreich in die Irre führen können, wenn Murtagh sie nicht vorher gewarnt hätte. Um Murtaghs Hilfe geheim zu halten, hatte sie so getan, als wisse sie nichts davon, dass Galbatorix ihre Wahrnehmung der Realität manipulierte. Aber ganz gleich, was sie sah oder fühlte, sie ließ niemals zu, dass der König sie mit einer List dazu brachte, an Dinge zu denken, an die sie nicht denken sollte, oder noch viel schlimmer, ihm die Treue zu schwören. Es war nicht immer leicht gewesen, ihm zu trotzen, aber sie hielt an ihren gedanklichen und gesprochenen Ritualen fest und mit ihnen war es ihr gelungen, die Pläne des Königs zu durchkreuzen.

Die erste Illusion hatte ihr eine andere Frau gezeigt, Rialla, die als Mitgefangene zu ihr in die Halle der Wahrsagerin gekommen war. Die Frau hatte behauptet, dass sie insgeheim mit einem der Spione der Varden in Urû'baen vermählt sei und dass man sie gefangen genommen habe, als sie ihm eine Nachricht überbringen wollte. Etwa eine Woche lang – wenn Nasuada die Zeit richtig einschätzte – hatte Rialla versucht, sich bei ihr einzuschmeicheln und sie auf Umwegen davon zu überzeugen, dass der Feldzug der Varden zum Scheitern verurteilt war, dass die Begründung der Varden für den Krieg nicht logisch war und dass es nur recht und billig wäre, sich Galbatorix' Autorität zu unterwerfen.

Zu Beginn hatte Nasuada nicht begriffen, dass Rialla selbst eine Illusion war. Sie hatte vermutet, dass Galbatorix die Worte der Frau oder ihr Erscheinungsbild verfälschte oder dass er vielleicht ihre eigenen Gefühle manipulierte, um sie empfänglicher für Riallas Argumente zu machen.

Während die Tage sich dahingeschleppt hatten und Murtagh sie weder besuchte noch sich mit ihr in Verbindung setzte, hatte sie allmählich Angst bekommen, dass er sie Galbatorix' Fängen völlig ausgeliefert hatte. Der Gedanke tat mehr weh, als sie zugeben mochte, und sie ertappte sich dabei, dass sie fast unablässig darüber nachgrübelte.

Dann hatte sie begonnen, sich zu fragen, warum Galbatorix während dieser Woche nicht gekommen war, um sie zu foltern, und ihr fiel ein, dass die Varden und die Elfen Urû'baen bereits angegriffen haben müssten, falls tatsächlich eine Woche verstrichen war. Und wenn *das* geschehen wäre, hätte Galbatorix es sicher erwähnt, und sei es nur aus Schadenfreude. Darüber hinaus benahm sich Rialla ein wenig seltsam und hatte eine ganze Reihe unerklärlicher Gedächtnislücken. Dazu kam Galbatorix' Nachsicht und Murtaghs andauerndes Schweigen – und sie konnte einfach nicht glauben, dass er sein Wort ihr gegenüber brechen würde. All das brachte sie zu der Überzeugung, dass Rialla, so ungeheuerlich es schien, ein Trugbild war und dass nun auch die Zeit nicht mehr das war, was sie zu sein schien.

Es hatte sie erschüttert, dass Galbatorix offenbar die Anzahl der Tage verändern konnte, die ihrer Meinung nach verstrichen waren. Eine abscheuliche Vorstellung. Seit ihrer Gefangenschaft hatte sie nur noch ein vages Gefühl für Zeit, aber sie hatte sich immerhin ein allgemeines Bewusstsein für ihr Verstreichen bewahrt. Das auch noch zu verlieren und ankerlos in der Zeit zu treiben, bedeutete, dass sie Galbatorix noch mehr ausgeliefert war. So konnte er ihre Erlebnisse in die Länge ziehen oder verkürzen, wie es ihm beliebte.

Trotzdem war sie nach wie vor entschlossen, Galbatorix' Überzeugungsversuchen zu widerstehen, ganz gleich, wie viel Zeit zu verstreichen schien. Wenn sie hundert Jahre in ihrer Zelle ausharren musste, dann würde sie hundert Jahre ausharren.

Nachdem sie sich als immun gegen Riallas heimtückische Einflüsterungen erwiesen hatte und die Frau endlich als Feigling und Verräterin enttarnt hatte, war diese Ausgeburt seiner kranken Fantasie aus ihrem Gefängnis geholt worden und Galbatorix hatte zu einer anderen List gegriffen.

Danach waren seine Täuschungen immer kunstvoller und unwahrscheinlicher geworden. Trotzdem brach keine die Gesetze der

Vernunft und keine widersprach dem, was er ihr bereits gezeigt hatte, denn der König versuchte noch immer, dafür zu sorgen, dass sie von seiner Einmischung nichts bemerkte.

Seine Bemühungen gipfelten darin, dass er sie aus der Halle der Wahrsagerin in eine Gefängniszelle anderswo in der Zitadelle zu bringen schien, wo sie mit Trugbildern von Eragon und Saphira konfrontiert wurde, die in Ketten lagen. Galbatorix drohte, Eragon zu töten, wenn sie ihm, dem König, nicht die Treue schwor. Als sie sich weigerte, sprach Eragon zu Galbatorix' großem Missvergnügen – und so dachte sie, zu seiner Überraschung – einen Zauber, der sie alle drei irgendwie befreite. Nach einem kurzen Duell ergriff Galbatorix die Flucht – sie bezweifelte allerdings, dass er das in der Realität jemals tun würde –, und dann begannen Eragon, Saphira und sie, sich ihren Weg aus der Zitadelle freizukämpfen.

Es war Schlag auf Schlag gegangen und ziemlich aufregend gewesen, und es hatte sie beinahe gereizt, herauszufinden, wie die Geschichte sich weiterentwickeln würde, aber dann hatte sie das Gefühl gehabt, dass sie Galbatorix' falsche Spielchen lange genug mitgespielt hatte. Also hatte sie sich auf die erste Unstimmigkeit gestürzt, die sie bemerkte – die Form der Schuppen um Saphiras Augen –, und sie als Vorwand benutzt, um so zu tun, als würde sie erst jetzt bemerken, dass die Welt um sie herum nur eine Täuschung war.

»Ihr habt versprochen, dass Ihr mich nicht belügen würdet, solange ich in der Halle der Wahrsagerin bin!«, hatte sie in den leeren Raum gerufen. »Was ist das anderes als eine Lüge, Eidbrecher?«

Galbatorix' Zorn über ihre Entdeckung war gewaltig gewesen. Er hatte ein Knurren ausgestoßen, das dem größten Drachen alle Ehre gemacht hätte, jede Raffinesse fahren lassen und ihr während des Rests der Sitzung eine Reihe von Folterqualen vorgetäuscht.

Irgendwann waren die Trugbilder endlich verschwunden und Murtagh hatte sich mit ihr in Verbindung gesetzt, um sie wissen zu lassen, dass sie ihren Sinnen wieder trauen konnte. Noch nie war sie so glücklich darüber gewesen, die Berührung seines Geistes zu spüren.

In dieser Nacht war er zu ihr gekommen und sie hatten Stunden zusammengesessen und geredet. Er erzählte ihr von den Fortschritten der Varden – sie hatten die Hauptstadt fast erreicht – und von den Vorbereitungen des Imperiums. Außerdem erklärte er, dass er vielleicht eine Möglichkeit gefunden habe, sie zu befreien. Als sie ihn nach Einzelheiten fragte, wollte er nichts preisgeben, sondern sagte nur: »Ich brauche noch ein oder zwei Tage, um herauszufinden, ob es funktioniert. Aber es *gibt* eine Möglichkeit, Nasuada. Ihr müsst daran glauben.«

Sie glaubte an seine Aufrichtigkeit und seine Sorge um sie. Selbst wenn sie niemals entkam, war sie froh, zu wissen, dass sie in ihrer Gefangenschaft nicht allein war.

Nachdem sie ihm von einigen Dingen erzählt hatte, die Galbatorix ihr angetan hatte, und davon, wie sie seine Pläne durchkreuzt hatte, lachte Murtagh leise. »Ihr habt Euch als zäher erwiesen, als er erwartet hat. Es ist lange her, dass jemand ihm einen solchen Kampf geliefert hat. Ich ganz bestimmt nicht … Ich verstehe nur wenig davon, aber ich weiß, dass es unvorstellbar schwierig ist, glaubwürdige Illusionen zu erschaffen. Jeder tüchtige Magier kann Euch vorgaukeln, wie Ihr am Himmel schwebt oder dass Euch kalt oder heiß ist oder dass vor Euch eine Blume wächst. Kleine komplizierte Dinge oder große einfache Dinge sind das Höchste, was eine einzelne Person erschaffen kann – und es erfordert eine Menge Konzentration, diese Illusion aufrechtzuerhalten. Wenn Eure Aufmerksamkeit ins Wanken gerät, hat die Blume ganz plötzlich vier Blätter statt zehn. Oder sie verschwindet ganz. Einzelheiten wiederzugeben, ist das Schwierigste. Die Natur ist erfüllt von unendlich vielen Einzelheiten, aber unser Geist kann nur eine begrenzte Menge davon erfassen. Wenn Ihr jemals Zweifel habt, ob das, was Ihr seht, real ist, haltet Ausschau nach den Einzelheiten. Haltet Ausschau nach Nahtstellen, wo der Magier nicht weiß, was dort sein soll, oder es vergessen hat oder wo er eine Vereinfachung gewählt hat, um Kraft zu sparen.«

»Wenn es so schwierig ist, wie schafft Galbatorix es dann?«

»Er benutzt die Eldunarí.«

»Alle?«

Murtagh nickte. »Sie liefern die Energie und die Einzelheiten, die notwendig sind, und er tut ihnen kund, was er will.«

»Also fußten die Dinge, die ich gesehen habe, auf den Erinnerungen von Drachen?«, fragte sie mit einem Anflug von Ehrfurcht.

Er nickte abermals. »Darauf und auf den Erinnerungen ihrer Reiter, soweit sie Reiter hatten.«

Am folgenden Morgen hatte Murtagh sie mit einem schnellen Gedankenblitz geweckt, um ihr mitzuteilen, dass Galbatorix in Kürze wieder anfangen würde. Danach hatten Fantasiegebilde und Illusionen jeglicher Art sie belagert. Aber im Laufe des Tages bemerkte sie, dass die Visionen – mit einigen bemerkenswerten Ausnahmen wie der von ihr und Murtagh auf dem Gut – undeutlicher und einfacher geworden waren, als würden entweder Galbatorix oder die Eldunarí allmählich müde.

Und jetzt saß sie auf der kargen Ebene und summte eine Zwergenmelodie, während Kull, Urgals und Ra'zac sich auf sie stürzten. Sie packten sie und es fühlte sich an, als würden sie sie mit Fäusten und Messern bearbeiten, und bisweilen schrie sie und wünschte, der Schmerz würde enden. Aber nicht ein einziges Mal zog sie es in Erwägung, sich Galbatorix' Willen zu unterwerfen.

Dann verschwand die Ebene und damit auch fast all ihre Schmerzen, und sie rief sich ins Gedächtnis: *Es geschieht nur in meinem Geist. Ich werde nicht nachgeben. Ich bin kein Tier. Ich bin stärker als mein schwaches Fleisch.*

Als Nächstes erschien um sie herum eine düstere, von schimmernden grünen Pilzen matt erhellte Höhle. Minutenlang hörte sie eine große Kreatur herumschnüffeln und in den Schatten zwischen den Stalagmiten tappen, dann spürte sie den warmen Atem der Kreatur in ihrem Nacken und sie nahm den Gestank von Aas wahr.

Sie begann von Neuem zu lachen und sie lachte weiter, noch während Galbatorix sie zwang, sich immer neuen Schrecken zu stellen, in dem Versuch, die besondere Mischung aus Schmerz und Furcht zu finden, die sie brechen würde. Sie lachte, weil sie wusste, dass ihr Wille stärker war als seine Fantasie, und sie lachte, weil sie wusste, dass sie auf Murtaghs Hilfe zählen konnte. Mit ihm als ihrem Verbündeten fürchtete sie die geisterhaften Albträume nicht, mit denen Galbatorix sie peinigte, ganz gleich, wie schrecklich sie im Moment auch erscheinen mochten.

Eine Frage des Charakters

Als er auf glitschigen Schlamm trat, rutschte Eragon der Fuß weg, und ehe er sichs versah, lag er im nassen Gras. Er gab ein Stöhnen von sich und zuckte zusammen, als seine Hüfte zu pochen begann. Der Sturz würde sicher eine Prellung hinterlassen.

»Barzûl«, schimpfte er und kam vorsichtig wieder auf die Beine. *Wenigstens bin ich nicht auf Brisingr gefallen,* dachte er und zupfte Dreckklümpchen von seinen Beinkleidern.

Mürrisch trottete er weiter auf das zerstörte Gebäude zu, in dem sie inzwischen ihr Lager aufgeschlagen hatten. Sie fühlten sich dort sicherer als unmittelbar am Waldrand.

Auf seinem Weg durch das Gras schreckte er ein paar riesige Frösche auf, die aus ihrem Versteck sprangen und zu beiden Seiten davonhüpften. Die Frösche waren seit den Schnecken die einzigen weiteren merkwürdigen Kreaturen, denen sie auf der Insel begegnet waren. Sie hatten über den rötlichen Augen einen hornartigen Vorsprung und mitten aus der Stirn spross ihnen ein gebogener Stiel – er erinnerte an eine Angelrute –, an dessen Ende ein kleines, fleischiges Organ hing, das in der Nacht entweder weiß oder gelb leuchtete. Durch das Licht lockten die Frösche Hunderte von fliegenden Insekten in die Reichweite ihrer Zunge, und weil sie so leicht an Nahrung kamen, waren sie ungeheuer groß geworden. Er hatte welche gesehen, die die Größe eines Bärenkopfes hatten – große, fleischige Klumpen mit einem Maul so breit wie seine beiden ausgestreckten Hände zusammen.

Die Frösche erinnerten ihn an die Kräuterhexe Angela und ihr Krötenproblem, und er wünschte plötzlich, sie wäre mit ihnen nach

Vroengard gekommen. *Wenn irgendjemand uns unsere wahren Namen sagen könnte, dann ganz bestimmt sie.* Aus irgendeinem Grund hatte er immer das Gefühl, dass die Kräuterheilerin ihn vollkommen durchschaute, als ob sie alles verstehen würde, was ihn betraf. Das war zwar ein beunruhigendes Gefühl, aber im Moment hätte er sie freudig willkommen geheißen.

Er und Saphira hatten beschlossen, Solembum zu vertrauen und noch auf Vroengard zu bleiben. Sie hatten sich drei Tage gegeben, um ihre wahren Namen herauszufinden. Glaedr hatte die Entscheidung ihnen überlassen, indem er sagte: *Ihr kennt Solembum besser als ich. Bleibt oder bleibt nicht. So oder so gehen wir ein großes Risiko ein. Es gibt keine sicheren Pfade mehr für uns.*

Es war Saphira, die zu guter Letzt entschieden hatte. *Die Werkatzen würden Galbatorix niemals dienen,* stellte sie fest. *Sie schätzen ihre Freiheit zu sehr. Ihrem Wort traue ich mehr als dem irgendeines anderen Geschöpfs, selbst mehr als dem eines Elfs.*

Und so waren sie geblieben.

Sie verbrachten den Rest des Tages und den größten Teil des folgenden damit, dazusitzen, nachzudenken, zu reden, Erinnerungen zu teilen, gegenseitig ihren Geist zu erkunden und in der alten Sprache verschiedene Wortkombinationen auszuprobieren – alles in der Hoffnung, so ihre wahren Namen herauszufinden oder – mit viel Glück – zufällig darauf zu stoßen.

Als sie ihn fragten, hatte Glaedr seine Hilfe angeboten, aber die meiste Zeit zog er sich zurück und ließ Eragon und Saphira ungestört miteinander reden. Wenn jemand anderes sie gehört hätte, wäre tatsächlich vieles, worüber sie sprachen, Eragon peinlich gewesen. *Den eigenen wahren Namen sollte man allein finden,* bemerkte Glaedr. *Wenn ich auf einen eurer Namen komme, werde ich es euch sagen – denn wir haben keine Zeit zu verschwenden –, aber es wäre besser, wenn ihr sie selbst finden würdet.*

Bisher hatte keiner von ihnen Erfolg gehabt.

Seit Brom ihm die Bedeutung der wahren Namen erklärt hatte, hatte Eragon den Wunsch verspürt, seinen eigenen in Erfahrung zu bringen. Erkenntnis, insbesondere Selbsterkenntnis, war immer nützlich und er hoffte, dass sein wahrer Name es ihm ermöglichen würde, seine Gedanken und Gefühle besser zu beherrschen. Trotzdem musste er sich eingestehen, dass er ein bisschen Angst davor hatte, was er vielleicht herausfinden würde.

Vorausgesetzt, er schaffte es, seinen Namen in den nächsten Tagen zu finden – doch davon war er nicht wirklich überzeugt. Er hoffte es, weil er nicht wollte, dass ihre Mission scheiterte, andererseits aber auch, weil er nicht wollte, dass Glaedr oder Saphira diejenigen waren, die ihn fanden. Wenn er erfahren sollte, wie sein ganzes Wesen in einem Wort oder einem Ausdruck beschrieben wurde, dann wollte er dieses Wissen allein erlangen.

Eragon stieg seufzend die fünf zerbrochenen Stufen hinauf, die zu dem Gebäude führten. Es war ein Nisthaus gewesen, wie Glaedr ihnen erklärt hatte, und nach den Maßstäben Vroengards ziemlich klein. Trotzdem waren die Mauern über drei Stockwerke hoch und das Innere war so groß, dass Saphira sich mühelos darin bewegen konnte. Die südöstliche Ecke war eingestürzt und hatte einen Teil der Decke mitgerissen, aber davon abgesehen war das Gebäude unversehrt.

Eragons Schritte hallten von den Wänden wider, als er durch den gewölbten Eingang trat und über den gläsernen Boden des Hauptraums schritt. Die in das durchscheinende Material eingelassenen farbigen Linien bildeten ein kompliziertes abstraktes Muster, das ihn ganz schwindlig werden ließ. Jedes Mal wenn er es betrachtete, hatte er das Gefühl, die Linien müssten sich gleich zu irgendeiner erkennbaren Form zusammenfügen, aber das taten sie nie.

Die Oberfläche des Bodens war überzogen von einem Netz feiner Risse, die ihren Ausgang von den Trümmern in der eingestürzten Ecke des Gebäudes nahmen und sich von dort in alle Richtungen erstreckten. Lange Efeuranken hingen vom Rand der zerstörten Decke herab wie verknotete Seile. Wasser tropfte von den Enden der Ranken in flache, unförmige Pfützen; das unablässige, aber unregelmäßige Platschen, mit dem die Tropfen auftrafen, hallte durch das Gebäude und schien von allen Seiten gleichzeitig zu kommen. Es würde ihn in den Wahnsinn treiben, wenn er es noch ein paar Tage länger hören musste, dachte Eragon.

An der Nordwand lag ein Halbkreis aus Steinen, die Saphira

hereingeschleppt und zusammengeschoben hatte, um ihr Lager zu sichern. Als er den Schutzwall erreichte, sprang Eragon auf den nächstbesten Steinblock – der über sechs Fuß hoch war – und auf der anderen Seite wieder hinunter.

Saphira, die sich gerade die Vordertatze geleckt hatte, hielt inne und er spürte einen fragenden Gedanken von ihr. Er schüttelte den Kopf und sie widmete sich wieder ihrer Körperpflege.

Nachdem er seinen Umhang geöffnet hatte, ging Eragon zu der Feuerstelle hinüber, die er dicht an der Wand errichtet hatte. Er breitete das durchnässte Kleidungsstück daneben auf dem Boden aus, dann schlüpfte er aus seinen schlammverschmierten Stiefeln und stellte sie ebenfalls zum Trocknen ans Feuer.

Sieht es draußen wieder nach Regen aus?, erkundigte Saphira sich.

Ja.

Er hockte eine Weile am Feuer, dann setzte er sich auf seine Decke und lehnte sich an die Wand. Er beobachtete Saphira, wie sie mit ihrer dunkelroten Zunge die biegsame Nagelhaut am unteren Ende ihrer Krallen bearbeitete. Ihm kam eine Idee und er murmelte einen Ausdruck in der alten Sprache, aber zu seiner Enttäuschung spürte er keine Energie in den Worten und Saphira reagierte auch nicht darauf wie Sloan, als Eragon ihm seinen wahren Namen genannt hatte.

Eragon schloss die Augen und legte den Kopf in den Nacken.

Es entmutigte ihn, dass er nicht in der Lage war, Saphiras wahren Namen herauszufinden. Er konnte akzeptieren, dass er sich selbst nicht ganz verstand, aber Saphira kannte er, seit sie geschlüpft war, und er teilte fast all ihre Erinnerungen. Wie konnte es etwas an ihr geben, was ihm immer noch ein Rätsel war? Wie hatte er einen Mörder wie Sloan besser verstehen können als seine eigene, durch einen Zauber an ihn gebundene Gefährtin? Lag es daran, dass sie ein Drache war und er ein Mensch? Lag es daran, dass Sloans Charakter simpler gewesen war als der von Saphira?

Eragon wusste es nicht.

Eine der Übungen, die er und Saphira auf Glaedrs Rat hin gemacht hatten, bestand darin, sich gegenseitig zu erzählen, welche

Schwächen sie am anderen bemerkt hatten: er an ihr und sie an ihm. Es war eine demütigende Übung gewesen. Außerdem hatte Glaedr ihnen seine Beobachtungen mitgeteilt, und obwohl der Drache dabei freundlich gewesen war, hatte Eragon nicht verhindern können, dass er sich in seinem Stolz verletzt fühlte, als er hörte, wie Glaedr seine diversen Fehler aufzählte. Doch Eragon wusste, dass er auch sie miteinbeziehen musste, wenn er versuchte, seinen wahren Namen zu ergründen.

Für Saphira bestand die härteste Aufgabe darin, sich ihre Eitelkeit einzugestehen, die sie die längste Zeit über verleugnet hatte. Bei Eragon war es seine Überheblichkeit, von der Glaedr behauptete, er lege sie bisweilen an den Tag, seine Gefühle bezüglich der Männer, die er getötet hatte, und seine Launen, die Selbstsucht, die Wut und die anderen Unzulänglichkeiten, zu denen er neigte.

Und obwohl sie sich so aufrichtig wie irgend möglich erforscht hatten, waren sie dadurch nicht zum Ziel gelangt.

Heute und morgen, das ist alles, was uns noch bleibt. Der Gedanke daran, mit leeren Händen zu den Varden zurückzukehren, bedrückte ihn. *Wie sollen wir Galbatorix bezwingen?*, fragte er sich, wie schon so oft. *Nur noch ein paar Tage und unser Leben liegt vielleicht nicht mehr in unserer Hand. Wir werden Sklaven sein wie Murtagh und Dorn.*

Er fluchte leise und schlug verstohlen mit der Faust auf den Boden.

Beruhige dich, Eragon, sagte Glaedr und Eragon erkannte, dass der Drache seine Gedanken abschirmte, sodass Saphira sie nicht hörte.

Wie könnte ich?, knurrte er.

Es ist einfach, ruhig zu sein, wenn es keinen Grund zur Sorge gibt, Eragon. Wahre Selbstbeherrschung besteht darin, in einer schwierigen Situation Ruhe zu bewahren. Du darfst nicht zulassen, dass Wut oder Enttäuschung deine Gedanken trüben, nicht im Moment. Gerade jetzt brauchst du einen klaren Verstand.

Habt Ihr es in Zeiten wie diesen immer geschafft, Ruhe zu bewahren?

Der alte Drache schien leise zu lachen. *Nein. Früher habe ich geknurrt und gebissen, Bäume ausgerissen und das Erdreich zerwühlt. Einmal habe ich im Buckel die Spitze eines Berges abgebrochen. Die anderen Drachen waren deswegen ziemlich verärgert. Aber ich hatte viele Jahre Zeit, um zu lernen, dass es selten hilft, die Fassung zu verlieren. Du hast nicht so viel Zeit, ich weiß, aber lass dich von meiner Erfahrung leiten. Lass deine Sorgen los und konzentriere dich nur auf die vor dir liegende Aufgabe. Die Zukunft wird bringen, was sie bringen wird, und wenn du dich darüber aufregst, ist es nur umso wahrscheinlicher, dass deine Ängste wahr werden.*

Ich weiß, seufzte Eragon, *aber das ist nicht einfach.*

Natürlich nicht. Nur wenige Dinge von Wert sind einfach. Dann zog Glaedr sich zurück und überließ ihn der Stille seines eigenen Geistes.

Eragon holte seine Schale aus der Satteltasche, sprang über den Steinwall und ging barfuß zu einer der Pfützen unter dem Loch in der Decke. Ein leichter Nieselregen hatte eingesetzt und den Boden in diesem Teil der Halle mit einem glatten Film überzogen. Er hockte sich an den Rand der Pfütze und begann mit bloßen Händen Wasser in die Schale zu schöpfen.

Nachdem die Schale voll war, zog sich Eragon damit ein paar Schritte zurück und stellte sie auf einen Steinbrocken, der die Höhe eines Tisches hatte. Dann rief er sich ein Bild von Roran ins Bewusstsein und murmelte: »Draumr kópa.«

Das Wasser in der Schale schimmerte und ein Bild von Roran erschien vor einem reinweißen Hintergrund. Er schritt neben Horst und Albriech her und führte Schneefeuer, sein Pferd, am Zügel. Die drei Männer wirkten müde und erschöpft, aber sie trugen noch immer Waffen, daher wusste Eragon, dass sie nicht Gefangene des Imperiums waren.

Als Nächstes suchte er mit der Traumsicht Jörmundur, dann Solembum – der gerade ein frisch getötetes Rotkehlchen zerfetzte – und zuletzt Arya. Aber Aryas Schutzzauber verbargen sie vor seinem Blick und alles, was er sah, war Schwärze.

Schließlich löste Eragon den Zauber und schüttete das Wasser zurück in die Pfütze. Als er über den Schutzwall um ihr Lager kletterte, rekelte Saphira sich, gähnte, machte einen Buckel wie eine Katze und fragte: *Wie geht es ihnen?*

»Sie sind in Sicherheit, soweit ich sehen konnte.«

Er ließ die Schale auf die Satteltaschen fallen, dann legte er sich auf seine Decke, schloss die Augen und zermarterte sich weiter das Hirn nach Ideen, wie sein wahrer Name lauten mochte. Alle paar Minuten fiel ihm eine andere Möglichkeit ein, aber keine brachte eine Saite in ihm zum Klingen – daher verwarf er sie und begann wieder von vorn. Einiges, was ihn auszeichnete, kam in all diesen Namen vor: die Tatsache, dass er ein Reiter war; seine Zuneigung zu Saphira und Arya; sein Verlangen, Galbatorix zu vernichten; seine Freundschaft zu Roran, Garrow und Brom; und das Blut, das er mit Murtagh teilte. Aber egal wie er diese Elemente kombinierte, der Name sprach nicht zu ihm. Offensichtlich war ihm irgendetwas Entscheidendes an sich selbst entgangen. Deswegen machte er die Namen länger und länger, weil er hoffte, dass er vielleicht über das stolpern würde, was er übersah – was immer es auch sein mochte.

Als er schließlich mehr als eine Minute brauchte, um den Namen auszusprechen, begriff er, dass er seine Zeit verschwendete. Er musste noch einmal seine grundlegenden Annahmen überprüfen. Es konnte nur daran liegen, dass er eine seiner Schwächen nicht erkannt oder dass er einer Schwäche, die er längst kannte, nicht genug Beachtung geschenkt hatte. Die Leute, so hatte er beobachtet, waren selten bereit, sich ihre eigenen Unzulänglichkeiten einzugestehen, und er wusste, dass das Gleiche auch für ihn galt. Irgendwie musste er sich von dieser Blindheit heilen, solange ihm noch Zeit blieb. Es war eine aus Stolz und Selbsterhaltungstrieb geborene Blindheit, die es ihm erlaubte, das Beste von sich selbst zu glauben, während er sein Leben lebte. Er konnte es sich jedoch nicht länger leisten, dieser Selbsttäuschung weiter zu frönen.

Also überlegte er und dachte weiter nach, während der Tag verstrich, aber alle seine Bemühungen scheiterten.

Es regnete stärker. Eragon störte das Trommeln der Regentropfen, denn dabei konnte er leichter überhören, wenn jemand versuchte, sich anzuschleichen. Seit ihrer ersten Nacht auf Vroengard hatte er keine Spur mehr von den fremdartigen, in Kapuzenumhänge gehüllten Gestalten gesehen, die durch die Stadt gezogen waren, noch hatte er irgendeinen Hinweis auf ihren Geist gespürt. Trotzdem war Eragon sich ihrer Anwesenheit durchaus bewusst und er wurde das Gefühl nicht los, dass er und Saphira jeden Moment angegriffen werden könnten.

Das graue Licht des Tages verblasste langsam, die Dämmerung brach herein und schließlich senkte sich eine tiefe, sternenlose Nacht über das Tal. Eragon legte mehr Holz auf ihr Feuer. Es war die einzige Lichtquelle in dem Nisthaus und die gelben Flammen waren wie eine winzige Kerze in der riesigen Halle. Dicht am Feuer warf der gläserne Boden den Schein der brennenden Zweige zurück. Er glänzte wie poliertes Eis und die farbigen Muster im Glas lenkten Eragon oft von seinen Grübeleien ab.

Eragon aß nichts zu Abend. Er hatte Hunger, aber er war so angespannt, dass ihm Nahrung nicht gut bekommen wäre. Außerdem hatte er das Gefühl, dass eine Mahlzeit seine Gedanken träge machen würde. Nie war sein Geist so scharf, wie wenn sein Magen leer war.

Er würde, so beschloss er, nichts mehr essen, bis er seinen wahren Namen wusste oder bis sie die Insel verlassen mussten – was auch immer als Erstes eintraf.

Mehrere Stunden verstrichen. Sie sprachen nur wenig miteinander, obwohl Eragon im Großen und Ganzen Saphiras Stimmungen und Gedanken mitbekam und sie seine.

Dann, als Eragon gerade in seine Wachträume hinübergleiten wollte – um sich auszuruhen, aber auch, weil er hoffte, dass die Träume ihm vielleicht irgendwelche Erkenntnisse liefern würden –, stieß Saphira ein Jaulen aus, streckte die rechte Vorderpranke vor und schlug damit auf den Boden. Mehrere Zweige im Feuer barsten und sandten einen Funkenregen zu der schwarzen Decke empor.

Erschrocken sprang Eragon auf und zog Brisingr, während er die Dunkelheit jenseits des Steinhalbkreises nach Feinden absuchte. Unmittelbar darauf begriff er, dass Saphira nicht aus Sorge geschrien hatte oder vor Wut, sondern dass es ein Triumphschrei gewesen war.

Ich hab's!, rief Saphira. Sie zog den Kopf zurück und ließ einen blau-gelben Feuerstrahl in den oberen Teil des Gebäudes schießen. *Ich kenne meinen wahren Namen!* Sie sprach einen einzigen Satz in der alten Sprache und Eragons gesamter Geist schien zu tönen wie eine Glocke. Einen Moment glühten die Spitzen von Saphiras Schuppen von innen heraus und sie sah aus, als bestünde sie aus lauter Sternen.

Der Name war prachtvoll und majestätisch, aber auch gefärbt von Traurigkeit, denn er benannte sie als das letzte Weibchen ihrer Art. Aus den Worten hörte Eragon die Liebe und Hingabe, die sie für ihn empfand, außerdem all die anderen Eigenschaften, die ihre Persönlichkeit ausmachten. Die meisten davon kannte er, einige aber auch nicht. Ihre Schwächen stachen genauso heraus wie ihre Tugenden, aber insgesamt hatte man den Eindruck von Feuer und Schönheit und Pracht.

Saphira schauderte von der Nasenspitze bis zur Schwanzspitze und schüttelte ihre Flügel.

Ich weiß, wer ich bin, sagte sie.

Gut gemacht, Bjartskular, gratulierte Glaedr ihr, und Eragon konnte spüren, wie beeindruckt er war. *Du hast einen Namen, auf den du stolz sein kannst. Wiederhole ihn jedoch nicht, nicht einmal vor dir selbst, bis wir an … an dem Zacken sind, der der Grund für unsere Reise war. Du musst sehr gut darauf achten, deinen Namen geheim zu halten, jetzt, wo du ihn kennst.*

Saphira blinzelte und schüttelte abermals die Flügel. *Ja, Meister.* Ihre Aufregung war beinahe mit Händen zu greifen.

Eragon schob Brisingr in die Scheide zurück und ging zu ihr hinüber. Sie senkte den Kopf, bis er auf seiner Höhe war. Er strich ihr über das Kinn, dann drückte er seine Stirn an ihre harte Schnauze und hielt sie, so fest er konnte, sodass er ihre scharfen Schuppen unter seinen Fingern spürte. Heiße Tränen rannen ihm über die Wangen.

Warum weinst du?, fragte sie.

Weil … ich das Glück habe, mit dir verbunden zu sein.

Kleiner.

Sie unterhielten sich noch eine Weile, da Saphira unbedingt darüber reden wollte, was sie über sich selbst erfahren hatte. Eragon war glücklich, ihr zuzuhören, aber er konnte nicht anders, als ein klein wenig Bitterkeit zu empfinden, dass er es noch immer nicht geschafft hatte, seinen eigenen wahren Namen herauszufinden.

Schließlich rollte Saphira sich auf ihrer Seite des Halbkreises zusammen und schlief ein, während Eragon im Licht des verlöschenden Lagerfeuers weitergrübelte. Glaedr blieb wach und manchmal beriet Eragon sich mit ihm, aber die meiste Zeit blieb er für sich.

Die Stunden krochen dahin und Eragons Enttäuschung wuchs. Ihm lief die Zeit davon – eigentlich hätten er und Saphira schon am Tag zuvor zu den Varden zurückfliegen sollen –, doch was er auch versuchte, er war offensichtlich einfach nicht in der Lage, sich selbst so zu beschreiben, wie er war.

Nach seiner Schätzung musste es fast Mitternacht sein, als es aufhörte zu regnen.

Eragon wurde immer unruhiger, während er krampfhaft versuchte, zu einem Ergebnis zu kommen. Schließlich sprang er auf, zu ruhelos, um noch länger sitzen zu bleiben. *Ich vertrete mir mal die Beine,* sagte er zu Glaedr.

Er rechnete damit, dass der Drache Einwände erheben würde, aber stattdessen erwiderte Glaedr: *Lass deine Waffen und deine Rüstung hier.*

Warum?

Was auch immer du findest, du musst dich ihm allein stellen. Du kannst nicht erfahren, woraus du gemacht bist, wenn du dich darauf verlässt, dass irgendjemand oder irgendetwas anderes dir hilft.

Glaedrs Worte leuchteten Eragon ein, trotzdem zögerte er, bevor er Schwert und Dolch ablegte und sein Kettenhemd auszog. Er schlüpfte in seine Stiefel und in seinen feuchten Umhang, dann schob er die Satteltaschen mit Glaedrs Herz der Herzen näher an Saphira heran.

Als Eragon den Halbkreis aus Steinen gerade verlassen wollte, ergriff Glaedr noch einmal das Wort: *Tu, was du tun musst, aber sei vorsichtig.*

Vor dem Nisthaus erblickte Eragon zu seiner Freude einige Sterne und den Mond, der durch eine Lücke in den Wolken schien, sodass er seine Umgebung einigermaßen erkennen konnte.

Er wippte einige Male auf den Fußballen auf und ab und fragte sich, wohin er gehen sollte. Dann machte er sich mit zügigen Schritten auf den Weg ins Herz der zerstörten Stadt. Nach einigen Sekunden gewann der Ärger über sein Versagen die Oberhand und er beschleunigte seinen Schritt noch, bis er fast rannte.

Während er dem Geräusch seiner Atmung und seiner Schritte lauschte, die über die Pflastersteine hämmerten, fragte er sich wieder und wieder: *Wer bin ich?* Aber ihm fiel keine Antwort ein.

Er lief, bis er keine Luft mehr bekam, und dann lief er noch ein Stück weiter. Als weder seine Lungen noch seine Beine länger mitmachen wollten, blieb er vor einem mit Unkraut bewachsenen Springbrunnen stehen und stützte sich mit den Armen darauf, bis er wieder zu Atem kam.

Rings um ihn ragten die Umrisse mehrerer riesiger Gebäude auf: schemenhafte Klötze, die aussahen wie ein uralter, bröckelnder Gebirgszug. Der Springbrunnen stand in der Mitte eines riesigen quadratischen Platzes, der mit Steinbrocken übersät war.

Er stieß sich von dem Springbrunnen ab und drehte sich langsam um sich selbst. In der Ferne konnte er das tiefe, volltönende Quaken der Frösche hören, ein seltsames Dröhnen, das besonders laut wurde, sobald einer der Riesenfrösche einstimmte.

Sein Blick fiel auf eine gesprungene Steinplatte nicht weit von ihm. Er ging hinüber, packte sie an den Kanten und hob sie mit einem Ruck vom Boden hoch. Die Muskeln in seinen Armen brannten, als er die Steinplatte taumelnd bis an den Rand des Platzes schleppte und sie dort ins Gras warf.

Sie landete mit einem leisen, aber befriedigenden Schlag.

Eragon ging mit großen Schritten zu dem Springbrunnen zurück, öffnete seinen Umhang und warf ihn über den Brunnenrand. Dann ging er zu dem nächsten Trümmerbrocken hinüber – einem schartigen Keil, der von einem größeren Steinblock abgesplittert war –, schob die Finger darunter und hievte ihn sich auf die Schulter.

Über eine Stunde lang schuftete er, um den Platz freizuräumen.

Zum Teil waren die herausgebrochenen Mauerteile so groß, dass er Magie benutzen musste, um sie zu bewegen, aber meistens reichte die Kraft seiner Hände und Arme aus. Er ging methodisch vor. Er arbeitete sich Stück für Stück quer über den ganzen Platz und räumte jedes Trümmerstück aus dem Weg, egal wie groß oder klein es war.

Schon bald war er von der Anstrengung schweißnass. Er hätte sein Wams ausgezogen, aber die Kanten der Trümmer waren oft scharf und er hätte sich geschnitten. Auch so hatte er sich schon eine Menge blaue Flecken an Brust und Schultern zugezogen und sich die Hände aufgeschürft.

Die Arbeit half ihm, sich zu beruhigen, und da man dabei nicht viel denken musste, konnte er über alles Mögliche nachgrübeln – darüber, was er war und was er sein könnte.

Mitten in seiner selbst auferlegten Arbeit, als er sich gerade ausruhte, nachdem er ein besonders schweres Stück Gesims weggetragen hatte, hörte er auf einmal ein bedrohliches Zischen. Als er aufschaute, sah er eine Snalglí – mit einem mindestens sechs Fuß hohen Haus – mit verblüffender Geschwindigkeit aus der Dunkelheit herangleiten. Die Kreatur hatte den wirbellosen Hals vorgestreckt, ihr lippenloser Mund war wie ein Schlitz aus Dunkelheit, der das weiche Fleisch teilte, und ihre knollenförmigen Augen waren direkt auf ihn gerichtet. Im Licht des Mondes glänzte das entblößte Fleisch der Snalglí wie Silber, genauso wie die Spur aus Schleim, die sie hinter sich herzog.

»Letta!«, sagte Eragon. Er richtete sich auf und schüttelte Blutstropfen von seinen aufgerissenen Händen. *»Ono ach néiat threyja eom verrunsmal edtha, o Snalglí.«*

Während er seine Warnung aussprach, verlangsamte die Schnecke ihr Tempo und zog ihre Augen um mehrere Zoll ein. Einige Schritte vor ihm hielt sie inne, zischte wieder, kroch dann weiter, wandte sich nach rechts und versuchte von der Seite an ihn heranzukommen.

»Oh nein, das tust du nicht«, murmelte er und drehte sich mit ihr mit. Er sah über die Schultern, um sich davon zu überzeugen, dass keine weiteren Snalglí von hinten nahten.

Die Riesenschnecke schien zu begreifen, dass sie ihn nicht überraschen und auf diese Weise überwältigen konnte, denn sie hielt inne, zischte und ließ die Augäpfel hin und her pendeln.

»Du klingst wie ein Teekessel kurz vor dem Kochen«, sagte er zu ihr.

Die Augäpfel der Snalglí pendelten noch schneller, dann ging sie auf ihn los und die Ränder ihres flachen Fußes wellten sich.

Eragon wartete bis zum letzten Moment, dann sprang er zur Seite und ließ die Snalglí vorbeigleiten. Er lachte und schlug ihr auf die Rückseite des Hauses. »Du bist nicht allzu helle, oder?« Dann tänzelte er von der Schnecke weg und begann, sie in der alten Sprache zu verhöhnen. Er bedachte sie mit allen möglichen beleidigenden, aber durchaus passenden Namen.

Die Schnecke schien sich vor Wut aufzublasen – ihr Hals wurde dicker und wölbte sich vor und sie öffnete das Maul noch weiter und begann nicht nur zu zischen, sondern auch zu spucken.

Wieder und wieder glitt sie auf Eragon zu und jedes Mal sprang er aus dem Weg. Schließlich hatte die Snalglí genug von dem Spiel. Sie zog sich sechs Schritt zurück und starrte ihn aus ihren faustgroßen Augäpfeln an.

»Wie fängst du jemals etwas, wenn du so langsam bist?«, spottete Eragon und streckte der Schnecke die Zunge heraus.

Die Snalglí zischte noch einmal, dann wandte sie sich ab und glitt in die Dunkelheit davon.

Eragon wartete ein paar Minuten, um sicher zu sein, dass sie fort war, bevor er sich wieder daranmachte, den Schutt wegzuräumen. »Vielleicht sollte ich mich einfach Schneckenbezwinger nennen«, murmelte er, während er ein Stück Säule über den Innenhof rollte. »Eragon Schattentöter, Bezwinger der Schnecken … Ich würde die Herzen der Männer mit Furcht erfüllen, wo immer ich erscheine.«

Es war tiefste Nacht, als er endlich das letzte Trümmerstück auf die Grasfläche warf, die den Platz umsäumte. Keuchend stand er da. Er fror, hatte Hunger und war müde, und die Schürfwunden an seinen Händen und Handgelenken brannten.

Er war in der nordöstlichen Ecke des Platzes angekommen. Im

Norden lag eine riesige Halle, die während der Schlacht beinahe vollkommen zerstört worden war. Es standen nur noch ein Teil der schwarzen Außenmauer und eine einzige efeuumrankte Säule, wo einst der Eingang gewesen war.

Sehr lange starrte er die Säule an. Darüber leuchteten ein paar Sterne – rote, blaue und weiße – durch eine Lücke in den Wolken und glänzten wie geschliffene Diamanten. Eine seltsame Anziehung ging von ihnen aus, als bedeute ihr Erscheinen etwas, was er verstehen sollte.

Ohne lange darüber nachzudenken, was er tat, kletterte er über ein paar Steinbrocken zum Fuß der Säule und umfasste den dicksten Stamm des Efeus: Er war so dick wie sein Unterarm und mit Tausenden winziger Härchen bedeckt.

Er zerrte daran. Der Stamm hielt, also begann er daran hochzuklettern. Er hangelte sich an den Efeuranken die Säule empor, die dreihundert Fuß hoch sein musste, sich aber immer höher anfühlte, je weiter er sich vom Boden entfernte.

Er wusste, dass er unvorsichtig war, aber andererseits war ihm genau danach zumute.

Auf halber Höhe begannen die dünneren Ranken sich von dem Stein zu lösen, wenn er ihnen sein ganzes Gewicht zumutete. Von da an achtete er darauf, sich nur am Stamm und an einigen der dickeren Nebenranken festzuhalten.

Als er das obere Ende der Säule erreichte, zog er sich auf das Kapitell. Es war unbeschädigt geblieben, eine quadratische, flache Platte, die groß genug war, um sich daraufzusetzen und an jeder Seite noch einen Fuß Platz zu haben.

Eragon, der sich von der Anstrengung etwas zittrig fühlte, setzte sich mit untergeschlagenen Beinen hin und ließ die Hände mit der Handfläche nach oben auf den Knien liegen, damit Luft über seine aufgerissene Haut streichen konnte.

Unter ihm lag die zerstörte Stadt: ein Labyrinth aus Ruinen, durch das häufig seltsame, verlorene Rufe hallten. An einigen Stellen, wo es Teiche gab, konnte er die schwach glänzenden Lichter der Riesenfrösche leuchten sehen – wie Laternen, die man aus großer Ferne betrachtete.

Anglerfrösche, dachte er plötzlich in der alten Sprache. *Das ist ihr Name. Anglerfrösche.* Und er wusste, dass er recht hatte, denn das Wort schien zu passen wie ein Schlüssel in ein Schloss.

Dann richtete er den Blick zu den Sternen, die ihn zu seiner Kletterpartie angeregt hatten. Er verlangsamte seine Atmung und konzentrierte sich darauf, die Luft regelmäßig in seine Lungen hinein- und wieder aus ihnen herausströmen zu lassen. Die Kälte, der Hunger und die körperliche Erschöpfung schenkten ihm ein seltsames Gefühl der Klarheit. Er schien außerhalb seines Körpers zu treiben, als sei die Verbindung zwischen seinem Bewusstsein und seinem Fleisch dünner geworden, und auf einmal nahm er die Stadt und die Insel ringsumher ganz anders und viel deutlicher wahr. Er nahm mit allen Sinnen jede Bewegung des Windes wahr, jedes Geräusch und jeden Geruch, den der Wind bis zum Kapitell der Säule hinauftrug.

Dort oben dachte er über weitere Namen nach, und obwohl keiner ihn umfassend beschrieb, brachte sein Versagen ihn nicht mehr aus dem Gleichgewicht, denn die Klarheit, die er verspürte, reichte so tief, dass kein Rückschlag seine Ruhe hätte stören können.

Wie kann ich alles, was ich bin, in einige wenige Worte fassen?, überlegte er und sann weiter über diese Frage nach, während die Sterne über ihm ihre Bahnen zogen.

Drei verzerrte Schatten flogen über die Stadt – wie kleine, sich bewegende Risse in der Realität – und landeten auf dem Dach des Gebäudes zu seiner Linken. Dann sträubten die dunklen, eulenförmigen Silhouetten ihre borstigen Federn und starrten ihn mit bösen, leuchtenden Augen an. Die Schatten keckerten leise und zwei von ihnen kratzten sich mit Krallen, die keine Tiefe hatten, die hohlen Flügel. Der dritte hielt die Überreste eines Frosches in seinen ebenholzschwarzen Klauen.

Er sah die bedrohlichen Vögel minutenlang an und sie sahen ihn an, bis sie schließlich aufflogen und auf ihre geisterhafte Art nach Westen verschwanden, ohne mehr Geräusche zu machen als eine zu Boden schwebende Feder.

Kurz vor Tagesanbruch, als Eragon den Morgenstern zwischen zwei Gipfeln im Osten sah, fragte er sich selbst: »Was will ich?«

Bis dahin hatte er diese Frage nicht weiter beachtet. Er wollte Galbatorix stürzen: natürlich. Aber falls ihnen das wirklich gelingen sollte, was dann? Seit er das Palancar-Tal verlassen hatte, hatte er immer gedacht, dass er und Saphira eines Tages dorthin zurückkehren würden, um in der Nähe der Berge zu leben, die er so liebte. Doch als er jetzt über diese Aussicht nachdachte, erkannte er allmählich, dass sie keinen Reiz mehr auf ihn ausübte.

Er war im Palancar-Tal aufgewachsen und würde es immer als seine Heimat betrachten. Aber was gab es dort noch für ihn und Saphira? Carvahall war zerstört, und selbst wenn die Dorfbewohner es eines Tages wieder aufbauen würden, wäre das Dorf nie wieder dasselbe. Außerdem lebten seine und Saphiras Freunde andernorts und sie beide hatten Verpflichtungen gegenüber den verschiedenen Völkern Alagaësias – Verpflichtungen, die sie nicht vernachlässigen konnten. Und nach all dem, was sie getan und gesehen hatten, konnte er sich nicht vorstellen, dass einer von ihnen damit zufrieden wäre, an einem solch normalen, abgelegenen Ort zu leben.

Denn der Himmel ist weit und die Welt ist rund …

Selbst wenn sie tatsächlich zurückkehrten, was würden sie dort tun? Kühe halten und Weizen anbauen? Er hatte kein Verlangen danach, mühsam von dem zu leben, was das Land hergab, wie seine Familie es in seiner Kindheit getan hatte. Er und Saphira waren Reiter und Drache. Ihre Bestimmung und ihr Schicksal war es, in der vordersten Reihe der Geschichte zu fliegen, nicht vor einem Feuer zu sitzen und fett und träge zu werden.

Und dann war da noch Arya. Wenn er und Saphira im Palancar-Tal leben würden, dann würde er sie nur noch selten sehen, wenn überhaupt.

»Nein«, sagte Eragon und das Wort klang in der Stille wie ein Hammerschlag. »Ich will nicht dorthin zurück.«

Ein kalter Schauer lief ihm den Rücken hinunter. Er hatte gewusst, dass er sich verändert hatte, seit er, Brom und Saphira aufgebrochen waren, um die Ra'zac aufzuspüren. Aber er hatte sich an den Glauben geklammert, dass er im Herzen noch immer derselbe war. Jetzt erkannte er, dass das längst nicht mehr stimmte. Den Jungen, der er gewesen war, als er sich das erste Mal aus dem Palancar-Tal hinausgewagt hatte, gab es nicht mehr. Eragon sah nicht mehr aus wie er, er benahm sich nicht mehr wie er und er wollte nicht mehr dieselben Dinge vom Leben.

Er holte tief Luft und stieß den Atem dann in einem langen, bebenden Seufzer aus, während ihm die Wahrheit dämmerte.

»Ich bin nicht mehr der, der ich war.« Es laut auszusprechen, schien dem Gedanken Gewicht zu verleihen.

Dann, als das erste Licht der Morgendämmerung den östlichen Himmel über der uralten Insel Vroengard erhellte, auf der die Reiter und Drachen einst gelebt hatten, fiel ihm ein Name ein – ein Name, wie ihm zuvor noch keiner eingefallen war –, und bei dem Gedanken überkam ihn ein Gefühl der Gewissheit.

Er sagte den Namen, flüsterte ihn in den tiefsten Winkeln seines Geistes vor sich hin und sein ganzer Körper schien zu vibrieren, als hätte Saphira gegen die Säule unter ihm geschlagen.

Dann keuchte er auf und stellte fest, dass er gleichzeitig lachte und weinte. Er lachte, weil er Erfolg gehabt hatte und aus reiner Freude darüber, endlich zu verstehen; und er weinte, weil all sein Scheitern, alle Fehler, die er gemacht hatte, ihm jetzt klar geworden waren und er keine Illusionen mehr hatte, mit denen er sich trösten konnte.

»Ich bin nicht mehr der, der ich war«, wisperte er und umfasste die Kanten der Säule, »aber ich weiß, wer ich bin.«

Der Name, sein wahrer Name, war schwächer und mit mehr Mängeln behaftet, als ihm lieb war, und er hasste sich dafür. Aber es gab auch vieles daran zu bewundern, und je länger er darüber nachdachte, desto mehr konnte er den wahren Namen seines Ichs akzeptieren. Er war nicht der Beste, aber er war auch nicht der Schlechteste.

»Und ich werde nicht aufgeben«, knurrte er.

Er fand Trost in der Tatsache, dass seine Persönlichkeit nicht unveränderbar war. Er konnte sich verbessern, wenn er wollte. Und in diesem Moment schwor er sich, dass er es in der Zukunft besser machen würde, so schwer es auch sein würde.

Immer noch lachend, immer noch weinend wandte er das Gesicht zum Himmel und breitete die Arme aus. Mit der Zeit verebbten die Tränen und das Gelächter, und an ihre Stelle trat ein Gefühl tiefer Ruhe, überdeckt von einem Anflug von Glück und Resignation. Trotz Glaedrs Ermahnung flüsterte er abermals seinen wahren Namen und einmal mehr erzitterte sein ganzes Wesen unter der Wucht der Worte.

Er hielt seine Arme weiterhin ausgebreitet, stand auf, dann ließ er sich von der Säule nach vorn fallen und stürzte kopfüber auf den Boden zu. Kurz bevor er aufprallte, rief er »*Vëoht!*« und sein Tempo verlangsamte sich, er drehte sich und landete so sanft auf dem Platz, als sei er aus einer Kutsche gestiegen.

Er kehrte zu dem Springbrunnen zurück und holte sich seinen Umhang. Und als die ersten Strahlen des Morgenlichts auf die Ruinen der Stadt fielen, eilte er zurück zum Nisthaus, um Saphira zu wecken und ihr und Glaedr von seiner Entdeckung zu erzählen.

Das Verlies der Seelen

Eragon hob sein Schwert und seinen Schild, denn er brannte darauf, den nächsten Schritt zu tun, doch er hatte auch ein wenig Angst davor.

Wie beim letzten Mal standen er und Saphira am Fuß des Felsens von Kuthian, während Glaedrs Herz der Herzen in der kleinen Schatulle lag, die verborgen in den Satteltaschen auf Saphiras Rücken steckte.

Es war noch früh am Morgen und die Sonne schien hell durch große Risse in der Wolkendecke. Eragon und Saphira hatten direkt zum Felsen von Kuthian gehen wollen, nachdem Eragon in das Nisthaus zurückgekehrt war. Aber Glaedr hatte darauf bestanden, dass Eragon zuerst etwas aß und dass sie dann noch etwas warteten, bis sich das Essen gesetzt hatte.

Doch jetzt standen sie endlich vor der schartigen Steinsäule und Eragon hatte das Warten ebenso satt wie Saphira.

Seit sie ihre wahren Namen miteinander geteilt hatten, schien das Band zwischen ihnen noch stärker geworden zu sein. Vielleicht weil sie beide gehört hatten, wie viel sie einander bedeuteten. Es war etwas, was sie immer gewusst hatten, trotzdem war es etwas anderes, es auf so unumstößliche Weise gesagt zu bekommen.

Irgendwo im Norden rief ein Rabe.

Ich werde den Anfang machen, sagte Glaedr. *Wenn es eine Falle ist, löse ich sie vielleicht aus, bevor sie einen von euch fängt.*

Eragon wollte gerade seinen Geist von Glaedr lösen und Saphira ebenfalls, damit der Drache seinen wahren Namen aussprechen konnte, ohne dass sie lauschten. Aber Glaedr sagte: *Nein, ihr habt mir eure Namen verraten. Es ist nur recht, wenn ihr meinen erfahrt.*

Eragon sah Saphira an, dann erwiderten sie beide: *Vielen Dank, Ebrithil.*

Dann sprach Glaedr seinen Namen und er donnerte in Eragons Geist wie eine Trompetenfanfare, königlich und dennoch misstönend, durch und durch gefärbt von Glaedrs Trauer und Zorn über Oromis' Tod. Sein Name war länger als der von Eragon oder Saphira, er erstreckte sich über mehrere Sätze – eine Aufzeichnung eines Lebens, das Jahrhunderte gedauert hatte und das ungezählte Freuden und Schmerzen und Erfolge umfasste. Der Name offenbarte seine Weisheit, aber auch Widersprüchliches, Kompliziertes, was es schwer machte, seine Persönlichkeit ganz zu erfassen.

Saphira verspürte die gleiche Ehrfurcht wie Eragon, als sie Glaedrs Namen hörte. Der Klang der Worte zeigte ihnen beiden, wie jung sie noch waren und was für ein weiter Weg noch vor ihnen lag, bevor sie es mit Glaedrs Wissen und Erfahrung würden aufnehmen können.

Ich frage mich, wie Aryas wahrer Name lautet, dachte Eragon bei sich.

Gespannt beobachteten sie den Felsen von Kuthian, konnten jedoch keine Veränderung feststellen.

Saphira kam als Nächste. Sie warf den Kopf in den Nacken und scharrte mit den Klauen auf dem Boden wie ein temperamentvolles Streitross mit den Hufen, dann verkündete sie stolz ihren Namen. Selbst im Tageslicht schimmerten und funkelten ihre Schuppen erneut bei diesen Worten.

Als er ihren und Glaedrs wahren Namen ausgesprochen hörte, war Eragon nicht mehr ganz so verlegen, was den seinen betraf. Keiner von ihnen war vollkommen und doch verdammten sie einander nicht für ihre Mängel, sondern akzeptierten und verziehen sie.

Auch nachdem Saphira ihren Namen genannt hatte, geschah nichts.

Zuletzt trat Eragon vor. Kalter Schweiß bedeckte seine Stirn. In dem Wissen, dass dies vielleicht seine letzte Tat als freier Mann war, sprach er im Geist seinen Namen, wie Glaedr und Saphira es getan hatten. Sie waren vorab übereingekommen, dass es sicherer für ihn wäre, seinen Namen nicht laut zu nennen, um die Gefahr zu verringern, dass irgendjemand es hören konnte.

Noch während Eragon in seinen Gedanken das letzte Wort bildete, erschien am Fuß der Felsnadel eine dünne dunkle Linie. Sie lief fünfzig Fuß nach oben, dann teilte sie sich, wölbte sich zu beiden Seiten herab und zeichnete die Umrisse von zwei breiten Türen nach. Auf den Türen erschienen Zeile um Zeile goldene Schriftzeichen: Schutzzauber, die sowohl gewöhnliches Aufspüren als auch magisches verhinderten.

Sobald der Umriss vollständig war, schwangen die Türen an verborgenen Angeln auf und schabten die Erde und die Pflanzen weg, die sich vor dem Turm angesammelt hatten, seit das Tor das letzte Mal geöffnet worden war, wann auch immer das gewesen sein mochte. Dahinter lag ein riesiger Tunnel mit Gewölbedecke, der in einem steilen Winkel in das Erdinnere hinabführte.

Die Türen kamen knirschend zum Stehen und wieder senkte sich Stille über die Lichtung.

Eragon starrte in den dunklen Tunnel und spürte Furcht in sich aufsteigen. Sie hatten gefunden, wonach sie suchten, aber er war sich noch immer nicht sicher, ob es eine Falle war oder nicht.

Solembum hat nicht gelogen, stellte Saphira fest. Sie ließ die Zunge vorschnellen, um die Luft zu kosten.

Ja, aber was erwartet uns dort?, fragte Eragon.

Dieser Ort dürfte eigentlich gar nicht existieren, bemerkte Glaedr. *Wir und die Reiter verbargen auf Vroengard viele Geheimnisse, aber die Insel ist zu klein, als dass ein so großer Tunnel ohne unser Wissen hätte gebaut werden können. Und doch habe ich noch nie von ihm gehört.*

Eragon sah sich um. Sie waren immer noch allein, niemand versuchte sich anzuschleichen. *Könnte er gebaut worden sein, bevor die Reiter Vroengard zu ihrer Heimat gemacht haben?*

Glaedr überlegte einen Moment. *Ich weiß es nicht … Vielleicht. Es ist die einzige Erklärung, die einen Sinn ergibt. Aber wenn es so ist, dann ist dieser Tunnel wahrhaftig uralt.*

Zu dritt untersuchten sie den Gang mit ihrem Geist, aber sie spürten nichts Lebendes darin.

Also schön, sagte Eragon. Der saure Geschmack der Furcht erfüllte seinen Mund und seine Hände waren schweißnass geworden in den Handschuhen. Was immer sie am anderen Ende des Tunnels finden würden, er wollte es jetzt wissen. Auch Saphira war nervös, aber nicht so sehr wie er.

Lass uns die Ratte ausgraben, die sich in diesem Nest versteckt, erwiderte sie.

Dann traten sie gemeinsam durch das Tor in den Tunnel.

Als der letzte Zoll von Saphiras Schwanz über die Schwelle glitt, schwangen die Türflügel hinter ihnen zu und schlossen sich mit einem lauten Krachen von Stein, der auf Stein stößt. Sie standen in völliger Dunkelheit.

»Oh nein, nein, nein!«, knurrte Eragon und lief zurück zu den Türen. *»Naina hvitr«,* sagte er und ein diffuses weißes Licht erhellte den Tunneleingang.

Die Innenseite der Türen war vollkommen glatt, und sosehr er auch dagegen stieß und hämmerte, sie gaben nicht nach.

»Verflucht. Wir hätten einen Baumstamm oder einen Steinbrocken benutzen sollen, um sie offen zu halten«, klagte er und war wütend auf sich selbst, weil er nicht daran gedacht hatte.

Wenn es sein muss, können wir sie immer noch aufbrechen, meinte Saphira.

Das bezweifle ich stark, widersprach Glaedr.

Eragon packte erneut Brisingr. *Dann schätze ich, wir haben keine andere Wahl, als weiterzugehen.*

Wann hatten wir je eine andere Wahl, als weiterzugehen?, fragte Saphira.

Eragon veränderte seinen Zauber, sodass das Werlicht von einem einzigen Punkt nahe der Decke kam, sonst wäre es Saphira und ihm schwergefallen, die Tiefe des Raums ohne Schatten einzuschätzen. Dann machten sie sich zusammen auf den Weg durch den abfallenden Tunnel nach unten.

Der Boden des Gangs hatte zahllose kleine Erhebungen, die es ihnen erleichterten, trotz des Gefälles Halt zu finden, obwohl es keine Stufen gab. Wo Boden und Wände aufeinandertrafen, flossen sie ineinander über, als sei der Stein geschmolzen worden. Es waren also höchstwahrscheinlich Elfen, dachte Eragon, die den Tunnel ausgehoben hatten.

Immer tiefer und tiefer stiegen sie in die Erde hinab, bis Eragon vermutete, dass sie inzwischen die Gebirgsausläufer hinter dem Felsen von Kuthian passiert hatten und sich direkt unter dem hohen Bergkranz dahinter befanden. Der Tunnel bog weder ab noch verzweigte er sich und die Wände waren immer noch vollkommen kahl.

Schließlich spürte Eragon einen warmen Lufthauch, der ihnen von weiter unten entgegenwehte, und er bemerkte einen schwachen orangefarbenen Schein in der Ferne. *»Letta«*, murmelte er und löschte das Werlicht.

Die Luft wurde noch wärmer, je weiter sie hinabstiegen, und das Licht vor ihnen heller. Schon bald konnten sie das Ende des Tunnels sehen: einen riesigen schwarzen Bogen, der bedeckt war von erhabenen Schriftzeichen, sodass es aussah, als sei der Torbogen mit Dornen umwickelt. Schwefelgeruch verpestete die Luft und Eragons Augen begannen zu tränen.

Vor dem Bogen blieben sie stehen. Dahinter war nichts zu sehen als flacher grauer Boden.

Eragon sah zurück in die Richtung, aus der sie gekommen waren, dann wandte er den Blick wieder dem Bogen zu. Das zerklüftete Gebilde machte ihn nervös und Saphira erging es genauso. Er versuchte die Schriftzeichen zu lesen, aber sie bildeten ein zu dichtes Gewirr, um sie zu verstehen. Er konnte auch keinerlei Energie entdecken, die in dem schwarzen Gebilde lagerte. Trotzdem konnte er sich nur schwer vorstellen, dass der Bogen nicht mit Zaubern belegt war.

Wer auch immer den Tunnel gebaut hatte, hatte es geschafft, den Zauber, der das Tor oben geöffnet hatte, restlos zu verbergen. Das Gleiche konnte er auch mit den Zaubern gemacht haben, die er an diesem Bogen hier unten angebracht hatte.

Er tauschte einen schnellen Blick mit Saphira und befeuchtete sich die Lippen, während er sich an Glaedrs Worte erinnerte: *Es gibt keine sicheren Pfade mehr.*

Saphira schnaubte und stieß einen kleinen Flammenstrahl aus jedem Nasenloch aus, dann traten sie und Eragon gleichzeitig durch den Bogen.

Die Vergessenen – Teil eins

Eragon bemerkte mehrere Dinge gleichzeitig.

Erstens, dass sie auf einer Seite eines runden Raums von über zweihundert Fuß Durchmesser standen, in dessen Mitte aus einer großen Grube ein mattes orangefarbenes Leuchten drang. Zweitens, dass die Luft drückend heiß war. Drittens, dass an der Wand entlang zwei Stufen verliefen – wie Sitzreihen in einem Amphitheater –, auf denen zahlreiche dunkle Gegenstände lagen. Viertens, dass die Wand über diesen Stufen an zahlreichen Stellen funkelte, als sei sie mit bunten Kristallen besetzt. Aber er hatte keine Gelegenheit, die Wand oder die dunklen Gegenstände genauer zu betrachten, denn neben der glühenden Grube stand ein Mann mit dem Kopf eines Drachen.

Der Mann war aus Metall und glänzte wie polierter Stahl. Er trug keine anderen Kleider als einen Lendenschurz, der aus dem gleichen schimmernden Material gefertigt war wie sein Körper, und seine Brust und seine Glieder waren muskelbepackt wie die eines Kull. In der linken Hand hielt er einen Metallschild und in der rechten ein schimmerndes Schwert, das Eragon als die Klinge eines Reiters erkannte.

Hinter dem Mann am anderen Ende des Raums nahm Eragon vage einen Thron wahr, in dem die Gestalt des Metallmannes Abdrücke auf dem Sitz und der Rückenlehne hinterlassen hatte.

Der drachenköpfige Mann schritt auf sie zu. Seine Haut und seine Gelenke bewegten sich so geschmeidig wie Fleisch, aber bei jedem Schritt klang es, als hätte jemand etwas sehr Schweres auf den Boden fallen lassen. Dreißig Fuß vor Eragon und Saphira blieb er stehen und starrte sie mit Augen an, die flackerten wie zwei glutrote Flammen. Dann legte er seinen schuppigen Kopf in den Nacken und stieß ein seltsames metallisches Brüllen aus, das so laut widerhallte, als brüllten ein Dutzend Kreaturen auf sie ein.

Noch während Eragon sich fragte, ob sie gegen die Kreatur kämpfen sollten, spürte er, wie ein fremder, gewaltiger Geist den seinen berührte. Dieses Bewusstsein war anders als alle, denen er jemals begegnet war, und es schien eine Vielzahl rufender Stimmen zu beherbergen, einen großen, zusammenhanglosen Chor, der ihn an einen Sturm erinnerte.

Bevor er reagieren konnte, durchdrang der Geist seine Abwehr und übernahm die Kontrolle über seine Gedanken. Trotz all seiner Übungen mit Glaedr, Arya und Saphira konnte er den Angriff nicht abwehren; er konnte ihn nicht einmal verlangsamen. Genauso gut hätte er versuchen können, mit bloßen Händen die Flut des Meeres aufzuhalten.

Um sich herum nahm er nichts wahr als verschwommenes Licht und das zusammenhanglose Brüllen, während der jammernde Chor sich Zugang zu jedem Winkel seines Wesens erzwang. Dann fühlte es sich an, als zerreiße der Eindringling seinen Geist in ein halbes Dutzend Teile – von denen jedes sich der anderen Teile bewusst blieb, während keines tun konnte, was es wollte –, und seine Sicht zersplitterte, als sehe er den Raum durch die Facetten eines Edelsteins.

Sechs verschiedene Erinnerungen begannen durch sein zersplittertes Bewusstsein zu rasen. Er hatte sich nicht aus freien Stücken für sie entschieden, sie erschienen einfach und sie flossen schneller, als er ihnen folgen konnte. Gleichzeitig bog und drehte sein Körper sich in verschiedene Haltungen, dann hob sein Arm Brisingr, sodass seine Augen die Klinge sehen konnten, und er betrachtete sechs identische Versionen des Schwertes. Der Eindringling ließ ihn sogar einen Zauber wirken, dessen Zweck er nicht verstand und nicht verstehen konnte, denn seine einzigen Gedanken waren die, die der andere zuließ. Und er nahm auch kein anderes Gefühl wahr als das einer langsam nachlassenden Sorge.

Stunden schienen zu vergehen, während der fremdartige Geist

jede einzelne seiner Erinnerungen prüfte, von dem Moment an, als er vom Haus seiner Familie aufgebrochen war, um im Buckel auf die Jagd zu gehen – drei Tage, bevor er Saphiras Ei gefunden hatte –, bis zur Gegenwart. Irgendwo tief in seinem Inneren konnte Eragon spüren, dass mit Saphira das Gleiche geschah, aber dieses Wissen bedeutete ihm nichts.

Wenn er seine Gedanken noch selbst hätte kontrollieren können, hätte er die Hoffnung auf Erlösung schon längst aufgegeben, doch endlich setzte der wirbelnde Chor die Teile seines Geistes vorsichtig wieder zusammen und zog sich zurück.

Eragon taumelte vorwärts, stolperte und landete auf einem Knie, bevor er sich abfangen konnte. Neben ihm schwankte Saphira und schnappte wild ins Leere.

Wie?, dachte er. *Wer?*

Sie beide gleichzeitig zu überwältigen und Glaedr ebenfalls, wie er vermutete, hätte er nicht einmal Galbatorix zugetraut.

Wieder drängte sich das Bewusstsein gegen Eragons Geist, aber diesmal griff es nicht an. Diesmal sagte es: *Wir entschuldigen uns, Saphira. Wir entschuldigen uns, Eragon, aber wir mussten uns von euren Absichten überzeugen. Willkommen im Verlies der Seelen. Wir haben lange auf euch gewartet. Und auch du, Vetter, sei mir willkommen: Wir freuen uns, dass du noch lebst. Nimm jetzt deine Erinnerungen und wisse, dass deine Aufgabe endlich erfüllt ist!*

Ein Energiestrahl blitzte zwischen Glaedr und dem fremden Bewusstsein auf. Einen Moment später stieß Glaedr ein geistiges Brüllen aus, bei dem Eragons Schläfen vor Schmerz pochten. Verworrene Gefühle wallten in dem goldenen Drachen auf: Schmerz, Triumph, Ungläubigkeit, Bedauern, und stärker als all das ein Gefühl von glücklicher Erleichterung, das so tief war, dass Eragon unwillkürlich lächeln musste. Und als er Glaedrs Geist streifte, spürte er nicht nur einen einzigen fremden Geist, sondern eine Vielzahl davon, und sie alle wisperten und murmelten.

»Wer?«, flüsterte Eragon.

Der Mann vor ihnen mit dem Kopf eines Drachen hatte sich nicht um einen Zoll bewegt.

Eragon, sagte Saphira. *Schau dir die Wand an. Schau dir …*

Er sah sie sich an. Und er sah, dass die Wand ringsherum nicht mit Kristallen besetzt war, wie er zuerst angenommen hatte. Stattdessen bedeckten Dutzende und Aberdutzende Nischen die Wand und in jeder Nische lag eine glitzernde Kugel. Einige waren groß, einige klein, aber alle pulsierten in einem sanften inneren Schein, wie Kohlen, die in einem verlöschenden Lagerfeuer schwelten.

Eragons Herz setzte einen Schlag aus, als es ihm dämmerte.

Er senkte den Blick zu den dunklen Gegenständen auf den Stufen darunter. Sie waren glatt und eiförmig und schienen aus Steinen von unterschiedlicher Farbe gemeißelt zu sein. Wie bei den Kugeln waren einige groß und einige klein, aber egal, wie groß sie waren, diese Form würde er überall erkennen.

Hitze wallte über ihn hinweg und seine Knie wurden schwach. *Das kann nicht sein.* Er wollte glauben, was er sah, aber er befürchtete, es könnte eine Illusion sein, dazu geschaffen, seine Hoffnungen zu enttäuschen. Und doch raubte ihm die Möglichkeit, dass das, was er erblickte, tatsächlich da war, den Atem. Er geriet ins Taumeln und war so überwältigt, dass er nicht mehr wusste, was er tun oder sagen sollte. Saphiras Reaktion fiel ganz ähnlich aus, wenn nicht sogar noch heftiger.

Dann sprach der Geist erneut: *Ihr irrt euch nicht, Küken, und eure Augen trügen euch nicht. Wir sind die heimliche Hoffnung unseres Volkes. Hier liegen unsere Herzen der Herzen – die letzten freien Eldunarí im Land – und hier liegen die Eier, die wir seit mehr als einem Jahrhundert gehütet haben.*

Die Vergessenen – Teil zwei

Einen Moment lang konnte Eragon sich weder bewegen noch atmen.

Dann flüsterte er: »Dracheneier, Saphira … *Dracheneier.*«

Sie schauderte, als friere sie, und die Schuppen auf ihrem Rückgrat stellten sich leicht auf und zitterten.

Wer seid Ihr?, fragte er den Geist. *Woher wissen wir, ob wir Euch trauen können?*

Sie sagen die Wahrheit, Eragon, erklärte Glaedr in der alten Sprache. *Ich weiß es, denn Oromis gehörte zu denen, die den Plan für diesen Ort ausgearbeitet haben.*

Oromis …?

Bevor Glaedr weiter darauf eingehen konnte, sagte der andere Geist: *Mein Name ist Umaroth. Mein Reiter war der Elf Vrael, Anführer unseres Ordens, bevor uns das grausame Schicksal ereilte. Ich spreche für die anderen, aber ich befehlige sie nicht, denn auch wenn viele von uns mit einem Reiter verbunden waren, so gab es noch mehr, die ohne Bindung waren, und unsere wilden Brüder erkennen keine andere Autorität an als ihre eigene.* Das sagte er mit einem Anflug von Ärger. *Es wäre zu verwirrend, wenn wir alle gleichzeitig sprächen, daher wird meine Stimme für den Rest stehen.*

Seid Ihr …? Und Eragon deutete auf den silbrigen, drachenköpfigen Mann vor sich und Saphira.

Nein, erwiderte Umaroth. *Das ist Cuaroc, Jäger des Nïdhwal und Fluch der Urgals. Die Zauberin Silvarí schuf den Körper, den er jetzt trägt, damit wir einen Kämpfer hatten, um uns zu verteidigen, sollten sich Galbatorix oder irgendwelche Feinde den Weg in das Verlies der Seelen erzwingen.*

Während Umaroth sprach, griff der drachenhäuptige Mann mit der rechten Hand an seinen Torso, öffnete auf der linken Seite einen verborgenen Riegel und zog die Vorderfront seiner Brust auf wie die Tür zu einem Schrank. In Cuarocs Brust lag ein purpurnes Herz der Herzen, das umgeben war von Tausenden silbernen Drähten, die alle nicht dicker waren als ein Haar. Dann schwang Cuaroc seinen Brustpanzer wieder zu und Umaroth sagte: *Nein, ich bin hier drüben,* und er lenkte Eragons Blick auf eine Nische, die einen großen weißen Eldunarí enthielt.

Eragon schob Brisingr langsam in die Scheide.

Dracheneier und Eldunarí. Eragon konnte die Ungeheuerlichkeit der Enthüllung gar nicht mit einem Schlag begreifen. Sein Verstand arbeitete langsam und träge, als habe er einen Schlag auf den Kopf bekommen – was, so vermutete er, in gewisser Weise auch der Fall war.

Er ging auf die Stufen rechts vom Eingang zu, dann hielt er vor Cuaroc inne und fragte, sowohl laut als auch in seinem Geist: »Darf ich?«

Der drachenhäuptige Mann schlug die Zähne aufeinander und zog sich mit krachenden Schritten zurück, um neben der glühenden Grube in der Mitte des Raums stehen zu bleiben. Er hielt sein Schwert jedoch gezückt, eine Tatsache, die Eragon keineswegs vergessen hatte.

Staunen und Ehrfurcht erfüllten Eragon, als er sich den Eiern näherte. Er lehnte sich an die untere Reihe und atmete bebend aus, während er ein goldrotes Ei betrachtete, das fast fünf Fuß hoch war. Von einem jähen Drang erfasst, streifte er einen Handschuh ab und legte die Innenfläche seiner Hand auf das Ei. Es fühlte sich warm an, und als er zusammen mit seiner Hand auch seinen Geist ausstreckte, konnte er das schlafende Bewusstsein des ungeschlüpften Drachen darin spüren.

Saphiras heißer Atem strich ihm über den Nacken, als sie neben ihn trat.

Dein Ei war kleiner als dieses, bemerkte er.

Das liegt daran, dass meine Mutter nicht so alt und nicht so groß war wie das Drachenweibchen, das dieses Ei gelegt hat.

Aah. Daran hatte ich nicht gedacht.

Er ließ seinen Blick über den Rest der Eier wandern und die Kehle schnürte sich ihm zu. »Es sind so viele«, wisperte er. Er drückte die Schulter an Saphiras gewaltigen Kiefer und spürte das Zittern, das sie durchlief. Sie war, das sah er ihr an, einfach nur glücklich und wollte die Geister ihrer Cousins und Cousinen berühren, aber genau wie er konnte sie kaum glauben, dass das, was sie sah, Wirklichkeit war.

Sie schnaubte und schwang den Kopf herum, bis sie den ganzen Raum sehen konnte. Dann stieß sie ein Brüllen aus, das Staub von der Decke rieseln ließ. *Wie kann das sein?*, knurrte sie mit ihrem Geist. *Wie konntet Ihr Galbatorix entkommen? Wir Drachen verstecken uns nicht, wir kämpfen. Wir sind keine Feiglinge, die vor Gefahren davonlaufen. Erklärt Euch!*

Nicht so laut, Bjartskular, sonst erschreckst du noch die Küken in ihren Eiern, tadelte Umaroth.

Saphiras Schnauze legte sich in Falten und sie knurrte. *Dann sprecht, Ehrwürdiger Alter, und erzählt uns, wie das geschehen konnte.*

Für einen Moment wirkte Umaroth belustigt, aber als der Drache ihr antwortete, waren seine Worte ernst. *Du hast recht: Wir sind keine Feiglinge, wir verstecken uns nicht, wir kämpfen. Aber selbst Drachen können auf der Lauer liegen, um ihre Beute zu überraschen. Würdest du mir da nicht zustimmen, Saphira?*

Erneut schnaubte sie und ließ den Schwanz von einer Seite zur anderen peitschen.

Und wir sind nicht wie die Fanghur oder die niederen Vipern, die ihre Jungen im Stich lassen, um nach den Launen des Schicksals zu leben oder zu sterben. Hätten wir in der Schlacht um Dorú Areaba gekämpft, wären wir vernichtet worden. Galbatorix' Sieg wäre vollkommen gewesen – tatsächlich glaubt er, dass es so war –, und unsere Art wäre für immer vom Antlitz der Erde verschwunden.

Sobald das wahre Ausmaß von Galbatorix' Macht und Ehrgeiz offenbar wurde, warf Glaedr ein, *und sobald wir begriffen, dass er und die Verräter an seiner Seite beabsichtigten, Vroengard anzugreifen, sind Vrael, Umaroth, Oromis, ich und einige andere zu dem*

Schluss gekommen, dass es das Beste wäre, die Eier unseres Volkes zu verstecken, ebenso wie eine Anzahl Eldunarí. Es war einfach, die wilden Drachen zu überzeugen. Galbatorix hatte Jagd auf sie gemacht und gegen seine Magie waren sie machtlos. Sie kamen hierher und sie übertrugen die Verantwortung für ihre ungeschlüpften Nachfahren Vrael. Alle, die konnten, legten Eier, obwohl sie unter anderen Umständen gewartet hätten, denn wir wussten, dass das Überleben unserer Art bedroht war. Unsere Vorsichtsmaßnahmen waren wohldurchdacht, wie es scheint.

Eragon rieb sich die Schläfen. »Warum habt Ihr nichts mehr davon gewusst? Warum wusste Oromis es nicht? Und wie ist es möglich, ihren Geist zu verbergen? Ihr habt mir erklärt, das sei unmöglich.«

Es ist unmöglich, erwiderte Glaedr, *oder zumindest ist es nicht mit Magie allein möglich. In diesem Fall bringt jedoch – wo Magie scheitert – die Entfernung den Erfolg. Das ist der Grund, warum wir uns tief unter der Erde befinden, eine Meile unter dem Berg Erolas. Selbst wenn Galbatorix oder die Abtrünnigen daran gedacht hätten, mit ihrem Geist an einem so abwegigen Ort zu suchen, hätte der Fels es ihnen schwer gemacht, mehr wahrzunehmen als einen verworrenen Energiestrom, den sie den Wirbeln innerhalb des Bluts der Erde hätten zuschreiben können, die dicht unter uns liegen. Außerdem wurden vor der Schlacht von Dorú Areaba – vor mehr als hundert Jahren – alle Eldunarí in eine Trance versetzt, die so tief war, dass sie dem Tod ähnelte, wodurch es noch viel schwerer wurde, sie zu finden. Der Plan war, sie zu wecken, sobald die Kämpfe vorüber waren. Aber diejenigen, die diesen Ort erbauten, wirkten außerdem einen Zauber, der sie aus ihrer Trance holen würde, sobald mehrere Monde verstrichen waren.*

Und das hat dieser Zauber getan, sagte Umaroth. *Das Verlies der Seelen wurde auch noch aus einem anderen Grund hier angelegt. Die Grube, die ihr vor euch seht, führt in einen See aus geschmolzenem Stein, der seit der Geburt der Welt unter diesen Bergen gelegen hat. Er liefert die notwendige Wärme, damit die Eier sich wohlfühlen, und er liefert außerdem das Licht, das wir Eldunarí benötigen, um unsere Stärke zu behalten.*

Eragon richtete das Wort an Glaedr: *Ihr habt mir noch immer nicht meine Frage beantwortet: Warum konntet Ihr oder Oromis Euch nicht an diesen Ort erinnern?*

Umaroth war es, der antwortete: *Weil alle, die vom Verlies der Seelen wussten, zugestimmt haben, das Wissen aus ihrem Geist entfernen und durch eine falsche Erinnerung ersetzen zu lassen, Glaedr eingeschlossen. Es war keine leichte Entscheidung, vor allem nicht für die Mütter der Eier, aber wir konnten nicht zulassen, dass irgendjemand außerhalb dieses Raums die Wahrheit kannte, denn sonst hätte Galbatorix dadurch von uns erfahren können. Also haben wir unseren Freunden und Kameraden Lebewohl gesagt, in dem Bewusstsein, dass wir sie vielleicht nie wiedersehen würden und dass sie, wenn es zum Schlimmsten käme, in dem Glauben sterben würden, dass wir ins Nichts eingetreten wären … Wie ich schon sagte, es war keine leichte Entscheidung. Wir haben außerdem aus allen Erinnerungen den Namen des Felsens gelöscht, der den Eingang zu dieser Zufluchtsstätte verbirgt, so wie wir zuvor die Namen der dreizehn Drachen ausgelöscht haben, die sich dafür entschieden hatten, uns zu verraten.*

Ich habe die letzten hundert Jahre in dem Glauben gelebt, dass unsere Art dem Untergang geweiht sei, sagte Glaedr. *Zu erfahren, dass all meine Qual umsonst war … Aber ich bin froh, dass ich durch meine Unwissenheit helfen konnte, unser Volk zu schützen.*

Dann fragte Saphira Umaroth: *Warum hat Galbatorix nicht bemerkt, dass Ihr und die Eier verschwunden wart?*

Er dachte, wir seien in der Schlacht getötet worden. Wir waren nur ein kleiner Teil von den Eldunarí auf Vroengard – nicht so viele, dass er deswegen Verdacht geschöpft hätte. Was die Eier betraf, so war er zweifellos wütend, sie verloren zu haben. Aber er hatte keinen Grund, zu glauben, dass irgendeine Absicht dahintersteckte.

Ja, sicher, bemerkte Glaedr traurig. *Das war der Grund, warum Thuviel zugestimmt hat, sich zu opfern: um unsere Täuschung vor Galbatorix geheim zu halten.*

»Aber hat Thuviel nicht viele der seinen getötet?«, hakte Eragon nach.

Das hat er getan und es war eine große Tragödie, antwortete

Umaroth. *Wir waren jedoch übereingekommen, dass er erst handeln sollte, wenn klar war, dass eine Niederlage unabwendbar war. Indem er sich opferte, zerstörte er die Gebäude, in denen wir normalerweise die Eier aufbewahrten, und außerdem vergiftete er die Insel, um sicherzustellen, dass Galbatorix sich hier nicht niederlassen würde.*

»Wusste er, warum er sich selbst tötete?«

Damals nicht, nur dass es notwendig war. Einer der Abtrünnigen hatte einen Monat zuvor Thuviels Drachen erschlagen. Obwohl er nicht ins Nichts gegangen war, da wir jeden Krieger brauchten, den wir hatten, um gegen Galbatorix zu kämpfen, wollte Thuviel nicht mehr weiterleben. Er war dankbar für die Aufgabe. Sie schenkte ihm die Erlösung, nach der er sich sehnte, und gab ihm gleichzeitig die Gelegenheit, unserer Sache zu dienen. Durch das Geschenk seines Lebens sicherte er sowohl unserem Volk als auch den Reitern eine Zukunft. Er war ein großer und mutiger Held und sein Name soll eines Tages in allen Winkeln Alagaësias besungen werden.

Und nach der Schlacht habt Ihr gewartet, stellte Saphira fest.

Und dann haben wir gewartet, pflichtete Umaroth ihr bei. Der Gedanke daran, über hundert Jahre in einem einzigen Raum tief unter der Erde zu verbringen, ließ Eragon schaudern. *Aber wir waren nicht müßig. Als wir aus unserer Trance erwachten, begannen wir unseren Geist auszusenden, langsam zuerst und dann mit immer größerer Zuversicht, sobald wir begriffen, dass Galbatorix und die Abtrünnigen die Insel verlassen hatten. Gemeinsam sind wir sehr stark und wir konnten in den Jahren seither vieles von dem beobachten, was sich im Land ereignet hat. Wir können nicht mit der Traumsicht sehen, jedenfalls nicht auf gewöhnliche Art und Weise, aber wir können das Netz der Energien wahrnehmen, das Alagaësia überzieht, und wir können häufig den Gedanken jener lauschen, die sich nicht die Mühe machen, ihren Geist abzuschirmen. Auf diese Weise haben wir unsere Informationen gesammelt.*

Während die Jahrzehnte dahinkrochen, schwand unsere Hoffnung, dass irgendjemand in der Lage sein würde, Galbatorix zu töten. Wir waren bereit, Jahrhunderte zu warten, wenn nötig, aber wir konnten spüren, dass die Macht des Drachenei-Räubers wuchs, und wir befürchteten, dass wir statt Hunderten von Jahren Tausende würden warten müssen. Das, darin waren wir uns einig, war unerträglich, sowohl um unseres Verstandes als auch um der Jungen in den Eiern willen. Sie sind mit Magie gebunden, die das Reifen ihres Körpers verlangsamt, und sie können noch Jahre so bleiben, wie sie sind. Aber es ist nicht gut für sie, zu lange in ihrer Schale zu bleiben. Wenn sie das tun, kann das ihren Geist beeinträchtigen.

Getrieben von dieser Sorge begannen wir in die Ereignisse einzugreifen, die wir beobachteten. Zuerst nur im Kleinen: ein Schubser hier, ein geflüsterter Vorschlag da, ein Prickeln für jemanden, dem ein Hinterhalt drohte. Wir hatten nicht immer Erfolg, aber wir konnten denen helfen, die noch immer gegen Galbatorix kämpften, und im Laufe der Zeit wuchsen unser Geschick und unsere Zuversicht. Bei einigen wenigen Gelegenheiten wurde unsere Anwesenheit bemerkt, aber niemand konnte jemals feststellen, wer oder was wir waren. Dreimal waren wir in der Lage, den Tod eines der Abtrünnigen herbeizuführen. Wenn Brom nicht von seinen Leidenschaften beherrscht wurde, war er eine nützliche Waffe für uns.

»Ihr habt Brom geholfen!«, rief Eragon aus.

Ja, ihm und vielen anderen. Als der Mensch, der als Hefring bekannt war, Saphiras Ei aus Galbatorix' Schatzkammer stahl – vor fast zwanzig Jahren –, halfen wir ihm bei der Flucht, aber wir gingen zu weit, denn er bemerkte es und bekam es mit der Angst zu tun. Er floh und traf sich nicht mit den Varden, wie er es hätte tun sollen. Später, nachdem Brom dein Ei gerettet hatte und die Varden und die Elfen begannen, junge Menschen und Elfen zu dem Ei zu führen, um denjenigen zu finden, für den du schlüpfen würdest, beschlossen wir, dass wir für diesen Fall gewisse Vorkehrungen treffen sollten. Also sandten wir unseren Geist zu den Werkatzen aus, die seit langer Zeit Freunde der Drachen sind, und wir sprachen mit ihnen. Sie fanden sich bereit, uns zu helfen, und ihnen gaben wir das Wissen um den Felsen von Kuthian und um den Sternenstahl unter den Wurzeln des Menoa-Baums. Dann entfernten wir jegliche Erinnerung an unser Gespräch aus ihrem Geist.

»Das alles habt Ihr getan, von hier aus?«, fragte Eragon staunend.

Das und noch mehr. Hast du dich nie gefragt, warum Saphiras Ei zufällig direkt vor dir aufgetaucht ist, während du mitten im Buckel unterwegs warst?

Das war Euer Werk?, wollte Saphira wissen. Ihr Schock war genauso groß wie der Eragons.

»Ich dachte, das sei geschehen, weil Brom mein Vater ist und weil Arya mich mit ihm verwechselt hat.«

Nein, erklärte Umaroth. *Die Zauber der Elfen gehen nicht so leicht in die Irre. Wir haben den Strom der Magie verändert, damit du und Saphira euch treffen konntet. Wir dachten, es bestünde die Möglichkeit – eine geringe, aber dennoch die Möglichkeit –, dass du ein geeigneter Gefährte für sie wärst. Und wir hatten recht.*

»Aber warum habt Ihr uns nicht früher hierhergebracht?«, fragte Eragon.

Weil ihr Zeit für eure Ausbildung benötigtet und wir anderenfalls riskiert hätten, Galbatorix auf unsere Existenz aufmerksam zu machen, bevor ihr und die Varden bereit gewesen wärt, euch ihm zu stellen. Wenn wir uns zum Beispiel nach der Schlacht auf den Brennenden Steppen mit euch in Verbindung gesetzt hätten, was hätte das genutzt, da die Varden noch so weit von Urû'baen entfernt waren?

Eine Minute lang herrschte Schweigen.

Dann sagte Eragon langsam: »Was habt Ihr sonst noch für uns getan?«

Kleine Schubser, Warnungen größtenteils. Visionen von Arya in Gil'ead, als sie deine Hilfe brauchte. Die Heilung deines Rückens während des Agaetí Blödhren.

Von Glaedr ging ein Gefühl der Missbilligung aus. *Ihr habt die beiden nach Gil'ead geschickt, unausgebildet und ohne Schutzzauber, obwohl Ihr wusstet, dass sie es mit einem Schatten zu tun bekommen würden?*

Wir dachten, Brom würde bei ihnen sein. Aber auch als er gestorben war, konnten wir sie nicht aufhalten, denn sie mussten trotzdem nach Gil'ead gehen, um die Varden zu treffen.

»Wartet«, verlangte Eragon. »Ihr wart verantwortlich für meine … Verwandlung?«

Zum Teil. Wir haben das Abbild unserer Art berührt, das die

Elfen während der Feiern beschwören. Wir haben die Inspiration zur Verfügung gestellt und sie–er–es hat die Kraft für den Zauber geliefert.

Eragon senkte den Blick und ballte für einen Moment die Faust, nicht wütend, sondern so erfüllt von anderen Gefühlen, dass es ihm schwerfiel, ruhig zu bleiben. Saphira, Arya, sein Schwert und die Gestalt seines Körpers selbst – all das verdankte er den Drachen in diesem Raum. »*Elrun ono*«, murmelte er. Danke.

Überaus gern geschehen, Schattentöter.

»Habt Ihr auch Roran geholfen?«

Dein Cousin hat keine Unterstützung von uns benötigt. Umaroth schwieg kurz. *Wir wachen jetzt seit vielen Jahren über dich, Eragon, und über Saphira. Wir haben gesehen, wie ihr von Küken zu mächtigen Kriegern herangewachsen seid, und wir sind stolz auf alles, was ihr erreicht habt. Du, Eragon, bist alles, was wir uns von einem neuen Reiter erhofft haben. Und du, Saphira, hast dich als würdig erwiesen, zu den besten Mitgliedern unseres Volkes gezählt zu werden.*

Saphiras Glück und Stolz vermischten sich mit Eragons. Er ließ sich auf ein Knie sinken, während sie mit der Pranke auf dem Boden scharrte und den Kopf neigte. Eragon war danach, durch den Raum zu springen, zu singen und irgendwie zu feiern, aber er tat nichts dergleichen. Stattdessen begann er: »Mein Schwert ist Euer!«

Und meine Zähne und Klauen stehen Euch zur Verfügung, stimmte Saphira ein.

»*Bis ans Ende unserer Tage*«, fügten sie wie aus einem Mund hinzu. »*Was wünscht Ihr von uns, Ebrithilar?*«

Beide spürten große Zufriedenheit und Stolz in Umaroths Geist und er antwortete: *Jetzt, da ihr uns gefunden habt, sind unsere Tage im Verborgenen vorüber. Wir werden mit euch nach Urû'baen kommen und an eurer Seite kämpfen, um Galbatorix zu töten. Für uns ist die Zeit gekommen, unsere Höhle zu verlassen und uns ein letztes Mal diesem verräterischen Drachenei-Räuber entgegenzustellen. Ohne uns könnte er euren Geist ebenso leicht öffnen, wie wir es getan haben, denn ihm stehen viele Eldunarí zur Verfügung.*

Ich kann Euch nicht alle tragen, bemerkte Saphira.

Das brauchst du auch nicht, antwortete Umaroth. *Fünf von uns werden bleiben, um über die Eier zu wachen, zusammen mit Cuaroc. Für den Fall, dass es uns nicht gelingen sollte, Galbatorix zu besiegen, werden sie sich nicht mehr in die Energieströme einmischen, sondern sich damit begnügen, zu warten, bis sich die Drachen wieder sicher nach Alagaësia hinauswagen können. Aber du brauchst dir keine Sorgen zu machen. Wir werden keine Last für dich sein, denn wir werden die Kraft selbst liefern, die du brauchst, um unser Gewicht zu tragen.*

»Wie viele seid Ihr?«, fragte Eragon und sah sich im Raum um.

Einhundertsechsunddreißig. Aber denk nicht, dass wir in der Lage sein werden, die Eldunarí zu bezwingen, die Galbatorix versklavt hat. Wir sind zu wenige. Noch dazu waren alle, die für dieses Verlies auserwählt wurden, entweder zu alt und zu wertvoll, um ihr Leben im Kampf aufs Spiel zu setzen, oder zu jung und zu unerfahren, um an der Schlacht teilzunehmen. Das ist der Grund, warum ich mich entschieden habe, mich ihnen anzuschließen. Ich bilde eine Brücke zwischen den beiden Gruppen, einen Punkt gemeinsamen Verständnisses, an dem es anderenfalls mangeln würde. Die, die älter sind als ich, sind wahrhaft weise und mächtig, aber ihr Geist bewegt sich auf seltsamen Pfaden und es ist oft schwer, sie dazu zu bewegen, sich auf irgendetwas außerhalb ihrer Träume zu konzentrieren. Diejenigen, die jünger sind, sind noch schlechter dran: Sie haben sich vor der Zeit von ihrem Körper getrennt. Daher begrenzt die Größe ihres Eldunarí ihren Geist, der niemals wachsen oder sich ausdehnen kann, sobald er das Fleisch verlässt. Lass dir das eine Lehre sein, Saphira, deinen Eldunarí nicht auszuspeien, es sei denn, du hast eine beachtliche Größe erreicht oder befindest dich in höchster Not.

»Also sind wir trotzdem in der Minderzahl«, stellte Eragon grimmig fest.

Ja, Schattentöter. Aber jetzt kann Galbatorix dich nicht mehr in die Knie zwingen, sobald er dich sieht. Wir mögen nicht in der Lage sein, ihn zu bezwingen, aber wir werden in der Lage sein, seine Eldunarí lange genug in Schach zu halten, sodass du und Saphira tun könnt, was ihr tun müsst. Und gib die Hoffnung nicht auf. Wir wis-

sen viele Dinge – kennen viele Geheimnisse – über Krieg und Magie und den Lauf der Welt. Wir werden dich so viel lehren wie möglich, und es kann gut sein, dass irgendein Teil unseres Wissens es dir ermöglichen wird, den König zu töten.

Danach erkundigte sich Saphira nach den Eiern und erfuhr, dass zweihundertdreiundvierzig gerettet worden waren. Sechsundzwanzig waren bereit, sich mit einem Reiter zu verbinden. Der Rest war noch nicht so weit. Dann begannen sie über den Flug nach Urû'baen zu sprechen. Während Umaroth und Glaedr Saphira berieten, welcher Weg der schnellste war, um die Stadt zu erreichen, schob der drachenhäuptige Mann sein Schwert in die Scheide, legte seinen Schild nieder und nahm einen Eldunarí nach dem anderen aus seiner Nische in der Wand. Er ließ jede der edelsteinartigen Kugeln in den seidenen Beutel gleiten, auf dem sie geruht hatte, und legte sie behutsam neben der glühenden Grube auf den Boden. Der Umfang des größten Eldunarí war so gewaltig, dass Cuaroc die Arme nicht einmal ganz um ihn schließen konnte.

Während der Drache im Metallkörper eines Mannes seine Arbeit verrichtete und sie sich unterhielten, war Eragon immer noch ganz benommen und konnte nicht fassen, was geschehen war. Er hätte nicht einmal zu träumen gewagt, dass sich in Alagaësia noch andere Drachen verbargen. Doch hier waren sie, die Relikte eines verlorenen Zeitalters. Es war, als seien die Geschichten lang vergangener Jahrhunderte zum Leben erwacht, und er und Saphira waren mittendrin.

Saphiras Gefühle waren verzwickter. Das Wissen, dass ihre Art nicht länger zum Aussterben verurteilt war, hatte einen Schatten von ihrem Geist genommen – einen Schatten, der dort gelegen hatte, solange Eragon sich erinnern konnte –, und ihre Gedanken sangen vor so tiefem Glück, dass es ihre Augen und Schuppen heller funkeln ließ als sonst. Trotzdem dämpfte eine seltsame Befangenheit ihren Jubel, als sei sie in Gegenwart der Eldunarí gehemmt.

Und durch alle diese verwirrenden Gefühle hindurch nahm Eragon Glaedrs veränderte Stimmung wahr. Er schien seinen Kummer nicht gänzlich vergessen zu haben, aber er war so glücklich, wie

Eragon ihn noch nie erlebt hatte, seit Oromis gestorben war. Und Glaedr begegnete Umaroth zwar nicht unterwürfig, behandelte ihn aber mit einem Maß an Respekt, das Eragon bei ihm noch nicht erlebt hatte, nicht einmal, als Glaedr mit Königin Islanzadi gesprochen hatte.

Nachdem Cuaroc seine Aufgabe fast erledigt und die Eldunarí auf dem Boden zu einem pyramidenförmigen Haufen gestapelt hatte, trat Eragon an den Rand der Grube und spähte hinein. Er sah einen runden Schacht, der mehr als hundert Fuß durch den Stein führte und dann in eine Höhle, die zur Hälfte mit einem Meer aus glühendem Stein gefüllt war. Die zähe gelbe Masse schäumte und spritzte wie ein Topf kochenden Leims. Wirbelnde Dampfschwaden stiegen von der Oberfläche empor. Er glaubte, ein geisterhaftes Licht zu sehen, das über die Oberfläche des brennenden Meeres huschte, aber es verschwand so schnell, dass er sich nicht sicher war.

Komm, Eragon, forderte Umaroth ihn auf, als der drachenhäuptige Mann den letzten der Eldunarí, die mit ihnen reisen würden, zu den anderen legte. *Du musst jetzt einen Zauber wirken. Die Worte sind …*

Eragon hörte stirnrunzelnd zu. »Was ist das für eine … *Drehung* in der zweiten Zeile? Was soll ich drehen? Die Luft?«

Umaroths Erklärung verwirrte Eragon noch mehr. Umaroth versuchte es noch einmal, aber Eragon verstand immer noch nicht, was genau der Drache sich vorstellte. Andere, ältere Eldunarí mischten sich in das Gespräch ein, aber ihre Erklärungen ergaben noch weniger Sinn, denn es war eine einzige Sturzflut von sich überlappenden Bildern, Gefühlen und seltsamen, abwegigen Vergleichen, sodass Eragon schließlich völlig durcheinander war.

Zu seiner Erleichterung wirkten Saphira und Glaedr ähnlich ratlos, auch wenn Glaedr sagte: *Ich glaube, ich verstehe, aber es ist wie der Versuch, einen verängstigten Fisch zu fangen. Wann immer ich denke, ich habe ihn, schlüpft er mir zwischen den Zähnen hindurch.*

Schließlich sagte Umaroth: *Das ist eine Lektion für ein andermal. Du weißt, was der Zauber bewirken soll, Eragon, wenn auch nicht, wie. Das wird genügen müssen. Nimm von uns die Kraft, die du brauchst, und wirke den Zauber. Dann lass uns aufbrechen.*

Nervös prägte Eragon sich die Worte des Zaubers ein, um keinen Fehler zu machen, dann begann er. Während er die Zeilen sprach, schöpfte er Kraft aus dem Vorrat der Eldunarí und seine Haut kribbelte, als die gewaltige Energie ihn durchströmte wie ein Fluss, dessen Wasser gleichzeitig heiß und kalt war.

Die Luft um die ungleichmäßige Pyramide der Eldunarí kräuselte sich und schimmerte. Dann schien sich die Pyramide in sich selbst zusammenzufalten und verschwand. Ein Windstoß zerzauste Eragons Haar und ein leiser, dumpfer Schlag hallte durch die Kammer.

Erstaunt beobachtete Eragon, wie Saphira den Kopf vorreckte und ihn neugierig genau dorthin schob, wo gerade noch die Eldunarí gewesen waren. Sie waren verschwunden, ganz und gar, als hätten sie nie existiert, und doch konnten sie beide noch immer den Geist der Drachen ganz in der Nähe spüren.

Saphira, wenn du das Verlies verlassen hast, begann Umaroth zu sprechen, *wird sich der Eingang zu dieser Falte im Raum immer in gleicher Entfernung über und hinter dir befinden, außer wenn du dich in einem zu engen Raum befindest oder der Körper einer Person sich zufällig durch diese verborgene Falte bewegen sollte. Der Eingang ist nicht größer als ein Stecknadelkopf, aber er ist tödlicher als jedes Schwert. Er würde dein Fleisch ohne Weiteres durchdringen, solltest du ihn je berühren.*

Saphira witterte. *Sogar Euer Geruch ist verschwunden.*

»Wer hat entdeckt, wie man das macht?«, erkundigte Eragon sich erstaunt.

Ein Einsiedler, der vor zwölfhundert Jahren an der Nordküste von Alagaësia lebte, antwortete Umaroth. *Es ist ein nützlicher Trick, wenn man etwas vor aller Augen verbergen will, aber gefährlich und schwierig in der korrekten Ausführung.* Danach schwieg der Drache einen Moment und Eragon konnte spüren, dass er seine Gedanken sammelte. Schließlich fuhr Umaroth fort: *Es gibt noch etwas, was du und Saphira wissen solltet. Sobald ihr durch den großen Torbogen hinter euch gegangen seid – die Pforte von Vergathos –, werdet ihr beginnen, Cuaroc und die hier versteckten Eier zu vergessen. Und wenn ihr die steinernen Türen am Ende des Tunnels erreicht habt, wird jede Erinnerung an sie aus eurem Geist verschwunden sein. Selbst wir Eldunarí werden die Eier vergessen. Wenn wir Erfolg haben und Galbatorix töten, wird die Pforte unser Gedächtnis wiederherstellen, aber bis dahin muss dieses Wissen aus unserem Geist verschwinden.* Umaroth schien zu knurren. *Es ist … unangenehm, ich weiß, aber wir können nicht zulassen, dass Galbatorix von den Eiern erfährt.*

Eragon missfiel die Vorstellung, aber er hatte keinen besseren Vorschlag.

Danke, dass Ihr uns das gesagt habt, erwiderte Saphira und Eragon stimmte in ihren Dank ein.

Dann hob der große Metallkrieger Cuaroc seinen Schild vom Boden auf, zog sein Schwert, ging zu seinem uralten Thron hinüber und nahm darauf Platz. Nachdem er sich die blanke Klinge auf die Knie gelegt und seinen Schild an die Seite des Throns gelehnt hatte, legte er die Hände flach auf die Oberschenkel und wurde so still wie eine Statue – bis auf die tanzenden Geister in seinen roten Augen, die über die Eier wachten.

Eragon schauderte, als er dem Thron den Rücken zukehrte. Der Anblick der einsamen Gestalt auf der gegenüberliegenden Seite des Raumes hatte etwas Quälendes. Das Wissen, dass Cuaroc und die anderen Eldunarí, die zurückblieben, vielleicht noch einmal hundert Jahre – oder länger – dort würden bleiben müssen, machte es Eragon schwer, sie zu verlassen.

Lebt wohl, sagte er mit seinem Geist.

Leb wohl, Schattentöter, antwortete ein fünffaches Wispern. *Leb wohl, Schimmerschuppe. Möge das Glück mit euch sein.*

Dann straffte Eragon die Schultern und zusammen schritten er und Saphira durch die Pforte von Vergathos und ließen das Verlies der Seelen hinter sich.

Rückkehr

Eragon blinzelte, als er aus dem Tunnel in das frühnachmittägliche Sonnenlicht trat, das sich über die Lichtung vor dem Felsen von Kuthian ergoss.

Er hatte das Gefühl, etwas Wichtiges vergessen zu haben. Er versuchte sich zu erinnern, was es war, aber es wollte ihm nicht einfallen – er verspürte lediglich eine beunruhigende Leere. Hatte es etwas damit zu tun … Nein, er konnte sich nicht erinnern. *Saphira, hast du …*, begann er zu fragen, dann erstarb seine Stimme.

Was?

Nichts. Ich dachte nur … Vergiss es, es spielt keine Rolle.

Hinter ihnen schwangen die Türen zum Tunnel mit einem hohlen Donnern zu, die Linien der Schriftzeichen darauf verblassten und der raue, moosbewachsene Turm erschien wieder als ein massives Stück Stein.

Kommt, drängte Umaroth, *lasst uns aufbrechen. Der Tag geht bald zu Ende und es sind viele Meilen von hier bis nach Urû'baen.*

Eragon sah sich auf der Lichtung um und hatte noch immer das Gefühl, dass ihm etwas fehlte. Doch dann nickte er und kletterte in Saphiras Sattel.

Während er die Riemen um seine Beine festzog, erklang zwischen den schweren Zweigen der Fichten rechts von ihm das unheimliche Keckern eines Schattenvogels. Er sah hinüber, aber die Kreatur war nirgends zu sehen. Er verzog das Gesicht. Er war froh, dass er nach Vroengard gekommen war, aber er war ebenso froh, dass er die Insel wieder verlassen konnte. Es war ein unfreundlicher Ort.

Wollen wir?, fragte Saphira.

Ja, antwortete er mit einer gewissen Erleichterung.

Mit einem kräftigen Flügelschlag schwang Saphira sich in die Luft und flog über den Apfelhain auf der anderen Seite der Lichtung. Rasch hatte sie sich hoch über den Grund des Talkessels erhoben und schwebte in weiten Kreisen über den Ruinen von Dorú Areaba. Sobald sie hoch genug war, um über die Berge hinwegfliegen zu können, wandte sie sich in Richtung Osten, dem Festland und Urû'baen zu, und ließ die Ruinen der einst glorreichen Festung der Reiter hinter sich.

Die Stadt des Kummers

Die Sonne stand noch immer hoch am Himmel, als die Varden Urû'baen erreichten.

Roran hörte die Rufe der Männer an der Spitze seiner Kolonne, die gerade den Kamm der Hügelkette erklommen hatten. Neugierig blickte er von den Fersen des Zwergs vor ihm auf, und als er selbst den Grat erreichte, blieb er stehen, um die Aussicht auf sich wirken zu lassen, wie alle Krieger es getan hatten.

Das Land fiel über mehrere Meilen sacht ab und ging dann in eine breite Ebene über, die mit Bauernhöfen, Mühlen und prächtigen steinernen Herrenhäusern bedeckt war. Es erinnerte ihn ein wenig an die Umgebung von Aroughs. Etwa fünf Meilen entfernt erhob sich die Stadtmauer von Urû'baen aus der Ebene.

Im Gegensatz zur Anlage Dras-Leonas mit seinen ärmlichen Siedlungen außerhalb umschloss die viel höhere Mauer Urû'baens sämtliche Gebäude der Hauptstadt. Selbst aus der Entfernung erkannte Roran, dass sie sowohl die Mauern von Dras-Leona als auch die von Aroughs bei Weitem in den Schatten stellte. Er schätzte ihre Höhe auf mindestens dreihundert Fuß. Auf dem breiten Wehrgang entdeckte er in regelmäßigen Abständen aufgestellte Speerschleudern und Katapulte.

Der Anblick beunruhigte ihn. Es würde schwierig werden, die Maschinen außer Gefecht zu setzen – zweifellos waren sie gegen magische Angriffe geschützt –, und er wusste aus Erfahrung, wie tödlich diese Waffen sein konnten.

Hinter den Mauern ragten in anscheinend zufälligem Durcheinander von Menschen und vermutlich von Elfen errichteten Gebäude auf. Die auffälligsten Elfengebäude waren sechs hohe, elegante Türme aus einem malachitgrünen Stein, die in einem weiten Bogen in dem Teil der Stadt verteilt standen, den er für den ältesten hielt. Zwei Türmen fehlte das Dach, und er glaubte, unten im Gewirr der Häuser die Rümpfe von zwei weiteren Türmen zu erkennen.

Was ihn jedoch am meisten interessierte, waren nicht die Mauer oder die Gebäude, sondern die Tatsache, dass ein großer Teil der Stadt im Schatten eines gigantischen Felsüberhangs lag, der über eine halbe Meile breit und an seiner schmalsten Stelle ungefähr fünfhundert Fuß dick sein musste. Der Überhang war die Abbruchkante eines gewaltigen steilen Hügels, der sich mehrere Meilen weit nach Nordosten erstreckte. Auf der schroffen Kante des Vorsprungs zog sich eine weitere Mauer entlang, ähnlich der, die die Stadt umgab, und dort standen ebenfalls mehrere dicke Wachtürme.

Unter dem Felsvorsprung lag wie in einer Höhle eine riesige Zitadelle mit unzähligen Türmen und Zinnen. Die Zitadelle erhob sich hoch über den Rest der Stadt, so hoch, dass sie fast bis an die Unterseite des Vorsprungs reichte. Das Einschüchterndste daran war das Tor, das in die Festung eingelassen war: ein großes, klaffendes Maul, das breit und hoch genug schien, dass Saphira und Dorn Seite an Seite hindurchgehen konnten.

Rorans Magen krampfte sich zusammen. Falls das Tor irgendein Hinweis war, dann musste Shruikan groß genug sein, um allein ihre ganze Armee auszulöschen. *Eragon und Saphira sollten sich besser beeilen,* dachte er. *Und die Elfen auch.* Nach allem, was er gesehen hatte, waren die Elfen noch am ehesten in der Lage, sich gegen den schwarzen Drachen des Königs zu verteidigen, aber selbst sie würden die größte Mühe haben, ihn zu töten.

All das und mehr ließ Roran auf sich wirken, während er dort oben auf dem Kamm des Hügels stand. Dann zog er an Schneefeuers Zügel. Hinter ihm schnaubte der weiße Hengst und folgte ihm, als Roran seinen beschwerlichen Marsch wieder aufnahm.

Er hätte reiten können – eigentlich hätte er als Hauptmann seines Bataillons reiten sollen –, aber seit seinem Ritt nach Aroughs und zurück saß er nicht mehr gern im Sattel.

Während er der gewundenen Straße hinunter in die Ebene folgte, überlegte er, wie sie die Stadt am besten angreifen sollten.

Die Felshöhle, in die Urû'baen sich schmiegte, verhinderte Angriffe von den Seiten und von hinten und wirkte störend auf Angriffe aus der Luft, was gewiss der Grund war, warum die Elfen sich seinerzeit überhaupt dafür entschieden hatten, sich hier niederzulassen.

Wenn wir den Überhang irgendwie abbrechen könnten, würden wir die Zitadelle und den größten Teil der Stadt darunter begraben, überlegte er, aber das hielt er für unwahrscheinlich, da der Fels zu dick war. *Trotzdem, wir könnten es möglicherweise schaffen, die Mauer oben auf dem Hügel einzunehmen. Dann könnten wir Steine auf die Soldaten unter uns werfen und kochendes Öl hinunterschütten. Doch es würde nicht einfach sein. Bergauf zu kämpfen und diese Mauern … Womöglich konnten die Elfen es schaffen. Oder die Kull. Sie hätten vielleicht sogar Spaß daran.*

Der Ramr floss mehrere Meilen nördlich an Urû'baen vorbei, zu weit entfernt, als dass er ihnen irgendwie nützlich sein konnte. Saphira konnte zwar einen Graben ausheben, der groß genug war, um den Fluss umzuleiten, aber selbst sie würde dafür Wochen brauchen und die Varden hatten nicht mehr genug Proviant für mehrere Wochen. Ihnen blieb nur noch Verpflegung für ein paar Tage. Danach würden sie Hunger leiden oder die Truppe auflösen müssen.

Ihnen blieb nichts anderes übrig, als anzugreifen, bevor das Imperium seinerseits angriff. Nicht dass Roran glaubte, Galbatorix würde angreifen. Bisher schien der König ganz zufrieden damit zu sein, die Varden schön aufmarschieren zu lassen. *Warum sollte er auch seinen Hals riskieren? Je länger er wartet, desto schwächer werden wir.*

Das bedeutete also einen Frontalangriff: den Sturm eines verwegenen Narren über freie Fläche auf Mauern zu, die zu dick waren, um sie zu brechen, und zu hoch, um hinaufzuklettern, während Bogenschützen und Kriegsmaschinen die ganze Zeit auf sie schossen. Allein bei der Vorstellung brach ihm der Schweiß auf der Stirn aus. Sie würden scharenweise sterben. Er fluchte. *Wir werden uns selbst ans Messer liefern und die ganze Zeit wird Galbatorix in seinem Thronsaal sitzen und lachen … Wenn wir es bis an diese Mauern schaffen, werden die Soldaten uns mit ihren abscheulichen Geräten nicht mehr treffen können. Aber dann drohen uns von oben herabgeschüttetes Pech und Öl, und Steine, die die Verteidiger nur auf unsere Köpfe herabfallen lassen müssen.*

Selbst wenn es ihnen gelang, die Mauern zu bezwingen, mussten sie immer noch Galbatorix' gesamte Armee überwinden. Wichtiger als die Verteidigungsanlagen der Stadt würde dann der Charakter und der Mut der Männer sein, mit denen die Varden es zu tun bekamen. Würden sie bis zum letzten Atemzug kämpfen? Konnte man ihnen Angst machen? Würden sie aufgeben und fliehen, wenn man sie hart genug bedrängte? An welche Eide und Zauber waren sie gebunden?

Die Spione der Varden hatten berichtet, dass Galbatorix einem Grafen Barst das Kommando über die in Urû'baen stationierten Truppen übertragen hatte. Roran hatte noch nie zuvor von Barst gehört, aber die Nachricht schien Jörmundur entmutigt zu haben und die Männer in Rorans Bataillon hatten genug Geschichten über diesen Mann erzählt, um ihn von Barsts Niederträchtigkeit zu überzeugen. Angeblich war Barst Herr eines ziemlich großen Besitzes in der Nähe von Gil'ead gewesen, den er wegen des Vormarsches der Elfen hatte aufgeben müssen. Seine Vasallen hatten in Todesangst vor ihm gelebt, denn Barst hatte die Angewohnheit, Streitigkeiten auf die denkbar brutalste Weise zu lösen und Verbrecher aufs Grausamste zu bestrafen. In der Regel ließ er einfach kurzerhand diejenigen hinrichten, die er für die Schuldigen hielt. An sich war das noch nicht besonders bemerkenswert. Auch manch anderer Fürst im Reich hatte den Ruf, grausam zu sein. Barst war jedoch nicht nur gnadenlos, sondern auch stark – beeindruckend stark – und obendrein schlau. Alles, was Roran über Barst gehört hatte, sprach für die Intelligenz des Mannes. Barst mochte ein Bastard sein, aber er war ein schlauer Bastard, und Roran wusste, dass es ein Fehler wäre, ihn zu unterschätzen. Galbatorix hätte keinen Schwächling oder Dummkopf ausgewählt, um seine Männer zu befehligen.

Und dann waren da noch Dorn und Murtagh. Galbatorix mochte sich in seiner Festung nicht von der Stelle rühren, aber der rote Drache und sein Reiter würden die Stadt sicher verteidigen. *Eragon und Saphira werden sie weglocken müssen. Anderenfalls werden wir es niemals über die Mauern schaffen.* Roran runzelte die Stirn. Das würde ein Problem werden. Murtagh war jetzt stärker als Eragon. Eragon würde die Hilfe der Elfen brauchen, um ihn zu töten.

Einmal mehr stiegen bittere Wut und Groll in Roran auf. Es war ihm verhasst, denen ausgeliefert zu sein, die Magie benutzen konnten. Wenn es um Stärke und Schläue ging, konnte ein Mann mit einem Übermaß des einen wettmachen, was ihm vom anderen fehlte. Aber das Fehlen von Magie ließ sich durch nichts wettmachen.

Frustriert hob er einen Kieselstein vom Boden auf und sagte, wie Eragon ihn gelehrt hatte: *»Stenr rïsa.«* Der Kieselstein bewegte sich nicht.

Der Kieselstein bewegte sich *nie.*

Er schnaubte und warf ihn an den Straßenrand.

Seine Frau und sein ungeborenes Kind waren hier bei den Varden und er konnte nichts tun, um Murtagh oder Galbatorix zu töten. Er ballte die Fäuste und stellte sich vor, damit etwas zu zertrümmern. Am besten Knochen.

Vielleicht sollten wir fliehen. Es war das erste Mal, dass ihm dieser Gedanke kam. Er wusste, dass es im Osten jenseits von Galbatorix' Einflussbereich Länder gab – fruchtbare Ebenen, in denen nur Nomaden lebten. Wenn die anderen Dorfbewohner ihn und Katrina begleiteten, konnten sie neu anfangen, frei vom Imperium und Galbatorix. Als er länger darüber nachdachte, wurde ihm jedoch übel. Damit würde er Eragon, seine Männer und das Land, das er Heimat nannte, im Stich lassen. *Nein. Ich werde nicht erlauben, dass unser Kind in eine Welt geboren wird, in der Galbatorix noch an der Macht ist. Besser sterben, als in Furcht leben.*

Natürlich löste das immer noch nicht das Problem, wie sie Urû'baen erobern sollten. Sonst hatte es immer eine Schwäche gegeben, die er hatte nutzen können. In Carvahall war es das Unvermögen der Ra'zac gewesen, zu verstehen, dass die Dorfbewohner kämpfen würden. Als er mit dem Urgal Yarbog gerungen hatte, waren es die Hörner der Kreatur gewesen. In Aroughs waren es die Kanäle gewesen. Aber hier in Urû'baen sah er keinen Ansatzpunkt, keinen Ort, an dem er die Stärke seines Gegners gegen ihn richten konnte.

Wenn wir genug Vorräte hätten, würde ich warten und sie aushungern. Das wäre der beste Weg. Alles andere ist Wahnsinn. Aber er wusste, dass der Krieg ein Verzeichnis des Wahnsinns war.

Magie ist die einzige Möglichkeit, entschied er schließlich. *Magie und Saphira. Wenn wir Murtagh töten können, dann werden sie oder die Elfen uns über die Mauern helfen müssen.*

Er runzelte die Stirn und hatte einen bitteren Geschmack im Mund. Dann beschleunigte er seinen Schritt. Je schneller sie das Lager aufschlugen, desto besser. Seine Füße waren wund gelaufen, und wenn er in einem verrückten Sturm auf diese Stadt sterben musste, dann wollte er vorher zumindest eine heiße Mahlzeit und eine ordentliche Nacht Schlaf.

Die Varden hatten ihre Zelte eine Meile von Urû'baen entfernt aufgeschlagen, an einem kleinen Bach, der in den Ramr floss. Anschließend begannen die Menschen, Zwerge und Urgals, das Lager zu befestigen, eine Arbeit, die bis zum Einbruch der Nacht fortgesetzt und am Morgen wieder aufgenommen werden würde. Solange sie an einem Ort blieben, verstärkten sie eigentlich laufend die Befestigungsanlagen, die ihr Lager schützten. Die Krieger verabscheuten diese Arbeit, aber es gab ihnen etwas zu tun und vor allem konnte es ihnen das Leben retten.

Alle dachten, die Anweisungen dazu und zu allem anderen kämen von Eragon. Roran wusste, dass nur ein Trugbild durch das Lager lief und in Wirklichkeit Jörmundur die Befehle erteilt hatte. Seit Nasuadas Entführung und Eragons Aufbruch hatte er gelernt, den älteren Krieger zu respektieren. Jörmundur hatte fast sein Leben lang gegen das Imperium gekämpft und er besaß ein tiefes Verständnis für Taktik und Logistik. Er und Roran kamen gut miteinander aus. Sie waren beide Männer des Stahls, nicht der Magie.

Und dann war da noch König Orrin, mit dem Roran – nachdem die einfachsten Maßnahmen zur Befestigung des Lagers in die Wege geleitet worden waren – gerade einmal wieder in einen Streit verwickelt war. Orrin reizte ihn immer wieder aufs Neue. Wenn irgendjemand dafür sorgte, dass sie umgebracht wurden, dann war er es. Roran wusste, dass die Beleidigung eines Königs nicht das Gesündeste war, was man tun konnte, aber der Narr wollte einen Boten an die Tore Urû'baens schicken und eine förmliche Herausforderung aussprechen, wie sie es in Dras-Leona und Belatona getan hatten.

»Wollt Ihr Galbatorix etwa provozieren?«, knurrte Roran. »Wenn wir das tun, könnte er möglicherweise reagieren!«

»Natürlich«, erwiderte König Orrin und richtete sich auf. »Es ist nur recht und billig, dass wir unsere Absichten kundtun und ihm die Gelegenheit geben, einen Frieden auszuhandeln.«

Roran starrte den Mann entgeistert an. Dann wandte er sich verärgert ab und fragte Jörmundur: »Könnt Ihr ihn nicht zur Vernunft bringen?«

Roran und Jörmundur hatten sich auf König Orrins Ruf hin in dessen Pavillon eingefunden.

»Euer Majestät«, begann Jörmundur, »Roran hat recht. Es wäre das Beste, noch zu warten, bevor wir mit dem Imperium Kontakt aufnehmen.«

»Aber sie können uns sehen«, protestierte Orrin. »Wir lagern direkt vor ihren Mauern. Es wäre … *unhöflich*, keinen Gesandten auszuschicken, um unsere Position klarzumachen. Ihr seid beide keine Männer von Stand. Ich erwarte nicht, dass ihr das versteht. Königliches Blut verlangt gewisse Höflichkeiten, selbst wenn wir uns im Krieg befinden.«

Roran verspürte den Drang, auf den König loszugehen. »Seid Ihr so arrogant, zu glauben, dass Galbatorix Euch als gleichrangig betrachtet? Pah! Für ihn sind wir nur Insekten. Er schert sich nicht um Eure Höflichkeit. Ihr vergesst, dass Galbatorix ein Mann aus dem gemeinen Volk war wie wir, bevor er die Reiter stürzte. Seine Bräuche sind nicht Eure Bräuche. Es gibt niemanden wie ihn auf der Welt und Ihr denkt, Ihr könntet sein Verhalten voraussehen? Ihr denkt, Ihr könntet ihn beschwichtigen? Pah!«

Orrin lief rot an und schleuderte seinen Weinkelch beiseite. »Ihr geht zu weit, Hammerfaust. Kein Mann hat das Recht, mich so zu beleidigen.«

»Ich habe das Recht, zu tun, was immer ich will«, grollte Roran. »Ich bin keiner Eurer Untertanen. Ich bin Euch keine Rechenschaft schuldig. Ich bin ein freier Mann und ich werde jeden beleidigen, den ich beleidigen will, wann und wie ich will – selbst Euch. Es wäre ein Fehler, diesen Boten zu schicken, und ich …«

Ein leises Schleifen war zu hören, als König Orrin sein Schwert aus der Scheide zog. Für Roran kam das nicht gänzlich unerwartet – seine Hand ruhte bereits auf seinem Hammer, und als er das verräterische Schleifen hörte, riss er die Waffe aus dem Gürtel.

Die Klinge des Königs war nur ein silbriger Schatten in dem fahlen Licht des Zeltes. Roran sah, wohin Orrin zielte, und wich dem Stich mit einem Schritt aus. Dann schlug er gegen die flache Seite von Orrins Schwert, sodass es mit einem hellen Klang vibrierte und dem König aus der Hand sprang. Die juwelenbedeckte Waffe fiel auf den Teppich, wo die Klinge noch immer zitterte.

»Herr!«, rief einer der Wachposten draußen. »Ist alles in Ordnung?«

»Ich habe nur meinen Schild fallen lassen«, antwortete Jörmundur. »Es besteht kein Grund zur Sorge.«

»Jawohl, Herr.«

Roran starrte den König an. Auf Orrins Gesicht stand ein wilder, gehetzter Ausdruck. Ohne ihn aus den Augen zu lassen, schob Roran den Hammer wieder zurück in seinen Gürtel. »Es ist dumm und gefährlich, mit Galbatorix Kontakt aufzunehmen. Wenn Ihr es versucht, werde ich denjenigen töten, den Ihr ausschickt, noch bevor er die Stadt erreicht.«

»Das würdet Ihr nicht wagen!«, entrüstete sich Orrin.

»Ich würde und ich werde. Ich werde nicht zulassen, dass Ihr uns alle in Gefahr bringt, nur um Euren königlichen … *Stolz* zu befriedigen. Wenn Galbatorix reden will, dann weiß er, wo er uns findet. Anderenfalls *lasst ihn in Ruhe*.«

Roran stürmte aus dem Pavillon. Draußen stützte er die Hände auf die Hüften und betrachtete die Wolkenfetzen, während er darauf wartete, dass sein Puls sich beruhigte. Orrin war wie ein Maultier: stur, vollkommen von sich überzeugt und nur allzu bereit, jemanden in die Magengrube zu treten, wenn man ihm die Gelegenheit dazu gab.

Und er trinkt zu viel, dachte Roran.

Er ging vor dem Pavillon auf und ab, bis Jörmundur herauskam. Bevor der andere Mann etwas sagen konnte, meinte Roran: »Es tut mir leid.«

»Das sollte es auch.« Jörmundur strich sich mit einer Hand übers Gesicht, dann nahm er eine Tonpfeife aus dem Beutel an seinem Gürtel und begann sie mit Carduskraut zu stopfen, das er mit dem Daumen in die Pfeife drückte. »Es hat mich große Mühe gekostet, ihn davon abzubringen, einen Gesandten zu schicken, nur um dir zu trotzen.« Er hielt einen Moment inne. »Würdest du wirklich einen von Orrins Männern töten?«

»Ich spreche keine leeren Drohungen aus«, erwiderte Roran.

»Nein, das habe ich auch nicht gedacht … Nun, hoffen wir, dass es nicht so weit kommt.« Jörmundur setzte sich in Bewegung und Roran begleitete ihn. Immer wieder machten ihnen Männer auf dem Pfad zwischen den Zelten den Weg frei und neigten respektvoll den Kopf. Jörmundur gestikulierte mit seiner nicht angezündeten Pfeife und sagte: »Ich gestehe, ich hätte Orrin bei mehr als einer Gelegenheit selbst gern gehörig die Meinung gesagt.« Seine Lippen verzogen sich zu einem dünnen Lächeln. »Bedauerlicherweise hat das Taktgefühl bei mir immer gesiegt.«

»War er schon immer so … eigensinnig?«

»Hm? Nein, nein. In Surda war er wesentlich vernünftiger.«

»Was ist dann passiert?«

»Angst, denke ich. Angst kann seltsame Dinge mit einem Mann anstellen.«

»Stimmt.«

»Es beleidigt dich vielleicht, das zu hören, aber du hast dich selbst ziemlich töricht benommen.«

»Ich weiß. Mein Temperament ist mit mir durchgegangen.«

»Und du hast dir einen König zum Feind gemacht.«

»Ihr meint, *noch einen* König.«

Jörmundur stieß ein leises Lachen aus. »Ja, hm, ich schätze, wenn man Galbatorix zum persönlichen Feind hat, erscheinen alle anderen daneben als ziemlich harmlos. Obwohl …« Er blieb an einem Lagerfeuer stehen und zog einen dünnen, brennenden Zweig aus den Flammen. Dann hielt er das Ende des Zweiges in den Kopf seiner Pfeife, zog mehrmals, steckte den Tabak in Brand und warf den Zweig zurück ins Feuer. »Obwohl ich Orrins Zorn nicht einfach so abtun würde. Er wollte dich vorhin töten. Wenn er es dir nachträgt, und ich denke, das wird er, wird er sich vielleicht rächen wollen. Ich werde für die nächsten Tage einen Wachposten vor dein Zelt stellen. Danach jedoch …« Jörmundur zuckte die Achseln.

»Danach sind wir vielleicht alle tot oder versklavt.«

Schweigend gingen sie noch ein paar Minuten weiter durchs Lager und die ganze Zeit über paffte Jörmundur an seiner Pfeife. Kurz bevor sie sich trennten, sagte Roran: »Wenn Ihr Orrin das nächste Mal seht …«

»Ja?«

»Vielleicht könnt Ihr ihn wissen lassen, dass ich ihm, wenn er oder seine Männer Katrina etwas antun, vor dem ganzen Lager die Gedärme aus dem Leib reißen werde.«

Jörmundur senkte das Kinn auf die Brust und dachte einen Moment lang nach. Dann blickte er auf und nickte. »Ich denke, ich werde einen Weg finden, Hammerfaust.«

»Meinen Dank.«

»Gern geschehen. Wie immer war es mir ein ganz besonderes Vergnügen.«

Roran suchte nach Katrina und überredete sie, das Abendessen für sie beide an den Nordrand des Lagers zu bringen, wo er Wache hielt für den Fall, dass Orrin doch einen Boten ausschicken sollte.

Sie aßen auf einem Tuch, das Katrina auf der frisch umgegrabenen Erde ausgebreitet hatte, dann saßen sie nebeneinander, während die Schatten länger wurden und an dem purpurnen Himmel über dem Felsüberhang die ersten Sterne erschienen.

»Ich bin froh, hier zu sein«, sagte sie und lehnte den Kopf an seine Schulter.

»Bist du? Wirklich?«

»Es ist wunderschön und ich habe dich ganz für mich.« Sie drückte seinen Arm.

Er zog sie näher an sich, doch ihm war schwer ums Herz. Er konnte keinen Augenblick vergessen, welche Gefahr ihr und dem

Kind drohte. Zu wissen, dass nur wenige Meilen sie von ihrem größten Feind trennten, ließ ihn innerlich brennen. Er wäre am liebsten sofort aufgesprungen, nach Urû'baen gerannt und hätte Galbatorix getötet. Aber das war unmöglich. Daher lächelte er und lachte und ließ sich seine Angst nicht anmerken, so wie er wusste, dass sie sich die ihre auch nicht anmerken ließ.

Verflucht, Eragon, dachte er, *du solltest dich besser beeilen oder ich schwöre, ich werde dich noch aus dem Grab heraus heimsuchen.*

Kriegsrat

Während des Fluges von Vroengard nach Urû'baen brauchte Saphira sich durch kein Unwetter zu kämpfen und hatte außerdem das Glück, Rückenwind zu haben, der sie schneller vorankommen ließ. Die Eldunarí hatten ihr gesagt, wo sie die schnellste Luftströmung finden würde, die fast jeden Tag des Jahres von West nach Ost wehte. Außerdem speisten die Eldunarí sie mit einem steten Strom von Energie, sodass ihre Kräfte niemals nachließen und sie nicht müde wurde.

Und so kam es, dass die Stadt schon zwei Tage nach ihrem Aufbruch von der Insel am Horizont auftauchte.

Auf dem Weg dorthin glaubte Eragon zweimal – als die Sonne am hellsten schien – den Eingang zu der Falte im Raum sehen zu können, in der die Eldunarí verborgen hinter Saphira herschwebten. Es war nur ein einziger dunkler Punkt, so klein, dass es Eragon nicht gelang, ihn länger als eine Sekunde im Auge zu behalten. Zuerst hatte er geglaubt, es wäre ein Staubkörnchen, aber dann stellte er fest, dass der Punkt sich immer in genau derselben Entfernung zu Saphira befand, wenn er hinsah.

Während des ganzen Fluges hatten die Drachen durch Umaroth Erinnerung um Erinnerung in Eragon und Saphira hineinfließen lassen: an gewonnene und verlorene Schlachten, an Geschichten von Liebe und Hass, an verschiedene Zauber, an Ereignisse, die sie überall im Land beobachtet hatten, an Bedauern, Erkenntnisse und Überlegungen, was den Lauf der Welt anging. Die Drachen verfügten über einen Wissensschatz, der Jahrtausende zurückreichte, und sie schienen sich das Ziel gesetzt zu haben, ihnen alles bis ins Detail mitzuteilen.

Das ist zu viel!, hatte Eragon protestiert. *Wir können uns das nicht alles merken und es erst recht nicht verstehen.*

Nein, hatte Umaroth geantwortet. *Aber ihr könnt euch etwas davon merken, und vielleicht ist es gerade das, was ihr braucht, um Galbatorix zu besiegen. Also, machen wir weiter.*

Die Flut an Informationen war überwältigend. Zeitweise hatte Eragon den Eindruck, gar nicht mehr zu wissen, wer er war, denn die Erinnerungen der Drachen waren weitaus zahlreicher als seine eigenen. Wenn das geschah, schloss er sie kurz aus seinem Geist aus und wiederholte seinen wahren Namen, bis er sich seiner Identität wieder sicher war.

Die Dinge, die er und Saphira erfuhren, erstaunten und beunruhigten ihn und führten oft dazu, dass er seine eigenen Auffassungen hinterfragte. Aber er hatte niemals Zeit, länger darüber nachzudenken, denn es rückte immer schon eine andere Erinnerung an den Platz der vorangegangenen. Er würde, das wusste er, Jahre brauchen, um dem einen Sinn zu geben, was die Drachen ihnen zeigten.

Je mehr er über die Drachen erfuhr, desto größer wurde seine Ehrfurcht vor ihnen. Diejenigen, die Hunderte von Jahren gelebt hatten, hatten eine seltsame Art, zu denken, und der Unterschied zwischen den ältesten von ihnen und Glaedr und Saphira war etwa so groß wie der zwischen Glaedr und Saphira und den Fanghur im Beor-Gebirge. Die Zwiesprache mit diesen alten Drachen verwirrte und verunsicherte Eragon. Sie machten viele Gedankensprünge und stellten Vergleiche an, die bedeutungslos zu sein schienen, von denen er jedoch wusste, dass sie auf einer höheren Ebene einen Sinn ergeben mussten. Er war selten in der Lage, herauszufinden, was sie ihm sagen wollten, und die alten Drachen ließen sich nicht dazu herab, sich so auszudrücken, dass er es verstehen konnte.

Nach einer Weile begriff er, dass sie sich gar nicht anders ausdrücken *konnten*. Im Laufe der Jahrhunderte hatte ihr Geist sich verändert. Was für ihn einfach und klar war, erschien ihnen oft kompliziert, und das Gleiche galt auch umgekehrt. Ihren Gedanken zu lauschen, musste so ähnlich sein, als lausche man den Gedanken eines Gottes.

Als er diese Bemerkung äußerte, schnaubte Saphira und sagte zu ihm: *Es gibt einen Unterschied.*

Welchen?

Im Gegensatz zu Göttern nehmen wir Anteil an den Ereignissen der Welt.

Vielleicht haben sich die Götter dafür entschieden, zu handeln, ohne bemerkt zu werden.

Wozu sind sie dann gut?

Du glaubst, dass Drachen besser sind als Götter?, fragte er amüsiert.

Wenn wir voll ausgewachsen sind, ja. Welche Kreatur ist größer als wir? Selbst Galbatorix' Macht beruht auf unserer Stärke.

Was ist mit den Nïdhwalar?

Sie rümpfte die Nase. *Wir können schwimmen, aber sie können nicht fliegen.*

Der älteste der Eldunarí, ein Drache namens Valdr – was in der alten Sprache »Herrscher« bedeutete –, sprach nur ein einziges Mal direkt zu ihnen. Von ihm empfingen sie eine Vision von Lichtstrahlen, die sich in Wellen aus Sand verwandelten, außerdem ein beunruhigendes Gefühl, dass alles, was robust schien, im Wesentlichen leerer Raum war. Dann zeigte Valdr ihnen ein Nest schlafender Stare und Eragon konnte spüren, wie ihre Träume in ihrem Geist flackerten, so schnell wie das Blinzeln eines Auges. Zuerst war Valdrs Gefühl Verachtung – die Träume der Stare wirkten winzig und bedeutungslos –, dann veränderte seine Stimmung sich jedoch und wurde warm und mitfühlend. Die Sorgen selbst des kleinsten Stars wurden so bedeutend, bis sie den Sorgen eines Königs gleichzukommen schienen.

Valdr verweilte bei der Vision, als wolle er sicherstellen, dass Eragon und Saphira unter all den Erinnerungen gerade diese nicht vergaßen. Doch keiner von beiden verstand, was der Drache zu sagen versuchte, und Valdr weigerte sich, weitere Erklärungen abzugeben.

Als Urû'baen schließlich in Sicht kam, hörten die Eldunarí auf, ihre Erinnerungen mit Eragon und Saphira zu teilen, und Umaroth sagte: *Jetzt wäre euch am besten damit gedient, wenn ihr den Bau unseres Feindes studieren würdet.*

Das taten sie, während Saphira über mehrere Meilen langsam niedriger ging. Was sie sahen, ermutigte keinen von ihnen und ihre Stimmung besserte sich auch nicht, als Glaedr das Wort ergriff: *Galbatorix hat viel gebaut, seit er uns von diesem Ort vertrieben hat. Zu unserer Zeit waren die Mauern noch nicht so dick und hoch.*

Und Umaroth fügte hinzu: *Und Ilirea war während des Krieges zwischen unserer Art und den Elfen auch nicht so schwer befestigt. Der Verräter hat tief gegraben und einen Berg aus Stein über sein Loch gehäuft. Er wird nicht aus eigenem Antrieb herauskommen, denke ich. Er ist wie ein Dachs, der sich in seine Höhle zurückgezogen hat und jedem, der versucht, ihn auszugraben, eine blutige Nase verpasst.*

Eine Meile südwestlich von dem mauergekrönten Felsvorsprung und der Stadt darunter hatten die Varden ihr Lager aufgeschlagen. Es war erheblich größer, als Eragon es in Erinnerung hatte, was ihn verwirrte, bis ihm klar wurde, dass sich Königin Islanzadi nun mit ihrer Armee der der Varden angeschlossen haben musste. Er stieß einen leisen Seufzer der Erleichterung aus. Selbst Galbatorix hatte Respekt vor der Macht der Elfen.

Als er und Saphira noch etwa eine Meile von den Zelten entfernt waren, halfen die Eldunarí Eragon, die Reichweite seiner Gedanken auszudehnen, bis er den Geist von Menschen, Zwergen, Elfen und Urgals spüren konnte, die sich im Lager aufhielten. Seine Berührung war jedoch zu leicht, als dass irgendjemand sie bemerkt hätte, es sei denn, er hätte bewusst danach Ausschau gehalten. Sobald er den unverkennbaren Klang von wilder Musik wahrnahm, der Bloëdhgarms Gedanken kennzeichnete, konzentrierte er sich ausschließlich auf den Elf.

Bloëdhgarm, sagte er. *Ich bin es, Eragon.* Nachdem er so lange Erfahrungen und Erinnerungen aus vergangenen Zeitaltern durchlebt hatte, kam es ihm merkwürdig vor, auf einmal wieder ganz normale Gespräche zu führen.

Schattentöter! Seid Ihr in Sicherheit? Euer Geist fühlt sich äußerst merkwürdig an. Ist Saphira bei Euch? Ist sie verletzt? Ist Glaedr etwas zugestoßen?

Sie sind beide wohlauf, genau wie ich.

Dann ...? Bloëdhgarms Verwirrung war ihm deutlich anzumerken.

Eragon unterbrach ihn: *Wir sind nicht mehr weit entfernt, aber ich habe uns vorerst noch vor den Blicken der Leute im Lager verborgen. Ist das Trugbild von Saphira und mir noch für alle dort unten zu sehen?*

Ja, Schattentöter. Wir lassen Saphira eine Meile über den Zelten kreisen. Manchmal verbergen wir sie hinter einer Wolkenbank oder wir lassen es so aussehen, als wäre sie mit Euch auf Patrouille geflogen. Wir wollten vor allem nicht, dass Galbatorix denkt, Ihr wärt für längere Zeit fort. Wir werden Eure Doppelgänger jetzt wegfliegen lassen, damit Ihr landen könnt, ohne Verdacht zu erregen.

Nein. Wartet lieber und haltet Eure Zauber noch ein Weilchen aufrecht.

Schattentöter?

Wir fliegen nicht direkt zum Lager. Eragon warf einen Blick hinunter auf den Erdboden. *Da ist ein kleiner Hügel, vielleicht zwei Meilen südöstlich von Euch. Kennt Ihr ihn?*

Ja, ich sehe ihn von hier aus.

Saphira wird dahinter landen. Bittet Arya, Orik, Jörmundur, Roran, Königin Islanzadi und König Orrin, sich dort mit uns zu treffen. Aber sorgt dafür, dass sie nicht alle gleichzeitig das Lager verlassen. Am besten wäre es, wenn Ihr ihnen helfen könntet, ungesehen zu kommen. Und Ihr solltet auch dabei sein.

Wie Ihr wünscht ... Schattentöter, was habt Ihr auf der ...

Nein! Fragt mich nicht. Es wäre gefährlich, hier daran zu denken. Kommt und Ihr werdet es erfahren, aber ich will die Antwort nicht herausposaunen. Andere könnten lauschen.

Ich verstehe. Wir werden uns so schnell wie möglich mit Euch treffen, aber es könnte eine Weile dauern, wenn der Aufbruch nicht auffallen soll.

Gewiss. Ihr werdet sicher tun, was das Beste ist.

Eragon trennte ihre Verbindung und lehnte sich im Sattel zurück. Er lächelte schwach, als er sich Bloëdhgarms Gesichtsausdruck vorstellte, wenn er von den Eldunarí erfuhr.

Mit einem Windwirbel landete Saphira in der Senke am Fuß des Hügels und schreckte eine Herde Schafe auf, die unter klagendem Blöken wegrannten.

Während sie die Flügel anlegte, sah Saphira den Schafen nach und bemerkte: *Es wäre einfach, sie zu erwischen, da sie mich nicht sehen können.* Sie leckte sich das Maul.

»Ja, aber wo bliebe da der sportliche Anreiz?«, fragte Eragon, während er die Riemen an seinen Beinen löste.

Sportlicher Anreiz füllt einem nicht den Magen.

»Nein, aber du hast doch auch keinen Hunger, oder?« Die Energie aus den Eldunarí hatte, auch wenn sie substanzlos war, ihren Wunsch, zu essen, unterdrückt.

Sie stieß eine gewaltige Menge Luft aus, was ein Seufzer zu sein schien. *Nein, eigentlich nicht …*

Solange sie warteten, streckte Eragon seine wunden Glieder aus, dann aß er ein bisschen von dem, was von seinen Vorräten noch übrig war. Er wusste, dass Saphira sich auf dem Boden neben ihm ausgestreckt hatte, auch wenn er sie nicht sehen konnte. Nur die schattige, seltsam geformte Kuhle, die ihr Körper auf den platt gedrückten Grashalmen hinterließ, verriet ihre Anwesenheit. Er war nicht sicher, warum, aber es amüsierte ihn.

Während des Essens ließ er den Blick über die Felder rund um den Hügel schweifen und sah dem Wind zu, wie er über die Weizen- und Gerstenhalme strich. Lange, niedrige Mauern aus aufeinandergeschichteten Steinen unterteilten die einzelnen Felder. Die einheimischen Bauern mussten Jahrhunderte gebraucht haben, um so viele Steine aus dem Boden zu graben.

Zumindest hatten wir das Problem im Palancar-Tal nicht, dachte er.

Kurz darauf fielen ihm die Erinnerungen eines der Drachen wieder ein und er wusste genau, wie alt die Steinmauern waren. Sie stammten aus der Zeit, als Menschen gekommen waren, um in den Ruinen von Ilirea zu leben, nachdem die Elfen die Krieger König Palancars besiegt hatten. Als sei er dabei gewesen, konnte er die

Reihen von Männern, Frauen und Kindern sehen, die über frisch gepflügte Felder gingen und die Steine, die sie fanden, dorthin trugen, wo jetzt die Mauern standen.

Nach einer Weile ließ Eragon die Erinnerung verblassen und öffnete seinen Geist dem Kommen und Gehen der Energie um ihn herum. Er lauschte auf die Gedanken der Mäuse im Gras, der Würmer in der Erde und der Vögel am Himmel. Es war etwas riskant, das zu tun, denn so konnte er auch einen feindlichen Magier in der Nähe auf ihre Anwesenheit aufmerksam machen. Doch er zog es vor, zu wissen, wer und was in der Nähe war, damit niemand sie überraschend angreifen konnte.

So spürte er das Herannahen von Arya, Bloëdhgarm und Königin Islanzadi und erschrak nicht, als die Schatten ihrer Fußabdrücke sich ihm von der westlichen Seite des Hügels her näherten.

Die Luft kräuselte sich wie Wasser und die drei Elfen erschienen vor ihm. Königin Islanzadi stand an der Spitze, so königlich wie eh und je. Sie trug ein goldenes Schuppenpanzerkorsett, einen juwelenbesetzten Helm und ihren roten, weiß gesäumten Umhang, den sie an den Schultern mit einer Brosche geschlossen hatte. Von ihrer schmalen Taille hing ein langes, schlankes Schwert. In einer Hand hielt sie einen großen Speer mit weißer Klinge und in der anderen einen Schild, der wie ein Birkenblatt geformt war – seine Ränder waren sogar gezähnt.

Auch Arya trug eine prächtige Rüstung. Sie hatte ihre normalen dunklen Kleider gegen ein Korsett wie das ihrer Mutter eingetauscht – auch wenn Aryas Korsett grau war wie blanker Stahl und nicht golden – und sie trug einen Helm mit Flechtwerk-Ziselierung auf Stirn- und Nasenstück und mit einem Paar stilisierter Adlerflügel daran, die von den Schläfen nach hinten abstanden. Verglichen mit Islanzadis Pracht wirkte Arya düster, aber auch umso tödlicher. Zusammen waren Mutter und Tochter wie ein Paar einander gleichender Klingen, die eine geschmückt, um schön auszusehen, die andere bereit zum Kampf.

Wie die beiden Frauen trug Bloëdhgarm ein Schuppenpanzerhemd, aber keinen Helm und außer einem kleinen Messer an seinem Gürtel hatte er keine Waffe bei sich.

»Zeigt Euch, Eragon Schattentöter«, verlangte Islanzadi und sah dorthin, wo er stand.

Eragon löste den Zauber, der ihn und Saphira verbarg, dann verbeugte er sich vor der Elfenkönigin.

Sie ließ den Blick ihrer dunklen Augen über ihn wandern und studierte ihn, als sei er ein preisgekröntes Kutschpferd. Anders als früher hatte er keine Mühe, ihrem Blick standzuhalten. Nach einigen Sekunden stellte die Königin fest: »Ihr habt Euch verbessert, Schattentöter.«

Er machte eine zweite, kleinere Verbeugung. »Vielen Dank, Euer Majestät.« Wie immer prickelte sein ganzer Körper beim Klang ihrer Stimme, die von Magie und Musik zu summen schien, als sei jedes Wort Teil eines Versepos. »Ein solches Kompliment bedeutet viel von jemand, der so weise und schön ist, wie Ihr es seid.«

Islanzadi lachte, sodass man ihre langen Zähne sah, und der Hügel und die Felder erbebten unter ihrer Heiterkeit. »Und wie beredt Ihr geworden seid! Du hast mir gar nicht erzählt, dass er sich jetzt so gut ausdrücken kann, Arya!«

Ein schwaches Lächeln glitt über Aryas Züge. »Er lernt noch.« Dann fügte sie an Eragon gewandt hinzu: »Schön, dass du sicher zurück bist.«

Die Elfen bedrängten ihn, Saphira und Glaedr mit zahlreichen Fragen, aber die drei wollten nicht antworten, bevor die anderen eingetroffen waren. Trotzdem glaubte Eragon, dass die Elfen etwas von den Eldunarí spürten, denn er bemerkte, dass sie manchmal einen Blick genau dorthin warfen, wo sich die Raumfalte befand, obwohl sie es selbst nicht zu bemerken schienen.

Orik war der Nächste, der sich zu ihnen gesellte. Er kam von Süden auf einem zotteligen Pony herangeritten, das schweißnass war und keuchte. »Eragon! Saphira!«, rief der Zwergenkönig und hob die Faust. Er sprang von seinem erschöpften Reittier, kam herübergestapft und zog Eragon in eine raue Umarmung, während er ihm auf den Rücken schlug.

Nachdem sie einander begrüßt hatten – und Orik Saphira die Nase gerieben hatte, was ihr ein Summen entlockte –, fragte Eragon: »Wo sind deine Wachen?«

Orik deutete über die Schulter. »Sie flechten ihre Bärte bei einem Bauernhaus eine Meile westlich von hier und sind nicht allzu glücklich darüber, wage ich zu behaupten. Ich würde jedem einzelnen von ihnen vertrauen – sie sind alle meine Clan-Brüder –, aber Bloëdhgarm meinte, ich solle am besten allein kommen, also bin ich allein gekommen. Jetzt verrate mir, warum diese Heimlichtuerei? Was habt ihr auf Vroengard entdeckt?«

»Ihr werdet auf den Rest unseres Rats warten müssen, um es herauszufinden«, antwortete Eragon. »Aber ich freue mich, dich wiederzusehen.« Und er schlug Orik auf die Schulter.

Roran traf kurz darauf zu Fuß ein, mit grimmiger Miene und staubig. Er nahm Eragon am Arm, hieß ihn willkommen, nahm ihn dann zur Seite und fragte: »Kannst du dafür sorgen, dass sie uns nicht hören?« Er deutete mit dem Kinn auf Orik und die Elfen.

Eragon brauchte nur wenige Sekunden, um einen Zauber zu wirken, der sie gegen Lauscher abschirmte. »Erledigt.« Gleichzeitig löste er seinen Geist von Glaedr und den anderen Eldunarí, wenn auch nicht von Saphira.

Roran nickte und sah über die Felder. »Ich hatte einen Wortwechsel mit König Orrin, während du fort warst.«

»Einen Wortwechsel? Wie das?«

»Er war ein Narr und das habe ich ihm auch gesagt.«

»Ich nehme an, er hat nicht sehr freundlich darauf reagiert.«

»Das kann man wohl sagen. Er hat versucht, mich niederzustechen.«

»Er hat *was?!*«

»Ich habe ihm das Schwert aus der Hand geschlagen, bevor er etwas ausrichten konnte, aber wenn es nach ihm gegangen wäre, hätte er mich getötet.«

»Orrin?« Eragon hatte Mühe, sich vorzustellen, dass der König so etwas tat. »Hast du ihn schwer verletzt?«

Zum ersten Mal lächelte Roran: ein kurzes Mienenspiel, das schnell unter seinem Bart verschwand. »Ich habe ihm Angst eingejagt, was schlimmer sein mag.«

Eragon stöhnte und umklammerte Brisingrs Knauf. Er bemerkte, dass er und Roran genau die gleiche Haltung eingenommen hatten – ihre Hände lagen auf ihren Waffen und sie stützten beide das Gewicht auf das gegenüberliegende Bein. »Wer weiß sonst noch davon?«

»Jörmundur – er war dabei – und jeder, dem Orrin es erzählt hat.«

Stirnrunzelnd begann Eragon auf und ab zu gehen, während er überlegte, was zu tun war. »Der Zeitpunkt ist denkbar schlecht.«

»Ich weiß. Ich wäre nicht so schroff zu Orrin gewesen, aber er wollte Galbatorix ›königliche Grüße‹ senden und lauter solchen Unsinn. Er hätte uns alle in Gefahr gebracht. Das konnte ich nicht zulassen. Du hättest das Gleiche getan.«

»Das mag sein, aber es macht die Dinge nur komplizierter. Ich bin jetzt der Anführer der Varden. Ein Angriff auf dich oder irgendeinen anderen Krieger unter meinem Kommando stellt quasi einen Angriff auf mich dar. Orrin weiß das und er weiß, dass wir vom gleichen Blut sind. Genauso gut hätte er mir einen Fehdehandschuh ins Gesicht werfen können.«

»Er war betrunken«, erwiderte Roran. »Ich bin nicht sicher, ob er daran gedacht hat, als er sein Schwert gezogen hat.«

Eragon sah, dass Arya und Bloëdhgarm ihm neugierige Blicke zuwarfen. Er hielt in seinem Auf und Ab inne und wandte ihnen den Rücken zu.

»Ich mache mir Sorgen um Katrina«, fügte Roran hinzu. »Wenn Orrin wütend genug ist, könnte er seine Männer auf mich oder sie hetzen. So oder so könnte sie verletzt werden. Jörmundur hat bereits eine Wache vor unserem Zelt postiert, aber das reicht mir als Schutz nicht aus.«

Eragon schüttelte den Kopf. »Orrin würde es nicht wagen, ihr etwas anzutun.«

»Ach nein? Dir kann er keinen Schaden zufügen und er hat nicht den Mumm, es direkt mit mir aufzunehmen, also, was bleibt da übrig? Ein Hinterhalt. Messer in der Dunkelheit. Katrina umzubringen, wäre ein einfacher Weg für Orrin, sich zu rächen.«

»Ich bezweifle, dass Orrin zu Messern in der Dunkelheit greifen würde – oder dass er Katrina etwas antut.«

»Aber du kannst es nicht mit Sicherheit sagen.«

Eragon dachte einen Moment nach. »Ich werde Katrina mit einigen Schutzzaubern belegen und ich werde es Orrin wissen lassen. Das sollte allen Plänen, die er vielleicht im Kopf hat, einen Riegel vorschieben.«

Rorans Anspannung schien zu weichen. »Ich weiß das zu schätzen.«

»Ich werde auch für dich ein paar neue Schutzzauber wirken.«

»Nein, spar dir deine Kräfte. Ich komme schon allein zurecht.«

Eragon beharrte darauf, aber Roran lehnte ein ums andere Mal ab. Schließlich meinte Eragon: »Verdammt, hör zu! Wir sind kurz davor, gegen Galbatorix' Männer in die Schlacht zu ziehen. Du brauchst *irgendeinen* Schutz und sei es auch nur gegen Magie. Ich werde dir Schutzzauber geben, ob es dir gefällt oder nicht. Also kannst du auch gleich freundlich lächeln und dich bei mir dafür bedanken!«

Roran funkelte ihn an, dann brummte er etwas und hob die Hände. »Schön, wie du meinst. Du hast noch nie gewusst, wann es vernünftig ist, nachzugeben.«

»Aber du, was?«

Aus den Tiefen von Rorans Bart kam ein Glucksen. »Wahrscheinlich nicht. Ich schätze, das liegt in der Familie.«

»Hm. Wenn ich an Brom und Garrow denke, weiß ich nicht, wer der halsstarrigere war.«

»Das war Vater«, sagte Roran.

»Äh ... Brom war genauso ... Nein, du hast recht. Es war Garrow.«

Sie grinsten sich an und dachten beide an ihr Leben auf dem Hof. Dann verlagerte Roran sein Gewicht auf das andere Bein und warf Eragon einen seltsamen Seitenblick zu. »Du wirkst anders.«

»Ach ja?«

»Ja. Du wirkst selbstsicherer.«

»Vielleicht liegt das daran, dass ich mich selbst besser verstehe als früher.«

Roran schwieg.

Eine halbe Stunde später kamen Jörmundur und König Orrin gemeinsam herangeritten. Eragon begrüßte Orrin höflich wie immer, Orrin jedoch reagierte mit einer knappen Antwort und mied seinen Blick. Selbst aus einer Entfernung von mehreren Fuß konnte Eragon seinen Weinatem riechen.

Sobald sie alle um Saphira versammelt waren, begann Eragon. Zuerst ließ er jeden in der alten Sprache einen Geheimhaltungsschwur ablegen. Dann erklärte er Orik, Roran, Jörmundur und Orrin, was ein Eldunarí war und was die edelsteinartigen Herzen für die Reiter und für Galbatorix bedeuteten.

Den Elfen schien es nicht zu behagen, dass Eragon so bereitwillig vor anderen über die Eldunarí sprach, aber niemand protestierte, was ihn freute. Zumindest so weit hatte er sich ihr Vertrauen verdient. Orik, Roran und Jörmundur reagierten überrascht, ungläubig und mit Dutzenden von Fragen. Vor allem Roran stand ein gerissenes Glitzern in den Augen, als hätte diese Nachricht ihn auf eine Menge neuer Ideen gebracht, wie sie Galbatorix töten könnten.

Orrin dagegen war die ganze Zeit über mürrisch und blieb hartnäckig bei der Überzeugung, dass die Eldunarí nicht existierten. Erst Eragons Idee, Glaedrs Herz der Herzen aus der Satteltasche zu ziehen und ihnen den Drachen vorzustellen, konnte seine Zweifel ausräumen.

Die Ehrfurcht, mit der sie Glaedr begegneten, gefiel Eragon. Selbst Orrin wirkte beeindruckt, obwohl er sich nach einigen Worten mit Glaedr an Eragon wandte und fragte: »Weiß Nasuada davon?«

»Ja. Ich habe es ihr in Feinster erzählt.«

Wie Eragon erwartet hatte, missfiel Orrin diese Tatsache. »Also habt ihr zwei wieder mal beschlossen, mich nicht einzubeziehen. Ohne die Unterstützung meiner Männer und die Proviantlieferungen meines Volkes hätten die Varden keine Chance gehabt, den Kampf mit dem Imperium aufzunehmen. Ich bin der Alleinherrscher über eines von nur vier Ländern in Alagaësia, meine Armee macht einen großen Teil unserer Streitkräfte aus und keiner von euch hat es für nötig befunden, mich darüber zu informieren!«

Bevor Eragon etwas erwidern konnte, trat Orik vor. »Mir haben sie auch nichts davon erzählt, Orrin«, brummte der Zwergenkönig. »Und mein Volk unterstützt die Varden schon länger als Eures. Ihr solltet nicht gekränkt darüber sein. Eragon und Nasuada haben getan, was sie für das Beste hielten, was unsere Sache betrifft. Sie wollten nicht respektlos sein.«

Orrin legte die Stirn in Falten und machte ein Gesicht, als wolle er weiterstreiten, aber Glaedr kam ihm zuvor: *Sie haben getan, worum ich sie gebeten hatte, König von Surda. Die Eldunarí sind das größte Geheimnis unseres Volkes und wir teilen es nicht leichtfertig mit anderen, nicht einmal mit Königen.*

»Und warum habt Ihr Euch jetzt dafür entschieden?«, wollte Orrin wissen. »Ihr hättet in die Schlacht ziehen können, ohne Euch jemals zu zeigen.«

Statt einer Antwort erzählte Eragon die Geschichte von ihrer Reise nach Vroengard, ihrem langen Flug durch das Unwetter auf See und der Sicht, die sie ganz oben über den Wolken gehabt hatten. Arya und Bloëdhgarm schienen sich für diesen Teil der Geschichte am meisten zu interessieren, während Orik sich dabei offensichtlich besonders unwohl fühlte.

»Barzûl, das klingt aber nach einer unangenehmen Erfahrung«, bemerkte er. »Ich schaudere allein bei dem Gedanken daran. Der Platz für einen Zwerg ist die Erde, nicht der Himmel.«

Ich stimme Euch zu, erwiderte Saphira, woraufhin Orik argwöhnisch die Stirn runzelte und die geflochtenen Enden seines Bartes zwirbelte.

Eragon nahm seine Geschichte wieder auf und erzählte, wie er, Saphira und Glaedr das Verlies der Seelen betreten hatten, obwohl er ihnen nicht sagte, dass sie dazu ihre wahren Namen gebraucht hatten. Und als er schließlich eröffnete, was das Verlies enthalten hatte, herrschte eine ganze Zeit lang erschrockene Stille.

Dann sagte Eragon: »Öffnet Euren Geist.«

Einen Moment später schien das Geräusch von wispernden Stimmen die Luft zu erfüllen und Eragon spürte die Anwesenheit von Umaroth und den anderen verborgenen Drachen um sich.

Die Elfen taumelten. Arya fiel auf ein Knie und drückte sich die Hand seitlich an den Kopf, als sei sie geschlagen worden. Orik stieß einen Schrei aus und sah sich mit wilden Augen um, während Roran, Jörmundur und Orrin wie vom Donner gerührt dastanden.

Königin Islanzadi kniete nieder und nahm eine ganz ähnliche Pose ein wie ihre Tochter. In seinem Geist hörte Eragon sie zu den Drachen sprechen. Sie begrüßte viele mit Namen und hieß sie als alte Freunde willkommen. Bloëdhgarm tat dasselbe und mehrere Minuten lang floss ein Strom von Gedanken zwischen den Drachen und jenen, die sich am Fuß des Hügels versammelt hatten, hin und her.

Das Durcheinander der Stimmen war so groß, dass Eragon sich dagegen abschirmte und sich einen Moment zurückzog. Er setzte sich auf eins von Saphiras Vorderbeinen und wartete darauf, dass der Lärm sich legte.

Die Elfen schien die Enthüllung am meisten zu beeindrucken: Bloëdhgarm starrte gleichzeitig glücklich und verwundert in die Luft, während Arya weiter am Boden kniete. Eragon glaubte, Tränenspuren auf ihren Wangen zu sehen. Islanzadi strahlte triumphierend und zum ersten Mal, seit er sie kannte, hatte Eragon den Eindruck, dass sie wahrhaft glücklich wirkte.

Dann schüttelte Orik sich und löste sich aus seiner Erstarrung. Er sah zu Eragon hinüber und rief: »Bei Morgothals Hammer, das gibt den Dingen eine neue Wendung! Mit ihrer Hilfe könnten wir es tatsächlich schaffen, Galbatorix zu töten!«

»Und vorher hast du nicht geglaubt, dass wir es schaffen können?«, fragte Eragon grinsend.

»Natürlich habe ich es geglaubt. Nur nicht so sehr, wie ich es jetzt tue.«

Roran schüttelte sich, als erwache er aus einem Traum. »Ich habe nicht … Ich wusste, dass ihr kämpfen und alles geben würdet, du und die Elfen, aber ich habe nicht geglaubt, dass ihr gewinnen könntet.« Er sah Eragon in die Augen. »Galbatorix hat so viele Reiter besiegt und du bist nur ein einziger und noch recht jung. Ich habe es einfach nicht für möglich gehalten.«

»Ich weiß.«

»Aber jetzt …« Ein begieriger Ausdruck trat in Rorans Augen. »Jetzt haben wir eine Chance.«

»Genau«, stimmte Jörmundur zu. »Und überlegt nur: Wir brauchen uns nicht mehr solche Sorgen wegen Murtagh zu machen. Mit euch und den Drachen kann er es nicht aufnehmen.«

Eragon trommelte mit den Fersen gegen Saphiras Bein und antwortete nicht. Was diesen Punkt betraf, hatte er eigene Vorstellungen. Außerdem wollte er nicht darüber nachdenken, Murtagh töten zu müssen.

Dann ergriff Orrin das Wort. »Umaroth sagt, dass Ihr einen Schlachtplan entwickelt habt. Habt Ihr die Absicht, ihn uns mitzuteilen, *Schattentöter*?«

»Ich würde den Plan ebenfalls gern hören«, sagte Islanzadi in einem freundlicheren Ton.

»Und ich auch«, stellte Orik fest.

Eragon sah sie einen Moment lang an, dann nickte er. An Islanzadi gewandt fragte er: »Ist Eure Armee bereit?«

»Das ist sie. Lange haben wir auf unsere Rache gewartet, aber das müssen wir nicht länger.«

»Und unsere?«, richtete Eragon seine nächsten Worte an Orrin, Jörmundur und Orik.

»Meine Knurlan brennen darauf, zu kämpfen «, erklärte Orik.

Jörmundur sah König Orrin an. »Unsere Männer sind müde und hungrig, aber ihr Kampfeswille ist ungebrochen.«

»Gilt das auch für die Urgals?«

»Auch für sie.«

»Dann greifen wir an.«

»Wann?«, fragte Orrin.

»Im Morgengrauen.«

Einen Moment sprach niemand.

Dann brach Roran das Schweigen. »Leichter gesagt als getan. Wie?«

Eragon erklärte es.

Als er geendet hatte, trat abermals Stille ein.

Roran hockte sich hin und zeichnete mit der Fingerspitze etwas in die Erde. »Das ist riskant.«

»Und kühn«, meinte Orik. »Sehr kühn.«

»Es gibt keine sicheren Pfade mehr«, stellte Eragon fest. »Wenn wir Galbatorix erwischen, solange er noch nicht oder nicht ganz auf das vorbereitet ist, was ihn erwartet, könnte das den Ausschlag geben.«

Jörmundur rieb sich das Kinn. »Warum töten wir nicht zuerst Murtagh? Das ist der Teil, den ich nicht verstehe. Warum machen wir nicht ihm und Dorn den Garaus, solange wir die Chance dazu haben?«

»Weil«, erwiderte Eragon, »Galbatorix dann über *sie* Bescheid wüsste.« Und er deutete in die Richtung, wo die verborgenen Eldunarí schwebten. »Wir würden das Überraschungsmoment verlieren.«

»Was ist mit dem Kind?«, fragte Orrin schroff. »Was bringt Euch auf den Gedanken, dass sie Euch diesmal unterstützen wird? Bisher hat sie das nicht getan.«

»Diesmal wird sie es «, versprach Eragon, zuversichtlicher, als er sich fühlte.

Der König knurrte etwas Unverständliches, offensichtlich nicht davon überzeugt.

Islanzadi stellte fest: »Eragon, es ist großartig und schrecklich, was Ihr vorschlagt. Seid Ihr bereit, das zu tun? Ich frage nicht, weil ich an Eurer Hingabe oder Eurer Tapferkeit zweifle, sondern weil es etwas ist, was man nur nach reichlicher Überlegung in Angriff nehmen sollte. Also frage ich Euch: Seid Ihr bereit, das zu tun, obwohl Ihr wisst, was es kosten könnte?«

Eragon stand nicht auf, aber er ließ ein wenig Härte in seine Stimme fließen. »Das bin ich. Es muss getan werden und wir sind diejenigen, denen das Schicksal diese Aufgabe zugewiesen hat. Was auch immer es kosten mag, wir müssen uns ihr stellen.«

Saphira öffnete das Maul um ein paar Zoll und ließ es dann zustimmend zuschnappen, wie um das Ende seines Satzes zu betonen.

Islanzadi wandte das Gesicht zum Himmel. »Ihr und jene, für die Ihr sprecht, billigt Ihr diesen Plan, Umaroth-Elda?«

Wir billigen ihn, antwortete der weiße Drache.

»Dann also los«, murmelte Roran.

Eine Frage der Pflicht

Die zehn – Umaroth eingeschlossen – setzten ihre Besprechung noch eine Stunde fort. Orrin musste noch überzeugt werden und es gab zahlreiche Einzelheiten, über die entschieden werden musste: Zeiten, Orte und Signale, um sich zu verständigen.

Eragon war erleichtert, als Arya sagte: »Wenn du und Saphira damit einverstanden seid, werde ich euch morgen begleiten.«

»Wir wären froh, dich bei uns zu haben«, antwortete er.

Islanzadi versteifte sich. »Welchen Nutzen sollte das haben? Deine Begabungen werden andernorts gebraucht, Arya. Bloëdhgarm und die Magier, die ich Saphira und Eragon zugeteilt habe, wissen mehr über Magie als du und sind außerdem erfahrener in der Schlacht. Vergiss nicht, sie haben gegen die Abtrünnigen gekämpft und im Gegensatz zu anderen sind sie lebend aus der Schlacht zurückgekehrt. Viele der älteren Mitglieder unseres Volkes würden freiwillig deinen Platz einnehmen. Es wäre selbstsüchtig, darauf zu bestehen, wenn es andere gibt, die besser für die Aufgabe geeignet sind und jederzeit bereitstehen.«

»Ich denke, niemand ist so geeignet für diese Aufgabe wie Arya«, widersprach Eragon mit ruhiger Stimme. »Und abgesehen von Saphira gibt es niemanden, den ich lieber an meiner Seite hätte.«

Islanzadis Blick ruhte nach wie vor auf Arya, während sie zu Eragon sagte: »Ihr seid noch jung, Schattentöter, und Ihr erlaubt Euren Gefühlen, Euer Urteil zu trüben.«

»Nein, Mutter«, stellte Arya fest. »Du bist diejenige, die ihren Gefühlen erlaubt, ihr Urteil zu trüben.« Sie trat mit langen, anmutigen Schritten zu Islanzadi. »Du hast recht, es gibt andere, die stärker, weiser und erfahrener sind als ich. Aber ich war es, die Saphiras Ei durch Alagaësia getragen hat. Ich war es, die geholfen hat, Eragon vor dem Schatten Durza zu retten. Und ich war es, die mit Eragons Hilfe in Feinster den Schatten Varaug getötet hat. Wie Eragon bin ich jetzt ein Schattentöter und du weißt sehr wohl, dass ich vor langer Zeit geschworen habe, unserem Volk zu dienen. Wer sonst unter den Elfen kann etwas Derartiges von sich behaupten? Selbst wenn ich wollte, könnte ich mich dieser Aufgabe nicht entziehen. Lieber würde ich sterben. Ich bin genauso gut auf diese Herausforderung vorbereitet wie alle älteren Elfen, denn dieser Sache habe ich mein Leben verschrieben, genau wie Eragon.«

»Und dein Leben war bisher so kurz«, wandte Islanzadi ein. Sie legte eine Hand an Aryas Wange. »Du hast dich der Aufgabe verschrieben, Galbatorix zu bekämpfen, seit dein Vater gestorben ist, aber du weißt wenig über die Freuden, die das Leben zu bieten hat. Und in all den Jahren haben wir nur so wenig Zeit miteinander verbracht: eine Handvoll Tage, verteilt über ein Jahrhundert. Erst seit du Saphira und Eragon nach Ellesméra gebracht hast, haben wir wieder begonnen, miteinander zu sprechen, wie Mutter und Tochter es tun sollten. Ich will dich nicht so bald wieder verlieren, Arya.«

»Nicht ich war diejenige, die diese Trennung wollte«, erwiderte Arya.

»Das stimmt«, gab Islanzadi zu und ließ die Hand sinken. »Aber du warst diejenige, die sich dafür entschieden hat, Du Weldenvarden zu verlassen.« Ihre Miene wurde weicher. »Ich möchte nicht mit dir streiten, Arya. Ich verstehe, dass du es als deine Pflicht ansiehst, aber bitte, willst du nicht um meinetwillen einem anderen erlauben, deinen Platz einzunehmen?«

Arya senkte den Blick und schwieg für eine Weile. Dann antwortete sie: »Ich kann ebenso wenig zulassen, dass Eragon und Saphira ohne mich gehen, wie du zulassen kannst, dass deine Armee ohne dich an ihrer Spitze in die Schlacht zieht. Ich kann nicht … Wäre es dir lieber, man würde mich einen Feigling nennen? In unserer Familie laufen wir nicht vor den Aufgaben davon, die das Schicksal uns stellt. Zwinge mich nicht, Schande über mich zu bringen.«

Der Glanz in Islanzadis Augen sah für Eragon verdächtig nach Tränen aus. »Aber …«, antwortete die Königin, »… gegen Galbatorix zu kämpfen …«

»Wenn du solche Angst hast«, sagte Arya, aber ihre Stimme war dabei nicht unfreundlich, »dann komme mit mir.«

»Ich kann nicht. Ich muss bleiben, um meine Truppen zu befehligen.«

»Und ich muss mit Eragon und Saphira gehen. Aber ich verspreche dir, ich werde nicht sterben.« Arya legte eine Hand an Islanzadis Wange, so wie ihre Mutter es zuvor bei ihr getan hatte. »Ich werde nicht sterben.« Einmal wiederholte Arya die Worte, aber diesmal in der alten Sprache.

Aryas Entschlossenheit beeindruckte Eragon. In der alten Sprache zu sagen, was sie gesagt hatte, bedeutete, dass sie ohne Einschränkung daran glaubte. Islanzadi wirkte ebenfalls beeindruckt und auch stolz. Sie lächelte und küsste Arya einmal auf jede Wange. »Dann geh und geh mit meinem Segen. Und riskiere nicht mehr, als du musst.«

»Du auch nicht.« Die beiden Frauen umarmten sich.

Als sie sich voneinander lösten, sah Islanzadi Eragon und Saphira an und sagte: »Wacht über sie, ich flehe Euch an, denn sie hat keinen Drachen oder die Eldunarí, die sie schützen.«

Das werden wir, antworteten sowohl Eragon als auch Saphira in der alten Sprache.

Sobald sie geregelt hatten, was geregelt werden musste, löste der Kriegsrat sich in kleinere Gruppen auf, die noch kurz das eine oder andere besprachen. Eragon blieb bei Saphira und beobachtete die anderen. Weder er noch sie machte Anstalten, sich zu rühren. Saphira würde sich bis zum Angriff hinter dem Hügel verborgen halten, während er auf die Dunkelheit warten wollte, bevor er sich ins Lager wagte.

Orik war der Zweite, der sich verabschiedete, nach Roran. Bevor er ging, kam der Zwergenkönig zu Eragon herüber und zog ihn in eine raue Umarmung. »Ah, ich wünschte, ich könnte mit euch beiden kommen«, bemerkte er und seine Augen blickten feierlich aus dem bärtigen Gesicht.

»Das wünschte ich mir auch«, entgegnete Eragon.

»Na, wir sehen uns danach und stoßen mit Fässern von Met auf unseren Sieg an, was?«

»Ich freue mich schon darauf.«

Ich auch, sagte Saphira.

»Gut«, meinte Orik und nickte entschlossen. »Das wäre also geregelt. Lasst bloß nicht zu, dass Galbatorix die Oberhand gewinnt, oder ich werde mich durch meine Ehre verpflichtet fühlen, gleich nach euch gegen ihn anzutreten.«

»Wir werden vorsichtig sein«, versprach Eragon mit einem Lächeln.

»Das will ich auch hoffen, denn ich bezweifle, dass ich mehr tun könnte, als Galbatorix in die Nase zu zwicken.«

Das würde ich gerne sehen, bemerkte Saphira.

Orik brummte etwas. »Mögen die Götter über dich wachen, Eragon, und auch über dich, Saphira.«

»Und über dich, Orik, Thrifks Sohn.«

Dann schlug Orik Eragon auf die Schulter und stapfte dorthin, wo er sein Pony an einem Busch festgebunden hatte.

Als Islanzadi und Bloëdhgarm gingen, blieb Arya zurück. Sie war in ein Gespräch mit Jörmundur vertieft, deshalb dachte Eragon sich nichts dabei. Als Jörmundur jedoch davonritt und Arya immer noch blieb, begriff er, dass sie allein mit ihm reden wollte.

Und tatsächlich, nachdem alle anderen fort waren, sah sie ihn und Saphira an und fragte: »Ist noch etwas anderes geschehen, während ihr fort wart, etwas, wovon ihr vor Orrin oder Jörmundur nicht sprechen wolltet … oder vor meiner Mutter?«

»Warum fragst du?«

Sie zögerte. »Weil … ihr beide euch verändert habt. Sind es die Eldunarí oder hat es etwas mit eurem Erlebnis in dem Unwetter zu tun?«

Eragon lächelte über ihre Scharfsichtigkeit. Er beriet sich mit Saphira, und als sie zustimmte, antwortete er: »Wir haben unsere wahren Namen erfahren.«

Aryas Augen weiteten sich. »Wirklich? Und … wart ihr froh über sie?«

Zum Teil, erwiderte Saphira.

»Wir haben unsere wahren Namen erfahren«, wiederholte Eragon. »Wir haben gesehen, dass die Erde rund ist. Und während des Fluges hierher haben Umaroth und die anderen Eldunarí viele ihrer Erinnerungen mit uns geteilt.« Er gestattete sich ein schiefes Lächeln. »Ich kann nicht behaupten, dass wir sie alle verstanden hätten, aber sie lassen die Dinge … anders erscheinen.«

»Ich verstehe«, murmelte Arya. »Denkst du, es ist eine Veränderung zum Besseren?«

»Ja. Veränderung an sich ist niemals gut oder schlecht, aber Wissen ist immer nützlich.«

»War es schwierig, eure wahren Namen herauszufinden?«

Also erzählte er ihr, wie sie diese Aufgabe gelöst hatten, und er erzählte ihr auch von den seltsamen Kreaturen, die ihnen auf Vroengard begegnet waren, was sie sehr interessierte.

Während Eragon erzählte, kam ihm eine Idee, die ihn so sehr beschäftigte, dass er sie schließlich nicht mehr ignorieren konnte. Er erklärte sie Saphira und erneut gewährte sie ihm ihr Einverständnis, wenn auch ein wenig widerstrebender als beim letzten Mal.

Willst du unbedingt?, fragte sie.

Ja.

Dann tu, was du für richtig hältst, aber nur wenn sie einverstanden ist.

Als sie mit ihrem Bericht über Vroengard geendet hatten, sah er Arya tief in die Augen und fragte: »Möchtest du meinen wahren Namen hören? Ich würde ihn dir gern anvertrauen.«

Der Vorschlag schien sie zu erschrecken. »Nein! Du solltest ihn weder mir noch irgendjemandem sonst verraten. Vor allem nicht jetzt, wo wir Galbatorix so nah sind. Er könnte ihn aus meinem Geist stehlen. Außerdem solltest du deinen wahren Namen nur jemandem … nur jemandem sagen, dem du mehr als allen anderen vertraust.«

»Ich vertraue dir.«

»Eragon, selbst wenn wir Elfen unsere wahren Namen miteinander teilen, tun wir das erst, wenn wir einander viele, viele Jahre gekannt haben. Das Wissen, das sie verleihen, ist zu persönlich, um es einfach auszuplaudern … und es gibt kein größeres Risiko, als es mit jemandem zu teilen. Wenn du jemandem deinen wahren Namen sagst, legst du alles, was du bist, in seine Hände.«

»Ich weiß, aber vielleicht habe ich nie wieder die Gelegenheit dazu. Es ist das Einzige, was ich dir schenken kann, und ich möchte es dir schenken.«

»Eragon, was du vorschlägst … Es ist das Kostbarste, was eine Person einer anderen schenken kann.«

»Ich weiß.«

Ein Schauder überlief Arya, dann schien sie zu überlegen. Nach einer Weile sagte sie: »Noch nie hat mir jemand ein solches Geschenk angeboten … Dein Vertrauen ehrt mich, Eragon, und ich verstehe, wie viel es dir bedeutet, aber nein, ich kann es nicht annehmen. Es wäre falsch von dir, es zu geben, und es wäre falsch von mir, es anzunehmen, nur weil wir morgen vielleicht getötet oder versklavt werden könnten. Gefahr ist kein Grund für törichtes Benehmen, ganz gleich, wie hoch das Risiko für uns ist.«

Eragon neigte den Kopf. Ihre Gründe waren gute Gründe und er würde ihre Entscheidung respektieren. »Also gut, wie du möchtest«, sagte er.

»Danke, Eragon.«

Ein Moment verstrich. Dann fragte er: »Hast du deinen wahren Namen jemals jemandem gesagt?«

»Nein.«

»Nicht einmal deiner Mutter?«

Ihr Mund verzog sich. »Nein.«

»Kennst du ihn?«

»Natürlich. Dachtest du, es würde anders sein?«

Er zuckte schwach die Achseln. »Das habe ich nicht. Ich war mir nur nicht sicher.« Stille trat zwischen ihnen ein. Dann erkundigte er sich: »Wann … Wie hast du deinen wahren Namen erfahren?«

Arya schwieg so lange, dass er schon dachte, sie wollte es nicht sagen. Dann holte sie Luft und erklärte: »Es war etliche Jahre, nachdem ich Du Weldenvarden verlassen hatte, als ich mich endlich an meine Rolle unter den Varden und den Zwergen gewöhnt hatte. Fäolin und meine anderen Gefährten waren nicht mehr und ich hatte eine Menge Zeit für mich. Den größten Teil verbrachte ich mit der Erkundung Tronjheims. Ich schlenderte durch die unbewohnten Gegenden des Stadtberges, wo andere nur selten einen Fuß hinsetzten. Tronjheim ist größer, als den meisten bewusst ist, und es gibt viele merkwürdige Dinge dort: Räume, Leute, Kreaturen, vergessene Artefakte ... Während ich umherwanderte, dachte ich nach und ich lernte mich besser kennen als je zuvor. Eines Tages entdeckte ich irgendwo hoch oben in Tronjheim einen Raum – ich bezweifle, dass ich ihn wiederfinden würde, selbst wenn ich es versuchte. Ein Strahl Sonnenlichts schien in den Raum zu fallen, obwohl die Decke nicht transparent war. In der Mitte des Raums stand ein Podest und auf dem Podest wuchs eine einzelne Blume. Ich weiß nicht, was für eine Art Blume es war. Ich habe weder vorher noch nachher je so eine Blume gesehen. Die Blätter waren purpurn, aber das Zentrum der Blüte war wie ein Tropfen Blut. An ihrem Stängel waren Dornen und die Blume verströmte den wunderbarsten Duft und schien mit einer ganz eigenen Musik zu summen. Es war ein solch erstaunlicher und unwahrscheinlicher Fund, dass ich in dem Raum blieb und die Blume weit länger betrachtete, als ich mich erinnern kann. Dort geschah es damals, dass ich endlich in der Lage war, in Worte zu fassen, wer ich war und wer ich bin.«

»Diese Blume würde ich gern eines Tages sehen.«

»Vielleicht wirst du das.«

Eragon suchte in den Erinnerungen, die der Eldunarí ihm zugänglich gemacht hatte, nach einer Antwort und sagte: »Ich dachte, die Elfen wüssten ihre wahren Namen intuitiv. So hat Brom es mir erklärt.«

»Das tun wir auch«, erwiderte Arya, »aber noch nicht, wenn wir jung sind. Als Kinder wissen wir wenig über uns selbst und über die Welt um uns herum, und während wir heranwachsen, befinden wir uns in einer Phase ständiger Veränderung. Jeden Tag sind wir anders als am Tag zuvor, und so wie wir selbst uns ändern, ändern sich auch unsere wahren Namen von einem Augenblick zum anderen. Erst wenn wir ganz erwachsen sind – körperlich zumindest –, können wir unser eigenes Wesen verstehen. Das war bei mir später der Fall als bei manch anderem, aber früher als bei den meisten.«

»Ah. Ich verstehe.«

Arya blickte zum Lager der Varden hinüber. »Ich muss gehen. Es gibt noch so viel zu tun.«

Er nickte. »Dann bis morgen.«

»Bis morgen.« Arya ging davon. Nach einigen Schritten blieb sie stehen und drehte sich um. »Ich bin froh, dass Saphira dich als ihren Reiter erwählt hat, Eragon. Und ich bin stolz darauf, an deiner Seite gekämpft zu haben. Aus dir ist mehr geworden, als irgendeiner von uns zu hoffen gewagt hätte. Was immer morgen geschieht, das sollst du wissen.« Dann setzte sie ihren Weg fort und schon bald verschwand sie hinter dem Hügel und ließ ihn mit Saphira und den Eldunarí allein.

Feuer in der Nacht

Als sich die Dunkelheit übers Land senkte, wirkte Eragon einen Zauber, der ihn vor fremden Blicken verbarg. Dann tätschelte er Saphira und machte sich zu Fuß auf den Weg zum Lager der Varden.

Sei vorsichtig, bat sie.

Unsichtbar wie er war, konnte er ganz leicht an den Kriegern vorbeischlüpfen, die am Rand des Lagers Wache hielten. Solange er leise war und die Männer seine Fußabdrücke oder seinen Schatten nicht bemerkten, konnte er sich frei bewegen.

Er schlängelte sich durch die Zelte, bis er das von Roran und Katrina fand. Dann klopfte er mit den Knöcheln an den Mittelpfosten des Eingangs und Roran streckte prompt den Kopf heraus.

»Wo bist du?«, flüsterte Roran. »Komm schnell rein!«

Eragon löste den Strom von Magie und zeigte sich. Roran zuckte zurück, dann fasste er ihn am Arm und zog ihn in das Zelt.

»Willkommen, Eragon«, begrüßte Katrina ihn und erhob sich von ihrem winzigen Feldbett.

»Katrina.«

»Es ist schön, dich wiederzusehen.« Sie umarmte ihn kurz.

»Wird es lange dauern?«, wollte Roran wissen.

Eragon schüttelte den Kopf. »Ich denke, nein.«

Er hockte sich auf die Fersen, dachte einen Moment lang nach und begann dann leise in der alten Sprache zu singen. Zuerst platzierte er Zauber rund um Katrina, um sie gegen jeden zu schützen, der ihr vielleicht Böses wollte. Er legte die Zauber weitreichender an, als er es ursprünglich vorgehabt hatte, um sicherzustellen, dass sie mit ihrem ungeborenen Kind Galbatorix' Streitkräften entkommen würde, sollte sowohl ihm als auch Roran etwas zustoßen.

»Diese Zauber werden dich vor einer gewissen Anzahl Angriffen schützen«, erklärte er ihr. »Ich kann dir nicht sagen, vor wie vielen genau, weil das von der Stärke der Schläge oder Zauber abhängt. Ich habe dir außerdem noch eine andere Möglichkeit gegeben, dich zu schützen. Wenn du in Gefahr bist, sage zweimal das Wort *Frethya* und du wirst unsichtbar werden.«

»*Frethya*«, murmelte sie.

»Genau. Es wird dich jedoch nicht vollkommen verbergen. Die Geräusche, die du machst, werden weiterhin zu hören sein, und man wird deine Fußspuren immer noch sehen können. Ganz gleich, was geschieht, meide Wasser, denn dort wird man sofort sehen, wo du bist. Der Zauber wird seine Energie von dir beziehen. Du wirst also schneller müde werden als normalerweise und ich würde dir raten, nicht zu schlafen, während der Zauber wirksam ist. Es könnte sein, dass du nicht wieder aufwachst. Um den Zauber zu beenden, sage einfach *Frethya letta.*«

»*Frethya letta.*«

»Gut.«

Dann richtete Eragon seine Aufmerksamkeit auf Roran. Er wandte mehr Zeit auf, seinen Cousin mit Schutzzaubern zu umgeben – denn höchstwahrscheinlich würde Roran mit einer größeren Anzahl Bedrohungen konfrontiert werden –, und er stattete die Zauber mit mehr Energie aus, als Roran wahrscheinlich gutgeheißen hätte, aber das kümmerte Eragon nicht. Er konnte den Gedanken nicht ertragen, Galbatorix zu besiegen, nur um dann feststellen zu müssen, dass Roran in der Schlacht gefallen war.

Anschließend sagte er: »Ich habe diesmal etwas anderes gemacht, etwas, woran ich schon vor langer Zeit hätte denken sollen. Zusätzlich zu den gewöhnlichen Schutzzaubern habe ich dir einige gegeben, die sich aus deiner eigenen Kraft speisen werden. Solange du lebst, werden sie dich vor Gefahr schützen. Aber …«, er hob einen Finger, »sie werden erst aktiv werden, wenn die anderen Schutzzauber erschöpft sind, und wenn die Anforderungen an sie zu groß werden, wirst du das Bewusstsein verlieren und sterben.«

»Also könnten sie mich, indem sie versuchen, mich zu retten, auch töten?«, fragte Roran.

Eragon nickte. »Lass dich nicht noch einmal von einer Mauer begraben und dir wird es gut gehen. Es ist ein Risiko, aber das ist es wert, denke ich, wenn es ein Pferd daran hindert, dich niederzutrampeln, oder einen Wurfspeer, dich zu durchbohren. Außerdem habe ich dir den gleichen Zauber gegeben wie Katrina. Du brauchst nur zweimal *Frethya* zu sagen und *Frethya letta,* um dich ganz nach Wunsch unsichtbar und wieder sichtbar zu machen.« Er zuckte die Achseln. »Das könnte in der Schlacht vielleicht nützlich sein.«

Roran grinste boshaft. »Das kann ich mir gut vorstellen.«

»Aber gib acht, dass die Elfen dich nicht versehentlich für einen von Galbatorix' Magiern halten.«

Als Eragon sich erhob, stand Katrina ebenfalls auf. Sie überraschte ihn, indem sie eine seiner Hände ergriff und an ihre Wange drückte. »Danke, Eragon«, murmelte sie leise. »Du bist ein guter Mann.«

Er errötete verlegen. »Nicht der Rede wert.«

»Pass morgen gut auf dich auf. Du bedeutest uns beiden viel und ich erwarte, dass du da bist und deine Rolle als treu sorgender Onkel unseres Kindes übernimmst, wenn es geboren ist. Ich wäre sehr verärgert, wenn du dich umbringen lässt.«

Er lachte. »Keine Sorge. Saphira wird mich nichts Törichtes tun lassen.«

»Gut.« Sie küsste ihn auf beide Wangen, dann ließ sie ihn los. »Leb wohl, Eragon.«

»Leb wohl, Katrina.«

Roran begleitete ihn nach draußen. Dann deutete er auf das Zelt und sagte: »Ich danke dir.«

»Ich bin froh, dass ich helfen konnte.«

Sie umarmten sich, dann sagte Roran: »Möge das Glück mit dir sein.«

Eragon atmete stockend ein. »Möge das Glück mit dir sein.« Er hielt Roran noch fester. Es widerstrebte ihm, ihn loszulassen, denn ihm war klar, dass sie sich vielleicht nie wiedersehen würden. »Wenn Saphira und ich nicht zurückkommen«, begann er, »wirst du dann dafür sorgen, dass wir zu Hause begraben werden? Ich würde nicht wollen, dass unsere Knochen hier liegen.«

Roran zog die Brauen hoch. »Es wäre schwierig, Saphira den ganzen Weg zurück nach Carvahall zu schleppen.«

»Die Elfen würden helfen, da bin ich mir sicher.«

»Ja, dann verspreche ich es. Gibt es irgendeinen besonderen Ort?«

»Oben auf dem kahlen Hügel«, erwiderte Eragon und meinte damit einen Hügel in der Nähe ihres Hofs. Der Hügel mit dem kahlen Gipfel war ihm immer als ein hervorragender Standort für eine Burg erschienen, etwas, worüber sie oft und lange geredet hatten, als sie noch Kinder waren.

Roran nickte. »Und wenn ich nicht zurückkomme ...«

»Werden wir das Gleiche für dich tun.«

»Das war es nicht, worum ich dich bitten wollte. Wenn ich nicht zurückkomme ... wirst du dich um Katrina kümmern?«

»Natürlich. Das weißt du doch.«

»Schon, aber ich wollte sichergehen.« Sie sahen einander noch einen Moment lang an. Schließlich fügte Roran hinzu: »Wir erwarten dich morgen zum Abendessen.«

»Ich werde da sein.«

Dann schlüpfte Roran zurück ins Zelt und ließ Eragon allein in der Nacht stehen. Er sah zu den Sternen hinauf und verspürte einen Anflug von Trauer, als habe er bereits jemanden verloren, der ihm nahe war.

Kurz darauf verschwand er in den Schatten, darauf vertrauend, dass die Dunkelheit ihn ausreichend verbergen würde.

Er durchsuchte das Lager, bis er das Zelt fand, das Horst und Elain mit ihrer kleinen Tochter Hope teilten. Die drei waren noch wach, weil die Kleine weinte.

»Eragon!«, rief Horst leise, als er sich bemerkbar machte. »Komm herein! Komm herein! Wir haben seit Dras-Leona nicht viel von dir zu sehen bekommen! Wie geht es dir?«

Eragon verbrachte fast eine Stunde damit, sich mit ihnen zu unterhalten – er erzählte ihnen nichts von den Eldunarí, aber er erzählte ihnen von seiner Reise nach Vroengard –, und als Hope endlich einschlief, sagte er ihnen Lebewohl und kehrte in die Nacht zurück.

Als Nächstes suchte er Jeod auf, der in seinem Zelt saß und bei Kerzenlicht Schriftrollen las. Helen, seine Frau, schlief bereits. Als Eragon anklopfte und den Kopf ins Zelt steckte, legte der Mann mit der Narbe seine Schriftrollen beiseite und kam heraus.

Jeod hatte viele Fragen, und obwohl Eragon sie nicht alle beantwortete, so doch genug, dass er annahm, Jeod würde vieles von dem erraten können, was bald geschehen würde.

Anschließend legte Jeod Eragon eine Hand auf die Schulter. »Ich beneide dich nicht um die vor dir liegende Aufgabe. Brom wäre stolz auf deinen Mut.«

»Ich hoffe es.«

»Ich bin mir sicher… Falls ich dich nicht wiedersehe, solltest du eines wissen: Ich habe einige deiner Erlebnisse aufgeschrieben und wie es dazu kam – im Großen und Ganzen meine Abenteuer mit Brom bei der Suche nach Saphiras Ei.« Eragon sah ihn überrascht an. »Ich werde vielleicht nicht die Gelegenheit bekommen, es fertigzustellen, aber ich dachte, es würde eine nützliche Ergänzung zu Heslants Werk *Domia abr Wyrda* abgeben.«

Eragon lachte. »Ich denke, das wäre überaus passend. Sollten du und ich jedoch den morgigen Tag als freie Männer überleben, gibt es einiges, was ich dir erzählen sollte und was deinen Bericht vollständiger und um vieles interessanter machen wird.«

»Ich werde dich beim Wort nehmen.«

Eragon wanderte noch etwa eine Stunde lang durch das Lager und blieb bei den Feuern stehen, an denen Menschen, Zwerge und Urgal noch wach beieinandersaßen. Er sprach kurz mit jedem der Krieger, denen er begegnete, erkundigte sich, ob sie gut behandelt wurden, äußerte Mitgefühl über ihre wunden Füße und knappen Rationen und machte hier und da einen Scherz. Er hoffte, dass er, indem er sich unter ihnen bewegte, den Kriegern Mut machen, ihre Entschlossenheit stärken und Optimismus verbreiten würde. Die Urgals waren, so stellte er fest, bester Stimmung. Sie schienen begeistert von der bevorstehenden Schlacht und der Aussicht auf Ruhm, die sie versprach.

Er verfolgte außerdem noch ein anderes Ziel, nämlich, falsche Informationen zu verbreiten. Wann immer ihn jemand nach dem Angriff auf Urû'baen fragte, deutete er an, dass er und Saphira sich dem Bataillon anschließen würden, das den nordwestlichen Teil der Stadtmauer belagern sollte. Er hoffte, dass Galbatorix' Spione ihm die Lüge berichten würden, sobald der Alarm den König am nächsten Morgen weckte.

Während er in die Gesichter der Männer blickte, die ihm zuhörten, musste Eragon sich einfach fragen, wer von ihnen möglicherweise Galbatorix' Diener war. Bei dem Gedanken war ihm nicht wohl und er ertappte sich dabei, dass er auf Schritte hinter sich lauschte, wenn er sich von einem Feuer zum nächsten bewegte.

Schließlich, als er glaubte, dass er mit genug Kriegern gesprochen hatte, um dafür zu sorgen, dass die Informationen Galbatorix erreichten, machte er sich auf zum Südrand des Lagers, wo sein letztes Ziel für diese Nacht lag.

Auf dem Weg dorthin fiel ihm eine Gruppe von sechs Männern auf, die an einem Feuer saßen wie so viele andere – nur dass sie merkwürdigerweise immer noch mit der Zubereitung ihrer Abendmahlzeit beschäftigt zu sein schienen. Einer von ihnen rührte in einem Kessel mit Eintopf, und die anderen warteten, ihre Schale in der Hand. Eragon nahm die Männer näher in Augenschein.

Ihrer Ausrüstung nach waren die fünf wartenden Krieger Bogenschützen, jedoch nicht der Koch. Der hatte ein Paar Krücken neben sich auf dem Boden liegen; als Eragon ihn genauer musterte, sah er, dass ihm der linke Unterschenkel und zwei Finger der rechten Hand fehlten.

Mit einiger Überraschung erkannte Eragon ihn als den verwundeten Krieger wieder, mit dem er nach Murtaghs und Dorns Angriff am Jiet gesprochen hatte, am Tag von Rorans und Katrinas Hochzeit. Der Mann hatte behauptet, er könne das Licht sehen, welches das Fleisch der Welt beleuchte, und hatte Eragon genügend Beweise für diese Behauptung geliefert. Eragon hatte sich damals vorgenommen, den Mann seiner außergewöhnlichen Fähigkeit wegen im Auge zu behalten, aber bis zu diesem Moment hatte er ihn nicht wiedergesehen.

Neugierig geworden trat Eragon an das Feuer. »Sei mir gegrüßt«, sagte er mit gedämpfter Stimme.

Der Koch erkannte ihn ebenfalls; er hob seinen Rührlöffel und erwiderte den Gruß ebenso leise: »Willkommen, Schattentöter.« Seine Augen waren vollkommen weiß, zeigten weder Iris noch Pupille und glänzten im Schein des Feuers wie nasser Marmor. Es waren wahnsinnige Augen, die Augen eines Pferdes aus einem Albtraum, in dessen Gefolge Blitz, Donner und tobende Elemente heranstürmen.

Die fünf Bogenschützen waren aufgestanden, hatten Haltung angenommen und grüßten Eragon jeder auf seine Weise.

Eragon bedeutete ihnen, sich wieder hinzusetzen – was sie auch taten –, und grüßte sie seinerseits. Dann fragte er sie: »Warum habt ihr noch nicht gegessen? Es ist schon spät und die Schlacht wird bald beginnen.«

Der älteste der fünf, ein kleiner, stämmiger Mann mit zweispitzigem Bart, hob – die Handflächen nach oben gedreht – die Hände. »Wir haben lange gebraucht, um Holz für unser Feuer zu finden, Schattentöter. Allerdings hat sich die Mühe gelohnt; Bregan ist der beste Koch im ganzen Heer. Er findet immer etwas Besonderes für seine Gerichte.« Der Mann tippte sich an die Nase. »Er sieht kaum etwas, aber er wittert Wild, wo immer es sich auch versteckt. Er hat wahrlich die Spürnase eines Hundes.«

»Tatsächlich?«

Eragon wechselte noch einige weitere Worte mit den Männern. Dann trat er zu Bregan hinüber, der ihn mit einem seiner zerstörten Augen ansah. »Schattentöter.« Seine Lippen zuckten, als wollte er noch etwas hinzufügen, aber er schwieg stattdessen.

Eragon zögerte; er war sich nicht sicher, wonach er fragen sollte. Irgendwie – und ohne dass er es sich selbst erklären konnte – hoffte er, dass Bregan ihm vielleicht etwas über die Ereignisse des kommenden Tages sagen könnte. Mehr als alles andere wünschte er sich, in die Zukunft blicken zu können, um zu erfahren, ob einer ihrer Pläne – und gegebenenfalls welcher – ihnen helfen konnte, Galbatorix zu besiegen.

»Was«, fragte er schließlich, »siehst du, Meister Bregan?«

Der stämmige Bogenschütze räusperte sich. »Es hat keinen Sinn, ihn zu fragen, Schattentöter. Er ist, wie ich gesagt habe, so gut wie blind.«

Eragon hob eine Hand, um weiteren Bemerkungen zuvorzukommen. Mit freundlicher Stimme wiederholte er seine Frage: »Was siehst du, Bregan?«

Der Koch richtete seinen wahnsinnigen Blick nach unten, in den leise köchelnden Eintopf. »Weniger als zuvor, Schattentöter. Meine Sicht ist seit den ersten Tagen damals trüber geworden. Ruhmreichen Tagen. Tagen des Feuers.«

»Aber etwas siehst du noch?«

Bregan schob das Kinn vor und nickte.

»Erzähl es mir.«

Eragon wurde etwas unbehaglich zumute, als der Mann den Blick seiner weißen Augäpfel auf ihn richtete. »Ihr tragt keine Sterne mehr um die Hüfte. Und habt auch keinen Stern mehr … auf Eurer Hand?« Eragon nickte und Bregan schien mehr Selbstvertrauen zu gewinnen. »Aber der Knauf Eures Schwertes brennt noch, brennt wie eine Fackel in der Dunkelheit. Und Ihr, Schattentöter, Ihr scheint jetzt so, wie Murtagh es getan hat. Das Licht von tausend Sonnen scheint durch Euch hindurch. Aber ohne jeden Zorn. Nur …«

Eragon gebot ihm mit einem Blick und einer Geste, innezuhalten. »Nichts mehr davon … Was siehst du in Urû'baen? Was kannst du mir über die Stadt und die Zitadelle sagen?«

»Sie ist weit entfernt, zu weit, als dass man Einzelheiten erkennen könnte … aber die Stadt leuchtet. Aus jedem Schornstein und aus jedem Loch quellen Fäden und Flechten von Licht, dick wie Spinnennetze im Spätsommer.« Bregan hörte einen Augenblick lang auf, in dem Kessel zu rühren, schüttelte sich und sprach weiter: »So etwas habe ich noch nie zuvor gesehen. Am hellsten von allem leuchtet die Zitadelle. Jeder Stein dort hat sein inneres Licht.«

»Kannst du irgendetwas von Galbatorix erkennen?«

»Nein.«

»Oh«, sagte Eragon enttäuscht. »Nun, es spielt keine Rolle.«

Einer der Bogenschütze meinte: »Was gibst du da für einen Unsinn von dir, Bregan? Ihr solltet nicht auf ihn hören, Schattentöter. Er redet manchmal das allerdümmste Zeug.«

Bregan wandte dem Mann seinen milchigen Blick zu; sofort senkte dieser das Kinn und verbarg sein Gesicht.

»Ich danke dir«, sagte Eragon und legte Bregan kurz eine Hand auf die Schulter.

Als Eragon sich zum Gehen wandte, sagte Bregan: »Schattentöter.«

Eragon blieb stehen.

»Das Licht von der Zitadelle wirkt seltsam. Als ob … als ob es nicht ganz natürlich wäre.«

»Wie das?«

Die Falten um Bregans Augen vertieften sich, während er in Richtung Urû'baen spähte. »Es ist schwer zu erklären. Es ist eher eine Frage des Geruchs … wie der Geruch eines Apfels, der verfault ist, sich von dem Geruch anderer Äpfel unterscheidet. Seid vorsichtig, wenn Ihr in die Nähe dieses Gebäudes kommt, Schattentöter. Seid sehr vorsichtig.«

»Das werde ich«, erwiderte Eragon. Jetzt wünschte er sich fast, er hätte sich nicht auf das Gespräch mit dem Mann eingelassen, denn Bregans Worte hatten nicht dazu beigetragen, seine unguten Gefühle zu dämpfen. Tatsächlich hatten sie das Gegenteil bewirkt. Aber immerhin war er durch sie in seiner Überzeugung bestärkt worden, dass der Plan, den er und die anderen gefasst hatten, richtig war.

Er verabschiedete sich von den Männern und verließ ihren kleinen Lichtkreis.

Hinter sich hörte er einen von ihnen sagen: »Um was ging es eigentlich, Bregan?«

Bregan ließ ein leises, ziemlich heiteres Lachen hören. »Um nichts als lauter Unsinn.«

»Aber du …«

Jemand klopfte mit einem Löffel an seine Schale und der älteste der Bogenschützen sagte: »Genug jetzt. Bregan, deine Suppe müsste jetzt eigentlich gar sein. Teil uns etwas aus, sonst bekommen wir gar keinen Schlaf mehr, bis der Morgen dämmert.«

Dann wurden die Stimmen zu leise, als dass Eragon sie noch hätte verstehen können.

Während er darüber nachdachte, was Bregan gesagt hatte, setzte Eragon seinen Weg fort – zu einem Zelt, das am Rande des Lagers etwas abseits von den anderen stand.

Er klopfte an den Mittelpfosten: einmal, zweimal, dreimal. Es kam keine Antwort, also klopfte er noch einmal, diesmal lauter und länger.

Einen Moment später hörte er ein schläfriges Stöhnen und das Rascheln einer Decke. Er wartete geduldig, bis eine kleine Hand die Eingangsklappe beiseitezog und das Hexenkind Elva zum Vorschein kam. Sie trug ein dunkles Gewand, das ihr viel zu groß war, und im schwachen Licht einer Fackel in der Nähe konnte er ein Stirnrunzeln auf ihrem scharf geschnittenen kleinen Gesicht erkennen.

»Was willst du, Eragon?«, fragte sie.

»Weißt du das nicht schon?«

Die Falte zwischen ihren Brauen vertiefte sich. »Nein, ich weiß es nicht. Nur dass du etwas dringend genug willst, um mich mitten in der Nacht zu wecken, was selbst ein Idiot erkennen könnte. Was gibt es? Ich bekomme ohnehin schon zu wenig Schlaf, also hoffe ich für dich, dass es wichtig ist.«

»Das ist es.«

Er redete einige Minuten lang ohne Unterbrechung, beschrieb seinen Plan und fügte dann hinzu: »Ohne dich wird es nicht funktionieren. Du bist der Punkt, um den sich alles dreht.«

Sie stieß ein hässliches Lachen aus. »Welche Ironie! Der mächtige Krieger verlässt sich auf ein Kind, um den zu töten, den er nicht töten kann.«

»Wirst du mir helfen?«

Das Mädchen senkte den Blick und scharrte mit den nackten Füßen über den Boden.

»Wenn du es tust, könnte all das …«, er deutete auf das Lager und die Stadt dahinter, »… viel früher zu Ende sein, und dann musst du nicht mehr gar so viel Schmerzen ertragen …«

»Ich werde dir helfen.« Sie stampfte mit dem Fuß auf und funkelte Eragon an. »Du brauchst mich nicht zu überreden. Ich wollte euch sowieso unterstützen. Ich habe nicht die Absicht, zuzulassen, dass Galbatorix die Varden vernichtet, nur weil ich dich nicht leiden kann. *So* wichtig bist du nun auch wieder nicht, Eragon. Außerdem habe ich Nasuada ein Versprechen gegeben und ich habe vor, es zu halten.« Sie legte den Kopf schief. »Da ist etwas, das du mir nicht erzählst. Etwas, von dem du fürchtest, dass Galbatorix es herausfinden könnte, bevor wir angreifen. Es geht um …«

Das Geräusch klirrender Ketten unterbrach sie.

Für einen Moment war Eragon verwirrt. Dann begriff er, dass das Geräusch aus der Stadt kam.

Er legte eine Hand auf sein Schwert. »Mach dich bereit«, sagte er zu Elva. »Wir müssen vielleicht gleich aufbrechen.«

Ohne Widerspruch drehte das Mädchen sich um und verschwand im Zelt.

Eragon sandte seinen Geist zu Saphira aus. *Hörst du das?*

Ja.

Wenn es sein muss, treffen wir dich an der Straße.

Das Klirren hielt noch kurze Zeit an, dann erklang ein gewaltiges Donnern, gefolgt von Stille.

Eragon lauschte angespannt, hörte aber nichts mehr. Er wollte gerade einen Zauber wirken, um die Empfindlichkeit seiner Ohren zu verstärken, als ein dumpfer Schlag ertönte, begleitet von einem scharfen Klirren.

Dann noch einer …

Und noch einer …

Ein Schauder des Entsetzens lief Eragon über den Rücken. Das war unverkennbar ein Drache, der seine Pranken aufsetzte. Aber was für ein Drache, wenn man seine Schritte aus einer Entfernung von mehr als einer Meile hören konnte!

Shruikan, dachte er und sein Magen zog sich vor Grauen zusammen.

Überall im Lager erklangen Alarmhörner und Menschen, Zwerge und Urgals entzündeten Fackeln, während die Armee blitzartig auf die Beine kam.

Eragon bedachte Elva mit einem Seitenblick, als sie aus dem Zelt geeilt kam, gefolgt von der alten Greta. Das Mädchen hatte ein kurzes rotes Wams übergestreift, über dem sie ein Kettenhemd trug, das haargenau passte.

Die Schritte in Urû'baen erstarben. Der dunkle, massige Leib des Drachen blendete die meisten der Laternen und Wachlichter der Stadt aus.

Wie groß ist er?, fragte Eragon sich entsetzt. Größer als Glaedr, so viel stand fest. So groß wie Belgabad? Eragon konnte es nicht sagen. Noch nicht.

Da hob der Drache mit einem Sprung ab. Er entfaltete seine mächtigen Flügel und es klang, als füllten sich hundert Segel mit Wind. Wenn er einmal mit den Flügeln schlug, erzitterte die Luft wie unter einem Donnerschlag und überall im umliegenden Land bellten Hunde und krähten Hähne.

Ohne nachzudenken, kauerte Eragon sich hin. Er fühlte sich wie eine Maus, die sich vor einem Adler versteckte.

Elva zupfte am Saum seines Waffenrocks. »Wir sollten gehen«, sagte sie.

»Warte«, flüsterte er. »Noch nicht.«

Als Shruikan über den Himmel glitt und immer höher und höher aufstieg, verschwanden die Sterne hinter ihm gleich scharenweise. Eragon versuchte, aufgrund der Umrisse die Größe des Drachen abzuschätzen, aber die Nacht war zu dunkel und er war zu weit entfernt, um Genaueres sagen zu können. Wie groß auch immer Shruikan sein mochte, er war furchterregend riesig. Da er nur ein Jahrhundert alt war, hätte er eigentlich kleiner sein müssen, aber Galbatorix schien sein Wachstum beschleunigt zu haben, genau wie er es bei Dorn getan hatte.

Während er den Schatten über sich beobachtete, hoffte Eragon aus ganzem Herzen, dass Galbatorix nicht auf dem Drachen saß, oder dass er sich wenigstens nicht die Mühe machte, seinen Geist auszusenden. Wenn er es tat, würde er entdecken …

»Eldunarí«, keuchte Elva. »Das ist es, was du geheim hältst!«

Hinter ihr runzelte Greta verwirrt die Stirn und wollte eine Frage stellen.

»Still!«, knurrte Eragon. Elva öffnete den Mund, doch er

presste ihr eine Hand auf die Lippen und brachte sie zum Schweigen. »Nicht hier, nicht jetzt«, warnte er.

Sie nickte und er nahm die Hand weg.

Genau in diesem Moment schoss ein Bogen aus Feuer über den Himmel, so breit wie der Anora. Shruikan ließ den Kopf zurück- und wieder vorschnellen und spie eine Flut blendend heller Flammen in die Luft über dem Lager und den umliegenden Feldern. Die Nacht war erfüllt von einem Tosen wie von einem riesigen Wasserfall. Hitze traf Eragons emporgewandtes Gesicht. Dann lösten die Flammen sich auf wie Nebel in der Sonne und hinterließen ein pulsierendes Nachbild und einen rauchigen, schwefeligen Geruch.

Der riesige Drache drehte ab und schlug noch einmal mit den Flügeln, bevor seine formlose schwarze Gestalt wieder in die Stadt hinunterglitt und zwischen den Gebäuden zu Boden ging. Schritte folgten, dann das Klirren von Ketten und schließlich das widerhallende Krachen eines Tores, das zugeschlagen wurde.

Eragon stieß den Atem aus, den er angehalten hatte, und schluckte, obwohl seine Kehle trocken war. Sein Herz pochte so heftig, dass es schmerzte. *Wir müssen gegen dieses … Monster kämpfen?*, dachte er und all seine alten Ängste kehrten mit Macht zurück.

»Warum hat er nicht angegriffen?«, fragte Elva mit leiser, ängstlicher Stimme.

»Er wollte uns nur erschrecken.« Eragon runzelte die Stirn. »Oder ablenken.« Er schickte seinen Geist auf die Suche, bis er Jörmundur fand, dann gab er dem Krieger Anweisungen, sich davon zu überzeugen, dass alle Wachen noch auf ihren Posten waren, und die Wachen für den Rest der Nacht zu verdoppeln. An Elva gewandt, fragte er: »Konntest du irgendetwas von Shruikan spüren?«

Das Mädchen schauderte. »Schmerz. Großen Schmerz. Und auch Zorn. Wenn er könnte, würde er jede Kreatur töten, der er begegnet, und jede Pflanze verbrennen, bis nichts mehr übrig ist. Er ist vollkommen wahnsinnig.«

»Gibt es keine Möglichkeit, ihn zu erreichen?«

»Keine. Das Freundlichste, was man tun könnte, wäre, ihn von seinem Elend zu erlösen.«

Das Wissen machte Eragon traurig. Er hatte immer gehofft, dass sie Shruikan vielleicht vor Galbatorix retten könnten. Leise sagte er: »Wir sollten besser aufbrechen. Bist du bereit?«

Elva erklärte Greta, dass sie fortging, was der alten Frau nicht gefiel, aber Elva wischte ihre Sorgen mit ein paar schnellen Worten weg. Die Macht des Mädchens, in das Herz anderer zu schauen, erstaunte Eragon immer wieder aufs Neue und beunruhigte ihn gleichzeitig.

Sobald Greta ihre Zustimmung gegeben hatte, verbarg Eragon sowohl Elva als auch sich selbst mit Magie, dann brachen sie zusammen zu dem Hügel auf, wo Saphira wartete.

Über die Mauer und in den Schlund

»Muss das sein?«, fragte Elva.

Eragon, der gerade die Beinriemen an Saphiras Sattel überprüfte, hielt inne und sah zu dem Mädchen hinüber, das im Schneidersitz im Gras saß und mit den Ringen ihres Kettenhemdes spielte.

»Was?«, fragte er.

Sie klopfte sich mit einem kleinen, spitzen Fingernagel auf die Wange. »Du beißt dir ständig in die Backe. Das lenkt ab.« Nach kurzem Überlegen fügte sie hinzu: »Und es ist ekelhaft.«

Mit einiger Überraschung wurde ihm bewusst, dass er sich die Innenseite seiner rechten Wange blutig gebissen hatte. »Entschuldige«, murmelte er und heilte sich mit einem schnellen Zauber.

Er hatte den dunkelsten Teil der Nacht in Meditation verbracht. Dabei hatte er nicht an das gedacht, was kommen würde oder was gewesen war, sondern nur an den Moment: die kalte Luft auf seiner Haut, den Boden unter seinen Füßen, den steten Strom seines Atems und das langsame Schlagen seines Herzens, das die verbleibenden Augenblicke seines Lebens zählte.

Jetzt jedoch war im Osten Aiedail aufgegangen, der Morgenstern – Vorbote der Morgendämmerung –, und die Zeit war gekommen, sich für die Schlacht bereit zu machen. Er hatte jeden Zoll seiner Ausrüstung überprüft, das Geschirr des Sattels eingestellt, bis es für Saphira absolut bequem war, die Satteltaschen geleert bis auf die Schatulle mit Glaedrs Eldunarí und eine Decke als Polsterung, und er hatte seinen Schwertgürtel mindestens fünfmal ab- und wieder angeschnallt.

Er beendete die Untersuchung der Sattelriemen, dann sprang er von Saphira hinunter. »Steh auf«, sagte er. Elva warf ihm einen verärgerten Blick zu, tat jedoch, was er sagte, und klopfte sich das Gras von ihrem Wams. Mit schnellen Bewegungen strich er ihr über ihre dünnen Schultern und zog am Ende ihres Kettenhemds, um sich davon zu überzeugen, dass es richtig saß. »Wer hat dir das gemacht?«

»Zwei reizende Zwergenbrüder, Ûmar und Ulmar.« Grübchen erschienen auf ihren Wangen, als sie ihn anlächelte. »Sie haben nicht geglaubt, dass ich es brauche, aber ich war *sehr* überzeugend.«

Da bin ich mir sicher, bemerkte Saphira zu Eragon.

Er unterdrückte ein Lächeln. Das Mädchen hatte einen großen Teil der Nacht damit verbracht, mit den Drachen zu reden und sie zu umgarnen, wie nur sie es konnte. Eragon hatte jedoch bemerkt, dass die Drachen sie auch fürchteten – selbst die älteren wie Valdr –, denn sie konnten sich gegen Elvas Macht nicht schützen. Niemand konnte das.

»Und haben Ûmar und Ulmar dir auch ein Schwert gegeben, mit dem du kämpfen kannst?«, fragte er.

Elva runzelte die Stirn. »Warum sollte ich eins wollen?«

Er sah sie einen Moment lang an, dann holte er sein altes Jagdmesser hervor, das er zum Essen benutzte, und wies sie an, es sich mit einem langen Lederriemen um die Taille zu binden. »Nur für alle Fälle«, erklärte er, als sie protestierte. »Jetzt hoch mit dir.«

Sie kletterte gehorsam auf seinen Rücken und schlang die Arme um seinen Hals. Auf diese Weise hatte er sie zu dem Hügel getragen, was ihnen beiden unangenehm gewesen war, aber zu Fuß hätte sie nicht mit ihm mithalten können.

Er kletterte bedächtig bis auf Saphiras Schultern. Als er sich an einer der Zacken festhielt, die aus ihrem Hals ragten, drehte er den Körper so, dass Elva sich in den Sattel ziehen konnte.

Sobald er spürte, dass das Mädchen sich von ihm gelöst hatte, ließ Eragon sich wieder auf den Boden gleiten. Er warf ihr seinen Schild zu – dann machte er einen Satz nach vorn und streckte die Arme aus, weil der Schild Elva fast von Saphira heruntergerissen hätte.

»Hast du ihn?«, fragte er.

»Ja«, sagte sie und zerrte den Schild auf ihren Schoß. Dann machte sie mit einer Hand eine Geste, als wolle sie ihn wegscheuchen. »Los, los.«

Brisingrs Knauf in der Hand, damit das Schwert ihm nicht zwischen die Beine schlug, lief Eragon zum Gipfel des Hügels hinauf, ließ sich auf ein Knie nieder und kauerte sich so flach hin, wie er konnte. Hinter ihm kroch Saphira einen Teil der Anhöhe hinauf, dann drückte sie sich flach auf den Boden und schob den Kopf durchs Gras, bis er sich neben ihm befand und sie sehen konnte, was er sah.

Eine breite Kolonne aus Menschen, Zwergen, Elfen, Urgals und Werkatzen strömte aus dem Lager der Varden. Im trüben grauen Licht des frühen Tages waren die Gestalten schwer zu erkennen, vor allem weil sie keine Lichter bei sich trugen. Die Kolonne marschierte über die abschüssige Ebene auf Urû'baen zu, und als die Krieger ungefähr eine halbe Meile von der Stadt entfernt waren, teilten sie sich in drei Gruppen. Eine positionierte sich vor dem Haupttor, eine wandte sich dem südöstlichen Teil der Stadtmauer zu und eine marschierte auf den nordwestlichen Teil zu.

Und dieser letzten Gruppe würden er und Saphira sich anschließen, hatte Eragon in der letzten Nacht durchblicken lassen.

Die Krieger hatten Lumpen um ihre Füße und Waffen gewickelt und sie sprachen nur im Flüsterton. Trotzdem konnte Eragon gelegentlich das Schreien eines Esels oder das Wiehern eines Pferdes hören, und etliche Hunde bellten die Prozession an. Die Soldaten auf den Mauern würden das Treiben bald bemerken – aller Voraussicht nach, sobald die Krieger begannen, die Katapulte, Speerschleudern und Belagerungstürme in Stellung zu bringen, die die Varden bereits aufgebaut und auf die Felder vor der Stadt gebracht hatten.

Eragon war beeindruckt, dass die Menschen, Zwerge und Urgals trotzdem noch bereit waren, in die Schlacht zu ziehen, obwohl sie Shruikan gesehen hatten. *Sie müssen eine Menge Vertrauen in uns haben,* bemerkte er zu Saphira. Die Verantwortung lastete schwer auf ihm und er war sich nur zu bewusst, dass nur wenige der

Krieger überleben würden, wenn er und seine Gefährten scheiterten.

Ja, aber wenn Shruikan noch einmal herauskommt, werden sie auseinanderlaufen wie aufgeschreckte Mäuse.

Dann sollten wir das besser nicht zulassen.

In Urû'baen erklang ein Horn, dann ein weiteres und noch eins, und überall in der Stadt erschienen Lichter, als Laternen aufgeblendet und Fackeln entzündet wurden.

»Es geht los«, murmelte Eragon und sein Puls beschleunigte sich.

Jetzt, nachdem Alarm geschlagen worden war, gaben die Varden sich keine Mühe mehr, leise zu sein. Eine Gruppe von Elfen zu Pferd galoppierte im Osten auf den Hügel zu, der sich im Rücken der Stadt erhob. Sie planten, an der Seite hinaufzureiten und die Mauer auf dem Felsüberhang über Urû'baen anzugreifen.

Im Zentrum des fast leeren Lagers der Varden bemerkte Eragon etwas, was Saphiras glitzernde Umrisse zu sein schienen. Auf der Illusion saß eine einsame Gestalt – die eine perfekte Kopie seiner eigenen Züge trug, wie er wusste –, mit Schwert und Schild in Händen.

Saphiras Doppelgängerin hob den Kopf und breitete die Flügel aus. Dann sprang das Trugbild in die Luft und stieß ein schreckliches Brüllen aus.

Sie machen ihre Sache gut, nicht wahr?, sagte er zu Saphira.

Elfen wissen, wie ein Drache aussehen muss und wie er sich benehmen sollte … im Gegensatz zu einigen Menschen.

Saphiras Abbild landete neben der nördlichsten Gruppe von Kriegern, doch die Elfen hielten es immer in einiger Entfernung von Menschen und Zwergen, damit niemand es zufällig berührte und merkte, dass es so substanzlos war wie ein Regenbogen.

Es wurde allmählich heller, während die Varden und ihre Verbündeten sich an jedem der drei Standpunkte außerhalb der Mauern in wohlgeordneten Formationen sammelten. In der Stadt bereiteten Galbatorix' Soldaten sich auf den Ansturm vor, aber daran, wie sie auf der Stadtmauer planlos durcheinanderliefen, konnte man erkennen, dass sie in Panik waren. Eragon wusste jedoch, dass ihre Verwirrung nicht lange anhalten würde.

Jetzt, dachte er. *Jetzt! Wartet nicht länger.* Er ließ den Blick über die Gebäude gleiten, auf der Suche nach etwas Rotem, aber er sah nichts. *Wo seid ihr, verflucht?! Zeigt euch!*

Drei weitere Hörner erklangen, diesmal die der Varden. Ein gewaltiger Chor aus Rufen und Schreien ertönte von der Armee, dann schleuderten die Kriegsmaschinen der Varden ihre Geschosse auf die Stadt, Bogenschützen ließen ihre Pfeile fliegen und die Reihen der Krieger brachen auf und sie stürmten der scheinbar uneinnehmbaren Mauer entgegen.

Die Steine, Speere und Pfeile schienen sich endlos langsam zu bewegen, während sie in hohem Bogen die Strecke zurücklegten, die die Armee von der Stadt trennte. Keins der Geschosse traf die äußere Mauer, denn es wäre sinnlos gewesen, zu versuchen, sie einzureißen. Daher zielten die Schützen über und hinter die Mauer. Einige der Steine zerbarsten, als sie in Urû'baen aufschlugen, und messerscharfe Splitter schossen in alle Richtungen, während andere Mauern und Dächer zertrümmerten oder wie riesige Murmeln durch die Straßen kullerten.

Eragon dachte, wie schrecklich es wäre, inmitten eines solchen Chaos zu erwachen, mit großen Steinbrocken, die vom Himmel regneten. Dann erregte eine andere Bewegung seine Aufmerksamkeit, als Saphiras Abbild sich über den auf die Mauer zustürmenden Kriegern in die Luft erhob. Mit einem dreimaligen Schlagen ihrer Flügel stieg sie über die Mauer auf und badete die Zinnen in einer Flammenzunge, die Eragon ein wenig heller vorkam als normal. Er wusste, dass das Feuer echt war, heraufbeschworen von den Elfen, die dicht vor dem Nordflügel der Mauer standen und die auch die Illusion erschaffen hatten und aufrechterhielten.

Saphiras Trugbild kreiste einige Zeit über dem Mauerabschnitt und verscheuchte die Soldaten von dort. Sobald das geschafft war, flog eine Schar von gut zwanzig Elfen auf einen der Wachtürme hinauf, sodass sie das Abbild weiter im Auge behalten und es tiefer nach Urû'baen hineinlenken konnten.

Wenn Murtagh und Dorn nicht bald auftauchen, werden sie sich allmählich fragen, warum wir nicht andere Teile der Mauer angreifen, sagte er zu Saphira.

Sie werden denken, dass wir die Krieger verteidigen, die versuchen, diesen Teil zu stürmen, erwiderte sie. *Hab noch ein bisschen Geduld.*

Von anderen Stellen der Mauer feuerten die Soldaten Pfeile und Speere auf die Armee und streckten Dutzende von Varden nieder. Die Todesfälle waren unvermeidlich, aber Eragon bedauerte sie dennoch, zumal die Angriffe der Krieger lediglich ein Ablenkungsmanöver waren. Sie hatten kaum eine Chance, die Verteidigungsanlage der Stadt zu überwinden. In der Zwischenzeit rollten die Belagerungstürme näher an die Mauer heran, wurden von den Soldaten dort mit einem Pfeilhagel begrüßt und erwiderten diesen sogleich.

Ein Band aus brennendem Pech ergoss sich über den Rand des Überhangs und verschwand zwischen den Gebäuden darunter. Eragon schaute hinauf und sah Lichtblitze auf der Mauer, die den Felsvorsprung säumte. Vor seinen Augen stürzten vier Leiber von dort herab. Sie sahen aus wie schlecht ausgestopfte Puppen, als sie sich trudelnd dem Boden näherten. Zufrieden stellte Eragon fest, dass die Elfen die obere Mauer eingenommen haben mussten.

Saphiras Abbild kreiste über der Stadt und steckte mehrere Gebäude in Brand. Dabei wurde sie von Bogenschützen, die auf einem nahen Dach postiert waren, mit einem Schwarm von Pfeilen angegriffen. Saphiras Trugbild machte einen Schlenker, um den Pfeilen auszuweichen, und krachte scheinbar versehentlich gegen einen der sechs grünen Elfentürme, die über Urû'baen aufragten.

Der Zusammenprall sah vollkommen real aus. Eragon zuckte mitfühlend zusammen, als er beobachtete, wie der linke Flügel des Drachen am Turm brach und die Knochen barsten wie trockene Grashalme. Die unechte Saphira brüllte und wand sich, während sie abwärtstrudelte. Danach verschwand sie hinter den Gebäuden, aber ihr Brüllen war meilenweit zu hören und die Flamme, die sie zu speien schien, bedeckte die Hauswände und beleuchtete den Felsvorsprung über der Stadt von unten.

Ich wäre nie so unbeholfen gewesen, meinte Saphira naserümpfend.

Ich weiß.

Eine Minute verstrich. Eragons Anspannung wuchs bis auf ein fast unerträgliches Maß. »Wo sind sie?«, knurrte er und ballte die Faust. Mit jeder verstreichenden Sekunde stieg die Wahrscheinlichkeit, dass die Soldaten entdeckten, dass der Drache, von dem sie dachten, sie hätten ihn vom Himmel geholt, überhaupt nicht existierte.

Saphira sah sie zuerst. *Dort,* sagte sie und zeigte ihm das Bild in ihrem Geist.

Wie eine von oben herabgeworfene Rubinklinge stürzte Dorn aus einer in dem Felsüberhang versteckten Öffnung. Nach mehreren Hundert Fuß freiem Fall entfaltete er seine Flügel gerade weit genug, um sein Tempo so zu verlangsamen, dass er auf einem Platz in der Nähe der Stelle landen konnte, wo Saphiras Abbild und Eragons Doppelgänger niedergegangen waren.

Eragon glaubte, Murtagh auf dem roten Drachen zu sehen, aber die Entfernung war zu groß, um sicher zu sein. Sie konnten nur hoffen, dass Murtagh auf dem Drachen saß, denn wenn es Galbatorix war, war ihr Plan so gut wie sicher zum Scheitern verurteilt.

Es muss Tunnel im Felsen geben, bemerkte er zu Saphira.

Weitere Drachenfeuer brachen zwischen den Gebäuden hervor. Dann hüpfte Saphiras Trugbild über die Dächer und flatterte wie ein Vogel mit einem verletzten Flügel ein Stück durch die Luft, bevor sie wieder zu Boden sank. Dorn folgte ihr.

Eragon wartete nicht länger.

Er fuhr herum, lief an Saphiras Hals entlang und schwang sich hinter Elva in den Sattel. Es dauerte nur wenige Sekunden, die Beine in die Riemen zu schieben und zwei auf jeder Seite zu befestigen. Die übrigen ließ er offen. Sie würden ihn später nur aufhalten. Der oberste Riemen hielt auch Elvas Bein fest.

Mit einigen schnell gemurmelten Worten wirkte er einen Zauber, um sich selbst, Saphira und Elva vor fremden Blicken zu verbergen. Als die Magie Wirkung zeigte, erlebte er die übliche Orientierungslosigkeit, sobald sein Körper verschwand. Für ihn sah es so aus, als hinge er etliche Fuß über einem dunklen, drachenförmigen Abdruck, der in die Pflanzen des Hügels gepresst war.

Sobald er den Zauber fertig gesprochen hatte, preschte Saphira vor. Sie sprang vom Gipfel des Hügels in die Luft und schlug kräftig mit den Flügeln, um an Höhe zu gewinnen.

»Es ist nicht sehr bequem, oder?«, fragte Elva, als Eragon ihr seinen Schild abnahm.

»Nein, nicht immer!«, erwiderte er und hob die Stimme, um sich durch das Tosen des Windes Gehör zu verschaffen.

Tief in seinem Geist konnte er Glaedr, Umaroth und die anderen Eldunarí spüren, die verfolgten, wie Saphira sich vornüberneigte und auf das Lager der Varden zuschoss.

Jetzt werden wir unsere Rache bekommen, sagte Glaedr.

Eragon beugte sich tief über Elva, als Saphira beschleunigte. In der Mitte des Lagers sah er Bloëdhgarm und seine zehn Elfenmagier stehen, außerdem Arya – die den Dauthdaert trug. Jeder von ihnen hatte sich das Ende eines dreißig Fuß langen Seils um die Brust gebunden. Das andere Ende aller Seile war an einem Holzpfosten befestigt, der so dick war wie Eragons Oberschenkel und so lang wie ein ausgewachsener Urgal.

Als Saphira auf das Lager zuschwebte, gab Eragon ihnen in Gedanken ein Signal und zwei der Elfen warfen den Pfosten in die Luft. Saphira fing ihn mit den Klauen auf, die Elfen sprangen und einen Moment später verspürte Eragon einen Ruck, als das ganze Gewicht des Stammes und der Elfen an Saphira zerrte. Durch ihren Körper sah Eragon die Elfen, die Seile und den Baumstamm verschwinden: Die Elfen wirkten einen Unsichtbarkeitszauber, genau wie er es zuvor getan hatte.

Mit mächtigen Flügelschlägen stieg Saphira tausend Fuß über den Boden auf, hoch genug, dass sie und die Elfen unter ihr mühelos die Mauern und Gebäude der Stadt überwinden konnten.

Zu ihrer Linken erblickte Eragon zuerst Dorn und dann Saphiras Abbild, die sich am Boden gegenseitig durch den Nordteil der Stadt jagten. Die Elfen, die das Trugbild steuerten, versuchten Dorn und Murtagh ständig in Bewegung halten, dass keiner von beiden Gelegenheit bekam, sie mit dem Geist anzugreifen. Sollten sie es doch tun oder gar das Trugbild zu fassen bekommen, würden sie schnell begreifen, dass sie getäuscht worden waren.

Nur noch ein paar Minuten, dachte Eragon.

Saphira flog über die Felder. Über die Katapulte mit ihren eingespielten Mannschaften. Über Reihen von Bogenschützen, deren Pfeile vor ihnen im Boden steckten wie Schilfgrasbüschel. Über einen Belagerungsturm und über Fußsoldaten – Menschen, Zwerge und Urgals, die hinter ihren Schilden versteckt in aller Eile Leitern zur Stadtmauer trugen, und dazwischen hochgewachsene, schlanke Elfen mit ihren leuchtenden Helmen, langen Speeren und schmalen Schwertern.

Dann schwebte Saphira über die Mauer hinweg. Eragon verspürte ein seltsames Ziehen, als auf einmal Saphira wieder unter ihm auftauchte und er auf Elvas Hinterkopf blickte. Er vermutete, dass Arya und die anderen Elfen, die unter ihnen hingen, ebenfalls sichtbar geworden waren. Eragon verkniff sich einen Fluch und beendete den nun wirkungslosen Zauber. Galbatorix' Schutzzauber erlaubten es ihnen offensichtlich nicht, ungesehen in die Stadt zu gelangen.

Saphira beschleunigte in Richtung des gewaltigen Tors der Zitadelle. Unter ihnen hörte Eragon ängstliche und ungläubige Rufe, aber er beachtete sie nicht. Murtagh und Dorn waren diejenigen, die ihm Sorgen machten, nicht die Soldaten.

Saphira legte die Flügel an und schoss auf das Tor zu. Kurz bevor sie dagegengekracht wäre, fing sie sich mit einigen kräftigen Flügelschlägen ab und ließ sich dann vorsichtig hinabsinken, bis die Elfen den Boden erreichten. Sobald sie sich aus ihren Seilen gelöst hatten und aus dem Weg waren, landete Saphira auf dem Platz vor dem Tor, und sowohl Eragon als auch Elva stauchte die Wucht des Aufpralls im Sattel gehörig zusammen.

Eragon riss die Schnallen der Riemen auf, die ihn und Elva im Sattel hielten. Dann half er dem Mädchen von Saphiras Rücken hinunter und sie eilten hinter den Elfen her auf das Tor zu.

Der Eingang der Zitadelle wurde von zwei riesigen schwarzen Torflügeln versperrt, deren oberes Ende endlos entfernt schien. Allem Anschein nach waren sie aus massivem Eisen, und Hunderte, wenn nicht gar Tausende kopfgroßer, dornenbesetzter Nieten bedeckten ihre Oberflächen. Der Anblick war niederschmetternd. Eragon hätte sich keinen weniger einladenden Eingang vorstellen können.

Die Lanze in der Hand rannte Arya zu dem kleinen Ausfalltor, das in den linken Torflügel eingelassen war. Es war nur als dünne, dunkle Linie sichtbar, ein Rechteck, das kaum breit genug war, um einen einzigen Mann passieren zu lassen. Innerhalb des Rechtecks befand sich ein horizontaler Metallstreifen, vielleicht drei Finger breit und dreimal so lang, der eine Spur heller war als seine Umgebung.

Als Arya sich der Tür näherte, rutschte der Streifen um einen halben Zoll nach innen, dann glitt er mit einem rostigen Kratzen zur Seite. Ein Paar eulenhafter Augen spähte aus dem dunklen Inneren.

»Wen haben wir denn da?«, fragte eine hochmütige Stimme. »Sagt, was ihr hier zu schaffen habt – sonst fort mit euch!«

Ohne zu zögern, stieß Arya den Dauthdaert durch den offenen Schlitz. Ein Gurgeln kam von der anderen Seite, dann hörte Eragon, wie ein Körper zu Boden fiel.

Arya zog die Lanze zurück und schüttelte Blut und Fleischfetzen von der mit Widerhaken versehenen Klinge. Dann packte sie den Griff der Waffe mit beiden Händen, setzte die Spitze auf die rechte Fuge des Ausfalltors und sagte: *»Verma!«*

Eragon blinzelte und drehte sich zur Seite, als eine unerbittliche blaue Flamme zwischen der Lanze und dem Tor erschien. Selbst mehrere Fuß entfernt konnte er die Hitze spüren.

Arya, deren Gesicht sich vor Anstrengung verzerrte, drückte die Klinge der Lanze in das Tor und durchschnitt langsam das Eisen. Funken flogen und Tropfen von geschmolzenem Metall flossen von der Unterseite der Klinge und glitten über den gepflasterten Boden wie Fett in einer heißen Pfanne, sodass Eragon und die anderen schnell zurücksprangen.

Während Arya weiter mit dem Tor beschäftigt war, sah Eragon zurück auf die Stadt, wo Dorn und Saphiras Abbild kämpften. Er konnte sie nicht sehen, aber er konnte noch immer das Gebrüll und das Krachen von brechendem Mauerwerk hören.

Elva sackte gegen ihn, und als er auf sie hinunterblickte, sah er, dass sie zitterte und schwitzte, als habe sie Fieber. Er kniete sich neben sie. »Soll ich dich tragen?«

Sie schüttelte den Kopf. »Es wird mir besser gehen, sobald wir drinnen sind und weg von … dem.« Sie deutete in Richtung der Schlacht.

An den Rändern des Platzes bemerkte Eragon etliche Leute – die nicht aussahen wie Soldaten –, die zwischen den prächtigen Bauten standen und neugierig beobachteten, was sie da machten. *Erschreck sie bitte, damit sie verschwinden, ja?*, bat er Saphira.

Sie schwang den Kopf herum und stieß ein tiefes Knurren aus, und die Zuschauer eilten davon.

Als die Fontäne aus Funken und weißglühendem Metall erstarb, trat Arya gegen das Ausfalltor, bis die Tür – beim dritten Tritt – nach innen fiel und auf dem Leichnam des Torwärters landete. Schon wehte der Geruch von brennender Wolle und Haut heraus.

Den Dauthdaert noch immer in der Hand, trat Arya durch das düstere Portal. Eragon hielt den Atem an. Mit welchen Schutzzaubern Galbatorix die Zitadelle auch belegt haben mochte, der Dauthdaert sollte es Arya ermöglichen, sie unversehrt zu passieren, so wie sie auch das Ausfalltor mit ihm hatte aufschneiden können. Trotzdem bestand weiter die Gefahr, dass der König einen Zauber gewirkt hatte, dem der Dauthdaert nicht entgegenwirken konnte.

Zu seiner Erleichterung geschah nichts, als Arya die Zitadelle betrat.

Doch dann eilte eine Gruppe von zwanzig Soldaten mit vorgestreckten Piken auf sie zu. Eragon zog Brisingr und rannte zum Ausfalltor hinüber, aber er wagte es nicht, die Schwelle der Zitadelle zu übertreten, um sich Arya anzuschließen – noch nicht.

Arya, die die Lanze mit der gleichen Geschicklichkeit handhabte wie ihr Schwert, kämpfte sich durch die Männer und entledigte sich ihrer mit beeindruckender Geschwindigkeit.

»Warum hast du sie nicht gewarnt?«, rief Eragon, ohne den Blick von dem Kampf abzuwenden.

Elva trat neben ihn an das Loch im Tor. »Weil sie sie nicht verletzen werden.«

Ihre Worte erwiesen sich als wahr. Keinem der Soldaten gelang es, einen Treffer zu landen. Die beiden letzten Männer versuchten zu fliehen, aber Arya rannte ihnen nach und streckte sie nieder, bevor sie weiter als ein Dutzend Schritte in den gewaltigen Gang gelaufen waren, der noch riesiger war als die vier Haupthallen von Tronjheim.

Als alle Soldaten tot waren, zog Arya ihre Körper zur Seite, damit ein Weg zum Ausfalltor frei blieb. Dann ging sie gut vierzig Fuß weit in den Korridor hinein und legte den Dauthdaert auf den Boden, um ihn zu Eragon zurückschlittern zu lassen.

Als sie die Hand von der Lanze nahm, spannte sie die Muskeln an, als erwarte sie einen Schlag, aber welche Magie an dieser Stelle auch am Werk war, sie schien keine Wirkung auf Arya zu haben.

»Spürst du irgendetwas?«, rief Eragon. Seine Stimme hallte in dem riesigen Gang wider.

Sie schüttelte den Kopf. »Solange wir uns von dem Tor fernhalten, sollte alles gut gehen.«

Eragon hob die Lanze auf und reichte sie Bloëdhgarm. Der Elf nahm sie entgegen und trat durch das Ausfalltor ein. Gemeinsam drangen Arya und der fellbedeckte Elf in die Räume zu beiden Seiten des Tores ein und bedienten die verborgenen Mechanismen, um es zu öffnen – eine Aufgabe, die zwei Menschen niemals hätten bewältigen können.

Das Klirren von Ketten erfüllte die Luft, als die riesigen Eisentore langsam nach außen aufschwangen.

Sobald die Lücke für Saphira breit genug war, rief Eragon »Halt!« und die Türen blieben knirschend stehen.

Bloëdhgarm tauchte aus dem Raum auf der rechten Seite auf und schob den Dauthdaert dem nächsten Elf hin – wobei er sicheren Abstand von der Torschwelle hielt. Auf diese Weise betraten sie einer nach dem anderen die Zitadelle.

Als nur noch Eragon, Elva und Saphira davorstanden, erklang im nördlichen Teil der Stadt ein gewaltiges Brüllen und für einen Moment verstummte ganz Urû'baen.

»Sie haben unsere Täuschung entdeckt«, rief der Elf Uthinarë. Er warf Eragon die Lanze zu. »Beeilt Euch, Argetlam!«

»Du als Nächste«, sagte Eragon und reichte Elva den Dauthdaert.

Elva eilte mit der Lanze, die sie wie ein Kind in der Armbeuge hielt, zu den Elfen hinüber, dann schob sie die tödliche Waffe zu Eragon zurück, der sie packte und über die Türschwelle rannte. Als er sich umdrehte, sah er zu seinem Schrecken, dass Dorn sich über den Gebäuden am gegenüberliegenden Rand der Stadt erhob. Eragon kniete nieder, legte den Dauthdaert auf den Boden und rollte ihn zu Saphira hin. »Schnell!«, rief er.

Etliche Sekunden gingen verloren, während Saphira sich abmühte, die Lanze zwischen die Zähne zu bekommen, ohne sich daran zu verletzen. Endlich hatte sie es geschafft und sprang in den riesigen Korridor, dass die Leichen der Soldaten in alle Richtungen wegflogen.

In der Ferne brüllte Dorn und schoss mit wütenden Flügelschlägen auf die Zitadelle zu.

Wie aus einem Mund sprachen Arya und Bloëdhgarm einen Zauber. Ein ohrenbetäubendes Klirren und Rasseln erklang und die Eisentüren schwangen zu, viel schneller, als sie sich geöffnet hatten. Sie schlossen sich mit einem Krachen, das die Steine erzittern ließ, dann glitt ein Metallriegel – drei Fuß dick und sechs Fuß breit – aus jeder Mauer und durch Halterungen an den Innenseiten der Türen.

»Das sollte sie eine Weile aufhalten«, meinte Arya.

»Nicht allzu lange«, erwiderte Eragon und warf einen Blick auf das herausgeschnittene Ausfalltor.

Dann drehten sie sich um und sahen sich an, was vor ihnen lag.

Der Gang erstreckte sich Eragons Schätzung nach über fast eine Viertelmeile und würde sie folglich tief in den Berg hinter Urû'baen bringen. Am gegenüberliegenden Ende befand sich ein weiteres Doppeltor, genauso groß wie das erste, aber bedeckt mit ziseliertem Gold, das im Licht der flammenlosen Laternen, die in regelmäßigen Abständen an den Wänden angebracht waren, wunderschön glänzte. Dutzende kleinere Korridore zweigten zu beiden Seiten ab, aber keiner war groß genug für Shruikan, obwohl Saphira in viele davon hineingepasst hätte. Rote Banner, bestickt mit den Umrissen der gedrehten Flamme, die Galbatorix als sein Wappen benutzte, hingen alle paar Hundert Fuß an den Wänden. Davon abgesehen war der riesige Korridor kahl.

Allein die Größe des Gangs war einschüchternd und seine Leere machte Eragon nur umso nervöser. Er vermutete, dass der Thronsaal sich hinter dem goldenen Tor befand, aber sicher war er nicht so leicht zu erreichen, wie es den Anschein hatte. Wenn Galbatorix auch nur halb so schlau war wie sein Ruf, hatte er den Gang mit Dutzenden, wenn nicht Hunderten von Fallen ausgestattet.

Eragon fand es erstaunlich, dass der König sie nicht bereits angegriffen hatte. Er spürte nur die Berührung des Geistes von Saphira und seinen Gefährten, aber ihm war bewusst, wie nah sie dem König waren. Die ganze Zitadelle schien sie zu beobachten.

»Er muss wissen, dass wir hier sind«, stellte er fest. »Wir *alle.*«

»Dann sollten wir uns besser beeilen«, meinte Arya. Sie nahm Saphira den Dauthdaert aus dem Maul. Da die Waffe mit Speichel bedeckt war, murmelte Arya *»Thurra«* und der Schleim fiel auf den Boden.

Hinter ihnen, jenseits des eisernen Tores, erklang ein lauter Schlag, als Dorn auf dem Platz landete. Er stieß ein frustriertes Brüllen aus, dann schlug etwas Schweres gegen das Tor und die Wände hallten von dem Donnern wider.

Arya lief an allen anderen vorbei nach vorn und Elva folgte ihr. Das dunkelhaarige Mädchen legte eine Hand auf den Schaft der Lanze – sodass auch sie teilhatte an seinen schützenden Kräften – und Arya und Elva führten die Gefährten weiter den langen Korridor entlang, immer tiefer hinein in Galbatorix' Höhle.

DER STURM BRICHT LOS

»Herr, es ist Zeit.«

Roran öffnete die Augen und nickte dem Jungen mit der Laterne zu, der den Kopf in das Zelt gesteckt hatte. Der Junge lief davon und Roran beugte sich vor und küsste Katrina auf die Wange. Sie erwiderte seinen Kuss. Keiner von ihnen hatte geschlafen.

Beide standen sie auf und kleideten sich an. Sie war als Erste fertig, denn er brauchte länger, um seine Rüstung und seine Waffen anzulegen.

Während er seine Handschuhe anzog, reichte sie ihm eine Scheibe Brot, ein Stück Käse und einen Becher lauwarmen Tee. Er ignorierte das Brot, nahm einen einzigen Bissen von dem Käse und leerte den ganzen Becher Tee auf einmal.

Sie hielten sich für einen Moment in den Armen, dann sagte er: »Wenn es ein Mädchen wird, gib ihr einen bedrohlichen Namen.«

»Und wenn es ein Junge wird?«

»Das Gleiche. Mädchen oder Junge, man muss stark sein, um in dieser Welt zu überleben.«

»Das mache ich. Ich verspreche es dir.« Sie löste sich aus der Umarmung und sah ihm in die Augen. »Kämpfe tapfer, Roran.«

Er nickte, dann drehte er sich um und ging, bevor er die Fassung verlor.

Die Männer unter seinem Kommando hatten sich am nördlichen Ausgang des Lagers gesammelt, wo er zu ihnen stieß. Das einzige Licht kam von dem schwachen Schimmer über ihnen und von den Fackeln entlang der äußeren Brustwehr des Lagerwalls. In ihrem fahlen, flackernden Schein wirkten die Gestalten der Krieger wie ein Rudel fremdartiger, gefährlicher Tiere.

Unter ihren Reihen befand sich eine große Anzahl von Urgals, darunter einige Kull. Sein Bataillon hatte einen größeren Anteil dieser Kreaturen als die meisten, da Nasuada es für wahrscheinlicher gehalten hatte, dass sie seinen Befehlen folgten als denen eines anderen. Die Urgals trugen die langen, schweren Belagerungsleitern, mithilfe derer sie auf die Stadtmauern kommen wollten.

Außerdem waren unter den Männern etwa zwanzig Elfen. Die meisten ihrer Art kämpften in ihrem eigenen Bataillon, aber Königin Islanzadi hatte einigen die Erlaubnis erteilt, als Schutz gegen Angriffe durch Galbatorix' Magier in der Armee der Varden zu kämpfen.

Roran hieß die Elfen willkommen und nahm sich die Zeit, einen jeden nach seinem Namen zu fragen. Sie antworteten durchaus höflich, aber er hatte das Gefühl, dass sie keine sehr hohe Meinung von ihm hatten. Das war in Ordnung. Er machte sich ebenfalls nichts aus ihnen. Er traute ihnen nicht. Sie waren zu unnahbar, zu routiniert und vor allen Dingen zu *anders*. Die Zwerge und Urgals verstand er zumindest. Die Elfen verstand er überhaupt nicht. Er konnte ihnen nie ansehen, was sie dachten, und das machte ihm zu schaffen.

»Sei gegrüßt, Hammerfaust!«, flüsterte Nar Garzhvog so laut, dass es noch in einem Umkreis von dreißig Schritten zu hören war. »Heute werden wir großen Ruhm für unsere Stämme erringen!«

»Ja, heute werden wir großen Ruhm für unsere Stämme erringen«, stimmte Roran ihm zu und zog weiter. Die Männer waren nervös. Einige der jüngeren sahen aus, als müssten sie sich gleich übergeben – und einige taten es, was nur verständlich war. Aber selbst die älteren Männer schienen angespannt, reizbar und entweder übertrieben redselig oder übertrieben in sich gekehrt. Der Grund war nur allzu offensichtlich: Shruikan. Roran konnte wenig tun, um sie zu beruhigen. Er konnte lediglich seine eigenen Ängste für sich behalten und hoffen, dass die Männer nicht völlig den Mut verloren.

Der Druck, der auf ihnen allen lastete, ihn selbst eingeschlossen, war schrecklich. Sie hatten viel geopfert, um bis hierher zu kommen, und es war nicht nur ihr Leben, das in der kommenden Schlacht auf dem Spiel stand. Es war die Sicherheit und das Wohlergehen ihrer Familien und Nachkommen, ebenso wie die Zukunft des Landes selbst. All ihre früheren Schlachten hatten sie unter ähnlichem Druck ausgefochten, aber diese war die letzte. Dies war das Ende. So oder so würde es nach diesem Tag keine weiteren Schlachten mehr mit dem Imperium geben.

Der Gedanke fühlte sich unwirklich an. Nur dieses eine Mal würden sie die Chance haben, Galbatorix zu töten. Und obwohl es in den Gesprächen der vergangenen Nacht völlig richtig erschienen war, sich Galbatorix zu stellen, war die Aussicht jetzt, wo der Augenblick beinahe gekommen war, beängstigend.

Roran suchte Horst und die anderen Bewohner Carvahalls auf, die alle innerhalb des Bataillons zusammenstanden. Birgit war auch unter ihnen und umklammerte eine Axt, die frisch geschärft aussah. Er grüßte sie, indem er seinen Schild hob, so wie er einen Becher Bier gehoben hätte. Sie erwiderte die Geste und er lächelte grimmig.

Die Krieger umwickelten ihre Stiefel und Waffen mit Lumpen und warteten auf den Befehl zum Aufbruch.

Er kam und bald marschierten sie aus dem Lager und taten ihr Bestes, jedes Geräusch mit ihren Waffen und ihrer Rüstung möglichst zu vermeiden. Roran führte seine Krieger über die Felder zu ihrem Platz vor dem Haupttor Urû'baens, wo sie sich zwei anderen Bataillonen anschlossen, eins unter der Führung seines alten, inzwischen aus Dras-Leona zurückbeorderten Kommandanten Martland Rotbart, das andere angeführt von Jörmundur.

Kurz darauf wurde in Urû'baen Alarm geschlagen, daher zogen sie die Lumpen von ihren Waffen und Füßen und bereiteten sich auf den Angriff vor. Nach einigen Minuten bliesen die Hörner der Varden zum Angriff und sie machten sich im Laufschritt auf den Weg über den noch dunklen Feldgrund auf die gewaltige Stadtmauer zu.

Roran stürmte an vorderster Front mit. Es war die schnellste Methode, sich umbringen zu lassen, aber die Männer sollten sehen, dass er den gleichen Gefahren trotzte wie sie. Es würde, so hoffte er, ihr Rückgrat stärken und sie daran hindern, beim ersten Anzeichen ernsthaften Widerstandes ihre Reihen aufzulösen. Denn was immer geschah, Urû'baen würde auf keinen Fall leicht einzunehmen sein. So viel war sicher.

Sie rannten an einem der Belagerungstürme vorbei, dessen Räder mehr als zwanzig Fuß hoch waren und knarrten wie ein Paar rostige Türangeln, dann waren sie auf der freien Fläche vor der Mauer. Die Soldaten auf den Mauern ließen Pfeile und Speere auf sie herabhageln.

Die Elfen riefen Worte in ihrer seltsamen Sprache und im schwachen Licht der Morgendämmerung sah Roran, wie viele der Pfeile und Speere ihre Flugrichtung änderten und sich in die Erde bohrten, ohne Schaden anzurichten. Aber nicht alle. Ein Mann hinter ihm stieß einen verzweifelten Schrei aus und Roran hörte das Klirren von Rüstungen, als Menschen und Urgals versuchten, dem gefallenen Krieger auszuweichen. Roran sah sich weder um, noch verlangsamten er oder die Männer an seiner Seite ihr Tempo, während sie auf die Mauer zuliefen.

Ein Pfeil traf den Schild, den er über seinen Kopf hielt. Er spürte den Aufprall kaum.

Als sie die Mauer erreicht hatten, trat er zur Seite und rief: »Leitern! Macht Platz für die Leitern!«

Die Männer traten zur Seite, um die Urgals mit den Leitern vorzulassen. Die Kull benutzten mehrere aneinandergebundene Holzstangen, um die überlangen Leitern aufzurichten. Sobald sie die Mauern berührten, hingen die Leitern unter ihrem eigenen Gewicht durch und legten sich flach an den verkleideten Stein. Sie schwankten hin und her und drohten zur Seite wegzurutschen und umzustürzen.

Roran bahnte sich einen Weg durch die Männer und packte eine der Elfen, Othíara, am Arm. Sie warf ihm einen verärgerten Blick zu, den er nicht weiter beachtete. »Haltet die Leitern an Ort und Stelle!«, rief er. »Lasst nicht zu, dass Galbatorix' Soldaten sie wegdrücken!«

Sie nickte und begann zusammen mit den anderen Elfen in der alten Sprache zu singen.

Roran eilte zurück zur Mauer. Einer der Männer wollte bereits die erste Leiter hinaufklettern. Roran packte ihn am Gürtel und zog ihn herunter. »Ich gehe zuerst«, erklärte er.

»Zu Befehl, Hammerfaust!«

Roran warf sich den Schild auf den Rücken, dann begann er zu klettern, seinen Hammer in der Hand. Er war nie ein Freund von großen Höhen gewesen, und während die Männer und Urgals unter ihm kleiner wurden, fühlte er sich zunehmend unbehaglich. Es wurde noch schlimmer, als er den Teil der Leiter erreichte, der flach an der Mauer anlag, denn er konnte die Hände jetzt nicht mehr ganz um die Sprossen legen und fand auch keinen sicheren Tritt mehr. Nur die ersten Zoll seiner Stiefel passten auf die mit Rinde bedeckten Äste und er musste sich vorsichtig bewegen, um nicht abzurutschen.

Ein Speer flog an ihm vorbei, so nah, dass er den Luftzug auf seiner Wange spürte.

Er fluchte und kletterte weiter.

Als er weniger als vier Armlängen von den Zinnen entfernt war, beugte sich ein Soldat über den Rand und sah ihm direkt in die Augen.

»Uuaah!«, schrie Roran und der Soldat zuckte zusammen und wich zurück. Bevor er sich von dem Schreck erholen konnte, zog Roran sich die restlichen Sprossen hoch, sprang über die Zinnen und landete auf dem Wehrgang der Mauer.

Der Soldat stand mehrere Fuß von ihm entfernt und hielt ein kurzes Bogenschützenschwert in der Hand. Er hatte den Kopf zur Seite gedreht und rief einer Gruppe von Soldaten weiter unten an der Mauer etwas zu.

Rorans Schild ruhte noch immer auf seinem Rücken, daher schwang er seinen Hammer nach dem Handgelenk des Mannes. Ohne den Schild, das wusste Roran, würde er Mühe haben, einen ausgebildeten Schwertkämpfer abzuwehren. Das sicherste Vorgehen wäre, seinen Gegner so schnell wie möglich zu entwaffnen.

Der Soldat erkannte, was er vorhatte, und parierte den Schlag. Dann stach er Roran in den Bauch.

Oder vielmehr versuchte er es. Eragons Zauber bremsten die

Spitze der Klinge einen Viertelzoll vor Rorans Magengrube ab. Roran stöhnte überrascht auf, dann stieß er die Klinge beiseite und zertrümmerte dem Mann mit drei schnellen Schlägen den Schädel.

Wieder fluchte er. Kein guter Anfang.

Entlang der Mauer versuchten weitere Varden, über die Zinnen zu klettern. Nur wenigen gelang es. Oben an fast jeder Leiter warteten bereits Soldaten, und ständig strömten neue aus der Stadt auf die Mauer hoch.

Auf einmal stand Baldor neben ihm – er war auf derselben Leiter hochgeklettert wie Roran – und zusammen liefen sie auf eine von acht Soldaten bemannte Speerschleuder zu. Sie war unten an einem der Türme festgemacht, die sich alle zweihundert Fuß aus der Mauer erhoben. Hinter den Soldaten und dem Turm sah Roran, wie das von den Elfen geschaffene Trugbild von Saphira über die Mauer flog und Feuer darauf spie.

Die Soldaten waren klug. Sie hielten Baldor und ihn mit ihren Speeren auf Abstand. Roran versuchte, einen der Speere zu fassen zu bekommen, aber der Mann, der ihn schwang, war zu schnell, und Roran wäre um ein Haar ein zweites Mal getroffen worden. Lange würden sie nicht mehr durchhalten.

Bevor die Soldaten sie überwältigen konnten, zog sich ein Urgal hinter den acht Feinden über die Mauer, senkte den Kopf und griff mit lautem Gebrüll an. Der Urgal schwang seine eisenbeschlagene Keule, traf einen der Männer an der Brust und brach ihm die Rippen, den nächsten traf er an der Hüfte und brach ihm das Becken. Beide Verletzungen hätten die Soldaten kampfunfähig machen sollen, aber als der Urgal an ihnen vorbeistürmte, rappelten die beiden Männer sich hoch, als sei nichts geschehen, und rammten dem Urgal ihre Klingen in den Rücken.

Roran unterdrückte einen Fluch. »Wir werden ihnen den Schädel einschlagen oder den Kopf abtrennen müssen«, knurrte er Baldor zu. Ohne die Soldaten aus den Augen zu lassen, rief er den Varden hinter ihnen zu: »Sie spüren keinen Schmerz!«

Über der Stadt krachte die falsche Saphira gegen einen Turm. Alle außer Roran hielten inne, um hinzuschauen. Er wusste ja, was die Elfen taten.

Roran sprang vorwärts und tötete einen der abgelenkten Soldaten mit einem Schlag gegen die Schläfe. Er benutzte seinen Schild, um den nächsten Soldaten zur Seite zu stoßen. Dann war er so nah, dass sie ihre Speere nicht mehr einsetzen konnten, und sein Hammer machte kurzen Prozess mit ihnen.

Sobald er und Baldor den Rest der Soldaten an der Speerschleuder getötet hatten, blickte Baldor ihn mit verzweifelter Miene an. »Hast du gesehen? Saphira …«

»Es geht ihr gut.«

»Aber …«

»Mach dir keine Sorgen. Es geht ihr gut.«

Baldor zögerte, dann gab er sich mit Rorans Worten zufrieden und sie eilten auf die nächste Gruppe Soldaten zu.

Kurz darauf erschien Saphira – die *echte* Saphira – über dem südlichen Teil der Mauer und flog auf die Zitadelle zu, was die Varden zu erleichterten Jubelschreien veranlasste.

Roran runzelte die Stirn. Sie sollte während ihres ganzen Fluges unsichtbar bleiben. *»Frethya. Frethya«,* murmelte er schnell. Er blieb sichtbar. *Verflucht,* dachte er.

Er drehte sich um und sagte: »Zurück zu den Leitern!«

»Warum?«, fragte Baldor, der mit einem Soldaten rang. Dann stieß er ihn mit einem grimmigen Ausruf von der Mauer in die Stadt hinunter.

»Frag nicht! Beweg dich!«

Seite an Seite kämpften sie sich durch die Soldatenreihen, die sie inzwischen von den Leitern trennten. Es war schwierig und es wurde blutig, Baldor musste eine Schnittwunde an der linken Wade hinter seiner Beinschiene einstecken und eine schwere Prellung an der Schulter, wo ein Speer beinah sein Kettenhemd durchbohrt hätte.

Die Schmerzunempfindlichkeit der Soldaten bedeutete, dass sie alle töten mussten, um sie zu stoppen – was keine leichte Aufgabe war. Mehr als einmal dachte Roran, er habe einen der Soldaten getötet, nur um erleben zu müssen, wie der verletzte Mann sich aufbäumte und ihn erneut angriff, während er mit einem anderen Gegner rang. Und es waren inzwischen so viele Soldaten auf der

Brustwehr, dass Roran schon fürchtete, er und Baldor würden es niemals schaffen.

Aber schließlich erreichten sie die erste Leiter und Roran sagte: »Hier bleiben wir!«

Wenn Baldor verwirrt war, ließ er es sich nicht anmerken. Zu zweit wehrten sie die Soldaten ab, bis zwei weitere Männer die Leiter hinaufgeklettert waren und sich ihnen anschlossen, dann ein dritter, und endlich war Roran der Meinung, dass sie es schaffen konnten, die Soldaten zurückzudrängen und diesen Teil der Mauer zu erobern.

Obwohl der Angriff nur eine Ablenkung sein sollte, sah Roran keinen Grund, ihn nicht ernsthaft anzugehen. Wenn sie schon ihr Leben aufs Spiel setzten, konnten sie die Möglichkeit genauso gut nutzen. Sie mussten die Mauern ohnehin erobern.

Da erklang ein Zornesbrüllen von Dorn und der rote Drache erschien über den Dächern und flog auf die Zitadelle zu. Roran sah eine Gestalt auf seinem Rücken, die er für Murtagh hielt, ein blutrotes Schwert in der Hand.

»Was hat das zu bedeuten?«, rief Baldor zwischen zwei Schwerthieben.

»Dass es ernst wird«, antwortete Roran. »Wappne dich. Diesen Bastarden steht eine Überraschung bevor!«

Er hatte kaum zu Ende gesprochen, als die schönen, aber unheimlichen Stimmen der Elfen sich mit einem Gesang in der alten Sprache über den Lärm der Schlacht erhoben.

Roran duckte sich unter einem Speer hindurch und stieß einem Soldaten das Ende seines Hammers in den Bauch, sodass alle Luft aus den Lungen des Mannes wich. Die Soldaten mochten nicht in der Lage sein, Schmerz zu empfinden, aber atmen mussten sie trotzdem. Während der Soldat nach Luft schnappte, nutzte Roran seine mangelhafte Deckung und drückte ihm mit dem Rand seines Schildes die Kehle ein.

Er wollte gerade den nächsten Mann angreifen, als er spürte, wie der Stein unter seinen Füßen zu zittern begann. Er zog sich an die Zinnen zurück, lehnte sich mit dem Rücken dagegen und spreizte die Beine, um das Gleichgewicht nicht zu verlieren.

Einer der Soldaten war töricht genug, genau in diesem Moment auf ihn zuzustürzen. Als der Mann näher kam, wurde das Zittern stärker, dann wellte sich die Mauerkrone wie eine Decke, die ausgeschüttelt wurde, und der heranstürmende Soldat fiel wie die meisten seiner Gefährten und blieb liegen, unfähig, wieder aufzustehen, solange die Erde weiterbebte.

Von der anderen Seite des Mauerturms, der sie von Urû'baens Haupttor trennte, krachte es wie brechender Fels. Fächerförmige Wasserstrahlen spritzten in die Luft, dann erbebte die Mauer über dem Tor mit einem Ächzen und stürzte ein.

Und die Elfen sangen weiter.

Als sich das Zittern unter seinen Füßen legte, sprang Roran vorwärts und tötete drei der Soldaten, bevor sie aufstehen konnten. Die übrigen drehten sich um und flohen die Treppen hinunter, die in die Stadt führten.

Roran half Baldor auf die Füße, dann rief er: »Mir nach!«

Er grinste und schmeckte Blut. Vielleicht war es doch kein so schlechter Anfang.

Was uns nicht umbringt …

Halt«, sagte Elva.

Eragon erstarrte, den Fuß in der Luft. Das Mädchen winkte ihn zurück und er gehorchte.

»Spring da hinüber«, wies Elva ihn an. Sie zeigte auf eine Stelle einen Schritt vor ihm. »Dahin, wo diese Schnörkel sind.«

Er duckte sich zum Sprung, zögerte dann jedoch, um darauf zu warten, dass sie ihm sagte, ob es wirklich sicher war.

Sie stampfte mit dem Fuß auf und schnaubte verärgert. »Es wird nicht funktionieren, wenn du nicht davon überzeugt bist, dass du springen willst. Ich kann nicht feststellen, ob dir etwas passieren wird, wenn du nicht wirklich vorhast, dich in Gefahr zu begeben.« Sie schenkte ihm ein Lächeln, das er keineswegs beruhigend fand. »Keine Sorge, ich werde nicht zulassen, dass dir etwas zustößt.«

Immer noch zweifelnd beugte er abermals die Beine und wollte gerade springen, als …

»Halt!«

Er fluchte und ruderte mit den Armen, während er versuchte, nicht auf den Teil des Bodens zu fallen, der die unter und hoch über ihnen verborgenen Spieße auslösen würde.

Die Spieße waren die dritte Falle, auf die Eragon und seine Gefährten in dem langen Gang zu dem goldenen Tor trafen. Die erste war eine Reihe versteckter Fallgruben gewesen. Die zweite hatte aus Steinblöcken in der Decke bestanden, die sie zerquetscht hätten. Und jetzt Spieße, ganz ähnlich denen, die in den Tunneln unter Dras-Leona Wyrden getötet hatten.

Durch das herausgeschnittene Ausfalltor hatten sie Murtagh in den Korridor treten sehen, aber er hatte keine Anstalten gemacht, ihnen ohne Dorn zu folgen. Nachdem er sich einige Sekunden umgesehen hatte, war er in einem der Nebenzimmer verschwunden, in denen Arya und Bloëdhgarm die Mechanik zerstört hatten, mit der das Haupttor der Zitadelle sich öffnen und schließen ließ.

Es konnte eine Stunde dauern, bis Murtagh den Antrieb repariert hatte, vielleicht aber auch nur Minuten. So oder so, sie durften keine Zeit verlieren.

»Versuch es etwas weiter vorn«, schlug Elva vor.

Eragon verzog das Gesicht, tat aber, was sie sagte.

»Halt!«

Diesmal wäre er hingefallen, wenn Elva ihn nicht hinten an seinem Wams festgehalten hätte.

»Weiter«, sagte sie. Dann: »Halt! Noch weiter.«

»Das schaffe ich nicht«, knurrte er mit wachsender Ungeduld. »Nicht ohne Anlauf.« Aber wenn er Anlauf nahm, konnte er unmöglich rechtzeitig stehen bleiben, falls Elva zu dem Schluss kam, dass der Sprung gefährlich war. »Was jetzt? Wenn das den ganzen Gang so weitergeht, kommen wir nie bis zu dem Tor.« Sie hatten bereits darüber nachgedacht, Magie einzusetzen, um über die Falle hinwegzuschweben, aber selbst der kleinste Zauber würde sie auslösen. Zumindest behauptete Elva das, und sie hatten keine andere Wahl, als ihr zu glauben.

»Vielleicht ist die Falle auf Drachen ausgelegt, die sich dem Tor nähern«, warf Arya ein. »Wenn sie nur ein oder zwei Schritte lang wäre, könnten Saphira oder Dorn einfach darüber hinwegtreten, ohne sie auch nur zu bemerken. Aber wenn sie hundert Fuß lang ist, würde die Falle sie sicher erwischen.«

Nicht wenn ich springe, widersprach Saphira. *Hundert Fuß sind gar keine Entfernung für mich.*

Eragon tauschte besorgte Blicke mit Arya und Elva. »Sieh einfach zu, dass dein Schwanz dabei nicht den Boden berührt«, sagte er. »Und spring nicht zu weit oder du läufst vielleicht gleich in die nächste Falle.«

Ja, Kleiner.

Saphira duckte sich, spannte die Muskeln und senkte den Kopf bis auf einen Fuß über den Stein. Dann grub sie die Krallen in den

Boden und sprang. Die Flügel öffnete sie gerade weit genug, um sich ein wenig zu erheben.

Zu Eragons Erleichterung schwieg Elva.

Als Saphira die doppelte Länge ihres Körpers überwunden hatte, legte sie die Flügel an und kam mit einem laut widerhallenden Poltern auf dem Boden auf.

Alles in Ordnung, stellte sie fest. Ihre Schuppen kratzten über den Boden, als sie sich umdrehte. Sie sprang zurück und Eragon und die anderen traten schnell aus dem Weg, damit sie Platz zum Landen hatte. *Also?*, fragte sie. *Wer kommt zuerst mit?*

Sie musste viermal hin- und herfliegen, um sie alle über die Falle mit den Spießen zu tragen. Dann übernahmen Arya und Elva wieder die Führung und die Gefährten eilten in schnellem Laufschritt weiter. Sie trafen auf keine weiteren Fallen, bis sie insgesamt drei Viertel des Weges zu dem goldglänzenden Tor zurückgelegt hatten. Dort schauderte es Elva und sie hob ihre kleine Hand. Sofort blieben alle stehen.

»Einen Schritt weiter und irgendetwas wird uns entzweischneiden«, erklärte sie. »Ich bin mir nicht sicher, woher es kommt … vermutlich aus den Wänden.«

Eragon runzelte die Stirn. Das bedeutete, dass, was auch immer sie treffen würde, genug Gewicht oder Stärke hatte, um ihre Schutzzauber zu überwinden – keine sehr ermutigende Aussicht.

»Und wenn wir …«, wollte er gerade vorschlagen, als unversehens zwanzig schwarz gewandete Männer und Frauen aus einem Seitengang auftauchten, vor ihnen eine Kette bildeten und ihnen den Weg versperrten.

Eragon spürte, wie eine Gedankenklinge in seinen Geist stach, als die feindlichen Magier begannen, in der alten Sprache zu singen. Saphira riss das Maul auf und überzog die Magier mit einer Flut knisternder Flammen, aber sie glitt harmlos über sie hinweg. Eins der Banner an der Wand fing Feuer und schwelende Stofffetzen fielen zu Boden.

Eragon verteidigte sich, aber er griff nicht an. Es würde zu lange dauern, die Magier einen nach dem anderen zu bezwingen. Außerdem machte ihr Gesang ihm Sorgen: Wenn sie bereit waren, Zauber zu wirken, bevor sie die Kontrolle über seinen Geist sowie über den Geist seiner Gefährten erlangt hatten, dann kümmerte es sie nicht, ob sie lebten oder starben. Ihr einziges Ziel war es, die Eindringlinge aufzuhalten.

Er kniete neben Elva nieder. Sie sprach mit einem der Magier und sagte ihm etwas über seine Tochter.

»Stehen sie über der Falle?«, fragte er mit gesenkter Stimme.

Sie nickte, wobei sie keinen Moment zu sprechen aufhörte.

Eragon beugte sich vor und schlug mit der flachen Hand auf den Boden.

Obwohl er erwartet hatte, dass etwas passieren würde, sprang er trotzdem erschrocken zurück, als mit einem schrecklichen Kreischen aus jeder Mauer eine waagerechte Metallplatte schoss, die dreißig Fuß lang und vier Zoll dick war. Die Metallplatten schnitten die Magier wie eine riesige Blechschere entzwei, dann zogen sie sich genauso schnell wieder in ihre verborgenen Schlitze zurück.

Die unglaubliche Geschwindigkeit, mit der das Ganze vor sich gegangen war, schockte Eragon. Er wandte die Augen von den zerfetzten Leibern ab. *Was für eine schreckliche Art, zu sterben.*

Neben ihm stieß Elva einen gurgelnden Laut aus, dann sackte sie ohnmächtig zusammen. Arya fing sie auf, bevor sie auf dem Boden auftraf. Sie legte einen Arm um das Kind und begann Worte in der alten Sprache zu murmeln.

Eragon beriet sich mit den anderen Elfen darüber, wie sie die Falle am besten überwinden sollten. Sie entschieden, dass es das Sicherste sei, wieder darüber hinwegzuspringen, wie sie es schon bei den Spießen getan hatten.

Vier von ihnen kletterten auf Saphira und sie wollte gerade springen, als Elva mit schwacher Stimme rief: »Halt! Nicht!«

Saphiras Schwanz peitschte hin und her, doch sie blieb, wo sie war.

Elva schlüpfte aus Aryas Armen, taumelte einige Schritte weg von ihr, beugte sich vor und übergab sich. Sie wischte sich mit dem Handrücken über den Mund, dann starrte sie die zerfetzten Leiber an, die vor ihnen lagen, als wolle sie sich den Anblick einprägen.

Ohne den Blick von ihnen abzuwenden, sagte sie: »Es gibt noch einen Auslöser, auf halbem Weg hinüber, in der Luft. Wenn du springst …«, sie klatschte laut in die Hände und schnitt eine hässliche Grimasse, »… sausen Klingen hoch oben und weiter unten aus den Wänden.«

Eragon kam ein beunruhigender Gedanke. »Warum sollte Galbatorix versuchen, uns zu töten? Wenn du nicht hier wärst …«, fügte er hinzu und sah Elva an, »… wäre Saphira vielleicht genau jetzt gestorben. Galbatorix will sie lebend, warum also das hier?« Er deutete auf den blutverschmierten Boden. »Wozu die Spieße und die Steinblöcke?«

»Vielleicht«, meinte die Elfe Invidia, »hat er erwartet, dass wir in den Fallgruben landen würden.«

»Oder vielleicht«, schaltete Bloëdhgarm sich mit grimmiger Stimme ein, »weiß er, dass Elva bei uns ist und wozu sie fähig ist.«

Das Mädchen zuckte die Achseln. »Na und? Er kann mich nicht aufhalten.«

Ein kalter Schauder überlief Eragon. »Nein, aber wenn er von dir weiß, dann könnte er Angst haben, und wenn er Angst hat …«

Dann könnte es sein, dass er uns wirklich töten will, beendete Saphira seinen Satz.

Arya schüttelte den Kopf. »Das spielt keine Rolle. Wir müssen ihn trotzdem finden.«

Sie diskutierten eine Weile darüber, wie sie an den Klingen vorbeikommen sollten, bis Eragon meinte: »Und wenn ich Magie benutzen würde, um uns dort hinüberzutransportieren, so wie Arya Saphiras Ei in den Buckel geschickt hat?« Er deutete auf den Bereich hinter den Leichen.

Das würde zu viel Energie kosten, gab Glaedr zu bedenken.

Besser, wir sparen unsere Kräfte, bis wir Galbatorix gegenüberstehen, fügte Umaroth hinzu.

Eragon nagte an seiner Unterlippe. Er blickte über seine Schulter zurück und sah zu seinem Schrecken weit hinter ihnen Murtagh von einer Seite des Gangs zur anderen rennen. *Wir haben nicht viel Zeit.*

»Vielleicht könnten wir etwas in die Wände stecken, um die Klingen daran zu hindern, auszufahren.«

»Die Klingen sind bestimmt gegen Magie geschützt«, wandte

Arya ein. »Außerdem haben wir nichts dabei, was sie aufhalten könnte. Ein Messer? Ein Teil unserer Rüstung? Diese Metallplatten sind zu groß und zu schwer. Was auch immer ihnen in den Weg kommt, würden sie zerreißen, als wäre es nichts.«

Schweigen senkte sich über die kleine Gruppe.

Dann leckte Bloëdhgarm sich über die Reißzähne und sagte: »Nicht unbedingt.« Er drehte sich um, legte sein Schwert vor Eragon auf den Boden und gab den Elfen unter seinem Kommando den Wink, das Gleiche zu tun.

Elf Klingen lagen vor Eragon.

»Das kann ich nicht von Euch verlangen «, erklärte er. »Eure Schwerter …«

Bloëdhgarm unterbrach ihn mit erhobener Hand, sein Fell glänzte im weichen Licht der Laternen. »Wir kämpfen mit unserem Geist, Schattentöter, nicht mit unserem Körper. Wenn wir auf Soldaten treffen, können wir uns von ihnen Waffen nehmen. Wenn unsere Schwerter hier und jetzt gebraucht werden, dann wäre es töricht, sie zu behalten, selbst wenn uns viel an ihnen liegt.«

Eragon neigte den Kopf. »Wie Ihr wünscht.«

An Arya gewandt, fügte Bloëdhgarm hinzu: »Es sollte eine gerade Zahl sein, wenn wir die beste Chance auf Erfolg haben wollen.«

Sie zögerte, dann zog sie ihr eigenes Schwert mit der schmalen Klinge und legte es zu den anderen. »Überleg dir genau, was du tust, Eragon«, sagte sie. »Jedes dieser Schwerter ist eine legendäre Waffe. Es wäre eine Schande, sie umsonst zu opfern.«

Er nickte, dann runzelte er die Stirn und konzentrierte sich, während er sich an seine Lektionen mit Oromis erinnerte. *Umaroth*, sagte er, *ich werde Eure Stärke brauchen.*

Was unser ist, ist dein, erwiderte der Drache.

Die Illusion, die die Schlitze verbarg, aus denen die Metallplatten herausfuhren, war so gut konstruiert, dass Eragon sie nicht durchdringen konnte. Damit hatte er gerechnet – Galbatorix hätte eine solche Kleinigkeit niemals übersehen. Auf der anderen Seite waren die Zauber, die für die Illusion verantwortlich waren, relativ einfach aufzuspüren, und durch sie konnte er die genaue Stellung und die Größe der Öffnungen bestimmen.

Er konnte nicht genau sagen, wie tief die Metallplatten in den Schlitzen versenkt waren. Er hoffte, dass es von außen mindestens ein oder zwei Zoll waren. Wenn sie nicht tief genug saßen, würde seine Idee scheitern, denn der König hatte das Metall sicher gegen eine Manipulation von außen geschützt.

Nachdem er sich die Worte, die er brauchte, ins Gedächtnis gerufen hatte, wirkte Eragon den ersten der zwölf Zauber, die er zu benutzen gedachte. Eins der Elfenschwerter – das von Laufin, glaubte er – verschwand mit einem schwachen Windhauch, wie ein Wams, das durch die Luft geschwungen wurde. Eine halbe Sekunde später drang aus der Wand zu ihrer Linken ein kräftiger Schlag.

Eragon lächelte. Es hatte funktioniert. Wenn er versucht hätte, das Schwert durch die Metallplatte zu jagen, wäre die Wirkung erheblich dramatischer ausgefallen.

Die übrigen Zauber wirkte er rascher und grub sechs Schwerter in jede Wand, jedes Schwert fünf Fuß vom nächsten entfernt. Die Elfen beobachteten ihn aufmerksam, während er sprach. Wenn der Verlust ihrer Waffen ihnen zu schaffen machte, so ließen sie es sich nicht anmerken.

Als er fertig war, kniete Eragon sich neben Arya und Elva – die beide wieder den Dauthdaert hielten – und wies sie an: »Macht euch bereit, loszulaufen.«

Saphira und die Elfen spannten die Muskeln. Arya ließ Elva auf ihren Rücken steigen, während sie die grüne Lanze festhielt. Dann erwiderte Arya: »Bereit.«

Eragon streckte die Hand aus und schlug erneut auf den Boden.

Ein misstönendes Krachen kam aus beiden Wänden, Staubfäden fielen von der Decke und erblühten zu düsteren Wolken.

Sobald er sah, dass die Schwerter hielten, rannte Eragon los. Er hatte kaum zwei Schritte gemacht, als Elva schrie: »Schneller!«

Brüllend vor Anstrengung zwang er seine Füße, sich noch schneller zu bewegen. Rechts von ihm überholte Saphira ihn, Kopf und Schwanz geduckt, ein dunkler Schatten am Rand seines Gesichtsfelds.

Gerade als er die gegenüberliegende Seite der Falle erreicht hatte, hörte er das Krachen von brechendem Stahl und dann das Kreischen von Metall über Metall.

Hinter ihm schrie jemand.

Er drehte sich um, während er von dem Geräusch weghechtete, und sah, dass alle den gefährlichen Abschnitt rechtzeitig durchquert hatten – bis auf die silberhaarige Elfe Yaela, die zwischen den letzten sechs Zoll der beiden Metallstücke festsaß. Der Spalt um sie herum loderte blau und gelb, als brenne die Luft, und ihr Gesicht verzerrte sich vor Schmerz.

»Flauga!«, rief Bloëdhgarm, und Yaela flog zwischen den Metallplatten heraus, die laut dröhnend zusammenschlugen. Dann zogen sie sich mit dem gleichen schrecklichen Kreischen wie beim Herausfahren wieder in die Wände zurück.

Yaela war dicht neben Eragon auf Händen und Knien gelandet. Er half ihr auf die Füße. Zu seiner Überraschung schien sie unversehrt zu sein. »Seid Ihr verletzt?«, fragte er.

Sie schüttelte den Kopf. »Nein, aber … meine Schutzzauber sind aufgebraucht.« Sie hob die Hände und sah sie mit einer Miene an, die Staunen glich. »Ich hatte immer Schutzzauber, seit … seit ich noch jünger war, als Ihr es jetzt seid. Irgendwie haben die Klingen sie mir genommen.«

»Ihr könnt Euch glücklich schätzen, noch am Leben zu sein«, erwiderte Eragon und runzelte die Stirn.

Elva zuckte die Achseln. »Wir wären alle gestorben, bis auf *ihn*«, sie deutete auf Bloëdhgarm, »wenn ich dir nicht gesagt hätte, dass du schneller laufen sollst.«

Eragon stöhnte.

Sie setzten ihren Weg fort und rechneten bei jedem Schritt damit, auf eine weitere Falle zu stoßen. Aber es stellte sich heraus, dass der Rest des Flurs frei von Hindernissen war, und sie erreichten das Doppeltor am Ende ohne neuerliche Zwischenfälle.

Eragon ließ seinen Blick über die glänzende goldene Fläche gleiten. Das Relief einer lebensgroßen Eiche zog sich über beide Türflügel. Ihr Blattwerk bildete eine gewaltige Krone, die weit nach unten reichte und sich schließlich mit den Wurzeln zu einem großen Kreis um den Baumstamm vereinte. Zu beiden Seiten ragten aus der Mitte des Stamms kräftige Zweige und teilten den Kreis in vier Viertel. In dem Viertel oben links war eine Armee von mit Speeren bewaffneten Elfen zu sehen, die durch einen dichten Wald marschierte. Das obere rechte Viertel zeigte Menschen, die Burgen bauten und Schwerter schmiedeten. Unten links brannten Urgals – größtenteils Kull – ein Dorf nieder und töteten die Bewohner. Im unteren rechten Viertel förderten Zwerge Edelsteine und Erze. Eher versteckt in den Zweigen und Wurzeln der Eiche entdeckte Eragon Werkatzen und Ra'zac, außerdem einige kleine, seltsame Kreaturen, die er nicht kannte. Und in der Mitte des Baumstamms lag zusammengerollt ein Drache, der das Ende seines Schwanzes im Maul hielt, als würde er sich selbst in den Schwanz beißen.

Das Tor war wunderschön gearbeitet. Unter anderen Umständen hätte Eragon sich gern einen ganzen Tag Zeit genommen, um davorzusitzen und es in Ruhe zu betrachten. Wie die Dinge lagen, erfüllte der Anblick des Tors ihn jedoch mit Grauen, während er darüber nachdachte, was sie auf der anderen Seite erwarten mochte. Wenn es Galbatorix war, dann würde ihr Leben sich bald für immer verändern und nichts würde je wieder so sein wie zuvor – weder für sie noch für den Rest von Alagaësia.

Ich bin noch nicht so weit, sagte Eragon zu Saphira.

Wann werden wir je so weit sein?, erwiderte sie. Sie ließ die Zunge vorschnellen und kostete die Luft. Er konnte ihre nervöse Erwartung spüren. *Galbatorix und Shruikan müssen getötet werden und wir sind die Einzigen, die möglicherweise dazu in der Lage sind.*

Und wenn wir es nicht schaffen?

Dann schaffen wir es nicht und es kommt, wie es kommt.

Er nickte und holte tief Atem. *Du bedeutest mir alles, Saphira.*

Du bedeutest mir auch alles, Kleiner.

Eragon trat vor. »Und jetzt?«, fragte er und versuchte, sich sein Unbehagen nicht anmerken zu lassen. »Sollen wir anklopfen?«

»Als Erstes sollten wir nachsehen, ob das Tor offen ist«, schlug Arya vor.

»Wartet«, sagte Eragon. Er öffnete eine von Saphiras Satteltaschen und holte den von Oromis mit Zaubern belegten Faelnirv heraus, den sein Lehrmeister ihm in Ellesméra zum Abschied geschenkt hatte. Mit einem einzigen Schluck trank Eragon aus, was noch in der kleinen Flasche war. Es brannte wie ein scharfes Gewürz und sogleich spürte Eragon, wie seine Sinne sich schärften und frische Energie seine Glieder durchflutete.

Er steckte die Flasche in die Satteltasche zurück und nickte Arya zu. »Also los.«

Sie stellten sich kampfbereit auf.

Elva stand neben Arya, die den in den linken Torflügel eingelassenen Griff packte und daran zog.

In diesem Augenblick erschien rund um Bloëdhgarm und jeden seiner zehn Magier eine Säule aus schimmernder Luft. Eragon schrie erschrocken auf und Saphira stieß ein kurzes Fauchen aus, als sei sie auf etwas Spitzes getreten. Die Elfen schienen sich in den Luftsäulen nicht bewegen zu können: Selbst ihre Augen blieben reglos, starr auf das gerichtet, was immer sie angesehen hatten, als der Zauber einsetzte.

Mit einem lauten Scheppern öffnete sich eine Tür in der Wand zu ihrer Linken und die Elfen begannen sich darauf zuzubewegen wie eine Prozession aus Statuen, die über eine Eisfläche glitt.

Arya stürzte zu ihnen hinüber, die mit Widerhaken versehene Lanze vor sich ausgestreckt, um die Zauber zu durchbrechen, die die Elfen bannten, aber sie war zu langsam und sie konnte sie nicht einholen.

»Letta!«, rief Eragon. *Halt!* Der einfachste Zauber, der ihm einfiel und der vielleicht helfen würde. Doch die Magie, die die Elfen einkerkerte, erwies sich als zu stark, um sie zu brechen, und die Elfen verschwanden in der dunklen Öffnung. Dann fiel die Tür krachend hinter ihnen zu.

Entsetzen packte Eragon. Ohne die Elfen …

Arya hämmerte mit dem Griff des Dauthdaert gegen die Tür und versuchte sogar, mit der Spitze der Klinge die Nahtstelle zwischen der Tür und der Mauer zu finden – so wie sie es bei dem Ausfalltor gemacht hatte. Aber die Mauer erschien massiv und ohne jede Lücke.

Als sie sich umwandte, stand ihr kalter Zorn ins Gesicht geschrieben. *Umaroth,* sagte sie. *Ich brauche Eure Hilfe, um diese Mauer zu öffnen.*

Nein, erwiderte der weiße Drache. *Galbatorix wird deine Gefährten gewiss gut verborgen haben. Wenn wir versuchen, sie zu finden, verschwenden wir nur Energie und bringen uns in noch größere Gefahr.*

Arya zog ihre schräg stehenden Augenbrauen finster zusammen. *Dann spielen wir ihm in die Hände, Umaroth-Elda. Er will uns voneinander trennen und uns schwächen. Wenn wir ohne sie weitergehen, wird es für Galbatorix viel leichter, uns zu besiegen.*

Ja, mein Kind. Aber glaubst du nicht, dass der Drachenei-Räuber vielleicht gerade will, dass wir ihnen folgen? Er will vielleicht, dass wir ihn vor lauter Zorn und Sorge vergessen und damit blind in eine weitere seiner Fallen tappen.

Warum sollte er sich die Mühe machen? Er hätte Eragon, Saphira, Euch und den Rest der Eldunarí ebenso entführen können wie Bloëdhgarm und die anderen, aber das hat er nicht getan.

Vielleicht weil er es darauf anlegt, dass wir uns verausgaben, bevor wir uns ihm stellen oder bevor er versucht, unseren Willen zu brechen.

Arya senkte für einen Moment den Kopf. Als sie wieder aufsah, war ihr Zorn verschwunden – zumindest oberflächlich –, und an seine Stelle war ihre gewohnte, beherrschte Wachsamkeit getreten. *Was sollen wir also tun, Ebrithil?*

Wir hoffen, dass Galbatorix Bloëdhgarm oder die anderen nicht tötet – zumindest nicht sofort –, und wir suchen weiter, bis wir den König finden.

Arya fügte sich, aber Eragon konnte ihr ansehen, wie sehr es ihr widerstrebte. Er machte ihr keinen Vorwurf, ihm ging es genauso.

»Warum hast du die Falle nicht gespürt?«, fragte er Elva mit leiser Stimme. Er glaubte, dass er es wusste, aber er wollte es von ihr hören.

»Weil sie ihnen keinen Schaden zugefügt hat«, antwortete sie.

Er nickte.

Arya ging zu dem goldenen Tor zurück und umfasste erneut den

Griff auf der linken Seite. Elva trat neben sie und legte ihre kleine Hand um den Schaft des Dauthdaerts.

Mit ihrem ganzen Gewicht zog Arya an dem Griff und ganz allmählich begann der massive linke Flügel aufzuschwingen. Kein Mensch, davon war Eragon überzeugt, hätte sie öffnen können und selbst Aryas Stärke reichte kaum aus.

Als der Torflügel an die Mauer stieß, ließ Arya ihn los und trat mit Elva zu Eragon, der vor Saphira stand.

Der höhlenartige Gang mündete hinter dem halb geöffneten Tor in einen riesigen dunklen Raum. Eragon konnte seine Größe nicht wirklich abschätzen, denn die Wände lagen in samtenen Schatten. Zwei Reihen auf Eisenpfählen sitzende flammenlose Laternen erstreckten sich zu beiden Seiten des Eingangs in den Raum und beleuchteten den gemusterten Boden und sonst nicht viel mehr, während von oben – durch in die ferne Decke eingelassene Kristalle – ein schwacher Schimmer herableuchtete. Die beiden Laternenreihen endeten in einer Entfernung von über fünfhundert Fuß vor einem breiten Podium, auf dem ein Thron stand. Auf dem Thron saß eine schwarze Gestalt, die einzige in dem ganzen Raum, und auf ihrem Schoß lag ein blankes Schwert wie ein langer weißer Splitter, der ein schwaches Leuchten zu verströmen schien.

Eragon schluckte und packte Brisingr fester. Er rieb kurz mit der Kante seines Schildes über Saphiras Kinn und sie ließ zur Antwort ein tiefes Grollen vernehmen. Dann traten die vier in stillem Einverständnis vor.

Sobald sie alle den Thronsaal betreten hatten, schwang der goldene Torflügel hinter ihnen zu. Eragon hatte das erwartet. Trotzdem ließ das Geräusch ihn zusammenzucken. Als das Echo im Saal verklungen war und düstere Stille herrschte, regte sich der Mann auf dem Thron, als erwache er aus einem Schlaf. Dann erklang von dem Podium her eine Stimme, wie Eragon sie noch nie gehört hatte: tief und voll und mächtiger als die Ajihads oder Oromis' oder Hrothgars. Eine Stimme, neben der selbst die Stimmen der Elfen schrill und misstönend klangen.

Und die Stimme sagte: »Ah, ich habe euch erwartet. Willkommen in meinem Domizil. Und dich heiße ich ganz besonders willkommen, Eragon Schattentöter, und dich, Saphira Schimmerschuppe. Ich habe mir sehr gewünscht, euch kennenzulernen. Aber ich bin auch froh, dich zu sehen, Arya – Tochter von Islanzadi und selbst Schattentöterin – und dich, Elva mit der Schimmerstirn. Und natürlich Glaedr, Umaroth, Valdr und alle, die ungesehen mit Euch reisen. Ich hatte sie lange für tot gehalten und ich bin überaus erfreut, zu erfahren, dass sie es nicht sind. Willkommen, Ihr alle! Wir haben viel zu besprechen.«

Im ärgsten Getümmel

Zusammen mit den Kriegern seines Bataillons erkämpfte sich Roran den Weg von Urû'baens Stadtmauer in die Straßen hinunter. Dort machten sie halt, um sich neu zu formieren. Dann rief er »Zum Tor!« und schwenkte seinen Hammer.

Er und einige Männer aus Carvahall, darunter Horst und Delwin, übernahmen die Führung, und an der Innenseite der Mauer entlang liefen sie auf die Bresche zu, die die Elfen mit ihrer Magie geschlagen hatten. Pfeile flogen über ihre Köpfe, während sie rannten, aber keiner wurde gezielt auf sie abgeschossen und Roran hörte nicht, dass irgendeiner der Männer aus ihrer Gruppe verletzt worden wäre.

In der engen Gasse zwischen der Mauer und den Häusern der Stadt begegneten ihnen Dutzende von Soldaten. Einige blieben stehen, um zu kämpfen, aber die übrigen liefen davon und selbst jene, die kämpften, zogen sich bald in die angrenzenden Gassen zurück.

Zuerst machte der wilde Rausch des Metzelns und des Siegens Roran blind für alles andere. Aber als die Soldaten, auf die sie trafen, alle die Flucht ergriffen, begann ein unbehagliches Gefühl an ihm zu nagen. Er sah sich noch aufmerksamer um, auf der Suche nach etwas, was anders war, als es sein sollte.

Er war sich ganz sicher, dass hier etwas nicht stimmte.

»Galbatorix würde ihnen niemals erlauben, so leicht aufzugeben«, murmelte er vor sich hin.

»Was?«, fragte Albriech an seiner Seite.

»Ich sagte, Galbatorix würde ihnen niemals erlauben, so leicht aufzugeben.« Roran drehte den Kopf und rief dem Rest des Bataillons zu: »Spitzt die Ohren und seht euch genau um! Ich wette,

Galbatorix hat noch ein paar Überraschungen für uns auf Lager. Aber wir lassen uns nicht überraschen, oder?«

»Nein, Hammerfaust!«, riefen alle und schlugen mit ihren Waffen auf ihre Schilde. Das heißt, alle bis auf die Elfen. Zufrieden beschleunigte er seine Schritte und behielt weiterhin die Dächer im Auge.

Sie trafen schon bald auf die von Trümmern übersäte Straße, die dorthin führte, wo einst das Haupttor der Stadt gestanden hatte. Jetzt war da nur noch ein klaffendes Loch, das am oberen Rand mehrere Hundert Fuß breit war, während unten ein Haufen zerborstener Steine lag. Durch dieses Loch strömten die Varden und ihre Verbündeten: Menschen, Zwerge, Urgals, Elfen und Werkatzen, die zum ersten Mal in der Geschichte Seite an Seite kämpften.

Pfeile regneten auf die Armee herab, als sie in die Stadt strömte, aber die Magie der Elfen stoppte die tödlichen Waffen, bevor sie Schaden anrichten konnten. Das galt jedoch nicht für Galbatorix' Soldaten. Roran sah etliche von ihnen den Bogenschützen der Varden zum Opfer fallen, obwohl einige Soldaten Schutzzauber gegen Pfeile zu besitzen schienen. Galbatorix' Favoriten, vermutete er.

Als sein Bataillon sich dem Rest der Armee anschloss, entdeckte er Jörmundur im Gedränge der Krieger. Roran rief einen Gruß und Jörmundur schrie: »Sobald wir diesen Springbrunnen dort erreichen«, er zeigte mit seinem Schwert auf ein großes, kunstvolles Bauwerk, das auf einem Platz mehrere Hundert Meter von ihnen entfernt stand, »nimmst du deine Männer und wendest dich nach rechts. Räume den südlichen Teil der Stadt, dann treffen wir uns wieder an der Zitadelle.«

Roran nickte übertrieben, damit Jörmundur es sehen konnte. »Zu Befehl!«

Er fühlte sich jetzt sicherer, nachdem die anderen Krieger zu ihnen gestoßen waren, aber sein Unbehagen war noch immer da. *Wo sind sie alle?*, fragte er sich und starrte in die leeren Straßen. Galbatorix hatte angeblich eine ganze Armee in Urû'baen versammelt, aber bisher hatte Roran keinen Hinweis auf eine große Truppe gesehen. Es waren überraschend wenig Soldaten auf den

Mauern gewesen, und diejenigen, die sie angetroffen hatten, waren früher als erwartet geflohen.

Er will uns in die Zitadelle locken, begriff Roran mit plötzlicher Gewissheit. *Es ist alles ein Spiel, mit dem Ziel, uns zu überlisten.* Er machte Jörmundur noch einmal auf sich aufmerksam und rief: »Irgendetwas stimmt hier nicht! Wo sind die Soldaten?«

Jörmundur runzelte die Stirn und wandte sich an König Orrin und Königin Islanzadi, die zu ihm aufgeschlossen waren. Seltsamerweise saß auf Islanzadis linker Schulter ein weißer Rabe, der die Krallen in ihren goldenen Korsettpanzer gegraben hatte.

Und noch immer setzten die Varden ihren Marsch in die Stadt fort, tiefer und tiefer nach Urû'baen hinein.

»Was ist los, Hammerfaust?«, knurrte Nar Garzhvog, während er sich einen Weg zu Roran bahnte.

Roran sah zu dem Kull mit dem massigen Kopf auf. »Ich weiß nicht recht. Galbatorix …«

Er vergaß, was er hatte sagen wollen, als ein Horn zwischen den Gebäuden vor ihnen erklang. Sein tiefer, Unheil verkündender Ton hielt fast eine Minute an und veranlasste die Varden, haltzumachen und sich besorgt umzusehen.

Eine schreckliche Ahnung beschlich Roran. »Das ist es«, sagte er zu Albriech. Dann drehte er sich um, schwenkte seinen Hammer und deutete auf eine Seite der Straße. »Dort hinüber!«, brüllte er. »Lauft zwischen die Gebäude und geht in Deckung!«

Sein Bataillon brauchte länger, um sich von der Kolonne der Krieger zu lösen, als es gebraucht hatte, um sich ihr anzuschließen. Ungeduldig brüllte Roran seine Männer weiter an, um sie anzutreiben. »Schneller, ihr jämmerlichen Hunde! Schneller!«

Das Horn ertönte abermals und endlich ließ Jörmundur die Armee haltmachen.

Inzwischen hatten Rorans Krieger sich in eine Nebenstraße zurückgezogen, wo sie auf seine Befehle warteten. Er stand zusammen mit Garzhvog und Horst an einer Hauswand und spähte um die Ecke, um herauszufinden, was vor sich ging.

Abermals erklang das Horn, dann hallte der Klang vieler schwerer Schritte durch Urû'baen.

Grauen beschlich Roran, als er Reihe um Reihe Soldaten von der Zitadelle her durch die Straßen marschieren sah. Die Formation war wohlgeordnet und die Gesichter der Soldaten zeigten nicht den geringsten Anflug von Furcht. An ihrer Spitze ritt ein untersetzter, breitschultriger Mann auf einem grauen Streitross. Er trug einen glänzenden Brustpanzer, der sich mehr als einen Fuß nach außen wölbte, als biete er einem dicken Bauch Platz. In der linken Hand trug er einen Schild mit einem Wappen, das eine Turmruine auf einem Felsgipfel zeigte. In der rechten hielt er eine Streitkeule. Die meisten Männer hätten wohl Schwierigkeiten gehabt, die schwere, dornenbewehrte Keule überhaupt anzuheben, aber er schwang sie mit Leichtigkeit hin und her.

Roran befeuchtete sich die Lippen. Er vermutete, dass der Mann kein anderer war als Graf Barst. Und wenn auch nur die Hälfte der Dinge, die er über den Mann gehört hatte, der Wahrheit entsprachen, dann wäre Barst niemals direkt auf eine gegnerische Streitmacht zugeritten, wenn er sich nicht absolut sicher wäre, dass er sie vernichten konnte.

Roran hatte genug gesehen. Er stieß sich von der Ecke des Gebäudes ab und sagte: »Wir werden nicht warten. Befehlt den anderen, uns zu folgen.«

»Du willst davonlaufen, Hammerfaust?«, grollte Nar Garzhvog.

»Nein«, sagte Roran. »Ich habe die Absicht, sie von der Seite anzugreifen. Nur ein Narr würde eine solche Armee frontal angreifen. Jetzt los!« Er gab dem Urgal einen Stoß, dann eilte er die Seitenstraße hinunter, um seine Position an der Spitze seiner Krieger einzunehmen. *Und nur ein Narr würde sich direkt mit dem Mann im Kampf messen, den Galbatorix zum Anführer seiner Streitkräfte ernannt hat.*

Während sie sich zwischen den dicht stehenden Gebäuden ihren Weg bahnten, hörte Roran, wie die Soldaten zu singen begannen: »Graf Barst! Graf Barst! Graf Barst!« Und sie stampften mit ihren genagelten Stiefeln auf den Boden und schlugen mit ihren Schwertern gegen ihre Schilde.

Das wird ja immer besser, dachte Roran und wünschte, er wäre überall sonst, nur nicht in Urû'baen.

Dann schrien die Varden ihre Antwort und die Luft war erfüllt von Rufen: »Er-a-gon!«, und: »Die Rei-ter!«, und in der Stadt hallte das Klirren von aufeinanderprallendem Stahl und die Schreie verletzter Männer wider.

Als sein Bataillon nach seiner Einschätzung auf gleicher Höhe mit dem Zentrum des feindlichen Heeres war, ließ er seine Männer umschwenken und gegen die Soldaten des Imperiums vorrücken. »Bleibt zusammen!«, befahl er. »Formt mit euren Schilden eine Wand, und was immer ihr tut, schützt die Magier.«

Sie sahen schon bald die Reihen dicht an dicht gedrängter Soldaten – größtenteils Speerträger –, die in Richtung Schlacht marschierten.

Nar Garzhvog stieß ein wildes Brüllen aus, in das Roran und die anderen Krieger des Bataillons einstimmten, und sie stürmten auf die Reihen der Männer zu. Die Soldaten schrien erschrocken auf und Panik machte sich unter ihnen breit, als sie beim Zurückweichen halb übereinanderfielen und ihre Kameraden niedertrampelten, während sie versuchten, sich Platz zum Kämpfen zu verschaffen.

Mit Gebrüll fiel Roran über die erste Reihe von Männern her. Blut spritzte um ihn herum, als er seinen Hammer schwang und spürte, wie Metall und Knochen darunter nachgaben. Die Soldaten standen so dicht nebeneinander, dass sie fast hilflos waren. Er tötete vier von ihnen, bevor auch nur ein Einziger es schaffte, ein Schwert gegen ihn zu schwingen, das er mit seinem Schild abblockte.

Am Rand der Straße schlug Nar Garzhvog mit einem einzigen Hieb seiner Keule sechs Männer nieder. Die Soldaten begannen sich wieder hochzurappeln. Sie ignorierten ihre Verletzungen, die sie normalerweise kampfunfähig gemacht hätten, und Garzhvog schlug noch einmal zu und zerschmetterte sie zu Brei.

Roran nahm nichts anderes wahr als die Männer vor ihm, das Gewicht seines Hammers in seiner Hand und die glatten, blutbedeckten Pflastersteine unter seinen Füßen. Er hieb und schmetterte, er duckte sich und wich aus, er knurrte und schrie, und er tötete, tötete, tötete – bis er schließlich seinen Hammer schwang und zu seiner Überraschung nichts als Luft vor sich hatte. Seine

Waffe prallte von der Straße ab, dass Funken von den Pflastersteinen aufstoben, und ein schmerzhafter Ruck fuhr ihm durch den Arm.

Roran schüttelte den Kopf. Sein Kampfrausch legte sich. Er hatte sich einmal quer durch die Masse der Soldaten gekämpft. Als er herumwirbelte, sah er, dass die meisten seiner Krieger rechts und links von ihm noch immer in Kämpfe mit Soldaten verwickelt waren. Er stieß ein weiteres Brüllen aus und stürzte sich zurück ins Getümmel.

Drei Soldaten umzingelten ihn: zwei mit Speeren, einer mit einem Schwert. Roran stürzte sich auf den Mann mit dem Schwert, aber er glitt aus, als er mit dem Fuß auf etwas Weiches, Nasses trat. Noch im Fallen schwang er seinen Hammer nach den Knöcheln des Mannes, der ihm am nächsten war. Der Soldat tänzelte rückwärts und wollte gerade sein Schwert auf Roran niedersausen lassen, als eine Elfe vorsprang und mit zwei schnellen Hieben alle drei Soldaten enthauptete.

Es war dieselbe Elfe, mit der er draußen vor der Stadtmauer gesprochen hatte, nur dass sie jetzt blutbespritzt war. Bevor er sich bei ihr bedanken konnte, jagte sie an ihm vorbei, ihr Schwert nichts weiter als ein Lichtreflex, der durch die Luft sauste, während sie weitere Soldaten niedermähte.

Nachdem er sie hatte kämpfen sehen, entschied Roran, dass jeder Elf mindestens fünf Männer wert war, und das schloss noch nicht ihre Fähigkeit ein, Zauber zu wirken. Was die Urgals betraf, kam er ihnen lieber nicht in die Quere, insbesondere den Kull. Sie schienen, wenn sie einmal in Fahrt waren, kaum noch zwischen Freund und Feind zu unterscheiden, und die Kull waren so groß, dass es für sie leicht war, jemanden aus Versehen zu töten. Er sah, wie einer von ihnen einen Soldaten zwischen seinem Bein und der Mauer eines Hauses zerquetschte und es nicht einmal bemerkte. Bei einer anderen Gelegenheit beobachtete er, wie ein Kull einen Soldaten mit einer unbeabsichtigten Bewegung seines Schildes enthauptete, während er sich umdrehte.

Die Kämpfe dauerten noch einige Minuten an, danach gab es ringsum nur noch tote Soldaten.

Roran wischte sich den Schweiß von der Stirn und sah die Straße hinauf und hinunter. Er bemerkte, wie die Überreste der Streitmacht, die sie vernichtet hatten, weiter stadteinwärts zwischen den Häusern verschwanden – vermutlich, um sich einem anderen Teil von Galbatorix' Heer anzuschließen. Er überlegte kurz, ob er sie verfolgen sollte. Aber das Hauptkampfgebiet lag näher an der Mauer und er wollte über die Nachhut der angreifenden Soldaten herfallen und ihre Reihen aufbrechen.

»Hier entlang!«, rief er, hob seinen Hammer und lief los.

Ein Pfeil grub sich in den Rand seines Schilds, und als er aufblickte, sah er die Silhouette eines Mannes, der hinter einem Dachfirst verschwand.

Als Roran zwischen den dicht stehenden Gebäuden hervor auf den Platz trat, der direkt an den Überresten von Urû'baens Haupttor lag, erblickte er ein solches Chaos, dass er zögerte und einen Moment nicht sicher war, was er tun sollte.

Die beiden Armeen waren in Nahkämpfe verstrickt, sodass weder Formationen noch klare Frontlinien zu erkennen waren. Die blutroten Waffenröcke der Soldaten waren über den ganzen Platz verteilt, manchmal einzeln, manchmal in großen Gruppen, und die Kämpfe hatten sich auf alle angrenzenden Straßen ausgedehnt. Neben den Kriegern, die Roran hier erwartete, entdeckte er auch Dutzende von Katzen – gewöhnliche Katzen, keine Werkatzen –, die die Soldaten angriffen. Es war das Wildeste und Beängstigendste, was er je gesehen hatte. Die Katzen, das wusste er, unterstanden den Werkatzen.

Und mitten auf dem Platz saß auf seinem grauen Streitross Graf Barst, und sein großer, runder Brustpanzer glänzte im Licht der Feuer, das in nahen Häusern ausgebrochen war. Er schwang seine Streitkeule wieder und wieder, schneller als es irgendeinem Menschen hätte möglich sein sollen, und mit jedem Hieb erschlug er mindestens einen der Varden. Auf ihn abgefeuerte Pfeile verglühten in Wolken aus widerlich orangefarbenen Flammen, Schwerter und Speere prallten von ihm ab, als sei er aus Stein, und nicht einmal die Stärke eines heranstürmenden Kull reichte aus, um ihn von seinem Ross zu reißen. Roran beobachtete staunend, wie der von Kopf bis Fuß gepanzerte Mann mit einem lässigen Hieb seiner Keule einen angreifenden Kull erschlug und dabei Hörner und Schädel so mühelos zerbrach wie eine Eierschale.

Roran sah finster drein. *Wie kann er so stark und so schnell sein?* Magie war die offensichtliche Antwort, aber die Magie musste auch eine Quelle haben. Weder auf Barsts Keule noch auf seiner Rüstung waren Edelsteine zu sehen und Roran glaubte auch nicht, dass Galbatorix Barst aus der Ferne Energie zufließen ließ.

Roran erinnerte sich an sein Gespräch mit Eragon in der Nacht, bevor sie Katrina aus dem Helgrind gerettet hatten. Eragon hatte ihm erklärt, dass es im Grunde genommen unmöglich war, den Körper eines Menschen so zu verändern, dass er die Geschwindigkeit und Stärke eines Elfs besaß, selbst wenn es sich bei dem Menschen um einen Reiter handelte – was das, was die Drachen während der Blutschwurzeremonie mit Eragon gemacht hatten, umso erstaunlicher erscheinen ließ. Es schien unwahrscheinlich, dass Galbatorix eine ähnliche Verwandlung mit Barst zuwege gebracht hatte, weshalb sich Roran erneut fragte, woher Barst seine unnatürliche Kraft bezog.

Barst zügelte sein Ross und wendete das Pferd. Ein Lichtstrahl, der auf die Oberfläche des geschwollenen Brustpanzers fiel, erregte Rorans Aufmerksamkeit. Rorans Mund wurde trocken und Verzweiflung machte sich in ihm breit. Soweit er wusste, war Barst nicht die Art Mann, die einen Bauch hatte. Er würde sich nicht erlauben, zu verweichlichen, und niemals hätte Galbatorix einen solchen Mann für die Verteidigung Urû'baens ausgewählt. Die einzige Erklärung, die einen Sinn ergab, war die, dass Barst sich unter seinem seltsam geformten Brustpanzer einen Eldunarí an den Körper geschnallt hatte.

Auf einmal erzitterte die Straße und platzte auf, und ein dunkler Riss bildete sich direkt unter Barst und seinem Streitross. Das Loch hätte sie beide verschlungen und es wäre immer noch Platz darin gewesen, aber das Pferd blieb über der leeren Luft stehen, als stünden seine Hufe immer noch auf festem Boden. Farbige Blitze flackerten um Barst herum wie eine Aura aus einem zerfetzten Regenbogen und einander abwechselnde Wellen von Hitze und Kälte gingen von dem Lichtkranz aus. Roran sah Ranken aus Eis aus dem Boden emporkriechen, die versuchten, sich um die Beine des Pferdes zu schlingen. Aber das Eis fand keinen Halt an dem Pferd noch schien irgendeine Art von Magie Wirkung auf den Mann oder das Tier zu zeigen.

Barst zog erneut an den Zügeln, dann trieb er sein Pferd auf eine Gruppe von Elfen zu, die neben einem nahen Haus standen und in der alten Sprache sangen. Sie waren es, vermutete Roran, die die Zauber gegen Barst gewirkt hatten. Barst hob seine Keule über den Kopf und stürmte mitten zwischen die Elfen. Sie sprangen auseinander und versuchten sich zu verteidigen, aber ohne Erfolg, denn Barst zersplitterte ihre Schilde und zerbrach ihre Schwerter. Wenn er zuschlug, zerquetschte die Streitkeule die Elfen, als seien ihre Knochen so dünn und hohl wie die von Vögeln.

Warum haben ihre Zauber sie nicht geschützt?, fragte Roran sich. *Warum können sie ihn nicht mit ihrem Geist aufhalten? Er ist nur ein einziger Mann und er hat nur einen einzigen Eldunarí bei sich.*

Einige Meter entfernt krachte ein großer, runder Stein in das Meer kämpfender Leiber, hinterließ einen leuchtend roten Fleck und sprang weiter in ein Gebäude, wo er die Statuen über den Türrahmen zerschmetterte.

Roran zog den Kopf ein und fluchte, während er festzustellen versuchte, woher der Stein gekommen war. Er entdeckte, dass Galbatorix' Soldaten die Katapulte und anderen Kriegsmaschinen auf einem entfernteren Abschnitt der Mauer zurückerobert hatten. *Sie schießen in ihre eigene Stadt*, dachte er. *Sie schießen auf ihre eigenen Männer!*

Mit einem angewiderten Knurren drehte er sich von dem Platz weg, sodass er in das Innere der Stadt blickte. »Wir können hier nichts ausrichten!«, rief er dem Bataillon zu. »Überlasst Barst den anderen. Nehmt die Straße dort drüben!« Er zeigte nach links. »Wir kämpfen uns einen Weg zur Mauer frei und setzen uns dort fest.«

Wenn die Krieger antworteten, so hörte er es nicht, denn er hatte sich bereits in Bewegung gesetzt. Hinter ihm krachte ein weiterer Stein in die kämpfenden Armeen, und neue Schmerzensschreie erklangen.

Die Straße, in die Roran bog, war voller Soldaten, außerdem waren dort einige Elfen und Werkatzen, die sich vor dem Laden eines Hutmachers zusammendrängten und ziemliche Schwierigkeiten hatten, die große Anzahl von Feinden um sie herum abzuwehren. Die Elfen riefen etwas und ein Dutzend Soldaten fiel zu Boden, aber der Rest blieb stehen.

Roran stürzte sich mitten zwischen die Soldaten und verlor sich einmal mehr im roten Nebel des Schlachtrausches. Er sprang über einen der gefallenen Soldaten hinweg und ließ seinen Hammer auf den Helm eines Mannes niedersausen, der ihm den Rücken zukehrte. In der festen Überzeugung, dass der Mann tot war, benutzte Roran seinen Schild, um den nächsten Soldaten zurückzustoßen, dann rammte er dem Mann das Ende seines Hammers in die Kehle und zerquetschte sie.

Neben ihm wurde Delwin von einem Speer in der Schulter getroffen und sackte mit einem Schmerzensschrei auf ein Knie. Roran schwang seinen Hammer noch schneller als gewöhnlich und trieb den Speerkämpfer zurück, während Delwin die Waffe herauszog und wieder auf die Füße kam.

»Zieh dich zurück«, befahl Roran ihm.

Delwin schüttelte mit zusammengebissenen Zähnen den Kopf. »Nein!«

»Zurück, verdammt noch mal! Das ist ein Befehl.«

Delwin schimpfte, aber er gehorchte und Horst nahm seinen Platz ein. Der Schmied, so bemerkte Roran, blutete aus Schnittwunden an Armen und Beinen, aber sie schienen ihn beim Kämpfen nicht zu beeinträchtigen.

Nachdem er einem Schwerthieb ausgewichen war, trat Roran einen Schritt vor. Er glaubte hinter sich ein leises Rauschen zu hören, dann dröhnte in seinen Ohren ein Donnerschlag, die Erde drehte sich um ihn und alles wurde schwarz.

Er kam mit einem brummenden Schädel zu sich. Über sich sah er den Himmel – inzwischen hell vom Licht der aufgehenden Sonne – und die von Spalten durchzogene Unterseite des Felsüberhangs.

Stöhnend vor Schmerz richtete er sich auf. Er lag am Fuß der Stadtmauer neben den blutigen Bruchstücken eines Steins aus einem Katapult. Sein Schild fehlte, ebenso sein Hammer, was ihn beunruhigte, auch wenn er immer noch ganz benommen war.

Während er versuchte, wieder klar zu werden, stürmte eine Gruppe von fünf Soldaten auf ihn zu, und einer der Männer rammte ihm einen Speer in die Brust. Die Spitze der Waffe drückte ihn gegen die Mauer, aber sie durchstach seine Haut nicht.

»Ergreift ihn!«, riefen die Soldaten und Hände packten Rorans Arme und Beine. Er wehrte sich nach Kräften und versuchte sich loszureißen, aber er war immer noch geschwächt und es waren zu viele Soldaten für ihn, als dass er sie hätte überwältigen können.

Die Soldaten schlugen ihn wieder und wieder, und er spürte, wie seine Kraft aus ihm herausfloss, während seine Schutzzauber ihn vor den Schlägen schützten. Die Welt wurde grau und er war kurz davor, das Bewusstsein erneut zu verlieren, als aus dem Mund eines der Soldaten die Klinge eines Schwertes spross.

Die Soldaten ließen ihn los und Roran sah eine dunkelhaarige Frau zwischen ihnen herumwirbeln, während sie ihr Schwert mit der geübten Mühelosigkeit eines erfahrenen Kriegers schwang. Innerhalb von Sekunden tötete sie die fünf Männer, obwohl einer von ihnen es schaffte, ihr eine oberflächliche Schnittwunde am linken Oberschenkel zuzufügen.

Danach hielt sie ihm die Hand hin und sagte: »Hammerfaust«.

Als er ihren Unterarm umfasste, bemerkte er, dass ihr Handgelenk – wo ihr abgenutzter Armschutz es nicht bedeckte – über und über mit Narben bedeckt war, als sei sie verbrannt oder fast bis auf die Knochen ausgepeitscht worden. Hinter der Frau stand ein bleiches halbwüchsiges Mädchen, das eine bunt zusammengewürfelte Rüstung trug, außerdem ein Junge, der ein oder zwei Jahre jünger aussah als das Mädchen.

»Wer seid Ihr?«, fragte er, während er aufstand.

Das Gesicht der Frau war auffällig: breit und starkknochig, mit dem bronzefarbenen, wettergegerbten Aussehen eines Menschen, der den größten Teil seines Lebens im Freien verbracht hatte.

»Eine Fremde, die zufällig vorbeigekommen ist«, antwortete sie.

Dann ging sie in die Knie, hob einen der Speere der Soldaten auf und reichte ihn ihm.

»Meinen Dank.«

Sie nickte, dann eilten sie und ihre jungen Gefährten zu den nächsten Häusern und drangen tiefer in die Stadt vor.

Roran starrte ihnen eine halbe Sekunde lang staunend nach, dann schüttelte er sich und eilte die Straße zurück, um sich wieder seinem Bataillon anzuschließen.

Die Krieger begrüßten ihn mit erstaunten Ausrufen und griffen, durch sein Auftauchen ermutigt, die Soldaten mit neuem Elan an. Als Roran seinen Platz unter den anderen Männern aus Carvahall einnahm, entdeckte er jedoch, dass der Stein, der ihn niedergeschlagen hatte, Delwin getötet hatte. Sein Kummer verwandelte sich rasch in Zorn und er kämpfte noch unerbittlicher als bisher, mit dem Vorsatz, die Schlacht so schnell wie möglich zu beenden.

Der Name aller Namen

Voller Angst, aber entschlossen schritt Eragon mit Arya, Elva und Saphira auf das Podium zu, wo sie ein entspannter Galbatorix auf seinem Thron erwartete.

Es war ein langer Weg, lang genug, dass Eragon Zeit hatte, sich verschiedene Strategien zu überlegen, von denen er die meisten als unbrauchbar wieder verwarf. Er wusste, dass Stärke allein nicht ausreichen würde, um den König zu besiegen. Es würde auch Gerissenheit dazugehören, und das war es, was ihm seiner Meinung nach am meisten fehlte. Trotzdem, sie hatten jetzt keine andere Wahl mehr, als es mit Galbatorix aufzunehmen.

Die beiden Laternenreihen, die zum Podium führten, standen weit genug auseinander, dass sie zu viert Seite an Seite dazwischen hindurchdurchgehen konnten. Dafür war Eragon dankbar, denn es bedeutete, dass Saphira in der Lage sein würde, direkt an ihrer Seite zu kämpfen, falls es nötig sein sollte.

Während sie sich dem Thron näherten, sah Eragon sich in dem riesigen Saal um. Es war, dachte er, ein seltsamer Raum für einen König, um darin Gäste zu empfangen. Abgesehen von dem hellen Pfad vor ihnen lag der größte Teil der Halle in undurchdringlicher Finsternis – mehr noch als in den Hallen der Zwerge unter Tronjheim und Farthen Dûr – und in der Luft lag ein trockener, moschusartiger Duft, der ihm vertraut schien, obwohl er ihn nicht einordnen konnte.

»Wo ist Shruikan?«, fragte er leise.

Saphira witterte. *Ich kann ihn riechen, aber ich höre ihn nicht.*

Elva runzelte die Stirn. »Ich kann ihn auch nicht spüren.«

Als sie vielleicht noch dreißig Fuß von dem Podium entfernt waren, blieben sie stehen. Hinter dem Thron hingen dicke schwarze Vorhänge aus einem samtigen Material, die bis zur Decke reichten.

Ein Schatten lag über Galbatorix und verbarg seine Züge. Aber jetzt beugte er sich ins Licht vor und Eragon sah sein Gesicht. Es war lang und hager, mit einer hohen Stirn und einer scharfen Nase. Seine Augen waren hart wie Stein und rund um die Iris war nur wenig Weiß zu sehen. Sein Mund war dünn und breit und an den Winkeln leicht herabgezogen, und er trug einen kurz gestutzten Bart und Schnurrbart, pechschwarz wie seine Kleidung. Was sein Alter betraf, so schien er in seinem vierten Jahrzehnt zu sein: immer noch auf dem Höhepunkt seiner Kraft, aber mit den ersten Anzeichen des beginnenden Verfalls. Auf der Stirn und zu beiden Seiten der Nase hatte er Falten und seine gebräunte Haut wirkte dünn, als habe er den Winter über nichts anderes gegessen als Kaninchenfleisch und Rüben. Seine Schultern waren breit und kräftig, seine Taille war schlank.

Auf dem Kopf trug er eine Krone aus rötlichem Gold, in die alle möglichen Juwelen eingelassen waren. Die Krone wirkte alt – älter noch als der Saal – und Eragon fragte sich, ob sie vielleicht einst, vor vielen Jahrhunderten, König Palancar gehört hatte.

Auf Galbatorix' Schoß lag sein Schwert. Es war ganz offensichtlich das Schwert eines Reiters, aber Eragon hatte noch nie eines wie dieses gesehen. Klinge, Griff und Parierstange waren strahlend weiß, während das Juwel im Knauf so durchsichtig war wie eine Bergquelle. Alles in allem hatte die Waffe für Eragon etwas Beunruhigendes an sich. Ihre Farbe – oder vielmehr das *Fehlen* von Farbe – erinnerte ihn an einen sonnengebleichten Knochen. Es war die Farbe des Todes, nicht des Lebens, und sie wirkte viel gefährlicher als jede Schwarzschattierung, und sei sie noch so dunkel.

Galbatorix musterte der Reihe nach jeden von ihnen mit seinem scharfen, unverwandten Blick. »Also, ihr seid gekommen, um mich zu töten«, stellte er fest. »Nun denn, wollen wir beginnen?« Er hob sein Schwert und breitete die Arme zu einer Geste aus, als wolle er sie willkommen heißen.

Eragon ging in Kampfstellung und hob Schwert und Schild. Die Einladung des Königs verunsicherte ihn. *Er spielt mit uns.*

Elva, die noch immer den Dauthdaert hielt, trat vor und begann zu sprechen. Es kam jedoch kein Laut aus ihrem Mund und sie sah Eragon erschrocken an.

Eragon versuchte, ihren Geist mit seinem zu berühren, aber er konnte nichts von ihren Gedanken spüren. Es war, als sei sie gar nicht mehr im gleichen Raum.

Galbatorix lachte, dann legte er sich sein Schwert wieder auf den Schoß und lehnte sich auf seinem Thron zurück. »Hast du wirklich geglaubt, ich wüsste nichts von deiner Fähigkeit, Kind? Hast du wirklich gedacht, du könntest mich mit einem so schäbigen, durchschaubaren Trick machtlos machen? Oh, ich habe keine Zweifel, dass deine Worte mir schaden könnten, wenn ich sie nur hören würde.« Seine blutleeren Lippen verzogen sich zu einem grausamen, freudlosen Lächeln. »Was für eine Torheit. *Das* ist euer ganzer Plan? Ein Mädchen, das nicht sprechen kann, es sei denn, ich gebe ihr die Erlaubnis dazu, eine Lanze, die besser geeignet wäre, an einer Wand zu hängen, als sie in die Schlacht zu tragen, und eine Sammlung von Eldunarí, die vom Alter halb von Sinnen sind? Also wirklich! Ich hatte mehr von dir erwartet, Arya. Und von Euch, Glaedr! Aber andererseits nehme ich an, dass Eure Gefühle Euren Verstand getrübt haben, seit ich Murtagh benutzt habe, um Oromis zu erschlagen.«

Zu Eragon, Saphira und Arya sagte Glaedr: *Tötet ihn.* Der goldene Drache war vollkommen ruhig, aber gerade seine Gelassenheit verriet einen Zorn, der alle anderen Gefühle übertraf.

Eragon tauschte einen schnellen Blick mit Arya und Saphira, dann gingen sie auf das Podium zu, während Glaedr, Umaroth und die anderen Eldunarí begannen, Galbatorix' Geist anzugreifen.

Bevor Eragon auch nur ein paar Schritte weit gekommen war, erhob sich der König von seinem samtenen Sitz und rief ein Wort. Das Wort hallte in Eragons Geist wider und zur Antwort schien jeder Teil seines Wesens zu klingen, als sei er ein Instrument, auf dem ein Barde einen Akkord angeschlagen hatte. Trotz der Intensität seiner Reaktion konnte Eragon sich nicht an das Wort erinnern. Es verblasste in seinem Geist und hinterließ nur das Wissen um seine Existenz und seine Wirkung auf ihn.

Nach diesem ersten sprach Galbatorix noch andere Worte, aber keines schien die gleiche Macht zu haben und Eragon war zu benommen, um ihre Bedeutung zu begreifen. Nachdem der letzte Satz über die Lippen des Königs gekommen war, wurde Eragon von einer Macht gepackt, die ihn mitten in der Bewegung innehalten ließ. Der Ruck entlockte ihm einen überraschten Aufschrei. Er versuchte, sich zu bewegen, aber sein Körper hätte genauso gut in Stein gefasst sein können. Er konnte nur noch atmen, sehen, und wie er bereits entdeckt hatte, sprechen.

Er verstand es nicht. Seine Zauber hätten ihn gegen die Magie des Königs schützen müssen. Dass sie es nicht taten, vermittelte ihm das Gefühl, am Rande eines gewaltigen Abgrunds zu stehen.

Saphira, Arya und Elva neben ihm waren wie er bewegungsunfähig.

Wütend darüber, was für ein leichtes Spiel der König mit ihnen gehabt hatte, vereinte Eragon seinen Geist mit dem der Eldunarí, die gegen Galbatorix' Bewusstsein ankämpften. Er verspürte eine gewaltige Anzahl von Geistern, die sich ihnen entgegenstellte – allesamt Drachen, die in einem zusammenhanglosen Chor summten und plapperten und kreischten. Ein Chor von solchem Schmerz und solcher Trauer, dass Eragon sich am liebsten losgerissen hätte, damit die Drachen ihn nicht in ihren Wahnsinn hinabzogen. Sie waren auch stark, als seien die meisten so groß wie Glaedr gewesen oder noch größer.

Die gegnerischen Drachen machten es unmöglich, Galbatorix direkt anzugreifen. Wann immer Eragon glaubte, die Gedanken des Königs zu berühren, warf sich einer der versklavten Drachen gegen Eragons Geist und zwang ihn – die ganze Zeit über unsinniges Zeug brabbelnd – zum Rückzug. Der Kampf gegen die Drachen war wegen ihrer wilden, zusammenhanglosen Gedanken schwierig. Einen von ihnen zu bezwingen, war genauso beschwerlich, wie einen tollwütigen Wolf festzuhalten. Und es waren so viele, viel mehr, als die Reiter im Verlies der Seelen versteckt hatten.

Bevor irgendeine Seite sich einen Vorteil verschaffen konnte, sagte Galbatorix, der vollkommen ungerührt von dem unsichtbaren

Kampf schien: »Kommt heraus, meine Lieben, und begrüßt unsere Gäste.«

Ein Junge und ein Mädchen tauchten hinter dem Thron auf und traten an die rechte Seite des Königs. Das Mädchen war schätzungsweise sechs Jahre alt, der Junge vielleicht acht oder neun. Sie sahen einander sehr ähnlich und Eragon vermutete, dass sie Bruder und Schwester waren. Beide trugen Nachthemden. Das Mädchen klammerte sich an den Arm des Jungen und versteckte sich halb hinter ihm, während der Junge verängstigt, aber entschlossen wirkte. Selbst während er gegen Galbatorix' Eldunarí kämpfte, konnte Eragon den Geist der Kinder spüren – konnte ihr Entsetzen und ihre Verwirrung spüren –, und er wusste, dass diese Gefühle echt waren.

»Ist sie nicht entzückend?«, fragte Galbatorix und hob mit einem langen Finger das Kinn des Mädchens an. »Was für große Augen und was für hübsches Haar. Und ist er nicht ein gut aussehender junger Bursche?« Er legte dem Jungen eine Hand auf die Schulter. »Kinder, so heißt es, sind ein Segen für uns alle. Zufällig teile ich diese Auffassung nicht. Meiner Erfahrung nach sind Kinder genauso grausam und rachsüchtig wie Erwachsene. Es fehlt ihnen nur an der notwendigen Stärke, um andere ihrem Willen zu unterwerfen. Vielleicht stimmt ihr mir zu, vielleicht auch nicht. Wie dem auch sei, ich weiß, dass ihr Varden euch eurer Tugend rühmt. Ihr seht euch selbst als Verfechter der Gerechtigkeit, Verteidiger der Unschuldigen – als gäbe es einen wahrhaft Unschuldigen – und als edle Krieger, die darum kämpfen, ein altes Unrecht wiedergutzumachen. Also schön, prüfen wir eure Überzeugungen und stellen fest, ob ihr seid, was ihr zu sein vorgebt. Wenn ihr euren Angriff nicht abbrecht, werde ich diese zwei hier töten«, er schüttelte den Jungen an der Schulter, »und ich werde sie töten, wenn ihr es wagt, mich abermals anzugreifen … Tatsächlich werde ich sie, wenn ihr mich übermäßig verärgert, ohnehin töten, also rate ich euch, höflich zu sein.«

Den beiden Kindern schien bei seinen Worten übel zu werden, aber sie unternahmen keinen Versuch, zu fliehen.

Eragon sah zu Arya hinüber und in ihren Augen stand die gleiche Verzweiflung, die er selbst spürte.

Umaroth!, riefen sie aus.

Nein, knurrte der weiße Drache, noch während er mit dem Geist eines anderen Eldunarí rang.

Ihr müsst aufhören, sagte Arya.

Nein!

Er wird sie töten, warf Eragon ein.

Nein! Wir werden nicht aufgeben. Nicht jetzt!

Genug!, brüllte Glaedr. *Es sind Küken, die in Gefahr sind!*

Und noch mehr Küken werden in Gefahr sein, wenn wir den Drachenei-Räuber nicht töten.

Ja, aber jetzt ist der falsche Zeitpunkt, um es zu versuchen, mischte Arya sich ein. *Wartet ein wenig, und vielleicht können wir einen Weg finden, ihn anzugreifen, ohne das Leben der Kinder aufs Spiel zu setzen.*

Und wenn nicht?, fragte Umaroth.

Weder Eragon noch Arya brachten es über sich, zu antworten.

Dann werden wir tun, was wir tun müssen, stellte Saphira fest.

Eragon fand es schrecklich, aber er wusste, dass sie recht hatte. Sie konnten nicht das Wohl zweier Kinder über das von ganz Alagaësia stellen. Wenn möglich, würden sie den Jungen und das Mädchen retten, aber wenn nicht, würden sie trotzdem angreifen. Sie hatten keine andere Wahl.

Als Umaroth und die Eldunarí, für die er sprach, sich widerstrebend zurückzogen, lächelte Galbatorix. »So, schon viel besser. Jetzt können wir uns wie zivilisierte Wesen unterhalten, ohne uns Sorgen darüber zu machen, wer wen zu töten versucht.« Er tätschelte dem Jungen den Kopf, dann deutete er auf die Stufen des Podiums. »Setzt euch.« Ohne Widerrede ließen die beiden Kinder sich auf der untersten Stufe nieder, so weit von dem König entfernt wie nur möglich. Dann machte Galbatorix eine Handbewegung und sagte: *»Kausta«*, und Eragon glitt vorwärts, bis er am Fuß des Podiums stand. Genauso erging es Arya, Elva und Saphira.

Eragon war nach wie vor fassungslos, dass ihre Schutzzauber keine Wirkung zeigten. Er dachte an das Wort – was immer es gewesen sein mochte – und ein schrecklicher Verdacht beschlich ihn, gefolgt von Hoffnungslosigkeit. Trotz all ihrer Pläne, trotz ihrer

Gespräche, ihrer Sorgen und ihres Leidens, trotz all ihrer Opfer hatte Galbatorix sie so mühelos eingefangen wie einen Wurf neugeborener Kätzchen. Und wenn Eragons Verdacht zutraf, war der König noch stärker, als sie vermutet hatten.

Trotzdem, sie waren nicht gänzlich hilflos. Noch gehörte ihr Geist ihnen. Und soweit er erkennen konnte, waren sie immer noch in der Lage, Magie zu benutzen … auf die eine oder andere Weise.

Galbatorix' Blick richtete sich auf Eragon. »Du bist also derjenige, der mir so viel Ärger bereitet hat, Eragon, Sohn von Morzan … Du und ich, wir hätten uns schon vor langer Zeit begegnen sollen. Wäre deine Mutter nicht so töricht gewesen, dich in Carvahall zu verstecken, wärst du hier aufgewachsen, in Urû'baen. Als ein Kind des Adels, mit all den Reichtümern und den Pflichten, die dazugehören, statt deine Tage damit zu verbringen, in der Erde zu wühlen. Doch was geschehen ist, ist geschehen. Jetzt bist du hier und all diese Dinge sollen endlich dir gehören. Sie sind dein Geburtsrecht, dein Erbe, und ich werde dafür sorgen, dass du es erhältst.« Er schien Eragon noch eingehender zu betrachten, dann fuhr er fort: »Du bist deiner Mutter ähnlicher als deinem Vater. Für Murtagh gilt das Gegenteil. Aber das hat keine große Bedeutung. Ganz gleich, wem du ähnlicher siehst, es ist nur recht und billig, dass du und dein Bruder mir dient, genau wie eure Eltern es getan haben.«

»Niemals«, stieß Eragon durch zusammengebissene Zähne hervor.

Ein dünnes Lächeln erschien auf dem Gesicht des Königs. »Niemals? Wir werden sehen.« Er ließ seinen Blick weiterwandern. »Und du, Saphira. Von all meinen Gästen heute freut es mich am meisten, dich zu sehen. Du bist zu einer prächtigen jungen Dame herangewachsen. Erinnerst du dich an diesen Ort? Erinnerst du dich an den Klang meiner Stimme? So manche Nacht hab ich hier mit dir und den anderen mir anvertrauten Eiern gesprochen, in den Jahren, während ich meine Herrschaft über das Imperium abgesichert habe.«

Ich … ich erinnere mich kaum, antwortete Saphira und Eragon übermittelte ihre Worte dem König. Sie wollte nicht direkt mit dem König in Verbindung treten, noch hätte der König das zugelassen.

Ihren Geist nicht mit dem anderen zu verbinden, war die beste Möglichkeit für beide, sich zu schützen, solange sie sich nicht in einem offenen Kampf befanden.

Galbatorix nickte. »Und ich bin sicher, je länger du wieder innerhalb dieser Mauern bist, desto besser wirst du dich erinnern. Du warst dir damals vielleicht nicht ganz darüber im Klaren, aber du hast den größten Teil deines Lebens in einem Raum verbracht, der nicht weit von hier entfernt ist. Er ist dein Zuhause, Saphira. Dort gehörst du hin. Und dort wirst du dein Nest bauen und deine Eier legen.«

Saphira kniff die Augen zusammen und Eragon nahm eine seltsame Sehnsucht bei ihr wahr, vermischt mit brennendem Hass.

Der König wandte sich an Arya. »Arya Dröttningu. Das Schicksal hat offenbar Sinn für Humor, denn hier stehst du nun, nachdem ich vor so langer Zeit den Befehl erteilt habe, dich herbringen zu lassen. Du hast nicht den direkten Weg gewählt, aber trotzdem bist du gekommen, und das aus eigenem Antrieb. Ich finde das ziemlich amüsant. Du nicht auch?«

Arya presste die Lippen aufeinander und schwieg.

Galbatorix kicherte. »Ich gebe zu, du warst mir seit beträchtlicher Zeit ein Dorn im Auge. Du hast nicht so viel Schaden angerichtet wie dieser stümperhafte Wichtigtuer Brom, aber du warst auch nicht untätig. Man könnte sogar sagen, dass diese ganzen Umstände deine Schuld sind, da du es warst, die Saphiras Ei zu Eragon geschickt hat. Aber ich trage dir nichts nach. Wärst du nicht gewesen, wäre Saphira vielleicht überhaupt nicht geschlüpft und ich wäre wohl nie in der Lage gewesen, die letzten meiner Feinde aus ihrem Versteck zu locken. Dafür danke ich dir. Und dann bist da noch du, Elva. Das Mädchen mit dem Zeichen eines Reiters auf der Stirn. Von einem Drachen gezeichnet und gesegnet mit der Notwendigkeit, alles wahrzunehmen, was eine Person quält, und alles, was sie quälen *wird*. Wie sehr du während dieser letzten Monate gelitten haben musst. Wie sehr du alle um dich herum für ihre Schwächen verachten musst, gerade dann, wenn du gezwungen bist, an ihrem Elend teilzuhaben. Die Varden haben dich schändlich missbraucht. Heute werde ich die Schlachten beenden, die dich so gequält haben, und du sollst die Fehler und Unglücke anderer nicht länger erleiden müssen. Das verspreche ich. Gelegentlich werde ich deine Fähigkeit vielleicht benötigen, aber im Großen und Ganzen kannst du tun, was du willst, und du sollst endlich Frieden finden.«

Elva runzelte die Stirn, aber es war offensichtlich, dass das Angebot des Königs sie reizte. Galbatorix zuzuhören, begriff Eragon, konnte genauso gefährlich sein, wie Elva zuzuhören.

Galbatorix schwieg und berührte den mit Draht umwickelten Griff seines Schwertes, während er sie verstohlen musterte. Dann richtete er seinen Blick an ihnen vorbei auf den Punkt in der Luft, wo die unsichtbaren Eldunarí schwebten, und seine Stimmung schien sich zu verdüstern. »Übermittelt meine Worte direkt an Umaroth, während ich spreche«, verlangte er. »Umaroth! Wieder einmal führt uns unser Weg so unglücklich zusammen. Ich dachte, ich hätte Euch auf Vroengard getötet.«

Umaroth antwortete und Eragon begann seine Worte zu wiederholen: »Er sagt …«

»… dass Ihr nur seinen Körper getötet habt«, beendete Arya seinen Satz.

»So viel ist offensichtlich.«, entgegnete Galbatorix. »Wo haben die Reiter Euch und diejenigen, die bei Euch sind, versteckt? Auf Vroengard? Oder war es an einem anderen Ort? Meine Diener und ich haben die Ruinen von Dorú Areaba sehr gründlich durchsucht.«

Eragon zögerte, die Antwort des Drachen zu übermitteln, da sie dem König ganz sicher missfallen würde, aber ihm fiel keine andere Möglichkeit ein. »Er sagt … dass er Euch diese Information niemals freiwillig geben wird.«

Galbatorix' Augenbrauen trafen sich über seiner Nase. »Sagt er das, ja? Nun, er wird es mir schon bald erzählen, ob er will oder nicht.« Der König klopfte auf den Knauf seines blendend weißen Schwertes. »Ich habe seinem Reiter diese Klinge abgenommen, müsst Ihr wissen, als ich ihn getötet habe – als ich Vrael getötet habe –, dort auf dem Wachturm, von wo aus man einen Blick über das Palancar-Tal hat. Vrael hatte seinen eigenen Namen für dieses Schwert. Er nannte es Islingr, Lichtbringer. Ich fand, dass Vrangr … passender war.«

Vrangr bedeutete fehlerhaft, und Eragon stimmte Galbatorix zu, dass dieser Name besser zu dem Schwert passte.

Ein dumpfer Schlag erklang hinter ihnen und Galbatorix lächelte wieder. »Ah, gut. Murtagh und Dorn werden in Kürze zu uns stoßen und dann können wir richtig anfangen.« Ein neues Geräusch erfüllte den Thronsaal, das wie das Heulen einer Windböe klang, die aus allen Richtungen gleichzeitig zu kommen schien. Galbatorix sah über seine Schulter und fügte hinzu: »Es war rücksichtslos von euch, so früh am Morgen anzugreifen. Ich war bereits wach – ich stehe weit vor Tagesanbruch auf –, aber ihr habt Shruikan geweckt. Er reagiert ziemlich gereizt, wenn er müde ist, und wenn er gereizt ist, neigt er dazu, Leute zu fressen. Meine Wachen haben schon vor langer Zeit gelernt, ihn nicht zu stören, wenn er ruht. Ihr hättet gut daran getan, ihrem Beispiel zu folgen.«

Während Galbatorix sprach, bewegten sich die Vorhänge hinter seinem Thron und hoben sich zur Decke empor.

Entsetzt begriff Eragon, dass diese Vorhänge in Wirklichkeit Shruikans Flügel waren.

Der schwarze Drache lag zusammengerollt auf dem Boden, den Kopf dicht neben dem Thron, und sein massiger Leib bildete eine Wand, die zu steil und zu hoch war, als dass irgendjemand sie ohne Magie hätte erklimmen können. Seine Schuppen hatten nicht das strahlende Leuchten von Saphiras oder Dorns Schuppen, sondern eher einen dunklen Glanz, der an Pech erinnerte. Ihre tintenschwarze Farbe machte die Schuppen fast undurchsichtig, was ihnen einen Anschein von Stärke und Festigkeit verlieh, wie Eragon sie bei Drachenschuppen noch nie gesehen hatte. Shruikan sah aus, als wäre er mit Stein oder Metall gepanzert statt mit Edelsteinen.

Der Drache war riesig. Eragon hatte zuerst Mühe, zu begreifen, dass die gesamte Gestalt vor ihnen ein einziges lebendes Geschöpf war. Er betrachtete einen Teil von Shruikans sehnigem Hals und dachte, er sehe den Rumpf des Drachen; er betrachtete die Seite einer Hinterpranke Shruikans und verwechselte sie mit einem Schienbein. Eine Falte seines Flügels war in Eragons Geist ein ganzer Flügel. Erst als er aufblickte und die Zacken auf dem Rücken des Drachen entdeckte, begriff Eragon das ganze Ausmaß von

Shruikans Größe. Jede Zacke war so dick wie der Stamm einer uralten Eiche; die Schuppen um sie herum waren einen Fuß breit, wenn nicht noch breiter.

Dann öffnete Shruikan ein Auge und sah auf sie herab. Seine Iris war von einem blassen, bläulichen Weiß, der Farbe eines Berggletschers, und sie wirkte verblüffend hell inmitten seiner schwarzen Schuppen.

Die riesige, geschlitzte Pupille des Drachen huschte hin und her, während er ihre Gesichter musterte. In seinem Blick war nichts als Zorn und Wahnsinn, und Eragon war davon überzeugt, dass Shruikan sie binnen eines Herzschlags töten würde, wenn Galbatorix es zuließ.

Vor dem Blick aus diesem riesengroßen Auge – vor allem, da er so offensichtlich bösartig war – wäre Eragon am liebsten weggelaufen und hätte sich in einem Fuchsbau tief, tief unter der Erde verkrochen. So musste sich ein Kaninchen fühlen, wenn plötzlich eine große Kreatur mit scharfen Zähnen vor ihm stand.

Neben ihm knurrte Saphira und die Schuppen auf ihrem Rücken wogten und stellten sich auf wie Nackenhaare.

Als Antwort darauf erschienen in den gähnenden Höhlen von Shruikans Nüstern Feuerstrahlen und dann knurrte auch er, übertönte Saphira und erfüllte den Raum mit einem felsrutschartigen Grollen.

Auf dem Podium stießen die beiden Kinder ein Quieken aus, rollten sich zusammen und steckten den Kopf zwischen die Knie.

»Immer mit der Ruhe, Shruikan«, sagte Galbatorix und der schwarze Drache verstummte wieder. Sein Augenlid senkte sich, aber es schloss sich nicht ganz. Der Drache beobachtete sie weiter durch einen ein paar Zoll breiten Schlitz, als warte er auf den richtigen Augenblick, um zuzuschlagen.

»Er mag euch nicht«, bemerkte Galbatorix. »Andererseits mag er niemanden … Nicht wahr, Shruikan?« Der Drache schnaubte und der Geruch von Rauch wehte durch die Luft.

Wieder wurde Eragon von Hoffnungslosigkeit überwältigt. Shruikan konnte Saphira mit einem Schlag seiner Pranke töten. So groß der Thronsaal war, er war immer noch zu klein für Saphira, um dem großen schwarzen Drachen lange ausweichen zu können.

Seine Hoffnungslosigkeit verwandelte sich in Enttäuschung und Zorn, und er zerrte an seinen unsichtbaren Fesseln. »Wie kommt es, dass Ihr dazu fähig seid?«, rief er und spannte jeden Muskel in seinem Körper an.

»Das wüsste ich auch gern«, fügte Arya hinzu.

Galbatorix' Augen schienen unter den dunklen Brauen zu glitzern. »Kannst du das nicht erraten, Elflein?«

»Ich hätte lieber eine Antwort, als raten zu müssen«, erwiderte sie.

»Also schön. Aber zuerst müsst ihr etwas tun, was euch beweist, dass ich tatsächlich die Wahrheit spreche. Ihr müsst versuchen, einen Zauber zu wirken, alle beide, und dann werde ich es euch sagen.« Als weder Eragon noch Arya Anstalten machten, gestikulierte der König kurz mit einer Hand. »Na kommt schon. Ich verspreche, ich werde euch nicht dafür bestrafen. Jetzt versucht es … Ich bestehe darauf.«

Arya machte den Anfang. *»Thrautha!«*, sagte sie mit scharfer, leiser Stimme. Sie versuchte, so vermutete Eragon, den Dauthdaert auf Galbatorix zufliegen zu lassen. Die Waffe verharrte jedoch ruhig in ihrer Hand.

Dann rief Eragon: *»Brisingr!«* Er dachte, dass das Band zwischen ihm und seinem Schwert es ihm vielleicht ermöglichen würde, Magie zu benutzen, auch wenn Arya dazu nicht in der Lage war. Aber zu seiner Enttäuschung blieb die Klinge, wie sie war: matt glitzernd in dem schwachen Licht der Laternen.

Galbatorix' Blick wurde eindringlicher. »Jetzt muss die Antwort für dich auf der Hand liegen, Elflein. Ich habe fast ein Jahrhundert dafür gebraucht, aber zu guter Letzt habe ich gefunden, wonach ich suchte: eine Möglichkeit, die Magier Alagaësias zu beherrschen. Die Suche war nicht leicht. Die meisten hätten irgendwann aufgegeben oder, wenn sie die notwendige Geduld aufgebracht hätten, es mit der Angst zu tun bekommen. Nicht ich. Ich bin hartnäckig geblieben. Und durch meine unermüdlichen Studien habe ich entdeckt, was ich mir so lange ersehnt habe. Eine Tafel, die in einem anderen Land und in einem anderen Zeitalter geschrieben wurde, von Händen, die weder Elfen noch Zwergen oder Menschen oder

Urgals gehörten. Und auf dieser Tafel war ein gewisses Wort eingeritzt – ein Name, dem Magier zu allen Zeiten nachjagten, ohne jemals mit etwas anderem belohnt zu werden als bitterer Enttäuschung.« Galbatorix hob einen Finger. »Der Name aller Namen. Der Name der alten Sprache.«

Eragon unterdrückte einen Fluch. Er hatte recht gehabt. *Das war es, was der Ra'zac mir zu sagen versucht hat,* dachte er und erinnerte sich, wie ihm eins der insektenähnlichen Scheusale im Helgrind zugezischt hatte: »Er hat den *Namen* schon fast herausgefunden … Den wahren *Namen!*«

So entmutigend Galbatorix' Offenbarung auch war, Eragon klammerte sich an das Wissen, dass der Name ihn oder Arya – und auch Saphira – nicht daran hindern konnte, Magie *ohne* die alte Sprache zu benutzen. Nicht dass es ihnen viel helfen würde. Die Schutzzauber des Königs würden ihn und Shruikan sicher vor jeder Magie schützen, die sie versuchten zu wirken. Trotzdem, wenn der König nicht wusste, dass es möglich war, Magie ohne die alte Sprache anzuwenden, oder selbst wenn er es wusste, aber glaubte, dass *sie* es nicht wussten, dann waren sie vielleicht in der Lage, ihn zu überraschen und vielleicht für einen Moment abzulenken. Obwohl Eragon nicht genau wusste, wie ihnen das helfen sollte.

Galbatorix fuhr fort: »Mit diesem Wort kann ich Zauber so mühelos umformen, wie ein anderer Magier etwa die Elemente beherrscht. Ich unterwerfe alle Zauber, aber ich werde keinem einzigen unterworfen, es sei denn, ich wünschte es.«

Vielleicht weiß er es tatsächlich nicht, dachte Eragon und dieser Gedanke ließ einen Funken Hoffnung in seinem Herzen aufflammen.

»Ich werde den Namen aller Namen benutzen, um jeden Magier in Alagaësia gefügig zu machen, und niemand soll mehr einen Zauber wirken, es sei denn, mit meinem Segen – nicht einmal die Elfen. In genau diesem Augenblick entdecken die Magier eurer Armee die Wahrheit meiner Worte. Sobald sie sich am Tor vorbei ein Stück nach Urû'baen hineinwagen, tun ihre Zauber nicht mehr das, was sie sollten. Manche Beschwörungen eurer Magier haben gar keine Wirkung mehr, während andere sich umkehren und sich schließlich gegen eure Truppen richten und nicht gegen meine.« Galbatorix neigte den Kopf und blickte ins Leere, als lausche er auf jemanden, der ihm ins Ohr flüsterte. »Es hat für viel Verwirrung in ihren Reihen gesorgt.«

Eragon kämpfte gegen den Drang, den König anzuspucken. »Das spielt keine Rolle«, knurrte er. »Wir werden trotzdem eine Möglichkeit finden, Euch aufzuhalten.«

Galbatorix wirkte erschreckend amüsiert. »Tatsächlich? Wie? Und warum? Überlege dir gut, was du sagst. Du würdest die einzige Aussicht auf echten Frieden, die Alagaësia jemals hatte, zunichtemachen, nur um deine übersteigerten Rachegelüste zu befriedigen. Du würdest Magiern überall erlauben, weiter ihren Willen durchzusetzen, ungeachtet des Schadens, den sie anderen zufügen? Das scheint mir weitaus schlimmer als alles, was ich getan habe. Aber das ist müßige Spekulation. Die besten Krieger der Reiter konnten mich nicht besiegen und du bist weit davon entfernt, ihnen ebenbürtig zu sein. Du hattest niemals eine Chance, mich zu stürzen. Keiner von euch hatte sie.«

»Ich habe Durza und die Ra'zac getötet«, widersprach Eragon. »Warum nicht auch Euch?«

»Ich bin nicht so schwach wie diejenigen, die mir dienen. Du konntest nicht einmal Murtagh besiegen und er ist nur der Schatten eines Schattens. Dein Vater Morzan war viel mächtiger als ihr beide und nicht einmal er konnte mir trotzen. Außerdem«, fügte Galbatorix hinzu, während ein grausamer Ausdruck auf seinen Zügen erschien, »irrst du dich, wenn du denkst, du hättest die Ra'zac vernichtet. Die Eier in Dras-Leona waren nicht die einzigen, die ich von den Lethrblaka genommen habe. Ich habe noch mehr, die an anderen Orten liegen. Schon bald werden sie schlüpfen und dann sollen die Ra'zac wieder die Erde bevölkern, um meine Befehle zu befolgen. Und was Durza betrifft, Schatten sind leicht zu erschaffen, aber sie machen oft mehr Schwierigkeiten, als sie wert sind. Du siehst also, du hast *nichts* gewonnen, Junge – nichts als wertlose Siege.«

Am meisten hasste Eragon Galbatorix' Selbstgefälligkeit und seine Art, andere von oben herab zu behandeln. Er wollte gegen den König wüten und ihn mit jedem schrecklichen Fluch belegen, den er kannte, aber um der Kinder willen hielt er seine Zunge im Zaum.

Habt ihr irgendwelche Ideen?, fragte er Saphira, Arya und Glaedr.

Nein, antwortete Saphira.

Die anderen schwiegen.

Umaroth?

Nur dass wir angreifen sollten, solange wir es noch können.

Eine Minute verstrich, in der niemand sprach. Galbatorix stützte sich auf einen Ellbogen und bettete das Kinn auf die Faust, während er sie weiter musterte. Zu seinen Füßen weinten die beiden Kinder leise vor sich hin. Über ihnen blieb Shruikans Auge starr auf Eragon und seine Kameraden gerichtet wie eine große eisblaue Laterne.

Da hörten sie, wie die Türen zu dem Raum geöffnet und geschlossen wurden und sich Schritte näherten – die Schritte eines Mannes und eines Drachen.

Schon bald erschienen Murtagh und Dorn in ihrem Blickfeld. Sie blieben neben Saphira stehen und Murtagh verneigte sich. »Herr.«

Der König gab ihnen ein Zeichen und Murtagh und Dorn traten auf die rechte Seite des Throns.

Als Murtagh seinen Platz einnahm, warf er Eragon einen verärgerten Blick zu. Dann verschränkte er die Hände hinter dem Rücken und starrte an ihm vorbei zum gegenüberliegenden Ende des Raumes.

»Ihr habt länger gebraucht, als ich erwartet habe«, bemerkte Galbatorix trügerisch milde.

Ohne ihn anzusehen, antwortete Murtagh: »Das Tor war schwerer beschädigt, als ich ursprünglich dachte, Herr, und die Zauber, mit denen Ihr es belegt habt, haben die Reparatur erschwert.«

»Willst du damit sagen, es sei meine Schuld, dass ihr zu spät kommt?«

Murtaghs Kinn spannte sich an. »Nein, Herr. Ich wollte es nur erklären. Außerdem war ein Teil des Gangs ziemlich… unordentlich, und das hat uns aufgehalten.«

»Ich verstehe. Wir werden später darüber reden, aber im Augenblick gibt es andere Angelegenheiten, um die wir uns kümmern müssen. Zum einen wird es Zeit, dass unsere Gäste den letzten Teilnehmer an unserem kleinen Treffen kennenlernen. Obendrein wird es höchste Zeit für mehr Licht.« Und Galbatorix schlug mit der flachen Seite seiner Klinge auf eine Armlehne seines Throns, dann rief er mit tiefer Stimme: *»Naina!«*

Auf seinen Befehl hin erwachten an den Wänden des Raums Hunderte von Laternen zum Leben und tauchten den Thronsaal in warmes, kerzenartiges Licht. In den Ecken war es noch immer dunkel, aber zum ersten Mal erkannte Eragon die Einzelheiten ihrer Umgebung. Dutzende von Pfeilern und Türen reihten sich entlang der Wände aneinander und überall prangten Skulpturen, Gemälde und vergoldete Verzierungen an den Wänden. Gold und Silber waren verschwenderisch über den Raum verteilt und Eragon bemerkte das Funkeln vieler Juwelen. Es war eine atemberaubende Zurschaustellung von Reichtum, selbst verglichen mit den Schätzen von Tronjheim oder Ellesméra.

Einen Moment später fiel ihm noch etwas auf: ein acht Fuß hoher Block aus grauem Stein – vielleicht Granit –, der rechts von ihnen stand, außerhalb des Bereichs, der zuvor bereits beleuchtet gewesen war. Und angekettet an den Block stand Nasuada, die ein schlichtes weißes Hemd trug. Sie sah mit weit aufgerissenen Augen zu ihnen herüber, konnte aber nicht sprechen, weil sie mit einem verknoteten Tuch geknebelt war. Sie sah erschöpft und müde aus, wirkte ansonsten aber gesund.

Erleichterung durchströmte Eragon. Er hatte nicht zu hoffen gewagt, sie noch einmal lebend zu sehen. »Nasuada!«, rief er. »Geht es dir gut?«

Sie nickte.

»Hat er dich gezwungen, ihm Treue zu schwören?«

Sie schüttelte den Kopf.

»Glaubst du, ich würde ihr erlauben, es zuzugeben, wenn es so wäre?«, fragte Galbatorix.

Als Eragon sich wieder dem König zuwandte, bemerkte er, wie Murtagh einen schnellen, besorgten Blick auf Nasuada warf, und er fragte sich, was das zu bedeuten hatte.

»Also, habt Ihr es getan?«, fragte Eragon herausfordernd.

»Wie es der Zufall will, nein. Ich habe beschlossen zu warten, bis ich euch alle hier versammelt habe. Jetzt, wo es so weit ist, wird keiner den Saal verlassen, bevor ihr nicht alle gelobt habt, mir zu dienen, und ich werde euch auch nicht gehen lassen, bevor ich nicht von jedem einzelnen von euch den wahren Namen erfahren habe. *Das* ist der Grund, warum ihr hier seid. Nicht um mich zu töten, sondern um vor mir das Knie zu beugen und diese lästige Rebellion endlich zu beenden.«

Saphira knurrte aufs Neue und Eragon erklärte: »Wir werden nicht nachgeben.« Selbst in seinen eigenen Ohren klangen seine Worte schwach und kein bisschen glaubhaft.

»Dann werden sie sterben«, erwiderte Galbatorix und deutete auf die beiden Kinder. »Und am Ende wird euer Trotz gar nichts ändern. Ihr scheint nicht zu verstehen, dass ihr bereits verloren habt. Euren Verbündeten dort draußen in der Schlacht ergeht es schlecht. Schon bald werden meine Männer sie zur Kapitulation zwingen und dieser Krieg wird das ihm bestimmte Ende nehmen. Kämpft, wenn ihr unbedingt wollt. Leugnet, was euch erwartet, wenn es euch tröstet. Aber nichts, was ihr tut, kann euer Schicksal oder Alagaësias Schicksal ändern.«

Eragon weigerte sich, zu glauben, dass er und Saphira den Rest ihres Lebens Galbatorix unterstellt sein sollten. Saphira empfand wie er und ihr Zorn vereinte sich mit seinem und erstickte auch das letzte Fünkchen seiner Furcht und Vorsicht, bis er sagte: *»Vae weohnata ono vergarí, eka thäet otherúm.«* Wir werden Euch töten, ich schwöre es.

Für einen winzigen Augenblick schien Galbatorix die Fassung zu verlieren. Dann sprach er wieder das Wort – außerdem noch andere Worte in der alten Sprache – und der Schwur, den Eragon abgelegt hatte, schien alle Bedeutung zu verlieren. Die Worte lagen in seinem Geist wie eine Handvoll toter Blätter, ohne irgendeine Macht, ihn zu binden oder anzutreiben, den Schwur einzulösen.

Die Oberlippe des Königs verzog sich zu einem höhnischen Grinsen. »Schwör alle Eide, die dir einfallen. Sie werden dich nicht binden, es sei denn, ich erlaube es.«

»Ich werde Euch trotzdem töten«, murmelte Eragon. Er verstand, dass es die beiden Kinder das Leben kosten konnte, wenn er sich weiter widersetzte, aber Galbatorix *musste* getötet werden. Und wenn der Preis für seinen Tod das Leben des Mädchens und des Jungen war, dann war es ein Preis, den Eragon bereit war zu bezahlen. Er wusste, dass er sich dafür hassen würde. Er wusste, dass ihn für den Rest seines Lebens die Gesichter der Kinder in seinen Träumen verfolgen würden. Aber wenn er Galbatorix nicht herausforderte, dann war alles verloren.

Zögere nicht, sagte Umaroth. *Jetzt ist die Zeit gekommen, anzugreifen.*

Eragon hob die Stimme. »Warum kämpft Ihr nicht gegen mich? Seid Ihr ein Feigling? Oder seid Ihr zu schwach, um es mit mir aufzunehmen? Ist das der Grund, warum Ihr Euch wie ein verängstigtes altes Weib hinter diesen Kindern versteckt?«

Eragon …, sagte Arya in warnendem Ton.

»Ich bin nicht der Einzige, der heute ein Kind mit hierhergebracht hat«, erwiderte der König und die Falten in seinem Gesicht vertieften sich.

»Da gibt es einen Unterschied: Elva ist freiwillig mitgekommen. Aber Ihr habt meine Frage nicht beantwortet. Warum kämpft Ihr nicht? Liegt es daran, dass Ihr so lange auf Eurem Thron gesessen und Süßigkeiten genascht habt, dass Ihr vergessen habt, wie man ein Schwert schwingt?«

»Du würdest nicht gegen mich kämpfen wollen, Jüngelchen«, knurrte der König.

»Dann beweist es. Löst meine Fesseln und tretet mir in ehrlichem Kampf gegenüber. Zeigt, dass Ihr immer noch ein Krieger seid, mit dem man rechnen muss. Oder lebt mit dem Wissen, dass Ihr ein jämmerlicher Feigling seid, der es nicht wagt, sich ohne die Hilfe seiner Eldunarí auch nur einem einzigen Gegner zu stellen. Ihr habt Vrael mit Euren eigenen Händen getötet! Warum solltet Ihr mich fürchten? Warum solltet …«

»Schluss damit!«, sagte Galbatorix. Röte hatte seine eingefallenen Wangen überzogen. Dann änderte sich seine Stimmung blitzartig und er bleckte die Zähne zu der Furcht einflößenden Grimasse eines Lächelns. Er klopfte mit den Fingern auf die Armlehne seines Sitzes. »Ich habe diesen Thron nicht errungen, indem ich jede Herausforderung angenommen habe, die man mir gegenüber ausgesprochen hat. Noch habe ich ihn verteidigt, indem ich mich meinen Feinden im ›ehrlichen Kampf‹ gestellt habe. Was du noch lernen musst, Jüngelchen: Es spielt keine Rolle, wie man einen Sieg erringt, wichtig ist nur, dass man ihn erringt.«

»Ihr irrt Euch. Es spielt eine Rolle«, widersprach Eragon.

»Ich werde dich daran erinnern, wenn du mir Gefolgschaft geschworen hast. Aber …«, Galbatorix tippte auf den Knauf seines Schwertes, »… da du dir so sehr wünschst, zu kämpfen, werde ich dir deine Bitte gewähren.« Das Aufflackern von Hoffnung, das Eragon verspürte, verschwand, als Galbatorix hinzufügte: »Aber nicht gegen mich. Gegen Murtagh.«

Bei diesen Worten warf Murtagh Eragon einen wütenden Blick zu.

Der König strich sich über den Bart. »Ich würde gern ein für alle Mal wissen, wer von euch der bessere Krieger ist. Ihr werdet ohne Magie oder Eldunarí kämpfen – nur aus eigener Kraft –, bis einer von euch nicht mehr kann. Ihr dürft euch nicht umbringen, aber abgesehen von Tod werde ich fast alles zulassen. Ich denke, es wird recht unterhaltsam werden, zu beobachten, wie ein Bruder gegen den anderen kämpft.«

»Nein«, versetzte Eragon. »Keine Brüder. Halbbrüder. Brom war mein Vater, nicht Morzan.«

Zum ersten Mal wirkte Galbatorix ernsthaft überrascht. Dann zuckte einer seiner Mundwinkel in die Höhe. »Natürlich. Ich hätte es sehen müssen. Die Wahrheit steht dir ins Gesicht geschrieben für jeden, der weiß, wonach er Ausschau zu halten hat. Dann ist dieses Duell nur umso passender. Der Sohn von Brom gegen den Sohn von Morzan. Das Schicksal hat in der Tat Sinn für Humor.«

Auch Murtagh reagierte überrascht. Er hatte sich jedoch zu gut unter Kontrolle, als dass Eragon hätte sagen können, ob die Neuigkeit ihn freute oder bestürzte. Zumindest wusste Eragon, dass sie ihn aus der Fassung gebracht hatte. Das war sein Plan gewesen. Wenn Murtagh abgelenkt war, würde es Eragon erheblich leichter fallen, ihn zu besiegen. Und er hatte die feste Absicht, ihn zu besiegen, ungeachtet des verwandtschaftlichen Blutes, das in ihren Adern floss.

»Letta«, sagte Galbatorix mit einer kleinen Handbewegung.

Eragon taumelte, als der Zauber, der ihn festhielt, endete.

Dann sagte der König: *»Gánga aptr«*, und Arya, Elva und Saphira glitten nach hinten, sodass eine freie Fläche zwischen ihnen und dem Podium entstand. Der König murmelte einige weitere Worte und fast alle Laternen verdunkelten sich. Der Bereich vor dem Thron war nun am hellsten erleuchtet.

»Komm her«, sagte Galbatorix zu Murtagh. »Dann lasst uns sehen, wer von euch beiden besser kämpft.«

Mit finsterem Blick stellte sich Murtagh mehrere Schritte von Eragon entfernt auf. Er zog Za'roc – die Klinge des dunkelroten Schwertes sah aus, als sei sie bereits mit Blut bedeckt –, dann hob er seinen Schild und ging in die Hocke.

Nach einem Blick auf Saphira und Arya folgte Eragon seinem Beispiel.

»Jetzt kämpft!«, rief Galbatorix und klatschte in die Hände.

Langsam gingen die beiden Halbbrüder aufeinander zu.

Muskeln gegen Metall

Roran stieß einen spitzen Schrei aus und sprang zur Seite, als ein Ziegelschornstein vor ihm auf den Boden krachte, gefolgt von dem Leichnam eines Bogenschützen des Imperiums.

Er wischte sich den Schweiß von den Augen, dann umrundete er den Leichnam und den Haufen Ziegelsteine, wobei er von einem freien Fleck zum nächsten sprang, genauso wie er früher am Anora von Stein zu Stein gesprungen war.

Die Schlacht lief schlecht für sie. Das war offensichtlich. Er und seine Krieger waren mindestens eine Viertelstunde lang in der Nähe der Stadtmauer geblieben und hatten die in Schüben anrückenden Soldaten abgewehrt. Aber dann hatten sie sich von den Soldaten zwischen die Häuser locken lassen. Rückblickend war das ein Fehler gewesen. Der Kampf in den Straßen war verzweifelt, blutig und unübersichtlich. Sein Bataillon hatte sich in den Straßen verteilt und nur eine kleine Anzahl seiner Krieger war in der Nähe geblieben – größtenteils Männer aus Carvahall, zusammen mit vier Elfen und mehreren Urgals. Der Rest war über die anliegenden Straßen verstreut und kämpfte für sich allein, ohne Führung.

Schlimmer noch, aus irgendeinem Grund, den die Elfen und anderen Magier nicht erklären konnten, schien Magie auf einmal nicht mehr das zu tun, was sie sollte. Das hatten sie entdeckt, als einer der Elfen versucht hatte, einen Soldaten mit einem Zauber zu töten, nur um mit ansehen zu müssen, wie einer der Krieger der Varden stattdessen tot zu Boden fiel, aufgefressen von dem Käferschwarm, den der Elf heraufbeschworen hatte. Roran war schlecht geworden. Es war eine schreckliche, sinnlose Art, zu sterben, und es hätte jeden von ihnen treffen können.

Rechts von ihnen, näher am Haupttor, wütete Graf Barst noch immer mitten unter den Varden. Roran hatte mehrfach einen Blick auf ihn erhascht: Er war von seinem Ross abgestiegen und wütete jetzt unter den Reihen der Menschen, Elfen und Zwerge, die er mit seiner riesigen schwarzen Keule beiseitestieß wie ein paar Kegel. Niemand hatte den massigen Mann aufhalten, geschweige denn verletzen können, und alle, an denen er vorbeikam, wichen schleunigst zurück, um außer Reichweite seiner furchterregenden Waffe zu bleiben.

Roran hatte außerdem König Orik und eine Gruppe von Zwergen erspäht, wie sie sich einen Weg durch einen Trupp Soldaten geschlagen hatten. Oriks juwelenbesetzter Helm blitzte im Licht, während er Volund schwang, seinen mächtigen Kriegshammer. Hinter ihm riefen seine Krieger: »Vor Orikz Korda!«

Fünfzig Fuß hinter Orik wirbelte Königin Islanzadi durch die Schlacht, ihr roter Umhang flatterte und ihre glänzende Rüstung leuchtete hell wie ein Stern inmitten der dunklen Masse von Leibern. Um ihren Kopf flatterte der weiße Rabe, der ihr Begleiter war. Das Wenige, was Roran von Islanzadi sah, beeindruckte ihn – ihre Geschicklichkeit, ihre Wildheit und ihr Mut. Sie erinnerte ihn an Arya, aber er dachte, dass die Königin vielleicht die größere Kriegerin war.

Eine Schar von fünf Soldaten kam um die Ecke eines Hauses gestürmt und rannte beinah in Roran hinein. Unter lauten Rufen senkten sie ihre Speere, um ihn aufzuspießen wie ein Brathuhn. Er duckte sich, wich aus und traf mit seinem eigenen Speer einen der Männer an der Kehle. Der Soldat blieb noch eine halbe Minute oder länger auf den Füßen, aber er bekam keine Luft mehr und schon bald fiel er zu Boden zwischen die Beine seiner Kameraden.

Roran nutzte die Gelegenheit und stach und hieb wild drauflos. Einer der Soldaten schaffte es, einen Schlag gegen Rorans rechte Schulter zu landen, und Roran spürte das vertraute Nachlassen seiner Kräfte, als seine Schutzzauber die Klinge abwehrten.

Er war überrascht, dass die Zauber ihn wieder schützten. Noch wenige Augenblicke zuvor hatten sie nicht zu verhindern vermocht, dass der Rand eines Schilds ihm die Haut auf der linken Wange aufriss. Er wünschte, dass sich, was auch immer mit der Magie geschah, auf die eine oder andere Weise klären würde. Wie die Dinge lagen, wagte er es nicht, sich der Gefahr auch nur des leichtesten Schlages auszusetzen.

Bevor Roran die beiden letzten Soldaten erreicht hatte, erschien ein Wirbel aus Stahl, dann fielen ihre Köpfe auf die Pflastersteine und die Überraschung stand ihnen noch ins Gesicht geschrieben. Die Körper sackten zusammen und hinter ihnen erkannte Roran die Kräuterhexe Angela in ihrer grün-schwarzen Rüstung und mit ihrer zweiendigen Schwertlanze. Bei ihr waren zwei Werkatzen, eine davon in Gestalt eines Mädchens mit gescheckten Haaren, mit scharfen, blutbefleckten Zähnen und mit einem langen Dolch in der Hand. Die andere Werkatze kämpfte in Tiergestalt. Es konnte Solembum sein, aber Roran war sich nicht sicher.

»Roran! Wie nett, dich zu sehen«, bemerkte die Kräuterhexe mit einem Lächeln, das viel zu fröhlich wirkte angesichts der Umstände. »Und ausgerechnet hier!«

»Besser hier als im Grab!«, rief er, hob einen zweiten Speer auf und schleuderte ihn nach einem Mann weiter die Straße hinunter.

»Sehr treffend bemerkt!«

»Ich dachte, du wärst mit Eragon losgezogen?«

Sie schüttelte den Kopf. »Er hat mich nicht darum gebeten und ich wäre sowieso nicht mitgekommen. Mit Galbatorix kann ich es nicht aufnehmen. Außerdem hat Eragon die Eldunarí, die ihm helfen.«

»Du weißt davon?«, fragte er erstaunt.

Sie zwinkerte ihm unter dem Rand ihres Helms zu. »Ich weiß vieles.«

Er ächzte, klemmte die Schulter hinter sein Schild und rammte eine neue Gruppe von Soldaten. Die Kräuterhexe und die Werkatzen schlossen sich ihm an, ebenso Horst, Mandel und mehrere andere.

»Wo ist dein Hammer?«, rief Angela, während sie ihre Schwertlanze durch die Luft wirbeln ließ, gleichzeitig einen Hieb blockierte und einen austeilte.

»Verloren! Ich habe ihn fallen lassen.«

Irgendjemand heulte hinter ihm vor Schmerz auf. Sobald er es wagte, drehte Roran sich um und sah Baldor, der sich den Stumpf seines rechten Arms hielt. Auf dem Boden lag zuckend seine Hand.

Roran rannte zu ihm hinüber und sprang dabei über mehrere Leichen hinweg. Horst war bereits an der Seite seines Sohnes und wehrte den Soldaten ab, der Baldors Hand abgetrennt hatte.

Roran zog seinen Dolch, schnitt einen Stoffstreifen vom Wams eines gefallenen Soldaten und band den Stoff um Baldors Armstumpf, um die Blutung zu stillen.

Die Kräuterhexe kniete neben ihnen und Roran fragte: »Kannst du ihm helfen?«

Sie schüttelte den Kopf. »Nicht hier. Wenn ich hier Magie benutze, könnte sie ihn womöglich umbringen. Falls du ihn jedoch aus der Stadt schaffen kannst, können die Elfen seine Hand wahrscheinlich retten.«

Roran zögerte. Er war nicht sicher, ob er es wagen konnte, auf einen weiteren Kämpfer zu verzichten, der Baldor sicher aus Urû'baen hinausbegleitete. Doch ohne rechte Hand würde Baldor ein hartes Leben bevorstehen und dazu wollte Roran ihn nicht verdammen.

»Wenn du ihn nicht rausbringst, mache ich es«, brüllte Horst.

Roran duckte sich, als ein Stein von der Größe eines Schweins über ihn hinwegflog, in die Front eines Hauses einschlug und gesplittertes Mauerwerk durch die Luft schießen ließ. In dem Gebäude schrie jemand auf.

»Nein. Wir brauchen dich.« Roran wandte sich um, stieß einen Pfiff aus und wählte zwei Krieger aus: den alten Schuhmacher Loring und einen Urgal. »Schafft ihn zu den Elfenheilern, so schnell ihr könnt«, befahl er und schob Baldor auf sie zu. Der hob noch seine Hand auf und schob sie sich unter das Kettenhemd.

Der Urgal knurrte und sprach mit einem schweren Akzent, den Roran kaum verstand: »Nein! Ich bleibe. Ich kämpfe!« Er schlug mit seinem Schwert gegen seinen Schild.

Roran trat auf ihn zu, packte die Kreatur an einem ihrer Hörner und zog daran, bis er dem Urgal den Kopf halb umgedreht hatte. »Du tust, was ich sage«, knurrte Roran. »Außerdem ist es keine einfache Aufgabe. Beschütze ihn und du wirst viel Ruhm für dich und deinen Stamm erringen.«

Die Augen des Urgals schienen aufzuleuchten. »Viel Ruhm?« Er kaute die Worte zwischen seinen schweren Zähnen.

»Viel Ruhm!«, bestätigte Roran.

»Ich mache es, Hammerfaust!«

Erleichtert sah Roran den dreien nach, die sich auf die Stadtmauer zubewegten. Dort würden sie den größten Teil der Kämpfe umgehen können. Er war außerdem beruhigt, zu sehen, dass die Werkatze in Menschengestalt ihnen folgte. Das wild blickende Mädchen mit dem gescheckten Haar schwang den Kopf von einer Seite zur anderen, während sie witterte.

Dann griff eine andere Gruppe von Soldaten an und alle Gedanken an Baldor waren vergessen. Roran hasste es, mit einem Speer zu kämpfen statt mit dem Hammer, aber er kam zurecht und nach einiger Zeit wurde es in der Straße wieder ruhig. Doch er wusste, dass ihnen nur eine kurze Ruhepause vergönnt sein würde.

Er nutzte die Gelegenheit, ließ sich auf die Türstufe eines Hauses fallen und versuchte, wieder zu Atem zu kommen. Die Soldaten wirkten so frisch wie eh und je, aber er konnte die Anstrengung in allen Gliedern spüren. Er bezweifelte, dass er noch lange würde kämpfen können, ohne einen fatalen Fehler zu machen.

Während er keuchend dasaß, lauschte er auf die Rufe und Schreie, die von Urû'baens zerstörtem Haupttor kamen. Es war schwer, aus dem allgemeinen Kriegsgeschrei herauszuhören, was vor sich ging, aber er vermutete, dass die Varden zurückgedrängt wurden, denn der Lärm schien sich etwas zu entfernen. Inmitten des Lärms konnte er das regelmäßige Krachen von Graf Barsts Keule hören, der Krieger um Krieger zu Fall brachte, dann das unausweichlich folgende Anschwellen der Schreie.

Roran stemmte sich hoch. Wenn er noch länger sitzen blieb, würden seine Muskeln steif werden. Gerade als er sich von der Türschwelle erhoben hatte, wurde der Inhalt eines Nachttopfs über der Stelle ausgeleert, wo er gesessen hatte.

»Mörder!«, rief eine Frau über ihm, dann wurde ein Fensterladen zugeknallt.

Roran schnaubte und bahnte sich einen Weg um Leichen herum, während er seine verbliebenen Krieger zu der nächsten Querstraße führte.

Sie machten halt, auf alles gefasst, als ein Soldat panisch an ihnen vorbeirannte. Hinter ihm jagte ein Rudel miauender Hauskatzen her und Blut tropfte von dem Fell rund um ihre Mäuler.

Roran lächelte und setzte sich wieder in Bewegung.

Eine Sekunde später blieb er stehen, als eine Gruppe Zwerge mit roten Bärten aus dem Zentrum der Stadt auf sie zugerannt kam. »Seht euch vor«, rief einer. »Wir haben ein ganzes Rudel Soldaten auf den Fersen, mindestens ein paar Hundert.«

Roran spähte in die verlassene Querstraße hinter ihnen. »Vielleicht habt ihr sie abgeschüttelt …«, setzte er an, brach dann jedoch ab, als eine Reihe blutroter Wämser um die Ecke eines Hauses bogen. Immer mehr Soldaten folgten und strömten in die Straße wie ein Schwarm rote Ameisen.

»Zurück!«, rief Roran. »Zurück!« *Wir müssen irgendeinen Ort finden, wo wir uns verteidigen können.* Die Stadtmauer war zu weit entfernt und keins der Häuser war groß genug für einen Innenhof.

Während Roran mit seinen Kriegern die Straße hinunterrannte, schlugen ein gutes Dutzend Pfeile um sie herum ein.

Roran stolperte und fiel. Er wand sich, als ihm ein Schmerz von der Taille den Rücken hinaufschoss. Es fühlte sich an, als hätte jemand ihn mit einer langen Eisenstange aufgespießt.

Eine Sekunde später war die Kräuterhexe an seiner Seite. Sie zerrte an etwas und Roran schrie. Dann verebbte der Schmerz und er konnte wieder klar sehen.

Die Kräuterhexe zeigte ihm einen Pfeil mit einer blutigen Spitze, bevor sie ihn wegwarf. »Dein Kettenhemd hat dich vor dem Schlimmsten bewahrt«, meinte sie, während sie ihm auf die Füße half.

Roran biss die Zähne zusammen und rannte mit ihr zurück zu ihrer Gruppe. Jetzt tat ihm jeder Schritt weh, und wenn er sich zu weit nach vorn lehnte, krampfte sein Rücken und er konnte sich fast nicht mehr bewegen.

Er fand nirgends einen guten Ort, um Widerstand zu leisten, und die Soldaten kamen immer näher. Also rief er schließlich: »Halt! Formiert Euch! Elfen an die Seiten! Urgals nach vorn!«

Roran nahm seinen Platz nahe der Front ein, zusammen mit Darmmen, Albriech, den Urgals und einem der rotbärtigen Zwerge.

»Du bist also der, den sie Hammerfaust nennen«, bemerkte der Zwerg, während sie das Vorrücken der Soldaten verfolgten. »Ich habe in Farthen Dûr an der Seite deines Herdbruders gekämpft. Es ist mir eine Ehre, auch mit dir zu kämpfen.«

Roran ächzte. Er hoffte nur, dass er sich auf den Füßen halten konnte.

Dann stürmten die Soldaten in sie hinein und drängten sie mit ihrer schieren Masse zurück. Roran stemmte die Schulter gegen seinen Schild und hielt mit aller Kraft dagegen. Schwerter und Speere drangen durch die Lücken in der Wand sich überlappender Schilde. Er spürte, wie einer über seine Seite schrammte, aber sein Kettenhemd schützte ihn.

Die Elfen und die Urgals erwiesen sich als ungeheuer wertvoll. Sie brachen die Linien der Soldaten auf und verschafften Roran und den anderen Kriegern Platz, um ihre Waffen zu schwingen. Aus dem Augenwinkel sah Roran, wie der Zwerg den Soldaten seine Klinge in Beine, Füße und Lenden rammte, sodass etliche fielen.

Der Strom der Soldaten schien jedoch nicht enden zu wollen und Roran wurde Schritt für Schritt zurückgedrängt. Nicht einmal die Elfen konnten der Flut der Männer standhalten, sosehr sie es auch versuchten. Othíara, die Elfe, mit der Roran außerhalb der Stadtmauer gesprochen hatte, starb durch einen Pfeil in den Hals und die übrigen Elfen erlitten viele Verletzungen.

Roran bekam selbst noch einiges ab: eine Schnittwunde an der rechten Wade, die ihn gelähmt hätte, wenn sein Gegner nur etwas höher gezielt hätte; eine weitere Schnittwunde am Oberschenkel desselben Beins, wo ein Schwert sich unter den Rand seines Kettenhemds geschoben hatte; eine üble Schramme am Hals, wo er sich mit seinem eigenen Schild verletzt hatte; eine Stichwunde an der Innenseite seines rechten Beins, die glücklicherweise die Hauptarterien verfehlt hatte; und mehr blaue Flecken, als er zählen konnte. Er fühlte sich, als wäre jede nur denkbare Stelle seines Körpers kräftig mit einem Holzknüppel durchgeprügelt worden und als hätten ihn danach zwei unbeholfene Männer als Zielscheibe fürs Messerwerfen benutzt.

Er ließ sich einige Male von der Front zurückfallen, um seine Arme auszuschütteln und zu Atem zu kommen, aber immer wieder stürzte er sich kurz darauf erneut in den Kampf.

Dann traten die Gebäude um sie herum zurück und Roran begriff, dass es den Soldaten gelungen war, sie auf den Platz vor Urû'baens zerstörtem Tor zu treiben, sodass der Feind jetzt gleichzeitig hinter und vor ihnen stand.

Er riskierte einen Blick über die Schulter und sah, wie die Elfen und die Varden vor Barst und seinen Soldaten zurückwichen.

»Nach rechts!«, schrie Roran. »Rechts! An die Häuser!« Er deutete mit seinem blutigen Speer in die Richtung, die er meinte.

Mit einiger Mühe schoben sich die dicht hinter ihm gedrängten Krieger seitlich auf die Stufen eines riesigen steinernen Gebäudes zu, vor dem eine doppelte Säulenreihe stand, deren Säulen so hoch waren wie die Bäume im Buckel. Zwischen den Säulen erhob sich ein Torbogen zu einem dunkel gähnenden Durchgang, der selbst für Saphira, wenn nicht sogar für Shruikan groß genug gewesen wäre.

»Da rauf! Los!«, rief Roran und die Männer, Zwerge, Elfen und Urgals rannten mit ihm die Stufen hinauf. Dort verteilten sie sich zwischen den Säulen und wehrten die Schübe von Soldaten ab, die ihnen nachstürmten. Von hier oben, vielleicht zwanzig Fuß über der Straße, erkannte Roran, dass das Imperium die Varden und Elfen beinahe durch das Loch in der Stadtmauer zurückgetrieben hatte.

Wir verlieren, dachte er mit plötzlicher Verzweiflung.

Wieder stürmte ein Trupp Soldaten die Treppe herauf. Roran wich einem Speer aus und trat seinem Besitzer in den Bauch, worauf der Soldat und zwei andere Männer die Treppe hinunterstürzten.

Von einer der Speerschleudern auf einem nahen Mauerturm schoss ein Wurfspeer auf Graf Barst hinab. Als der Speer noch einige Meter von ihm entfernt war, ging er in Flammen auf und zerfiel zu Staub, so wie jeder Pfeil, der auf den gepanzerten Mann abgeschossen wurde.

Wir müssen ihn töten, dachte Roran. Wenn Barst fiel, würden die Soldaten wahrscheinlich ihren Mut und ihre Zuversicht verlieren. Aber angesichts der Tatsache, dass es weder den Elfen noch den Kull gelungen war, ihn aufzuhalten, glaubte er nicht, dass irgendein anderer als Eragon es mit ihm aufnehmen konnte.

Auch während er weiterkämpfte, blickte Roran immer wieder zu der massigen, gepanzerten Gestalt hinüber und hoffte, irgendetwas zu entdecken, was helfen würde, ihn zu besiegen. Er bemerkte, dass Barst leicht humpelte, als habe er sich einmal das linke Knie oder die Hüfte verletzt. Und der Mann schien eine Spur langsamer geworden zu sein als zuvor.

Also hat er doch seine Grenzen, dachte Roran. *Oder vielmehr, der Eldunarí hat seine Grenzen.*

Mit einem Schrei wehrte er das Schwert des Soldaten ab, der ihn bedrängte. Er riss seinen Schild hoch, traf den Soldaten unterm Kinn und tötete den Mann auf der Stelle.

Roran war außer Atem und geschwächt von seinen Wunden, deshalb zog er sich hinter eine der Säulen zurück und lehnte sich dagegen. Er hustete und spuckte aus. Es war etwas Blut dabei, aber das kam vermutlich davon, dass er sich in die Wange gebissen hatte, und nicht von einer durchstoßenen Lunge. Zumindest hoffte er das. Seine Rippen taten so weh, dass eine von ihnen durchaus gebrochen sein konnte.

Das Kampfgeschrei der Varden wurde deutlich lauter, und als Roran um die Säule herumspähte, sah er Königin Islanzadi und elf andere Elfen durch die Schlacht auf Graf Barst zureiten. Wieder saß auf Islanzadis linker Schulter der weiße Rabe. Er krächzte und hob die Flügel, um auf seinem schaukelnden Ausguck nicht das Gleichgewicht zu verlieren. Islanzadi hielt ihr Schwert in der Hand, während die übrigen Elfen Speere trugen, an denen dicht unter den blattförmigen Klingen Banner befestigt waren.

Roran lehnte sich an die Säule. Hoffnung stieg in ihm auf. »Tötet ihn«, knurrte er.

Barst machte keine Anstalten, vor den Elfen zurückzuweichen, sondern erwartete sie breitbeinig, seine Keule und seinen Schild an der Seite, als habe er es nicht nötig, sich zu verteidigen.

Überall in den Straßen wurden die Kämpfe unterbrochen und alle wandten sich dem Platz zu, um zu verfolgen, was gleich geschehen würde.

Die beiden Elfen an der Spitze senkten ihre Speere und ihre Pferde preschten im Galopp dahin. Das Spiel ihrer Muskeln zeichnete sich unter ihrem glänzenden Fell deutlich ab, während sie die kurze Entfernung überwanden, die sie von Barst trennte. Eine Weile sah es so aus, als würde Barst fallen müssen. Es schien unmöglich, dass irgendjemand einem solchen Ansturm zu Fuß widerstehen konnte.

Doch die Speere berührten Barst nicht einmal. Seine Schutzzauber stoppten sie eine Armlänge vor seinem Körper und die Schäfte zersprangen in den Händen der Elfen, sodass sie nur noch nutzlose Holzsplitter hielten. Dann hob Barst seine Keule und seinen Schild, schlug sie den Pferden seitlich gegen den Kopf und brach ihnen damit das Genick.

Bevor die Pferde zu Boden stürzten, sprangen die Elfen aus dem Sattel und drehten sich dabei in der Luft.

Die folgenden beiden Elfenreiter hatten keine Möglichkeit mehr, auszuweichen, bevor sie Barst erreichten. Wie bei ihren Vorgängern zersplitterten ihre Speere an seinen Schutzzaubern, dann sprangen auch sie von ihren Pferden, als Barst die Tiere niederschlug.

Mittlerweile war es den acht anderen Elfen, darunter Islanzadi, gelungen, ihre Rösser herumzureißen und zu zügeln. Im Trab umkreisten sie Barst und hielten ihre Waffen auf ihn gerichtet, während die vier Elfen auf dem Boden ihre Schwerter zogen und sich Barst vorsichtig näherten.

Der Mann lachte und hob seinen Schild, während er sich auf ihren Angriff vorbereitete. Das Licht fiel auf sein Gesicht unter dem Helm, und selbst aus der Entfernung konnte Roran erkennen, dass es breit war, mit buschigen Augenbrauen und vorspringenden Wangenknochen. Es erinnerte ihn etwas an das Gesicht eines Urgal.

Die vier Elfen rannten auf Barst zu, jeder aus einer anderen Richtung, und sie hieben und stießen gleichzeitig auf ihn ein. Barst fing eins der Schwerter mit seinem Schild ab, schlug ein anderes mit seiner Keule weg und ließ seine Schutzzauber die Klingen der beiden Elfen hinter ihm aufhalten. Wieder lachte er und schwang seine Waffe. Ein silberhaariger Elf warf sich zur Seite und die Keule sauste an ihm vorbei, ohne Schaden anzurichten.

Noch zweimal schwang Barst seine Keule und zweimal wichen die Elfen ihm aus. Barst zeigte keine Anzeichen von Ungeduld, sondern duckte sich hinter seinen Schild und lauerte darauf, dass seine Zeit kam, wie ein Höhlenbär, der darauf wartete, dass jemand töricht genug war, sich in seine Höhle zu wagen.

Außerhalb des Rings aus Elfen entschloss sich ein Block hellebardenschwingender Soldaten dazu, auf eigene Verantwortung schreiend auf Königin Islanzadi und ihre Gefährten zuzustürmen. Ohne zu zögern, hob die Königin ihr Schwert über den Kopf und auf ihr Signal hin flog aus den Reihen der Varden ein Schwarm sirrender Pfeile durch die Luft und streckte die Soldaten nieder.

Roran brach in Jubelschreie aus und mit ihm viele der Varden.

Barst hatte sich immer näher zu den vier toten Pferden hingeschoben und jetzt trat er in ihre Mitte, sodass die Kadaver einen niedrigen Schutzwall um ihn herum bildeten. Die Elfen zu seiner Linken und seiner Rechten würden keine andere Wahl haben, als über die Pferde hinwegzuspringen, wenn sie ihn angreifen wollten.

Schlau, dachte Roran stirnrunzelnd.

Der Elf vor Barst machte einen schnellen Schritt auf ihn zu und rief etwas in der alten Sprache. Barst schien zu zögern und sein Zögern ermutigte den Elf, näher zu kommen. Da stürmte Barst vorwärts, seine Keule fuhr nieder und der Elf brach tot auf dem Boden zusammen.

Ein Stöhnen lief durch die Reihen der Elfen.

Die noch verbliebenen drei Elfen ohne Pferd waren anschließend vorsichtiger. Weiterhin umkreisten sie Barst und gelegentlich wagte ein Elf einen Vorstoß, aber hauptsächlich hielten sie Abstand.

»Ergebt Euch!«, rief Islanzadi und ihre Stimme schallte durch die Straßen. »Wir sind in der Überzahl. Wie stark Ihr auch sein mögt, mit der Zeit werden Eure Kräfte nachlassen und Eure Schutzzauber versagen. Ihr könnt nicht gewinnen, Mensch.«

»Ach nein?«, erwiderte Barst. Er richtete sich auf und ließ seinen Schild mit einem lauten Klirren fallen.

Jähes Grauen erfüllte Roran. *Lauft*, dachte er. »Lauft!«, schrie er eine halbe Sekunde später.

Zu spät.

Barst ging in die Knie, packte eins der Pferde am Hals und schleuderte es nur mit seinem linken Arm nach Königin Islanzadi.

Falls sie in der alten Sprache sprach, hörte Roran es nicht, aber sie hob die Hand und der Pferdekadaver blieb mitten in der Luft stehen, dann krachte er auf die Pflastersteine. Der Rabe auf ihrer Schulter kreischte.

Doch Barst schaute gar nicht hin. Sobald er das Pferd losgelassen hatte, nahm er seinen Schild wieder auf und stürzte auf den nächsten der berittenen Elfen zu. Eine der drei verbliebenen Elfen am Boden – eine Frau mit einer roten Schärpe um den Oberarm – jagte ihm nach und versetzte ihm einen Hieb auf den Rücken. Barst beachtete sie gar nicht.

Auf freiem Feld hätten die Pferde der Elfen Barst vielleicht abhängen können, aber auf dem begrenzten Raum zwischen den Häusern und den dicht gedrängten Kriegern war Barst sowohl schneller als auch beweglicher. Er rammte einem der Pferde die Schulter in die Rippen, sodass es stürzte, dann schlug er mit seiner Keule nach einem Elf auf einem anderen Pferd und schleuderte ihn aus dem Sattel. Ein Pferd schrie.

Der Kreis der übrigen Elfenreiter löste sich auf und alle Elfen wandten sich in unterschiedliche Richtungen, während sie versuchten, ihre Reittiere zu beruhigen, und sich um die feindlichen Soldaten vor ihnen kümmerten.

Ein halbes Dutzend Elfen löste sich aus einer nahen Gruppe Krieger, umzingelte Barst und hieb mit rasender Geschwindigkeit auf ihn ein. Barst verschwand für einen Moment zwischen ihnen, dann schwang seine Keule hoch und schleuderte drei der Elfen durch die Luft. Zwei weitere folgten und Barst schritt vorwärts. Blut klebte an den metallenen Dornen seiner schwarzen Streitkeule.

»Jetzt!«, brüllte Barst und überall auf dem Platz stürmten Hunderte von Soldaten los, griffen die Elfen an und zwangen sie, sich zu verteidigen.

»Nein«, stöhnte Roran. Er wäre ihnen mit seinen Kriegern sofort zu Hilfe gekommen, aber zu viele, sowohl lebende wie tote Krieger trennten sie von Barst und den Elfen. Er warf einen Blick zu der Kräuterhexe hinüber, die genauso besorgt aussah wie er, und fragte: »Kannst du denn nichts tun?«

»Ich könnte, aber das würde mich und alle hier das Leben kosten.«

»Auch Galbatorix?«

»Er ist zu gut geschützt, aber unsere Armee würde vernichtet werden, zusammen mit fast allen Einwohnern Urû'baens, und selbst die, die noch in unserem Lager sind, könnten sterben. Ist es das, was du willst?«

Roran schüttelte den Kopf.

»Dachte ich mir.«

Barst, der sich mit verblüffender Geschwindigkeit bewegte, erschlug mühelos Elf um Elf. Mit einem seiner Schwünge traf er die Schulter der Elfenfrau mit der roten Schärpe, sodass sie der Länge nach auf dem Rücken landete. Sie deutete auf Barst und schrie etwas in der alten Sprache, aber der Zauber ging offensichtlich daneben, denn ein anderer Elf sackte nach vorn und fiel aus dem Sattel. Sein Oberkörper war vom Kopf an abwärts aufgeschlitzt.

Barst tötete die Elfe mit einem Hieb seiner Keule. So machte er weiter von Pferd zu Pferd, bis er Islanzadi auf ihrer weißen Stute erreichte.

Die Elfenkönigin wartete nicht, bis Barst ihr Ross tötete. Sie sprang aus dem Sattel und ihr roter Umhang blähte sich hinter ihr. Ihr Gefährte, der weiße Rabe, schlug mit den Flügeln und erhob sich von ihrer Schulter in die Luft.

Noch bevor sie mit den Füßen den Boden berührte, schlug Islanzadi bereits nach Barst – ihr Schwert war ein einziger Wirbel aus glänzendem Stahl. Ihre Klinge klirrte, als sie auf Barsts Schutzzauber traf.

Barst reagierte mit einem Gegenschlag, den Islanzadi mit einer geschickten Drehung des Handgelenks parierte, sodass der dornenbesetzte Kopf seiner Streitkeule auf die Pflastersteine krachte. Um sie herum bildete sich eine freie Fläche, während Freund und Feind gleichermaßen innehielten, um das Duell zu beobachten.

Über ihnen kreiste der Rabe und kreischte und schimpfte auf die schrille Art, wie Raben es taten.

Noch nie hatte Roran einen solchen Kampf gesehen. Für das Auge zu schnell fegten die Hiebe von Islanzadi und Barst durch die Luft – nur als Wirbel waren sie zu erkennen – und das Klirren ihrer Waffen übertönte alle anderen Geräusche in der Stadt.

Wieder und wieder versuchte Barst, Islanzadi mit seiner Keule zu zerschmettern, so wie er die anderen Elfen zerschmettert hatte. Doch sie war zu schnell, sodass er sie nicht traf, und wenn sie es mit seiner Stärke nicht aufnehmen konnte, schien sie zumindest stark genug zu sein, um seine Schwünge ohne Mühe abzuwehren. Die anderen Elfen, dachte Roran, halfen ihr offenbar, denn sie schien trotz aller Anstrengung nicht zu ermüden.

Ein Kull und zwei Elfen schlossen sich Islanzadi an. Barst beachtete sie nicht. Er tötete sie nur einen nach dem anderen, wenn sie den Fehler begingen, sich zu nah heranzuwagen.

Roran klammerte sich aufgeregt so fest an die Säule, dass er einen Krampf in den Händen bekam.

Minuten verstrichen, während Islanzadi und Barst einander über den Platz trieben. Die Bewegungen der Elfenkönigin boten ein einzigartiges Schauspiel: flink, geschmeidig und kraftvoll. Im Gegensatz zu Barst konnte sie sich keinen einzigen Fehler leisten – was sie auch nicht tat –, denn ihre Zauber würden sie wohl nicht schützen. Mit jedem Augenblick wuchs Rorans Bewunderung für Islanzadi und er hatte das Gefühl, einen Kampf mitzuerleben, der noch Jahrhunderte später besungen werden würde.

Der Rabe stieß oft auf Barst herab und versuchte ihn von Islanzadi abzulenken. Nach den ersten Versuchen des Raben beachtete Barst den Vogel jedoch nicht mehr, denn das Geschöpf war nicht in der Lage, ihn zu berühren, und das Tier gab sich Mühe, sich von der Keule fernzuhalten. Dann schien der Rabe allmählich die Geduld zu verlieren. Er kreischte lauter und regelmäßiger und wurde kühner in seinen Angriffen. Mit jedem Versuch wagte er sich näher an Barsts Kopf und Hals heran.

Schließlich, als der Vogel wieder auf Barst zuschoss, hob der Mann seine Streitkeule, änderte mitten im Schlag die Richtung und traf den rechten Flügel des Raben. Der Vogel schrie vor Schmerz und sackte ein Stück ab, bevor er mühsam wieder in den Himmel hinaufstieg. Barst schlug abermals nach dem Raben, doch Islanzadi fing seine Keule mit ihrem Schwert ab. So standen sie einander gegenüber, die Waffen an den Spitzen gekreuzt, ihr Schwert verkeilt zwischen den Dornen seiner Streitkeule.

Elfe und Mensch schwankten, während sie gegeneinanderdrückten. Keiner von ihnen war in der Lage, sich auch nur einen kleinen Vorteil zu verschaffen. Dann rief Königin Islanzadi ein Wort in der alten Sprache, und wo ihre Waffen sich trafen, leuchtete ein grelles, blendendes Licht auf.

Blinzelnd hielt Roran sich die Hand vor die Augen und wandte den Blick ab.

Eine Minute lang war nichts zu hören als die Schreie der Verwundeten und ein heller, glockenähnlicher Ton, der immer lauter wurde, bis es fast nicht mehr zu ertragen war. Aus dem Augenwinkel sah Roran, wie die Werkatze neben Angela sich wand und sich ihre Pinselohren mit den Pfoten zuhielt.

Als die Lautstärke ihren Höhepunkt erreicht hatte, brach die Klinge von Islanzadis Schwert, und das Licht und der glockenähnliche Ton verschwanden.

Die Elfenkönigin hieb mit dem abgebrochenen Ende ihres Schwertes nach Barsts Gesicht und rief: »Hiermit verfluche ich Euch, Barst, Sohn von Berengar!«

Barst wartete, bis ihr Schwert auf seine Schutzzauber traf. Dann schwang er abermals seine Keule, traf Königin Islanzadi zwischen Hals und Schulter und sie brach auf dem Boden zusammen. Blut befleckte ihr goldenes Schuppenpanzerkorsett.

Und Stille senkte sich über den Platz.

Der weiße Rabe kreiste einmal über Islanzadis Leichnam und stieß einen klagenden Schrei aus, dann flog er langsam auf die Bresche in der äußeren Mauer zu, die Federn seines verwundeten Flügels rot und zerdrückt.

Ein großes Wehklagen erhob sich unter den Varden. Überall in den Straßen ließen Männer ihre Waffen fallen und flohen. Die Elfen schrien vor Trauer und Zorn – ein wahrhaft schrecklicher

Klang –, und jeder Elf mit einem Bogen begann Pfeile auf Barst abzuschießen. Die Pfeile gingen weiter in Flammen auf, bevor sie ihn berührten. Ein Dutzend Elfen griffen ihn an, aber er wischte sie beiseite, als hätten sie kein Gewicht. Gleichzeitig kamen fünf Elfen herbeigerannt, hoben Islanzadis Leichnam auf und trugen sie auf ihren blattförmigen Schilden davon.

Ungläubig sah Roran ihr nach. Islanzadi war diejenige von ihnen allen, von der er am wenigsten erwartet hätte, dass sie sterben würde. Er funkelte die Männer an, die flohen, und verfluchte sie im Stillen als Verräter und Feiglinge. Dann richtete er den Blick wieder auf Barst, der seine Truppen anstachelte, die Varden und ihre Verbündeten aus Urû'baen hinauszutreiben.

Rorans Magen krampfte sich zusammen. Die Elfen würden vielleicht weiterkämpfen, aber den Menschen, Zwergen und Urgals reichte es. Er konnte es ihren Gesichtern ansehen. Sie würden aufgeben und den Rückzug antreten und Barst würde ihnen folgen und sie zu Hunderten abschlachten. Der Graf würde auch sicher nicht an den Stadtmauern haltmachen. Nein, er würde über die Felder vorrücken, die Varden bis in ihr Lager zurücktreiben und dabei so viele wie möglich töten und den Rest in alle Windrichtungen auseinanderjagen.

Das war es, was Roran getan hätte.

Schlimmer noch, wenn Barst das Lager erreichte, würde Katrina in Gefahr sein und Roran gab sich keinen Illusionen hin, was geschehen würde, wenn die Soldaten sie in die Finger bekamen.

Roran starrte auf seine blutigen Hände hinunter. Barst musste aufgehalten werden. Aber wie? Roran grübelte und grübelte und ging alles durch, was er über Magie wusste, bis er sich endlich daran erinnerte, wie es sich angefühlt hatte, als die Soldaten ihn festgehalten und geschlagen hatten.

Roran holte bebend Luft.

Es gab eine Möglichkeit, aber es war gefährlich, unglaublich gefährlich. Wenn er tat, was er gerade erwog, würde er Katrina wahrscheinlich nie wiedersehen, geschweige denn ihr ungeborenes Kind. Doch das Wissen schenkte ihm einen gewissen Frieden. Sein Leben für ihres war ein fairer Handel, und wenn er gleichzeitig helfen konnte, die Varden zu retten, dann würde er glücklich sein, sein Leben dafür zu geben.

Katrina...

Die Entscheidung war einfach.

Er hob den Kopf und ging mit langen Schritten zu der Kräuterhexe hinüber. Sie wirkte genauso betroffen und gramgebeugt wie die Elfen. Er berührte sie mit dem Rand seines Schildes an der Schulter und sagte: »Ich brauche deine Hilfe.«

Sie sah ihn mit rot geränderten Augen an. »Was hast du vor?«

»Barst töten.« Seine Worte ließen alle Krieger in der Nähe aufhorchen.

»Roran, nein!«, rief Horst aus.

Die Kräuterhexe nickte. »Ich werde dir helfen, so gut ich kann.«

»Gut. Ich will, dass du Jörmundur, Garzhvog, Orik, Grimrr und den Elf holst, der noch über die meiste Autorität verfügt.«

Angela schniefte, schüttelte ihre Locken und wischte sich über die Augen. »Wo sollen sie sich mit dir treffen?«

»Genau hier. Und beeil dich, bevor noch mehr Leute fliehen!«

Sie nickte, dann eilten sie und die Werkatze davon, wobei sie sich dicht im Schutz der Häuser hielten.

»Roran«, murmelte Horst und fasste ihn am Arm, »was hast du vor?«

»Ich werde nicht allein gegen ihn kämpfen, wenn es das ist, was du denkst«, antwortete Roran und deutete mit dem Kopf in Barsts Richtung.

Horst wirkte einigermaßen erleichtert. »Was dann?«

»Warte es ab.«

Mehrere Soldaten mit Piken rannten die Stufen des Gebäudes herauf, aber die rothaarigen Zwerge, die sich Rorans Trupp angeschlossen hatten, hielten sie mit Leichtigkeit auf, wobei sie es auszunutzen wussten, dass sie weiter oben auf der Treppe standen.

Während die Zwerge mit den Soldaten kämpften, trat Roran zu einem Elf in der Nähe, der – mit starrem Gesichtsausdruck – seinen Köcher mit unheimlicher Geschwindigkeit leerte und jeden seiner Pfeile auf Barst abschoss. Natürlich traf keiner sein Ziel.

»Genug«, sagte Roran scharf. Als der dunkelhaarige Elf ihn ignorierte, packte Roran seine rechte Hand, seine Bogenhand, und zog sie zur Seite. »Das ist genug, habe ich gesagt. Spar dir deine Pfeile.«

Ein Knurren erklang, dann spürte Roran eine Hand an seiner Kehle. »Fass mich nicht an, Mensch.«

»Hör mir zu! Ich kann dir helfen, Barst zu töten. Aber … lass mich los.«

Nach ein oder zwei Sekunden lockerte sich der Griff der Finger um Rorans Hals. »Wie, Hammerfaust?« Die Blutgier in der Stimme des Elfs stand im auffälligen Widerspruch zu den Tränen auf seinen Wangen.

»Du wirst es in einer Minute erfahren. Aber zuerst habe ich eine Frage an dich. Warum könnt ihr Barst nicht mit eurem Geist töten? Er ist nur ein einziger Mann und ihr seid so viele.«

Ein gequälter Ausdruck erschien auf den Zügen des Elfs. »Weil sein Geist vor uns verborgen ist!«

»Wie?«

»Das weiß ich nicht. Wir können keinen seiner Gedanken spüren. Es ist, als läge eine Kugel rund um seinen Geist. Wir können weder etwas in der Kugel sehen noch können wir sie durchdringen.«

Roran hatte etwas in der Art erwartet. »Danke«, erwiderte er und der Elf neigte schwach den Kopf.

Garzhvog war der Erste, der das Gebäude erreichte. Er tauchte aus einer Nebenstraße auf und überwand die Stufen mit zwei riesigen Schritten. Dann drehte er sich um und schleuderte den dreißig feindlichen Soldaten, die ihm folgten, sein donnerndes Gebrüll entgegen. Als sie sahen, dass der Kull sich jetzt bei Verbündeten in Sicherheit befand, wichen sie zurück.

»Hammerfaust!«, rief Garzhvog. »Du hast gerufen und ich bin gekommen.«

Nach ein paar Minuten trafen die anderen, nach denen Roran die Kräuterhexe ausgeschickt hatte, an dem großen steinernen Gebäude ein. Für die Elfen war der silberhaarige Lord Däthedr gekommen, den Roran bei mehreren Gelegenheiten an Islanzadis Seite gesehen hatte. Alle sechs waren blutverschmiert und erschöpft, wie sie da nebeneinander zwischen den geriffelten Säulen standen.

»Ich habe einen Plan, wie wir Barst töten können«, begann

Roran, »aber ich brauche Eure Hilfe und wir haben nur wenig Zeit. Kann ich auf Euch zählen?«

»Das hängt von Eurem Plan ab«, entgegnete Orik. »Erläutert ihn uns zuerst.«

Also erläuterte Roran sein Vorhaben, so rasch er konnte. Als er fertig war, fragte er Orik: »Können Eure Schützen die Katapulte und Speerschleudern so exakt ausrichten, wie wir es brauchen?«

Der Zwerg räusperte sich. »Nicht mit von Menschen gebauten Kriegsmaschinen. Damit treffen wir höchstens auf zwanzig Fuß genau. Alles andere wäre reines Glück.«

Roran sah den Elfenlord Däthedr an. »Werden alle aus Eurem Volk Euch folgen?«

»Sie werden meinen Befehlen gehorchen, Hammerfaust. Zweifelt nicht daran.«

»Könnt Ihr dann ein paar von Euren Magiern abstellen, um die Zwerge zu begleiten und ihnen zu helfen, die Steine ins Ziel zu lenken?«

»Aber es ist nicht sicher, dass wir Erfolg haben werden. Die Zauber können genauso gut versagen oder in die Irre gehen.«

»Das müssen wir riskieren.« Roran ließ den Blick über die Gruppe wandern. »Also frage ich noch einmal: Kann ich auf Euch zählen?«

Nah an der Stadtmauer erklangen erneut Schreie, während Barst unter den Varden wütete.

Garzhvog überraschte Roran, indem er als Erster antwortete: »Du bist dem Wahnsinn der Schlacht verfallen, Hammerfaust, aber mit mir kannst du rechnen.« Er gab ein Grölen von sich, von dem Roran dachte, dass es vielleicht ein Lachen war. »Es wird viel Ruhm bringen, Barst zu töten.«

Dann sagte Jörmundur: »Ja, auf mich kannst du ebenfalls zählen, Roran. Wir haben keine andere Wahl, denke ich.«

»Einverstanden«, stimmte Orik zu.

»Einverrrstanden«, sagte Grimrr, der König der Werkatzen, der das Wort zu einem kehligen Knurren in die Länge zog.

»Einverstanden«, sagte auch Lord Däthedr.

»Dann los!«, befahl Roran. »Ihr wisst, was zu tun ist! Auf!«

Als die anderen wegeilten, rief Roran seine Krieger zusammen und weihte sie in seinen Plan ein. Dann gingen sie hinter den Säulen in Deckung und warteten.

Es dauerte drei oder vier Minuten – kostbare Zeit, in der Barst und seine Soldaten die Varden immer weiter zu der Bresche in der Mauer zurücktrieben –, aber dann sah Roran Gruppen von Zwergen und Elfen auf die zwölf am nächsten stehenden Katapulte und Speerschleudern auf den Mauern zulaufen und sie von den Soldaten räumen.

Mehrere angespannte Minuten verstrichen. Dann eilte Orik die Treppe zu dem Gebäude herauf, zusammen mit dreißig seiner Zwerge, und sagte zu Roran: »Sie sind bereit.«

Roran nickte. An alle um ihn herum gewandt, befahl er: »Nehmt eure Plätze ein!«

Die Überreste von Rorans Bataillon formten einen schmalen Keil, mit ihm an der Spitze und den Elfen und Urgals direkt hinter ihm. Orik und seine Zwerge übernahmen die Nachhut.

Sobald alle Krieger auf ihrem Platz waren, rief Roran: »Vorwärts!«, und lief die Stufen hinunter mitten in die feindlichen Soldaten hinein. Er wusste, dass der Rest der Gruppe dicht hinter ihm war.

Die Soldaten hatten den Angriff nicht erwartet. Sie teilten sich vor Roran wie Wasser vor dem Bug eines Schiffs.

Ein Mann versuchte, Roran den Weg zu versperren, doch Roran stach ihm ins Auge, ohne auch nur stehen zu bleiben.

Als sie noch ungefähr fünfzig Fuß von Barst entfernt waren, der ihnen den Rücken zukehrte, blieb Roran stehen und die Krieger hinter ihm folgten seinem Beispiel. An einen der Elfen gewandt, sagte er: »Sorge dafür, dass alle auf dem Platz mich hören können.«

Der Elf murmelte etwas in der alten Sprache und erwiderte dann: »Es ist getan.«

»Barst!«, rief Roran und war erleichtert, zu hören, dass seine Stimme über das ganze Schlachtfeld hallte. Die Kämpfe in den Straßen kamen zum Erliegen, bis auf einige wenige Gefechte hier und da.

Schweiß tropfte von Rorans Stirn und sein Herz raste, aber er durfte jetzt keine Angst zeigen. »Barst!«, rief er abermals und schlug mit seinem Speer auf den vorderen Rand seines Schildes. »Dreh dich um und kämpf gegen mich, du von Maden zerfressener, räudiger Hund!«

Ein Soldat rannte auf ihn zu. Roran schlug ihm das Schwert weg, riss ihn mit einer einzigen mühelosen Bewegung von den Füßen und gab ihm mit zwei schnellen Stichen den Rest. Dann zog er seinen Speer aus ihm heraus und wiederholte seinen Ruf: »Barst!«

Die breite, wuchtige Gestalt drehte sich langsam zu ihm um. Jetzt, wo er ihm näher war, konnte Roran die verschlagene Intelligenz sehen, die in Barsts Augen und in dem kleinen, spöttischen Lächeln aufblitzte, das die Winkel seines kindlichen Mundes hob. Sein Hals war so dick wie Rorans Oberschenkel und unter seinem Kettenhemd waren seine Arme muskelbepackt. Die Lichtreflexe auf seinem vorspringenden Brustpanzer zogen immer wieder Rorans Blick auf sich, obwohl er sich alle Mühe gab, sie zu ignorieren.

»Barst! Mein Name ist Roran Hammerfaust, Cousin von Eragon Schattentöter! Kämpft gegen mich, wenn Ihr es wagt, oder werdet von allen heute hier als Feigling gesehen.«

»Kein Mann macht mir Angst, Hammerfaust. Oder sollte ich sagen Ohnehammer, denn ich sehe keinen Hammer bei Euch.«

Roran richtete sich auf. »Ich brauche keinen Hammer, um dich zu töten, du bartloser Stiefellecker.«

»Tatsächlich?« Barsts kleines Lächeln wurde breiter. »Macht uns Platz!«, rief er und schwenkte seine Keule gleichermaßen gegen seine Soldaten wie die Varden.

Begleitet vom Scharren Tausender Füße wichen beide Armeen zurück und um Barst bildete sich ein großer, freier Platz. Er deutete mit seiner Keule auf Roran. »Galbatorix hat mir von Euch erzählt, Ohnehammer. Er sagte, ich solle Euch jeden Knochen im Leib brechen, bevor ich Euch töte.«

»Wie wäre es, wenn wir stattdessen *Eure* Knochen brechen würden?«, entgegnete Roran. *Jetzt!*, dachte er mit aller Macht und versuchte seine Gedanken in die Dunkelheit hinauszurufen, die seinen Geist umgab. Er hoffte, dass die Elfen und die anderen Magier wie versprochen lauschten.

Barst runzelte die Stirn und setzte zu einer Erwiderung an. Bevor er jedoch etwas sagen konnte, erklang über der Stadt ein leises Pfeifen und sechs steinerne Wurfgeschosse – jedes so groß wie ein Fass – rasten von den Katapulten auf den Mauern über die Dächer der Häuser. Ein halbes Dutzend Wurfspeere begleiteten die Steine.

Fünf der Steine landeten direkt auf Barst. Der sechste verfehlte sein Ziel und sprang über den Platz, wie ein flach geworfener Stein über Wasser springt, und warf Männer wie Zwerge gleichermaßen um.

Die Steine barsten und explodierten, als sie auf Barsts Schutzzauber trafen, und Teile davon flogen in alle Richtungen. Roran duckte sich hinter seinen Schild und stürzte beinahe, als ein faustgroßer Steinbrocken dagegenkrachte und ihm den Arm prellte. Die Wurfspeere verschwanden in einem Auflodern von gelbem Feuer, das den Staubwolken, die von Barst aufstoben, ein schauerliches Leuchten verlieh.

Als er sicher war, dass keine Gefahr von den Steinen mehr drohte, spähte Roran über seinen Schild.

Barst lag inmitten des Schutts auf dem Rücken, seine Keule neben ihm auf dem Boden.

»Packt ihn!«, brüllte Roran und hetzte los.

Viele der versammelten Varden rannten auf Barst zu, aber die Soldaten, mit denen sie gekämpft hatten, griffen schreiend an und hinderten sie daran, mehr als ein paar Schritte vorwärtszukommen. Mit Gebrüll wandten sich die beiden Armeen in verzweifelter Wut wieder gegeneinander.

In diesem Moment tauchte Jörmundur aus einer der Nebenstraßen auf und führte hundert Männer an, die er am Rand der Schlacht gesammelt hatte. Er und seine Krieger würden helfen, das Gedränge der Kämpfer zurückzuhalten, während Roran und die anderen sich um Barst kümmerten.

Von der gegenüberliegenden Seite des Platzes kamen Garzhvog und sechs weitere Kull hinter den Häusern hervorgestürmt, hinter denen sie Deckung gesucht hatten. Ihre hämmernden Schritte ließen den Boden erbeben und sowohl die Soldaten des Imperiums als auch die Varden machten ihnen stolpernd den Weg frei.

Schon lösten sich Hunderte von Werkatzen – die meisten von ihnen in Tiergestalt – aus den ineinander verkeilten Armeen und strömten mit gebleckten Zähnen über die Pflastersteine zu Barst hinüber.

Barst regte sich gerade wieder, als Roran ihn erreichte. Roran packte seinen Speer mit beiden Händen und ließ ihn auf Barsts Hals niedersausen.

Die Klinge der Waffe blieb einen Fuß vor ihm in der Luft stehen, die Spitze verbog sich und brach, als sei sie auf einen Granitblock gestoßen.

Roran fluchte und stach, so oft und so schnell er konnte, weiter auf den Mann ein und versuchte auf diese Weise, den Eldunarí in Barsts Brustpanzer daran zu hindern, Barsts Kräfte wiederherzustellen.

Barst stöhnte.

»Schnell!«, brüllte Roran den Urgals zu.

Sobald sie nahe genug waren, sprang Roran zur Seite, damit die Kull den Platz hatten, den sie brauchten. Abwechselnd schlugen alle massigen Urgals mit ihren Waffen auf Barst ein. Seine Schutzzauber blockierten sie, aber die Kull ließen nicht nach. Der Lärm war ohrenbetäubend.

Werkatzen und Elfen versammelten sich um Roran. Hinter ihnen nahm er vage die Krieger wahr, die ihn begleitet hatten und die zusammen mit Jörmundurs Männern die Soldaten zurückhielten.

Gerade als Roran dachte, dass Barsts Schutzzauber niemals nachlassen würden, stieß einer der Kull einen triumphierenden Schrei aus und Roran sah, wie die Axt des Kull von Barsts Rüstung abprallte und eine Delle hinterließ.

»Noch einmal!«, schrie Roran. »Jetzt! Tötet ihn!«

Der Kull riss seine Axt weg und Garzhvog schwang seine eisenbeschlagene Keule gegen Barsts Kopf.

Roran sah eine rasend schnelle Bewegung, dann folgte ein lauter, dumpfer Schlag, als der Knüppel auf Barsts Schild traf, den der Mann sich vor den Kopf gezogen hatte.

Verflucht!

Bevor die Urgals abermals angreifen konnten, rollte sich Barst zu den Beinen eines der Kull herum und schlug ihm mit der Hand in die rechte Kniekehle. Der Kull heulte vor Schmerz auf, sprang zurück und zog Barst aus der Traube der Kull heraus.

Die Urgals und zwei Elfen rückten nach und umstellten Barst erneut und ein paar Herzschläge lang sah es so aus, als könnten sie ihn tatsächlich besiegen.

Da flog eine der Elfen mit gebrochenem Genick durch die Luft. Ein Kull fiel auf die Seite und rief etwas in seiner Muttersprache. Knochen ragten aus seinem linken Unterarm. Garzhvog knurrte und sprang zurück. Blut strömte aus einem faustgroßen Loch in seiner Seite.

Nein!, dachte Roran und ihm wurde kalt. *So darf es nicht enden. Das werde ich nicht zulassen!*

Brüllend rannte er los und stellte sich zwischen die beiden riesigen Urgals. Er hatte kaum Zeit, den blutigen, tobenden Barst mit seinem Schild in der einen Hand und einem Schwert in der anderen zu sehen, bevor der auch schon seinen Schild schwang und Roran einen Hieb gegen die linke Seite seines Körpers versetzte.

Alle Luft wich aus Rorans Lungen, Himmel und Erde begannen sich um ihn zu drehen und er spürte, wie sein helmbedeckter Kopf auf den Pflastersteinen aufprallte.

Die Welt drehte sich immer noch, obwohl er still dalag.

Eine Weile blieb er so und rang um Atem. Endlich füllten sich seine Lungen wieder mit Luft und er dachte, dass er niemals für irgendetwas so dankbar gewesen war wie für diesen Atemzug. Er keuchte. Dann heulte er auf, als Schmerzen seinen Körper überfluteten. Sein linker Arm fühlte sich taub an, aber in allen anderen Muskeln und Sehnen brannten Höllenqualen.

Er versuchte, sich hochzustemmen, und fiel zurück auf den Bauch, zu benommen und verletzt, um aufzustehen. Vor ihm lag ein Bruchstück eines gelblichen Steins, geädert mit sich windenden Linien aus rotem Achat. Er starrte den Stein eine Weile keuchend an und die ganze Zeit über hatte er nur einen einzigen Gedanken: *Muss aufstehen. Muss aufstehen. Muss aufstehen …*

Als er sich bereit fühlte, versuchte er es noch einmal. Sein linker Arm verweigerte ihm den Dienst, daher war er gezwungen, sich ganz auf den rechten zu verlassen. So schwer es auch war, er zog die Beine an und dann erhob er sich langsam auf die Füße. Er zitterte und konnte nur sehr flach atmen.

Als er sich aufrichtete, zog etwas in seiner linken Schulter und er stieß einen stummen Schrei aus. Es fühlte sich an, als stecke ein rot glühendes Messer in dem Gelenk. Er schaute an sich herab und sah, dass sein Arm ausgekugelt war. Von seinem Schild war nichts mehr übrig als ein zersplittertes Brett, das noch immer an dem Riemen um seinen Unterarm befestigt war.

Roran drehte sich um, hielt Ausschau nach Barst und entdeckte den Mann dreißig Meter entfernt, über und über bedeckt von Werkatzen, die ihn mit ihren Krallen bearbeiteten.

Beruhigt, dass Barst zumindest noch für ein paar Sekunden beschäftigt sein würde, richtete Roran den Blick wieder auf seinen ausgekugelten Arm. Zuerst konnte er sich nicht daran erinnern, was seine Mutter ihm vor langer Zeit beigebracht hatte, aber allmählich kehrten die Worte in sein Gedächtnis zurück. Er zog die Überreste seines Schildes weg.

»Mach eine Faust«, murmelte Roran und seine linke Hand ballte sich. »Beuge den Arm, sodass deine Faust nach vorn zeigt.« Auch das tat er, obwohl es seinen Schmerz vergrößerte. »Dann dreh den Arm nach außen, weg von deinem …« Er schrie auf, als seine Schulter knirschte, weil Muskeln und Sehnen über das normale Maß hinaus gespannt wurden. Immer wieder ballte er die Faust und drehte den Arm und nach einer Weile sprang der Knochen zurück in das Gelenk.

Erleichterung durchströmte ihn. Noch immer schmerzten andere Stellen – vor allem sein Rücken und seine Rippen –, aber zumindest konnte er den Arm wieder benutzen und der Schmerz war nicht mehr so quälend.

Dann schaute Roran wieder zu Barst hinüber.

Ihm wurde schlecht von dem, was er sah.

Barst stand innerhalb eines Rings toter Werkatzen. Blut bedeckte seinen zerbeulten Brustpanzer und Fellbüschel klebten an seiner Keule, die er sich zurückgeholt hatte. Auf seinen Wangen hatte er tiefe Kratzer und der rechte Ärmel seines Kettenhemds war zerrissen, aber davon abgesehen schien er unversehrt zu sein. Die wenigen Werkatzen, die ihm immer noch gegenüberstanden, achteten darauf, Abstand zu halten, und es sah für Roran so aus, als würden sie gleich die Flucht ergreifen. Hinter Barst lagen die Leichen der Kull und Elfen, gegen die er gekämpft hatte. Rorans sämtliche Krieger schienen verschwunden zu sein und nur noch Soldaten umringten Roran, Barst und die Werkatzen. Eine brodelnde Masse blutroter Wämser – Männer, die schoben und drängten, um nicht in den Wirbel des ungleichen Kampfes hineingerissen zu werden.

»Erschießt ihn!«, rief Roran, aber niemand schien ihn zu hören.

Barst bemerkte ihn jedoch und begann auf Roran zuzuhumpeln. »Ohnehammer!«, donnerte er. »Dafür will ich Euren Kopf!«

Roran sah einen Speer auf dem Boden liegen. Er kniete sich hin und hob ihn auf, wovon ihm schwindlig wurde. »Mal sehen, wie Ihr das anstellen wollt!«, gab er zurück. Aber die Worte klangen hohl. Er dachte an Katrina und ihr Kind, das noch nicht auf der Welt war.

Da sprang eine der Werkatzen vor – in Gestalt einer weißhaarigen Frau, die Roran nur bis zum Ellbogen reichte – und fügte Barst einen tiefen Kratzer an der Seite seines linken Oberschenkels zu.

Barst knurrte und fuhr herum, aber die Werkatze zog sich bereits zurück und fauchte ihn dabei an. Barst wartete noch einen Moment, um sicherzugehen, dass sie ihm nicht noch einmal Ärger machen würde, dann ging er weiter auf Roran zu. Er humpelte jetzt stärker als zuvor, denn seine neue Wunde verschlimmerte es noch. Blut bedeckte sein Bein.

Roran befeuchtete sich die Lippen, unfähig, den Blick von seinem näher kommenden Widersacher abzuwenden. Er hatte nur den Speer. Er hatte keinen Schild. Er konnte nicht einmal davonlaufen, denn er würde es niemals mit Barsts unnatürlicher Stärke oder Geschwindigkeit aufnehmen können. Auch war niemand in der Nähe, der ihm helfen konnte.

Es war eine ausweglose Situation, aber Roran weigerte sich, seine Niederlage einzugestehen. Er hatte bisher nur ein Mal aufgegeben und das würde er nie wieder tun, auch wenn sein Verstand ihm sagte, dass er bald sterben würde.

Schon war Barst direkt vor ihm und Roran stach – in der verzweifelten Hoffnung, dass er ihn durch irgendeinen Zufall ausschalten konnte – nach seinem rechten Knie. Barst wehrte den Speer mit seiner Keule ab, dann schwang er sie nach Roran.

Roran hatte den Gegenangriff erwartet und stolperte bereits zurück, so schnell seine Beine es erlaubten. Ein Windstoß fuhr über sein Gesicht, als der Kopf der Keule nur daumenbreit an ihm vorbeizischte.

Barst zeigte seine Zähne bei einem grimmigen Lächeln und er wollte gerade wieder zuschlagen, als von oben ein Schatten über ihn fiel und er aufblickte.

Islanzadis weißer Rabe ließ sich vom Himmel fallen und landete auf Barsts Gesicht. Der Rabe kreischte wütend, während er Barst mit Schnabel und Krallen attackierte, und zu seinem Erstaunen hörte Roran den Raben rufen: »Stirb! Stirb! Stirb!«

Barst fluchte und ließ seinen Schild fallen. Dann schlug er mit der Hand den Raben weg und brach ihm den bereits verletzten Flügel. Hautfetzen hingen Barst von der Stirn und seine Wangen und sein Kinn waren vor Blut dunkelrot.

Roran stürzte vorwärts und stieß Barst seinen Speer in die andere Hand, worauf Barst auch seine Keule fallen ließ. Dann nutzte Roran seine Chance und stach nach Barsts entblößter Kehle. Barst fing den Speer jedoch mit einer Hand ab, entriss ihn Roran und brach ihn so mühelos zwischen den Fingern entzwei, wie Roran vielleicht einen trockenen Zweig zerbrochen hätte.

»Jetzt stirbst du«, zischte Barst und spuckte Blut. Seine Lippen waren aufgerissen und sein rechtes Auge war vollkommen zerfetzt, aber mit dem anderen konnte er immer noch sehen.

Er packte Roran, um ihn in eine tödliche Umarmung zu ziehen. Roran hätte nicht entkommen können, selbst wenn er es gewollt hätte. Aber als Barsts Arme sich um ihn schlossen, umschlang Roran die Taille des Mannes und drehte ihn mit aller Kraft, wobei er so viel Druck und Gewicht wie möglich auf Barsts verletztes Bein ausübte – das Bein, auf dem er humpelte.

Barst hielt einen Moment lang stand. Dann gab sein Knie nach und mit einem Schmerzensschrei fiel er auf ein Bein und stützte sich mit der linken Hand ab. Roran wand sich und glitt unter Barsts rechtem Arm durch. Das Blut auf Barsts Brustpanzer machte es Roran leichter, sich zu befreien.

Dann versuchte Roran, von hinten Barsts Kehle zu packen, aber Barst drückte das Kinn auf die Brust, sodass Roran keinen Halt fand. Also schlang Roran stattdessen die Arme um Barsts Brust und hoffte, ihn bändigen zu können, bis jemand anders ihm helfen würde, den Mann zu töten.

Barst knurrte, warf sich auf die Seite und belastete dadurch Rorans verletzte Schulter, sodass er vor Schmerz ächzte. Die Pflastersteine bohrten sich in Rorans Arme und in seinen Rücken, während Barst sich dreimal herumrollte. Als er das ganze Gewicht des Mannes auf sich hatte, konnte Roran kaum noch atmen. Trotzdem ließ Roran nicht los. Barst rammte ihm einen Ellbogen in die Seite und Roran spürte, wie mehrere Rippen brachen. Er biss die Zähne zusammen und spannte die Arme an, dann drückte er zu, so fest er konnte.

Katrina, dachte er.

Wieder rammte Barst ihm den Ellbogen in den Leib.

Roran heulte auf und Sterne tanzten vor seinen Augen. Er drückte noch fester zu.

Wieder der Ellbogen – wie ein Amboss, der ihm in die Seite gerammt wurde.

»Du … wirst … nicht … gewinnen … Ohnehammer«, keuchte Barst. Er erhob sich schwankend und zog Roran mit hoch.

Obwohl er dachte, es würde ihm die Muskeln von den Knochen reißen, drückte Roran noch fester zu. Er schrie, aber er konnte seine Stimme nicht hören und er spürte, wie Adern platzten und Sehnen rissen.

Und dann gab Barsts Brustpanzer nach, wo der Kull ihm die Delle geschlagen hatte, und ein Geräusch wie von brechendem Kristall erklang.

»Nein!«, schrie Barst, noch während ein reines weißes Licht aus den Rändern seiner Rüstung brach. Er erstarrte, als hätten Ketten jedes seiner Glieder so weit wie möglich auseinandergezerrt, und begann unkontrolliert zu zittern.

Das Licht blendete Roran und verbrannte ihm die Arme und das

Gesicht. Er ließ Barst los und fiel zu Boden, wo er seine Augen mit dem Unterarm bedeckte.

Das Licht strahlte weiter unter Barsts Brustpanzer hervor, bis die Ränder des Metalls zu glühen begannen. Dann erlosch die blendende Helligkeit und die Welt war dunkler als zuvor. Das Wenige, was von Graf Barst noch übrig war, stürzte rückwärts zu Boden und lag dann rauchend auf den Pflastersteinen.

Roran starrte blinzelnd zum Himmel empor. Er wusste, dass er aufstehen sollte, denn es waren Soldaten in der Nähe. Aber die Pflastersteine schienen so weich unter ihm zu sein und das Einzige, was er sich wirklich wünschte, war, die Augen zu schließen und sich auszuruhen …

Als er die Augen das nächste Mal öffnete, sah er Orik, Horst und mehrere Elfen um sich herum versammelt.

»Roran, kannst du mich hören?«, fragte Horst, der voller Sorge auf ihn heruntersah.

Roran versuchte zu sprechen, aber er war nicht in der Lage dazu.

»Kannst du mich hören? Hör mir zu. Du musst wach bleiben. Roran! Roran!«

Wieder versank Roran in der Schwärze. Es war ein tröstliches Gefühl, als hülle er sich in eine weiche Wolldecke. Wärme breitete sich in ihm aus und das Letzte, woran er sich erinnerte, war Orik, der sich über ihn beugte und in der Zwergensprache etwas sagte, was wie ein Gebet klang.

Die Gabe des Wissens

Ohne sich aus den Augen zu lassen, umkreisten Eragon und Murtagh einander langsam und versuchten vorherzusehen, wie und wohin der andere sich bewegen würde. Murtagh schien körperlich in bester Verfassung, aber unter seinen Augen lagen dunkle Ringe und sein Gesicht war hager. Eragon vermutete, dass er unter großer Anspannung gestanden hatte. Er trug dieselbe Rüstung wie Eragon: ein Kettenhemd, Panzerhandschuhe, Arm- und Beinschienen, aber sein Schild war länger und schmaler als der von Eragon. Was ihre Schwerter betraf, hatte Brisingr mit seinem anderthalbhändigen Griff einen Vorteil, was die Länge anging, während Zar'roc mit seiner breiteren Klinge mehr Gewicht zu bieten hatte.

Sie näherten sich einander. Als sie noch ungefähr drei Schritte entfernt waren, fragte Murtagh, der Galbatorix den Rücken zuwandte, mit leiser, verärgerter Stimme: »Was soll das?«

»Zeit schinden«, murmelte Eragon, wobei er die Lippen so wenig wie möglich bewegte.

Murtagh runzelte finster die Stirn. »Du bist ein Narr. Er wird zusehen, wie wir uns gegenseitig in Stücke hauen, und was wird das ändern? *Überhaupt nichts.*«

Statt zu antworten, verlagerte Eragon sein Gewicht auf die Ballen und ließ seinen Schwertarm vorschnellen, woraufhin Murtagh zusammenzuckte.

»Verwünscht sollst du sein«, knurrte Murtagh. »Wenn du nur noch einen einzigen Tag gewartet hättest, hätte ich Nasuada befreien können.«

Diese Äußerung überraschte Eragon. »Warum sollte ich dir glauben?«

Die Frage machte Murtagh noch wütender. Er verzog die Lippen und beschleunigte seine Schritte. Eragon passte ihm sein Tempo an. Dann sagte Murtagh lauter: »Du hast also endlich ein anständiges Schwert gefunden. Die Elfen haben es dir gemacht, richtig?«

»Du weißt, dass sie…«

Murtagh sprang auf ihn zu, hieb mit Zar'roc nach seinem Bauch und Eragon machte einen Satz zurück und parierte mit knapper Not das rote Schwert.

Eragon reagierte mit einem über dem Kopf geschwungenen Schlag – er ließ dabei seine Hand bis an Brisingrs Knauf hinuntergleiten, um eine größere Reichweite zu haben – und Murtagh wich elegant aus.

Sie hielten beide inne, um zu sehen, ob der andere wieder angreifen würde. Als keiner von ihnen dazu ansetzte, umkreisten sie sich wieder, wobei Eragon wachsamer war als bisher.

Ihr kurzer Schlagwechsel hatte gezeigt, dass Murtagh immer noch genauso stark und schnell war wie Eragon – oder ein Elf. Galbatorix' Verbot, Magie zu benutzen, erstreckte sich anscheinend nicht auf die Zauber, die Murtaghs Glieder stärkten. Ganz selbstsüchtig ärgerte sich Eragon über die Entscheidung des Königs, aber er konnte die Überlegung dahinter verstehen. Andernfalls wäre der Kampf kaum gerecht gewesen.

Aber Eragon wollte keinen fairen Kampf. Er wollte den Verlauf des Duells kontrollieren, damit er entscheiden konnte, wann es enden würde und wie. Bedauerlicherweise bezweifelte Eragon, dass er die Gelegenheit dazu bekommen würde, wenn man Murtaghs Geschick mit der Klinge bedachte. Und selbst wenn sich ihm eine Gelegenheit bot, hatte er noch keine Idee, wie er den Kampf nutzen konnte, um einen Schlag gegen Galbatorix zu führen. Er hatte auch keine Zeit, darüber nachzudenken. Einstweilen vertraute er darauf, dass Saphira, Arya und die Drachen versuchen würden, eine Lösung zu finden.

Murtagh zuckte mit der linken Schulter und Eragon duckte sich hinter seinen Schild. Einen Moment später begriff er, dass es eine Finte gewesen war und dass Murtagh versuchte, seine Deckung auf der rechten Seite zu umgehen.

Eragon drehte sich rasch und sah die Schneide von Zar'roc auf seinen Hals niedersausen, eine glitzernde, drahtdünne Linie. Er stieß das Schwert mit einer eher unbeholfenen Bewegung von Brisingrs Parierstange beiseite. Dann schlug er mit einem schnellen Hieb zurück, der auf Murtaghs Unterarm zielte. Zu seiner grimmigen Freude traf er Murtagh seitlich am Handgelenk. Brisingr vermochte nicht, Murtaghs Panzerhandschuh und den Ärmel des Wamses darunter zu durchtrennen, aber der Aufprall tat Murtagh trotzdem weh und drückte ihm den Arm vom Körper weg, sodass seine Brust ohne Deckung war.

Eragon stach zu und Murtagh benutzte seinen Schild, um den Angriff abzuwehren. Drei weitere Male stach Eragon zu, aber Murtagh hielt jeden Stich auf. Und als Eragon den Arm zurückzog, um aufs Neue anzugreifen, konterte Murtagh mit einem rückhändigen Schlag gegen sein Knie, der ihn außer Gefecht gesetzt hätte, wenn er sein Ziel erreicht hätte.

Sobald Eragon Murtaghs Absicht erkannte, änderte er seinen Schwung und bremste Zar'roc einen Zoll von seinem Bein entfernt. Dann konterte er mit einem eigenen Streich.

Minutenlang tauschten sie Schläge aus und versuchten den Rhythmus des anderen zu stören, doch ohne Erfolg. Sie kannten einander einfach zu gut. Was immer Eragon versuchte, Murtagh konnte es abwehren, und das Gleiche galt umgekehrt. Es war wie ein Spiel, in dem sie beide viele Züge im Voraus planten, was ein gewisses Gefühl der Vertrautheit schuf. Eragon konzentrierte sich darauf, zu erahnen, was Murtagh dachte, und dadurch vorherzusehen, was Murtagh als Nächstes tun würde.

Von Anfang an hatte Eragon bemerkt, dass Murtagh das Spiel anders spielte als bei ihrem letzten Kampf. Er griff mit einer Gnadenlosigkeit an, die ihm bisher gefehlt hatte, als wolle er Eragon zum ersten Mal wirklich besiegen, und zwar schnell. Außerdem schien nach seinem anfänglichen Ausbruch sein Ärger zu schwinden und er legte zunehmend eine kühle, undurchdringliche Entschlossenheit an den Tag.

Eragon kämpfte bis nahe an die Grenze seiner Fähigkeiten und fand sich häufiger in der Defensive wieder, als ihm lieb war.

Nach einer Weile ließ Murtagh sein Schwert sinken und wandte sich dem Thron und Galbatorix zu.

Eragon blieb wachsam, doch er zögerte, unsicher, ob es gegen die Regeln war, jetzt anzugreifen. In diesem Moment des Zögerns sprang Murtagh aus der Drehung wieder auf ihn zu. Eragon hielt seine Position und schwang sein Schwert. Murtagh fing den Schlag mit seinem Schild ab, aber statt seinerseits einen Streich folgen zu lassen, wie Eragon es erwartet hatte, schmetterte er seinen Schild gegen Eragons und drückte.

Eragon knurrte und drückte dagegen. Er wollte um Murtaghs Schild herum einen Schlag gegen seinen Rücken oder seine Beine führen, aber Murtagh drückte zu fest, als dass Eragon es hätte riskieren können. Sein Halbbruder war ein oder zwei Zoll größer, was ihm erlaubte, etwas von oben gegen Eragons Schild zu drücken, sodass es für Eragon schwierig war, sich nicht über den glatten Boden zurückschieben zu lassen.

Schließlich drängte Murtagh Eragon mit einem Brüllen und einem mächtigen Stoß zurück. Während Eragon rückwärtsstolperte und mit den Armen ruderte, um nicht das Gleichgewicht zu verlieren, stach Murtagh nach seinem Hals.

»*Letta!*«, sagte Galbatorix.

Zar'rocs Spitze hielt weniger als einen Fingerbreit von Eragons Haut inne. Er erstarrte keuchend, nicht sicher, wie es dazu gekommen war.

»Beherrsche dich, Murtagh, oder ich werde es für dich tun«, erklärte Galbatorix von seinem Platz aus. »Ich schätze es nicht, mich wiederholen zu müssen. Du sollst Eragon nicht töten und er dich ebenso wenig … Jetzt fahrt fort.«

Die Erkenntnis, dass Murtagh gerade versucht hatte, ihn zu töten – und dass er ohne Galbatorix' Eingreifen Erfolg gehabt hätte –, schockte Eragon. Er suchte in Murtaghs Zügen nach einer Erklärung, aber Murtaghs Miene blieb vollkommen ausdruckslos, als bedeute Eragon ihm nur wenig oder gar nichts.

Eragon konnte das nicht verstehen. Murtagh spielte das Spiel definitiv anders, als er sollte. Irgendwie hatte er sich verändert, aber wie, konnte Eragon nicht sagen.

Zu wissen, dass er verloren hatte – und dass er eigentlich hätte tot sein müssen –, erschütterte Eragons Selbstbewusstsein. Er hatte dem Tod schon viele Male ins Auge gesehen, aber nie auf eine so direkte und kompromisslose Art. Es bestand keine Frage, Murtagh hatte ihn bezwungen und einzig Galbatorix' Barmherzigkeit – soweit es die gab – hatte ihn gerettet.

Eragon, grüble nicht darüber nach, riet ihm Arya. *Du konntest nicht ahnen, dass er versuchen würde, dich zu töten. Und du hast nicht versucht, ihn zu töten. Wenn du es versucht hättest, wäre der Kampf anders ausgegangen und Murtagh hätte niemals die Möglichkeit gehabt, dich auf diese Weise zu attackieren.*

Zweifelnd sah Eragon zu ihr hinüber, wo sie zusammen mit Elva und Saphira am Rand des Lichtkreises stand. Dann sagte Saphira: *Wenn er dir die Kehle aufreißen will, dann durchtrenne ihm die Sehnen an den Beinen und sorge dafür, dass er es nicht noch einmal tun kann.*

Eragon nickte zum Zeichen, dass er sie verstanden hatte.

Er und Murtagh traten auseinander und nahmen wieder ihre Ausgangspositionen einander gegenüber ein, während Galbatorix zustimmend nickte.

Diesmal war Eragon der Erste, der angriff.

Es fühlte sich so an, als kämpften sie stundenlang. Murtagh versuchte keine weiteren tödlichen Streiche mehr, während es Eragon – zu seiner Befriedigung – gelang, Murtagh am Schlüsselbein zu berühren, obwohl er seinen Schlag bremste, bevor Galbatorix selbst eingriff. Murtagh schien der Treffer verunsichert zu haben und Eragon gestattete sich ein kurzes Lächeln über Murtaghs Reaktion.

Es gab noch andere Schläge, die der eine oder andere nicht abwehren konnte. Trotz all ihrer Schnelligkeit und ihres Geschicks waren weder er noch Murtagh unfehlbar, und ohne einen einfachen Weg, den Kampf zu beenden, war es unausweichlich, dass sie Fehler machten und dass diese Fehler zu Verletzungen führten.

Die erste Wunde war ein Schnitt, den Murtagh Eragon am rechten Oberschenkel zufügte, zwischen dem Rand seines Kettenhemdes und dem oberen Teil seiner Beinschiene. Es war ein oberflächlicher Schnitt, aber äußerst schmerzhaft, und jedes Mal wenn Eragon das Bein belastete, quoll Blut aus der Wunde.

Beim zweiten Mal traf es ebenfalls Eragon: Es war ein Schnitt über der Augenbraue, nachdem Murtagh einen Treffer auf seinen Helm gelandet hatte und der Rand des Helms sich in Eragons Stirn gerammt hatte. Diese zweite Wunde fand Eragon weitaus lästiger als die erste, denn jetzt tropfte ihm immer wieder Blut ins Auge und trübte seine Sicht.

Dann traf Eragon Murtagh erneut am Handgelenk und diesmal durchschnitt er die Manschette seines Panzerhandschuhs, den Ärmel seines Wamses und eine dünne Hautschicht bis auf den Knochen darunter. Es gelang ihm nicht, irgendwelche Muskeln zu durchtrennen, aber die Wunde schien Murtagh ziemliche Schmerzen zu verursachen und das Blut, das in seinen Panzerhandschuh sickerte, veranlasste ihn, mindestens zweimal seinen Griff zu lockern.

Dann konnte Murtagh Eragon an der rechten Wade verletzen. Danach – während Murtagh sich noch von einem gescheiterten Angriff erholte – bewegte sich Eragon um Murtaghs Schildseite und ließ Brisingr mit aller Kraft auf Murtaghs linken Beinschützer herunterkrachen, sodass der Stahl eine Delle bekam.

Murtagh heulte auf und sprang auf einem Bein zurück. Eragon folgte ihm und schwang Brisingr, um ihn niederzuschlagen. Trotz seiner Verletzung konnte Murtagh sich verteidigen und einige Sekunden später war Eragon derjenige, der Schwierigkeiten hatte, sich auf den Beinen zu halten.

Eine Zeit lang widerstanden ihre Schilde dem unbarmherzigen Ansturm – Galbatorix hatte, wie Eragon erfreut feststellte, die Zauber an ihren Schwertern und ihrer Rüstung unberührt gelassen –, aber dann gaben die Schutzzauber auf Eragons Schild nach, genau wie die auf Murtaghs Schild, was sie an den Splittern sahen, die jedes Mal durch die Luft flogen, wenn ihre Schwerter auf den Schilden landeten. Kurz darauf brach Murtaghs Schild unter einem besonders kräftigen Schlag von Eragon. Sein Triumph war nur von kurzer Dauer, denn Murtagh packte Zar'roc mit beiden Händen und drosch zweimal schnell hintereinander auf Eragons Schild ein.

Er barst ebenfalls und es bestand wieder Waffengleichheit zwischen ihnen.

Allmählich wurde der Stein unter ihnen glitschig von Blutflecken und Spritzern, und es wurde zunehmend schwieriger, festen Stand zu finden. Der riesige Thronsaal warf ferne Echos ihrer aufeinanderklirrenden Waffen zurück – wie die Geräusche einer lang vergessenen Schlacht. Und da nur sie allein im Schein des Lichts standen und angestrahlt wurden, fühlte es sich so an, als seien sie das Zentrum der Welt.

Doch die ganze Zeit über beobachteten Galbatorix und Shruikan sie aus den Schatten.

Ohne Schilde fiel es Eragon leichter, bei Murtagh Schläge zu landen – im Wesentlichen auf Armen und Beinen –, aber genauso war es auch für Murtagh leichter, ihn zu treffen. Größtenteils schützten ihre Rüstungen sie vor Schnittwunden, aber sie verhinderten nicht die Beulen und Prellungen, von denen sie eine Menge einstecken mussten.

Trotz der Verletzungen, die er Murtagh zufügte, hatte Eragon allmählich den Eindruck, dass Murtagh der bessere Schwertkämpfer von ihnen beiden war. Er war nicht viel besser, aber doch genug, dass Eragon niemals wirklich in der Lage war, die Oberhand zu gewinnen. Wenn ihr Duell so weiterging, würde Murtagh ihn zermürben, bis er zu verletzt oder zu müde war, um weiterzukämpfen. Sie waren auf dem besten Weg dorthin. Mit jedem Schritt spürte Eragon, wie ihm aus der Schnittwunde an seinem linken Oberschenkel das Blut übers Knie quoll, und mit jedem Augenblick, der verstrich, fiel es ihm schwerer, sich zu verteidigen.

Er musste das Duell jetzt beenden oder er würde anschließend nicht mehr in der Lage sein, es mit Galbatorix aufzunehmen. Wie die Dinge lagen, bezweifelte er, dass er eine große Herausforderung für den König darstellen würde, aber versuchen musste er es. Wenigstens versuchen musste er es.

Das wahre Problem, begriff er, bestand darin, dass ihm der Grund, warum Murtagh so verbissen kämpfte, ein Rätsel war, und wenn er den nicht herausfinden konnte, würde Murtagh ihn auch weiterhin überraschen können.

Eragon dachte an das zurück, was Glaedr zu ihm gesagt hatte, als sie vor Dras-Leona lagerten. *Du musst lernen, zu sehen, was du erblickst.* Und auch: *Der Weg des Kriegers ist der Weg des Wissens.*

Also schaute er Murtagh an. Er sah ihn genauso eindringlich an, wie er Arya während ihrer Übungskämpfe gemustert hatte, genauso eindringlich, wie er sich selbst in seiner langen Nacht der Selbsterkenntnis auf Vroengard studiert hatte. Dadurch versuchte er, die verborgene Sprache von Murtaghs Körper zu lesen.

Er fand einige Dinge heraus. Es war klar, dass Murtagh angespannt und erschöpft war. Seine Schultern waren auf eine Art nach vorne gebeugt, die auf einen tief sitzenden Zorn, vielleicht auch auf Angst hindeutete. Und dann war da seine Gnadenlosigkeit, wahrhaftig keine neue Eigenschaft, aber neu Eragon gegenüber. All das erkannte Eragon, zusammen mit anderen, weniger offensichtlichen Einzelheiten. Dann versuchte er, sie mit dem in Einklang zu bringen, was er von früher über Murtagh wusste – mit seiner Freundschaft und seiner Loyalität und seinem Groll gegen Galbatorix' Herrschaft.

Es dauerte einige Sekunden – Sekunden, in denen sein Atem schwer ging und sie ein paar unbeholfene Schläge tauschten, die ihm einen weiteren blauen Fleck am Ellbogen einbrachten –, bis Eragon die Wahrheit erkannte. Auf einmal schien sie ihm so klar.

Es musste etwas in Murtaghs Leben geben, etwas, worauf ihr Duell sich unmittelbar auswirken würde und was Murtagh so wichtig war, dass er sich gezwungen sah, zu siegen – selbst wenn das bedeutete, dass er seinen eigenen Halbbruder töten musste. Was es auch war – Eragon hatte seine Vermutungen, einige davon beunruhigender als andere –, es hieß, dass Murtagh niemals aufgeben würde. Es hieß, dass Murtagh wie ein in die Enge getriebenes Tier bis zum allerletzten Atemzug kämpfen würde, und es hieß, dass Eragon ihn niemals mit herkömmlichen Mitteln würde besiegen können, denn das Duell bedeutete ihm nicht so viel wie Murtagh.

Für Eragon war das Duell eine willkommene Ablenkung und es kümmerte ihn herzlich wenig, wer gewann oder verlor, solange er anschließend noch in der Lage war, sich Galbatorix zu stellen. Für Murtagh war das Duell jedoch von viel größerer Bedeutung und

Eragon wusste aus Erfahrung, dass sich so eine Entschlossenheit nur zu einem hohen Preis, wenn überhaupt, überwinden ließ, wenn man nichts als Körperkraft einsetzte.

Die Frage war also, wie er einen Mann aufhalten sollte, der entschlossen war, allen Hindernissen zum Trotz seinen Weg zu verfolgen und sich durchzusetzen.

Es war ein unlösbares Rätsel, bis Eragon endlich begriff, dass es nur eine Möglichkeit gab, Murtagh zu bezwingen: Er musste ihm geben, was er wollte. Um seine eigenen Ziele weiterverfolgen zu können, würde Eragon die Niederlage akzeptieren müssen.

Aber nicht vollständig. Er würde nicht zulassen, dass Murtagh frei blieb, Galbatorix' Befehle auszuführen. Eragon würde Murtagh seinen Sieg zugestehen, aber dann würde er seinen eigenen suchen.

Während sie seinen Gedanken lauschte, wurde Saphiras Angst und Sorge immer stärker und sie sagte: *Nein, Eragon. Es muss auch anders gehen.*

Dann sag mir, wie, antwortete er, *denn ich weiß es nicht.*

Sie knurrte und Dorn ließ von der anderen Seite des Lichtkreises ein Grollen hören.

Überleg dir gut, was du tust, mahnte Arya und Eragon verstand, was sie meinte.

Murtagh kam auf ihn zugestürzt und ihre Klingen trafen mit einem lauten Klirren aufeinander. Dann zogen sie sich beide etwas zurück und hielten einen Moment inne, um wieder zu Kräften zu kommen. Als sie erneut aufeinander losstürmten, schob sich Eragon auf Murtaghs rechte Seite, während er gleichzeitig zuließ, dass sein Schwertarm etwas vom Körper abstand, wie aus Erschöpfung oder aus Achtlosigkeit. Es war eine unbedeutende Bewegung, aber er wusste, dass Murtagh sie bemerken und versuchen würde, die Lücke, die er ihm geboten hatte, zu nutzen.

In diesem Moment fühlte Eragon nichts. Er spürte nach wie vor den Schmerz seiner Wunden, doch wie aus weiter Ferne, als seien die Gefühle nicht seine eigenen. Sein Geist war wie ein tiefer Teich an einem windstillen Tag, ruhig und reglos, und doch erfüllt von den Spiegelungen der Dinge um ihn herum. Was er sah, registrierte er ohne einen bewussten Gedanken. Die waren jetzt nicht mehr nötig. Er verstand alles, was vor ihm lag, und weiteres Nachdenken würde ihn nur behindern.

Wie Eragon erwartet hatte, stürzte Murtagh sich auf ihn und zielte auf seinen Bauch.

Als es Zeit dafür war, drehte Eragon sich zur Seite. Er bewegte sich weder schnell noch langsam, sondern mit genau der richtigen Geschwindigkeit, die die Situation erforderte. Die Bewegung fühlte sich vorherbestimmt an, als sei sie die einzig mögliche.

Statt ihm die Klinge in die Eingeweide zu rammen, wie Murtagh es beabsichtigt hatte, traf Zar'roc Eragons Fleisch an seiner rechten Seite, direkt unter dem Brustkorb. Es fühlte sich an wie ein Hammerschlag und Stahl glitt über Stahl, als Zar'roc durch die zerbrochenen Ringe seines Kettenhemdes in sein Fleisch fuhr. Die Kälte des Metalls ließ Eragon mehr aufkeuchen als der Schmerz selbst. In seinem Rücken bohrte sich die Spitze der Klinge in sein Kettenhemd, als sie wieder aus seinem Körper austrat.

Murtagh starrte ihn an, offensichtlich bestürzt.

Bevor Murtagh sich von seinem Schreck erholen konnte, holte Eragon aus und stieß ihm Brisingr in den Unterleib, dicht an seinem Nabel: eine weitaus schlimmere Verletzung als die, die Murtagh Eragon soeben beigebracht hatte.

Murtaghs Gesicht erschlaffte. Sein Mund öffnete sich, als wolle er etwas sagen, und er fiel auf die Knie, Zar'roc noch immer fest umklammert.

Dorn brüllte.

Eragon zog Brisingr aus der Wunde. Dann machte er einen Schritt zurück und verzog das Gesicht zu einem lautlosen Schrei, als Zar'roc aus seinem Körper glitt.

Murtagh ließ Zar'roc los und das Schwert fiel klirrend zu Boden. Dann schlang er sich die Arme um den Leib, krümmte sich und presste den Kopf auf den polierten Stein.

Jetzt war es an Eragon, ihn anzustarren, während ihm warmes Blut ins Auge tropfte.

Von seinem Thron aus sagte Galbatorix: *»Naina«*, und Dutzende von Laternen überall im Raum erwachten zum Leben und gaben erneut den Blick auf die Säulen und Schnitzereien entlang der Wände frei und auf den Steinblock, an den Nasuada gekettet war.

Eragon taumelte zu Murtagh hinüber und kniete sich neben ihn.

»Und der Sieg geht an Eragon«, verkündete der König und seine sonore Stimme erfüllte die große Halle.

Murtagh sah zu Eragon auf und sein schweißnasses Gesicht verzerrte sich vor Schmerz. »Du konntest mich nicht einfach gewinnen lassen, was?«, knurrte er leise. »Du kannst Galbatorix nicht bezwingen, aber du musstest trotzdem beweisen, dass du besser bist als ich … aah!« Er zitterte und begann sich auf den Knien hin und her zu wiegen.

Eragon legte ihm eine Hand auf die Schulter. »Warum?«, fragte er und er wusste, dass Murtagh die Frage verstehen würde.

Die Antwort war ein kaum hörbares Flüstern: »Weil ich hoffte, seine Gunst zu erringen, um *sie* zu retten.« Tränen trübten Murtaghs Blick und er sah weg.

Jetzt wurde Eragon klar, dass Murtagh vorhin die Wahrheit gesagt hatte, und er war bestürzt.

Ein weiterer Moment verstrich und Eragon war sich der Tatsache bewusst, dass Galbatorix sie mit scharfem Interesse beobachtete.

Murtagh sagte: »Du hast mich überlistet.«

»Es war die einzige Möglichkeit.«

Murtagh stöhnte. »Das war schon immer der Unterschied zwischen dir und mir.« Er richtete seinen Blick auf Eragon. »Du warst bereit, dich zu opfern. Ich war es nicht … nicht früher.«

»Aber jetzt bist du es.«

»Ich bin nicht mehr der, der ich einmal war. Ich habe jetzt Dorn und …« Murtagh zögerte. Dann zog er die Schulter zu einem winzigen Achselzucken hoch. »Ich kämpfe nicht mehr nur für mich selbst … Das ist der Unterschied.« Er atmete flach ein und zuckte zusammen. »Früher dachte ich, du wärst ein Narr, immer wieder dein Leben zu riskieren, wie du es getan hast … Jetzt weiß ich es besser. Ich verstehe jetzt … warum. Ich verstehe …« Seine Augen weiteten sich und seine Züge entspannten sich, als sei sein Schmerz vergessen, und ein Leuchten von innen heraus erschien auf seinem

Gesicht. »Ich verstehe – *wir* verstehen«, flüsterte er und Dorn stieß einen seltsamen Laut aus, der halb Wispern, halb Knurren war.

Galbatorix setzte sich unruhig auf seinem Thron zurecht und mit barscher Stimme sagte er: »Genug geredet. Euer Duell ist vorüber und Eragon hat gesiegt. Jetzt wird es Zeit, dass unsere Gäste niederknien und mir ihre Treue geloben … Kommt näher, ihr zwei, und ich werde eure Wunden heilen. Dann werden wir fortfahren.«

Eragon wollte aufstehen, aber Murtagh hielt ihn am Unterarm zurück.

»Sofort!«, rief Galbatorix und zog seine schweren Brauen zusammen. »Oder ihr müsst die Schmerzen eurer Wunden ertragen, bis wir fertig sind.«

Mach dich bereit, formte Murtagh an Eragon gewandt mit den Lippen.

Eragon zögerte. Er wusste nicht recht, was Murtagh vorhatte. Aber dann nickte er und warnte Arya, Saphira, Glaedr und die anderen Eldunarí.

Unvermittelt stieß Murtagh Eragon beiseite und erhob sich auf die Knie, wobei er immer noch seinen Bauch umklammert hielt. Er sah Galbatorix an. Und er rief das Wort.

Galbatorix prallte zurück und hob eine Hand, wie um sich zu schützen.

Immer noch mit lauter Stimme sprach Murtagh andere Worte in der alten Sprache, so schnell, dass Eragon den Zweck des Zaubers nicht verstehen konnte.

Die Luft um Galbatorix blitzte rot und schwarz auf und einen Augenblick lang schien sein Körper in Flammen gehüllt zu sein. Es folgte ein Rauschen wie das eines starken Sommerwindes, der durch die Zweige eines immergrünen Waldes fährt. Dann hörte Eragon eine Abfolge spitzer Schreie, während rund um Galbatorix' Kopf zwölf Lichtkugeln erschienen, von ihm wegflogen, durch die Wände des Raums glitten und verschwanden. Sie sahen aus wie Geister, aber Eragon sah sie nur so kurz, dass er sich nicht sicher war.

Dorn wirbelte herum – so schnell wie eine Katze, der jemand auf den Schwanz getreten war – und stürzte sich auf Shruikans gewaltigen Hals. Der schwarze Drache brüllte und wich zurück. Dann warf er den Kopf hin und her, um Dorn abzuschütteln. Sein Gebrüll war ohrenbetäubend und die Erde erbebte unter dem Gewicht der zwei Drachen.

Die beiden Kinder auf den Stufen des Podiums schrien und hielten sich die Ohren zu.

Eragon sah, wie Arya, Elva und Saphira mit einem Ruck vorwärtsstolperten, da Galbatorix' Magie sie nicht mehr hielt. Mit dem Dauthdaert in der Hand eilte Arya auf den Thron zu, während Saphira dorthin sprang, wo Dorn an Shruikan hing. Währenddessen legte Elva sich eine Hand auf den Mund und schien etwas zu sich selbst zu sagen, aber was es war, konnte Eragon wegen des Lärms der Drachen nicht hören.

Faustgroße Blutstropfen regneten ringsum auf sie herab und klatschten rauchend auf die Steine.

Eragon stand auf und folgte Arya zum Thron.

Dann sprach Galbatorix den Namen der alten Sprache, zusammen mit dem Wort *Letta.* Unsichtbare Fesseln ließen Eragons Glieder erstarren und über die ganze Halle legte sich Stille, als die Magie des Königs alle in Ketten legte, selbst Shruikan.

Eragon kochte vor Wut und Enttäuschung. Sie waren so kurz davor gewesen, den König zu überwältigen, und trotzdem kamen sie nicht gegen seine Zauber an. *»Auf ihn!«*, rief er gleichzeitig mit dem Geist und mit seiner Stimme.

Sie hatten nun bereits versucht, Galbatorix und Shruikan anzugreifen. Der König würde die beiden Kinder sowieso töten, ob sie weitermachten oder nicht. Der einzige Weg, der Eragon und seinen Gefährten blieb – die einzige Hoffnung auf den Sieg, die sie noch hatten –, bestand darin, an Galbatorix' geistiger Barriere vorbeizukommen und sich Kontrolle über seine Gedanken zu verschaffen.

Zusammen mit Saphira, Arya und den Eldunarí, die sie mitgebracht hatten, versuchte er in den Geist des Königs einzudringen. Er goss all seinen Hass, seine Wut und seinen Schmerz in den brennenden Strahl, den er in die Mitte von Galbatorix' Wesen trieb.

Einen Moment spürte Eragon den Geist des Königs: eine schreckliche, von Schatten beherrschte Landschaft voller bitterer Kälte und sengender Hitze – befestigt mit harten, unnachgiebigen Eisengittern, die einzelne Bereiche seines Bewusstseins abtrennten.

Dann griffen die Drachen unter Galbatorix' Kommando – die wahnsinnigen, heulenden, von Trauer zerfressenen Drachen – Eragons Geist an und zwangen ihn, sich in sich selbst zurückzuziehen, um nicht in Stücke gerissen zu werden.

Hinter sich hörte Eragon, wie Elva etwas zu sagen begann, aber sie hatte kaum einen Laut von sich gegeben, als Galbatorix *»Theyna!«* rief und sie mit einem erstickten Gurgeln abbrach.

»Ich habe ihm seine Schutzzauber genommen!«, rief Murtagh. »Er ist …«

Was immer Galbatorix sagte, es war so schnell und so leise, dass Eragon es nicht verstand. Murtagh verstummte und im nächsten Moment hörte Eragon, wie seine Rüstung klirrte und sein Helm auf den Stein aufschlug, als er zu Boden stürzte.

»Ich habe unermesslich viele Schutzzauber«, erklärte Galbatorix, dessen Habichtgesicht rot geworden war vor Zorn. »Ihr könnt mir nichts anhaben.« Er erhob sich von seinem Thron und kam die Stufen des Podiums hinunter auf Eragon zu. Sein Umhang blähte sich hinter ihm und in der Hand hielt er Vrangr, sein knochenbleiches, todbringendes Schwert.

In der kurzen Zeit, die ihm blieb, wollte Eragon den Geist mindestens eines der Drachen zu fassen bekommen, die auf sein Bewusstsein eindroschen. Aber es waren zu viele und er versuchte schließlich nur verzweifelt, die Horde der Eldunarí zurückzuschlagen, bevor sie seine Gedanken vollends unterwarfen.

Galbatorix blieb direkt vor ihm stehen und funkelte ihn an. Eine dicke, gegabelte Ader pulsierte auf seiner Stirn und seine Kiefer mahlten. »Denkst du, du kannst mich herausfordern, *Junge?*«, knurrte er und geiferte förmlich vor Zorn. »Denkst du, du bist mir ebenbürtig? Dass du mich stürzen und meinen Thron stehlen kannst?« Die Sehnen an Galbatorix' Hals traten hervor wie verdrehte Seile. Er zupfte am Saum seines Umhangs. »Diesen Mantel habe ich mir aus den Flügeln Belgabads geschnitten, ebenso wie meine Handschuhe.« Er hob Vrangr und hielt die Klinge direkt vor Eragons Augen. »Ich habe dieses Schwert Vraels Hand entwunden und ich habe diese Krone vom Kopf des jaulenden Jämmerlings, der sie vor mir getragen hat. Und du denkst, du kannst mich überlisten? *Mich?* Du kommst in meine Burg, du tötest meine Männer und du benimmst dich, als wärst du *besser* als ich. Als wärst du *edel* und *tugendhaft*.«

Als Galbatorix ihm mit Vrangrs Knauf auf die Wange schlug und dabei die Haut aufplatzte, dröhnte Eragon der Kopf und kleine, pulsierende dunkelrote Fünkchen tanzten vor seinen Augen.

»Du brauchst eine Lektion in Demut, Junge!« Galbatorix trat näher, bis seine glitzernden Augen nur noch wenige Fingerbreit von denen Eragons entfernt waren.

Er schlug Eragon auf die andere Wange und eine Sekunde sah Eragon nur noch Schwärze, die mit blitzenden Lichtern übersät war.

»Es wird mir ein *Vergnügen* sein, dich in meinen Diensten zu wissen«, sagte Galbatorix. Mit leiserer Stimme fügte er hinzu: *»Gánga«*, und der Druck von den Eldunarí, die Eragons Geist angriffen, verschwand, sodass er wieder klar denken konnte. Das galt jedoch nicht für die anderen, wie er der Anspannung auf ihren Gesichtern entnehmen konnte.

Dann durchdrang eine scharf zugespitzte Gedankenklinge Eragons Bewusstsein und schob sich in das Innerste seines Wesens. Die Klinge drehte sich und zerrte wie mit hundert Widerhaken an seinem Geist. Sie trachtete danach, seinen Willen zu zerstören, seine Persönlichkeit, sein Bewusstsein.

Es war ein Angriff, wie Eragon ihn noch nie erlebt hatte. Er schrak davor zurück und konzentrierte sich auf einen einzigen Gedanken – Rache –, während er sich verzweifelt zu schützen versuchte. Durch ihre Berührung konnte er Galbatorix' Gefühle wahrnehmen: zum größten Teil Zorn, aber auch ein wildes Glück darüber, dass er in der Lage war, Eragon Schmerz zuzufügen, und zusehen konnte, wie er sich wand.

Und Eragon erkannte: Galbatorix war nur deshalb so gut darin, den Geist seiner Feinde zu brechen, weil es ihm ein perverses Vergnügen bereitete.

Die Klinge bohrte sich tiefer in Eragon und er heulte auf, er konnte nicht anders.

Galbatorix lächelte und die Ränder seiner Zähne wirkten durchscheinend.

Mit Verteidigung allein konnte man keinen Kampf gewinnen, also zwang Eragon sich trotz des sengenden Schmerzes, seinerseits Galbatorix anzugreifen. Er tauchte in das Bewusstsein des Königs ein und griff nach dessen messerscharfen Gedanken, um sie zu packen und den König daran zu hindern, sich zu bewegen oder zu denken, ohne dass Eragon es ihm erlaubte.

Galbatorix unternahm jedoch keinen Versuch, sich zu schützen. Sein grausames Lächeln wurde breiter und er drehte die Klinge in Eragons Geist noch weiter.

Für Eragon fühlte es sich an, als reiße ihn ein Dornengestrüpp von innen auf. Ein Schrei zerriss seine Kehle und die Kräfte verließen ihn, so fest hatte Galbatorix' Zauber ihn im Griff.

»Unterwirf dich«, verlangte der König. Er packte Eragons Kinn mit Fingern aus Stahl. »Unterwirf dich.« Die Klinge drehte sich einmal mehr und Eragon schrie, bis ihm die Stimme versagte.

Die tastenden Gedanken des Königs schlossen sich um Eragons Bewusstsein und drängten ihn in einen immer kleineren Teil seines Geistes zurück, bis alles, was ihm blieb, ein schmales, leuchtendes Stückchen war, das von Galbatorix' Präsenz überschattet und niedergedrückt wurde.

»Unterwirf dich«, flüsterte der König beinahe liebevoll. »Du kannst nirgendwo hingehen, dich nirgendwo verbergen … Dieses Leben endet für dich, Eragon Schattentöter, aber ein neues wartet. Ergib dich und alles soll verziehen sein.«

Tränen verschleierten Eragons Blick, als er in den tiefen Abgrund von Galbatorix' Augen starrte.

Sie hatten verloren … *er* hatte verloren.

Dieses Wissen war schmerzhafter als alle seine Wunden. Die Mühen von hundert Jahren – alles umsonst. Saphira, Elva, Arya, die Eldunarí: Keiner von ihnen konnte es mit Galbatorix aufnehmen. Er war zu stark, wusste zu viel. Garrow, Brom und Oromis waren alle umsonst gestorben, genau wie die vielen Krieger aller Völker, die ihr Leben im Kampf gegen das Imperium gelassen hatten.

Die Tränen rannen Eragon über die Wangen.

»Unterwirf dich«, flüsterte der König und packte fester zu.

Mehr als alles andere war es die grenzenlose Ungerechtigkeit, die Eragon nicht ertrug. Es schien von Grund auf *falsch,* dass so viele gelitten hatten und im Kampf für eine hoffnungslose Sache gestorben waren. Es schien *falsch,* dass Galbatorix allein so viel Unglück anrichten konnte. Und es schien *falsch,* dass er der gerechten Strafe für seine Untaten entkommen sollte.

Warum?, fragte Eragon sich.

Da erinnerte er sich an die Vision, die Valdr, der älteste der Eldunarí, ihm und Saphira gezeigt hatte, in der die Träume von Staren gleichbedeutend mit den Sorgen von Königen geworden waren.

»Unterwirf dich!«, brüllte Galbatorix und sein Geist lastete mit noch größerer Gewalt auf Eragon, während Splitter aus Eis und Feuer von überall her auf ihn einstachen.

Eragon schrie auf und in seiner Verzweiflung griff er nach dem Geist von Saphira und den Eldunarí – sie wurden belagert von den wahnsinnigen Drachen unter Galbatorix' Befehl. Unbewusst zog er etwas aus ihren Energievorräten ab. Und mit dieser Energie wirkte er einen Zauber.

Es war ein Zauber ohne Worte, denn Galbatorix' Magie würde nichts anderes zulassen und keine Worte hätten beschreiben können, was Eragon wollte oder was er fühlte. Eine Bibliothek voller Bücher wäre der Aufgabe nicht gewachsen gewesen. Sein Zauber war lediglich Instinkt und Gefühl, keine Sprache konnte ihn fassen.

Was er wollte, war gleichzeitig einfach und kompliziert. Er wollte, dass Galbatorix *verstand* … dass er das Unrecht seiner Taten verstand. Der Zauber war kein Angriff. Es war der Versuch, etwas zu vermitteln. Wenn Eragon den Rest seines Lebens als Sklave des Königs verbringen sollte, dann wollte er, dass Galbatorix begriff, was er getan hatte, dass er es voll und ganz begriff.

Während die Magie ihre Wirkung entfaltete, spürte er, dass Umaroth und die Eldunarí ihre Aufmerksamkeit auf seinen Zauber richteten, darum bemüht, nicht auf Galbatorix' Drachen zu achten. Hundert Jahre verzweifelter Trauer und Wut stiegen in den Eldunarí auf wie eine tosende Welle. Die Drachen verschmolzen ihren Geist mit Eragons und begannen den Zauber zu verändern, ihn zu vertiefen, ihn zu erweitern und darauf aufzubauen, bis der Zauber weit mehr umfasste, als Eragon ursprünglich beabsichtigt hatte.

Der Zauber würde Galbatorix nicht nur das Unrecht seiner Taten aufzeigen. Jetzt würde er ihn außerdem dazu zwingen, alle Gefühle, gute wie schlechte, zu erleben, die er seit dem Tag seiner Geburt in anderen hervorgerufen hatte. Der Zauber überstieg alles, was Eragon sich allein hätte einfallen lassen können, denn er enthielt mehr, als eine einzelne Person oder ein einzelner Drache sich ausdenken konnte. Jeder Eldunarí trug zu der Beschwörung bei und die Summe ihrer Beiträge war ein Zauber, der sich nicht nur über ganz Alagaësia erstreckte, sondern auch zurück durch die Zeit auf jeden einzelnen Augenblick bis zu Galbatorix' Geburt.

Es war, dachte Eragon, das größte Stück Magie, das die Drachen je gewirkt hatten, und er war ihr Instrument, er war ihre Waffe.

Die Macht der Eldunarí rauschte durch ihn hindurch wie ein Strom, der so breit war wie ein Ozean, und er fühlte sich wie ein hohles, zerbrechliches Gefäß – als könne seine Haut unter der gewaltigen Flut, die ihn durchströmte, brechen. Wären Saphira und die anderen Drachen nicht gewesen, wäre er augenblicklich gestorben, weil der unersättliche Hunger dieser Magie ihm alle Kraft geraubt hätte.

Um sie herum wurde das Licht der Laternen blasser und in seinem Geist schien Eragon das Echo Tausender Stimmen zu hören. Eine unerträgliche Kakofonie von ungezählten Schmerzen und Freuden, die sowohl aus der Gegenwart als auch aus der Vergangenheit widerhallten.

Die Falten in Galbatorix' Gesicht vertieften sich und seine Augen begannen, aus ihren Höhlen zu treten. »Was hast du getan?«, fragte er. Seine Stimme klang dumpf und angespannt. Er trat zurück und presste die Fäuste an die Schläfen. *»Was hast du getan!«*

Mit Mühe antwortete Eragon: »Dafür gesorgt, dass Ihr versteht.«

Der König starrte ihn voller Entsetzen an. Seine Gesichtsmuskeln zuckten und sein ganzer Körper wurde von Beben geschüttelt. Er fletschte die Zähne und knurrte: »Du wirst mich nicht unterkriegen, Junge. Du … wirst … mich … nicht …« Er stöhnte und schwankte. Auf einmal verschwand der Zauber, der Eragon hatte erstarren lassen, und er fiel zu Boden. Auch Elva, Arya, Saphira, Dorn, Shruikan und die beiden Kinder konnten sich wieder rühren.

Ein ohrenbetäubendes Brüllen von Shruikan erfüllte den Raum und der riesige schwarze Drache schüttelte Dorn ab und schleuderte den roten Drachen quer durch die Luft. Dorn landete auf seinem linken Flügel und die Knochen brachen mit einem lauten Krachen.

»Ich … werde … nicht … aufgeben …«, sagte Galbatorix. Hinter dem König sah Eragon, wie Arya – die näher am Thron stand als er selbst – zögerte und zu ihnen herüberschaute. Dann rannte sie an dem Podium vorbei und hetzte mit Saphira zu Shruikan.

Dorn kämpfte sich auf die Füße und folgte ihnen.

Galbatorix, dessen Gesicht wie vom Wahnsinn verzerrt war, trat auf Eragon zu und hieb mit Vrangr nach ihm.

Eragon rollte sich zur Seite und hörte, wie das Schwert auf den Stein neben seinem Kopf aufschlug. Er rollte sich noch einige Fuß weiter, dann richtete er sich mühsam auf. Ohne die Energie der Eldunarí wäre daran nicht zu denken gewesen.

Schreiend stürzte Galbatorix sich auf ihn und Eragon blockte den unbeholfenen Schlag des Königs ab. Ihre Schwerter klangen wie Glocken, hell und klar inmitten des Brüllens der Drachen und des Wisperns der Toten.

Saphira sprang hoch in die Luft und drosch auf Shruikans gewaltige Schnauze ein, dass das Maul des Drachen blutete, dann fiel sie wieder zu Boden. Er schlug mit einer Pranke nach ihr und sie wich zurück, wobei sie halb die Flügel ausbreitete.

Eragon duckte sich unter einem wilden Querhieb und stach nach Galbatorix' linker Achselhöhle. Zu seinem Erstaunen konnte er einen Treffer landen und die Spitze von Brisingr mit dem Blut des Königs benetzen.

Ein Krampf in Galbatorix' Arm lenkte dessen nächsten Schlag ab und schließlich standen sie sich gegenüber, die Schwerter Heft an Heft. Jeder kämpfte darum, den anderen wegzustoßen. Das Gesicht des Königs war beinah bis zur Unkenntlichkeit verzerrt und auf seinen Wangen standen Tränen.

Ein Flammenmeer brandete über ihren Köpfen auf und die Luft um sie herum wurde heiß.

Irgendwo schrien die Kinder.

Eragons verwundetes Bein gab nach und er fiel auf Hände und Füße. Obwohl er sich die Fingerknöchel prellte, ließ er Brisingr nicht los.

Er erwartete, dass der König sich augenblicklich auf ihn stürzen würde, aber stattdessen blieb Galbatorix, wo er war, und wankte von einer Seite zur anderen.

»Nein!«, rief der König. »Ich habe nicht…« Er sah Eragon und schrie: »Hör auf damit!«

Eragon schüttelte den Kopf, noch während er sich wieder hochstemmte.

Ein Schmerz durchzuckte seinen linken Arm, und als er einen Blick zu Saphira hinüberwarf, sah er, dass sie eine blutige Wunde am linken Vorderbein hatte. Auf der anderen Seite des Raums grub Dorn die Zähne in Shruikans Schwanz. Der schwarze Drache knurrte und drehte sich zu ihm um. Während Shruikan abgelenkt war, sprang Saphira hoch und landete in seinem Nacken direkt unterhalb seines knochigen Schädels. Sie krallte sich unter seinen Schuppen fest und biss ihm dann zwischen zwei der Zacken, die auf seinem Rückgrat entlangliefen, in den Hals.

Shruikan stieß ein heulendes, wildes Knurren aus und begann noch heftiger um sich zu schlagen.

Und wieder ging Galbatorix mit seinem Schwert auf Eragon los. Eragon wehrte einen Schlag ab und den nächsten, dann musste er einen Hieb gegen die Rippen hinnehmen, der ihm beinah das Bewusstsein raubte.

»Hör auf damit«, verlangte Galbatorix wieder und sein Tonfall war eher flehentlich als drohend. »Diese Schmerzen…«

Ein weiteres Knurren, verzweifelter als das letzte, kam von Shruikan. Eragon blickte am König vorbei und sah, wie sich Dorn gegenüber von Saphira in Shruikans Hals verkrallte. Das vereinte Gewicht der beiden Drachen zog Shruikan den Kopf fast bis auf den Boden hinunter. Doch der schwarze Drache war immer noch zu groß und zu stark, als dass sie ihn hätten niederringen können.

Außerdem war sein Hals so dick, dass vermutlich weder Saphira noch Dorn in der Lage waren, ihm mit ihren Zähnen großen Schaden zuzufügen.

Auf einmal sah Eragon eine Gestalt wie einen durch den Wald huschenden Schatten hinter einer Säule hervorspringen und auf die Drachen zulaufen. Es war Arya und in ihrer linken Hand schimmerte der grüne Dauthdaert.

Shruikan sah sie kommen und wand sich, um Saphira und Dorn abzuschütteln. Als sie nicht lockerließen, grollte er, öffnete das Maul und tauchte den Bereich vor sich in ein Flammenmeer.

Arya hechtete vorwärts und für einen Moment verlor Eragon sie hinter der Flammenwand aus den Augen. Dann kam sie wieder in Sicht, nicht weit von der Stelle entfernt, wo Shruikans Kopf über dem Boden hing. Ihre Haarspitzen standen in Flammen, aber sie schien es nicht zu bemerken.

Mit drei federnden Schritten sprang sie auf Shruikans linke Vorderpranke und von dort aus schwang sie sich weiter hoch bis auf Höhe seines Kopfes. Ihr brennendes Haar wehte hinter ihr her wie der Schweif eines Kometen. Dann stieß Arya einen Schrei aus, der im ganzen Thronsaal widerhallte, und schleuderte den Dauthdaert mitten in Shruikans großes, glänzendes eisblaues Auge. Die Lanze bohrte sich in voller Länge in den Schädel des schwarzen Drachens.

Shruikan brüllte und zuckte, dann fiel er langsam auf die Seite und flüssiges Feuer strömte aus seinem Maul.

Saphira und Dorn brachten sich mit gewagten Sprüngen in Sicherheit, bevor Shruikans gigantischer Kopf auf dem Boden aufschlug.

Säulen barsten, Steinbrocken fielen von der Decke und zersprangen auf dem Boden. Einige der Laternen zerbrachen und eine zähflüssige Substanz tropfte daraus auf den Boden.

Eragon fiel beinahe hin, als der Raum erbebte. Er wusste nicht, was mit Arya geschehen war, aber er befürchtete, dass Shruikans massiger Leib sie zerquetscht haben könnte.

»Eragon!«, rief Elva. »Duck dich!«

Er duckte sich und hörte das Sirren von Galbatorix' weißer Klinge, die über seinen flachen Rücken schwang.

Eragon richtete sich auf, stürzte vorwärts …

… und rammte Galbatorix sein Schwert in den Bauch, wie er es bei Murtagh gemacht hatte.

Der König ächzte, dann trat er einen Schritt zurück und zog so seinen Körper von Eragons Klinge. Er berührte mit der freien Hand die Wunde und starrte auf das Blut auf seinen Fingerspitzen. Dann sah er wieder Eragon an und sagte: »Die Stimmen … die Stimmen sind schrecklich. Ich ertrage es nicht mehr …« Er schloss die Augen und Tränen liefen ihm über die Wangen. »Schmerz … so viel Schmerz. So viel Trauer … Hör auf damit! *Mach, dass es aufhört!*«

»Nein«, sagte Eragon.

Elva trat an seine Seite und Saphira und Dorn näherten sich vom anderen Ende des Raums. Bei ihnen war, wie Eragon erleichtert feststellte, Arya, blutverschmiert und mit Brandwunden, aber ansonsten unverletzt.

Galbatorix riss die Augen weit auf – unnatürlich viel Weiß war darin zu sehen – und starrte ins Leere, als existierten Eragon und seine Gefährten nicht mehr für ihn. Er zitterte und bebte und sein Kinn bewegte sich, aber aus seiner Kehle drang kein Laut.

Dann geschahen zwei Dinge gleichzeitig.

Elva stieß ein Kreischen aus und wurde ohnmächtig. Galbatorix rief: »*Waíse néat!*« – Sei nicht.

Eragon blieb keine Zeit für Worte. Er nutzte noch einmal die Energie der Eldunarí und wirkte einen Zauber, um sich, Saphira, Arya, Elva, Dorn, Murtagh und die beiden Kinder auf das Podium neben den Steinblock zu befördern, an den Nasuada immer noch gekettet war. Und er wirkte außerdem einen Zauber, um alles abzuwehren, was ihnen möglicherweise schaden könnte.

Sie waren erst auf halbem Weg zu Nasuada, als Galbatorix in einem Lichtblitz, der heller war als die Sonne, verschwand. Dann wurde alles schwarz und still, als Eragons Schutzzauber Wirkung zeigte.

Todeskampf

Roran saß auf einer Trage, die die Elfen innerhalb des zerstörten Tors von Urû'baen auf einen der vielen Steinblöcke gestellt hatten, und erteilte den Kriegern vor sich Anweisungen.

Vier der Elfen hatten ihn aus der Stadt getragen, wo sie Magie benutzen konnten, ohne befürchten zu müssen, dass Galbatorix' Beschwörungen ihre Zauber beeinträchtigten. Sie hatten seinen ausgekugelten Arm und seine gebrochenen Rippen geheilt, ebenso wie die anderen Wunden, die Barst ihm zugefügt hatte. Doch sie hatten ihn gewarnt, dass Wochen vergehen würden, bis seine Knochen wieder so belastbar sein würden wie zuvor, und sie hatten darauf bestanden, dass er den Rest des Tages im Sitzen verbrachte.

Er dagegen hatte darauf bestanden, in die Schlacht zurückzukehren. Die Elfen hatten Einwände erhoben, aber er hatte erklärt: »Entweder Ihr bringt mich zurück oder ich gehe zu Fuß.« Ihr Unmut war offensichtlich gewesen, aber zu guter Letzt hatten sie eingewilligt und ihn dorthin getragen, wo er jetzt saß und den Platz überblickte.

Wie Roran es vorausgesehen hatte, hatten die Soldaten des Imperiums nach dem Tod ihres Kommandanten jeden Kampfeswillen verloren, und die Varden konnten sie durch die schmalen Straßen zurücktreiben. Als Roran zurückkehrte, hatten die Varden bereits ein Drittel der Stadt oder mehr erobert und näherten sich schnell der Zitadelle.

Ihre Verluste waren hoch gewesen – Tote und Sterbende übersäten die Straßen und in den Rinnsteinen floss Blut –, aber seit ihren jüngsten Erfolgen hatte sich wieder neue Zuversicht ausgebreitet. Roran konnte es in den Gesichtern der Menschen, Zwerge und Urgals lesen, wenn auch die Elfen angesichts des Todes ihrer Königin weiterhin nur kalten Zorn zeigten.

Die Elfen machten Roran Sorgen. Er hatte sie ohne mit der Wimper zu zucken Soldaten niedermähen sehen, die sich hatten ergeben wollen. Einmal entfesselt, schien ihr Blutdurst kaum noch Grenzen zu kennen.

Kurz nachdem Barst gefallen war, hatte ein Bolzen König Orrin in die Brust getroffen, als er weiter stadteinwärts ein Wachhaus gestürmt hatte. Es war eine ernste Verletzung, eine, von der anscheinend selbst die Elfen nicht sicher waren, ob sie sie heilen konnten. Die Soldaten des Königs hatten Orrin ins Lager zurückgebracht und bisher hatte Roran noch keine Nachricht über sein Schicksal erhalten.

Roran konnte zwar nicht mehr kämpfen, aber immer noch Befehle erteilen. Aus eigenem Antrieb begann er, von der Nachhut her wieder eine gewisse Ordnung in die Truppen der Verbündeten zu bringen. Er stellte Versprengte zu neuen Einheiten zusammen und schickte sie mit Aufträgen in alle Teile von Urû'baen. Der erste bestand darin, die restlichen Katapulte auf der Stadtmauer zu erobern. Wenn er eine Information erhielt, von der er dachte, dass Jörmundur oder Orik oder Martland Rotbart oder irgendeiner der anderen Hauptmänner der Armee sie erhalten sollte, schickte er Boten los, um die Betreffenden zu suchen und zu benachrichtigen.

»… und falls du irgendwelche Soldaten in der Nähe des Gebäudes mit der großen Kuppel am Markt siehst, dann berichte das Jörmundur unbedingt auch«, sagte er zu dem dünnen Schwertkämpfer, der vor ihm stand.

»Ja, Herr«, sagte der Mann und der Knoten in seinem Hals hüpfte, als er schluckte.

Roran beobachtete ihn einen Moment, fasziniert von der Bewegung, dann hob er die Hand und sagte: »Geh.«

Während der Mann davoneilte, blickte Roran mit gerunzelter Stirn über die spitzen Dächer Urû'baens hinweg zur Zitadelle unter dem Felsüberhang.

Wo seid ihr?, fragte er sich. Niemand hatte mehr etwas von Eragon oder seinen Gefährten gesehen, seit sie die Festung betreten hatten, und das war schon eine ganze Weile her. Roran fielen zahlreiche Erklärungen für die lange Dauer ein, aber keine davon beruhigte ihn. Die harmloseste war, dass Galbatorix sich einfach versteckt hielt und Eragon und seine Gefährten lange nach dem König suchen mussten. Aber nachdem Shruikan in der vergangenen Nacht seine Macht demonstriert hatte, konnte Roran sich eigentlich nicht vorstellen, dass Galbatorix vor seinen Feinden davonlief.

Wenn seine schlimmsten Befürchtungen eingetroffen waren, dann würde der Sieg der Varden in der Stadt nur von kurzer Dauer sein und weder Roran noch irgendein anderer Krieger ihrer Armee konnte damit rechnen, den Tag zu überleben.

Einer der Männer, die er ausgeschickt hatte – ein barhäuptiger sandblonder Bogenschütze mit roten Flecken auf den Wangen –, kam aus einer Straße rechts von Roran herbeigelaufen. Der Bogenschütze blieb vor dem Steinblock stehen und neigte den Kopf, während er nach Atem rang.

»Hast du Martland gefunden?«, fragte Roran.

Der Bogenschütze nickte abermals und sein Haar fiel ihm über die schweißglänzende Stirn.

»Und du hast ihm meine Nachricht überbracht?«

»Ja, Herr. Martland hat mir aufgetragen, ich soll Euch sagen, dass …«, er hielt inne, um Luft zu holen, »… die Soldaten sich aus den Badehäusern zurückgezogen haben. Aber jetzt haben sie sich in einer Halle nahe der südlichen Mauer verbarrikadiert.«

Roran setzte sich auf der Sänfte zurecht und ein Stich durchzuckte seinen frisch geheilten Arm. »Was ist mit den Mauertürmen zwischen den Badehäusern und den Kornkammern? Sind sie bereits gesichert worden?«

»Zwei von ihnen. Um die übrigen kämpfen wir noch. Aber Martland hat ein paar Elfen überreden können, ihm zu helfen. Außerdem ist er …«

Ein dumpfes Brüllen aus der Zitadelle oder dem Felsen dahinter unterbrach den Mann.

Der Bogenschütze erbleichte – nur die roten Flecken auf seinen Wangen brannten noch heller, wie Farbkleckse auf der Haut eines Leichnams. »Herr, ist das …«

»Scht!« Roran legte den Kopf zur Seite und lauschte. Nur Shruikan konnte so laut gebrüllt haben.

Eine Weile hörten sie nichts Außergewöhnliches mehr. Dann ertönte ein weiteres Brüllen aus der Zitadelle und Roran glaubte, andere, schwächere Geräusche zu vernehmen, ohne sie etwas oder jemandem zuordnen zu können.

Vor dem zerstörten Tor hielten Menschen, Elfen, Zwerge und Urgals inne, um zur Zitadelle hinaufzusehen.

Ein weiteres Brüllen erklang, noch lauter als das letzte.

Roran umklammerte angespannt die Kanten der Trage. »Tötet ihn«, murmelte er. »Tötet den Bastard.«

Eine leichte, aber spürbare Vibration lief durch die Stadt, als sei ein großes Gewicht zu Boden gefallen. Gleichzeitig hörte Roran ein Geräusch, als würde etwas zerbrechen. Dann breitete sich Stille über die Stadt aus und jede Sekunde, die verstrich, fühlte sich länger an als die vorangegangene.

»… denkt Ihr, er braucht unsere Hilfe?«, fragte der Bogenschütze mit leiser Stimme.

»Wir können nichts für sie tun«, antwortete Roran und hielt den Blick starr auf die Zitadelle gerichtet.

»Könnten die Elfen nicht …«

Der Boden grollte und bebte, dann explodierte die Frontseite der Zitadelle in einer Wand aus weißen und gelben Flammen. Flammen, die so hell waren, dass Roran die Knochen im Hals und im Kopf des Bogenschützen sah, während sein Fleisch wie eine rote Stachelbeere war, die man vor eine Kerze hielt.

Roran packte den Bogenschützen, rollte sich von dem Steinblock herunter und zog den Mann mit sich.

Während sie fielen, folgte der zerstörerische Donner der Explosion. Roran hatte das Gefühl, ihm würden Nägel in die Ohren getrieben. Er schrie auf, aber er konnte sich selbst nicht hören – und nach dem ersten Donnerschlag konnte er überhaupt nichts mehr hören. Die Pflastersteine unter ihnen tanzten, eine Wolke aus Staub und Schutt wirbelte über sie hinweg und verdunkelte den Himmel, gleichzeitig riss ein heftiger Sturm an Rorans Kleidern.

Der Staub zwang Roran, die Augen fest zuzukneifen. Er konnte sich nur an den Bogenschützen klammern und darauf warten, dass das Chaos sich legte. Er versuchte zu atmen, aber der Sturm heißer Luft riss ihm die Luft von Lippen und Nase, bevor er seine Lungen füllen konnte. Etwas traf ihn am Kopf und sein Helm flog davon.

Als das Beben endlich nachließ und dann ganz aufhörte, öffnete Roran vorsichtig die Augen. Er hatte Angst davor, was er zu sehen bekäme.

Die Luft war grau und trüb. Alles, was weiter als ein paar Hundert Fuß entfernt war, verlor sich im Nebel. Kleine Holzstücke und Steine prasselten vom Himmel, dazwischen fielen Ascheflöckchen langsam wie Schnee. Vor ihm auf der Straße brannte ein Holzbalken – ein Stück von der Treppe zu dem Stadttor, das die Elfen zerstört hatten. Die Hitze der Explosion hatte das Holz bereits über die ganze Länge verkohlt. Die Krieger, die auf dem Platz gestanden hatten, lagen jetzt flach auf dem Boden, einige bewegten sich noch, andere hatten die Folgen der Explosion getötet.

Roran warf einen Blick auf den Bogenschützen. Der Mann hatte sich die Unterlippe aufgebissen, Blut bedeckte sein Kinn.

Sie halfen einander auf und Roran sah dorthin, wo die Zitadelle gewesen war. Er konnte nichts als graue Dunkelheit erkennen. *Eragon!* Konnten er und Saphira diese Explosion überlebt haben? Konnte irgendjemand überlebt haben, der einem Inferno so nah gewesen war?

Roran öffnete mehrmals den Mund und versuchte, die Ohren freizubekommen – die rauschten und übel schmerzten –, aber ohne Erfolg. Als er sein rechtes Ohr berührte, war sein Finger anschließend blutverschmiert.

»Kannst du mich hören?«, rief er dem Bogenschützen zu. Die Worte waren nichts als eine Vibration in seinem Mund und seiner Kehle.

Der Bogenschütze runzelte die Stirn und schüttelte den Kopf.

Ein Schwindelanfall zwang Roran, sich vorzubeugen und an dem

Steinblock abzustützen. Während er darauf wartete, dass es ihm wieder besser ging, dachte er an den Überhang und plötzlich kam ihm in den Sinn, dass vielleicht die ganze Stadt in Gefahr war.

Wir müssen hier weg, bevor der ganze Fels herunterbricht, dachte er. Er spuckte Blut und Schmutz auf die Pflastersteine. Dann sah er wieder zur Zitadelle. Der Staub verbarg sie noch immer. Schmerz legte sich um sein Herz wie eine eiserne Klammer.

Eragon!

Ein Meer aus Nesseln

Dunkelheit. Und in dieser Dunkelheit ... Stille.

Eragon spürte, dass er nicht mehr weiterschlitterte, dann ... nichts. Er konnte atmen, aber die Luft war schal und trocken, und wenn er versuchte, sich zu bewegen, wuchs der Kraftaufwand für seinen Zauber.

Er berührte den Geist aller in seiner Nähe und überzeugte sich davon, dass es ihm gelungen war, sie zu retten. Elva war bewusstlos und Murtagh war es beinahe, aber sie lebten, ebenso wie die anderen.

Es war das erste Mal, dass Eragon mit Dorns Geist in Berührung gekommen war. Der rote Drache war erschrocken zurückgewichen. Seine Gedanken fühlten sich dunkler und verzerrter an als Saphiras, aber der Drache hatte eine Kraft und einen Edelmut, die Eragon beeindruckten.

Wir können diesen Zauber nicht mehr sehr viel länger aufrechterhalten, sagte Umaroth mit angespannter Stimme.

Ihr müsst, drängte Eragon. *Wenn nicht, werden wir sterben.*

Weitere Sekunden verstrichen.

Ohne Vorwarnung flutete grelles Licht Eragons Augen und ein gewaltiges Krachen dröhnte in seinen Ohren. Er zuckte zusammen und blinzelte, während seine Augen sich an die Helligkeit gewöhnten.

Durch die raucherfüllte Luft konnte er einen riesigen, leuchtenden Krater erkennen, wo Galbatorix gestanden hatte. Der weiß glühende Stein pulsierte wie lebendes Fleisch, während Luft darüber hinwegstrich. Die Decke glühte ebenfalls und der Anblick beunruhigte Eragon. Es war, als stünden sie in einem riesigen Schmelztiegel.

Die Luft roch nach Eisen.

Die Wände des Raums hatten Risse bekommen, die Säulen, Schnitzereien und Laternen waren zu Staub zerfallen. Im hinteren Teil des Thronsaals lag Shruikans Leichnam, dem es fast alles Fleisch von den rußgeschwärzten Knochen gefetzt hatte. Im vorderen Bereich hatte die Explosion die steinernen Wände zerschmettert – und dazu die Mauern der dahinterliegenden Räume auf mehr als hundert Schritte im Umkreis. Ein regelrechter Kaninchenbau aus Tunneln und Räumen hatte sich dahinter aufgetan. Die schönen goldenen Türen, die den Eingang zum Thronsaal gebildet hatten, waren aus ihren Angeln gerissen worden und ganz am Ende des langen, nach außen führenden Gangs – etwa eine Viertelmeile entfernt – glaubte Eragon, Tageslicht zu sehen.

Während er wieder auf die Füße kam, bemerkte er, dass sein Schutzzauber noch immer Stärke von den Drachen bezog, aber nicht mehr so viel wie zuvor.

Ein Steinbrocken von der Größe eines Hauses löste sich aus der Decke und landete neben Shruikans Schädel, wo er in ein Dutzend Stücke zerbrach. Überall ringsum bildeten sich weitere Risse in den Wänden und von allen Seiten erklang ein Unheil verkündendes Kreischen und Ächzen.

Arya ging zu den beiden Kindern, fasste den Jungen um die Taille und kletterte mit ihm auf Saphiras Rücken. Von oben zeigte sie auf das Mädchen und sagte zu Eragon: »Wirf sie mir herauf!«

Eragon hob das Mädchen hoch und warf es Arya zu, die es mit ausgestreckten Armen auffing.

Eragon trat um die noch bewusstlose Elva herum, um zu Nasuada zu eilen. *»Jierda!«*, sagte er und legte eine Hand auf die Fesseln, die sie an dem grauen Steinblock hielten. Der Zauber zeigte keine sichtbare Wirkung, also löste er ihn rasch, bevor er zu viel Energie verbrauchte.

Nasuada gab einen drängenden Laut von sich und er zog ihr den Knebel aus dem Mund. »Du musst den Schlüssel suchen!«, erklärte sie. »Galbatorix' Wärter hat ihn bei sich.«

»Wir werden ihn niemals rechtzeitig finden!« Eragon zog Brisingr und schlug auf die Kette ein, die die Fessel um ihre linke

Hand an dem Stein festhielt. Das Schwert prallte mit hartem Klang von den Kettengliedern ab und hinterließ nicht einmal einen Kratzer auf dem stumpfen Metall. Er versuchte es ein zweites Mal, aber seine Klinge konnte der Kette nichts anhaben.

Ein weiterer Steinbrocken fiel aus der Decke und schlug mit einem lauten Krachen auf dem Boden auf.

Jemand fasste seinen Arm, und als er sich umdrehte, stand Murtagh hinter ihm, einen Arm auf die Wunde in seinem Bauch gepresst. »Mach Platz«, knurrte er. Eragon tat es und Murtagh sprach den Namen aller Namen, wie er es zuvor getan hatte, außerdem *»Jierda!«*, und die eisernen Fesseln öffneten sich und fielen von Nasuadas Gliedern.

Murtagh nahm sie am Handgelenk, um sie zu Dorn zu führen. Nach seinem ersten Schritt legte sie sich seinen Arm um die Schultern und stützte ihn.

Eragon öffnete den Mund, dann schloss er ihn wieder. Er würde seine Fragen später stellen.

»Warte!«, rief Arya, sprang von Saphira herunter und lief zu Murtagh. »Wo ist das Ei? Und die Eldunarí? Wir können sie nicht hierlassen!«

Murtagh runzelte die Stirn und Eragon spürte, wie er Arya die Information übermittelte.

Arya fuhr herum, ihr verbranntes Haar flog durch die Luft und sie rannte auf eine Tür auf der gegenüberliegenden Seite des Raums zu.

»Es ist zu gefährlich!«, rief Eragon ihr nach. »Die Zitadelle stürzt ein! Arya!«

Geh, antwortete sie. *Bring die Kinder in Sicherheit. Geh! Du hast nicht viel Zeit!*

Eragon fluchte. Zumindest wünschte er, sie hätte Glaedr mitgenommen. Er schob Brisingr zurück in seine Scheide, dann bückte er sich und hob Elva hoch, die gerade wieder zu sich kam.

»Was ist los?«, fragte sie, während Eragon sie hinter die beiden anderen Kinder auf Saphiras Rücken setzte.

»Wir müssen hier weg«, antwortete er. »Halt dich fest.«

Saphira hatte sich bereits in Bewegung gesetzt. Auf ihrem verletzten Vorderbein humpelnd ging sie um den Krater herum. Dicht hinter ihr folgte Dorn mit Murtagh und Nasuada auf dem Rücken.

»Vorsicht!«, rief Eragon, als er sah, wie sich direkt über ihnen ein Stück der glühenden Decke löste.

Saphira wich nach links aus und der schartige Stein landete neben ihr. Strohgelbe Steinsplitter flogen in alle Richtungen. Einer der Splitter traf Eragon in die Seite und blieb in seinem Kettenhemd stecken. Er zog ihn heraus und warf ihn weg. Rauch stieg von den Fingern seines Handschuhs auf und es roch nach verbranntem Leder. An anderen Stellen im Raum brachen weitere Steine aus der Decke.

Als Saphira den Eingang zu dem riesigen Gang erreichte, drehte Eragon sich zu Murtagh um. »Was ist mit den Fallen?«, rief er.

Murtagh schüttelte den Kopf und machte ihm ein Zeichen, weiterzugehen.

Der Korridor war mit Trümmern übersät, sodass die Drachen nicht sehr schnell vorwärtskamen. Zu beiden Seiten des Gangs hatte die Explosion Räume und Gänge aufgerissen und mit Schutt gefüllt. Die Möbel, die in diesen Räumen gestanden hatten, brannten, wenn sie nicht schon zu Asche zerfallen waren. Die Gliedmaßen Toter und Sterbender ragten in allen möglichen Winkeln unter den Trümmern hervor, gelegentlich auch ein grimmig blickendes Gesicht oder ein Hinterkopf.

Eragon hielt Ausschau nach Bloëdhgarm und seinen Magiern, entdeckte aber keine Spur von ihnen, weder tot noch lebendig.

Vor ihnen strömten Hunderte von Soldaten und Dienern aus den angrenzenden Räumen in den Gang und rannten auf das jetzt weit aufklaffende vordere Tor zu. Viele von ihnen hatten Knochenbrüche davongetragen, andere Brandwunden, Schnitte, Kratzer und andere Verletzungen. Die Überlebenden machten Saphira und Dorn Platz, kümmerten sich jedoch weiter nicht um die Drachen.

Saphira hatte das Ende des Gangs fast erreicht, als ein ohrenbetäubendes Krachen hinter ihnen Eragon herumfahren ließ. Der Thronsaal war eingestürzt und hatte den Raum unter einem fünfzig Fuß hohen Steinhaufen begraben.

Arya!, dachte Eragon. Er versuchte, sie mit seinem Geist zu finden, aber ohne Erfolg. Entweder waren sie durch zu viel Stein getrennt oder einer der Zauber, der in den ausgehöhlten Fels verwoben war, blockierte seine geistige Suche oder – er fand es schrecklich, das auch nur in Erwägung zu ziehen – sie war tot. Sie war nicht im Thronsaal gewesen, das wusste Eragon, aber er fragte sich, ob sie von dort, wo sie war, herauskommen konnte, nachdem der Weg durch den Thronsaal blockiert war.

Als die Drachen den Platz vor der Zitadelle erreichten, wurde die Luft klarer und Eragon konnte sich ein Bild von der Zerstörung machen, die die Explosion in Urû'baen angerichtet hatte. Die Schieferdächer vieler naher Gebäude waren abgedeckt worden, die Dachstühle hatten Feuer gefangen. Überall in der Stadt brannte es. Der Rauch trieb in Säulen und Schwaden empor und sammelte sich unter dem gewaltigen Felsüberhang, dessen Verlauf er folgte wie Wasser einem Flussbett. Am Südostrand der Stadt stieg der Rauch im Licht der Vormittagssonne auf und leuchtete im rötlichen Orangeton eines Feueropals.

Die Bewohner Urû'baens flohen aus ihren Häusern und strömten durch die Straßen auf das zerstörte Haupttor zu. Auch die Soldaten und Diener aus der Zitadelle wollten möglichst schnell zum Haupttor. Sie machten einen großen Bogen um Saphira und Dorn, während sie über den Platz vor der Festung eilten. Eragon beachtete sie kaum. Solange sie friedlich blieben, kümmerte es ihn nicht, was sie taten.

Saphira blieb mitten auf dem Platz stehen und Eragon setzte Elva und die beiden Kinder auf den Boden. Er kannte nicht einmal ihre Namen. »Wisst ihr, wo eure Eltern sind?«, fragte er, während er vor den Kindern kniete.

Sie nickten und der Junge deutete auf ein großes Haus auf der linken Seite des Platzes.

»Wohnt ihr dort?«

Der Junge nickte wieder.

»Na dann los«, sagte Eragon und versetzte ihnen einen sanften Stoß. Das ließen sie sich nicht zweimal sagen und Bruder und Schwester rannten quer über den Platz auf das Gebäude zu. Die Tür des Hauses wurde aufgerissen, ein Mann mit lichtem Haar und einem Schwert am Gürtel trat heraus und schlang die Arme um die beiden. Er musterte Eragon kurz, dann scheuchte er die Kinder eilig ins Haus.

Das war einfach, bemerkte Eragon zu Saphira.

Galbatorix muss seinen Männern den Befehl gegeben haben, die nächstbesten Küken zu rauben, antwortete sie. *Wir haben ihm keine Zeit gegeben, viel mehr zu tun.*

Ja, wahrscheinlich.

Dorn saß ein paar Schritte von Saphira entfernt und Nasuada half Murtagh von seinem Rücken herunter. Dann sackte Murtagh gegen Dorns Bauch. Eragon hörte, wie er begann, Heilzauber zu sprechen.

Eragon kümmerte sich zuerst um Saphiras Wunden und schenkte seinen eigenen Verletzungen keine Beachtung, denn ihre waren ernster. Der klaffende Riss an ihrem linken Vorderbein war so breit wie seine beiden Hände zusammen und eine Blutlache bildete sich rund um ihre Pranke.

Zahn oder Klaue?, fragte er, während er die Wunde untersuchte.

Klaue, antwortete sie.

Er nutzte ihre Stärke und Glaedrs dazu, um den Riss zu heilen. Als er fertig war, richtete er seine Aufmerksamkeit auf seine eigenen Verletzungen, beginnend mit dem brennenden Schmerz in seiner Seite, wo Murtagh ihn verwundet hatte. Dabei behielt er Murtagh im Auge und sah zu, wie er seine Bauchwunde, Dorns gebrochenen Flügel und die anderen Verletzungen des Drachen heilte. Nasuada blieb die ganze Zeit bei ihm, die Hand auf seine Schulter gelegt. Eragon bemerkte, dass er Zar'roc bei sich trug. Er musste es auf dem Weg aus dem Thronsaal wiedergefunden haben.

Dann drehte Eragon sich zu Elva um, die ganz in der Nähe stand. Sie wirkte gequält, aber er sah kein Blut an ihr. »Bist du verletzt?«, fragte er.

Sie legte die Stirn in Falten und schüttelte den Kopf. »Nein, aber viele von denen hier.« Und sie deutete auf die Menschen, die aus der Zitadelle flohen.

»Hm.« Eragon warf wieder einen Blick zu Murtagh hinüber.

Er und Nasuada standen jetzt beide und sprachen miteinander.

Nasuada runzelte die Stirn. Da streckte Murtagh die Hand aus, packte den Halsausschnitt ihres Hemdes, zog ihn zur Seite und zerriss den Stoff.

Eragon hatte Brisingr schon halb aus der Scheide gezogen, als er die vielen entzündeten Schwielen unter Nasuadas Schlüsselbein sah. Der Anblick traf ihn wie ein Schlag. Er erinnerte ihn an die Wunden auf Aryas Rücken, nachdem er und Murtagh sie aus Gil'ead gerettet hatten.

Nasuada nickte und senkte den Kopf. Wieder begann Murtagh zu sprechen, diesmal ganz eindeutig in der alten Sprache. Er legte die Hände auf verschiedene Stellen von Nasuadas Körper. Seine Berührung war sanft – sogar zögerlich – und Nasuadas Erleichterung war Eragon Beweis genug, um zu verstehen, wie viel Schmerzen sie gelitten hatte.

Eragon sah noch eine Weile zu, bis ihn unvermittelt die verschiedensten Empfindungen überwältigten. Seine Knie wurden weich und er setzte sich auf Saphiras rechte Tatze. Sie senkte den Kopf und stupste ihn an der Schulter an, und er lehnte den Kopf an sie.

Wir haben es geschafft, sagte sie leise.

Wir haben es geschafft, wiederholte er und konnte es selbst kaum glauben.

Er spürte, dass Saphira über Shruikans Tod nachdachte. So gefährlich Shruikan gewesen war, trauerte sie dennoch um eines der letzten verbliebenen Mitglieder ihres Volkes.

Eragon griff nach ihren Schuppen. Er fühlte sich leicht, beinah schwindelig, als triebe er von der Oberfläche der Erde weg. *Und jetzt …?*

Jetzt werden wir alles wieder aufbauen, erklärte Glaedr. Seine Gefühle waren eine seltsame Mischung aus Befriedigung, Trauer und Erschöpfung. *Du hast dich gut geschlagen, Eragon. Niemand sonst wäre auf die Idee gekommen, Galbatorix so anzugreifen, wie du es getan hast.*

»Ich wollte nur, dass er versteht«, murmelte er müde. Wenn Glaedr ihn gehört hatte, zog er es vor, nicht zu antworten.

Endlich ist der Eidbrecher tot, frohlockte Umaroth.

Es schien unvorstellbar, dass es Galbatorix nicht mehr gab. Während Eragon die Tatsache zu begreifen versuchte, schien sich ein Knoten in seinem Geist zu lösen und er erinnerte sich – als habe er es nie vergessen – an alles, was sich während ihrer Zeit im Verlies der Seelen ereignet hatte.

Ein Kribbeln durchlief ihn. *Saphira ...*

Ich weiß, unterbrach sie ihn aufgeregt. *Die Eier!*

Eragon lächelte. Eier! Dracheneier! Ihr Volk würde nicht ins Nichts hinübergehen. Es würde überleben und gedeihen und zu seiner früheren Größe zurückfinden, so wie vor dem Sturz der Reiter.

Dann kam ihm ein schrecklicher Verdacht. *Habt ihr uns noch etwas anderes vergessen lassen?*, fragte er Umaroth.

Wenn ja, woher sollten wir es wissen?, erwiderte der weiße Drache.

»Seht!«, rief Elva und streckte die Hand aus.

Eragon drehte sich um und sah Arya aus dem dunklen Schlund der Zitadelle treten. Begleitet wurde sie von Bloëdhgarm und seinen Magiern, zerschunden und zerkratzt, aber lebend. In den Armen hielt Arya eine hölzerne Truhe mit goldenen Schließen. Eine lange Reihe von Metallkisten – jede so groß wie die Ladefläche eines Wagens – schwebte hinter den Elfen einige Zoll über dem Boden.

Erfreut sprang Eragon auf und lief ihnen entgegen. »Ihr lebt!« Er überraschte Bloëdhgarm, indem er den fellbedeckten Elf packte und in eine Umarmung zog.

Bloëdhgarm betrachtete ihn einen Moment lang aus seinen gelben Augen, dann lächelte er und zeigte seine Reißzähne.

»Wir leben, Schattentöter.«

»Sind das die ... Eldunarí?«, fragte Eragon, der das Wort nur leise aussprach.

Arya nickte. »Sie waren in Galbatorix' Schatzkammer. Wir werden sie irgendwann noch einmal durchsuchen müssen, denn in der Kammer sind viele Wunder verborgen.«

»Wie geht es ihnen? Ich meine, den Eldunarí.«

»Sie sind verwirrt. Sie werden Jahre brauchen, um sich zu erholen, falls das überhaupt jemals der Fall sein wird.«

»Und ist das ...?« Eragon deutete auf die Truhe, die sie trug.

Arya sah sich kurz um – sie wollte nur Eragon in die Truhe schauen lassen. Dann hob sie den Deckel einen Fingerbreit. Darin, auf Samt gebettet, erblickte Eragon ein wunderschönes grünes Drachenei, das mit weißen Adern überzogen war.

Bei Aryas glücklichem Gesichtsausdruck wurde Eragon ganz warm ums Herz. Er grinste und gab den anderen Elfen ein Zeichen. Als sie sich alle um ihn drängten, flüsterte er in der alten Sprache und erzählte ihnen von den Eiern auf Vroengard.

Sie schwiegen, aber ihre Augen glänzten und sie schienen vor Aufregung zu beben. Eragon, der immer noch grinste, war sehr glücklich über ihre Reaktion.

Da sagte Saphira: *Eragon!*

Im selben Augenblick runzelte Arya die Stirn und fragte: »Wo sind Dorn und Murtagh?«

Eragon drehte sich um und sah Nasuada allein im Innenhof stehen. Neben ihr lagen ein paar Satteltaschen. Eragon konnte sich nicht erinnern, sie jemals an Dorn gesehen zu haben. Ein Windstoß fuhr über den Platz und Eragon hörte das Schlagen von Flügeln, aber Murtagh und Dorn blieben unsichtbar.

Eragon sandte seine Gedanken in die Richtung, wo er die beiden vermutete. Er spürte sie sofort, denn sie hatten ihren Geist nicht verborgen. Aber sie weigerten sich, mit ihm zu sprechen oder ihm zuzuhören.

»Verflucht«, murrte Eragon, als er zu Nasuada hinüberlief. Tränen liefen ihr über die Wangen und sie schien kurz davor zu sein, die Fassung zu verlieren.

»Wohin wollen sie?!«

»Weg.« Ihr Kinn zitterte. Dann holte sie Luft, stieß den Atem wieder aus und straffte sich.

Mit einem neuerlichen Fluch bückte Eragon sich und klappte die Satteltaschen auf. Darin fand er eine Anzahl relativ kleiner Eldunarí in einer gepolsterten Schatulle. »Arya! Bloëdhgarm!«, rief er und deutete auf die Satteltaschen.

Die beiden Elfen nickten.

Eragon rannte zu Saphira hinüber. Er brauchte ihr nichts zu erklären, sie verstand. Sie breitete die Flügel aus, während er auf ihren Rücken stieg, und sobald er im Sattel saß, schwang sie sich in die Luft.

In der Stadt erhob sich Jubel, als die Varden sie erblickten.

Saphira schlug schnell mit den Flügeln und folgte Dorns nach Moschus riechender Fährte durch die Luft. Sie führte sie nach Süden, unter dem Schatten des Überhangs heraus, dann bog sie ab und zog sich aufwärts um den Überhang herum nach Norden, zum Ramr.

Mehrere Meilen verlief die Fährte auf gleicher Höhe weiter geradeaus. Als der breite, von Bäumen gesäumte Fluss fast unter ihnen lag, senkte sich Dorns Fährte Richtung Boden.

Eragon suchte die Landschaft vor ihnen ab und sah am Fuß eines kleinen Hügels am anderen Ufer des Flusses etwas Rotes aufblitzen. *Dort drüben,* sagte er zu Saphira, aber sie hatte Dorn bereits entdeckt.

Sie ließ sich in weiten Kreisen hinuntersinken und landete sacht auf dem Hügel, von wo sie einen guten Blick hatte. Die Luft am Wasser war kühl und feucht und roch nach Moos, Schlick und frischen Pflanzen. Zwischen dem Hügel und dem Fluss erstreckte sich ein wahres Meer aus Nesseln. Die Pflanzen wuchsen so dicht, dass man sich einen Weg hätte freischlagen müssen, um hindurchzukommen. Ihre gezackten dunklen Blätter rieben mit einem leisen Rascheln aneinander, das sich mit dem Rauschen des Flusses vermischte.

Am Rand des Nesselmeers saß Dorn. Murtagh stand neben ihm und rückte den Gurt seines Sattels zurecht.

Eragon lockerte Brisingr in seiner Scheide, dann trat er vorsichtig näher.

Ohne sich umzudrehen, fragte Murtagh: »Bist du gekommen, um uns aufzuhalten?«

»Das kommt darauf an. Wohin fliegt ihr?«

»Ich weiß es nicht. Nach Norden vielleicht … Irgendwohin, wo sonst niemand ist.«

»Ihr könntet hierbleiben.«

Murtagh stieß ein bellendes, freudloses Lachen aus. »Du weißt genau, dass das nicht geht. Nasuada würde nur Probleme bekommen. Außerdem würden die Zwerge das niemals dulden. Nicht nachdem ich Hrothgar getötet habe.« Er sah Eragon über seine Schulter hinweg an. »Galbatorix nannte mich immer Königsmörder. Jetzt bist du auch ein Königsmörder.«

»Das scheint in der Familie zu liegen.«

»Dann solltest du besser ein Auge auf Roran haben … Und Arya ist eine Drachentöterin. Das muss schwer für sie sein – eine Elfe, die einen Drachen getötet hat. Du solltest mit ihr reden und dich um sie kümmern.«

Murtaghs Scharfsicht überraschte Eragon. »Das werde ich.«

»So«, sagte Murtagh und zog ein letztes Mal an dem Riemen. Dann wandte er sich um und Eragon sah, dass er Zar'roc gezogen hatte. »Also, noch einmal: Bist du gekommen, um uns aufzuhalten?«

»Nein.«

Murtagh lächelte dünn und schob Zar'roc in die Scheide zurück. »Gut. Ich würde ungern noch einmal gegen dich kämpfen müssen.«

»Wie konntest du dich aus Galbatorix' Macht befreien? Es war dein wahrer Name, oder?«

Murtagh nickte. »Wie gesagt, ich bin nicht mehr der … *wir* sind nicht mehr die …«, er gab Dorn einen Klaps, »… die wir einmal waren. Wir haben nur ein Weilchen gebraucht, um es zu begreifen.«

»Und Nasuada.«

Murtagh runzelte die Stirn. Dann starrte er auf das Meer aus Nesseln. Als Eragon neben ihn trat, fragte Murtagh mit leiser Stimme: »Erinnerst du dich an das letzte Mal, als wir an diesem Fluss waren?«

»Wie könnte ich es vergessen. Ich höre immer noch die Schreie der Pferde.«

»Du, Saphira, Arya und ich, wir vier, und wir waren überzeugt, dass nichts uns aufhalten könnte …«

Tief in seinem Geist konnte Eragon spüren, dass Saphira und Dorn miteinander sprachen. Saphira würde ihm, das wusste er, später davon erzählen.

»Was willst du jetzt machen?«, fragte er Murtagh.

»Dasitzen und nachdenken. Vielleicht baue ich eine Burg. Zeit genug habe ich.«

»Du brauchst nicht fortzugehen. Ich weiß, es wäre … schwierig, aber du hast hier Familie: mich und auch Roran. Er ist dein Cousin ebenso wie meiner und du hast ihn noch nicht einmal kennengelernt … Du gehörst mindestens genauso nach Carvahall und ins Palancar-Tal wie nach Urû'baen, wenn nicht vielleicht noch mehr.«

Murtagh schüttelte den Kopf und starrte weiter in die Nesseln. »Das würde nicht gut gehen. Dorn und ich brauchen Zeit für uns allein. Wir brauchen Zeit, damit alle Wunden heilen. Wenn wir hierbleiben würden, wären wir zu beschäftigt, um mit uns selbst ins Reine zu kommen.«

»Gute Gesellschaft und Beschäftigung sind oft das Beste, um eine Krankheit der Seele zu heilen.«

»Nicht für das, was Galbatorix uns angetan hat … Außerdem wäre es im Augenblick schmerzhaft, in Nasuadas Nähe zu sein, für sie genauso wie für mich. Nein, wir können nicht bleiben.«

»Was denkst du, wie lange ihr fort sein werdet?«

»Bis die Welt nicht mehr ganz so voller Hass ist und wir nicht mehr das Gefühl haben, als müssten wir Berge niederreißen und das Meer mit Blut füllen.«

Darauf wusste Eragon keine Antwort.

Sie standen da und sahen zum Fluss hinüber, der jenseits einer Reihe niedriger Weiden dahinströmte. Das Rascheln der Nesseln im Wind wurde lauter.

Dann sagte Eragon: »Wenn dir das Alleinsein zu viel wird, komm zu uns. An unserem Herd bist du immer willkommen, egal wo das sein wird.«

»Das machen wir. Versprochen.«

Zu Eragons Überraschung trat ein verräterischer Glanz in Murtaghs Augen, der aber gleich wieder verschwanden.

»Weißt du«, begann Murtagh, »ich hätte nie gedacht, dass du es schaffen würdest … Aber ich bin froh, dass du es geschafft hast.«

»Ich hatte Glück. Und ohne deine Hilfe wäre es nicht möglich gewesen.«

»Trotzdem … Hast du die Eldunarí in den Satteltaschen gefunden?«

Eragon nickte.

»Gut.«

Sollen wir es ihnen erzählen?, fragte Eragon Saphira und hoffte, dass sie zustimmen würde.

Sie dachte einen Moment nach. *Ja, aber sag nicht, wo. Du erzählst es ihm und ich werde es Dorn erzählen.*

Wie du meinst. An Murtagh gewandt, sagte Eragon: »Es gibt da noch etwas, was du wissen solltest.«

Murtagh warf ihm einen Seitenblick zu.

»Das Ei, das Galbatorix hatte – es ist nicht das einzige in Alagaësia. Es gibt noch mehr, und zwar sind sie dort versteckt, wo wir auch die Eldunarí gefunden haben, die wir mitgebracht haben.«

Murtagh sah ihn ungläubig an. Gleichzeitig warf Dorn den Hals zurück und stieß ein freudiges Brüllen aus, das einen Schwarm Schwalben aus den Zweigen eines nahen Baums aufschreckte.

»Wie viele gibt es noch?«

»Hunderte.«

Einen Moment lang verschlug es Murtagh die Sprache. Dann fragte er: »Was willst du mit ihnen machen?«

»Ich? Ich denke, Saphira und die Eldunarí werden in der Angelegenheit auch einiges mitzureden haben, aber wahrscheinlich werde ich einen sicheren Ort suchen, an dem die Drachen schlüpfen können. Und sich einen Reiter erwählen, wenn sie wollen.«

»Werdet ihr beide, du und Saphira, sie ausbilden?«

Eragon zuckte die Achseln. »Ich bin sicher, dass die Elfen uns dabei helfen werden. Und du könntest das auch, wenn du mitmachen willst.«

Murtagh legte den Kopf in den Nacken und atmete tief aus. »Die Drachen kehren zurück und die Reiter auch.« Er lachte leise. »Die Welt wird sich bald verändern.«

»Sie hat sich bereits verändert.«

»Stimmt. Also werdet ihr beiden die neuen Anführer der Drachenreiter, während Dorn und ich in der Wildnis leben werden.« Eragon versuchte, etwas zu sagen, um ihn zu trösten, aber Murtagh hielt ihn mit einem Blick davon ab. »Nein, das ist schon in Ordnung so. Du und Saphira, ihr gebt bessere Lehrer ab als wir beide.«

»Da bin ich mir nicht so sicher.«

»Hm … aber versprich mir eines.«

»Was?«

»Wenn du sie unterrichtest – bring ihnen bei, keine Angst zu haben. Ein bisschen Angst schadet nicht. Aber wenn sie dein ständiger, übermächtiger Begleiter ist, verändert sie dich, und das macht es schwer, das zu tun, was man eigentlich für das Richtige hält.«

»Ich werde es versuchen.«

Eragon fiel auf, dass Saphira und Dorn nicht mehr miteinander redeten. Der rote Drache bewegte sich um sie herum, bis er auf Eragon herabschauen konnte. Mit einer Gedankenstimme, die überraschend melodisch war, sagte Dorn: *Danke, dass du meinen Reiter nicht getötet hast, Eragon-Murtagh-Bruder.*

»Ja, vielen Dank«, bemerkte Murtagh trocken.

»Ich bin froh, dass ich es nicht tun musste«, entgegnete Eragon und sah in Dorns glitzerndes blutrotes Auge.

Der Drache schnaubte, dann beugte er sich vor, berührte Eragons Kopf und klopfte mit seinen Schuppen auf Eragons Helm. *Mögen der Wind und die Sonne immer in deinem Rücken stehen.*

»Das wünsche ich dir auch.«

Auf einmal drückten große Wut, Trauer und widerstreitende Gefühle gegen Eragons Geist. Glaedrs Bewusstsein umfing ihn und offensichtlich auch den Geist von Murtagh und Dorn, denn sie spannten sich an wie vor einem Kampf. Eragon hatte ganz vergessen, dass Glaedr und die anderen Eldunarí – verborgen in ihrer unsichtbaren Falte im Raum – immer noch bei ihnen waren und zugehört hatten.

Ich wollte, ich könnte dir für das Gleiche danken, sagte Glaedr und seine Worte waren so bitter wie Galläpfel. *Du hast meinen Körper getötet und du hast meinen Reiter getötet.* Die Feststellung war klar und schlicht und deswegen umso schrecklicher.

Murtagh sagte etwas in Gedanken, aber Eragon wusste nicht, was, denn die Worte waren allein an Glaedr gerichtet. Eragon hörte nur Glaedrs Reaktion.

Nein, das kann ich nicht, erklärte der goldene Drache. *Ich verstehe jedoch, dass es Galbatorix war, der euch dazu getrieben hat, und dass er es war, der deinen Arm geführt hat, Murtagh … Ich kann euch nicht vergeben, aber Galbatorix ist tot und mit ihm mein Verlangen nach Rache. Euer Weg war immer hart, seit ihr beide geschlüpft seid. Aber heute habt ihr gezeigt, dass euer schweres Schicksal euch nicht gebrochen hat. Ihr habt euch gegen Galbatorix gewandt, obwohl ihr euch davon nichts als Schmerzen erwarten konntet, und dadurch habt ihr es Eragon ermöglicht, ihn zu töten. Heute habt ihr beide, du und Dorn, euch als würdig erwiesen, Shur'tugal und Skulblaka genannt zu werden, obwohl ihr niemals die notwendige Unterweisung oder Anleitung erhalten habt. Das ist … bewundernswert.*

Murtagh neigte leicht den Kopf und Dorn sagte: *Vielen Dank, Ebrithil,* was Eragon hörte. Dass Dorn den Ehrentitel *Ebrithil* benutzte, schien Murtagh zu verblüffen, denn Murtagh wandte sich zu dem Drachen um und öffnete den Mund, als wolle er etwas sagen.

Da ergriff Umaroth das Wort. *Wir kennen die Schwierigkeiten, mit denen ihr zu kämpfen hattet, Dorn und Murtagh, denn wir haben euch aus der Ferne beobachtet, so wie wir Eragon und Saphira beobachtet haben. Es gibt viele Dinge, die wir euch gern lehren würden, wenn ihr erst einmal dazu bereit seid. Bis dahin sagen wir euch nur so viel: Meidet auf euren Wanderungen die Grabhügel von Anghelm, wo der einzige König der Urgals, Kulkarvek, aufgebahrt ist. Meidet auch die Ruinen von Vroengard und von El-Harím. Seid auf der Hut vor den Tiefen und setzt keinen Fuß dorthin, wo der Boden brüchig und schwarz ist und die Luft nach Schwefel stinkt, denn an diesen Orten lauert das Böse. Haltet euch daran und ihr werdet – wenn ihr nicht großes Pech habt – keiner Gefahr begegnen, mit der ihr nicht fertig werden könnt.*

Murtagh und Dorn bedankten sich bei Umaroth, dann sah Murtagh zurück nach Urû'baen und meinte: »Wir sollten aufbrechen.« Er sah wieder Eragon an. »Kannst du dich jetzt an den Namen der alten Sprache erinnern oder verdeckt der Nebel von Galbatorix' Magie ihn immer noch vor dir?«

»Ich kann mich *beinah* daran erinnern, aber …« Eragon schüttelte enttäuscht den Kopf.

Murtagh sprach den Namen aller Namen zweimal aus: das erste Mal, um den Vergessenszauber zu lösen, den Galbatorix Eragon auferlegt hatte, und dann noch einmal, damit Eragon und Saphira sich den Namen einprägen konnten. »Ich würde ihn an deiner Stelle niemandem verraten«, empfahl er ihm. »Wenn jeder Magier den Namen der alten Sprache kennen würde, wäre die Sprache mehr als unbrauchbar.«

Eragon stimmte ihm mit einem Nicken zu.

Dann hielt Murtagh ihm die Hand hin. Eragon schlug ein und drückte mit der anderen Hand seinen Arm. Einen Moment lang standen sie so da und sahen einander an.

»Pass auf dich auf«, sagte Eragon.

»Du auch ... Bruder.«

Eragon zögerte, dann nickte er abermals. »Bruder.«

Murtagh überprüfte die Riemen von Dorns Geschirr noch einmal, bevor er in den Sattel stieg. Als Dorn die Flügel ausbreitete und Anstalten machte, sich in die Luft zu erheben, rief Murtagh: »Sorg dafür, dass Nasuada gut geschützt wird. Galbatorix hatte viele Diener, mehr als er mir je erzählt hat, und nicht alle waren nur durch Magie allein an ihn gebunden. Sie werden Rache für den Tod ihres Herrn nehmen wollen. Sei immer auf der Hut. Es gibt einige unter ihnen, die noch gefährlicher sind als die Ra'zac!«

Dann hob Murtagh die Hand zum Gruß. Eragon erwiderte den Gruß und Dorn sprang mit drei schnellen Schritten vom Nesselmeer weg, wobei er tiefe Furchen im weichen Boden hinterließ, entfaltete die Flügel und erhob sich in die Luft.

Der funkelnd rote Drache kreiste einmal, zweimal, dreimal über ihnen, bevor er mit langsamem, stetigem Flügelschlag nach Norden davonflog.

Eragon trat zu Saphira auf den Gipfel des niedrigen Hügels und gemeinsam sahen sie zu, wie Dorn und Murtagh zu einem sternengleichen Fleck dicht am Horizont wurden.

Eine gewisse Traurigkeit lastete auf beiden, als Eragon seinen Platz auf Saphiras Rücken einnahm und sie nach Urû'baen zurückkehrten.

Das Erbe des Imperiums

Eragon stieg langsam die abgetretenen Stufen des grünen Turms hinauf. Es war kurz vor Sonnenuntergang und durch die verschiedenen Fenster in der runden Turmwand zu seiner Rechten konnte er die Gebäude Urû'baens sehen, über die lange Schatten fielen, außerdem die nebligen Felder draußen vor der Stadt und – nach der anderen Seite hinaus – die dunkle Masse des steinernen Hügels, der sich hinter der Stadt erhob.

Der Turm war hoch und Eragon war müde. Er wünschte, er hätte mit Saphira hinauffliegen können. Es war ein langer Tag gewesen und gerade jetzt wollte er nichts weiter, als mit Saphira zusammenzusitzen und eine Tasse heißen Tee zu trinken, während es draußen langsam dunkel wurde. Aber wie immer gab es noch etwas zu tun.

Er hatte Saphira nur zweimal gesehen, seit sie nach ihrem Abschied von Murtagh und Dorn wieder zur Zitadelle zurückgeflogen waren. Sie hatte den größten Teil des Nachmittags damit verbracht, den Varden zu helfen, mit den restlichen Soldaten fertig zu werden und sie gefangen zu nehmen. Außerdem mussten viele Familien in Lagern untergebracht werden – Familien, die aus ihren Häusern und aus der Stadt ins Umland geflohen waren, um abzuwarten, ob der Überhang brechen und herabstürzen würde.

Dass nichts passiert war, erklärten die Elfen Eragon, lag an den Zaubern, die sie in vergangenen Zeitaltern in den Stein eingebettet hatten – als Urû'baen noch Ilirea hieß –, und auch daran, dass der Überhang so riesig war. Seiner Felsmasse hatte die Wucht der Explosion nicht viel anhaben können.

Der Hügel hatte einen Teil des schädlichen Staubs und Drecks der Explosion abgefangen. Dennoch war einiges davon durch den

Eingang der Zitadelle hinausgeschleudert worden und fast alle, die sich in Urû'baen oder in der Nähe der Stadt aufgehalten hatten, mussten mit Magie geheilt werden, um nicht bald schwer zu erkranken und zu sterben. Viele waren jedoch bereits krank. Zusammen mit den Elfen hatte Eragon Magie gewirkt, um so viele wie möglich zu retten. Die Kraft der Eldunarí hatte es ihm ermöglicht, einen Großteil der Varden zu heilen, außerdem viele Bewohner der Stadt.

Im Moment mauerten die Elfen und Zwerge die Front der Zitadelle zu, damit kein weiterer schädlicher Staub nach außen dringen konnte. Davor hatten sie das Gebäude auf Überlebende durchsucht und waren auf unzählige Soldaten, Diener und Hunderte von Gefangenen aus den Kerkern tief im Berg gestoßen.

Die große Menge an Schätzen, die in der Zitadelle lagerte, Galbatorix' riesige Bibliothek eingeschlossen, würde zu einem späteren Zeitpunkt geborgen werden müssen. Das würde keine einfache Aufgabe werden. Die Wände vieler Räume waren eingestürzt. Andere standen zwar noch, waren aber so stark beschädigt, dass sie eine Gefahr für jeden darstellten, der sich in ihre Nähe wagte. Außerdem würde Magie benötigt werden, um das Gift abzuwehren, das in die Luft, in den Stein und in alles gedrungen war, was sich innerhalb des weitläufigen Labyrinths der Festung befunden hatte. Und noch mehr Magie würde notwendig sein, um alles zu reinigen, was sie ins Freie brachten.

Sobald die Zitadelle verschlossen war, würden die Elfen die Stadt und das umliegende Land von den schädlichen Rückständen der Explosion reinigen, damit das Gebiet wieder bewohnt werden konnte. Eragon wusste, dass er auch dabei würde helfen müssen.

Bevor er sich zusammen mit den anderen daranmachte, Verletzte zu heilen und alle in Urû'baen und rings um die Stadt mit Schutzzaubern zu belegen, hatte er über eine Stunde damit verbracht, mithilfe des Namens der alten Sprache viele Zauber zu finden und unschädlich zu machen, mit denen Galbatorix die Gebäude und die Bewohner der Stadt gebunden hatte. Einige der Beschwörungen schienen wohlmeinend zu sein, sogar hilfreich – wie zum Beispiel ein Zauber, dessen einziger Zweck anscheinend darin bestand, zu verhindern, dass die Angeln einer Tür knarrten, und der seine Energie aus einem eigroßen Stück Kristall in der Fläche der Tür bezog. Aber Eragon wagte es nicht, irgendeinen Zauber des Königs unverändert bestehen zu lassen, so harmlos er auch wirkte. Vor allem nicht die Zauber, die auf den Männern und Frauen unter Galbatorix' Kommando lagen. Unter ihnen waren Treuegelübde die häufigsten, aber es gab auch Schutzzauber, Beschwörungen, die außerordentliche Fähigkeiten verliehen, und andere rätselhaftere Zauber.

Während Eragon Adel und gemeines Volk gleichermaßen von den Fesseln ihrer Knechtschaft befreite, nahm er gelegentlich einen gequälten Aufschrei wahr, als habe er ihnen etwas Kostbares genommen.

Als er den vom König versklavten Eldunarí ihre Fesseln genommen hatte, war das ein ziemlich gefährlicher Moment gewesen. Die Drachen hatten sofort um sich geschlagen und mit ihrem Geist wahllos jeden in der Stadt angegriffen, ohne Rücksicht darauf, wer Freund oder Feind war. Für einige Augenblicke hatte sich blankes Entsetzen in Urû'baen ausgebreitet und alle, selbst die Elfen, waren vor Angst blass geworden und hatten sich zusammengekauert.

Dann hatten Bloëdhgarm und seine zehn verbliebenen Magier die schwebenden Metallschatullen, die die Eldunarí enthielten, an zwei Pferde gebunden und sie aus Urû'baen hinausgeschafft in wenig besiedeltes Gebiet, wo die Gedanken der Drachen keine so starken Auswirkungen mehr hatten. Glaedr hatte darauf bestanden, die wahnsinnigen Drachen zu begleiten, ebenso wie mehrere Eldunarí aus Vroengard. Da hatte Eragon Saphira zum zweiten Mal seit ihrer Rückkehr gesehen, als er den Zauber verändert hatte, der Umaroth und seine Gefährten verbarg, damit fünf der Eldunarí wieder in die sichtbare Welt eintreten und Bloëdhgarm anvertraut werden konnten. Glaedr und die fünf anderen Eldunarí waren der Meinung, dass sie die Drachen, die Galbatorix so lange gequält hatte, beruhigen und mit ihnen in Kontakt treten konnten. Eragon war sich da weniger sicher, aber er hoffte, dass sie recht hatten.

Nachdem die Elfen sich mit den Eldunarí auf den Weg gemacht hatten, erreichte ihn ein fragender Gedanke von Arya. Sie hielt sich außerhalb der Stadt vor dem zerstörten Stadttor auf und besprach sich dort mit den Hauptmännern der Armee ihrer Mutter. In dem kurzen Moment, in dem sie über ihren Geist in Verbindung standen, spürte er ihre Verzweiflung über Islanzadis Tod, außerdem das Bedauern und den Zorn, die unter ihrer Trauer schwelten. Ihre Gefühle waren kurz davor, über ihren Verstand zu siegen, und sie hielt sie angestrengt in Schach. Er schickte ihr allen Zuspruch, den er ihr geben konnte, aber es schien armselig angesichts ihres Verlusts.

Ab und zu, ganz besonders seit Murtaghs Aufbruch, spürte Eragon eine merkwürdige Leere in sich. Er hatte erwartet, dass er überglücklich sein würde, wenn sie Galbatorix getötet hatten, und obwohl er froh war, dass der König tot war, gab es jetzt keine wirkliche Aufgabe mehr für ihn. Er hatte sein Ziel erreicht. Er hatte den unbezwingbaren Gipfel bezwungen. Und jetzt, ohne dieses Ziel, das ihn leitete, das ihn trieb, wusste er nicht weiter. Was sollten er und Saphira jetzt aus ihrem Leben machen? Was würde ihrem Leben einen Sinn geben? Er wusste, dass er und Saphira irgendwann die nächste Generation von Drachen und Reitern ausbilden würden, aber das lag noch in zu weiter Ferne.

Wenn er über diese Fragen nachdachte, übermannte ihn ein flaues Gefühl. Er richtete seine Gedanken dann auf andere Dinge, aber die Fragen nagten weiter an ihm und das Gefühl der Leere blieb.

Vielleicht haben Murtagh und Dorn es richtig gemacht.

Es schien, als würde die Treppe des grünen Turms nie ein Ende nehmen. Er schleppte sich aufwärts, Runde um Runde, bis die Leute auf den Straßen so klein schienen wie Ameisen und seine Waden und Fersen von der immer gleichen Bewegung brannten. Er sah die Schwalbennester in den schmalen Fenstern und auf einem Sims fand er ein Häufchen kleiner Skelette: die Überreste der Beute eines Falken.

Als endlich das Ende der Wendeltreppe vor seinen Augen auftauchte – und eine große Spitzbogentür, die mit der Zeit ganz schwarz geworden war –, blieb er stehen, um seine Gedanken zu sammeln und wieder zu Atem zu kommen. Dann stieg er die letzten

Stufen hinauf, drückte die Türklinke und trat in den großen, runden Raum oben im Elfenwachturm.

Alle anderen waren bereits da und warteten auf ihn: Saphira, Arya und der silberhaarige Elfenlord Däthedr, König Orrin, Nasuada, König Orik und Grimrr Halbtatze, der König der Werkatzen. Sie standen – und Orrin saß – in einem großen Kreis, Saphira direkt gegenüber der Tür vor dem großen Südfenster, durch das sie im Turm hatte landen können. Das Licht der untergehenden Sonne fiel von Westen durch den Raum und beleuchtete die Elfenschnitzereien an den Wänden und die kunstvollen Einlegearbeiten aus farbigen Steinen auf dem schon leicht beschädigten Boden.

Alle bis auf Saphira und Grimrr schienen angespannt zu sein und sich nicht ganz wohl zu fühlen. Der müde Zug um Aryas Augen und die harte Linie ihres Kinns verrieten Eragon ihre Trauer und ihren Zorn. Er wünschte, er hätte etwas tun können, um ihren Schmerz zu lindern. Orrin saß tief in einem Sessel und hatte sich die linke Hand auf die bandagierte Brust gedrückt, während er in der rechten einen Weinkelch hielt. Er bewegte sich mit übertriebener Vorsicht, aber seine Augen waren hell und klar. Daher vermutete Eragon, dass es seine Wunde war, die ihn so vorsichtig sein ließ, und nicht der Wein. Däthedr klopfte mit einem Finger auf den Knauf seines Schwertes, während Orik die Hände über dem Stielende von Volund gefaltet hatte – der Hammer stand aufrecht vor ihm auf dem Boden – und in seinen Bart starrte. Nasuada hatte die Arme vor der Brust verschränkt, als friere sie. Zu ihrer Rechten starrte Grimrr Halbtatze aus einem Fenster und schien die anderen überhaupt nicht wahrzunehmen.

Als Eragon eintrat, wandten sich alle ihm zu und ein Lächeln erschien auf Oriks Gesicht. »Eragon!«, rief er. Er schwang sich Volund über die Schulter, stapfte zu Eragon hinüber und fasste ihn am Arm. »Ich wusste, dass du es schaffst! Gut gemacht! Heute Nacht feiern wir! Hell sollen die Feuer auflodern und unsere Stimmen erschallen, bis der Himmel selbst vom Lärm unseres Festmahls widerhallt.« Eragon lächelte und nickte. Orik schlug ihm noch freundschaftlich auf den Arm, dann kehrte er an seinen Platz zurück, während Eragon den Raum durchquerte, um sich an Saphiras Seite zu stellen.

Kleiner, begrüßte sie ihn und strich ihm mit der Schnauze über die Schulter.

Er streckte eine Hand aus und berührte ihre harte, geschuppte Wange. Ihre Nähe beruhigte ihn. Dann tastete er in Gedanken nach den Eldunarí, die sie noch immer bei sich hatte. Wie er selbst waren sie erschöpft von den Ereignissen des Tages und zogen es vor, zuzuschauen und zu lauschen, statt aktiv an der Debatte teilzunehmen, die gleich stattfinden würde.

Die Eldunarí nahmen seine Anwesenheit zur Kenntnis und Umaroth sagte: *Eragon,* danach schwieg er.

Niemand im Raum schien als Erster das Wort ergreifen zu wollen. Unten aus der Stadt hörte Eragon ein Pferd wiehern. Von der Zitadelle klang das Klopfen von Äxten und Meißeln herüber. König Orrin setzte sich in seinem Sessel zurecht und nippte an seinem Wein. Grimrr kratzte sich an einem seiner spitzen Ohren, dann schnüffelte er, als prüfe er die Luft.

Schließlich brach Däthedr das Schweigen. »Wir haben eine Entscheidung zu treffen«, erklärte er.

»Das wissen wir, Elf«, knurrte Orik.

»Lasst ihn sprechen«, verlangte Orrin und gestikulierte mit seinem juwelenbesetzten Kelch. »Ich würde gern hören, wie wir seiner Meinung nach weiter vorgehen sollten.« Ein bitteres, ein wenig höhnisches Lächeln erschien auf seinem Gesicht. Er neigte den Kopf in Däthedrs Richtung, als wolle er ihm die Erlaubnis erteilen, zu sprechen.

Däthedr neigte seinerseits den Kopf. Wenn der Elf dem König den Tonfall übel nahm, ließ er es sich nicht anmerken. »Es lässt sich nicht verheimlichen, dass Galbatorix tot ist. In eben diesem Augenblick verbreitet sich die Nachricht von unserem Sieg überall im Land. Bis zum Ende der Woche wird wohl ganz Alagaësia von Galbatorix' Ende wissen.«

»Was auch gut ist«, bemerkte Nasuada. Sie hatte das Hemd abgelegt, das die Wärter ihr gegeben hatten, und trug jetzt ein dunkelrotes Kleid. Darin war deutlich zu erkennen, wie sehr sie während ihrer Gefangenschaft abgenommen hatte, denn es hing ihr lose von den Schultern und ihre Taille war erbärmlich schmal geworden. Aber obwohl sie zerbrechlich wirkte, schien sie schon wieder etwas zu Kräften gekommen zu sein. Als Eragon und Saphira zur Zitadelle zurückgekehrt waren, war Nasuada einem Zusammenbruch nahe gewesen, sowohl geistig als auch körperlich. Sobald Jörmundur sie so gesehen hatte, hatte er sie in ihr Zelt verfrachtet und dafür gesorgt, dass sie für den Rest des Tages niemand störte. Eragon war nicht in der Lage gewesen, sich vor dem Treffen mit ihr zu beraten. Daher wusste er nicht genau, wie sie zu dem Thema stand, das sie zu besprechen hatten. Wenn es sein musste, würde er sich gedanklich mit ihr in Verbindung setzen, aber er wollte es nach Möglichkeit vermeiden, in ihren Geist einzudringen. Nicht jetzt. Nicht nach dem, was sie erduldet hatte.

»Was auch gut ist«, stimmte Däthedr mit kräftiger, klarer Stimme zu, die unter der gewölbten Decke des hohen, runden Raums widerhallte. »Sobald aber bekannt wird, dass Galbatorix gestürzt ist, wird als Erstes die Frage gestellt werden, wer seinen Platz eingenommen hat.« Däthedr sah in die Runde. »Wir müssen ihnen jetzt eine Antwort bieten, bevor Unruhen ausbrechen. Unsere Königin ist tot. König Orrin, Ihr seid verletzt. Ich bin mir sicher, dass unzählige Gerüchte die Runde machen. Es ist wichtig, dass wir sie im Keim ersticken, bevor sie Schaden anrichten können. Eine Verzögerung hätte verheerende Folgen. Wir dürfen nicht zulassen, dass jeder Fürst, der über ein paar Truppen verfügt, glaubt, er könne nun Herrscher seiner eigenen kleinen Monarchie werden. Wenn es so weit kommt, wird das Imperium in hundert einzelne Königreiche zerfallen. Keiner von uns will das. Ein Nachfolger muss gewählt werden – gewählt und benannt, so schwierig das auch sein mag.«

Den Blick immer noch aus dem Fenster gerichtet, bemerkte Grimrr: »Wer schwach ist, kann kein Rudel anführen.«

König Orrin lächelte abermals, aber sein Lächeln erreichte seine Augen nicht. »Und welche Rolle habt Ihr bei alledem vor, zu spielen, Arya, Lord Däthedr? Oder Ihr, König Orik? Oder Ihr, König Halbtatze? Wir sind dankbar für Eure Freundschaft und Eure Hilfe, aber das ist eine Frage, die Menschen entscheiden müssen, nicht Ihr. Wir regieren uns selbst und wir lassen nicht andere unsere Könige wählen.«

Nasuada rieb sich die vor der Brust verschränkten Arme und zu Eragons Überraschung sagte sie: »Ich stimme Euch zu. Das ist etwas, was wir allein entscheiden müssen.« Sie sah Arya und Däthedr an. »Sicher könnt Ihr das verstehen. Ihr würdet uns auch nicht gestatten, dabei mitzureden, wen Ihr zu Eurem neuen König oder Eurer neuen Königin ernennen sollt.« Sie sah Orik an. »Und auch die Clans hätten uns nicht gestattet, Euch als Hrothgars Nachfolger zu wählen.«

»Das stimmt«, erwiderte Orik. »Das hätten sie nicht getan.«

»Es ist natürlich an Euch, diese Entscheidung zu treffen«, erklärte Däthedr. »Wir würden uns nicht anmaßen, Euch vorzuschreiben, was Ihr tun oder nicht tun sollt. Aber haben wir uns als Eure Freunde und Verbündete nicht das Recht verdient, in einer so schwerwiegenden Angelegenheit unseren Rat anzubieten, zumal es uns alle betreffen wird? Was immer Ihr entscheidet, es wird weitreichende Folgen haben und Ihr tätet gut daran, Euch diese Folgen klarzumachen, bevor Ihr Eure Entscheidung trefft.«

Eragon war vollkommen klar, was diese Worte bedeuten sollten. Es war eine Drohung. Däthedr gab ihnen zu verstehen, dass es unangenehme Folgen haben würde, wenn sie eine Entscheidung trafen, die die Elfen missbilligten. Eragon widerstand der Versuchung, finster die Stirn zu runzeln. Die Haltung der Elfen war zu erwarten gewesen. Der Einsatz war hoch, und ein Fehler zu diesem Zeitpunkt würde zu jahrzehntelangen Problemen führen.

»Das … scheint mir vernünftig«, erwiderte Nasuada. Sie sah König Orrin an.

Orrin starrte in seinen Kelch, während er ihn langsam schwenkte und die Flüssigkeit darin kreisen ließ. »Und *wie* genau lautet Euer Rat, Lord Däthedr? Lasst es mich wissen. Ich bin überaus gespannt.«

Der Elf ließ sich Zeit mit der Antwort. In den warmen Strahlen der untergehenden Sonne schimmerte sein silbernes Haar wie ein schwacher Lichtkranz um seinen Kopf. »Wer immer die Krone tragen soll, muss die nötige Fähigkeit und Erfahrung haben, um von

Beginn an erfolgreich zu herrschen. Es bleibt weder Zeit, jemanden in diese Aufgabe einzuführen, noch können wir uns die Fehler eines Anfängers leisten. Hinzu kommt, dass es jemand sein muss, der den moralischen Ansprüchen eines solch hohen Amtes gerecht wird. Er oder sie muss für die Krieger der Varden eine annehmbare Wahl sein und im besten Fall auch für die Bewohner des Imperiums. Und wenn möglich, sollte es jemand sein, den wir und eure anderen Verbündeten akzeptieren können.«

»Ihr grenzt unsere Wahl mit Euren Bedingungen stark ein«, bemerkte König Orrin.

»Sie entsprechen lediglich den Grundsätzen guter staatsmännischer Führung. Oder seht Ihr das anders?«

»Ich sehe da mehrere Möglichkeiten, die Ihr übersehen oder einfach außer Acht gelassen habt, vielleicht weil Ihr ihnen abgeneigt seid. Aber wie dem auch sei, fahrt fort.«

Däthedrs Augen wurden zu schmalen Schlitzen, aber seine Stimme blieb so ruhig wie zuvor. »Am nächstliegenden scheint es mir – und die Bevölkerung des Imperiums wird wahrscheinlich genau das erwarten –, sich für den zu entscheiden, der Galbatorix getötet hat. Das heißt, für Eragon.«

Die Atmosphäre im Raum war zum Zerreißen gespannt.

Alle sahen zu Eragon, selbst Saphira und die Werkatze, und er konnte spüren, dass auch Umaroth und die anderen Eldunarí ihn genau beobachteten. Er erwiderte die prüfenden Blicke weder ängstlich noch verärgert. Dann sah er Nasuada forschend ins Gesicht, um einen Hinweis auf ihre Einstellung zu erhalten, aber er konnte ihr nicht ansehen, was sie dachte oder fühlte, nur dass sie die Lage sehr ernst nahm.

Er begriff, dass Däthedr recht hatte: Er konnte König werden. Und das beunruhigte ihn.

Einen Moment lang gestattete Eragon sich, die Möglichkeit in Erwägung zu ziehen. Es gab niemanden, der ihn daran hindern konnte, den Thron zu besteigen – niemanden außer Elva und vielleicht Murtagh. Aber er wusste jetzt, wie er Elvas Fähigkeiten entgegenwirken konnte, und Murtagh war nicht mehr da, um ihn herauszufordern. Saphira würde sich nicht dagegenstellen, ganz gleich, wie er sich entschied, das konnte er ihren Gedanken entnehmen. Und obwohl er Nasuadas Miene nicht deuten konnte, hatte er das eigenartige Gefühl, dass sie zum ersten Mal bereit wäre, beiseitezutreten und ihn das Kommando übernehmen zu lassen.

Was willst du?, fragte Saphira.

Eragon dachte darüber nach. *Ich will … nützlich sein. Aber Macht und Herrschaft über andere – diese Dinge, nach denen Galbatorix strebte – interessieren mich wenig. In jedem Fall haben wir andere Pflichten.*

Dann richtete er seine Aufmerksamkeit wieder auf die übrigen Anwesenden und erklärte: »Nein. Das wäre nicht richtig.«

König Orrin brummte und nahm noch einen Schluck von seinem Wein, während Arya, Däthedr und Nasuada erleichtert wirkten, wenn auch nur geringfügig. Genau wie sie schienen die Eldunarí erfreut über seine Entscheidung, obwohl sie sie nicht mit Worten kommentierten.

»Ich bin froh, Euch das sagen zu hören«, erwiderte Däthedr. »Zweifellos würdet Ihr einen großartigen Herrscher abgeben, aber ich denke, es wäre nicht gut für Euer Volk und auch nicht für die anderen Völker Alagaësias, wenn ein weiterer Drachenreiter den Thron besteigen würde.«

Arya gab Däthedr einen fast unmerklichen Wink. Der silberhaarige Elf trat ein wenig zurück und Arya fuhr an seiner statt fort: »Roran wäre eine andere naheliegende Wahl.«

»Roran!«, wiederholte Eragon ungläubig.

Arya musterte ihn. Ihr Blick war ernst und unerbittlich und ihre Augen leuchteten in dem von der Seite einfallenden Licht wie geschliffene Smaragde. »Seinen Taten ist es zu verdanken, dass die Varden Urû'baen erobert haben. Er ist der Held von Aroughs und von so vielen anderen Schlachten. Die Varden und die Bewohner des Imperiums würden ihm ohne Zögern folgen.«

»Er ist ein grober Kerl mit übersteigertem Selbstbewusstsein und ihm fehlt es an der nötigen Erfahrung«, wandte Orrin ein. Dann sah er mit leicht schuldbewusster Miene zu Eragon hinüber. »Auch wenn er ein guter Krieger ist.«

Arya klappte einmal ihre Augenlider auf und zu, wie eine Eule.

»Ich glaube, wenn Ihr wolltet, könntet Ihr feststellen, dass seine Grobheit sehr davon abhängt, mit wem er es zu tun hat… Euer Majestät. Aber Ihr habt recht, Roran fehlt es an der nötigen Erfahrung. Damit bleiben nur noch zwei Kandidaten: Ihr, Nasuada, und Ihr, König Orrin.«

König Orrin rutschte in seinem tiefen Sessel hin und her und die Falten auf seiner Stirn vertieften sich, während Nasuadas Miene unverändert blieb.

»Ich nehme an«, sagte Orrin zu Nasuada, »dass Ihr Euren Anspruch geltend machen wollt.«

Sie reckte das Kinn vor. »Das werde ich.« Ihre Stimme war so ruhig wie unbewegtes Wasser.

»Dann kommen wir so nicht weiter, denn ich werde meinen Anspruch ebenfalls geltend machen. Und ich werde nicht nachgeben.« Orrin rollte den Stiel seines Weinkelchs zwischen den Fingern. »Ich sehe nur eine Möglichkeit, die Angelegenheit ohne Blutvergießen zu regeln: Ihr müsst auf Euren Anspruch verzichten. Sonst werdet Ihr am Ende alles zerstören, was wir heute gewonnen haben, und für das Chaos, das folgen wird, könnt Ihr dann niemand anderen verantwortlich machen als Euch selbst.«

»Ihr würdet Euch gegen Eure eigenen Verbündeten stellen, nur um Nasuada den Thron zu verweigern?«, fragte Arya.

König Orrin hatte es vielleicht nicht bemerkt, aber Eragon erkannte ihr kaltes, hartes Auftreten als das, was es war: die Bereitschaft, von einem Moment auf den anderen anzugreifen und zu töten.

»Nein«, erwiderte Orrin. »Ich würde mich gegen die Varden wenden, um *meinen* Thronanspruch *durchzusetzen*. Das ist ein Unterschied.«

»Warum?«, fragte Nasuada.

»Warum?« Die Frage schien Orrin zu empören. »Mein Volk hat den Varden Unterkunft, Verpflegung und Ausrüstung zur Verfügung gestellt. Meine Untertanen haben an der Seite Eurer Krieger gekämpft und sind an ihrer Seite gestorben, und als Land haben wir weit mehr riskiert als die Varden. Die Varden haben kein Zuhause. Wenn Galbatorix Eragon und die Drachen besiegt hätte, hättet Ihr fliehen und Euch verstecken können. Aber wir hätten nirgendwo anders hingehen können als zurück nach Surda. Galbatorix wäre wie ein Blitz aus dem Himmel auf uns niedergefahren und hätte das ganze Land in Schutt und Asche gelegt. Wir haben *alles* aufs Spiel gesetzt – unsere Familien, unser Zuhause, unseren Wohlstand und unsere Freiheit –, und nach all dem, nach all unseren Opfern, glaubt Ihr wahrhaftig, dass wir uns damit begnügen werden, zu unseren Feldern zurückzukehren, ohne einen anderen Lohn als ein freundliches Händeschütteln und Euren königlichen Dank? Pah! Wir haben den Boden zwischen Urû'baen und den Brennenden Steppen mit unserem Blut getränkt und jetzt verlangen wir unseren Lohn.« Er ballte die Faust. »Jetzt wollen wir unseren gerechten Anteil an der Kriegsbeute.«

Orrins Worte schienen Nasuada nicht zu verärgern. Tatsächlich wirkte sie nachdenklich, beinahe mitfühlend.

Sie wird diesem knurrenden Köter doch nicht geben, was er will, meinte Saphira.

Warte es ab, erwiderte Eragon. *Sie hat uns noch nie in die Irre geleitet.*

Arya sagte: »Ich hoffe, dass Ihr beide Euch friedlich einigen könnt …«

»Natürlich«, unterbrach König Orrin sie. »Das hoffe ich ebenfalls.« Sein Blick schnellte zu Nasuada. »Aber ich fürchte, dass Nasuadas unbeirrbarer Starrsinn sie blind dafür macht, dass sie letztendlich nachgeben muss.«

Arya fuhr fort: »… und wie Däthedr bereits sagte, liegt es uns fern, uns einzumischen, wenn Euer Volk seinen nächsten Herrscher wählt.«

»Ich erinnere mich«, gab Orrin mit einem Anflug eines selbstgefälligen Lächelns zurück.

»Allerdings«, sprach Arya weiter, »muss ich Euch als geschworene Verbündete der Varden sagen, dass wir jeden Angriff auf sie als einen Angriff auf uns selbst betrachten und dass wir entsprechend darauf reagieren werden.«

Orrins Gesicht verzog sich, als habe er in etwas Saures gebissen.

»Das Gleiche gilt für uns Zwerge«, stellte Orik mit einer Stimme fest, die klang, als würden Steine tief unter der Erde aneinander mahlen.

Grimrr Halbtatze hob seine verstümmelte Hand vor sein Gesicht und betrachtete nachdenklich die krallenartigen Nägel an den drei verbliebenen Fingern. »Es ist uns gleich, wer König oder Königin wird, solange wir den Platz neben dem Thron erhalten, der uns versprochen wurde. Unseren Pakt haben wir jedoch mit Nasuada geschlossen. Folglich werden wir sie auch weiterhin unterstützen, so lange, bis sie nicht mehr Rudelführerin der Varden ist.«

»A-ha!«, rief König Orrin aus und beugte sich vor, eine Hand auf seinem Knie. »Aber sie ist nicht die Anführerin der Varden. Nicht mehr. Das ist Eragon!«

Wieder richteten sich alle Blicke auf Eragon.

Er verzog etwas das Gesicht und sagte: »Ich dachte, es versteht sich von selbst, dass ich die Führung wieder an Nasuada zurückgebe, sobald sie frei ist. Um alle Missverständnisse auszuräumen: Nasuada ist die Anführerin der Varden, nicht ich. Und ich denke, dass sie diejenige sein sollte, die den verwaisten Thron besteigt.«

»Natürlich sagt Ihr das«, entgegnete König Orrin höhnisch. »Ihr habt ihr Gefolgschaft geschworen. Natürlich glaubt Ihr, dass sie den Thron besteigen sollte. Ihr seid nicht mehr als ein loyaler Diener, der für seinen Herrn eintritt, und Eure Meinung hat nicht mehr Gewicht als die Meinung meiner eigenen Diener.«

»Nein!«, widersprach Eragon. »In diesem Punkt irrt Ihr Euch. Wenn ich der Meinung wäre, dass Ihr oder irgendjemand sonst einen besseren Herrscher abgeben würdet, dann würde ich das sagen! Ja, ich habe Nasuada Treue geschworen, aber das hindert mich nicht daran, die Wahrheit zu sagen, wie ich sie sehe.«

»Vielleicht nicht, aber Eure Loyalität ihr gegenüber beeinflusst Euer Urteil trotzdem.«

»Ebenso wie Eure Loyalität zu Surda Euer Urteil beeinflusst«, warf Orik ein.

König Orrin runzelte die Stirn. »Wie kommt es, dass Ihr Euch immer gegen mich wendet?«, fragte er scharf und sah zwischen Eragon, Arya und Orik hin und her. »Wie kommt es, dass Ihr Euch in jedem Disput auf ihre Seite stellt?« Wein schwappte über den

Rand seines Kelchs, als er damit auf Nasuada zeigte. »Wie kommt es, dass Ihr *ihr* mit Respekt begegnet und mir oder den Bewohnern von Surda nicht? Immer sind es Nasuada und die Varden, die Ihr begünstigt, und vor ihr war es Ajihad. Wenn mein Vater noch am Leben wäre …«

»Wenn Euer Vater, König Larkin, noch am Leben wäre«, unterbrach Arya ihn, »würde er nicht dasitzen und klagen, wie andere ihn sehen. Er würde etwas dagegen unternehmen.«

»Friede«, sagte Nasuada, bevor Orrin etwas erwidern konnte. »Es ist nicht nötig, dass wir uns hier beleidigen … Orrin, Eure Bedenken sind begründet. Ihr habt recht, dass die Surdaner viel zu unserer Sache beigetragen haben. Ich gebe offen zu, dass wir ohne Eure Hilfe das Imperium niemals auf diese Weise hätten angreifen können. Ihr verdient einen Lohn für das, was Ihr im Laufe dieses Krieges riskiert, ausgegeben und verloren habt.«

König Orrin nickte, offenbar zufrieden. »Dann werdet Ihr von Eurem Anspruch zurücktreten?«

»Nein«, antwortete Nasuada so ruhig wie immer. »Das werde ich nicht. Aber ich habe einen Gegenvorschlag, einen, der uns vielleicht alle zufriedenstellt.« Orrin gab einen unwilligen Laut von sich, aber er unterbrach sie nicht weiter. »Ich habe folgenden Vorschlag: Ein Großteil des Landes, das wir erobert haben, soll an Surda gehen. Aroughs, Feinster und Melian sollen Euch gehören, außerdem die Inseln im Süden, sobald sie unter unserer Herrschaft stehen. Durch diesen Zuwachs wird Surda beinahe doppelt so groß sein wie bisher.«

»Und als Gegenleistung?«, fragte König Orrin und zog eine Augenbraue hoch.

»Als Gegenleistung werdet Ihr dem Thron hier in Urû'baen Gefolgschaft schwören, wer auch immer daraufsitzt.«

Orrin verzog den Mund. »Ihr wollt als Hohe Königin über das ganze Land herrschen.«

»Diese beiden Reiche – das Imperium und Surda – müssen wiedervereinigt werden, wenn wir künftige Feindseligkeiten vermeiden wollen. Surda würde nach wie vor Euch gehören, und Ihr könntet dort herrschen, wie Ihr es für richtig haltet, bis auf eine

Ausnahme: Die Magier unserer beider Länder würden gewissen Einschränkungen unterliegen, deren genaue Natur wir zu einem späteren Zeitpunkt festlegen. Zusätzlich zu diesen Gesetzen würde Surda zwangsläufig zur Verteidigung unserer beider vereinter Territorien beitragen müssen. Sollte einer von uns angegriffen werden, wird der andere ihn in Form von Männern und Material unterstützen.«

König Orrin stellte seinen Kelch auf seinem Bein ab und starrte darauf hinunter. »Ich frage noch einmal: Warum solltet *Ihr* diejenige sein, die den Thron besteigt, und nicht ich? Meine Familie hat Surda regiert, seit Fürstin Marelda die Schlacht von Cithrí gewonnen und damit sowohl das Reich Surda als auch das Haus Langfeld begründet hat. Wir können unsere Vorfahren bis hin zu Thanebrand dem Ring-Geber selbst zurückverfolgen. Wir haben ein ganzes Jahrhundert lang gegen das Imperium gekämpft. Unser Gold, unsere Waffen und unsere Rüstungen haben die Existenz der Varden überhaupt erst möglich gemacht und wir haben Euch über Jahre unterstützt. Ohne uns hättet Ihr Euch Galbatorix nie widersetzen können. Die Zwerge hätten Euch nie mit allem unterstützen können, was dazu nötig war – ebenso wenig die Elfen, die dafür viel zu weit entfernt von hier leben. Also frage ich noch einmal: Warum sollte dieser Preis an Euch fallen, Nasuada, und nicht an mich?«

»Weil«, erwiderte Nasuada, »ich denke, dass ich eine gute Königin wäre. Und weil ich – wie bei allem, was ich als Anführerin der Varden getan habe – glaube, dass es das Beste für unser Volk und ganz Alagaësia sein wird.«

»Ihr habt eine sehr hohe Meinung von Euch.«

»Falsche Bescheidenheit ist nicht bewundernswert, am wenigsten an denen, die über andere herrschen. Habe ich meine Fähigkeit, zu führen, nicht ausreichend bewiesen? Ohne mich würden die Varden immer noch in Farthen Dûr hocken und auf ein Zeichen von oben warten, dass der richtige Zeitpunkt gekommen ist, um es mit Galbatorix aufzunehmen. Ich habe die Varden von Farthen Dûr nach Surda geführt und ich habe sie zu einer mächtigen Armee aufgebaut. Mit Eurer Hilfe, ja, aber *ich* habe sie angeführt und *ich* habe mir die Unterstützung der Zwerge, der Elfen und der Urgals gesichert. Hättet Ihr das ebenfalls fertiggebracht? Wer immer in Urû'baen herrscht, wird Bündnisverträge mit allen Völkern im Land schließen müssen. Noch einmal, genau das habe ich getan und genau das kann ich.« Dann wurde Nasuadas Stimme sanfter, obwohl ihre Miene so entschlossen blieb wie bisher. »Orrin, warum wollt Ihr diesen Thron? Würde er Euch glücklicher machen?«

»Das ist keine Frage des Glücks«, knurrte er.

»Doch, zumindest teilweise. Wollt Ihr wirklich neben Surda das ganze Imperium regieren? Wer immer den Thron besteigt, vor dem werden gewaltige Aufgaben liegen. Es gilt ein Land wieder aufzubauen: Bündnisverträge auszuhandeln, noch immer einige Städte zu erobern, Adlige und Magier zu unterwerfen. Es wird ein ganzes Leben dauern, den Schaden, den Galbatorix angerichtet hat, auch nur ansatzweise zu beheben. Wollt Ihr diese Aufgabe wirklich auf Euch nehmen? Mir scheint, Ihr hättet lieber Euer früheres Leben zurück.« Ihr Blick wanderte zu dem Kelch auf seinem Bein und dann zurück zu seinem Gesicht. »Wenn Ihr mein Angebot annehmt, könnt Ihr nach Aberon und zu Euren naturkundlichen Forschungen zurückkehren. Würde Euch das nicht gefallen? Surda wird größer und reicher sein und Ihr werdet die Freiheit haben, Euren Interessen nachzugehen.«

»Wir können nicht immer unseren Interessen folgen. Manchmal müssen wir tun, was richtig ist, nicht das, was wir wollen«, widersprach König Orrin.

»Richtig, aber…«

»Abgesehen davon, wenn ich König in Urû'baen wäre, könnte ich meinen Interessen hier genauso gut nachgehen wie in Aberon.« Nasuada runzelte die Stirn, doch bevor sie etwas sagen konnte, fuhr Orrin fort: »Ihr versteht nicht…« Er runzelte die Stirn und nahm noch einen Schluck Wein.

Dann erklärt es uns, sagte Saphira, deren Ungeduld sich in der Farbe ihrer Gedanken widerspiegelte.

Orrin schnaubte, leerte seinen Kelch und warf ihn gegen die Tür. Das Gold bekam eine Delle und mehrere Juwelen sprangen aus ihren Fassungen und rollten über den Boden. »Das kann ich nicht«, knurrte er, »und ich habe auch keine Lust, es zu versuchen.« Er sah sich mit funkelnden Augen im Raum um. »Keiner von Euch würde es verstehen. Ihr nehmt Euch alle selbst viel zu wichtig. Wie könntet Ihr es verstehen? Schließlich habt Ihr nie erlebt, was ich erlebt habe.« Er sank in seinen Sessel zurück und seine Augen waren dunkel wie erloschene Kohlen unter seinen Brauen. An Nasuada gewandt, fügte er hinzu: »Ihr seid entschlossen? Ihr werdet euren Anspruch nicht zurückziehen?«

Sie schüttelte den Kopf.

»Und wenn ich mich dafür entscheide, meinen eigenen Anspruch zu verfolgen?«

»Dann wird es zum Kampf kommen.«

»Und Ihr drei werdet Euch auf ihre Seite stellen?«, fragte Orrin und sah nacheinander Arya, Orik und Grimrr an.

»Wenn die Varden angegriffen werden, kämpfen wir an ihrer Seite«, erwiderte Orik.

»Wir ebenfalls«, stellte Arya fest.

König Orrin lächelte ein Lächeln, das mehr ein Zähneblecken war. »Aber Ihr würdet nicht auf die Idee kommen, uns vorzuschreiben, wen wir zu unserem Herrscher wählen sollten, nicht wahr?«

»Natürlich nicht«, bestätigte Orik und seine eigenen Zähne blitzten in seinem Bart weiß und gefährlich auf.

»Natürlich nicht.« Dann richtete Orrin seine Aufmerksamkeit wieder auf Nasuada. »Ich will Belatona, zusätzlich zu den anderen Städten, die Ihr genannt habt.«

Nasuada dachte einen Moment nach. »Ihr gewinnt mit Feinster und Aroughs bereits zwei Hafenstädte, drei, wenn Ihr Eoam auf der Insel Beirland mitrechnet. Ich werde Euch stattdessen Furnost geben, dann habt Ihr den ganzen Tüdosten, während ich den ganzen Leona-See haben werde.«

»Der Leona-See ist wertvoller als der Tüdosten, weil er Zugang zu den Bergen und der nördlichen Küste bietet«, bemerkte Orrin.

»Stimmt. Aber Ihr habt bereits von Dauth und dem Jiet Zugang zum Leona-See.«

König Orrin starrte auf den Boden in der Mitte des Raums und schwieg. Draußen verschwand der letzte Rand der Sonne unter dem Horizont; nur ein paar nahe Wolken erstrahlten noch in ihrem

Licht. Der Himmel wurde dunkler und die ersten Sterne erschienen in der Abenddämmerung: feine Stecknadelköpfe in der purpurnen Unendlichkeit. Eine leichte Brise kam auf, und als sie am Turm entlangstrich, hörte es sich für Eragon an wie das Rascheln der gezahnten Nesseln am Ramr.

Je länger sie warteten, umso wahrscheinlicher erschien es Eragon, dass Orrin Nasuadas Angebot ablehnen oder die ganze Nacht dasitzen und schweigen würde.

Der König rutschte auf dem Stuhl herum, dann blickte er endlich auf. »Also schön«, sagte er mit leiser Stimme. »Solange Ihr die Bedingungen unserer Abmachung erfüllt, werde ich Euch Galbatorix' Thron nicht streitig machen … Majestät.«

Ein Schauder überlief Eragon, als er Orrin diese Worte sprechen hörte.

Mit ernster Miene trat Nasuada vor, bis sie in der Mitte des Raums stand. Dann schlug Orik mit dem Knauf von Volunds Stiel auf den Boden und verkündete: »Der König ist tot, lang lebe die Königin!«

»Der König ist tot, lang lebe die Königin!«, riefen Eragon, Arya, Däthedr und Grimrr. Die Werkatze zog die Lippen auseinander und fletschte ihre scharfen Zähne. Saphira stieß einen lauten, triumphierenden Ruf aus, der wie ein Hornsignal klang und weit über die im Dämmerlicht versinkende Stadt schallte. Auch von den Eldunarí ging Zustimmung aus.

Nasuada stand hoch aufgerichtet und stolz im schwindenden Licht und Tränen glänzten in ihren Augen. »Ich danke Euch«, sagte sie und sah einen jeden von ihnen fest an. Trotzdem schien sie mit den Gedanken woanders zu sein. Eine Traurigkeit ging von ihr aus, von der Eragon bezweifelte, dass die anderen sie bemerkten.

Und während sich die Nacht über das Land senkte, strahlte hoch über der Stadt die Spitze des Turms in einsamem Licht.

Eine passende Grabinschrift

Nach ihrem Sieg in Urû'baen verstrichen die Monate für Eragon gleichzeitig schnell und langsam. Schnell, weil es für ihn und Saphira so viel zu tun gab und selten ein Tag verging, an dem sie bei Sonnenuntergang nicht erschöpft waren. Langsam, weil er nach wie vor kein wirkliches Ziel vor Augen hatte – trotz der vielen Aufgaben, die Königin Nasuada ihnen zuteilte. Es kam ihm vor, als trieben sie müßig auf dem Wasser dahin und warteten, dass etwas, irgendetwas, sie in die Hauptströmung zurückstieß.

Er und Saphira blieben nach Nasuadas Wahl zur Königin noch weitere vier Tage in Urû'baen und halfen den Varden, sich in der Stadt und im Umland einen festen Stand zu verschaffen. Zum einen befassten sie sich mit den Bewohnern der Stadt und beschwichtigten sie, wenn sie sich über irgendeine Tat der Varden ereiferten, zum anderen machten sie Jagd auf versprengte Trupps von Soldaten, die aus Urû'baen geflohen waren und im Umland marodierten, wo sie Reisende, Bauern und kleinere Güter ausraubten, um sich selbst zu ernähren. Er und Saphira beteiligten sich außerdem daran, das gewaltige Haupttor der Stadt wiederaufzubauen. Daneben wirkte er auf Nasuadas Bitte hin mehrere Zauber, die alle dem toten König noch immer ergebenen Diener daran hindern sollten, gegen Nasuada zu arbeiten. Die Zauber beschränkten sich auf die Stadt und das unmittelbare Umland, aber dennoch fühlten sich die Varden dadurch sehr viel sicherer.

Eragon bemerkte, dass die Varden, die Zwerge und selbst die Elfen ihn und Saphira anders behandelten als vor Galbatorix' Tod. Sie begegneten ihnen mit mehr Respekt, insbesondere die Menschen, und sie betrachteten ihn und Saphira mit einer gewissen Scheu. Zuerst genoss er das Gefühl – während es Saphira vollkommen gleichgültig zu sein schien. Aber es begann ihn zu stören, als er merkte, dass viele Zwerge und Menschen – nur um ihm zu gefallen – immer das sagten, was er ihrer Meinung nach hören wollte, und nicht, was sie wirklich dachten. Das verunsicherte ihn und er konnte niemandem mehr trauen außer Roran, Arya, Nasuada, Orik, Horst und natürlich Saphira.

Arya sah er während jener Tage nur selten. Bei ihren wenigen Begegnungen wirkte sie in sich gekehrt, was ihre Art war, mit der Trauer fertig zu werden, wie er begriff. Sie hatten nie Gelegenheit, unter vier Augen miteinander zu reden, und er hatte ihr nur kurz und unbeholfen sein Mitgefühl ausdrücken können. Er hatte zwar den Eindruck, dass sie ihm für seine Worte dankbar war, aber das ließ sich schwer sagen.

Was Nasuada betraf, so schien sie viel von ihrem früheren Elan, ihrem Kampfgeist und ihrer Energie zurückgewonnen zu haben, nachdem sie nur eine einzige Nacht geschlafen hatte. Eragon bewunderte sie dafür. Sie stieg noch beträchtlich in seiner Achtung, als er ihren Bericht über ihr Martyrium in der Halle der Wahrsagerin hörte. Ebenso wie Murtagh in seiner Achtung stieg, den Nasuada danach mit keinem Wort mehr erwähnte. Sie beglückwünschte Eragon dazu, wie er die Varden während ihrer Abwesenheit geführt hatte – obwohl er beteuerte, dass er die meiste Zeit über gar nicht im Lager gewesen war. Und sie dankte ihm dafür, dass er sie so schnell gerettet hatte, denn wie sie zugab, wäre es Galbatorix beinahe gelungen, ihren Willen zu brechen.

Am dritten Tag wurde Nasuada auf dem großen Platz in der Nähe der Stadtmitte gekrönt, vor einer riesigen Menge aus Menschen, Zwergen, Elfen, Werkatzen und Urgals. Die Explosion, die Galbatorix' Leben ein Ende bereitet hatte, hatte auch die uralte Krone der Broddrings zerstört. Daher hatten die Zwerge aus Gold, das sie in der Stadt fanden, und aus Juwelen, die die Elfen aus ihren Helmen oder von den Knäufen ihrer Schwerter genommen hatten, eine neue Krone geschmiedet.

Die Zeremonie war schlicht, aber dafür umso eindrucksvoller.

Nasuada kam zu Fuß aus der Richtung der zerstörten Zitadelle zur Krönung. Sie trug ein Kleid aus königlichem Purpur mit gekürzten Ärmeln – sodass alle die Narben an ihren Unterarmen sehen konnten – und mit einer nerzbesetzten Schleppe, die Elva trug, denn Eragon hatte Murtaghs Warnung ernst genommen und darauf bestanden, dass das Mädchen immer so nah wie möglich bei Nasuada blieb.

Ein getragener Trommelwirbel erklang, als Nasuada zu dem Podium hinaufstieg, das in der Mitte des Platzes errichtet worden war. Oben auf dem Podium stand neben dem geschnitzten Stuhl, der ihr als Thron dienen würde, Eragon, Saphira dicht hinter sich. Vor der erhöhten Plattform hatten sich die Könige Orrin, Orik und Grimrr aufgereiht, außerdem Arya, Däthedr und Nar Garzhvog.

Als Nasuada das Podium erklommen hatte, kniete sie vor Eragon und Saphira nieder. Ein Zwerg aus Oriks Clan überreichte Eragon die frisch geschmiedete Krone und Eragon setzte sie Nasuada aufs Haupt. Dann beugte Saphira sich herunter, berührte Nasuada mit der Schnauze an der Stirn und sagte gleichzeitig mit Eragon:

»Und nun erhebt Euch, Königin Nasuada, Tochter von Ajihad und Nadara.«

Eine Trompetenfanfare erschallte und die versammelte Menge – die totenstill gewesen war – brach in Jubel aus. Es war ein seltsames Stimmengewirr, das vom Gebrüll der Urgals bis zu den melodischen Stimmen der Elfen reichte.

Dann setzte Nasuada sich auf den Thron. König Orrin trat vor sie hin und schwor ihr Gefolgschaft; danach gelobten ihr Arya, König Orik, Grimrr Halbtatze und Nar Garzhvog die Freundschaft ihrer jeweiligen Völker.

Die feierliche Zeremonie ging Eragon sehr nah. Er kämpfte mit den Tränen, als er Nasuada auf dem Thron sitzen sah. Er hatte den Eindruck, dass erst mit ihrer Krönung das Gespenst von Galbatorix' Unterdrückung langsam wich.

Anschließend veranstalteten sie ein Festmahl und die Varden und ihre Verbündeten feierten die ganze Nacht hindurch bis hinein in den nächsten Tag. Eragon erinnerte sich nicht mehr genau an die Feierlichkeiten, bis auf den Tanz der Elfen, das Hämmern der Zwergentrommeln und die vier Kull, die auf einen Turm der Stadtmauer kletterten und dort in Hörner bliesen, die aus den Schädeln ihrer Väter gemacht waren. Die Bewohner der Stadt schlossen sich den Feiern mit großem Jubel an und überall war Erleichterung darüber zu spüren, dass Galbatorix nicht länger König war. Für alle war es ein bedeutsamer Augenblick und jeder begriff, dass gerade ein Zeitalter zu Ende ging und die Stadt den Beginn eines neuen erlebte.

Am fünften Tag, als das Tor fast wieder stand und die Stadt einigermaßen sicher schien, befahl Nasuada Eragon und Saphira, nach Dras-Leona zu fliegen und von dort aus weiter nach Belatona, Feinster und Aroughs, um an jedem Ort den Namen der alten Sprache zu benutzen und alle, die Galbatorix Gefolgschaft geschworen hatten, von ihren Eiden zu entbinden. Außerdem bat sie Eragon, die Soldaten und Adligen mit Zaubern zu binden – wie er die Bewohner Urû'baens gebunden hatte –, damit sie nicht versuchten, den neu gefundenen Frieden zu unterwandern. Doch Eragon hatte sich geweigert, das zu tun, weil es für sein Gefühl zu sehr der Art glich, wie Galbatorix seine Untertanen kontrolliert hatte. In Urû'baen war das Risiko, das von Meuchelmördern oder anderen Anhängern von Galbatorix ausging, so groß, dass Eragon bereit gewesen war, ihren Wunsch zu erfüllen. Aber nirgendwo sonst. Zu seiner Erleichterung stimmte Nasuada ihm nach einigem Nachdenken zu.

Er und Saphira nahmen mehr als die Hälfte der Eldunarí aus Vroengard mit. Die übrigen ließen sie bei denen aus Galbatorix' Schatzkammer zurück. Bloëdhgarm und seine Magier – die nicht mehr länger als Eragons und Saphiras Leibgarde dienten – brachten die Eldunarí in eine Burg mehrere Meilen nordöstlich von Urû'baen. Dort konnten sie die Herzen gut gegen jeden Angriff oder Diebstahl schützen. Vor allem würden dort die Gedanken der wahnsinnigen Drachen nur den Geist ihrer Wächter beeinflussen und niemanden sonst.

Erst als Eragon und Saphira sich davon überzeugt hatten, dass die Eldunarí in Sicherheit waren, brachen sie auf.

Als sie in Dras-Leona ankamen, fand Eragon eine unglaubliche Zahl von Zaubern vor, die überall in der Stadt wirksam waren. Genauso erging es ihm in dem dunklen Felsturm des Helgrind. Viele von ihnen waren vermutlich Hunderte Jahre alt, wenn nicht älter: vergessene Beschwörungen aus vergangenen Zeitaltern. Diejenigen, die harmlos schienen, ließ er bestehen und löste alle, für die das nicht galt. Aber häufig war beides schwer voneinander zu unterscheiden und es widerstrebte ihm, sich an Zaubern zu schaffen zu machen, deren Zweck er nicht verstand. Hier erwiesen sich die Eldunarí als hilfreich. In mehreren Fällen erinnerten sie sich daran, wer einen Zauber gewirkt hatte und warum. Oder aber sie konnten mithilfe irgendwelcher Angaben, die ihm nichts sagten, den Zweck eines Zaubers ermitteln.

Was den Helgrind und die verschiedenen Besitztümer der Priester anging – die untergetaucht waren, sobald sie die Kunde von Galbatorix' Tod erreicht hatte –, machte Eragon sich nicht die Mühe, herauszufinden, welche Zauber gefährlich waren und welche nicht. Er hob sie alle auf. Außerdem benutzte er den Namen der Namen, um in den Ruinen der großen Kathedrale nach dem Gürtel Beloths des Weisen zu suchen, aber ohne Erfolg.

Sie blieben drei Tage in Dras-Leona, dann reisten sie weiter nach Belatona. Auch dort löste Eragon Galbatorix' Beschwörungen, ebenso wie in Feinster und Aroughs. In Feinster versuchte jemand, ihn zu vergiften. Seine Zauber beschützten ihn, aber Saphira war sehr erbost darüber.

Wenn ich jemals den Ratten-Feigling erwische, der das getan hat, werde ich ihn von den Zehen aufwärts bei lebendigem Leib fressen, grollte sie.

Auf der Rückreise nach Urû'baen schlug Eragon einen kleinen Umweg vor. Saphira stimmte zu und flog eine Kurve, bis der Horizont senkrecht stand und die Welt auf einer Seite aus blauem Himmel, auf der anderen Seite aus grüner und brauner Erde bestand.

Sie mussten einen halben Tag lang suchen, aber schließlich fand Saphira die Sandsteinhügel und unter ihnen einen ganz bestimmten Hügel: einen hohen, steilen Hang aus rötlichem Stein mit einer

Höhle auf halber Höhe. Und auf dem Gipfel ein glitzerndes Grab aus Diamant.

Der Hügel sah genauso aus, wie Eragon ihn in Erinnerung hatte. Als er ihn betrachtete, wurde ihm schwer ums Herz.

Saphira landete neben dem Grab. Sie kratzte mit den Klauen über den Sandstein und hobelte Brocken davon ab.

Langsam schnallte Eragon seine Beine los. Dann ließ er sich zu Boden gleiten. Er fühlte sich benommen bei dem Geruch nach warmem Stein, und einen Moment lang hatte er das Gefühl, sich in der Vergangenheit zu befinden.

Dann schüttelte er sich und sein Kopf wurde wieder klar. Er ging zu dem Grab und blickte hinab in seine kristallklare Tiefe. Dort lag Brom.

Sein Vater.

Broms Aussehen hatte sich nicht verändert. Der Diamant, der ihn umhüllte, schützte ihn vor jeder Spur von Verwesung. Die Haut seines gefurchten Gesichts war fest und hatte einen rosigen Schimmer, als würde noch Blut darin fließen. Es schien, als könne Brom jeden Moment die Augen öffnen und sich erheben, bereit, ihre unvollendete Reise fortzusetzen. In gewisser Weise war er unsterblich geworden, denn er alterte nicht, wie andere es taten, sondern würde für immer derselbe bleiben, gefangen in einem traumlosen Schlaf.

Sein Schwert lag auf seiner Brust und dem langen weißen Wimpel seines Bartes, und seine Hände waren über dem Griff gefaltet, genau wie Eragon sie hingelegt hatte. An seiner Seite ruhte sein knorriger Stab, in den, wie Eragon jetzt begriff, Dutzende von Schriftzeichen der alten Sprache geritzt waren.

Tränen traten in Eragons Augen. Er fiel auf die Knie und weinte eine Weile leise. Er hörte, dass Saphira zu ihm kam, spürte sie mit seinem Geist und wusste, dass auch sie um Brom trauerte.

Schließlich stand Eragon wieder auf und lehnte sich an den Rand des Grabs, während er die Umrisse von Broms Gesicht betrachtete. Jetzt, da er wusste, dass es sein Vater war, konnte er die Ähnlichkeit in ihren Gesichtszügen erkennen. Zwar nicht sehr deutlich, weil Brom alt gewesen war und einen Bart getragen hatte, aber trotzdem unverkennbar. Der Winkel von Broms Wangenknochen, die Falte zwischen seinen Augenbrauen, die Wölbung seiner Oberlippe; all diese Dinge erkannte Eragon wieder. Broms Hakennase hatte er jedoch nicht geerbt. Die Nase hatte er von seiner Mutter.

Eragon sah Brom an und atmete schwer, während seine Augen wieder feucht wurden. »Es ist erledigt«, sagte er leise. »Ich habe es geschafft… *Wir* haben es geschafft. Galbatorix ist tot, Nasuada sitzt auf dem Thron und Saphira und ich sind beide unversehrt. Das würde dich freuen, nicht wahr, alter Fuchs?« Er lachte kurz auf und wischte sich mit dem Handrücken über die Augen. »Noch dazu gibt es auf Vroengard Dracheneier. Eier! Die Drachen werden nicht aussterben. Und Saphira und ich werden sie großziehen. *Das* hast du nicht vorhergesehen, was?« Er lachte wieder und war gleichzeitig albern und traurig gestimmt. »Ich frage mich, was du von all dem halten würdest. Du bist derselbe wie eh und je, aber wir sind es nicht. Würdest du uns überhaupt erkennen?«

Natürlich würde er das, sagte Saphira. *Du bist sein Sohn.* Sie berührte ihn mit der Schnauze. *Außerdem hat sich dein Gesicht nicht so sehr verändert, dass er dich für jemand anderen halten würde, auch wenn dein Geruch sich verändert hat.*

»Ach ja?«

Du riechst jetzt mehr wie ein Elf… Jedenfalls würde er mich wohl kaum für Shruikan oder Glaedr halten, was?

»Nein.«

Eragon schniefte und stieß sich von dem Grab ab. Brom sah so lebensecht aus in dem Diamanten und sein Anblick brachte ihn auf eine Idee: eine verrückte, fast unmögliche Idee, die er beinah verworfen hätte. Aber sie weckte zu viele Gefühle in ihm, als dass er sie hätte ignorieren können. Er dachte an Umaroth und die Eldunarí, an all ihr gesammeltes Wissen und daran, was sie mit seinem Zauber in Urû'baen zuwege gebracht hatten – und ein Funke verzweifelter Hoffnung entzündete sich in seinem Herzen.

Sowohl an Saphira als auch an Umaroth gewandt, begann er zu sprechen: *Brom war gerade erst gestorben, als wir ihn begraben haben. Saphira hat den Stein erst am folgenden Tag in einen Diamanten verwandelt, aber er lag schon die ganze Nacht ohne Luft in dem Stein-*

grab. Umaroth, mit Eurer Stärke und Eurem Wissen, vielleicht … vielleicht könnten wir ihn immer noch heilen. Eragon zitterte, als litte er an einem Fieber. *Damals wusste ich nicht, wie ich seine Wunde hätte heilen sollen, aber jetzt – jetzt denke ich, ich könnte es.*

Es wäre schwieriger, als du es dir vorstellst, gab Umaroth zu bedenken.

Ja, aber Ihr könntet es tun!, entgegnete Eragon. *Ich habe erlebt, wie Ihr und Saphira mit Magie erstaunliche Dinge zuwege gebracht habt. Sicher ist es nichts, was Eure Kräfte übersteigt!*

Du weißt, dass wir Magie nicht auf Kommando benutzen können, sagte Saphira.

Und selbst wenn wir Erfolg hätten, bemerkte Umaroth, *könnte es immer noch sein, dass wir nicht in der Lage wären, Broms Geist so wiederherzustellen, wie er war. Der Geist ist etwas Kompliziertes und es könnte leicht passieren, dass Brom am Ende einen wirren Verstand oder eine andere Persönlichkeit hätte. Und was dann? Würdest du wollen, dass er so lebt? Würde* er *es wollen? Nein, es ist das Beste, ihn ruhen zu lassen, Eragon, und ihn mit deinen Gedanken und Taten zu ehren, wie du es bisher getan hast. Du wünschtest, es wäre anders. Das Gleiche wünschen sich alle, die jemanden verloren haben, der ihnen etwas bedeutet hat. Aber so ist der Lauf der Dinge. Brom lebt in deinen Erinnerungen, und wenn er der Mann war, den du uns dort gezeigt hast, wäre er damit zufrieden. Sei du ebenfalls damit zufrieden.*

Aber …

Es war nicht Umaroth, der ihn unterbrach, sondern Valdr, der älteste der Eldunarí. Er überraschte Eragon, indem er nicht in Bildern oder Gefühlen sprach, sondern in Worten der alten Sprache – angestrengt, als sei ein jedes fremd für ihn. Und er sagte: *Überlass die Toten der Erde. Sie sind nicht für uns bestimmt.* Dann sprach er nicht weiter, aber Eragon spürte, dass große Traurigkeit und großes Mitgefühl von ihm ausgingen.

Eragon stieß einen langen Seufzer aus und schloss für einen Moment die Augen. Dann ließ er seine törichte Hoffnung fahren und akzeptierte einmal mehr die Tatsache, dass Brom nicht mehr da war.

»Weißt du«, sagte er zu Saphira. »Ich habe nicht gedacht, dass es so schwierig sein würde.«

Es wäre eigenartig, wenn es das nicht wäre. Er spürte, wie ihr warmer Atem das Haar auf seinem Kopf zerzauste, als sie ihn mit der Seite ihrer Schnauze am Rücken stupste.

Er lächelte schwach und nahm seinen Mut zusammen, um Brom noch einmal anzusehen.

»Vater«, sagte er. Es fühlte sich seltsam an, das Wort auszusprechen. Er hatte bisher nie die Gelegenheit gehabt, es zu jemandem zu sagen. Dann richtete Eragon den Blick auf die Runen, die er auf die Stirnseite des Grabes geschrieben hatte:

HIER RUHT BROM
Der ein Drachenreiter war
Und für mich
Wie ein Vater
Möge sein Name ruhmvoll weiterleben

Er lächelte gequält darüber, wie nah er der Wahrheit gekommen war. Dann sprach er in der alten Sprache und beobachtete, wie der Diamant schimmerte und floss, während sich ein neues Muster aus Runen auf der Oberfläche bildete. Als er fertig war, lautete die neue Inschrift:

HIER RUHT BROM
Der ein Reiter war
Verbunden mit dem Drachen Saphira
Sohn von Holcomb und Nelda
Geliebter von Selena
Vater von Eragon Schattentöter
Gründer der Varden
Und Fluch der Abtrünnigen
Möge sein Name ruhmreich weiterleben
Stydja unin Mor'ranr

Es war eine weniger persönliche Grabschrift, aber Eragon hielt sie für passender. Dann wirkte er ein paar Zauber, um den Diamanten gegen Diebe und Vandalen zu schützen.

Er blieb neben dem Grab stehen. Er wollte noch nicht gehen und fand, da sollte noch etwas *mehr* sein – irgendein Ereignis oder ein Gefühl oder eine Erkenntnis, die es ihm leichter machen würde, seinem Vater Lebewohl zu sagen und fortzugehen.

Schließlich legte er die Hand auf den kühlen Diamanten und wünschte, er hätte durch ihn hindurchgreifen und Brom ein letztes Mal berühren können. Dann sagte er: »Danke für alles, was du mir beigebracht hast.«

Saphira schnaubte und neigte den Kopf, bis ihre Schnauze auf das harte Juwel klopfte.

Dann drehte Eragon sich um und stieg langsam auf Saphiras Rücken, mit dem Gefühl, nun endgültig von Brom Abschied genommen zu haben.

Während Saphira abhob und nach Nordosten auf Urû'baen zuflog, war Eragon für eine Weile sehr ernst. Als der Sandsteinhügel nur noch ein Flecken am Horizont war, stieß er einen langen Atemzug aus und sah in den blauen Himmel hinauf.

Ein Lächeln breitete sich über sein Gesicht aus.

Was ist so komisch?, fragte Saphira und schwang den Schwanz hin und her.

Die Schuppe an deiner Schnauze wächst nach.

Die Freude darüber war ihr anzusehen. Dann schnaubte sie und erwiderte: *Ich habe immer gewusst, dass sie nachwachsen würde. Warum sollte sie das auch nicht tun?*

Er konnte jedoch spüren, dass ihre Flanken unter seinen Fersen vibrierten, als sie zufrieden summte, und er tätschelte sie, legte die Wange an ihren Hals und spürte, wie die Wärme aus ihrem Körper auf seinen überging.

Wie Spielsteine auf einem Brett

Als er und Saphira in Urû'baen eintrafen, erfuhr Eragon zu seiner Überraschung, dass Nasuada aus Respekt vor der Geschichte den Namen der Stadt wieder in Ilirea geändert hatte.

Außerdem musste er bestürzt feststellen, dass Arya nach Ellesméra aufgebrochen war, zusammen mit Däthedr und vielen anderen hochrangigen Elfenfürsten, und dass sie das grüne Drachenei aus der Zitadelle mitgenommen hatte.

Sie hatte Nasuada einen Brief für ihn gegeben. Darin erklärte Arya, dass sie den Leichnam ihrer Mutter zurück nach Du Weldenvarden begleiten müsse, um sie dort angemessen begraben zu können. Was das Drachenei betraf, schrieb sie:

… und weil Saphira dich, einen Menschen, als ihren Reiter erwählt hat, ist es nur recht, dass der nächste Reiter ein Elf sein soll, falls der Drache in diesem Ei zustimmt. Ich möchte ihm ohne Aufschub die Möglichkeit dazu geben. Er hat bereits viel zu viel Zeit in seiner Schale verbracht. Da es an einem anderen Ort – dessen Namen ich hier nicht nennen werde – viele weitere Eier gibt, wirst du es hoffentlich nicht vermessen finden oder glauben, dass ich mein eigenes Volk über Gebühr bevorzugt habe. Ich habe mich darüber mit den Eldunarí beraten und sie waren mit meiner Entscheidung einverstanden.

In jedem Fall möchte ich jetzt, da Galbatorix und meine Mutter beide ins Nichts hinübergegangen sind, nicht mehr als Botschafterin bei den Varden dienen. Stattdessen möchte ich mich wieder

der Aufgabe widmen, ein Drachenei quer durch das ganze Land zu befördern, wie ich es einst mit Saphiras Ei getan habe. Natürlich wird nach wie vor ein Botschafter zwischen unseren Völkern benötigt. Daher haben Däthedr und ich einen jungen Elf namens Vanir zu meinem Nachfolger ernannt. Du bist ihm während deiner Zeit in Ellesméra schon einmal begegnet. Er hat den Wunsch geäußert, mehr über dein Volk zu erfahren, und das scheint mir nicht die schlechteste Voraussetzung zu sein. Also soll er den Posten haben – das heißt, solange er sich nicht als vollkommen unfähig erweist.

Der Brief enthielt noch ein paar weitere Zeilen, aber Arya verlor kein Wort darüber, wann – oder ob – sie in die westliche Hälfte Alagaësias zurückkehren würde. Eragon freute sich darüber, dass sie daran gedacht hatte, ihm zu schreiben, aber er wünschte, sie hätte mit ihrem Aufbruch bis zu seiner Rückkehr gewartet. Sie hatte eine Lücke in seiner Welt hinterlassen, und obwohl er eine Menge Zeit mit Roran und Katrina und auch mit Nasuada verbrachte, wollte das schmerzliche Gefühl der Leere in ihm nicht weichen. Zudem hatte er den Eindruck, dass er und Saphira nur herumsaßen und warteten. All das versetzte ihn in einen seltsamen Gemütszustand. Oft kam es ihm vor, als betrachte er sich selbst von außerhalb seines Körpers wie ein Fremder. Er wusste, warum es ihm so ging, aber ihm fiel kein anderes Mittel dagegen ein als Zeit.

Während ihrer letzten Reise war ihm der Gedanke gekommen, dass er – mit der Macht über die alte Sprache, die ihm der Name aller Namen verliehen hatte – die letzten Reste seines Segens, der sich als Fluch erwiesen hatte, von Elva nehmen könnte. Also ging er zu dem Mädchen, das in Nasuadas großem Palais lebte, und erzählte ihr, was er vorhatte. Dann fragte er sie, was sie davon hielt.

Elva reagierte keineswegs mit der Begeisterung, die er erwartet hatte, sondern saß da und starrte zu Boden, ein Stirnrunzeln auf ihrem bleichen Gesicht. Sie schwieg fast eine Stunde lang – und er saß ihr gegenüber und wartete, ohne sich zu beklagen.

Dann sah sie ihn an und erklärte: »Nein. Ich möchte lieber bleiben, wie ich bin … Ich bin dir dankbar, dass du daran gedacht hast, aber es ist ein so fester Teil von mir geworden, dass ich ihn nicht mehr aufgeben kann. Ohne meine Fähigkeit, den Schmerz anderer zu spüren, wäre ich nur noch eine Kuriosität – eine scheußliche Abnormität, die zu nichts anderem taugt, als die beschämende Neugier jener zu befriedigen, die nicht vor mir davonlaufen und meine Anwesenheit ertragen. Mit dieser Fähigkeit bin ich immer noch eine Kuriosität, aber ich kann auch nützlich sein und ich habe eine Macht, die andere fürchten, und eine Kontrolle über mein eigenes Schicksal, die viele meines Geschlechtes nicht besitzen.« Sie deutete auf den kunstvoll verzierten Raum, den sie bewohnte. »Hier kann ich bequem – und in Frieden – leben und ich kann weiterhin etwas Gutes tun, indem ich Nasuada helfe. Wenn du mir meine Fähigkeit nehmen würdest, was hätte ich dann noch? Was würde ich tun? Wer wäre ich? Es wäre kein Segen, deinen Zauber von mir zu nehmen, Eragon. Nein, ich bleibe lieber, wie ich bin, und ertrage die schweren Prüfungen, die diese Gabe mit sich bringt, aus freiem Willen. Aber ich danke dir trotzdem.«

Zwei Tage, nachdem er und Saphira in die Stadt zurückgekehrt waren, die jetzt Ilirea hieß, sandte Nasuada sie abermals aus, zuerst nach Gil'ead und dann nach Ceunon – die beiden Städte, die die Elfen erobert hatten –, damit Eragon wieder den Namen aller Namen benutzen konnte, um Galbatorix' Zauber aufzuheben.

Sowohl Eragon als auch Saphira fanden den Besuch in Gil'ead unerfreulich. Es erinnerte sie an die Zeit, als die Urgals Eragon auf Durzas Befehl gefangen hatten, und an Oromis' Tod.

Eragon und Saphira schliefen drei Nächte in Ceunon. Ceunon war anders als alle Städte, die sie je gesehen hatten. Die Gebäude waren größtenteils aus Holz, mit steilen, schindelgedeckten Dächern, die bei größeren Häusern sogar mehrere Schichten hatten. Die Giebel der Dächer schmückte häufig ein stilisierter Drachenkopf und die Türen waren mit kunstvollen Knotenmustern verziert.

Als sie die Stadt verließen, war es Saphira, die einen Umweg vorschlug. Sie musste Eragon nicht lange überreden. Er stimmte nur allzu bereitwillig zu, nachdem sie erklärt hatte, dass der Ausflug nicht lange dauern würde.

Von Ceunon aus flog Saphira nach Westen, über die Bucht von Fundor: eine breite, von weißen Gischtkämmen bedeckte Wasserfläche. Immer wieder durchbrachen graue und schwarze Buckel großer Meerestiere die Wellen wie kleine, ledrige Inseln. Dann spritzten sie Wasser aus ihren Atemlöchern und hoben die Schwanzflossen hoch in die Luft, bevor sie wieder in die stillen Tiefen tauchten.

Über die Bucht von Fundor – durch kalte, stürmische Winde – führte ihr Flug bald über die Berge des Buckels, von denen Eragon jeden beim Namen kannte. Und von dort aus weiter ins Palancar-Tal – zum ersten Mal, seit sie sich zusammen mit Brom an die Verfolgung der Ra'zac gemacht hatten, was eine Ewigkeit her zu sein schien.

Das Tal roch für Eragon nach Zuhause. Der Duft der Kiefern und der Weiden und der Birken erinnerte ihn an seine Kindheit und die beißend kalte Luft sagte ihm, dass der Winter vor der Tür stand.

Sie landeten in den verkohlten Ruinen Carvahalls und Eragon wanderte durch Straßen, die von Gras und Unkraut überwuchert waren.

Ein Rudel wilder Hunde kam aus einem nahen Birkenwäldchen gelaufen. Sie blieben stehen, als sie Saphira sahen, dann knurrten sie, jaulten und suchten Deckung. Saphira stieß ein gefährliches Grollen aus und blies eine Rauchwolke aus den Nüstern, machte aber keine Anstalten, sie zu jagen.

Ein verbranntes Holzstück knackte unter Eragons Fuß, als er den Stiefel durch einen Aschehaufen zog. Der Anblick des zerstörten Dorfs machte ihn traurig. Immerhin waren die meisten noch am Leben, die damals geflohen waren. Wenn sie zurückkehrten, würden sie Carvahall wieder aufbauen, schöner als zuvor. Doch die Häuser, mit denen er aufgewachsen war, waren für immer verloren. Ohne sie hatte er noch viel mehr das Gefühl, dass er nicht mehr ins Palancar-Tal gehörte. Es fühlte sich falsch an, dass sie nicht mehr dort standen, wo sie hätten stehen sollen – wie in einem Traum, in dem nichts so war, wie es sein sollte.

»Die Welt ist aus den Fugen«, murmelte er.

Eragon machte ein kleines Lagerfeuer an dem Ort, wo einst Morns Schankhaus gestanden hatte, und kochte einen großen Kessel Eintopf. Während er aß, streifte Saphira durch die umliegende Gegend und beschnupperte alles, was sie interessant fand.

Als der Eintopf aufgegessen war, trug Eragon seinen Topf, seine Schale und seinen Löffel zum Anora und wusch sie in dem eisigen Wasser. Er hockte an dem felsigen Ufer und betrachtete die unstete weiße Fahne an der Stirnseite des Tals: die Igualda-Fälle, die eine halbe Meile stromaufwärts lagen, wo sie von einer Felsschulter auf dem Berg Narnmor ins Tal stürzten. Der Anblick rief ihm den Abend in Erinnerung, an dem er mit Saphiras Ei in seinem Bündel aus dem Buckel zurückgekehrt war und nichts von all dem geahnt hatte, was auf sie beide zukommen würde. Oder auch nur, dass es ein *wir beide* geben würde.

»Lass uns aufbrechen«, sagte er zu Saphira, nachdem er zu ihr an den eingestürzten Brunnen in der Mitte des Dorfes zurückgekehrt war.

Willst du euren Hof besuchen?, fragte sie, als er seinen Platz auf ihrem Rücken einnahm.

Er schüttelte den Kopf. »Nein. Ich würde ihn lieber so in Erinnerung behalten, wie er war.«

Sie stimmte zu.

In stiller Übereinkunft flog sie dennoch den gleichen Weg nach Süden wie damals, als sie das Palancar-Tal verlassen hatten. Unterwegs erhaschte Eragon einen flüchtigen Blick auf die Lichtung, auf der sein Haus gestanden hatte, aber sie war fern und verschwommen genug, dass er so tun konnte, als würden das Haus und die Scheune noch immer stehen.

Am südlichen Ende des Tals ritt Saphira auf einer Säule aufsteigender Luft hinauf auf den Gipfel eines riesigen, kahlen Berges, des Utgard, wo der zerfallende Turm stand, den die Reiter erbaut hatten, um Wache über den wahnsinnigen König Palancar zu halten. Der Turm war einst bekannt gewesen als Edoc'sil, doch jetzt hieß er Ristvak'baen oder der »Ort des Kummers«, da dies der Ort war, an dem Galbatorix Vrael erschlagen hatte.

In den Ruinen des Turms gedachten Eragon, Saphira und die

Eldunarí, die bei ihnen waren, Vraels. Vor allem Umaroth war sehr ernst, aber er sagte: *Danke, dass du mich hierhergebracht hast, Saphira. Ich hätte nie erwartet, den Ort zu sehen, an dem mein Reiter gefallen ist.*

Dann breitete Saphira die Flügel aus, sprang aus dem Turm und schwebte durch das Tal und über die grasbewachsenen Ebenen, die sich daran anschlossen, davon.

Auf halbem Weg nach Ilirea nahm Nasuada durch einen der Magier der Varden mit ihnen Kontakt auf und befahl ihnen, sich einer Streitmacht anzuschließen, die sie nach Teirm gesandt hatte.

Eragon freute sich, zu hören, dass Roran das Kommando über die Krieger hatte und dass sich unter ihnen Jeod, Baldor – der seine Hand wieder vollständig benutzen konnte, nachdem die Elfen sie wieder angebracht hatten – und mehrere andere Dorfbewohner befanden.

Eragon war ziemlich überrascht, dass die Bewohner von Teirm sich weigerten, sich zu ergeben, selbst nachdem er sie von ihren Gelübden Galbatorix gegenüber befreit hatte und obwohl offensichtlich war, dass die Varden mit Saphiras und Eragons Hilfe die Stadt mühelos erobern konnten. Stattdessen verlangte der Stadtherr von Teirm, Fürst Risthart, die Unabhängigkeit. Teirm sollte zu einem Stadtstaat werden, mit dem Recht, seine eigenen Herrscher zu wählen und seine eigenen Gesetze zu erlassen.

Nach mehreren Tagen des Verhandelns stimmte Nasuada seinen Bedingungen schließlich zu, vorausgesetzt, dass Fürst Risthart ihr als Hoher Königin Gefolgschaft schwor, wie König Orrin es getan hatte, und sich bereit erklärte, sich an ihre Gesetze bezüglich Magiern zu halten.

Von Teirm begleiteten Eragon und Saphira die Krieger nach Süden, entlang der schmalen Küste, bis sie die Stadt Kuasta erreichten. Sie wiederholten die Prozedur aus Teirm, aber im Gegensatz zu Teirm ergab sich der Stadtherr von Kuasta und erklärte sich bereit, sich Nasuadas neuem Königreich anzuschließen.

Dann flogen Eragon und Saphira allein nach Narda, hoch oben im Norden, und nahmen seinen Bewohnern das gleiche Versprechen ab, bevor sie endlich nach Ilirea zurückkehrten, wo sie einige Wochen in einem großen Gebäude neben dem von Nasuada untergebracht waren.

Wenn die Zeit es ihnen erlaubte, verließen er und Saphira die Stadt und flogen zu der Burg, wo Bloëdhgarm und die anderen Magier die Eldunarí bewachten, die sie vor Galbatorix gerettet hatten. Dort halfen Eragon und Saphira, den Geist der Drachen zu heilen. Sie machten Fortschritte, aber es war ein langwieriger Prozess und einige Eldunarí reagierten schneller als andere. Viele von ihnen, so fürchtete Eragon, hatten einfach kein Interesse mehr am Leben oder hatten sich so sehr in den Labyrinthen ihres Geistes verloren, dass es unmöglich war, mit ihnen verständlich zu reden, selbst für die älteren Drachen wie Valdr. Um zu verhindern, dass die vielen Hundert wahnsinnigen Drachen auf diejenigen losgingen, die ihnen zu helfen versuchten, hielten die Elfen die meisten der Eldunarí in einem tranceähnlichen Zustand und nahmen bewusst immer nur mit wenigen gleichzeitig Kontakt auf.

Eragon nahm außerdem zusammen mit den Magiern der Du Vrangr Gata die schwere Aufgabe in Angriff, die Schätze der Zitadelle zu bergen. Ein Großteil der Arbeit fiel ihm zu, da keiner der anderen Magier über das Wissen oder die Erfahrung verfügte, die nötig war, um mit vielen der verzauberten Artefakte umzugehen, die Galbatorix hinterlassen hatte. Aber Eragon machte das nichts aus. Er genoss es, die beschädigte Festung zu erkunden und die Geheimnisse ans Licht zu bringen, die darin verborgen lagen. Galbatorix hatte im Laufe des vergangenen Jahrhunderts eine Vielzahl von Wundern angesammelt, manche davon gefährlicher als andere, aber allesamt interessant. Eragons Lieblingsstück war ein Astrolabium, mit dem er selbst bei Tageslicht die Sterne sehen konnte, wenn er es sich ans Auge hielt.

Die Existenz der meisten wirklich gefährlichen Artefakte hielt er geheim und erzählte nur Saphira und Nasuada davon, weil er es für zu riskant hielt, das Wissen um diese Dinge zu verbreiten.

Die Reichtümer, die sie aus der Zitadelle bargen, nutzte Nasuada sofort, um ihre Krieger mit Nahrung und Kleidung zu versorgen. Außerdem baute sie die Verteidigungsanlagen der Städte wieder auf, die sie während ihres Marschs durch das Imperium erobert hatten. Zusätzlich schenkte sie jedem ihrer Untertanen fünf Goldkronen: ein lächerlicher Betrag für die Adligen, aber ein regelrechtes Vermögen für die ärmeren Bauern. Mit dieser Geste verdiente sich Nasuada ihren Respekt und ihre Gefolgschaft auf eine Weise, wie Galbatorix es niemals verstanden hätte.

Sie entdeckten in den Kammern der Zitadelle auch mehrere Hundert Reiterschwerter: Schwerter in allen Farben und Formen, sowohl für Menschen als auch für Elfen gefertigt. Es war ein atemberaubender Fund. Eragon und Saphira trugen die Waffen persönlich in die Burg, wo die Eldunarí sich aufhielten, in Erwartung des Tages, an dem die Reiter sie erneut brauchen würden.

Rhunön, dachte Eragon, wäre erfreut, zu hören, dass so viel von ihrem Werk überlebt hatte.

Und dann waren da die vielen Tausend Schriftrollen und Bücher, die Galbatorix gesammelt hatte. Die Elfen und Jeod halfen bei der Katalogisierung und legten diejenigen beiseite, die Geheimnisse über die Reiter oder das Wesen der Magie enthielten.

Während sie Galbatorix' großen Wissensschatz ordneten, hoffte Eragon die ganze Zeit über, dass sie irgendeinen Hinweis finden würden, wo der König den Rest der Eier der Lethrblaka versteckt hatte. Doch die einzigen Hinweise auf die Lethrblaka oder Ra'zac, die er entdeckte, fanden sich in Werken der Elfen und der Reiter aus vergangenen Zeitaltern, wo sie über die dunkle Bedrohung der Nacht sprachen und sich fragten, was man gegen einen Feind unternehmen könne, den man mit keinerlei Art von Magie aufspüren konnte.

Jetzt, da Eragon offen mit ihm sprechen konnte, unterhielt er sich regelmäßig mit Jeod und vertraute ihm all das an, was den Eldunarí und den Dracheneiern widerfahren war. Er ging sogar so weit, ihm davon zu erzählen, wie er auf Vroengard seinen wahren Namen gefunden hatte. Die Gespräche mit Jeod waren ein Trost, vor allem, da Jeod einer der wenigen war, die Brom gut genug gekannt hatten, um ihn einen Freund zu nennen.

Sobald sich eine günstige Gelegenheit bot, erfüllte Eragon ein Versprechen, das er Jeod vor langer Zeit gegeben hatte: ihm einen Flug mit Saphira zu gewähren. Natürlich nur, falls Saphira einverstanden war. Eragon hatte damit gerechnet, dass sie Einwände erheben würde, aber sie gab ohne jede Beschwerde ihre Zustimmung zu dem Vorhaben.

Der Flug fand an einem klaren, windstillen Tag statt. Mit einem einzigen Flügelschlag erhob Saphira sich vom Boden und trug Jeod in die Lüfte. Gut eine Stunde lang flog sie mit ihm hoch über Ilirea, kreiste und kurvte im Morgenlicht, während Eragon ihnen vom Boden aus zusah und an Brom dachte.

Als Saphira landete, entdeckte Eragon Tränen auf Jeods von der Kälte geröteten Wangen. Der Gelehrte stieg vorsichtig von Saphira herab, legte ihr eine Hand auf die Flanke und sagte leise: »Ich danke dir, Bjartskular.«

Als Antwort nickte und summte sie.

Eragon fand es interessant, zu verfolgen, welche Mittel es erforderte, das Reich wiederaufzubauen und zu regieren, das Nasuada aus den Überbleibseln des Imperiums gebildet hatte. Die notwendige Anstrengung, ein so riesiges und vielfältiges Land zu verwalten, war ungeheuer, und die Aufgabe war niemals wirklich beendet. Es gab immer noch etwas, das getan werden musste. Eragon würde gehasst haben, was diese Position von ihm gefordert hätte, aber Nasuada schien daran zu wachsen. Ihre Energie ließ niemals nach und sie erweckte den Eindruck, immer zu wissen, wie die Probleme zu lösen waren, mit denen sie konfrontiert wurde. Tag für Tag sah er, wie ihr Ansehen stieg – bei den Gesandten, Würdenträgern, bei Leuten aus dem Adel und aus dem gemeinen Volk, mit denen sie zu tun hatte. Sie schien bestens geeignet für ihre neue Rolle, obwohl er sich nicht sicher war, ob sie glücklich dabei war, und er machte sich deswegen Sorgen um sie.

Er beobachtete, wie sie ihr Urteil über die Adligen sprach, die Galbatorix gedient hatten – ob freiwillig oder nicht –, und er schätzte die Gerechtigkeit und Barmherzigkeit, die sie an den Tag legte, genauso die Strafen, die sie wenn nötig verhängte. Den meisten nahm sie ihre Ländereien und Titel und einen Großteil ihres unrechtmäßig erworbenen Wohlstands, aber sie ließ sie nicht hinrichten, worüber Eragon froh war.

Er stand an ihrer Seite, als sie Nar Garzhvog und seinem Volk den Besitz an einem riesigen Streifen Land entlang der Nordküste des Buckels übertrug, außerdem die fruchtbaren Ebenen zwischen dem See Fläm und dem Fluss Toark, wo – wenn überhaupt – nur noch wenige Menschen lebten. Und auch das hieß Eragon gut.

Wie König Orrin und Fürst Risthart hatte Nar Garzhvog Nasuada als seiner Hohen Königin Gefolgschaft geschworen. Der riesige Kull fügte allerdings hinzu: »Mein Volk stimmt dem zu, Nachtjägerin, aber es hat dickes Blut und ein kurzes Gedächtnis, und Worte werden es nicht für ewig binden.«

Mit kalter Stimme erwiderte Nasuada: »Willst du damit sagen, dass dein Volk den Frieden brechen wird? Soll ich deinen Worten entnehmen, dass unsere Völker erneut Feinde sein werden?«

»Nein«, antwortete Garzhvog und schüttelte seinen gewaltigen Kopf. »Wir wollen nicht gegen Euch kämpfen. Wir wissen, dass Feuerschwert uns töten würde. Aber… wenn unsere Jungen erwachsen werden, suchen sie Kämpfe, in denen sie sich beweisen können. Wenn es keine Schlachten gibt, werden sie welche anzetteln. Es tut mir leid, Nachtjägerin, aber wir kommen nicht gegen unsere Natur an.«

Der Wortwechsel beunruhigte Eragon – Nasuada ebenfalls – und er verbrachte mehrere Nächte damit, über die Urgals nachzudenken und zu versuchen, das Problem zu lösen, das sie darstellten.

Im Lauf der nächsten Wochen schickte Nasuada ihn und Saphira weiterhin an verschiedene Orte in Surda und in ihrem Königreich, wobei sie die beiden häufig als ihre persönlichen Repräsentanten zu König Orrin, Fürst Risthart und den anderen Adligen und Truppenteilen überall im Land sandte.

Wo immer sie hinkamen, suchten sie nach einem Ort, der in den folgenden Jahrhunderten den Eldunarí als Heimat und als Brutstätte für die auf Vroengard versteckten Dracheneier dienen konnte.

Die Insel selbst schien nicht mehr der beste Platz für die Drachen zu sein. Eragon hatte überlegt, ob er nicht vielleicht – mit Hilfe der Eldunarí – in der Lage wäre, Vroengard auf die gleiche

Weise von allen Zaubern zu reinigen, wie die Elfen es mit Ilirea getan hatten. Aber selbst wenn ihm das gelänge, würden die Schattenvögel und die Bohrmaden weiterhin eine Gefahr darstellen, und Eragon war sich nicht sicher, inwieweit er diese Bedrohung mit Magie bannen konnte. Das größte Hindernis allerdings sah er darin, dass die Insel bereits von den fremdartigen, in Kutten gekleideten Gestalten bewohnt wurde, die er in den Ruinen von Dorú Areaba beobachtet hatte. Wer oder was immer sie waren, sie hatten jetzt ein gewisses Recht auf die Insel. Ihre Vertreibung wäre Unrecht gewesen, und auch mit dem Gedanken, die Drachen in solch unmittelbarer Nähe zu anderen – mochten sie auch noch so friedlich sein – anzusiedeln, konnte Eragon sich nicht anfreunden.

Nein, Vroengard kam nicht mehr infrage, sosehr Eragon es sich auch gewünscht hätte. Denn gewiss hätte er nichts lieber getan, als die alte Heimstatt der Reiter in ihrem alten Glanz wiedererstehen zu lassen.

Es gab Gebiete im Buckel, die vielversprechend waren, aber die meisten lagen zu nahe an Menschen- oder Urgalsiedlungen oder aber sie waren so hoch im Norden, dass Eragon dachte, es wäre trostlos, das ganze Jahr über dort leben zu müssen. Außerdem waren Murtagh und Dorn nach Norden gezogen und Eragon und Saphira wollten ihnen keine zusätzlichen Schwierigkeiten machen.

Das Beor-Gebirge wäre perfekt gewesen, aber die Zwerge wären wohl kaum erfreut, wenn Hunderte Drachen innerhalb der Grenzen ihres Reiches schlüpfen und dann ihren unersättlichen Hunger stillen würden. Von keinem Ort im Beor-Gebirge aus wäre es mehr als nur ein kurzer Flug zu mindestens einer Zwergenstadt gewesen und es würde zu Konflikten kommen, wenn ein junger Drache anfing, die von den Zwergen gehaltenen Herden von Feldûnost zu plündern – was Eragon, der Saphira kannte, für überaus wahrscheinlich hielt.

Die Elfen, dachte er, hätten sicher keine Einwände dagegen, dass die Drachen auf den Bergen in Du Weldenvarden oder um sie herum lebten, aber Eragon beunruhigte auch dort die Nähe zu den Elfenstädten. Außerdem missfiel ihm die Vorstellung, die Drachen und die Eldunarí in das Territorium eines einzelnen Volkes zu bringen. Damit würde er den Anschein erwecken, als unterstützten die Drachen dieses Volk ganz besonders. Die Reiter vergangener Zeiten hatten das niemals getan, und so glaubte Eragon, die Drachenreiter der Zukunft sollten es auch nicht tun.

Der einzige Ort, der weit genug von jeder Stadt und jedem Dorf entfernt war und auf den bisher noch kein Volk Anspruch erhoben hatte, war die Heimat der Vorfahren der Drachen: das Herz der Wüste Hadarac, wo sich das Gebirge von Du Fells Nángoröth erhob, die glühenden Berge. Es wäre, davon war Eragon überzeugt, ein guter Ort, um Küken großzuziehen. Er hatte jedoch drei Nachteile. Erstens, sie würden in der Wüste nicht genug Nahrung finden, um die jungen Drachen zu füttern, und Saphira würde den größten Teil ihrer Zeit damit verbringen müssen, Rotwild und andere Tiere in die Berge zu tragen. Und sobald die Küken größer waren, würden sie natürlich anfangen, selbst auszufliegen, was sie in die Nähe der Gebiete der Menschen, der Elfen oder der Zwerge bringen würde. Zweitens, jeder, der weit gereist war – und viele, die das nicht waren – wusste, wo das Gebirge lag. Und drittens war es nicht besonders schwierig, die Berge zu erreichen, vor allem im Winter. Die beiden letzten Punkte machten Eragon am meisten Sorgen und er fragte sich, wie gut sie die Eier, die Küken und die Eldunarí würden schützen können.

Es wäre besser, wenn wir hoch oben auf einem der Gipfel des Beor-Gebirges wären, die nur ein Drache erreichen kann, sagte er zu Saphira. *Dann könnte sich niemand an uns heranschleichen, niemand außer Dorn, Murtagh oder irgendeinem anderen Magier.*

Irgendein anderer Magier wie zum Beispiel jeder Elf im Land? Außerdem wäre es die ganze Zeit über kalt!

Ich dachte, die Kälte macht dir nichts aus.

Macht sie auch nicht. Aber ich will nicht das ganze Jahr über im Schnee leben. Sand ist besser für die Schuppen. Glaedr hat mir das verraten. Er hilft, sie zu polieren und sie sauber zu halten.

Hm.

Tag für Tag wurde es kälter. Die Bäume warfen ihre Blätter ab, Vogelschwärme zogen nach Süden und so kam der Winter übers

Land. Es war ein grausamer, harter Winter und lange Zeit schien ganz Alagaësia in tiefem Schlummer zu liegen. Beim ersten Schnee kehrten Orik und seine Armee ins Beor-Gebirge zurück. Alle Elfen, die sich noch in Ilirea aufhielten – bis auf Vanir, Bloëdhgarm und seine zehn Magier –, brachen nach Du Weldenvarden auf. Die Urgals hatten die Stadt schon vor Wochen verlassen. Als Letzte gingen die Werkatzen. Sie schienen einfach zu verschwinden. Niemand sah sie aufbrechen, und doch waren sie eines Tages alle fort bis auf eine große, fette Werkatze namens Gelbauge, die auf einem gepolsterten Kissen neben Nasuada saß, schnurrte, ein Nickerchen hielt und auf alles lauschte, was im Thronsaal gesprochen wurde.

Ohne die Elfen und die Zwerge fand Eragon die Stadt bedrückend leer, wenn er durch die Straßen ging und es die Schneeflocken seitlich unter den Felsüberhang trieb.

Und noch immer schickte Nasuada ihn und Saphira zu Missionen aus. Aber niemals sandte sie sie nach Du Weldenvarden, den einzigen Ort, an den Eragon gern gereist wäre. Sie hatten von den Elfen keine Nachricht darüber erhalten, wer zu Islanzadis Nachfolger gewählt worden war, und wenn man Vanir fragte, antwortete er nur: »Unser Volk hat keine Eile. Für uns ist die Ernennung eines neuen Monarchen ein schwieriger, komplizierter Prozess. Sobald ich erfahre, was unsere Räte beschlossen haben, werde ich es euch mitteilen.«

Es war so lange her, seit Eragon das letzte Mal etwas von Arya gesehen oder gehört hatte, dass er erwog, den Namen der alten Sprache zu benutzen, um die Schutzzauber rund um Du Weldenvarden zu überwinden, damit er sich mit ihr in Verbindung setzen oder sie zumindest mit der Traumsicht beobachten konnte. Er wusste jedoch, dass die Elfen dieses Eindringen nicht dulden würden, und er befürchtete, dass Arya nicht glücklich darüber wäre, wenn er sich ohne einen dringenden Grund auf diesem Wege mit ihr in Verbindung setzte.

Daher schrieb er ihr stattdessen einen kurzen Brief, erkundigte sich, wie es ihr ging, und erzählte ein bisschen, was er und Saphira in der Zwischenzeit gemacht hatten. Er gab den Brief Vanir und der versprach, ihn sofort an Arya schicken zu lassen. Eragon war sich sicher, dass Vanir Wort hielt – denn sie hatten in der alten Sprache gesprochen –, aber er erhielt keine Antwort von Arya. Und während die Monde zu- und wieder abnahmen, dachte er allmählich, dass sie aus irgendeinem unbekannten Grund beschlossen hatte, ihre Freundschaft zu beenden. Der Gedanke schmerzte ihn schrecklich und veranlasste ihn, sich noch stärker auf die Arbeit zu konzentrieren, die Nasuada ihm gab, weil er hoffte, so seinen Kummer zu vergessen.

Mitten im tiefsten Winter, als schwertgleiche Eiszapfen von dem Felsüberhang über Ilirea herabhingen und hohe Schneewehen die umliegende Landschaft unter sich begruben, als die Straßen beinahe unpassierbar geworden waren und die Kost auf ihren Tischen mager ausfiel, wurden drei Anschläge auf Nasuadas Leben verübt – etwas, wovor Murtagh sie gewarnt hatte.

Die Anschläge waren klug und wohldurchdacht und der dritte – ein Netz voller Steine, die auf Nasuada herabstürzen sollten – hätte beinahe Erfolg gehabt. Aber mit Eragons Zaubern und Elvas Schutz überlebte Nasuada, obwohl der letzte Angriff ihr mehrere gebrochene Knochen bescherte.

Während des dritten Anschlags schafften Eragon und die Nachtfalken es, zwei von Nasuadas Angreifern zu töten, aber die übrigen entkamen – wobei die genaue Größe der Gruppe ein Rätsel blieb.

Danach taten Eragon und Jörmundur alles nur Erdenkliche, um Nasuadas Sicherheit zu gewährleisten. Sie erhöhten einmal mehr die Anzahl ihrer Wachen und überall, wo sie hinging, begleiteten sie mindestens drei Magier. Nasuada selbst wurde noch argwöhnischer und Eragon entdeckte eine gewisse Härte an ihr, die vorher nicht zu spüren gewesen war.

Es gab keine weiteren Anschläge auf Nasuadas Person, aber einen Monat, nachdem der Winter seine Zelte abgebrochen hatte und die Straßen wieder frei waren, begann ein enteigneter Graf namens Hamlin, der mehrere Hundert ehemaliger Soldaten des Imperiums um sich geschart hatte, mit Plünderzügen gegen Gil'ead und überfiel die Reisenden auf den umliegenden Straßen.

Gleichzeitig braute sich im Süden eine etwas größere Rebellion zusammen, angeführt von Tharos dem Flinken von Aroughs.

Die Aufstände waren zwar vor allem lästig, aber ihre Niederschlagung kostete dennoch mehrere Monate und sie führten zu einer Anzahl unerwartet wilder Kämpfe, obwohl Eragon und Saphira versuchten, die Angelegenheiten friedlich zu regeln, wann immer sie konnten. Nach den Schlachten, an denen sie bereits teilgenommen hatten, dürstete es keinen von ihnen nach noch mehr Blut.

Kurz nach dem Ende der Aufstände brachte Katrina ein kräftiges, gesundes Mädchen zur Welt. Die Kleine hatte rote Locken, genau wie ihre Mutter. Das Mädchen schrie lauter als alle Säuglinge, die Eragon je gehört hatte, und es hatte einen eisernen Griff. Roran und Katrina nannten sie Ismira, nach Katrinas Mutter, und wann immer sie ihr Kind ansahen, entlockten ihre glücklichen Gesichter auch Eragon ein Lächeln.

Am Tag nach Ismiras Geburt rief Nasuada Roran in ihren Thronsaal und überraschte ihn damit, dass sie ihm den Titel eines Grafen zuerkannte und ihn mit dem ganzen Palancar-Tal als Herrschaftsgebiet bedachte.

»Solange du und deine Nachfahren in der Lage seid, zu herrschen, soll das Tal euch gehören«, erklärte sie.

Roran verneigte sich und erwiderte: »Vielen Dank, Euer Majestät.« Das Geschenk, das konnte Eragon sehen, bedeutete Roran beinahe so viel wie die Geburt seiner Tochter, denn nach seiner Familie war seine Heimat Roran das Wichtigste im Leben.

Nasuada versuchte auch, Eragon verschiedene Titel und Ländereien zu geben, aber er lehnte mit der Begründung ab: »Für mich genügt es, ein Drachenreiter zu sein. Mehr brauche ich nicht.«

Einige Tage später stand Eragon mit Nasuada in ihrem Arbeitszimmer, betrachtete eine Karte von Alagaësia und erörterte wichtige Angelegenheiten überall im Land, als sie sagte: »Jetzt, nachdem sich alles etwas beruhigt hat, denke ich, wird es Zeit, sich mit der Rolle der Magier in Surda, Teirm und in meinem eigenen Königreich zu beschäftigen.«

»Ach ja?«

»Ja. Ich habe lange Zeit darüber nachgedacht und bin zu einer Entscheidung gekommen. Ich habe beschlossen, eine neue Gruppe zu bilden, ganz ähnlich wie die Reiter, aber nur für Magier.«

»Und was wird diese Gruppe tun?«

Nasuada nahm eine Schreibfeder von ihrem Pult und rollte sie zwischen den Fingern. »Ihre Aufgabe wird fast die gleiche sein wie die der Reiter: Sie sollen das Land bereisen, den Frieden aufrechterhalten, Gesetzesstreitigkeiten regeln und, was das Wichtigste ist, über die anderen Magier wachen, um sicherzustellen, dass sie ihre Fähigkeiten nicht benutzen, um Böses zu tun.«

Eragon runzelte schwach die Stirn. »Warum überlässt du das nicht einfach den Reitern?«

»Weil es Jahre dauern wird, bis wir mehr von ihnen haben, und selbst dann wird ihre Zahl nicht groß genug sein, um sich um jeden kleinen Beschwörer und jede Wald- und Wiesenhexe zu kümmern … Und du hast noch immer keinen Ort gefunden, um die Drachen großzuziehen, nicht wahr?«

Eragon schüttelte den Kopf. Sowohl er als auch Saphira wurden langsam ungeduldig, aber bisher hatten sie sich mit den Eldunarí nicht auf einen Ort einigen können. Inzwischen war das zu einem heiklen Thema geworden, denn die Drachenküken sollten so bald wie möglich schlüpfen.

»Das dachte ich mir. Wir müssen das tun, Eragon, und wir können es uns nicht leisten, zu warten. Sieh dir das Chaos an, das Galbatorix hinterlassen hat. Magier sind die gefährlichsten Geschöpfe auf dieser Welt, gefährlicher noch als Drachen, und sie müssen in die Verantwortung genommen werden. Wenn nicht, werden wir ihnen immer ausgeliefert sein.«

»Du glaubst, dass es dir gelingen wird, genug Magier zu rekrutieren, um über alle anderen Zauberer hier und in Surda wachen?«

»Ich denke, ja, wenn *du* sie bittest, sich dir anzuschließen. Was einer der Gründe ist, warum ich möchte, dass du diese Gruppe anführst.«

»Ich?«

Sie nickte. »Wer sonst? Trianna? Ich vertraue ihr nicht voll und ganz, außerdem hat sie nicht die nötige Stärke. Ein Elf? Nein, es muss einer von uns sein. Du kennst den Namen der alten Sprache, du bist ein Reiter und du hast die Weisheit und Autorität der Drachen hinter dir. Ich wüsste niemanden, der die Magier besser anführen könnte als du. Ich habe mit Orrin darüber gesprochen und er stimmt mir zu.«

»Ich kann mir nicht vorstellen, dass die Idee ihm gefällt.«

»Nein, aber er versteht, dass es notwendig ist.«

»Ist es das?« Eragon strich besorgt über die Kante ihres Schreibtisches. »Wie beabsichtigst du, die Magier zu überwachen, die dieser Gruppe nicht angehören?«

»Ich hatte gehofft, du hättest vielleicht ein paar Vorschläge. Ich dachte, eventuell mit Zaubern und Traumsichtspiegeln, damit wir wissen, wo sie sich aufhalten, und verfolgen können, wann sie Magie einsetzen, um zu überwachen, dass sie es nicht auf Kosten anderer tun.«

»Und wenn sie es tun?«

»Dann sorgen wir dafür, dass sie Wiedergutmachung für ihre Verbrechen leisten, und wir lassen sie in der alten Sprache schwören, die Magie aufzugeben.«

»Eide in der alten Sprache werden nicht zwangsläufig jemanden daran hindern, Magie zu benutzen.«

»Ich weiß, aber ein anderes Mittel haben wir nicht.«

Er nickte. »Und was ist, wenn ein Magier sich weigert, sich beobachten zu lassen? Was dann? Ich kann mir nicht vorstellen, dass besonders viele bereit sind, sich bespitzeln zu lassen.«

Ein Seufzer kam Nasuada über die Lippen und sie legte ihre Schreibfeder beiseite. »Das ist der schwierige Teil. Was würdest du tun, Eragon, wenn du an meiner Stelle wärst?«

Keine der Lösungen, die ihm einfielen, waren angenehm. »Ich weiß nicht …«

Ihre Miene wurde betrübt. »Ich auch nicht. Das ist ein schwieriges, schmerzliches, schreckliches Problem, und egal wie ich entscheide, irgendjemand wird am Ende verletzt werden. Wenn ich nichts tue, können die Magier jederzeit andere mit ihren Zaubern manipulieren. Wenn ich sie dazu zwinge, sich überwachen zu lassen, werden mich viele dafür hassen. Aber du wirst mir doch zustimmen, dass es besser ist, die Mehrheit meiner Untertanen auf Kosten einiger weniger zu beschützen.«

»Es gefällt mir nicht«, murmelte er.

»Mir gefällt es auch nicht.«

»Du sprichst davon, jeden menschlichen Magier deinem Willen zu unterwerfen, ganz gleich, um wen es sich handelt.«

Sie zuckte mit keiner Wimper. »Zum Wohl der Mehrheit.«

»Was ist mit Leuten, die nur Gedanken lesen können und sonst nichts? Das ist auch eine Form von Magie.«

»Sie auch. Die Möglichkeit, dass sie ihre Macht missbrauchen, ist immer noch zu groß.« Dann seufzte Nasuada. »Ich weiß, es ist nicht einfach, Eragon, aber so oder so werden wir uns darum kümmern müssen. Galbatorix war wahnsinnig und böse, aber in einem Punkt hatte er recht: Die Magier müssen unter Kontrolle gehalten werden. Nur nicht so, wie Galbatorix es sich vorgestellt hat. Trotzdem muss etwas getan werden und ich denke, mein Plan ist die beste Lösung. Wenn dir eine andere, bessere Möglichkeit einfällt, unter den Magiern Recht und Gesetz durchzusetzen, umso besser. Ansonsten ist das der einzige Weg, den wir gehen können, und ich brauche dafür deine Hilfe … Also, wirst du das Kommando über diese Gruppe übernehmen, zum Wohl des Landes und zum Wohl unseres ganzen Volkes?«

Eragon ließ sich Zeit mit der Antwort. Schließlich sagte er: »Wenn du nichts dagegen hast, würde ich gern eine Weile darüber nachdenken. Und ich muss mich mit Saphira beraten.«

»Natürlich. Aber denke nicht zu lange nach, Eragon. Es werden bereits Vorbereitungen getroffen und du wirst bald gebraucht.«

Nach diesem Gespräch kehrte Eragon nicht sofort zu Saphira zurück, sondern wanderte nachdenklich durch die Straßen von Ilirea und nahm keine Notiz von den Verbeugungen und Grüßen der Leute, an denen er vorbeikam. Er fühlte sich … unwohl, sowohl was Nasuadas Vorschlag anging als auch was sein ganzes Leben im Moment betraf. Er und Saphira waren zu lange untätig gewesen. Die Zeit war reif für eine Veränderung und unter diesen Umständen konnten sie nicht länger warten. Sie mussten entscheiden, was sie tun wollten, und ganz gleich, welche Entscheidung sie trafen, sie würde den Rest ihres Lebens beeinflussen.

Stundenlang lief er umher und dachte nach, vor allem über seine Bindungen und Verpflichtungen. Am späten Nachmittag kehrte er zu Saphira zurück und stieg ohne ein Wort auf ihren Rücken.

Sie schwang sich aus dem Innenhof ihres Hauses in die Luft und stieg hoch über Ilirea, hoch genug, dass sie Hunderte von Meilen im Umkreis überblicken konnten. Dort blieb sie und zog ihre Kreise.

Sie sprachen ohne Worte. Saphira teilte viele seiner Sorgen, aber die Verpflichtungen anderen gegenüber machten ihr weniger Sorgen als ihm. Für sie war nichts wichtiger als der Schutz der Eier und der Eldunarí, und das zu tun, was für ihn und für sie richtig war. Doch Eragon wusste, dass sie die Folgen nicht einfach ignorieren konnten, die ihre Entscheidungen nach sich ziehen würden, weder die politischen noch die persönlichen.

Schließlich fragte er: *Was sollen wir tun?*

Saphira sank, als der Wind unter ihren Flügeln nachließ. *Was wir tun müssen – so wie es immer gewesen ist.* Mehr sagte sie nicht, sondern drehte um und begann in Richtung der Stadt abzutauchen.

Eragon war dankbar für ihr Schweigen. Die Entscheidung würde für ihn schwerer sein als für sie und er musste allein darüber nachdenken.

Als sie im Innenhof landeten, stieß Saphira ihn mit der Schnauze an und sagte: *Wenn du reden willst, ich bin hier.*

Er lächelte und rieb ihr über den Hals, dann ging er langsam, den Blick auf den Boden gerichtet, in sein Zimmer.

In dieser Nacht, als gerade der zunehmende Mond unter dem Rand des Felsvorsprungs über Ilirea erschienen war und Eragon am Fußende seines Bettes saß und ein Buch über Techniken der Sattelherstellung der frühen Reiter las, erregte eine Bewegung am Rand seines Gesichtsfeldes seine Aufmerksamkeit.

Er sprang auf und zog Brisingr aus der Scheide.

Dann entdeckte er in seinem offenen Fenster ein kleines Schiff mit drei Masten, gewoben aus Grashalmen. Er lächelte und schob sein Schwert zurück in die Scheide. Dann streckte er die Hand aus und das Schiff segelte durch den Raum und landete auf seiner Hand, wo es sich zu einer Seite neigte.

Das Schiff war anders als jenes, das Arya während ihrer gemeinsamen Reise durch das Imperium gemacht hatte, nachdem er und Roran Katrina aus dem Helgrind gerettet hatten. Es hatte mehr Masten und es hatte außerdem aus Gras gewebte Segel. Obwohl das Gras welk war und bereits braun wurde, war es noch nicht vollkommen vertrocknet, was ihm verriet, dass es erst vor ein oder zwei Tagen gepflückt worden war.

Auf das Deck war ein Stück gefaltetes Papier gebunden. Eragon nahm es vorsichtig und mit klopfendem Herzen ab und faltete es auseinander. Es war mit Schriftzeichen der alten Sprache beschrieben.

Eragon,
wir sind endlich übereingekommen, wer unser Volk führen soll, und ich bin auf dem Weg nach Ilirea, um den Antrittsbesuch bei Nasuada vorzubereiten. Ich würde gern zuerst mit dir und Saphira sprechen. Diese Nachricht sollte dich vier Tage vor Halbmond erreichen. Wenn du willst, triff mich am Tag, nachdem du den Brief erhalten hast, am östlichsten Punkt des Ramr. Komm allein und erzähle niemandem sonst, wohin du gehst.
Arya

Eragon musste unwillkürlich lächeln. Sie hatte alles perfekt geplant. Das Schiff war genau in der Nacht angekommen, die sie dafür vorgesehen hatte. Dann verblasste sein Lächeln und er las den Brief noch mehrere Male. Sie hatte ihm etwas verschwiegen, das war ganz offensichtlich. Aber was? Und warum ein geheimes Treffen?

Vielleicht ist Arya nicht mit dem neuen Herrscher der Elfen einverstanden, dachte er. *Oder vielleicht gibt es irgendein anderes Problem.*

Und obwohl Eragon darauf brannte, sie wiederzusehen, konnte er nicht vergessen, dass sie so lange nichts von sich hatte hören lassen. Die vergangenen Monate waren aus Aryas Sicht vermutlich nur eine winzige Zeitspanne, trotzdem war er gekränkt.

Er wartete, bis das erste Sonnenlicht am Himmel erschien, dann rannte er hinunter, um Saphira zu wecken und ihr die Neuigkeiten zu berichten. Sie war genauso neugierig wie er, wenn auch nicht ganz so aufgeregt.

Er sattelte sie, dann verließen sie die Stadt und flogen nach Nordosten. Sie hatten niemandem von ihrem Vorhaben erzählt, nicht einmal Glaedr oder den anderen Eldunarí.

Fírnen

Es war früher Nachmittag, als sie an der Stelle landeten, die Arya ausgewählt hatte: eine sanfte Biegung des Ramr, wo er den östlichsten Punkt seines Laufes erreichte.

Eragon hielt angestrengt über Saphiras Hals hinweg Ausschau, ob er unter ihnen jemanden entdecken konnte. Die Landschaft wirkte verlassen bis auf eine Herde Wildrinder. Als die Tiere Saphira bemerkten, flohen sie in einer großen Staubwolke. Die Rinder und ein paar kleinere übers Land verteilte Tiere waren die einzigen lebenden Geschöpfe, die Eragon spüren konnte. Enttäuscht richtete er den Blick auf den Horizont, sah aber keine Spur von Arya.

Saphira landete auf einer leichten Anhöhe fünfzig Schritte vom Flussufer entfernt. Sie setzte sich und Eragon stieg ab, hockte sich neben sie und lehnte den Kopf an ihre Seite.

Oben auf der Anhöhe ragte ein Felsblock aus der Erde – weiches schieferartiges Gestein. Während sie warteten, vertrieb Eragon sich die Zeit damit, einen daumengroßen Splitter davon zu einer Pfeilspitze umzuarbeiten. Der Stein war so weich, dass man die Pfeilspitze höchstens als Schmuck verwenden konnte, aber es machte ihm Spaß. Als er mit der schlichten dreieckigen Spitze zufrieden war, legte er sie beiseite und begann ein größeres Stück zu einem blattförmigen Dolch zu schleifen, wie die Elfen sie trugen.

Sie mussten nicht so lange warten, wie er zuerst befürchtet hatte. Eine Stunde nach ihrem Eintreffen hob Saphira den Kopf vom Boden und spähte über die Ebene in Richtung der nicht allzu fernen Wüste Hadarac. Ihr Körper versteifte sich und er nahm ein seltsames Gefühl in ihr wahr: das Gefühl, dass gleich etwas ungeheuer Bedeutsames geschehen würde.

Schau, forderte sie ihn auf.

Ohne seinen halb fertigen Dolch loszulassen, sprang er auf und spähte nach Osten.

Er sah bis zum Horizont nichts als Gras, Erde und ein paar einsame, windgepeitschte Bäume. Er suchte weiter links und rechts, entdeckte aber immer noch nichts, was von Interesse gewesen wäre.

Was … begann er, dann schaute er auf und verstummte.

Hoch am östlichen Himmel sah er grünes Feuer blitzen wie von einem Smaragd, der in der Sonne funkelte. Der Lichtpunkt zog seine Bahn am blauen Himmelszelt und näherte sich mit beeindruckender Geschwindigkeit, hell wie ein Stern bei Nacht.

Eragon ließ den Steindolch fallen, stieg, ohne den glitzernden Funken aus den Augen zu lassen, auf Saphiras Rücken und schnallte seine Beine an ihrem Sattel fest. Er wollte sie fragen, wofür sie den Lichtpunkt hielt – um sie dazu zu bringen, in Worte zu fassen, was er vermutete –, aber er konnte sich ebenso wenig dazu überwinden, etwas zu sagen, wie sie.

Saphira blieb, wo sie war, entfaltete aber die Flügel zur Hälfte, um jederzeit abheben zu können.

Der Funke wurde größer, schien sich zu vervielfältigen und teilte sich in eine Schar Dutzender, dann Hunderter, dann Tausender winziger Lichtpunkte. Nach einigen Minuten wurde seine tatsächliche Gestalt sichtbar und sie sahen, dass es ein Drache war.

Saphira konnte nicht länger warten. Sie stieß ein volltönendes Trompeten aus, hob von dem Hügel ab und schlug lautstark mit den Flügeln.

Eragon umklammerte die Halszacke vor sich, während sie fast senkrecht aufstieg, beseelt von dem verzweifelten Wunsch, den anderen Drachen so schnell wie möglich zu erreichen. Eragon und sie schwankten beide zwischen Jubel und einer Vorsicht, die von zu vielen Schlachten herrührte. Aus diesem Grund waren sie froh, die Sonne im Rücken zu haben.

Saphira stieg immer weiter nach oben, bis sie etwas höher flog als der grüne Drache. Dann behielt sie ihre Höhe bei und setzte ihre ganze Kraft ein, um möglichst schnell zu werden.

Aus der Nähe sah Eragon, dass der Drache zwar gut gebaut war, aber etwas schlaksig wirkte – seine Glieder waren noch nicht so kompakt wie die von Glaedr oder Dorn – und er war kleiner als Saphira. Die Schuppen an seinen Seiten und auf seinem Rücken waren von einem dunklen Waldgrün, während die auf seinem Bauch und an den Ballen seiner Pranken heller waren; die kleinsten davon wirkten fast weiß. Vor dem Hintergrund seines Körpers hatten seine Flügel die Farbe von Stechpalmenblättern, aber wenn das Licht durch sie hindurchschien, waren sie hell wie Eichenblätter im Frühling.

An der Verbindungsstelle zwischen Hals und Rücken des Drachen befand sich ein Sattel, so wie bei Saphira, und die Gestalt im Sattel musste Arya sein, deren dunkles Haar im Wind flatterte. Bei ihrem Anblick klopfte Eragons Herz vor Freude und die Leere, die ihn so lange gequält hatte, verschwand wie die Dunkelheit der Nacht, wenn die Sonne aufgeht.

Während die Drachen aneinander vorbeiflogen, brüllte Saphira und der andere Drache antwortete seinerseits mit einem Brüllen. Sie kehrten um und begannen einander zu umkreisen – als machten sie Jagd auf den Schwanz des anderen –, wobei Saphira noch immer ein klein wenig über dem grünen Drachen flog, der keine Anstalten machte, höher zu steigen. Hätte er es getan, hätte Eragon befürchtet, dass er sich einen Vorteil zu verschaffen versuchte, bevor er angriff.

Eragon grinste und schrie in den Wind. Arya schrie zurück und hob einen Arm. Dann berührte Eragon ihren Geist, nur um sicher zu sein, und er *wusste* sofort, dass es wirklich Arya war und dass sie und der Drache ihnen nichts Böses wollten. Einen Moment später zog er sich zurück, denn es wäre unhöflich gewesen, den geistigen Kontakt ohne ihr Einverständnis in die Länge zu ziehen. Sie würde seine Fragen beantworten, wenn sie gelandet waren.

Saphira und der grüne Drache brüllten noch einmal und der grüne Drache ließ seinen peitschenähnlichen Schwanz zucken. Dann jagten sie einander durch die Luft, bis sie den Ramr erreichten. Dort übernahm Saphira die Führung und schwebte in großen Kreisen nach unten, bis sie auf derselben Anhöhe landete, auf der sie und Eragon gewartet hatten.

Der grüne Drache landete hundert Fuß entfernt und kauerte sich flach hin, während Arya sich von ihrem Sattel losmachte.

Eragon riss die Riemen von seinen Beinen und sprang zu Boden, dass die Scheide von Brisingr an seinen Oberschenkel klatschte. Er rannte auf Arya zu und sie auf ihn, und sie trafen sich in der Mitte zwischen den beiden Drachen, die in einem gemesseneren Tempo folgten und mit jedem Schritt den Boden erzittern ließen.

Als er näher kam, sah Eragon, dass Arya statt des Lederbandes, das normalerweise ihr Haar zurückhielt, einen goldenen Reif auf dem Kopf trug. Im Zentrum des Diadems blitzte ein tränenförmiger Diamant hell auf, doch dieses Licht kam nicht von der Sonne, sondern aus dem Inneren des Steins. An ihrer Taille hing ein Schwert mit einem grünen Griff in einer grünen Scheide. Er erkannte die Klinge als Támerlein, jenes Schwert, das der Elfenlord Fiolr ihm als Ersatz für Zar'roc angeboten hatte und das einst dem Drachenreiter Arva gehört hatte. Der Griff sah jedoch anders aus, als er ihn in Erinnerung hatte, feiner und anmutiger, und die Scheide wirkte schmaler.

Eragon brauchte einen Moment, um zu begreifen, was das Diadem bedeutete. Er sah Arya staunend an. »Du!«

»Ich«, erwiderte sie und neigte den Kopf. *»Atra Esterní ono thelduin, Eragon.«*

»Atra du Evarínya ono varda, Arya ... Dröttning?« Es entging ihm nicht, dass sie sich dafür entschieden hatte, ihn zuerst zu begrüßen.

»Dröttning«, bestätigte sie. »Mein Volk hat beschlossen, mir den Titel meiner Mutter zu geben, und ich habe beschlossen, ihn anzunehmen.«

Über ihnen streckten Saphira und der grüne Drache die Köpfe vor und beschnupperten einander. Saphira war ein ganzes Stück größer und der grüne Drache musste den Hals recken, um zu ihr hochzukommen.

So gern Eragon von Arya alles erfahren wollte, er konnte nicht anders, er musste einfach den grünen Drachen anstarren. »Und er?«, fragte er und deutete nach oben.

Arya lächelte, dann überraschte sie ihn damit, dass sie seine

Hand nahm und ihn zu dem Drachen führte. Der grüne Drache schnaubte und senkte den Kopf, bis er direkt über ihnen hing. Rauch und Dampf stiegen aus den Tiefen seiner dunkelroten Nüstern auf.

»Eragon«, sagte sie und legte seine Hand auf die warme Schnauze des Drachen, »das ist Fírnen. Fírnen, das ist Eragon.«

Eragon blickte hinauf in eins von Fírnens leuchtenden Augen. Die Iris des Drachen schimmerte in dem blassen Gelbgrün frischer Grashalme.

Es freut mich, dich kennenzulernen, Freund-Eragon-Schattentöter, begrüßte Fírnen ihn. Seine Gedankenstimme war tiefer, als Eragon erwartet hatte, tiefer selbst als die von Dorn oder Glaedr oder irgendeinem der Eldunarí von Vroengard. *Meine Reiterin hat mir viel von dir erzählt.* Und der Drache klappte sein Lid einmal auf und zu, mit einem kleinen, scharfen Laut, wie wenn eine Nussschale auf einen Stein fällt.

In Fírnens weitem, sonnenerhelltem Geist spürte Eragon die Aufregung des Drachen. Eragon konnte nur staunen, dass dieses großartige Ereignis nun tatsächlich eingetreten war. »Ich freue mich ebenfalls, dich kennenzulernen, Fírnen-Finiarel. Ich hätte nie gedacht, dass ich das erleben würde. Du bist tatsächlich geschlüpft und frei von Galbatorix' Zaubern.«

Der smaragdgrüne Drache schnaubte leise. Er wirkte stolz und voller Energie, wie ein Hirsch im Herbst. Dann richtete er den Blick wieder auf Saphira. Zwischen den beiden ging einiges vor sich. Durch Saphira konnte Eragon den Fluss von Gedanken und Gefühlen spüren, langsam zuerst, aber dann anschwellend zu einer reißenden Flut.

Arya lächelte ihn an. »Sie scheinen sich zu mögen.«

»So sieht es aus.«

In stiller Übereinkunft traten sie unter Saphira und Fírnen hervor und überließen die Drachen sich selbst. Saphira saß nicht so da wie sonst, sondern verharrte in einer geduckten Haltung, als sei sie drauf und dran, eine Beute anzuspringen. Fírnen tat das Gleiche. Die Spitzen ihrer Schwänze zuckten.

Arya sah gut aus, besser, dachte Eragon, als sie seit ihrer gemeinsamen Zeit in Ellesméra ausgesehen hatte. Da ihm keine passendere Beschreibung einfiel, hätte er gesagt, dass sie glücklich wirkte.

Für eine Weile sagte keiner von ihnen etwas, während sie die Drachen beobachteten. Dann wandte Arya sich ihm zu und erklärte: »Ich wollte dich um Verzeihung bitten, dass ich mich nicht früher mit dir in Verbindung gesetzt habe. Du musst schlecht von mir denken, dass ich dich und Saphira so lange im Unklaren gelassen und ein so großes Geheimnis wie Fírnen für mich behalten habe.«

»Hast du meinen Brief bekommen?«

»Ja.« Zu seiner Überraschung griff sie in die Vorderseite ihres Wamses und zog ein zerknittertes Pergament hervor, das er nach einer Weile als seinen Brief erkannte. »Ich hätte auch geantwortet, aber Fírnen war bereits geschlüpft und ich wollte dich nicht belügen, selbst wenn es nur ein Verschweigen gewesen wäre.«

»Warum hast du ihn denn geheim gehalten?«

»Solange noch so viele von Galbatorix' Gefolgsleuten auf freiem Fuß sind und es nur so wenige Drachen gibt, wollte ich das Risiko nicht eingehen, dass irgendjemand von Fírnen erfährt, bis er groß genug ist, um sich zu verteidigen.«

»Hast du wirklich geglaubt, ein Mensch könnte sich nach Du Weldenvarden hineinschleichen und ihn töten?«

»Es sind schon seltsamere Dinge geschehen. Weil die Drachen immer noch vom Aussterben bedroht sind, konnte ich kein Risiko eingehen. Wenn es mir möglich gewesen wäre, hätte ich Fírnen die nächsten zehn Jahre in Du Weldenvarden behalten, bis er so groß ist, dass niemand es wagen würde, ihn anzugreifen. Aber er wollte unbedingt losfliegen und ich konnte ihm diesen Wunsch nicht abschlagen. Außerdem ist es für mich an der Zeit, meinen Antrittsbesuch bei Nasuada und Orik zu machen.«

Eragon bekam mit, dass Fírnen Saphira erzählte, wie er das erste Mal im Wald der Elfen einen Hirsch erlegt hatte. Er wusste, dass Arya das Gespräch ebenfalls mitbekam, denn er sah ihre Lippen zucken – eine Reaktion auf ein Bild von Fírnen, wie er humpelnd hinter einem erschrockenen Reh herlief, nachdem er über einen Ast gestolpert war.

»Und wie lange bist du schon Königin?«

»Seit einem Monat nach meiner Rückkehr. Vanir weiß es allerdings noch nicht. Ich habe angeordnet, dass die Information vor ihm und vor unserem Botschafter bei den Zwergen geheim gehalten wird, damit ich mich darauf konzentrieren konnte, Fírnen großzuziehen, ohne mich um die Staatsangelegenheiten kümmern zu müssen, die sonst auf mich zugekommen wären … Es wird dich vielleicht interessieren: Ich habe ihn auf den Felsen von Tel'naeír großgezogen, wo Oromis mit Glaedr gelebt hat. Das schien mir passend zu sein.«

Sie schwiegen einen Moment. Dann deutete Eragon auf Aryas Diadem und auf Fírnen und fragte: »Wie ist das alles gekommen?«

Sie lächelte. »Bei unserer Rückkehr nach Ellesméra habe ich bemerkt, dass Fírnen begann, sich in seiner Schale zu regen, aber ich dachte mir nichts dabei, da Saphira das auch oft getan hat. Doch sobald wir Du Weldenvarden erreicht und seine Schutzzauber passiert hatten, ist er geschlüpft. Es war fast Abend und ich trug sein Ei auf meinem Schoß, so wie ich Saphiras Ei auch immer getragen habe, und ich habe mit ihm gesprochen, ihm von der Welt erzählt und ihm gesagt, dass er in Sicherheit ist, und dann spürte ich, wie das Ei zitterte und …« Sie erschauerte und warf das Haar zurück und in ihren Augen glänzten Tränen. »Unsere Verbindung ist genau so, wie ich es mir vorgestellt habe. Als wir uns berührten … Ich wollte schon immer eine Drachenreiterin sein, Eragon, damit ich mein Volk beschützen und den Tod meines Vaters durch Galbatorix und die Abtrünnigen rächen konnte. Aber bis ich den ersten Riss in Fírnens Ei auftauchen sah, habe ich nie zu glauben gewagt, dass es tatsächlich wahr werden könnte.«

»Als ihr einander berührt habt …«

»Ja.« Sie hob die linke Hand und zeigte ihm das silbrige Mal auf der Handfläche, das gleiche wie seine eigene Gedwëy Ignasia. »Es fühlte sich an wie …« Sie hielt inne, auf der Suche nach den richtigen Worten.

»Wie eiskaltes Wasser, das prickelt und beißt«, schlug er vor.

»Ganz genau so.« Anscheinend ohne es zu bemerken, verschränkte sie die Arme vor der Brust, als fröre sie.

»Also bist du mit ihm nach Ellesméra zurückgekehrt«, sagte Eragon. Saphira erzählte Fírnen gerade von dem Tag, an dem sie und Eragon, als sie mit Brom nach Dras-Leona unterwegs gewesen waren, im Leona-See geschwommen waren.

»So sind wir nach Ellesméra zurückgekehrt.«

»Und ihr habt auf den Felsen von Tel'naeír gelebt. Aber warum bist du Königin geworden, nachdem du bereits eine Reiterin warst?«

»Es war nicht meine Idee. Däthedr und die anderen Ältesten unseres Volkes sind zu dem Haus auf den Felsen gekommen und sie haben mich gebeten, das Amt meiner Mutter zu übernehmen. Ich habe abgelehnt, aber am nächsten Tag kamen sie wieder und am Tag darauf und so jeden Tag, eine Woche lang. Und jedes Mal kamen sie mit neuen Argumenten, warum ich die Krone akzeptieren sollte. Am Ende haben sie mich davon überzeugt, dass es das Beste für unser Volk ist.«

»Aber warum du? Weil du Islanzadis Tochter bist oder weil du jetzt eine Drachenreiterin bist?«

»Der Grund war nicht nur, dass Islanzadi meine Mutter war, obwohl das sicher eine Rolle gespielt hat. Und auch nicht, dass ich eine Reiterin bin. Unsere Politik ist viel komplizierter als die der Menschen oder der Zwerge, und die Wahl eines neuen Monarchen ist niemals einfach. Man muss die Zustimmung von Dutzenden von Häusern und Familien einholen, ebenso wie die mehrerer älterer Mitglieder unseres Volkes. Und jede Entscheidung, die sie treffen, ist Teil eines subtilen Spiels, dass sie seit Jahrtausenden miteinander spielen ... Es gibt viele Gründe, warum sie wollten, dass ich Königin werde, und nicht alle waren offensichtlich.«

Eragons Blick wanderte zwischen Saphira und Arya hin und her. Er war nicht in der Lage, sich mit Aryas Entscheidung abzufinden. »Wie kannst du eine Reiterin und gleichzeitig Königin sein?«, fragte er. »Die Reiter sollen kein Volk bevorzugen. Das sind deine eigenen Worte. Wie sollten die verschiedenen Völker Alagaësias uns vertrauen, wenn wir das täten? Und wie kannst du helfen, unsere Ordnung wiederherzustellen und die nächste Generation von Drachen großzuziehen, wenn du mit deinen Verpflichtungen in Ellesméra beschäftigt bist?«

»Die Welt ist nicht mehr die, die sie einmal war«, antwortete sie.

»Und die Reiter können sich nicht mehr von ihr fernhalten, wie sie es einst getan haben. Es gibt zu wenige von uns und es wird noch lange dauern, bis wir wieder genug sind, um unseren früheren Platz einzunehmen. Auf jeden Fall hast du Nasuada, Orik und dem Dûrgrimst Ingietum bereits deinen Eid geleistet, aber nicht uns, nicht den *Älfakyn*. Es ist nur gerecht, dass wir ebenfalls einen Reiter und einen Drachen haben.«

»Du weißt, dass Saphira und ich genauso für die Elfen kämpfen würden wie für die Zwerge oder die Menschen«, protestierte er.

»Ich weiß das, aber andere wissen es nicht. Solche Feinheiten sind wichtig, Eragon. Du kannst die Tatsache nicht ändern, dass du Nasuada dein Wort gegeben hast und dass du Oriks Clan deine Loyalität schuldest ... Mein Volk hat in den letzten hundert Jahren sehr gelitten, und auch wenn du es vielleicht nicht bemerkst, sind wir nicht mehr das, was wir einst waren. Wie der Stern der Drachen gesunken ist, so auch der unseres Volkes. Uns wurden weniger Kinder geboren und unsere Stärke hat nachgelassen. Außerdem sagen einige, unser Geist sei längst nicht mehr so scharf wie früher, obwohl es schwierig ist, das zu beweisen.«

»Das Gleiche gilt für die Menschen. Zumindest hat Glaedr uns das erklärt«, entgegnete Eragon.

Sie nickte. »Er hat recht. Unsere beiden Völker werden Zeit brauchen, um sich zu erholen, und vieles wird von der Rückkehr der Drachen abhängen. Außerdem braucht mein Volk einen Anführer, genau wie dein Volk Nasuada braucht, damit es sich von den schweren Schicksalsschlägen erholt. Nach Islanzadis Tod fühlte ich mich verpflichtet, die Aufgabe selbst zu übernehmen.« Sie berührte ihre linke Schulter, auf der sie das eintätowierte *Yawë*-Zeichen trug. »Ich habe den Dienst an meinem Volk gelobt, als ich nicht viel älter war als du heute. Ich kann es jetzt nicht im Stich lassen, wo die Not so groß ist.«

»Sie werden dich immer brauchen.«

»Und ich werde ihrem Ruf immer folgen«, erwiderte sie. »Keine Sorge; Fírnen und ich werden unsere Pflichten als Drache und Reiterin nicht vernachlässigen. Wir werden dir helfen, das Land zu bereisen und so viele Streitigkeiten wie möglich zu schlichten, und wo immer du einen Ort findest, um die Drachen großzuziehen, werden wir zu Besuch kommen und euch helfen, sooft wir können, und wenn es am südlichsten Ende des Buckels wäre.«

Bei diesen Worten zuckte Eragon innerlich zusammen, aber er tat sein Bestes, sich nichts anmerken zu lassen. Was sie versprach, würde nicht möglich sein, wenn er und Saphira taten, was sie auf dem Flug hierher beschlossen hatten. Obwohl alles, was Arya gesagt hatte, bestätigte, dass der von ihnen gewählte Weg der richtige war, machte er sich Sorgen, dass es zugleich ein Weg war, den Arya und Fírnen nicht würden gehen können.

Dann neigte er den Kopf und akzeptierte Aryas Entscheidung, Königin zu werden, und ihr Recht, diese Entscheidung zu treffen. »Ich weiß, du wirst deine Pflichten nicht vernachlässigen«, sagte er. »Das tust du niemals.« Er meinte die Bemerkung nicht unfreundlich, er stellte nur eine Tatsache fest, die ihm noch dazu Respekt abnötigte. »Und ich verstehe, warum du dich so lange nicht mit uns in Verbindung gesetzt hast. Ich an deiner Stelle hätte wahrscheinlich das Gleiche getan.«

Sie lächelte wieder. »Danke.«

Er deutete auf ihr Schwert. »Ich nehme an, Rhunön hat Támerlein umgearbeitet, damit es besser zu dir passt?«

»Das hat sie, aber sie hat die ganze Zeit über geschimpft. Sie meinte, die Klinge sei perfekt gewesen, so wie sie war, aber ich bin sehr zufrieden mit den Veränderungen, die sie vorgenommen hat. Das Schwert liegt jetzt genau richtig in der Hand und es fühlt sich nicht schwerer an als eine Gerte.«

Während sie dastanden und die Drachen beobachteten, versuchte Eragon eine Möglichkeit zu finden, Arya in ihre Pläne einzuweihen. Bevor er es tun konnte, fragte sie: »Dir und Saphira ist es gut ergangen?«

»Ja.«

»Was ist sonst noch Interessantes geschehen, seit du mir geschrieben hast?«

Eragon dachte einen Moment nach, dann erzählte er ihr kurz von den Anschlägen auf Nasuadas Leben, den Aufständen im Norden und Süden, der Geburt von Rorans und Katrinas Tochter, Rorans

Erhebung in den Adelsstand und der Menge von Schätzen, die sie aus der Zitadelle geborgen hatten. Zuletzt berichtete er ihr von ihrer Rückkehr nach Carvahall und ihrem Besuch bei Broms letzter Ruhestätte.

Während er sprach, begannen Saphira und Fírnen einander zu umkreisen. Die Spitzen ihrer Schwänze peitschten schneller denn je hin und her. Sie hatten beide das Maul leicht geöffnet und bleckten ihre langen weißen Zähne, und sie atmeten schwer durch das Maul und stießen leise, schrille Ächzer aus, wie Eragon es noch nie zuvor gehört hatte. Es sah beinah so aus, als würden sie einander angreifen, was ihn beunruhigte. Aber das Gefühl, das von Saphira kam, war nicht Wut oder Angst. Es war…

Ich will ihn auf die Probe stellen, sagte Saphira. Sie schlug mit dem Schwanz auf den Boden, was Fírnen zögern ließ.

Ihn auf die Probe stellen? Wie? Weshalb?

Um herauszufinden, ob er das Eisen in den Knochen und das Feuer im Bauch hat, um es mit mir aufzunehmen.

Bist du dir sicher?, fragte er, weil er ihre Absicht dahinter verstand.

Sie schlug abermals mit dem Schwanz auf den Boden und er spürte ihre Gewissheit und die Stärke ihres Wunsches. *Ich weiß alles über ihn – alles, nur das nicht. Außerdem…* Ein Lachen blitzte in ihren Gedanken auf. *Es ist nicht so, dass Drachen ein Leben lang mit einem Partner zusammenbleiben.*

Also schön… Aber sei vorsichtig.

Er hatte kaum zu Ende gesprochen, als Saphira losstürzte und Fírnen in die linke Flanke biss, sodass Blut floss und Fírnen erschrocken zurücksprang. Der grüne Drache knurrte und wirkte unsicher. Er wich vor Saphira zurück, als sie auf ihn zutrat.

Saphira! Verlegen drehte Eragon sich zu Arya um und wollte sich bei ihr entschuldigen.

Arya wirkte nicht verärgert. Zu Fírnen wie zu Eragon sagte sie: *Wenn du willst, dass sie dich respektiert, musst du sie auch beißen.* Sie zog eine Augenbraue hoch und sah Eragon an, und er antwortete mit einem schiefen Lächeln.

Fírnen warf Arya einen Blick zu und zögerte. Als Saphira erneut nach ihm schnappte, sprang er zurück. Dann brüllte er und hob die Flügel, als wolle er größer erscheinen, und griff Saphira an. Er biss sie ins Hinterbein, wo er seine Zähne in ihre Haut grub.

Der Schmerz, den Saphira verspürte, war kein Schmerz.

Saphira und Fírnen umkreisten einander aufs Neue, grollend und immer lauter heulend. Dann sprang Fírnen abermals auf sie zu. Er landete auf Saphiras Hals und riss ihren Kopf auf den Boden, wo er sie festhielt und sie zweimal spielerisch in den Nacken biss.

Saphira kämpfte nicht so grimmig, wie Eragon es erwartet hätte, und er vermutete, dass sie sich gewollt von Fírnen hatte fangen lassen, da nicht einmal Dorn das geschafft hatte.

»Die Werbung von Drachen ist keine sanfte Angelegenheit«, bemerkte er zu Arya.

»Hast du leise Worte und zärtliche Liebkosungen erwartet?«

»Nein, wahrscheinlich nicht.«

Mit einer schnellen Bewegung schüttelte Saphira Fírnen ab und stolperte zurück. Sie brüllte und wühlte den Boden mit den Vorderpranken auf, dann hob Fírnen den Kopf gen Himmel und stieß einen wogenden grünen Flammenstrahl aus, der zweimal so lang war wie sein eigener Körper.

»Oh!«, rief Arya und sie klang entzückt.

»Was?«

»Das ist das erste Mal, dass er Feuer gespien hat!«

Saphira erwiderte den Feuerstoß – Eragon konnte die Hitze auf eine Entfernung von über fünfzig Fuß spüren –, dann ging sie in die Hocke, sprang in den Himmel und stieg senkrecht empor. Fírnen folgte ihr eine Sekunde später.

Eragon stand neben Arya und gemeinsam beobachteten sie, wie die glitzernden Drachen in den Himmel aufstiegen und einander umkreisten, während Flammen aus ihrem Schlund schossen. Es war ein beeindruckender Anblick: wild und schön und schrecklich. Eragon begriff, dass er ein uraltes Ritual beobachtete, eins, das Teil der Natur war und ohne das das Land dahinwelken und sterben würde.

Seine Verbindung zu Saphira wurde schwächer, als sich die Entfernung zwischen ihnen vergrößerte. Aber er konnte noch die Hitze ihrer Leidenschaft spüren, die ihren Geist trübte und alle Gedanken ausblendete bis auf das instinkthafte Verlangen, dem alle Kreaturen, selbst die Elfen, unterworfen waren.

Die Drachen wurden immer kleiner am Himmel, bis sie schließlich nicht mehr waren als zwei funkelnde Sterne, die einander in der Unendlichkeit des Himmels umkreisten. So weit sie auch entfernt waren, empfing Eragon trotzdem einige Gedankenblitze und Gefühle von Saphira. Obwohl er viele solcher Augenblicke mit den Eldunarí erlebt hatte, als sie ihre Erinnerungen mit ihm teilten, wurde ihm ganz heiß, die Spitzen seiner Ohren wurden rot und er war nicht in der Lage, Arya direkt anzusehen.

Auch sie schienen die Gefühle der Drachen zu bewegen, wenn auch anders als ihn. Sie sah Saphira und Fírnen mit einem schwachen Lächeln nach und ihre Augen glänzten heller als gewöhnlich, als erfülle der Anblick der beiden Drachen sie mit Stolz und Glück.

Eragon stieß einen Seufzer aus, dann hockte er sich hin und begann mit einem Grashalm in der Erde zu zeichnen.

»Also, sie haben nicht lange gewartet«, sagte er.

»Stimmt«, erwiderte Arya.

Dann schwiegen sie. Sie stand, er hockte und um sie herum herrschte Stille, bis auf das Geräusch des einsamen Windes.

Endlich wagte Eragon es, zu Arya aufzublicken. Sie war schöner denn je. Aber mehr als das, er sah seine Freundin und Verbündete. Er sah die Frau, die geholfen hatte, ihn vor Durza zu retten, die an seiner Seite gegen unzählige Feinde gekämpft hatte, die mit ihm unter Dras-Leona eingekerkert gewesen war und die am Ende Shruikan mit dem Dauthdaert getötet hatte. Er erinnerte sich daran, was sie ihm über ihre Kindheit und Jugend in Ellesméra erzählt hatte, an ihre schwierige Beziehung zu ihrer Mutter und an die vielen Gründe, die sie dazu bewegt hatten, Du Weldenvarden zu verlassen und als Botschafterin der Elfen tätig zu sein. Er dachte auch an das, was sie durchgemacht hatte: die Verletzungen, die ihre Mutter ihr zugefügt hatte; die Einsamkeit, die sie unter den Zwergen und den Menschen erlebt hatte; und schlimmer noch, den Schmerz, als sie Fäolin verlor; und schließlich Durzas Folter, die sie in Gil'ead ertragen musste.

All das ging ihm durch den Kopf und er verspürte ein tiefes Gefühl der Verbundenheit mit ihr, und auch eine große Traurigkeit, und plötzlich wollte er unbedingt in einem Bild einfangen, was er sah.

Während Arya über den Himmel meditierte, sah Eragon sich um, bis sein Blick auf den schieferähnlichen Stein fiel, der aus der Erde ragte. So leise wie möglich grub er mit den Fingern eine Platte aus und wischte den Schmutz ab, bis der Stein sauber war.

Er brauchte einen Moment, um sich an die Zauber zu erinnern, die er einst benutzt hatte, und einen weiteren, um sie so zu verändern, dass sie aus der Erde um ihn herum die notwendigen Farben zogen. Stumm sprach er die Worte und wirkte den Zauber.

Eine Bewegung wie ein Strudel in schlammigem Wasser wirbelte die Oberfläche der Tafel auf. Dann erblühten Farben – rot, blau, grün, gelb – auf dem Schiefer und begannen Linien und Formen zu bilden, noch während sie sich mischten, um andere, raffiniertere Farbtöne hervorzubringen. Nach einigen Sekunden erschien ein Bild Aryas.

Sobald es fertig war, löste er den Zauber und betrachtete das Fairith. Ihm gefiel, was er sah. Das Bild schien eine wahrheitsgetreue Darstellung Aryas zu sein, anders als das Fairith, das er in Ellesméra von ihr gemacht hatte. Das, was er jetzt in Händen hielt, besaß eine Tiefe, die dem anderen gefehlt hatte. Es war kein perfektes Bild im Hinblick auf seine Komposition, aber er war stolz darauf, dass es ihm gelungen war, so viel von ihrem Charakter einzufangen. In diesem einen Bild hatte er es geschafft, alles zusammenzufassen, was er über sie wusste, die dunklen wie die hellen Seiten.

Er gestattete sich noch einen Blick auf sein Werk, dann warf er die Tafel in die Luft, um sie auf dem Boden zerschellen zu lassen.

»Kausta«, sagte Arya und die Tafel beschrieb einen Bogen und landete in ihrer Hand.

Eragon wollte zu einer Erklärung oder einer Entschuldigung ansetzen, aber dann besann er sich eines Besseren und schwieg.

Arya hielt das Fairith hoch und betrachtete es eingehend. Eragon beobachtete sie genau und fragte sich, wie sie reagieren würde.

Eine lange, angespannte Minute verstrich.

Dann ließ Arya das Fairith sinken.

Eragon stand auf und streckte die Hand nach der Tafel aus, aber Arya machte keine Anstalten, sie zurückzugeben. Sie schien aufgewühlt und sein Mut sank. Das Fairith hatte sie verärgert.

Dann sah sie ihm direkt in die Augen und sagte in der alten Sprache: »Eragon, wenn du bereit bist, würde ich dir gern meinen wahren Namen sagen.«

Ihr Angebot machte ihn sprachlos. Er nickte überwältigt und schaffte es mit großer Mühe, zu erwidern: »Es wäre mir eine Ehre, ihn zu hören.«

Arya trat vor, legte die Lippen an sein Ohr und verriet ihm in einem kaum hörbaren Flüstern ihren Namen. Während sie sprach, hallte der Name in seinem Geist wider, und mit ihm kam ein Strom des Verstehens. Einiges von dem Namen wusste er bereits, aber es gab viele Teile darin, die ihn überraschten, Teile, von denen er begriff, dass es Arya schwergefallen sein musste, sie mit ihm zu teilen.

Dann trat Arya zurück und wartete mit bemüht ausdrucksloser Miene auf seine Reaktion.

Ihr Name weckte in Eragon zahlreiche Fragen, aber er wusste, dass das nicht der richtige Zeitpunkt war, sie zu stellen. Vielmehr musste er Arya versichern, dass er wegen der Dinge, die er erfahren hatte, nicht geringer von ihr dachte. Das war auch nicht der Fall. Wenn überhaupt, hatte ihr Name seine Wertschätzung noch gesteigert, denn er hatte ihm das wahre Ausmaß ihrer Selbstlosigkeit und ihrer Hingabe an ihre Pflichten gezeigt. Er wusste, dass er, wenn er jetzt falsch reagierte – und sei es unbeabsichtigt –, ihre Freundschaft zerstören konnte.

Er sah Arya direkt in die Augen und sagte, ebenfalls in der alten Sprache: »Dein Name … dein Name ist ein guter Name. Du kannst stolz darauf sein, wer du bist. Danke, dass du ihn mit mir geteilt hast. Ich bin froh, dass ich dich meine Freundin nennen darf, und ich verspreche dir, dass ich deinen Namen immer sicher verwahren werde … Willst du jetzt meinen hören?«

Sie nickte. »Ja. Und ich verspreche, mich an ihn zu erinnern und ihn zu schützen, solange er dein Name bleibt.«

Die Tragweite dieser Entscheidung war Eragon bewusst. Es würde kein Zurück mehr geben, was ihn gleichzeitig erschreckte und berauschte. Er trat vor und tat, was Arya getan hatte, hielt die Lippen an ihr Ohr und flüsterte seinen Namen, so leise er konnte. Sein ganzes Wesen vibrierte, als es die Worte erkannte.

Plötzlich kamen ihm Bedenken und er wich zurück. Wie würde sie ihn beurteilen? Gut oder schlecht? Denn beurteilen würde sie ihn. Sie konnte nicht anders.

Arya stieß einen langen Atemzug aus und sah eine Weile in den Himmel. Als sie sich wieder ihm zuwandte, war ihre Miene weicher als zuvor. »Du hast ebenfalls einen guten Namen, Eragon«, sagte sie mit leiser Stimme. »Aber ich denke nicht, dass es der Name ist, den du hattest, als du das Palancar-Tal verlassen hast.«

»Stimmt.«

»Noch denke ich, dass es der Name war, den du während deiner Zeit in Ellesméra getragen hast. Du musst seit unserer ersten Begegnung sehr viel erwachsener geworden sein.«

»Mir blieb nichts anderes übrig.«

Sie nickte. »Du bist immer noch jung, aber kein Kind mehr.«

»Nein. Das bin ich bestimmt nicht mehr.«

Mehr denn je fühlte Eragon sich zu ihr hingezogen. Der Austausch ihrer Namen hatte ein Band zwischen ihnen geschmiedet, aber welcher Natur es war, wusste er nicht, und das machte ihn verletzlich. Sie hatte ihn mit all seinen Fehlern gesehen und sie war nicht zurückgewichen, sondern hatte ihn akzeptiert, wie er war. Genau wie er es getan hatte. Darüber hinaus hatte sie in seinem Namen die Tiefe seiner Gefühle für sie gesehen und auch das hatte sie nicht vertrieben.

Er rang mit sich, ob er etwas sagen sollte. Er musste die Frage stellen. Nachdem er all seinen Mut zusammengenommen hatte, fragte er: »Arya, was soll aus uns werden?«

Sie zögerte, doch er sah ihr an, dass sie verstand, was er meinte. Sie wählte ihre Worte mit Bedacht und erwiderte: »Ich weiß es nicht… Früher hätte ich, wie du weißt, ›nichts‹ gesagt, aber… Allerdings bist du noch jung und Menschen ändern oft ihre Meinung. Wer weiß, ob du in zehn Jahren oder auch schon in fünf noch genauso empfindest?«

»Meine Gefühle werden sich nicht ändern«, entgegnete er mit absoluter Gewissheit.

Sie sah ihm lange nachdenklich ins Gesicht. Dann bemerkte er eine Veränderung in ihrem Blick und sie sagte: »Wenn das so ist, dann … vielleicht irgendwann …« Sie legte ihm eine Hand an die Wange. »Mehr kann ich dir im Moment nicht sagen. Ich möchte keinen Fehler mit dir machen, Eragon. Dafür bist du zu wichtig, für mich und für ganz Alagaësia.«

Er versuchte zu lächeln, aber das Ergebnis war eher eine Grimasse. »Aber … wir haben keine Zeit«, gab er mit erstickter Stimme zurück. Ihm war übel.

Arya legte die Stirn in Falten und ließ die Hand sinken. »Wie meinst du das?«

Er starrte zu Boden und versuchte darüber nachzudenken, wie er es ihr erklären sollte. Am Ende sagte er es so klar und einfach, wie er konnte. Er erzählte, wie wenig Erfolg er und Saphira bei der Suche nach einem sicheren Ort für die Eier und die Eldunarí gehabt hatten. Dann erläuterte er ihr Nasuadas Plan, eine Gruppe von Magiern zu bilden, die sämtliche menschlichen Zauberer überwachen sollten. Er sprach mehrere Minuten lang und endete schließlich: »Daher haben Saphira und ich beschlossen, dass unsere einzige Möglichkeit darin besteht, Alagaësia zu verlassen und die Drachen an einem anderen Ort großzuziehen, weit entfernt von allem. Es ist das Beste für uns, für die Drachen, für die Reiter und für alle anderen Völker von Alagaësia.«

»Aber die Eldunarí …«, wandte Arya ein. Sie wirkte geschockt.

»Die Eldunarí können auch nicht hierbleiben. Sie wären niemals sicher, nicht einmal in Ellesméra. Solange sie in diesem Land bleiben, wird es jemanden geben, der versuchen wird, sie zu stehlen oder für seine eigenen Interessen auszunutzen. Nein, wir brauchen einen Ort wie Vroengard, einen Ort, an dem niemand die Drachen finden kann, um ihnen etwas anzutun, einen Ort, an dem die jungen und die wilden Drachen niemandem außer sich selbst Schaden zufügen können.« Eragon versuchte noch einmal zu lächeln, gab es jedoch als hoffnungslos auf. »Deshalb habe ich gesagt, dass wir keine Zeit haben. Saphira und ich haben vor, aufzubrechen, sobald wir können, und wenn du hierbleibst … weiß ich nicht, ob wir dich jemals wiedersehen werden.«

Arya blickte bekümmert auf das Fairith hinab, das sie immer noch in Händen hielt.

»Würdest du deine Krone aufgeben, um mit uns zu kommen?«, fragte er, obwohl er die Antwort bereits kannte.

Sie hob den Blick. »Würdest du die Fürsorge für die Eier aufgeben?«

Er schüttelte den Kopf. »Nein.«

Eine Zeit lang schwiegen sie und lauschten dem Wind.

»Wie willst du Kandidaten für die Reiter finden?«, fragte sie.

»Wir werden einige Eier zurücklassen – vermutlich bei dir –, und sobald sie schlüpfen, werden sie und ihre Reiter zu uns kommen und wir werden dir weitere Eier schicken.«

»Es muss eine andere Möglichkeit geben. Es kann nicht sein, dass ihr alle, du, Saphira und sämtliche Eldunarí, Alagaësia im Stich lasst!«

»Wenn ich eine wüsste, hätte ich sie genutzt, aber es gibt keine.«

»Was ist mit den Eldunarí? Was ist mit Glaedr und Umaroth? Hast du schon mit ihnen darüber gesprochen? Sind sie deiner Meinung?«

»Wir haben noch nicht mit ihnen gesprochen, aber sie werden mir zustimmen. Das weiß ich.«

»Bist du dir sicher, Eragon? Ist das wirklich der einzige Weg – alles und jeden, den du je gekannt hast, zurückzulassen?«

»Es ist unvermeidlich und es war uns schon immer vorherbestimmt, eines Tages fortzugehen. Angela hat es vorausgesagt, als sie mir in Teirm mein Schicksal geweissagt hat, und ich hatte Zeit, mich an die Vorstellung zu gewöhnen.« Er streckte die Hand aus und berührte Aryas Wange. »Also frage ich noch einmal: Wirst du mit uns kommen?«

Tränen traten in ihre Augen und sie drückte sich das Fairith an die Brust. »Ich kann nicht.«

Er nickte und ließ die Hand sinken. »Dann … trennen sich unsere Wege.« Ihm kamen selbst die Tränen und er bemühte sich angestrengt, nicht die Fassung zu verlieren.

»Aber nicht jetzt schon«, flüsterte sie. »Wir haben immer noch ein wenig Zeit zusammen. Ihr werdet nicht sofort aufbrechen.«

»Nein, nicht sofort.«

Und sie standen nebeneinander, blickten in den Himmel empor und warteten darauf, dass Saphira und Fírnen zurückkamen. Nach einer Weile berührte ihre Hand seine und er nahm sie und hielt sie fest. Obwohl es nur ein schwacher Trost war, half es, den Schmerz in seinem Herzen zu lindern.

Ein Mann mit Gewissen

Warmes Licht fiel durch die Fenster auf der rechten Seite des Flurs und beleuchtete rechteckige Flächen an der Wand gegenüber, wo Banner, Gemälde, Schilde, Schwerter und die Köpfe verschiedener Hirsche zwischen den dunklen, geschnitzten Türen hingen, die die Wand in regelmäßigen Abständen unterbrachen.

Als Eragon auf Nasuadas Arbeitszimmer zuging, sah er durch die Fenster auf die Stadt hinaus. Aus dem Innenhof konnte er noch immer die Barden und Musikanten hören, die vor den zu Aryas Ehren aufgestellten Festtischen ihre Künste darboten. Die Feiern waren im Gange, seit Arya und Fírnen zusammen mit ihm und Saphira am Tag zuvor nach Ilirea zurückgekehrt waren. Aber jetzt legte sich der Trubel allmählich und so hatte er endlich ein Treffen mit Nasuada arrangieren können.

Er nickte den Wachposten vor dem Arbeitszimmer zu, dann trat er durch die Tür.

In dem Raum sah er Nasuada auf einer gepolsterten Liege sitzen. Sie hatte sich zurückgelehnt und lauschte einem Musikanten, der auf einer Laute spielte und ein schönes, wenn auch trauriges Liebeslied dazu sang. Am Ende der Liege hockte das Hexenkind Elva, ganz vertieft in eine Stickarbeit, und auf einem Sessel in der Nähe saß Nasuadas Zofe Farica. Auf Faricas Schoß zusammengerollt lag die Werkatze Gelbauge in Tiergestalt. Sie schien fest zu schlafen, aber Eragon wusste aus Erfahrung, dass sie wahrscheinlich wach war.

Eragon wartete an der Tür, bis der Musikant geendet hatte.

»Danke. Du kannst gehen«, sagte Nasuada zu dem Spielmann. »Ah, Eragon. Willkommen.«

Er machte eine leichte Verbeugung vor ihr. Dann sagte er an das Mädchen gewandt: »Elva.«

Sie musterte ihn kurz. »Eragon.«

Der Schwanz der Werkatze zuckte.

»Was möchtest du mit mir besprechen?«, fragte Nasuada. Sie nippte an einem Kelch, der auf einem Beistelltisch stand.

»Vielleicht könnten wir unter vier Augen reden«, erwiderte Eragon und deutete mit dem Kopf auf die glasvertäfelten Türen hinter ihr, die auf einen Balkon mit Blick auf einen Garten mit Springbrunnen führten.

Nasuada überlegte kurz, dann erhob sie sich und schritt auf den Balkon zu. Die Schleppe ihres purpurnen Kleides glitt hinter ihr her.

Eragon folgte ihr, dann standen sie Seite an Seite da und betrachteten die Fontäne des Springbrunnens, die im Schatten des Gebäudes kühl und grau wirkte.

»Was für ein schöner Nachmittag«, bemerkte Nasuada, während sie tief durchatmete. Sie wirkte entspannter als bei seiner letzten Begegnung mit ihr vor nur wenigen Stunden.

»Die Musik scheint dich in gute Laune versetzt zu haben«, bemerkte er.

»Nein, nicht die Musik. Elva.«

Er legte den Kopf schief. »Wie das?«

Ein seltsames kleines Lächeln glitt über Nasuadas Züge. »Nach meiner Einkerkerung in Urû'baen – nach dem, was ich durchgemacht und … verloren habe – und nach den Anschlägen auf mein Leben hatte die Welt für mich alle Farbe verloren. Ich habe mich nicht mehr wie ich selbst gefühlt und nichts, was ich tat, konnte mich aus meiner Traurigkeit reißen.«

»So etwas habe ich mir gedacht«, erwiderte er, »aber ich wusste nicht, was ich tun oder sagen sollte, um dir zu helfen.«

»Nichts. Nichts, was du hättest tun oder sagen können, hätte geholfen. Wenn Elva nicht gewesen wäre, hätte ich vielleicht noch Jahre so weitergemacht. Sie hat mir erzählt … Nun ja, sie hat mir wohl erzählt, was ich brauchte. Damit hat sie ein Versprechen eingelöst, das sie mir vor langer Zeit in der Burg von Aberon gegeben hat.« Eragon runzelte die Stirn und blickte zurück in den Raum, wo Elva an ihrer Stickerei arbeitete. Trotz allem, was sie zusammen durchgemacht hatten, hatte er noch immer nicht das Gefühl, dem Mädchen vertrauen zu können, und er befürchtete, dass sie Nasuada zu ihren eigenen selbstsüchtigen Zwecken manipulierte.

Nasuada berührte ihn am Arm. »Du brauchst dir keine Sorgen um mich zu machen, Eragon. Ich kenne mich zu gut, als dass sie mich aus der Fassung bringen könnte, selbst wenn sie es versuchen würde. Galbatorix konnte mich nicht brechen. Denkst du, sie könnte es?«

Er sah sie mit grimmiger Miene an. »Ja.«

Wieder lächelte sie. »Ich weiß deine Sorge zu schätzen, aber in diesem Fall ist sie unbegründet. Lass mich meine gute Laune genießen. Du kannst mir deine Verdächtigungen irgendwann später mitteilen.«

»In Ordnung.« Dann fügte er etwas freundlicher hinzu: »Es freut mich, dass du dich besser fühlst.«

»Danke. Mich freut es auch … Tollen Saphira und Fírnen immer noch so herum wie vorhin? Ich höre sie gar nicht mehr.«

»Das tun sie, aber sie sind jetzt über dem Felsüberhang.« Eine leichte Wärme breitete sich auf seinen Wangen aus, als er Saphiras Geist berührte.

»Ah.« Nasuada legte beide Hände – eine über die andere – auf die steinerne Balustrade, deren Stützen die Form von blühenden Schwertlilien hatten. »Also, warum wolltest du mich sprechen? Bist du, was mein Angebot angeht, zu einer Entscheidung gelangt?«

»Ja.«

»Großartig. Dann können wir unsere Pläne in die Tat umsetzen. Ich habe bereits …«

»Ich habe mich entschieden, dein Angebot nicht anzunehmen.«

»Was?« Nasuada sah ihn ungläubig an. »Warum? Wem sonst würdest du diese Position übertragen?«

»Ich weiß es nicht«, sagte er leise. »Das ist etwas, was du mit Orrin allein herausfinden musst.«

Sie zog die Augenbrauen hoch. »Du hilfst uns nicht einmal bei der Auswahl des geeigneten Kandidaten? Und ich soll dir glauben, dass du dann Befehle von jemandem befolgen würdest, den Orrin und ich ausgesucht haben?«

»Du verstehst mich falsch«, sagte er. »Ich will die Magier nicht anführen und ich werde mich ihnen auch nicht anschließen.«

Nasuada starrte ihn einen Moment an. Dann ging sie und schloss die glasvertäfelten Türen des Balkons, damit Elva, Farica und die Werkatze ihr Gespräch nicht belauschen konnten. Anschließend drehte sie sich wieder zu ihm um und sagte: »Eragon! Was denkst du dir! Du weißt, dass du dich den Magiern anschließen musst. Alle Magier, die mir dienen, müssen es tun. Es darf keine Ausnahmen geben, nicht eine einzige! Ich kann nicht zulassen, dass die Leute denken, ich hätte Favoriten. Es würde Zwietracht unter den Magiern säen, und das ist genau das, was ich *nicht* will. Solange du Untertan meines Reiches bist, musst du dich an seine Gesetze halten oder meine Autorität bedeutet *nichts*. Das muss ich dir doch nicht erst sagen, Eragon.«

»Das musst du mir nicht sagen. Ich bin mir dessen vollkommen bewusst, und deshalb haben Saphira und ich beschlossen, Alagaësia zu verlassen.«

Nasuada legte eine Hand auf das Geländer, als müsse sie sich festhalten. Eine Zeit lang war das Plätschern des Wassers unter ihnen das einzige Geräusch.

»Ich verstehe nicht.«

Also begann er auch ihr die Gründe darzulegen, die er Arya bereits genannt hatte, warum die Drachen und daher auch er und Saphira nicht in Alagaësia bleiben konnten. Als er fertig war, fügte er hinzu: »Es wäre nicht gut gegangen, wenn ich das Kommando über die Magier übernommen hätte. Saphira und ich müssen die Drachen großziehen und die Reiter ausbilden und das hat Vorrang vor allem anderen. Selbst wenn ich die Zeit hätte, könnte ich die Reiter nicht anführen und dir immer noch unterstellt sein – die anderen Völker würden das niemals zulassen. Auch wenn Arya sich dafür entschieden hat, Königin zu werden, müssen die Reiter so unabhängig wie möglich bleiben. Wenn *wir* Favoriten haben, wird das Alagaësia zerstören. Nur unter einer Bedingung hätte ich dein Angebot vielleicht annehmen können: wenn die Magier aller Völker – selbst die der Urgals – eingeschlossen gewesen wären. Aber das wird wohl kaum passieren. Außerdem wäre dann immer noch nicht geklärt, was mit den Eiern und den Eldunarí geschehen soll.«

Nasuada runzelte die Stirn. »Du kannst mir nicht erzählen, dass du mit all deiner Macht die Drachen hier in Alagaësia nicht schützen kannst.«

»Vielleicht könnte ich es, aber um die Drachen zu schützen, können wir uns nicht ausschließlich auf Magie verlassen. Wir brauchen natürliche Barrieren. Wir brauchen Mauern und Gräben und Klippen, die zu hoch sind, als dass ein Mensch, ein Elf, ein Zwerg oder ein Urgal sie erklimmen könnte. Wichtiger noch, wir brauchen die Sicherheit einer unüberwindbaren Entfernung. Wir müssen so schwer zu erreichen sein, dass die Herausforderungen der Reise selbst die entschlossensten Feinde daran hindert, es zu versuchen. Aber ganz abgesehen davon: Angenommen, ich könnte die Drachen beschützen, bliebe immer noch das Problem, wie ich sie daran hindern sollte, Vieh zu jagen – unseres ebenso wie das der Zwerge und der Urgals. Willst du Orik erklären müssen, warum seine Feldûnost-Herden immer wieder verschwinden, oder willst du stets aufs Neue wütende Bauern beschwichtigen, die ihre Tiere verloren haben? … Nein, Alagaësia zu verlassen, ist die einzige Lösung.« Eragon blickte auf den Springbrunnen hinab. »Selbst wenn es in Alagaësia einen Platz für die Eier und die Eldunarí gäbe, wäre es nicht gut, wenn ich bleibe.«

»Warum?«

Er schüttelte den Kopf. »Du kennst die Antwort so gut wie ich. Ich bin *zu* mächtig geworden. Solange ich hier bin, wird deine Autorität – und die Aryas, Oriks und Orrins – stets in Zweifel gezogen werden. Wenn ich die Leute darum bitten würde, dann würden fast alle in Surda, Teirm und in deinem eigenen Königreich mir folgen. Und mit den Eldunarí, die mir helfen, gibt es niemanden, der sich mir widersetzen kann, nicht einmal Murtagh oder Arya.«

»Du würdest dich niemals gegen uns wenden. So bist du nicht.«

»Nein? Kannst du dir in all den Jahren, die ich leben werde – und ich werde vielleicht sehr lange leben – wirklich sicher sein, dass ich mich niemals in die Verwaltung des Landes einmischen werde?«

»Wenn du es tust, bin ich mir sicher, dass du einen guten Grund haben wirst und wir dankbar für deine Hilfe sein dürften.«

»Wärt ihr das? Zweifellos würde ich meine Gründe für gerechtfertigt halten, aber das ist ja gerade die Falle, nicht wahr? Der Glaube, dass ich es besser weiß und dass ich, weil ich die Macht dazu habe, die Verantwortung habe, danach zu handeln.« Er erinnerte sich an ihre erst kürzlich gesprochenen Worte und wiederholte sie ihr: »Zum Wohl der Mehrheit. Doch wenn ich mich irren sollte, wer sollte mich aufhalten? Ich könnte selbst zu einem Galbatorix werden, obwohl ich die besten Absichten habe. Schon jetzt geben die Leute mir aufgrund meiner Machtstellung fast immer in allem recht. Das habe ich überall im Reich erlebt … Wenn du an meiner Stelle wärst, könntest du der Versuchung widerstehen, dich einzumischen – nur ein kleines bisschen, um allen ein besseres Leben zu ermöglichen? Meine Anwesenheit hier bringt alles aus dem Gleichgewicht, Nasuada. Wenn ich vermeiden will, zu dem zu werden, was ich immer gehasst habe, dann muss ich gehen.«

Nasuada reckte das Kinn vor. »Ich könnte dir befehlen, zu bleiben.«

»Ich hoffe, du tust es nicht. Ich möchte lieber in Freundschaft gehen als im Zorn.«

»Du willst also niemandem Rechenschaft ablegen außer dir selbst?«

»Ich werde Saphira und meinem Gewissen Rechenschaft ablegen, wie ich es immer getan habe.«

Nasuadas Lippen verzogen sich. »Ein Mann mit Gewissen – das sind die gefährlichsten.«

Einmal mehr füllte das Plätschern des Springbrunnens die Pause in ihrem Gespräch.

Dann fragte Nasuada: »Glaubst du an die Götter, Eragon?«

»An welche Götter? Es gibt so viele.«

»An irgendeinen. An alle. Glaubst du an eine Macht, die stärker ist als du selbst?«

»Abgesehen von Saphira?« Er lächelte entschuldigend, als Nasuada die Brauen zusammenzog. »Tut mir leid.« Er dachte eine Minute lang ernsthaft nach, dann erklärte er: »Vielleicht existieren sie.

Ich weiß es nicht. Ich habe gesehen … Ich bin mir nicht sicher, was ich gesehen habe, aber vielleicht habe ich in Tronjheim den Zwerggott Gûntera gesehen, als Orik gekrönt wurde. Aber wenn es Götter gibt, habe ich keine sehr hohe Meinung von ihnen, wenn man bedenkt, dass sie Galbatorix so lange haben herrschen lassen.«

»Vielleicht warst du das Instrument der Götter, um seine Herrschaft zu beenden. Hast du je darüber nachgedacht?«

»Ich?« Er lachte. »Nun ja, das könnte sein, aber so oder so, sie kümmern sich bestimmt nicht allzu sehr darum, ob wir leben oder sterben.«

»Natürlich nicht. Warum sollten sie auch? Sie sind Götter … Aber huldigst du irgendeinem?« Die Frage schien Nasuada wichtig zu sein.

Wieder dachte Eragon eine Weile nach. Dann zuckte er die Achseln. »Es gibt so viele, wie könnte ich wissen, für welche ich mich entscheiden soll?«

»Warum nicht für die Schöpferin von ihnen allen, Unulukuna, die ewiges Leben schenkt?«

Eragon konnte sich ein Kichern nicht verkneifen. »Solange ich nicht krank werde und niemand mich tötet, werde ich tausend Jahre oder länger leben, und wenn ich so lange lebe, kann ich mir nicht vorstellen, dass ich nach dem Tod noch weiterleben möchte. Was sonst kann ein Gott mir bieten? Mit den Eldunarí habe ich die Kraft, fast alles zu tun.«

»Die Götter bieten außerdem die Aussicht, die wiederzusehen, die wir lieben. Willst du das nicht?«

Er zögerte. »Das will ich schon, aber ich will nicht eine ganze Ewigkeit *ertragen* müssen. Das erscheint mir beängstigender als der Gedanke, eines Tages ins Nichts hinüberzugehen, wie die Elfen es glauben.«

Nasuada wirkte besorgt. »Also siehst du dich niemandem gegenüber verpflichtet als Saphira und dir selbst.«

»Nasuada, bin ich ein schlechter Mensch?«

Sie schüttelte den Kopf.

»Dann traue mir zu, zu tun, was ich für richtig halte. Ich bin Saphira verpflichtet und den Eldunarí und allen Reitern, die noch kommen werden, und auch dir und Arya und Orik und allen anderen in Alagaësia. Ich brauche keinen Herrn, der mich bestraft, damit ich mich benehme, wie ich sollte. Wenn es so wäre, wäre ich nicht mehr als ein Kind, das die Regeln seines Vaters befolgt, nur weil es die Peitsche fürchtet, und nicht weil es tatsächlich Gutes tun will.«

Sie sah ihn mehrere Sekunden lang an. »Also schön, ich vertraue dir.«

Noch einmal überließen sie sich dem Plätschern des Springbrunnens. Über ihnen beleuchtete das Licht der sinkenden Sonne Risse und Sprünge in der Unterseite des steinernen Überhangs.

»Was ist, wenn wir deine Hilfe brauchen?«, fragte sie.

»Dann werde ich euch helfen. Ich lasse dich nicht im Stich, Nasuada. Ich werde einen der Spiegel in deinem Arbeitszimmer mit einem Spiegel bei mir verbinden, sodass du mich immer erreichen kannst, und ich werde das Gleiche für Roran und Katrina tun. Wenn es Probleme gibt, werde ich einen Weg finden, euch Hilfe zukommen zu lassen. Vielleicht kann ich nicht selbst kommen, aber ich werde euch ganz sicher helfen.«

Sie nickte. »Das weiß ich.« Dann seufzte sie und ihr war deutlich anzusehen, wie unglücklich sie war.

»Was?«, fragte er.

»Es lief alles so gut. Galbatorix ist tot. Die letzten Kämpfe sind niedergeschlagen. Wir wollten endlich das Problem der Magier lösen. Du und Saphira solltet sie und die Reiter anführen. Und jetzt … Ich weiß nicht, was wir tun werden.«

»Es wird sich etwas ergeben, da bin ich mir sicher. Du wirst einen Weg finden.«

»Es wäre einfacher, wenn du hier wärst … Wirst du zumindest zustimmen, der Person, die wir zum Anführer der Magier wählen, den Namen der alten Sprache zu lehren?«

Eragon brauchte nicht darüber nachzudenken, da er die Möglichkeit bereits erwogen hatte. Doch er brauchte einen Moment, um die richtigen Worte zu finden. »Ich könnte es tun, aber ich denke, wir würden es irgendwann bereuen.«

»Also wirst du es nicht tun.«

Er schüttelte den Kopf.

Enttäuschung glitt über ihre Züge. »Und warum nicht? Was sind deine Gründe dafür?«

»Der Name ist zu gefährlich, um ihn leichtfertig in Umlauf zu bringen, Nasuada. Wenn ein Magier voller Ehrgeiz, aber ohne Skrupel ihn in die Hände bekäme, könnte er unglaubliches Unglück anrichten. Mit ihm könnte man die alte Sprache zerstören. Nicht einmal Galbatorix war wahnsinnig genug, das zu tun, aber ein unerfahrener, machthungriger Magier? Wer weiß, was geschehen könnte? Im Augenblick sind außer mir Arya, Murtagh und die Drachen die Einzigen, die den Namen kennen. Es ist besser, es dabei zu belassen.«

»Und wenn du gehst, werden wir auf Arya angewiesen sein, falls wir den Namen brauchen.«

»Du weißt, dass sie immer für euch da sein wird. Wenn überhaupt würde ich mir wegen Murtagh Sorgen machen.«

Nasuada schien sich zu verschließen. »Das brauchst du nicht. Er stellt keine Bedrohung für uns dar. Nicht mehr.«

»Wie du meinst. Wenn es dein Ziel ist, die Magier in Schach zu halten, dann ist der Name der alten Sprache eine Information, die man besser nicht herausgeben sollte.«

»Wenn das wirklich der Fall ist, dann … verstehe ich es.«

»Danke. Es gibt da noch etwas, was du wissen solltest.«

Nasuadas Miene wurde wachsam. »Und was?«

Dann erzählte er ihr von der Idee bezüglich der Urgals, die ihm vor Kurzem gekommen war. Als er fertig war, schwieg Nasuada eine Weile. Schließlich sagte sie: »Du nimmst viel auf dich.«

»Ich muss. Niemand sonst kann es … Billigst du meine Idee? Es scheint mir die einzige Möglichkeit zu sein, auf lange Sicht den Frieden zu sichern.«

»Bist du dir sicher, dass das klug ist?«

»Nicht vollkommen, aber ich denke, wir müssen es versuchen.«

»Und die Zwerge auch? Ist das wirklich notwendig?«

»Ja. Es ist nur gerecht. Und es wird helfen, das Gleichgewicht zwischen den Völkern aufrechtzuerhalten.«

»Was ist, wenn sie nicht zustimmen?«

»Ich bin sicher, dass sie zustimmen werden.«

»Dann tu, was du für richtig hältst. Du brauchst meine Zustimmung nicht – das hast du klar genug gemacht –, aber ich gebe dir recht, dass es notwendig ist. Sonst werden wir in zwanzig, dreißig Jahren vielleicht vor vielen der Probleme stehen, vor denen unsere Vorfahren standen, als sie seinerzeit nach Alagaësia kamen.«

Er neigte leicht den Kopf. »Ich werde die nötigen Vorkehrungen treffen.«

»Wann hast du vor, aufzubrechen?«

»Wenn Arya geht.«

»So bald schon?«

»Es gibt keinen Grund, länger zu warten.«

Nasuada lehnte am Geländer, den Blick starr auf den Springbrunnen unter ihnen gerichtet. »Wirst du zu Besuch kommen?«

»Ich werde es versuchen, aber … ich glaube eher nicht. Als Angela mein Schicksal voraussagte, meinte sie, ich würde niemals zurückkehren.«

»Oh.« Nasuadas Stimme klang belegt, als sei sie heiser. Sie drehte sich um und sah ihn an. »Ich werde dich vermissen.«

»Ich werde dich auch vermissen.«

Sie presste die Lippen aufeinander, als kämpfe sie mit den Tränen. Dann machte sie einen Schritt auf ihn zu und umarmte ihn. Er erwiderte ihre Umarmung und einige Augenblicke blieben sie so stehen.

Dann lösten sie sich voneinander und er sagte: »Nasuada, solltest du jemals genug davon haben, Königin zu sein, oder einen Ort suchen, an dem du in Frieden leben kannst, dann komm zu uns. Du wirst immer bei uns willkommen sein. Ich kann dich nicht unsterblich machen, aber ich kann dein Leben weit über die Spanne hinaus verlängern, die den meisten Menschen beschieden ist, und du würdest diese Jahre in Gesundheit verbringen.«

»Danke. Ich weiß das Angebot zu schätzen und ich werde es nicht vergessen.« Er hatte jedoch das Gefühl, dass sie sich niemals dazu überwinden könnte, Alagaësia zu verlassen, ganz gleich, wie alt sie wäre. Ihr Pflichtgefühl war zu stark.

Dann fragte er: »Wirst du uns deinen Segen geben?«

»Natürlich.« Sie nahm seinen Kopf zwischen beide Hände, küsste ihn auf die Stirn und fügte hinzu: »Mein Segen für dich und Saphira. Mögen Friede und Glück überall dort sein, wohin ihr geht.«

»Und mögen Friede und Glück auch mit dir sein«, erwiderte er.

Sie hielt sein Gesicht noch einen Moment in ihren Händen, dann ließ sie ihn los. Er öffnete die Glastür und ging durch ihr Arbeitszimmer hinaus. Sie blieb allein auf dem Balkon zurück.

Eine Frage der Ehre

Als Eragon auf dem Weg zum Haupteingang des Gebäudes eine Treppe hinunterging, stieß er zufällig auf die Kräuterhexe Angela, die im Schneidersitz in der dunklen Nische einer Tür saß. Sie strickte etwas, was wie eine blau-weiße Mütze aussah, mit seltsamen Runen auf dem unteren Teil, doch er konnte nicht erkennen, was sie bedeuten sollten. Neben ihr lag Solembum, den Kopf auf ihren Schoß gebettet, während eine seiner schweren Pfoten auf ihrem rechten Knie ruhte.

Eragon blieb überrascht stehen. Er hatte die beiden nicht gesehen, seit – er brauchte einen Moment, um sich daran zu erinnern – seit kurz nach der Schlacht von Urû'baen. Danach waren sie wie vom Erdboden verschwunden gewesen.

»Sei mir gegrüßt«, sagte Angela, ohne aufzublicken.

»Sei gegrüßt«, erwiderte Eragon. »Was machst du hier?«

»Eine Mütze stricken.«

»Das sehe ich, aber warum hier?«

»Weil ich dich sehen wollte.« Ihre Nadeln klapperten mit schneller Regelmäßigkeit, faszinierend wie die Flammen eines Feuers. »Ich habe gehört, dass ihr Alagaësia verlassen werdet, du, Saphira, die Dracheneier und die Eldunarí.«

»Wie du es vorausgesagt hast«, gab er zurück, verärgert darüber, dass sie es schon herausgefunden hatte, obwohl dieses Geheimnis eigentlich gut gehütet werden sollte. Sie konnte ihn und Nasuada nicht belauscht haben – seine Schutzzauber hätten das verhindert –, und soweit er wusste, hatte niemand ihr oder Solembum etwas über die Existenz der Dracheneier oder der Eldunarí erzählt.

»Hm, ja, aber ich hätte nicht erwartet, dass ich dir tatsächlich Lebewohl sagen würde.«

»Wie hast du es erfahren? Von Arya?«

»Von ihr? Ha! Wohl kaum. Nein, ich habe meine eigenen Mittel und Wege, Erkundigungen einzuziehen.« Sie ließ ihre Stricknadeln sinken, schaute zu ihm auf und ihre Augen funkelten. »Nicht dass ich sie dir verraten würde. Ein *paar* Geheimnisse muss ich schließlich für mich behalten.«

»Pff.«

»Selber pff. Wenn du mir so kommst, frage ich mich, warum ich mir überhaupt die Mühe gemacht habe, herzukommen.«

»Entschuldige. Ich fühle mich einfach … nicht so gut.« Nach einem Moment fügte Eragon hinzu: »Warum wolltest du mich denn sehen?«

»Ich wollte Lebewohl sagen und dir viel Glück auf deiner Reise wünschen.«

»Danke.«

»Hm. Versuch, nicht allzu sehr in Grübeleien zu versinken, ganz gleich, wo du letztendlich landest. Und sieh zu, dass du oft genug an die Sonne kommst.«

»Das werde ich. Was ist mit dir und Solembum? Werdet ihr für eine Weile hierbleiben und ein Auge auf Elva haben? Du hast einmal gesagt, dass ihr das tun würdet.«

Die Kräuterhexe schnaubte auf eine sehr undamenhafte Weise. »Hierbleiben? Wie könnte ich, wenn Nasuada es darauf anzulegen scheint, sämtlichen Zauberern und Magiern im Land nachzuspionieren?«

»Davon hast du auch gehört?«

Sie warf ihm einen Blick zu. »Ich bin damit nicht einverstanden. Ich bin damit überhaupt nicht einverstanden. Ich lasse mich nicht wie ein Kind behandeln, das nicht artig war. Nein, für Solembum und mich ist die Zeit gekommen, in ein freundlicheres Klima umzuziehen: ins Beor-Gebirge vielleicht oder nach Du Weldenvarden.«

Eragon zögerte einen Moment, dann fragte er: »Würdet ihr gern mit Saphira und mir mitkommen?«

Solembum öffnete ein Auge und musterte ihn kurz, dann schloss er es wieder.

»Das ist sehr nett von dir«, antwortete Angela, »aber ich denke, wir werden dein Angebot nicht annehmen. Zumindest vorläufig. Dasitzen und die Eldunarí bewachen und die neuen Reiter ausbilden, klingt für mich ziemlich langweilig … obwohl es sicher spannend wird, die jungen Drachen großzuziehen. Aber nein, Solembum und ich, wir bleiben erst einmal in Alagaësia. Außerdem will ich die nächsten Jahre in der Tat Elva im Auge behalten, auch wenn ich nicht persönlich auf sie aufpassen kann.«

»Reichen dir die interessanten Ereignisse nicht langsam?«

»Niemals. Sie sind die Würze des Lebens.« Sie hielt ihre halb fertige Mütze hoch. »Wie gefällt sie dir?«

»Sie ist schön. Das Blau ist hübsch. Aber was bedeuten die Runen?«

»Raxacori – oh, vergiss es. Es würde dir ohnehin nichts sagen. Dir und Saphira wünsch ich eine gute Reise, Eragon. Und denk immer dran: Nimm dich in Acht vor Ohrwürmern und wilden Hamstern. Bösartige Biester, diese wilden Hamster.«

Er musste unwillkürlich lächeln. »Dir auch eine gute Reise. Und dir, Solembum.«

Die Werkatze öffnete abermals ein Auge. *Gute Reise, Königsmörder.*

Eragon verließ das Gebäude und ging durch die Stadt, bis er zu dem Haus kam, in dem Jeod und seine Frau Helen jetzt wohnten. Es war ein stattlicher Bau, mit hohen Mauern, einem großen Garten und sich verneigenden Dienern am Eingang. Helen hatte ihre Sache außerordentlich gut gemacht. Indem sie die Varden – und jetzt Nasuadas Königreich – mit dringend benötigten Vorräten versorgte, hatte sie sich schnell eine Handelsgesellschaft aufgebaut, die jetzt schon größer war als das Unternehmen, das Jeod einst in Teirm betrieben hatte.

Eragon traf Jeod bei den Vorbereitungen zum Abendessen an. Nachdem er Jeods Angebot, mit ihnen zu essen, abgelehnt hatte, verbrachte Eragon einige Minuten damit, Jeod die gleichen Dinge zu erklären, die er Nasuada erklärt hatte. Zuerst war Jeod überrascht und ein bisschen gekränkt, aber am Ende sah er ein, dass Eragon und Saphira mit den anderen Drachen fortgehen mussten. Wie zuvor Nasuada und die Kräuterhexe lud Eragon auch Jeod ein, sie zu begleiten.

»Du führst mich ernsthaft in Versuchung«, meinte Jeod. »Aber mein Platz ist hier. Ich habe meine Arbeit und zum ersten Mal seit langer Zeit ist Helen glücklich. Ilirea ist unsere Heimat geworden und keiner von uns will zusammenpacken und irgendwo anders hinziehen.«

Eragon nickte verständnisvoll.

»Aber du… du wirst an einen Ort reisen, an dem nur wenige außer den Drachen und den Reitern je gewesen sind. Verrate mir, weißt du, was im Osten liegt? Gibt es dort ein anderes Meer?«

»Wenn man weit genug reist.«

»Und was kommt vorher?«

Eragon zuckte die Achseln. »Größtenteils unbesiedeltes Land. Zumindest sagen die Eldunarí das und nichts spricht dafür, dass es sich im vergangenen Jahrhundert geändert hätte.«

Da rückte Jeod näher an ihn heran und senkte die Stimme. »Jetzt, wo du fortgehst… will ich dir etwas erzählen. Erinnerst du dich, dass ich dir von den Arcaena erzählt habe, dem Orden, der sich zum Ziel gesetzt hat, das Wissen Alagaësias zu bewahren?«

Eragon nickte. »Du hast gesagt, Heslant der Mönch habe zu ihnen gehört.«

»Und ich gehöre auch dazu.« Als er Eragons überraschten Blick sah, fuhr Jeod sich verlegen mit der Hand durchs Haar. »Ich bin dem Orden vor langer Zeit beigetreten, als ich jung war und nach einer guten Sache suchte, der ich mich verschreiben konnte. Ich habe sie im Laufe der Jahre mit Informationen und Manuskripten versorgt und sie haben mir ihrerseits geholfen. Jedenfalls dachte ich, du solltest es wissen. Brom war der Einzige, dem ich es sonst erzählt habe.«

»Du hast es nicht einmal Helen erzählt?«

»Nicht einmal ihr… Jedenfalls, wenn ich fertig damit bin, meinen Bericht über dich und Saphira und den Aufstieg der Varden zu schreiben, werde ich ihn an unser Kloster im Buckel schicken, und er wird in Form einiger neuer Kapitel in die *Domia abr Wyrda* aufgenommen werden. Deine Geschichte wird nicht in Vergessenheit geraten, Eragon; so viel kann ich dir zumindest versprechen.«

Eragon fand diesen Gedanken seltsam berührend. »Danke«, sagte er und umfasste Jeods Arm.

»Und ich danke dir, Eragon Schattentöter.«

Anschließend kehrte Eragon in das Gebäude zurück, das er und Saphira zusammen mit Roran und Katrina bewohnten. Die beiden warteten bereits mit dem Essen auf ihn und Katrina hatte Ismira auf dem Schoß.

Während des ganzen Abendessens drehte sich das Gespräch um Arya und Fírnen. Eragon verlor kein Wort darüber, dass er vorhatte, bald aufzubrechen, bis das Essen abgeräumt war und sie sich zu dritt – und mit dem Säugling – in ein Zimmer mit Blick auf den Innenhof zurückzogen, wo Saphira mit Fírnen ein Schläfchen hielt. Dort saßen sie und tranken Wein und Tee und sahen zu, wie die Sonne allmählich tiefer sank.

Nach einer Weile schnitt Eragon das Thema an. Wie erwartet reagierten Katrina und Roran bestürzt und versuchten ihn umzustimmen. Eragon brauchte fast eine Stunde, um ihnen seine Gründe darzulegen, denn sie hatten bei jedem Punkt zahlreiche Einwände zu machen und gaben nicht nach, bis er auf jeden ihrer Einwände ausführlich eingegangen war.

Schließlich sagte Roran: »Verflucht noch mal, du gehörst zur Familie! Du kannst nicht einfach fortgehen!«

»Ich muss. Das weißt du so gut wie ich. Du willst es nur nicht zugeben.«

Roran schlug mit der Faust auf den Tisch zwischen ihnen und schritt dann hinüber zum offenen Fenster. Seine Kiefer krampften sich zusammen.

Das Baby brüllte und Katrina murmelte: »Scht, scht«, und tätschelte der Kleinen den Rücken.

Eragon trat neben Roran. »Ich weiß, du willst nicht, dass ich gehe. Ich will es auch nicht, aber ich habe keine Wahl.«

»Natürlich hast du eine Wahl. Du eher als jeder andere.«

»Stimmt, und ich habe die richtige getroffen.«

Roran brummte etwas vor sich hin und verschränkte die Arme vor der Brust.

Hinter ihnen sagte Katrina: »Und was ist mit Ismira? Soll sie aufwachsen, ohne jemals ihren Onkel kennenzulernen?«

»Nein«, antwortete Eragon und ging zu ihr zurück. »Ich kann immer noch mit ihr reden und ich werde dafür sorgen, dass sie gut beschützt ist. Vielleicht kann ich ihr sogar von Zeit zu Zeit Geschenke schicken.« Er kniete sich hin und streckte einen Finger aus. Das Mädchen packte ihn und zog mit erstaunlicher Kraft daran.

»Aber du wirst nicht hier sein.«

»Nein … ich werde nicht hier sein.« Eragon löste seinen Finger sanft aus Ismiras Griff und kehrte an Rorans Seite zurück. »Wie ich schon sagte, ihr könntet mitkommen.«

Die Muskeln in Rorans Kiefer arbeiteten. »Und das Palancar-Tal aufgeben?« Er schüttelte den Kopf. »Horst und die anderen sind schon dabei, unsere Rückkehr vorzubereiten. Wir werden Carvahall als das schönste Dorf im ganzen Buckel wieder aufbauen. Du könntest dabei sein. Es wäre wie früher.«

»Ich wünschte, ich könnte.«

Unter ihnen stieß Saphira ein kehliges Gurgeln aus und stupste Fírnens Hals an. Der grüne Drache schmiegte sich enger an sie.

Mit leiser Stimme fragte Roran: »Gibt es denn wirklich keinen anderen Weg, Eragon?«

»Saphira und mir ist keiner eingefallen.«

»Verdammt – das gefällt mir nicht. Du solltest nicht gezwungen sein, allein in der Wildnis zu leben.«

»Ich werde nicht allein sein. Bloëdhgarm und einige andere Elfen werden uns begleiten.«

Roran machte eine abwehrende Geste. »Du weißt genau, was ich meine.« Er kaute an der Spitze seines Schnurrbarts und stützte die Hände auf das steinerne Sims unter dem Fenster. Eragon sah, wie die Sehnen in seinen kräftigen Unterarmen arbeiteten. Dann blickte Roran ihn an und fragte: »Was machst du als Erstes, wenn du dort ankommst, wo immer du auch hingehst?«

»Einen Hügel oder eine Klippe suchen und eine Halle darauf bauen: eine Halle, die groß genug ist, um alle Drachen darin sicher unterzubringen. Und du? Wenn du das Dorf erst einmal wieder aufgebaut hast, was dann?«

Ein schwaches Lächeln erschien auf Rorans Gesicht. »Auch so etwas in der Art. Mit dem Tribut vom Tal will ich eine Burg auf diesem Hügel bauen, über den wir immer gesprochen haben. Keine große Burg wohlgemerkt; nur ein paar Zimmer und eine Mauer drum herum. Genug, um alle Urgals abzuhalten, die vielleicht angreifen könnten. Es wird womöglich einige Jahre dauern, aber dann haben wir eine gute Chance, uns zu verteidigen – anders als damals, als die Ra'zac mit den Soldaten kamen.« Er warf einen Seitenblick auf Eragon. »Wir hätten auch Platz für einen Drachen.«

»Hättet ihr auch Platz für *zwei* Drachen?« Eragon deutete auf Saphira und Fírnen.

»Vielleicht nicht wirklich ... Wie steht denn Saphira dazu, ihn verlassen zu müssen?«

»Es gefällt ihr nicht, aber sie weiß, dass es sein muss.«

»Hm.«

Das bernsteinfarbene Licht der untergehenden Sonne fiel auf Rorans Gesicht. Eragon war überrascht, auf der Stirn seines Cousins und um seine Augen herum die ersten Linien und Falten zu entdecken. Er fand diese ersten Zeichen des Alterns ernüchternd. *Wie schnell das Leben vergeht.*

Katrina legte Ismira in ihre Wiege. Dann trat sie zu ihnen ans Fenster und legte Eragon eine Hand auf die Schulter. »Wir werden dich vermissen, Eragon.«

»Und ich euch«, erwiderte er und berührte ihre Hand. »Wir brauchen aber nicht jetzt schon Lebewohl zu sagen. Ich würde mich freuen, wenn ihr drei mit uns nach Ellesméra kommt. Es würde euch bestimmt gefallen und auf diese Weise könnten wir noch einige Tage miteinander verbringen.«

Roran wandte sich Eragon zu. »Wir können mit Ismira nicht den ganzen Weg bis nach Du Weldenvarden reisen. Sie ist noch zu klein. Die Rückkehr ins Palancar-Tal wird anstrengend genug werden. Ein Abstecher nach Ellesméra kommt wirklich nicht infrage.«

»Nicht einmal, wenn ihr auf dem Rücken eines Drachen reisen würdet?« Eragon lachte über ihre überraschten Gesichter. »Arya und Fírnen haben sich bereit erklärt, euch nach Ellesméra zu bringen, während Saphira und ich die Dracheneier aus ihrem Versteck holen.«

»Wie lange würde der Flug nach Ellesméra dauern?«, erkundigte sich Roran stirnrunzelnd.

»Ungefähr eine Woche. Arya will unterwegs König Orik in Tronjheim besuchen. Ihr hättet es die ganze Zeit über warm und wärt in Sicherheit. Ismira wäre nicht in Gefahr.«

Katrina sah Roran an und er sie, dann sagte sie: »Es wäre schön, wenn wir uns von Eragon verabschieden könnten, und ich habe so viel darüber gehört, wie wunderschön die Elfenstädte sind ...«

»Bist du dir sicher, dass das nicht zu anstrengend für dich ist?«, fragte Roran.

Sie schüttelte den Kopf. »Solange du bei uns bist.«

Roran schwieg einen Moment, dann sagte er: »Also gut, Horst und die anderen können ja schon ohne uns aufbrechen.« Ein Lächeln erschien unter seinem Bart. »Ich hätte nie gedacht, dass ich einmal das Beor-Gebirge sehen oder eine der Elfenstädte besuchen würde, aber warum nicht, hm? Machen wir es, solange wir die Gelegenheit dazu haben.«

»Gut, dann wäre das also beschlossen«, erklärte Katrina strahlend. »Wir fliegen nach Du Weldenvarden.«

»Und wie kommen wir wieder zurück?«, fragte Roran.

»Mit Fírnen«, antwortete Eragon. »Oder Arya gibt euch Wachen mit, die euch ins Palancar-Tal begleiten, wenn ihr lieber zu Pferd reisen wollt.«

Roran verzog das Gesicht. »Nein, nicht zu Pferd. Ich möchte in meinem ganzen Leben nie wieder ein Pferd reiten müssen.«

»Ach so? Dann gehe ich davon aus, dass du Schneefeuer nicht mehr brauchst?« Eragon zog eine Augenbraue hoch, als er den Namen des Hengstes nannte, den er Roran geschenkt hatte.

»Du weißt, was ich meine. Ich bin froh darüber, Schneefeuer zu haben, selbst wenn ich ihn seit einer ganzen Weile nicht mehr geritten habe.«

»Hm.«

Sie standen noch etwa eine Stunde so am Fenster – während die Sonne unterging und der Himmel sich zuerst purpurn und dann schwarz färbte und die Sterne herauskamen. Sie planten ihre bevorstehende Reise und besprachen, was Eragon und Saphira würden mitnehmen müssen, wenn sie Du Weldenvarden verließen und in die jenseits von Wald und Wüste gelegenen Länder reisten. Hinter ihnen schlief Ismira friedlich in ihrer Wiege, die Hände unterm Kinn zu winzigen Fäusten geballt.

Früh am nächsten Morgen benutzte Eragon den polierten Silberspiegel in seinem Zimmer, um sich mit Orik in Tronjheim in Verbindung zu setzen. Er musste einige Minuten warten, aber schließlich erschien Oriks Gesicht vor ihm. Der Zwerg fuhr sich gerade mit einem Elfenbeinkamm durch seinen ungeflochtenen Bart.

»Eragon!«, rief Orik sichtlich erfreut. »Wie geht es dir? Es ist viel zu lange her, dass wir uns das letzte Mal gesprochen haben.«

Ein bisschen schuldbewusst stimmte Eragon ihm zu. Dann erzählte er Orik von seiner Entscheidung, Alagaësia zu verlassen, und erklärte ihm seine Gründe. Orik legte den Kamm aus der Hand und hörte die ganze Zeit über sehr ernst zu, ohne ihn zu unterbrechen.

Als Eragon endete, erwiderte Orik: »Ich werde traurig sein, dich gehen zu sehen, aber ich stimme dir zu. Du musst es tun. Ich habe auch darüber nachgedacht – mir lange überlegt, wo die Drachen leben könnten –, aber ich habe meine Bedenken für mich behalten, denn die Drachen haben das gleiche Recht auf dieses Land wie alle anderen, auch wenn es uns nicht gefällt, dass sie unsere Feldûnost fressen und unsere Dörfer niederbrennen. Es wird jedoch das Beste sein, sie an einem anderen Ort großzuziehen.«

»Ich bin froh, dass du mir zustimmst«, antwortete Eragon. Dann sprach er mit Orik über seine Idee für die Urgals, die auch die Zwerge betraf. Diesmal stellte Orik viele Fragen und es war ihm anzumerken, dass er den Vorschlag in Zweifel zog.

Nachdem Orik lange geschwiegen und in seinen Bart gestarrt hatte, sagte der Zwerg: »Wenn du diese Frage irgendeinem der Grimstnzborithn vor mir gestellt hättest, hätte er Nein gesagt. Hättest du mich irgendwann gefragt, bevor wir gegen Galbatorix marschiert sind, hätte ich ebenfalls Nein gesagt. Aber jetzt, nachdem ich Seite an Seite mit den Urgals gekämpft habe und nachdem ich selbst gesehen habe, wie hilflos wir vor Murtagh und Dorn und Galbatorix und vor diesem Ungeheuer Shruikan standen … jetzt denke ich anders darüber.« Er musterte Eragon unter seinen buschigen Augenbrauen heraus. »Es mag mich meine Krone kosten, aber im Namen aller Knurlan nehme ich den Vorschlag an – zu ihrem Besten, ob sie es begreifen oder nicht.«

Wieder einmal war Eragon stolz darauf, Orik als Stiefbruder zu haben. »Danke«, erwiderte er.

Orik brummte etwas. »Mein Volk hat das nie gewollt, aber ich bin dankbar dafür. Wann werden wir es erfahren?«

»In wenigen Tagen. Höchstens einer Woche.«

»Werden wir irgendetwas spüren?«

»Vielleicht. Ich werde Arya fragen. Auf jeden Fall werde ich mich wieder mit dir in Verbindung setzen, sobald es erledigt ist.«

»Gut. Dann unterhalten wir uns später. Sichere Reise und allzeit festen Stein, Eragon.«

»Möge Helzvog über dich wachen.«

Am folgenden Tag verließen sie Ilirea.

Es blieb ein Abschied im kleinen Kreis ohne viel Aufsehens und dafür war Eragon dankbar. Nasuada, Jörmundur, Jeod und Elva erschienen vor dem Südtor der Stadt, wo Saphira und Fírnen Seite an Seite warteten und die Köpfe aneinanderrieben, während Eragon und Arya ihre Sättel kontrollierten. Roran und Katrina kamen ein paar Minuten später: Katrina trug die in eine Decke gewickelte Ismira, und Roran hatte sich zwei Bündel mit Decken, Essen und anderen Vorräten über die Schultern geworfen.

Roran reichte Arya seine Bündel und sie befestigte sie auf Fírnens Satteltaschen.

Dann verabschiedeten sich Eragon und Saphira, was für Eragon härter war als für Saphira. Er war jedoch nicht der Einzige, dem Tränen in den Augen standen. Sowohl Nasuada als auch Jeod weinten, als sie ihn umarmten, und wünschten ihm und Saphira alles

Gute. Nasuada verabschiedete sich auch von Roran und dankte ihm noch einmal für seine Hilfe gegen das Imperium.

Als schließlich Eragon, Arya, Roran und Katrina auf die Drachen steigen wollten, rief eine Frau: »Halt!«

Eragon, der schon einen Fuß auf Saphiras rechtes Vorderbein gestellt hatte, erkannte Birgit, die aus dem Stadttor auf sie zugeeilt kam. Ihre grauen Röcke flogen und ihr jüngster Sohn Nolfavrell lief ihr nach und versuchte, sie aufzuhalten. In einer Hand hielt Birgit ein gezogenes Schwert, in der anderen einen runden, hölzernen Schild.

Eragon wurde flau im Magen.

Nasuadas Wachen machten Anstalten, die beiden aufzuhalten, aber Roran rief: »Lasst sie durch!«

Nasuada gab den Wachen ein Zeichen und sie traten beiseite.

Ohne zu zögern, trat Birgit auf Roran zu.

»Birgit, bitte nicht«, sagte Katrina mit leiser Stimme, aber die Frau beachtete sie nicht. Arya beobachtete sie mit starrem Blick, eine Hand an ihrem Schwert.

»Hammerfaust. Ich habe immer gesagt, dass du eines Tages für den Tod meines Mannes bezahlen wirst, und jetzt bin ich gekommen, um mein Recht einzufordern. Wirst du kämpfen oder wirst du deine Schuld begleichen?«

Eragon trat neben Roran. »Birgit, warum tust du das? Warum jetzt? Kannst du ihm nicht verzeihen und den alten Kummer ruhen lassen?«

Soll ich sie auffressen?, fragte Saphira.

Noch nicht.

Birgit ignorierte ihn und hielt den Blick starr auf Roran gerichtet.

»Mutter«, sagte Nolfavrell und zupfte an ihren Röcken, aber sie hörte nicht auf ihn.

Nasuada trat zu ihnen. »Ich kenne dich«, sagte sie zu Birgit. »Du hast während des Krieges zusammen mit den Männern gekämpft.«

»Ja, Euer Majestät.«

»Was für einen Streit hast du mit Roran? Er hat sich bei mehr als einer Gelegenheit als ein großartiger und wertvoller Krieger erwiesen, und ich wäre sehr verstimmt, wenn ich ihn verlieren müsste.«

»Er und seine Familie waren dafür verantwortlich, dass die Soldaten meinen Mann getötet haben.« Sie sah Nasuada einen Moment lang an. »Die Ra'zac haben ihn *gefressen,* Majestät. Sie haben ihn gefressen und sie haben das Mark aus seinen Knochen gesogen. Das kann ich nicht vergeben und dafür wird Roran bezahlen.«

»Es war nicht Rorans Schuld«, wandte Nasuada ein. »Es ist unangemessen und ich verbiete es.«

»Doch, es ist angemessen«, widersprach Eragon, auch wenn er es ungern tat. »Unserer Sitte nach hat sie das Recht, einen Blutzoll von jedem zu verlangen, der für Quimbys Tod verantwortlich ist.«

»Aber es war nicht Rorans Schuld!«, rief Katrina aus.

»Doch, das war es«, sagte Roran mit leiser Stimme. »Ich hätte mich den Soldaten ausliefern können. Ich hätte sie fortlocken können. Oder ich hätte angreifen können. Aber all das habe ich nicht getan. Ich habe mich dafür entschieden, mich zu verstecken, und deshalb ist Quimby gestorben.« Er sah Nasuada an. »Diese Angelegenheit müssen wir unter uns ausmachen, Majestät. Es ist eine Frage der Ehre, so wie die Probe der Langen Messer es für Euch war.«

Nasuada runzelte die Stirn und sah zu Eragon hinüber. Er nickte, woraufhin sie widerstrebend zurücktrat.

»Was bietest du mir an, Hammerfaust?«, fragte Birgit.

»Eragon und ich haben die Ra'zac im Helgrind getötet«, antwortete Roran. »Ist das nicht genug?«

Birgit schüttelte den Kopf. Ihre Entschlossenheit geriet keinen Moment ins Wanken. »Nein.«

Roran stand vor ihr und die Muskeln in seinem Hals spannten sich. »Willst du das wirklich, Birgit?«

»Ja.«

»Dann werde ich meine Schuld begleichen.«

Während Roran sprach, begann Katrina zu wimmern und warf sich zwischen ihn und Birgit, ihre Tochter noch immer in den Armen. »Das lasse ich nicht zu! Du kannst ihn nicht haben! Nicht jetzt! Nicht nach allem, was wir durchgemacht haben!«

Birgits Blick blieb versteinert und sie machte keine Anstalten, nachzugeben. Genauso wenig zeigte Roran eine Regung, als er Katrina an der Taille fasste und sie ohne sichtbare Anstrengung zur Seite hob. »Halte sie fest, ja?«, bat er Eragon kühl.

»Roran …«

Sein Cousin warf ihm einen leeren Blick zu, dann drehte er sich wieder zu Birgit um.

Eragon fasste Katrina an den Schultern, um sie daran zu hindern, sich vor Roran zu werfen, und wechselte einen hilflosen Blick mit Arya. Sie schaute vielsagend auf ihr Schwert, doch er schüttelte den Kopf.

»Lass mich los! Lass los!«, schrie Katrina. In ihren Armen begann das Baby zu weinen.

Ohne den Blick auch nur einen Moment von Birgit abzuwenden, löste Roran seinen Gürtel und ließ ihn zu Boden fallen, zusammen mit seinem Dolch und seinem Hammer, den einer der Varden kurz nach Galbatorix' Tod in den Straßen von Ilirea gefunden hatte. Dann öffnete Roran sein Wams und entblößte seine behaarte Brust.

»Eragon, entferne meine Schutzzauber«, verlangte er.

»Ich …«

»Entferne sie!«

»Roran, nein!«, schrie Katrina. »Verteidige dich.«

Er ist wahnsinnig, dachte Eragon, aber er wagte es nicht, sich einzumischen. Wenn er Birgit aufhielt, würde er Schande über Roran bringen und die Bewohner des Palancar-Tals würden jeden Respekt vor seinem Cousin verlieren. Und Roran würde lieber sterben, als das zuzulassen, das wusste Eragon.

Trotzdem hatte Eragon nicht vor, einfach zuzusehen, wie Birgit Roran tötete. Sie sollte ihren Preis haben, aber nicht mehr. Während er leise in der alten Sprache sprach – damit niemand die Worte hören konnte, die er benutzte –, tat er, worum Roran ihn gebeten hatte. Aber er belegte seinen Cousin auch mit drei neuen Zaubern: einen, um zu verhindern, dass das Rückgrat in seinem Hals durchtrennt wurde; einen, um zu verhindern, dass sein Schädel gebrochen wurde; und einen, um seine Organe zu schützen. Von allem anderen war Eragon zuversichtlich, dass er es würde heilen können, falls es notwendig wurde, solange Birgit nicht anfing, Gliedmaßen abzutrennen.

»Es ist erledigt«, erklärte er.

Roran nickte und erklärte an Birgit gewandt: »Dann nimm deinen Preis von mir und lass damit den Streit zwischen uns beendet sein.«

»Du wirst nicht gegen mich kämpfen?«

»Nein.«

Birgit beäugte ihn kurz, dann warf sie ihren Schild auf den Boden, trat mit entschlossenen Schritten auf Roran zu und setzte ihm die Schneide ihres Schwertes an die Brust. So leise, dass nur Roran es hören sollte – auch wenn Eragon und Arya mit ihren scharfen Ohren sie ebenfalls hörten –, sagte sie: »Ich habe Quimby geliebt. Er war mein Leben und deinetwegen ist er gestorben.«

»Es tut mir leid«, flüsterte Roran.

»Birgit«, flehte Katrina. »Bitte …«

Niemand bewegte sich, nicht einmal die Drachen. Eragon hielt den Atem an. Das leise Weinen des Babys war das einzige Geräusch.

Dann hob Birgit das Schwert von Rorans Brust. Sie packte seine rechte Hand und zog die Schneide des Schwertes über die Innenfläche.

Roran zuckte zusammen, als die Klinge sich in seine Handfläche grub, aber er zog die Hand nicht zurück. Eine blutende Linie erschien auf seiner Hand. Das Blut sammelte sich in seiner Handfläche und tropfte zu Boden; es wurde aufgesogen von der festgetretenen Erde und hinterließ einen dunklen Fleck darauf.

Birgit hörte auf, das Schwert durch seine Haut zu ziehen, und hielt es noch einen Moment länger reglos in Rorans Handfläche. Dann trat sie zurück und ließ das Schwert mit der jetzt blutroten Klinge sinken. Roran schloss die Finger; Blut floss zwischen ihnen hindurch und er presste die Hand an seine Hüfte.

»Ich habe meinen Preis bekommen«, erklärte Birgit. »Unser Streit ist zu Ende.« Dann drehte sie sich um, hob ihren Schild auf und stolzierte zurück in die Stadt, dicht gefolgt von Nolfavrell.

Eragon ließ Katrina los und sie eilte an Rorans Seite. »Du Narr«, sagte sie mit einem bitteren Unterton. »Du halsstarriger, sturer Narr. Komm, lass mich sehen.«

»Es war die einzige Möglichkeit«, erwiderte Roran ausdruckslos.

Katrina runzelte die Stirn. Ihr Gesicht war verzerrt und angespannt, während sie die Schnittwunde an seiner Hand untersuchte. »Eragon, du solltest die Verletzung heilen.«

»Nein«, widersprach Roran mit plötzlicher Schärfe. Wieder schloss er die Hand. »Nein, das ist eine Narbe, die ich behalten werde.« Er sah sich um. »Gibt es irgendwo ein Stück Stoff, das ich als Verband benutzen kann?«

Nach einem Moment der Bestürzung deutete Nasuada auf einen ihrer Wachposten und sagte: »Schneide den unteren Teil von deinem Wams ab und gib ihn Hammerfaust.«

»Warte«, sagte Eragon, als Roran begann, den Streifen um seine Hand zu wickeln. »Ich werde die Wunde nicht heilen, aber lass mich wenigstens einen Zauber wirken, um zu verhindern, dass sie sich entzündet, in Ordnung?«

Roran zögerte. Dann nickte er und streckte Eragon die Hand hin.

Eragon brauchte nur wenige Sekunden, um tonlos den Zauber zu sprechen. »So«, stellte er fest. »Jetzt wird sie nicht grün oder purpurn und sie wird auch nicht dick wie eine Schweineblase.«

Roran brummte und Katrina sagte: »Danke, Eragon.«

»Also, wollen wir aufbrechen?«, fragte Arya.

Die fünf kletterten auf die Drachen, und Arya half Roran und Katrina sicher in den Sattel auf Fírnens Rücken, der mit Schlaufen und Riemen für zusätzliche Passagiere ausgestattet worden war. Sobald sie sicher auf dem grünen Drachen saßen, hob Arya die Hand. »Leb wohl, Nasuada! Lebt wohl, Eragon und Saphira! Wir warten in Ellesméra auf euch!«

Lebt wohl!, sagte Fírnen mit seiner tiefen Stimme. Er breitete seine Flügel aus und sprang himmelwärts. Dabei schlug er schnell mit den Flügeln, um das Gewicht der zusätzlichen Passagiere auf seinem Rücken in die Höhe zu hieven. Dabei half ihm die Kraft der beiden Eldunarí, die Arya bei sich hatte.

Saphira verabschiedete sich mit einem Brüllen, und Fírnen antwortete mit einer horngleichen Fanfare, bevor er nach Südosten in Richtung des fernen Beor-Gebirges davonschoss.

Eragon wandte sich in seinem Sattel um und winkte Nasuada,

Elva, Jörmundur und Jeod zu. Sie winkten ebenfalls und Jörmundur rief: »Viel Glück für euch beide!«

»Auf Wiedersehen!«, rief Elva.

»Auf Wiedersehen!«, rief auch Nasuada. »Passt auf euch auf!«

Eragon erwiderte ihre Grüße, dann drehte er ihnen den Rücken zu, weil er seine Ergriffenheit nicht zeigen wollte. Saphira kauerte sich zusammen und sprang in die Luft – und damit begann die erste Etappe ihrer langen, langen Reise.

Saphira zog Kreise und stieg so immer weiter in die Höhe. Unter ihnen sah Eragon Nasuada und die anderen vor den Stadtmauern stehen. Elva hielt ein kleines weißes Taschentuch in der Hand, das in den Windböen von Saphiras Flügelschlägen flatterte.

Alte und neue Versprechen

Von Ilirea aus flog Saphira zu der nahen Burg, wo Bloëdhgarm und die Elfen unter seinem Kommando die Eldunarí für die Reise fertig machten. Die Elfen würden mit den Eldunarí nach Norden reiten, nach Du Weldenvarden, und von dort aus durch den riesigen Wald bis zur Elfenstadt Sílthrim, die am Ufer des Sees Ardwen lag. Dort würden die Elfen und die Eldunarí darauf warten, dass Eragon und Saphira aus Vroengard zurückkehrten. Dann würden sie gemeinsam ihre Reise antreten, die sie aus Alagaësia hinausführen sollte. Sie wollten dem Fluss Gaena folgen, der durch den Wald Richtung Osten und durch die anschließenden Ebenen floss. Alle bis auf Laufin und Uthinarë, die sich dafür entschieden hatten, in Du Weldenvarden zu bleiben.

Dass die Elfen ihn begleiten wollten, hatte Eragon überrascht, trotzdem war er dankbar dafür. Bloëdhgarm hatte gesagt: »Wir können die Eldunarí nicht im Stich lassen. Sie brauchen unsere Hilfe, genau wie die Jungen, sobald sie geschlüpft sind.«

Eragon und Saphira verbrachten eine halbe Stunde damit, mit Bloëdhgarm über den sicheren Transport der Eier zu beraten, dann nahm Eragon die Eldunarí von Glaedr, Umaroth und einigen der älteren Drachen, die ihn begleiten sollten, denn er und Saphira würden ihre Stärke auf Vroengard brauchen.

Nachdem sie sich von den Elfen verabschiedet hatten, brachen Saphira und Eragon nach Nordwesten auf. Saphira schlug ein ruhiges, gleichmäßiges Tempo an, ganz anders als auf ihrer ersten Reise nach Vroengard.

Als sie so dahinflogen, wurde Eragon immer trauriger, und eine Zeit lang fühlte er sich mutlos und niedergeschlagen. Auch Saphira war traurig, weil sie Fírnen hatte zurücklassen müssen. Aber der Tag war strahlend schön, es wehte ein stetiger Wind und schon bald stieg ihre Laune. Trotzdem lag das Gefühl des baldigen Verlusts über allem, was Eragon erblickte, und er betrachtete das Land mit neuer Wertschätzung, weil er es wahrscheinlich nie wiedersehen würde.

Viele Meilen flog Saphira über das grüne Weideland und ihr Schatten erschreckte die Vögel und die Tiere unter ihnen. Als es Nacht wurde, schlugen sie ihr Lager an einem Bach auf, der auf dem Grund einer flachen Schlucht floss. Dort saßen sie und beobachteten, wie die Sterne über ihnen dahinzogen, und sprachen über all das, was gewesen war, und all das, was vielleicht noch sein würde.

Spät am nächsten Tag erreichten sie das Urgal-Dorf, das in der Nähe des Sees Fläm entstanden war. Hier würden sie, wie Eragon wusste, Nar Garzhvog und die Herndall finden, den Rat der Urgal-Mütter, die ihr Volk regierten.

Trotz Eragons Protest bestanden die Urgals darauf, ein riesiges Festmahl für ihn und Saphira zu geben. Daher verbrachte er den Abend damit, mit Garzhvog und seinen Gehörnten zu trinken. Die Urgals machten einen Wein aus Beeren und Baumborke, der noch stärker war als selbst der stärkste Zwergenmet. Saphira schien das Getränk besser zu schmecken als Eragon – für ihn schmeckte es nach verdorbenen Kirschen –, aber er trank trotzdem, um ihre Gastgeber nicht zu kränken.

Viele der Urgal-Frauen kamen zu ihm und Saphira. Sie waren neugierig, sie kennenzulernen, da sich nur wenige von ihnen dem Kampf gegen das Imperium angeschlossen hatten. Sie waren ein wenig schlanker als ihre Männer, aber genauso groß. Ihre Hörner waren in der Regel kürzer und schmaler, wenn auch immer noch massig. Sie wurden von Urgal-Kindern begleitet: Die jüngeren hatten noch keine Hörner, die älteren hatten schuppige Höcker auf der Stirn, die zwischen einem und fünf Zoll lang waren. Ohne ihre Hörner hatten sie überraschende Ähnlichkeit mit Menschen, trotz ihrer andersfarbigen Haut und Augen. Es war offensichtlich, dass einige der Kinder Kull waren, denn selbst die jüngeren überragten ihre älteren Spielgefährten und manchmal sogar ihre Eltern. Soweit Eragon das sagen konnte, gab es kein ersichtliches Prinzip, welche Eltern Kull gebaren und welche nicht. Eltern, die selbst Kull waren, bekamen anscheinend trotzdem genauso oft Kinder von gewöhnlicher Urgal-Statur wie Kinder, die so riesig waren wie sie selbst.

Den ganzen Abend lang zechten Eragon und Saphira mit Garzhvog, und Eragon verfiel in seine Wachträume, während er einem Urgal-Sänger lauschte, der die Geschichte von Nar Tulkhqas Sieg bei Stavarosk rezitierte. Zumindest erzählte Garzhvog ihm das, denn Eragon konnte nichts von der Sprache der Urgals verstehen. Er fand nur, dass daneben die Sprache der Zwerge so süß klang wie mit Honig versetzter Wein.

Am Morgen war Eragon übersät mit blauen Flecken – das Ergebnis freundschaftlicher Knüffe und Püffe, die er während des Festmahls von den Kull erhalten hatte. Mit schmerzendem Körper und brummendem Schädel folgten er und Saphira Garzhvog zu den Herndall. Die zwölf Urgal-Mütter hielten in einer niedrigen, runden Hütte Hof, die mit Rauch von brennendem Wacholder und Zedern erfüllt war. Die Tür aus Weidengeflecht war kaum groß genug für Saphiras Kopf und ihre Schuppen warfen blaue Lichtflecken in die dunkle Hütte.

Die Urgal-Mütter waren außerordentlich alt und einige von ihnen waren blind und zahnlos. Ihre Roben waren mit Knoten gemustert, ähnlich den Namna, den gewebten Streifen, die vor jeder Hütte hingen und die Geschichte ihrer Bewohner erzählten. Jede der Herndall hatte einen Stock bei sich, in den Muster eingeschnitzt waren, die Eragon nichts sagten, die aber sicher nicht bedeutungslos waren.

Mit Garzhvog als Übersetzer erklärte Eragon ihnen den ersten Teil seines Plans, um künftige Konflikte zwischen den Urgals und anderen Völkern zu verhindern. Der Plan bestand darin, dass die Urgals alle paar Jahre Spiele veranstalten sollten, Spiele, in denen es um Stärke, Schnelligkeit und Beweglichkeit ging. Bei ihnen würden die jungen Urgals den Ruhm erringen können, den sie brauchten, um eine Gefährtin zu finden und sich ihren Platz in ihrer Gesellschaft zu verdienen. Die Spiele sollten, so schlug Eragon vor, allen Völkern offenstehen, was den Urgals gleichzeitig eine Möglichkeit geben würde, sich gegen diejenigen zu bewähren, die lange Zeit ihre Feinde gewesen waren.

»König Orik und Königin Nasuada haben dem Vorschlag bereits zugestimmt«, erklärte Eragon, »und Arya, die jetzt Königin der Elfen ist, denkt ebenfalls darüber nach. Ich glaube, dass auch sie den Spielen ihren Segen geben wird.«

Die Herndall berieten sich mehrere Minuten lang untereinander; dann sprach die Älteste, eine weißhaarige Urgal-Frau, deren Hörner fast restlos abgenutzt waren. Wieder übersetzte Garzhvog: »Eure Idee ist eine gute Idee, Feuerschwert. Wir müssen mit unseren Stämmen sprechen, um über den besten Zeitpunkt für diese Wettbewerbe zu entscheiden, aber das werden wir tun.«

Erfreut verneigte Eragon sich und dankte ihnen.

Eine weitere Urgal-Frau ergriff das Wort. »Es gefällt uns, Feuerschwert, aber wir denken nicht, dass es Kriege zwischen unseren Völkern verhindern wird. Unser Blut fließt zu heiß, als dass Spiele allein es abkühlen könnten.«

Und das der Drachen vielleicht nicht?, fragte Saphira.

Eine Urgal-Mutter berührte ihre Hörner. »Wir ziehen die Wildheit Eurer Art nicht in Zweifel, Flammenzunge.«

»Ich weiß, dass euer Blut heiß fließt – heißer als das der meisten«, erwiderte Eragon. »Deshalb habe ich noch eine Idee.«

Die Herndall hörten schweigend zu, während er alles erklärte, obwohl Garzhvog unbehaglich von einem Fuß auf den anderen trat und ein leises Stöhnen ausstieß. Als Eragon fertig war, sprachen die Herndall mehrere Minuten lang kein Wort und bewegten sich auch nicht, und Eragon begann sich unter dem starren Blick jener, die noch sehen konnten, unwohl zu fühlen.

Dann schüttelte die Urgal-Mutter ganz rechts ihren Stock und zwei steinerne, daran befestigte Ringe klapperten laut in der raucherfüllten Hütte. Sie sprach langsam und undeutlich, als sei ihre Zunge geschwollen. »Das würdet Ihr für uns tun, Feuerschwert?«

»Ja«, bestätigte Eragon und verneigte sich abermals.

»Wenn Ihr das tut, Feuerschwert und Flammenzunge, dann werdet Ihr der größte Freund sein, den die Urgralgra jemals hatten, und wir werden uns für den Rest der Zeit an Eure Namen erinnern. Wir werden sie in jede einzelne unserer Namna weben, wir werden sie auf unsere Säulen schnitzen und wir werden sie unseren Jungen beibringen, wenn ihre Hörner knospen.«

»Dann lautet Eure Antwort Ja?«, fragte Eragon nach.

»So ist es.«

Garzhvog hielt inne, dann sagte er – wobei er vermutlich für sich selbst sprach: »Feuerschwert, Ihr wisst nicht, wie viel das für mein Volk bedeutet. Wir werden für immer in Eurer Schuld stehen.«

»Ihr schuldet mir nichts«, erwiderte Eragon. »Ich möchte uns lediglich einen Krieg ersparen.«

Er redete noch etwas länger mit den Herndall und erörterte die Einzelheiten der Übereinkunft. Dann verabschiedeten er und Saphira sich und nahmen ihre Reise nach Vroengard wieder auf.

Als die groben Hütten des Dorfes hinter ihnen kleiner wurden, sagte Saphira: *Sie werden gute Reiter sein.*

Ich hoffe, du hast recht.

Der Rest ihres Fluges nach Vroengard verlief ereignislos. Sie trafen über dem Meer auf keinen Sturm. Die einzigen Wolken, die ihren Weg kreuzten, waren dünn und zart und stellten keine Gefahr für sie oder die Möwen dar, mit denen sie den Himmel teilten.

Saphira landete auf Vroengard wieder vor demselben halb verfallenen Nisthaus, in dem sie während ihres vorherigen Besuchs gewohnt hatten. Dort wartete sie, während Eragon in den Wald ging und zwischen den dunklen, von Farnen überwucherten Bäumen herumwanderte, bis er mehrere der Schattenvögel fand, denen er schon beim letzten Mal begegnet war. Danach entdeckte er auch ein Fleckchen Moos, das mit den hüpfenden Larven verseucht war, die Galbatorix, wie Nasuada ihm erzählt hatte, Bohrmaden nannte. Eragon benutzte den Namen aller Namen und gab beiden Tieren einen angemessenen Namen in der alten Sprache. Die Schattenvögel nannte er *Sundavrblaka* und die Bohrmaden *Íllgrathr.* Den zweiten Namen fand er auf erschreckende Weise amüsant, da er »böser Hunger« bedeutete.

Zufrieden kehrte Eragon zu Saphira zurück und sie verbrachten den Rest der Nacht damit, sich auszuruhen und mit Glaedr und den anderen Eldunarí zu reden.

Bei Morgengrauen gingen sie zum Felsen von Kuthian. Sie sprachen ihre wahren Namen und die massiven Türen in dem moosbewachsenen Felsblock öffneten sich. Dann stiegen Eragon, Saphira und die Eldunarí in das Verlies hinab. In der Höhle tief unter der Erde, im Licht des Sees aus geschmolzenem Stein, der unter dem Berg Erolas kochte, half ihnen Cuaroc, der Wächter der Dracheneier, jedes Ei in eine eigene Schatulle zu legen. Dann stapelten sie die Schatullen in der Mitte des Raums, zusammen mit den fünf Eldunarí, die in der Höhle geblieben waren, um zu helfen, die Eier zu beschützen.

Mit Umaroths Hilfe wirkte Eragon denselben Zauber, den er schon einmal gewirkt hatte, und legte die Eier und die Herzen in eine Falte im Raum, die hinter Saphira hing, wo weder sie noch er sie berühren konnte.

Cuaroc begleitete sie aus dem Verlies hinaus. Die Metallfüße des drachenhäuptigen Mannes klirrten laut auf dem Tunnelboden, als er an ihrer Seite an die Erdoberfläche stieg.

Sobald sie draußen waren, umfasste Saphira Cuaroc mit ihren Klauen – denn er war zu groß und zu schwer, um behaglich auf ihrem Rücken zu sitzen –, erhob sich in die Luft und stieg über dem Talkessel auf, der im Herzen von Vroengard lag.

Saphira flog zurück über das dunkel glänzende Meer. Anschließend ging es über den Buckel mit seinen Gipfeln wie Klingen aus Eis und Schnee und seinen Schluchten wie Flüssen aus Schatten. Sie schwenkte nach Norden ab und überquerte das Palancar-Tal – damit sie und Eragon einen letzten Blick auf das Zuhause ihrer Kindheit werfen konnten, und sei es auch nur von hoch oben. Dann überflog sie die Bucht von Fundor, die überzogen war mit einem Muster schaumgekrönter Wellen. Ceunon mit seinen steilen, vielschichtigen Dächern und Skulpturen von Drachenköpfen war der letzte große Ort, bevor sie den Rand von Du Weldenvarden mit seinen hohen, kräftigen Kiefern erreichten.

Die Nächte hatten sie an Flüssen und Teichen gelagert und das Licht ihrer Feuer hatte auf Cuarocs poliertem Metallkörper getanzt, während ringsum ein Chor aus Fröschen und Insekten erklang. Und in der Ferne hatten sie oft das Heulen jagender Wölfe gehört.

Sobald sie Du Weldenvarden erreicht hatten, flog Saphira eine Stunde lang auf das Herz des großen Waldes zu, bis die Schutzzauber der Elfen sie nicht mehr weiter vordringen ließen. Dort landete sie und übertrat zu Fuß, Cuaroc neben sich, die unsichtbare magische Grenze, um sich danach wieder aufzuschwingen und ihren Flug fortzusetzen.

Meile um Meile glitten Bäume unter ihnen hinweg, mit wenig Abwechslung bis auf die gelegentlichen Laubbäume – Eichen, Ulmen, Birken, Espen und Trauerweiden –, die oft die Wasserwege säumten. An einem Berg vorbei, dessen Namen Eragon vergessen hatte, und an der Elfenstadt Osilon und über Quadratmeilen von weglosem Wald, von denen jede einzigartig und doch fast identisch mit ihren ungezählten Brüdern war.

Als am späten Abend schließlich der Mond und die Sonne einander gegenüber tief am Horizont standen, erreichte Saphira Ellesméra und glitt hinab, um inmitten der lebenden Bauten der größten und stolzesten Elfenstadt zu landen.

Arya und Fírnen erwarteten sie, zusammen mit Roran und Katrina. Als Saphira näher kam, bäumte Fírnen sich auf, spreizte die Flügel und stieß ein freudiges Brüllen aus, das die Vögel meilenweit im Umkreis erschreckt auffliegen ließ. Saphira antwortete auf die gleiche Weise, nachdem sie sich auf die Hinterbeine niedergelassen und Cuaroc sanft auf dem Boden abgesetzt hatte.

Eragon schnallte sich los und glitt von Saphiras Rücken hinunter.

Roran kam auf ihn zugelaufen, fasste ihn am Arm und schlug ihm auf die Schulter, während Katrina ihn auf der anderen Seite umarmte.

Lachend sagte Eragon: »He! Halt, ich bekomme keine Luft mehr! Also, wie gefällt euch Ellesméra?«

»Es ist wunderschön!«, antwortete Katrina lächelnd.

»Ich dachte, du hättest übertrieben«, meinte Roran, »aber es ist genauso beeindruckend, wie du gesagt hast. Die Halle, in der wir wohnen …«

»Die Tialdarí-Halle«, ergänzte Katrina.

Roran nickte. »Ja, die. Sie hat mich auf einige Ideen gebracht, wie wir Carvahall wieder aufbauen sollten. Und dann Tronjheim und Farthen Dûr …« Er schüttelte den Kopf und stieß einen leisen, bewundernden Pfiff aus.

Wieder lachte Eragon, dann folgte er den anderen den Waldpfad entlang zum westlichen Rand von Ellesméra. Arya gesellte sich zu ihnen und sah genauso königlich aus wie einst ihre Mutter. »Schön, dich wiederzusehen, Eragon, willkommen zurück.«

Er sah sie an. »Ja, ein schönes Wiedersehen, Schattentöterin.«

Sie lächelte über die Anrede und die Abenddämmerung unter den schwankenden Bäumen schien heller zu strahlen.

Nachdem Eragon Saphira den Sattel abgenommen hatte, erhoben sie und Fírnen sich in die Luft – obwohl Eragon wusste, dass Saphira von der Reise erschöpft war – und verschwanden zusammen in Richtung der Felsen von Tel'naeír. Als sie davonflogen, hörte Eragon Fírnen sagen: *Ich habe heute Morgen drei Hirsche für dich gejagt. Sie liegen auf dem Gras vor Oromis' Hütte.*

Cuaroc folgte ihnen, denn Saphira trug noch immer die Dracheneier und es war seine Pflicht, die Eier zu schützen.

Roran und Katrina führten Eragon durch die Stadt, bis sie zu einer von Hartriegel und Malven umstandenen Lichtung kamen. Dort waren mit einer reichen Auswahl von Speisen beladene Tische aufgebaut. Viele Elfen in ihren prächtigsten Gewändern begrüßten Eragon mit leisen Rufen, melodischem Gelächter und kurzen Liedern und Musikstücken.

Arya nahm ihren Platz an der Stirnseite der Festtafel ein und der weiße Rabe Blagden saß auf einer mit Schnitzereien verzierten Sitzstange in der Nähe, krächzte und gab gelegentliche einzelne Verszeilen von sich. Eragon saß an Aryas Seite und sie aßen und tranken und feierten bis spät in die Nacht.

Als das Festmahl sich seinem Ende näherte, schlich Eragon sich für einige Minuten davon und lief durch den dunklen Wald zum Menoa-Baum. Dabei ließ er sich mehr von seinem Geruchssinn und Gehör leiten als von seinen Augen.

Er trat unter dem Astwerk der großen Kiefern hervor und über ihm erschienen die Sterne. Dann hielt er inne, um seine Atmung zu verlangsamen und sich zu sammeln, bevor er sich einen Weg durch das Bett aus Wurzeln suchte, das den Menoa-Baum umgab.

Am Fuß des gewaltigen Stamms blieb er stehen und legte die Hand auf die rissige Borke. Er streckte seinen Geist nach dem langsamen Bewusstsein des Baums aus, der einst eine Elfe gewesen war, und sagte: *Linnëa ... Linnëa ... erwache! Ich muss dringend mit dir sprechen!* Er wartete, nahm aber keine Reaktion von dem Baum wahr; es war, als versuche er, sich mit dem Meer, der Luft oder der Erde selbst in Verbindung zu setzen. *Linnëa, ich muss mit dir sprechen!*

Ein Windseufzer schien durch seinen Geist zu streichen und er spürte einen fernen, schwachen Gedanken, einen Gedanken, der sagte: *Was, oh Reiter ...?*

Linnëa, als ich das letzte Mal hier war, habe ich gesagt, ich würde dir für den Sternenstahl unter deinen Wurzeln geben, was immer du willst. Ich werde Alagaësia bald verlassen, daher bin ich gekommen, um mein Versprechen einzulösen, bevor ich gehe. Was möchtest du von mir haben, Linnëa?

Der Menoa-Baum antwortete nicht, aber seine Äste bewegten sich leicht, Nadeln rieselten auf die Wurzeln und das Bewusstsein des Baums verströmte Erheiterung.

Geh ... wisperte die Stimme, dann zog der Baum sich aus Eragons Geist zurück.

Er blieb noch einige Minuten stehen und rief ihren Namen, aber der Baum reagierte nicht. Am Ende ging Eragon fort und hatte das Gefühl, dass die Angelegenheit noch nicht erledigt war, obwohl der Menoa-Baum offensichtlich anders darüber dachte.

Die nächsten drei Tage verbrachte Eragon damit, Bücher und Schriftrollen zu lesen – von denen viele aus Galbatorix' Bibliothek stammten. Vanir hatte sie auf Eragons Bitte nach Ellesméra gesandt. An den Abenden aß er mit Roran, Katrina und Arya, aber ansonsten blieb er für sich und sah nicht einmal Saphira, denn sie verbrachte ihre Zeit mit Fírnen auf den Felsen von Tel'naeír und zeigte wenig Interesse an irgendetwas anderem. Nachts hallte das Brüllen der Drachen oft über den Wald, lenkte ihn von seinen Studien ab und entlockte ihm ein Lächeln, wenn er Saphiras Gedanken berührte. Er vermisste Saphiras Gesellschaft, aber er wusste, dass sie nur noch wenig Zeit mit Fírnen hatte, und er neidete ihr dieses kurze Glück nicht.

Am vierten Tag, als er alles aus den Büchern erfahren hatte, was er hatte wissen wollen, ging er zu Arya und stellte ihr und ihren Ratgebern seinen Plan vor. Es kostete ihn fast den ganzen Tag, sie davon zu überzeugen, dass das, was er im Sinn hatte, notwendig war, und mehr noch, dass es funktionieren würde.

Sobald ihm das gelungen war, unterbrachen sie ihre Besprechung, um etwas zu essen. Als langsam die Abenddämmerung sich übers Land legte, versammelten sie sich auf der Lichtung um den Menoa-Baum: er, Saphira und Fírnen, Arya, dreißig der ältesten und erfahrensten Elfenmagier, Glaedr und die anderen Eldunarí, die Eragon und Saphira mitgebracht hatten, außerdem die beiden Hüterinnen, die Elfen Iduna und Nëya, die das magische Band zwischen den Drachen und den Reitern verkörperten.

Die Hüterinnen entkleideten sich, und Eragon und die anderen begannen – in Übereinstimmung mit den uralten Ritualen – zu singen. Während sie sangen, tanzten Iduna und Nëya und bewegten sich so miteinander, dass der auf ihre Körper tätowierte Drache zu einer einzigen Kreatur zu werden schien.

Als das Lied seinen Höhepunkt erreichte, schimmerte der Drache, dann öffnete er das Maul, entfaltete die Flügel, löste sich mit einem Sprung von der Haut der Elfen und erhob sich über der Lichtung, bis nur noch seine Schwanzspitze die beiden ineinander verschlungenen Hüterinnen berührte.

Eragon rief das leuchtende Geschöpf an, und als er seine Aufmerksamkeit hatte, erklärte er ihm, was er wollte, und fragte, ob die Drachen einverstanden seien.

Tu, was du tun willst, Königsmörder, sagte die geisterhafte Gestalt. *Wenn es hilft, den Frieden in ganz Alagaësia zu sichern, haben wir keine Einwände.*

Dann las Eragon aus einem der Bücher der Reiter und er sprach im Geist den Namen der alten Sprache. Die Elfen und die Drachen, die zugegen waren, liehen ihm die Stärke ihrer Körper, und ihre Energie strömte wie ein starker Wirbelwind durch ihn hindurch. Mit ihr wirkte Eragon den Zauber, an dessen Vervollkommnung er tagelang gearbeitet hatte, einen Zauber, wie er seit Hunderten von Jahren nicht mehr gewirkt worden war – eine Beschwörung der großen alten Magie, die tief in den Adern der Erde und den Knochen der Berge wirkte. Mit ihr wagte er zu tun, was nur ein einziges Mal zuvor getan worden war.

Mit ihr schmiedete er einen neuen Pakt zwischen den Drachen und den Reitern.

Er band nicht nur die Elfen und die Menschen an die Drachen, sondern auch die Zwerge und die Urgals, und er sorgte dafür, dass jeder von ihnen ein Reiter werden konnte.

Als er die letzten Worte der mächtigen Beschwörung sprach und sie damit besiegelte, schienen Luft und Erde zu erbeben. Er hatte das Gefühl, als habe sich alles ringsum – und vielleicht alles auf der Welt – ein kleines Stück bewegt. Der Zauber erschöpfte ihn, Saphira und die anderen Drachen, aber nachdem er vollendet war, fühlte Eragon sich trunken vor Glück, und er wusste, dass er etwas sehr Gutes getan hatte, vielleicht das Beste in seinem ganzen Leben.

Arya bestand darauf, aus diesem Anlass ein weiteres Festmahl zu geben. Obwohl er sehr müde war, nahm Eragon gut gelaunt daran teil, glücklich darüber, diesen Abend mit Arya und Roran, Katrina und Ismira verbringen zu dürfen.

Mitten während des Festmahls wurden ihm das Essen und die Musik jedoch plötzlich zu viel und er zog sich mit einer Entschuldigung von dem Tisch zurück, an dem er mit Arya gesessen hatte.

Geht es dir gut?, fragte Saphira und schaute von ihrem Platz an Fírnens Seite zu ihm hinüber.

Er lächelte ihr von der anderen Seite der Lichtung zu. *Ich brauche nur ein wenig Ruhe. Ich werde bald zurück sein.* Er schlüpfte davon und wanderte langsam zwischen den Kiefern hindurch und atmete tief die kühle Nachtluft ein.

Hundert Fuß von den Tischen entfernt sah Eragon einen dünnen, hochschultrigen Elf auf einer gewaltigen Wurzel sitzen und der Feier den Rücken zukehren. Eragon änderte die Richtung, um ihn nicht zu stören, doch dabei erhaschte er einen Blick auf sein Gesicht.

Es war gar kein Elf, sondern der Metzger Sloan.

Überrascht blieb Eragon stehen. Er hatte gar nicht mehr daran gedacht, dass Katrinas Vater Sloan in Ellesméra war. Er zögerte einen Moment und rang mit sich, dann ging er mit leisen Schritten zu ihm.

Genau wie bei ihrer letzten Begegnung hatte Sloan einen dünnen schwarzen Stoffstreifen um den Kopf gebunden, um die leeren Höhlen zu verbergen, wo einst seine Augen gewesen waren. Tränen sickerten unter dem Tuch hervor, seine Stirn war in Falten gelegt und seine mageren Hände waren zu Fäusten geballt.

Der Schlachter hörte Eragon näher kommen, denn er drehte den Kopf in Eragons Richtung und fragte: »Wer ist da? Bist du das, Adarë? Ich habe doch gesagt, ich brauche keine Hilfe!« Seine Worte waren bitter und zornig, aber es lag auch Trauer darin, wie Eragon sie noch nie von ihm gehört hatte.

»Ich bin es, Eragon«, gab er sich zu erkennen.

Sloan versteifte sich, als habe man ihm ein rot glühendes Brandeisen aufgedrückt. »Du! Bist du gekommen, um dich an meinem Elend zu weiden?«

»Nein, ganz sicher nicht«, erwiderte Eragon, entsetzt über den Gedanken. Er ging einige Schritte entfernt in die Hocke.

»Vergib mir, wenn ich dir nicht glaube. Es ist oft schwer zu erkennen, ob du versuchst, jemandem zu helfen oder ihn zu verletzen.«

»Das hängt manchmal von der Perspektive ab.«

Sloans Oberlippe verzog sich. »Also, wenn das nicht die aalglatteste Elfenantwort ist, die ich je bekommen habe.«

Hinter ihm stimmten die Elfen mit Laute und Flöte ein neues Lied an und Gelächter wehte von dem Fest zu Eragon und Sloan herüber.

Der Schlachter deutete mit dem Kinn über seine Schulter. »Ich kann sie hören.« Frische Tränen rannen unter dem Stoffstreifen hervor. »Ich kann sie hören, aber ich kann sie nicht sehen. Dein verwünschter Zauber erlaubt mir nicht, mit ihr zu reden.«

Eragon schwieg. Er wusste nicht recht, was er sagen sollte.

Sloan lehnte den Kopf gegen die Wurzel und der Knoten in seiner Kehle hüpfte. »Die Elfen haben mir erzählt, dass das Kind, Ismira, kräftig und gesund ist.«

»Das ist sie. Sie ist der kräftigste, lauteste Säugling, den ich kenne. Sie wird einmal zu einer beeindruckenden Frau heranwachsen.«

»Das ist gut.«

»Wie hast du deine Tage verbracht? Schnitzt du noch?«

»Die Elfen halten dich wohl über mich auf dem Laufenden?« Während Eragon überlegte, was er antworten sollte – er wollte nicht, dass Sloan erfuhr, dass er ihn schon einmal besucht hatte –, fuhr der Schlachter fort: »Das habe ich vermutet. Was denkst du, wie ich meine Tage verbringe? Ich verbringe sie in Dunkelheit, wie ich das seit dem Helgrind getan habe, mit keiner anderen Beschäftigung, als Däumchen zu drehen, während die Elfen mich wegen diesem und jenem belästigen und mir keinen Augenblick Ruhe gönnen!«

Wieder klang Gelächter herüber. Und Eragon konnte Katrinas Stimme heraushören.

Ein finsteres Stirnrunzeln verzerrte Sloans Züge. »Und dann musstest du kommen und *sie* nach Ellesméra bringen. Es war nicht genug, mich einfach in die Verbannung zu schicken, was? Nein, du musstest mich mit dem Wissen foltern, dass mein einziges Kind und mein Enkelkind hier sind und dass ich sie niemals mehr werde sehen, geschweige denn treffen können.« Sloan bleckte die Zähne und er sah aus, als würde er gleich auf Eragon losgehen. »Du bist wirklich ein herzloser Bastard!«

»Ich habe sogar zu viele Herzen«, erwiderte Eragon, obwohl er wusste, dass der Schlachter es nicht verstehen würde.

»Pah!«

Eragon zögerte. Es schien gnädiger, Sloan in dem Glauben zu lassen, dass Eragon vorgehabt hatte, ihn noch mehr zu verletzen, statt ihm zu gestehen, dass sein Schmerz lediglich die Folge von Eragons Vergesslichkeit war.

Der Schlachter wandte den Kopf ab und noch mehr Tränen liefen ihm über die Wangen. »Geh«, sagte er. »Lass mich in Ruhe. Und belästige mich nie wieder, Eragon, oder ich schwöre, dass einer von uns beiden sterben wird.«

Eragon stocherte in den Nadeln auf dem Boden, dann stand er auf und starrte auf Sloan hinunter. Er wollte nicht gehen. Was er Sloan angetan hatte, indem er Katrina nach Ellesméra gebracht hatte, fühlte sich falsch und grausam an. Schuldgefühle nagten an Eragon und wurden von Sekunde zu Sekunde stärker, bis er schließlich eine Entscheidung fällte und seine innere Ruhe wiederfand.

Es war nicht mehr als ein Flüstern, als er den Namen der alten Sprache benutzte, um die Zauber zu verändern, mit denen er Sloan belegt hatte. Er brauchte über eine Minute, und als er sich dem Ende der Beschwörungen näherte, knurrte Sloan durch seine zusammengebissenen Zähnen: »Hör auf mit deinem verfluchten Gemurmel, Eragon, und verschwinde. Lass mich in Ruhe, verdammt! Lass mich in Ruhe!«

Eragon ging jedoch nicht, sondern begann einen neuen Zauber. Er bediente sich des Wissens der Eldunarí und der Reiter, mit denen viele der älteren Drachen verbunden gewesen waren, und er sang einen Zauber, der nährte und förderte und wiederherstellte, was einmal gewesen war. Es war eine schwierige Aufgabe, aber Eragons Fähigkeiten waren viel größer als früher und ihm gelang, was er zu erreichen wünschte.

Während Eragon sang, zuckte Sloan. Dann begann er zu fluchen und sich mit beiden Händen Wangen und Stirn zu kratzen, als plage ihn ein Juckreiz.

»Verflucht sollst du sein! Was machst du mit mir?«

Als Eragon seine Beschwörung beendet hatte, hockte er sich wieder hin und nahm sanft den Streifen Tuch von Sloans Kopf. Sloan zischte, als er spürte, dass der Streifen weggezogen wurde, und er hob die Hände, um Eragon aufzuhalten, aber er war zu langsam und seine Finger griffen ins Leere.

»Du willst mir auch noch meine Würde nehmen?«, fragte Sloan, seine Stimme hasserfüllt.

»Nein«, antwortete Eragon. »Ich will sie dir zurückgeben. Öffne die Augen.«

Der Schlachter zögerte. »Das kann ich nicht. Du versuchst mich hereinzulegen.«

»Habe ich das jemals getan? Öffne die Augen, Sloan, und schau dir deine Tochter und deine Enkeltochter an.«

Sloan zitterte und dann – unendlich langsam – öffneten sich seine Lider und statt leerer Höhlen kamen zwei glänzende Augen zum Vorschein. Anders als die, mit denen er geboren worden war, waren sie so blau wie der Mittagshimmel und strahlten verblüffend hell.

Sloan blinzelte und seine Pupillen weiteten sich, als sie sich auf das spärliche Licht im Wald einstellten. Dann fuhr er mit einem Ruck hoch und sah über die Wurzeln hinweg zu den Festlichkeiten hinüber, die zwischen den Bäumen stattfanden. Das Leuchten der flammenlosen Elfenlaternen tauchte sein Gesicht in ein warmes Licht und in diesem Licht wirkte er erfüllt von Leben und Glück. Die Verwandlung in seinen Zügen war erstaunlich. Eragon spürte Tränen in seinen eigenen Augen, während er den älteren Mann beobachtete.

Sloan starrte weiter über die Wurzeln hinweg wie ein Reisender kurz vorm Verdursten, der einen großen Fluss vor sich sah. Mit heiserer Stimme sagte er: »Sie ist schön. Sie sind beide so schön.« Neuerliches Gelächter klang herüber. »Ah … sie sieht glücklich aus. Und Roran auch.«

»Von jetzt an kannst du sie sehen, wenn du das willst«, sagte Eragon. »Aber die Zauber, mit denen du belegt bist, erlauben dir immer noch nicht, mit ihnen zu reden oder dich ihnen zu zeigen oder auf irgendeine Weise mit ihnen in Kontakt zu treten. Und wenn du es versuchst, werde ich es erfahren.«

»Ich verstehe«, murmelte Sloan. Er drehte sich zu ihm um und sein Blick richtete sich mit beunruhigender Intensität auf Eragon. Sein Unterkiefer mahlte für einige Sekunden, als kaue er an etwas, dann erwiderte er: »Ich danke dir.«

Eragon nickte und stand auf. »Leb wohl, Sloan. Du wirst mich nicht wiedersehen, das verspreche ich.«

»Leb wohl, Eragon.« Und der Schlachter blickte erneut in die Lichter des Elfenfestes.

Abschied

Eine Woche verstrich: eine Woche des Lachens und der Musik und der langen Spaziergänge inmitten der Wunder von Ellesméra. Eragon nahm Roran, Katrina und Ismira zu einem Abstecher zu Oromis' Hütte auf den Felsen von Tel'naeír mit und Saphira zeigte ihnen die kunstvolle Spirale, die sie für die Blutschwur-Zeremonie aus einem Felsbrocken herausgeleckt hatte. Arya führte sie einen ganzen Tag lang durch die vielen Gärten der Stadt, damit sie einige von den seltenen Pflanzen sehen konnten, die die Elfen über Jahrhunderte hinweg gesammelt und gezüchtet hatten.

Eragon und Saphira wären sehr gern noch ein paar Wochen länger in Ellesméra geblieben, aber Bloëdhgarm nahm mit ihnen Verbindung auf und teilte ihnen mit, dass er und die ihm anvertrauten Eldunarí den See Ardwen erreicht hatten. Und obwohl Eragon und Saphira es sich beide nicht eingestehen wollten, wussten sie, dass es Zeit war, Abschied zu nehmen.

Es munterte sie jedoch auf, dass Arya und Fírnen sie ein Stück begleiten würden, zumindest bis zum Rand von Du Weldenvarden und vielleicht noch etwas weiter.

Katrina beschloss, solange mit Ismira in Ellesméra zu bleiben. Aber Roran fragte, ob er sie während der ersten Etappe ihrer Reise begleiten dürfe. Er sagte: »Ich würde gern sehen, wie das andere Ende von Alagaësia aussieht, und mit dir geht es viel schneller, dorthinzukommen, als wenn ich den ganzen Weg auf einem Pferd zurücklegen müsste.«

Im Morgengrauen des nächsten Tages verabschiedete sich Eragon von Katrina, die die ganze Zeit über weinte, und von Ismira, die an ihrem Daumen lutschte und ihn verwundert ansah.

Dann brachen sie auf. Saphira und Fírnen flogen Seite an Seite nach Osten über den endlosen Wald. Roran saß hinter Eragon und hielt sich an ihm fest, während Cuaroc an Saphiras Klauen baumelte und sein Körper im Sonnenlicht glänzte wie ein Spiegel.

Nach zweieinhalb Tagen kam der See Ardwen in Sicht: Seine riesige, glitzernde Wasserfläche war größer als das ganze Palancar-Tal. Am Westufer erstreckte sich die Stadt Sílthrim, in der weder Eragon noch Saphira je gewesen waren. Und an den Kaimauern vor der Stadt lag ein langes weißes Schiff mit einem einzigen Mast.

Das Schiff sah genauso aus, wie es aussehen musste. Eragon erkannte es, denn er hatte es bereits in seinen Träumen gesehen. Dieser Anblick bestärkte ihn in dem Glauben, dass das Schicksal unausweichlich war.

Das war immer vorherbestimmt, dachte er.

Sie blieben die Nacht in Sílthrim, das große Ähnlichkeit mit Ellesméra hatte. Die Stadt war nur kleiner und die Häuser standen dichter beieinander. Während sie sich ausruhten, brachten die Elfen die Eldunarí auf das Schiff, außerdem beluden sie es mit Nahrung, Werkzeugen, Stoffballen und anderen nützlichen Vorräten. Die Schiffsmannschaft bestand aus zwölf Elfen, die gern mithelfen wollten, die Drachen großzuziehen und die zukünftigen Reiter auszubilden, außerdem aus Bloëdhgarm und seinen Magiern bis auf Laufin und Uthinarë, die sich nun verabschiedeten.

Am nächsten Morgen veränderte Eragon den Zauber, der die Dracheneier über und hinter Saphira verborgen hielt, und nahm zwei davon heraus. Arya hatte eigens einige Elfen zum Schutz dieser beiden Dracheneier ausgewählt, denen Eragon nun die beiden Eier übergab. Außer den Eiern gab er Arya drei der Eldunarí. Sie hatten sich entschieden, bei den Elfen zu bleiben – zum einen wollten sie Fírnen und den Drachen, die noch aus den beiden Eiern schlüpfen sollten, als Lehrmeister dienen, und zum anderen zogen sie es aus persönlichen Gründen vor, in Alagaësia zu bleiben.

Von den beiden Eiern würde eins an die Zwerge gehen, das andere an die Urgals. Die Drachen darin würden hoffentlich einen Reiter aus dem ihnen bestimmten Volk auswählen. Wenn nicht, dann würden sie die Plätze tauschen, und wenn sie dann immer noch keine passenden Reiter fanden … nun, Eragon wusste nicht genau, was er dann tun sollte, aber er war zuversichtlich, dass Arya eine Lösung finden würde. Sobald die Küken aus den Eiern schlüpften, würden sie und ihre Reiter Arya, Fírnen und den drei Eldunarí unterstellt sein, bis sie alt genug waren, um sich Eragon, Saphira und ihren Artgenossen im Osten anzuschließen.

Dann gingen Eragon, Arya, Roran, Cuaroc, Bloëdhgarm und die anderen Elfen, die sie begleiten würden, an Bord des Schiffes und sie segelten über den See, während Saphira und Fírnen über ihnen am Himmel kreisten.

Das Schiff trug den Namen *Talíta*, nach einem rötlichen Stern, der gerade noch am östlichen Himmel zu sehen war. Es war leicht und schmal und benötigte nur wenige Zoll Wassertiefe, um fahren zu können. Es bewegte sich ohne einen Laut und brauchte kaum gesteuert zu werden, da es genau zu wissen schien, wohin sein Steuermann es lenken wollte.

Vier Tage trieben sie durch den Wald, zuerst über den Ardwen und später dann den Gaena hinunter, der wegen der Frühlingsschneeschmelze ungewöhnlich viel Wasser führte. Der grüne Tunnel aus Zweigen, der sich über den Fluss wölbte, beherbergte Vögel unterschiedlichster Arten, die über sie hinwegflogen und ihre Lieder sangen. Eichhörnchen – braune wie schwarze – schimpften von den Baumwipfeln oder sahen von Zweigen, die gerade außer Reichweite hingen, neugierig auf sie herab.

Eragon verbrachte den größten Teil seiner Zeit mit Arya oder Roran und flog nur selten mit Saphira. Saphira ihrerseits hielt sich an Fírnen. Eragon sah sie oft am Ufer sitzen, ihre Tatzen übereinandergelegt, die Köpfe Seite an Seite auf dem Boden liegend.

Tagsüber war das Licht im Wald golden und nebelig, nachts funkelten die Sterne hell und der zunehmende Mond beleuchtete ihren Weg. Durch die Wärme, den Nebel und das stetige Schaukeln der *Talíta* fühlte Eragon sich wie im Halbschlaf, versunken in die Erinnerung an einen angenehmen Traum.

Schließlich endete der Wald, wie es natürlich irgendwann hatte kommen müssen, und sie segelten vorbei an Feldern und Wiesen. Der Gaena bog bald nach Süden ab und trug sie entlang des Waldrands zum See Eldor, der noch größer war als der Ardwen. Dort schlug das Wetter um und ein Sturm kam auf. Hohe Wellen schlugen gegen das Schiff, und einen Tag lang fühlten sie sich alle elend, weil der kalte Regen und der heftige Wind ihnen zusetzten. Immerhin hatten sie den Wind im Rücken und er ließ sie erheblich schneller vorankommen.

Vom Eldor führte sie der Lauf des Flusses Edda nach Süden, vorbei an Ceris, dem östlichsten Vorposten des Elfenreichs. Danach ließen sie den Wald endgültig hinter sich und die *Talíta* glitt, wie aus eigenem Antrieb, auf dem Fluss durch die Ebenen.

Schon seit der Wald merklich lichter geworden war, hatte Eragon erwartet, dass Arya und Fírnen sich von ihnen trennen würden. Aber keiner von beiden sagte etwas von Abschied und Eragon fragte sie auch nicht nach ihren Plänen.

Sie fuhren weiter nach Süden, durch immer öderes Land. Roran sah sich um und bemerkte: »Ziemlich trostlos hier, oder?«, und Eragon musste ihm zustimmen.

Schließlich erreichten sie die östlichste Siedlung Alagaësias: Hedarth, eine kleine, einsame Ansammlung von Holzhäusern. Die Zwerge hatten den Ort nur errichtet, um dort mit den Elfen Handel zu treiben, denn es gab nichts Wertvolles in dieser Gegend, bis auf die Herden von Hirschen und Wildrindern, die man in der Ferne sehen konnte. Die Gebäude standen an der Mündung des Âz Ragni in den Edda und der Zusammenfluss ließ den Strom hier auf mehr als die doppelte Größe anschwellen.

Eragon, Arya und Saphira waren schon einmal durch Hedarth gereist, als sie nach der Schlacht von Farthen Dûr, wo sie gegen die Urgals gekämpft hatten, nach Ellesméra unterwegs gewesen waren. Daher wusste Eragon, was ihn erwarten würde, als das Dorf in Sicht kam.

Umso erstaunter war er, dort Hunderte von Zwergen an der Spitze des improvisierten Piers stehen zu sehen, der in den Edda ragte. Sein Erstaunen verwandelte sich in Freude, als die Gruppe sich teilte und Orik vortrat.

Orik hob seinen Hammer Volund über den Kopf und rief: »Du hast doch nicht geglaubt, dass ich meinen eigenen Stiefbruder ziehen lasse, ohne richtig Auf Wiedersehen zu sagen, oder?!«

Grinsend legte Eragon die Hände um den Mund und rief zurück: »Niemals!«

Die Elfen legten mit der *Talíta* gerade lange genug an, dass alle von Bord gehen konnten, bis auf Cuaroc, Bloëdhgarm und zwei andere Elfen, die blieben, um die Eldunarí zu bewachen. Nach dem Zusammenfluss war die Strömung hier einfach zu stark, als dass das Schiff seine Position hätte halten können, ohne gegen den Pier zu schrammen. Daher segelten die Elfen den Edda weiter hinunter, um dort nach einem ruhigeren Ankerplatz zu suchen.

Die Zwerge hatten, wie Eragon erstaunt feststellte, vier erlegte Riesenwildschweine aus dem Beor-Gebirge nach Hedarth mitgebracht. Die Nagran waren auf Bäume gespießt, die so dick waren wie Eragons Bein, und brieten über Gruben aus glühenden Kohlen.

»Das da habe ich selbst getötet«, erklärte Orik stolz und zeigte auf das größte der Wildschweine.

Zusammen mit allen Zutaten für ein Festgelage hatte Orik eigens für Saphira drei Wagen mit dem feinsten Met der Zwerge mitgebracht. Saphira summte vor Freude, als sie die Fässer sah. *Den musst du auch probieren,* sagte sie zu Fírnen, der schnaubte, den Hals reckte und neugierig an den Fässern schnupperte.

Als der Abend kam und das Essen gar war, saßen sie an den grob behauenen Tischen, die die Zwerge erst an diesem Tag gezimmert hatten. Orik schlug mit seinem Hammer auf seinen Schild und brachte die Menge zum Schweigen. Dann griff er nach einem Stück Fleisch, schob es sich in den Mund, kaute und schluckte.

»Ilf gauhnith!«, verkündete er. Die Zwerge brachen in Hochrufe aus und das Festmahl konnte beginnen.

Am Ende des Abends, als sich alle satt gegessen hatten – sogar die Drachen –, klatschte Orik in die Hände und rief einen Diener herbei, der eine Schatulle voller Gold und Juwelen brachte. »Ein kleines Zeichen unserer Freundschaft«, sagte Orik, als er Eragon die Schatulle überreichte.

Eragon verbeugte sich und dankte ihm.

Dann ging Orik zu Saphira und präsentierte ihr mit einem Funkeln in den Augen einen Ring aus Gold und Silber, den sie an jeder der Krallen an ihren Vordertatzen tragen konnte. »Es ist ein besonderer Ring, denn er wird weder zerkratzen noch fleckig werden, und solange du ihn trägst, wird deine Beute dich nicht näher kommen hören.«

Das Geschenk freute Saphira ungemein. Sie ließ Orik den Ring auf die mittlere Klaue ihrer rechten Tatze schieben, und während des ganzen Abends ertappte Eragon sie immer wieder dabei, wie sie den Ring aus glänzendem Metall bewunderte.

Auf Oriks Drängen hin blieben sie die Nacht über in Hedarth. Eragon hoffte, am nächsten Morgen sehr früh aufbrechen zu können, aber als es hell wurde, lud Orik ihn, Arya und Roran noch zum Frühstück ein. Nach dem Frühstück kamen sie ins Reden, dann gingen sie sich die Flöße ansehen, die die Zwerge benutzt hatten, um die Nagran aus dem Beor-Gebirge nach Hedarth zu transportieren. Und ehe sie sich's versahen, war es wieder Zeit fürs Abendessen und es gelang Orik, sie dazu zu bewegen, noch für eine letzte Mahlzeit zu bleiben.

Zu dem Essen steuerten die Zwerge, genau wie bei dem Festmahl am vergangenen Tag, Gesang und Musik bei, und die Darbietung eines besonders begabten Zwergenbarden verzögerte den Aufbruch der Gefährten weiter.

»Bleibt noch eine Nacht länger«, drängte Orik. »Es ist dunkel. Jetzt ist nicht die richtige Zeit, um zu reisen.«

Eragon sah hinauf zum Vollmond und lächelte. »Du vergisst, für mich ist es nicht so dunkel wie für dich. Nein, wir müssen aufbrechen. Wenn wir noch länger warten, kommen wir niemals los, fürchte ich.«

»Dann geh mit meinem Segen, Bruder meines Herzens.«

Sie umarmten sich, dann ließ Orik Pferde für sie bringen – Pferde, die die Zwerge in Hedarth für die Elfen bereitstehen hatten, wenn sie herkamen, um Handel zu treiben.

Eragon hob zum Abschied den Arm. Dann gab er seinem Ross die Sporen und galoppierte mit Roran, Arya und den übrigen Elfen von Hedarth aus den Viehweg entlang, der dem südlichen Ufer des Edda folgte, wo die Luft süß war vom Duft der Weiden und Pappeln. Über ihnen folgten ihnen die Drachen, die sich gegenseitig in einem spielerischen Tanz umkreisten.

Außerhalb von Hedarth zügelte Eragon sein Pferd, so wie die anderen auch, und sie ritten in einem gemächlicheren Tempo weiter und unterhielten sich dabei leise. Eragon sprach mit Arya und Roran über nichts Wichtiges. Es waren nicht die Worte, die zählten, sondern vielmehr das Gefühl der Verbundenheit, das sie in dieser Nacht miteinander teilten. Diese Stimmung war etwas sehr Kostbares und Zerbrechliches. Wenn sie sprachen, taten sie es daher mit größerer Freundlichkeit als sonst, denn sie wussten, dass ihre gemeinsame Zeit sich dem Ende näherte, und keiner von ihnen wollte diese letzten Augenblicke mit einem gedankenlosen Wort zerstören.

Schon bald erreichten sie den Gipfel eines kleinen Hügels und blickten von ihm hinunter auf die *Talíta,* die sie am Fuß des Hügels erwartete.

Das Schiff lag genau dort, wo es liegen sollte.

Im bleichen Mondlicht sah das Schiff aus wie ein Schwan, der bereit war, sich von dem träge fließenden Fluss in die Lüfte zu erheben und seine Passagiere ins Unbekannte zu tragen. Die Elfen hatten die Segel gesetzt und die Stoffbahnen schimmerten schwach. Eine einzelne Gestalt stand am Ruder, davon abgesehen war das Deck verlassen.

Hinter der *Talíta* erstreckte sich die dunkle Ebene bis zum fernen Horizont: eine Fläche von beängstigendem Ausmaß, nur unterbrochen von dem Fluss selbst, der sich durch das Land zog wie ein Streifen aus gehämmertem Metall.

Eragon schnürte es die Kehle zu und er zog sich die Kapuze seines Umhangs über den Kopf, als wolle er sich darin verstecken.

Langsam ritten sie den Hügel hinunter und durch das wispernde Gras zu dem Kiesstrand, an dem das Schiff wartete. Die Hufe der Pferde klapperten hell und hart auf den Steinen.

Eragon saß ab, genau wie die anderen. Ohne einen Befehl bildeten die Elfen ein Spalier zu dem Schiff. Sie bohrten die Enden ihrer Speere in den Boden zu ihren Füßen und standen da wie Statuen.

Eragon betrachtete sie und die Kehle schnürte sich ihm zu, sodass er kaum noch richtig atmen konnte.

Jetzt ist der Augenblick gekommen, sagte Saphira und er wusste, dass sie recht hatte.

Eragon band die Schatulle mit Gold und Juwelen vom Sattel seines Pferdes los und trug sie zu Roran hinüber.

»Hier trennen sich also unsere Wege?«, meinte Roran.

Er nickte. »Und das soll dir gehören«, sagte er und überreichte Roran die Schatulle. »Du hast bessere Verwendung dafür als ich … Nimm es, um deine Burg zu bauen.«

»Das werde ich«, erwiderte Roran mit belegter Stimme. Er klemmte sich die Schatulle unter den linken Arm, dann umarmte er Eragon mit dem rechten und so blieben sie eine ganze Weile stehen. Schließlich sagte Roran: »Pass auf dich auf, Bruder.«

»Du auch, Bruder … Und auf Katrina und Ismira.«

»Das werde ich.«

Unfähig, noch etwas zu sagen, berührte Eragon Roran nur noch einmal an der Schulter, dann wandte er sich ab und trat zu Arya, die bei den anderen Elfen auf ihn wartete.

Sie sahen einander einige Herzschläge lang an, dann sagte Arya: »Eragon.« Sie hatte ihre Kapuze ebenfalls übergestreift und im Mondlicht konnte er nur wenig von ihrem Gesicht sehen.

»Arya.« Er sah auf den silbrigen Fluss hinüber, dann zurück zu Arya und umfasste den Griff von Brisingr. Er war so überwältigt von seinen Gefühlen, dass er zitterte. Er wollte nicht gehen, aber er wusste, dass es Zeit war. »Bleib bei mir …«

Ruckartig hob sie den Kopf. »Ich kann nicht.«

»… bleib bei mir bis zur ersten Flussbiegung.«

Sie zögerte, dann nickte sie. Er streckte den Arm aus, sie hakte sich unter und gemeinsam gingen sie an Bord des Schiffes und stellten sich an den Bug.

Die Elfen hinter ihnen folgten, und sobald alle an Bord waren, zogen sie die Laufplanke ein. Ohne Wind oder Ruder entfernte sich das Schiff von dem steinigen Ufer und begann den breiten, flachen Fluss hinunterzutreiben.

Am Strand stand Roran allein da und sah ihnen nach. Dann

warf er den Kopf in den Nacken und stieß ein langes, gequältes Heulen aus und die Nacht hallte wider von dem Schmerz seines Verlustes.

Minutenlang stand Eragon neben Arya und beide schwiegen, während sie die erste Flussbiegung herannahen sahen. Schließlich drehte Eragon sich zu ihr um und schob ihr die Kapuze vom Kopf, damit er ihre Augen sehen konnte.

»Arya«, sagte er. Er flüsterte ihren wahren Namen. Ein Schaudern des Wiedererkennens durchlief sie.

Als Antwort darauf flüsterte sie seinen wahren Namen, und auch er schauderte, als er die Fülle seines Wesens ausgesprochen hörte.

Er öffnete den Mund, um noch etwas zu sagen, aber Arya kam ihm zuvor und legte ihm drei Finger auf die Lippen. Sie trat einen Schritt von ihm zurück und hob ihren Arm über den Kopf. »Leb wohl, Eragon Schattentöter«, sagte sie.

Und dann kam Fírnen von oben herangerauscht, ergriff sie vom Deck des Schiffes und brachte Eragon mit dem Tosen seiner Flügelschläge ins Schwanken.

»Lebe wohl«, flüsterte Eragon, während er beobachtete, wie sie und Fírnen zu der Stelle am fernen Ufer zurückflogen, wo Roran immer noch stand.

Dann ließ Eragon seinen Tränen endlich freien Lauf. Er umklammerte die Reling des Schiffes und weinte, in dem Wissen, dass er alles zurückließ, was er bisher gekannt hatte. Über ihm war Saphiras Wehklagen zu hören und ihrer beider Kummer vereinte sich und sie betrauerten, was nicht sein konnte.

Nach einer Weile beruhigte Eragons Herz sich wieder, seine Tränen trockneten und Friede erfüllte ihn, während sein Blick über die endlose Weite glitt. Er fragte sich, was für fremdartige Dinge sie dort in der Wildnis erwarten mochten, und er grübelte über das Leben nach, das er und Saphira führen würden – ein Leben mit den Drachen und den Reitern.

Wir sind nicht allein, Kleiner, sagte Saphira.

Ein Lächeln stahl sich auf seine Züge.

Und das Schiff segelte weiter gelassen den mondbeschienenen Fluss hinunter und steuerte zu auf das dunkle Land in der Ferne.

Über den Ursprung der Namen

Dem beiläufigen Beobachter mögen die verschiedenen Namen, denen ein unerschrockener Reisender in Alagaësia begegnet, wie eine willkürliche Sammlung von Bezeichnungen ohne jede Einheitlichkeit, Kultur und Geschichte vorkommen. Wie in jedem Land, das wiederholt von verschiedenen Völkern besiedelt wurde, haben sich in Alagaësia jedoch die Namen und Bezeichnungen der Elfen, Zwerge, Menschen und sogar der Urgals rasch zu einem bunten Wörter-Gemisch vermengt. Deshalb findet man in einem nur wenige Quadratmeilen großen Gebiet das Palancar-Tal (ein Name der Menschen), den Fluss Anora und den Wachturm Ristvak'baen (elfische Namen) und den Berg Utgard (ein Name der Zwerge).

Während dies zwar von großem historischem Interesse ist, führt es im Alltag oft zu Verwirrung hinsichtlich der korrekten Aussprache. Leider gibt es keine festen Regeln, an die sich der geneigte Anfänger halten könnte. Man muss jeden einzelnen Namen für sich genommen lernen, außer man erkennt sofort, aus welcher Sprache er ursprünglich stammt. Die Sache wird noch verwirrender, wenn man bedenkt, dass an vielen Orten die Schreibweise und die Aussprache fremder Wörter von den dort lebenden Menschen verändert worden sind. Der Fluss Anora ist dafür ein gutes Beispiel: Ursprünglich wurde er *Äenora* geschrieben, was in der alten Sprache »breit« bedeutet. Die Menschen haben dies zu *Anora* vereinfacht und den Doppelvokal *äh-eh* in das simplere *ah* abgeändert und damit den Namen erschaffen, der in Eragons Zeit gebräuchlich ist.

Um dem Leser allzu viele Missinterpretationen zu ersparen,

wurde die nachstehende Liste erstellt, wobei es sich nur um einen groben Leitfaden für die tatsächliche Aussprache handelt. Linguistische Enthusiasten seien hiermit ermutigt, die Herkunftssprachen zu studieren, um die vielen Feinheiten zu meistern.

Aussprache

Aiedail – AI-e-dähl
Ajihad – AH-dschi-had
Alagaësia – al-la-GÄ-si-a
Albitr – ALL-bi-terr
Arya – AH-ri-a
Bloëdhgarm – BLOEED-garm
Brisingr – BRISS-ing-gerr
Carvahall – CAR-va-hall
Cuaroc – cuh-A-rock
Dras-Leona – DRAHS-le-OH-na
Du Weldenvarden – du WELL-den-VAR-den
Ellesméra – el-les-MEH-ra
Eragon – EHR-a-gon
Farthen Dûr – FAR-sen-DUR
Fírnen – FIER-nen
Galbatorix – gal-ba-TO-ricks
Gil'ead – GILL-i-ad
Glaedr – GLEY-dar
Hrothgar – ROSS-gar
Islanzadi – IS-lan-ZAH-di
Jeod – DSCHOHD
Murtagh – MUR-tag
Nasuada – NA-su-AH-dah
Niernen – nie-ÄHR-nen
Nolfavrell – NOLL-fa-wrell
Oromis – OR-ro-miss
Ra'zac – RAH-zack
Saphira – sa-FI-ra

Shruikan – SCHRUH-kan
Sílthrim – SIEHL-trim
Teirm – TIRM
Thardsvergûndnzmal – sards-vähr-GUHN-dinz-mal
Trianna – tri-AN-nah
Tronjheim – TRONSCH-heim
Umaroth – uh-MA-ros
Urû'baen – UH-ruh-behn
Vrael – VRAIL
Yazuac – YA-suh-ack
Zar'roc – ZAR-rock

Die alte Sprache

Agaetí Blödhren – Blutschwur-Zeremonie
Aiedail – der Morgenstern
Argetlam – Silberhand
Älfa – Elf; Mehrzahl: Älfya
Älfakyn – das Volk der Elfen
Atra du Evarínya ono varda. – Mögen die Sterne über dich wachen.
Atra Esterní ono thelduin, Eragon. – Möge das Glück dir hold sein, Eragon.
audr – hoch; nach oben; aufwärts
Bjartskular – Schimmerschuppe
Böllr – etwas Rundes, eine Kugel
Brisingr – Feuer (*siehe auch* Istalrí)
Dauthdaert – Todesspeer: Name der Lanzen, die die Elfen für das Töten von Drachen geschaffen haben; Mehrzahl: Dauthdaertya
Deloi sharjalví! – Erde, bewege dich!
Domia abr Wyrda – Die Macht des Schicksals
Draumr kópa – Traumsicht
Dröttning – Königin
Dröttningu – Prinzessin (in etwa; keine genaue Übersetzung)
du – der, die, das
Du Fells Nángoröth – Die glühenden Berge

Du Vrangr Gata – Der wandelnde Pfad
Du Weldenvarden – Der schützende Wald
Ebrithil – Meister; Mehrzahl: Ebrithilar
Edur – länglicher Felsberg
Eka aí Fricai un Shur'tugal! – Ich bin ein Drachenreiter und ein Freund!
Eka elrun ono, Älfya, wiol förn Thornessa. – Ich danke Euch, Elfen, für dieses Geschenk.
Elda – geschlechtsneutrale, sehr respektvolle Anrede
Eldunarí – der Seelenhort, der Seelenstein, das Herz der Herzen
Elrun ono – Danke
Erisdar – flammenlose Laternen der Elfen und Zwerge (benannt nach dem Elf, der sie erfunden hat)
Faelnirv – Schnaps aus zerstampften Holunderbeeren und gesponnenen Mondstrahlen
Fairith – Wunschbild: ein mit magischen Mitteln erschaffenes Gemälde
Fell – Berg
Finiarel – respektvolle Anrede für einen vielversprechenden jungen Mann
flauga – fliegen
fram – vorwärts, nach vorne
frethya – verbergen
gánga – gehen; laufen
gánga aptr – rückwärts gehen
gánga fram – vorwärts gehen
gánga raehta – nach rechts gehen
Gedwëy Ignasia – Schimmernde Handfläche
Guliä waíse medh ono, Argetlam. – Das Glück sei mit dir, Silberhand.
Helgrind – das Tor zur Finsternis; auch bekannt als die Pforten des Todes
hvitr – weiß
Illgrathr – böser Hunger
Islingr – Lichtbringer
Istalrí – Feuer (*siehe auch* Brisingr)

jierda – zerbrechen; zuschlagen
kausta – kommen
kverst – schneiden
Kverst malmr du Huildrs edtha, mar frëma né thön eka threyja! – Schneide die metallene Fessel durch, aber nicht weiter, als ich es wünsche!
Kvetha Fricai! – Sei gegrüßt, Freund!
ládrin – öffnen
Lethrblaka – die fledermausartigen Flugrösser der Ra'zac (wörtlich: Lederschwinge)
letta – stoppen, anhalten
Liduen Kvaedhí – das Alphabet der Poesie; geschriebene Form der alten Sprache
mäe… – Bruchstück eines Wortes, das Eragon nicht zu Ende sprach
naina – erhellen
Naina hvitr un Böllr – Mache ein rundes weißes Licht.
Nam iet er Eragon Sundavar-Vergandí, Sönr abr Brom. – Mein Name ist Eragon Schattentöter, Sohn von Brom.
Nïdhwal – drachenähnliche Meeresbewohner, verwandt mit den Fanghur; Mehrzahl: Nïdhwalar
Niernen – Orchidee
Ono ach néiat threyja eom verrunsmal edtha, o Snalglí. – Du willst nicht mit mir kämpfen, Snalglí.
Sé ono waíse ilia. – Mögest du glücklich sein.
Sé onr Sverdar sitja hvass! – Mögen eure Klingen scharf bleiben!
Shur'tugal – Drachenreiter
Skulblaka – Drache (wörtlich: Schuppenwedler)
slytha – schlafen
Snalglí – Riesenschnecke
Stenr rïsa! – Stein, erhebe dich!
Stenr slauta! – Stein, krache!
Stydja unin Mor'ranr. – Ruhe in Frieden.
Sundavrblaka – Schattenvögel (wörtlich: Schattenwedler)
thelduin – herrschen über
theyna – sei still

thrautha – werfen
thrysta – zustoßen, zusammendrücken
Thrysta Vindr! – Press die Luft zusammen!
thurra – trocknen
un – und
Vae weohnata ono vergarí, eka thäet otherúm. –
Wir werden dich töten, das schwöre ich.
vaetna – zerstreuen, auflösen
Valdr – Herrscher
Varden – die Wächter
vëoht – langsam
verma – erhitzen
vrangr – fehlerhaft, falsch; herumirrend
Waíse néiat! – Sei nicht!
Yawë – das Band des Vertrauens
Zar'roc – Kummer

Die Sprache der Zwerge

Az Ragni – ein Fluss, der Fluss
Az Sweldn rak Anhûin – Anhûins Tränen
Barzûl! – Verflucht!
Beor – Höhlenbär (ein ursprünglich elfisches Wort)
Derûndânn! – Sei(d) gegrüßt!
dûr – unser
Dûrgrimst – Clan (wörtlich: unsere Halle, unser Zuhause)
Erôthknurl – ein Stein aus Erde (wörtlich: Erdstein);
Mehrzahl: Erôthknurln
Fanghur – Flugwesen aus dem Beor-Gebirge, die kleiner und weniger intelligent sind als die artverwandten Drachen; verwandt mit den Nïdhwalar
Farthen Dûr – Unser Vater
Feldûnost – wörtlich: Frostbart; eine im Beor-Gebirge beheimatete Ziegenart, die den Zwergen als Reittier dient
Gramarye – Magie, ein ursprünglich elfisches Wort

Grimstborith – Clan-Oberhaupt; Mehrzahl: Grimstborithn
Grimstcarvlorss – Vorsteherin eines Hauses
Grimstnzborith – Herrscher der Zwerge; entweder König oder Königin; Mehrzahl: Grimstnzborithn
Ilf gauhnith! – Ein spezieller Zwergenausdruck, der in etwa bedeutet: »Es ist ungefährlich und schmeckt gut.« Gemeinhin vom Gastgeber eines Festmahls gesprochen, ist es ein Überbleibsel aus der Zeit, in der die Clans sich noch gegenseitig vergiftet haben.
Ingietum – Metallarbeiter; Meisterschmied
Isidar Mithrim – der Sternsaphir
Knurl – Stein; Fels
Knurla – Zwerg (wörtlich: einer aus Stein); Mehrzahl: Knurlan
Nagra – Riesenwildschwein; beheimatet im Beor-Gebirge; Mehrzahl: Nagran
Thardsvergûndnzmal – etwas, was anders erscheint, als es wirklich ist; eine Fälschung oder Täuschung
Tronjheim – Helm der Riesen
Vor Orikz Korda! – Bei Oriks Hammer!

Die Sprache der Nomaden

no – eine Höflichkeitsbezeichnung für jemanden, den man respektiert

Die Sprache der Urgals

Drajl – Madenbrut
Herndall – Urgal-Mütter, die über ihre Stämme herrschen
Namna – ein Stoffstreifen, in den die Geschichte einer Urgal-Familie eingewebt ist und der über dem Eingang ihrer Hütte hängt
Nar – geschlechtsneutraler, sehr angesehener Titel
Uluthrek – Mondesserin
Urgralgra – die Gehörnten; Urgal-Bezeichung für sie selbst

Danksagung

Kvetha Fricäya! – Seid gegrüßt, Freunde!

Es war ein weiter Weg und es fällt mir schwer, zu glauben, dass ich nun tatsächlich an seinem Ende stehe. Oft habe ich daran gezweifelt, dass ich den Drachenreiter-Zyklus jemals zu Ende bringen würde. Dass ich es geschafft habe, verdanke ich nicht zuletzt der Hilfe und Unterstützung zahlreicher Menschen.

Ohne zu übertreiben, kann ich sagen, dass ich noch nie etwas Schwereres in meinem Leben getan habe, als *Das Erbe der Macht* zu schreiben. Aus verschiedenen Gründen persönlicher, beruflicher und gestalterischer Art war dieser Band eine größere Herausforderung als die vorherigen. Ich bin stolz, dass ich sie bewältigt habe, und noch stolzer bin ich auf das Buch selbst.

Wenn ich auf die Reihe als Ganzes zurückblicke, kann ich kaum ausdrücken, was sie mir bedeutet. Der Drachenreiter-Zyklus hat zwölf Jahre in Anspruch genommen – also fast die Hälfte meines bisherigen Lebens. Diese Reihe hat mich und meine Familie verändert, und die Erfahrungen, zu denen sie mir verholfen hat, könnten noch einmal vier Bücher füllen. Sie jetzt aus der Hand zu legen, Eragon, Saphira, Arya, Nasuada und Roran Lebewohl zu sagen und zu neuen Figuren und neuen Geschichten weiterzugehen … macht mir fast ein bisschen Angst.

Ich habe allerdings nicht vor, Alagaësia für immer zu verlassen. Ich habe zu viel Zeit und Mühe darauf verwandt, diese Welt zu erschaffen, und irgendwann einmal werde ich dorthin zurückkehren. Das kann noch Jahre dauern, es kann aber auch schon nächsten Monat so weit sein. Im Augenblick kann ich das noch nicht sagen.

Wenn ich aber in diese Welt zurückkehre, werde ich hoffentlich einige Geheimnisse lüften, die in diesen vier Bänden ungelöst geblieben sind.

Apropos, es tut mir leid, wenn ich diejenigen von euch enttäuscht habe, die gehofft hatten, mehr über die Kräuterhexe Angela zu erfahren. Sie wäre allerdings nicht halb so interessant, wenn wir alles über sie wüssten. Wenn ihr aber das Glück habt, jemals meine Schwester Angela kennenzulernen, fragt sie doch einfach nach ihrem Charakter. Falls sie gerade gut drauf ist, erzählt sie euch vielleicht etwas Interessantes. Falls nicht, bekommt ihr vermutlich wenigstens eine witzige Antwort.

Also gut. Nun zum Dankeschön.

Zu Hause geht mein Dank an meine Eltern für ihre uneingeschränkte Unterstützung, für ihren guten Rat und überhaupt dafür, dass sie *Eragon* eine Chance gegeben haben. Und an Angela, meine Schwester, weil sie ein wunderbarer Resonanzboden für Ideen ist, weil sie mir bei der Redaktion geholfen hat, weil sie mir wieder einmal gestattet hat, sie selbst als Figur einzubringen, und weil sie mich im letzten Viertel des Manuskripts unglaublich unterstützt hat. Ich stehe tief in deiner Schuld, Schwester, aber das weißt du ja. Außerdem danke ich Immanuela Meijer, die mir Gesellschaft geleistet hat, als ich mich mit einem besonders schwierigen Abschnitt herumgequält habe.

Bei Writers House danke ich meinem Agenten Simon Lipskar für seine Freundschaft und für alles, was er im Laufe der Jahre für die Reihe getan hat (Ehrenwort, in Zukunft werde ich meine Bücher etwas schneller schreiben!), und seiner Assistentin Katie Zanecchia.

Bei Knopf Books gilt mein Dank meiner Lektorin Michelle Frey für das in mich gesetzte Vertrauen und dafür, dass sie dies alles erst möglich gemacht hat. Ganz im Ernst, ohne sie würdet ihr dieses Buch jetzt nicht in Händen halten. Ihrer Assistentin, Kelly Delaney, weil sie Michelle das Leben leichter macht und eine Zusammenfassung der ersten drei Bände erstellt hat. Der Lektorin Michele Burke für ihren scharfen Blick auf die Handlung und ihre Hilfe, diesen Band herauszubringen. Judith Haut, der Leiterin Marketing und Öffentlichkeitsarbeit, ohne die kaum jemand von der Reihe erfahren hätte. Aus der gleichen Abteilung Dominique Cimina und Noreen Herits, die mir beide vor, während und nach meinen diversen Lesereisen eine große Hilfe waren. Chef-Grafikerin Isabel Warren-Lynch und ihrem Team für die schöne Gestaltung des Covers. Dem Künstler John Jude Palencar für seine wunderbaren Coverillustrationen; diese letzte ist der krönende Abschluss. Dem Endredakteur Artie Bennett für seine Kompetenz in Zeichensetzung und Rechtschreibung kleiner, großer, riesiger, abstruser und sogar neu geschöpfter Worte. Chip Gibson, dem Chef der Kinderbuchabteilung von Random House. Nancy Hinkel für ihre unendliche Geduld. Der Vertriebsleiterin Joan DeMayo und ihrem Team (Hurra und tausend Dank!). Dem Chef der Marketing-Abteilung John Adamo, dessen Mannschaft mich immer wieder mit ihrer Kreativität beeindruckt hat. Linda Leonard und ihrem Team der Abteilung Neue Medien für ihre Mühen beim Online-Marketing; Linda Palladino und Tim Terhune von der Herstellung; Shasta Jean-Mary, Projektmanagement; Pam White, Jocelyn Lange und dem Rest des Teams für Auslandslizenzen, die dazu beigetragen haben, dass Eragon überall auf der Welt gelesen wird; Janet Frick, Janet Renard und Jennifer Healey, Korrektur; und allen anderen bei Knopf, die mich unterstützt haben.

Bei der Listening Library danke ich Gerard Doyle, der meiner Geschichte seine Stimme leiht und seine Sache sehr gut macht (ich fürchte, mit Fírnen habe ich ihm eine harte Nuss zu knacken gegeben); Taro Meyer für die subtile und eindringliche Regie seiner Lesung; Orli Moscowitz, bei dem alle Fäden zusammenlaufen; und Amanda D'Acierno, der Verlegerin der Listening Library.

Mein Dank gilt auch meinem Kollegen, dem Autor Tad Williams (lest unbedingt seine Tetralogie *Das Geheimnis der Großen Schwerter*), der mich im Kapitel über Aroughs auf die Idee mit dem Schiefersteinbruch gebracht hat. Und dem Autor Terry Brooks, der mir sowohl ein Freund als auch ein Mentor gewesen ist. (Ich kann seine Serie *Königreich zu verkaufen* sehr empfehlen.)

Danke auch an Mike Macauley, der eine der besten Fan-Websites ins Leben gerufen hat und betreibt (shurtugal.com) und der zusammen mit Mark Cotta Vaz einen Eragon-Almanach verfasst hat. Ohne Mikes Engagement wäre die Gemeinde meiner Leser wesentlich kleiner und ärmer. Danke, Mike!

Ein besonderes Dankeschön Reina Sato, einem Fan, dessen Reaktion auf seine erste Begegnung mit Weinbergschnecken mich dazu gebracht hat, die Ruinen von Vroengard von Snalglí unsicher machen zu lassen. Reina, die Snalglí sind für dich.

Wie immer geht mein letzter Dank an euch, meine Leser. Danke, dass ihr mir die ganze lange Geschichte über treu geblieben seid. Mögen die Sterne hell über euch strahlen euer Leben lang.

Und… das wär's dann. Mehr habe ich zu dieser Reihe nicht zu sagen. Alles Notwendige ist gesagt, der Rest ist Schweigen.

Sé onr Sverdar sitja hvass.

Christopher Paolini
8. November 2011

Ein Brief von Jeod

Lieber Ertharis,

entschuldige bitte, dass ich nicht eher geschrieben habe. Zweifellos hast du von deinen anderen Augen und Stimmen einen ausführlichen Bericht über die Ereignisse des vergangenen Jahres erhalten. Und zweifellos – wenn man bedenkt, wie nah ich den Geschehnissen war – wartest du immer noch ungeduldig auf meinen eigenen Bericht.

Die Gründe dafür, dass ich so in Verzug bin, sind leicht zu erklären. Erstens sind seit der Eroberung von Feinster viele wichtige Dinge geschehen, und ich habe außerdem einiges erfahren, was ein ganz neues Licht auf die Vergangenheit wirft, und zwar bis hin zum Sturz der Reiter. Daher war es keine leichte Aufgabe, diese Geschichte niederzuschreiben (wenn ich so kühn sein darf, meinen schwächlichen Bemühungen eine solch hehre Bezeichnung zu geben). In der Tat hat es mich den ganzen Winter und einen guten Teil des Frühjahrs und des Sommers gekostet.

Zweitens bin ich, und ich schäme mich, es einzugestehen, dem Laster der Gier verfallen – der Gier nach Wissen. Es ist, so hoffe ich, ein verständlicher Fehler. Wie alle Mitglieder unseres Ordens (und vor allem wie alle anderen Augen) kann ich mich nicht mit dem zufriedengeben, was ich bereits über die Vorgänge in unserem Land weiß. Viel Wissen verlangt nach noch mehr Wissen. Deshalb habe ich es – weil ich erst sehen wollte, wie das Leben gewisser Personen sich vielleicht entwickeln und was aus bestimmten Handlungen und Neigungen folgen würde – wieder und wieder hinausgezögert, dir dieses Manuskript zu schicken. Aber andererseits kommen die

Dinge nie wirklich zur Ruhe, nicht wahr, alter Freund? Sie verändern oder wandeln sich, aber sie enden nicht.

Daher habe ich, wie ich es schon vor drei Monaten hätte tun sollen, diese Geschichte dem Boten Reldan anvertraut, den du, wenn alles gut geht, bereits getroffen haben wirst. Ich hoffe, das Manuskript hat dich unbeschadet erreicht, denn es ist die einzige Kopie, und ich zittere bei dem Gedanken, es abermals niederschreiben zu müssen.

Einiges außerhalb dessen, was meine Chronik erfasst, ist noch erwähnenswert:

Von Eragon und Saphira hört man nur wenig. Nasuada hat aber letzte Woche etwas von ihnen erfahren; anscheinend werden die Arbeiten am neuen Hort der Reiter bald abgeschlossen sein. Doch wo sich diese Feste befindet, bleibt weiterhin rätselhaft. Meiner Meinung nach lässt sich nur eine einzige Schlussfolgerung mit Gewissheit ziehen: Sie muss irgendwo weit im Osten in Sichtweite des Flusses Edda liegen.

Über Murtagh und Dorn kann man noch weniger sagen. Ein Kaufmann aus dem Norden hat mir berichtet, ein Haufen fahrender Sänger habe ein großes rotes Wesen am Rand von Du Weldenvarden entlangfliegen sehen. Das sei in der Nähe der Stadt Ceunon gewesen. Musikanten sind bekanntermaßen sehr unzuverlässig, und es widerstrebt mir, ihren Geschichten Glauben zu schenken. So erwähne ich dies nur der vagen Möglichkeit halber, es könne vielleicht die Berichte von anderen bestätigen.

Aus den beiden den Zwergen und den Urgals anvertrauten Eiern ist bisher kein Drache geschlüpft. Sie sind aber auch erst wenige Monate bei den beiden Völkern; es besteht also immer noch Hoffnung, dass die Drachen in den Eiern bei ihnen einen passenden Partner finden werden. Allerdings muss ich gestehen, dass mir die Vorstellung von einem Kull als Drachenreiter sehr zu denken gibt.

Arya und Fírnen haben den größten Teil ihrer Zeit in Du Weldenvarden verbracht, sind Nasuada aber zweimal zu Hilfe gekommen. Beim ersten Mal ging es darum, einen bewaffneten Konflikt zwischen zwei von Nasuadas ungebärdigen Grafen zu verhindern. Ihr zweites Eingreifen wird im Folgenden dargelegt.

Nasuadas Plan, alle Magier in ihrem Gebiet zu organisieren und zu beaufsichtigen, wird rasch umgesetzt. Das geht ungefähr so reibungslos vonstatten, wie zu erwarten war, also überhaupt nicht. Bis auf diejenigen, die schon zuvor vor allem ihrer Königin und ihrem Land dienen wollten, haben sich die Magier in der Regel heftig gegen die Einschränkungen gewehrt, die Nasuada ihnen auferlegt hat. Es kam zu scharfen Auseinandersetzungen zwischen den Du Vrangr Gata und denjenigen, die sie ihrer Aufsicht zu unterstellen versuchten.

Der schwerste Zwischenfall ereignete sich, als Nasuada vier ihr treu ergebene Zauberer ausschickte, um einen Magier namens Tenga zu finden, der als Einsiedler lebte. Eragon hatte ihn entdeckt, als er allein durch das Ödland zwischen Helgrind und den Brennenden Steppen zog (wie in einem meiner früheren Berichte beschrieben). Von dieser Mission sind die Zauberer nicht zurückgekehrt. Auf Nasuadas Bitte hin haben Arya und Fírnen Nachforschungen angestellt. Sie fanden die vier Zauberer tot vor dem Elfenwachturm, in dem Tenga gelebt hatte; Tenga selbst war spurlos verschwunden. Bisher hat man nichts von ihm gehört, und das ist besorgniserregend. Diese Sache muss im Auge behalten werden. Nasuada fährt nichtsdestotrotz unverdrossen fort, alle Zauberer Surdas und ihres Königreichs ausfindig zu machen und ihrer Herrschaft zu unterstellen.

Infolgedessen scheint auch Angela, die Kräuterhexe, verschwunden zu sein. Wenn man allerdings bedenkt, dass die Kräuterhexe für gewöhnlich immer dort auftaucht, wo wichtige Ereignisse bevorstehen, nehme ich an, dass sie sich nicht allzu weit entfernt hat. Deiner Bitte entsprechend habe ich versucht, sie aufzuspüren. Doch der Zauber, den du mir geschickt hast, hat nicht gewirkt, als ich ihn von der Schriftrolle abgelesen habe. Entweder war in meinem Spruch ein Fehler oder sie verfügt über Zauberkräfte, die sie selbst vor solcher Magie wie der des Namenlosen schützen.

Ich stimme zu, dass die Kräuterhexe weitere Aufmerksamkeit verdient. Ihre bloße Existenz stellt uns vor eine Reihe anscheinend unlösbarer Rätsel, und je mehr ich über sie nachdenke, umso größer wird meine Sorge. Die Antworten, die ich gefunden habe – auch wenn sie noch so ungewiss sein mögen –, sind bestenfalls beunruhigend und schlimmstenfalls Furcht einflößend. Als ich nach meinen unglücklich verlaufenen Abenteuern mit Brom beschloss, Teirm zu meinem Zuhause zu machen, lebte Angela bereits dort. Ich sah sie nur gelegentlich – in den letzten Jahren öfter, nachdem sie ihren Laden in die Nähe meines Hauses verlegt hatte –, und es brauchte mindestens zehn Jahre, bis mir auffiel, dass sie kaum alterte. Und erst als ich sie unter den Varden wiedertraf, kurz nach der Schlacht auf den Brennenden Steppen, begriff ich, dass sie überhaupt nicht zu altern scheint. Das in Verbindung mit ihren seltsamen und mannigfaltigen Kräften – von denen du in meiner Geschichte noch mehr erfahren wirst – führt mich zu der Mutmaßung, dass sie vielleicht nicht zur Gänze menschlich ist. Falls dem so sein sollte (wenn sie zum Beispiel eine Halbelfe wäre), dann hat sie sich überaus gut getarnt, denn rein äußerlich wirkt sie ganz und gar menschlich. Sie ist jedoch sehr klein, daher würde ich es auch für möglich halten, dass sie zum Teil eine Zwergin ist. Ich habe einmal gesehen, wie sie ihre Füße badete – sie hat fünf Zehen wie die Menschen und wie die Elfen, aber das allein beweist noch nichts.

Eine andere Möglichkeit – eine, die mich schaudern macht – wäre, dass sie weder Mensch ist noch Elf noch Zwerg noch irgendeine Mischung aus diesen Völkern. Das ist eine absonderliche Vorstellung, ich weiß, aber ich kann nicht umhin, sie in Betracht zu ziehen. Könnte sie dem grauen Volk angehören? Könnte sie eine Werkatze unter ihren Vorfahren haben (denn die Werkatzen scheinen ihr ungewöhnlich gewogen zu sein)? Oder ist sie etwas gänzlich anderes? Ist sie vielleicht eher mit den »Inarë« verwandt, vorausgesetzt das, was Eragon gesehen hat, war wirklich und es gibt sie tatsächlich? Das ist der erschreckendste Gedanke überhaupt. Er erklärt nicht alles, was sie betrifft, aber er würde mehr erklären als alle anderen Möglichkeiten.

Wie auch immer die Wahrheit aussehen mag, ich würde jeder Stimme und jedem Auge raten, in Zukunft nach ihr Ausschau zu halten. Ich glaube (ich hoffe), sie weiß nicht, wer wir sind, und ich halte es für wichtig, dass wir so viel wie möglich über sie in Erfahrung bringen. Woher stammt sie? Hat sie andernorts Besitztümer? Und das Wichtigste: Wozu ist sie imstande?

Über Roran Hammerfaust habe ich nichts Neues zu berichten. Ich nehme an, dass du mehr über seine Aktivitäten im Palancar-Tal weißt als ich hier in Ilirea.

Das ist, glaube ich, alles. Alle weiteren Fragen sollte meine Geschichte dir beantworten. Wenn nicht, werde ich sie natürlich gern verbessern oder einzelne Punkte darin verdeutlichen.

Ich möchte noch anmerken, dass der Name von Nasuadas Königreich mir im letzten Teil meines Manuskriptes sehr zu schaffen gemacht hat. Von Rechts wegen sollte ihr Reich das Reich der Varden heißen, so wie das Königreich Broddring nach den Broddrings benannt ist. Das habe ich Nasuada selbst vorgeschlagen, aber sie hat abgelehnt. Sie sagte, der Name Vardenreich habe in Klang und Bedeutung zu viel Ähnlichkeit mit Du Weldenvarden und sie wolle nicht den Eindruck erwecken, wir seien Vasallen der Elfen.

Nun, in diesem Punkt wird sie wohl recht haben. Am naheliegendsten wäre es, das Königreich nach Nasuada oder ihrer Familie zu benennen. Sie hat sich jedoch auch geweigert, dem Königreich ihren Namen zu geben, da sie es anmaßend findet, und einen Familiennamen trägt sie bisher noch nicht. Wenn sie jemanden heiraten sollte, der einen solchen hätte, wäre das natürlich eine Lösung des Problems.

Zu guter Letzt könnte das Volk selbst diese Frage für uns beantworten. Ich habe mir, wie du sehen wirst, einfach damit beholfen, von dem Reich als »ihrem Land« oder »ihrem Königreich« zu sprechen. Das ist zwar nicht besonders elegant, aber es hat den Vorteil, dass es einfach und zutreffend zugleich ist.

Wenn dir zu dieser Angelegenheit etwas Besseres einfällt, wäre ich überaus interessiert, es zu erfahren.

Ich selbst komme gut zurecht, ebenso wie Helen, der es besser geht denn je. Unser Geschäft blüht, und ich habe das Gefühl, als könnte es uns tatsächlich gelingen, in Ruhe und Frieden alt zu werden – das schien noch im letzten Jahr kaum vorstellbar zu sein. Ich würde immer noch gern Ellesméra und Tronjheim besuchen, und es könnte sein, dass unsere Handelsgeschäfte uns einmal dorthin führen werden. Aber im Moment habe ich genug vom Reisen. Meine Tage der Abenteuer sind, wie ich hoffe, vorüber, und jetzt ist es Zeit, mich der Gelehrsamkeit und dem Nachdenken zu widmen, wie ich es immer wollte.

Und wie geht es dir, alter Freund? Steht alles zum Besten im Reliquiar? Haben deine Rosen in diesem Jahr viele Blüten getragen? Und was macht Bruder Hern und seine Buchmalerei? Hat er den vierten Teil des Buchs schon fertiggestellt oder kämpft er immer noch mit den großen Zierbuchstaben am Beginn der vielen Kapitel?

Ich bin sehr gespannt darauf, was du von dieser Geschichte hältst. Ich gestehe, dass es mich gleichermaßen mit Stolz und Furcht erfüllt hat, als ich sie dir geschickt habe: mit Stolz auf den Umfang des Manuskripts und auf die Fülle des Inhalts, und mit Furcht, weil ich weiß, dass die Geschichte zwangsläufig unvollkommen ist wie alle großen Werke. Ein Gedicht mag fehlerlos sein, aber ein Epos niemals. Doch ich stehe zu dem, was ich geschrieben habe, und ich sehe mit großer Erwartung deiner Antwort entgegen, denn ich habe höchste Achtung vor deinem Urteil.

In Dunkelheit und Licht
Jeod Langhachse

PS: Eines habe ich noch vergessen: Ra'zac oder Lethrblaka sind weder in Surda noch in Nasuadas Reich noch einmal gesehen worden. Hoffentlich bleibt das noch viele Jahre so.

PPS: Nein, Galbatorix' Leiche ist nie gefunden worden. Ich kann mir allerdings nicht vorstellen, dass er noch am Leben ist. Falls er tatsächlich überlebt haben sollte, scheint er jedenfalls kein Interesse daran zu haben, wieder Anspruch auf den Thron zu erheben. So oder so, ich glaube nicht, dass wir uns seinetwegen noch einmal Sorgen machen müssten.